2e conseil de classe

3e conseil de classe

2e trimestre

3e trimestre

Tu sélectionnes 4 spécialités pour la voie générale.

Le chef d'établissement valide ton affectation (1re générale ou techno) **et ton choix de spécialités** (3 sur les 4 demandées).

☐ **3e trimestre**
Mon choix définitif de spécialités est validé en conseil de classe.

Pour ***t'entraîner régulièrement*** *et* ***préparer tes contrôles****, inscris-toi sur* **annabac.com** **!**

annabac.com

FRANÇAIS

Tout Savoir

pour COMPRENDRE et PROGRESSER

2de

Français
Louise Taquechel

Mathématiques
Christine Bronsart
Vincent Noury

Sciences numériques et technologie
Christophe Jeanmougin
Nicolas Nicaise

Histoire-Géographie / EMC
Christophe Clavel
Cécile Gaillard
Florence Holstein
Jean-Philippe Renaud

Physique-Chimie
Joël Carrasco
Gaëlle Cormerais

Sciences de la vie et de la Terre
Jacques Bergeron
Jean-Claude Hervé

Anglais
Jeanne-France Bignaux
Didier Hourquin

Espagnol
Christine Hascoët

Sciences économiques et sociales
Sylvain Leder
François Porphire

Hatier

Le site de vos révisions

L'achat de ce Prépabac vous permet de bénéficier d'un ACCÈS GRATUIT*
à toutes les ressources d'annabac.com (fiches, quiz, vidéos...)
et à ses parcours de révision personnalisés.

Pour profiter de cette offre, rendez-vous sur www.annabac.com
dans la rubrique « J'ai acheté un ouvrage Hatier ».

* Selon les conditions précisées sur le site.

Maquette de principe : Anne Gallet
Mise en pages et schémas : STDI
Cartographie : Légendes cartographie
Iconographie : Nelly Gras / Hatier illustration
Édition : François Capelani, Stéphanie Herbaut, assistés de Charlotte Joumier
Graphisme des gardes : Valérie Nizard
Illustrations des gardes avant : Juliette Baily

ISBN 978-2-401-08678-4

Sommaire

Français page 6

Langue et style

1. Le lexique 8
2. La phrase 10
3. Le verbe, modes et temps 12
4. La cohérence d'un texte 14
5. Énonciation et modalisation 16
6. Les figures de style 18
7. Genres et tonalités littéraires 20

Le récit

8. Le récit : caractéristiques clés 22
9. Le statut du narrateur et le point de vue 24
10. Le rythme dans un récit 26
11. Le récit réaliste au XIXe siècle 28
12. Nouvelles formes de récit aux XXe et XXIe siècles 30

Le théâtre

13. Le théâtre : caractéristiques clés 32
14. Le dialogue théâtral 34
15. Tragédie et comédie au XVIIe siècle 36
16. Le théâtre au XIXe siècle 38
17. Les nouvelles formes théâtrales aux XXe et XXIe siècles 40

La poésie

18. La poésie : caractéristiques clés 42
19. La poésie au Moyen Âge et à la Renaissance 44
20. La poésie au XVIIe siècle 46

La littérature d'idées

21. La littérature d'idées : caractéristiques clés 48
22. Les différentes formes de la littérature d'idées . 50
23. Dénoncer l'injustice : la naissance de la littérature engagée 52
24. S'interroger sur la condition de l'homme : la littérature existentialiste 54

Vers le bac

25. Expliquer un texte 56
26. Élaborer un commentaire organisé 58
27. Analyser une image 60
28. Résumer un texte, rédiger un essai 62
29. S'initier à la dissertation sur œuvre 64

Test bilan en Français 66

Mathématiques / SNT page 68

Mathématiques

1. Un peu de logique 70
2. Algorithme et programmation 72
3. Boucles itératives 74
4. Ensembles de nombres 76
5. Intervalles de $\mathbb{R}$. Valeur absolue 78
6. Nombres entiers 80
7. Développer, factoriser. Calculer avec les puissances 82
8. Équations et inéquations du premier degré 84
9. Systèmes d'équations 86
10. Équations du second degré 88
11. Inéquations du second degré 90
12. Équations quotients 92
13. Inéquations quotients 94
14. Calculs dans un repère du plan 96
15. Vecteurs et translations 98
16. Opérations sur les vecteurs 100
17. Vecteurs dans un repère 102
18. Vecteurs colinéaires 104
19. Triangles, quadrilatères et symétries 106
20. Calculs en géométrie 108
21. Équation de droite : étude graphique 110
22. Équation de droite : étude algébrique 112
23. Notion de fonction 114
24. Courbe représentative d'une fonction 116
25. Sens de variation d'une fonction 118
26. Parité de fonctions, positions relatives de courbes 120
27. Fonctions affines 122
28. Fonction carré et fonction inverse 124
29. Fonction racine carrée et fonction cube 126
30. Pourcentages 128
31. Statistiques 130
32. Expérience aléatoire. Dénombrement 132
33. Calculs de probabilités 134
34. Échantillonnage 136

Test bilan en Maths 138

Sciences numériques et technologie (SNT)

35. Notions transversales de programmation....... 140
36. Internet.................................. 141
37. Le *Web*.................................. 142
38. Les réseaux sociaux....................... 143
39. Les données structurées et leur traitement. 144
40. Localisation, cartographie et mobilité.......... 145
41. Informatique embarquée et objets connectés. .. 146
42. La photographie numérique.................. 147

Histoire-Géo / EMC page 148

Histoire

1. à 3. La Méditerranée antique : les empreintes grecques et romaines 150
4. à 6. La Méditerranée médiévale, espaces d'échanges et de conflits........... 153
7. à 11. XVe - XVIe siècles : un nouveau rapport au monde, un temps de mutation intellectuelle 156
12. à 18. L'État à l'époque moderne : France et Angleterre 161
19. à 21. Les Lumières et le développement des sciences.......................... 168
22. et 23. Tensions, mutations et crispations de la société d'ordres...... 171

Géographie

24. à 28. Sociétés et environnement : des équilibres fragiles ?................ 173
29. à 32. Territoires, populations et développement : quels défis ?.......... 178
33. à 35. La France : dynamiques démographiques, inégalités socio-économiques............ 182
36. à 39. Des mobilités généralisées 185
40. à 42. La France : mobilités, transports et enjeux d'aménagement 189
43. à 46. L'Afrique australe : un espace en profonde mutation......... 192

Test bilan en Histoire-Géographie............. 196

EMC

47. Les libertés individuelles et collectives 198
48. Les conditions de l'exercice des libertés........ 199
49. La défense de la liberté de conscience et la laïcité 200
50. L'évolution de l'encadrement de la liberté d'expression 201
51. La lutte contre les discriminations, le respect d'autrui 202
52. L'évolution du droit à la protection............ 203

Physique-Chimie page 204

Constitution et transformations de la matière

1. Espèces chimiques composant la matière 206
2. Identification des espèces chimiques.......... 208
3. Les solutions aqueuses....................... 210
4. Dosage par étalonnage....................... 212
5. De l'entité chimique à l'espèce chimique 214
6. L'atome et son noyau......................... 216
7. Répartition des électrons dans un atome....... 218
8. Stabilité des entités chimiques 220
9. Comptage des entités chimiques dans un échantillon de matière............... 222
10. Les transformations physiques 224
11. Les transformations chimiques............... 226
12. Synthèse d'une espèce chimique présente dans la nature 228
13. Les transformations nucléaires............... 230

Mouvement et interactions

14. Description d'un mouvement 232
15. Modélisation d'une action sur un système 234
16. Une première approche du principe d'inertie... 236

Ondes et signaux

17. Émission et perception du son 238
18. Analyse de la lumière blanche................ 240
19. Réflexion, réfraction et dispersion de la lumière 242
20. La formation des images 244
21. Les lois dans un circuit électrique 246
22. Les capteurs............................... 248

Test bilan en Physique-Chimie 250

SVT page 252

La Terre, la vie et l'organisation du vivant

1. L'organisation des êtres vivants pluricellulaires . 254
2. ADN et gènes.............................. 256
3. Le métabolisme des cellules.................. 258
4. La biodiversité, résultat de l'évolution 260
5. Les mécanismes de l'évolution................ 262
6. Les crises de la biodiversité.................. 264

Enjeux planétaires contemporains

7. L'érosion, un phénomène géologique permanent 266
8. Érosion, roches sédimentaires et activité humaine 268
9. Le sol, milieu vivant 270

10. Le fonctionnement des agrosystèmes.......... 272
11. Vers une agriculture durable................. 274

Corps humain et santé

12. Corps humain : de la fécondation à la puberté.. 276
13. Hormones et procréation humaine............ 278
14. Procréation : maîtrise et assistance............ 280
15. Cerveau et sexualité 282
16. L'homme et les micro-organismes 284
17. L'homme et les micro-organismes pathogènes.. 286
18. Le microbiote humain et la santé 288

Test bilan en SVT............................ 290

Anglais page 292

Points clés de grammaire

1. Le groupe nominal 294
2. L'expression de la quantité – La comparaison... 296
3. Le choix des temps 298
4. Le passif 300
5. La modalité 302
6. Le style indirect........................... 304
7. L'interrogation 306
8. Les propositions relatives................... 308
9. Les subordonnées circonstancielles 310

Vers le bac

10. Compréhension écrite (1re lecture)............ 312
11. Compréhension écrite (2e lecture) 314
12. Expression écrite........................... 316
13. Compréhension orale 318
14. Expression orale 320

Quelques repères de civilisation

15. The United Kingdom: historical landmarks 322
16. The United States: historical landmarks 324

Espagnol page 326

Points clés de grammaire

1. La prononciation et l'accentuation 328
2. Le groupe nominal 330
3. Les pronoms personnels...................... 332
4. La conjugaison : diphtongaison et affaiblissement.......................... 334
5. *Ser / Estar*................................ 336
6. Traduction de « on » – L'apocope 338
7. Les tournures affectives – La négation......... 340
8. Les démonstratifs – Comparatif et superlatif ... 342
9. Traduction de « dont » – Les prépositions 344
10. Les formes de l'action – « Devenir » Raconter au passé 346
11. Concordance des temps et style indirect....... 348

SES page 350

Comment crée-t-on des richesses et comment les mesure-t-on ?

1. Qui sont les producteurs de richesses et que produisent-ils ? 352
2. Qu'est-ce que la combinaison productive ? 353
3. Comment mesurer la production ?............ 354
4. Comment mesurer la croissance économique ? . 355
5. Quelles sont les limites écologiques de la croissance ?.......................... 356

Comment se forment les prix sur un marché ?

6. Qu'est-ce qu'un marché ? 357
7. Comment évoluent la demande et l'offre par rapport au prix ?........................ 358
8. Comment se forme l'équilibre sur un marché ? . 359
9. Quels sont les effets d'une taxe sur un marché ? 360
10. Quels sont les effets d'une subvention sur un marché ?............................ 361

Comment devenons-nous des acteurs sociaux ?

11. Qu'est-ce que la socialisation ? 362
12. Quelles sont les instances de socialisation ? 363
13. En quoi la socialisation diffère-t-elle selon le milieu social et le genre ?............ 364
14. La socialisation se poursuit-elle tout au long de la vie ? 365

Comment s'organise la vie politique ?

15. Comment s'organise le pouvoir politique ? 366
16. Quelles sont les principales institutions de la Ve République ? 367
17. Quelle est l'influence des modes de scrutin ? ... 368
18. Quel est le rôle des partis politiques, de la société civile organisée et des médias ? ... 369

Quelles relations entre le diplôme, l'emploi et le salaire ?

19. En quoi les études sont-elles un investissement en capital humain ?........................ 370
20. En quoi l'accès aux diplômes est-il différencié socialement ? 371

CORRIGÉS page 372

Français

Caspar David Friedrich (1774-1840), *Falaises de craie à Rügen*, 1818-1819, Museum Stiftung Oskar Reinhart, Winterthour

Date

Langue et style

1. Le lexique 8
2. La phrase 10
3. Le verbe, modes et temps 12
4. La cohérence d'un texte 14
5. Énonciation et modalisation 16
6. Les figures de style 18
7. Genres et tonalités littéraires 20

Le récit

8. Le récit : caractéristiques clés 22
9. Le statut du narrateur et le point de vue 24
10. Le rythme dans un récit 26
11. Le récit réaliste au XIXe siècle 28
12. Nouvelles formes de récit aux XXe et XXIe siècles 30

Le théâtre

13. Le théâtre : caractéristiques clés 32
14. Le dialogue théâtral 34
15. Tragédie et comédie au XVIIe siècle 36
16. Le théâtre au XIXe siècle 38
17. Nouvelles formes théâtrales aux XXe et XXIe siècles 40

La poésie

18. La poésie : caractéristiques clés 42
19. La poésie au Moyen Âge et à la Renaissance 44
20. La poésie au XVIIe siècle 46

La littérature d'idées

21. La littérature d'idées : caractéristiques clés 48
22. Les différentes formes de la littérature d'idées 50
23. Dénoncer l'injustice : la naissance de la littérature engagée 52
24. S'interroger sur la condition de l'homme : la littérature existentialiste 54

Vers le bac

25. Expliquer un texte 56
26. Élaborer un commentaire organisé 58
27. Analyser une image 60
28. Résumer un texte, rédiger un essai 62
29. S'initier à la dissertation sur œuvre 64

Test bilan en Français 66

Le lexique

L'ESSENTIEL

Formation d'un mot

● Les mots peuvent être formés par **dérivation** : à partir d'une base appelée **radical**, l'ajout d'un **préfixe** ou d'un **suffixe** permet d'en créer un nouveau. Le dérivé obtenu appartient souvent à une autre classe grammaticale que le radical : *fenêtre, défenestrer*.

● La **composition** est un autre procédé utilisé pour former des mots : on relie deux mots qui ont par ailleurs une existence autonome dans la langue. La composition peut se faire à l'aide d'une proposition ou d'un trait d'union entre les deux mots ; ceux-ci peuvent également complètement fusionner et ne former qu'un seul terme : *pomme de terre, porte-monnaie, portefeuille*.

Sens d'un mot

● Un mot est un **signifiant** (forme sonore et visuelle), qui peut revêtir différents **signifiés** (sens). Le signifiant *cœur*, par exemple, a un **sens propre** (organe vital) et un **sens figuré** (le centre de quelque chose).

● On dit qu'un mot est **polysémique** lorsqu'il possède plusieurs significations. La polysémie d'un mot permet souvent de jouer sur le langage et d'enrichir la signification d'un texte.

> Un impôt qui doit rentrer facilement, c'est celui sur les portes et fenêtres.
>
> ▷ Alphonse ALLAIS.

Le jeu de mots sur « rentrer » instaure un double sens comique.

● On appelle **champ sémantique** l'ensemble des sens d'un mot.

Connotation et dénotation

● La plupart des mots possèdent un sens **dénoté** (sens premier du mot, qui correspond à la définition du dictionnaire) et un sens **connoté** (ensemble des images ou des pensées associées au mot).

> L'automne est une saison (*sens dénoté*), mais évoque souvent la mélancolie et les regrets (*sens connoté*).

● La connotation dépend non seulement du contexte d'utilisation, mais aussi de la subjectivité de l'émetteur et du récepteur, de leur histoire, de leur culture.

On parle de **connotation méliorative** lorsqu'un terme est associé à une image positive, et de **connotation péjorative** lorsqu'au contraire le mot renvoie à un jugement dévalorisant. Ainsi, le mot *mince* (sens dénoté : *qui a peu d'épaisseur*) peut prendre une connotation méliorative *(élancé, svelte)* mais aussi une connotation péjorative *(maigre, médiocre)*.

Champ lexical

● On appelle champ lexical l'ensemble des mots de différentes classes grammaticales qui, par leur sens dénoté ou connoté, se rattachent à un **même domaine**, à une **même idée**. *Mer, bronzer, sable, vacances* sont des mots appartenant au champ lexical de la *plage*.

● L'étude des champs lexicaux aide à construire l'interprétation d'un texte. Dans une description, par exemple, l'analyse des mots renvoyant au champ lexical de l'ouïe, de la vue ou du toucher permet de mieux **appréhender la perception du narrateur**.

LA MÉTHODE

Interpréter des réseaux lexicaux

> Les crépuscules dans cet enfer africain se révélaient **fameux**. On n'y coupait pas. **Tragiques** chaque fois comme d'**énormes** assassinats du soleil. Un **immense** **chiqué**. Seulement c'était **beaucoup** d'admiration pour un seul homme. Le ciel pendant une heure **paradait** tout giclé d'un bout à l'autre d'**écarlate** **en délire**, et puis le vert **éclatait** au milieu des arbres et **montait** du sol en traînées tremblantes jusqu'aux premières étoiles. Après ça le gris **reprenait** tout l'horizon et puis le rouge encore, mais alors fatigué le rouge et pas pour longtemps. Ça se terminait ainsi. Toutes les couleurs **retombaient** en lambeaux, **avachies** sur la forêt comme des **oripeaux** après la **centième**.
>
> ▷ Louis-Ferdinand CÉLINE, *Voyage au bout de la nuit*, 1932, © Éditions Gallimard.

● Avec le **champ lexical de la démesure**, la description des crépuscules africains devient une vision grandiose.

● S'y ajoute le **champ lexical du spectacle ou du théâtre** : le spectacle éminemment naturel qu'est le coucher de soleil devient sous la plume de Céline le comble de l'artifice.

● L'explosion pourtant ne dure qu'une heure, comme le montre l'évolution des termes appartenant au **champ lexical du mouvement**.

● Les trois champs lexicaux fonctionnent de manière complémentaire pour rendre compte des caractéristiques du spectacle.

S'ENTRAÎNER

1 QUIZ

Dans la phrase suivante, sur quoi repose le jeu de mots ?

Les miroirs feraient bien de réfléchir un peu avant de renvoyer les images.

▷ Jean Cocteau.

- [ ] **a.** sur la connotation de *miroirs*
- [x] **b.** sur la polysémie de *réfléchir*
- [ ] **c.** sur la dénotation d'*images*

2 **Lisez le texte suivant. Sur quoi repose l'étrangeté de la recette ?**

– […] Ainsi, que faites-vous ce soir ?

– Je resterai, une fois de plus, dans la tradition de Gouffé en élaborant cette fois un andouillon des îles au porto musqué.

– Et ceci s'exécute ? dit Colin.

– De la façon suivante : Prenez un andouillon que vous écorcherez malgré ses cris. Gardez soigneusement la peau. Lardez l'andouillon de pattes de homards émincées et revenues à toute bride dans du beurre assez chaud. Faites tomber sur glace dans une cocotte légère. Poussez le feu, et sur l'espace ainsi gagné, disposez avec goût des rondelles de ris mitonné. Lorsque l'andouillon émet un son grave, retirez prestement du feu et nappez de porto de qualité. Touillez avec spatule de platine. Graissez un moule et rangez-le pour qu'il ne rouille pas.

▷ Boris Vian, *L'Écume des jours*, 1947,

3 **Relevez les mots appartenant au champ lexical de la maladie. Expliquez-en l'utilisation : quelle réalité sert-il à dénoncer ?**

Le peuple a faim, le peuple a froid. La misère le pousse au crime ou au vice, selon le sexe. Ayez pitié du peuple, à qui le bagne prend ses fils, et le lupanar ses filles. Vous avez trop de forçats, vous avez trop de prostituées. Que prouvent ces deux ulcères ? Que le corps social a un vice dans le sang. Vous voilà réunis en consultation au chevet du malade : occupez vous de la maladie.

▷ Victor Hugo, *Claude Gueux*, 1834.

4 **La découverte des livres**

a. Nommez le champ lexical auquel appartiennent tous les mots en gras.

b. Quel est le rapprochement créé par ce réseau lexical ? Comment appelle-t-on cette figure de style ?

Quand je prenais un livre, j'avais beau l'ouvrir et le fermer vingt fois, je voyais bien qu'il ne s'altérait pas. Glissant sur cette substance incorruptible : le *texte*[1], mon regard n'était qu'un minuscule accident de surface, il ne dérangeait rien, n'usait pas. Moi, par contre, passif, éphémère, j'étais un moustique **ébloui**, traversé par les **feux** d'un **phare** ; je quittais le bureau, j'éteignais : invisible dans les ténèbres, le livre **étincelait** toujours ; pour lui seul. Je donnerais à mes ouvrages la violence de ces jets de **lumière** corrosifs, et plus tard, dans les bibliothèques en ruines, ils survivraient à l'homme.

1. En italique dans le texte original.

▷ Jean-Paul Sartre, *Les Mots*, 1964,

5 **Identifiez le champ lexical dominant du passage. Commentez son utilisation.**

L'avarice commence où la pauvreté cesse. Le jour où l'imprimeur entrevit la possibilité de se faire une fortune, l'intérêt développa chez lui une intelligence matérielle de son état, mais avide, soupçonneuse et pénétrante. Sa pratique narguait la théorie. Il avait fini par toiser d'un coup d'œil le prix d'une page et d'une feuille selon chaque espèce de caractère.

▷ Honoré de Balzac, *Illusions perdues*, 1837.

6 **Un meuble ancien**

a. Repérez le champ lexical dominant.

b. Quelle est sa connotation habituelle ? Est-ce le cas dans ce poème ?

C'est un large buffet sculpté ; le chêne sombre,
Très vieux, a pris cet air si bon des vieilles gens ;
Le buffet est ouvert, et verse dans son ombre
Comme un flot de vin vieux, des parfums engageants ;

Tout plein, c'est un fouillis de vieilles vieilleries,
De linges odorants et jaunes, de chiffons
De femmes ou d'enfants, de dentelles flétries,
De fichus de grand-mère où sont peints des griffons ;

▷ Arthur Rimbaud, *Les Cahiers de Douai*, « Le Buffet », 1870.

7 **Quelles sont les saisons évoquées dans ce poème ? Quelles connotations y sont associées ? Relevez les champs lexicaux qui les développent.**

Souvenir, souvenir, que me veux-tu ? L'automne
Faisait voler la grive à travers l'air atone,
Et le soleil dardait un rayon monotone
Sur le bois jaunissant où la bise détone.

Nous étions seul à seule et marchions en rêvant,
Elle et moi, les cheveux et la pensée au vent.
Soudain, tournant vers moi son regard émouvant :
« Quel fut ton plus beau jour ? » fit sa voix d'or vivant,

Sa voix douce et sonore, au frais timbre angélique.
Un sourire discret lui donna la réplique,
Et je baisai sa main blanche, dévotement.

– Ah ! les premières fleurs, qu'elles sont parfumées !
Et qu'il bruit avec un murmure charmant
Le premier oui qui sort des lèvres bien-aimées !

▷ Paul Verlaine, *Poèmes saturniens*, « Nevermore », 1866.

POUR VOUS AIDER

C'est de manière implicite qu'une saison est évoquée dans la dernière strophe.

La phrase

L'ESSENTIEL

La phrase : un énoncé structuré

● La phrase se définit comme un énoncé composé de groupes de mots structurés formant une unité de sens. Un groupe structuré s'organise autour d'un mot **noyau**.

● Un groupe peut être composé seulement du mot noyau ou élargi par d'autres groupes de mots, qu'on appelle **expansions** : ***sur*** *le jardin* est un groupe prépositionnel inclus dans le groupe verbal ***ouvrait*** *sur le jardin*.

● Une phrase longue peut présenter une suite de groupes de mots structurés, dont l'agencement ne doit rien au hasard : les **répétitions** et **parallélismes de construction** donnent un rythme à la phrase.

> Elle dansait avec ivresse, avec emportement, grisée par le plaisir, ne pensant plus à rien, dans le triomphe de sa beauté, dans la gloire de son succès, dans une sorte de nuage de bonheur fait de tous ces hommages, de toutes ces admirations, de tous ces désirs éveillés, de cette victoire si complète et si douce au cœur des femmes.
>
> ▷ Guy DE MAUPASSANT, « La Parure », 1884.

Le verbe principal *dansait* est aussitôt suivi de **deux** groupes prépositionnels commençant par *avec*, de **deux** groupes adjectivaux (commençant par les participes *grisée* et *pensant*), de **trois** groupes prépositionnels commençant par *dans*, dont le dernier inclut **quatre** groupes prépositionnels commençant par *de*. La phrase, dont le rythme va croissant (2/3/4), mime la virevolte incessante de la valse.

L'ordre des mots

● Dans la langue française, la plupart des phrases déclaratives présentent le **même ordre** :

sujet + verbe + complément(s) essentiel(s)
+ complément(s) circonstanciel(s)

● Lorsqu'on veut mettre en valeur un groupe de mots à l'intérieur de la phrase, l'ordre habituel est remis en cause. Parmi les procédés de mise en valeur (dits emphatiques), on distingue :

– le recours à une **tournure présentative**, du type *c'est… qui/que…* ;

> **C'est** avec lui **que** nous réussirons.

– le **détachement** d'un des groupes en tête de phrase, avec reprise par un pronom (procédé fréquent à l'oral) ;

> Mes vrais amis, les reverrai-je un jour ?
> Elle était pénible, cette fille.

– le simple **déplacement au début ou à la fin** de la phrase d'un groupe de mots.

> Survint alors un événement tout à fait inattendu.

Phrase simple et phrase complexe

● Une proposition est un ensemble de groupes de mots qui s'articule autour d'un verbe conjugué. Une phrase simple comporte **une seule proposition** ; une phrase complexe, **plusieurs propositions**.

● Lorsqu'elles sont de même nature, les propositions peuvent être reliées entre elles par **juxtaposition** (c'est-à-dire par un signe de ponctuation) ou par **coordination** (c'est-à-dire par une conjonction de coordination ou un adverbe de liaison comme *et, mais, car, puis…*).

● Une phrase complexe qui se développe en de nombreuses propositions est une **période**. On parle de **style lié** lorsque la subordination est le procédé utilisé pour relier ces propositions, et de **style coupé** lorsque la juxtaposition est privilégiée. Avec le style coupé, c'est au lecteur de rétablir les liens logiques restés implicites.

● Lorsqu'une proposition fonctionne de manière autonome, on dit qu'elle est indépendante.
Au contraire, on parle de **subordonnée** lorsqu'une proposition dépend d'une autre, appelée **principale**. La subordonnée commence par un mot **subordonnant**.

Type de subordonnée	Nature du mot subordonnant	Exemples de mots subordonnants
Conjonctive	Conjonction de subordination (ou locution conjonctive)	*Que, comme, si, quand, lorsque, parce que, puisque, avant que, bien que…*
Interrogative indirecte	Mot interrogatif	*Si, qui, ce qui, que, ce que, quoi, quel, lequel, quand, où…*
Relative	Pronom relatif	*Qui, que, quoi, où, dont, lequel…*

● Dans la plupart des cas, le **pronom relatif**, qui reprend un mot (appelé antécédent) présent dans la principale, a une fonction dans la subordonnée.

> L'homme qui me parle est sourd.

Le pronom relatif *qui* reprend l'antécédent *l'homme* ; il est sujet du verbe *parle*. La relative entière a aussi une fonction ; ici, épithète liée de *homme*.

INFO
Selon leur fonction, on distingue les subordonnées **complétives** qui ont une fonction essentielle (sujet, attribut, complément d'objet…) dans la phrase, des subordonnées **circonstancielles** qui ne sont pas indispensables.

LA MÉTHODE

Maîtriser la concordance des temps dans les subordonnées

● Principale + subordonnée à l'indicatif

Temps du verbe de la principale	Temps du verbe de la subordonnée	Exemple
Présent	Présent (action simultanée)	J'apprends qu'elle déménage.
	Passé composé (action antérieure ponctuelle)	J'apprends qu'elle a déménagé.
	Imparfait (action antérieure inscrite dans la durée)	J'apprends qu'elle déménageait.
	Futur (action postérieure)	J'apprends qu'elle déménagera.
Passé	Imparfait (action simultanée)	J'ai appris/j'apprenais qu'elle déménageait.
	Plus-que-parfait (action antérieure)	J'ai appris/j'apprenais qu'elle avait déménagé.
	Futur du passé = conditionnel présent (action postérieure)	J'ai appris/j'apprenais qu'elle déménagerait.

● Principale + subordonnée au subjonctif

Temps du verbe de la principale	Temps du verbe de la subordonnée	Exemple
Présent	Présent (action simultanée ou postérieure)	Elle apprécie qu'ils viennent.
	Passé (action antérieure)	Elle apprécie qu'ils soient venus.
Passé	Imparfait (action simultanée)	Elle apprécia/elle appréciait qu'ils vinssent.
	Plus-que-parfait (action antérieure)	Elle apprécia/elle appréciait qu'ils fussent venus.

S'ENTRAÎNER

1 QUIZ

Qu'il réponde sans tarder est indispensable.

1. La proposition soulignée est une :
☐ **a.** principale ☐ **b.** subordonnée conjonctive ☐ **c.** subordonnée relative

2. Le verbe *répondre* est conjugué :
☐ **a.** au présent de l'indicatif ☐ **b.** au présent du subjonctif ☐ **c.** à l'imparfait du subjonctif

2 Complétez chaque mot en italique par une expansion, en respectant les indications données.

1. *Un homme* nous intriguait. (groupe prépositionnel)
2. C'est à ce moment que l'arbitre siffla la fin du *match*. (subordonnée relative)
3. Non, répondit-*il*, il n'en est pas question. (groupe adjectival)
4. Marine *attendait* là. (groupe adverbial)

3 Conjuguez les verbes dans les subordonnées en étant attentif à la concordance des temps. Lorsqu'il y a plusieurs possibilités, quelle nuance de sens apporte le subjonctif ?

1. Je ne suis pas certaine de vouloir que l'on (se revoir).
2. Les policiers souhaitaient que quelqu'un (se confier).
3. Je ne pense pas qu'elle (réussir).
4. Le plaignant avait espéré que les magistrats (être convaincus) par ses arguments.
5. La morale voulait que l'homme (reconnaître) ses torts.
6. Il affirme que nous (partir).

4 Voici deux versions d'un vers de Rimbaud dans le poème « Sensation ». Pourquoi le poète a-t-il jugé nécessaire de réécrire ce vers ? Quelles remarques pouvez-vous faire concernant l'ordre des mots ?

1. Par les beaux soirs d'été
2. Par les soirs bleus d'été

5 Une période

a. De combien de propositions se compose cette phrase ? Comment sont-elles reliées entre elles ?
b. Repérez le rythme de la phrase, en vous appuyant sur l'étude des groupes de mots structurés.

Ô mort, nous te rendons grâces des lumières que tu répands sur notre ignorance : toi seule nous convaincs de notre bassesse, toi seule nous fais connaître notre dignité : si l'homme s'estime trop, tu sais déprimer son orgueil ; si l'homme se méprise trop, tu sais relever son courage ; et, pour réduire toutes ses pensées à un juste tempérament, tu lui apprends ces deux vérités, qui lui ouvrent les yeux pour bien se connaître : qu'il est méprisable en tant qu'il passe, et infiniment estimable en tant qu'il aboutit à l'éternité.

▷ Jacques-Bénigne Bossuet, *Sermon sur la mort*, 1662.

Le verbe, modes et temps

L'ESSENTIEL

Les modes et leurs valeurs

● On distingue :
– d'une part, les **modes impersonnels**, qui ne varient pas en personne : l'**infinitif** (*finir*), le **participe** (passé : *fini*, présent : *finissant*), **le gérondif** (*en finissant*) ;
– d'autre part, les **modes personnels.**

● Parmi les modes personnels :
– l'**indicatif** permet d'exprimer une action présentée comme réelle ;
– le **subjonctif** est utilisé pour des actions éventuelles, soumises au jugement, à la volonté ou aux sentiments de l'énonciateur ;
– l'**impératif** est le mode de l'ordre ou du conseil.

● Le **conditionnel**, autrefois considéré comme un mode à part entière, est parfois intégré à l'indicatif, notamment lorsqu'il exprime le futur du passé. Il peut exprimer une action hypothétique ou l'atténuation d'un ordre dans un souci de politesse.

Les temps et leurs valeurs

● À l'intérieur de chacun des modes, les temps fonctionnent par paires : **à chaque temps simple** (une seule forme verbale) **correspond un temps composé** (une forme verbale composée de deux éléments, un auxiliaire conjugué à un temps simple suivi d'un participe passé).

● Les temps composés ont une **valeur d'accompli et d'antériorité** par rapport aux temps simples.

● **Valeurs des quatre temps simples de l'indicatif**

Passé simple	Imparfait
– action au premier plan du récit – action limitée dans le temps	– valeur descriptive – action à l'arrière-plan du récit – action répétée ou habituelle
Présent	**Futur**
– action située au moment de l'énonciation – présent de narration (ou historique) – présent de vérité générale – présent d'habitude	– action postérieure au moment de l'énonciation – ordre ou conseil – probabilité – vérité atténuée par politesse – futur de narration

Les voix

● Tous les verbes peuvent être conjugués à la **voix active** : le sujet accomplit l'action indiquée par le verbe.

● Seuls les **verbes transitifs directs** (c'est-à-dire les verbes qui se construisent avec un COD) peuvent être conjugués à la **voix passive**, avec l'auxiliaire *être* ; le sujet subit l'action exprimée par le verbe.

Voix active

Temps simples	Temps composés
Indicatif – présent : il voit – imparfait : il voyait – passé simple : il vit – futur simple : il verra	Indicatif – passé composé : il a vu – plus-que-parfait : il avait vu – passé antérieur : il eut vu – futur antérieur : il aura vu
Conditionnel présent : il verrait	Conditionnel passé : il aurait vu
Subjonctif présent : qu'il voie	Subjonctif passé : qu'il ait vu

Voix passive

Temps simples	Temps composés
Indicatif – présent : il est vu – imparfait : il était vu – passé simple : il fut vu – futur simple : il sera vu	Indicatif – passé composé : il a été vu – plus-que-parfait : il avait été vu – passé antérieur : il eut été vu – futur antérieur : il aura été vu
Conditionnel présent : il serait vu	Conditionnel passé : il aurait été vu
Subjonctif présent : qu'il soit vu	Subjonctif passé : qu'il ait été vu

Quelques particularités

● **Le verbe pronominal**

Il est toujours accompagné d'un **pronom personnel réfléchi** : *je* ***me*** *réveille, réveille-****toi****, ne* ***te*** *réveille pas.*

● **La tournure impersonnelle**

Certains verbes sont conjugués à la troisième personne du singulier, **sans que le pronom sujet *il* ait la moindre identité** : ***il*** *pleut ;* ***il*** *survient un événement inattendu.*

LA MÉTHODE

Accorder correctement un participe passé

La lettre, **écrite** il y a dix jours, est **arrivée** ce matin. Conrad a aussitôt **saisi** l'enveloppe et l'a bien **regardée**. Nous nous sommes alors **évertués** à déchiffrer l'identité du destinataire, parfaitement illisible. Ce n'est pas étonnant que la lettre se soit **perdue** ! Je me suis ensuite **levée** ; nous nous sommes **souri** et, enfin, nous nous sommes **embrassés**.

● **Règle générale**

Emploi	Règle d'accord	Exemple
Le participe est employé seul.	Il fonctionne comme un adjectif qualificatif et s'accorde donc en genre et en nombre avec le nom.	*La lettre, écrit***e** *il y a dix jours.*
Le participe est employé avec *être*.	Il s'accorde avec le sujet.	*La lettre est arriv***ée***.*
Le participe est employé avec *avoir*.	Il ne s'accorde jamais avec le sujet, mais il s'accorde avec le COD si celui-ci est placé avant le verbe.	*Il l'a bien regard***ée***.* (« l' » remplace « la lettre ».)

● **Cas du participe passé d'un verbe pronominal**

Type de verbe pronominal	Règle d'accord	Exemple
Verbe essentiellement pronominal (*s'évanouir, se blottir, s'abstenir, s'enfuir…*).	Le participe passé s'accorde avec le sujet.	*Nous nous sommes évertu***és** *à déchiffrer.*
Verbe pronominal de sens passif (*se vendre, se construire, se perdre…*).	Le participe passé s'accorde avec le sujet.	*Il n'est pas étonnant que la lettre se soit perd***ue** (*ait été perd***ue**).
Verbe pronominal de sens réfléchi (il exprime une action faite par le sujet lui-même) ou réciproque (il exprime une action que plusieurs sujets exercent les uns sur les autres).	Le participe passé s'accorde avec le COD si celui-ci est placé avant le verbe.	*Nous nous sommes embrass***és***.* Remarques : – le participe passé dans *nous nous sommes sour***i** ne s'accorde pas car le pronom réfléchi *nous* est COI. – le participe passé ne s'accorde pas dans *nous nous sommes lav***é** *les mains* car le COD (les mains) est placé après le verbe.

S'ENTRAÎNER

1 QUIZ

Quel temps est employé dans la phrase suivante ?

Le navire a été brutalement englouti par les flots.

☐ **a.** passé composé ☐ **b.** passé antérieur ☐ **c.** passé composé passif

2 **Dans le texte suivant, relevez les verbes conjugués au subjonctif.**

Puisque vous voulez absolument qu'on vous rende votre petite boîte, la voilà. Je vous conjure de conserver et de recevoir, aussi tendrement que je vous le donne, un petit présent qu'il y a longtemps que je vous destine. J'ai fait retailler le diamant avec plaisir, dans la pensée que vous le garderez toute votre vie. Je vous en conjure, ma chère bonne, et que jamais je ne le voie en d'autres mains que les vôtres. Qu'il vous fasse souvenir de moi et de l'excessive tendresse que j'ai pour vous, et par combien de choses je voudrais vous la pouvoir témoigner en toutes occasions, quoi que vous puissiez croire là-dessus.

▷ Madame DE SÉVIGNÉ, *Lettres*, 1671.

3 **Accordez correctement les participes passés.**

Lorsqu'elle est (entré), elle a (fermé) la porte à clef. Ainsi (protégé) par le solide battant de chêne, elle s'est (dirigé) vers le miroir, s'est (souri) à elle-même, avant de commencer sa toilette. Elle s'est (lavé) les cheveux.

Mais cette activité a (pris) fin très vite : elle s'est (perdu) dans ses pensées, et petit à petit, s'est (blotti) dans le coin encombré de linge. Peu après, se reprenant, elle s'est (avancé) vers la baignoire, qu'elle a (vidé) en pensant à autre chose. C'est alors qu'elle s'est (évanoui), sans faire un bruit.

4 **Relevez les verbes conjugués et, pour chacun d'eux, indiquez son temps et sa valeur.**

J'ai vu, ces jours passés, une chose hideuse.

Il était à peine jour, et la prison était pleine de bruit. On entendait ouvrir et fermer les lourdes portes, grincer les verrous et les cadenas de fer, carillonner les trousseaux de clefs entre-choqués à la ceinture des geôliers, trembler les escaliers du haut en bas sous des pas précipités, et des voix s'appeler et se répondre des deux bouts des longs corridors. Mes voisins de cachot, les forçats en punition, étaient plus gais qu'à l'ordinaire. Tout Bicêtre semblait rire, chanter, courir, danser.

Moi, seul muet dans ce vacarme, seul immobile dans ce tumulte, étonné et attentif, j'écoutais.

Un geôlier passa.

Je me hasardai à l'appeler et à lui demander si c'était fête dans la prison.

– Fête si l'on veut ! me répondit-il. C'est aujourd'hui qu'on ferre les forçats qui doivent partir demain pour Toulon. Voulez-vous voir, cela vous amusera.

C'était en effet, pour un reclus solitaire, une bonne fortune qu'un spectacle, si odieux qu'il fût. J'acceptai l'amusement.

▷ Victor HUGO, *Le Dernier Jour d'un condamné*, 1829.

4 La cohérence d'un texte

L'ESSENTIEL

Pour s'assurer de la bonne compréhension d'un texte, il est nécessaire d'identifier le **type** auquel il appartient. La cohérence interne d'un texte repose ensuite sur la **progression**, les **procédés de reprise** et les **connecteurs** utilisés.

Les types de textes

- On distingue quatre grands types de textes. Le texte **narratif** raconte un événement ou une histoire : il fait intervenir des personnages, et les actions se succèdent dans le temps. Le texte **descriptif** permet au lecteur de se représenter une scène, un être ou une chose. Le texte **explicatif** fait comprendre le fonctionnement de quelque chose. Le texte **argumentatif** cherche à convaincre son destinataire d'une thèse. Au sein d'un même ouvrage, ces types de texte sont souvent combinés, comme lorsqu'une description succède à une narration.

- Un même texte peut aussi avoir **plusieurs visées**. La fable, par exemple, est un texte narratif qui, en plus d'offrir une lecture plaisante, poursuit une visée argumentative, explicitée ou non par une morale.

La progression d'un texte

- Pour assurer la cohérence d'un texte, il est nécessaire que chaque phrase apporte une **nouvelle information** par rapport à la précédente. Les informations données dans chaque phrase doivent s'enchaîner selon une progression claire.

- Mais il arrive que l'on observe, à l'inverse, une **rupture thématique** : une phrase apparaît, sans lien avec le thème initial. Dans un récit, cela sert souvent à marquer un tournant.

> Je savais parfaitement ce qui allait arriver. Fatigué d'avance, je me préparai à l'inévitable discussion. Un cri d'oiseau déchira le ciel. Je me lançai.

Les procédés de reprise

Dans un texte, des éléments déjà nommés peuvent être repris à l'identique ou remplacés par des **substituts**.

- On parle de **reprise pronominale** lorsque l'élément est remplacé par un pronom.

> Le Duc prit place. Le roi lui adressa la parole, et celui-ci en profita pour placer son mot.

- On parle de **reprise nominale** lorsque l'élément est remplacé par un groupe nominal de sens proche. On peut ainsi utiliser un **synonyme** (*le jeune garçon* devient *le jouvenceau*), une **périphrase** (*l'homme du 18 juin* pour *De Gaulle*), un **nom générique** (*les vertes vallées* deviennent *le paysage*). Ces substituts lexicaux permettent d'ajouter des informations à l'élément initial.

Les connecteurs

Les connecteurs sont des **outils de liaison** qui permettent de structurer un texte. Il peut s'agir d'adverbes, de conjonctions (de coordination ou de subordination) ou de prépositions.

- Les **connecteurs logiques** établissent entre les éléments une relation logique (opposition, cause, conséquence, condition, concession, addition, comparaison, but…). Ils sont fréquents dans les passages argumentatifs et explicatifs.

> Elle est malade, car elle a eu très froid cette nuit.

- Les **connecteurs spatiaux** organisent l'espace évoqué. Ils sont très utilisés dans les passages descriptifs.

> La chambre était un grenier ; dans l'angle opposé au lit, une table ; au fond, un placard qui fermait mal.

- Les **connecteurs temporels** expriment un rapport de temps entre deux actions. Ils sont majoritaires dans les passages narratifs.

> Il décida de s'y rendre, puis d'effectuer le trajet de retour en passant par la rue Misère. Il se rendit compte peu de temps après que c'était ridicule.

LA MÉTHODE

Analyser les procédés de reprise

> Donc, ce soir-là, comme tous les soirs, nous attendions l'entrée de figures inconnues.
> Il n'en vint que deux, mais très étranges, un homme et une femme : le père et la fille. Ils me firent l'effet, tout de suite, de personnages d'Edgar Poe ; et pourtant, il y avait en eux un charme malheureux ; je me les représentai comme des victimes de la fatalité. L'homme était très grand et maigre, un peu voûté, avec des cheveux tout blancs, trop blancs pour sa physionomie jeune encore ; et il avait dans son allure et dans sa personne quelque chose de grave, cette tenue austère que gardent les protestants. La fille, âgée peut-être de vingt-quatre ou vingt-cinq ans, était petite, fort maigre aussi, fort pâle, avec un air las, fatigué, accablé… Elle était assez jolie, cette enfant, d'une beauté diaphane d'apparition…
>
> ▷ Guy DE MAUPASSANT, *Contes fantastiques*, « Le Tic », 1884.

▶

● **Comprendre les enjeux**

Un texte descriptif, notamment un portrait, a recours à de multiples substituts pour désigner les personnages. En plus d'éviter les répétitions, **chaque terme de reprise permet de construire le portrait**.

● **Relever les reprises pronominales**

Le texte dresse le portrait de deux figures inconnues. Les reprises pronominales sont assez neutres : *ils, eux, les*, puis *il* et *elle*. Les pronoms sont tantôt sujets tantôt objets dans les phrases, mais, même en position de sujets, ils sont employés dans des tournures de sens passif *(firent l'effet)* ou accompagnés du verbe *être*. Les deux personnages sont bien objets de la description.

● **Relever les reprises nominales**

Un homme, le père, l'homme sont les termes employés pour le premier personnage. *Une femme, la fille, la fille, cette enfant* sont des substituts qui **révèlent une progression** claire : on passe du statut officiel (sexe féminin, fille de) à l'impression d'innocence et de fragilité que le personnage *(fille, enfant)* a laissée sur le narrateur, impression soulignée par les termes *victimes, petite, pâle, diaphane, apparition*.

S'ENTRAÎNER

1 QUIZ

De quel type de texte s'agit-il ?

L'art d'apprendre se réduit donc à imiter longtemps et à copier longtemps, comme le moindre musicien le sait, et le moindre peintre. ▷ ALAIN, *Propos sur l'éducation*, 1932.

- ☐ **a.** narratif
- ☐ **b.** descriptif
- ☐ **c.** explicatif
- ☐ **d.** argumentatif

2 Une fable

a. Quels types de texte peut-on repérer dans cette fable ?
b. Quelle est la visée de cette fable ? Est-elle explicite ?

Deux mulets cheminaient, l'un d'avoine chargé,
L'autre portant l'argent de la gabelle.
Celui-ci, glorieux d'une charge si belle,
N'eût voulu pour beaucoup en être soulagé.
Il marchait d'un pas relevé,
Et faisait sonner sa sonnette :
Quand, l'ennemi se présentant,
Comme il en voulait à l'argent,
Sur le mulet du fisc une troupe se jette,
Le saisit au frein et l'arrête.
Le mulet, en se défendant,
Se sent percé de coups ; il gémit, il soupire.
Est-ce donc là, dit-il, ce qu'on m'avait promis ?
Ce mulet qui me suit du danger se retire ;
Et moi j'y tombe et je péris !
– Ami, lui dit son camarade,
Il n'est pas toujours bon d'avoir un haut emploi :
Si tu n'avais servi qu'un meunier, comme moi,
Tu ne serais pas si malade.

▷ Jean DE LA FONTAINE, *Fables* (I, 4), « Les deux mulets », 1668.

3 Relevez les connecteurs temporels utilisés. Quel procédé narratif mettent-ils en évidence ?

Et avant que Dantès eût songé à ouvrir la bouche pour lui répondre […], le geôlier avait pris le lampion, et, refermant la porte, enlevé au prisonnier ce reflet blafard qui lui avait montré comme à la lueur d'un éclair les murs ruisselants de sa prison.

Alors il se trouva seul dans les ténèbres et dans le silence, aussi muet et aussi sombre que ces voûtes dont il sentait le froid glacial s'abaisser sur son front brûlant. Quand les premiers rayons du jour eurent ramené un peu de clarté dans cet antre, le geôlier revint avec ordre de laisser le prisonnier où il était.

▷ Alexandre DUMAS, *Le Comte de Monte-Cristo*, 1844.

4 Un texte descriptif

a. Relevez les connecteurs spatiaux employés dans le texte.
b. Quelle est l'impression donnée par cette description ?

[…] il vit au-dessus de sa tête un ciel noir et tempétueux, à la surface duquel le vent balayait quelques nuages rapides, découvrant parfois un petit coin d'azur rehaussé d'une étoile ; devant lui s'étendait la plaine sombre et mugissante, dont les vagues commençaient à bouillonner comme à l'approche d'une tempête, tandis que derrière lui, plus noir que la mer, plus noir que le ciel, montait, comme un fantôme menaçant, le géant de granit, dont la pointe sombre semblait un bras étendu pour ressaisir sa proie ; sur la roche la plus haute était un falot éclairant deux ombres.

▷ Alexandre DUMAS, *Le Comte de Monte-Cristo*, 1844.

POUR VOUS AIDER

Notez la connotation des adjectifs plusieurs fois répétés.

5 Un jeune homme

a. Relevez les substituts employés pour désigner (totalement ou en partie) le jeune homme.
b. Dites en quoi ces différentes reprises permettent d'assurer la progression du texte.

Avec la vivacité et la grâce qui lui étaient naturelles quand elle était loin du regard des hommes, Mme de Rênal sortait par la porte-fenêtre du salon qui donnait sur le jardin, quand elle aperçut près de la porte d'entrée la figure d'un jeune paysan presque encore enfant, extrêmement pâle et qui venait de pleurer. Il était en chemise bien blanche, et avait sous le bras une veste fort propre de ratine violette.

Le teint de ce petit paysan était si blanc, ses yeux si doux, que l'esprit un peu romanesque de Mme de Rênal eut d'abord l'idée que ce pouvait être une jeune fille déguisée, qui venait demander quelque grâce à M. le Maire. Elle eut pitié de cette pauvre créature, arrêtée à la porte d'entrée, et qui évidemment n'osait pas lever la main jusqu'à la sonnette.

▷ STENDHAL, *Le Rouge et le Noir*, 1830.

Énonciation et modalisation

L'ESSENTIEL

La situation d'énonciation

Définir la situation d'énonciation d'un **énoncé** (message écrit ou oral), c'est identifier l'**émetteur** (qui parle ?), le **récepteur** (à qui ?), le **contexte de production** (où et quand le message a-t-il été produit ?) et la **visée** de l'énonciateur.

Deux types d'énoncés

- Parfois, l'énoncé **ne fait pas référence à la situation d'énonciation**. C'est le cas :
– des sentences ou explications, au présent de vérité générale ;

> La raison du plus fort est toujours la meilleure.
> ▷ Jean DE LA FONTAINE, *Fables*, « Le Loup et l'Agneau », 1668.

– des récits à la troisième personne, au passé simple, à l'imparfait ou au présent de narration.

> Et il se remit à manger son pain et son fromage en accotant son épaule sur le montant de la fenêtre [...].
> ▷ Honoré DE BALZAC, *Le Colonel Chabert*, 1844.

- Lorsqu'un énoncé écrit **fait référence à la situation d'énonciation**, il se rapproche du discours oral. Il se caractérise alors principalement par des marques de première et/ou de deuxième personne, et par l'emploi du présent d'énonciation comme temps de référence. On peut trouver également le passé composé, l'imparfait ou le futur.

> Vous savez, ma belle, qu'on ne se baigne pas tous les jours.
> ▷ Madame DE SÉVIGNÉ, *Lettres*, 1657.

- Ces deux types d'énoncés ne sont pas étanches : les passages de l'un à l'autre sont extrêmement fréquents.

Les indices de subjectivité

- Même en l'absence de marques de la première personne, la présence de l'émetteur est parfois perceptible dans son énoncé à travers l'emploi d'un **vocabulaire affectif** ou **évaluatif**, ainsi que de **modalisateurs** (mots ou expressions qui signalent le degré d'adhésion de l'émetteur à son énoncé).
- Ces indices de subjectivité peuvent être des **adjectifs** (péjoratifs ou laudatifs), des **signes de ponctuation** (point d'exclamation, points de suspension...), des **adverbes** *(certainement, peut-être...)*, des **verbes** *(croire, douter, pouvoir, devoir...)*, l'emploi d'un **mode** comme le conditionnel...

> Lui, passionné, studieux, austère, et ayant déjà trouvé une épouse dans son Art ; elle, une jeune fille d'une très rare beauté, et non moins aimable que pleine de gaieté : rien que lumière et sourires.
> ▷ Edgar Allan POE, *Le Portrait ovale*, 1842.

L'implicite

- Un énoncé peut comporter des informations explicites (clairement exprimées) et des informations implicites : on appelle ainsi ce qui, sans être dit, est **sous-entendu par l'émetteur**.
- Tout en instaurant une relation complice entre l'émetteur et le lecteur, l'implicite, en laissant une grande part à l'interprétation, peut ouvrir sur une certaine ambiguïté.

INFO
L'**ironie** crée un décalage entre l'énoncé et la situation, à laquelle les paroles ne s'adaptent pas. Cette figure de pensée repose sur l'implicite.

LA MÉTHODE

Analyser l'énonciation et comprendre l'implicite

> En approchant de la ville, ils rencontrèrent un nègre étendu par terre, n'ayant plus que la moitié de son habit, c'est-à-dire d'un caleçon de toile bleue ; il manquait à ce pauvre homme la jambe gauche et la main droite.
> « Eh ! mon Dieu ! lui dit Candide en hollandais, que fais-tu là, mon ami, dans l'état horrible où je te vois ?
> – J'attends mon maître, M. Vanderdendur, le fameux négociant, répondit le nègre.
> – Est-ce M. Vanderdendur, dit Candide, qui t'a traité ainsi ?
> – Oui, monsieur, dit le nègre, c'est l'usage. On nous donne un caleçon de toile pour tout vêtement deux fois l'année. Quand nous travaillons aux sucreries, et que la meule nous attrape le doigt, on nous coupe la main ; quand nous voulons nous enfuir, on nous coupe la jambe : je me suis trouvé dans les deux cas. C'est à ce prix que vous mangez du sucre en Europe. Cependant, lorsque ma mère me vendit dix écus patagons sur la côte de Guinée, elle me disait : "Mon cher enfant, bénis nos fétiches, adore-les toujours, ils te feront vivre heureux ; tu as l'honneur d'être esclave de nos seigneurs les blancs, et tu fais par là la fortune de ton père et de ta mère." Hélas ! je ne sais pas si j'ai fait leur fortune, mais ils n'ont pas fait la mienne. Les chiens, les singes et les perroquets sont mille fois moins malheureux que nous ; les fétiches hollandais qui m'ont converti me disent tous les dimanches que nous sommes tous enfants d'Adam, blancs et noirs. Je ne suis pas généalogiste ; mais si ces prêcheurs disent vrai, nous sommes tous cousins issus de germain. Or vous m'avouerez qu'on ne peut pas en user avec ses parents d'une manière plus horrible.
> ▷ VOLTAIRE, *Candide ou l'Optimisme*, 1759.

● Étudier l'énonciation

Le récit, mené par un narrateur extérieur, laisse place dès la ligne 3 à un dialogue entre Candide et le « nègre de Surinam ». Mais les paroles de l'esclave ne s'adressent pas seulement à Candide : le *je* de l'esclave devient un *nous*, et le *vous* finit par englober tous les Européens.

● Analyser les marques de la subjectivité

Dans les premières lignes, l'emploi de l'adjectif *pauvre* semble révéler la compassion du narrateur pour l'esclave ; cette prise de position est pourtant nuancée par **l'apparente objectivité** de la description qui évoque sur le même plan les vêtements déchirés et les membres amputés. La longue intervention de l'esclave est également très neutre : hormis l'interjection *hélas !*, le personnage s'exprime sans pathos. De fait, Candide est le seul à exprimer l'horreur que lui inspire la situation extrême de l'esclave, à travers des exclamations, l'apostrophe chaleureuse *mon ami* et l'adjectif *horrible*.

● Comprendre la visée du texte

Cette apparente objectivité, ce refus d'un registre pathétique attendu répondent à une volonté argumentative manifeste de l'auteur. Il s'agit de **dénoncer explicitement** un commerce qui entraîne la mort d'êtres humains (jeu sur le champ sémantique du terme *prix*). Voltaire **dénonce** également **implicitement** l'inversion des valeurs opérée par la logique esclavagiste, ainsi que la religion chrétienne qui avalise ce système de pensée sans se formaliser ni de ses conséquences inhumaines ni des contradictions avec le dogme (d'après la Bible, tous les hommes devraient être égaux).

Si la visée du texte n'est pas de revendiquer l'égalité entre Blancs et Noirs, l'ironie qui transparaît en fait néanmoins un réquisitoire contre la maltraitance des esclaves et l'hypocrisie de la religion.

S'ENTRAÎNER

1 QUIZ **Dans la phrase suivante, quel est le modalisateur ?**

Y a-t-il plus exécrable tyrannie que celle de verser le sang à son gré, sans en rendre la moindre raison ?

▷ Voltaire, « Lettre à d'Argental », 5 juillet 1762.

☐ **a.** exécrable tyrannie ☐ **b.** verser le sang ☐ **c.** la moindre raison

2 Dites ce que vous savez de la situation d'énonciation : qui parle ? à qui ? où ? quand ? Quel est le but ?

Elles arrivent par des voies détournées et ne semblent jamais renoncer à mener l'assaut. Pour décrire les espèces invasives, animales et végétales, qui passent en permanence les frontières des États-Unis, *Time* a choisi, dans son numéro du 28 juillet, d'invoquer le jeu culte « Space Invaders » [...]. Exagéré ? Pas tant que ça. Car les espèces invasives, que ce soit des algues, des moustiques tigrés ou des écureuils, sont bel et bien « ces envahisseurs de l'espace » décrits sur la couverture de *Time*.

▷ *Courrier international*, 21 juillet 2014, DR.

3 Pour chaque extrait, indiquez le type de texte (narratif, descriptif, argumentatif...), puis étudiez l'implication de l'émetteur par le relevé précis des indices de subjectivité.

DOCUMENT 1

La pluie, poussée par le vent qu'on entendait hululer, tambourinait contre les carreaux de la fenêtre sans rideaux. À travers les vitres brouillées je découvrais un paysage de toits mouillés sur lequel le ciel plombé répandait une déprimante teinte vénéneuse. Un linge douteux flottait tristement, comme l'emblème d'une lamentable reddition, à la mansarde d'un immeuble voisin. Sur la gauche, devait s'élever l'hôtel Clisson ou Soubise, où sont conservées les Archives nationales. Droit devant, une haute cheminée émergeait du chaos de toits, signalant un pétrin de boulanger ou un atelier de fondeur. La fumée qui s'en échappait rejoignait les nuages noirs et s'y incorporait.

▷ Léo Malet, *Fièvre au Marais*, 1955, © Fleuve Noir.

DOCUMENT 2

Dans ses productions exemplaires, [le roman policier] n'est plus depuis longtemps une mixture où se fondent les eaux usées des romans d'aventures, des livres de chevalerie, des légendes, des contes de fées, mais un genre stylistique bien défini qui présente résolument un monde à lui, avec des moyens esthétiques qui lui sont propres.

▷ Siegfried Kracauer, *Le Roman policier*, 1981, traduit par Geneviève Rochlitz © 1981, Éditions Payot & Rivage, Petite Bibliothèque Payot.

4 Une énonciation complexe

a. Cet extrait fait-il référence à la situation d'énonciation ? Le romancier s'implique-t-il dans son énoncé ?

b. Quelle thèse défend-il de manière implicite ?

Jacques commença l'histoire de ses amours. C'était l'après-dînée : il faisait un temps lourd ; son maître s'endormit. La nuit les surprit au milieu des champs ; les voilà fourvoyés. [...] Vous voyez, lecteur, que je suis en beau chemin, et qu'il ne tiendrait qu'à moi de vous faire attendre un an, deux ans, trois ans, le récit des amours de Jacques, en le séparant de son maître et en leur faisant courir à chacun tous les hasards qu'il me plairait. Qu'est-ce qui m'empêcherait de marier le maître et de le faire cocu ? d'embarquer Jacques pour les îles ? d'y conduire son maître ? de les ramener tous deux en France sur le même vaisseau ? Qu'il est facile de faire des contes ! Mais ils en seront quittes l'un et l'autre pour une mauvaise nuit, et vous pour ce délai.

▷ Denis Diderot, *Jacques le Fataliste*, 1796.

Les figures de style

L'ESSENTIEL

Une figure de style sert à **rendre plus expressif un énoncé**, grâce à une utilisation particulière du lexique ou de la syntaxe.

Les figures d'analogie ou de ressemblance

● La **comparaison** rapproche deux éléments, nommés comparé et comparant, à l'aide d'un outil comparatif : *comme, pareil à, ressembler…*

> Et **le vers** rongera ta peau comme **un remords**.
> ▷ Charles Baudelaire, *Les Fleurs du mal*, « Remords posthume », 1857.

● La **métaphore** rapproche deux réalités, mais sans outil comparatif. Parfois, le comparé est passé sous silence.

> L'or du soir qui tombe.
> ▷ Victor Hugo, *Les Contemplations*, « Demain dès l'aube », 1856.

L'or du soir est le comparant. Le comparé, la lumière du soleil couchant, n'est pas nommé.

● La **personnification** prête des caractéristiques humaines à ce qui ne l'est pas.

> Rome à ne vous plus voir m'a-t-elle condamnée ?
> ▷ Jean Racine, *Bérénice*, 1670.

Les figures de substitution

● La **périphrase** remplace un mot par une expression plus développée. Elle permet d'éviter une répétition et attire l'attention sur une qualité.

> Le roi des animaux *pour* le lion.

● La **métonymie** désigne une chose par un terme qui lui est proche. Elle peut désigner le contenant pour le contenu (*finis ton assiette* pour *finis ce qui est dans ton assiette*), le lieu pour la personne (*les déclarations de l'Élysée* pour *les déclarations du Président*), etc.

● L'**antiphrase** remplace une idée par son contraire, sans laisser le moindre doute sur le sens réel de la phrase. Figure de l'ironie, elle introduit une certaine complicité entre l'émetteur et le récepteur.

> Ah, c'est du propre !

Les figures d'opposition

● L'**antithèse** met en relation deux mots de sens opposés, de manière à souligner le contraste.

> Ton bras est invaincu mais non pas invincible.
> ▷ Pierre Corneille, *Le Cid*, 1636.

● L'**oxymore** oppose deux termes qui sont dépendants grammaticalement dans la phrase.

> Un affreux soleil noir d'où rayonne la nuit
> ▷ Victor Hugo, *Les Contemplations*, 1856.

Les figures d'atténuation ou d'exagération

● L'**euphémisme** sert à atténuer une réalité, jugée souvent trop brutale ou trop désagréable.

> Elle nous a quittés *pour* Elle est morte.

● La **litote** est utilisée pour dire moins, mais de manière à suggérer plus.

> Ce film n'est pas mal *pour* C'est un assez bon film.

● L'**hyperbole** permet d'exagérer une situation, en employant des termes trop forts.

> Il est mort de rire.

Les figures de construction

● L'**énumération** présente une succession de termes, qui vont souvent en s'intensifiant. Le rythme s'accélère, et peut produire un effet de gradation.

> Va, cours, vole et nous venge !
> ▷ Pierre Corneille, *Le Cid*, 1636.

● L'**anaphore** reprend le même mot ou la même expression en tête de phrase, de vers ou de paragraphe.

> **C'est qu'**un souffle, tordant ta grande chevelure, […]
> **C'est que** la voix des mers folles, immense râle, […].
> ▷ Arthur Rimbaud, *Poésies*, « Ophélie », 1870.

● Le **parallélisme** répète la même construction plusieurs fois, afin de souligner une ressemblance ou une opposition.

> **Ce cœur qui** haïssait la guerre **voilà qu'il** bat pour le combat et la bataille !
> **Ce cœur qui** ne battait qu'au rythme des marées […]
> **voilà qu'il** se gonfle […].
> ▷ Robert Desnos, dans *L'Honneur des poètes*, 1943, © Minuit.

● Le **chiasme** fait se suivre deux expressions contenant les mêmes éléments, mais dans la seconde expression l'ordre est inversé (A-B/B-A). Il sert souvent à renforcer l'opposition entre les réalités A et B.

> **J'**ai voulu **mourir** à la guerre :
> La **mort** n'a pas voulu de **moi**.
> ▷ Paul Verlaine, *Sagesse*, « Je suis venu, calme orphelin », 1880.

INFO

Dans la vie quotidienne, les figures de style sont fréquemment utilisées : *boire la tasse, être à cheval sur les principes, décrocher la lune, aller au bout du monde…*

LA MÉTHODE

Analyser une métaphore

Exemple 1

> Je pense à toi mon Lou ton cœur est ma caserne.
>
> ▷ Guillaume APOLLINAIRE, *Poèmes à Lou*, 1947 (posthume).

La métaphore ici est explicite. *Ton cœur* est le comparé, *ma caserne* est le comparant. Soldat au front, le poète trouve refuge dans le cœur de sa bien-aimée.

Exemple 2

> Votre âme est un paysage choisi.
>
> ▷ Paul VERLAINE, *Fêtes galantes*, « Clair de lune », 1869.

Le verbe *être* pose ici une équivalence stricte entre le comparé et le comparant. Cette métaphore picturale qui travestit l'âme en paysage fait entrer dans l'ordre de la représentation ce qui auparavant était de l'ordre de l'invisible. Cette métaphore est néanmoins énigmatique : on ne connaît pas la caractéristique commune qui permet le rapprochement.

Exemple 3

> Ô âme, console-toi. Si ce divin architecte qui a entrepris de te réparer laisse tomber pièce à pièce ce vieux bâtiment de ton corps, c'est qu'il veut te le rendre en meilleur état, c'est qu'il veut le rebâtir dans un meilleur ordre [...].
>
> ▷ Jacques-Bénigne BOSSUET, *Sermon sur la mort*, 1662.

L'âme est ici comparée implicitement à un bâtiment. La métaphore est **filée** (elle se développe sur plusieurs phrases) puisque plusieurs termes la reprennent : *l'architecte* pour Dieu, *vieux bâtiment* pour le corps, *réparer* et *rebâtir* pour la nouvelle maison qui accueillera l'homme après sa mort. La **métaphore filée** sert à dire de manière concrète ce qui est habituellement abstrait et difficile à concevoir.

S'ENTRAÎNER

1 Identifiez les figures de substitution et d'analogie utilisées.

a. Lire Proust demande du temps.
b. Il a pris la route tôt ce matin.
c. Dans l'océan de ta chevelure, j'entrevois un port fourmillant de chants mélancoliques, d'hommes vigoureux de toutes nations et de navires de toutes formes.
d. L'astre parfait qui éclaire nos jours.
e. Il ment comme un arracheur de dents.
f. L'onde calme et noire où dorment les étoiles.

2 Identifiez les figures d'opposition utilisées. Quels champs lexicaux développent-elles ?

a. Père, maîtresse, honneur, amour,
Noble et dure contrainte, aimable tyrannie,
Tous mes plaisirs sont morts, ou ma gloire ternie.
(Pierre CORNEILLE)
b. Cette obscure clarté qui tombe des étoiles.
(Pierre CORNEILLE)
c. Je suis plein du silence assourdissant d'aimer.
(Louis ARAGON)
d. Je vis, je meurs : je me brûle et me noie. (Louise LABÉ)

3 Identifiez dans ce poème une anaphore, une personnification, un parallélisme, une périphrase, une métaphore filée, une antithèse. Expliquez ces figures et dites en quoi elles contribuent à construire le sens du poème.

Où vont tous ces enfants dont pas un seul ne rit ?
Ces doux êtres pensifs, que la fièvre maigrit ?
Ces filles de huit ans qu'on voit cheminer seules ?
Ils s'en vont travailler quinze heures sous des meules ;
Ils vont, de l'aube au soir, faire éternellement
Dans la même prison le même mouvement.
Accroupis sous les dents d'une machine sombre,
Monstre hideux qui mâche on ne sait quoi dans l'ombre,
Innocents dans un bagne, anges dans un enfer,
Ils travaillent. Tout est d'airain, tout est de fer.
Jamais on ne s'arrête et jamais on ne joue. [...]

▷ Victor HUGO, *Les Contemplations*, « Melancholia », 1856.

4 Faites l'analyse des figures de construction utilisées dans ce poème.

Dans le vieux parc solitaire et glacé,
Deux formes ont tout à l'heure passé.

Leurs yeux sont morts et leurs lèvres sont molles,
Et l'on entend à peine leurs paroles.

Dans le vieux parc solitaire et glacé,
Deux spectres ont évoqué le passé.

– Te souvient-il de notre extase ancienne ?
– Pourquoi voulez-vous donc qu'il m'en souvienne ?

– Ton cœur bat-il toujours à mon seul nom ?
Toujours vois-tu mon âme en rêve ? – Non.

– Ah ! les beaux jours de bonheur indicible
Où nous joignions nos bouches ! – C'est possible.

– Qu'il était bleu, le ciel, et grand, l'espoir !
– L'espoir a fui, vaincu, vers le ciel noir.

Tels ils marchaient dans les avoines folles,
Et la nuit seule entendit leurs paroles.

▷ Paul VERLAINE, *Fêtes galantes*,
« Colloque sentimental », 1869.

POUR VOUS AIDER

Soyez attentif aux reprises et aux variations, notamment dans l'avant-dernière strophe.

Genres et tonalités littéraires

L'ESSENTIEL

Les genres

● On peut classer les œuvres littéraires selon la forme d'écriture choisie. On distingue alors **quatre genres** littéraires principaux : le récit, le théâtre, la poésie, la littérature d'idées.

● Ces genres se décomposent en **sous-genres** : le récit comprend ainsi la nouvelle, le conte, le roman ; le théâtre comprend la comédie, la farce, la tragédie ; le poème en prose, la chanson appartiennent au genre poétique ; l'essai, le discours à la littérature d'idées.

● Cette classification ne peut convenir à tous les textes : certains, en effet, semblent relever de **plusieurs genres**. C'est le cas par exemple de la fable.

Les tonalités

La tonalité d'un texte renvoie à l'**impression particulière** que produit ce texte sur le lecteur (tristesse, amusement, exaltation, etc.).

● La **tonalité épique** : les événements sont amplifiés, voire démesurés, et le personnage héroïque est confronté à des obstacles colossaux. L'amplification créée doit provoquer l'étonnement, la crainte, mais aussi l'admiration et l'exaltation.

> Hippolyte lui seul, digne fils d'un héros,
> Arrête ses coursiers, saisit ses javelots,
> Pousse au monstre, et d'un dard lancé d'une main sûre
> Il lui fait dans le flanc une large blessure.
>
> ▷ Jean RACINE, *Phèdre*, 1677.

● La **tonalité tragique** : les personnages prennent conscience de l'existence de forces qui les dépassent. L'infortune du héros doit provoquer la terreur et la pitié.

> Grands dieux, si votre haine
> Persévère à vouloir l'arracher de mes mains,
> Que peuvent devant vous tous les faibles humains ?
>
> ▷ Jean RACINE, *Iphigénie*, 1675.

● La **tonalité pathétique** : des situations douloureuses et poignantes sont évoquées, comme la mort ou la maladie. Elle cherche à attendrir, à émouvoir fortement le lecteur.

> Et Virginie, voyant la mort inévitable, posa une main sur ses habits, l'autre sur son cœur, et levant en haut des yeux sereins, parut un ange qui prend son vol vers les cieux.
>
> ▷ Jacques-Henri BERNARDIN DE SAINT-PIERRE, *Paul et Virginie*, 1789.

● La **tonalité comique** : une situation, un personnage, un discours sont drôles. Elle provoque l'amusement et le rire.

> Une fois qu'on a passé les bornes, il n'y a plus de limites.
>
> ▷ Alphonse ALLAIS, *Aphorismes*, 1902.

● La **tonalité fantastique** : le monde normal est bouleversé par l'irruption de phénomènes étranges. Elle déstabilise le lecteur, provoque le doute et l'effroi.

> Alors je fus pris d'une colère furieuse contre moi-même ; car il n'est pas permis à un homme raisonnable et sérieux d'avoir de pareilles hallucinations. Mais était-ce bien une hallucination ?
>
> ▷ Guy DE MAUPASSANT, *Le Horla*, 1887.

● La **tonalité lyrique** : elle naît de l'évocation des états d'âme. Elle cherche à provoquer chez le lecteur une émotion analogue à celle exprimée.

> Il pleure dans mon cœur
> Comme il pleut sur la ville ;
> Quelle est cette langueur
> Qui pénètre mon cœur ?
>
> ▷ Paul VERLAINE, *Romances sans paroles*, 1874.

● La **tonalité didactique** : il s'agit de développer une thèse dans le but d'enseigner, de prouver quelque chose. Elle vise à obtenir l'adhésion du récepteur.

> Je me suis donc résolu de leur faire considérer dans ce discours comme, par une chute insensible, on tombe d'une vie licencieuse à une mort désespérée.
>
> ▷ Jacques-Bénigne BOSSUET, *Sermon sur l'impénitence finale*, 1662.

INFO

Une même tonalité peut intervenir dans des genres différents : la tonalité épique par exemple est utilisée dans l'épopée, le roman, mais aussi dans la presse sportive.

LA MÉTHODE

✱ Identifier les marqueurs de la tonalité lyrique

> Jours de travail ! seuls jours où j'ai vécu !
> Ô trois fois chère solitude !
> Dieu soit loué, j'y suis donc revenu,
> À ce vieux cabinet d'étude !
> Pauvre réduit, murs tant de fois déserts,
> Fauteuils poudreux, lampe fidèle,
> Ô mon palais, mon petit univers,
> Et toi, Muse, ô jeune immortelle,
> Dieu soit loué, nous allons donc chanter !
> Oui, je veux vous ouvrir mon âme,
> Vous saurez tout, et je vais vous conter
> Le mal que peut faire une femme ;
> Car c'en est une, ô mes pauvres amis
> (Hélas ! vous le saviez peut-être),
> C'est une femme à qui je fus soumis,
> Comme le serf l'est à son maître.
>
> ▷ Alfred DE MUSSET, *Poésies nouvelles*, « La Nuit d'octobre », 1850.

▶

La sensibilité

››› Le **lexique des sentiments** est primordial. Ici les expressions *chère solitude, ouvrir mon âme* relèvent du vocabulaire de l'affectivité. La personnification des objets avec des adjectifs (*vieux, pauvre, fidèle, mon petit univers*) dénote un attachement sentimental.

››› L'**utilisation de la première personne** (*j'ai vécu, j'y suis donc revenu, je veux, je vais, je veux*) révèle des émotions intimes.

L'expressivité

››› Les **modalités exclamative ou interrogative** soulignent la force des sentiments. Les **apostrophes** (plusieurs fois *ô*), les **interjections** (*Hélas !*) et les **adresses directes** (*Et toi, Muse*), en faisant apparaître un destinataire dans le discours, montrent l'épanchement (*vous saurez tout*) ou l'exaltation (*nous allons donc chanter !*).

››› La **musicalité** du poème se traduit par les anaphores (*Dieu soit loué*) et par les rythmes binaires (*Fauteuils poudreux, lampe fidèle*) ou ternaires.

S'ENTRAÎNER

1 QUIZ **Dans quelle tonalité s'inscrit le passage suivant ?**

Ô elle dont je dis le nom sacré dans mes marches solitaires et mes rondes autour de la maison où elle dort, et je veille sur son sommeil, et elle ne le sait pas, et je dis son nom aux arbres confidents, et je leur dis, fou des longs cils recourbés, que j'aime et j'aime celle que j'aime, et qui m'aimera, car je l'aime comme nul autre ne saura [...].

▷ Albert Cohen, *Belle du seigneur*, 1968, © Éditions Gallimard.

- ☐ **a.** tonalité pathétique
- ☐ **b.** tonalité tragique
- ☑ **c.** tonalité lyrique
- ☐ **d.** tonalité épique

2 **Identifiez le genre et la tonalité auxquels appartiennent les différents extraits.**

DOCUMENT 1

Je fais souvent ce rêve étrange et pénétrant
D'une femme inconnue et que j'aime et qui m'aime
Et qui n'est chaque fois ni tout à fait la même
Ni tout à fait une autre, et m'aime et me comprend.

▷ Paul Verlaine, *Poèmes saturniens*, « Mon rêve familier », 1866.

DOCUMENT 2

Agamemnon : – Ma fille, il est trop vrai. J'ignore pour [quel crime
La colère des dieux demande une victime :
Mais ils vous ont nommée. Un oracle cruel
Veut qu'ici votre sang coule sur un autel.

▷ Jean Racine, *Iphigénie*, acte IV, scène 4, 1674.

DOCUMENT 3

Ainsi mon dessein n'est pas d'enseigner ici la méthode que chacun doit suivre pour bien conduire sa raison, mais seulement de faire voir en quelle sorte j'ai tâché de conduire la mienne.

▷ René Descartes, *Discours de la méthode*, 1637.

3 **Une scène étonnante**

a. À quel moment de la journée se situe la scène décrite dans le texte suivant ? Quels sont les sentiments du narrateur ?

b. Peut-on donner une explication claire à ces événements ? Dans quelle tonalité s'inscrit donc cet extrait ?

La pendule sonna onze heures. Le vibrement du dernier coup retentit longtemps, et, lorsqu'il fut éteint tout à fait...
Oh ! non, je n'ose pas dire ce qui arriva, personne ne me croirait, et l'on me prendrait pour un fou.
Les bougies s'allumèrent toutes seules ; le soufflet, sans qu'aucun être visible lui imprimât le mouvement, se prit à souffler le feu, en râlant comme un vieillard asthmatique, pendant que les pincettes fourgonnaient dans les tisons et que la pelle relevait les cendres.
Ensuite une cafetière se jeta en bas d'une table où elle était posée, et se dirigea, clopin-clopant, vers le foyer, où elle se plaça entre les tisons.
Quelques instants après, les fauteuils commencèrent à s'ébranler, et, agitant leurs pieds tortillés d'une manière surprenante, vinrent se ranger autour de la cheminée.

▷ Théophile Gautier, *La Cafetière et autres contes fantastiques*, « La Cafetière », 1831.

4 **Réécrivez ce passage dans une tonalité pathétique, en respectant le genre et la situation d'énonciation.**

Aujourd'hui, maman est morte. Ou peut-être hier, je ne sais pas. J'ai reçu un télégramme de l'asile : « Mère décédée. Enterrement demain. Sentiments distingués. » Cela ne veut rien dire. C'était peut-être hier.
L'asile de vieillards est à Marengo, à quatre-vingts kilomètres d'Alger. Je prendrai l'autobus à deux heures et j'arriverai dans l'après-midi. Ainsi, je pourrai veiller et je rentrerai demain soir. J'ai demandé deux jours de congé à mon patron et il ne pouvait pas me les refuser, avec une excuse pareille.

▷ Albert Camus, *L'Étranger*, 1942, © Éditions Gallimard.

POUR VOUS AIDER

Identifiez le champ lexical que vous devrez développer en priorité, ainsi que le type de phrase le plus à même de traduire des émotions tristes.

8 Le récit : caractéristiques clés

L'ESSENTIEL

L'intrigue

● Par l'intermédiaire du narrateur, le récit présente une succession d'événements. Une intrigue **simple** suit les étapes du **schéma narratif** :
- situation initiale qui présente cadre et personnages ;
- élément perturbateur qui bouleverse l'équilibre initial ;
- péripéties qui font rebondir l'action ;
- élément de résolution qui met un terme aux péripéties ;
- situation finale qui rétablit un équilibre.

● Le récit est **complexe** lorsqu'il mêle **différentes intrigues** qui se déroulent en même temps, ou lorsqu'à l'intérieur d'un récit-cadre, on trouve une autre intrigue racontée par un personnage (**récit enchâssé**).

Le déroulement des événements

Les faits sont souvent racontés dans leur succession chronologique. Mais l'histoire peut présenter :
- une anticipation ou **prolepse** : on annonce des événements qui se produiront plus tard dans l'histoire ;

> Le jeune Icare se tenait à ses côtés, sans se douter qu'il maniait ce qui devait le mettre en mortel péril.
> ▷ OVIDE, *Métamorphoses*.

- un retour en arrière ou **analepse** : on mentionne des événements qui ont déjà eu lieu.

> Un peu plus tôt, le nègre Ange Soleil avait tué sa maîtresse.
> ▷ Jean GENET, *Notre-Dame-des-Fleurs*, 1948.

INFO
La prolepse est en général moins fréquente que l'analepse.

Les personnages

● Le personnage remplit un rôle, qui dépend de la position qu'il occupe par rapport aux autres personnages. Le **schéma actantiel** définit ces rôles :
- le **sujet** est le héros qui fait évoluer l'action en fonction de ce qu'il recherche : une personne, un idéal ou autre, qu'on appelle l'**objet** de la quête ;
- les **adjuvants** sont les auxiliaires (personnages, qualités...) qui vont aider le personnage dans sa quête, face aux **opposants** qui lui font obstacle.

● Le personnage se construit non seulement tout au long de l'intrigue, mais également grâce à des **portraits** qui indiquent ses caractéristiques physiques et morales.

INFO
On parle de **héros** pour désigner le personnage doté d'un rôle majeur. Celui-ci n'est pas nécessairement « héroïque » : il peut être faible ou méprisable.

Roman et nouvelle

● Le genre narratif peut prendre **différentes formes**, notamment celles du roman et de la nouvelle.

● **Récit bref, la nouvelle** se distingue du roman en plusieurs points : les personnages sont moins nombreux, l'intrigue est en général simple, l'étendue dans le temps est plus resserrée. L'action se déroule dans un lieu unique et la fin présente souvent une chute, un effet de surprise. Quand les nouvelles sont publiées en recueil, elles s'inscrivent dans la même veine (fantastique, merveilleuse, réaliste, etc.).

LA MÉTHODE

Étudier un récit enchâssé

> « Mon père, repris-je, il est aisé de juger à votre air et à votre discours que vous avez acquis une grande expérience. Si vous en avez le temps, racontez-moi, je vous prie, ce que vous savez des anciens habitants de ce désert [...] ». Alors, comme quelqu'un qui cherche à se rappeler diverses circonstances, après avoir appuyé quelque temps les mains sur son front, voici ce que le vieillard me raconta.
> En 1726, un jeune homme de Normandie, appelé M. de La Tour, après avoir sollicité en vain du service en France et des secours dans sa famille, se détermina à venir dans cette île pour y chercher fortune. Il avait avec lui une jeune femme qu'il aimait beaucoup et dont il était aimé.
> ▷ Bernardin DE SAINT-PIERRE, *Paul et Virginie*, 1788.

● **Repérer les différents narrateurs, l'endroit où se situe le changement de l'instance narrative**
Le récit enchâssé commence avec le deuxième paragraphe. Le premier paragraphe, récit-cadre, est le fait d'un narrateur interne (récit à la première personne) ; en revanche, le récit enchâssé est à la troisième personne. Le changement de narrateur entraîne alors un **changement de focalisation** (on passe d'un point de vue interne à un point de vue omniscient).

● **Analyser l'intérêt de l'enchâssement**
Ce procédé est un artifice utilisé pour rendre plus vraisemblable le récit qui va suivre. L'histoire racontée par le vieil homme a pour récepteur le premier narrateur, qui est comme un double du lecteur. Ce dernier sera dispensé d'éprouver des doutes, si le premier récepteur lui-même n'en a pas. L'histoire devient plus facilement acceptable par le lecteur. Le récit-cadre apporte donc une **caution** au récit enchâssé.

S'ENTRAÎNER

1 QUIZ

Quel procédé est utilisé dans la phrase suivante ?

Il se consacra à l'écriture de ce livre qui devait le rendre un jour si célèbre.

- ☐ **a.** une prolepse
- ☐ **b.** une progression chronologique
- ☐ **c.** une analepse

2 Un début de roman

a. À quelle étape du schéma narratif correspond cet extrait qui ouvre le roman ?

b. Qui est le personnage principal ?

c. Quelles sont les informations que le lecteur possède d'emblée sur lui ?

Ça a débuté comme ça. Moi, j'avais jamais rien dit. Rien. C'est Arthur Ganate qui m'a fait parler. Arthur, un étudiant, un carabin lui aussi, un camarade. On se rencontre donc place Clichy. C'était après le déjeuner. Il veut me parler. Je l'écoute. « Restons pas dehors ! qu'il me dit. Rentrons ! » Je rentre avec lui. Voilà.

▷ Louis-Ferdinand Céline, *Voyage au bout de la nuit*, 1932, © Éditions Gallimard.

3 Un récit-cadre

a. Commentez l'usage d'une narration à la première personne, et expliquez le rôle de ce passage pour le récit enchâssé qui va suivre.

b. À quelle personne sera-t-il raconté ?

« Monsieur, me dit-il, vous en usez si noblement avec moi, que je me reprocherais, comme une basse ingratitude, d'avoir quelque chose de réservé pour vous. Je veux vous apprendre non seulement mes malheurs et mes peines, mais encore mes désordres et mes plus honteuses faiblesses. Je suis sûr qu'en me condamnant, vous ne pourrez pas vous empêcher de me plaindre. »

Je dois avertir ici le lecteur que j'écrivis son histoire presque aussitôt après l'avoir entendue. […] Voici donc son récit, auquel je ne mêlerai, jusqu'à la fin, rien qui ne soit de lui.

▷ L'abbé Prévost, *Histoire du chevalier Des Grieux et de Manon Lescaut*, 1753.

4 Un narrateur tout-puissant

a. Le narrateur s'adresse-t-il explicitement à quelqu'un ?

b. Combien y a-t-il de récits enchâssés ? Pourquoi ?

Comment s'étaient-ils rencontrés ? Par hasard, comme tout le monde. Comment s'appelaient-ils ? Que vous importe ? D'où venaient-ils ? Du lieu le plus prochain. Où allaient-ils ? Est-ce que l'on sait où l'on va ? Que disaient-ils ? Le maître ne disait rien ; et Jacques disait que son capitaine disait que tout ce qui nous arrive de bien et de mal ici-bas était écrit là-haut.

▷ Denis Diderot, *Jacques le Fataliste*, 1796.

5 Le traitement du temps

a. Quel est le temps de référence de cet extrait ?

b. Comment s'appelle le procédé qui bouleverse l'ordre chronologique dans le deuxième paragraphe ?

c. Quelle remarque pouvez-vous faire sur les temps dans ce paragraphe ?

J'ai fermé les yeux, et j'ai mis les mains dessus, et j'ai tâché d'oublier, d'oublier le présent dans le passé. Tandis que je rêve, les souvenirs de mon enfance et de ma jeunesse me reviennent un à un […].

Je me revois enfant, écolier rieur et frais, jouant, courant, criant avec mes frères dans la grande allée verte de ce jardin sauvage où ont coulé mes premières années […].

▷ Victor Hugo, *Le Dernier Jour d'un condamné*, 1829.

6 Un portrait surprenant

a. Quel est le point de vue utilisé pour faire ce portrait ? S'agit-il d'un portrait physique ou moral ?

b. Quelle image le lecteur a-t-il de Duroy ? Faites des hypothèses sur la suite de l'intrigue : son parcours, sa quête.

Il était un peu gêné, intimidé, mal à l'aise. Il portait un habit pour la première fois de sa vie, et l'ensemble de sa toilette l'inquiétait. Il la sentait défectueuse en tout, par les bottines non vernies, mais assez fines cependant, car il avait la coquetterie du pied, par la chemise de quatre francs cinquante achetée le matin même au Louvre, et dont le plastron trop mince cassait déjà. Ses autres chemises, celles de tous les jours, ayant des avaries plus ou moins graves, il n'avait pas pu utiliser même la moins abîmée. […]

Il montait lentement les marches, le cœur battant, l'esprit anxieux, harcelé surtout par la crainte d'être ridicule ; et, soudain, il aperçut en face de lui un monsieur en grande toilette qui le regardait. Ils se trouvaient si près l'un de l'autre que Duroy fit un mouvement en arrière, puis il demeura stupéfait : c'était lui-même, reflété par une haute glace en pied qui formait sur le palier du premier une longue perspective de galerie. Un élan de joie le fit tressaillir tant il se jugea mieux qu'il n'aurait cru.

▷ Guy de Maupassant, *Bel-Ami*, 1885.

7 Un personnage clé

a. Quel est le personnage présenté dans cet incipit ? Que peut-on en déduire sur son rôle dans le roman ?

b. Comment son portrait est-il construit ?

c. Quel est le point de vue utilisé ?

Nous étions à l'étude, quand le proviseur entra, suivi d'un nouveau habillé en bourgeois. […]

Resté dans l'angle, derrière la porte, si bien qu'on l'apercevait à peine, le nouveau était un gars de la campagne, d'une quinzaine d'années environ, et plus haut de taille qu'aucun de nous tous. Il avait des cheveux coupés droit sur le front, comme un chantre de village, l'air raisonnable et fort embarrassé. Quoiqu'il ne fût pas large des épaules, son habit-veste de drap vert à boutons noirs devait le gêner aux entournures et laissait voir, par la fente des parements, des poignets rouges habitués à être nus. Ses jambes, en bas bleus, sortaient d'un pantalon jaunâtre très tiré par les bretelles. Il était chaussé de souliers forts, mal cirés, garnis de clous.

▷ Gustave Flaubert, *Madame Bovary*, 1857.

9 Le statut du narrateur et le point de vue

L'ESSENTIEL

Qui raconte ?

- Un récit peut être raconté à la **troisième personne** : le narrateur est extérieur à l'histoire et semble complètement absent.

> La procession se déroulait dans le chemin creux ombragé par les grands arbres poussés sur les talus des fermes.
>
> ▷ Guy de Maupassant, « Farce normande », 1882.

- Quand le narrateur est aussi un personnage, qu'il soit simple témoin ou personnage principal, le récit est à la **première personne**.

> Nous venions de sortir de Rouen et nous suivions au grand trot la route de Jumièges.
>
> ▷ Guy de Maupassant, « Un normand », 1882.

- Le narrateur, même s'il n'est pas un personnage, peut intervenir directement dans le récit, pour **prendre le lecteur à témoin** ou commenter un événement. Ces interventions créent une complicité avec le lecteur, ainsi associé à l'histoire.

> Puisque ce Fortunio tant désiré n'est pas encore arrivé, et que sans lui nous ne pouvons commencer notre histoire, nous demanderons au lecteur la permission de lui esquisser les portraits des compagnes de Musidora, à peu près comme on remet un livre d'images ou un album plein de croquis à quelqu'un qu'on est obligé de faire attendre.
>
> ▷ Théophile Gautier, *Fortunio*, 1837.

Qui voit ?

La présence du narrateur, même extérieur au récit, se traduit par le point de vue qu'il adopte pour raconter l'histoire. Le point de vue utilisé n'est pas forcément le même du début à la fin.

- Le narrateur extérieur à l'histoire se contente de raconter ce qu'il voit ou ce qu'il entend : c'est le **point de vue** (ou la focalisation) **externe**. Cela donne l'impression que le narrateur est objectif et impartial.

> Frank écarte la serviette du mur et, avec son pied, achève d'écraser quelque chose sur le carrelage, contre la plinthe.
>
> ▷ Alain Robbe-Grillet, *La Jalousie*, 1957, © Minuit.

- L'histoire est racontée à travers les yeux ou les pensées d'un personnage : on parle de **point de vue** (ou focalisation) **interne**.

> Était-ce bien LUI l'époux promis par mille voix secrètes, qu'une Providence souverainement bonne avait ainsi jeté sur sa route ? [...] Elle n'avait point encore ces élans tumultueux de tout son être, ces ravissements fous, ces soulèvements profonds qu'elle croyait être la passion.
>
> ▷ Guy de Maupassant, *Une vie*, 1883.

- Le narrateur sait tout des personnages (leur passé, leurs pensées, etc.) et peut raconter ce qui se passe au même moment dans différents lieux : on parle de **point de vue omniscient** (ou focalisation zéro).

> Elle avait eu, comme une autre, son histoire d'amour. Son père, un maçon, s'était tué en tombant d'un échafaudage. Puis sa mère mourut, ses sœurs se dispersèrent, un fermier la recueillit, et l'employa toute petite à garder les vaches dans la campagne.
>
> ▷ Gustave Flaubert, *Un cœur simple*, 1877.

ATTENTION !
Il ne faut pas confondre narrateur interne et point de vue interne : un narrateur extérieur au récit peut utiliser un point de vue interne.

LA MÉTHODE

Réécrire un texte en changeant de point de vue

Dans les *Exercices de style*, Raymond Queneau s'amuse à écrire quatre-vingt-dix-neuf versions de la même histoire.

- Voici une des versions (**point de vue externe**).

> Dans l'S, à une heure d'affluence. Un type dans les vingt-six ans, chapeau mou avec cordon remplaçant le ruban, cou trop long comme si on lui avait tiré dessus. Les gens descendent. Le type en question s'irrite contre un voisin. Il lui reproche de le bousculer chaque fois qu'il passe quelqu'un.
>
> ▷ Raymond Queneau, *Exercices de style*, « Notations », 1947, © Éditions Gallimard.

Les notations se veulent neutres et objectives ; le narrateur n'intervient pas directement et semble un simple témoin de la scène.

- Pour réécrire cette scène en adoptant un **point de vue omniscient**, il va falloir ajouter des notations indiquant que le narrateur connaît tout de ses personnages. On peut mentionner les sentiments des personnages et des détails de leur histoire (passée ou future), comme dans cet exemple de réécriture.

> C'était l'heure d'affluence dans l'autobus S, et rares étaient les passagers, fatigués pour la plupart, à conserver un visage serein. Un jeune homme penchait mélancoliquement son long cou, accablé sous le poids des soucis. Sa pauvreté n'avait fait que s'accentuer ces derniers mois, et le beau ruban de son chapeau, faute d'argent, avait été remplacé par une vulgaire ficelle.

▶

● Pour réécrire cette scène selon un **point de vue interne**, on peut faire intervenir un narrateur personnage, dont on va évoquer l'état d'esprit, à l'aide principalement des pensées rapportées et du style indirect libre.

> Après une attente infecte sous un soleil ignoble, je finis par monter dans un autobus immonde où se serrait une bande de cons. Le plus con d'entre ces cons était un boutonneux au sifflet démesuré qui exhibait un galurin grotesque avec un cordonnet au lieu d'un ruban.
>
> ▷ Raymond Queneau, *Exercices de style*, « Injurieux », 1947, © Éditions Gallimard.

S'ENTRAÎNER

1 QUIZ **Quel est le point de vue adopté dans ce passage d'*Exercices de style* de Queneau ?**

Ce que nous étions serrés sur cette plate-forme d'autobus ! Et ce que ce garçon pouvait avoir l'air bête et ridicule ! Et que fait-il ? Ne le voilà-t-il pas qui se met à vouloir se quereller avec un bonhomme qui – prétendait-il ! ce damoiseau ! – le bousculait ! ▷ Raymond Queneau, *Exercices de style*, « Surprises », 1947, © Éditions Gallimard.

☒ **a.** point de vue externe ☐ **b.** point de vue interne ☐ **c.** point de vue omniscient

2 Identifiez le point de vue utilisé dans ces trois courts récits.

a. Un homme s'arrête devant la boutique. Grand et blond, il porte un pardessus foncé. Il baisse la tête, entre dans le magasin, et adresse la parole à la vendeuse qui n'a pas l'air de saisir ce qu'il lui raconte.

b. Miguel ne comprenait pas ce qu'on attendait de lui. Il hésitait : devait-il se taire et tourner les talons ? Fallait-il au contraire qu'il garde son calme et reprenne son exposé ? Le doute le paralysait.

c. Debout devant la fenêtre, l'homme regardait sans les voir les voitures qui défilaient. Cela faisait trois ans qu'il avait emménagé, et le spectacle ne lui inspirait plus la moindre curiosité. Enfant, il avait pourtant rêvé d'habiter la ville. Derrière son dos, le chat s'étirait et plantait ses griffes dans le cuir blanc du canapé.

3 Le narrateur indique-t-il les sentiments ou les pensées d'un personnage ? de plusieurs ? Identifiez le point de vue adopté dans chaque extrait et donnez un indice qui vous a permis de répondre.

Document 1

Les lèvres plissées en un sourire ironique qui lui était familier, il s'avançait à sa rencontre et la regardait fixement de ses grands yeux fatigués. Sous ce regard à brûle-pourpoint, Anna sentit son cœur se serrer. S'était-elle donc attendue à trouver son mari autre qu'il n'était ? Et pourquoi sa conscience lui reprochait-elle soudain l'hypocrisie de leurs rapports ? À vrai dire ce sentiment sommeillait depuis longtemps au plus profond de son être, mais c'était la première fois qu'il se faisait jour avec cette acuité douloureuse.

▷ Léon Tolstoï, *Anna Karénine*, 1877, © Éditions Gallimard, trad. Henri Mongault.

Document 2

Sur le mur nu, la trace du mille-pattes écrasé est encore parfaitement visible. Rien n'a dû être tenté pour éclaircir la tache, de peur d'abîmer la belle peinture mate, non lavable, probablement.

▷ Alain Robbe-Grillet, *La Jalousie*, 1957, © Minuit.

4 L'extrait suivant a pour thème la bataille de Waterloo. Quel est le point de vue utilisé ? Quel est l'effet produit ? Comment se manifeste la connivence entre le narrateur et le lecteur ?

Nous avouerons que notre héros était fort peu héros en ce moment. Toutefois, la peur ne venait chez lui qu'en seconde ligne ; il était surtout scandalisé de ce bruit qui lui faisait mal aux oreilles. L'escorte prit le galop ; on traversait une grande pièce de terre labourée, située au-delà du canal, et ce champ était jonché de cadavres.

– Les habits rouges ! les habits rouges ! criaient avec joie les hussards de l'escorte, et d'abord Fabrice ne comprenait pas ; enfin il remarqua qu'en effet presque tous les cadavres étaient vêtus de rouge. Une circonstance lui donna un frisson d'horreur ; il remarqua que beaucoup de ces malheureux habits rouges vivaient encore ; ils criaient évidemment pour demander du secours, et personne ne s'arrêtait pour leur en donner. Notre héros, fort humain, se donnait toutes les peines du monde pour que son cheval ne mît les pieds sur aucun habit rouge. L'escorte s'arrêta ; Fabrice, qui ne faisait pas assez attention à son devoir de soldat, galopait toujours en regardant un malheureux blessé.

▷ Stendhal, *La Chartreuse de Parme*, 1839.

5 Changer de point de vue

En tournant à l'angle de la rue, Sarah l'aperçut. Enfin, elle l'avait retrouvé ! Elle reconnaissait sa démarche mal assurée. C'était bien lui ! Il fit semblant de ne pas la reconnaître, mais elle était décidée à ne pas le laisser s'échapper. Vraiment, elle n'était pas dupe de son air innocent ! Elle le tenait et il allait enfin lui apporter des réponses. Un doute pourtant la saisit. Ne risquait-elle pas, en lui posant des questions, de révéler à ses ennemis tout ce qu'elle ignorait ? Mais elle agrippa fermement le veston de l'homme qui faisait mine de s'enfuir, et décida de se jeter à l'eau.

a. Quel est le point de vue choisi dans ce texte ?

b. Racontez la même scène à la troisième personne en adoptant le point de vue de l'homme.

c. Racontez-la ensuite en adoptant un point de vue externe.

10 Le rythme dans un récit

L'ESSENTIEL

La **durée du récit** ne correspond presque jamais à la **durée réelle de l'histoire** racontée. Le narrateur choisit de développer certains épisodes ou, au contraire, d'en condenser d'autres. Cette alternance de **passages développés** et de **passages condensés** donne au récit son **rythme**.

L'ellipse

- L'ellipse consiste à **passer sous silence** certains épisodes de manière à **accélérer le récit**.
- Certains moments ne présentant **pas d'intérêt** particulier, le narrateur peut choisir de ne pas les mentionner.
- Parfois, les épisodes ne doivent pas être révélés parce que le narrateur veut les tenir secrets pour entretenir un **suspense** ou parce qu'il veut les oublier.
- Il arrive aussi qu'il soit dans l'incapacité de raconter un événement, parce qu'il était absent ou qu'il ne s'en souvient pas. Souvent l'ellipse est **introduite par un indice temporel** *(le lendemain, trois ans plus tard...)*.

> Enfin, il annonça qu'il irait lui-même à la Préfecture prendre des informations, et les apporterait dimanche prochain entre onze heures et minuit. [*Ellipse.*] Le moment arrivé, elle courut vers l'amoureux.
>
> ▷ Gustave FLAUBERT, *Un cœur simple*, 1877.

AUTEUR CLÉ

Gustave Flaubert (1821-1880), admiré mais aussi décrié de son vivant, s'inscrit dans la lignée du réalisme. Ses œuvres les plus célèbres sont les romans *Madame Bovary* et *L'Éducation sentimentale*, ainsi que la nouvelle *Un cœur simple*.

Le sommaire

- Le sommaire consiste à **condenser en quelques lignes** un épisode, parce qu'il présente moins d'intérêt que d'autres : on raconte rapidement des événements qui ont pris plus de temps à se dérouler.
- Ce procédé permet d'accélérer le récit pour **maintenir l'intérêt du lecteur**. Le plus souvent, le sommaire ne comporte pas de dialogue et présente une succession de passés simples juxtaposés. On peut aussi employer l'imparfait de répétition.

> Bien des années se passèrent. Et la maison ne se louait pas, ne se vendait pas.
>
> ▷ Gustave FLAUBERT, *Un cœur simple*, 1877.

La scène

- Elle tente de **restituer la durée des événements** : le narrateur donne au lecteur l'illusion que la durée des événements racontés est égale au temps nécessaire pour lire la scène, que la durée du récit est identique à la durée de l'histoire. L'événement est alors étiré au maximum.
- Le plus souvent, la scène est **introduite par une indication temporelle** *(or, un dimanche...)* et comporte des dialogues. Elle marque un moment fort de l'action.

> Une d'elles, un jour, aborda Félicité, qui peu de temps après entra dans la chambre toute joyeuse. Elle avait retrouvé une sœur ; et Nastasie Barette, femme Leroux, apparut, tenant un nourrisson à sa poitrine, de la main droite un autre enfant, et à sa gauche un petit mousse les poings sur les hanches et le béret sur l'oreille.
>
> ▷ Gustave FLAUBERT, *Un cœur simple*, 1877.

LA MÉTHODE

Analyser le rythme de la narration

> Puis des années s'écoulèrent, toutes pareilles et sans autres épisodes que le retour des grandes fêtes : Pâques, l'Assomption, la Toussaint. Des événements intérieurs faisaient une date, où l'on se reportait plus tard. Ainsi, en 1825, deux vitriers badigeonnèrent le vestibule ; en 1827, une portion du toit, tombant dans la cour, faillit tuer un homme. L'été de 1828, ce fut à Madame d'offrir le pain bénit ; Bourais, vers cette époque, s'absenta mystérieusement ; et les anciennes connaissances peu à peu s'en allèrent : Guyot, Liébard, Mme Lechaptois, Robelin, l'oncle Gremanville, paralysé depuis longtemps. Une nuit, le conducteur de la malle-poste annonça dans Pont-l'Évêque la révolution de Juillet. Un sous-préfet nouveau, peu de jours après, fut nommé : le baron de Larsonnière.
>
> ▷ Gustave FLAUBERT, *Un cœur simple*, 1877.

● Repérer les indicateurs temporels

Il faut relever tous les adverbes, propositions ou dates qui renseignent sur l'époque à laquelle se déroulent les événements. Ils sont nombreux dans le passage et englobent généralement toute une période, qu'elle soit **vague** *(des années, vers cette époque)* ou **précise** *(en 1825, l'été de 1828)*.

● Analyser l'écoulement du temps

Combien d'années ont passé ?

Il s'agit ici d'un **sommaire**, puisque plusieurs années (au minimum cinq, de 1825 à 1830, date de la révolution de Juillet) sont condensées en quelques lignes. Le récit **s'accélère**, on ne s'étend pas sur ces années *toutes pareilles*. Ce sommaire sert à dire la monotonie d'années toutes semblables les unes aux autres. ▶

● **Étudier les variations de rythme**

Le temps passe-t-il très vite ou très lentement ? À quel moment cela change-t-il ?

Une seule indication précise semble échapper au sommaire : les deux dernières phrases (introduites par l'indicateur spécifique *une nuit*) traitent d'un événement particulier. C'est donc une **scène**, la monarchie de Juillet, qui va être développée. Mais l'événement historique est ramené à sa dimension intime, villageoise, aux conséquences qu'il entraîne sur la vie quotidienne. Si l'intérêt de l'arrivée du sous-préfet n'est pas immédiatement évident, on apprendra par la suite que c'est lui qui fournira à Félicité, personnage principal de la nouvelle, son grand amour.

S'ENTRAÎNER

1 QUIZ **Quel procédé est utilisé dans les phrases suivantes ?**

Ce fut une soirée mémorable. Le lendemain, ils quittèrent la ville très tôt, sans se faire remarquer.

☐ **a.** un sommaire ☐ **b.** une scène ☐ **c.** une ellipse

2 **Soulignez les indications temporelles dans les extraits suivants. Mettent-elles en évidence un sommaire ou une ellipse ?**

a. Pendant quinze jours, il vécut d'une vie économe, réglée et chaste, l'esprit plein de résolutions énergiques.

b. Ils descendirent dans un hôtel dont les fenêtres donnaient sur le quai, et ils se mirent au lit après avoir un peu soupé, très peu. La femme de chambre les réveilla, le lendemain, lorsque huit heures venaient de sonner.

c. Les Du Roy avaient passé à Paris tout l'été, menant une campagne énergique dans *La Vie française* en faveur du nouveau cabinet pendant les courtes vacances des députés.

▷ Guy de Maupassant, *Bel-Ami*, 1885.

3 **Distinguez les différents procédés utilisés dans les extraits suivants. Commentez l'emploi des temps.**

a. Il connut les coulisses des théâtres et celles de la politique, les corridors et les vestibules des hommes d'État de la Chambre des députés, les figures importantes des attachés de cabinet et les mines renfrognées des huissiers endormis.

b. Deux mois s'étaient écoulés ; on touchait à septembre, et la fortune rapide que Duroy avait espérée lui semblait bien lente à venir.

c. Alors, il retourna, un soir, aux Folies-Bergère, avec l'esprit d'y trouver Rachel. Il l'aperçut en effet, dès l'entrée, car elle ne quittait guère cet établissement. Il alla vers elle en souriant, la main tendue. Mais elle le toisa de la tête aux pieds : – Qu'est-ce que vous me voulez ?

d. Il l'avait prise dans ses bras, et il baisait ses cheveux avec emportement, entre le front et le chapeau, à travers le voile.

Une heure et demie plus tard, il la reconduisit à la station de fiacres de la rue de Rome.

▷ Guy de Maupassant, *Bel-Ami*, 1885.

POUR VOUS AIDER

Commencez par repérer toutes les indications temporelles.

4 **Repérez une ellipse narrative dans ce passage et écrivez un court paragraphe qui prendra la forme d'un sommaire, pour la combler.**

Pendant de longues minutes il multiplia, autour du front de l'endormie, les magnétiques passes du réveil – vainement. Edison s'aperçut, au bout d'une heure d'anxiété et d'efforts de volition devenus stériles, que celle qui semblait dormir avait définitivement quitté le monde des humains. Environ trois semaines après ces événements, M. Edison, n'ayant reçu ni lettre ni dépêche de Lord Ewald, commençait à s'inquiéter de ce silence.

▷ Auguste de Villiers de L'Isle-Adam, *L'Ève future*, 1886.

5 **Rythme et temps**

a. Quels sont les temps employés dans ce passage ? Combien de temps s'est écoulé ?

b. Comment appelle-t-on ce procédé ? Pourquoi est-il utilisé ?

c. Écrivez la fin de la nouvelle : Mme Loisel rencontre par hasard son ancienne amie et lui avoue la vérité. Votre texte prendra la forme d'une scène.

Mme Loisel a perdu une parure de diamants prêtée par son amie, Mme Forestier. Le ménage Loisel ne dit rien et remplace le collier, mais s'endette terriblement pour le payer.

Mme Loisel connut la vie horrible des nécessiteux. Elle prit son parti, d'ailleurs, tout d'un coup, héroïquement. Il fallait payer cette dette effroyable. Elle payerait. On renvoya la bonne ; on changea de logement ; on loua sous les toits une mansarde. Elle connut les gros travaux du ménage, les odieuses besognes de la cuisine. Elle lava la vaisselle, usant ses ongles roses sur les poteries grasses et le fond des casseroles. Elle savonna le linge sale, les chemises et les torchons, qu'elle faisait sécher sur une corde ; elle descendit à la rue, chaque matin, les ordures, et monta l'eau, s'arrêtant à chaque étage pour souffler. Et, vêtue comme une femme du peuple, elle alla chez le fruitier, chez l'épicier, chez le boucher, le panier au bras, marchandant, injuriée, défendant sou à sou son misérable argent. […]

Et cette vie dura dix ans.

Au bout de dix ans, ils avaient tout restitué, tout, avec le taux de l'usure, et l'accumulation des intérêts superposés.

▷ Guy de Maupassant, *La Parure*, 1884.

11 Le récit réaliste au XIXe siècle

L'ESSENTIEL

L'adjectif *réaliste* qualifie la plupart des grands romans du XIXe siècle, qui visent à l'**imitation de la réalité**. Le roman est « comme un miroir que l'on promène sur une grande route », selon les termes employés par Stendhal dans *Le Rouge et le Noir*.

Le mouvement réaliste

● Les thèmes

Le roman réaliste s'attache à **peindre la société** : les personnages incarnent la **diversité des classes sociales**, et une attention particulière est accordée aux milieux défavorisés. Le **monde moderne** (sous l'angle de la ville ou celui des machines industrielles qui ont révolutionné le siècle) sert souvent de cadre à l'action.

● Les personnages

Ils s'inscrivent dans un **espace réaliste** : lieux de travail (la fabrique, les champs), lieux domestiques (l'espace où l'on vit et où l'on mange) ou lieux de rencontres (le café, le bal). Le rapport du personnage au monde se construit par le biais du **corps** : on s'intéresse à ses appétits et à sa déchéance (la maladie, la misère). Le héros réaliste est souvent porté par un **désir de réussite sociale**, laquelle n'est pas forcément au rendez-vous.

● Les procédés

Le recours au **lexique spécialisé** propre à l'univers représenté est fréquent. Les personnages s'expriment dans un langage conforme à leur milieu. La **description** occupe un rôle prépondérant. Les romanciers ont le souci du **détail vrai**, particulièrement apte à ancrer le récit dans le réel. Le narrateur se veut omniscient pour transmettre une **vision objective et complète** de la réalité.

● Les limites du réalisme

Ce n'est pourtant pas une pure reproduction de la réalité qu'offre le roman, puisque sa forme même suppose une reconstruction : la nécessité romanesque préside aux destinées des personnages, seuls les événements nécessaires sont mentionnés, et le temps réel est déformé pour les besoins de l'œuvre. Il s'agit bien plus de créer l'**illusion du vrai**. C'est dans cette optique que le narrateur adopte parfois un point de vue interne : la perception de la réalité se fait par le filtre de la conscience d'un individu.

Le mouvement naturaliste

Dans la continuité du réalisme, le naturalisme tente aussi de dire la réalité ; mais il s'en distingue par la **perspective scientifique** qu'il adopte.

● La méthode

Le romancier analyse aussi l'action du milieu social moderne (la naissance du monde ouvrier, par exemple) sur l'individu.

● Les thèmes

La **réalité tout entière** est prise en compte, aucun domaine n'est exclu. Pour Zola, principal artisan de ce mouvement, il faut « tout voir et tout peindre ». L'influence du milieu intérieur, c'est-à-dire de l'**hérédité**, est importante.

ŒUVRE CLÉ

Les Rougon-Macquart est un ensemble de vingt romans où Zola étudie une famille à travers cinq générations, toutes marquées par la folie de leur aïeule.

LA MÉTHODE

Analyser une description

Le train est chargé de soldats en partance pour le front.

La chaudière était pourvue d'eau, le charbon dont le foyer venait d'être rempli, s'embrasait ; et pendant la première demi-heure, la pression monta follement, la vitesse devint effrayante. Sans doute, le conducteur-chef, cédant à la fatigue, s'était endormi. Les soldats, dont l'ivresse augmentait, à être ainsi entassés, subitement s'égayèrent de cette course violente, chantèrent plus fort. On traversa Maromme, en coup de foudre. Il n'y avait plus de sifflet, à l'approche des signaux, au passage des gares. C'était le galop tout droit, la bête qui fonçait tête basse et muette, parmi les obstacles. Elle roulait, roulait sans fin, comme affolée de plus en plus par le bruit strident de son haleine.

À Rouen, on devait prendre de l'eau : et l'épouvante glaça la gare, lorsqu'elle vit passer, dans un vertige de fumée et de flammes, ce train fou, cette machine sans mécanicien ni chauffeur, ces wagons à bestiaux emplis de troupiers qui hurlaient des refrains patriotiques.

▷ Émile ZOLA, *La Bête humaine*, 1890.

● Repérer les outils de la description

Quels sont les verbes, les adjectifs, les images utilisés ?

La description est dynamique : les **verbes de mouvement** abondent *(augmentait, fonçait, roulait)*. Les notations sont principalement visuelles *(vit passer)* et auditives *(chantèrent, bruit strident)*. La figure majeure est la **métaphore** de la locomotive en bête *(galop, bête, affolée, haleine)*. En réponse à l'animalisation du train, apparaît la personnification de la gare dans le dernier paragraphe. Les notations renvoient à un univers parfaitement réaliste *(chaudière, charbon, Rouen, wagons à bestiaux)*.

▶

Étudier l'organisation de la description

Suit-elle un ordre ?

Narration et description sont mêlées. À la première ivresse qui s'empare du train livré à lui-même, s'ajoute ensuite celle des soldats (caractérisés comme des animaux : *entassés, wagons à bestiaux*). La vitesse *(subitement, en coup de foudre, galop)* et la folie *(follement, effrayante, affolée, fou)* s'installent. La description part du cœur de la machine *(le foyer)*, passe par ses entrailles *(les soldats)*, avant d'en donner une vision globale (la gare voit passer le *train fou*).

Comprendre le rôle de la description

A-t-elle une fonction symbolique ?

Il s'agit ici de faire de la locomotive un personnage à part entière qui, comme les hommes, apparaît dans sa dimension animale. En créant une correspondance entre les personnages et l'objet décrit, c'est toute une atmosphère qui s'installe et qui va commander la suite du roman. L'**animalisation** mise en place par le romancier contredit son idéal d'objectivité : il crée ici un **mythe du monde moderne**.

S'ENTRAÎNER

1 QUIZ **Dans quel milieu social évolue le personnage évoqué dans le passage suivant ?**

C'était une de ces jolies et charmantes filles, nées, comme par une erreur du destin, dans une famille d'employés.

▷ Guy de Maupassant, *La Parure*, 1884.

☐ **a.** le peuple ☐ **b.** la bourgeoisie ☐ **c.** la noblesse

2 Un portrait réaliste ?

a. Étudiez l'ancrage historique et géographique du passage et le milieu social dont il est question. Cet extrait relève-t-il du mouvement réaliste ?

b. Comment se manifeste la présence du narrateur ? Quel jugement porte-t-il ?

Lors d'une foire agricole, une femme nommée Catherine Leroux reçoit une médaille pour « cinquante-quatre ans de service dans une même ferme ».

Quelque chose d'une rigidité monacale relevait l'expression de sa figure. Rien de triste ou d'attendri n'amollissait ce regard pâle. Dans la fréquentation des animaux, elle avait pris leur mutisme et leur placidité. C'était la première fois qu'elle se voyait au milieu d'une compagnie si nombreuse ; et intérieurement effarouchée par les drapeaux, par les tambours, par les messieurs en habit noir et par la croix d'honneur du Conseiller, elle demeurait tout immobile, ne sachant s'il fallait s'avancer ou s'enfuir, ni pourquoi la foule la poussait et pourquoi les examinateurs lui souriaient. Ainsi se tenait, devant ces bourgeois épanouis, ce demi-siècle de servitude.

▷ Gustave Flaubert, *Madame Bovary*, 1857.

3 Une description subjective

a. Quel est le point de vue adopté dans cette description ? Que ressentent les deux femmes à la fenêtre ?

b. Montrez comment les détails objectifs et les impressions subjectives alternent dans le passage. Le narrateur est-il totalement absent, caché derrière ce spectacle ?

Assises près de la fenêtre, elles coupaient, tailladaient, cousaient ; de temps à autre, elles levaient le nez et regardaient au travers des vitres. Un bout de soleil tachait la voie par places et trempait ses rayons pâles dans le ventre des flaques. Les Parisiens abusaient de cette éclaircie pour aller encore à la campagne. Les trains de Versailles se succédaient de dix en dix minutes. […] Cette manie des boutiquiers de vouloir s'ébattre, en plein air, dans un Clamart quelconque, cette satisfaction imbécile de porter, à cheval sur une canne, le panier aux provisions ; ces dînettes avec du papier gras sur l'herbe ; ces retours avec des bottelettes de fleurs ; ces cabrioles, ces cris, ces hurlées stupides sur les routes, ces débraillés de costumes, ces habits bas, ces chemises bouffant de la culotte, ces corsets débridés, ces ceintures lâchant la taille de plusieurs crans ; ces parties de cache-cache et de visa dans les buissons empuantis par toutes les ordures des repas terminés et rendus, leur firent envie.

▷ Joris Karl Huysmans, *Les Sœurs Vatard*, 1879.

4 Une définition du réalisme

a. Sur quelle opposition repose la conception du réalisme de Maupassant ?

b. Expliquez quelle doit être, selon lui, la démarche du romancier.

c. Commentez le procédé utilisé dans la première et dans la dernière phrase.

Le vrai peut quelquefois n'être pas vraisemblable.
Le réaliste, s'il est un artiste, cherchera, non pas à nous montrer la photographie banale de la vie, mais à nous en donner la vision plus complète, plus saisissante, plus probante que la réalité même.
Raconter tout serait impossible, car il faudrait alors un volume au moins par journée, pour énumérer les multitudes d'éléments insignifiants qui emplissent notre existence.
Un choix s'impose donc – ce qui est une première atteinte à la théorie de toute la vérité. […]
Faire vrai consiste donc à donner l'illusion complète du vrai, suivant la logique ordinaire des faits, et non à les transcrire servilement dans le pêle-mêle de leur succession.
J'en conclus que les Réalistes de talent devraient s'appeler plutôt des Illusionnistes.

▷ Guy de Maupassant, préface de *Pierre et Jean*, « Le Roman », 1888.

5 Le roman se doit, selon Zola, de faire naître une prise de conscience chez le lecteur. Pensez-vous, comme lui, que la littérature doit se mettre au service d'une ambition sociale ? Développez votre point de vue dans un paragraphe argumenté, accompagné d'exemples précis pour appuyer vos propos.

12 Nouvelles formes de récit aux XXe et XXIe siècles

L'ESSENTIEL

Le rejet du modèle romanesque du XIXe siècle

La première moitié du XXe siècle est marquée par une contestation du modèle romanesque traditionnel.

● **Disparition du narrateur omniscient**

La narration se fait désormais à la **1re personne** : la **subjectivité** est revendiquée, l'**introspection** du narrateur occupe une place prépondérante. Proust, avec *À la recherche temps perdu*, peut sembler s'inscrire dans la filiation de la comédie humaine d'un Balzac ou d'un Zola. Mais, pour lui, l'art n'a pas pour but de « décrire les choses », ce sont les impressions passées qui fournissent la matière de l'art : écrire, c'est se souvenir, et l'ordre chronologique n'est pas toujours respecté.

AUTEUR CLÉ

Marcel Proust (1871-1922) est admiré pour la structure de ses phrases qui possèdent une longueur inusitée (parfois plusieurs pages), une syntaxe riche en subordonnées et un rythme très travaillé.

● **Des personnages sans héroïsme**

La figure du personnage principal va subir un bouleversement. Dans *Voyage au bout de la nuit*, de Céline, le narrateur et personnage principal n'a plus rien d'héroïque : toutes les tonalités sont présentes pour exprimer le désespoir, qui prend souvent l'aspect de la dérision. Le plus grand bouleversement repose sur le langage : le registre familier, les tournures orales, les néologismes doivent permettre de retrouver **l'émotion du « parlé » à travers l'écrit**.

> Mais il n'y avait que moi, bien moi, moi tout seul, à côté de lui, un Ferdinand bien véritable auquel il manquait ce qui ferait un homme plus grand que sa simple vie, l'amour de la vie des autres. De ça, j'en avais pas, ou vraiment si peu que c'était pas la peine de le montrer. J'étais pas grand comme la mort moi. J'étais bien plus petit.
>
> ▷ Louis-Ferdinand Céline, *Voyage au bout de la nuit*, 1932, © Éditions Gallimard.

Le Nouveau Roman et la déconstruction du personnage

● Les années 1950 sont marquées par l'avènement du **Nouveau Roman** : le personnage se retrouve privé de nom, de passé, d'histoire. Différents narrateurs se succèdent. Les récits sont souvent faits au présent et adoptent une focalisation externe.

● La **démarche de l'écrivain** devient ainsi le sujet des romans de Robbe-Grillet, Sarraute, Butor.

La renaissance du personnage

En réaction au Nouveau Roman, la fin du XXe siècle et le début du XXIe siècle assistent à la renaissance du personnage. Le « je » est privilégié et possède parfois de nombreuses ressemblances avec l'auteur. Les **formes d'écritures autobiographiques** abondent et évoluent.

INFO

À la fin du XXe siècle, les **autofictions** apparaissent : l'auteur se fait personnage principal, avec sa véritable identité, dans des récits au moins partiellement fictifs.

LA MÉTHODE

✱ Étudier une narration inhabituelle

> « Et au moment précis où… » est une des formules magiques que l'on trouve dans tous les romans, une formule qui nous ensorcelle à la lecture des *Trois Mousquetaires*, le roman préféré du professeur Avenarius, auquel je dis en guise de salut : « En ce moment précis, tandis que tu entres dans le bassin, l'héroïne de mon roman a enfin tourné la clef de contact et prend la route de Paris. […] » Ce hasard-là ne peut être dit poétique, parce qu'il ne donne aucun sens particulier à ton entrée dans le bassin, mais c'est un hasard très précieux quand même, que j'appelle *contrapuntique*. C'est comme si deux mélodies s'unissaient en une même composition. […] Mais il y a encore un autre type de hasard : « Le professeur Avenarius s'engouffra dans le métro à Montparnasse au moment précis où s'y trouvait une belle dame qui tendait une tirelire rouge. » Nous avons là un hasard *générateur d'histoire*, particulièrement cher aux romanciers.
>
> ▷ Milan Kundera, *L'Immortalité*, 1990, © Éditions Gallimard.

● **Étudier l'énonciation**

Le « je » désigne l'auteur. L'énoncé semble ancré dans la situation d'énonciation : l'auteur s'adresse au lecteur, au présent. Mais l'arrivée d'Avenarius et l'usage du passé simple pour la narration rappellent un récit traditionnel, coupé de la situation d'énonciation. La distinction entre auteur (réel) et narrateur-personnage (fictif) tend à s'effacer.

● **Étudier les personnages**

Le romancier parle de son roman à son ami : cette situation est potentiellement réelle. Mais on apprend qu'Avenarius a rencontré plusieurs personnages du livre, pourtant fictifs. La frontière entre réalité et fiction disparaît.

▶

Comprendre la théorie romanesque
En montrant à quel point l'agencement des événements peut créer du sens, Kundera surexpose le travail du romancier. La notion d'unité d'action éclate : un roman pourrait exposer tous les possibles. Le travail du romancier est ici au cœur du livre.

S'ENTRAÎNER

1 QUIZ

À quel genre peut-on associer cet extrait ?

Il est presque l'heure de l'apéritif et A… n'a pas attendu davantage pour appeler le boy, qui apparaît à l'angle de la maison, portant le plateau avec les deux bouteilles, trois grands verres et le seau à glace.

▷ Alain Robbe-Grillet, *La Jalousie*, 1957, © Minuit.

- ☐ **a.** l'autofiction
- ☐ **b.** le roman réaliste
- ☐ **c.** le Nouveau Roman

2 Le Nouveau Roman

a. Quel est le lien entre ces deux paragraphes ?
b. Le roman peut-il ici se définir comme un récit chronologique ?
c. Quelles remarques pouvez-vous faire sur la syntaxe et le lexique utilisés ?

Boris ouvrit la porte et se trouva face à face avec deux policiers en uniformes noirs et casquettes plates. Ils restèrent un moment à le considérer avec attention, puis, sans détourner la tête, le plus âgé dit au second :
« C'est bien lui, pas d'hésitation.
– Alors on l'emmène », répondit le plus jeune.
Boris se demanda s'ils étaient là depuis longtemps, à l'attendre sur le palier, ou bien s'ils venaient d'arriver lorsque lui-même était sorti. Il ne dit rien, puisque les autres ne lui adressaient pas la parole mais, quand il eut refermé la porte, l'ancien l'écarta d'un geste et, après s'être assuré que la serrure fonctionnait bien, empocha la clef ; Boris nota seulement qu'il devrait la lui réclamer plus tard. Tous trois descendirent l'escalier. […]

Lorsqu'il ouvrit la porte, il vit deux sergents de ville qui montaient d'un pas pesant ; il sortit et tourna sa clef dans la serrure ; les deux hommes continuèrent avec lenteur à gravir les marches vers le palier suivant. Boris remit la clef dans sa poche et descendit.

▷ Alain Robbe-Grillet, *Un Régicide*, 1978, © Minuit.

3 Comprendre une démarche romanesque

a. Comment sera le récit que le narrateur se propose de faire ?
b. Comment justifie-t-il cela ?
c. Quelle conception de l'écriture romanesque se dégage alors de ce passage ?

D'un homme à la mémoire lacunaire, longtemps plombée de mensonges puis gauchie par le temps, hantée d'incertitudes, et un jour soudainement porté à incandescence, quelle histoire peut-on écrire ?
Une esquisse de portrait, un récit en désordre, ponctué de blancs, de trous, scandé d'échos, et à la fin s'effrangeant. Tant pis pour le désordre, la chronologie d'une vie humaine n'est jamais aussi linéaire qu'on le croit. Quant aux blancs, aux creux, aux échos et aux franges, cela fait partie intégrante de toute écriture, car de toute mémoire. Les mots d'un livre ne forment pas davantage un bloc que les jours d'une vie humaine, aussi abondants soient ces mots et ces jours, ils dessinent juste un archipel de phrases, de suggestions, de possibilités inépuisées sur un vaste fond de silence. Et ce silence n'est ni pur ni paisible, une rumeur y chuchote tout bas, continûment.

▷ Sylvie Germain, *Magnus*, 2005, Albin Michel.

POUR VOUS AIDER
Étudiez le rapport que l'écriture entretient avec la réalité.

4 L'autofiction

a. Lisez ce dialogue qui intervient dans les dernières pages du roman où l'auteure est à la fois narratrice et personnage principal. Quelle est, selon la narratrice, la différence entre l'autobiographie et la fiction ?
b. Comment le lecteur doit-il alors interpréter le roman qu'il vient de lire ?

– Je ne crois pas à l'accent de vérité, monsieur. Je n'y crois pas du tout. Je suis presque certaine que vous, nous, lecteurs, tous autant que nous sommes, pouvons être totalement dupes d'un livre qui se donnerait à lire comme *la vérité* et ne serait qu'invention, travestissement, imagination. Je pense que n'importe quel auteur un peu habile peut faire ça. Multiplier les effets de réel pour faire croire que ce qu'il raconte a eu lieu. Et je vous mets au défi – vous, moi, n'importe qui – de démêler le vrai du faux. D'ailleurs, ce pourrait être un projet littéraire, écrire un livre entier qui se donnerait à lire comme *une histoire vraie*, un livre soi-disant *inspiré de faits réels*, mais dont tout, ou presque, serait inventé.
– […] Nous, on veut savoir à quoi s'en tenir. C'est vrai ou ce n'est pas vrai, un point c'est tout. C'est une autobiographie ou c'est une pure fiction. C'est un contrat passé entre vous et nous. Mais si vous arnaquez le lecteur, il vous en veut. […]
Le soir, quand je me suis couchée, j'ai repensé à cette expression de pure fiction que l'homme avait utilisée et qu'il m'était arrivé d'employer aussi. En quoi la fiction était-elle pure ? De quoi était-elle soi-disant exempte ? N'y avait-il pas toujours, dans la fiction, une part de nous-même, de notre mémoire, de notre intimité ? On parlait de pure fiction, jamais de pure autobiographie. On n'était donc pas complètement dupe. Mais après tout, peut-être que ni l'une ni l'autre n'existaient.

▷ Delphine de Vigan, *D'après une histoire vraie*, 2015, JC Lattès.

13 Le théâtre : caractéristiques clés

L'ESSENTIEL

Composition d'une pièce de théâtre

Le texte de théâtre est fait pour être dit et représenté. Il comprend **le dialogue** et **les didascalies**.

- La ou les premières scènes (parfois le premier acte) correspondent à **l'exposition** : il s'agit de présenter les ressorts qui vont permettre à l'intrigue de se mettre en place.
- **L'intrigue** est l'ensemble des événements qui forment le « nœud » de la pièce. Dans les pièces en cinq actes, l'action culmine souvent au troisième acte. Dans *Le Cid* de Corneille, Rodrigue pourra-t-il épouser Chimène, alors que pour venger son père il a tué le père de celle-ci ?

> **ŒUVRE CLÉ**
> ***Le Cid*** (1637) est une tragi-comédie de Corneille dans laquelle Rodrigue tue le père de Chimène, mais sa valeur guerrière lui permet d'obtenir le pardon du roi et la main de Chimène.

- La ou les dernières scènes correspondent au **dénouement** : le conflit est résolu, l'obstacle supprimé et le spectateur est renseigné sur le sort des personnages.

Espace et temps

- Dans le théâtre classique, la pièce se déroule dans **un seul lieu**. Si l'action se déroule dans plusieurs endroits, chaque partie marquée par un changement de décor est appelée « tableau ».
- La durée de la **représentation** ne coïncide que rarement avec la durée de l'**action**. Dans le théâtre classique, la durée de l'action ne dépasse pas une journée. Mais des années peuvent aussi s'écouler entre les actes. La durée de l'action peut être incertaine : les repères temporels sont brouillés et la fin de la pièce peut ressembler à son début, comme dans *La Cantatrice chauve* de Ionesco.

Les principaux genres théâtraux

- Les principaux genres sont la **farce** (pièce comique qui met en scène des personnages populaires), la **comédie** (pièce légère où les personnages rencontrent des obstacles, mais dont le dénouement est heureux) et la **tragédie** (pièce grave où des personnages nobles sont soumis à la fatalité et dont le dénouement est malheureux).
- Au **xxe siècle**, la distinction des genres a tendance à s'effacer, le découpage en actes et scènes disparaît et les lieux, comme les personnages, se multiplient.

LA MÉTHODE

Analyser un extrait de théâtre

> *La scène se déroule à Paris, dans la maison de Célimène. Alceste, personnage principal, se caractérise par son dégoût des hommes, sa « misanthropie ».*
>
> PHILINTE. – Qu'est-ce donc ? Qu'avez-vous ?
> ALCESTE. – Laissez-moi, je vous prie.
> PHILINTE. – Mais encor, dites-moi, quelle bizarrerie…
> ALCESTE. – Laissez-moi là, vous dis-je, et courez vous cacher.
> PHILINTE. – Mais on entend les gens, au moins, sans se fâcher.
> ALCESTE. – Moi, je veux me fâcher, et ne veux point entendre.
> PHILINTE. – Dans vos brusques chagrins je ne puis vous comprendre,
> Et, quoique amis, enfin, je suis tout des premiers…
> ALCESTE, *se levant brusquement.* – Moi, votre ami ? Rayez [cela de vos papiers.
> J'ai fait jusques ici profession de l'être.
> Mais après ce qu'en vous je viens de voir paraître,
> Je vous déclare net que je ne le suis plus,
> Et ne veux nulle place en des cœurs corrompus.
> PHILINTE. – Je suis donc bien coupable, Alceste, à votre compte ?
> ALCESTE. – Allez, vous devriez mourir de pure honte ;
> Une telle action ne saurait s'excuser,
> Et tout homme d'honneur s'en doit scandaliser.
>
> ▷ MOLIÈRE, *Le Misanthrope*, acte I, scène 1, 1666.

● Situer l'extrait

Il s'agit de l'**exposition** de la pièce, sans doute une comédie à en juger par l'auteur. Alceste, personnage principal qui donne son titre à la pièce, apparaît pour la première fois ; dans cette **scène de conflit**, il est furieux contre son ami Philinte, lequel ne comprend pas ses torts.

● Étudier le discours des personnages

Bien qu'Alceste ne souhaite pas converser avec Philinte, son temps de parole est beaucoup plus important : cette contradiction semble indiquer que le plaisir d'invectiver son ami dépasse le désir de le voir partir. Son discours est **catégorique** et autoritaire (verbes à l'impératif et didascalie). Philinte, lui, s'ingénie à comprendre l'humeur de son ami, dont la logique pourtant lui échappe (*bizarrerie*, *brusques chagrins*).

● Ouvrir sur la suite de la pièce

Cette apparition d'Alceste témoigne de son caractère tranché et de son désir de se distinguer du commun des mortels (à la généralisation du *on* employé par Philinte, Alceste oppose son *moi*). L'emportement d'Alceste et son attitude intransigeante seront-ils justifiés ? Pourra-t-il concilier ses exigences morales et son amour pour Célimène, chez qui se déroule la pièce ?

S'ENTRAÎNER

1 QUIZ

Associez chaque personnage au type de pièce qui lui correspond.

Lucile ○	○ farce
Gros-René ○	○ tragédie
Jules César ○	○ comédie

2 Voici des titres de pièces de théâtre. Indiquez pour chaque pièce à quel genre elle appartient.

Le Jeu de l'amour et du hasard • *Alexandre le Grand* • *Ubu cocu* • *Cléopâtre captive* • *Le Dindon* • *La Farce du cuvier* • *Le Malade imaginaire* • *On ne badine pas avec l'amour* • *César* • *Le Mariage de Figaro.*

3 Identifiez le genre auquel appartient chacun des extraits suivants et donnez un indice qui vous a permis de répondre.

DOCUMENT 1

BÉRÉNICE. – Seigneur, je n'ai pas cru que dans une journée
Qui doit avec César unir ma destinée,
Il fût quelque mortel qui pût impunément
Se venir à mes yeux déclarer mon amant.

▷ Jean RACINE, *Bérénice*, acte I, scène 4, 1670.

DOCUMENT 2

MAGDELON. – Mon père, voilà ma cousine qui vous dira aussi bien que moi que le mariage ne doit jamais arriver qu'après les autres aventures. Il faut qu'un amant, pour être agréable, sache débiter les beaux sentiments, pousser le doux, le tendre et le passionné, et que sa recherche soit dans les formes.

▷ MOLIÈRE, *Les Précieuses ridicules*, acte I, scène 4, 1659.

DOCUMENT 3

SGANARELLE. – Ne vous imaginez pas que je sois un médecin ordinaire, un médecin du commun. Tous les autres médecins ne sont, à mon égard, que des avortons de médecine. [...] Monsieur Gorgibus, y aurait-il moyen de voir de l'urine de l'égrotante[1] ?

GORGIBUS. – Oui-da ; Sabine, vite allez quérir de l'urine de ma fille. Monsieur le médecin, j'ai grand'peur qu'elle ne meure.

SGANARELLE. – Ah ! qu'elle s'en garde bien ! Il ne faut pas qu'elle s'amuse à se laisser mourir sans l'ordonnance du médecin. Voilà de l'urine qui marque grande chaleur, grande inflammation dans les intestins : elle n'est pas tant mauvaise pourtant.

GORGIBUS. – Hé quoi ? Monsieur, vous l'avalez ?

1. L'égrotante : la malade.

▷ MOLIÈRE, *Le Médecin volant*, acte I, scène 4, 1658.

POUR VOUS AIDER

Pour différencier les genres, repérez le ton dominant de chaque extrait : grotesque, léger ou grave.

4 Une scène d'exposition

a. Où se situe ce passage dans l'œuvre ? À quoi sert-il ? Qui sera le personnage principal de la pièce ?

b. Qui dresse son portrait ? Pourquoi a-t-on choisi ce personnage pour en parler ?

c. Qu'apprend-on sur le personnage principal ? Quel sera le sujet de l'intrigue ?

Sganarelle, le valet de Dom Juan, parle de son maître à Gusman.

SGANARELLE. – [...] Tu me dis qu'il a épousé ta maîtresse : crois qu'il aurait plus fait pour sa passion, et qu'avec elle il aurait encore épousé toi, son chien et son chat. Un mariage ne lui coûte rien à contracter ; il ne se sert point d'autres pièges pour attraper les belles, et c'est un épouseur à toutes mains. Dame, damoiselle, bourgeoise, paysanne, il ne trouve rien de trop chaud ni de trop froid pour lui ; et si je te disais le nom de toutes celles qu'il a épousées en divers lieux, ce serait un chapitre à durer jusqu'au soir. Tu demeures surpris et changes de couleur à ce discours ; ce n'est là qu'une ébauche du personnage, et pour en achever le portrait, il faudrait bien d'autres coups de pinceau.

▷ MOLIÈRE, *Dom Juan*, acte I, scène 1, 1665.

5 Le dénouement

a. Où se situe ce passage dans la pièce ? Qu'arrive-t-il à Dom Juan ? Pourquoi ?

b. Comment peut-on qualifier ce dénouement ?

c. Sganarelle est le dernier à prendre la parole : à quoi sert son intervention ?

LA STATUE. – Dom Juan, l'endurcissement au péché traîne une mort funeste, et les grâces du Ciel que l'on renvoie ouvrent un chemin à sa foudre.

DOM JUAN. – Ô Ciel ! que sens-je ? Un feu invisible me brûle, je n'en puis plus et tout mon corps devient un brasier ardent. Ah !

(Le tonnerre tombe avec un grand bruit et de grands éclairs sur Dom Juan ; la terre s'ouvre et l'abîme ; et il sort de grands feux de l'endroit où il est tombé.)

SGANARELLE. – Ah ! mes gages, mes gages ! Voilà par sa mort un chacun satisfait : Ciel offensé, lois violées, filles séduites, familles déshonorées, parents outragés, femmes mises à mal, maris poussés à bout, tout le monde est content. Il n'y a que moi seul de malheureux. Mes gages, mes gages, mes gages !

▷ MOLIÈRE, *Dom Juan*, acte V, scène 6, 1665.

POUR VOUS AIDER

Quelle est la tonalité de la scène avant la réplique de Sganarelle ? Et après, une fois qu'il réclame ses gages (son salaire) ?

14 Le dialogue théâtral

L'ESSENTIEL

L'énonciation au théâtre

Le théâtre crée une situation d'énonciation complexe appelée « **double énonciation** ». En effet, la communication entre un personnage A et un personnage B s'inscrit dans une communication plus large entre l'auteur et le spectateur. Même si un personnage est seul en scène, on peut toujours parler de dialogue puisque le destinataire final du texte est le public. Dans un **quiproquo** (malentendu entre deux personnages qui croient parler de la même chose), cette double énonciation se révèle puisque seul le spectateur sait de quoi il retourne réellement.

Les types d'échanges

- Au théâtre, ce sont les paroles prononcées par les personnages qui constituent l'action. L'intrigue repose généralement sur un conflit et le dialogue prend la forme d'un **échange argumentatif**.

- On peut distinguer plusieurs types d'échanges :
  - le **dialogue conflictuel** (les répliques s'enchaînent selon le mode assertion/contre-assertion, comme dans les situations de dispute) ;
  - le **dialogue didactique** (les répliques s'enchaînent selon le mode question/réponse, comme dans les situations d'interrogatoire) ;
  - le **dialogue de confidence** (un personnage se confie à un autre qui écoute et intervient pour relancer son discours).

Les répliques

Étudier la répartition de la parole dans la pièce permet de définir l'importance des rôles. Les répliques peuvent être organisées de différentes façons.

- La **stichomythie** : dialogue où les personnages se répondent vers à vers ou ligne à ligne. Elle donne de la vivacité à l'échange et suppose une situation extrêmement tendue. Dans *Le Cid* de Corneille, le désespoir de la prochaine séparation entre les deux amants est ainsi rendu par une série de parallélismes de construction et d'antithèses.

> DON RODRIGUE. – Ô miracle d'amour !
> CHIMÈNE. – Ô comble de misères !

- La **tirade** : longue réplique d'un personnage qui développe une thèse ou contient le récit d'un événement impossible à montrer sur scène.

- L'**aparté** : réplique que le personnage est censé dire pour lui-même, sans qu'aucun autre personnage sur scène ne l'entende, même s'il la crie. Elle sert à communiquer au spectateur les sentiments du personnage.

- Le **monologue** : discours que tient un personnage seul sur scène. Il peut traduire un conflit intérieur ou être l'expression d'une plainte. Le monologue peut être adressé à un absent ou à une instance supérieure (dieux, destin, etc.), ou même être un discours que le personnage se tient à lui-même.

LA MÉTHODE

Analyser une scène de conflit

Don Diègue, père de Rodrigue, a obtenu du Roi un honneur que le Comte, père de Chimène, convoitait.

LE COMTE. – Ce que je méritais, vous l'avez emporté.
DON DIÈGUE. – Qui l'a gagné sur vous l'avait bien mérité.
LE COMTE. – Qui peut mieux l'exercer en est bien le plus [digne.
DON DIÈGUE. – En être refusé n'en est pas un bon signe.
LE COMTE. – Vous l'avez eu par brigue[1], étant vieux courtisan.
DON DIÈGUE. – L'éclat de mes hauts faits fut mon seul [partisan.
LE COMTE. – Parlons-en mieux, le Roi fait honneur à votre âge.
DON DIÈGUE. – Le Roi, quand il en fait, le mesure au courage.
LE COMTE. – Et par là cet honneur n'était dû qu'à mon bras.
DON DIÈGUE. – Qui n'a pu l'obtenir ne le méritait pas.
LE COMTE. – Ne le méritait pas ! Moi ?
DON DIÈGUE. – Vous.
LE COMTE. – Ton impudence,
Téméraire vieillard, aura sa récompense.
(Il lui donne un soufflet.)

1. Par brigue : par vos intrigues et vos manigances.

▷ Pierre CORNEILLE, *Le Cid*, acte I, scène 3, 1636.

- **Identifier le type de répliques**
Le temps de parole est également partagé entre les personnages. Il s'agit d'une **stichomythie** puisque l'échange se fait vers à vers. Elle fonctionne dans un premier temps sur le modèle assertion/contre-assertion. On suppose la situation très tendue : le langage même exprime le thème du duel.

- **Étudier le système d'opposition**
Le Comte espérait être choisi par le Roi comme gouverneur de son fils ; c'est finalement Don Diègue qui a obtenu cet honneur. L'échange est construit autour de la **notion de mérite**. Don Diègue met en avant sa valeur (quitte à nier celle de son interlocuteur) tandis que le Comte affirme qu'il ne s'agit que d'un privilège dû à l'âge. Cette opposition vieux/jeune se traduit aussi dans le discours par une opposition entre maximes généralisantes chez Don Diègue (*Qui l'a gagné*/*Qui n'a pu l'obtenir*), et attaques personnelles du côté du Comte (*je méritais*/*vous l'avez emporté*, *votre âge*/*mon bras*). ▶

Analyser la progression de l'échange

Les sentences générales qui jalonnent la discussion n'atténuent pas la gravité des attaques que se lancent les deux personnages. La stichomythie s'interrompt brutalement : les phrases sont plus courtes et d'un autre type (exclamative et interrogative), le vouvoiement cède la place au tutoiement. L'argumentation laisse place à l'émotion, l'échange verbal cesse brusquement par des coups. La rupture entre les deux pères est consommée. Mais Don Diègue, trop âgé, ne pourra se venger de l'offense faite. L'intrigue est nouée, le **dilemme** de Rodrigue exposé : venger son père, Don Diègue, signifie aussi perdre l'amour de Chimène, fille du Comte.

S'ENTRAÎNER

1 QUIZ

Dans la scène 4 de l'acte I du *Cid*, Don Diègue, seul sur scène, prononce ces mots :

Ô rage ! ô désespoir ! ô vieillesse ennemie !
N'ai-je donc tant vécu que pour cette infamie ?

1. Don Diègue s'adresse : ☐ **a.** au Comte ☐ **b.** à lui-même ☐ **c.** au public

2. Il s'agit : ☐ **a.** d'une stichomythie ☐ **b.** d'un aparté ☐ **c.** d'un monologue

2 Une scène de comédie

a. Comment appelle-t-on les répliques prononcées par les personnages ? À qui s'adressent-elles ? Quel est l'effet produit ?

b. Quels sont les sentiments exprimés dans les répliques de George Dandin ?

George Dandin a épousé une jeune fille noble, sans se soucier des sentiments de celle-ci. Mari jaloux et égoïste, il se trouve ici en face d'un inconnu qui sort de chez lui.

GEORGE DANDIN, *voyant sortir Lubin de chez lui.* – Que diantre ce drôle-là vient-il faire chez moi ?

LUBIN, *à part, apercevant George Dandin.* – Voilà un homme qui me regarde.

GEORGE DANDIN, *à part.* – Il ne me connaît pas.

▷ MOLIÈRE, *George Dandin*, acte I, scène 2, 1668.

3 Un monologue

a. À qui Harpagon s'adresse-t-il successivement ?

b. À quel endroit le spectateur apparaît-il comme destinataire réel du discours du personnage ?

c. Quel est le but de cette scène ? Quelle image donne-t-elle du personnage ?

Harpagon est seul sur scène.

(Il crie au voleur dès le jardin, et vient sans chapeau.)

– Au voleur ! au voleur ! à l'assassin ! au meurtrier ! Justice, juste Ciel ! je suis perdu, je suis assassiné, on m'a coupé la gorge, on m'a dérobé mon argent. Qui peut-ce être ? Qu'est-il devenu ? Où est-il ? Où se cache-t-il ? Que ferai-je pour le trouver ? Où courir ? Où ne pas courir ? N'est-il point là ? N'est-il point ici ? Qui est-ce ? Arrête. Rends-moi mon argent, coquin… *(Il se prend lui-même le bras.)* Ah ! c'est moi. Mon esprit est troublé, et j'ignore où je suis, qui je suis, et ce que je fais. Hélas ! mon pauvre argent, mon pauvre argent, mon cher ami ! on m'a privé de toi […]. De grâce, si l'on sait des nouvelles de mon voleur, je supplie que l'on m'en dise. N'est-il point caché là parmi vous ? Ils me regardent tous et se mettent à rire. Vous verrez qu'ils ont part sans doute au vol que l'on m'a fait.

▷ MOLIÈRE, *L'Avare*, acte IV, scène 7, 1668.

4 Une scène argumentative

a. Quels rapports unissent les deux personnages ?

b. Comment se manifeste la domination sociale de l'un sur l'autre ?

c. L'infériorité sociale du valet apparaît-elle dans les types de phrases et le niveau de langue utilisé ?

d. Qui conduit le dialogue ? Qui l'interrompt ?

e. Qui parle le plus ? Qui domine dans cet échange ? Qu'obtient-il à la fin ?

ARLEQUIN. – Hélas ! Monsieur, mon très honoré maître, je vous en conjure…

DORANTE. – Encore ?

ARLEQUIN. – Ayez compassion de ma bonne aventure : ne portez point guignon à mon bonheur qui va son train si rondement ; ne lui fermez point le passage.

DORANTE. – Allons donc, misérable ; je crois que tu te moques de moi ; tu mériterais cent coups de bâton.

ARLEQUIN. – Je ne les refuse point, si je les mérite ; mais quand je les aurai reçus, permettez-moi d'en mériter d'autres. Voulez-vous que j'aille chercher le bâton ?

DORANTE. – Maraud !

ARLEQUIN. – Maraud, soit ; mais cela n'est point contraire à faire fortune.

DORANTE. – Ce coquin ! quelle imagination lui prend !

ARLEQUIN. – Coquin est encore bon, il me convient aussi ; un maraud n'est point déshonoré d'être appelé coquin ; mais un coquin peut faire un bon mariage.

DORANTE. – Comment, insolent ! tu veux que je laisse un honnête homme dans l'erreur, et que je souffre que tu épouses sa fille sous mon nom ? Écoute : si tu me parles encore de cette impertinence-là, dès que j'aurai averti Monsieur Orgon de ce que tu es, je te chasse ; entends-tu ?

ARLEQUIN. – Accommodons-nous ; cette demoiselle m'adore, elle m'idolâtre. Si je lui dis mon état de valet, et que, nonobstant, son tendre cœur soit toujours friand de la noce avec moi, ne laisserez-vous pas jouer les violons ?

DORANTE. – Dès qu'on te connaîtra, je ne m'en embarrasse plus.

▷ MARIVAUX, *Le Jeu de l'amour et du hasard*, acte III, scène 1, 1730.

15 Tragédie et comédie au XVIIe siècle

L'ESSENTIEL

Comment définir la tragédie ?

- Elle met en scène des héros ou des personnages de **rang social élevé**. Le personnage, partagé entre **raison** et **passion**, doit faire face à un **dilemme**.
- Ses sujets lui viennent **de l'histoire ou de la légende**.
- Les personnages s'expriment sur un **ton élevé** et **en vers** (forme d'expression noble).
- Les dénouements sont **funestes**. *Phèdre* se termine par la mort d'Hippolyte et de Phèdre, et par les remords de Thésée.
- La tragédie suscite chez le spectateur une puissante identification aux souffrances du héros, fondée sur la **crainte** de tomber dans une pareille infortune et la **pitié** devant ses malheurs. Le spectateur prend plaisir à éprouver ces sensations pendant la tragédie et cela le dispense de les ressentir réellement et sur un mode douloureux. Cet effet est appelé la « **catharsis** ».

Les règles de la tragédie classique

- La règle des **trois unités**. L'action ne doit pas durer plus de vingt-quatre heures (unité de temps), elle doit se dérouler en un lieu unique (unité de lieu), elle est unifiée autour d'un sujet principal et l'intrigue doit être menée jusqu'à son terme (unité d'action).
- La règle des **bienséances**. Il ne faut pas montrer des spectacles qui peuvent choquer, comme la mort ou la violence physique.
- La règle de la **vraisemblance**. Le personnage, son discours et ses actes doivent être en accord avec l'époque qui sert de cadre à la pièce.
- La règle de l'**unité de ton**. Le comique n'a pas sa place dans une tragédie.

Les caractéristiques de la comédie classique

- Les thèmes sont principalement l'**amour** et l'**argent**. L'intrigue type est celle du mariage contrarié, que la complicité de serviteurs rendra finalement possible.
- Les personnages appartiennent souvent à la **bourgeoisie** mais toutes les classes sociales sont parfois représentées.
- La comédie stigmatise et ridiculise les vices. Le personnage est souvent caricaturé en **type** : l'avare, le vieillard amoureux, l'hypocrite…
- La comédie renvoie à la société une certaine image d'elle-même afin de l'amener à se corriger. Elle a donc une visée pédagogique : **faire rire en instruisant**.

Les ressorts comiques

- Le **comique de gestes** : comique visuel qui naît du jeu des acteurs (grimaces, coups…).
- Le **comique de mots** : jeu sur les niveaux de langue, sur les mots, sur les sonorités.
- Le **comique de situation** : quiproquo, sous-entendu complice, rupture dans l'ordre logique, coup de théâtre.
- Le **comique de caractère** : grossissement des traits de caractère d'un personnage ou d'un milieu social.

LA MÉTHODE

Analyser une scène de comédie

Cathos et Magdelon ont repoussé deux soupirants choisis par le père de Magdelon, Gorgibus. Ce dernier, furieux, vient de leur promettre le couvent si elles ne se marient pas promptement et selon ses vœux.

CATHOS. – Mon Dieu ! ma chère, que ton père a la forme enfoncée dans la matière ! que son intelligence est épaisse, et qu'il fait sombre dans son âme !

MAGDELON. – Que veux-tu, ma chère ? j'en suis en confusion pour lui. J'ai peine à me persuader que je puisse être véritablement sa fille, et je crois que quelque aventure, un jour, me viendra développer une naissance plus illustre.

CATHOS. – Je le croirais bien. Oui, il y a toutes les apparences du monde ; et pour moi, quand je me regarde aussi…

▷ MOLIÈRE, *Les Précieuses ridicules*, scène 5, 1659.

● Situer les personnages

Il est question ici du classique **conflit père-fille**, poussé à l'extrême puisque Magdelon ira jusqu'à renier son père et son monde (la bourgeoisie). Le thème du mariage forcé s'accompagne de celui de l'argent, au sens où les deux demoiselles aspirent à un niveau social plus élevé.

● Identifier les procédés comiques utilisés

Les précieuses sont rendues ridicules par une caricature de leur langage (**comique de mots**) : elles abusent des termes à la mode (répétition de *ma chère*). Le fait de dédoubler la préciosité en deux personnages permet de grossir le trait : à la première supposition hautement invraisemblable d'une naissance illustre, s'en ajoute ainsi une deuxième (**comique de situation**). L'idéalisme et le goût des aventures romanesques s'opposent au réalisme de la vision marchande de Gorgibus. Cette opposition est source de comique : les trois personnages sont victimes du même aveuglement (**comique de caractère**).

▶

● Comprendre la portée de la satire

Les aspirations des demoiselles en matière d'amour et de mariage semblent légitimes. Mais Molière ridiculise Cathos et Magdelon : il se moque ici de la prétention des gens de peu à se faire passer pour des aristocrates. Si la sottise et la fausse sentimentalité sont stigmatisées chez Cathos et Magdelon, les préjugés et le respect aveugle des conventions le sont tout autant chez Gorgibus dans le reste de la pièce.

S'ENTRAÎNER

1 QUIZ **Quel type de comique intervient dans les répliques suivantes ?**

BÉLISE. – Veux-tu toute ta vie offenser la grammaire ?
MARTINE. – Qui parle d'offenser grand-mère ni grand-père ?

▷ MOLIÈRE, *Les Femmes savantes*, acte II, scène 6, 1672.

☐ **a.** le comique de gestes ☐ **b.** le comique de situation ☐ **c.** le comique de mots

2 Lisez ces textes qui résument l'intrigue de différentes pièces et identifiez les tragédies.

a. Le bruit court que Titus, l'empereur, va épouser Bérénice, la reine de Palestine. Antiochus déclare sa flamme à Bérénice. Elle le repousse. Mais Titus charge son ami Antiochus d'apprendre à Bérénice qu'il ne l'épousera finalement pas et qu'elle doit repartir en Palestine. Elle menace de se tuer.

b. Philaminte est une mère autoritaire qui se pique de savoir et de philosophie et qui parvient à entraîner sa fille aînée Armande et sa belle-sœur Bélise dans son sillage. Elle veut imposer un vaniteux poète à la mode, Trisottin, comme époux à sa fille cadette, Henriette. Cette dernière, qui reste à l'écart des lubies de sa mère, aime Clitandre, un jeune homme de bonne famille jadis éconduit par Armande.

c. Émilie veut tuer l'empereur Auguste qui a jadis tué son père. Elle demande à Cinna, qui l'aime et qui est favori de l'empereur, de l'assassiner. Mais Auguste, lassé de son pouvoir, abdique et fait de Cinna son successeur. Touché par la générosité d'Auguste, Cinna demande à Émilie de renoncer à son projet. Auguste est alors informé du complot.

3 À quelle règle de la tragédie obéit cet extrait ?

Théramène raconte à Thésée la mort de son fils Hippolyte.

J'ai vu, Seigneur, j'ai vu votre malheureux fils,
Traîné par les chevaux que sa main a nourris
Il veut les rappeler, et sa voix les effraie.
Ils courent. Tout son corps n'est bientôt qu'une plaie.
De nos cris douloureux la plaine retentit.
Leur fougue impétueuse enfin se ralentit.

▷ Jean RACINE, *Phèdre*, acte V, scène 6, 1677.

4 Un personnage type

a. Quel projet Arnolphe expose-t-il dans cette tirade ?

b. Quel temps emploie-t-il pour donner des informations sur sa future femme, Agnès ? Pourquoi ? Quel portrait de la femme idéale Arnolphe dresse-t-il ?

c. Déterminez l'âge d'Arnolphe : à quel personnage type s'apparente-t-il ? Comment ce côté caricatural se traduit-il dans son discours ?

ARNOLPHE. – Chacun a sa méthode.
En femme, comme en tout, je veux suivre ma mode.
Je me vois riche assez pour pouvoir, que je crois,
Choisir une moitié qui tienne tout de moi,
Et de qui la soumise et pleine dépendance
N'ait à me reprocher aucun bien ni naissance.
Un air doux et posé, parmi d'autres enfants,
M'inspira de l'amour pour elle dès quatre ans ;
Sa mère se trouvant de pauvreté pressée,
De la lui demander il me vint la pensée ;
Et la bonne paysanne, apprenant mon désir,
À s'ôter cette charge eut beaucoup de plaisir.
Dans un petit couvent, loin de toute pratique,
Je la fis élever selon ma politique,
C'est-à-dire ordonnant quels soins on emploierait
Pour la rendre idiote autant qu'il se pourrait.

▷ MOLIÈRE, *L'École des femmes*, acte I, scène 1, 1662.

5 Un dialogue comique

a. Étudiez les réactions d'Orgon aux informations données par Dorine et expliquez pourquoi elles prêtent à rire. Quel procédé de langage produit cet effet comique ?

b. Étudiez le comique de caractère, concernant d'abord le personnage de Tartuffe puis le personnage d'Orgon.

c. Comment se manifeste l'ironie de Dorine ? Orgon y est-il sensible ? Qui la comprend sans peine ?

Orgon a recueilli chez lui un certain Tartuffe, dévot hypocrite qu'il admire, à la désolation des autres membres de sa famille. Absent depuis deux jours, il interroge la servante sur les faits survenus en son absence.

DORINE. – Madame eut avant-hier la fièvre jusqu'au soir,
Avec un mal de tête étrange à concevoir.
ORGON. – Et Tartuffe ?
DORINE. – Tartuffe ? Il se porte à merveille,
Gros et gras, le teint frais et la bouche vermeille.
ORGON. – Le pauvre homme !
DORINE. – Le soir elle eut grand dégoût
Et ne put au souper toucher à rien du tout,
Tant sa douleur de tête était encor cruelle.
ORGON. – Et Tartuffe ?
DORINE. – Il soupa, lui tout seul, devant elle,
Et fort dévotement il mangea deux perdrix
Avec une moitié de gigot en hachis.
ORGON. – Le pauvre homme !

▷ MOLIÈRE, *Tartuffe ou l'Imposteur*, acte I, scène 4, 1664.

16 Le théâtre au XIXe siècle

L'ESSENTIEL

Le rejet du modèle classique

● La remise en question des règles

Au XIXe siècle, certaines des règles du théâtre classique sont fortement critiquées pour l'invraisemblance qui en résulte. Ainsi en est-il en premier lieu de la règle des **trois unités** : de temps, de lieu et d'action. La règle de la **bienséance** est jugée contraignante et obsolète ; la réalité tout entière, même dans ses aspects les plus choquants, doit pouvoir être représentée.

● La remise en question des genres

Les genres traditionnellement bien différenciés de la comédie et de la tragédie ne sont plus considérés comme les seuls possibles.

Le drame romantique

● Un nouveau genre

Dans les années 1820-1830, marquées par de nombreux bouleversements politiques, les jeunes écrivains inventent un théâtre libéré de certaines de ses contraintes : le drame romantique. **Sérieux et grotesque s'y mêlent** : une pièce à tonalité comique peut comporter des événements tragiques, et inversement, ce mélange suscitant **une plus grande émotion**. Les intrigues y revêtent un caractère spectaculaire.

● Les thèmes

L'intrigue s'inscrit dans **l'Histoire**, et de nombreuses pièces ont une dimension politique, voire contestataire. La **passion amoureuse** joue aussi souvent un rôle central.

● Les personnages

Les héros sont souvent **issus du peuple** mais s'expriment noblement. Inversement, les personnages **nobles** emploient un langage ordinaire.

● Les formes d'écriture

Les pièces peuvent être écrites **en prose ou en vers**. Dans ce dernier cas, les règles de la versification ne sont pas toujours respectées.

● La représentation

Elle est **difficile**, voire impossible pour certaines pièces qui comportent une trentaine de décors et plus de cent rôles. Les didascalies sont alors très développées, et la pièce semble faite plus pour être lue que représentée. On parlera de « théâtre dans un fauteuil ».

ŒUVRE CLÉ

Victor Hugo, dans la préface de sa pièce *Cromwell* (1827), propose une nouvelle conception du théâtre, qui se veut une peinture totale de la réalité, libérée de toutes les règles classiques.

Le théâtre populaire

La séparation du comique et du tragique reste plus marquée dans les genres populaires.

● Le vaudeville

Dans ce **genre comique**, développé à la fin du XIXe siècle, les situations invraisemblables et les quiproquos s'enchaînent. Labiche et Feydeau en sont les plus célèbres représentants : l'intrigue type évoque un couple bourgeois dont l'un des membres risque d'être pris en flagrant délit d'adultère par l'époux trompé.

● Le mélodrame

Ce genre repose sur le **registre pathétique** : les sentiments des personnages, souvent excessifs, sont au premier plan ; les personnages sont manichéens, sans nuance ; les représentations sont souvent spectaculaires.

LA MÉTHODE

Étudier un monologue

Lorenzo projette d'assassiner le duc de Médicis, tyran dont il veut débarrasser la ville.

LORENZO, *seul* – De quel tigre a rêvé ma mère enceinte de moi ? Quand je pense que j'ai aimé les fleurs, les prairies et les sonnets de Pétrarque, le spectre de ma jeunesse se lève devant moi en frissonnant. ô Dieu ! pourquoi ce seul mot, « à ce soir », fait-il pénétrer jusque dans mes os cette joie brûlante comme un fer rouge ? De quelles entrailles fauves, de quels velus embrassements suis-je donc sorti ? Que m'avait fait cet homme ? [...] Pourquoi cela ? Le spectre de mon père me conduisait-il, comme Oreste, vers un nouvel Egisthe ? M'avait-il offensé alors ? Cela est étrange, et cependant pour cette action, j'ai tout quitté ; la seule pensée de ce meurtre a fait tomber en poussière les rêves de ma vie ; je n'ai plus été qu'une ruine, dès que ce meurtre, comme un corbeau sinistre, s'est posé sur ma route et m'a appelé à lui.

▷ Alfred DE MUSSET, *Lorenzaccio*, Acte IV, scène 3, 1834.

● Formuler le dilemme

Lorenzo est en proie à des émotions contradictoires : la nécessité du meurtre n'enlève rien à son horreur. Le lexique et les figures d'analogie révèlent cette sauvagerie qui lui fait horreur : *tigre, joie brûlante comme un fer rouge, entrailles fauves, velus embrassements.*

● Étudier l'expression des émotions

L'image de la mort est omniprésente : *spectre, frissonnant, meurtre, poussière, ruine, corbeau sinistre*. Elle culmine avec la référence à la tragédie des Atrides. Ces images noient les références plus positives (*j'ai aimé, fleurs, prairies, sonnets, rêves*).

▶

● **Comprendre le héros romantique**
L'agitation du personnage se manifeste par l'emploi de phrases interrogatives et par le mélange des temps. L'expression de la douleur est indissociable de la conscience d'avoir un destin exceptionnel.

S'ENTRAÎNER

1 QUIZ **À quel genre peut-on associer cet extrait ?**

DUPAILLON, *avec colère* – On nous demande s'il faut le dire au mari… C'est révoltant ! La vie privée doit être murée ; d'ailleurs, on n'a pas le droit de venir troubler le bonheur d'un homme satisfait de son sort… Sa femme le trompe… Eh bien, après ?… Est-ce que ça vous regarde ? Mêlez-vous de vos affaires. Je le répète, c'est révoltant !

▷ Eugène LABICHE, *Doit-on le dire ?*, 1872.

☐ **a.** drame romantique ☐ **b.** vaudeville ☐ **c.** mélodrame

2 **Observez cette photo. Comment la mise en scène parvient-elle à souligner la souffrance du personnage ?**

▷ Francis Huster dans Lorenzaccio de Musset, mise en scène de Franco Zeffirelli, 1977, Comédie Française

3 **Lisez la présentation de l'intrigue de différentes pièces. Dites pour chaque extrait s'il s'agit d'un drame romantique ou d'un vaudeville.**

a. Dans un intérieur de bon goût, un mari s'impatiente et sa femme essaie en vain de l'apaiser. L'homme qui les a invités est en retard, et il risque de manquer un rendez-vous, que le public imagine galant. Invoquant une histoire invraisemblable, il laisse sa femme attendre leur hôte. Quand celui-ci paraît, il déclare qu'il a tout prémédité pour se retrouver seul avec elle. La jeune femme est sensible à son charme.

b. Par une ruse machiavélique de Don Salluste, Ruy Blas le valet est devenu l'amant de la reine d'Espagne, qu'il n'aimait jusque-là qu'en silence. Mais Don Salluste n'a favorisé cette union et cette ascension que dans un but bien précis : discréditer la souveraine en révélant son infamante liaison avec un domestique.

c. Un jeune lord désargenté, Chatterton, dont la poésie est prometteuse, loue une chambre chez un riche entrepreneur, dont l'égoïsme l'écœure. La femme de celui-ci, Kitty, s'éprend de Chatterton. Cet amour le réconforte dans un premier temps, mais il finira par s'empoisonner ; Kitty ne lui survivra pas.

4 **Un manifeste inspiré**

a. Analysez la syntaxe utilisée par l'écrivain et repérez les effets de rythme ainsi créés.

b. En quoi servent-ils les propos de l'auteur ?

L'auteur de ce drame sait combien c'est une grande et sérieuse chose que le théâtre. Il sait que le drame, sans sortir des limites impartiales de l'art, a une mission nationale, une mission sociale, une mission humaine. Quand il voit chaque soir ce peuple si intelligent et si avancé qui a fait de Paris la cité centrale du progrès s'entasser en foule devant un rideau que sa pensée, à lui chétif poète, va soulever le moment d'après, il sent combien il est peu de chose, lui, devant tant d'attente et de curiosité ; il sent que si son talent n'est rien, il faut que sa probité soit tout ; il s'interroge avec sévérité et recueillement sur la portée philosophique de son œuvre […].

▷ Victor HUGO, préface de *Lucrèce Borgia*, 1833.

5 **Comprendre un texte théorique**

a. Quelles sont les règles du théâtre classique attaquées par Victor Hugo ? Que pensez-vous des arguments avancés ?

b. Connaissez-vous une tragédie du XVIIe siècle porteuse des défauts liés au respect de ces règles ?

On commence à comprendre de nos jours que la localité exacte est un des premiers éléments de la réalité. […] Le lieu où telle catastrophe s'est passée en devient un témoin terrible et inséparable ; et l'absence de cette sorte de personnage muet décompléterait dans le drame les plus grandes scènes de l'histoire. […]
L'unité de temps n'est pas plus solide que l'unité de lieu. L'action, encadrée de force dans les vingt-quatre heures, est aussi ridicule qu'encadrée dans le vestibule. Toute action a sa durée propre comme son lieu particulier. Verser la même dose de temps à tous les événements ! appliquer la même mesure sur tout ! on rirait d'un cordonnier qui voudrait mettre le même soulier à tous les pieds. […]
Il suffirait enfin, pour démontrer l'absurdité de la règle des deux unités, d'une dernière raison, prise dans les entrailles de l'art. C'est l'existence de la troisième unité, l'unité d'action, la seule admise de tous parce qu'elle résulte d'un fait : l'œil ni l'esprit humain ne sauraient saisir plus d'un ensemble à la fois. Celle-là est aussi nécessaire que les deux autres sont inutiles.

▷ Victor HUGO, préface de *Cromwell*, 1827.

POUR VOUS AIDER
Pensez aux plus célèbres pièces de Corneille et de Racine.

LE THÉÂTRE

17 Nouvelles formes théâtrales aux XXe et XXIe siècles

L'ESSENTIEL

Détruire l'illusion

Alors qu'auparavant le théâtre cherchait à faire oublier au spectateur qu'il assistait à un jeu, à partir du XXe siècle on cherche à détruire cette illusion de réalité.

● La distanciation

On va fréquemment **rappeler au spectateur qu'il se trouve au théâtre**. Les comédiens peuvent s'adresser directement au public, brisant le « quatrième mur ».

NOTION CLÉ

La scène d'un théâtre est entourée de trois murs (le fond et les côtés) ; on appelle « quatrième mur » ce mur invisible qui sépare les acteurs du public.

● Le rapport au personnage

Le spectateur ne doit plus et **ne peut plus s'identifier au personnage** : ce dernier est souvent privé d'identité et d'épaisseur psychologique. Le but d'une pièce est d'inviter le public à réagir, à l'image d'un chœur antique.

Un théâtre de la réflexion

La légèreté du vaudeville de la fin du XIXe siècle disparaît au profit de **préoccupations politiques ou sociales**.

● Les réécritures

Certaines pièces reprennent des **mythes antiques** et les revisitent : le langage moderne et quotidien désacralise le mythe. Toutefois celui-ci trouve des résonances avec des **préoccupations modernes**. Dans *Les Mouches*, de Jean-Paul Sartre, qui revisite ainsi le mythe de la famille des Atrides, la question de la liberté est au cœur de la pièce et prend une dimension d'autant plus importante que la pièce est créée en 1943, sous l'Occupation.

● Le théâtre de l'absurde

D'autres pièces se caractérisent par une absence d'intrigue, des dialogues sans grande cohérence et un **mélange de comique et de tragique**. Le langage n'a plus de sens, l'existence humaine non plus. Devant la vacuité du monde ainsi soulignée, l'homme ne peut plus ressentir que de l'**angoisse**. Samuel Beckett et Eugène Ionesco font partie des plus célèbres dramaturges de ce théâtre de l'absurde.

● Le théâtre engagé

Certains auteurs choisissent le genre théâtral pour **défendre leurs idées**. Leurs pièces s'inscrivent dans l'actualité : Jean Genet crée en 1966 *Les Paravents*, pièce qui attaque le colonialisme français en pleine guerre d'Algérie.

Le théâtre contemporain

Aujourd'hui, le théâtre affiche une **grande diversité** : certaines pièces se limitent à un long monologue, quand d'autres sont silencieuses. Brouillage temporel, participation du public, intégration d'autres formes d'art (musique, cinéma, danse) sont aussi pratiqués.

LA MÉTHODE

Analyser le théâtre de l'absurde

VLADIMIR. – Il faut revenir demain.
ESTRAGON. – Pour quoi faire ?
VLADIMIR. – Attendre Godot.
ESTRAGON. – C'est vrai. *(Un temps.)* Il n'est pas venu ?
VLADIMIR. – Non.
ESTRAGON. – Et maintenant il est trop tard.
VLADIMIR. – Oui, c'est la nuit.
ESTRAGON. – Et si on le laissait tomber ? *(Un temps.)* Si on le laissait tomber ?
VLADIMIR. – Il nous punirait. *(Silence. Il regarde l'arbre.)* Seul l'arbre vit.
ESTRAGON *(regardant l'arbre)*. – Qu'est-ce que c'est ?
VLADIMIR. – C'est l'arbre.
ESTRAGON. – Non, mais quel genre ?
VLADIMIR. – Je ne sais pas. Un saule.
ESTRAGON. – Viens voir. *(Il entraîne Vladimir vers l'arbre. Ils s'immobilisent devant. Silence.)* Et si on se pendait ?
VLADIMIR. – Avec quoi ?
ESTRAGON. – Tu n'as pas un bout de corde ?
VLADIMIR. – Non.
ESTRAGON. – Alors on ne peut pas.
VLADIMIR. – Allons-nous-en.

▷ Samuel BECKETT, *En attendant Godot*, 1952, © Minuit.

● Identifier le mélange des registres

Les personnages semblent évoluer dans un **quotidien banal**, prosaïque et moderne. L'irruption de la mort, par la mention du suicide un temps envisagé, semble faire basculer l'échange dans une tonalité **tragique**. Pourtant, cette hypothèse, dictée par une circonstance anodine, la présence d'un arbre, peut sembler aberrante et **comique**, tout autant que l'abandon rapide de cette tentation.

● Étudier les personnages

Les deux personnages attendent un certain Godot, qui n'arrivera jamais. Les **répliques** sont **courtes** et parfaitement ordinaires, tant au niveau du lexique que des tournures utilisées. Par les didascalies, on comprend qu'elles sont **entrecoupées de silence** (*un temps, silence*). Le temps passe lentement, sans **aucune action notable** : regarder l'arbre, aller vers l'arbre, s'arrêter devant l'arbre. Le suicide lui-même ne serait qu'une distraction à l'ennui. Mais il ne se passe rien, il n'y a aucun espoir de changement.

QUIZ

1 **À quel genre peut-on associer cet extrait ?**

M. SMITH. – Monsieur le Capitaine, laissez-moi vous poser, à mon tour, quelques questions.
LE POMPIER. – Allez-y
M. SMITH. – Quand j'ai ouvert et que je vous ai vu, c'était bien vous qui aviez sonné ?
LE POMPIER. – Oui, c'était moi. [...]
M. SMITH, *à sa femme victorieusement.* – Tu vois ? J'avais raison. Quand on entend sonner, c'est que quelqu'un sonne.

▷ Eugène IONESCO, *La Cantatrice chauve*, 1950, © Gallimard.

☐ **a.** théâtre engagé ☐ **b.** réécriture ☐ **c.** théâtre de l'absurde

2 **Une réécriture**

a. L'action est-elle déjà engagée lorsque la pièce commence ?
b. Montrez comment les deux personnages s'opposent.
c. Quels procédés d'écriture pouvez-vous relever dans ce passage ?

ANDROMAQUE. – La guerre de Troie n'aura pas lieu, Cassandre.
CASSANDRE. – Je te tiens un pari, Andromaque.
ANDROMAQUE. – Cet envoyé des Grecs a raison. On va bien le recevoir. On va bien lui envelopper sa petite Hélène, et on la lui rendra.
CASSANDRE. – On va le recevoir grossièrement. On ne lui rendra pas Hélène. Et la guerre de Troie aura lieu.
ANDROMAQUE. – Oui, si Hector n'était pas là !... Mais il arrive, Cassandre, il arrive ! [...] Quand il est parti, voilà trois mois, il m'a juré que cette guerre était la dernière.
CASSANDRE. – C'était la dernière. La suivante l'attend.
ANDROMAQUE. – Cela ne te fatigue pas de ne voir et de ne prévoir que l'effroyable ?
CASSANDRE. – Je ne vois rien, Andromaque. Je ne prévois rien. Je tiens seulement compte de deux bêtises, celle des hommes et celle des éléments.

▷ Jean GIRAUDOUX, *La Guerre de Troie n'aura pas lieu*, Acte I, scène 1, 1935.

POUR VOUS AIDER

Soyez attentif aux parallélismes de construction, aux anachronismes, au lexique et aux types de phrases employés.

3 **Des indications scéniques d'importance**

a. Quelles précisions apportent les didascalies ?
b. Quelle didascalie repose sur une impression toute subjective ? Pensez-vous qu'elle sera facile à mettre en scène ?
c. Le passage laisse-t-il une grande liberté au metteur en scène ?

SAÏD. – Vous avez bien fait, mère. Mettez vos souliers à talons hauts.
LA MÈRE, *elle traîne sur le « mais » et le prononce doucement.* – Mais, mon petit, j'ai encore trois kilomètres. J'aurai mal et je risque de casser mes talons.
SAÏD, *très dur : il prononce « en-fi-lez ».* – Enfilez vos souliers. *(Il lui tend les souliers, l'un blanc, l'autre rouge. La Mère, sans un mot, les chausse.)*
SAÏD, *cependant que sa mère se relève, il la regarde.* – Vous êtes belle, là-dessus. Gardez-les. Et dansez ! Dansez ! *(Elle fait deux ou trois pas comme un mannequin et montre en effet beaucoup d'élégance.)* Dansez encore, madame. Et vous, palmiers, relevez vos cheveux, baissez vos têtes – ou fronts, comme on dit – pour regarder ma vieille.

▷ Jean GENET, *Les Paravents*, Premier tableau, 1961, © Gallimard.

4 **Lisez les commentaires que fait Jean Genet sur la mise en scène du passage présenté dans l'exercice précédent. Vous semblent-ils clairs et précis ? Quelle conception Genet a-t-il de la mise en scène ?**

La scène doit être jouée très allegro, un peu, si j'en crois ce que j'ai lu, comme une arlequinade. Mais ici déjà, les costumes, indiquant la misère de Saïd et de sa mère, seront somptueux. Le paravent, qui vient de la droite vers la gauche, sera très léger, très maniable, de façon que le machiniste puisse jouer avec lui comme avec un accordéon : c'est-à-dire soit en l'étirant comme en largeur, soit par saccades, soit autrement, selon l'humeur du machiniste. En effet, celui-ci doit se savoir un véritable acteur, s'il veut animer le décor.

▷ Jean GENET, *Les Paravents*, Commentaires du premier tableau, 1961, © Gallimard.

5 **Lettre à un metteur en scène**

a. Jean Genet écrit au metteur en scène d'une de ses pièces. Le texte de la pièce est-il figé pour l'auteur ? Comment qualifie-t-il son travail ?
b. Comment perçoit-il la tâche du metteur en scène ?

Cher Roger Blin,
Le spectacle que vous avez mis au point, je vous l'ai dit, a donné à ma pièce une force extraordinaire, qui par moments me faisait un peu peur. Il faut que vous montiez *Les Paravents*. J'essaie de l'arranger, de serrer, de tasser – et élaguer, découdre, repriser. En tout cas c'est en pensant au travail que vous avez fait à partir des *Nègres*[1] et à celui que vous avez accepté de faire sur *Les Paravents*, que j'ai repris la pièce. Vous me donnez du courage. [...]
Cher Blin, je vous redis encore toute ma gratitude et mon admiration.
Je vous aime bien vous savez. Et je vous serre la main.
Jean Genet

1. Titre d'une pièce de Jean Genet.

▷ Jean GENET, *Lettres à Roger Blin*, 1966, © Gallimard.

18 La poésie : caractéristiques clés

L'ESSENTIEL

Essai de définition

● Le texte poétique utilise **toutes les ressources du langage** : il joue avec les mots, les images, la mise en page du texte. La dimension musicale de la poésie s'est d'abord appuyée sur des règles strictes de versification ; l'invention du vers libre et du poème en prose a néanmoins réussi à la préserver. À côté du travail sur la composition, les sonorités et le rythme, il faut également être attentif aux réseaux lexicaux et aux connotations.

● Ce travail de la langue n'est pas seulement formel. Il transmet une vision particulière du monde et fait du langage poétique le vecteur privilégié de l'**expression des émotions**.

La poésie versifiée

● Elle se caractérise par le nombre de syllabes par vers (on ne compte le *e* muet comme une syllabe que lorsqu'il est suivi d'une consonne). Lorsqu'on prononce en deux syllabes ce qui habituellement n'en fait qu'une, on parle de **diérèse** (ci/el) ; le contraire est appelé **synérèse** (duel).

● Les vers les plus fréquents de la langue française comptent un **nombre pair de syllabes** : l'octosyllabe (8), le décasyllabe (10) et l'alexandrin (12). Les vers sont regroupés en strophes (3 vers : tercet ; 4 vers : quatrain ; 5 vers : quintil ; 6 vers : sizain…).

Les jeux sur les sonorités

● La poésie versifiée se particularise souvent par les rimes (croisées : *abab* ; plates : *aabb* ; embrassées : *abba*), dites pauvres (un seul son commun : n**ue**/r**ue**), suffisantes (deux sons semblables : che**nu**/té**nu**) ou riches (trois sons identiques : s**aison**/m**aison**).

● D'autres outils sont utilisés dans la poésie, qu'elle soit versifiée ou non :

– l'**assonance** est le retour d'un son vocalique (*Penchant ses yeux dans un ruisseau*) ;

– l'**allitération** est la répétition d'un son consonantique (*Le cerf qui brame au bruit de l'eau*, Théophile de Viau).

Ces répétitions ont différentes fonctions : imiter des bruits, souligner un terme fort par le retour des sons qui le composent ou créer un effet mélodique.

Le rythme

● Certaines syllabes, dans une phrase ou dans un vers, sont accentuées. Chaque syllabe accentuée est suivie d'une pause, appelée **coupe**. Dans la poésie classique, la **césure** est la coupe qui partage le décasyllabe ou l'alexandrin en deux parties, appelées hémistiches.

● Quand la proposition ou la phrase ne s'arrête pas à la fin du vers mais déborde d'un ou deux mots sur le vers suivant, on parle de **rejet**. Si, au contraire, une phrase ou une proposition commence avec les derniers mots du vers précédent, on parle de **contre-rejet**. Les mots rejetés sont ainsi mis en relief.

> Même il m'est arrivé quelquefois de manger
> Le berger.
>
> ▷ Jean de La Fontaine, « Les animaux malades de la peste », 1678.

Les images

● Le pouvoir évocateur de la poésie repose aussi sur les images utilisées. Les **figures d'analogie** (métaphore, comparaison, personnification), fréquemment employées dans le langage poétique, traduisent une vision personnelle du monde. Elles rapprochent deux éléments distincts, parfois de manière énigmatique, et donnent à voir une réalité inédite.

LA MÉTHODE

Étudier le rythme d'un poème

> Je m'en allais, les poings dans mes poches crevées ;
> Mon paletot aussi devenait idéal ;
> J'allais sous le ciel, Muse ! et j'étais ton féal ;
> Oh ! là là ! que d'amours splendides j'ai rêvées !
>
> ▷ Arthur Rimbaud, *Les Cahiers de Douai*, « Ma bohême », 1870.

● **Placer les accents et les coupes**

Il s'agit d'**alexandrins** : la césure à l'hémistiche ne se situe pas systématiquement au milieu du vers. Les accents vont se placer sur les dernières syllabes de groupes, et chaque syllabe accentuée sera suivie d'une coupe (/). On peut également placer des accents d'attaque sur le premier son d'un groupe.

Je m'en all**ais**,/les **poings**/dans mes poches cre**vées** ; (4/2/6)
Mon pale**tot**/aus**si**/deve**nait**/idé**al** ; (4/2/3/3)
J'all**ais**/sous le **ciel**,/**Muse** !/et j'ét**ais**/ton fé**al** ; (2/3/1/3/3)
Oh !/là **là** !/que d'am**ours**/splend**i**/des j'ai rê**vées** ! (1/2/3/2/4)

● **Analyser l'effet produit**

Dans les deux premiers vers, le rythme est presque identique. Dans le troisième, les accents se multiplient : le rythme est plus rapide, plus saccadé, jusqu'au dernier vers qui exprime la déception. Le contraste entre le terme vieilli *féal* et l'expression familière *oh là là* est souligné dans ce dernier vers par l'irrégularité des accents, qui donnent un **rythme tout à fait inédit** à l'alexandrin.

S'ENTRAÎNER

1 QUIZ

Quel est le rythme employé dans ce tercet ?

Et je les écoutais, assis au bord des routes,
Ces bons soirs de septembre, où je sentais des gouttes
De rosée à mon front, comme un vin de vigueur ;

▷ Arthur Rimbaud, « Ma Bohême », 1870.

- ☐ **a.** 6/6 – 6/6 – 6/6
- ☐ **b.** 4/6 – 6/4 – 4/6
- ☐ **c.** 6/6 – 6/4 – 4/6

2 **Pour chaque extrait, faites le décompte des syllabes et nommez quand vous le pouvez le type de vers et de strophes. Les règles de versification de la poésie classique sont-elles respectées ?**

a.

Certain renard gascon, d'autres disent normand,
Mourant presque de faim, vit au haut d'une treille,
Des raisins mûrs apparemment,
Et couverts d'une peau vermeille.

▷ Jean de La Fontaine , *Fables*, « Le Renard et les raisins », 1668.

b.

Les sanglots longs
Des violons
De l'automne
Blessent mon cœur
D'une langueur
Monotone.

▷ Paul Verlaine, *Poèmes saturniens*, « Chanson d'automne », 1866.

c.

J'ai longtemps habité sous de vastes portiques
Que les soleils marins teignaient de mille feux,
Et que leurs grands piliers, droits et majestueux,
Rendaient pareils, le soir, aux grottes basaltiques.

▷ Charles Baudelaire, *Les Fleurs du mal*, « La Vie antérieure », 1857.

POUR VOUS AIDER

Certains vers peuvent contenir une diérèse.

3 **Repérez les allitérations et les assonances dans le poème suivant et indiquez leur rôle : imitation d'un bruit, insistance ou effet mélodique.**

Quand je quitte la demeure
Où ma très chère dame demeure,

Il convient à mon cœur de rester
Quand je quitte la demeure.

Et quand sans cœur il me faut rester,
Je suis atteint à mort, si je ne demeure,
Quand je quitte la demeure
Où ma très chère dame demeure.

▷ Guillaume de Machaut, *Poésies*, XIVe siècle.

4 **Un sonnet**

a. Quelles sont les émotions évoquées dans ce poème ?
b. Quelle différence constatez-vous entre les deux premières et les deux dernières strophes ?
c. Expliquez l'analogie faite dans le dernier tercet.

Assis sur un fagot, une pipe à la main,
Tristement accoudé contre une cheminée,
Les yeux fixés vers terre, et l'âme mutinée,
Je songe aux cruautés de mon sort inhumain.

L'espoir, qui me remet du jour au lendemain,
Essaie à gagner temps sur ma peine obstinée,
Et, me venant promettre une autre destinée,
Me fait monter plus haut qu'un empereur romain.

Mais à peine cette herbe est-elle mise en cendre,
Qu'en mon premier état, il me convient descendre,
Et passer mes ennuis à redire souvent :

Non, je ne trouve point beaucoup de différence
De prendre du tabac à vivre d'espérance,
Car l'un n'est que fumée, et l'autre n'est que vent.

▷ Marc-Antoine Girard Saint-Amant, « Le fumeur », *Œuvres*, 1631.

5 **Une ode**

a. Quel est le thème de cet éloge ? Pourquoi ?
b. Commentez la composition formelle du poème (et notamment la valeur des rimes).
c. Relevez une assonance importante dans la première strophe : quel thème est ainsi mis en valeur ?

Ô Déesse Bellerie[1],
Belle déesse chérie
De nos Nymphes dont la voix
Sonne ta gloire hautaine
Accordante au son des bois,
Voire au bruit de la fontaine,
Et de mes vers que tu ois. […]

Sur ton bord je me repose,
Et là oisif je compose
Caché sous tes saules verts
Je ne sais quoi, qui ta gloire
Envoira par l'univers,
Commandant à la mémoire
Que tu vives par mes vers.

1. Bellerie est le nom donné à une source du pays natal de Ronsard.

▷ Pierre de Ronsard, *Ode à la fontaine Bellerie*, XVIe siècle.

19 La poésie au Moyen Âge et à la Renaissance

L'ESSENTIEL

La poésie au Moyen Âge

● Thèmes et enjeux

L'expression du **sentiment amoureux** est au centre de la poésie des XIIe et XIIIe siècles, **chantée** par les troubadours et les trouvères. Aux XIVe et XVe siècles, une nouvelle préoccupation émerge : la recherche de la **virtuosité formelle**. Les poètes se sont alors souvent tournés vers des **formes fixes**.

● Les formes fixes

››› La **ballade** : poème composé de trois strophes, où chacune est suivie d'un refrain d'un ou de deux vers. Le poème se termine par une demi-strophe, appelée envoi.

››› Le **rondeau** : poème de trois strophes, construit sur deux rimes ; le premier hémistiche est souvent repris en refrain pour clore les deuxième et troisième strophes.

››› **Le blason** : poème bref et descriptif qui sert à évoquer une partie du corps, un détail, dont on fait l'éloge (et parfois la critique). Les sujets humbles et familiers sont privilégiés. Ils sont parfois assez sensuels. Le blason connaîtra un regain d'intérêt au siècle suivant, notamment grâce à Clément Marot.

La poésie au XVIe siècle

Au sein de **la Pléiade**, un groupe de poètes se reconnaissent dans les propos tenus par Du Bellay dans la *Défense et Illustration de la langue française* : ils veulent la défendre contre ceux qui lui préfèrent le latin ou le grec.

● Les principes

››› Le poète doit se nourrir des **Lettres antiques**. L'imitation des Anciens et l'usage d'une écriture savante doivent permettre à la poésie de lutter contre l'ignorance.

››› L'imitation ne doit pas se limiter à un seul auteur, à un seul genre, ou à un style. La **variété** est essentielle.

››› L'inspiration et l'imaginaire doivent permettre d'arracher la langue à son usage quotidien pour créer de **nouveaux mots** (souvent par dérivation). Mais l'inspiration n'est pas suffisante, et la poésie est un vrai **travail**, une conquête de l'art, et non un don accordé par la Nature.

››› Il faut également illustrer la langue française en lui donnant une **grande littérature nationale**.

● Les formes

Les formes poétiques privilégiées sont empruntées à l'Antiquité.

››› L'**élégie** : poème lyrique et mélancolique à rimes plates, de longueur variable, utilisé pour chanter les peines de l'amour. Le mot *élégiaque* qualifie une tonalité mélancolique et plaintive.

››› L'**ode** : poème avec une stricte alternance de rimes féminines et masculines, qui chante les louanges d'un interlocuteur précis, qu'il s'agisse de grands personnages ou de la Nature.

››› L'**hymne** : poème à rimes plates en décasyllabes ou en alexandrins consacré à l'éloge d'une personne ou d'un objet, souvent très long, et sans structure strophique fixe. Il mêle invocation, description et récit.

››› Un nouveau poème à forme fixe, importé d'Italie, fait son apparition : le **sonnet**, composé de quatre strophes, deux quatrains et deux tercets ; initialement écrit en décasyllabes, l'usage de l'alexandrin va ensuite se généraliser.

NOTION CLÉ

Genre bref par excellence à l'époque de la Pléiade, le **sonnet** connaîtra un long règne, interrompu au XVIIIe siècle, mais qui renaîtra à l'époque romantique.

LA MÉTHODE

✷ Analyser un poème à forme fixe

Comme on voit sur la branche au mois de mai la rose,
En sa belle jeunesse, en sa première fleur,
Rendre le ciel jaloux de sa vive couleur,
Quand l'Aube de ses pleurs au point du jour l'arrose ;

La grâce dans sa feuille, et l'amour se repose,
Embaumant les jardins et les arbres d'odeur ;
Mais battue ou de pluie, ou d'excessive ardeur,
Languissante elle meurt, feuille à feuille déclose.

Ainsi en ta première et jeune nouveauté,
Quand la Terre et le Ciel honoraient ta beauté,
La Parque t'a tuée, et cendre tu reposes.

Pour obsèques reçois mes larmes et mes pleurs,
Ce vase plein de lait, ce panier plein de fleurs,
Afin que vif et mort ton corps ne soit que roses.

▷ Pierre DE RONSARD, « Sur la mort de Marie », 1578.

● Identifier la forme

Le poème se compose de deux quatrains suivis de deux tercets, dont le schéma de rimes est le suivant : *abba – abba – ccd – eed*. C'est donc un sonnet classique en alexandrins.

● Analyser la composition

Le sonnet développe une comparaison. Les quatrains sont consacrés au comparant (la rose), les tercets au comparé (la jeune fille). Le sonnet se caractérise par une opposition entre les quatrains et les tercets.

● Comprendre le choix de cette forme

Les rimes de la première strophe sont reprises dans la dernière, les sonorités du premier vers dans le dernier. Le sonnet permet de développer toute une argumentation dans un cadre resserré.

S'ENTRAÎNER

QUIZ

1 **À quel type de poème associez-vous cet extrait qui fait l'éloge du « beau tétin » ?**

Tétin refait, plus blanc qu'un œuf,
Tétin de satin blanc tout neuf,
Toi qui fais honte à la rose,
Tétin plus beau que nulle chose [...]

▷ Clément MAROT, 1535.

- ☐ **a.** ballade
- ☐ **b.** sonnet
- ☐ **c.** blason

2 Une ballade

a. Commentez la situation d'énonciation.
b. Quels sont les thèmes évoqués dans ce poème ?
c. Expliquez pourquoi ce texte est parfois appelé « épitaphe Villon ».

Frères humains, qui après nous vivez,
N'ayez les cœurs contre nous endurcis,
Car, si pitié de nous pauvres avez,
Dieu en aura plus tôt de vous mercis.
Vous nous voyez ci attachés, cinq, six :
Quant à la chair, que trop avons nourrie,
Elle est piéça[1] dévorée et pourrie
Et nous, les os, devenons cendre et poudre.
De notre mal personne ne s'en rie ;
Mais priez Dieu que tous nous veuille absoudre !

1. Depuis longtemps.

▷ François VILLON, « Ballade des pendus », 1489.

POUR VOUS AIDER

Question a. Identifiez qui parle et à qui, pour comprendre l'originalité de ce poème.

3 Un poème à forme fixe

a. De quel type de strophe et de vers ce poème est-il composé ? Comment appelle-t-on cette forme poétique ?
b. Relevez tous les mots qui s'opposent. Comment appelle-t-on cette figure de style ? Quels sont les réseaux lexicaux ainsi créés ?
c. Quel est le thème du poème ? Quelle différence constatez-vous entre les deux premières strophes et les deux dernières ?

Je vis, je meurs, je me brûle et me noie,
J'ai chaud extrême en endurant froidure,
La vie m'est trop molle et trop dure,
J'ai grands ennuis entremêlés de joie.

Tout à coup, je ris et je larmoie,
Et en plaisir maint grief tourment j'endure,
Mon bien s'en va, et à jamais il dure,
Tout en un coup je sèche et je verdoie.

Ainsi Amour inconstamment me mène.
Et quand je pense avoir plus de douleur,
Sans y penser, je me trouve hors de peine.

Puis, quand je crois ma joie d'être certaine
Et être au haut de mon désiré heur[1],
Il me remet mon premier malheur.

1. heur : bonheur.

▷ Louise LABÉ, *Sonnets*, 1555.

4 Une ode

a. Quelles en sont les caractéristiques formelles (strophe, vers, rimes) ?
b. Quel est le thème du poème ? Quelle figure de style en commande toute l'écriture ?
c. Expliquez la formation du mot *fleuronne*.

Mignonne, allons voir si la rose
Qui ce matin avait déclose
Sa robe de pourpre au soleil,
A point perdu, cette vesprée,
Les plis de sa robe pourprée,
Et son teint au vôtre pareil.

Las, voyez comme en peu d'espace,
Mignonne, elle a dessus la place
Las, las, ses beautés laissé choir !
O vraiment marâtre Nature,
Puis qu'une telle fleur ne dure
Que du matin jusqu'au soir.

Donc, si vous me croyez, mignonne :
Tandis que votre âge fleuronne
En sa plus verte nouveauté,
Cueillez, cueillez votre jeunesse
Comme à cette fleur, la vieillesse
Fera ternir votre beauté.

▷ Pierre DE RONSARD, « Ode à Cassandre », 1552.

5 Une leçon

a. Quelle est la leçon à tirer de ce sonnet ? À quel moment peut-on constater une rupture dans le propos ? Expliquez, en vous basant sur le rythme et les sonorités, pourquoi le dernier vers est particulièrement frappant.
b. Comparez ce sonnet à l'ode de l'exercice précédent : quel texte préférez-vous ? Pourquoi ?

Quand vous serez bien vieille, au soir à la chandelle,
Assise auprès du feu, dévidant et filant,
Direz chantant mes vers, en vous émerveillant :
« Ronsard me célébrait du temps que j'étais belle. »

Lors vous n'aurez servante oyant telle nouvelle,
Déjà sous le labeur à demi sommeillant,
Qui au bruit du Ronsard ne s'aille réveillant,
Bénissant votre nom de louange immortelle.

Je serai sous la terre, et fantôme sans os
Par les ombres myrteux je prendrai mon repos ;
Vous serez au foyer une vieille accroupie,

Regrettant mon amour, et votre fier dédain.
Vivez, si m'en croyez, n'attendez à demain :
Cueillez dès aujourd'hui les roses de la vie.

▷ Pierre DE RONSARD, *Sonnets pour Hélène*, 1578.

20 La poésie au XVIIe siècle

L'ESSENTIEL

Une importance reconnue

Si le début du siècle est tourné vers l'**esthétique baroque** (marquée par l'exubérance, l'instabilité, le désordre), la seconde moitié du XVIIe siècle voit émerger un autre mouvement, le **classicisme**.

MOT CLÉ

Le **classicisme** est un mouvement littéraire et artistique, qui accompagne le règne de Louis XIV : concision et clarté sont vues comme essentielles à l'expression du beau et de l'harmonie.

Une poésie marquée par la codification

La technique devient essentielle. Le poète Malherbe va ainsi énoncer un certain nombre de règles à suivre.

- Le poète doit employer des **mots justes** : le lexique ambigu, les néologismes ou les termes obscurs sont proscrits.
- La **syntaxe** doit elle aussi être **claire**, nette et précise : les tournures trop recherchées sont à bannir.
- La **versification** enfin doit obéir à des **règles strictes** : la prononciation du *-e* muet, l'alternance des rimes féminines et masculines, la césure de l'alexandrin deviennent des obligations.

Les thèmes

- La **poésie officielle** vante les mérites du souverain.

> Mais ce roi, des bons rois l'éternel exemplaire,
> Qui de notre salut est l'ange tutélaire, [...]
> De quels jours assez longs peut-il borner sa vie,
> Que notre affection ne les juge trop courts ?
>
> ▷ MALHERBE, « Prière pour le roi allant en Limousin », 1605.

- Les femmes sont célébrées par la **poésie amoureuse**.

> Je languis dans les fers d'une jeune merveille,
> Depuis que sa beauté a surpris ma raison,
> Ô cruelle justice ! ô rigueur sans pareille !
> Après qu'on m'a volé, on me met en prison.
>
> ▷ ISAAC DE BENSERADE

- On loue fréquemment les **beautés de la nature**.

> Que je trouve doux le ravage
> De ces fiers torrents vagabonds,
> Qui se précipitent par bonds
> Dans ce vallon vert et sauvage !
>
> ▷ SAINT-AMANT, « Solitude », 1617.

- La **peinture de la société** des hommes enfin est un thème récurrent. Boileau avertit ainsi un homme décidé à se marier :

> Bientôt dans ce grand monde où tu vas l'entraîner,
> Au milieu des écueils qui vont l'environner,
> Crois-tu que toujours ferme aux bords du précipice,
> Elle pourra marcher sans que le pied lui glisse ;
>
> ▷ Nicolas BOILEAU, *Satire X*, 1694.

Les formes

- Aux côtés du **sonnet** et de l'**ode**, l'**épître** (lettre en vers sur des sujets variés), la **satire** (poème qui s'en prend aux individus ou aux mœurs) sont aussi utilisées.
- Avec La Fontaine, le genre de la **fable** sera particulièrement mis à l'honneur : diversité et richesse de la langue sont mises au service d'une noble ambition, plaire pour instruire.

AUTEUR CLÉ

Le plus célèbre des fabulistes du XVIIe siècle, **La Fontaine**, s'inspire de ce genre représenté dans l'Antiquité par des auteurs comme Ésope et Phèdre (eux-mêmes reprenant un genre oriental).

LA MÉTHODE

Étudier un « Art poétique »

> Travaillez à loisir, quelque ordre qui vous presse,
> Et ne vous piquez point d'une folle vitesse :
> Un style si rapide, et qui court en rimant,
> Marque moins trop d'esprit que peu de jugement.
> J'aime mieux un ruisseau qui, sur la molle arène,
> Dans un pré plein de fleurs lentement se promène,
> Qu'un torrent débordé qui, d'un cours orageux,
> Roule, plein de gravier, sur un terrain fangeux.
> Hâtez-vous lentement, et, sans perdre courage,
> Vingt fois sur le métier remettez votre ouvrage ;
> Polissez-le sans cesse et le repolissez ;
> Ajoutez quelquefois, et souvent effacez.
>
> ▷ Nicolas BOILEAU, *Art poétique*, Chant I, 1674.

● Identifier la conception de la poésie défendue

Le **travail** et les efforts sont au premier plan pour celui qui veut écrire. Il faut se méfier de l'inspiration subite qui pousserait à jeter immédiatement sur le papier les idées qui traversent l'esprit. Reprise, relecture studieuse et correction (*vingt fois, polissez, repolissez*) sont indispensables pour parvenir à un **écrit simple et clair** (*effacez*).

● Étudier les procédés poétiques utilisés

Cette conception de la poésie se trouve mise en pratique dans le texte, qui abonde en procédés rhétoriques. À l'**antithèse** *trop d'esprit/peu de jugement* succède une **métaphore** : le poème est assimilé à un cours d'eau, harmonieux lorsqu'il est fait paisiblement, furieux et sale lorsqu'il est fait dans la précipitation. L'**oxymore** *hâtez-vous lentement* reprend la même idée : on n'avance avec certitude que si l'on procède avec précaution. L'extrait se termine sur la **métaphore** du travail manuel (*ouvrage, métier*, matériau à polir).

S'ENTRAÎNER

1 QUIZ

Repérez les procédés employés dans le vers suivant.

Roule, plein de gravier, sur un terrain fangeux.

▷ Nicolas Boileau, *Art poétique*, 1674.

- ☐ **a.** des allitérations en [r]
- ☐ **b.** une diérèse sur « gravi/er »
- ☐ **c.** un rythme croissant : 2 syllabes/4 syllabes/6 syllabes
- ☐ **d.** des assonances en [in]

2 Sonnet au roi

a. Quelle image de l'autorité royale se dégage de ce texte ?
b. Comparez le rythme des vers au rythme des phrases. Que constatez-vous ?
c. Expliquez en quoi le dernier vers montre l'orgueil du poète.

Malherbe adresse au roi Louis XIII un sonnet où il célèbre ses mérites.

Qu'avec une valeur à nulle autre seconde,
Et qui seule est fatale à notre guérison,
Votre courage, mûr en sa verte saison,
Nous ait acquis la paix sur la terre et sur l'onde ;

Que l'hydre de la France, en révolte féconde,
Par vous soit du tout morte ou n'ait plus de poison,
Certes, c'est un bonheur dont la juste raison
Promet à votre front la couronne du monde.

Mais qu'en de si beaux faits vous m'ayez pour témoin,
Connaissez-le, mon Roi, c'est le comble du soin
Que de vous obliger ont eu les Destinées.

Tous vous savent louer, mais non également ;
Les ouvrages communs vivent quelques années.
Ce que Malherbe écrit dure éternellement.

▷ François de Malherbe, *Œuvres*, 1630.

POUR VOUS AIDER

Question a. Relevez les expressions qui présentent le roi comme un héros.

3 La poésie amoureuse

a. Quel est le thème du poème ?
b. Quels arguments le poète met-il en avant pour convaincre la belle de lui accorder ses faveurs ?
c. Quelles remarques pouvez-vous faire sur la versification ?

Marquise, si mon visage
A quelques traits un peu vieux,
Souvenez-vous qu'à mon âge
Vous ne vaudrez guère mieux.
[...]
Cependant j'ai quelques charmes
Qui sont assez éclatants
Pour n'avoir pas trop d'alarmes
De ces ravages du temps.

Vous en avez qu'on adore ;
Mais ceux que vous méprisez
Pourraient bien durer encore
Quand ceux-là seront usés.

Ils pourront sauver la gloire
Des yeux qui me semblent doux,
Et dans mille ans faire croire
Ce qu'il me plaira de vous.

Chez cette race nouvelle,
Où j'aurai quelque crédit,
Vous ne passerez pour belle
Qu'autant que je l'aurai dit.

▷ Pierre Corneille, *Stances à Marquise*, 1658.

4 Une fable

a. Identifiez les deux parties qui composent cette fable.
b. Expliquez en quoi la versification sert la progression du récit.
c. Quelles sont les tonalités présentes dans ce texte ?

Un pauvre Bûcheron tout couvert de ramée,
Sous le faix du fagot aussi bien que des ans
Gémissant et courbé marchait à pas pesants,
Et tâchait de gagner sa chaumine enfumée.
Enfin, n'en pouvant plus d'effort et de douleur,
Il met bas son fagot, il songe à son malheur.
Quel plaisir a-t-il eu depuis qu'il est au monde ?
En est-il un plus pauvre en la machine ronde ?
Point de pain quelquefois, et jamais de repos.
Sa femme, ses enfants, les soldats, les impôts,
Le créancier, et la corvée
Lui font d'un malheureux la peinture achevée.
Il appelle la mort, elle vient sans tarder,
Lui demande ce qu'il faut faire.
« C'est, dit-il, afin de m'aider
A recharger ce bois ; tu ne tarderas guère. »

Le trépas vient tout guérir ;
Mais ne bougeons d'où nous sommes.
Plutôt souffrir que mourir,
C'est la devise des hommes.

▷ Jean de La Fontaine, *Fables*, « La mort et le bûcheron », 1668.

5 Quel rapport entretient le texte ci-dessous avec la fable de l'exercice précédent ? Qu'apporte la mise en vers de La Fontaine ?

Un jour un vieillard ayant coupé du bois, le chargea sur son dos. Il avait un long trajet à faire. Fatigué par la marche, il déposa son fardeau et il appela la Mort. La Mort parut et lui demanda pour quel motif il l'appelait. Le vieillard répondit : « C'est pour que tu me soulèves mon fardeau… »

Cette fable montre que tous les hommes sont attachés à l'existence, même s'ils ont une vie misérable.

▷ Ésope, « Le Vieillard et la mort », VIe siècle av. J.-C.

La littérature d'idées : caractéristiques clés

L'ESSENTIEL

Une pratique ancienne toujours d'actualité

- L'expression « littérature d'idées » désigne des **textes engagés** : certains écrivains mettent la littérature au service des idées qu'ils défendent.

- L'engagement en littérature est une **pratique ancienne**. En 1616 déjà, dans *Les Tragiques*, Agrippa d'Aubigné choisit la forme d'un long poème épique pour retracer l'ampleur du drame que vivent les protestants dans les guerres de religion qui les opposent aux catholiques.

> Je veux peindre la France une mère affligée
> Qui est, entre ses bras, de deux enfants chargée. (Livre I)

- Le **xxe siècle**, marqué par les traumatismes et tragédies, voit l'émergence d'une littérature de plus en plus engagée, socialement ou politiquement.

AUTEUR CLÉ

Victor Hugo incarne l'écrivain engagé du xixe siècle. Poèmes, récits, pièces de théâtre défendent des causes qui lui sont chères : la défense des opprimés, l'abolition de la peine de mort, le mouvement romantique.

Un genre marqué par la diversité

- L'écriture peut être mise au service d'un engagement **politique** ; c'est ainsi que Victor Hugo, dans sa préface du *Dernier jour d'un condamné*, dénonce cette pratique injuste, honteuse et inutile qu'est la peine de mort.

- La littérature d'idées est également porteuse de préoccupations **philosophiques** : des écrivains, comme Sartre et Camus au xxe siècle, écrivent des textes qui défendent leur conception du monde.

- L'**art** enfin est un domaine où la littérature d'idées est particulièrement abondante. Les manifestes littéraires accompagnent les créations littéraires en en explicitant les principes.

Une démarche argumentative

Comme pour tout énoncé qui cherche à amener son lecteur à partager le point de vue défendu, il convient de repérer la **thèse** (opinion défendue), les **arguments** (idées appuyant la thèse), les **exemples** (faits concrets illustrant les arguments) et les connecteurs logiques. Les procédés littéraires fonctionnent aussi comme des arguments.

LA MÉTHODE

Analyser un texte engagé

> Sans doute l'écrivain engagé peut être médiocre, il peut même avoir conscience de l'être, mais comme on ne saurait écrire sans le projet de réussir parfaitement, la modestie avec laquelle il envisage son œuvre ne doit pas le détourner de la construire comme si elle devait avoir le plus grand retentissement. Il ne doit jamais se dire : « Bah, c'est à peine si j'aurai trois mille lecteurs » ; mais « Qu'arriverait-il si tout le monde lisait ce que j'écris ? » Il se rappelle la phrase de Mosca devant la berline qui emporte Fabrice et la Sanseverina : « Si le mot d'amour vient à surgir entre eux, je suis perdu. » Il sait qu'il est l'homme qui nomme ce qui n'a pas encore été nommé ou ce qui n'ose dire son nom [...]. Il sait que les mots, comme dit Brice Parain, sont « des pistolets chargés ». S'il parle, il tire. Il peut se taire, mais puisqu'il a choisi de tirer, il faut que ce soit comme un homme, en visant des cibles, et non comme un enfant, au hasard, en fermant les yeux et pour le seul plaisir d'entendre les détonations. [...] La fonction de l'écrivain est de faire en sorte que nul ne puisse ignorer le monde et que nul ne s'en puisse dire innocent.
>
> ▷ Jean-Paul Sartre, *Qu'est-ce que la littérature ?*, 1948, © Éditions Gallimard.

- **Repérer la thèse défendue**

Est-elle énoncée clairement ? Est-elle implicite ? Faut-il la déduire de l'argumentation ?
Ici, la thèse est présente de manière explicite dans la dernière phrase : le rôle de l'écrivain est de responsabiliser les hommes, en décrivant la réalité du monde qui l'entoure.

- **Distinguer les étapes de l'argumentation**

Comment sont disposés les arguments et les exemples ?

1. Premier argument : l'écrivain écrit pour l'humanité ; illustration : les interrogations de l'écrivain.
2. Exemple : les personnages tirés de *La Chartreuse de Parme* de Stendhal ; deuxième argument : l'écrivain nomme ce qui n'est pas encore révélé.
3. Citation de Brice Parain ; troisième argument : les mots sont des armes, qu'il faut diriger.

- **Identifier les procédés de l'argumentation**

L'émetteur parle-t-il au nom de tous ? Veut-il convaincre par une argumentation rigoureuse ou fait-il appel à l'émotion, au pathétique ?
Ici, l'énoncé a une valeur généralisante, il s'agit d'un « il » indéterminé. Les verbes employés au présent de vérité générale disent l'obligation ou la certitude *(il ne doit pas, il sait, il faut)*. La métaphore qui assimile le mot à une arme à feu est filée : cette image forte souligne le pouvoir extrême (de vie et de mort) de l'écriture.

S'ENTRAÎNER

1 QUIZ

Identifiez les connecteurs et les liens logiques qu'ils introduisent.

Il peut se taire, mais puisqu'il a choisi de tirer, il faut que ce soit comme un homme […].

▷ Jean-Paul Sartre, *Qu'est-ce que la littérature ?*, 1948.

- ☐ **a.** mais : connecteur d'opposition
- ☐ **b.** puisque : connecteur de cause
- ☐ **c.** puisque : connecteur de conséquence
- ☐ **d.** comme : connecteur de cause

2 Une argumentation littéraire

a. Quel est le thème des extraits suivants ?
b. Quelle est la thèse défendue dans chacun d'eux ?
c. Quels procédés stylistiques repérez-vous plus particulièrement dans le second extrait ?

DOCUMENT 1

Je suis partisan du maintien de la peine de mort, du maintien et de l'application. Je n'apporterai pas à la tribune la masse des arguments que soulève cette grande question ; je voudrais me tenir sur un point particulier, bien déterminé et contredire, réfuter, si je puis, l'opinion de ceux qui croient que la suppression de la peine de mort serait un progrès moral pour la société française.

▷ Discours de Maurice Barrès à la Chambre des députés, le 3 juillet 1908.

DOCUMENT 2

Dans une civilisation, dans une société dont les institutions sont imprégnées par la foi religieuse, on comprend aisément que le représentant de Dieu ait pu disposer du droit de vie ou de mort. Mais dans une république, dans une démocratie, quels que soient ses mérites, quelle que soit sa conscience, aucun homme, aucun pouvoir ne saurait disposer d'un tel droit sur quiconque en temps de paix.

▷ Discours de Robert Badinter à l'Assemblée nationale, le 17 septembre 1981.

POUR VOUS AIDER

Question c. Observez le rythme et les procédés de construction dans les phrases employées.

3 Une démonstration

a. D'où naît l'inégalité selon Voltaire ?
b. Quel type d'argumentation privilégie-t-il ? Relevez-en les preuves syntaxiques et lexicales.
c. Comment peut-on désigner l'idée contradictoire présentée dans la dernière phrase ? Expliquez cette dernière idée.

Tout homme naît avec un penchant assez violent pour la domination, la richesse et les plaisirs, et avec beaucoup de goût pour la paresse ; par conséquent tout homme voudrait avoir l'argent et les femmes ou les filles des autres, être leur maître, les assujettir à tous ses caprices, et ne rien faire, ou du moins ne faire que des choses très agréables. Vous voyez bien qu'avec ces belles dispositions il est aussi impossible que les hommes soient égaux qu'il est impossible que deux prédicateurs ou deux professeurs de théologie ne soient pas jaloux l'un de l'autre.
Le genre humain, tel qu'il est, ne peut subsister, à moins qu'il n'y ait une infinité d'hommes utiles qui ne possèdent rien du tout ; car certainement, un homme à son aise ne quittera pas sa terre pour venir labourer la vôtre ; et si vous avez besoin d'une paire de souliers, ce ne sera pas un maître des requêtes[1] qui vous la fera. L'égalité est donc à la fois la chose la plus naturelle et en même temps la plus chimérique.

1. Maître des requêtes : magistrat.

▷ Voltaire, *Dictionnaire philosophique*, article « Égalité », 1764.

4 Un manifeste littéraire

a. Quelle est la visée de ce texte ?
b. Reformulez la thèse défendue par l'auteur et identifiez clairement les différentes étapes de l'argumentation.
c. Êtes-vous d'accord avec cette conception de l'art ?

Rien de ce qui est beau n'est indispensable à la vie. – On supprimerait les fleurs, le monde n'en souffrirait pas matériellement ; qui voudrait cependant qu'il n'y eût plus de fleurs ? Je renoncerais plutôt aux pommes de terre qu'aux roses, et je crois qu'il n'y a qu'un utilitaire au monde capable d'arracher une plate-bande de tulipes pour y planter des choux.
À quoi bon la musique ? à quoi bon la peinture ? Qui aurait la folie de préférer Mozart à M. Carrel, et Michel-Ange à l'inventeur de la moutarde blanche ?
Il n'y a de vraiment beau que ce qui ne peut servir à rien ; tout ce qui est utile est laid, car c'est l'expression de quelque besoin, et ceux de l'homme sont ignobles et dégoûtants, comme sa pauvre et infirme nature. – L'endroit le plus utile d'une maison, ce sont les latrines.

▷ Théophile Gautier, préface de *Mademoiselle de Maupin*, 1835.

5 Une dénonciation

a. Ce roman a été publié en 1932 : à quel événement historique renvoie-t-il ? Quelle est la thèse défendue ?
b. Comment se mêlent impressions personnelles et discours à portée générale ? Quel est l'effet produit ?
c. Relevez et commentez l'usage d'un niveau de langue familier. Expliquez la dernière phrase.

Je venais de découvrir d'un coup la guerre tout entière. J'étais dépucelé. Faut être à peu près seul devant elle comme je l'étais à ce moment-là pour bien la voir, la vache en face et de profil. […]
Il y a bien des façons d'être condamné à mort. Ah ! combien n'aurais-je pas donné à ce moment-là pour être en prison au lieu d'être ici, moi crétin ! Pour avoir, par exemple, quand c'était si facile, prévoyant, volé quelque chose, quelque part, quand il en était temps encore. On ne pense à rien ! De la prison, on en sort vivant, pas de la guerre. Tout le reste, c'est des mots.

▷ Louis-Ferdinand Céline, *Voyage au bout de la nuit*, 1932, © Éditions Gallimard.

22 Les différentes formes de la littérature d'idées

L'ESSENTIEL

La littérature d'idées vise à gagner l'adhésion de son destinataire, par des formes et des tonalités diverses.

Les formes amples

- L'**essai** est une forme largement utilisée dans la littérature d'idées. Le locuteur s'y exprime généralement à la 1re personne. L'écriture lui sert à déployer ses idées.
- Le **dialogue** est une forme héritée de l'Antiquité grecque qui se caractérise par une alternance de prises de paroles ; il favorise la confrontation des points de vue.
- Le **manifeste** est une déclaration dans laquelle une personne, ou un groupe de personnes, présente ses conceptions et ses ambitions.

Les formes brèves

- Le **pamphlet** est une œuvre satirique qui vise à critiquer violemment un individu ou une institution.
- La **lettre** est souvent utilisée. On parle de lettre ouverte quand celle-ci est publique et s'adresse à un groupe.
- Le **discours**, politique ou officiel, relève également de la littérature d'idées.
- Le **fragment** est un écrit très court, qui résume une pensée dans une formule frappante : il peut prendre la forme d'une maxime ou d'un aphorisme.

INFO

La littérature d'idées emprunte différents **canaux de diffusion** : elle s'exprime aussi bien dans des livres que dans des articles de presse ou, à l'oral, dans des discours.

Des stratégies différentes

- **Convaincre** : l'énonciateur fait appel à la raison du destinataire. Il lui présente un raisonnement logique qui imite la démarche de la démonstration scientifique. Il privilégie tournures impersonnelles et généralisations.
- **Persuader** : l'émetteur fait appel aux sentiments du récepteur. Il veut susciter son émotion pour emporter son adhésion. Il adapte son discours (niveau de langue, ton, valeurs) à son destinataire.

Des tonalités variées

- L'écriture peut prendre une tonalité **didactique** : on cherche à instruire le lecteur dans un texte qui se veut pédagogique. C'est souvent le cas dans les dialogues.
- Le texte peut également posséder des accents **polémiques** : le ton est catégorique et autoritaire, le rythme vif et le propos souvent ironique.
- La veine **satirique**, où les comportements sont caricaturés (grâce à l'ironie et à l'exagération), se rencontre aussi dans des formes variées : fragments, pamphlets, discours, etc.

Argumentation directe et indirecte

- La littérature d'idées comprend des écrits qui relèvent de l'**argumentation directe** : la défense de la thèse se fait de manière explicite.
- On parle d'**argumentation indirecte** lorsque la défense de la thèse se fait de manière implicite à travers un récit, une forme poétique, un apologue, etc.

LA MÉTHODE

Analyser un essai

> Si cette poésie provoque en nous un tel abandon, un tel ravissement, c'est qu'elle célèbre des sentiments que nous avons l'habitude d'éprouver (que nous éprouvions peut-être aux grands déjeuners d'avant-guerre), de sorte que nous répondons aisément, familièrement, à ces sentiments, sans nous donner la peine de les contrôler ou de les comparer à ceux que nous éprouvons à présent. Mais les poètes vivants expriment un sentiment né et comme arraché de nos entrailles. Nous ne le reconnaissons pas tout d'abord ; souvent, pour une cause ou pour une autre, ce sentiment nous fait peur, nous le surveillons attentivement et le comparons avec jalousie et méfiance au vieux sentiment déjà éprouvé. C'est pourquoi la poésie moderne nous semble difficile et en raison de cette difficulté même nous ne pouvons nous souvenir de plus de deux vers de l'un quelconque des bons poètes modernes.
> Et c'est pourquoi, ma mémoire me faisant défaut, mon raisonnement tourna court faute de matière.
>
> ▷ Virginia Woolf, *Une chambre à soi*, 1929, traduit par Clara Malraux © Éditions Denoël, 1977.

● Rechercher les relations logiques explicites et donner leur valeur

Dans ce texte, véritable démonstration, les connecteurs sont nombreux. *Si… c'est que* introduit les résultats d'un fait. *De sorte que* exprime également une conséquence. *Mais* indique une opposition par rapport à ce qui vient d'être dit. Suivent alors deux expressions indiquant la conséquence : *C'est pourquoi, Et c'est pourquoi.*

● Évaluer l'implication du locuteur

L'emploi de la première personne (*nous*) indique l'implication de l'énonciatrice. Le point de vue personnel est renforcé par l'ancrage dans le quotidien avec les *déjeuners d'avant-guerre*. Le présent de vérité générale est contrebalancé par le passé simple de l'énonciatrice dans la dernière phrase, où elle se met en scène dans une chute ironique (*mon raisonnement tourna court*).

S'ENTRAÎNER

1 QUIZ

Quelle est la relation logique sous-entendue par le signe de ponctuation ?

La lecture n'est pas une activité inutile : il faut en enseigner le goût dès le plus jeune âge.

- ☐ **a.** la cause
- ☐ **b.** l'addition
- ☐ **c.** la conséquence
- ☐ **d.** l'opposition

2 **Identifiez la forme (manifeste, essai, fragment…) et la tonalité (didactique, polémique…) utilisées dans chacun des extraits suivants.**

a. Je le dis avec horreur, mais avec vérité : c'est nous, chrétiens, c'est nous qui avons été persécuteurs, bourreaux, assassins ! Et de qui ? de nos frères. (Voltaire, *Traité sur la tolérance*, 1763.)

b. Le surréalisme […] est une dictée de la pensée, en l'absence de tout contrôle exercé par la raison, en dehors de toute préoccupation esthétique et morale. (Breton, *Manifeste du surréalisme*, 1924.)

c. La Maréchale : […] quel inconvénient y aurait-il à avoir une raison de plus, la religion, pour faire le bien, et une raison de moins, l'incrédulité, pour mal faire ? Diderot : Aucun, si la religion était un motif de faire le bien, et l'incrédulité un motif de faire le mal. (Diderot, *Entretien d'un philosophe avec la Maréchale de* xxx, 1774.)

d. Les enfants […] ne veulent point souffrir de mal, et aiment à en faire : ils sont déjà des hommes. (La Bruyère, *Les Caractères*, 1688.)

3 **Une préface**

a. Ce texte relève-t-il de l'argumentation directe ou indirecte ?

b. Quelle est l'idée défendue ?

c. De quelle forme de la littérature d'idées ce texte relève-t-il ?

Ce livre est un recueil d'études, un retour réfléchi à des formes négligées ou peu connues. Les émotions personnelles n'y ont laissé que peu de traces ; les passions et les faits contemporains n'y apparaissent point. Bien que l'art puisse donner, dans une certaine mesure, un caractère de généralité à tout ce qu'il touche, il y a dans l'aveu public des angoisses du cœur et de ses voluptés non moins amères, une vanité et une profanation gratuites. D'autre part, quelque vivantes que soient les passions politiques de ce temps, elles appartiennent au monde de l'action ; le travail spéculatif leur est étranger. Ceci explique l'impersonnalité et la neutralité de ces études. Il est du reste un fonds commun à l'homme et au poète, une somme de vérités morales et d'idées dont nul ne peut s'abstraire ; l'expression seule en est multiple et diverse.

▷ Leconte de Lisle, préface des *Poèmes antiques*, 1852.

POUR VOUS AIDER

Question a. L'argumentation directe se veut plus explicite : elle se caractérise souvent par la présence de nombreux connecteurs.

4 **Une pensée structurée**

a. Quel type d'argumentation le locuteur utilise-t-il ? Qu'énonce-t-il ?

b. Quels sont les procédés utilisés pour donner de la force aux arguments ?

c. Une évolution du statut de la femme est-elle possible pour l'énonciateur ?

On ne peut dire (comme Proudhon) que la femme *n'est que réceptive*. Elle est *productive* aussi par son influence sur l'homme, et dans la sphère de l'idée, et dans le réel. Mais son idée n'arrive guère à la forte réalité. C'est pourquoi elle crée peu.

La politique lui est généralement peu accessible. Il y faut un esprit générateur et très mâle. Mais elle a le sens de l'ordre, et elle est très propre à l'administration.

Les grandes créations de l'art semblent jusqu'ici lui être impossibles. Toute œuvre forte de civilisation est un fruit du génie de l'homme.

On a fait sottement de tout cela une question d'amour-propre. *L'homme et la femme sont deux êtres incomplets et relatifs, n'étant que deux moitiés d'un tout.* Ils doivent s'aimer, se respecter.

Elle est relative. Elle doit respecter l'homme, qui crée tout pour elle. Elle n'a pas un aliment, pas un bonheur, une richesse, qui ne lui vienne de lui.

Il est relatif. Il doit adorer, respecter la femme, qui fait l'homme, le plaisir de l'homme, qui par l'aiguillon de l'éternel désir a tiré de lui, d'âge en âge, ces jets de flammes qu'on appelle des arts, des civilisations. Elle le refait chaque soir, en lui donnant tour à tour les deux puissances de vie : en l'apaisant, l'harmonie ; en l'ajourant, l'étincelle.

Elle crée ainsi le créateur. Et il n'est rien de plus grand.

▷ Jules Michelet, *La Femme*, 1859.

5 **Repérez les liens logiques et analysez la construction du texte. À qui renvoie le « on » des dernières lignes ? À qui, selon vous, ce texte est-il destiné ?**

[…] la passivité qui caractérisera essentiellement la femme « féminine » est un trait qui se développe en elle dès ses premières années. Mais il est faux de prétendre que c'est là une donnée logique ; en vérité, c'est un destin qui lui est imposé par ses éducateurs et par la société. L'immense chance du garçon, c'est que sa manière d'exister pour autrui l'encourage à se poser pour soi. […] Au contraire, chez la femme il y a, au départ, un conflit entre son existence autonome et son « être-autre » ; on lui apprend que pour plaire il faut chercher à plaire, il faut se faire objet donc renoncer à son autonomie. On la traite comme une poupée vivante et on lui refuse sa liberté.

▷ Simone de Beauvoir, *Le Deuxième Sexe*, 1949,

23 Dénoncer l'injustice : la naissance de la littérature engagée

L'ESSENTIEL

Si l'engagement en littérature est une pratique ancienne, les XIXe et XXe siècles sont particulièrement riches de ce type de littérature. Observateurs des bouleversements rapides et profonds de la société, les écrivains tentent d'infléchir les pratiques et les mentalités : leurs œuvres possèdent une **forte résonance politique**.

INFO

La littérature engagée profite du **développement de la presse** depuis le XIXe siècle : les événements sont connus et les prises de position peuvent se diffuser largement.

Défendre le peuple

- Les principales **victimes des injustices** sont les plus pauvres. L'écrivain se fait souvent leur défenseur, en exposant au monde leur situation malheureuse.
- **George Sand** dénonce ainsi le **mépris de classe** dont souffre une partie de la population. À contre-courant de ces riches profiteurs, la baronne de Blanchemont s'exprime ainsi dans *Le Meunier d'Angibault* (1835) :

> Je veux […] consacrer la moindre partie de mes revenus à mes besoins et à la bonne éducation de mon fils, afin d'avoir toujours de quoi assister les pauvres qui viendront frapper à ma porte.

- **Victor Hugo**, lui, se fait le héraut de la **misère du peuple**, dans des écrits politiques, des poèmes et des romans. Grand défenseur de la **liberté de la presse**, il sait l'importance de ce média :

> Le journal donc, comme l'écrivain, a deux fonctions, la fonction politique, la fonction littéraire. Ces deux fonctions, au fond, n'en sont qu'une ; car sans littérature pas de politique. (*Le Rappel*, 1er novembre 1871.)

Dénoncer des idéologies

Les idées dominantes, parfois **injustes et liberticides**, sont souvent attaquées par les écrivains.

- L'**affaire Dreyfus**, en 1894, est un scandale : manifestement innocent, le capitaine Dreyfus devient le bouc émissaire dans un scandale qui touche l'armée. Dans la célèbre lettre ouverte « J'accuse », Zola défend le capitaine et attaque l'**antisémitisme** dont il est victime.
- Les **périodes de conflits** sont caractérisées par une littérature très engagée : contre les boucheries militaires lors de la Première guerre mondiale ou encore contre l'impérialisme lors des guerres d'indépendance.
- Les **régimes totalitaires** sont aussi dénoncés. George Orwell, dans l'apologue *La Ferme des animaux* comme dans le roman *1984*, souligne les dérives de ces systèmes.

LA MÉTHODE

Analyser une lettre ouverte

> Monsieur le Président,
> Me permettez-vous […] de vous dire que votre étoile, si heureuse jusqu'ici, est menacée de la plus honteuse, de la plus ineffaçable des taches ?
> […] Quelle tache de boue sur votre nom – j'allais dire sur votre règne – que cette abominable affaire Dreyfus ! […] Et c'est fini, la France a sur la joue cette souillure, l'histoire écrira que c'est sous votre présidence qu'un tel crime social a pu être commis.
> Puisqu'ils ont osé, j'oserai aussi, moi. La vérité, je la dirai, car j'ai promis de la dire, si la justice, régulièrement saisie, ne la faisait pas, pleine et entière. Mon devoir est de parler, je ne veux pas être complice. Mes nuits seraient hantées par le spectre de l'innocent qui expie là-bas, dans la plus affreuse des tortures, un crime qu'il n'a pas commis.
> Et c'est à vous, monsieur le Président, que je la crierai, cette vérité, de toute la force de ma révolte d'honnête homme.
>
> ▷ Émile ZOLA, « J'accuse », *L'Aurore*, 1898.

L'AURORE
Littéraire, Artistique, Sociale
J'Accuse…!
LETTRE AU PRÉSIDENT DE LA RÉPUBLIQUE
Par ÉMILE ZOLA

- **Accuser**

L'accusation est faite avec des termes forts et des tournures hyperboliques : *la plus honteuse, abominable, souillure, crime, complice, hantées, innocent, affreuse, tortures, crime*. L'article en effet accuse le gouvernement d'antisémitisme. Le ton est catégorique et les procédés emphatiques nombreux (*Et c'est à vous, monsieur le Président, que je la crierai, cette vérité*).

- **Emporter l'adhésion**

L'adresse directe au président, si elle sacrifie aux règles du respect et de la politesse (phrase interrogative), l'obligera à prendre parti publiquement ; l'exclamation souligne l'horreur du crime dans lequel il risque d'être englobé. Le président est ainsi appelé à choisir entre une multitude (un *ils* indifférencié) et un individu seul (9 occurrences de la 1re personne) mais accompagné d'alliés de force : *vérité, devoir, force, révolte*.

1 QUIZ **Terminez la phrase en choisissant la terminaison qui convient.**

Un innocent qui expie là-bas, dans la plus affreuse des tortures, des fautes :

- ☐ **a.** qu'il n'a pas commis
- ☐ **b.** qu'il n'a pas commisent
- ☐ **c.** qu'il n'a pas commises

2 **Une dénonciation**

a. Comment comprenez-vous l'émotion de Martine ?

b. En vous aidant du paratexte, identifiez quel sera, selon vous, l'objet d'une dénonciation dans ce roman.

Lorsque Martine vit pour la première fois la baignoire, et que Cécile lui dit de se tremper dans toute cette eau, elle fut prise d'une émotion qui avait quelque chose de sacré, comme si elle allait y être baptisée… « Le confort moderne » lui arriva dessus d'un seul coup, avec l'eau courante, la canalisation, l'électricité… Elle ne s'y habitua jamais tout à fait, et chaque fois que M'man Donzert lui disait : « Va prendre ton bain… » elle éprouvait une petite émotion délicieuse. Or, justement, M'man Donzert disait : « Cécile est en train de prendre son bain… Ça va être ton tour. Je vais vous monter une infusion quand vous serez au lit. Assieds-toi donc ! »

▷ Elsa Triolet, *Roses à crédit : l'âge de nylon*, 1959, © Éditions Gallimard.

POUR VOUS AIDER

Question b. Mettez en rapport l'extrait, le titre du roman, l'année de publication et l'identité de l'auteur.

3 **À qui s'adresse l'auteur de ce discours et que veut-il obtenir de ses interlocuteurs ? Relevez les procédés de rythme utilisés pour donner de l'ampleur à l'argumentation. Ce texte, prononcé à l'Assemblée nationale, avait-il selon vous vocation à être publié ?**

Messieurs, vous n'avez rien fait, tant que l'ordre matériel raffermi n'a pas pour base l'ordre moral consolidé : vous n'avez rien fait tant que le peuple souffre, tant qu'il y a au-dessous de vous une partie du peuple qui désespère, tant que ceux qui pourraient travailler, et demandent à travailler, ne trouvent pas de travail, tant que ceux qui sont vieux et ne peuvent plus travailler sont sans asile ; vous n'avez rien fait tant que l'usure dévore nos campagnes. Tant qu'on meurt de faim dans les villes ; vous n'avez rien fait tant qu'il n'y a pas de lois évangéliques qui viennent en aide aux familles honnêtes, aux bons paysans, aux gens de cœur ; vous n'avez rien fait tant que l'homme méchant, dans l'œuvre souterraine qui se poursuit encore, a pour collaborateur fatal l'homme malheureux.

[…] Ce n'est donc pas à votre générosité que je m'adresse : je m'adresse surtout à votre sagesse. […] Vous avez fait des lois contre l'anarchie, faites-en contre la misère !

▷ Victor Hugo, *Le Constitutionnel*, 10 juillet 1849.

POUR VOUS AIDER

Hugo est député lorsqu'il prononce ce discours, accueilli par des cris : « C'est vrai ! C'est vrai ! »

4 **Une chanson engagée**

a. Résumez le propos de ce texte.

b. Étudiez l'énonciation : à quelle autre forme cette chanson s'apparente-t-elle ?

c. L'argumentation vous semble-t-elle efficace ? Pourquoi ?

Monsieur le Président
Je vous fais une lettre
Que vous lirez peut-être
Si vous avez le temps
Je viens de recevoir
Mes papiers militaires
Pour partir à la guerre
Avant mercredi soir
Monsieur le Président
Je ne veux pas la faire
Je ne suis pas sur terre
Pour tuer des pauvres gens
C'est pas pour vous fâcher
Il faut que je vous dise
Ma décision est prise
Je m'en vais déserter […]

▷ Boris Vian, *Le Déserteur*, 1954.

5 **Un essai**

a. Quelle est la thèse défendue dans cet essai ?

b. Quels procédés propres à l'argumentation directe relevez-vous dans cet extrait ?

c. Quels sont, selon vous, les outils utilisés pour obtenir l'adhésion du lecteur ?

L'indifférence : la pire des attitudes.

C'est vrai, les raisons de s'indigner peuvent paraître aujourd'hui moins nettes ou le monde trop complexe. Qui commande, qui décide ? Il n'est pas toujours facile de distinguer entre tous les courants qui nous gouvernent. […] Mais dans ce monde, il y a des choses insupportables. Pour le voir, il faut bien regarder, chercher. Je dis aux jeunes : cherchez un peu, vous allez trouver. La pire des attitudes est l'indifférence, dire « je n'y peux rien, je me débrouille ». En vous comportant ainsi, vous perdez l'une des composantes essentielles qui fait l'humain. Une des composantes indispensables : la faculté d'indignation et l'engagement qui en est la conséquence. On peut déjà identifier deux grands nouveaux défis :

1. L'immense écart qui existe entre les très pauvres et les très riches et qui ne cesse de s'accroître. C'est une innovation des XXe et XXIe siècles. Les très pauvres dans le monde d'aujourd'hui gagnent à peine deux dollars par jour. On ne peut pas laisser cet écart se creuser encore. Ce constat seul doit susciter un engagement.
2. Les droits de l'homme et l'état de la planète.

▷ Stéphane Hessel, *Indignez-vous !*, 2010, Indigène éditions.

24 S'interroger sur la condition de l'homme : la littérature existentialiste

L'ESSENTIEL

Un mouvement littéraire d'origine philosophique

- C'est sous l'**Occupation** que naît, avec Jean-Paul Sartre, l'**existentialisme**, qui brillera particulièrement à la **Libération**, et se poursuivra jusqu'à la fin des années 1950.
- Ce mouvement d'**origine philosophique** s'interroge sur la condition de l'homme : l'homme n'est pas prédéfini, il se construit dans sa relation avec le monde extérieur, et se définit par ses actes.
- Pour les écrivains de cette période, la **réflexion critique** accompagne sans cesse la pratique de la littérature, qui emprunte les formes du roman, du théâtre ou de l'essai.

Les principaux thèmes

- S'interroger sur la condition humaine, c'est prendre conscience de l'**angoisse** des individus confrontés à l'**absurdité du monde**.
- L'**engagement politique** est vu comme une manière de redonner du sens à l'existence.
- Le **rapport à autrui** fait aussi l'objet d'une réflexion : l'homme est obligé de vivre avec les autres, mais cette vie avec les autres le prive de sa liberté. Le rapport aux autres est donc marqué par un certain **pessimisme**.
- Les écrits existentialistes sont également empreints d'une **réflexion sur la pratique littéraire**. Quel sens donner au travail sur la langue et l'imaginaire quand la littérature est une forme d'engagement ?

AUTEUR CLÉ

Jean-Paul Sartre incarne la figure de l'écrivain engagé du xxe siècle. Il est connu autant pour ses œuvres littéraires et philosophiques (*Huis clos*, *L'Être et le Néant*...) que pour ses prises de position politiques.

Des écrivains engagés

- **Jean-Paul Sartre** (1905-1980) écrit essais et œuvres de fiction où l'on retrouve les thèmes de réflexion du philosophe :

> L'homme est condamné à être libre. Condamné, parce qu'il ne s'est pas créé lui-même, et par ailleurs cependant libre, parce qu'une fois jeté dans le monde, il est responsable de tout ce qu'il fait. (*L'Existentialisme est un humanisme*, 1946.)

- **Albert Camus**, même s'il récuse l'appartenance au mouvement existentialiste, évoque l'absurdité du monde et la nécessité de l'engagement, dans des romans comme *L'Étranger* ou *La Peste* :

> Je refuserai jusqu'à la mort d'aimer cette création où les enfants sont torturés. (*La Peste*, 1947.)

- **Simone de Beauvoir**, compagne de Sartre, est célèbre pour ses engagements politiques. Son essai *Le Deuxième Sexe* est considéré comme une référence du féminisme :

> Il m'était plus facile de penser un monde sans créateur qu'un créateur chargé de toutes les contradictions du monde. (*Le Deuxième Sexe*, 1949.)

- **André Malraux**, militant antifasciste, connaît une jeunesse aventureuse. Ses romans, comme *La Condition humaine* et *L'Espoir*, sont porteurs d'un profond humanisme :

> L'humanisme, ce n'est pas dire : « Ce que j'ai fait, aucun animal ne l'aurait fait », c'est dire : « Nous avons refusé ce que voulait en nous la bête. » (*Les Voix du silence*, 1951.)

- Les dramaturges de l'absurde, **Samuel Beckett** et **Eugène Ionesco**, dans des pièces qui soulignent l'angoisse de l'homme dans un monde privé de sens, rejoignent les interrogations du mouvement existentialiste :

> Le comique étant l'intuition de l'absurde, il me semble plus désespérant que le tragique. (IONESCO)

LA MÉTHODE

Analyser le théâtre existentialiste

Après leur mort, Garcin, Estelle et Inès sont envoyés en enfer : ils se retrouvent enfermés dans une chambre, sans aucune explication.

INÈS. *le regarde sans peur, mais avec une immense surprise.* – Ha ! (*Un temps*) Attendez ! J'ai compris, je sais pourquoi ils nous ont mis ensemble.

GARCIN. – Prenez garde à ce que vous allez dire.

INÈS. – Vous allez voir comme c'est bête. Bête comme chou ! Il n'y a pas de torture physique, n'est-ce pas ? Et cependant, nous sommes en enfer. Et personne ne doit venir. Personne. Nous resterons jusqu'au bout seuls ensemble. C'est bien ça ? En somme, il y a quelqu'un qui manque ici : c'est le bourreau.

GARCIN. *à mi-voix.* – Je le sais bien.

INÈS. – Eh bien, ils ont réalisé une économie de personnel. Voilà tout. Ce sont les clients qui font le service eux-mêmes, comme dans les restaurants coopératifs.

ESTELLE. – Qu'est-ce que vous voulez dire ?

INÈS. – Le bourreau, c'est chacun de nous, pour les deux autres.

▷ Jean-Paul SARTRE, *Huis clos*, 1944, © Éditions Gallimard.

►

● Analyser les relations des personnages

Inès parle plus et se différencie des autres personnages : elle résout par ses explications l'énigme apparente de leur situation. Le rapport à autrui est présenté comme particulièrement destructeur, puisque chacun se révèle être un *bourreau* pour les autres.

● Comprendre la portée du texte

Ce ne sont pas des actes de *torture* qui font d'autrui notre bourreau ; c'est le jugement qu'il porte sur nous et qui nous enferme, qui fait d'autrui notre tortionnaire. La langue familière fait pénétrer cette horreur dans le quotidien. La situation est ici d'autant plus tragique pour les personnages qu'ils ne peuvent ni s'isoler ni éliminer les autres, déjà morts.

S'ENTRAÎNER

1 QUIZ

Quelle figure de style repérez-vous dans cette phrase ?

Votre silence me crie dans les oreilles.

▷ Jean-Paul Sartre, *Huis clos*, 1944.

☐ **a.** une métonymie ☐ **b.** un oxymore ☐ **c.** une antiphrase

2 Réfléchir sur sa condition

a. Comment s'exprime le trouble du personnage ?
b. Quel parti prend finalement Bérenger ? Pourquoi ?
c. Selon vous, quelle conception de l'homme se dégage de ce dénouement ?

Les habitants d'une petite ville se sont tous transformés en rhinocéros. Seul Béranger a refusé cette métamorphose.

Bérenger. – [...] Comme j'ai mauvaise conscience, j'aurais dû les suivre à temps. Trop tard maintenant ! Hélas, je suis un monstre, je suis un monstre. Hélas, jamais je ne deviendrai un rhinocéros, jamais, jamais ! Je ne peux plus changer, je voudrais bien, je voudrais tellement, mais je ne peux pas. Je ne peux plus me voir. J'ai trop honte ! (*Il tourne le dos à la glace.*) Comme je suis laid ! Malheur à celui qui veut conserver son originalité ! (*Il a un brusque sursaut*) Eh bien, tant pis ! Je me défendrai contre tout le monde ! Ma carabine, ma carabine ! (*Il se retourne face au mur du fond où sont fixées les têtes des rhinocéros, tout en criant :*) Contre tout le monde, je me défendrai ! Je suis le dernier homme, je le resterai jusqu'au bout ! Je ne capitule pas !

Rideau

▷ Eugène Ionesco, *Rhinocéros*, 1959, © Éditions Gallimard.

3 Une dénonciation

a. Que dénonce l'auteur dans cet essai ?
b. Cette analyse de l'éducation vous semble-t-elle juste et toujours d'actualité ?

[...] On habille [la fillette] avec des robes douces comme des baisers, on est indulgent à ses larmes et à ses caprices, on la coiffe avec soin, on s'amuse de ses mines et de ses coquetteries. [...] Au petit garçon, au contraire, on va interdire même la coquetterie ; ses manœuvres de séduction, ses comédies agacent. « Un homme ne demande pas qu'on l'embrasse... Un homme ne se regarde pas dans les glaces... Un homme ne pleure pas », lui dit-on. On veut qu'il soit « un petit homme » ; c'est en s'affranchissant des adultes qu'il obtiendra leur suffrage. Il plaira en ne paraissant pas chercher à plaire.

▷ Simone de Beauvoir, *Le Deuxième sexe*, 1949, © Éditions Gallimard.

4 Une fin de roman

a. De quelle injustice le roman veut-il témoigner ?
b. De quoi la peste peut-elle être la métaphore ?
c. Peut-on parler de fin « optimiste » pour ce roman ?

Le roman raconte une épidémie de peste survenue à Oran. L'extrait présenté se situe à la fin de l'ouvrage.

[...] Le docteur Rieux décida alors de rédiger le récit qui s'achève ici, pour ne pas être de ceux qui se taisent, pour témoigner en faveur de ces pestiférés, pour laisser du moins un souvenir de l'injustice et de la violence qui leur avaient été faites, et pour dire simplement ce qu'on apprend au milieu des fléaux, qu'il y a dans les hommes plus de choses à admirer que de choses à mépriser. Mais il savait cependant que cette chronique ne pouvait pas être celle de la victoire définitive. [...]

Écoutant, en effet, les cris d'allégresse qui montaient de la ville, Rieux se souvenait que cette allégresse était toujours menacée. Car il savait ce que cette foule en joie ignorait, et qu'on peut lire dans les livres, que le bacille de la peste ne meurt ni ne disparaît jamais, qu'il peut rester pendant des dizaines d'années endormi dans les meubles et le linge, qu'il attend patiemment dans les chambres, les caves, les malles, les mouchoirs et les paperasses, et que, peut-être, le jour viendrait où, pour le malheur et l'enseignement des hommes, la peste réveillerait ses rats et les enverrait mourir dans une cité heureuse.

▷ Albert Camus, *La Peste*, 1947, © Éditions Gallimard.

POUR VOUS AIDER

Question b. Demandez-vous quelles calamités peuvent, comme la peste, se répandre rapidement et tuer, avec violence, même des innocents.

5

La question de la condition humaine vous semble-t-elle au cœur de toute littérature ? Répondez à cette question dans un paragraphe argumenté qui s'appuiera sur les textes évoqués dans cette page et sur vos lectures personnelles.

VERS LE BAC

25 Expliquer un texte

L'ESSENTIEL

Les objectifs de l'explication

- Ce type d'exercice demande de dégager les **principales caractéristiques** d'un texte d'une vingtaine de lignes et d'en faire un commentaire pertinent.
- Comme pour toute analyse littéraire, il est recommandé de toujours **mettre en rapport le fond** (ce qui est dit) **et la forme** (la manière dont cela est dit).
- Les différentes remarques sont organisées autour d'une **question** (problématique) qui doit guider votre analyse. Il ne s'agit pas de tout dire du texte, mais toutes vos remarques doivent être rattachées à la question.
- L'**oral des épreuves anticipées de français** commence par ce type d'exercice. Une lecture du passage intervient dès l'introduction : il est nécessaire de s'y entraîner pour la rendre la plus expressive possible et ne pas faire de fautes de prononciation.

ATTENTION !
S'il s'agit d'un **texte poétique**, soyez attentif à la prononciation des *-e* muets, des diérèses, etc.

La marche à suivre

- **Contextualiser le texte**. Vous devez mobiliser tout ce que vous savez sur l'auteur, la période historique, le mouvement littéraire, l'œuvre dans laquelle se situe l'extrait.
- **Lire le texte**. Cette première lecture a pour but de recueillir vos premières impressions : que pensez-vous de l'extrait ? Qu'avez-vous ressenti en le lisant et pour quelles raisons ?
- **Repérer la structure** du passage. On peut délimiter plusieurs parties dans l'extrait, généralement entre deux et quatre. Efforcez-vous de donner un titre à chacun de ces mouvements.
- **Dégager les enjeux du texte** de manière à formuler une **problématique** : que veut dire l'auteur et comment procède-t-il ?

Le plan de l'explication

- **L'introduction** commence par reprendre les éléments de contextualisation, en deux ou trois phrases rédigées. Elle énonce la problématique et souligne la composition du texte.
- **L'analyse** doit être **linéaire** : suivez la progression du texte en étudiant une phrase ou un ensemble de phrases après l'autre, pour dévoiler au fur et à mesure la construction du sens. Ne vous contentez pas de relever des procédés : vous devez aussi analyser leur effet.
- **La conclusion** fait le bilan de ce qui a été dit ; elle s'ouvre sur une interprétation personnelle ou met en rapport l'extrait étudié avec la suite de l'œuvre.

LA MÉTHODE

Rédiger l'introduction d'une explication linéaire

> Le spectacle était épouvantable et charmant. Gavroche, fusillé, taquinait la fusillade. Il avait l'air de s'amuser beaucoup. C'était le moineau becquetant les chasseurs. Il répondait à chaque décharge par un couplet. On le visait sans cesse, on le manquait toujours. Les gardes nationaux et les soldats riaient en l'ajustant. Il se couchait, puis se redressait, s'effaçait dans un coin de porte, puis bondissait, disparaissait, reparaissait, se sauvait, revenait, ripostait à la mitraille par des pieds de nez, et cependant pillait les cartouches, vidait les gibernes et remplissait son panier. Les insurgés, haletants d'anxiété, le suivaient des yeux. La barricade tremblait ; lui, il chantait. Ce n'était pas un enfant, c'était un étrange gamin fée. On eût dit le nain invulnérable de la mêlée. Les balles couraient après lui, il était plus leste qu'elles. Il jouait on ne sait quel effrayant jeu de cache-cache avec la mort ; à chaque fois que la face camarde du spectre s'approchait, le gamin lui donnait une pichenette.
>
> ▷ Victor HUGO, *Les Misérables*, 1862.

- **Situer le texte et dégager son sens**
Il s'agit de l'extrait d'une œuvre mondialement connue, parue en 1862, du fait d'un auteur qui croyait à l'engagement politique. Le texte présente le célèbre personnage de Gavroche, juste avant sa mort, alors que des combats furieux se déroulent dans Paris, au lendemain de l'enterrement du général Lamarque, et qui opposent les insurgés aux soldats.

Les Misérables, *ouvrage écrit par Victor Hugo et paru en 1862, est l'œuvre littéraire française la plus traduite dans le monde. Dans ce passage, le narrateur décrit l'étrange spectacle qui a lieu près d'une barricade : le jeune Gavroche, gamin parisien, ramasse des balles sur les soldats morts pour les apporter aux insurgés. Les balles pleuvent autour de lui sans l'atteindre.*

▶

● Dégager une problématique

La problématique invite à mettre en relation des procédés, une tonalité et une intention. Ici, la description est menée grâce à l'utilisation de la tonalité épique. La tonalité épique cherche à provoquer l'admiration du lecteur en insistant sur le caractère héroïque d'un personnage ou d'une action. L'exagération, l'amplification et la métaphore sont privilégiées.

● Repérer la structure

Le texte est gouverné par l'antithèse initiale *épouvantable et charmant*. La première partie de l'extrait souligne le caractère enchanteur du spectacle ; la seconde (à partir de *Les insurgés*) insiste sur son aspect effrayant.
Nous étudierons comment est utilisée la tonalité épique pour raconter cette scène. Dans un premier temps, le texte insiste sur le caractère charmant de ce tableau ; dans un second temps, l'effroi fait irruption.

S'ENTRAÎNER

1 QUIZ **Quelle figure de style repérez-vous dans cette phrase ?**

C'était le moineau becquetant les chasseurs.
▷ Victor Hugo, *Les Misérables*, 1862.

☐ **a.** une périphrase ☐ **b.** une métonymie ☐ **c.** une métaphore

2 Contextualisez le texte : identifiez l'auteur, le genre du texte et la tonalité dominante. Replacez l'œuvre dans son mouvement littéraire.

19 août. […] Je me dressai, les mains tendues, en me tournant si vite que je faillis tomber. Eh ! bien ?… on y voyait comme en plein jour, et je ne me vis pas dans la glace !… Elle était vide, claire, profonde, pleine de lumière ! Mon image n'était pas dedans… et j'étais en face, moi ! Je voyais le grand verre limpide du haut en bas. Et je regardais cela avec des yeux affolés ; et je n'osais plus avancer, je n'osais plus faire un mouvement, sentant bien pourtant qu'il était là, mais qu'il m'échapperait encore, lui dont le corps imperceptible avait dévoré mon reflet.
Comme j'eus peur ! Puis voilà que tout à coup je commençai à m'apercevoir dans une brume, au fond du miroir, dans une brume comme à travers une nappe d'eau ; et il me semblait que cette eau glissait de gauche à droite, lentement, rendant plus précise mon image, de seconde en seconde. C'était comme la fin d'une éclipse. Ce qui me cachait ne paraissait point posséder de contours nettement arrêtés, mais une sorte de transparence opaque, s'éclaircissant peu à peu.
Je pus enfin me distinguer complètement, ainsi que je le fais chaque jour en me regardant. Je l'avais vu ! L'épouvante m'en est restée, qui me fait encore frissonner.

▷ Guy de Maupassant, *Le Horla*, 1886.

3 Voici la problématique commandant l'explication du texte de l'exercice précédent et le plan proposé. Rédigez l'introduction qui reprendra toutes les informations nécessaires.

Problématique : Dans quelle mesure la forme d'écriture choisie permet-elle l'expression du registre fantastique ?

Plan :
Première partie : un narrateur affolé
Deuxième partie : un retour au réel
Troisième partie : l'affirmation du fantastique

4 Une copie d'élève

a. Identifiez les différentes étapes qui composent cette introduction.

Le Misanthrope est une pièce de théâtre écrite par Molière. Dans cette pièce, la noblesse du XVIIe siècle est critiqué. Dans la première scène, Alceste le misanthrope [qui hait les hommes] discute avec son ami Philinte, le parfait gentilhomme. Comment s'exprime la misanthropie d'Alceste ? Nous verrons que dans un premier temps il prétent refuser toute forme de discussion, puis dans un second temps qu'il s'étend longuement sur les griefs qu'il a contre son ami.

b. Quelle étape peut sembler un peu maladroite ? Pourquoi ?

c. Deux fautes d'orthographe sont restées dans la copie ; corrigez-les.

5 Lisez l'extrait et la problématique. Rédigez l'introduction et faites une explication linéaire du texte (titre et plan détaillé de chaque partie), puis rédigez la conclusion.

Problématique : Étudier la double dimension, comique et effrayante, de ce portrait.

Les lecteurs ont peut-être, dès sa première apparition, conservé quelque souvenir de cette Thénardier, grande, blonde, rouge, grasse, charnue, carrée, énorme et agile ; elle tenait, nous l'avons dit, de la race de ces sauvagesses colosses qui se cambrent dans les foires avec des pavés pendus à leur chevelure. Elle faisait tout dans le logis, les lits, les chambres, la lessive, la cuisine, la pluie, le beau temps, le diable. Elle avait pour tout domestique Cosette ; une souris au service d'un éléphant. Tout tremblait au son de sa voix, les vitres, les meubles et les gens. […] Elle avait de la barbe. C'était l'idéal d'un fort de la halle habillé en fille. Elle jurait splendidement ; elle se vantait de casser une noix d'un coup de poing. Sans les romans qu'elle avait lus, et qui, par moments, faisaient bizarrement reparaître la mijaurée sous l'ogresse, jamais l'idée ne fût venue à personne de dire d'elle : c'est une femme. Cette Thénardier était comme le produit de la greffe d'une donzelle sur une poissarde. Quand on l'entendait parler, on disait : C'est un gendarme ; quand on la regardait boire, on disait : C'est un charretier ; quand on la voyait manier Cosette, on disait : C'est le bourreau.

▷ Victor Hugo, *Les Misérables*, 1862.

VERS LE BAC

26 Élaborer un commentaire organisé

L'ESSENTIEL

Objectif du commentaire

Le commentaire est un exercice qui doit **montrer la spécificité** d'un texte. Il faut commencer par **repérer les caractéristiques** générales du passage : le genre, le registre, le mouvement ou courant littéraire, le thème central. Cela permet ensuite d'**identifier l'originalité** du texte (en le confrontant à d'autres textes du même registre étudiés auparavant) : au niveau du thème et au niveau du style. On peut alors **construire une analyse** autour d'une problématique générale, c'est-à-dire une orientation qui guide l'étude. Le plan est parfois donné.

Construire le plan

Les différentes parties ont un lien entre elles et sont toutes au service d'une démonstration : la lecture particulière que vous faites du texte.

● **Les grandes parties**
Vous devez aller **du plus évident au plus caché** : de l'impression la plus générale au symbole. Pour une description, par exemple, le premier axe peut étudier la caractérisation d'un personnage ; le deuxième, l'expression des sentiments du narrateur ; le dernier, la fonction de la description. Il s'agit de toujours relier ce qui est dit et la manière dont c'est dit. Formulez soigneusement le titre de chaque axe. Votre commentaire peut compter de deux à quatre parties.

ATTENTION !
Faites apparaître clairement au brouillon les connecteurs qui relient les grandes parties du commentaire : la logique de votre plan est ainsi soulignée.

● **L'organisation d'une partie**
Chaque axe comporte plusieurs sous-parties, présentant un argument pour appuyer la problématique générale : des citations ou des renvois au texte, quand ils sont analysés, doivent apparaître comme des arguments soutenant la thèse (la problématique) initiale.

Rédiger le commentaire

● L'**introduction** : elle doit être soignée puisque c'est le premier contact qu'aura le correcteur avec votre devoir. Elle commence par situer le passage étudié dans son contexte, avant d'exposer la problématique. Elle se termine par l'annonce du plan : il s'agit d'indiquer très clairement (sous forme de questions ou d'affirmations) le contenu des grandes parties du développement.

● Les **grandes parties** : seul un plan détaillé suffit au brouillon. Chaque grande partie se termine par une transition pour annoncer la suivante. Chaque paragraphe s'organise autour de l'analyse précise d'un passage du texte, appuyée par des citations.

● La **conclusion** : elle résume l'analyse menée lors du développement, avant d'élargir la réflexion, soit sur l'intérêt historique que le texte suscite, soit par un jugement personnel.

ATTENTION !
Avant de rendre votre travail, pensez à vous relire : vérifiez la ponctuation, les accords et l'orthographe. Soulignez les titres d'œuvre et placez les citations entre guillemets.

LA MÉTHODE

Rédiger un paragraphe de commentaire

> Laisse-moi respirer longtemps, longtemps, l'odeur de tes cheveux, y plonger tout mon visage, comme un homme altéré dans l'eau d'une source, et les agiter avec ma main comme un mouchoir odorant, pour secouer des souvenirs dans l'air.
> Si tu pouvais savoir tout ce que je vois ! tout ce que je sens ! tout ce que j'entends dans tes cheveux ! Mon âme voyage sur le parfum comme l'âme des autres hommes sur la musique.
>
> ▷ Charles BAUDELAIRE, *Le Spleen de Paris*, « Un hémisphère dans une chevelure », 1862.

● **Organiser un paragraphe du commentaire**

a. **Argument** : une chevelure de femme qui sollicite tous les sens.

b. **Relevé** : notations nombreuses pour l'odorat (*respirer, odeur, odorant, sens* – 1er sens –, *parfum*) ; la vue (*je vois*) ; le toucher (*je sens* – 2e sens) ; l'ouïe (*j'entends*) ; les deux comparaisons introduites par *comme*.

c. **Élargissement** : le rapport des deux paragraphes avec le titre du poème. La chevelure offre tout un monde au poète.

d. **Transition** : une thématique déjà présente dans des poèmes en vers de Baudelaire. Elle introduit l'argument de la partie suivante : un poème en prose très proche d'un modèle versifié.

● **Relier l'idée directrice à des exemples**
Chaque sous-partie est un paragraphe qui développe un argument. Après avoir annoncé l'idée directrice, l'argument, il faut l'illustrer par des citations du texte, qu'on introduit à l'aide de mots comme *par exemple, ainsi, comme on le voit à la ligne,* etc. ▶

● **Rédiger**

a. *Dans les premiers paragraphes du poème, l'auteur s'attache à mentionner les différents sens que la chevelure de la femme sollicite.*

b. *On* **note d'abord** *des renvois à la vue, au toucher et à l'ouïe,* **comme l'indique** *la répétition syntaxique du deuxième paragraphe :* tout ce que je vois/tout ce que je sens/tout ce que j'entends. **Mais c'est surtout** *l'odorat qui est souligné, par les termes suivants :* respirer, odeur, odorant, sens, parfum. *L'utilisation de comparaisons témoigne de l'importance que l'odeur des cheveux a pour le poète.*

c. *En plus de correspondre à un besoin vital,* **comme le montre** *la première comparaison, la senteur des cheveux fait voyager l'âme du poète. Par sa simple odeur, la chevelure offre tout un monde au poète, ou tout au moins un hémisphère,* **ainsi que le laisse entendre** *le titre du poème.*

d. *De par sa thématique, le texte n'est pas sans évoquer le poème en vers intitulé « La Chevelure ». Rythme, images et structure strophique semblent également confirmer ce rapprochement.*

S'ENTRAÎNER

1 QUIZ

Voici trois plans de commentaire du texte de « La méthode ». Lequel vous semble le plus pertinent ?

- ☐ **a.** I. Le travail des sonorités — II. Le travail des images — III. La structure du poème
- ☐ **b.** I. Un poème en prose — II. Un voyage vers l'idéal
- ☐ **c.** I. Échos et reprises — II. Une célébration de la femme — III. Un voyage immobile

2 **Repérez les caractéristiques générales de ce texte en le replaçant dans son contexte, mouvement, courant littéraire, etc.**

[…]
Un soir, t'en souvient-il ? nous voguions en silence ;
On n'entendait au loin, sur l'onde et sous les cieux,
Que le bruit des rameurs qui frappaient en cadence
Tes flots harmonieux.

Tout à coup des accents inconnus à la terre
Du rivage charmé frappèrent les échos ;
Le flot fut attentif, et la voix qui m'est chère
Laissa tomber ces mots :

« Ô temps, suspends ton vol ! et vous, heures propices,
Suspendez votre cours !
Laissez-nous savourer les rapides délices
Des plus beaux de nos jours ! […]

▷ Alphonse de Lamartine, *Méditations poétiques*, « Le Lac », 1820.

3 **Lisez cet extrait, puis dégagez la problématique et rédigez une introduction.**

Emma Bovary, jeune mariée, est invitée à un bal chez le marquis d'Andervilliers.

L'air du bal était lourd ; les lampes pâlissaient. On refluait dans la salle de billard. Un domestique monta sur une chaise et cassa deux vitres ; au bruit des éclats de verre, madame Bovary tourna la tête et aperçut dans le jardin, contre les carreaux, des faces de paysans qui regardaient. Alors le souvenir des Bertaux lui arriva. Elle revit la ferme, la mare bourbeuse, son père en blouse sous les pommiers, et elle se revit elle-même, comme autrefois, écrémant avec son doigt les terrines de lait dans la laiterie. Mais aux fulgurations de l'heure précédente, sa vie passée, si nette jusqu'alors, s'évanouissait tout entière, et elle doutait presque de l'avoir vécue. Elle était là ; puis autour du bal, il n'y avait plus que de l'ombre, étalée sur tout le reste. Elle mangeait alors une glace au marasquin, qu'elle tenait de la main gauche dans une coquille de vermeil, et fermait à demi les yeux, la cuiller entre les dents.

▷ Gustave Flaubert, *Madame Bovary*, 1857.

POUR VOUS AIDER

Voici des pistes de lecture possibles :
Première partie : un bonheur intense.
Seconde partie : un passé qui ressurgit.

4 **Lisez cet extrait. Rédigez soigneusement introduction et conclusion, faites un plan détaillé et rédigez un paragraphe du commentaire.**

Comme d'un cercueil vert en fer blanc, une tête
De femme à cheveux bruns fortement pommadés
D'une vieille baignoire émerge, lente et bête,
Avec des déficits assez mal ravaudés ;

Puis le col gras et gris, les larges omoplates
Qui saillent ; le dos court qui rentre et qui ressort ;
Puis les rondeurs des reins semblent prendre l'essor ;
La graisse sous la peau paraît en feuilles plates ;

L'échine est un peu rouge, et le tout sent un goût
Horrible étrangement ; on remarque surtout
Des singularités qu'il faut voir à la loupe…

Les reins portent deux mots gravés : CLARA VENUS ;
– Et tout ce corps remue et tend sa large croupe
Belle hideusement d'un ulcère à l'anus.

▷ Arthur Rimbaud, *Les Cahiers de Douai*, « Vénus Anadyomène », 1870.

POUR VOUS AIDER

Demandez-vous pourquoi ce poème peut être lu comme une parodie. Pensez à étudier la description de la femme et l'exploitation des contraintes formelles du poème.

27 Analyser une image

L'ESSENTIEL

L'image est un message visuel, qu'il s'agit de décoder. Il est donc nécessaire d'analyser les signes qui la composent. Visant souvent à représenter le réel, elle est parfois utilisée à des fins manipulatrices. La plupart des images sont **polysémiques**, car elles peuvent donner naissance à de multiples interprétations.

La dénotation de l'image

Il faut étudier le sujet de l'image pour comprendre son **message littéral** : quelle est la situation d'énonciation de l'image ? Que représente-t-elle ? Est-elle accompagnée d'une légende ou d'un texte écrit qui définit les informations de l'image ou qui en propose une interprétation ?

La construction de l'image

- L'image est toujours une **mise en scène**, puisqu'elle choisit de représenter quelque chose selon un certain angle. Pour appréhender cette mise en scène, il faut d'abord identifier les **lignes de force** (c'est-à-dire les grandes lignes verticales, horizontales, ou courbes que l'œil repère d'emblée).
- Il faut ensuite s'intéresser au choix de la **prise de vue** : on parle de plongée lorsque la scène est vue du haut et que le sujet semble écrasé ; de contre-plongée quand la scène est vue du bas et que le sujet apparaît comme grandi. Enfin, le choix de la perspective et du **cadrage** (le découpage, la « mise en cadre » du sujet représenté) donne des indications sur l'interprétation qu'il faut en faire. La dernière question importante à se poser concerne les **couleurs** et les **formes** utilisées.

La connotation de l'image

Il s'agit de comprendre l'**intention** de l'artiste. Que veut-il nous dire avec cette image ?

- La **disposition** des éléments et les éléments mêmes renvoient souvent à des archétypes, des émotions ou des associations communes à tous (le feu renvoie généralement à la passion, à l'énergie vitale).
- La **composition** aussi joue un rôle essentiel. S'ajoutent à cela les sentiments personnels de chacun, fruits de son histoire. Il faut comprendre ce que l'image suggère, et essayer de l'interpréter.

Les fonctions de l'image

Elle peut avoir différentes fonctions parfois complémentaires : explicative lorsqu'elle renseigne sur quelque chose, expressive lorsqu'elle transmet une émotion, injonctive ou argumentative quand elle veut faire réagir, ou esthétique.

LA MÉTHODE

Rédiger un commentaire d'image

Les Droits de l'homme, dessin de PLANTU, 1998.

- **Procéder à une description précise** (dénotation)
L'affiche n'utilise que deux couleurs, le gris et le noir. Elle présente quatre rangées de quatre personnages. L'impression géométrique est renforcée par l'utilisation d'une forme carrée pour représenter la tête des personnages. Seul un personnage a la tête ronde et il est barré d'une croix.

- **Proposer une interprétation en s'appuyant sur la construction et les thèmes** (connotation)
Au sein d'une foule, un individu se distingue, celui à la tête ronde. Cette différence ne paraît renvoyer à rien de précis : seule certitude, elle est clairement identifiable (opposition forte du carré et du cercle).

- **Comprendre la portée de l'image**
Il s'agit d'une représentation symbolique de la discrimination : un individu est désigné et exclu du groupe pour une différence de forme (qu'on imagine pouvoir être la couleur, la religion, etc.). Le fait que la différence se manifeste par le visage est important : la mise à l'écart ici prend uniquement appui sur l'apparence. La schématisation veut souligner l'absurdité de ce rejet, et le trait noir sa violence. En montrant l'aberration et la cruauté, le dessin répond à une intention argumentative : dénoncer toutes les formes de discrimination.

S'ENTRAÎNER

QUIZ

1 **À quelle fonction associez-vous ces différents types d'images ?**

une affiche de film ○	○ expressive
une caricature politique ○	○ argumentative
un tableau impressionniste ○	○ explicative

2 **Faites l'analyse de cette caricature de l'écrivain, en vous arrêtant successivement sur la déformation des traits, le cadrage et l'angle de vue. Quelle est selon vous la fonction de cette image ?**

Caricature de Victor Hugo par Honoré Daumier, publiée en 1849 dans le n° 13 de la série *Les Représentants représentés,* Bibliothèque nationale de France.

3 **La réinterprétation d'un personnage**

DOCUMENT 1

LA REINE
Tout auprès d'un ruisseau un saule se penche
Qui mire dans les eaux son feuillage gris,
C'est là qu'elle est allée tresser des guirlandes
Capricieuses, d'ortie et de boutons d'or,
De marguerites et des longues fleurs pourpres [...].
Et voulut-elle alors, aux branches inclinées,
Grimper pour accrocher sa couronne florale ?
Un des rameaux, perfide, se rompit
Et Ophélie et ses trophées agrestes
Sont tombés où l'eau pleure. Sa robe s'étendit
Et d'abord la porta, telle une sirène,
Tandis qu'elle chantait des bribes de vieux airs,
Inconsciente peut-être de sa détresse
Ou faite de naissance pour vivre ainsi.
Mais que pouvait durer cet instant ? Alourdis
Par tout ce qu'ils buvaient, ses vêtements
Prirent l'infortunée à sa musique,
Et l'ont vouée à une mort fangeuse.

▷ William SHAKESPEARE, *Hamlet*, acte IV, scène 7, 1603, DR.

DOCUMENT 2

I
Sur l'onde calme et noire où dorment les étoiles
La blanche Ophélia flotte comme un grand lys,
Flotte très lentement, couchée en ses longs voiles...
– On entend dans les bois lointains des hallalis.

Voici plus de mille ans que la triste Ophélie
Passe, fantôme blanc, sur le long fleuve noir ;
Voici plus de mille ans que sa douce folie
Murmure sa romance à la brise du soir.

Le vent baise ses seins et déploie en corolle
Ses grands voiles bercés mollement par les eaux ;
Les saules frissonnants pleurent sur son épaule,
Sur son grand front rêveur s'inclinent les roseaux.

Les nénuphars froissés soupirent autour d'elle ;
Elle éveille parfois, dans un aulne qui dort,
Quelque nid, d'où s'échappe un petit frisson d'aile :
– Un chant mystérieux tombe des astres d'or.

II
Ô pâle Ophélia ! belle comme la neige !
Oui tu mourus, enfant, par un fleuve emporté !
– C'est que les vents tombant des grands monts de Norwège
T'avaient parlé tout bas de l'âpre liberté ;

▷ Arthur RIMBAUD, *Les Cahiers de Douai*, « Ophélie », 1870.

DOCUMENT 3

John Everett MILLAIS, *Ophelia,* 1852, Tate Gallery, Londres.

a. Expliquez comment le tableau de Millais et le poème de Rimbaud offrent chacun une interprétation particulière du personnage de Shakespeare.

b. Identifiez les procédés propres à la peinture pour traiter le sujet.

c. Quelle est la fonction de cette image ?

POUR VOUS AIDER

Question b. Pensez à commenter les couleurs utilisées, ainsi que la posture du personnage.

28 Résumer un texte, rédiger un essai

L'ESSENTIEL

En **première technologique**, un des sujets proposés lors des épreuves écrites du bac de français est la contraction de texte, suivi de la rédaction d'un essai. Le sujet prend appui sur un texte issu de la littérature d'idées.

Comprendre le texte

- Relevez les informations présentes dans le **paratexte** qui peuvent vous aider à préciser son sens : genre, auteur, époque, mouvement s'il s'agit d'un texte littéraire, tonalité.
- Identifiez le thème et l'**idée générale défendue** dans le texte.
- Élucidez, en vous aidant du **contexte** ou du radical, les mots ou expressions qui peuvent sembler difficiles.
- Repérez les **mots clés**.

Résumer le texte

Il s'agit de restituer le sens d'un texte, en en donnant une version condensée, mais fidèle.

- **N'exercez pas de jugement critique** : il est nécessaire de suivre le développement du texte, sans intervenir personnellement, sans prendre de distance avec les propos tenus.
- **Ne recopiez pas** les mots du texte : si la reprise de certains mots clés est indispensable, il est en revanche interdit de procéder à un collage de citations. Vous devez reprendre les idées du texte, mais avec vos propres mots.
- Faites apparaître les **articulations logiques** du texte : repérez bien tous les connecteurs employés et identifier les relations logiques qu'ils induisent.

CONSEIL

Efforcez-vous de reproduire la **tonalité** employée par l'auteur (didactique, polémique, parodique), ainsi que le **système d'énonciation**.

Rédiger un essai

Le sujet pose une question en rapport avec un des aspects traités dans le texte. Vous devez proposer une véritable **réflexion**, qui s'appuiera à la fois sur le texte proposé et sur vos lectures et votre expérience personnelle.

- L'**introduction** : vous devez amener le sujet, puis formuler une problématique (reformulation de la question pour en souligner les enjeux) avant d'annoncer le plan.
- Le **développement** : des arguments rigoureux et des exemples précis doivent permettre à votre démonstration d'être convaincante. Des transitions sont ménagées entre les différentes idées.
- La **conclusion** : un bref récapitulatif de la réflexion menée (rappel de l'idée principale de chaque partie) est suivi d'un élargissement : citation ou ouverture permettant à la réflexion de se poursuivre.

ATTENTION !

Attention à la **paraphrase** dans la rédaction du texte : inspirez-vous de la réflexion menée dans le texte, mais ne vous contentez pas de la répéter ; mettez-la en rapport avec d'autres points de vue et confrontez-la à d'autres réflexions.

LA MÉTHODE

Résumer un texte

> La vie encore laisse tout au même plan, précipite les faits ou les traîne indéfiniment. L'art, au contraire, consiste à user de précautions et de préparations, à ménager des transitions savantes, et dissimulées, à mettre en pleine lumière, par la seule adresse de la composition, les événements essentiels et à donner à tous les autres le degré de relief qui leur convient suivant leur importance, pour produire la sensation profonde de la vérité spéciale qu'on veut montrer. Faire vrai consiste donc à donner l'illusion complète du vrai [...].
>
> ▷ Guy DE MAUPASSANT, préface de *Pierre et Jean*, 1888.

- **Comprendre l'idée générale**

Ici, l'auteur, romancier réaliste, oppose la vie et l'art : la vie traite tous les événements qui se produisent sur le même plan ; l'art réagence les événements pour souligner l'importance de certains, l'insignifiance des autres. Le roman qui veut donner une grande impression de **vérité** s'appuie donc sur l'art plus que sur la vie.

- **Identifier les mots clés**

Les mots clés *art, vie, vérité* seront repris. Deux connecteurs logiques sont présents : *au contraire* (opposition) et *donc* (conséquence). Ces relations doivent être utilisées, à l'aide de synonymes : *par opposition, à l'inverse* et *c'est pourquoi, par conséquent...*

- **Condenser le texte**

À l'inverse de la vie, imprévisible, l'art utilise des subterfuges pour révéler l'essentiel et créer une vérité particulière, ce qui revient à simuler le vrai. Par conséquent, le romancier réaliste est en fait un magicien.

QUIZ

1 **Que peut-on identifier dans cette phrase ?**

Les Réalistes de talent devraient s'appeler des illusionnistes.

▷ Guy de Maupassant

☐ **a.** une personnification ☐ **b.** un paradoxe ☐ **c.** un parallélisme

2 **Comprendre un texte à résumer**

a. Identifiez le thème et l'idée générale du texte.

b. Quels sont les exemples à supprimer ?

c. Quelle est la thèse sous-entendue dans ce paragraphe ?

Si le comédien était sensible, de bonne foi, lui serait-il permis de jouer deux fois de suite le même rôle avec la même chaleur et le même succès ? Très chaud à la première représentation, il serait épuisé et froid comme un marbre à la troisième. Au lieu qu'imitateur attentif et disciple réfléchi de la nature, la première fois il se présentera sur la scène sous le nom d'Auguste, de Cinna, d'Orosmane, d'Agamemnon, de Mahomet, copiste rigoureux de lui-même et de ses études, et observateur continu de nos sensations, son jeu, loin de s'affaiblir, se fortifiera des réflexions nouvelles qu'il aura recueillies ; il s'exaltera ou se tempérera, et vous en serez de plus en plus satisfait. S'il est lui quand il joue, comment cessera-t-il d'être lui ? S'il veut cesser d'être lui, comment saisira-t-il le point juste auquel il faut qu'il se place et s'arrête ?

▷ Denis Diderot, *Paradoxe sur le comédien*, 1773.

3 **Observez le texte et son résumé extrait d'une copie d'élève. Quelles maladresses pouvez-vous relever ?**

Notre obsession est d'être reconnu comme une personne originale, irremplaçable ; nous le sommes réellement, mais nous ne sentons jamais assez que notre entourage en est conscient. Quel plus beau cadeau peut nous faire « l'autre » que de renforcer notre unicité, notre originalité, en étant différent de nous ? Il ne s'agit pas d'édulcorer les conflits, de gommer les oppositions ; mais d'admettre que ces conflits, ces oppositions doivent et peuvent être bénéfiques à tous.

La condition est que l'objectif ne soit pas la destruction de l'autre, ou l'instauration d'une hiérarchie, mais la construction progressive de chacun. Le heurt, même violent, est bienfaiteur ; il permet à chacun de se révéler dans sa singularité ; la compétition, au contraire, presque toujours sournoise, est destructrice, elle ne peut aboutir qu'à situer chacun à l'intérieur d'un ordre imposé, d'une hiérarchie nécessairement artificielle, arbitraire.

▷ Albert Jacquard, *Éloge de la différence. La génétique et les hommes*, « Science ouverte », © Éditions du Seuil, 1978, « Points Sciences », 1981.

Tout le monde aime être différent des autres. Quand on est différent, on peut bien s'entendre avec des gens qui ne nous ressemblent pas. Si je suis différent, je peux alors montrer ma supériorité. Mais il vaut mieux être en conflit qu'en compétition.

4 **Voici un sujet d'essai en lien avec le texte de l'exercice précédent. Imaginez le plan le plus adapté pour répondre à la question posée suivante.**

En quoi, à votre avis, la diversité constitue-t-elle une richesse pour chacun de nous ?

5 **Résumez l'argumentation de Dorante sur les genres théâtraux.**

Dorante examine les mérites de la tragédie et de la comédie, et donne la supériorité à cette dernière.

Dorante. – [...] Quand, pour la difficulté, vous mettriez un peu plus du côté de la comédie, peut-être que vous ne vous abuseriez pas. Car enfin, je trouve qu'il est bien plus aisé de se guinder[1] sur de grands sentiments, de braver en vers la fortune, accuser les destins, et dire des injures aux dieux, que d'entrer comme il faut dans le ridicule des hommes, et de rendre agréablement sur le théâtre les défauts de tout le monde. Lorsque vous peignez des héros, vous faites ce que vous voulez. Ce sont des portraits à plaisir[2], où l'on ne cherche point de ressemblance ; et vous n'avez qu'à suivre les traits d'une imagination qui se donne l'essor, et qui souvent laisse le vrai pour attraper le merveilleux. Mais lorsque vous peignez les hommes, il faut peindre d'après nature. On veut que ces portraits ressemblent ; et vous n'avez rien fait, si vous n'y faites reconnaître les gens de votre siècle. En un mot, dans les pièces sérieuses, il suffit, pour n'être point blâmé, de dire des choses qui soient de bon sens et bien écrites ; mais ce n'est pas assez dans les autres, il y faut plaisanter ; et c'est une étrange[3] entreprise que celle de faire rire les honnêtes gens.

1. se porter.
2. pour se faire plaisir.
3. difficile.

▷ Molière, *Critique de L'École des femmes*, scène 6, 1663.

POUR VOUS AIDER

Observez si le locuteur s'implique dans son discours et s'il emploie des marques de première personne : il faut alors conserver ce système d'énonciation.

29 S'initier à la dissertation sur œuvre

L'ESSENTIEL

En **première générale**, une des épreuves proposées lors des épreuves écrites du bac de français est la dissertation sur une œuvre étudiée pendant l'année.
Le sujet prend la forme d'**une question**, directe ou indirecte : il faut en déduire une problématique, qui doit servir de fil conducteur tout au long du devoir.
Pour y répondre, vous devez **élaborer un plan** en deux ou trois parties qui progressent logiquement vers une conclusion. Des **transitions** sont nécessaires pour marquer la logique du raisonnement.
Chaque partie développe des **arguments**, qui s'appuient sur des **exemples** précis tirés de l'œuvre.

Formuler une problématique

La problématique reformule la question posée par le sujet, de manière à en **souligner les enjeux**.

> *Sujet :*
> D'après votre lecture du *Misanthrope* de Molière, pensez-vous que cette pièce relève de ce qu'on appelle une comédie au XVIIe siècle ?
> *Problématique :*
> On peut se demander si *Le Misanthrope* de Molière présente toutes les caractéristiques d'une comédie classique.

Rechercher des idées

Il s'agit de mobiliser toutes ses **connaissances sur l'œuvre** étudiée pendant l'année, sans oublier que toutes vos remarques doivent être rattachées à la question posée.

> Le sujet précédent amène donc à définir les thèmes, les personnages, la structure et les enjeux d'une comédie classique, pour voir si la pièce de Molière reprend tous ces codes.

Construire un plan

- Le plan **dialectique** : la première partie (thèse) explique le point de vue exprimé par le sujet ; la deuxième (antithèse) conteste ce point de vue en en montrant les limites ; dans l'idéal, une troisième partie (synthèse) s'efforce de réunir les points de vue opposés, en dépassant leurs contradictions.

> **I.** *Le Misanthrope* présente certaines caractéristiques de la comédie.
> **II.** *Le Misanthrope* présente des éléments inhabituels dans une comédie.
> **III.** *Le Misanthrope* est une comédie d'un nouveau genre.

- Le plan **analytique** : chaque partie développe un aspect différent du sujet en confrontant à l'intérieur même de la partie des arguments opposés.

> **I.** Des thèmes comiques et sérieux
> **II.** Des personnages types et des caractères inhabituels
> **III.** Des interprétations très différentes de la pièce

Introduction et conclusion

- Il s'agit, pour l'**introduction**, de présenter l'œuvre dans son contexte, de formuler la problématique et d'annoncer le plan.
- La **conclusion** présente le bilan de l'argumentation et élargit la problématique initiale.

ATTENTION !
Les connecteurs logiques (d'addition comme *d'abord, ensuite*… ; d'opposition comme *mais, toutefois*… ; de conséquence comme *donc, ainsi*…) sont indispensables : ils soulignent la construction de votre devoir et permettent de saisir la progression de vos idées.

LA MÉTHODE

Analyser un sujet

> En vous appuyant sur votre lecture de *L'École des femmes* de Molière, expliquez en quoi la comédie a pour mission de montrer le ridicule d'une manière qui plaise et qui instruise.

- **Cerner le domaine**

Le sujet porte sur une œuvre bien précise ; tous les exemples convoqués dans le devoir seront donc tirés de cette pièce, qui relate les tentatives d'un vieux barbon, Arnolphe, pour épouser une jeune fille si innocente qu'il pense ne jamais être trompé. Son entreprise échoue, la jeune Agnès s'éprenant bien évidemment d'un jeune homme.

- **Repérer les mots clés et analyser leurs relations**

Il s'agit ici de *comédie, mission, montrer le ridicule, plaire* et *instruire*. Le sujet pose comme mission première de la comédie celle de montrer les ridicules. La manière de les montrer doit ensuite être à la fois plaisante et instructive.

- **Comprendre les enjeux**

Quels sont les ridicules montrés dans *L'École des femmes* ? Comment la pièce de Molière présente-t-elle ces ridicules de manière plaisante pour le spectateur ? Et comment la dimension morale (instruire le spectateur) apparaît-elle ?

- **Formuler la problématique**

Nous nous demanderons comment L'École des femmes *réussit à faire voir le ridicule dans un double objectif : plaire au public mais aussi l'instruire.*

S'ENTRAÎNER

1 QUIZ

Quelle est selon vous la problématique qui correspond le mieux au sujet de dissertation suivant ?

En vous appuyant sur votre lecture de L'École des femmes *de Molière, expliquez quelles sont, selon vous, les fonctions de la comédie classique.*

- ☐ **a.** La comédie ne cherche-t-elle qu'à faire rire ?
- ☐ **b.** La comédie a-t-elle plusieurs fonctions ?
- ☐ **c.** La comédie classique est-elle très différente des comédies aux siècles suivants ?

2 Voici un plan en deux parties proposé pour répondre à la problématique de l'exercice précédent. Rédigez la phrase de transition qui servira à relier ces deux parties.

I. Une première fonction : faire rire

II. Une seconde fonction : instruire

POUR VOUS AIDER

Identifiez le lien logique qui existe entre les deux parties : cause/conséquence, opposition, addition, puis choisissez un connecteur qui soulignera cette relation.

3 Choisir des arguments

1. Cochez les arguments qui auraient leur place dans la première partie du plan donné dans l'exercice précédent.

- ☐ **a.** Des mots qui prêtent à rire.
- ☐ **b.** Des personnages caricaturaux qui apparaissent sous un jour ridicule.
- ☐ **c.** Un thème universel : l'amour.
- ☐ **d.** Des situations comiques.
- ☐ **e.** Une fin heureuse et attendue : le mariage des jeunes gens.

2. Dans quel ordre faudrait-il les mentionner ? Pourquoi ?

3. Donnez un exemple précis pour illustrer chaque argument sélectionné.

4 Voici un exemple de conclusion pour le sujet des exercices précédents. Choisissez l'ouverture qui vous semble la meilleure.

Nous avons donc vu que cette comédie de Molière a deux buts principaux : faire rire et corriger les hommes sur un ton léger.

- ☐ **a.** Nous pouvons nous demander si toutes les œuvres littéraires ont aussi plusieurs buts.
- ☐ **b.** Cette pièce est-elle finalement comique ou tragique ?
- ☐ **c.** Les comédies d'aujourd'hui ont-elles les mêmes fonctions ?

POUR VOUS AIDER

L'ouverture ne doit pas revenir sur un des points traités dans le devoir, mais élargir la réflexion à une nouvelle question.

5 Voici un sujet de dissertation et un exemple d'introduction pour le traiter.

En vous appuyant sur votre lecture de Bel-Ami *de Maupassant, demandez-vous si un roman réaliste, c'est un « miroir que l'on promène le long d'un chemin », selon les mots de Stendhal.*

Introduction. Dans son roman *Bel-Ami*, Maupassant raconte l'ascension sociale du personnage de Georges Duroy, caractérisé par des préoccupations matérielles et égoïstes, et semble correspondre à ce que Stendhal entend par roman réaliste : « un miroir que l'on promène le long d'un chemin », donnant à penser que ce type de récit est une peinture fidèle du réel. ... Maupassant, dans la préface d'un de ses romans, décrit les écrivains réalistes comme de grands illusionnistes. Le roman réaliste se définit-il ... comme le reflet fidèle d'une humanité ordinaire ? On peut en effet considérer ... que le roman réaliste se veut photographie fidèle du réel ; ... on pourra également étudier ... comment le récit réaliste dépasse la simple retranscription du vrai, pour nous donner une vision plus complète du réel.

a. Identifiez les trois parties qui composent cette introduction.

b. Rajoutez des connecteurs adaptés aux endroits indiqués.

6 Voici le plan détaillé de la première partie de la dissertation présentée dans l'exercice précédent. Complétez-le, puis rédigez entièrement cette partie, en y intégrant une phrase de transition vers la deuxième partie.

I. Le roman réaliste : photographie d'une humanité ordinaire

A/ Une peinture de la vie quotidienne

Ex. 1 : La vie parisienne et les dessous de la vie politique

Ex. 2 : La vie provinciale et rurale des parents de George Duroy

B/ Un personnage sans qualité

Ex. 1 : Des succès dus aux femmes

Ex. 2 : ....

(lâcheté, vol, tromperies)

C/ ....

Ex. 1 : S'élever dans la hiérarchie sociale

Ex. 2 : Gagner de l'argent

TEST BILAN en Français

Date : ....

LANGUE ET STYLE

1 La situation d'énonciation

La finesse du paysan l'emporta sur la finesse de l'homme riche, qui n'en a pas besoin pour vivre. (STENDHAL)

	VRAI	FAUX
a. L'énoncé comporte un présent de vérité générale.	☐	☐
b. L'énoncé fait référence à la situation d'énonciation.	☐	☐
c. L'énoncé contient un modalisateur : *riche*.	☐	☐

2 La progression d'un texte

Cécile fit alors la connaissance de Valmont, ce séducteur qui devait la perdre. (D'après Pierre Choderlos DE LACLOS)

	VRAI	FAUX
a. Cet énoncé comporte une reprise nominale.	☐	☐
b. Cet énoncé comporte une reprise pronominale.	☐	☐
c. Cet énoncé comporte un connecteur logique.	☐	☐

3 La phrase complexe

La coordination relie :

☐ **a.** une proposition principale et une subordonnée
☐ **b.** deux propositions de même nature
☐ **c.** une proposition principale et une indépendante

4 L'accord du participe passé

Le participe passé employé avec l'auxiliaire *avoir* :

☐ **a.** ne s'accorde jamais avec le sujet
☐ **b.** s'accorde avec le sujet si celui-ci est précédé d'un COD
☐ **c.** s'accorde avec le COD si celui-ci précède le verbe

5 La formation des mots

Parmi ces mots, lesquels sont formés par composition ?

☐ **a.** vinaigre
☐ **b.** délibération
☐ **c.** gendarme

6 Les figures de style

	VRAI	FAUX
a. La périphrase permet d'atténuer une réalité brutale.	☐	☐
b. L'antiphrase est une figure de l'ironie.	☐	☐
c. L'oxymore est une figure d'opposition.	☐	☐

LE RÉCIT

7 Le rythme du récit

Quel procédé est utilisé dans cette phrase ?

Pendant un demi-siècle, les bourgeoises de Pont-l'Évêque envièrent à Mme Aubain sa servante Félicité. (Gustave FLAUBERT)

☐ **a.** une scène ☐ **b.** un sommaire ☐ **c.** une ellipse

8 Le statut du narrateur

Dans un récit à la troisième personne :

☐ **a.** le narrateur est un personnage
☐ **b.** le narrateur peut intervenir à la première personne
☐ **c.** l'usage du point de vue interne est possible

9 Le récit réaliste

Parmi ces écrivains, lesquels appartiennent au mouvement réaliste ?

☐ **a.** Honoré de Balzac ☐ **b.** Victor Hugo
☐ **c.** Gustave Flaubert

10 Le roman naturaliste

Qui sont les Rougon-Macquart ?

☐ **a.** des romanciers naturalistes
☐ **b.** des savants du XIXe siècle
☐ **c.** des personnages d'Émile Zola

11 Nouvelles formes du récit

Qu'est-ce qu'une autofiction ?

☐ **a.** une fiction qui se présente ouvertement comme telle
☐ **b.** une biographie romancée
☐ **c.** une fiction avec des caractéristiques de l'autobiographie

LE THÉÂTRE

12 La pièce de théâtre

Comment nomme-t-on la ou les premières scènes d'une pièce ?

☐ **a.** l'intrigue ☐ **b.** l'introduction ☐ **c.** l'exposition

13 Les répliques

Le personnage est forcément seul sur scène lorsqu'il prononce :

☐ **a.** un aparté ☐ **b.** un monologue ☐ **c.** une tirade

14 La comédie classique

Quels sont les buts de la comédie classique ?

☐ **a.** divertir ☐ **b.** émouvoir ☐ **c.** instruire

15 **Le drame romantique**

Dans le drame romantique :

- ☐ **a.** il n'y a pas de personnage héroïque
- ☐ **b.** sérieux et grotesque se mêlent
- ☐ **c.** la tonalité est surtout pathétique

16 **Le théâtre au XXe siècle**

Le théâtre de l'absurde :

- ☐ **a.** présente un lexique très recherché
- ☐ **b.** met en scène des personnages mythologiques
- ☐ **c.** exprime l'angoisse de l'homme dans un monde privé de sens

LA POÉSIE

17 **La versification**

Quel procédé est utilisé dans cet alexandrin ?

Le violon frémit comme un cœur qu'on afflige. (Charles Baudelaire)

☐ **a.** un rejet ☐ **b.** une diérèse ☐ **c.** une allitération

18 **La Pléiade**

Le poète le plus célèbre de la Pléiade est :

- ☐ **a.** Clément Marot
- ☐ **b.** Pierre de Ronsard
- ☐ **c.** Paul Verlaine

19 **Le sonnet**

Un sonnet est :

- ☐ **a.** une chanson faisant l'éloge de quelqu'un
- ☐ **b.** un poème d'amour
- ☐ **c.** un poème à forme fixe

20 **Un thème récurrent**

Le temps aux plus belles choses
Se plaît à faire un affront (Pierre Corneille)

Quelle est l'idée exprimée dans ces deux vers ?

- ☐ **a.** *carpe diem*
- ☐ **b.** *ars longa, vita brevis*
- ☐ **c.** *alea jacta est*

LA LITTÉRATURE D'IDÉES

21 **L'argumentation**

En littérature, l'argumentation :

- ☐ **a.** est une pratique ancienne
- ☐ **b.** n'apparaît qu'au XXe siècle
- ☐ **c.** peut apparaître dans tous les genres littéraires

22 **La littérature d'idées**

Un récit bref et fictif comportant une leçon s'appelle :

☐ **a.** un essai ☐ **b.** une satire ☐ **c.** un apologue

23 **Une forme particulière**

Le pamphlet est :

- ☐ **a.** une critique violente et satirique
- ☐ **b.** un journal publié illégalement
- ☐ **c.** un manifeste littéraire

24 **La littérature engagée**

Parmi ces écrivains, lesquels sont engagés ?

- ☐ **a.** Victor Hugo
- ☐ **b.** Émile Zola
- ☐ **c.** Jean-Paul Sartre

25 **La littérature existentialiste**

Quels sont les genres utilisés par les écrivains existentialistes ?

☐ **a.** l'essai ☐ **b.** le roman ☐ **c.** le théâtre

VERS LE BAC

26 **Expliquer un texte**

Dans l'introduction d'une explication de texte, il est nécessaire de :

- ☐ **a.** rappeler le nom de l'auteur
- ☐ **b.** annoncer le plan du texte
- ☐ **c.** donner son avis sur le texte

27 **Le brouillon**

Dans le brouillon d'un commentaire littéraire :

- ☐ **a.** l'introduction et la conclusion sont rédigées
- ☐ **b.** les grandes parties sont rédigées
- ☐ **c.** rien n'est rédigé

28 **Le commentaire littéraire**

Rédiger un commentaire littéraire, c'est procéder à :

- ☐ **a.** une analyse linéaire du texte
- ☐ **b.** une analyse thématique du texte
- ☐ **c.** un développement argumenté

29 **Le sujet de dissertation**

Les romanciers sont-ils selon vous des illusionnistes ?

Que demande ce sujet ?

- ☐ **a.** d'illustrer un propos
- ☐ **b.** de confronter plusieurs points de vue
- ☐ **c.** de formuler des hypothèses

30 **Le résumé**

Pour écrire un résumé, il faut :

- ☐ **a.** recopier les phrases importantes du texte
- ☐ **b.** conclure en donnant son avis sur le texte
- ☐ **c.** utiliser des connecteurs logiques

CORRIGÉS

1. a est vraie **2.** a *(ce séducteur)* et b *(la)* sont vraies. **3.** b **4.** a et c **5.** a *(vin aigre)* et c *(gens d'armes)* **6.** b et c sont vraies. **7.** b **8.** b et c **9.** a et c **10.** c **11.** c **12.** c **13.** b **14.** a et c **15.** b **16.** c **17.** b Le mot *violon* se prononce : vi/o/lon. **18.** b **19.** c **20.** a **21.** a et c **22.** c **23.** a **24.** a, b et c **25.** a, b et c **26.** a et b **27.** a **28.** b et c **29.** b **30.** c

Maths / SNT

Piet Mondrian (1872-1944), *Composition de rouge, noir, jaune, bleu et gris*, 1921, Gemeentemuseum Den Haag, La Haye

Date

Mathématiques

1. Un peu de logique ... 70
2. Algorithme et programmation ... 72
3. Boucles itératives ... 74
4. Ensembles de nombres ... 76
5. Intervalles de $\mathbb{R}$. Valeur absolue ... 78
6. Nombres entiers ... 80
7. Développer, factoriser. Calculer avec les puissances ... 82
8. Équations et inéquations du premier degré ... 84
9. Systèmes d'équations ... 86
10. Équations du second degré ... 88
11. Inéquations du second degré ... 90
12. Équations quotients ... 92
13. Inéquations quotients ... 94
14. Calculs dans un repère du plan ... 96
15. Vecteurs et translations ... 98
16. Opérations sur les vecteurs ... 100
17. Vecteurs dans un repère ... 102
18. Vecteurs colinéaires ... 104
19. Triangles, quadrilatères et symétries ... 106
20. Calculs en géométrie ... 108
21. Équation de droite : étude graphique ... 110
22. Équation de droite : étude algébrique ... 112
23. Notion de fonction ... 114
24. Courbe représentative d'une fonction ... 116
25. Sens de variation d'une fonction ... 118
26. Parité de fonctions, positions relatives de courbes ... 120
27. Fonctions affines ... 122
28. Fonction carré et fonction inverse ... 124
29. Fonction racine carrée et fonction cube ... 126
30. Pourcentages ... 128
31. Statistiques ... 130
32. Expérience aléatoire. Dénombrement ... 132
33. Calculs de probabilités ... 134
34. Échantillonnage ... 136

Test bilan en Maths ... 138

Sciences numériques et technologie (SNT)

35. Notions transversales de programmation ... 140
36. Internet ... 141
37. Le *Web* ... 142
38. Les réseaux sociaux ... 143
39. Les données structurées et leur traitement ... 144
40. Localisation, cartographie et mobilité ... 145
41. Informatique embarquée et objets connectés ... 146
42. La photographie numérique ... 147

1 Un peu de logique

L'ESSENTIEL

Implication p ⇒ q

- On considère la phrase suivante :
« Si j'habite en France, alors j'habite en Europe. » (1)
Cette proposition est vraie. Elle se traduit par : « quelle que soit » la personne habitant en France, alors cette personne habite en Europe.

- Elle peut s'écrire à l'aide d'un symbole : ⇒.
Il signifie que, si la première partie de la phrase (p) est vraie, alors la seconde (q) l'est aussi. On dit que la première partie « entraîne » la seconde :
J'habite en France. ⇒ J'habite en Europe.
Remarque : Le symbole ⇒ est une **implication**, il se lit **implique**.

Contraposée non q ⇒ non p

- La contraposée de la proposition (1) s'écrit : « Si je n'habite pas en Europe, alors je n'habite pas en France. » Cette proposition est vraie, elle est équivalente à la première. Elle s'écrit en inversant les deux parties de la phrase, et en prenant leur négation.
Remarque : Une implication et sa contraposée sont équivalentes.

- Pour démontrer qu'une implication est vraie, on peut démontrer sa contraposée. Pour démontrer qu'une implication est fausse, il suffit de trouver un exemple pour lequel elle est fausse (un contre-exemple).

Réciproque q ⇒ p

La réciproque de la proposition (1) s'écrit :
« Si j'habite en Europe, alors j'habite en France. »
Cette phrase est fausse : si une implication est vraie, sa réciproque ne l'est pas forcément.

Équivalence p ⇔ q

- L'équivalence p ⇔ q est une double implication : elle signifie à la fois **p ⇒ q** et **q ⇒ p**.

Exemple Soit la proposition « ABCD est un parallélogramme. ⇒ [AC] et [BD] ont le même milieu. »
Sa réciproque est « [AC] et [BD] ont le même milieu. ⇒ ABCD est un parallélogramme. »
Ces deux propositions sont vraies.
On peut donc écrire :
« ABCD est un parallélogramme. ⇔ [AC] et [BD] ont le même milieu. »

Remarque : Le symbole ⇔ est une **double implication**, il se lit **équivaut à**.

- Dans la rédaction de la résolution d'une équation, il est recommandé de travailler avec des équivalences, c'est-à-dire que chaque ligne écrite doit être **équivalente** à la précédente.
On utilise donc le symbole ⇔ entre chaque ligne (voir les chapitres 8 à 13).

ATTENTION !
On a l'habitude d'écrire « $AB^2 = 25$ donc $AB = 5$ » car AB est une longueur, donc elle est forcément positive.
Mais l'équation $x^2 = 25$ (avec $x \in \mathbb{R}$) n'est pas équivalente à $x = 5$ car on a aussi $x = -5$.
On écrit $x^2 = 25$
$\Leftrightarrow x = 5$ ou $x = -5$.

LA MÉTHODE

Écrire la contraposée et la réciproque d'une proposition

Contraposée. On inverse les deux parties de la proposition en prenant la négation (le contraire) de chacune.
Réciproque. On inverse les deux parties.

Exemple Soit la proposition : « Si ABC est rectangle en B, alors $AB^2 + BC^2 = AC^2$. »
Contraposée. « Si $AB^2 + BC^2 \neq AC^2$, alors ABC n'est pas rectangle en B. » (Cette proposition est vraie.)
Réciproque. « Si $AB^2 + BC^2 = AC^2$, alors ABC est rectangle en B. » (Cette proposition est vraie aussi. Il s'agit de la réciproque du théorème de Pythagore.)

Vérifier si on a une implication ou une équivalence

Étape 1 On cherche si la première partie d'une phrase entraîne forcément la seconde. Pour cela, on peut éventuellement chercher des contre-exemples, c'est-à-dire des exemples pour lesquels la phrase est fausse.
Étape 2 On étudie la réciproque, c'est-à-dire que l'on refait l'étape 1 pour l'autre sens de la proposition.

Exemple Relier les deux parties de phrase « $x = 3$ » et « $x^2 = 9$ » par un des deux symboles ⇒ ou ⇔.
Étape 1 Si $x = 3$, on a forcément $x^2 = 9$ (on élève 3 au carré), donc on peut écrire $x = 3 \Rightarrow x^2 = 9$.
Étape 2 Réciproquement, si $x^2 = 9$, alors a-t-on $x = 3$? Non. Un contre-exemple est -3 puisque $(-3)^2 = 9$.
On dit que la réciproque est fausse. Finalement, on a seulement $x = 3 \Rightarrow x^2 = 9$.

S'ENTRAÎNER

1 QUIZ

Cocher les cases qui conviennent.

ABCD est un losange. Alors :

- ☐ **a.** ABCD est un carré.
- ☐ **b.** ABCD est un trapèze.
- ☐ **c.** ABCD est un rectangle.
- ☒ **d.** ABCD est un parallélogramme.

2 Téléphone mobile

Dans un lycée, tous les élèves de Seconde 5 ont un téléphone mobile.

a. Dans la cour, un élève affirme ne pas posséder de téléphone. Est-ce un élève de Seconde 5 ? Non

b. Un élève de Seconde 4 arrive. A-t-il un téléphone mobile ? Peut-être

c. Un autre élève sort son téléphone : est-il en Seconde 5 ? Peut être

3 Phrases réciproques et contraposées

Voici plusieurs exemples de phrases qui sont vraies (pour la géométrie, on se limite au plan).

1. Si $x = 5$, alors $x^2 = 25$. V

2. Si $a + 5 = -7$, alors $a = -12$. F

3. Si ABCD est un parallélogramme, alors (AB)//(CD). V

4. Si [AB] et [CD] sont sécants, alors (AB) et (CD) sont sécantes. F

Pour chacune de ces phrases :

a. écrire la phrase réciproque ;

b. dire si la phrase réciproque est vraie ou fausse ; dans le cas où la réciproque est fausse, donner un exemple (dans certains cas, ce sera un dessin) qui le prouve ;

c. écrire la phrase contraposée.

4 Une réciproque fausse

Chacune des phrases ci-dessous est vraie et sa réciproque est fausse.

1. Soit n un entier : « Si n est un multiple de 24, alors n est un multiple de 6 et de 4. »

2. « Si ABCD est un losange, alors (AC) est la médiatrice de [BD]. »

3. Soit a, b et c trois entiers : « Si a et b sont multiples de c, alors $(a + b)$ est un multiple de c. »

a. Dans chacun des cas, donner un exemple qui illustre la phrase.

b. Donner alors un contre-exemple qui prouve que la réciproque est fausse.

5 Implication ou équivalence ?

Dans chacun des cas suivants, relier les deux parties de phrase en utilisant les symboles ⇒ ou ⇔.

a. $A + 5 = -2$ …… $A = -7$

b. $a = 0$ et $b = 0$ …… $ab = 0$

c. $a = 0$ ou $b = 0$ …… $ab = 0$

d. a et b sont positifs. …… ab est positif.

6 Vrai ou faux ?

Indiquer si chaque proposition est vraie ou fausse.
Si elle est fausse, donner un contre-exemple.

a. Quel que soit x réel positif, $\sqrt{x}$ est un entier.

b. Quel que soit $x > 9$, $x^2 > 81$.

c. Il existe deux nombres x et y, avec $x < y$, tels que $x^2 > y^2$.

d. Le parallélogramme a deux côtés égaux. ⇒ C'est un losange.

e. Il existe x, avec $x > 14$, tel que $x^2 < 350$.

POUR VOUS AIDER

Pour démontrer qu'une proposition est vraie, des exemples ne suffisent pas. Il faut montrer qu'elle est vraie pour tout nombre.
En revanche, si on veut démonter qu'une proposition est fausse, un contre-exemple suffit.

7 *Et* ou *ou* ?

Dans chacune des implications suivantes, où a et b sont des nombres réels. Remplacer les pointillés par « *et* » ou « *ou* ».

a. $a = 2$ …… $b = 3 \Rightarrow a^2 + b^2 = 13$.

b. $(a - 2)(a + 4) = 0 \Rightarrow a = 2$ …… $a = -4$.

c. $ab < 0 \Rightarrow (a < 0$ …… $b > 0)$ …… $(a > 0$ …… $b < 0)$.

d. $a > 0$ …… $b > 0 \Rightarrow ab > 0$.

e. $a \in E \cup F \Rightarrow a \in E$ …… $a \in F$.

f. $a \in E \cap F \Rightarrow a \in E$ …… $a \in F$.

8 Négation

Soit un réel t tel que « $t > -1$ **et** $t < 2$ ».
Cela équivaut à « $t \in]-1\,;2[$ ».
La **négation** (le contraire) de cette phrase est :
« $t \notin]-1\,;2[$ », c'est-à-dire « $t \in]-\infty\,;-1] \cup [2\,;+\infty[$ ».
On peut aussi écrire « $t \leqslant -1$ ou $t \geqslant 2$ ».
En s'inspirant de cet exemple, écrire, pour un nombre réel x, la négation de chacune des phrases suivantes.

a. $x \geqslant 2$ et $x < 3$.

b. $x < 1$ ou $x \geqslant 2$.

c. $-1 \leqslant x \leqslant 1$.

9 Démonstration

Démontrer la proposition suivante en utilisant sa contraposée :
« x^2 est impair. ⇒ x est impair. »

2 Algorithme et programmation

L'ESSENTIEL

Qu'est-ce qu'un algorithme ?

● Un algorithme est une structure logique comprenant une **succession d'instructions** à enchaîner dans l'ordre. Les instructions peuvent être données en utilisant plusieurs types de langage.

● Le **langage naturel** (c'est-à-dire en français avec peu de syntaxe spécifique) est utilisé notamment par le logiciel Algobox.

● Les langages plus spécifiques sont nombreux et ont chacun leur spécificité ; parmi eux, Scilab, Java, C++, PHP et **Python** que nous allons utiliser ici.

Les variables

● Un programme informatique permet de manipuler des données, celles-ci consistant en une **suite finie d'instructions binaires**. Le programme utilise des variables de différents types afin de pouvoir mémoriser des informations qu'il utilisera plus tard.
À la variable, il faut affecter un nom, un type (nombre, chaîne de caractères, booléen), une valeur et une adresse (l'emplacement dans la mémoire).
Pour affecter une valeur à une variable en Python, on écrit le nom, le symbole = et la valeur.

Exemple L'instruction **âge = 15** affecte à la **variable** « âge » la **valeur** « 15 ».

● Il existe différents types de variables.

Les valeurs numériques

La valeur peut être un nombre entier, **int**, ou réel (équivalant à « flottant »), **float**. On peut spécifier ou non le type de nombre à entrer, selon les besoins.

Exemple

$x = y$	→ La valeur de droite y est calculée et affectée dans la valeur de gauche x.
$x == y$	→ Les nombres x et y sont égaux.
$(s,t) = (5,7)$	→ On peut affecter deux valeurs à deux lettres simultanément.
$a = 8$	
$b = a$	→ b prend la valeur 8.
$c = b + 7$	→ c prend la valeur 15.

ATTENTION !
La virgule des décimaux est un point en langage Python.

Les chaînes de caractères

Il s'agit d'une liste de lettres et/ou de chiffres, toujours écrite entre guillemets. Pour être affichée à l'écran, elle doit être introduite par la commande **input**( ).

Exemple

```
input(«I est le milieu de [BC]»)
```

On peut accoler deux chaînes de caractères en utilisant le symbole +, la faire se répéter en utilisant le symbole *.

Exemple

```
abc = « code »
print(abc)        → affiche « code »
print(« abc »)    → affiche « abc »
abc + « d »       → affiche « coded »
```

Les booléens

Le booléen est un type de variables qui ne peut prendre que deux valeurs : vrai (true) et faux (false). Il permet de tester des résultats.

Exemple

```
a = 5
print(a ==5)  → affiche « true »
print(a ==6)  → affiche « false »
```

Les opérations sur les variables numériques

Quelques opérations utilisées en Python :

$x = 3$	
$y = 7$ ou $(x,y) = (3,7)$	
$x + y = 10$	→ somme
$x - y = -4$	→ différence
$x * y = 21$	→ produit
$x / y = 0{,}428571$	→ division
$y \% x = 4$	→ reste de la division euclidienne de y par x
$y // x = 1$	→ quotient de la division euclidienne de y par x
sqrt $(x) = 1{,}732$	→ racine carrée de x
x**2 = 9	→ x puissance 2

ATTENTION !
En langage Python, certaines fonctions spécifiques telles que la racine carrée sont rangées dans des bibliothèques. Il faut les importer avec la commande from math import. Par exemple, from math import sqrt importe la fonction racine carrée.

La syntaxe

Instructions	Affichage
int = 25 → int indique un nombre entier print(int)	25
int = 25 print(« int ») → Les guillemets demandent ici d'afficher une chaîne de caractères et non une valeur.	int
n=int(input(« entrer votre âge : »)) → La phrase « entrer votre âge » apparaît à l'affichage grâce à la fonction input().	entrer votre âge :
x=float(input(« entrer votre taille : »)) → On demande ici un nombre réel (float).	entrer votre taille :

LA MÉTHODE

Comprendre un algorithme simple

Exemple

Langage naturel	Python
Variables : x, y Début algorithme Saisir x y prend la valeur 2 × x Afficher y	x=float(input(« entrer x »)) y=2*x print(y)

L'algorithme ci-dessus demande la valeur d'un nombre et donne la valeur de son double.
Si on rentre la valeur 7, l'algorithme affichera 14.
Cet algorithme correspond aux calculs des images de la fonction f définie par $f(x) = 2x$.
L'instruction **input**(« **entrer x** ») signifie que l'ordinateur va demander à l'utilisateur quelle valeur il souhaite donner à x et afficher sa demande à l'écran. Le mot **float** précise qu'il s'agit d'un nombre réel.

S'ENTRAÎNER

1 QUIZ **Lire l'algorithme suivant et cocher la case qui convient.**

```
a = float(input(«entrer a : »))
x = –5*a
y = x + 1
print(y)
```

a. Le nombre obtenu en entrant 0 est –4. V☐ F☐
b. Pour obtenir 0 en sortie, il faut entrer le nombre 0,2. V☐ F☐
c. Le nombre obtenu en entrant –1 est 6. V☐ F☐
d. Pour obtenir 1 en sortie, il faut entrer le nombre 1. V☐ F☐
e. Cet algorithme correspond au calcul de $5x + 1$. V☐ F☐

2 Trois entiers

Écrire un algorithme en Python qui demande trois nombres entiers et affiche la somme de leurs carrés.

3 Dans un cercle

a. Compléter l'algorithme suivant par deux calculs.

```
from math import pi
rayon = 5
perimetre = ...
aire = ...
```

b. Quelle réponse affiche le programme après les commandes suivantes ?

```
print (perimetre)
print(« l'aire est égale à : », aire)
```

4 Un calcul

Quel est le résultat affiché par le logiciel Python quand on tape les instructions suivantes ?

```
from math import sqrt
x = sqrt(50)/5
y = sqrt(50/25)
z = y/2
print(x*z)
```

5 Un programme de calcul

On pense à un nombre, on le multiplie par 5, on soustrait 3 au résultat, on met le tout au carré, et on prend la moitié du résultat obtenu.
Écrire un programme qui calcule le nombre obtenu après avoir entré un nombre entier.

6 Traduction

a. Voici un programme écrit en langage naturel. Le traduire en Python pour qu'il affiche la phrase « Élodie, 15 ans ».

```
âge prend la valeur 15
nom prend la valeur Élodie
afficher nom, âge
```

b. Ajouter des instructions pour qu'il affiche l'année de naissance d'Élodie.

7 Des chaînes de caractères

Donner l'affichage correspondant à chaque instruction proposée.

```
oui = « ok »
```

a. print (« oui »)
b. print (oui)
c. oui + « non »
d. « 9 » + « 5 »
e. 9 + 5

3 Boucles itératives

L'ESSENTIEL

Instruction conditionnelle

● Si l'énoncé comporte des **conditions**, c'est-à-dire s'il précise différentes possibilités d'exécution des instructions, alors le traitement nécessite des consignes particulières, comme par exemple « Si ... alors » (**if**) et « Sinon » (**else**).

● Il n'existe pas d'instruction en Python pour remplacer le « alors ». C'est l'**indentation**, c'est-à-dire le décalage des lignes vers la droite, qui le remplace.

Exemple Programme correspondant à la situation suivante : « On vend des bouteilles d'huile à 5 € pièce, mais elles ne coûtent plus que 4 € à partir de 12 achetées. »

Langage naturel
```
Entrer x = nombre de bouteilles
si x ⩾ 12
alors y ← x*4
sinon y ← x*5
Fin si
Afficher y
```

Python
```
x=input(« nombre de bouteilles : »)
if x > = 12 :
    y = 4*x
else :
    y = 5*x
print(y)
```

Calcul itératif

● Le calcul itératif est un calcul qui se **répète** un certain nombre de fois. Il se présente sous la forme d'une instruction qui effectue un calcul « **en boucle** ».

››› **Boucle bornée** « **Pour** » : si on connaît le nombre d'itérations.

››› **Boucle non bornée** « **Tant que** » : si on ne connaît pas le nombre d'itérations.

● Il n'existe pas d'instruction en Python pour définir la fin de boucle. C'est l'**indentation** qui marque la fin de boucle. Quand il s'agit d'une boucle non bornée, il faut créer un compteur pour connaître le nombre d'exécutions. La variable n compte le nombre de fois où la boucle est exécutée.

LA MÉTHODE

Programmer une instruction conditionnelle

Étape 1 Dans l'énoncé, on distingue les différents cas possibles et on différencie les calculs.

Étape 2 On écrit les instructions dans les tests Si (if) et Sinon (else). En langage naturel, on termine chaque test par Fin si.

Exemple Écrire un algorithme qui donne l'inverse d'un nombre quelconque.

Langage naturel

Saisir x
Si x = 0 alors :
Afficher message : « x n'a pas d'inverse »
Sinon
y prend la valeur $\frac{1}{x}$
Afficher message : « L'inverse de x est : »
Afficher y
Fin Si

Python
```
x=float(input(« entrer x : »))
if x= =0 :
    résultat = input(«x n'a pas d'inverse»)
    print(résultat)
else :
    résultat = 1/x
    print («l'inverse de x est : », résultat)
```

Utiliser la boucle « Pour »

Étape 1 On donne une valeur initiale avec laquelle le calcul démarrera dans la boucle.

Étape 2 Dans la boucle Pour (for), on indique les bornes et le pas pour que l'instruction soit répétée, puis on termine la boucle avec Afficher (print).

►

Exemple Calculer $S = 1 + 2 + 3 + 4 + 5 + \ldots + 100$.

Langage naturel
Variables : S, i entiers
Début algorithme
S prend la valeur 0
Pour i allant de 1 à 100
S prend la valeur S + i
Fin Pour
Afficher S

Python
```
S=0
for i in range(1,101) :
    S=S+i
    print(S)
```

Utiliser la boucle « Tant que »

Étape 1 On donne une valeur initiale avec laquelle le calcul démarrera dans la boucle.
Étape 2 Dans la boucle Tant que (while), on indique jusqu'à quand l'instruction doit être répétée. En langage naturel, on termine la boucle avec Fin Tant que.

Exemple Écrire un algorithme qui donne le plus petit nombre entier dont le cube est supérieur à 2 000 000.

Langage naturel
Variable : x entier
x prend la valeur 0
Tant que $x^3 \leqslant 2000000$
x prend la valeur x +1
Fin Tant que
Afficher x

Python
```
x=0
while x**3<=2000000 :
    x=x+1
print(x)
```

S'ENTRAÎNER

1 QUIZ

Lire l'algorithme ci-dessous, écrit en Python, et cocher la case qui convient.
En Python, l'instruction range(n) énumère tous les nombres entiers de 0 à n – 1.

```
for i in range(9) :
    x=3+i*0.5
    y=3*x**2-5*x+1
    print(x,y)
```

a. Cet algorithme correspond au calcul de $3x^2 - 5x + 1$. V ☐ F ☐
b. Les valeurs de x vont de 3 à 9. V ☐ F ☐
c. On obtient en sortie le couple (3,13). V ☐ F ☐
d. Les valeurs de x sont espacées de 0,5. V ☐ F ☐

2 Calcul de sommes

a. On pose $S = 1 + 2 + 2^2 + 2^3 + \ldots + 2^{20}$.
Compléter la ligne incomplète de l'algorithme suivant, écrit en Python, qui permet d'obtenir la valeur de S.

```
s=1
for i in range(.......) :
    s=s+2**i
print(s)
```

b. On pose $S' = 1 + x + x^2 + x^3 + \ldots + x^n$ où x est un nombre réel et n un nombre entier positif.
Écrire un algorithme qui, suivant les valeurs de x et de n, donne la valeur S'.

3 Photocopies

Un magasin de reprographie applique le tarif suivant :
• 15 centimes l'unité jusqu'à 50 photocopies ;
• 10 centimes l'unité au-delà de 50 photocopies.
Dans l'algorithme suivant, écrit en Python, a représente le nombre de photocopies et b le prix à payer.
Compléter cet algorithme qui donne le prix à payer en fonction du nombre de photocopies.

```
a=...
if a<=50 :
    b=...
else :
    b=...
print(b)
```

4 Une inéquation

Écrire un algorithme en langage Python qui donne la plus petite valeur du nombre entier x tel que $x^4 > 6\,250$.

5 Comptage

L'algorithme suivant donne le nombre de « e » dans la phrase proposée.

```
phrase = « j'aime les algorithmes. »
nombre_de_e=0
for lettre in phrase :
    if lettre ==«e» :
        nombre_de_e=nombre_de_e+1
    print(« le nombre de e est », nombre_de_e)
```

Le modifier pour qu'il compte le nombre de voyelles.

4 Ensembles de nombres

L'ESSENTIEL

Les nombres utilisés en seconde sont de plusieurs natures : les nombres entiers, les nombres décimaux, les fractions, les racines carrées.

Notation d'un ensemble, appartenance

›› Si on peut lister les éléments d'un ensemble, on utilise des **accolades**.

Exemple

Soit A l'ensemble des nombres entiers pairs supérieurs à 1 et inférieurs à 10.
A est noté $A = \{2 ; 4 ; 6 ; 8\}$.
On dit que 4 appartient à A, on note $4 \in A$.

Remarque : Il n'y a pas d'ordre à respecter dans l'écriture d'un ensemble avec des accolades.

Exemple

$\{2 ; 4 ; 6 ; 8\} = \{4 ; 2 ; 8 ; 6\}$

›› Un ensemble qui ne contient aucun élément est appelé l'**ensemble vide**. Il est noté $\varnothing$.

Inclusion, réunion, intersection : $\subset$, $\cup$ et $\cap$

On note A, B et C les ensembles suivants :
$A = \{1 ; 2 ; 3 ; 4 ; 5 ; 6\}$, $B = \{4 ; 5 ; 6 ; 7 ; 8\}$.
et $C = \{3 ; 4 ; 5\}$

›› Tous les éléments de C sont dans A. On dit que C est **inclus** dans A. On note $C \subset A$.

›› Les éléments de C ne sont **pas tous** dans B (par exemple $3 \notin B$). On peut écrire $C \not\subset B$.

›› L'ensemble des éléments qui appartiennent à A, à B ou aux deux ensembles A et B à la fois est appelé la **réunion** de A et de B. Il est noté $A \cup B$.
On a $A \cup B = \{1 ; 2 ; 3 ; 4 ; 5 ; 6 ; 7 ; 8\}$.

›› L'ensemble des éléments qui appartiennent à la fois à A et à B est appelé l'**intersection** de A et de B. Il est noté $A \cap B$. On a $A \cap B = \{4 ; 5 ; 6\}$.

ATTENTION !

Soit x un nombre et A et B deux ensembles.
Dire que x appartient à A **ou** à B signifie que x appartient à l'un des deux ensembles mais qu'il peut aussi appartenir aux deux ensembles, contrairement au sens commun du mot *ou* qui exclut l'intersection : « Je prends le train ou le bus… »

Ensembles $\mathbb{N}$, $\mathbb{Z}$, $\mathbb{D}$, $\mathbb{Q}$

● $\mathbb{N}$ désigne l'ensemble des **nombres entiers naturels**, c'est-à-dire l'ensemble des nombres entiers positifs ou nuls : $\mathbb{N} = \{0;1;2;3;\ldots\}$.

● $\mathbb{Z}$ désigne l'ensemble des **nombres entiers relatifs**, c'est-à-dire l'ensemble de tous les entiers (négatifs, nul ou positifs) : $\mathbb{Z} = \{\ldots;-3;-2;-1;0;1;2;3;\ldots\}$.
Tous les nombres appartenant à $\mathbb{N}$ appartiennent aussi à $\mathbb{Z}$: on a donc $\mathbb{N} \subset \mathbb{Z}$. Mais les nombres relatifs ne sont pas tous dans $\mathbb{N}$ ($\mathbb{Z} \not\subset \mathbb{N}$).

● $\mathbb{D}$ désigne l'ensemble des **nombres décimaux**, c'est-à-dire l'ensemble des nombres qui peuvent s'écrire sous la forme $\frac{a}{10^n}$, $a \in \mathbb{Z}, n \in \mathbb{N}$.

Exemple $-24{,}586 = \frac{-24\,586}{1\,000} = \frac{-24\,586}{10^3}$

Tous les décimaux peuvent s'écrire avec un nombre fini de chiffres après la virgule.
Tout nombre entier relatif est décimal.

Exemple $-2 = \frac{-2}{10^0} = -2{,}0$

On a donc $\mathbb{Z} \subset \mathbb{D}$. Mais les décimaux ne sont pas tous des entiers relatifs ($\mathbb{D} \not\subset \mathbb{Z}$).

● $\mathbb{Q}$ désigne l'ensemble des **nombres rationnels**, c'est-à-dire des quotients de nombres entiers relatifs :
$\mathbb{Q} = \left\{\frac{a}{b}, a \in \mathbb{Z}, b \in \mathbb{Z} \text{ avec } b \neq 0\right\}$.

Exemple $\frac{2}{3} \in \mathbb{Q}$

Tout nombre décimal est rationnel.

Exemple $-4{,}26 = \frac{-426}{100}$. $\frac{-426}{100} \in \mathbb{Q}$ donc $-4{,}26 \in \mathbb{Q}$.

On a donc $\mathbb{D} \subset \mathbb{Q}$. Mais les rationnels ne sont pas tous décimaux ($\mathbb{Q} \not\subset \mathbb{D}$).

Exemple

$\frac{4}{5}$ est rationnel et décimal ; $\frac{1}{3}$ est rationnel mais n'est pas décimal :
$\frac{1}{3} = 1{,}33333\ldots$ Il y a une infinité de nombres après la virgule.

● Tout nombre qui n'appartient pas à $\mathbb{Q}$ est un **nombre irrationnel**.

Exemple

$\sqrt{2}$ et π sont irrationnels : ils ne peuvent pas s'écrire sous la forme d'un quotient de deux nombres entiers.

● Tous les nombres que nous venons de définir font partie d'un grand ensemble que l'on appelle l'ensemble des **nombres réels**. Cet ensemble est noté $\mathbb{R}$.
On obtient finalement : $\mathbb{N} \subset \mathbb{Z} \subset \mathbb{D} \subset \mathbb{Q} \subset \mathbb{R}$.

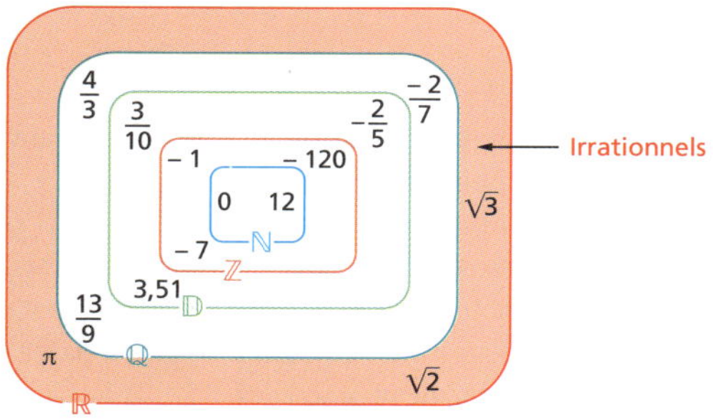

LA MÉTHODE

Déterminer des unions et des intersections d'ensembles A et B

Étape 1 On cherche les nombres qui appartiennent à la fois à A et à B.
Étape 2 $A \cap B$ est l'ensemble des nombres appartenant à la fois à A **et** à B.
$A \cup B$ est l'ensemble des nombres appartenant à A **ou** à B.

Exemple On pose $A = \{-2 ; -1 ; 0 ; 1 ; 2 ; 3\}$, $B = \{2 ; 3 ; 4\}$, $C = \{4 ; 5 ; 8\}$, $D = \mathbb{N}$.
Determiner $A \cap B$, $A \cup B$, $A \cap C$, $A \cup C$, $B \cap C$, $B \cup C$ et $A \cap D$.
Étape 1 Les nombres communs à A et à B sont 2 et 3.
Étape 2 $A \cap B = \{2 ; 3\}$ $A \cup B = \{-2 ; -1 ; 0 ; 1 ; 2 ; 3 ; 4\}$
$A \cap C = \varnothing$ $A \cup C = \{-2 ; -1 ; 0 ; 1 ; 2 ; 3 ; 4 ; 5 ; 8\}$
$B \cap C = \{4\}$ $B \cup C = \{2 ; 3 ; 4 ; 5 ; 8\}$ $A \cap D = \{0 ; 1 ; 2 ; 3\}$

S'ENTRAÎNER

1 QUIZ **Vrai ou faux ? Cocher la case qui convient.**

a. $\{1 ; 2 ; 2{,}5\} \cap \left\{1{,}5 ; \frac{5}{2}\right\} = \{2{,}5\}$ V☐ F☐
b. $\mathbb{N} \cup \mathbb{Z} = \mathbb{Z}$ V☐ F☐
c. $\mathbb{N} \cap \mathbb{Z} = \mathbb{Z}$ V☐ F☐
d. $\{-3 ; -2 ; -1\} \cup \mathbb{N} = \mathbb{Z}$ V☐ F☐

2 **Appartient ou n'appartient pas ?**

On pose $A = \{-2 ; -1 ; 0 ; 1 ; 2\}$, $B = \{\sqrt{2} ; \sqrt{3} ; \sqrt{4} ; \sqrt{9}\}$ et $C = \mathbb{Z}$. Compléter par $\in$ ou $\notin$.

a. 1,5 … A **b.** 1 … B **c.** 2 … B
d. $\sqrt{2}$ … C **e.** 2 … C **f.** 3 … B

3 **Représentation d'ensembles de nombres**

Avec des accolades, représenter les ensembles de nombres suivants.

a. A est l'ensemble des entiers supérieurs ou égaux à 2 et inférieurs ou égaux à 6.
b. B est l'ensemble des nombres entiers supérieurs à -1 et inférieurs ou égaux à 3.

4 **Union et intersection**

On pose : $A = \{-3 ; -2 ; -1 ; 0 ; 1\}$, $B = \{2 ; 3 ; 5 ; 6\}$, $C = \{5 ; 8\}$, $D = \mathbb{N}$.

Compléter :

a. $A \cap B =$ …. **b.** $A \cup B =$ …. **c.** $B \cap C =$ ….
d. $B \cup C =$ …. **e.** $A \cap C =$ …. **f.** $A \cap D =$ ….

5 **Équivalences et implications**

1. Compléter par le symbole $\Rightarrow$ ou $\Leftrightarrow$.
a. x est un entier négatif. …. $x \in \mathbb{Z}$
b. x et y sont des entiers naturels. … $x \times y$ est un entier naturel.
c. $x \in \mathbb{Z}$ … $x + 1 \in \mathbb{Z}$
d. $x \in \mathbb{N}$ … $2 \times x \in \mathbb{N}$
2. Compléter les équivalences suivantes.
a. x est un nombre dont le carré est égal à 4. $\Leftrightarrow x = 2$ ou $x =$ …
b. $x \in \{1 ; 2 ; 3\} \Leftrightarrow 2 \times x \in$ …
c. $x \in \{1 ; 2 ; 3\} \Leftrightarrow \frac{x}{2} \in$…
d. $x + 2$ est un entier supérieur ou égal à 0. $\Leftrightarrow x$ est un entier ………………

6 **Chercher des nombres**

a. Donner deux nombres rationnels dont le produit est égal à $\frac{1}{12}$.
b. Donner deux nombres rationnels mais non décimaux dont la somme est un nombre entier.

7 **$\in$ ou $\notin$?**

a. Compléter le tableau suivant par $\in$ ou $\notin$.

	$\mathbb{N}$	$\mathbb{Z}$	$\mathbb{D}$	$\mathbb{Q}$	$\mathbb{R}$
$-\sqrt{3}$					
3,14					
π					
$\frac{5}{3}$					
$\frac{3}{5}$					
3×10^2					
-3×10^{-2}					

b. Expliquez pourquoi, pour une ligne donnée, s'il y a un symbole $\in$ dans la colonne $\mathbb{N}$, il y en a dans toutes les autres colonnes.

8 **Tri**

a. Quel est le plus petit ensemble, parmi les ensembles $\mathbb{N}, \mathbb{Z}, \mathbb{D}, \mathbb{Q}$ et $\mathbb{R}$, auquel appartiennent tous les nombres ci-dessous ?
$\frac{5}{350} ; \frac{35}{350} ; \frac{7}{350} ; \frac{700}{350} ; \frac{1}{350} ; \frac{3}{350}$
b. Parmi cette liste, quels sont les nombres entiers ? Quels sont les nombres décimaux ?

9 **Démonstration**

Démontrer que le produit de deux nombres décimaux est un nombre décimal.

5 Intervalles de ℝ. Valeur absolue

L'ESSENTIEL

Encadrements

Soit A, x et y trois nombres tels que $x \leqslant A \leqslant y$.
Si $y - x = 1$ on dit que l'écriture $x \leqslant A \leqslant y$ est l'encadrement **à l'unité** de A.
Si $y - x = 0{,}1$ on dit que l'écriture $x \leqslant A \leqslant y$ est l'encadrement **au dixième** de A.
On définit de façon similaire les encadrements au centième, au millième, au dix-millième…

Exemple Soit $A = \dfrac{22}{7}$. $A \approx 3{,}142857143$.
Encadrement à l'unité de A : $3 < A < 4$.
Encadrement au dixième de A : $3{,}1 < A < 3{,}2$.
Encadrement au centième de A : $3{,}14 < A < 3{,}15$.

Intervalles

Un **intervalle** est une partie de ℝ. On peut le représenter à l'aide de l'axe des réels.

L'ensemble des nombres x tels que :	est représenté sur l'axe des réels par :	est symbolisé par l'intervalle noté :
$a \leqslant x \leqslant b$		$[a\,;b]$
$a < x \leqslant b$		$]a\,;b]$
$x \geqslant a$		$[a\,;+\infty[$
$x < b$		$]-\infty\,;b[$

Remarque : a et b sont les bornes de l'intervalle. Si le crochet est dirigé vers l'intérieur de l'intervalle (on parle d'intervalle fermé en a), alors a fait partie de l'intervalle. Sinon (crochet ouvert), a ne fait pas partie de l'intervalle.

ATTENTION !
Du côté de l'infini, les crochets sont toujours ouverts.

Un intervalle contient une infinité de nombres. Il ne faut pas confondre les accolades et les crochets. Par exemple, l'ensemble $\{3\,;5\}$ contient uniquement les deux nombres 3 et 5, l'intervalle $[3\,;5]$ contient **tous** les nombres réels supérieurs ou égaux à 3 et inférieurs ou égaux à 5 (il y en a une infinité).

Valeur absolue

● Distance entre deux nombres

Soit A(1) et B(5) deux points sur une droite graduée.

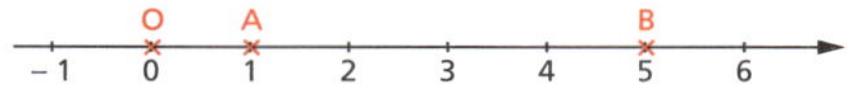

La **distance** entre 1 et 5 est le nombre noté $d(1\,;5)$ ou $d(5\,;1)$ et est égale à AB.
On a AB = BA = 4 donc $d(1\,;5) = d(5\,;1) = 4$.

● Définition

Soit x et y deux nombres réels d'une droite graduée.
La **valeur absolue** de $x - y$, notée $|x - y|$, est la distance entre x et y.
Conséquence : $|x - y| = |y - x|$ pour tout x et $y \in \mathbb{R}$.

● Cas particulier

Pour tout $x \in \mathbb{R}$, $|x| = |x - 0| = d(x\,;0)$.
$|x| = x$ si $x \geqslant 0$ $\quad |x| = -x$ si $x \leqslant 0$

Exemples $|0| = 0 \quad |2| = 2 \quad |-2| = 2$
$3 - \pi < 0$ donc $|3 - \pi| = -(3 - \pi) = -3 + \pi$

ATTENTION !
Une valeur absolue est positive ou nulle.

● Propriétés

Pour tous nombres x et y de ℝ on a :
$|x| = |-x| \qquad |x| = |y| \Leftrightarrow x = y$ ou $x = -y \qquad \sqrt{x^2} = |x|$

Exemple
$\sqrt{(-3)^2} = \sqrt{9} = 3 = |-3|$

LA MÉTHODE

Déterminer des unions et des intersections d'intervalles

Étape 1 On représente les intervalles sur une droite graduée. On colorie différemment chacun des intervalles.
Étape 2 L'intersection correspond alors à la portion bicolore. L'union correspond à toute la partie coloriée, quelle que soit la couleur.

Exemple On pose $A =]-\infty\,;5]$, $B = [3\,;6]$, $C = [6\,;8]$. Déterminer $A \cup B$, $A \cap B$, $A \cup C$, $A \cap C$, $B \cup C$ et $B \cap C$.

Étape 1

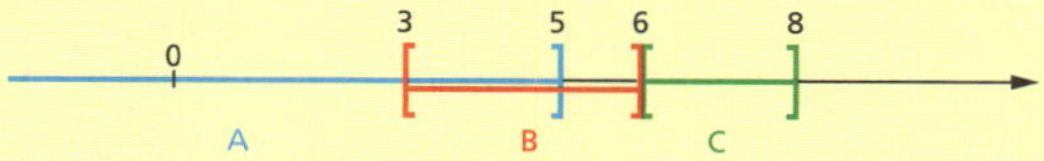

Étape 2

››› $A \cup B$ est la réunion des réels qui sont sur la partie bleue **ou** sur la partie rouge, c'est-à-dire l'intervalle $]-\infty\,;6]$.
››› $A \cap B$ est l'ensemble des réels qui sont **à la fois** sur la partie bleue et sur la partie rouge, c'est-à-dire l'intervalle $[3\,;5]$.
››› De même, $A \cup C =]-\infty\,;5] \cup [6\,;8]$ (nombres situés sur le bleu ou sur le vert), $A \cap C = \varnothing$ (pas de nombres à la fois sur le bleu et sur le vert), $B \cup C = [3\,;8]$ et $B \cap C = \{6\}$.

Résoudre des équations et inéquations du type $|x - a| = b$, $|x - a| \leqslant b$ ($b \geqslant 0$)

Étape 1 On place les points $A(a)$, $B(a + b)$ et $C(a - b)$ sur une droite graduée.
Étape 2 On traduit l'équation ou l'inéquation en termes de distance.

Exemple Résoudre l'équation $|x - 1| = 2$ et l'inéquation $|x - 1| \leqslant 2$.

Étape 1 $a + b = 1 + 2 = 3$ $\quad a - b = 1 - 2 = -1$

Étape 2 ››› Soit le point $M(x)$.

$|x - 1| = 2 \Leftrightarrow AM = 2$

$\Leftrightarrow x = 1 + 2 = 3$ ou $x = 1 - 2 = -1$

Les solutions de l'équation $|x - 1| = 2$ sont -1 et 3.

››› $|x - 1| \leqslant 2 \quad \Leftrightarrow AM \leqslant 2$

$\Leftrightarrow x \in [-1 ; 3]$

L'ensemble des solutions de l'inéquation $|x - 1| \leqslant 2$ est $[-1 ; 3]$.

S'ENTRAÎNER

1 QUIZ **Vrai ou faux ? Cocher la case qui convient.**

a. $5 \in]5 ; 6]$ V ☐ F ☐
b. $[2 ; 4] \cap [3 ; 7] = [3 ; 4]$ V ☐ F ☐
c. $\left|(-3)^2\right| = 9$ V ☐ F ☐
d. $|0,5 - 1| = 0,5 - 1$ V ☐ F ☐

2 Sur l'axe des réels

Compléter le tableau suivant.

Encadrement	Représentation sur l'axe des réels	Notation intervalle
$3 \leqslant x \leqslant 7$		$x \in [\ldots ; \ldots]$
……		$x \in$ ……
$x < 3$		$x \in$ ……
……		$x \in]5 ; +\infty[$
……		$x \in$ ……
$-1 < x < 1$		$x \in$ ……

3 Appartient ou n'appartient pas ?

On pose : $A = \{-2 ; 2\}$, $B = [-2 ; 2]$, $C =]-2 ; 2]$, $D =]2 ; +\infty[$.

Compléter par $\in$ ou $\notin$.

a. 0 . . . . . A
b. 0 . . . . . B
c. –2 . . . . . A
d. 2 C
e. 2 . . . . . D
f. $\sqrt{2}$ . . . . . A
g. $\sqrt{2}$ . . . . . B
h. $\sqrt{2}$ C

4 Unions et intersections d'intervalles

On pose : $Q = [-4 ; -1]$, $R = [-2 ; 3]$, $S = [3 ; 5]$.
Compléter.

$Q \cap R =$ . . . . . .
$Q \cap S =$ . . . . . .
$Q \cup R =$ . . . . . .
$R \cap S =$ . . . . . .

5 Représentation d'ensemble

Décrire les ensembles suivants à l'aide des crochets ou des accolades.

a. H est l'ensemble des nombres entiers supérieurs ou égaux à 4 **et** inférieurs à 10.
b. I est l'ensemble des nombres réels supérieurs ou égaux à 4 **et** inférieurs à 10.
c. J est l'ensemble des nombres réels inférieurs ou égaux à 6 **ou** supérieurs ou égaux à 12.

6 Encadrements

On pose $A = \sqrt{2}$. La calculatrice nous donne $A \approx 1,414213562$.
Donner les encadrements à l'unité, au dixième, au centième et au millième de A.

7 Un tableau

Compléter le tableau suivant.

Valeur absolue	Distance	Égalités	Encadrement	Intervalle
$\lvert x - 3\rvert \leqslant 2$	$d(x ; 3) \leqslant 2$	╳	$1 \leqslant x \leqslant 5$	$x \in [1 ; 5]$
$\lvert x - 4\rvert = 6$		$x = 10$ ou $x = \ldots$	╳	╳
$\lvert x - 1\rvert < 4$		╳		

8 Ensemble de nombres

a. Résoudre l'équation $|x - 3| = 4$.
b. Résoudre l'équation $|x - 4| = -2$.
c. Donner l'ensemble des nombres x tels que $|x| \leqslant 2$.
d. Donner l'ensemble des nombres x tels que $|x + 3| < 7$.

9 Un algorithme

Écrire un algorithme en Python qui permet de passer de l'écriture $|x|$ à x selon son signe.

6 Nombres entiers

L'ESSENTIEL

Division euclidienne / Diviseurs

Soit a et b deux entiers naturels avec $b \neq 0$.

- Il existe deux entiers naturels q et r uniques tels que $a = b \times q + r$ et $r < b$.

Dans la division de a par b, a est le **dividende**, b est le **diviseur**, q le **quotient** et r est le **reste**.

Exemples Voici deux égalités :
$30 = 7 \times 4 + 2$ et $30 = 7 \times 3 + 9$.
Dans la division de 30 par 7 : 2 est le reste, 7 le diviseur et 4 le quotient.
On a $2 < 4$, donc cette égalité correspond à la division euclidienne de 30 par 7.
En revanche, dans la seconde égalité, $9 > 3$ et $9 > 7$, donc ce n'est pas une division euclidienne.

- Si le reste de la division de a par b est nul, on dit que a est **divisible** par b.

Exemples $30 = 10 \times 3 + 0$. 30 est divisible par 10. De même, 30 est divisible par 2, par 5, par 6, par 15.
1 ; 2 ; 3 ; 5 ; 6 ; 10 et 15 sont donc des **diviseurs** de 30.

Critères de divisibilité par 2 ; 3 ; 5 et 9

- Les entiers divisibles **par 2** sont les nombres dont le chiffre des unités est 0 ; 2 ; 4 ; 6 ou 8.
- Les entiers divisibles **par 3** sont les nombres dont la somme des chiffres est divisible par 3.

Exemple $2\,352 \rightarrow 2 + 3 + 5 + 2 = 12$
12 est divisible par 3, donc 2 352 l'est aussi.

- Les entiers divisibles **par 5** sont ceux dont le chiffre des unités est 0 ou 5.
- Les entiers divisibles **par 9** sont les nombres dont la somme des chiffres est divisible par 9.

Entiers pairs, entiers impairs

- Un nombre entier naturel est **pair** s'il peut s'écrire sous la forme $2 \times p$ avec $p \in \mathbb{N}$.

Exemple
46 est pair car on peut écrire $46 = 2 \times 23$.

Tous les entiers naturels pairs sont les nombres dont le chiffre des unités est 0 ; 2 ; 4 ; 6 ou 8 (donc divisibles par 2).

- Un nombre entier naturel est **impair** s'il peut s'écrire sous la forme $2 \times p + 1$ avec $p \in \mathbb{N}$.

Exemple
59 est impair car on peut écrire $59 = 2 \times 29 + 1$.

Tous les entiers naturels impairs sont les nombres dont le chiffre des unités est 1 ; 3 ; 5 ; 7 ou 9.

Multiples

Soit a et b deux entiers naturels. Un multiple de a est un nombre qui peut s'écrire sous la forme $a \times b$.

Exemples $7 \times 1 = 7$ $7 \times 2 = 14$ $7 \times 3 = 21$
7 ; 14 et 21 sont des multiples de 7.

Nombres premiers

- Un entier naturel a est un nombre premier s'il admet **exactement deux diviseurs** distincts : 1 et a.

Exemples 19 est un nombre premier car il n'a pas d'autres diviseurs que 1 et 19.
3 ; 5 ; 7 ; 19 sont des nombres premiers. 42 ; 6 ; 20 ne sont pas premiers.

ATTENTION !
1 n'est pas premier car il n'a qu'un diviseur, lui-même.

- La liste des premiers nombres premiers est :
2 ; 3 ; 5 ; 7 ; 11 ; 13 ; 17 ; 19 ; 23 ; …
- Tout nombre entier naturel a peut s'écrire comme un produit de nombres premiers. Ce produit est unique et s'appelle la **décomposition** de a en produit de facteurs premiers.

Exemple
$120 = 2 \times 60 = 2 \times 2 \times 30 = 2 \times 2 \times 2 \times 15 = 2 \times 2 \times 2 \times 3 \times 5 = 2^3 \times 3 \times 5$
La décomposition de 120 en produit de facteurs premiers est $2^3 \times 3 \times 5$.

LA MÉTHODE

Démontrer qu'un nombre est pair, impair ou un multiple de a

Étape 1 On écrit le nombre de manière explicite en traduisant l'énoncé par une égalité.
Étape 2 Pour montrer que le nombre est pair, on montre qu'il peut s'écrire sous la forme $2 \times p$, avec $p \in \mathbb{N}$.
Pour montrer que le nombre est impair, on montre qu'il peut s'écrire sous la forme $2 \times p + 1$ avec $p \in \mathbb{N}$.
Pour montrer que le nombre est un multiple de a, on montre qu'il peut s'écrire sous la forme $a \times b$ avec $b \in \mathbb{N}$.

Exemple Démontrer que le carré d'un nombre impair est impair.
Étape 1 Soit x le carré d'un nombre impair.
x s'écrit sous la forme $x = (2p + 1)^2$ avec $p \in \mathbb{N}$.

►

Étape 2 $x=(2p+1)^2=4p^2+4p+1=2\times(2p^2+2p)+1$
Si on pose $P=2p^2+2p$, $P\in\mathbb{N}$ donc $x=2P+1$ est un nombre impair.
Le carré d'un nombre impair est bien impair.

Décomposer un nombre entier *a* en produit de facteurs premiers

Étape 1 On cherche le premier nombre premier p_1 qui est un diviseur de a.
Soit q_1 le quotient de la division de a par p_1. On a alors $a=p_1\times q_1$.
Étape 2 On reprend le procédé précédent en remplaçant a par q_1 autant de fois que l'on trouve un nombre premier qui divise les quotients successifs, jusqu'à obtenir un reste nul.
On continue ainsi jusqu'à obtenir la décomposition en produit de facteurs premiers de a.

Exemple Décomposer 180 en produit de facteurs premiers.
Étape 1 180 est divisible par 2 : 2 est le premier nombre premier diviseur de 180.
Étape 2 $180=2\times90=2\times(2\times45)=2^2\times45=2^2\times(3\times15)=2^2\times3\times(3\times5)=2^2\times3^2\times5$
2 ; 3 et 5 sont des nombres premiers donc $2^2\times3^2\times5$ est la décomposition en produit de facteurs premiers de 180.

S'ENTRAÎNER

1 QUIZ **Vrai ou faux ? Cocher la case qui convient.**

a. 77 est un nombre premier. V ☐ F ☐
b. 144 est divisible par 3. V ☐ F ☐
c. 73 295 est un diviseur de 5. V ☐ F ☐
d. 12 est un multiple de 5. V ☐ F ☐
e. 8 est un diviseur de 72. V ☐ F ☐

2 Nombre premier ?

Les nombres 17 ; 21 et 33 sont-ils des nombres premiers ?

3 Décomposition

a. Décomposer 270 ; 189 ; 196 et 1 225 en produits de facteurs premiers.
b. Utiliser les résultats précédents pour simplifier le plus possible les fractions $\frac{189}{270}$ et $\frac{196}{189}$.

4 Chercher des nombres

a. Chercher un nombre entier divisible par 3, par 5 mais pas par 2.
b. Chercher un nombre entier, formé de trois chiffres, divisible par 9, par 5 mais pas par 2.

5 Multiples et diviseurs

a. Donner tous les diviseurs de 30.
b. Donner tous les diviseurs de 72.
c. Donner tous les multiples de 3 supérieurs à 3 et inférieurs à 30.
d. Soit A l'ensemble des diviseurs de 45. Soit B l'ensemble des multiples de 3.
Déterminer $A\cap B$.

6 Équivalences et implications

Compléter par $\Rightarrow$ ou $\Leftrightarrow$.
a. x est un nombre pair. …… $2\times x$ est un nombre pair.
b. x est un nombre entier se terminant par 0. …… x est divisible par 5.
c. x est un multiple de 2. …… x est pair.
d. x est un multiple de 4. …… x est un multiple de 2.

7 Pairs et impairs

a. Démontrer que le produit de deux nombres pairs est un nombre pair.
b. Démontrer que la somme de deux entiers impairs est un nombre pair.
c. Démontrer que la somme d'un nombre pair et d'un nombre impair est un nombre impair.
d. Démontrer que la somme de deux entiers naturels consécutifs est un nombre impair.
e. Démontrer que le produit de deux nombres impairs est un nombre impair.

8 Des multiples

a. Démontrer que la somme de deux multiples de 3 est un multiple de 3.
b. Démontrer qu'un multiple de 6 est un multiple de 2.
c. Démontrer que la somme de trois entiers consécutifs est un multiple de 3.

POUR VOUS AIDER
Si un nombre quelconque s'appelle n, celui qui suit immédiatement est $n+1$, etc.

9 Un nombre rationnel

a. Justifier que 100 n'est pas divisible par 3.
b. Soit $n\in\mathbb{N}$.
Justifier que 10^n n'est pas divisible par 3.
c. Démontrer que $\frac{1}{3}$ n'est pas décimal.

7 Développer, factoriser Calculer avec les puissances

L'ESSENTIEL

Degré d'un polynôme

● Un polynôme du premier degré en x est une expression qui peut s'écrire sous la forme $ax + b$ où a et b sont des nombres fixés, avec $a \neq 0$.

● Un polynôme du second degré en x est une expression qui peut s'écrire sous la forme $ax^2 + bx + c$, où a, b et c sont des nombres fixés, avec $a \neq 0$.

● On définit de la même façon des polynômes du troisième, quatrième degré, etc.

Exemples

$3x + 5$; $-2x$; $7(x - 2)$ sont des polynômes du premier degré.
$5x^2$; $(7x + 5)(4 - 2x)$; $3 - 2x + x^2$ sont des polynômes du second degré.
$x^4 + 2x - 8$ est un polynôme de degré 4.

Développement d'une expression

● **Qu'est-ce que développer ?**
Développer une expression qui comporte des parenthèses, c'est enlever ces parenthèses pour transformer le (ou les) produit(s) en une somme.

● **Les formules pour développer**
Soit k, a, b, c et d des nombres réels.

››› Distributivité simple :

$$k(a + b) = ka + kb \quad (1)$$

››› Distributivité double :

$$(a + b)(c + d) = ac + ad + bc + bd \quad (2)$$

››› Identités remarquables :

$$(a + b)^2 = a^2 + 2ab + b^2 \quad (3)$$
$$(a - b)^2 = a^2 - 2ab + b^2 \quad (4)$$
$$(a + b)(a - b) = a^2 - b^2 \quad (5)$$

ATTENTION !
Il faut être **attentif aux signes** car c'est l'origine de la majorité des erreurs. Le produit de deux nombres de même signe est positif, le produit de deux nombres de signes contraires est négatif.

Factorisation

Factoriser une somme, c'est la transformer en un **produit**. Pour cela, on utilise les formules de développement précédentes, mais dans l'autre sens.

Calculs sur les puissances

● Soit $a \in \mathbb{R}$ et $n \in \mathbb{N}$:

$$a^n = a \times a \times \ldots \times a \ (n \text{ facteurs})$$

● Soit a et b deux réels non nuls et n et $p \in \mathbb{Z}$:

$$a^0 = 1 \qquad a^1 = a \qquad a^{-1} = \frac{1}{a} \qquad a^{-n} = \frac{1}{a^n}$$

$$a^n \times a^p = a^{n+p} \qquad \frac{a^n}{a^p} = a^{n-p}$$

$$(a^n)^p = a^{n \times p} \qquad (a \times b)^n = a^n \times b^n \qquad \left(\frac{a}{b}\right)^n = \frac{a^n}{b^n}$$

ATTENTION !
Les calculs se font toujours avec les priorités à la puissance. 5×2^3 n'est pas égal à 10^3, mais à 5×8, donc à 40.

LA MÉTHODE

✱ Développer puis réduire une expression

On utilise les formules pour développer, en faisant attention aux parenthèses.

Exemple Développer puis réduire l'expression $A = (3x - 1)^2 - 3(2 - x) - (x + 3)(4 - 2x)$.

Étape 1 On développe les trois produits en même temps. Mais, à cause du signe –, on garde les parenthèses devant la double distributivité :
$(3x - 1)^2 - 3(2 - x) - (x + 3)(4 - 2x) = 9x^2 - 6x + 1 - 6 + 3x - (4x - 2x^2 + 12 - 6x)$

Étape 2 On enlève les parenthèses en changeant donc les signes :
$A = 9x^2 - 6x + 1 - 6 + 3x - 4x + 2x^2 - 12 + 6x$

Étape 3 On réduit : $A = 11x^2 - x - 17$

✱ Factoriser une somme

Étape 1 On cherche un facteur commun.
Étape 2 S'il y a un facteur commun, on le met en facteur en utilisant la formule (1).
S'il n'y a pas de facteur commun, on utilise l'une des formules (3), (4) ou (5).

Exemple 1 Factoriser $B = 7x^5 + 5x^3 - x^2$.

Étape 1 On remarque que x^2 est le facteur commun le plus grand :
$7x^5 + 5x^3 - x^2 = x^2 \times 7x^3 + x^2 \times 5x - x^2 \times 1$

Étape 2 On met x^2 en facteur.
Attention : ici, l'expression de départ comporte trois termes, il faut donc trois termes dans la parenthèse :
$B = x^2(7x^3 + 5x - 1)$ ▶

Exemple 2 Factoriser $C = x + 1 - (x+1)^2(x-3)$.

Étape 1 On remarque que $(x+1)$ est le facteur commun : $C = (x+1) \times 1 - (x+1) \times (x+1)(x-3)$

Étape 2 On met $(x+1)$ en facteur. Attention, l'expression de départ comporte deux termes, il faut donc deux termes dans le crochet : $C = (x+1)[1 - (x+1)(x-3)]$

On développe et réduit ce qui est dans les crochets en utilisant la formule **(2)** :

$$C = (x+1)[-x^2 + 2x + 4]$$

Exemple 3 Factoriser $D = (3x-1)^2 - 16$.

Étape 1 Il n'y a pas de facteur commun.

Étape 2 On utilise la formule **(5)** : $(3x-1)^2 - 16 = (3x-1)^2 - 4^2$
$= (3x - 1 - 4)(3x - 1 + 4)$

On réduit ce qui est dans les parenthèses : $D = (3x-5)(3x+3)$

S'ENTRAÎNER

1 QUIZ

Dans chacun des cas suivants, cocher toutes les bonnes réponses.

1. $\dfrac{6^2}{3^2} =$ ☐ **a.** 2^2 ☐ **b.** 3^2 ☐ **c.** 2^0

2. $4^{-2} =$ ☐ **a.** 0,04 ☐ **b.** -4^2 ☐ **c.** $\dfrac{1}{16}$

3. $(5^2)^{-1} =$ ☐ **a.** -5^2 ☐ **b.** 5^{-2} ☐ **c.** $\dfrac{1}{25}$

4. $2^5 \times 4^2 =$ ☐ **a.** 8^7 ☐ **b.** 2^9 ☐ **c.** 8^{10}

2 **Sans réduction**

Développer les expressions suivantes.

$A = (3x-1)^2$ $B = (5-2x)(5+2x)$

$C = (3+4x)^2$ $D = -3(2-4x)$

$E = x(4x+1)$ $F = 2x(3x-5)$

3 **Avec réduction**

Développer et réduire les expressions suivantes.

$A = (3x+1)(4-5x)$ $B = 1 - (4x+3)^2$

$C = -(x-3)(2x+1)$ $D = (x-4)^2 - (3x+2)^2$

$E = (2x - \sqrt{2})(x\sqrt{2} + 1)$ $F = (\sqrt{2} + \sqrt{3})^2$

POUR VOUS AIDER

$(\sqrt{x})^2 = x$

(Pour les calculs avec les racines carrées, voir le chapitre 29.)

4 **Avec des puissances**

Simplifier au maximum les écritures suivantes, sans donner de valeur décimale.

a. $5^2 \times 5^{-4}$ **b.** $3 \times 3^2 \times 3^{-2}$ **c.** $\dfrac{3 \times 3^4 \times 3^9}{(3^2)^4}$

d. $\dfrac{4^2}{4^{-2}}$ **e.** $5^{-2} \times 7^5 \times 5^{10} \times 7^3$ **f.** $\dfrac{2^3 \times 5^2}{5^{-1} \times 2^4}$

g. $\dfrac{x^2 \times x^5}{x^3}$ **h.** $\dfrac{x^{-1} \times y^2}{x^{-5} \times y^{-4} \times x^4}$

5 **Puissances et factorisations**

1. Simplifier les expressions suivantes.

a. $2^n \times 2$ **b.** $\dfrac{2^{n+1}}{2^n}$ **c.** $3^{n+1} - 3^{n-1} \times 9$

2. Donner, par une factorisation, une simplification des expressions suivantes.

a. $2^{n+1} - 2^n$ **b.** $4^{n+2} - 4^{n+1} \times 3$ **c.** $\dfrac{3^{n+1} - 3^{n-1}}{3^{n+11} - 3^{n+9}}$

6 **Égalité**

Démontrer l'égalité pour a et b non nuls :

$$\frac{(a+b)^2 - (a-b)^2}{ab} = 4$$

7 **Triangle rectangle**

Pour tout entier n strictement positif, démontrer que le triangle dont les côtés ont pour longueurs A, B et C, tels que $A = 2n+1$, $B = 2n(n+1)$ et $C = 2n(n+1)+1$, est un triangle rectangle.

8 **De tête**

Factoriser et réduire de tête, si possible.

$A = 6x^2 - 7x$ $B = 4x^2 - 49$

$C = 3x^4 - 2x^3 + x^2$ $D = x^2 + 1$

$E = (2x+5)^2 - 36$

$F = (x+2)(3x-1) + (x+2)(5-x)$

9 **Factorisation et réduction**

Factoriser les expressions suivantes.

a. $49 - (2x+5)^2$

b. $(5x-2)(4x+5) - 3(5x-2) - (5x-2)^2$

c. $(x-3)^2 - (2x+4)^2$

d. $(3-4x)(x+2) + (4x-3)(3x+1)$

e. $(6-4x)(2x-3) + (3-2x)(5+x)$

f. $x^2 - 1 + (2x+5)(x-1) - 3x + 3 + x - 1$

10 **Simplification**

On considère les expressions suivantes.

$A = (a+b+c)^2 - (-a+b+c)^2$

$B = (a+b-c)^2 - (a-b+c)^2$

a. Factoriser A et B.

b. En déduire une expression simplifiée de $C = A + B$.

8 Équations et inéquations du premier degré

L'ESSENTIEL

Équation

● Une **équation** est une égalité qui comporte une inconnue. La résoudre, c'est trouver **le ou les nombres** pour lesquels l'égalité est vérifiée.

● Une équation du premier degré est une équation qui peut s'écrire sous la forme $ax + b = 0$, où a, b et x sont des nombres réels, avec $a \neq 0$.

● Une **équation du premier degré** possède **une solution unique**.

Exemple

Soit l'équation $2x+1=5$.
Le nombre $x=0$ n'est pas solution de cette équation car $2\times0+1$ n'est pas égal à 5.
Le nombre $x=2$ est la solution de cette équation car $2\times2+1=5$.

Inéquation

● Une **inéquation du premier degré** est une inéquation qui peut s'écrire sous la forme $ax + b \leqslant 0$.
La résoudre, c'est trouver **tous les nombres** qui vérifient cette inégalité.

Exemple

Soit l'inéquation $2x+1\geqslant5$.
0 n'est pas solution de cette inéquation car $2\times0+1$ n'est pas supérieur à 5.
12 est solution de cette inéquation car $2\times12+1$ est supérieur à 5, ainsi que 2 ou 8 ou 5,1…

Propriétés

● On **ne modifie pas** une **égalité** ou une **inégalité** lorsque l'on ajoute (ou retranche) un même nombre à chaque membre de l'égalité ou de l'inégalité.

● On **ne modifie pas** une **égalité** lorsque l'on multiplie (ou divise) par un même nombre non nul chaque membre de l'égalité.

ATTENTION !

Le raccourci « Quand on passe un nombre de l'autre côté de l'égalité, on change son signe » est faux et occasionne de nombreuses erreurs. Exemple $-3x = 5 \Leftrightarrow x = \frac{5}{-3}$.

● On **change le sens** d'une **inégalité** si on multiplie (ou divise) par un nombre strictement négatif de chaque côté de l'inégalité.

Signe d'une expression du premier degré

On réunit les résultats qui donnent le signe d'une expression du premier degré dans un tableau.

x	$-\infty$	$-\frac{b}{a}$	$+\infty$
Signe de $ax+b$	Signe de $-a$	0	Signe de a

Si $a > 0$, alors : $ax + b > 0 \Leftrightarrow ax > -b \Leftrightarrow x > -\frac{b}{a}$.

Si $a < 0$, alors : $ax + b > 0 \Leftrightarrow ax > -b \Leftrightarrow x < -\frac{b}{a}$.

LA MÉTHODE

Résoudre une équation ou une inéquation du premier degré

Étape 1 S'il y a des parenthèses, on commence par développer.
Étape 2 On cherche à isoler « les termes en x » en appliquant les propriétés données plus haut.

Exemple 1 Résoudre l'équation $2(-4x+5)=8(-0{,}5x+1)-7$.

Étape 1 On développe : $-8x+10=-4x+8-7$
Étape 2 On rassemble les termes en x à gauche de l'égalité (en appliquant la première propriété) :
$-8x+4x=8-7-10$
On réduit : $-4x=-9$
On divise de chaque côté du symbole « = » par -4 (deuxième propriété) : $x=\frac{9}{4}$
On note la solution sous la forme d'un ensemble : $S=\left\{\frac{9}{4}\right\}$.

Exemple 2 Résoudre l'inéquation $-6x-5\leqslant-4x+8$.

Étape 1 Il n'y a pas de parenthèses, on passe directement à l'étape 2.
Étape 2 On additionne $4x$ puis 5 dans les deux membres de l'inégalité.
On ne change donc pas le sens de l'inégalité : $-6x+4x\leqslant8+5$
On réduit : $-2x\leqslant13$
On divise par -2, on change donc le sens de l'inégalité : $\frac{-2x}{-2}\geqslant\frac{13}{-2}\Leftrightarrow x\geqslant-\frac{13}{2}$
Conclusion : $S=\left[-\frac{13}{2};+\infty\right[$

Faire rapidement le tableau de signes d'une expression du premier degré

Étape 1 On résout l'équation $ax + b = 0$.
Étape 2 On réunit les informations dans un tableau de signes.

Exemple Faire le tableau de signes de l'expression $2x + 8$.

Étape 1 On résout l'équation : $2x + 8 = 0 \Leftrightarrow 2x = -8 \Leftrightarrow x = -4$

Étape 2 On fait le tableau de signes.

x	$-\infty$		-4		$+\infty$
Signe de $2x + 8$		$-$ (signe de -2)	0	$+$ (signe de 2)	

Remarque : Pour compléter les signes du tableau, on peut aussi calculer $2x + 8$ pour une valeur supérieure ou inférieure à -4. Par exemple, si $x = 2$, on a $2x + 8 = 12$ et on en déduit que $2x + 8$ est positif sur $]-4\,;+\infty[$ et négatif sur $]-\infty\,;-4[$. (Voir aussi le signe d'une fonction affine au chapitre 27.)

S'ENTRAÎNER

1 QUIZ **Oui ou non ? Cocher la case qui convient.**

	oui	non
a. 1 est-il solution de $5x - 1 = 4 - 2x$?	☐	☐
b. 0 est-il solution de $3x + 1 \geqslant 5$?	☐	☐
c. -1 est-il solution de $-2x + 3 = x + 6$?	☐	☐
d. -4 est-il solution de $-2x + 1 < 9$?	☐	☐

2 Calcul mental

Résoudre de tête les équations.

a. $3x + 1 = 5$ **b.** $2 - 5x = 6$
c. $7x + 1 = 2x + 5$ **d.** $12 + 9x = 5x + 1$

3 Équations

Résoudre les équations.

a. $2(-3x + 2) = -4x + 5$ **b.** $x + 5 = \frac{2}{5}x - 3$

c. $3x + \sqrt{2} = x\sqrt{2} + 3$ **d.** $\frac{3x+5}{2} = \frac{\frac{1}{3}x + 1}{2}$

4 Mise en équation

Dans la figure ci-dessous, on a HK = 10 cm, AH = 6 cm, BK = 8 cm. On pose HM = x cm.

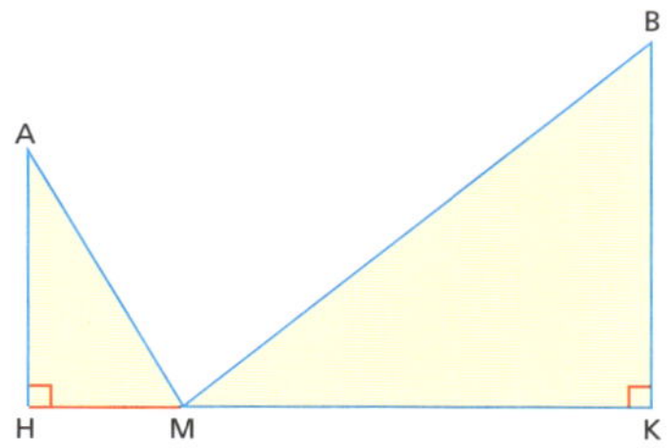

a. Déterminer x pour que les aires de AMH et de BMK soient égales.
b. Déterminer x pour que AM = BM.

5 Tableaux de signes

Compléter les tableaux de signes suivants.

a.

x	
Signe de $2x - 3$	

b.

x	
Signe de $6 - 2x$	

c.

x	
Signe de $4 + 5x$	

d.

x	
Signe de $-x$	

e.

x	
Signe de $4 - \frac{x}{3}$	

f.

x	
Signe de x	

6 Inéquations

Résoudre les inéquations suivantes.

a. $-3x + 1 > 7$ **b.** $x - 1 \leqslant 4x + 2$
c. $-2(4x - 5) < 4x + 6$ **d.** $\frac{2}{3}x + 5 \geqslant -4x + \frac{5}{2}$

7 Une course

Lucie et Basile font une course mais suivent chacun un parcours différent. Le départ et le retour des deux enfants ont lieu au point A. Lucie doit parcourir la longueur rouge et Basile la longueur bleue.
Quelle doit être la mesure de [AB] pour que les deux enfants parcourent la même distance ?

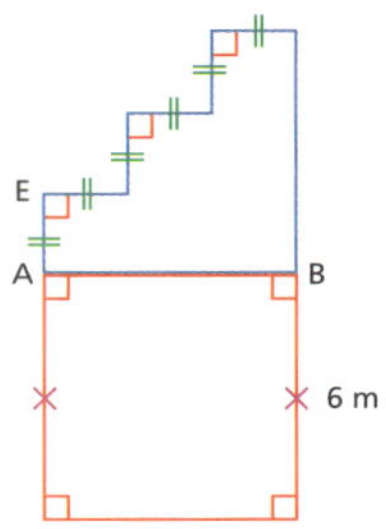

9 Systèmes d'équations

L'ESSENTIEL

Équation à deux inconnues

Exemple L'égalité $6x+3y=15$ comporte deux inconnues (x et y).

››› Si on donne à x la valeur 2, alors, pour que l'égalité soit vraie, il faut que $y=1$.

On dit que le couple (2 ; 1) est **solution** de l'équation $6x+3y=15$.

Une infinité de couples de nombres (x ; y) vérifient cette égalité, par exemple : (0 ; 5), (2,5 ; 0), (1 ; 3).

››› Les couples solutions peuvent être représentés dans un repère par des points de coordonnées (x ; y).

On remarque (et on peut démontrer) que ces points sont **alignés**. L'égalité correspond alors à une équation de la droite (D) représentée ci-dessous (voir chapitre 21).

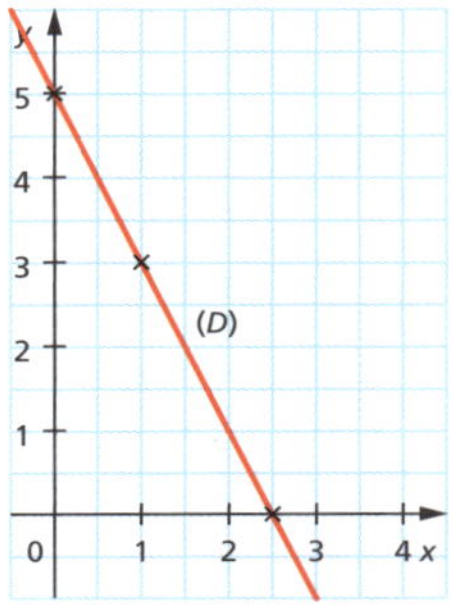

Système d'équations à deux inconnues

● Un système linéaire de deux équations à deux inconnues x et y se présente sous la forme : $\begin{cases} ax+by=c \\ a'x+b'y=c' \end{cases}$

● Résoudre ce système, c'est trouver **le (ou les) couple(s) de nombres** (x ; y) qui vérifient les deux égalités à la fois.

● Trois cas se présentent.

››› **Cas 1.** Les deux équations sont équivalentes car les coefficients sont proportionnels deux à deux. Il y a donc une **infinité de solutions**.

Graphiquement, les droites correspondant à chaque équation sont confondues.

Exemple $\begin{cases} x-y=15 \\ 2x-2y=30 \end{cases}$

››› **Cas 2.** Les deux équations sont incompatibles. Il n'y a alors **aucune solution**.

Graphiquement, les deux droites correspondantes sont parallèles, elles n'ont donc aucun point d'intersection.

Exemple $\begin{cases} x-y=1 \\ 2x-2y=3 \end{cases}$

››› **Cas 3.** Le système d'équations a un **couple unique de solutions**.

Graphiquement, les deux droites correspondantes sont sécantes. Elles ont donc un point d'intersection unique, de coordonnées x et y.

Exemple Le couple solution du système d'équations $\begin{cases} 6x+3y=15 \\ 4x-8y=-5 \end{cases}$ est le couple (x_A ; y_A), où x_A et y_A sont les coordonnées de A, le point d'intersection entre les droites (D) et (D') représentées ci-contre.

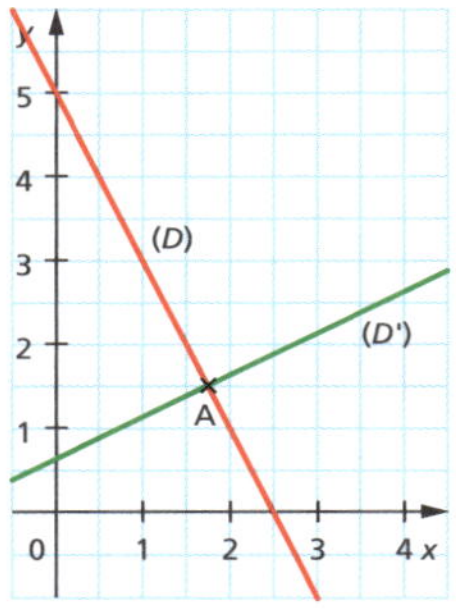

LA MÉTHODE

Résoudre un système d'équations à deux inconnues par la méthode de substitution

Étape 1 On exprime une inconnue en fonction de l'autre dans l'une des équations.

Étape 2 Dans la seconde équation, on remplace (substitue) cette inconnue par l'expression trouvée à l'étape 1.

Étape 3 On calcule la valeur de l'autre inconnue.

Exemple Résolvons le système d'équations suivant : $\begin{cases} 6x+3y=15 & (L_1) \\ 4x-8y=-5 & (L_2) \end{cases}$

Étape 1 Dans L_1, on exprime y en fonction de x :

$$6x+3y=15 \Leftrightarrow 3y=-6x+15 \Leftrightarrow y=\frac{-6x+15}{3}=\frac{3(-2x+5)}{3}=-2x+5$$

Étape 2 On remplace y par $-2x+5$ dans L_2. On obtient : $4x-8(-2x+5)=-5$.

$$4x-8(-2x+5)=-5 \Leftrightarrow 4x+16x-40=-5 \Leftrightarrow x=\frac{35}{20}=1{,}75$$

Étape 3 On calcule la valeur de y : $y=-2x+5=-2\times1{,}75+5=-3{,}5+5=1{,}5$.

Le couple solution (x ; y) est le couple (1,75 ; 1,5).

►

Résoudre un système d'équations à deux inconnues par la méthode de combinaison

Étape 1 On s'arrange, à l'aide de multiplications, pour que les coefficients des x ou des y soient opposés dans les deux équations.
Étape 2 On additionne membre à membre les deux équations et on fait ainsi « disparaître » une des inconnues. On résout alors l'équation à une inconnue obtenue.
Étape 3 On détermine la valeur de l'autre inconnue.

Exemple Reprenons le système linéaire de deux équations $\begin{cases} 6x+3y=15 & (L_1) \\ 4x-8y=-5 & (L_2) \end{cases}$

Étape 1 Pour « faire disparaître les x », on peut multiplier L_1 par 2 et L_2 par -3. On obtient :
$\begin{cases} 12x+6y=30 & \leftarrow \textit{résultat de } 2L_1 \\ -12x+24y=15 & \leftarrow \textit{résultat de } -3L_2 \end{cases}$
Étape 2 On additionne les deux égalités membre à membre, puis on en déduit la valeur de y.
$12x+6y+(-12x+24y)=30+15 \Leftrightarrow 12x+6y-12x+24y=45 \Leftrightarrow 30y=45 \Leftrightarrow y=\frac{45}{30}=1{,}5$
Étape 3 On calcule x en remplaçant y par 1,5 dans L_1 (ou L_2), voir la méthode précédente.
On obtient bien le couple (1,75 ; 1,5).

Remarques :
- Ici, la première équation peut se simplifier en divisant chaque membre de l'égalité par 3. On obtient alors : $2x+y=5$, ce qui simplifie les calculs.
- On peut vérifier que le résultat obtenu est exact en remplaçant x par 1,75 et y par 1,5 dans chacune des équations : $6\times1{,}75+3\times1{,}5=10{,}5+4{,}5=15$ et $4\times1{,}75-8\times1{,}5=7-12=-5$.

S'ENTRAÎNER

1 QUIZ

Dans chacun des cas suivants, déterminer l'unique bonne réponse.

1. Soit l'égalité : $3x-y=5$. On a :
☐ **a.** $y=-3x+5$ ☐ **b.** $y=3x+5$ ☐ **c.** $y=3x-5$

2. Soit le système d'équations : $\begin{cases} 2x+3y=5 & (L_1) \\ 2x+5y=3 & (L_2) \end{cases}$. Si on effectue le calcul L_1-L_2, on obtient :
☐ **a.** $-2y=2$ ☐ **b.** $2y=-2$ ☐ **c.** $8y=8$

3. Soit le système d'équations : $\begin{cases} -2x+3y=5 & (L_1) \\ 2x+5y=3 & (L_2) \end{cases}$. Si on effectue le calcul L_1+L_2, on obtient :
☐ **a.** $4x+8y=8$ ☐ **b.** $4x=8$ ☐ **c.** $8y=8$

2 Résolution de tête

Résoudre de tête les systèmes d'équations suivants.

a. $\begin{cases} 2x=0 \\ x+y=4 \end{cases}$ **b.** $\begin{cases} x=3 \\ x+2y=15 \end{cases}$ **c.** $\begin{cases} x+y=10 \\ x-y=2 \end{cases}$

3 Méthode au choix

Résoudre les systèmes d'équations.

a. $\begin{cases} 5x+4y=2 \\ 3x-6y=60 \end{cases}$ **b.** $\begin{cases} x+y=10 \\ 2x+4y=35 \end{cases}$

4 Avec le théorème de Pythagore

Dans la figure suivante, le triangle ABC est rectangle en B, le triangle ACD est rectangle en C, et les points A, B et D sont alignés.
On a AB = 8 cm, BC = 6 cm.
On pose BD = x cm et CD = y cm.
Déterminer les valeurs de x et de y.

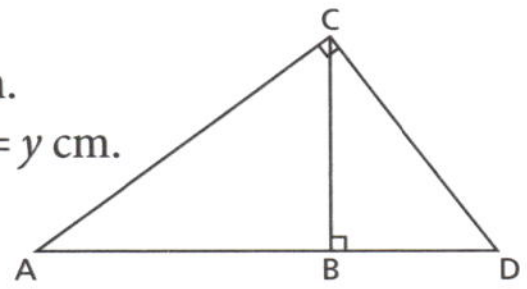

5 Longueur et largeur

Dans un rectangle, la longueur mesure 3 cm de plus que sa largeur. Le périmètre du rectangle est égal à 15 cm.
Déterminer la longueur et la largeur du rectangle.

6 Problèmes

a. Ce dimanche, Emmanuel est chargé de préparer le petit-déjeuner pour sa famille. Avec 10 € en poche, il achète à la boulangerie 6 croissants et 4 brioches. Il aurait voulu plutôt 6 brioches et 4 croissants, mais il lui manque 50 centimes.
Quel est le prix de chaque viennoiserie ?

b. Hector a un potager rectangulaire de 110 m de périmètre. Il voudrait augmenter sa surface de 8 m^2. Pour cela, il diminue la longueur de 1 m et augmente la largeur de 1 m.
Quelles sont les dimensions du nouveau potager ?

10 Équations du second degré

L'ESSENTIEL

Définition

Une équation du second degré est une équation qui peut s'écrire sous la forme $ax^2 + bx + c = 0$, où x, a, b, c sont des nombres réels, avec $a \neq 0$.

Exemples Voici trois équations du second degré :

(A) $(x-2)(x+3) = 0$;
(B) $x^2 = x$;
(C) $x^2 + 12x + 7 = 0$.

Résoudre une équation du second degré

● **Règle de résolution**

››› En Seconde, on ne saura pas résoudre toutes les équations du second degré (la méthode générale sera vue en Première). On utilisera ici la propriété vue en 3e : « Pour qu'un produit de facteurs soit nul, il faut qu'au moins l'un des facteurs soit nul. »

››› C'est pourquoi, pour résoudre une équation du second degré, on essaye de la ramener à un **produit de facteurs** du premier degré **égal à 0**.

Il faut d'abord transformer l'équation pour obtenir 0 d'un côté de l'égalité, puis factoriser l'expression obtenue de l'autre côté de l'égalité (voir le chapitre 7).

● **Nombre de solutions**

››› Une équation du second degré possède **une** solution, **deux** solutions ou **aucune** solution.

››› L'**ensemble des solutions** est noté S.

Exemples On reprend les exemples (A), (B) et (C).

››› (A) est déjà sous la forme d'un produit de facteurs égal à 0 :

$(x-2)(x+3) = 0 \Leftrightarrow x = 2$ ou $x = -3$

Donc $S = \{2 ; -3\}$.

››› L'équation (B) doit être transformée pour obtenir un produit nul. On met tous les termes dans le membre de gauche et on obtient ainsi 0 à droite.

(B) devient $x^2 - x = 0$.

On transforme cette somme en produit en factorisant (ici, x est facteur commun) :

$x(x-1) = 0$

D'où $S = \{0 ; 1\}$.

››› La factorisation de l'équation (C) n'apparaît pas de manière évidente. On ne peut donc pas résoudre cette équation en classe de Seconde.

LA MÉTHODE

Résoudre une équation du second degré

Étape 1 On cherche à obtenir une expression égale à 0.

Étape 2 On factorise l'expression obtenue afin d'obtenir un produit de facteurs du premier degré.

Étape 3 On applique la règle de résolution : pour qu'un produit de facteurs soit nul, il faut qu'au moins l'un des facteurs soit nul.

Exemple 1 Résoudre l'équation $(x+1)^2 = 9$.

Étape 1 On cherche à obtenir une expression égale à 0 :

$(x+1)^2 = 9 \Leftrightarrow (x+1)^2 - 9 = 0$

Étape 2 On factorise l'expression de gauche (voir le chapitre 7) :

$\Leftrightarrow (x+1)^2 - 3^2 = 0$

$\Leftrightarrow (x+1+3)(x+1-3) = 0$

$\Leftrightarrow (x+4)(x-2) = 0$

Étape 3 On applique la règle sur les produits nuls :

$\Leftrightarrow x+4 = 0$ ou $x-2 = 0$

$\Leftrightarrow x = -4$ ou $x = 2$

$S = \{-4 ; 2\}$.

Exemple 2 Résoudre l'équation $(x-2)(4x+5) = x^2 - 4$.

Étape 1 On cherche à obtenir une expression égale à 0 :

$(x-2)(4x+5) = x^2 - 4 \Leftrightarrow (x-2)(4x+5) - (x^2-4) = 0$

Étape 2 On factorise l'expression de gauche :

$\Leftrightarrow (x-2)(4x+5) - (x-2)(x+2) = 0$

$\Leftrightarrow (x-2)[(4x+5) - (x+2)] = 0$

$\Leftrightarrow (x-2)(3x+3) = 0$

Étape 3 On applique la règle sur les produits nuls :

$\Leftrightarrow x-2 = 0$ ou $3x+3 = 0$

$\Leftrightarrow x = 2$ ou $x = -1$

$S = \{-1 ; 2\}$.

1 QUIZ

Cocher les cases qui conviennent.

Parmi les équations du second degré suivantes, quelles sont celles qui peuvent se résoudre immédiatement, c'est-à-dire qui sont sous la forme d'un produit nul ?

☐ **a.** $x^2 = x$ ☐ **b.** $(x+1)(x+2) = 0$ ☐ **c.** $2x^2 - 4x = 0$

☐ **d.** $x(2x-1) = 0$ ☐ **e.** $(x+1)^2 = 0$

2 Équations de tête

Résoudre de tête les équations suivantes.

a. $(4x-2)(2x+3) = 0$
b. $x(-2x-3) = 0$
c. $x^2 + 5x = 0$
d. $x^2 = 25$
e. $x^2 + 2 = 0$
f. $(x+2)^2 = 0$
g. $x^2 = 0$

3 Équations à résoudre

Résoudre les équations suivantes.

a. $(2x+1)^2 = (4x+3)^2$
b. $x^2 + 6x = -9$
c. $16x^2 = 81$
d. $(2x-1)^2 = (3x-2)(2x-1)$

4 Mise en équation

Dans la figure ci-dessous, on a AC = 10 cm, AE = 8 cm, BC = x cm. L'objectif est de trouver pour quelle(s) valeur(s) de x les aires de BDC et de ABDE sont égales.

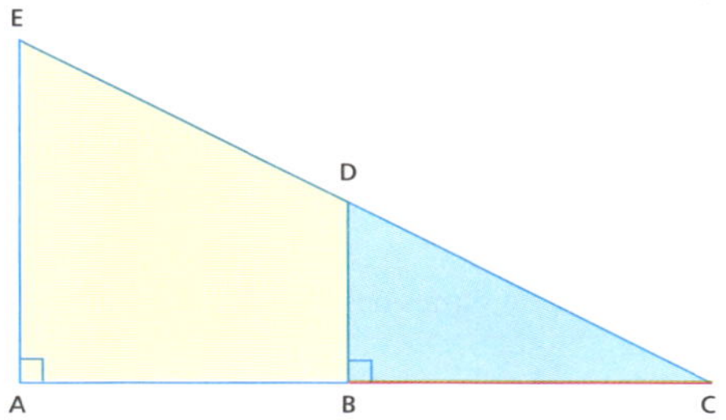

a. Exprimer BD en fonction de x.

POUR VOUS AIDER

Pensez au théorème de Thalès !

b. Exprimer les aires de BCD puis de ABDE en fonction de x.

c. Déterminer pour quelle(s) valeur(s) de x les aires de BCD et de ABDE sont égales.

5 Troisième degré

Claire a résolu une équation du troisième degré, mais sa réponse est incomplète. Corriger sa copie.

$x^3 + 9x = 6x^2$
Je divise par x de chaque côté.
$x^2 + 9 = 6x$
$\Leftrightarrow x^2 - 6x + 9 = 0$
$\Leftrightarrow (x-3)^2 = 0$
$S = \{3\}$

6 Cube ou triple ?

En voulant calculer le cube d'un nombre réel, un élève se trompe : il multiplie le réel par 3. Pourtant, son résultat est exact. Quel peut être ce nombre ?
Donner toutes les solutions possibles.

POUR VOUS AIDER

On peut appeler x le réel cherché, puis écrire une équation.

7 Différentes expressions

Soit $A(x) = x^2 + 2x - 3$.

1. Montrer que $A(x) = (x-1)(x+3)$, puis que $A(x) = (x+1)^2 - 4$.

2. Choisir l'une des trois expressions de A pour répondre aux consignes ci-dessous.

a. Résoudre $A(x) = 0$.
b. Résoudre $A(x) = -4$.
c. Résoudre $A(x) = -3$.

8 Une nouvelle méthode

On voudrait résoudre l'équation (E) : $x^2 - 2x - 8 = 0$.
Malheureusement, la factorisation du premier membre n'est pas évidente. Voici une façon de procéder :
$x^2 - 2x$ peut faire penser au début du développement de l'identité remarquable $x^2 - 2x + 1$. On a alors :

$$x^2 - 2x - 8 = 0 \Leftrightarrow (x^2 - 2x + 1) - 1 - 8 = 0$$
$$\Leftrightarrow (x-1)^2 - 9 = 0$$

On reconnaît la différence de deux carrés.

a. Terminer la résolution.

b. Utiliser cette méthode pour résoudre l'équation $x^2 + 6x - 7 = 0$.

9 Démonstration

Démontrer que, quel que soit le nombre réel x, $x^2 - 4x + 5 \geqslant 1$.
Rappel : Le carré d'un nombre réel est toujours positif.

10 Algorithme

Quelle(s) valeur(s) de a faut-il entrer dans l'algorithme ci-dessous pour afficher 0 en sortie ?

```
Variables : a, b, c, d
Début algorithme
Saisir a
    b prend la valeur a + 3
    c prend la valeur b²
    d prend la valeur c – 4
    Afficher d
Fin algorithme
```

11 Inéquations du second degré

L'ESSENTIEL

Signe d'une expression du second degré

Signe d'un produit

Il est facile de donner le signe d'un produit $A \times B$, connaissant les signes de A et de B.

- Si A et B sont de **même signe**, alors $A \times B > 0$;
- si A et B sont de **signes contraires**, alors $A \times B < 0$.

ATTENTION !

Pour une **somme**, on ne peut pas toujours conclure : si A et B sont de signes contraires, on ne peut pas en déduire le signe de $A + B$.

Tableau de signes

Pour étudier le signe d'une expression du second degré, il faut la factoriser afin d'obtenir un **produit d'expressions du premier degré**. Il ne reste plus alors qu'à faire un tableau de signes (voir le chapitre 8).

Résoudre une inéquation du second degré

- On transforme l'inéquation de façon à se ramener à l'étude du signe d'un produit, en mettant tous les termes dans le membre de gauche et 0 à droite.
- À l'aide d'un tableau, on déduit le signe du produit des signes des différents facteurs.
- La conclusion s'écrit sous la forme d'un **ensemble de solutions**.

Remarque : Si une inéquation contient plus de deux facteurs comprenant des expressions de x du premier ou du second degré, l'inéquation a un degré supérieur, mais elle se résout de la même façon.

Exemple L'inéquation du troisième degré $(3x + 1)(x - 2)(4 + 5x) > 0$ se résout avec un tableau de signes ayant 4 lignes.

LA MÉTHODE

Étudier le signe d'une expression

Étape 1 On factorise l'expression pour obtenir un produit de facteurs du premier degré.

Étape 2 On fait le tableau de signes du produit obtenu.

Étape 3 On conclut en donnant le signe de l'expression selon l'intervalle dans lequel se trouve l'inconnue.

Exemple On pose $A(x) = (2x + 3)^2 - (-3x + 5)^2$. Étudier le signe de $A(x)$.

Étape 1 On factorise $A(x)$ (voir le chapitre 7) :

$$A(x) = [(2x+3)+(-3x+5)][(2x+3)-(-3x+5)]$$
$$= (-x+8)(5x-2)$$

Étape 2 On fait le tableau de signes de $(-x+8)(5x-2)$.

On résout les équations $-x + 8 = 0$ et $5x - 2 = 0$, puis on fait le tableau de signes de $-x + 8$ et celui de $5x - 2$.

x	$-\infty$		8		$+\infty$
Signe de $-x+8$		+	0	−	

x	$-\infty$		$\frac{2}{5}$		$+\infty$
Signe de $5x-2$		−	0	+	

On fait alors le tableau de signes de $A(x)$. Pour cela :

- dans la première ligne, on place $\frac{2}{5}$ et 8 dans l'ordre croissant ;
- dans la deuxième ligne, on met les résultats du premier tableau ;
- dans la troisième ligne, on met les résultats du deuxième tableau ;
- dans la dernière ligne, on applique la règle du signe d'un produit.

x	$-\infty$		$\frac{2}{5}$		8		$+\infty$
Signe de $-x+8$		+		+	0	−	
Signe de $5x-2$		−	0	+		+	
Signe de $A(x)$		−	0	+	0	−	

Remarque : Par la suite, on fera directement ce dernier tableau, sans faire les deux précédents.

Étape 3 On conclut :

$A(x) = 0$ si $x = 8$ ou $x = \frac{2}{5}$;

$A(x) < 0$ si $x \in \left]-\infty ; \frac{2}{5}\right[\cup]8 ; +\infty[$;

$A(x) > 0$ si $x \in \left]\frac{2}{5} ; 8\right[$.

Résoudre une inéquation du second degré

Étape 1 On se ramène à une expression de la forme $A(x) < 0$ (ou $A(x) > 0$), où $A(x)$ est un produit de facteurs.

Étape 2 On fait le tableau de signes du produit obtenu.

Étape 3 On conclut en donnant l'intervalle solution de l'inéquation.

Exemple Résoudre l'inéquation $(2x+3)^2 < (-3x+5)^2$.

Étape 1 On ramène les termes du même côté du symbole : $(2x+3)^2 < (-3x+5)^2$
$\Leftrightarrow (2x+3)^2 - (-3x+5)^2 < 0$
On retrouve l'expression de l'exemple de la méthode précédente.

Étape 2 Résoudre l'inéquation $(2x+3)^2 < (-3x+5)^2$ revient donc à résoudre l'inéquation $A(x) < 0$.
Le tableau de signes est celui de l'exemple précédent.

Étape 3 Le tableau de signes donne l'ensemble solution de l'inéquation : $S = \left]-\infty ; \frac{2}{5}\right[\cup \left]8 ; +\infty\right[$.

S'ENTRAÎNER

1 QUIZ

Cocher les cases qui conviennent.

P_1 et P_2 sont deux réels positifs, N_1 et N_2 sont deux réels négatifs.
Parmi les expressions suivantes, quelles sont celles dont on peut connaître le signe ?

- ☐ **a.** $P_1 \times P_2$
- ☐ **b.** $P_1 + P_2$
- ☐ **c.** $N_1 \times N_2$
- ☐ **d.** $N_1 + N_2$
- ☐ **e.** $P_1 \times N_1$
- ☐ **f.** $P_1 + N_1$
- ☐ **g.** $P_1 \times P_2 \times N_1$
- ☐ **h.** $P_1 \times N_1 \times N_2$
- ☐ **i.** $P_1 + P_2 + N_1$

2 **Tableaux de signes**

Compléter les tableaux de signes suivants.

a.

x	
Signe de $3+3x$	
Signe de $-2x+4$	
Signe de $(3+3x)(-2x+4)$	

b.

x	
Signe de $3+3x$	
Signe de $2x+4$	
Signe de $(3+3x)(2x+4)$	

c.

x	
Signe de $-x$	
Signe de $-2x+4$	
Signe de $-x(-2x+4)$	

d.

x	
Signe de $4+\frac{x}{3}$	
Signe de $-2x+4$	
Signe de $\left(4+\frac{x}{3}\right)(-2x+4)$	

3 **Inéquations à résoudre**

Résoudre les inéquations suivantes.

a. $4x^2 \leqslant 12x$

b. $(2x+1)^2 > 9$

c. $(x+1)(-x+5) < (2x+2)$

4 **Triple et carré**

Chercher tous les nombres dont le triple est strictement supérieur au carré.

5 **Degré 3**

On pose $A(x) = (4-x^2)(3x+2)$.
Étudier le signe de $A(x)$.

6 **Un système d'inéquations**

Résoudre le système $\begin{cases} x^2-4 \leqslant 0 \\ 2x-1 \geqslant 0 \end{cases}$, c'est déterminer toutes les valeurs possibles de x pour lesquelles $x^2-4 \leqslant 0$ **et** $2x-1 \geqslant 0$.

a. Résoudre $x^2-4 \leqslant 0$.

b. Résoudre $2x-1 \geqslant 0$.

c. Regrouper les réponses des questions **a.** et **b.** pour résoudre le système puis conclure.

7 **Des rectangles**

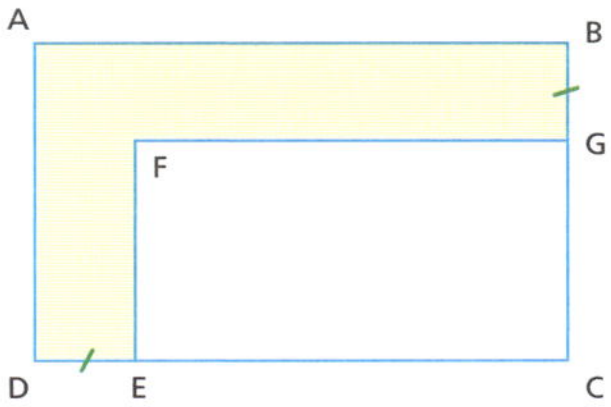

ABCD et EFGC sont des rectangles.
On a AB = 8, AD = 6, DE = BG = x.
Soit $\mathscr{A}$ et $\mathscr{A}'$ les aires respectives du rectangle EFGC et de la surface jaune.

a. Exprimer $\mathscr{A}$ et $\mathscr{A}'$ en fonction de x.

b. Vérifier que, quel que soit le réel x, on a $(x-12)(x-2) = x^2 - 14x + 24$.

c. Résoudre dans $\mathbb{R}$ l'inéquation $x^2 - 14x + 24 \geqslant 0$.

d. Trouver les valeurs de x pour lesquelles $\mathscr{A} \geqslant \mathscr{A}'$.

12 Équations quotients

L'ESSENTIEL

Opérations avec les quotients

● **Quotients égaux**

››› Les quotients ont déjà été vus au collège. Le principal changement en Seconde, c'est que les dénominateurs et les numérateurs peuvent être des expressions contenant des inconnues (x).

››› **Règle de base** : on ne change pas la valeur d'un quotient en multipliant (ou en divisant) le numérateur et le dénominateur par **un même nombre non nul**.

Exemples

$$\frac{3}{5}=\frac{4\times 3}{4\times 5}=\frac{12}{20}$$

$$\frac{2x}{x^2}=\frac{2\times x}{x\times x}=\frac{2}{x}, \text{ où } x\neq 0.$$

● **Somme**

On ne peut additionner ou soustraire deux quotients que **s'ils ont le même dénominateur**.

Dans ce cas, on applique la règle suivante :

$$\frac{a}{b}+\frac{c}{b}=\frac{a+c}{b} \quad \text{ou} \quad \frac{a}{b}-\frac{c}{b}=\frac{a-c}{b}$$

où a, b et c sont des nombres réels, $b\neq 0$.

ATTENTION !

En général, $\frac{a}{b}\neq\frac{a^2}{b^2}$.

Par exemple, $\frac{3}{4}\neq\frac{9}{16}$.

● **Produit**

Pour multiplier ou diviser des quotients, on applique les règles suivantes :

$$\frac{a}{b}\times\frac{c}{d}=\frac{a\times c}{b\times d} \quad \text{et} \quad \frac{\frac{a}{b}}{\frac{c}{d}}=\frac{a}{b}\times\frac{d}{c}$$

où a, b, c et d sont des nombres réels, $b\neq 0$, $c\neq 0$, $d\neq 0$.

Résolution d'équations

● **Produit en croix**

››› Pour résoudre des équations quotients, on peut appliquer la règle suivante :

$$\frac{a}{b}=\frac{c}{d}\Leftrightarrow a\times d=c\times b$$

où a, b, c et d sont des nombres réels, $b\neq 0$ et $d\neq 0$.

››› Cas particulier du quotient nul :

$$\frac{a}{b}=0\Leftrightarrow\frac{a}{b}=\frac{0}{1}\Leftrightarrow a\times 1=b\times 0\Leftrightarrow a=0$$

« Un quotient est nul » équivaut à « Le numérateur est nul ».

● **Valeurs interdites**

Dans un quotient, il est impossible d'avoir 0 au dénominateur : **on ne peut pas diviser par 0**.

Les **valeurs interdites** d'un quotient sont les valeurs pour lesquelles le dénominateur est égal à 0.

Remarque : On a choisi ici d'appeler les équations qui s'écrivent sous forme de fractions des « équations quotients ». On fera de même pour les « inéquations quotients ».

LA MÉTHODE

Réduire des fractions au même dénominateur

Étape 1 On cherche un dénominateur commun. Le produit des dénominateurs convient toujours, mais, afin de simplifier les calculs, il faut vérifier s'il n'y a pas un multiple commun plus petit.

Étape 2 On transforme les fractions en appliquant la règle de base sur un quotient.

Exemple Écrire sous forme d'une seule fraction l'expression $A=\frac{5}{x+1}-\frac{3}{x}$.

Étapes 1 et 2 On prend $x(x+1)$ comme dénominateur commun :

$$A=\frac{5x}{(x+1)x}-\frac{3(x+1)}{x(x+1)}=\frac{5x-3(x+1)}{x(x+1)}=\frac{5x-3x-3}{x(x+1)}=\frac{2x-3}{x(x+1)}$$

Remarque : Dans la plupart des cas, **il faut éviter de développer le dénominateur**, car l'objectif est souvent d'étudier le signe d'une expression. Pour cela, il vaut mieux qu'il puisse s'écrire sous la forme d'un produit.

Résoudre une équation quotient

Étape 1 On cherche les valeurs interdites, c'est-à-dire les valeurs pour lesquelles les dénominateurs des quotients sont égaux à 0. On éliminera ces valeurs de l'ensemble solution trouvé.

Étape 2 On réduit au même dénominateur pour obtenir un seul quotient de chaque côté de l'égalité.

Étape 3 On applique la règle d'égalité des produits en croix.

Exemple Résoudre l'équation $\frac{4}{x^2-4} - \frac{1}{x-2} = \frac{-1}{2}$. On appelle (E) cette équation.

Étape 1 Trouver les valeurs interdites, c'est résoudre les équations $x^2 - 4 = 0$ et $x - 2 = 0$.
Les solutions de l'équation $x^2 - 4 = 0$ sont $x = 2$ et $x = -2$ (voir le chapitre 10).
La solution de l'équation $x - 2 = 0$ est $x = 2$.
Les valeurs interdites sont donc 2 et – 2.

Étape 2 On trouve un même dénominateur pour les quotients du premier membre de l'égalité.
On remarque que $x^2 - 4 = (x+2)(x-2)$:
$$\frac{4}{x^2-4} - \frac{x+2}{x^2-4} = -\frac{1}{2} \Leftrightarrow \frac{4-(x+2)}{x^2-4} = -\frac{1}{2} \Leftrightarrow \frac{2-x}{x^2-4} = -\frac{1}{2} = \frac{-1}{2}$$

Étape 3 On utilise la règle des produits en croix et on obtient $2(2-x) = -1(x^2-4)$, avec $x \neq 2$ et $x \neq -2$.
On résout cette équation :
$2(2-x) = -1(x^2-4) \Leftrightarrow x^2 - 2x = 0 \Leftrightarrow x(x-2) = 0 \Leftrightarrow x = 0$ ou $x = 2$.
2 est une des valeurs interdites, 0 est donc l'unique solution de l'équation (E). D'où $S = \{0\}$.

S'ENTRAÎNER

1 QUIZ

Calculer de tête chaque expression et la relier à sa valeur.

$\frac{1}{5}+\frac{1}{6}$	$\frac{2}{3}+2$	$\frac{5}{4}+\frac{1}{2}$	$\frac{1}{3}-1$	$5\times\frac{2}{6}$	$13\times\frac{4}{13}$
4	$\frac{11}{30}$	$\frac{7}{4}$	$\frac{10}{6}$	$\frac{8}{3}$	$-\frac{2}{3}$

2 Nombre manquant

Écrire le nombre manquant dans chacun des cas suivants.

a. $\frac{5}{6} = \frac{\dots\dots}{42}$ **b.** $\frac{12}{20} = \frac{3}{\dots\dots}$

c. $\frac{6x}{4} = \frac{\dots\dots}{8}$ **d.** $\frac{3}{x} = \frac{\dots\dots}{x^2}$

e. $\frac{4}{x+1} = \frac{4(x-1)}{\dots\dots}$ **f.** $\frac{x+3}{4} = \frac{\dots\dots}{8x}$

g. $\frac{3}{x-5} = \frac{\dots\dots}{x^2-25}$ **h.** $\frac{x^2}{2x} = \frac{\dots\dots}{2}$

i. $\frac{2(x+6)}{4} = \frac{x+6}{\dots\dots}$ **j.** $\frac{x(2x+6)}{2x^2} = \frac{2x+6}{\dots\dots} = \frac{\dots\dots}{x}$

3 Même dénominateur

Dans chaque cas, on veut réduire deux expressions au même dénominateur. Compléter le tableau suivant.

Expressions	Dénominateur commun	La première fraction devient...	La deuxième fraction devient...
$\frac{2}{x}$ et $\frac{3}{2x-3}$	$x(2x-3)$	$\frac{2}{x} = \frac{2(2x-3)}{x(2x-3)}$	
$\frac{2}{x}$ et $\frac{3}{4}$			
$\frac{2x+1}{x^2}$ et $\frac{5}{3x^3}$			
$\frac{4}{x+1}$ et $\frac{5}{3x+3}$	$3x+3$		

4 Somme de fractions

Écrire chaque expression sous la forme d'une seule fraction simplifiée.

$A = \frac{5}{x} + \frac{2}{3x}$ $B = \frac{5}{8x} - \frac{7}{6x}$

$C = \frac{5}{x^2-1} + \frac{6}{x+1}$ $D = \frac{4x+1}{2x-1} - \frac{2-3x}{5x+2}$

$E = \frac{5x+1}{x^2} + \frac{3}{2x}$

5 Mentalement

Résoudre mentalement les équations suivantes.

a. $\frac{x}{6} = \frac{5}{2}$ **b.** $\frac{4x-1}{2x+3} = 0$ **c.** $\frac{x^2-9}{x+3} = 0$

d. $\frac{x}{2} = \frac{8}{x}$ **e.** $\frac{3x+1}{2x} = 4$

6 Quotients

Résoudre les équations.

a. $\frac{2x+3}{5} = \frac{2}{3}$ **b.** $\frac{2x+5}{3} - \frac{x-1}{2} = 3$

c. $\frac{x^2+1}{x} = 2$ **d.** $\frac{3x}{x^2+2} = \frac{4}{x^2+2}$

e. $\frac{3x^2-6x}{x} = 0$ **f.** $\frac{1}{x-3} = \frac{1}{x^2-9}$

13 Inéquations quotients

L'ESSENTIEL

Propriétés

Les **règles des signes** d'un quotient sont les mêmes que celles d'un produit.

- Si N et D sont de même signe, alors $\dfrac{N}{D} > 0$.
- Si N et D sont de signes contraires, alors $\dfrac{N}{D} < 0$.

ATTENTION !

Le quotient $\dfrac{N}{D}$ n'existe pas si $D = 0$.

Résolution d'inéquations

- Une inéquation contenant des écritures fractionnaires doit se ramener à une inéquation du type :

$$\frac{N(x)}{D(x)} \leqslant 0 \quad \left(\text{ou } \frac{N(x)}{D(x)} \geqslant 0\right).$$

- Les deux consignes « résoudre une inéquation » et « étudier le signe d'une expression » correspondent alors au même travail, seule la conclusion change (voir le chapitre 11).

LA MÉTHODE

Étudier le signe d'une expression contenant des écritures fractionnaires

Étape 1 On transforme l'expression en un seul quotient.
Étape 2 On factorise éventuellement pour obtenir un quotient de produits de facteurs.
Étape 3 On fait le tableau de signes.
Étape 4 On conclut en donnant le signe de l'expression selon les intervalles.

Exemple Étudier le signe de $A(x)$, où $A(x) = \dfrac{2x+4}{-4x+6} + 3$.

Étapes 1 et 2 On transforme l'expression en un seul quotient :

$$\frac{2x+4}{-4x+6} + 3 = \frac{2x+4}{-4x+6} + \frac{3}{1} = \frac{2x+4}{-4x+6} + \frac{3(-4x+6)}{-4x+6} = \frac{2x+4+3(-4x+6)}{-4x+6}$$

$$= \frac{2x+4-12x+18}{-4x+6} = \frac{-10x+22}{-4x+6}$$

Étape 3 On fait le tableau de signes de $\dfrac{-10x+22}{-4x+6}$ en tenant compte de la valeur interdite (voir le chapitre 12).

x	$-\infty$		$\frac{3}{2}$		$\frac{11}{5}$		$+\infty$
Signe de $-10x+22$		+	|	+	0	−	
Signe de $-4x+6$		+	0	−	|	−	
Signe de $\dfrac{-10x+22}{-4x+6}$		+	‖	−	0	+	

$\dfrac{3}{2}$ est la solution de l'équation $-4x+6=0$.

$\dfrac{11}{5}$ est la solution de l'équation $-10x+22=0$.

Le dénominateur de $\dfrac{-10x+22}{-4x+6}$ ne peut pas être égal à 0. C'est le cas lorsque $x = \dfrac{3}{2}$.

La **double barre** du tableau indique que $\dfrac{-10x+22}{-4x+6}$ n'existe pas si $x = \dfrac{3}{2}$.

La fraction $\dfrac{-10x+22}{-4x+6}$ est égale à 0 si $-10x+22=0$. C'est le cas si $x = \dfrac{11}{5}$.

Étape 4 On conclut en donnant le signe de l'expression selon les intervalles :

$A(x)=0$ si $x=\dfrac{11}{5}$; $A(x)<0$ si $x \in \left]\dfrac{3}{2};\dfrac{11}{5}\right[$; $A(x)>0$ si $x \in \left]-\infty;\dfrac{3}{2}\right[\cup \left]\dfrac{11}{5};+\infty\right[$.

Résoudre une inéquation quotient

Étape 1 On commence par se ramener à une inéquation du type $\frac{N(x)}{D(x)} \geqslant 0 \left(\text{ou } \frac{N(x)}{D(x)} \leqslant 0\right)$.

Étape 2 On fait le tableau de signes de $\frac{N(x)}{D(x)}$.

Étape 3 On conclut en donnant l'intervalle solution de l'inéquation.

Exemple Résoudre l'inéquation $\frac{2x+4}{-4x+6} \geqslant -3$.

Étape 1 On se ramène à une inéquation du type $\frac{N(x)}{D(x)} \geqslant 0$:

$\frac{2x+4}{-4x+6} \geqslant -3 \Leftrightarrow \frac{2x+4}{-4x+6} + 3 \geqslant 0$.

Étape 2 On retrouve, à gauche du symbole $\geqslant$, l'expression de la méthode précédente, celui de $A(x)$.

Résoudre l'inéquation $\frac{2x+4}{-4x+6} \geqslant -3$ est donc équivalent à résoudre l'inéquation $A(x) \geqslant 0$.

Étape 3 Le tableau de signes de la méthode précédente donne l'ensemble solution de l'inéquation :

$S = \left]-\infty ; \frac{3}{2}\right[\cup \left[\frac{11}{5} ; +\infty\right[$.

S'ENTRAÎNER

1 QUIZ

Cocher la case qui convient.

Les nombres N_i sont des réels négatifs, les nombres P_i sont des réels positifs.

Quel est le signe des quotients suivants ?

		positif	négatif
a.	$\frac{N_1P_1}{P_2}$	☐	☐
b.	$\frac{P_2N_1N_2P_1}{P_3N_3}$	☐	☐
c.	$\frac{(N_1)^{12}P_1}{(P_2)^{14}(N_2)^5}$	☐	☐
d.	$\frac{N_1}{P_1} \times \frac{P_2}{N_2}$	☐	☐

2 **Tableaux de signes**

Compléter les tableaux suivants.

a.

x	
Signe de $4x-2$	
Signe de $-2-x$	
Signe de $\frac{4x-2}{-2-x}$	

b.

x	
Signe de $4x-2$	
Signe de $-2-x$	
Signe de $\frac{-2-x}{4x-2}$	

c.

x	
Signe de $x+3$	
Signe de $\frac{1}{2}x-4$	
Signe de $\frac{x+3}{\frac{1}{2}x-4}$	

d.

x	
Signe de $3-\frac{2}{3}x$	
Signe de $5x$	
Signe de $\frac{5x}{3-\frac{2}{3}x}$	

3 **Avec des quotients**

Résoudre les inéquations.

a. $\frac{-2x-4}{3x+5} < 1$ **b.** $\frac{4x-x^2}{2x-8} \leqslant 2$

4 **Question d'inverse**

Chercher tous les nombres dont l'inverse est inférieur ou égal à 2.

5 **Quel signe ?**

On pose $A(x) = \frac{x-x^2}{2x+3}$. Étudier le signe de $A(x)$.

POUR VOUS AIDER

Il faut d'abord factoriser le numérateur. Le tableau de signes aura une ligne supplémentaire.

14 Calculs dans un repère du plan

L'ESSENTIEL

Coordonnées dans un repère du plan

- Deux axes de même origine O et munis d'une unité de graduation sur chaque axe forment un **repère du plan**.
Un tel repère est noté (O ; I, J).

- Un repère **orthonormé** est un repère tel que le triangle OIJ est rectangle isocèle en O (ici OI = 1 et OJ = 1).

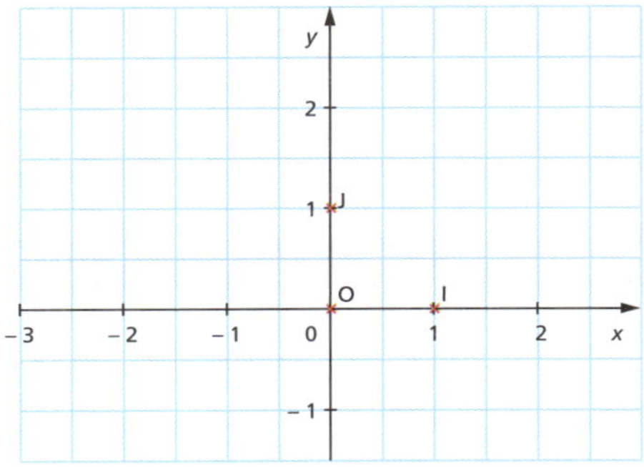

- Chaque point du plan est alors repéré par deux nombres appelés **coordonnées**.
La droite (OI) est l'axe des **abscisses** et la droite (OJ) est l'axe des **ordonnées**.

INFO

Il existe des repères dont les axes ne sont pas perpendiculaires, ils sont peu utilisés au lycée. En revanche, il faut être vigilant aux unités, le repère n'étant pas toujours normé.

Exemple

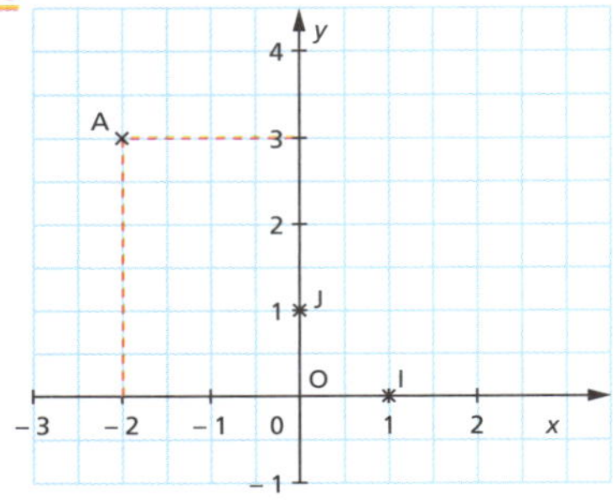

L'abscisse de A est $x_A = -2$, l'ordonnée de A est $y_A = 3$. On note A(–2 ; 3).
On lit : « A a pour coordonnées –2 et 3. »

Calculs dans un repère

Soit (O ; I, J) un repère orthonormé du plan.
Soit $A(x_A ; y_A)$ et $B(x_B ; y_B)$ deux points de ce plan.

- **Longueur d'un segment**
La distance AB est :

$$AB = \sqrt{(x_B - x_A)^2 + (y_B - y_A)^2}$$

- **Coordonnées du milieu d'un segment**
Soit M le milieu du segment [AB]. On a :

$$x_M = \frac{x_A + x_B}{2} \quad \text{et} \quad y_M = \frac{y_A + y_B}{2}$$

ATTENTION !

Les coordonnées du milieu sont une moyenne, on additionne les coordonnées.

LA MÉTHODE

Montrer qu'un triangle est rectangle

Étape 1 On calcule les carrés des longueurs des trois côtés en utilisant la formule du cours ci-dessus.
Étape 2 On compare le plus grand des nombres trouvés avec la somme des deux autres.
Étape 3 On conclut en utilisant la réciproque du théorème de Pythagore ou sa contraposée (voir le chapitre 1).

Exemple

Soit trois points A(0 ; 8), B(4 ; 0) et C(12 ; 3). Le triangle ABC est-il rectangle ?

Étape 1 On a :
$AB^2 = (4 - 0)^2 + (0 - 8)^2 = 16 + 64 = 80$
$AC^2 = (12 - 0)^2 + (3 - 8)^2 = 144 + 25 = 169$
$BC^2 = (12 - 4)^2 + (3 - 0)^2 = 64 + 9 = 73$
Étape 2 On a $AB^2 + BC^2 = 153$ et $AC^2 = 169$.
Étape 3 $AB^2 + BC^2 \neq AC^2$, donc, d'après la contraposée du théorème de Pythagore, le triangle ABC n'est pas rectangle.

Montrer qu'un quadrilatère est un parallélogramme

Étape 1 On calcule les coordonnées du milieu de chaque diagonale.
Étape 2 On compare les résultats : si ce sont les mêmes, alors les diagonales du quadrilatère ont le même milieu, c'est donc un parallélogramme.

Exemple

Soit quatre points A(1 ; 2), B(6 ; 0), C(3 ; –3) et D(–2 ; –1).
Montrer que ABCD est un parallélogramme.

Étape 1 Soit M le milieu de [AC]. Les coordonnées de M sont :

$x_M = \frac{x_A + x_C}{2} = \frac{1+3}{2} = 2$ et $y_M = \frac{y_A + y_C}{2} = \frac{2-3}{2} = -\frac{1}{2}$.

Soit N le milieu de [BD]. Les coordonnées de N sont :

$x_N = \frac{x_B + x_D}{2} = \frac{6-2}{2} = 2$ et $y_N = \frac{y_B + y_D}{2} = \frac{0-1}{2} = -\frac{1}{2}$.

Étape 2 Les points M et N ont les mêmes coordonnées, ils sont donc confondus.
Les diagonales [AC] et [BD] du quadrilatère ABCD ont le même milieu, c'est donc un parallélogramme.

S'ENTRAÎNER

1 QUIZ

Compléter les phrases suivantes en calculant de tête.

a. Le milieu de 3 et 6 est ......
b. 0,5 est le milieu de –5 et ......
c. 9 est le milieu de 3 et ......
d. Le milieu de –3 et 8 est ......
e. Le milieu de 2,5 et 7,5 est ......
f. 7 est le milieu de 10,5 et ......

2 Des opposés

a. Dans un repère du plan, que peut-on dire de deux points ayant la même abscisse mais des ordonnées opposées ?
b. Que peut-on dire de deux points ayant la même ordonnée mais des abscisses opposées ?
c. Que peut-on dire de deux points ayant leurs abscisses et leurs ordonnées opposées ?

3 Trouver le repère

a. Connaissant les coordonnées des points A(–3 ; 1) et B(–1 ; –2), donner les coordonnées de E et F.

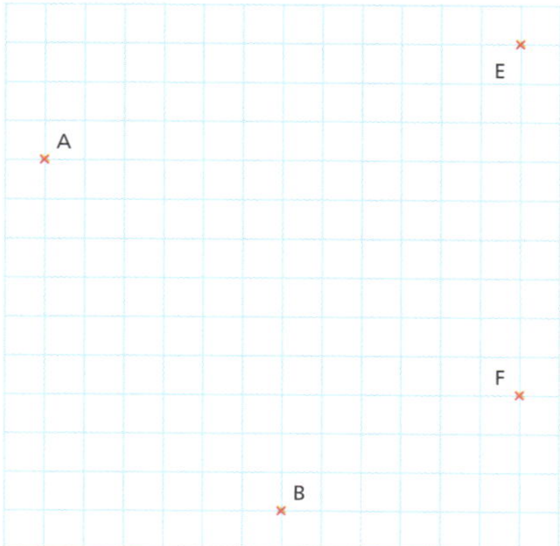

b. Calculer les coordonnées du milieu L de [AB].
c. Calculer AB.

4 Symétrique

Dans un repère orthonormé (O ; I, J), on donne les points P(5 ; 1) et R(–2 ; 6). Calculer les coordonnées du symétrique R′ de R par rapport au point P.

5 Parallélogramme

Dans un repère orthonormé (O ; I, J), on donne les points B(1 ; 2), L(2 ; –3), E(– 4 ; 0) et U(–5 ; 5).
a. Faire une figure.
b. Montrer que BLEU est un parallélogramme.
c. BLEU est-il un losange ?

6 Parallélogramme incomplet

Dans un repère orthonormé (O ; I, J), on donne les points E(2 ; –1), F(–2 ; 3) et G(–5 ; – 4).
Calculer les coordonnées du point H tel que EFGH soit un parallélogramme.

7 Triangle et cercle circonscrit

a. Dans un repère orthonormé (O ; I, J), placer les points A(–2 ; 3), B(5 ; 6) et C(1 ; – 4).
Déterminer la nature du triangle ABC.
b. Calculer l'aire du triangle ABC.
c. Calculer l'aire du disque formé par le cercle circonscrit au triangle ABC.

8 Carré

Dans un repère orthonormé (O ; I, J), on donne les points A(1 ; 3), B(2 ; –1), C(–2 ; –2) et D(–3 ; 2).
Montrer que ABCD est un carré.

9 Milieu et longueur

a. Dans un repère orthonormé (O ; I, J), placer les points R(5 ; 5), S(–3 ; 3) et T(1 ; –3).
b. Soit K le milieu de [RT] et H le milieu de [RS].
Donner, par lecture graphique, les coordonnées de H et K.
Calculer la longueur HK et la comparer à TS.

15 Vecteurs et translations

L'ESSENTIEL

Translation

● Soit A, B et C trois points du plan.
Dire que « le point D est l'image de C par la **translation** qui transforme A en B » est équivalent à dire que « ABDC est un **parallélogramme** ».

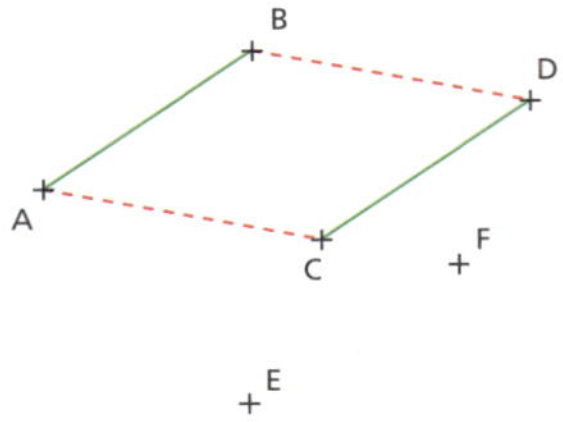

● De la même façon, F est l'image de E par cette translation. On dit que la translation ainsi définie est une **translation de vecteur $\overrightarrow{AB}$**. On peut aussi l'appeler translation de vecteur $\overrightarrow{CD}$ ou $\overrightarrow{EF}$.

● On dit que les vecteurs $\overrightarrow{AB}$, $\overrightarrow{CD}$ et $\overrightarrow{EF}$ sont égaux :
$\overrightarrow{AB} = \overrightarrow{CD} = \overrightarrow{EF} = \vec{u}$.

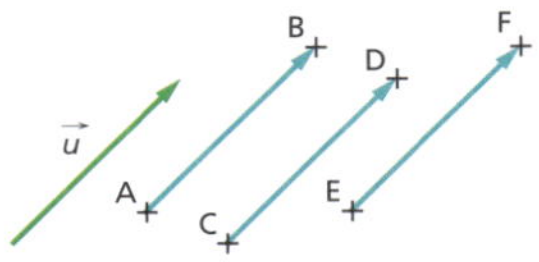

Vecteurs

● Deux vecteurs sont égaux s'ils ont la même **direction** (c'est-à-dire qu'ils sont portés par des droites parallèles), le même **sens** et la même **longueur** (que l'on appelle la **norme**).

● Chaque vecteur admet donc une infinité de représentants.

● Un vecteur a une **origine** et une **extrémité** : l'origine du vecteur $\overrightarrow{AB}$ est le point A, son extrémité est le point B.

Propriétés

● Dire que deux vecteurs $\overrightarrow{AB}$ et $\overrightarrow{CD}$ sont égaux équivaut à dire que [AD] et [BC] ont le même milieu.

● Dire que deux vecteurs $\overrightarrow{AB}$ et $\overrightarrow{BC}$ sont égaux équivaut à dire que B est le milieu de [AC].

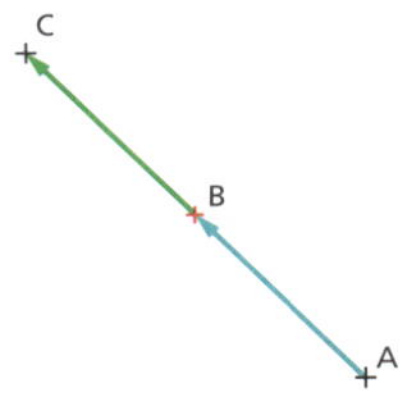

Cas particulier : $\overrightarrow{AA}$ est le **vecteur nul**. On écrit : $\overrightarrow{AA} = \vec{0}$.

LA MÉTHODE

Tracer un autre représentant d'un vecteur donné

Étape 1 On repère le point d'origine du nouveau vecteur.

Étape 2 Partant de cette origine, on reporte la norme du vecteur avec un compas.

Étape 3 Partant de l'extrémité du vecteur, on reporte la distance entre les deux origines.

Exemple

Tracer un représentant du vecteur $\vec{u}$.

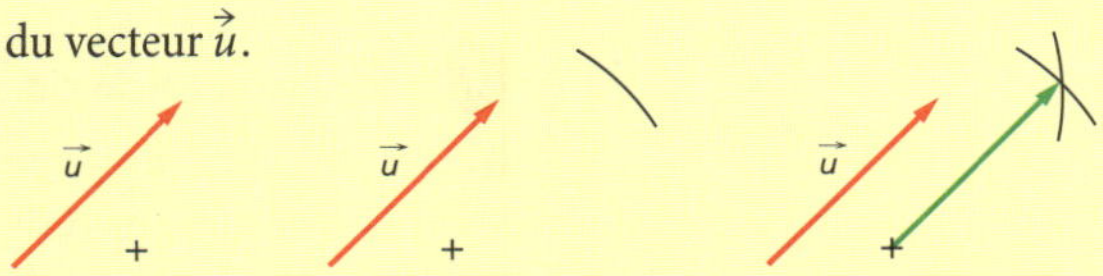

Étape 1 **Étape 2** **Étape 3**

Démontrer qu'un quadrilatère est un parallélogramme

Étape 1 On repère quelle égalité de vecteurs l'on peut démontrer.

Étape 2 On traduit l'énoncé par des égalités de vecteurs afin d'obtenir l'égalité cherchée.

Exemple

ABCD et BCEF sont des parallélogrammes.
Démontrer que ADEF est un parallélogramme.

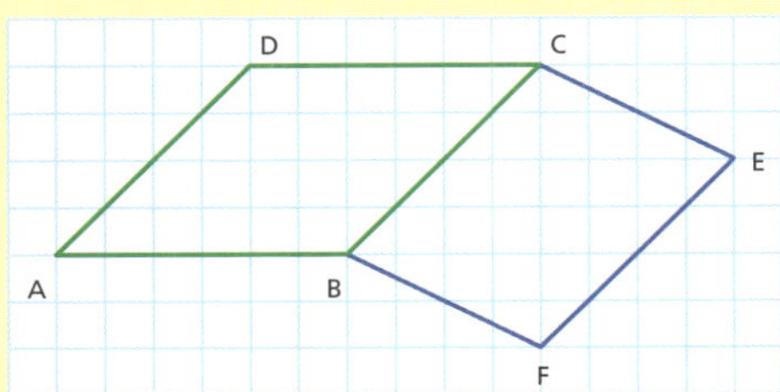

Étape 1 On veut montrer que ADEF est un parallélogramme.
On peut donc montrer, par exemple, que $\overrightarrow{AD} = \overrightarrow{FE}$.

Étape 2 ABCD est un parallélogramme, donc $\overrightarrow{AD} = \overrightarrow{BC}$.
BCEF est un parallélogramme, donc $\overrightarrow{BC} = \overrightarrow{FE}$.
On a $\overrightarrow{AD} = \overrightarrow{BC}$ et $\overrightarrow{BC} = \overrightarrow{FE}$, donc $\overrightarrow{AD} = \overrightarrow{FE}$.
Et $\overrightarrow{AD} = \overrightarrow{FE}$ permet de conclure que ADEF est un parallélogramme.

S'ENTRAÎNER

1 QUIZ

Cocher parmi les deux propositions celle qui convient.

1. ABC est isocèle en A. ⇔ ☐ **a.** $AB = AC$ ☐ **b.** $\overrightarrow{AB} = \overrightarrow{AC}$

2. ABCD est un parallélogramme. ⇔ ☐ **a.** $AB = DC$ ☐ **b.** $\overrightarrow{AB} = \overrightarrow{DC}$

3. M est le milieu de [AB]. ⇔ ☐ **a.** $AM = MB$ ☐ **b.** $\overrightarrow{AM} = \overrightarrow{MB}$

4. M appartient à la médiatrice de [AB]. ⇔ ☐ **a.** $AM = MB$ ☐ **b.** $\overrightarrow{AM} = \overrightarrow{MB}$

2 Translation de points

a. Sur la figure suivante, la translation qui transforme M en P transforme A en B. Placer B.

b. Construire le point C, image de P par la translation de vecteur $\overrightarrow{BM}$.

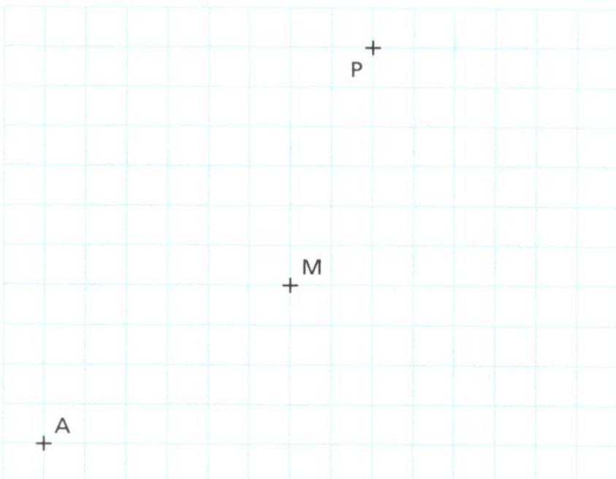

POUR VOUS AIDER

Attention ! Le sens de la flèche (donc du déplacement) est primordial : $\overrightarrow{AB} \neq \overrightarrow{BA}$.

3 Rectangles

Sur la figure suivante, ABCD et DCEF sont des rectangles de mêmes dimensions.

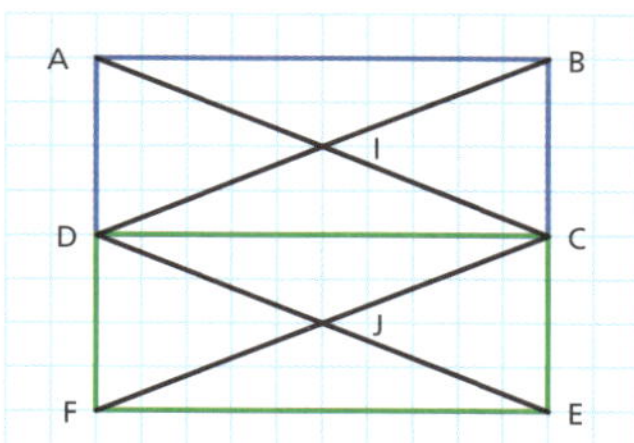

a. Compléter les égalités.

$\overrightarrow{DI} = \overrightarrow{\ldots B}$ $\qquad$ $\overrightarrow{AI} = \overrightarrow{J\ldots}$

$\overrightarrow{A\ldots} = \overrightarrow{CE}$ $\qquad$ $\overrightarrow{J\ldots} = \overrightarrow{BI}$

b. Citer les vecteurs égaux au vecteur $\overrightarrow{AB}$.

c. Citer les vecteurs égaux au vecteur $\overrightarrow{EC}$.

d. Citer les vecteurs égaux au vecteur $\overrightarrow{DI}$.

4 Dans l'ordre

On donne l'égalité suivante : $\overrightarrow{AB} = \overrightarrow{RP}$.
Parmi les quadrilatères suivants, lesquels sont un parallélogramme ?

a. ABRP **b.** ABPR **c.** ARBP **d.** ARPB

5 Tracé de vecteur

Dans chacun des cas, tracer le représentant d'origine O du vecteur $\vec{u}$.

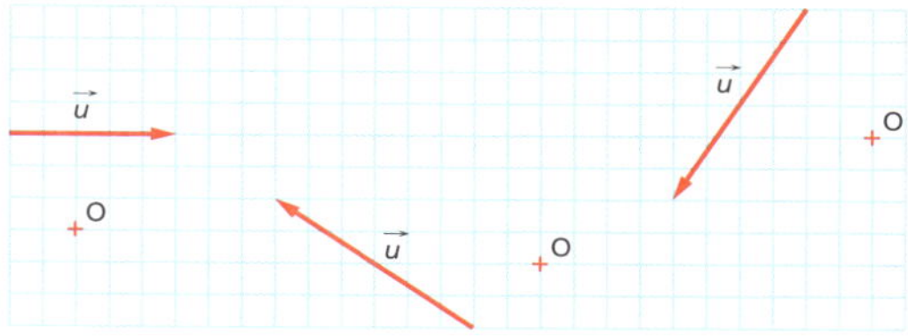

6 Vrai ou faux ?

1. Dire si les implications suivantes sont vraies ou fausses.

a. $\overrightarrow{AB} = \overrightarrow{DC} \Rightarrow$ ABCD est un losange.

b. $\overrightarrow{AB} = \overrightarrow{DC} \Rightarrow$ ABCD est un trapèze.

c. $IA = IB \Rightarrow$ I est le milieu de [AB].

d. $\overrightarrow{AB} = \overrightarrow{DC} \Rightarrow AB = DC$.

e. ABCD est un rectangle $\Rightarrow AC = BD$.

2. Écrire la réciproque de chaque proposition et dire si elle est vraie ou fausse.

7 Du triangle au parallélogramme

Soit un triangle ABC et I le point tel que $\overrightarrow{AI} = \overrightarrow{IB}$.
Soit E le symétrique de C par rapport à I.
Montrer que AEBC est un parallélogramme.

8 Milieu

ABCD et DBCE sont des parallélogrammes.
On souhaite démontrer que D est le milieu de [AE].
Compléter les phrases suivantes :

ABCD est un ...., donc $\overrightarrow{AD} =$ ....
D'autre part, DBCE est un ...., donc $\overrightarrow{DE} =$.........
On a $\overrightarrow{AD} =$ .... et $\overrightarrow{DE} =$ ...., donc $\overrightarrow{AD} =$ ....
Conclusion : $\overrightarrow{AD} =$ ...., donc D est le milieu de [AE].

9 Milieu et longueur

Soit ABCD un parallélogramme.
Le point E est tel que $\overrightarrow{AC} = \overrightarrow{BE}$.
Démontrer que C est le milieu de [DE].

POUR VOUS AIDER

Commencez toujours par faire un schéma pour visualiser les données.

16 Opérations sur les vecteurs

L'ESSENTIEL

Multiplication d'un vecteur par un nombre

Soit $\overrightarrow{AB}$ un vecteur et k un nombre réel.

Le vecteur $k\overrightarrow{AB}$ et le vecteur $\overrightarrow{AB}$ ont la **même direction**.

- **Si $k > 0$**

Les vecteurs $\overrightarrow{AB}$ et $k\overrightarrow{AB}$ ont le **même sens**.

La norme (c'est-à-dire la longueur) du vecteur $k\overrightarrow{AB}$ est égale à kAB.

- **Si $k < 0$**

Les vecteurs $\overrightarrow{AB}$ et $k\overrightarrow{AB}$ sont de **sens contraires**.

La norme du vecteur $k\overrightarrow{AB}$ est égale à $-k$AB.

Exemple

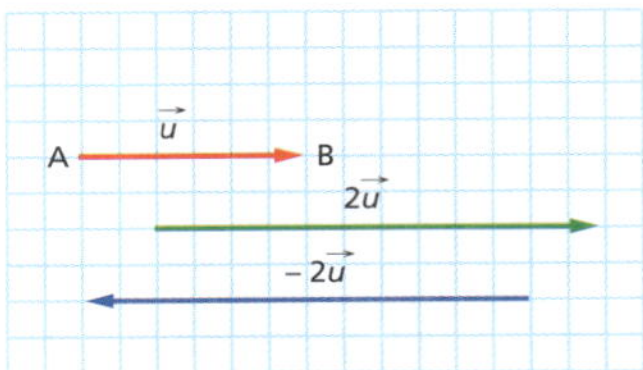

Remarque : $-k\overrightarrow{AB} = k\overrightarrow{BA}$.

Somme de vecteurs

- Soit un point F image de E par la translation de vecteur $\vec{u}$, et un point G image de F par la translation de vecteur $\vec{v}$. La translation qui transforme E en G est la translation de vecteur $\vec{u} + \vec{v}$.

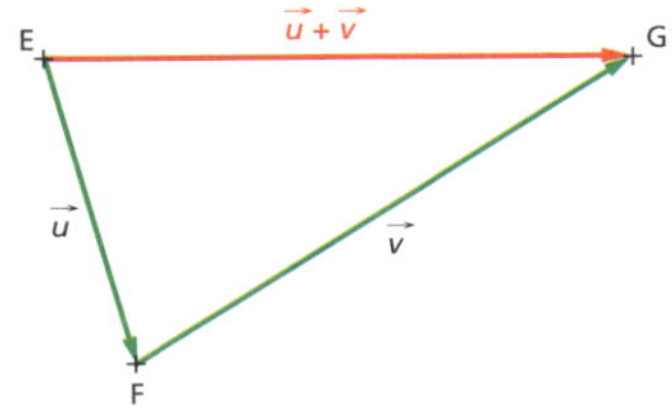

- La somme de deux vecteurs résulte de l'enchaînement de deux translations. On obtient donc la relation suivante, appelée **relation de Chasles** : $\boxed{\overrightarrow{EF} + \overrightarrow{FG} = \overrightarrow{EG}}$

Propriétés de la somme de vecteurs

La somme de vecteurs a toutes les propriétés de la somme de nombres, en particulier : $\vec{u} + \vec{v} = \vec{v} + \vec{u}$.

LA MÉTHODE

Construire une somme de deux vecteurs

Étape 1 Si les vecteurs ne sont pas bout à bout, on en déplace un de telle sorte que son origine se trouve à l'extrémité de l'autre.

Étape 2 On trace le vecteur somme : son origine est l'origine du premier vecteur, son extrémité est l'extrémité du second vecteur.

Exemple

Tracer le vecteur $\vec{u} + \vec{v}$ de la figure ci-dessous.

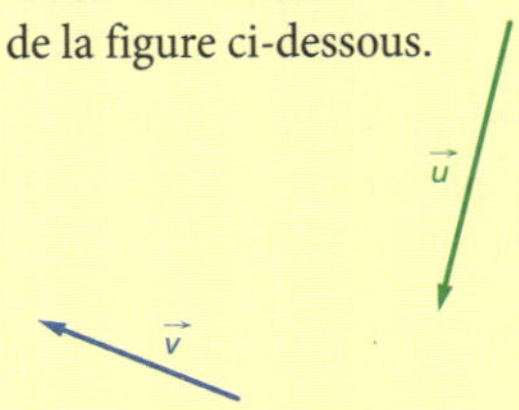

Étape 1 On déplace $\vec{v}$.

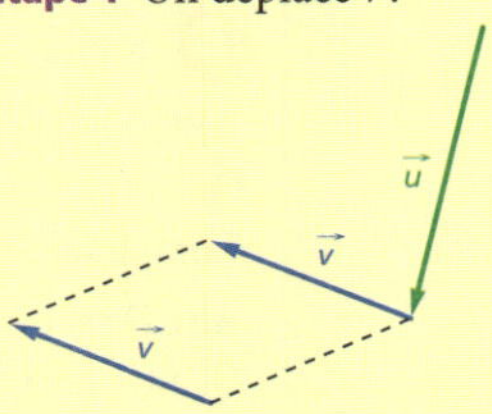

Étape 2 On trace le vecteur somme.

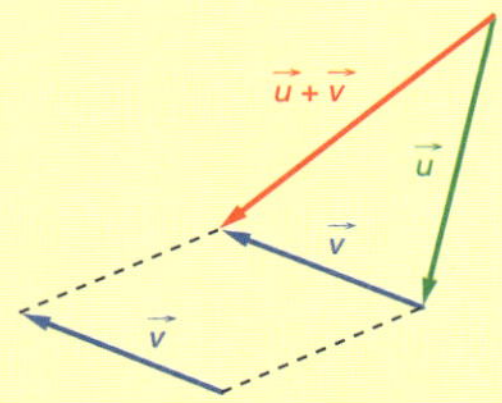

Simplifier une somme de vecteurs

Étape 1 On remplace certains vecteurs par des vecteurs qui leur sont égaux.

Étape 2 On utilise la relation de Chasles pour simplifier chaque somme de vecteurs.

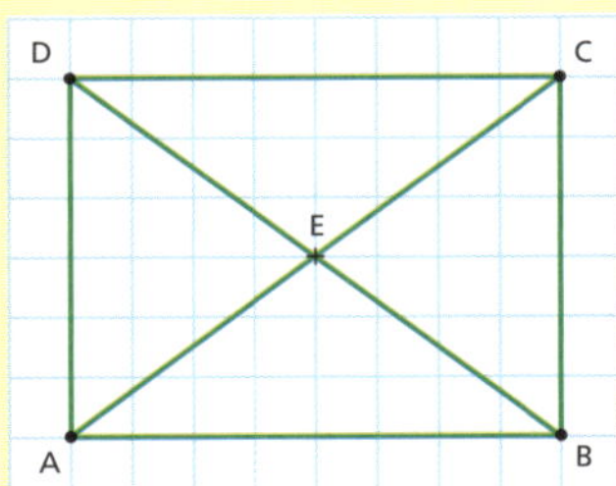

Exemple

ABCD est un rectangle de centre E.

On pose $\vec{u} = 2\overrightarrow{AE} + \overrightarrow{DA}$ et $\vec{v} = -\dfrac{1}{2}\overrightarrow{AC} + \overrightarrow{BE}$.

Simplifier les écritures de $\vec{u}$ et de $\vec{v}$.

Étape 1 $\vec{u} = \overrightarrow{AC} + \overrightarrow{DA} = \overrightarrow{AC} + \overrightarrow{CB}$ et $\vec{v} = \dfrac{1}{2}\overrightarrow{CA} + \overrightarrow{BE} = \overrightarrow{CE} + \overrightarrow{BE} = \overrightarrow{CE} + \overrightarrow{ED}$.

Étape 2 $\vec{u} = \overrightarrow{AC} + \overrightarrow{CB} = \overrightarrow{AB}$ et $\vec{v} = \overrightarrow{CE} + \overrightarrow{ED} = \overrightarrow{CD}$.

Utiliser la relation de Chasles pour démontrer une égalité de vecteurs

Étape 1 On choisit de partir d'un des membres de l'égalité à démontrer.

Étape 2 On utilise la relation de Chasles pour arriver à l'autre membre de l'égalité.

Exemple

Soit un triangle ABC. I est le milieu de [AC] et J est le milieu de [CB].

Démontrer que $\overrightarrow{AB} = 2\overrightarrow{IJ}$.

Étape 1 On part de $\overrightarrow{AB}$.

Étape 2 On utilise la relation de Chasles : $\overrightarrow{AB} = \overrightarrow{AI} + \overrightarrow{IJ} + \overrightarrow{JB} = \frac{1}{2}\overrightarrow{AC} + \overrightarrow{IJ} + \frac{1}{2}\overrightarrow{CB} = \frac{1}{2}(\overrightarrow{AC} + \overrightarrow{CB}) + \overrightarrow{IJ} = \frac{1}{2}\overrightarrow{AB} + \overrightarrow{IJ}$.

On obtient $\overrightarrow{AB} = \frac{1}{2}\overrightarrow{AB} + \overrightarrow{IJ}$, soit $\overrightarrow{AB} - \frac{1}{2}\overrightarrow{AB} = \overrightarrow{IJ}$,

d'où $\frac{1}{2}\overrightarrow{AB} = \overrightarrow{IJ}$, donc $\overrightarrow{AB} = 2\overrightarrow{IJ}$.

S'ENTRAÎNER

1 QUIZ

Parmi ces multiples du vecteur $\vec{u}$, cocher ceux dont la norme (c'est-à-dire la longueur) est plus grande que celle de $\vec{u}$.

- ☐ **a.** $\frac{3}{2}\vec{u}$
- ☐ **b.** $-5\vec{u}$
- ☐ **c.** $\frac{3}{4}\vec{u}$
- ☐ **d.** $-\frac{15}{7}\vec{u}$
- ☐ **e.** $-\frac{2}{3}\vec{u}$

2 Tracés de vecteurs

Dans chacun des cas, tracer le vecteur $\frac{3}{2}\vec{u}$ puis $-2\vec{u}$.

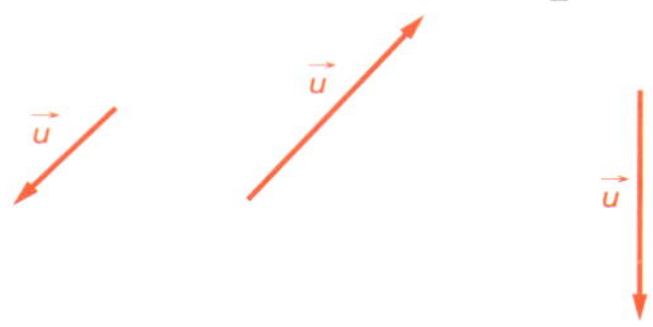

3 Sommes de vecteurs

Dans chacun des cas, tracer $\vec{u} + \vec{v}$.

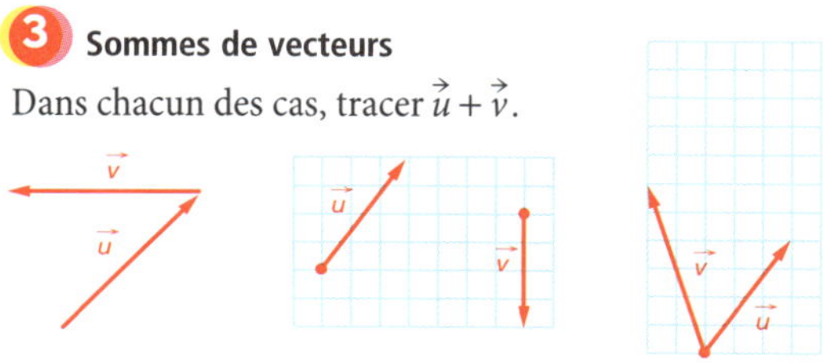

4 Origine A

Tracer le vecteur $\vec{u} + \vec{v}$ d'origine A.

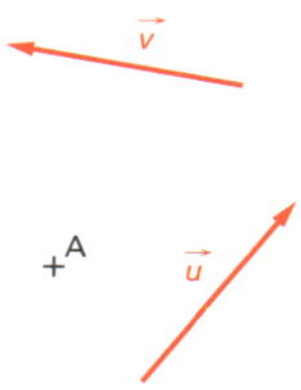

5 Différence de vecteurs

Tracer le vecteur $\frac{5}{2}\vec{v} - 2\vec{u}$.

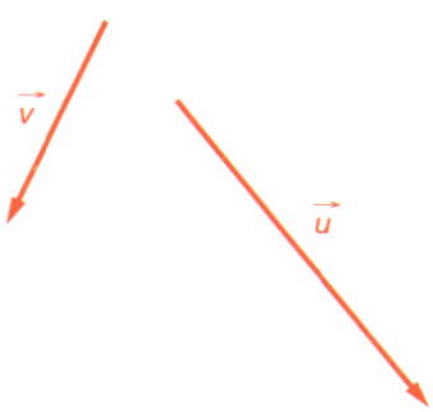

POUR VOUS AIDER

$\frac{5}{2}\vec{v}$ peut être considéré comme la moitié de $5\vec{v}$ ou comme $2,5\vec{v}$. De plus, $\vec{u} - \vec{v} = \vec{u} + (-\vec{v})$.

6 Des carrés

Dans la figure ci-dessous, AEOF, EBHO, FOGD et OHCG sont des carrés.

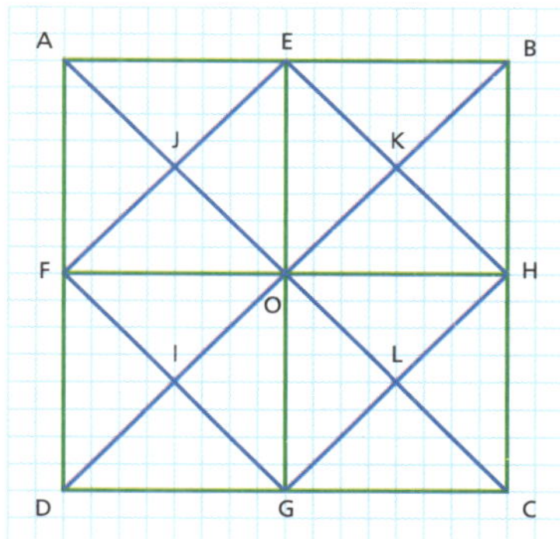

1. Compléter les égalités :

a. $\overrightarrow{AE} + \overrightarrow{OH} = \overrightarrow{\ldots H}$ **b.** $\overrightarrow{FJ} + \overrightarrow{OL} = \overrightarrow{G\ldots}$

c. $\overrightarrow{KO} + \overrightarrow{JO} = \overrightarrow{O\ldots}$ **d.** $\overrightarrow{LH} + \overrightarrow{OJ} + \overrightarrow{BK} = \overrightarrow{\ldots F}$

2. Compléter les égalités afin d'obtenir un seul vecteur.

a. $2\overrightarrow{AE} + \overrightarrow{HC} = \ldots\ldots\ldots\ldots$ **b.** $3\overrightarrow{DI} + \overrightarrow{EK} = \ldots\ldots\ldots\ldots$

c. $-2\overrightarrow{OF} + \overrightarrow{CH} = \ldots\ldots\ldots\ldots$ **d.** $\overrightarrow{DG} - 2\overrightarrow{KH} = \ldots\ldots\ldots\ldots$

7 Milieu

Dans la figure suivante, I, J, K et L sont les milieux respectifs des segments [MN], [MP], [PO] et [NO].

a. Démontrer que $\overrightarrow{NP} = 2\overrightarrow{IJ}$.

b. Démontrer que $\overrightarrow{NP} = 2\overrightarrow{LK}$.

c. Déduire des questions précédentes que IJKL est un parallélogramme.

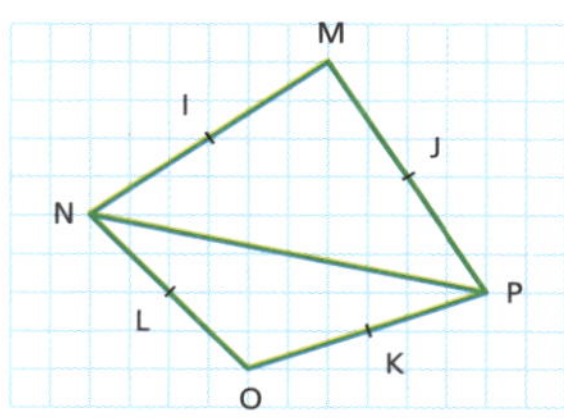

17 Vecteurs dans un repère

L'ESSENTIEL

Coordonnées de vecteurs

- Un repère (O ; I, J) peut être nommé également $(O;\vec{i},\vec{j})$ en posant $\overrightarrow{OI} = \vec{i}$ et $\overrightarrow{OJ} = \vec{j}$.

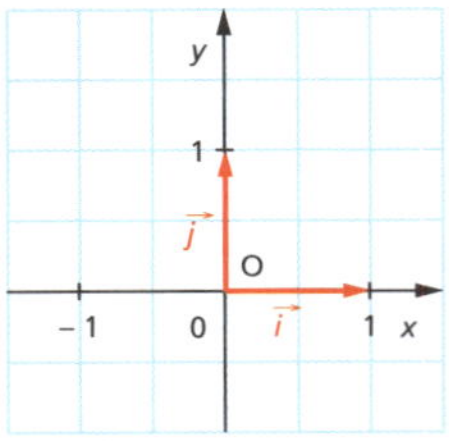

- Les coordonnées d'un vecteur $\vec{u}$ dans un repère $(O;\vec{i},\vec{j})$ sont les nombres x et y tels que : $\boxed{\vec{u} = x\vec{i} + y\vec{j}}$

On note $\vec{u}\begin{pmatrix} x \\ y \end{pmatrix}$.

- Le couple $\begin{pmatrix} x \\ y \end{pmatrix}$ permet de définir la translation de vecteur $\vec{u}$.

Exemple On a $\vec{u} = 3\vec{i} - 2\vec{j}$.

Les coordonnées de $\vec{u}$ sont donc $\vec{u}\begin{pmatrix} 3 \\ -2 \end{pmatrix}$.

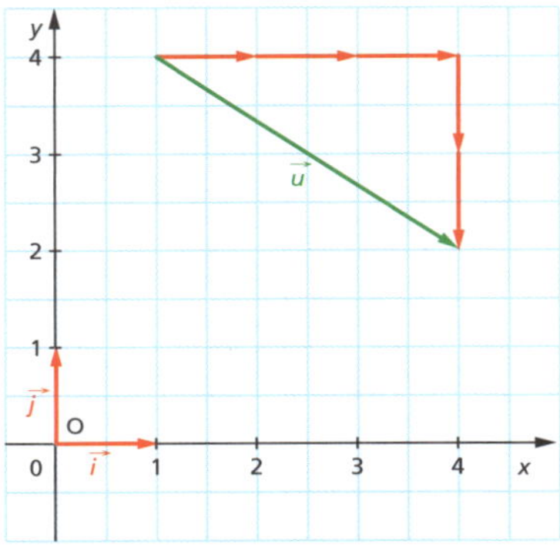

Le couple $\begin{pmatrix} 3 \\ -2 \end{pmatrix}$ représente la translation de vecteur $3\vec{i} - 2\vec{j}$.

Calcul des coordonnées d'un vecteur

Soit deux points $A(x_A ; y_A)$ et $B(x_B ; y_B)$.

Les coordonnées du vecteur $\overrightarrow{AB}$ sont :

$$\boxed{\overrightarrow{AB}\begin{pmatrix} x_B - x_A \\ y_B - y_A \end{pmatrix}}$$

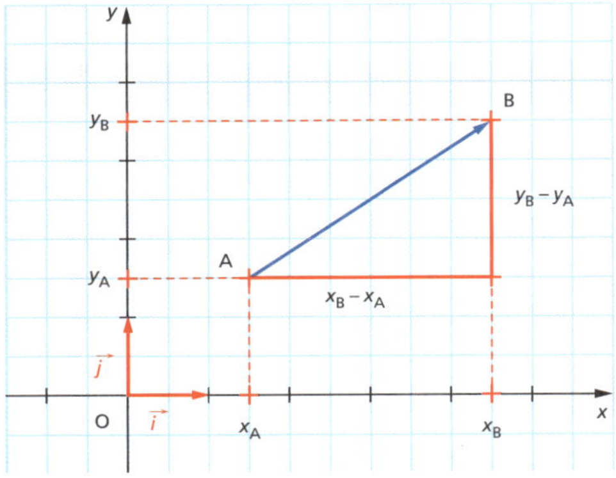

Propriétés

- Dire que deux vecteurs sont **égaux** équivaut à dire qu'ils ont les **mêmes coordonnées**.

- Soit $\vec{u}\begin{pmatrix} x \\ y \end{pmatrix}$ un vecteur et k un nombre réel.

Les coordonnées du vecteur $k\vec{u}$ sont $k\vec{u}\begin{pmatrix} kx \\ ky \end{pmatrix}$.

- Soit $\vec{u}\begin{pmatrix} x \\ y \end{pmatrix}$ et $\vec{v}\begin{pmatrix} x' \\ y' \end{pmatrix}$ deux vecteurs.

Les coordonnées du vecteur $\vec{u} + \vec{v}$ sont $\vec{u} + \vec{v}\begin{pmatrix} x + x' \\ y + y' \end{pmatrix}$.

LA MÉTHODE

Montrer qu'un quadrilatère est un parallélogramme

Étape 1 On calcule les coordonnées de deux vecteurs correspondant aux côtés opposés du quadrilatère.

Étape 2 On compare les résultats obtenus et on conclut : si les coordonnées sont égales, les vecteurs sont égaux et on a un parallélogramme.

Exemple

Dans un repère $(O;\vec{i},\vec{j})$, on donne quatre points A(–2 ; 2), B(2 ; 4), C(5 ; 3) et D(1 ; 1).
Démontrer que ABCD est un parallélogramme.

Étape 1 On calcule les coordonnées des vecteurs $\overrightarrow{AB}$ et $\overrightarrow{DC}$:

$$\overrightarrow{AB}\begin{pmatrix} x_B - x_A \\ y_B - y_A \end{pmatrix} \Leftrightarrow \overrightarrow{AB}\begin{pmatrix} 2-(-2) \\ 4-2 \end{pmatrix} \Leftrightarrow \overrightarrow{AB}\begin{pmatrix} 4 \\ 2 \end{pmatrix} \quad \text{et} \quad \overrightarrow{DC}\begin{pmatrix} x_C - x_D \\ y_C - y_D \end{pmatrix} \Leftrightarrow \overrightarrow{DC}\begin{pmatrix} 5-1 \\ 3-1 \end{pmatrix} \Leftrightarrow \overrightarrow{DC}\begin{pmatrix} 4 \\ 2 \end{pmatrix}.$$

Étape 2 Les vecteurs $\overrightarrow{AB}$ et $\overrightarrow{DC}$ ont les mêmes coordonnées, ils sont donc égaux.
Le quadrilatère ABCD est donc un parallélogramme.

1 QUIZ

Calculer mentalement les coordonnées des vecteurs suivants.

Dans un repère $(O ; \vec{i}, \vec{j})$, on donne les points M(1 ; –4) T(1 ; –2) et A(3 ; 7).

a. $\overrightarrow{MA}$ **b.** $\overrightarrow{AT}$ **c.** $\overrightarrow{TM}$ **d.** $\overrightarrow{OT}$ **e.** $\overrightarrow{MO}$

2 **Graphiquement**

a. Lire graphiquement les coordonnées des vecteurs $\vec{u}$, $\vec{v}$, $\vec{w}$ et $\vec{t}$.

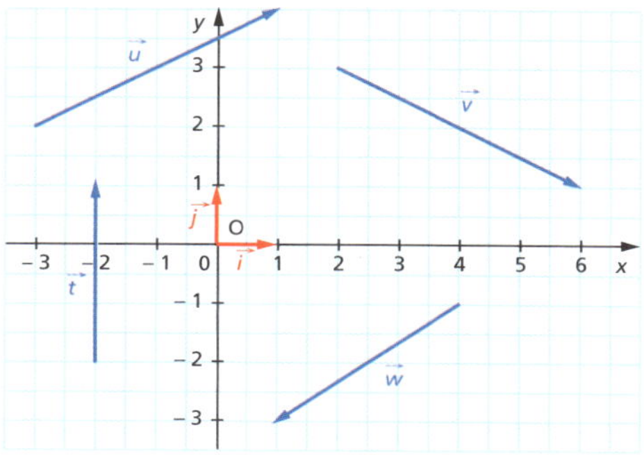

b. Tracer, sur ce graphique, un représentant de chacun des vecteurs $\vec{a}\begin{pmatrix}0\\-1\end{pmatrix}$; $\vec{b}\begin{pmatrix}-2\\0\end{pmatrix}$; $\vec{c}\begin{pmatrix}-3\\1\end{pmatrix}$.

3 **Par le calcul**

Dans un repère $(O ; \vec{i}, \vec{j})$, on donne deux vecteurs $\vec{u}\begin{pmatrix}4\\5\end{pmatrix}$ et $\vec{v}\begin{pmatrix}-2\\3\end{pmatrix}$. Calculer les coordonnées des vecteurs :

$\vec{u}+\vec{v}$; $\vec{u}-\vec{v}$; $-4\vec{u}$ et $2\vec{u}-3\vec{v}$.

4 **À partir des points**

Dans un repère $(O ; \vec{i}, \vec{j})$, on donne trois points A(2 ; –1), B(4 ; 3) et C(–2 ; 4).

a. Calculer les coordonnées des vecteurs $\overrightarrow{AB}$; $\overrightarrow{AC}$ et $\overrightarrow{BC}$.

b. Déterminer les coordonnées du vecteur $\vec{w}$ tel que $\vec{w} = \overrightarrow{AB} + \overrightarrow{AC}$.

c. On pose $\vec{w} = \overrightarrow{AD}$. En déduire les coordonnées du point D.

5 **Construction**

Sur le graphique ci-dessous, on a placé les points A(– 4 ; –2,5), B(4 ; –2,5), C(6,5 ; 2,5), D(–1,5 ; 2,5), E(8 ; –5) et R(–8 ; 4).

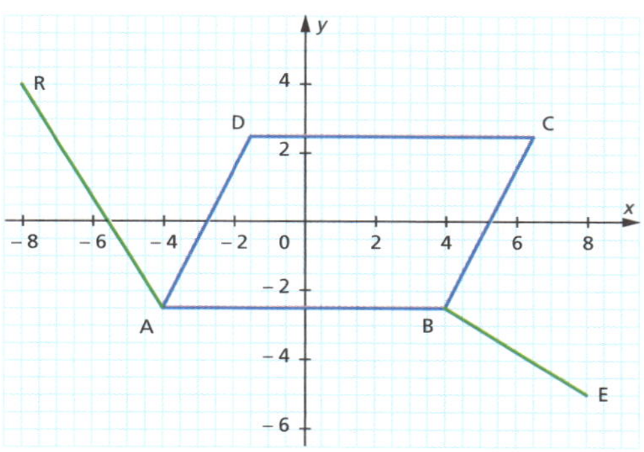

a. Démontrer que le quadrilatère ABCD est un parallélogramme.

b. On souhaite connaître les coordonnées du point F tel que CBEF est un parallélogramme (on ne pourra pas placer F sur la figure). Compléter la démonstration suivante :

- CBEF est un parallélogramme, donc $\overrightarrow{B\ldots} = \overrightarrow{\ldots\ldots}$.
On note x et y les coordonnées de F.
- Les vecteurs $\overrightarrow{B\ldots}$ et $\overrightarrow{\ldots\ldots}$ sont égaux, ils ont donc les mêmes ……………
- $\overrightarrow{B\ldots}\begin{pmatrix}x_{\ldots}-x_B\\y_{\ldots}-y_B\end{pmatrix} \Leftrightarrow \overrightarrow{B\ldots}\begin{pmatrix}\ldots\ldots\ldots\\\ldots\ldots\ldots\end{pmatrix} \Leftrightarrow \overrightarrow{B\ldots}\begin{pmatrix}\ldots\ldots\\\ldots\ldots\end{pmatrix}$.
- $\overrightarrow{\ldots\ldots}\begin{pmatrix}x-x_{\ldots}\\y-y_{\ldots}\end{pmatrix} \Leftrightarrow \overrightarrow{\ldots\ldots}\begin{pmatrix}x-\ldots\\y\ldots\ldots\end{pmatrix}$.
- Les coordonnées de $\overrightarrow{B\ldots}$ et de $\overrightarrow{\ldots\ldots}$ sont égales.
Donc $x - \ldots = \ldots$ et $y + \ldots = \ldots$.
On en déduit $x = \ldots$ et $y = \ldots$

c. Déterminer les coordonnées du point S tel que RADS soit un parallélogramme.

6 **Un point G**

Soit trois points A, B, et C dans un repère orthonormé tels que A(5 ; 1), B(–2 ; 3) et C(1 ; –2).

Déterminer les coordonnées du point G tel que $3\overrightarrow{GA} - 2\overrightarrow{GB} + \overrightarrow{GC} = \vec{0}$.

7 **Centre de gravité**

Dans le repère $(O ; \vec{i}, \vec{j})$ ci-dessous,
A a pour coordonnées (–3 ; 1), B(4 ; 2) et C(2 ; –3).
I est le milieu de [BC] et J le milieu de [AB].

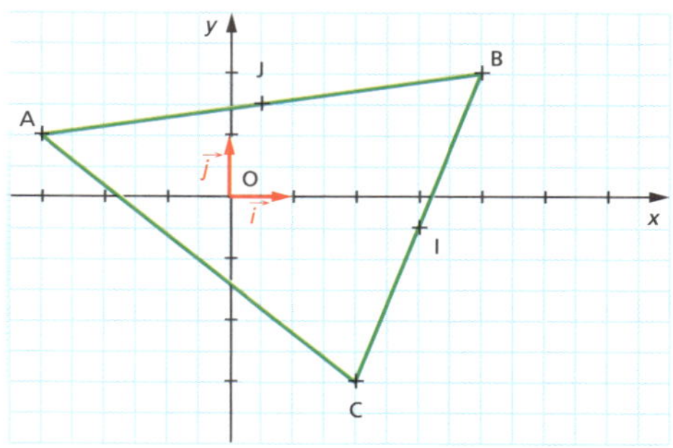

a. Déterminer les coordonnées de I puis de $\overrightarrow{AI}$.

b. Déterminer les coordonnées de G tel que $\overrightarrow{AG} = \dfrac{2}{3}\overrightarrow{AI}$.

c. Déterminer les coordonnées de J puis de $\overrightarrow{CJ}$.

d. Déterminer les coordonnées de G′ tel que $\overrightarrow{CG'} = \dfrac{2}{3}\overrightarrow{CJ}$. Que constate-t-on ?

18 Vecteurs colinéaires

L'ESSENTIEL

Définition

Deux vecteurs $\vec{u}$ et $\vec{v}$ sont **colinéaires** si et seulement si il existe un nombre k tel que $\vec{u} = k\vec{v}$.

Exemple

$\frac{3}{2}\vec{u}$; $5\vec{u}$; $-\vec{u}$ sont des vecteurs colinéaires à $\vec{u}$.

Ils sont aussi colinéaires entre eux.

Propriétés

- Les vecteurs $\overrightarrow{AB}$ et $\overrightarrow{CD}$ sont colinéaires si et seulement si (AB) et (CD) sont **parallèles**.
- Les vecteurs $\overrightarrow{AB}$ et $\overrightarrow{AC}$ sont colinéaires si et seulement si A, B et C sont **alignés**.

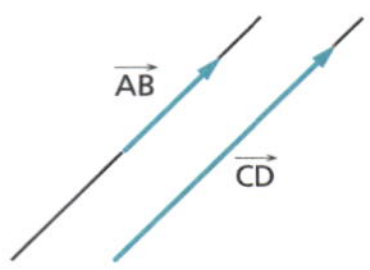

Colinéarité et homothétie

- L'image de A par l'homothétie de centre O et de rapport k ($k \in \mathbb{R}$) est le point A′ tel que $\overrightarrow{OA'} = k\overrightarrow{OA}$ (les vecteurs $\overrightarrow{OA}$ et $\overrightarrow{OA'}$ sont colinéaires).
- *Cas particulier* : Si $k = -1$; $\overrightarrow{OA'} = -\overrightarrow{OA} = \overrightarrow{AO}$. O est le milieu de [AA′]. L'homothétie est alors la symétrie centrale de centre O.

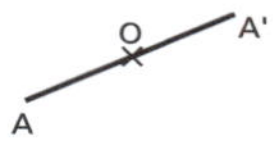

Dans un repère

Dire que deux vecteurs $\vec{u}$ et $\vec{v}$ de coordonnées $\vec{u}\begin{pmatrix}x\\y\end{pmatrix}$ et $\vec{v}\begin{pmatrix}x'\\y'\end{pmatrix}$ sont colinéaires équivaut à dire que les coordonnées de $\vec{u}$ et $\vec{v}$ sont **proportionnelles** de coefficient k, soit $\begin{cases}x = kx'\\ y = ky'\end{cases}$. On a $xy' = x'y$.

Les **produits en croix des coordonnées** sont égaux.

Déterminant de deux vecteurs

Soit $\vec{u}\begin{pmatrix}x\\y\end{pmatrix}$ et $\vec{v}\begin{pmatrix}x'\\y'\end{pmatrix}$ deux vecteurs dans un repère.

Le **déterminant** de $\vec{u}$ et $\vec{v}$, noté $\det(\vec{u}\,;\vec{v})$ est le nombre $xy' - x'y$.

Dire que $\vec{u}$ et $\vec{v}$ sont **colinéaires** équivaut à dire que $\det(\vec{u}\,;\vec{v}) = 0$.

Exemple Soit $\vec{u}\begin{pmatrix}2\\5\end{pmatrix}$ et $\vec{v}\begin{pmatrix}3\\7{,}5\end{pmatrix}$.

Méthode 1. En faisant les produit en croix, on obtient : $2 \times 7{,}5 = 15$ et $5 \times 3 = 15$.

Les produits en croix sont égaux.

Les vecteurs $\vec{u}$ et $\vec{v}$ sont donc colinéaires.

Méthode 2. On peut aussi écrire la relation $1{,}5\,\vec{u} = \vec{v}$.

Méthode 3. $\det(\vec{u}\,;\vec{v}) = 2 \times 7{,}5 - 5 \times 3 = 0$, donc $\vec{u}$ et $\vec{v}$ sont colinéaires.

LA MÉTHODE

Dans un repère, montrer que deux droites sont parallèles

Étape 1 On calcule les coordonnées de deux vecteurs qui peuvent être égaux.

Étape 2 On cherche une proportionnalité des coordonnées en utilisant la définition ou les propriétés.

Exemple

Dans un repère du plan, on donne quatre points A(3 ; –2), B(5 ; 2), C(0,5 ; 2) et D(4 ; 9).

Démontrer que les droites (AB) et (CD) sont parallèles.

Étape 1 On calcule les coordonnées des vecteurs $\overrightarrow{AB}$ et $\overrightarrow{CD}$: $\overrightarrow{AB}\begin{pmatrix}2\\4\end{pmatrix}$ et $\overrightarrow{CD}\begin{pmatrix}3{,}5\\7\end{pmatrix}$.

Étape 2 On utilise par exemple les produits en croix : $7 \times 2 = 14$ et $4 \times 3{,}5 = 14$.

Les produits en croix sont égaux. $\overrightarrow{AB}$ et $\overrightarrow{CD}$ sont colinéaires, donc (AB) et (CD) sont parallèles.

Dans un repère, montrer que trois points sont alignés

Étape 1 On calcule les coordonnées de deux vecteurs formés par les points A, B et C : par exemple, $\overrightarrow{AB}$ et $\overrightarrow{AC}$.

Étape 2 On montre que les vecteurs $\overrightarrow{AB}$ et $\overrightarrow{AC}$ sont colinéaires en utilisant la définition ou les propriétés.

Exemple

Dans un repère du plan, on donne trois points A(–2 ; 1), B(3 ; 3) et C(7 ; 4,6).

Démontrer que les points A, B et C sont alignés.

Étape 1 On calcule les coordonnées des vecteurs $\overrightarrow{AB}$ et $\overrightarrow{AC}$: $\overrightarrow{AB}\begin{pmatrix}5\\2\end{pmatrix}$ et $\overrightarrow{AC}\begin{pmatrix}9\\3{,}6\end{pmatrix}$.

Étape 2 On utilise par exemple le déterminant : $\det(\overrightarrow{AB}\,;\overrightarrow{AC}) = 5 \times 3{,}6 - 2 \times 9 = 0$.

Donc $\overrightarrow{AB}$ et $\overrightarrow{AC}$ sont colinéaires, donc les points A, B et C sont alignés.

1 QUIZ

Compléter les tableaux de proportionnalité suivants.

a.

1	4
4	

b.

	4
3	5

c.

3	
5	8

d.

3	4
	8

e.

−3	4
2	

2 Vrai ou faux ?

a. Si $\overrightarrow{AB} = \overrightarrow{CD}$, alors $\overrightarrow{AB}$ et $\overrightarrow{CD}$ sont colinéaires. V☐ F☐

b. Si $\overrightarrow{AB}$ et $\overrightarrow{CD}$ sont colinéaires, alors $\overrightarrow{AB} = \overrightarrow{CD}$. V☐ F☐

c. Si ABCD est un parallélogramme, alors $\overrightarrow{AB}$ et $\overrightarrow{CD}$ sont colinéaires. V☐ F☐

d. Si $\overrightarrow{AB}$ et $\overrightarrow{CD}$ sont colinéaires, alors ABCD est un parallélogramme. V☐ F☐

e. Si $\overrightarrow{AB}$ et $\overrightarrow{CD}$ sont colinéaires et de sens contraires, alors ABCD est un trapèze. V☐ F☐

f. Deux vecteurs colinéaires et de même norme sont égaux ou opposés. V☐ F☐

g. Si quatre points E, F, G et H sont alignés, alors $\overrightarrow{EF}$ et $\overrightarrow{GH}$ sont colinéaires. V☐ F☐

h. Si les vecteurs $\overrightarrow{EF}$ et $\overrightarrow{GH}$ sont colinéaires, alors E, F, G et H sont alignés. V☐ F☐

3 Vecteurs égaux ou colinéaires

Sur la figure suivante :

a. donner tous les vecteurs égaux à $\overrightarrow{EI}$;

b. donner tous les vecteurs colinéaires à $\overrightarrow{IL}$.

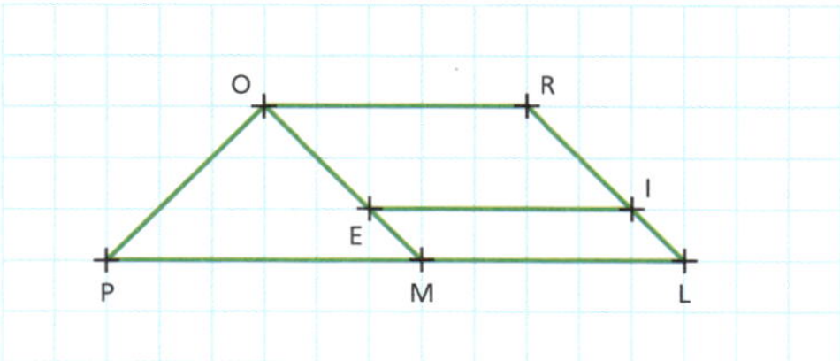

4 Démonstration

Soit un triangle ABC.

I est l'image de B par l'homothétie de centre A et de rapport $\frac{1}{3}$.

J est l'image de C par l'homothétie de centre A et de rapport 3.

On souhaite montrer que (BJ) et (IC) sont parallèles. Compléter la démonstration.

$\overrightarrow{BJ} = \overrightarrow{B\ldots} + \overrightarrow{A\ldots}$

Or $\overrightarrow{AI} = \frac{1}{3}\overrightarrow{AB}$, d'où $\overrightarrow{AB} = \ldots\overrightarrow{AI}$. Donc $\overrightarrow{BA} = \ldots\ldots$.

On en déduit :

$\overrightarrow{BJ} = 3\overrightarrow{\ldots\ldots} + 3\overrightarrow{\ldots\ldots} = 3(\ldots\ldots\ldots)$, soit $\overrightarrow{BJ} = 3\ldots\ldots$

Les vecteurs .... sont donc colinéaires.

On en conclut que ....

5 Vecteurs colinéaires

Dans chaque cas, dire si les vecteurs $\vec{u}$ et $\vec{v}$ sont colinéaires.

a. $\vec{u}\begin{pmatrix}3\\-5\end{pmatrix}$ et $\vec{v}\begin{pmatrix}-9\\15\end{pmatrix}$ **b.** $\vec{u}\begin{pmatrix}4\\3\end{pmatrix}$ et $\vec{v}\begin{pmatrix}16\\9\end{pmatrix}$

c. $\vec{u}\begin{pmatrix}6\\18\end{pmatrix}$ et $\vec{v}\begin{pmatrix}4\\12\end{pmatrix}$ **d.** $\vec{u}\begin{pmatrix}\sqrt{2}+1\\0{,}2\end{pmatrix}$ et $\vec{v}\begin{pmatrix}5\\\sqrt{2}-1\end{pmatrix}$

6 Avec une inconnue

Donner, dans chaque cas, la valeur de x pour que les vecteurs $\vec{u}$ et $\vec{v}$ soient colinéaires.

a. $\vec{u}\begin{pmatrix}3\\-2\end{pmatrix}$ et $\vec{v}\begin{pmatrix}9\\x\end{pmatrix}$ **b.** $\vec{u}\begin{pmatrix}4\\x\end{pmatrix}$ et $\vec{v}\begin{pmatrix}16\\12\end{pmatrix}$

c. $\vec{u}\begin{pmatrix}x\\-3\end{pmatrix}$ et $\vec{v}\begin{pmatrix}4\\12\end{pmatrix}$ **d.** $\vec{u}\begin{pmatrix}\sqrt{3}\\2\end{pmatrix}$ et $\vec{v}\begin{pmatrix}x\\2\sqrt{3}\end{pmatrix}$

7 Trapèze ou non ?

Dans le repère ci-dessous, on donne les points V(−1 ; −3), E(9 ; 3), R(7 ; 8) et T(1 ; 4).

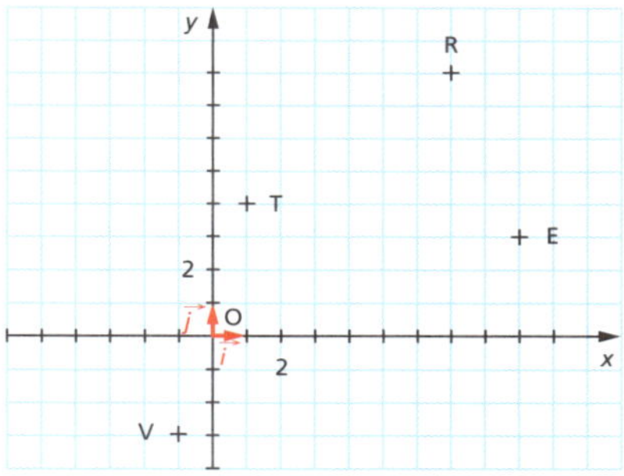

a. Le quadrilatère VERT est-il un trapèze ? Le démontrer.

b. Calculer l'ordonnée du point U d'abscisse – 5 tel que le quadrilatère VETU soit un trapèze (il y a deux possibilités !).

8 Abscisse et ordonnée

Dans un repère, on définit les points : A(−2 ; 1), B(3 ; 3), C(7 ; 4,6), D(−1 ; −3) et E(3 ; −1,4).

a. Démontrer que les droites (AB) et (DE) sont parallèles.

b. Démontrer que les points A, B et C sont alignés.

c. Soit M le point d'intersection entre la droite (AB) et l'axe des abscisses. Calculer l'abscisse du point M.

d. Soit N le point d'intersection entre la droite (DE) et l'axe des ordonnées. Calculer l'ordonnée du point N.

9 Algorithme

Écrire un algorithme qui demande les coordonnées de deux vecteurs $\vec{u}$ et $\vec{v}$ et qui vérifie si ces deux vecteurs sont colinéaires ou non.

19 Triangles, quadrilatères et symétries

L'ESSENTIEL

Médiatrice et symétries

● La **médiatrice** d'un segment [AB] est la droite Δ qui coupe ce segment perpendiculairement et en son milieu.

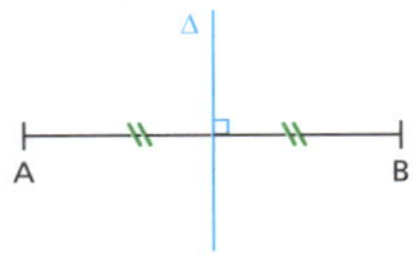

● **Propriété caractéristique**
Tout point de la médiatrice d'un segment est à égale distance des extrémités de ce segment :
$M \in \Delta \Leftrightarrow MA = MB$.

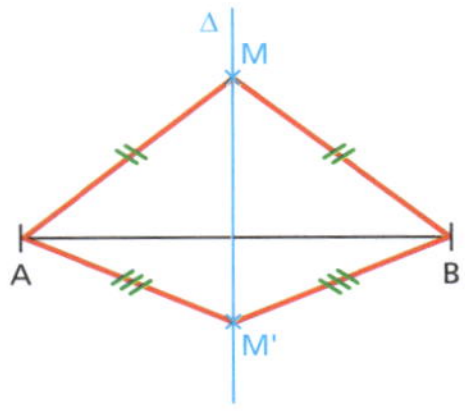

ATTENTION !
L'égalité MA = MB ne signifie pas forcément que M est le milieu du segment [AB].
(Il faudrait que M, A et B soient alignés pour que ce soit le cas.)

● **Symétrie axiale**
Un point A′ est le symétrique d'un point A par la symétrie d'axe Δ signifie que Δ est la médiatrice de [AA′].

Exemple
Le point B est le symétrique de A par la symétrie d'axe Δ dans la figure ci-dessus.

● **Symétrie centrale**
A′ est le symétrique de A dans la symétrie de centre C signifie que C est le **milieu** de [AA′].

● **Propriété des symétries**
De même que la translation, elles conservent les mesures (longueurs, angles, aires, volumes…). Ce sont des transformations géométriques appelées **isométries**.

Exemple
Si [P′R′] est le symétrique de [PR], P′R′ = PR.

Hauteurs dans un triangle

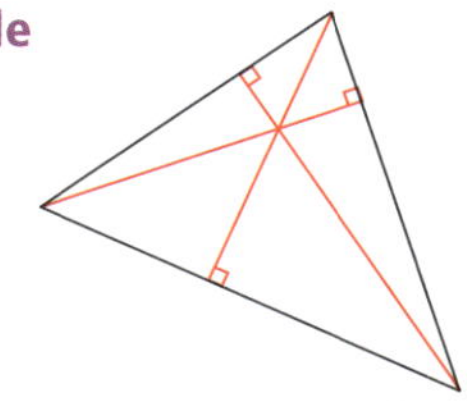

● Dans un triangle, une **hauteur** est une droite passant par un sommet et perpendiculaire au côté opposé.

● Les trois hauteurs dans un triangle sont **concourantes** : cela signifie qu'elles n'ont qu'un seul point d'intersection, le même pour les trois.

Projeté orthogonal

● P est le projeté orthogonal du point A sur la droite Δ signifie que $P \in \Delta$ et $(AP) \perp \Delta$. La longueur AP est appelée la **distance** de A à Δ.

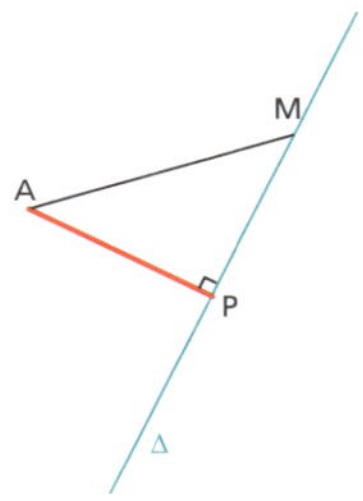

● Quel que soit le point M de Δ, $AM \geqslant AP$. P et le point de Δ **le plus proche** du point A.

INFO
Dans le mot *orthogonal*, le préfixe *ortho-* renvoie à l'idée d'angle droit.

LA MÉTHODE

Reconnaître un quadrilatère particulier

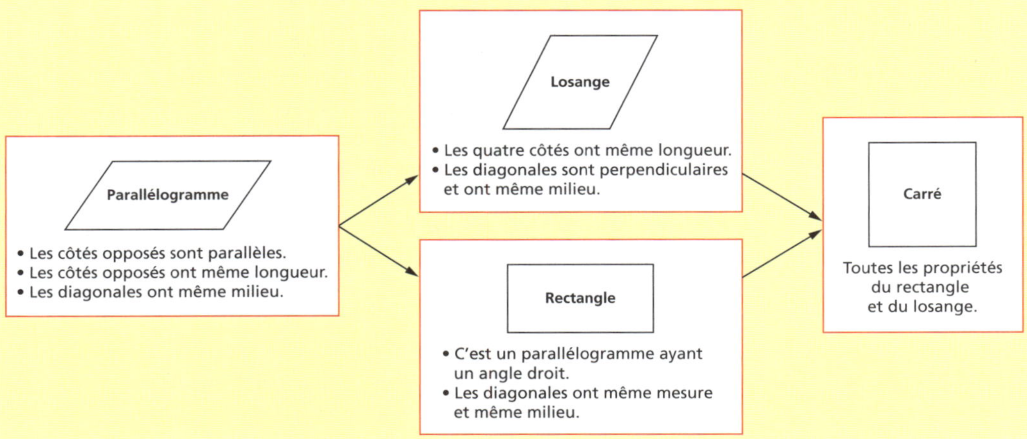

1 QUIZ

Vrai ou faux ? Cocher la case qui convient.

a. Un cercle passant par deux points A et B a son centre O sur la médiatrice de [AB]. V☐ F☐

b. Si AB = BC, alors B est le milieu de [AC]. V☐ F☐

c. Un quadrilatère dont les diagonales ont même mesure est un rectangle. V☐ F☐

d. Un parallélogramme dont les diagonales sont perpendiculaires est un losange. V☐ F☐

2 Vrai ou faux ?

En observant la figure, déterminer si chaque affirmation est vraie ou fausse.

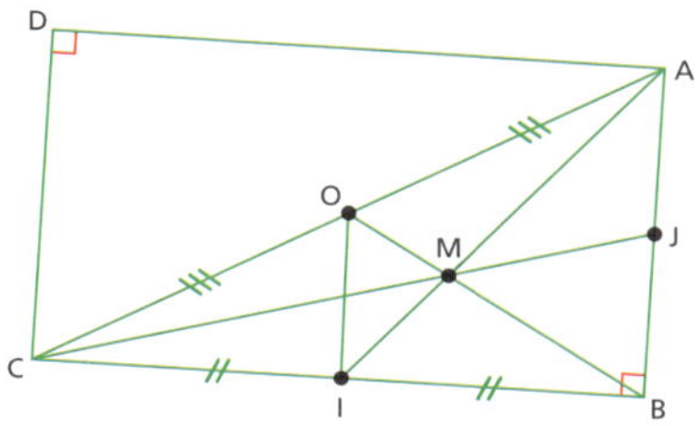

a. A, B, C et D sont sur un même cercle.

b. ABCD est un rectangle.

c. B est le symétrique de C par rapport à I.

d. B est le symétrique de C par rapport à (OI).

e. $\widehat{MOA} = \widehat{MBI}$

3 Projetés

Soit une droite d, A et B deux points du plan. On donne P et R les projetés orthogonaux respectifs de A et B sur d. Montrer que APBR, ou APRB, est un trapèze.

POUR VOUS AIDER

Le mot *respectifs* signifie « de chacun » et « dans cet ordre » ; ici, P est donc le projeté de A et R celui de B.

4 Des hauteurs

On donne A, B et C trois points quelconques non alignés. H est le projeté orthogonal de A sur (BC) et J est le projeté orthogonal de B sur (AC). (AH) et (BJ) se coupent en K. Montrer que (CK) est perpendiculaire à (AB).

5 Un théorème

Soit RST un triangle rectangle en R et O le milieu de [TS]. R′ est le symétrique de R par rapport à O.

a. Montrer que RSR′T est un rectangle.

b. En déduire que O est le centre du cercle circonscrit au triangle RST (c'est-à-dire le cercle qui passe par les points R, S et T).

c. Compléter le théorème suivant : Si un triangle est ………………, alors le centre du ……………… à ce triangle est le ……………… de l'hypoténuse.

6 Deux symétries

Tracer deux droites d et d' perpendiculaires en un point O, et un point M quelconque du plan. N est l'image de M dans la symétrie d'axe d et P est le symétrique de N dans la symétrie d'axe d'. Montrer que P est l'image de M dans la symétrie de centre O.

POUR VOUS AIDER

Utilisez le théorème démontré dans l'exercice 5.

7 Quadrilatères

Compléter les phrases suivantes.

a. Si un parallélogramme a un angle droit, alors c'est un ……………………… .

b. Si un parallélogramme a deux côtés consécutifs de même longueur, alors c'est un ………………… .

c. Si un quadrilatère a deux diagonales de même mesure, alors c'est un …………………… .

d. Si un parallélogramme a deux diagonales de même mesure, alors c'est un ……………………… .

e. Si un parallélogramme a ses diagonales perpendiculaires, alors c'est un ……………………… .

f. Si un rectangle a deux côtés consécutifs de même mesure, alors c'est un ……………………… .

g. Si un losange a un angle droit, alors c'est un ……………………… .

8 Un algorithme

Voici un algorithme écrit en langage naturel.

```
Demander «le parallélogramme a-t-il un angle droit ?»
Si réponse = oui alors
    demander « A-t-il deux côtés consécutifs égaux ? »
      Si réponse = oui alors
          afficher « c'est un ……….. »
      Sinon
          afficher « c'est un ……….. »
      Fin si
Sinon
    demander « A-t-il deux côtés consécutifs égaux ? »
      Si réponse = oui alors
          afficher « c'est un ……….. »
      Sinon
          afficher « c'est un parallélogramme quelconque »
      Fin si
Fin si
```

a. Compléter l'algorithme afin que le logiciel donne le nom d'un quadrilatère quand l'utilisateur répond à ses questions.

b. On a commencé à écrire en langage Python l'algorithme qui fait le même travail. Le terminer.

```
reponse = input («le parallélogramme a-t-il un angle droit ?»)
if reponse = = «oui» :
    reponse = input («a-t-il deux côtés consécutifs égaux ?»)
    if ……
```

20 Calculs en géométrie

L'ESSENTIEL

Calculs d'aires et de volumes

- **Rectangle**

Aire = longueur × largeur = AB × BC

- **Triangle**

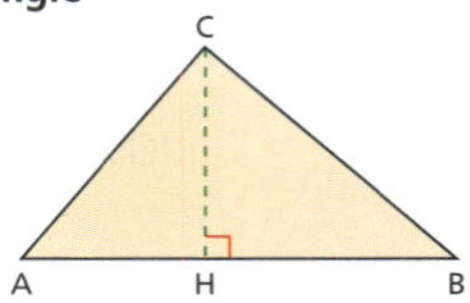

$\text{Aire} = \dfrac{\text{base} \times \text{hauteur}}{2} = \dfrac{\text{AB} \times \text{CH}}{2}$

- **Cercle et disque**

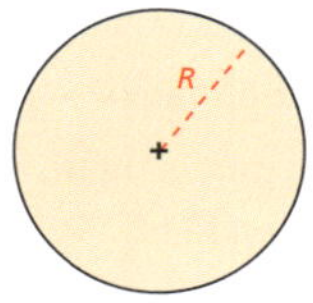

Périmètre $= 2 \times \pi \times R$
Aire d'un disque $= \pi \times R^2$

- **Parallélépipède rectangle**

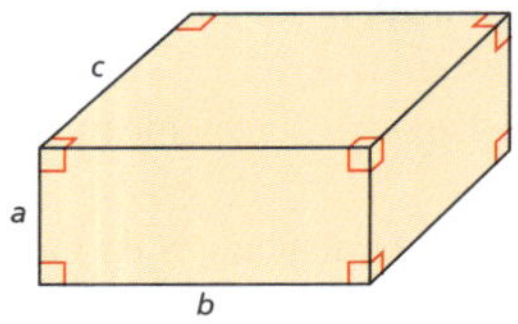

Volume $= a \times b \times c$

- **Cylindre**

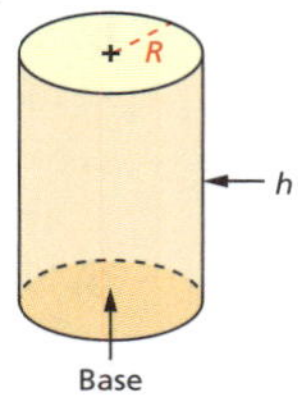

Volume = aire d'une base × hauteur $= \pi \times R^2 \times h$

- **Cône**

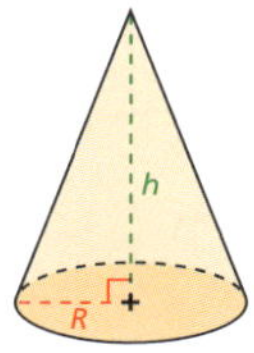

$\text{Volume} = \dfrac{\text{aire de la base} \times \text{hauteur}}{3} = \dfrac{\pi \times R^2 \times h}{3}$

- **Prisme droit**

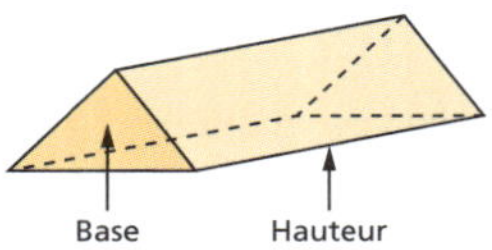

Volume = aire d'une base × hauteur

- **Pyramide**

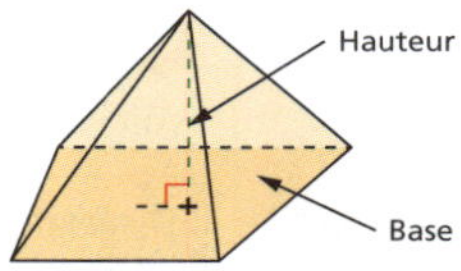

$\text{Volume} = \dfrac{\text{aire de la base} \times \text{hauteur}}{3}$

- **Sphère**

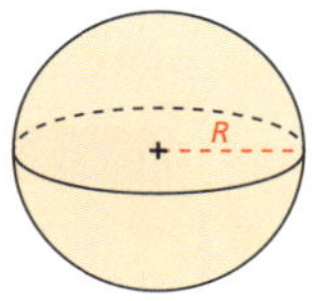

$\text{Volume} = \dfrac{4}{3} \times \pi \times R^3$

Calculs d'angles

- La **somme des angles** dans un triangle est égale à 180°.

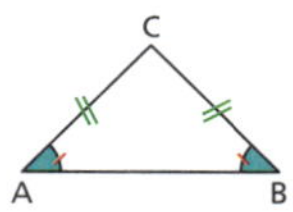

- Si le triangle ABC est **isocèle** en C, on a $\widehat{A} = \widehat{B}$.

Trigonométrie

- **Dans un triangle rectangle**

Dans un triangle rectangle, les longueurs des côtés et les angles sont reliés par des **relations trigonométriques** :

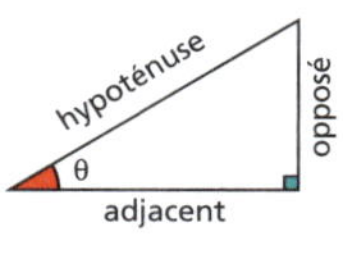

$\sin \theta = \dfrac{\text{côté opposé à l'angle } \theta}{\text{hypoténuse}}$

$\cos \theta = \dfrac{\text{côté adjacent à l'angle } \theta}{\text{hypoténuse}}$

INFO

Ces définitions permettent de calculer le cosinus et le sinus d'un angle aigu (entre 0° et 90°). Les définitions dans le cas général seront vues en première. Pour calculer le sinus ou le cosinus d'un angle non aigu, on utilisera la calculatrice.

- **Propriété**

Soit x un angle. $(\cos x)^2 + (\sin x)^2 = 1$

$(\cos x)^2$ et $(\sin x)^2$ peuvent se noter $\cos^2 x$ et $\sin^2 x$.

- **Formule d'Al-Kashi**

Soit ABC un **triangle quelconque**. On note a = BC, b = AC et c = AB.

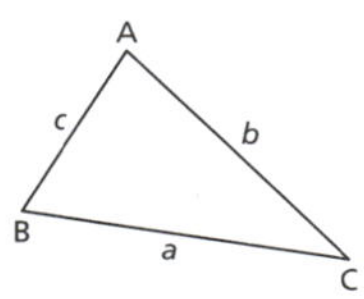

$$a^2 = b^2 + c^2 - 2 \times b \times c \times \cos \widehat{A}$$
$$b^2 = a^2 + c^2 - 2 \times a \times c \times \cos \widehat{B}$$
$$c^2 = a^2 + b^2 - 2 \times a \times b \times \cos \widehat{C}$$

ATTENTION !

Si on cherche la valeur d'une des quatre données présentes dans la formule, on a besoin de connaître la valeur des trois autres.

LA MÉTHODE

Utiliser la formule d'Al-Kashi pour chercher une longueur ou un angle

Étape 1 On écrit une formule d'Al-Kashi où apparaît la valeur recherchée et dans laquelle les valeurs des trois autres données sont connues.

Étape 2 On résout l'équation permettant de trouver la valeur recherchée.

Exemple

Soit EFG le triangle tel que FG = 8, EF = 6 et EG = 5.

Calculer la valeur de $\widehat{E}$(donner un arrondi au centième).

Étape 1 On note e = FG = 8 ; f = EG = 5 et g = EF = 6.

L'angle $\widehat{E}$ apparaît dans la formule $e^2 = f^2 + g^2 - 2fg\cos\widehat{E}$.

Étape 2 $8^2 = 5^2 + 6^2 - 2 \times 5 \times 6 \times \cos\widehat{E}$

$64 = 25 + 36 - 60 \times \cos\widehat{E}$

$3 = -60 \times \cos\widehat{E}$

$\cos\widehat{E} = -\dfrac{3}{60} = -0{,}05$

La touche [Arccos] ou [$\cos^{-1}$] permet de trouver $\widehat{E} \approx 92{,}87°$.

S'ENTRAÎNER

1 QUIZ

Compléter les phrases suivantes.

a. ABC est un triangle tel que $\widehat{A} = 50°$ et $\widehat{B} = 70°$. L'angle $\widehat{C}$ est égal à ....

b. ABC est un triangle isocèle en A tel que $\widehat{A} = 80°$. Les angles $\widehat{B}$ et $\widehat{C}$ sont égaux à ....

c. ABCD est un rectangle tel que AB = 5 cm et BC = 4 cm.
L'aire de ABCD est égale à ....
L'aire de ABC est égale à ....

d. ABC est un triangle rectangle en B tel que AB = 4 cm et AC = 5 cm. $\cos\widehat{A}$ est égal à ....

e. Le périmètre d'un carré d'aire 25 cm^2 est égal à ....

2 Démonstration

Soit ABC triangle rectangle en B.
Démontrer que $\cos^2\widehat{A} + \sin^2\widehat{A} = 1$.

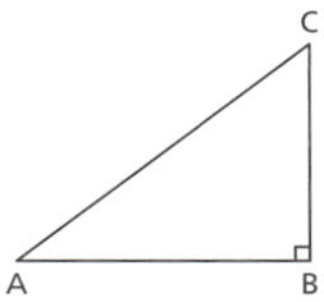

3 Al-Kashi

Dans la figure suivante, on a AB = 8, AC = 3 et $\widehat{A} = 60°$.

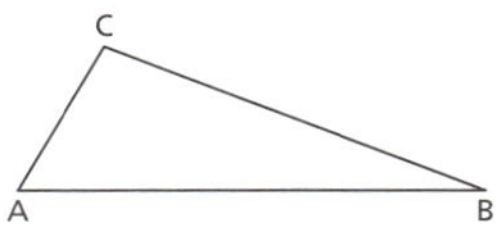

a. Calculer BC.

b. Calculer les arrondis au centième des angles $\widehat{B}$ et $\widehat{C}$.

4 Recherche de cosinus et de sinus

a. On donne $\cos(x) = 0{,}8$ et $\sin(x) > 0$.
Calculer la valeur de $\sin(x)$.

b. On donne $\sin(x) = \dfrac{\sqrt{3}}{2}$ et $\cos(x) < 0$.
Calculer la valeur de $\cos(x)$.

POUR VOUS AIDER

On pourra utiliser la formule $\cos^2 x + \sin^2 x = 1$.

5 Simplification

On pose $A = (\cos x + \sin x)^2 + (\cos x - \sin x)^2$.
Simplifier A.

6 Aires de triangles

ABC est un triangle tel que AB = 10, AC = 6 et BC = 8.
H est le projeté orthogonal de C sur [AB].
M est le point de [AB] tel que AM = 7,5. La perpendiculaire à (AB) passant par M coupe (BC) en D et (AC) en F.

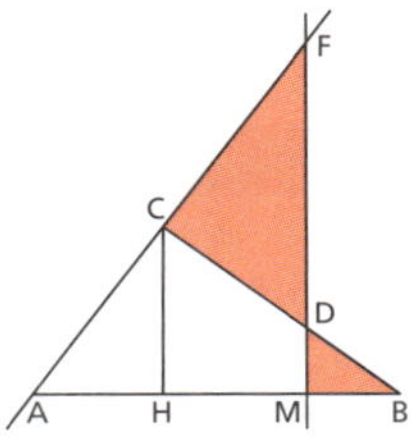

a. Démontrer que ABC est rectangle en C.

b. Calculer l'aire de ABC. En déduire la valeur de CH.

c. Calculer FM et DM.

d. Calculer les aires de DMB, AMDC et CDF.

7 Volumes

a. Calculer le volume du réservoir ci-contre sachant que R = 15 m, H = 40 m et h = 6 m.

b. Donner une valeur approchée de sa capacité en hectolitres.

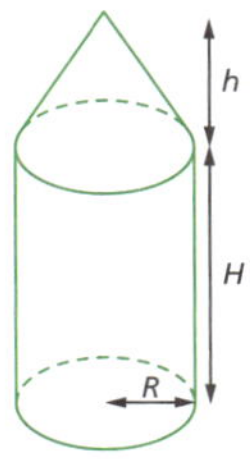

8 Sans la hauteur

Calculer la hauteur d'une pyramide dont la base est un carré de 4 cm de côté, sachant que son volume est 150 cm^3.

9 Balles de tennis

On range quatre balles de tennis (de diamètre environ 6,6 cm) dans une boîte cylindrique de même diamètre en les empilant. Calculer le volume de l'espace vide dans la boîte.

21 Équation de droite : étude graphique

L'ESSENTIEL

On se place dans un repère (O ; I, J) du plan.

Forme des équations de droite

● Une équation de droite est une relation qui lie les abscisses et les ordonnées des points de la droite.

● Toute droite du plan **parallèle** à l'axe des ordonnées a une équation de la forme $x = a$ avec a réel.

Exemple
La droite représentée ici a pour équation $x = 3$.

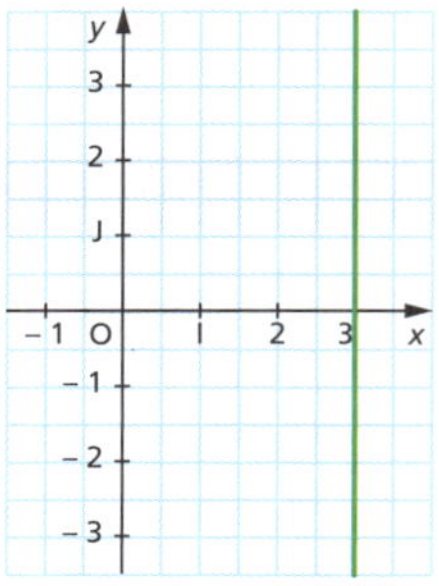

● Toute droite du plan **non parallèle** à l'axe des ordonnées a une équation de la forme $y = mx + p$, avec m et p deux nombres réels.

Équation et représentation graphique

● Toute droite d'équation $y = mx + p$ est la représentation graphique d'une fonction affine telle que $f(x) = mx + p$.

● m est le **coefficient directeur** de la droite. On l'appelle aussi la **pente** de la droite.
››› Si $m > 0$, alors f est croissante : la droite « monte ».
››› Si $m < 0$, alors f est décroissante : la droite « descend ».
››› Si $m = 0$, f est constante : la droite est parallèle à l'axe des abscisses.

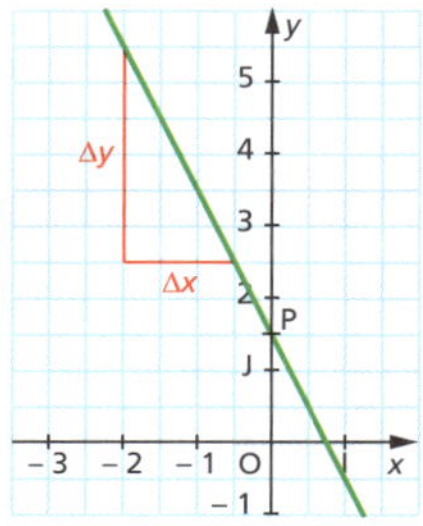

● Soit les coordonnées de deux points de cette droite, on a :

$$m = \frac{\text{différence des ordonnées}}{\text{différence des abscisses}}$$

● p est l'ordonnée du point P d'abscisse 0 : il est égal à $f(0)$.

● On dit aussi que p est l'**ordonnée à l'origine** de la droite.

● **Propriété**
Deux droites non parallèles à l'axe des ordonnées sont parallèles entre elles si et seulement si elles ont le même coefficient directeur.

LA MÉTHODE

Déterminer graphiquement l'équation d'une droite *d* non parallèle à l'axe des ordonnées

Étape 1 On détermine p, l'**ordonnée à l'origine de la droite *d*** : p est l'ordonnée du point d'intersection entre d et l'axe des ordonnées.

Étape 2 On détermine le signe de m, le **coefficient directeur de *d*** :
si la fonction associée à d est croissante, m est positif ; si la fonction est décroissante, m est négatif.

Étape 3 On choisit deux points A et B de la droite d tels que $y_A > y_B$ et dont on lit facilement les coordonnées.
On construit un triangle rectangle ABC dont l'hypoténuse est [AB].
On en déduit m, sachant que $m = +\frac{AC}{BC}$ ou $m = -\frac{AC}{BC}$.

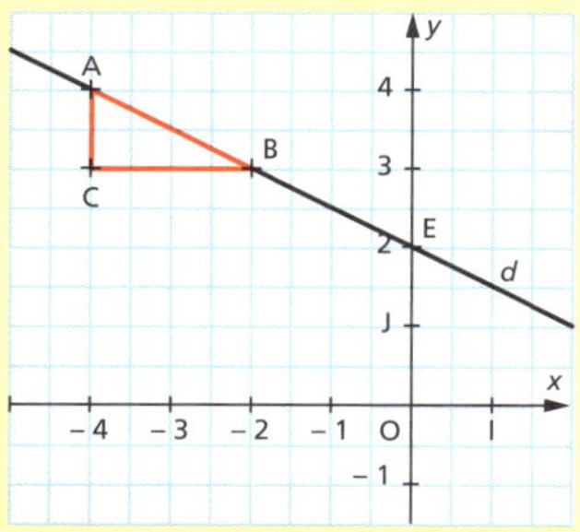

Exemple Déterminer graphiquement l'équation de la droite d.

Étape 1 L'ordonnée de E, point d'intersection de d avec l'axe des ordonnées, est 2. Donc $p = 2$.

Étape 2 La fonction associée à d est décroissante. Donc m est négatif.

Étape 3 $m = -\frac{AC}{BC} = -\frac{1}{2}$. L'équation de d est $y = -\frac{1}{2}x + 2$.

Tracer une droite connaissant son équation

Étape 1 Si la droite a pour équation $x = a$, on trace la droite parallèle à l'axe des ordonnées passant par le point de coordonnées (a ; 0). Sinon, l'équation de la droite est de la forme $y = mx + p$: on place alors au moins deux points quelconques de la droite.

Étape 2 On choisit deux valeurs de x correspondant à deux points A et B.

Étape 3 On complète le tableau ci-contre en calculant les ordonnées des nombres choisis, et on place les points A et B.
Puis on trace la droite passant par A et B.

x	x_A	x_B
y	$mx_A + p$	$mx_B + p$

Exemple

Tracer la droite d'équation $y = 0{,}5x + 1$.

Étape 1 L'équation de la droite est de la forme $y = mx + p$.

Étape 2 On choisit deux valeurs de x, par exemple 0 et 4, correspondant aux abscisses de deux points A et B.

Étape 3 On place les points correspondant au tableau suivant dans le repère.

x	0	4
y	$0{,}5 \times 0 + 1 = 1$	$0{,}5 \times 4 + 1 = 3$

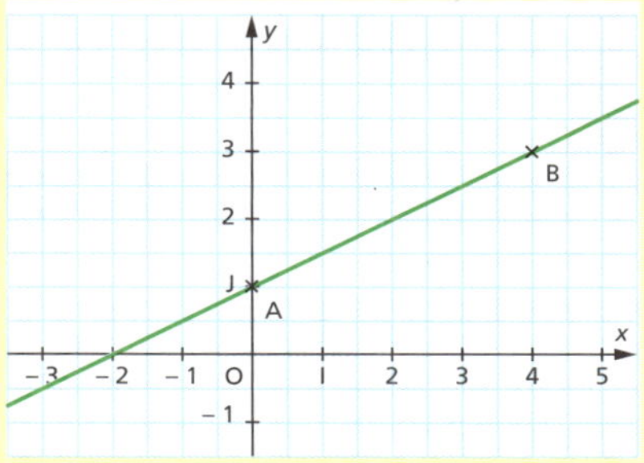

S'ENTRAÎNER

1 QUIZ

En considérant l'unité u, lire le coefficient directeur des droites ci-dessous.

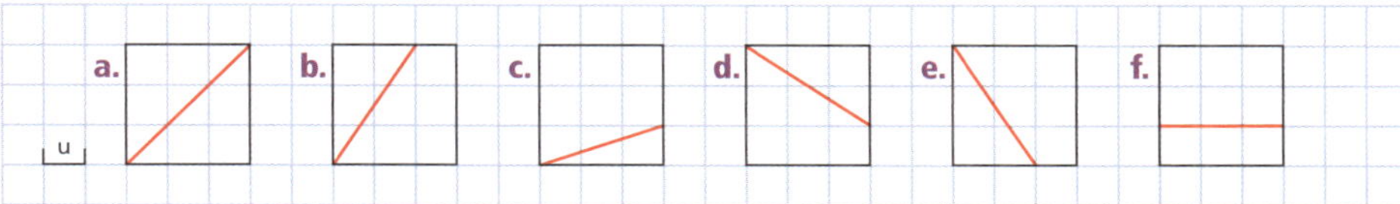

2 **Équations réduites**

1. Chacune des égalités suivantes correspond à une équation de droite. Les écrire sous la forme $y = ax + b$.

a. $2y = 5x$ **b.** $2x + y = -3$

c. $3x - 5y = 2$ **d.** $-4x + 6y = 12$

e. $-x - 4y = 4$

2. Donner le coefficient directeur de chaque droite.

POUR VOUS AIDER

On cherche à isoler *y* d'un côté de l'égalité.

3 **Différentes équations**

1. Parmi les équations suivantes, lesquelles ne sont pas des équations de droite ?

a. $3x = 5y$ **b.** $3xy = 4$

c. $y = 3x^2 + 2x + 5$ **d.** $y = \dfrac{3x - 4}{\sqrt{2}}$

2. Parmi les équations suivantes, lesquelles représentent une même droite ?

a. $y = -\dfrac{2}{3}x + 2$ **b.** $\dfrac{x}{3} + \dfrac{y}{2} = 1$

c. $2x + 3y = 6$ **d.** $x = -\dfrac{3}{2}y + 3$

3. Parmi les équations suivantes, lesquelles représentent des droites parallèles ?

a. $y = -\dfrac{2}{3}x + 1$

b. $2y = 3x$

c. $10y - 15x + 4 = 0$

d. $5 - 6x - 9y = 0$

e. $3y + 2x = 4$

f. $y = \dfrac{3}{2}x + 1$

4 **Graphiquement**

Lire les équations des droites d_1, d_2, d_3, d_4, d_5 et d_6 sur le graphique.

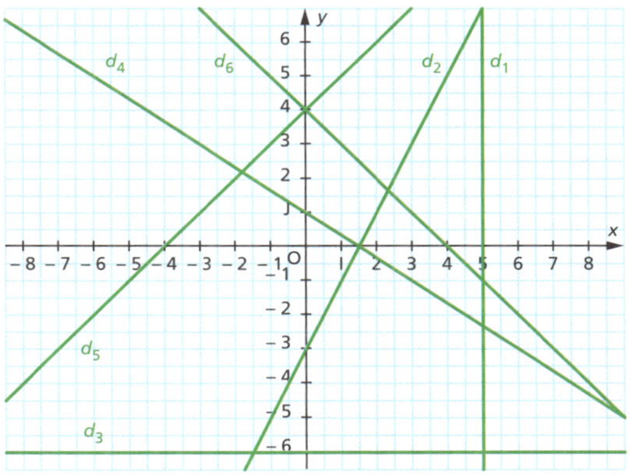

5 **Représentations graphiques**

Tracer, dans un repère, les droites dont on connaît le coefficient directeur m et l'ordonnée à l'origine p.

a. $m = 2$ et $p = -1$ **b.** $m = -1{,}5$ et $p = 1{,}5$

c. $m = 0$ et $p = -3$ **d.** $m = \dfrac{1}{3}$ et $p = 3$

6 **Lecture graphique**

a. Tracer la droite passant par le point M(1 ; –2) et d'ordonnée à l'origine 3. Lire graphiquement son coefficient directeur.

b. Tracer la droite passant par le point P(–2 ; 1) et de coefficient directeur $\dfrac{1}{2}$. Lire graphiquement son ordonnée à l'origine.

7 **Équations de droites**

Dans un repère, tracer les droites suivantes.

$d_1 : x = 2$ $d_2 : y = -3$ $d_3 : y = -0{,}5x + 3$

$d_4 : y = 2x - 3$ $d_5 : y = \dfrac{2}{3}x - 1$

22 Équation de droite : étude algébrique

L'ESSENTIEL

Vecteur directeur d'une droite

On appelle vecteur directeur $\vec{u}$ d'une droite (D) tout vecteur non nul dont la **direction** est celle de (D).

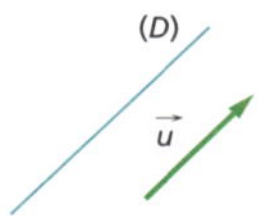

Équation cartésienne et équation réduite de droite

● Toute droite (D) peut être définie par une **équation cartésienne** du type $ax + by + c = 0$ avec $(a\ ;\ b) \neq (0\ ;\ 0)$. Cela revient à dire qu'un point $M(x\ ;\ y)$ appartient à (D) si et seulement si $ax + by + c = 0$.

● Le vecteur $\vec{u}\begin{pmatrix} -b \\ a \end{pmatrix}$ est un **vecteur directeur** de (D).

● Une droite possède une **infinité** d'équations cartésiennes.

● L'**équation réduite** d'une droite est une équation cartésienne particulière de la forme :

- $x = a$ si la droite est **parallèle** à l'axe des ordonnées.
- $y = mx + p$ si la droite n'est **pas parallèle** à l'axe des ordonnées.

Exemple Soit (D) la droite d'équation $-2x + 4y + 6 = 0$.
$4y = 2x - 6$
$y = 0{,}5x - 1{,}5$ est l'équation réduite de (D).

Calcul du coefficient directeur

Soit $A(x_A\ ;\ y_A)$ et $B(x_B\ ;\ y_B)$, avec $x_A \neq x_B$, deux points dans un repère. Le coefficient directeur de (AB) est :

$$m = \frac{y_B - y_A}{x_B - x_A} = \frac{y_A - y_B}{x_A - x_B}.$$

LA MÉTHODE

Déterminer l'équation réduite d'une droite connaissant deux points de la droite

Étape 1 On calcule le coefficient directeur m de la droite (s'il existe) en utilisant la formule du cours.
Étape 2 On cherche le nombre p : on remplace les coordonnées d'un des points de la droite dans l'égalité $y = mx + p$.

Exemple

Dans un repère (O ; I, J) du plan, on donne deux points A(2 ; 2) et B(6 ; 4).
Déterminer l'équation réduite de la droite (AB).
Étape 1 On calcule le coefficient directeur m de (AB) :

$$m = \frac{y_B - y_A}{x_B - x_A} = \frac{4-2}{6-2} = \frac{1}{2}.$$

Étape 2 Dans l'égalité $y = mx + p$, on remplace x et y par les coordonnées de A par exemple :
$y_A = mx_A + p$, soit $2 = 0{,}5 \times 2 + p$. D'où $2 = 1 + p$ et donc $p = 2 - 1 = 1$.
L'équation réduite de (AB) est $y = 0{,}5x + 1$.

Déterminer les coordonnées du point d'intersection de deux droites d_1 et d_2 non parallèles dont on connaît les équations réduites

Soit d_1 et d_2 deux droites d'équations respectives : $y = mx + p$ et $y = m'x + p'$.
Étape 1 Pour trouver l'abscisse x du point d'intersection, on résout l'équation $mx + p = m'x + p'$.
Étape 2 Pour trouver l'ordonnée y du point d'intersection, on remplace la solution de l'équation précédente dans l'une des équations de droite.

Exemple Soit d_1 la droite d'équation $y = 2x + 3$ et d_2 la droite d'équation $y = -0{,}5x + 6$.
Déterminer les coordonnées du point d'intersection des deux droites d_1 et d_2.
Étape 1 On résout l'équation $2x + 3 = -0{,}5x + 6$.

$$2x + 3 = -0{,}5x + 6 \Leftrightarrow 2{,}5x = 3 \Leftrightarrow x = \frac{3}{2{,}5} = \frac{6}{5} = 1{,}2.$$

Étape 2 On remplace x par 1,2 dans l'équation de d_1 par exemple : $y = 2 \times 1{,}2 + 3 = 5{,}4$.
Les coordonnées du point d'intersection des deux droites d_1 et d_2 sont donc (1,2 ; 5,4).

Remarque : voir aussi le chapitre 9.

Déterminer une équation cartésienne de droite

Étape 1 On cherche un vecteur directeur de la droite s'il n'est pas donné.
Étape 2 On utilise la colinéarité de deux vecteurs pour trouver une équation cartésienne de la droite.

Exemple Soit A(4 ; –1) et B(–2 ; 2) deux points.

Déterminer une équation cartésienne de (AB).

Étape 1 $\overrightarrow{AB}\begin{pmatrix} x_B - x_A \\ y_B - y_A \end{pmatrix}$ donc $\overrightarrow{AB}\begin{pmatrix} -2-4 \\ 2+1 \end{pmatrix}$ donc $\overrightarrow{AB}\begin{pmatrix} -6 \\ 3 \end{pmatrix}$

Le vecteur $\overrightarrow{AB}\begin{pmatrix} -6 \\ 3 \end{pmatrix}$ est un vecteur directeur de (AB).

Étape 2 Soit M(*x* ; *y*) ∈ (AB). $\overrightarrow{AM}\begin{pmatrix} x-4 \\ y+1 \end{pmatrix}$

M ∈ (AB) ⇔ A, B et M sont alignés.

⇔ $\overrightarrow{AB}$ et $\overrightarrow{AM}$ sont colinéaires. ⇔ $\det(\overrightarrow{AB} ; \overrightarrow{AM}) = 0$

⇔ $-6(y+1) - 3(x-4) = 0$ ⇔ $-6y - 6 - 3x + 12 = 0$ ⇔ $-3x - 6y + 6 = 0$

$-3x - 6y + 6 = 0$ est une équation cartésienne de (AB).

S'ENTRAÎNER

1 QUIZ

Vrai ou faux ? Cocher la case qui convient. Soit *d* la droite d'équation $y = -2x + 3$.

a. A(0 ; 3) ∈ *d*. V☐ F☐

b. B(–2 ; –7) ∈ *d*. V☐ F☐

c. C(0,5 ; 2) ∈ *d*. V☐ F☐

d. Une équation cartésienne de *d* est $-2x + y + 3 = 0$. V☐ F☐

e. Le coefficient directeur de *d* est –2. V☐ F☐

2 Coefficient directeur

a. Calculer le coefficient directeur de (LB) puis celui de (BF) avec L(4 ; 3), B(–1 ; 0), F(4 ; 1).

b. Pourquoi la droite (FL) n'a-t-elle pas de coefficient directeur ?

3 Sur la droite

Soit *d* la droite d'équation $6x - 2y = 5$.

a. Donner un vecteur directeur de *d*.

b. Déterminer le point de *d* d'abscisse 2, puis le point de *d* d'ordonnée 3.

4 Une droite, des équations

Soit *d* la droite de coefficient directeur $\frac{1}{3}$ et d'ordonnée à l'origine 2. Parmi les équations suivantes, indiquer celles qui sont une équation de *d*.

a. $3x + y = 2$

b. $x = 3y - 6$

c. $\frac{1}{6}x - \frac{1}{2}y = -1$

d. $6y - 2x = 12$

5 Points alignés ?

Déterminer, à l'aide des coefficients directeurs, si les points de chaque série sont alignés.

a. A(3 ; 3), B(0 ; 6) et C(6 ; 0)

b. A(2 ; 3), B(–3 ; –5) et C(–2 ; –3)

POUR VOUS AIDER

Vous pouvez aussi vérifier que les points sont alignés en utilisant des vecteurs colinéaires (voir le chapitre 18).

6 Équations de droites

a. Déterminer l'équation réduite de la droite *d* qui passe par P(3 ; –1) et de coefficient directeur –2.

b. Déterminer l'équation réduite de la droite *d′* qui passe par R(4 ; 1) et d'ordonnée à l'origine –3.

c. Déterminer l'équation réduite de la droite *d″* qui passe par Q(2 ; 3) et qui est parallèle à la droite *d*.

7 Par le calcul

a. On donne les points A(3 ; 3) et B(–4,5 ; 0). Déterminer l'équation réduite de (AB).

b. Déterminer une équation cartésienne de la droite (*D*) passant par *C*(–6 ; 4) et de vecteur directeur $\vec{u}\begin{pmatrix} 5 \\ -6 \end{pmatrix}$.

c. Déterminer les coordonnées de E, le point d'intersection de (AB) et (*D*).

8 Système d'équations

Résoudre graphiquement, puis algébriquement (voir le chapitre 9), le système suivant : $\begin{cases} x + y = 2 \\ 6x - 3y = -12. \end{cases}$

9 Positions relatives

a. Déterminer graphiquement les positions relatives des deux droites *d* et *d′* tracées ci-dessous.

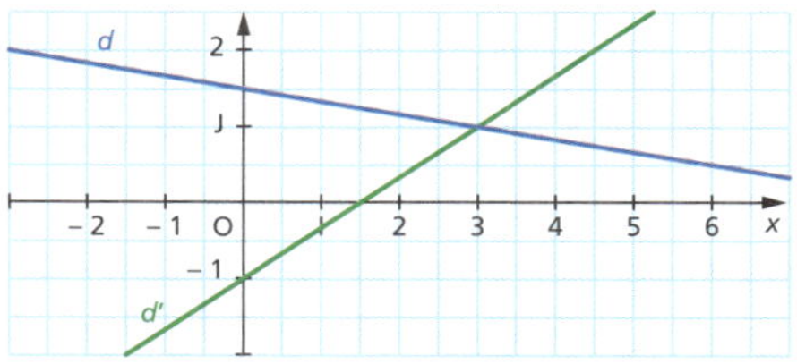

b. Après avoir donné les équations des droites par lecture graphique, vérifier les résultats du **a.** par le calcul.

10 Algorithme

Soit (*D*) et (*D′*) deux droites d'équations respectives : $y = ax + b$ et $y = a'x + b'$.

a. Montrer que, si $a \neq a'$, la solution de l'équation $ax + b = a'x + b'$ d'inconnue *x* est $\frac{b' - b}{a - a'}$.

b. Écrire un algorithme qui demande les valeurs de *a*, *b*, *a′* et *b′* et qui donne les coordonnées de l'éventuel point d'intersection entre (*D*) et (*D′*).

23 Notion de fonction

L'ESSENTIEL

Du programme de calcul à la fonction

● Programme de calcul

Exemple Voici un programme de calcul.

1. On part d'un nombre.
2. On le multiplie par 3.
3. On ajoute ensuite 1.
4. On élève le résultat au carré.

Si on part du nombre 4, on trouve à la fin 169.
Si on part d'un nombre x, on trouve donc $(3x + 1)^2$.

● La fonction et son vocabulaire

Un programme de calcul ainsi défini s'appelle une **fonction** (on la note souvent f).

Exemple À un nombre x (nombre de départ) la fonction de l'exemple précédent fait correspondre le nombre $(3x + 1)^2$.
4 est un antécédent de 169 ;
169 est l'image de 4.
x est un **antécédent** par f de $(3x + 1)^2$;
$(3x + 1)^2$ est l'**image** de x.

ATTENTION !
Par une fonction, un nombre peut avoir plusieurs antécédents (ou aucun !), mais l'image d'un nombre est unique. Dans l'exemple précédent, le nombre 4 a deux antécédents par f : $\frac{1}{3}$ et -1.

En fonction de

Lorsqu'une quantité Q dépend de la valeur d'une quantité **variable** (souvent appelée x), on cherche à **exprimer Q en fonction de** x. Pour cela, on écrit $Q(x)$ à l'aide d'une expression ne contenant que des nombres connus et la lettre x. $Q(x)$ se lit « Q de x ».

Exemple

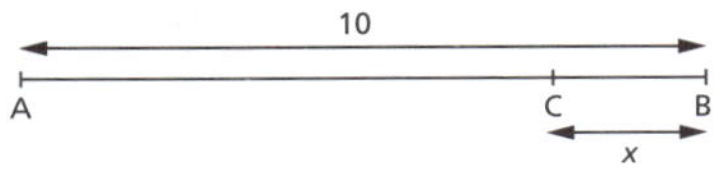

La longueur $\ell = \text{AC}$ dépend de la valeur de x.
On écrit $\text{AC} = \ell(x) = 10 - x$.

Ensemble de définition

● L'ensemble de définition d'une fonction f, noté $\mathcal{D}_f$, est l'ensemble des nombres de départ dont le calcul de l'image est possible (les antécédents).

Exemple Dans l'exemple précédent, le nombre x ne peut pas être négatif, et il ne peut pas être supérieur à 10. On note donc $\mathcal{D}_\ell = [0 ; 10]$.

● Dans certaines fonctions, c'est le calcul d'un certain nombre de valeurs qui est impossible : par exemple, on ne peut pas diviser par 0, ou on ne peut pas prendre la racine carrée d'un nombre négatif.

Exemple $f(x) = \frac{1}{x}$, on a $\mathcal{D}_f = \mathbb{R} \setminus \{0\}$.
L'ensemble de définition est l'ensemble des nombres réels privé de 0.

LA MÉTHODE

Calculer l'image d'un nombre *a* par une fonction *f*

Étape 1 On remplace x par a dans l'expression de $f(x)$.
Étape 2 On calcule $f(a)$ en respectant les règles de priorités sur les opérations.

Exemple Soit la fonction f définie par $f(x) = 3(2x + 1)^2 - 4$. Calculer l'image de 7 par f.
Étape 1 On remplace x par 7 dans l'expression de $f(x)$:
$f(7) = 3(2 \times 7 + 1)^2 - 4$
Étape 2 On calcule $f(7)$:
$f(7) = 3(14 + 1)^2 - 4 = 3 \times 15^2 - 4 = 3 \times 225 - 4 = 675 - 4 = 671$
671 est donc l'image de 7 par la fonction f.

Déterminer les antécédents (éventuels) d'un nombre *b* par une fonction *f*

Étape 1 On résout l'équation $f(x) = b$.
Étape 2 On conclut : les antécédents de b par f sont les solutions de l'équation $f(x) = b$ qui **appartiennent** à l'ensemble de définition de f.

Exemple Soit f la fonction définie sur $[0 ; 5]$ par $f(x) = x^2 - 1$.
Déterminer les antécédents de 8 par f.
Étape 1 On résout l'équation $f(x) = 8$: $x^2 - 1 = 8 \Leftrightarrow x^2 = 9 \Leftrightarrow x = 3$ ou $x = -3$.
Étape 2 -3 n'appartient pas à $[0 ; 5]$. 3 est donc l'unique antécédent de 8 par f.

1 QUIZ

Cocher la case qui convient.

Quelle est l'image de 0 dans chacun des cas ?

1. $f(z) = \dfrac{1}{z+2}$	☐ **a.** 0	☐ **b.** $\dfrac{1}{2}$	☐ **c.** 2	☐ **d.** 0 n'a pas d'image.
2. $g(x) = 2x^2 - 7{,}5x + 3$	☐ **a.** 0	☐ **b.** 3	☐ **c.** –2,5	☐ **d.** 0 n'a pas d'image.
3. $u(n) = \sqrt{n+1}$	☐ **a.** 0	☐ **b.** $\dfrac{1}{2}$	☐ **c.** 1	☐ **d.** 0 n'a pas d'image.
4. $h(a) = a^8$	☐ **a.** 0	☐ **b.** 1	☐ **c.** 8	☐ **d.** 0 n'a pas d'image.

2 Programme de calcul

Voici un programme de calcul.

1. Choisir un nombre x.
2. Multiplier ce nombre par 3, puis ajouter 1.
3. Élever le résultat au carré, puis soustraire 5.
4. Noter $R(x)$ le résultat obtenu.

Déterminer $R(x)$ pour n'importe quel x.

3 Images et antécédents

Soit f une fonction telle que $f(3) = 5$ et $f(7) = 6$.
Compléter les phrases suivantes :

a. L'image de 7 par …… est …… .
b. Un antécédent de 6 par f est …… .
c. 5 est ……………… de ……. par …… .
d. 3 est un …………… de …… par …… .

4 Distance et temps

Une relation entre la distance D, la vitesse V et le temps T est $D = VT$.

a. Exprimer V en fonction de D et de T.
b. Exprimer T en fonction de D et de V.

5 Calcul d'images

Soit f la fonction définie par $f(x) = 2x^3 - 4x^2 - 4x + 1$.

a. Déterminer l'image de 2 par f.
b. Déterminer l'image de –2 par f.
c. Déterminer l'image de 0 par f.
d. Compléter le tableau de valeurs suivant :

x	2	–2	0
f(x)			

6 Calculs d'antécédents

Soit f et g les fonctions définies sur $\mathbb{R}$ par :

$f(x) = \dfrac{2x+7}{5}$ et $g(x) = 2x^2 + 3$.

a. Déterminer le ou les antécédents de 8 par f.
b. Déterminer le ou les antécédents de 5 par g.

7 Antécédent et image

Soit f une fonction telle que :

- un antécédent de 0 est 1 ;
- l'image de 0 est –2 ;
- $f(3) = 4$;
- 5 a pour image 3.

Compléter le tableau de valeurs suivant :

x	3		0	
f(x)		3		0

8 Dans un triangle

Dans la figure suivante, on a BC = 10 cm, AB = 8 cm.
E est un point du segment [BC] ; on pose EC = x cm.
On pose $f(x)$ = aire de EFC et $g(x)$ = aire de ABEF.

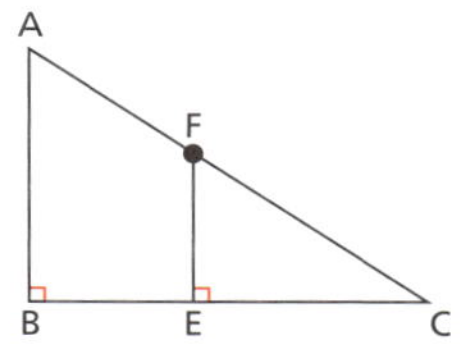

a. À quel intervalle appartient x ?
b. Exprimer EF en fonction de x.
c. Déterminer $f(x)$.
d. Déterminer $g(x)$.
e. Déterminer la ou les valeurs de x pour lesquelles les deux aires sont égales.

9 Avec un tableur

Soit la fonction g définie par $g(x) = \dfrac{-60}{x+2}$.

Compléter le tableau de valeurs en utilisant la fonction « Table » de la calculatrice.

x	1	2	3	4	2,58
g(x)					

x				
g(x)	–5	–4	5	erreur

POUR VOUS AIDER

- Pour les 4 premières valeurs, le calcul d'image peut se faire en programmant le tableur avec un pas de 1 (dans DEFINIR TABLE pour Texas, SET pour Casio).
- Pour le calcul de l'image de 2,58, il faut entrer la valeur sur le clavier (programmer « demande » pour Texas, ne rien faire pour Casio qui donne les images directement à la demande).
- Pour les calculs d'antécédents, les calculatrices ne résolvent pas les équations, il faut les chercher par tâtonnement…

24 Courbe représentative d'une fonction

L'ESSENTIEL

Représentation graphique d'une fonction

Soit (O ; I, J) un repère (voir le chapitre 14 pour la définition d'un repère dans le plan).
Soit f une fonction définie sur un intervalle K.
La **courbe représentative** d'une fonction f dans le repère (O ; I, J) est l'ensemble des points dont les coordonnées sont $(x\,;f(x))$, avec x appartenant à K.

ATTENTION !

Connaître les coordonnées de quelques points ne suffit pas pour tracer la courbe représentative d'une fonction.
Pour joindre les points, il faut connaître le sens de variation de la fonction (voir le chapitre suivant).

Exemple Soit la fonction f définie sur $[-1{,}5\,;\,3{,}5]$ par $f(x) = 0{,}5x^3 - 1{,}5x^2 - 0{,}5x + 1{,}5$.
L'ordinateur ou la calculatrice peuvent calculer un très grand nombre d'images, ce qui permet de dessiner une courbe.
On a ainsi la courbe représentative, notée $\mathscr{C}_f$, de la fonction f.
Par le calcul, on trouve $f(2) = -1{,}5$.
Donc le point M de coordonnées $(2\,;\,-1{,}5)$ appartient à $\mathscr{C}_f$.

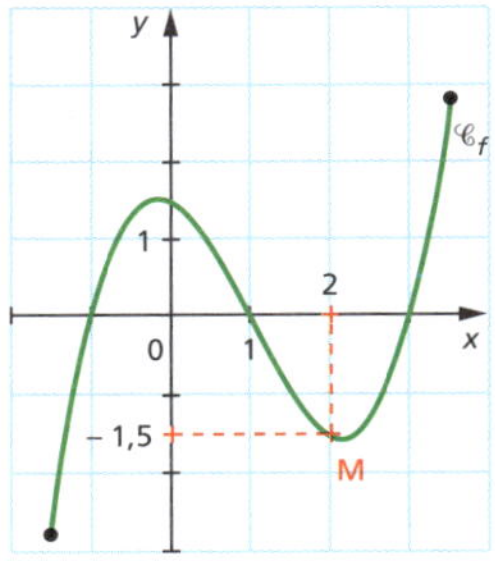

LA MÉTHODE

Déterminer graphiquement l'image d'un nombre x par une fonction f

Étape 1 On place x sur l'axe des abscisses.

Étape 2 On repère le point de la courbe représentative de f qui a pour abscisse x. L'ordonnée de ce point est égale à $f(x)$.

Exemple On a tracé la courbe représentative d'une fonction f.
Déterminer graphiquement les images de -2, 0 et 7 par f.
Étape 1 On repère les abscisses -2, 0 et 7 sur l'axe.
Étape 2 Les points de la courbe d'abscisses -2, 0 et 7 sont respectivement A, B et C.
L'ordonnée de A est 1. L'image de -2 par f est donc 1, ce que l'on écrit $f(-2) = 1$.
L'ordonnée de B est -3. L'image de 0 par f est donc -3, d'où $f(0) = -3$.
L'ordonnée de C est 3. L'image de 7 par f est donc 3. D'où $f(7) = 3$.

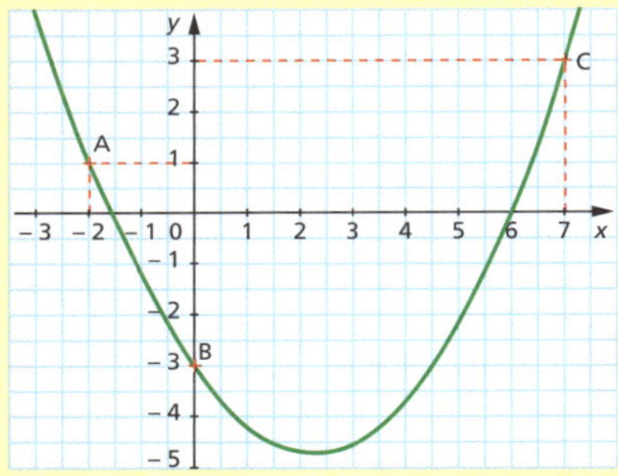

Résoudre graphiquement l'inéquation $f(x) \leqslant a$

Étape 1 On place a sur l'axe des ordonnées.

Étape 2 On repère les points de la courbe $\mathscr{C}_f$ qui ont une ordonnée inférieure ou égale à a.

Étape 3 On regarde les **abscisses** des points trouvés précédemment. Ces abscisses sont les solutions de l'inéquation $f(x) \leqslant a$.

Exemple On a tracé la courbe représentative d'une fonction f définie sur $[-1{,}5\,;\,2{,}5]$. Résoudre l'inéquation $f(x) \leqslant 1$.
Étape 1 On place 1 sur l'axe des ordonnées.
Étape 2 On place en rouge tous les points de $\mathscr{C}_f$ qui ont une ordonnée inférieure ou égale à 1.
Étape 3 On a tracé en bleu les abscisses des points de la courbe trouvés à l'étape 2.
L'ensemble des solutions S de l'inéquation est donc :
$S = [-1\,;\,0{,}5] \cup [2\,;\,2{,}5]$.

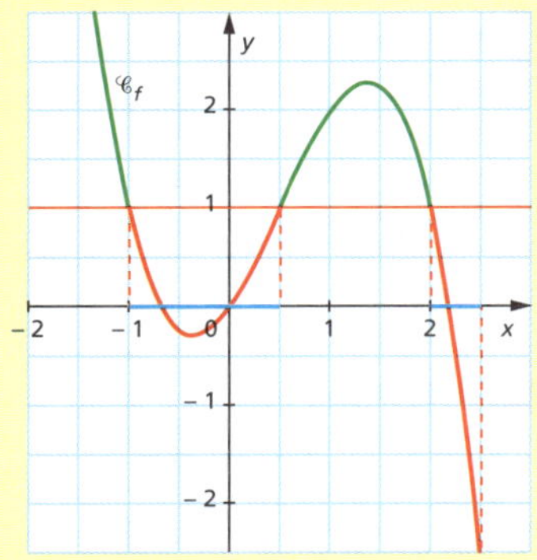

Remarques :
- Dans l'exemple, les antécédents de 1 sont -1, $0{,}5$ et 2 (chercher les antécédents de 1 revient à résoudre l'équation $f(x) = 1$).
- Résoudre les inéquations $f(x) < 0$ et $f(x) > 0$ revient à situer la courbe de f par rapport à l'axe des abscisses.

1 QUIZ

Entourer le mot qui convient.

Soit le point A(3 ; 5) sur la courbe représentative d'une fonction *f*.

a. 3 est *l'abscisse / l'ordonnée* de A.

b. 3 est *un antécédent / l'image* de 5.

c. 5 est *l'image / l'antécédent* de 3.

2 Sur la courbe

On a tracé la courbe d'une fonction *f*.

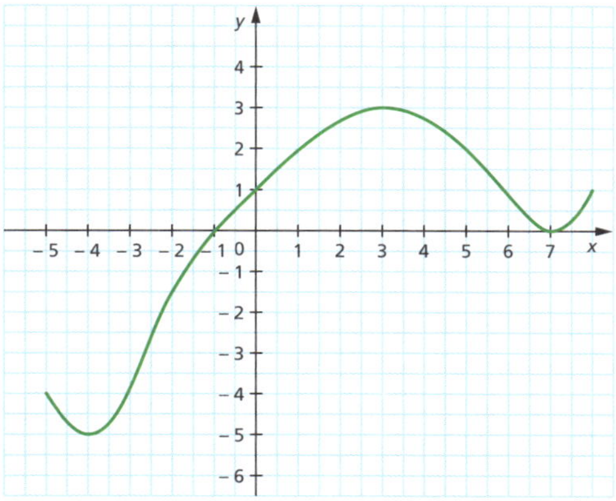

a. Donner l'ensemble de définition de *f*.

b. Déterminer graphiquement les images de – 5, de 3 et de 0 par *f*.

c. Déterminer les (éventuels) antécédents de 0, de 1 et de 4 par *f*.

d. Faire le tableau de signes de *f*.

3 Graphiquement et par le calcul

On a tracé la courbe d'une fonction *f* définie sur $\mathbb{R}$ par $f(x) = -x^3 + 4x + 2$.

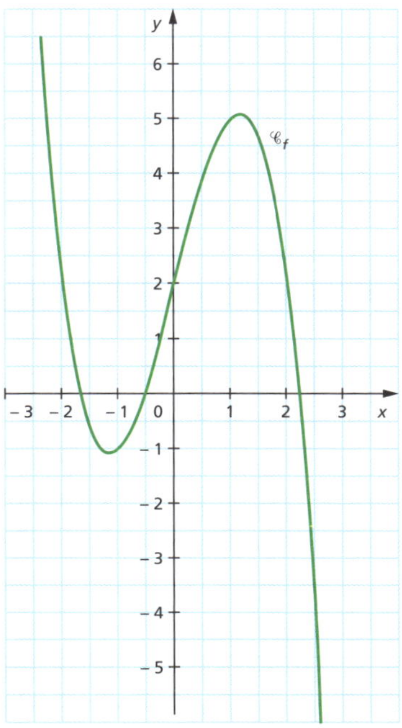

a. Déterminer graphiquement les antécédents de 2 par *f*.

b. Vérifier par le calcul les résultats trouvés en **a.**

4 Équation et inéquations

On a tracé la courbe d'une fonction *f* définie sur [–2 ; 2,5].

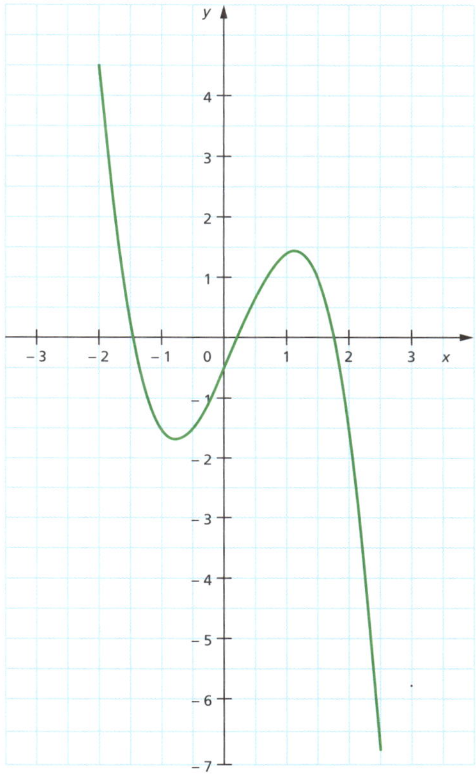

1. Résoudre graphiquement :

a. $f(x) = -1{,}5$ **b.** $f(x) > -1{,}5$

c. $f(x) \geqslant -1{,}5$ **d.** $f(x) < -1{,}5$

e. $f(x) \leqslant -1{,}5$

2. Ces affirmations sont-elles vraies ou fausses ?

a. Si $f(x) > 0$, alors $x > 0$.

b. Si $x > 1$, alors $f(x) < 1{,}5$.

c. Si $f(x) < -2$, alors $x > 0$.

d. L'équation $f(x) = 0$ admet trois solutions.

e. 3 n'a pas d'antécédent.

f. 3 n'a pas d'image.

g. –1 a deux antécédents.

3. Compléter :

a. Si $x \in [-2 ; -1]$, alors $f(x) \in$ ......

b. Si $x \in]0 ; 2]$, alors $f(x) \in$ ......

5 Points de la courbe

Soit la fonction *f* définie sur $\mathbb{R}$ par $f(x) = x^2 + 2x + 1$.

Compléter avec les symboles $\in$ ou $\notin$.

a. A(0 ; 3) ...... $\mathscr{C}_f$ **b.** B(–1 ; 0) ...... $\mathscr{C}_f$

c. C(–2 ; –7) ...... $\mathscr{C}_f$ **d.** D(1 ; 0) ...... $\mathscr{C}_f$

25 Sens de variation d'une fonction

L'ESSENTIEL

Variations d'une fonction

Exemple La courbe d'une fonction f définie sur $[-4 ; 2]$ est représentée ci-dessous. On se déplace sur la courbe de la gauche vers la droite. On observe que :
- si $x \in [-4 ; -2] \cup [1 ; 2]$ (les intervalles en bleu sur l'axe des abscisses), la courbe « monte » ;
- si $x \in [-2 ; 1]$ (l'intervalle en rouge sur l'axe des abscisses), la courbe « descend ».

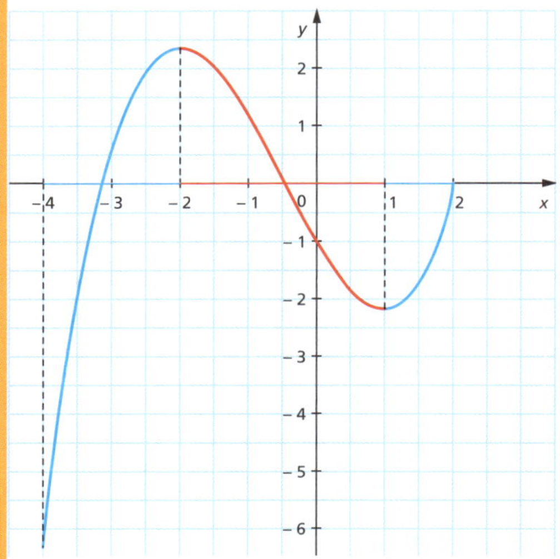

On dit que f est **strictement croissante** sur $[-4 ; -2] \cup [1 ; 2]$ et **strictement décroissante** sur $[-2 ; 1]$. On a ainsi donné le **sens de variation** de f.

ATTENTION !
Ne pas confondre « sens de variation » et « signe » !
Une fonction peut être croissante et négative, ou décroissante et positive !

● **Fonction croissante**
Une fonction f est strictement **croissante** sur un intervalle I si pour tous réels x_1 et x_2 de I tels que $x_1 < x_2$, on a $f(x_1) < f(x_2)$ (l'ordre est **conservé**).

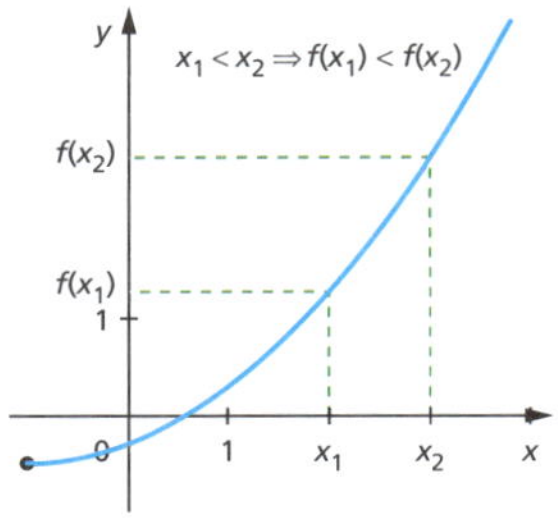

● **Fonction décroissante**
Une fonction f est strictement **décroissante** sur un intervalle I si pour tous réels x_1 et x_2 de I tels que $x_1 < x_2$, on a $f(x_1) > f(x_2)$ (l'ordre est **inversé**).

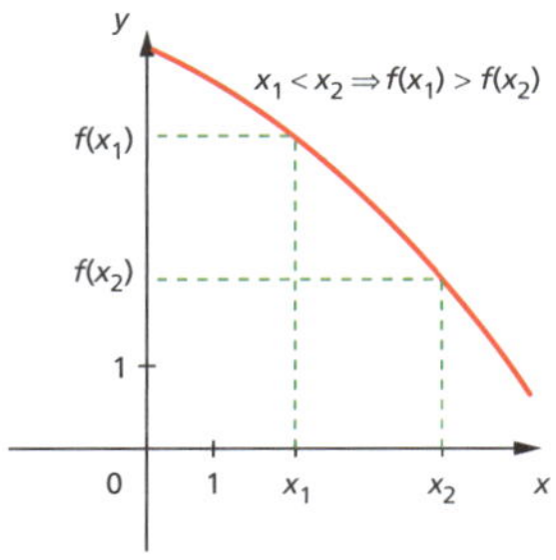

● **Fonction constante**
Une fonction f est **constante** sur un intervalle I si pour tous réels x_1 et x_2 de I on a $f(x_1) = f(x_2)$.

Remarques
- On dit que f est strictement **monotone** sur I si elle est strictement croissante ou strictement décroissante sur I.
- Le sens de variation d'une fonction peut être résumé dans un tableau de variations (voir « La méthode »).

Extremums d'une fonction

Soit f une fonction définie sur un intervalle I.

● Dire que $f(a)$ est le **maximum** de f sur I équivaut à dire que $f(x) \leqslant f(a)$ pour tout x de l'intervalle I.

● Dire que $f(b)$ est le **minimum** de f sur I équivaut à dire que $f(x) \geqslant f(b)$ pour tout x de l'intervalle I.

LA MÉTHODE

Déterminer graphiquement le tableau de variations d'une fonction f

Étape 1 Sur la première ligne du tableau, on place les bornes des intervalles sur lesquels la fonction est monotone.
Étape 2 On complète la deuxième ligne du tableau avec des flèches (flèche montante si la fonction croissante, flèche descendante si la fonction est décroissante), en allant de la gauche vers la droite.
Étape 3 On complète le tableau avec les images des nombres de la première ligne.

Exemple Le schéma ci-contre donne la courbe d'une fonction f.
Faire le tableau de variations de f.

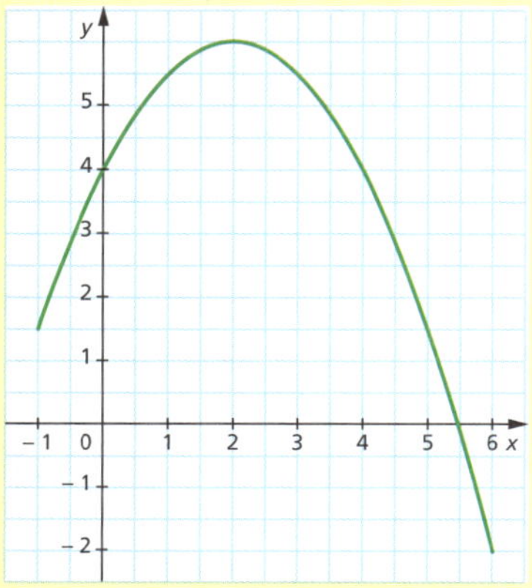

Étape 1 f est définie sur $[-1 ; 6]$. Elle change de sens de variation pour $x = 2$.
On place donc les abscisses -1, 2 et 6 (dans l'ordre croissant) sur la première ligne du tableau.

Étape 2 f est croissante si x varie de -1 à 2 : on dit que f est croissante **sur $[-1 ; 2]$**. On trace donc une flèche montante dans la deuxième ligne du tableau, sous les valeurs correspondantes de x.
De la même façon, f est décroissante sur $[2 ; 6]$. On trace donc une flèche descendante pour cet intervalle.

x	-1		2		6
Variations de f		↗		↘	

Étape 3 On complète le tableau avec les images de -1, 2 et 6.

x	-1		2		6
Variations de f	$\frac{3}{2}$	↗	6	↘	-2

S'ENTRAÎNER

1 QUIZ **Cocher les inégalités qui sont vraies.**
Soit f une fonction croissante et négative sur $]-\infty ; 5]$.

☐ **a.** $f(5) < f(3)$ ☐ **b.** $f(-5) < f(3)$ ☐ **c.** $f(4) < 0$
☐ **d.** $f(-2) \geqslant f(0)$ ☐ **e.** $f(0) > 0$ ☐ **f.** $f(5) > 0$

2 De la courbe au tableau

Voici la courbe d'une fonction f.

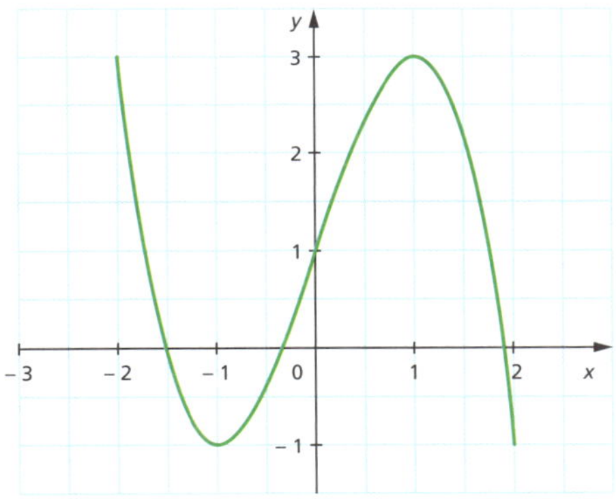

a. Donner l'intervalle de définition de f.
b. Donner son tableau de variations.

3 Plus grand ou plus petit

Voici le tableau de variations d'une fonction f.

x	-2		3		5		8
Variations de f	4	↘	-6	↗	7	↘	6

Compléter par < ou > quand c'est possible.

a. $f(1)$ ...... -6 **b.** $f(1)$ 4
c. $f(4)$ ...... -6 **d.** $f(4)$ 7
e. $f(1)$ ...... $f(4)$ **f.** $f(1)$ ...... $f(6)$
g. $f(4)$ ...... $f(6)$ **h.** $f(5,5)$ ...... $f(-1)$

4 Des variations aux signes

Voici le tableau de variations d'une fonction f.

x	1		3		5
Variations de f	-4	↗	5	↘	2

On donne un renseignement supplémentaire : $f(2) = 0$.
a. Compléter par > ou <.
$f(1,5)$ 0
$f(2,5)$ 0
$f(4)$ 0
b. Sur quel intervalle a-t-on $f(x) > 0$?
c. Sur quel intervalle a-t-on $f(x) < 0$?
d. En déduire le tableau de signes de $f(x)$.

5 Un casse-tête

Voici quelques renseignements donnés à propos d'une fonction u définie sur $[-2 ; 2]$.
1. u est croissante sur $[-1 ; 1]$.
2. 0 est le minimum de u sur $[-2 ; 1]$.
3. $u(1) = 3$.
4. u est décroissante sur $[-2 ; -1]$.
5. Sur $[0 ; 2]$, $u(x) \leqslant 3$.
6. u est monotone sur $[1 ; 2]$.

Établir le tableau de variations de u en le complétant au maximum.

26 Parité de fonctions, positions relatives de courbes

L'ESSENTIEL

Intersection de courbes

Soit $\mathscr{C}_f$ la courbe représentative d'une fonction f et $\mathscr{C}_g$ la courbe représentative d'une fonction g. Chercher les abscisses des points d'intersection de $\mathscr{C}_f$ et $\mathscr{C}_g$, c'est résoudre, graphiquement ou par le calcul, l'équation $f(x) = g(x)$.

Positions relatives de deux courbes

- **Graphiquement**

››› Étudier les positions relatives de $\mathscr{C}_f$ et de $\mathscr{C}_g$, c'est chercher les points d'intersection des deux courbes ainsi que les intervalles sur lesquels $\mathscr{C}_f$ est au-dessus de $\mathscr{C}_g$ et les intervalles sur lesquels $\mathscr{C}_f$ est en dessous de $\mathscr{C}_g$.

- **Par le calcul**

Pour étudier les positions relatives de deux courbes $\mathscr{C}_f$ et $\mathscr{C}_g$, on étudie le signe de $f(x) - g(x)$. En effet :

››› $f(x) > g(x)$ équivaut à $f(x) - g(x) > 0$;

››› $f(x) < g(x)$ équivaut à $f(x) - g(x) < 0$.

Parité

- Une fonction est **paire** sur un intervalle symétrique par rapport à 0, si pour tout x de cet intervalle, $f(-x) = f(x)$.

Conséquence graphique : la courbe représentative de la fonction f est **symétrique par rapport à l'axe des ordonnées**.

Les images de deux nombres opposés sont égales.

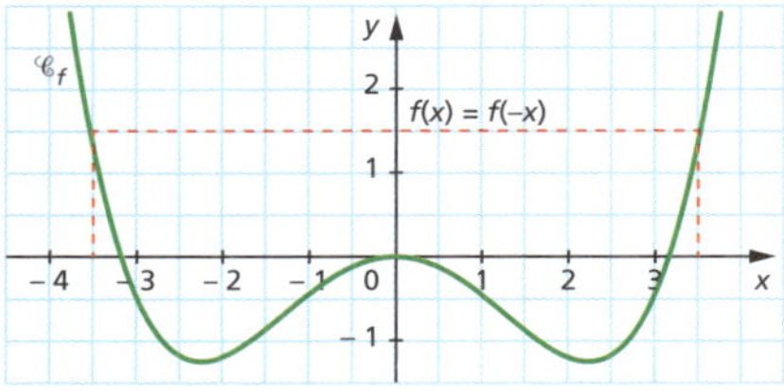

- Une fonction est **impaire** sur un intervalle symétrique par rapport à 0, si pour tout x de cet intervalle, $f(-x) = -f(x)$.

Conséquence graphique : la courbe représentative de la fonction f est **symétrique par rapport à l'origine** du repère.

Les images de deux nombres opposés sont opposées.

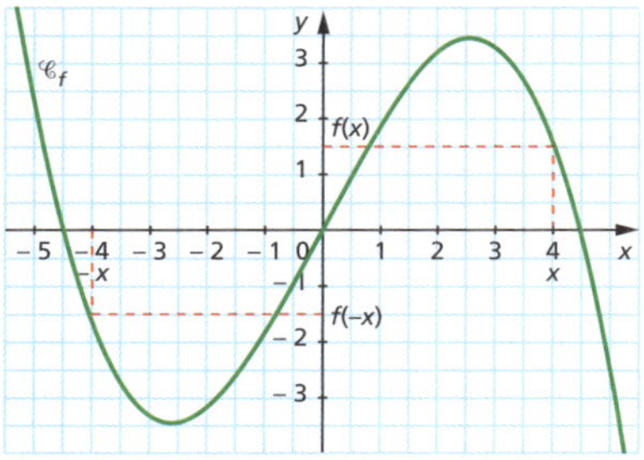

LA MÉTHODE

Étudier par le calcul les positions relatives de deux courbes représentatives de fonctions *f* et *g*

Étape 1 On calcule $f(x) - g(x)$.

Étape 2 On étudie le signe de $f(x) - g(x)$.

Étape 3 On conclut : ››› quand $f(x) - g(x) > 0$, $\mathscr{C}_f$ est au-dessus de $\mathscr{C}_g$;
››› quand $f(x) - g(x) < 0$, $\mathscr{C}_f$ est en dessous de $\mathscr{C}_g$.

Exemple

Soit f et g les fonctions définies sur $\mathbb{R}$ par $f(x) = x^2 - 3x - 2$ et $g(x) = x - 2$.
Étudier les positions relatives de $\mathscr{C}_f$ et de $\mathscr{C}_g$.

Étape 1 On calcule $f(x) - g(x)$ en factorisant afin d'obtenir un produit d'expressions du premier degré :
$f(x) - g(x) = x^2 - 3x - 2 - (x - 2) = x^2 - 4x = x(x - 4)$

Étape 2 On construit le tableau de signes de $x(x - 4)$.

x	$-\infty$		0		4		$+\infty$
Signe de x		–	0	+	|	+	
Signe de $x - 4$		–	|	–	0	+	
Signe de $x(x - 4)$		+	0	–	0	+	

Étape 3 On conclut :
››› $f(x) - g(x) > 0$ sur $]-\infty\,;0[\,\cup\,]4\,;+\infty[$,
d'où $f(x) > g(x)$ sur $]-\infty\,;0[\,\cup\,]4\,;+\infty[$.
Donc $\mathscr{C}_f$ est au-dessus de $\mathscr{C}_g$ sur $]-\infty\,;0[\,\cup\,]4\,;+\infty[$.
››› $\mathscr{C}_f$ est en dessous de $\mathscr{C}_g$ sur $]0\,;4[$.

Remarque : On peut vérifier ces résultats en traçant les deux courbes sur la calculatrice.

►

✱ Étudier la parité d'une fonction

Étape 1 On calcule $f(-x)$ en remplaçant dans l'expression de f chaque x par $-x$.

Étape 2 On compare le résultat obtenu avec $f(x)$. Si on obtient la même expression, la fonction est paire. Si on obtient l'opposé de $f(x)$, la fonction est impaire. Sinon, la fonction n'est ni paire ni impaire.

Exemple Soit la fonction f définie sur $[-4\,;4]$ par $f(x) = 3x^2 + 2x$. Étudier la parité de f.

Étape 1 $f(-x) = 3(-x)^2 + 2(-x) = 3x^2 - 2x$

Étape 2 $f(-x) \neq f(x)$ donc f n'est pas paire.

$-f(x) = -(3x^2 + 2x) = -3x^2 - 2x \neq f(-x)$ donc f n'est pas impaire.

S'ENTRAÎNER

1 QUIZ

Pour chacune des fonctions ci-dessous, cocher la case qui convient.

	paire	impaire	ni paire ni impaire
$f(x) = x^4$	☐	☐	☐
$g(x) = 4x$	☐	☐	☐
$h(x) = x^3 + x^4$	☐	☐	☐
$k(x) = 4x + 1$	☐	☐	☐

2 Comparaison de fonctions

On a tracé les courbes de deux fonctions f et g définies sur $[-2\,;3]$.

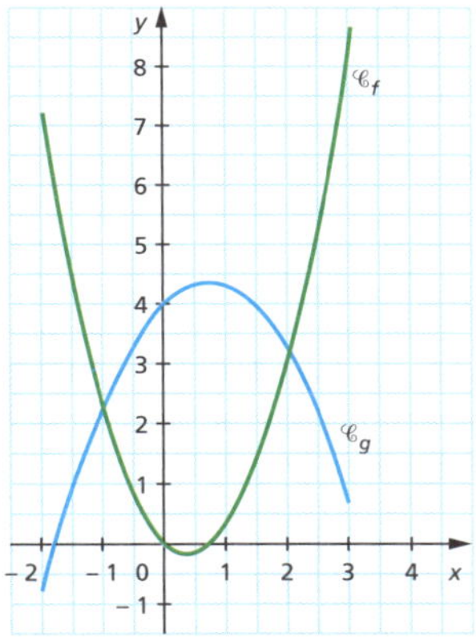

a. Compléter avec >, < ou =.

$f(-1{,}5)$ …… $g(-1{,}5)$ $f(-1)$ …… $g(-1)$

$f(-0{,}5)$ …… $g(-0{,}5)$ $f(1)$ …… $g(1)$

$f(2)$ …… $g(2)$ $f(3)$ …… $g(3)$

b. Résoudre graphiquement l'inéquation $f(x) < g(x)$.

3 Parité de fonctions

Étudier la parité sur leur ensemble de définition des fonctions f, g, h et t définies de la façon suivante.

$f(x) = \dfrac{3}{x^3 - 8x}$ $g(x) = \dfrac{3x^2}{x^2 - 8}$

$h(x) = \dfrac{3x}{x^3 - 8}$ $t(x) = \sqrt{x^2 + 8}$

Vérifier sur une calculatrice graphique les résultats obtenus, en observant les symétries.

4 Courbes et parité

Compléter les représentations graphiques suivantes de façon que la fonction f soit paire et la fonction g soit impaire.

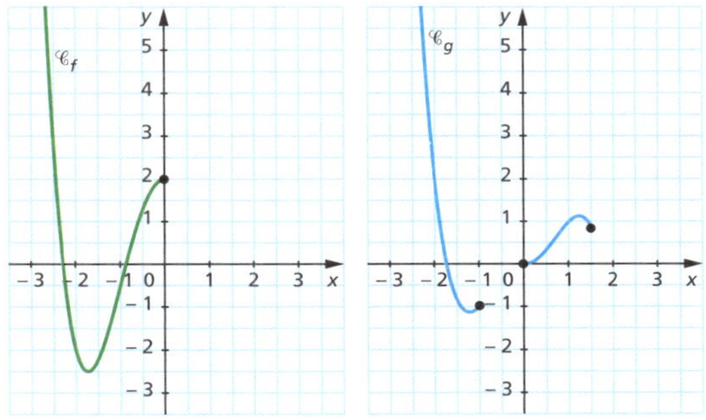

5 Deux courbes

On a tracé ci-dessous les courbes de deux fonctions f et g définies sur $[-2{,}5\,;1{,}5]$.

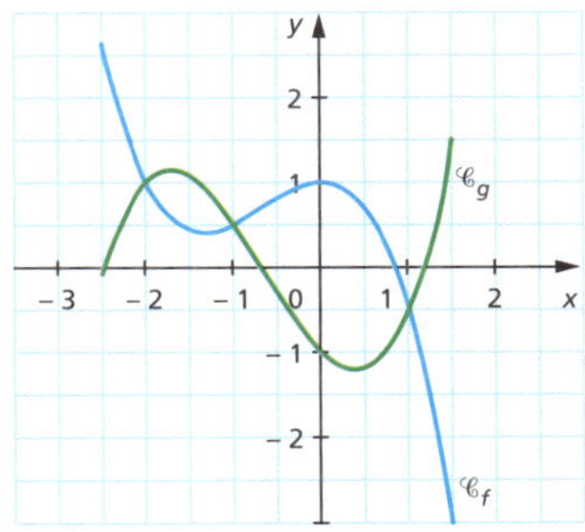

a. Résoudre graphiquement l'équation $f(x) = g(x)$.

b. Résoudre graphiquement l'inéquation $f(x) < g(x)$.

c. Résoudre graphiquement l'inéquation $f(x) \geqslant g(x)$.

d. Donner les positions relatives des courbes représentatives $\mathscr{C}_f$ et $\mathscr{C}_g$.

6 Second degré

Soit f et g les fonctions définies sur $\mathbb{R}$ par :

$f(x) = -x^2 + 2x + 1$ et $g(x) = x^2 + 6x + 1$.

a. Déterminer les coordonnées des points d'intersection de $\mathscr{C}_f$ et $\mathscr{C}_g$ (on résoudra l'équation $f(x) = g(x)$).

b. Étudier les positions relatives de $\mathscr{C}_f$ et $\mathscr{C}_g$.

27 Fonctions affines

L'ESSENTIEL

Définition et vocabulaire

- Une fonction affine f est définie par :

$$f(x) = ax + b$$

avec a et b deux réels.

- Le nombre a est appelé le **coefficient** de f.
- Le nombre b est **l'image de 0** par f.

Sens de variation et signe

- La fonction f est **croissante** si $a > 0$.

Elle est **décroissante** si $a < 0$.

Une fonction affine n'a donc qu'un seul sens de variation.

- Sa représentation graphique est **une droite** (voir les études graphiques et algébriques aux chapitres 21 et 22).

››› Si $a \neq 0$, $ax + b = 0 \Leftrightarrow x = -\dfrac{b}{a}$

››› Si $a > 0$, $ax + b > 0 \Leftrightarrow x > -\dfrac{b}{a}$

x	$-\infty$	$-\dfrac{b}{a}$	$+\infty$
$f(x)$	$-$	0	$+$

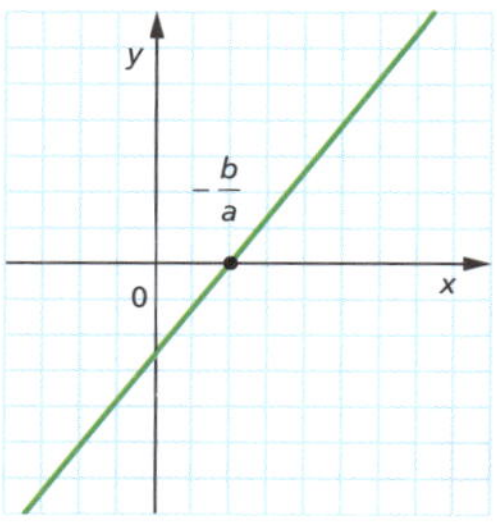

››› Si $a < 0$, $ax + b > 0 \Leftrightarrow x < -\dfrac{b}{a}$

x	$-\infty$	$-\dfrac{b}{a}$	$+\infty$
$f(x)$	$+$	0	$-$

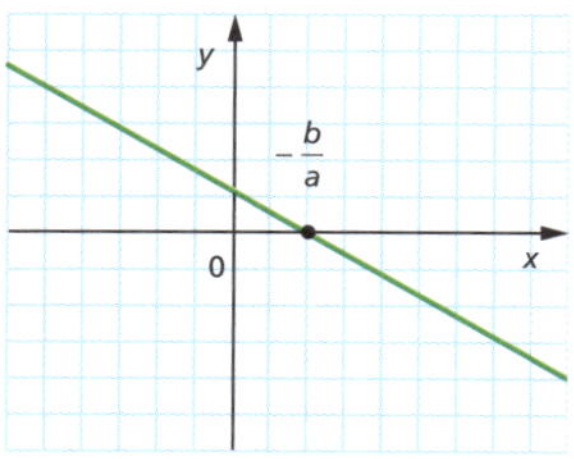

Caractérisation d'une fonction affine

- Soit deux nombres x_1 et x_2 tels que $x_1 \neq x_2$.

On a $f(x_1) = ax_1 + b$ et $f(x_2) = ax_2 + b$.

Donc, par différence :

$f(x_1) - f(x_2) = ax_1 - ax_2 = a(x_1 - x_2)$.

D'où : $$a = \dfrac{f(x_1) - f(x_2)}{x_1 - x_2}$$

- Une fonction affine est donc caractérisée par le fait que la différence des images de deux nombres est **proportionnelle** à la différence de ces nombres.

On parle de **proportionnalité des accroissements**.

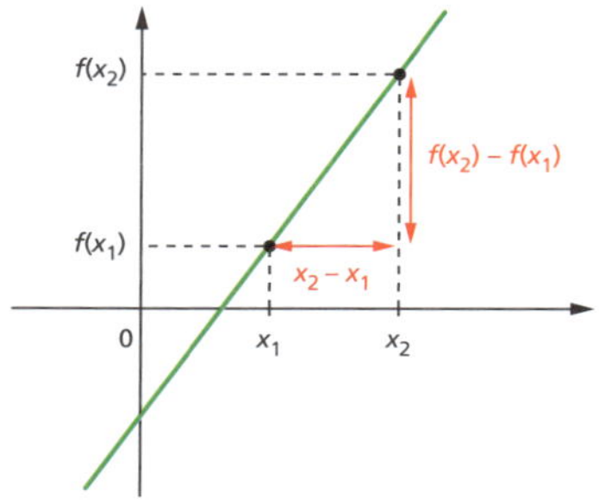

- Le coefficient a donne une indication sur la pente de la droite.

Cas particuliers

- Si le nombre b (image de 0) est nul, alors la fonction f est **linéaire**. Le nombre a représente alors un **coefficient de proportionnalité** : $f(x) = ax$.

ATTENTION !

Une fonction linéaire n'est pas le « contraire » d'une fonction affine. C'est justement une fonction affine qui a une caractéristique supplémentaire : l'image de 0 est 0.
Donc la représentation d'une fonction linéaire est une droite qui passe par l'origine.

- Si le coefficient a est nul, alors on a $f(x) = b$.

La fonction est **constante**.

LA MÉTHODE

Déterminer le sens de variation d'une fonction affine

Étape 1 On écrit l'expression de la fonction sous la forme $f(x) = ax + b$.

Étape 2 On repère le coefficient a. S'il est positif, la fonction est croissante ; s'il est négatif, elle est décroissante ; s'il est nul, la fonction est constante.

Exemple Donner le sens de variation de la fonction $f : x \mapsto f(x) = \dfrac{2-3x}{5}$.

Étape 1 La fonction s'écrit $f(x) = -\dfrac{3}{5}x + \dfrac{2}{5}$.

Étape 2 Le coefficient est donc $-\dfrac{3}{5}$. Comme il est négatif, la fonction f est décroissante.

Déterminer une fonction affine connaissant deux nombres et leurs images

Étape 1 On calcule le coefficient a en utilisant la formule $a = \dfrac{f(x_1) - f(x_2)}{x_1 - x_2}$.

Étape 2 On calcule b en remplaçant un nombre et son image dans l'expression.

Exemple Déterminer la fonction affine g telle que $g(1) = -2$ et $g(-1) = 4$.

Étape 1 Calcul de a : soit $g(x) = ax + b$.

On a $a = \dfrac{g(1) - g(-1)}{1 - (-1)} = \dfrac{-2 - 4}{2} = -3$.

Donc $g(x) = -3x + b$.

Étape 2 Calcul de b : $g(1) = -2 = -3 \times 1 + b$. D'où $b = -2 + 3 = 1$.

La fonction g est donc définie par $g(x) = -3x + 1$.

S'ENTRAÎNER

1 QUIZ

Cocher la case qui convient.

	affine et linéaire	affine et non linéaire	non affine
$f(x) = \sqrt{3} - x$	☐	☐	☐
$g(x) = \dfrac{4 + 2x}{3}$	☐	☐	☐
$h(x) = \dfrac{4 + 2x}{x}$	☐	☐	☐
$k(x) = -\dfrac{7x}{3}$	☐	☐	☐
$u(x) = 3 - x^2$	☐	☐	☐
$v(x) = (4x + 1)(5 - x)$	☐	☐	☐
$w(x) = 3$	☐	☐	☐
$t(x) = \sqrt{x} - 5$	☐	☐	☐

2 Images et antécédents d'une fonction linéaire

Compléter le tableau de valeurs de la fonction u linéaire.

x	0	5	
$u(x)$		15	36

3 *f* peut-elle être affine ?

Voici le tableau de valeur d'une fonction f.
Cette fonction peut-elle être affine ?

x	0	2	4
$f(x)$	5	10	15

4 Reconnaître une fonction affine

Soit la fonction h définie sur $\mathbb{R}$ de la manière suivante :
$h(x) = (2x - 1)^2 + 2(x + 5)(3 - 2x)$.
Cette fonction est-elle affine ?

5 Sens de variation

Donner le sens de variation de ces fonctions, si elles sont affines.

a. $f : x \mapsto f(x) = 5x + 2$ **b.** $f : x \mapsto f(x) = 6 - 4x$

c. $f : x \mapsto f(x) = \dfrac{1}{x}$ **d.** $f : x \mapsto f(x) = \dfrac{x - 1}{3}$

e. $f : x \mapsto f(x) = \dfrac{2 - x}{-2}$ **f.** $f : x \mapsto f(x) = \dfrac{x}{-\sqrt{2}}$

6 Quelle fonction affine ?

Déterminer la fonction affine f telle que :
$f(-2) = 1$ et $f(6) = 5$.

7 La fonction est-elle affine ?

Soit un nombre réel x positif.
Dans chacun des cas suivants, le nombre y est-il l'image de x par une fonction affine ?

a. x est le côté d'un carré et y le périmètre de ce carré.
b. x est le côté d'un carré et y l'aire de ce carré.
c. x est le prix d'un objet en euros et y le prix du même objet en dollars.
d. x est le poids d'un adulte et y sa taille.

8 Taxi !

Les taxis parisiens font payer un forfait pour chaque course, plus une certaine somme proportionnelle aux kilomètres parcourus. J'ai payé 35 € pour une course de 15 km et 41 € pour une course de 18 km.
Donner le montant du forfait ainsi que le prix au kilomètre, puis exprimer le prix en fonction de la distance.

9 Algorithme et fonction affine

Écrire un algorithme qui détermine une fonction affine connaissant deux abscisses et leurs images.

28 Fonction carré et fonction inverse

L'ESSENTIEL

La fonction carré

La fonction carré est la fonction f définie sur $\mathbb{R}$ par :

$$f(x) = x^2$$

- **Sens de variation**

La fonction carré est décroissante sur $]-\infty\ ;\ 0]$, ce qui revient à dire que si $a < b \leqslant 0$, alors $a^2 > b^2$ (voir le chapitre 25).

La fonction carré est croissante sur $[0\ ;\ +\infty[$, ce qui revient à dire que si $0 \leqslant a < b$, alors $a^2 < b^2$.

x	$-\infty$	0	$+\infty$
$f(x)$	↘	0	↗

- **Représentation graphique**

La représentation graphique de la fonction carré s'appelle une **parabole**. Elle passe par l'origine. L'axe des ordonnées est l'**axe de symétrie** de la parabole.

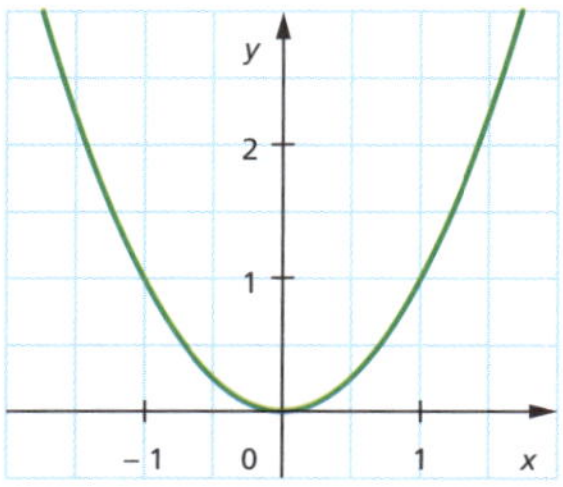

La fonction inverse

- La fonction inverse est la fonction f définie par :

$$f(x) = \frac{1}{x}$$

- f est définie sur $\mathbb{R}\backslash\{0\}$ (ou $\mathbb{R}^*$).

En effet, 0 est la valeur interdite de f.

- **Sens de variation**

La fonction inverse est décroissante sur $]-\infty\ ;\ 0[\ \cup\ ]0\ ;\ +\infty[$.

x	$-\infty$	0	$+\infty$
$f(x)$	↘	‖	↘

- **Représentation graphique**

La représentation graphique de la fonction inverse s'appelle une **hyperbole**. L'origine du repère est **centre de symétrie** de la courbe.

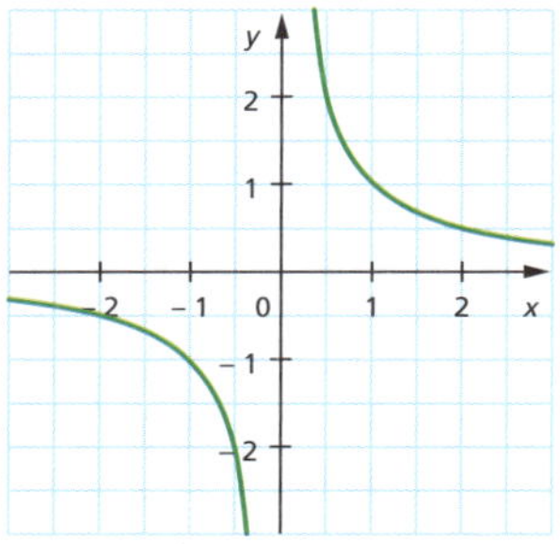

LA MÉTHODE

Comparer deux expressions comportant un carré en partant d'une inégalité

Étape 1 On situe chaque expression dans l'un des intervalles $]-\infty\ ;\ 0]$ ou $[0\ ;\ +\infty[$.

Étape 2 On établit une inégalité en utilisant les priorités d'opérations, les règles sur les inégalités et la propriété sur les variations de la fonction carré.

Exemple Sachant que $x < y < 0$, comparer $-3x^2 - 2$ et $-3y^2 - 2$.

Étape 1 Par hypothèse, on a $x < y < 0$.

Étape 2 Comme x et y sont négatifs et que la fonction carré est décroissante sur $]-\infty\ ;\ 0]$, alors on a : $x^2 > y^2$

On multiplie les deux membres de l'inégalité par -3, négatif, donc on change le sens de l'inégalité :

$-3x^2 < -3y^2$

On ajoute un même nombre (-2) aux deux membres de l'inégalité et on obtient :

$-3x^2 - 2 < -3y^2 - 2$

Comparer deux expressions comportant un inverse en partant d'une inégalité

Étape 1 On part d'une inégalité donnée par l'énoncé.

Étape 2 On établit une inégalité en utilisant les priorités d'opérations ainsi que les règles sur les inégalités.

Exemple Sachant que $x < y < 0$, comparer $\dfrac{2}{x-3}$ et $\dfrac{2}{y-3}$.

Étape 1 On part de l'inégalité : $x < y < 0$.

Étape 2 On ajoute un même nombre (-3) aux membres des inégalités et on obtient : $x - 3 < y - 3 < -3$.

La fonction inverse étant décroissante sur $]-\infty\ ;\ 0[$, on a : $\dfrac{1}{x-3} > \dfrac{1}{y-3}$.

On multiplie les deux membres de l'inégalité par un même nombre positif (2). D'où : $\dfrac{2}{x-3} > \dfrac{2}{y-3}$.

1 QUIZ

Calculer mentalement le carré des nombres suivants.

a. 3 **b.** -2 **c.** -1 **d.** 0,5
e. 0,1 **f.** 10^5 **g.** -10^2 **h.** 10^{-4}

2 Résolution graphique

Compléter les inégalités en observant la courbe de la fonction carré donnée en page précédente.

a. $1 < x < 2 \Rightarrow \ldots\ldots < x^2 < \ldots\ldots$
b. $-2 < x < 0 \Rightarrow \ldots\ldots < x^2 < \ldots\ldots$
c. $-1 < x < 2 \Rightarrow \ldots\ldots < x^2 < \ldots\ldots$

3 Nombres

Comparer les nombres suivants.

a. $\left(-\frac{4}{7}\right)^2 \ldots \left(-\frac{2}{7}\right)^2$ **b.** $(-\pi)^2 \ldots (-3\pi)^2$

4 Encadrer le carré

Dans chaque cas, que peut-on dire de x^2 ?

a. $1 < x < 3$ **b.** $-2 > x > -4$ **c.** $x \in [-1 ; 0]$

5 Dans l'ordre croissant

On sait que quatre nombres x, y, z et t sont tels que $x < y < z < t < 0$.
Ranger les carrés de ces nombres dans l'ordre croissant.

6 Comparaisons

a. Sachant que $x < y < 0$, comparer $3x^2 - 2$ et $3y^2 - 2$.

b. Sachant que $2 < x < y$, comparer $-\frac{5}{2-x}$ et $-\frac{5}{2-y}$.

c. Sachant que $a > b > 0$, comparer $\frac{5}{7+a^2}$ et $\frac{5}{7+b^2}$.

7 Comparaisons graphiques

a. Tracer dans un repère les représentations graphiques des deux fonctions f et g définies par $f(x) = x^2$ et $g(x) = -2x$.
b. Étudier graphiquement leurs positions relatives.
c. Retrouver ces résultats par le calcul.

8 Fonction affine et fonction carré

On souhaite résoudre l'inéquation $x^2 + 2x - 1 < 0$.
Pour cela, on pose $f(x) = x^2$ et $g(x) = 1 - 2x$.
En traçant les courbes représentatives de ces deux fonctions, résoudre graphiquement le problème.

9 Nombres

Comparer les nombres suivants.

a. $-\frac{1}{7}$ et $-\frac{1}{8}$ **b.** $\frac{1}{\pi}$ et $\frac{1}{2\pi}$ **c.** $\frac{1}{\sqrt{3}}$ et $\frac{1}{\sqrt{2}}$

10 Encadrer l'inverse

Dans chaque cas, que peut-on dire de $\frac{1}{x}$?

a. $1 < x < 3$ **b.** $-2 > x > -4$ **c.** $x \in [-3 ; -1]$

11 Ranger sans calculer

On considère la liste de nombres :

0,2 ; $\frac{5}{3}$; 13,5 ; 0,125 ; $\frac{1}{4}$.

Sans les calculer, ranger les inverses de ces nombres dans l'ordre croissant.

12 Fonction affine et fonction inverse

a. Tracer les représentations graphiques des fonctions g et h définies par $g(x) = \frac{1}{x}$ et $h(x) = 2 - x$.
b. Étudier graphiquement leurs points d'intersection, puis leurs positions relatives.
c. Retrouver ces résultats par le calcul.

13 Un peu de géométrie

On a tracé ci-dessous la représentation graphique de la fonction inverse sur $]0 ; +\infty[$.

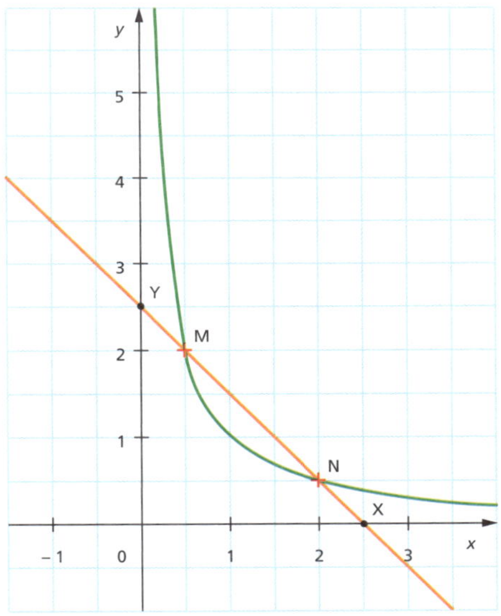

Les points M et N de la courbe ont pour abscisses respectives $\frac{1}{2}$ et 2. La droite (MN) coupe les axes en X et Y.

a. Déterminer la fonction affine dont la représentation graphique est la droite (MN).
b. En déduire par le calcul les coordonnées des points X et Y.
c. Montrer que les segments [MN] et [XY] ont le même milieu.

POUR VOUS AIDER

Voir les formules des fonctions affines au chapitre 27 et des coordonnées du milieu au chapitre 14.

29 Fonction racine carrée et fonction cube

L'ESSENTIEL

La racine carrée d'un nombre

● Propriété et définition

Pour tout nombre $x \geqslant 0$, il existe un nombre $a \geqslant 0$ tel que $a^2 = x$.

La racine carrée de x, notée $\sqrt{x}$, est le nombre **positif ou nul** dont le carré est x.

Exemple

$\sqrt{9} = 3$ car $3 > 0$ et $3^2 = 9$.

Conséquence : pour tout nombre $x \geqslant 0$, on a $(\sqrt{x})^2 = x$.

> **ATTENTION !**
> La racine carrée d'un nombre strictement négatif n'existe pas.

● Propriétés

- Pour tout nombre a et b positifs ou nuls, on a :

$$\boxed{\sqrt{a \times b} = \sqrt{a} \times \sqrt{b}}.$$

Exemple

$\sqrt{12} = \sqrt{4} \times \sqrt{3} = 2 \times \sqrt{3} = 2\sqrt{3}$

- Pour tous nombres a positif ou nul et b strictement positif, on a : $\boxed{\sqrt{\dfrac{a}{b}} = \dfrac{\sqrt{a}}{\sqrt{b}}}$.

> **ATTENTION !**
> $\sqrt{a+b} \neq \sqrt{a} + \sqrt{b}$

- Pour tous nombres a et b positifs ou nuls, on a :

$$\boxed{\sqrt{a+b} \leqslant \sqrt{a} + \sqrt{b}}.$$

● Solutions de l'équation $x^2 = a$

- Si $a < 0$, l'équation $x^2 = a$ n'a **pas de solution**.
- Si $a = 0$, l'équation $x^2 = a$ a **une seule solution** : 0.
- Si $a > 0$, l'équation $x^2 = a$ a **deux solutions** : $\sqrt{a}$ et $-\sqrt{a}$.

Exemples

L'équation $x^2 = 9$ a deux solutions, 3 et -3.
L'équation $x^2 = 7$ a deux solutions, $\sqrt{7}$ et $-\sqrt{7}$.

Des carrés parfaits

$2^2 = 4$, donc $\sqrt{4} = 2$; $3^2 = 9$, donc $\sqrt{9} = 3$; $4^2 = 16$, donc $\sqrt{16} = 4$…

Un carré parfait est un nombre (positif) qui a une **racine carrée entière**. La liste des carrés parfaits (au moins jusque 100) est utile à connaître :

2 ; 4 ; 9 ; 16 ; 25 ; 36 ; 49 ; 64 ; 81 ; 100 ; 121 ; 144 ; 169…

La fonction racine carrée

La fonction racine carrée est définie sur $[0\ ;\ +\infty[$ par $\boxed{f(x) = \sqrt{x}}$.

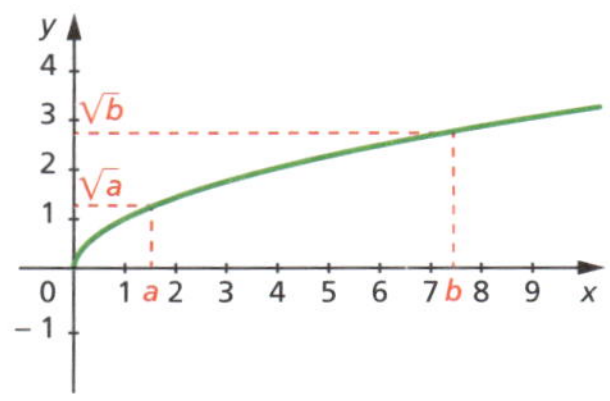

Si $0 \leqslant a < b$, alors $\sqrt{a} < \sqrt{b}$.

La fonction racine carrée est **strictement croissante** sur $[0\ ;\ +\infty[$.

La fonction cube

La fonction cube est la fonction définie sur $\mathbb{R}$ par $\boxed{f(x) = x^3}$.

Si $a < b$, alors $a^3 < b^3$.

La fonction cube est **strictement croissante** sur $\mathbb{R}$.

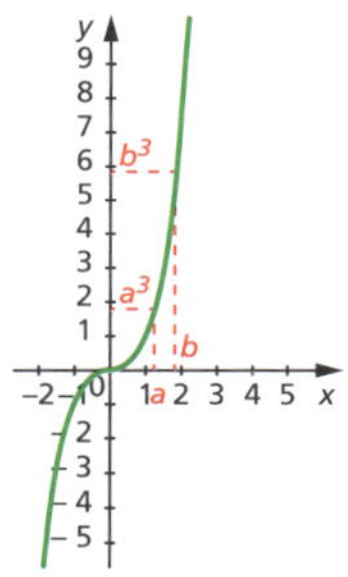

LA MÉTHODE

Simplifier une racine carrée

Soit $A = \sqrt{n}$, $n \in \mathbb{N}$. Simplifier A, c'est écrire A sous la forme $p\sqrt{q}$, p et $q \in \mathbb{N}$, q étant le plus petit entier possible.

Étape 1 On écrit n sous la forme $a \times b$, a étant un carré parfait le plus grand possible.

Étape 2 On utilise la propriété $\sqrt{a \times b} = \sqrt{a} \times \sqrt{b}$.

Les étapes 1 et 2 peuvent être répétées plusieurs fois si on n'a pas trouvé de carré parfait assez grand.

Exemple Simplifier $\sqrt{108}$.

Étape 1 $\sqrt{108} = \sqrt{36 \times 3}$
Étape 2 $\sqrt{36 \times 3} = \sqrt{36} \times \sqrt{3}$
$\sqrt{108} = 6 \times \sqrt{3} = 6\sqrt{3}$

▶

Écrire une fraction sans racine carrée au dénominateur

Soit $A = \frac{a}{\sqrt{b}}$ (avec $b \neq 0$). On cherche à écrire A sans racine carrée au dénominateur.

On transforme la fraction en écrivant : $A = \frac{a}{\sqrt{b}} = \frac{a \times \sqrt{b}}{\sqrt{b} \times \sqrt{b}} = \frac{a \times \sqrt{b}}{b} = \frac{a\sqrt{b}}{b}$.

Exemple

$\frac{12}{\sqrt{3}} = \frac{12 \times \sqrt{3}}{\sqrt{3} \times \sqrt{3}} = \frac{12 \times \sqrt{3}}{3} = \frac{3 \times 4 \times \sqrt{3}}{3} = 4 \times \sqrt{3} = 4\sqrt{3}$

Comparer deux expressions comportant une racine carrée, ou une expression au cube, en partant d'une inégalité

Étape 1 On part d'une inégalité donnée par l'énoncé.

Étape 2 On transforme cette inégalité en utilisant les priorités opératoires, les règles sur les inégalités et la propriété sur le sens de variation de la fonction racine carrée ou de la fonction cube (voir le chapitre 25).

Exemple Sachant que $1 \leqslant x \leqslant y$, comparer $\sqrt{x+3}$ et $\sqrt{y+3}$.

Étape 1 On a $1 \leqslant x \leqslant y$.

Étape 2 $4 \leqslant x+3 \leqslant y+3$: on ajoute 3 à chaque membre de l'inégalité.

Comme $x+3$ et $y+3$ sont positifs, et que la fonction racine carrée est croissante sur $[0 ; +\infty[$, on a : $\sqrt{4} \leqslant \sqrt{x+3} \leqslant \sqrt{y+3}$.

On obtient $\sqrt{4} \leqslant \sqrt{x+3} \leqslant \sqrt{y+3}$.

S'ENTRAÎNER

1 QUIZ

Relier chaque calcul proposé au bon résultat de la seconde ligne.

$\sqrt{(-3)^2}$	$\sqrt{12}$	$(\sqrt{9})^2$	$\sqrt{6}$	$-\sqrt{9}$	$(-\sqrt{6})^2$
•	•	•	•	•	•
•	•	•	•	•	•
$\sqrt{2} \times \sqrt{3}$	6	$2\sqrt{3}$	3	-3	9

2 Calcul mental

Calculer mentalement.

a. $4\sqrt{9}$ **b.** $(\sqrt{3})^2 \times (\sqrt{5})^2$

c. $2^3 \times \sqrt{4}$ **d.** $(\sqrt{4})^3$

3 Avec des racines carrées

a. Simplifier les expressions suivantes.

$A = 3\sqrt{50}$ $B = 3\sqrt{20}$ $C = 2\sqrt{3} + 5\sqrt{12} + 4\sqrt{27}$

b. Calculer les expressions suivantes.

$D = (2\sqrt{3})^2$ $E = (3\sqrt{5})^2$ $F = (2\sqrt{5})^3$

c. Écrire les expressions suivantes sans racine carrée au dénominateur.

$G = \frac{6}{\sqrt{3}}$ $H = \frac{20}{3\sqrt{5}}$ $I = \frac{a}{\sqrt{a}}$ avec $a > 0$

4 Développements

Développer puis réduire les expressions suivantes comportant des racines carrées.

$A = (2+\sqrt{3})^2$ $B = (\sqrt{2}+\sqrt{3})^2$ $C = (3\sqrt{2} - 2\sqrt{3})^2$

5 Équations

Résoudre les équations suivantes.

a. $x^2 = 0{,}25$ **b.** $4x^2 = 36$

c. $3x^2 - 15 = 0$ **d.** $\frac{x^2}{2} = 32$

6 Inégalités

Sachant que $1 \leqslant x \leqslant y$, comparer :

a. $-4\sqrt{3x+6}$ et $-4\sqrt{3y+6}$

b. $-2x^3+5$ et $-2y^3+5$

7 Positions relatives

1. Tracer dans un repère la représentation graphique C_f de la fonction définie par $f(x) = x^3$, ainsi que C_g, celle de la fonction définie par $g(x) = 4x$.
Étudier graphiquement les positions relatives de C_f et de C_g.

2. On pose $h(x) = f(x) - g(x)$.

a. Étudier la parité de la fonction h.

b. En étudiant par le calcul le signe de $h(x)$, retrouver les résultats de la question **1**.

30 Pourcentages

L'ESSENTIEL

Proportion ou fréquence

Exemple S'il y a 24 filles dans une classe de 32 élèves, la proportion de filles est $\frac{24}{32} = \frac{3}{4} = 0{,}75 = 75\ \%$.

Si on sait que 30 % des filles de cette classe font de la danse, la proportion dans la classe de danseuses est de 30 % de 75 %, soit $30\ \% \times 75\ \% = 0{,}3 \times 0{,}75 = 0{,}225 = 22{,}5\ \%$.

La **somme** de toutes les fréquences d'un caractère sur une population est **égale à 1** (soit 100 %). Une fréquence est toujours inférieure ou égale à 1.

Taux d'évolution et coefficient multiplicateur

Exemple Un pull coûtant 36 € a augmenté de 25 %. Quel est son nouveau prix ?

Le taux d'évolution est égal à 25 % soit 0,25 (en cas d'une baisse de 25 % le taux serait de –0,25).

$36 + 25\ \%\ \text{de}\ 36 = 36 + 0{,}25 \times 36 = 36(1 + 0{,}25) = 45$

- Si on note V_F la valeur finale, V_I la valeur initiale et t le **taux d'évolution** on a :

$$\boxed{V_F = V_I \times (1 + t)}.$$

Le nombre $1 + t$ est le **coefficient multiplicateur**, noté C_M.

On a donc $\boxed{C_M = \frac{V_F}{V_I} \text{ et } t = C_M - 1}$.

- t peut aussi se calculer à l'aide de la formule :

$$t = \frac{V_F - V_I}{V_I}\left(t = C_M - 1 = \frac{V_F}{V_I} - 1 = \frac{V_F}{V_I} - \frac{V_I}{V_I} = \frac{V_F - V_I}{V_I}\right)$$

$V_F - V_I$ est la **variation absolue** (dans l'exemple elle correspond à la différence de prix : 45 – 36).

$\frac{V_F - V_I}{V_I}$ est la **variation relative**, c'est-à-dire le taux d'évolution t.

Évolutions successives

$$\boxed{V_I \xrightarrow{\times C_{M1}} \xrightarrow{\times C_{M2}} \dots V_F}$$

Lors de plusieurs évolutions successives, les coefficients multiplicateurs se multiplient entre eux.

Le **coefficient multiplicateur global**, noté C_{MG}, est égal au produit des coefficients multiplicateurs.

$$\boxed{\begin{array}{l} C_{MG} = C_{M1} \times C_{M2} \times \dots \\ V_F = C_{MG} \times V_I \end{array}}$$

Évolution réciproque

- Soit C_M le coefficient multiplicateur qui permet de passer d'une quantité V_I à une quantité V_F. Le **taux réciproque** est le taux qui permet de passer de V_F à V_I.
- Le **coefficient réciproque** C_{MR} est le coefficient multiplicateur qui permet de passer de V_F à V_I.

$$\boxed{\begin{array}{l} V_I \xrightarrow{\times C_M} V_F \xrightarrow{\times \frac{1}{C_M}} V_I \\ C_{MR} = \frac{1}{C_M} \end{array}}$$

LA MÉTHODE

Calculer un taux réciproque connaissant un taux d'évolution

Étape 1 On calcule le coefficient multiplicateur : $C_M = 1 + t$.

Étape 2 On calcule le coefficient réciproque : $C_{MR} = \frac{1}{C_M}$.

Étape 3 On calcule le taux réciproque : $t_R = C_{MR} - 1$.

Exemple

Le salaire de Max a augmenté de 6,4 % entre 2017 et 2018, mais il est revenu à son montant initial en 2019. Quel est le taux d'évolution entre 2018 et 2019 ? (Attention, il ne s'agit pas d'une diminution de 6,4 %.)

Étape 1 $C_M = 1 + 6{,}4\ \% = 1 + 0{,}064 = 1{,}064$

Étape 2 $C_{MR} = \frac{1}{1{,}064} \approx 0{,}93985$

Étape 3 $t_R = C_{MR} - 1 \approx 0{,}93985 - 1 \approx -0{,}06$, soit une baisse d'environ 6 %.

Calculer un taux d'évolution globale connaissant les taux successifs

Étape 1 On calcule les différents coefficients multiplicateurs pour chaque évolution avec la relation $C_M = 1 + t$.

Étape 2 On multiplie entre eux tous les coefficients multiplicateurs pour obtenir le coefficient multiplicateur global.

Étape 3 On calcule le taux avec la relation : $t_G = C_{MG} - 1$.

Exemple

Une quantité augmente successivement de 12 %, puis de 5 %, et elle diminue de 10 %. Quel est le taux global d'évolution sur les trois périodes ?

Étape 1 $C_{M1} = 1 + 0,12 = 1,12$ $C_{M2} = 1 + 0,05 = 1,05$ $C_{M3} = 1 - 0,1 = 0,9$

Étape 2 $C_{MG} = C_{M1} \times C_{M2} \times C_{M3} = 1,12 \times 1,05 \times 0,9 = 1,0584$

Étape 3 $t_G = C_{MG} - 1 = 1,0584 - 1 = 0,0584$, soit une hausse globale de 5,84 %.

S'ENTRAÎNER

1 QUIZ

Cocher la case qui convient.

1. 100 % de 50 est égal à :	☐ **a.** 5 000	☐ **b.** 50	☐ **c.** 500
2. 50 % de 200 est égal à :	☐ **a.** 100	☐ **b.** 1 000	☐ **c.** 50
3. 25 % de 200 est égal à :	☐ **a.** 100	☐ **b.** 500	☐ **c.** 50
4. 10 % de 500 est égal à :	☐ **a.** 5 000	☐ **b.** 50	☐ **c.** 1 500
5. 1 % de 10 est égal à :	☐ **a.** 1	☐ **b.** 11	☐ **c.** 0,1
6. 200 % de 20 est égal à :	☐ **a.** 40	☐ **b.** 4 000	☐ **c.** 200

2 Proportion

Compléter par un nombre.

a. La moitié d'un ensemble en représente ...... %.

b. Un quart d'un ensemble en représente ...... %.

c. Trois quarts d'un ensemble en représentent ...... %.

d. 6 élèves dans une classe de 30 représentent ...... % de l'ensemble des élèves.

3 Calculs de fréquences

Compléter ces tableaux.

a.

Valeur	Effectif	Fréquence (en %)
20	3	
23	5	
26	24	
28	14	
35	4	
Total		100

b.

Valeur	Effectif	Fréquence (en %)
2	2	
6	1	
1	5	
0		40
5		20
Total	20	

4 Du cœfficient multiplicateur au taux

Relier chaque coefficient multiplicateur (CM) au taux d'évolution correspondant.

CM	1,02	1,2	0,98	0,08	1	2
	•	•	•	•	•	•
	•	•	•	•	•	•
Taux	20 %	100 %	– 92 %	0 %	2 %	–2 %

5 Proportionnalité

a. Dans un groupe de 300 étudiants belges, il y a 200 filles. Parmi les garçons, 60 % sont étrangers. Et parmi ceux-ci, 15 % viennent de Paris. Calculer de deux façons différentes le pourcentage de garçons parisiens.

b. Dans un camembert de 250 g, il y a 52 g de lipides. Quel pourcentage de lipides contient-il ?

c. Une bibliothèque possède 3 500 livres policiers qui représentent 14 % de la totalité de ses livres. Quel est le nombre total d'ouvrages dans la bibliothèque ?

6 Agriculture

a. La production d'un produit agricole a subi entre 2016 et 2019 une hausse de 15 %, de 20 %, puis finalement une baisse de 10 %. Déterminer le taux d'évolution global.

b. Sachant que la production en 2019 est de 230 tonnes, quelle était la production en 2016 ?

7 Évolution

Le prix d'un article a augmenté annuellement de 8 % pendant 4 ans puis de 2 % pendant 2 ans. Sachant qu'il a augmenté de 32 % en 7 ans, quelle évolution a-t-il subie la dernière année ? (Arrondir à 0,01 % près.)

8 Sondage

a. En tant que consommateur, préférez-vous qu'un article augmente de 3 % puis diminue de 4 %, ou qu'il diminue de 4 % puis qu'il augmente de 3 % ?

b. Et s'il augmente de 3 % puis diminue de 3 %, est-ce que globalement il a augmenté, diminué, ou est-il resté le même ?

9 Taux inconnu

Le nombre d'abonnés à un journal augmente de 50 % pendant un an, puis de t % pendant un an, et baisse de t % pendant l'année suivante. Le taux global d'évolution sur ces trois années est de 20 %. Calculer le taux t à 0,1 % près.

10 Léopards et Python

En faisant des études statistiques on a remarqué que, dans un pays d'Afrique, la population de léopards baissait de 8 % par an. En 2018, il restait 100 000 léopards.

a. Quel nombre de léopards peut-on prévoir qu'il restera en 2019 ? en 2020 ?

b. Quel nombre de léopards peut-on prévoir qu'il restera en 2025 ?

c. Écrire un algorithme en langage Python permettant de calculer en quelle année le nombre de léopards passera en dessous de 20 000.

31 Statistiques

L'ESSENTIEL

Définitions

- Une **série statistique** est un recueil de données concernant un caractère particulier des individus d'une population.
- L'**effectif n** est le nombre d'individus pour lesquels une certaine valeur est atteinte.
- L'**effectif total N** est la somme de tous les effectifs.

Exemple Un exemple de série comprenant 5 valeurs :

Valeur	x_1	x_2	x_3	x_4	x_5
Effectif	n_1	n_2	n_3	n_4	n_5

Calculs

- Certains calculs permettent de **visualiser les tendances** des données d'une étude en complément des graphiques : les mesures de **position** (moyenne, médiane, quartiles) et les mesures de **dispersion** (étendue, écart interquartile, écart-type).
- La **moyenne** M (notée aussi $\overline{x}$) est la somme du produit de chaque valeur par son effectif, divisée par l'effectif total N :

$$M = \frac{n_1x_1 + n_2x_2 + ...}{N}$$

où x_i sont les valeurs de la série et n_i les effectifs correspondants.

- Propriétés de la moyenne : si on multiplie toutes les valeurs d'une série statistique par un même nombre, alors on multiplie sa moyenne par ce même nombre. De même, si on ajoute un même nombre à chaque valeur, la moyenne est augmentée de cette valeur.
- La **médiane** M_e est la valeur qui partage la population en deux groupes de même effectif. Au moins la moitié des valeurs de la série est inférieure ou égale à la médiane M_e.
  - Si l'effectif total N est impair, M_e est la valeur du milieu de la série.
  - Si N est pair, M_e est la demi-somme des deux valeurs situées au milieu de la série.
- Les **quartiles** partagent aussi la population, mais en quatre parties égales pour obtenir trois quartiles, notés Q_1, Q_2 (qui est la médiane) et Q_3.
- L'**intervalle interquartile** est la différence $Q_3 - Q_1$. 50 % de la population a ses valeurs dans cet intervalle.
- L'**étendue** est la différence entre la plus grande valeur et la plus petite.

Exemple En supposant que dans l'exemple précédent les valeurs soient rangées dans l'ordre croissant, l'étendue est donc $x_5 - x_1$.

- Pour évaluer la dispersion d'une série, on peut calculer les écarts de chaque valeur par rapport à la moyenne. Si on fait la moyenne de ces écarts (en valeur absolue), on obtient un **écart moyen**. Mais on peut aussi faire la moyenne des carrés de chaque écart (on obtient une quantité appelée la **variance**), et en prendre ensuite la racine carrée : on obtient alors l'**écart-type**, noté s ou σ.

$$\text{Variance } V = \frac{n_1(x_1-\overline{x})^2 + n_2(x_2-\overline{x})^2 + n_3(x_3-\overline{x})^2 + n_4(x_4-\overline{x})^2 + n_5(x_5-\overline{x})^2}{N}$$

$$\sigma = \sqrt{V}$$

LA MÉTHODE

Calculer un quartile

Étape 1 On range les valeurs dans l'ordre croissant et on calcule les effectifs cumulés croissants.

Étape 2 On divise l'effectif total par quatre. Si ce nombre est entier, le premier quartile Q_1 est la valeur correspondant à cet effectif. Sinon on prend l'entier immédiatement supérieur et on lit la valeur correspondante.
Pour la médiane, Q_2, on divise par 2.
Pour Q_3, on calcule les trois quarts de l'effectif total. Dans tous les cas, on arrondit à l'entier supérieur.

Exemple Calculer les quartiles de cette série donnant la taille, en centimètres, de 110 hommes adultes.

Taille (en cm)	[155 ; 160[	[160 ; 165[	[165 ; 170[	[170 ; 175[	[175 ; 180[	[180 ; 185[	[185 ; 190[	> 190
Effectif	4	11	21	24	26	13	8	3

Étape 1 On calcule les effectifs cumulés croissants.

Taille (en cm)	[155 ; 160[	[160 ; 165[	[165 ; 170[	[170 ; 175[	[175 ; 180[	[180 ; 185[	[185 ; 190[	> 190
Effectif	4	11	21	24	26	13	8	3
Effectifs cumulés croissants	4	15	36	60	86	99	107	110

▶

Étape 2 Le quart de 110 est 27,5. On cherche donc le 28e homme : il se situe dans la classe [165 ; 170[. Prenons le centre de la classe pour Q_1 : $Q_1 = 167{,}5$.
La moitié de 110 est 55. Le 55e homme est dans la classe [170 ; 175[. La médiane est 172,5.
Les trois quarts de 110 sont 82,5. On cherche le 83e homme : il se situe dans la classe [175 ; 180[. $Q_3 = 177{,}5$.
Cela signifie que 25 % des hommes de cet échantillon mesurent moins de 167,5 cm et 50 % mesurent moins (ou plus) de 172,5 cm.

S'ENTRAÎNER

1 QUIZ

Calculer mentalement la moyenne et la médiane de cette série statistique.

8 ; 24 ; 12 ; 10 ; 11.

2 Dans un magazine

On peut lire dans un magazine : « Dans la journée, un accident sur deux se produit entre 10 h et 19 h, et un quart des accidents a lieu entre 16 h et 19 h. »
Traduire cette phrase en utilisant les mots *médiane* et *quartiles*.

3 Moyenne de tête

Calculer de tête la moyenne de chaque série.

a.

Valeur	3	4	6	7
Effectif	1	1	1	1

b.

Valeur	1	2	4	9
Effectif	2	5	3	1

4 Coureurs de 100 m

Voici une série statistique correspondant aux performances des coureurs du 100 m dans le club « Les mouettes ».

Temps (en s)	10,4	10,3	10,2	10,1	10,0	9,9	9,8	9,7
Effectif	6	8	7	8	8	7	4	2

a. Calculer les paramètres de position et de dispersion de cette série.

b. Une calculatrice donne les résultats du club voisin, « Les goélands ».
Comparer les performances de ces deux clubs.

$\bar{x} = 10{,}15$
$Me = 10{,}2$
$Q_1 = 10$
$Q_3 = 10{,}3$
$\sigma \approx 0{,}145$

5 De la moyenne à x

a. Les nombres 5 ; 8 ; 6 ; 12 ; 14 et x ont une moyenne de 10. Que vaut x ?

b. Les nombres 25 ; 39 ; 44 et x ont pour moyenne x. Que vaut x ?

6 Tests d'anglais et de maths

a. Sur cinq tests effectués, un élève a une moyenne de 10,5 en anglais. Quelle note doit-il obtenir au prochain test pour que sa moyenne augmente de deux points ?

b. Un élève a une moyenne de 12 en maths. Il lui faudrait obtenir 18 au prochain contrôle pour que sa moyenne soit de 14. Combien y a-t-il eu de contrôles jusqu'à présent ?

7 En entreprise

La distribution des salaires dans une entreprise a pour moyenne 1 750 €, et le salaire médian est 1 300 €.
Si chaque salaire est augmenté de 100 €, quelles seront les nouveaux salaires médian et moyen ?

8 Avec Python

Compléter le programme ci-dessous écrit en Python, afin qu'il calcule l'écart interquartile d'une série statistique rentrée auparavant sous la lettre L.

```
Langee = sorted(L)
N = len(L)
Q1 = ...
Q3 = ...
Print (Q3 – Q1)
```

POUR VOUS AIDER

La fonction *len(liste)* détermine la longueur de la liste, c'est-à-dire le nombre d'éléments de cette liste.
sorted(L) ordonne la liste dans l'ordre croissant.

9 Vrai ou faux ?

L'histogramme ci-dessous indique les notes obtenues dans une classe de seconde à un devoir de maths.

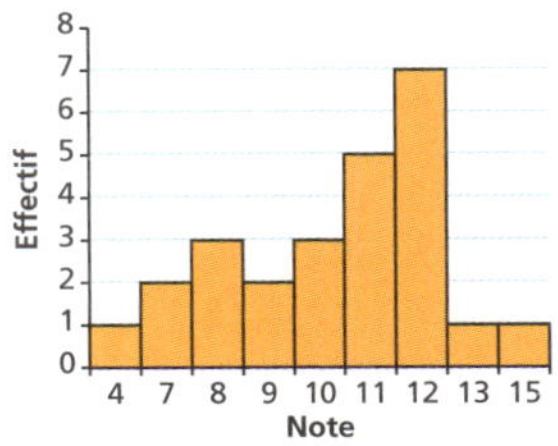

Les affirmations suivantes sont-elles vraies ou fausses ?

a. La classe est surchargée.

b. La moyenne est égale à 12.

c. Plus de 50 % des élèves ont une note supérieure ou égale à 10.

d. Les trois quarts des élèves de cette classe ont une note supérieure ou égale à 8.

32 Expérience aléatoire Dénombrement

L'ESSENTIEL

Expérience aléatoire

- Une expérience aléatoire est une expérience dont les résultats dépendent du hasard. Les résultats de l'expérience s'appellent les **issues** ou les **éventualités**.
- L'ensemble de tous les résultats possibles est appelé **l'univers** de l'expérience aléatoire. Il est noté Ω.

Exemple

Si on lance un dé à six faces, les issues possibles sont 1, 2, 3, 4, 5 et 6.
L'univers de cette expérience aléatoire est :
$\Omega = \{1 ; 2 ; 3 ; 4 ; 5 ; 6\}$.

Fréquence d'une issue

On considère une expérience aléatoire et on note e_1, e_2, e_3… les différentes issues possibles. On répète n fois l'expérience aléatoire.

- Si on a obtenu k fois l'issue e_i, la fréquence de cette issue, notée f_i, est égale à :

$$f_i = \frac{k}{n}$$

- Comme $k \leqslant n$, on a $0 \leqslant f_i \leqslant 1$.

Exemple

On lance un dé douze fois et la face 5 est obtenue quatre fois. La fréquence de l'issue 5 est $\frac{4}{12}$, soit $\frac{1}{3}$.

Événements

Soit une expérience aléatoire et Ω son univers.

- Un **événement** A est une partie de Ω.
- Un **événement élémentaire** est un événement ne comportant qu'une seule issue.
La réunion de tous les événements élémentaires est Ω.
- L'**événement contraire** de A est noté $\overline{A}$. Il est réalisé lorsque A n'est pas réalisé.
- Soit A et B deux événements.
L'événement **« A ou B »**, noté **$A \cup B$**, est réalisé lorsque l'un au moins des deux événements est réalisé.
- L'événement **« A et B »**, noté **$A \cap B$**, est réalisé lorsque les deux événements sont réalisés.

Exemple On lance un dé à six faces.

Soit A et B les événements suivants :
A : « le résultat est pair »,
B : « le résultat est un multiple de trois ».
$A = \{2 ; 4 ; 6\}$; $\overline{A} = \{1 ; 3 ; 5\}$; $B = \{3 ; 6\}$;
$A \cup B = \{2 ; 3 ; 4 ; 6\}$; $A \cap B = \{6\}$.

- **Représentation par un diagramme**

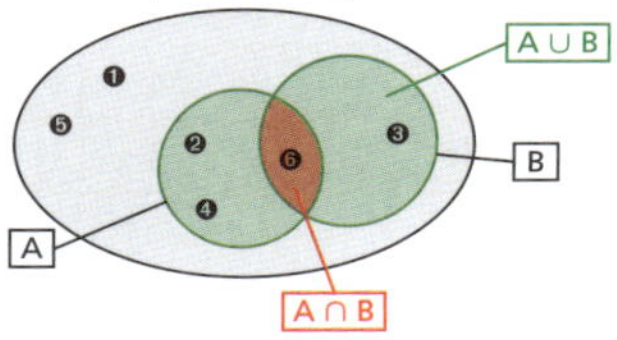

LA MÉTHODE

Dénombrer les résultats d'une expérience aléatoire

Remarque : Si une expérience est répétée deux fois, on peut utiliser un tableau à double entrée.
Si elle est répétée plus de deux fois, on peut utiliser un arbre.

Exemple 1 On lance deux fois de suite un dé et on additionne les résultats obtenus. Lister les couples de résultats dont la somme est comprise entre 4 (inclus) et 6 (inclus).

Les sommes comprises entre 4 et 6 sont indiquées dans les cases colorées.
On lit, dans les têtières du tableau, les couples correspondants :
(1 ; 3), (1 ; 4), (1 ; 5), (2 ; 2), (2 ; 3), (2 ; 4), (3 ; 1), (3 ; 2), (3 ; 3), (4 ; 1), (4 ; 2) et (5 ; 1).

Somme	1	2	3	4	5	6
1	2	3	**4**	**5**	**6**	7
2	3	**4**	**5**	**6**	7	8
3	**4**	**5**	**6**	7	8	9
4	**5**	**6**	7	8	9	10
5	**6**	7	8	9	10	11
6	7	8	9	10	11	12

Exemple 2 On lance trois fois de suite une pièce.

Déterminer l'univers Ω de cette expérience.
Au premier lancer, deux événements sont possibles :
P (pour pile) ou F (pour face).
De même à chacun des deux lancers suivants.
Chaque événement de l'univers se lit en suivant un chemin de gauche à droite. Ainsi, le premier chemin passe par P, P et P.
On note cet événement PPP.
De même pour les événements suivants.
On obtient donc l'univers Ω :
$\Omega = \{PPP ; PPF ; PFP ; PFF ; FPP ; FPF ; FFP ; FFF\}$.

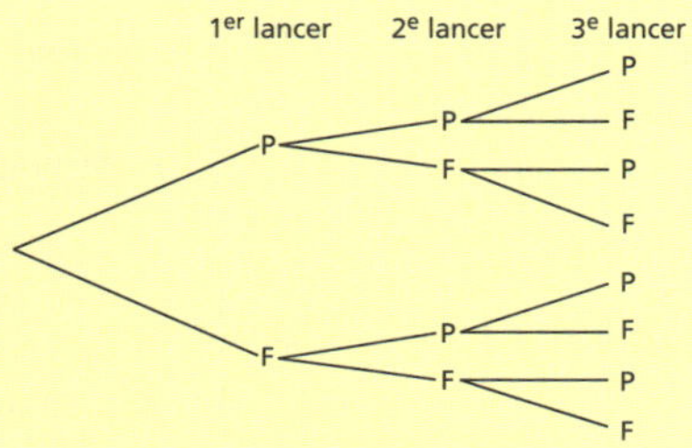

1 QUIZ

Cocher la case qui convient.

Soit un jeu de 32 cartes duquel on tire une carte au hasard.
Soit A l'événement « on tire un cœur » et B l'événement « on tire une figure ».

1. L'événement $\overline{A}$ est l'événement :

- ☐ **a.** « On tire un pique. »
- ☐ **b.** « On tire un pique ou un trèfle. »
- ☐ **c.** « On ne tire pas de cœur. »

2. L'événement $A \cup B$ est l'événement :

- ☐ **a.** « On tire un cœur et une figure. »
- ☐ **b.** « On tire un cœur ou une figure. »
- ☐ **c.** « On ne tire ni cœur ni figure. »

3. L'événement $A \cap B$ est l'événement :

- ☐ **a.** « On tire un cœur et une figure. »
- ☐ **b.** « On tire un cœur ou une figure. »
- ☐ **c.** « On ne tire ni cœur ni figure. »

4. L'événement $\overline{A} \cap \overline{B}$ est l'événement :

- ☐ **a.** « On tire un trèfle et une carte qui n'est pas une figure. »
- ☐ **b.** « On ne tire ni cœur ni figure. »
- ☐ **c.** « On ne tire pas un cœur ou on ne tire pas une figure. »

2 Nombre d'enfants par famille

Voici une série statistique donnant le nombre d'enfants par famille.

Nombre d'enfants	Nombre de familles
0	64
1	161
2	70
3	48
4	22
5	32
6 ou plus	3

a. Calculer la fréquence de chacune des catégories de famille.
b. Calculer la somme des fréquences obtenues.
c. Calculer la fréquence de l'événement : « la famille a moins de trois enfants ».
d. Calculer la fréquence de l'événement : « la famille a plus de deux enfants ».

3 Examen

Adrien, Basile et Clara attendent dans un couloir de leur lycée pour passer une épreuve orale.
Donner tous les ordres de passage possibles de ces trois élèves.

4 Diagrammes

Voici deux diagrammes.

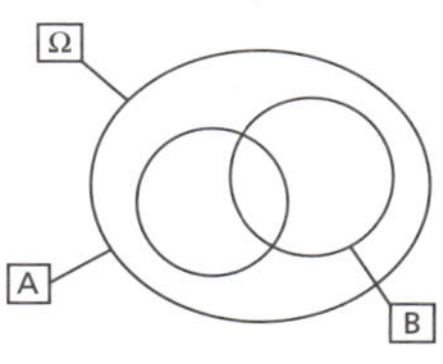

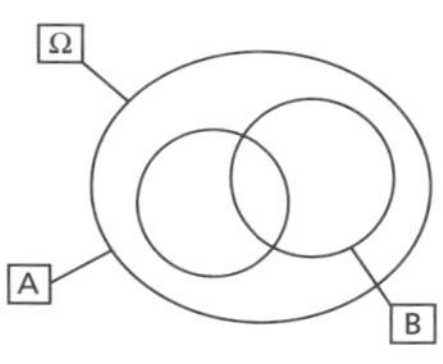

a. Hachurer sur le premier diagramme $\overline{A} \cup \overline{B}$.
b. Hachurer sur le second diagramme $\overline{A \cap B}$.
c. Que remarque-t-on ?

5 Lancer de dés

On lance successivement deux dés à six faces et on additionne les résultats obtenus.
Soit A et B les événements suivants :
A : « la somme est paire » ;
B : « la somme est supérieure ou égale à quatre ».

a. Décrire par une phrase les événements : $\overline{A}$, $\overline{B}$, $A \cup B$ et $A \cap B$.
b. Donner la liste des couples correspondant à $\overline{B}$, à $A \cup B$ et à $A \cap B$.

6 Exercice de QCM

Dans un exercice de QCM, trois questions sont proposées. Chacune des questions amène une réponse : V pour vrai ou F pour faux. Un exemple de réponse aux trois questions est donc « VVF ».

a. Combien y a-t-il de réponses différentes ?
b. Le barème attribue trois points à chaque réponse exacte et retire deux points à chaque réponse fausse. Quelles sont les différentes notes possibles ?

7 En entreprise

Un objet produit en série dans une usine peut présenter, à l'issue de sa fabrication, un défaut A, un défaut B, ou en même temps le défaut A et le défaut B.

a. On prélève un lot de 200 objets.
Le défaut A est observé sur 16 objets, le défaut B sur 12 objets et 180 objets n'ont aucun défaut.
Compléter le tableau suivant avec le nombre d'objets.

Nombre d'objets	Avec le défaut B	Sans le défaut B	Total
Avec le défaut A			
Sans le défaut A			
Total			

b. Quelle est la fréquence de l'événement « l'objet a les deux défauts » ?

33 Calculs de probabilités

L'ESSENTIEL

Cardinal d'un événement

● Soit A un événement d'une expérience aléatoire. Le cardinal de A, noté card(A), est le nombre d'éléments contenus dans A.

Exemple On lance un dé à six faces.

Soit A et B les événements suivants :
A : « le résultat est pair » ;
B : « le résultat est un multiple de trois ».
Alors A = {2 ; 4 ; 6} et B = {3 ; 6}.
On a card(A) = 3 et card(B) = 2.

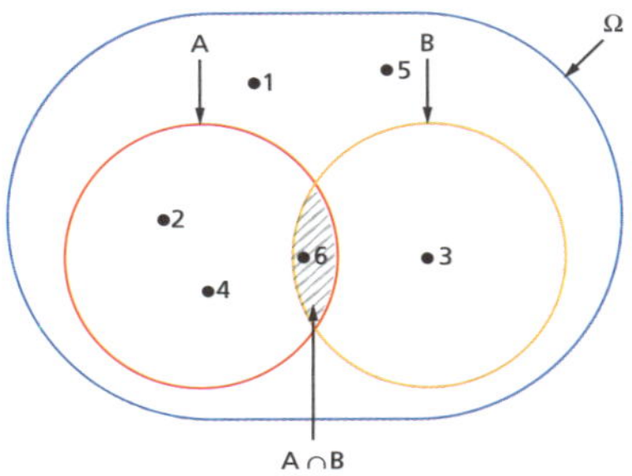

● **Propriété**

Soit deux événements A et B.
On voudrait connaître le nombre d'éléments de A ∪ B. Si on additionne le nombre d'éléments de A et le nombre d'éléments de B, on compte deux fois les éléments de A ∩ B (une fois dans A, une fois dans B). Pour obtenir card(A ∪ B), il faut donc soustraire card(A ∩ B) à la somme. D'où :

$$\text{card}(A \cup B) = \text{card}(A) + \text{card}(B) - \text{card}(A \cap B)$$

Probabilités

● Lorsque l'on répète un grand nombre de fois une expérience aléatoire, les fréquences des événements se stabilisent vers un résultat que l'on appelle la **probabilité** de cet événement.

● À chaque événement élémentaire est associée sa probabilité p. Les probabilités élémentaires ont les propriétés suivantes :
- $0 \leqslant p \leqslant 1$
- La somme de toutes les probabilités élémentaires est égale à 1.

● À chaque événement A est associée sa probabilité, notée $P(A)$. Ce nombre est la somme des probabilités, p_i, des événements élémentaires qui constituent l'événement A.

● Si tous les événements élémentaires ont la même probabilité, on dit alors qu'on est en situation d'**équiprobabilité**.

Propriétés

- $P(\varnothing) = 0$ et $P(\Omega) = 1$.
- Pour tout événement A :

$$0 \leqslant P(A) \leqslant 1 \quad \text{et} \quad P(\overline{A}) = 1 - P(A)$$

- Pour deux événements A et B, on a :

$$P(A \cup B) = P(A) + P(B) - P(A \cap B)$$

- En situation d'équiprobabilité, on a :

$$P(A) = \frac{\text{card}(A)}{\text{card}(\Omega)}$$

On peut aussi écrire cette formule sous la forme :

$$P(A) = \frac{\text{nombre de cas favorables}}{\text{nombre de cas possibles}}.$$

Exemple En reprenant l'exemple précédent :

$P(A) = \frac{3}{6} = \frac{1}{2}$ et $P(B) = \frac{2}{6} = \frac{1}{3}$;

$P(\overline{B}) = 1 - P(B) = 1 - \frac{1}{3} = \frac{2}{3}$.

LA MÉTHODE

Calculer la probabilité d'un événement A

Étape 1 On détermine le cardinal de l'univers en utilisant les méthodes de dénombrement du chapitre 32.

Étape 2 On détermine le cardinal de A.

Étape 3 Si on est en situation d'équiprobabilité, on applique la dernière propriété $P(A) = \frac{\text{card}(A)}{\text{card}(\Omega)}$.

Exemple On lance trois fois de suite une pièce équilibrée.

On appelle A l'événement « obtenir exactement deux fois pile ». Déterminer $P(A)$.

Étape 1 Ω = {PPP ; PPF ; PFP ; PFF ; FPP ; FPF ; FFP ; FFF}.
Il y a huit cas possibles (voir l'exemple 2 du chapitre précédent dans la « La méthode »).
Donc card(Ω) = 8.

Étape 2 A = {PPF ; PFP ; FPP}. Donc card(A) = 3.

Étape 3 La pièce est équilibrée, on est donc en situation d'équiprobabilité. D'où $P(A) = \frac{3}{8}$.

1 QUIZ

Cocher les cases qui conviennent.

Soit A, B, C et D quatre événements d'une expérience aléatoire.

Quelles sont parmi les égalités suivantes celles qui ne peuvent pas exister ?

☐ **a.** $P(\text{A}) = 0$ ☐ **b.** $P(\text{B}) = 1$ ☐ **c.** $P(\text{C}) = -0{,}3$ ☐ **d.** $P(\text{D}) = 2{,}3$

2 Expérience aléatoire

On considère une expérience aléatoire.
Soit A et B deux événements tels que :
$P(\text{A}) = 0{,}4$; $P(\text{B}) = 0{,}7$; $P(\text{A} \cap \text{B}) = 0{,}3$.
Déterminer $P(\overline{\text{A}})$ et $P(\text{A} \cup \text{B})$.

3 Vrai ou faux ?

Lors d'une expérience aléatoire d'univers Ω, on donne deux événements A et B de probabilités non nulles.

a. $P(\text{A} \cap \text{B}) = P(\text{A}) \times P(\text{B})$ V☐ F☐
b. $P(\text{A} \cup \text{B}) \geqslant P(\text{A})$ V☐ F☐
c. $P(\text{A} \cup \text{B}) + P(\text{A} \cap \text{B}) = P(\text{A}) + P(\text{B})$ V☐ F☐
d. $P(\text{A}) \neq P(\overline{\text{A}})$ V☐ F☐
e. $\text{A} \neq \text{B} \Rightarrow P(\text{A}) \neq P(\text{B})$ V☐ F☐
f. $P(\text{A} \cup \text{B}) > P(\text{A} \cap \text{B})$ V☐ F☐
g. $P(\Omega) = P(\text{A}) + P(\overline{\text{A}})$ V☐ F☐
h. $\text{A} \cup \overline{\text{A}} = \Omega$ V☐ F☐
i. $P(\text{B}) \geqslant P(\text{A} \cap \text{B})$ V☐ F☐

POUR VOUS AIDER

Pour qu'une égalité soit vraie, elle doit être vraie quels que soient A et B. Si elle est fausse, un contre-exemple suffit pour le prouver.

4 Démonstration

Soit A et B deux événements d'une expérience aléatoire.
Démontrer la propriété :
$P(\text{A} \cup \text{B}) = P(\text{A}) + P(\text{B}) - P(\text{A} \cap \text{B})$,
à l'aide de la propriété :
$\text{card}(\text{A} \cup \text{B}) = \text{card}(\text{A}) + \text{card}(\text{B}) - \text{card}(\text{A} \cap \text{B})$.

5 Au restaurant scolaire

Au lycée Jean-Moulin, le restaurant scolaire sert chaque jour de la semaine 900 repas. Le vendredi 25 janvier 2019, on a proposé deux plats : l'un de viande, l'autre de poisson. Ces plats pouvaient être accompagnés au choix de riz, de pâtes ou de purée.

Afin de mieux maîtriser ses achats et ses stocks, le gestionnaire du lycée a fait les statistiques suivantes :
- 65 % des élèves ont pris de la viande ;
- 40 % des élèves ont accompagné leur plat de pâtes ;
- 30 % des élèves ont accompagné leur plat de riz.

1. Compléter le tableau ci-dessous.

	Viande	Poisson	Total
Purée			
Pâtes		120	
Riz	170		
Total			900

2. Pour les questions suivantes, on donnera les résultats sous forme de fractions simplifiées.
On choisit un élève au hasard parmi les 900 élèves qui ont pris leur repas au restaurant scolaire du lycée ce vendredi 25 janvier 2019.

a. Quelle est la probabilité des événements suivants ?
A : « cet élève a pris de la purée »
B : « cet élève a pris de la viande »

b. Définir par une phrase les événements $\overline{\text{A}}$ et $\text{A} \cap \text{B}$.
Calculer leur probabilité.

c. Déduire des questions précédentes la probabilité de $\text{A} \cup \text{B}$.

d. Ce jour-là, on choisit au hasard un élève qui a pris du poisson. Quelle est la probabilité qu'il ait choisi comme accompagnement du riz ?

6 Oral de français

Quatre élèves de Première, Anne, Bertrand, Céline et Didier, sont convoqués pour les oraux de français.
L'ordre de passage est aléatoire.

a. Déterminer, en utilisant éventuellement un arbre, tous les ordres de passage possibles.

b. Bertrand ne souhaite pas passer le premier.
Quelle est la probabilité que son vœu soit réalisé ?

c. Didier souhaite passer l'oral tout de suite après Anne.
Quelle est la probabilité que son vœu soit réalisé ?

7 Jeu de 32 cartes

On tire au hasard une carte d'un jeu de 32 cartes.
On considère les événements suivants :
- A : « tirer un as » ;
- B : « tirer un roi » ;
- C : « tirer un cœur » ;
- D : « tirer une carte rouge » ;
- E : « tirer une figure ou un as ».

Déterminer $P(\text{A})$, $P(\text{B})$, $P(\text{C})$, $P(\text{D})$, $P(\text{E})$, $P(\text{A} \cap \text{C})$, $P(\text{A} \cap \text{D})$, $P(\text{D} \cap \text{E})$, $P(\text{A} \cup \text{C})$, $P(\text{E} \cap \overline{\text{D}})$.

8 Musique et sport

Dans une classe de 35 élèves, 10 élèves font de la musique, 18 élèves font du sport et 11 élèves ne font ni sport ni musique.
On note M et S les ensembles suivants :
M : « élèves qui font de la musique »,
S : « élèves qui font du sport ».

a. Combien d'élèves font à la fois du sport et de la musique ?

b. On choisit au hasard un élève dans la classe.
Quelle est la probabilité qu'il fasse à la fois du sport et de la musique ?

34 Échantillonnage

L'ESSENTIEL

Loi des grands nombres et intervalle de fluctuation

On considère une expérience aléatoire et A un événement de cette expérience aléatoire.
Soit p la probabilité de l'événement A.

● Loi des grands nombres

Si on répète « un grand nombre de fois » l'expérience, la fréquence d'apparition de A se rapproche de p.

Exemple L'algorithme ci-dessous simule n lancers d'une pièce de monnaie et donne la fréquence d'apparition du côté pile (dans l'écriture « x= =1 », le nombre 1 représente pile et « nombreDapparitions » représente le nombre de fois où pile est obtenu).
Si n est un « grand nombre », cette fréquence se rapproche de la probabilité d'obtenir pile c'est-à-dire de 0,5.

```
def LancerDePiece(n) :
    nombreDapparitions = 0
    for i in range (0, n) :
      x = random, randint(1, 2)
      if x = = 1 :
         nombreDapparitions += 1
print ("Res : ", nombreDapparitions/n)
```

● Intervalle de fluctuation

On répète n fois l'expérience aléatoire. Soit f la fréquence d'apparition de A. La fréquence f appartient (avec une certitude de l'ordre de 95 %) à l'intervalle $\left[p-\frac{1}{\sqrt{n}};p+\frac{1}{\sqrt{n}}\right]$. Cet intervalle est l'intervalle de fluctuation des fréquences d'apparition de A.

Exemple L'algorithme ci-dessous effectue N simulations de n lancers de pièces.

```
def LancerDePieceEchantillonnage (N, n) :
    echantillonnage = 0
    minIntFluc = 0.5 – pow(n, –0.50)
    maxIntFluc = 0.5 + pow(n, –0.50)
    for j in range (0, N) :
      nombreDapparitions = 0
      for i in range (0, n) :
         x = random.randint(1, 2)
         if x = = 2 :
            nombreDapparitions += 1
      frequence = nombreDapparitions / n
      print (frequence, end = ',')
      if minIntFluc <= frequence and frequence
                                    <= maxIntFluc :
         echantillonnage += 1
print ("Res : ", echantillonnage*100 / N)
```

Pour chacune des N simulations, il calcule la fréquence d'apparition du côté pile et vérifie si cette fréquence appartient à l'intervalle de fluctuation.
Les résultats affichés sont les fréquences obtenues au cours des N simulations et le pourcentage des fréquences appartenant à l'intervalle de fluctuation.
« nombreDapparitions » représente le nombre de piles obtenu au cours de n lancers. « frequence » représente la fréquence du nombre de piles obtenu au cours des n lancers. « echantillonnage » représente le nombre de fréquences appartenant à l'intervalle de fluctuation. Voici un exemple de résultats obtenus avec $N = 25$ et $n = 100$.

```
>>> LancerDePieceEchantillonnage(25, 100)
0.54, 0.52, 0.49, 0.54, 0.49, 0.61, 0.54, 0.43, 0.51,
0.56, 0.58, 0.52, 0.59, 0.51, 0.47, 0.49, 0.51, 0.4, 0.44,
0.45, 0.53, 0.53, 0.54, 0.46, 0.47, Res : 96.0
```

96 % des fréquences obtenues sont dans l'intervalle de fluctuation.

Échantillon d'une population

Un **échantillon de taille n** issu d'une population est un ensemble de n éléments de cette population. À partir de cet échantillon on peut :
– vérifier la validité d'une hypothèse donnée sur la proportion p de la population ayant un caractère donné ;
– faire une estimation sur la proportion p de la population ayant un caractère donné.

● Prise de décision concernant une valeur de p

Propriété : Soit p la proportion de la population ayant un caractère donné. On peut affirmer (avec une certitude de l'ordre de 95 %) que la fréquence f du caractère observé pour un échantillon de taille n appartient à l'**intervalle de fluctuation** $\left[p-\frac{1}{\sqrt{n}};p+\frac{1}{\sqrt{n}}\right]$.

Cette propriété est valable dans le cas où $n \geqslant 30$; $np \geqslant 5$ et $n(1-p) \geqslant 5$.

INFO
Après avoir calculé la fréquence f d'un échantillon, cette propriété permet de déterminer si une hypothèse sur p doit être rejetée ou non.

● Estimation de la fréquence d'un caractère

Définition et propriété : Soit f la fréquence observée d'un caractère d'un échantillon de taille n d'une population. L'**intervalle de confiance** est l'intervalle $\left[f-\frac{1}{\sqrt{n}};f+\frac{1}{\sqrt{n}}\right]$.

Cet intervalle donne une estimation (avec une certitude de l'ordre de 95 %) de la proportion réelle du caractère dans la population. Cette propriété est valable dans le cas où $n \geqslant 30$; $nf \geqslant 5$ et $n(1-f) \geqslant 5$.

LA MÉTHODE

Estimer une proportion avec un intervalle de confiance

Étape 1 On calcule la fréquence f du caractère étudié et on vérifie les conditions sur n, nf et $n(1-f)$.

Étape 2 On calcule les bornes de l'intervalle de confiance $I = \left[f - \frac{1}{\sqrt{n}} ; f + \frac{1}{\sqrt{n}}\right]$ et on conclut.

Exemple Un sondage préélectoral lors des élections présidentielles de 2007 effectué sur 900 personnes donnait 495 voix à Nicolas Sarkozy. Quelle prévision pouvait-on faire sur le résultat de l'élection ?

Étape 1 $f = \frac{495}{900} = 0{,}55$. On a $n \geqslant 100$, $nf = 495 \geqslant 5$ et $n(1-f) = 405 \geqslant 5$.

Étape 2 $I = \left[0{,}55 - \frac{1}{\sqrt{900}} ; 0{,}55 + \frac{1}{\sqrt{900}}\right] \approx [0{,}52 ; 0{,}58]$

On pouvait raisonnablement estimer que Nicolas Sarkozy allait obtenir entre 52 % et 58 % des voix. (En réalité il a obtenu 53 % des suffrages.)

S'ENTRAÎNER

1 Au laboratoire

Un laboratoire pharmaceutique fabrique une série de gélules de Promax dont chaque boîte doit peser 75 g. Il produit 5 000 boîtes par jour, mais on sait qu'une centaine ne dépasse pas 74 g. Un contrôle est effectué par un prélèvement de 300 boîtes, et 5 boîtes n'ont pas le poids requis.

a. Quelle est la population concernée ?

b. Quel est le caractère étudié ?

c. Quelle est la proportion p des boîtes non conformes pour l'ensemble de la population ?

d. Quelle est la taille n de l'échantillon ?

e. Quelle est la fréquence f de boîtes non conformes dans l'échantillon ?

2 Algorithme

On lance n fois un dé à y faces. Soit f la fréquence d'apparition de la face 1.

Soit I l'intervalle $\left[\frac{1}{y} - \frac{1}{\sqrt{n}} ; \frac{1}{y} + \frac{1}{\sqrt{n}}\right]$.

On simule N fois cette expérience avec l'algorithme ci-dessous écrit en langage Python.

```
def LancerDeDé (N, n, ...) :
    echantillonnage = 0
    minIntFluc = (1/...) – pow (n, –0.5)
    maxIntFluc = (1/...) + pow (n, –0.5)

    for j in range (0, N) :
        nombreDapparitions = 0
        for i in range (0, n) :
            x = random.randint (1, y)
            if x = = 1 :
                nombreDapparitions += ...
        frequence = nombreDapparitions / ...
        print (...................., end = ' , ')
        if minIntFluc <= frequence and frequence
                                <= maxIntfluc :
            echantillonnage += ...
    print ("Res : ", echantillonnage*100 / ...)
```

Compléter les pointillés afin que l'algorithme affiche :
– les fréquences d'apparition de la face 1 ;
– le pourcentage de fréquences f appartenant à l'intervalle I.

POUR VOUS AIDER

« nombredApparitions » représente le nombre de fois où la face 1 apparaît au cours des n lancers.

3 Groupe sanguin

En France, d'après l'Établissement français du Sang, 39 % de la population possède un groupe sanguin A+. Lors d'une collecte de sang effectuée dans un lycée, 350 élèves se présentent et 100 se révèlent être du groupe sanguin A+. À partir de cet échantillon, peut-on dire que la population du lycée est représentative de la population française concernant le groupe sanguin ?

4 Au moulin

Un agriculteur vend 500 kg de céréales à un industriel qui en fait de la farine. Les sacs de grains fournis sont censés contenir pour moitié de l'orge et du blé. Pour le vérifier, l'industriel prélève une vingtaine de poignées de grains dans les sacs, et il observe que sur les 800 g prélevés, il y a 350 g de grains d'orge.

Estimer le poids de grains d'orge dans l'ensemble des sacs fournis par l'agriculteur.

Que peut-on en déduire ?

5 Élections

À la veille d'un scrutin municipal, le maire de Nouville, très populaire, affirme que plus de 80 % des électeurs sont satisfaits de sa gestion de la commune et que sa réélection est assurée avec le même pourcentage.

À la sortie des urnes, 380 votants sont sondés et 291 affirment avoir voté pour le maire sortant.

Le maire, sûr d'être élu, avait-il raison ?

POUR VOUS AIDER

Vérifiez toujours que les conditions requises pour utiliser un intervalle de fluctuation sont respectées : $n \geqslant 30$; $np \geqslant 5$ et $n(1-p) \geqslant 5$.

TEST BILAN

en Maths

Date : ....

LOGIQUE, ALGORITHMIQUE ET PROGRAMMATION

1 Implication, équivalence

Quelles propositions sont vraies ?

☐ **a.** ABC est équilatéral. $\Rightarrow$ ABC est isocèle.

☐ **b.** $x < 6 \Rightarrow x^2 < 36$

☐ **c.** $xy > 0 \Leftrightarrow x > 0$ et $y > 0$

2 Python

La commande x=int(input(« entrer x »)) :

☐ **a.** commande l'entrée d'un réel

☐ **b.** affiche « x »

☐ **c.** affiche « entrer x »

NOMBRES ET CALCULS

3 Ensembles de nombres

Le nombre $-\frac{2}{5}$:

☐ **a.** appartient à $\mathbb{Q}$

☐ **b.** est décimal

☐ **c.** appartient à $\mathbb{Z}$

4 Nombres entiers

La décomposition en facteurs premiers de 180 est :

☐ **a.** $2^3 \times 3 \times 5$

☐ **b.** $2^2 \times 3 \times 15$

☐ **c.** $2^2 \times 3^2 \times 5$

5 Puissances

2^{-4} est égal à :

☐ **a.** -16

☐ **b.** 0,0002

☐ **c.** 0,0625

6 Développement

Un développement de $2x(3x + 1) - (3 - 2x)^2$ est :

☐ **a.** $4x^2 + 14x - 9$

☐ **b.** $2x^2 + 14x - 9$

☐ **c.** $12x^2 - 10x - 9$

7 Factorisation

Une factorisation de $x^3 - 4x$ est :

☐ **a.** $x(x - 4)^2$

☐ **b.** $(x + 2)(x - 2)x$

☐ **c.** $(x - 2)(x^2 + 2x)$

8 Degré d'une expression

Parmi les expressions suivantes, laquelle est du premier degré ?

☐ **a.** $(2x + 3)(4x + 5)$

☐ **b.** $(x + 1)^2 + (x - 2)^2$

☐ **c.** $(x + 1)^2 - (x - 2)^2$

9 Équation linéaire

L'équation $3x = 0$ admet :

☐ **a.** 3 comme solution

☐ **b.** -3 comme solution

☐ **c.** 0 comme solution

10 Équation du premier degré

L'équation $2x + 1 = 4 - 5x$ est équivalente à :

☐ **a.** $-7x = 3$

☐ **b.** $x = \frac{7}{3}$

☐ **c.** $7x - 3 = 0$

11 Inéquation du premier degré

Soit l'inéquation $-2x - 3 < 3 + 4x$.

☐ **a.** 0 est solution de cette inéquation.

☐ **b.** $S =]-1\,;+\infty[$

☐ **c.** $S =]-\infty\,;-1[$

12 Équation du second degré

L'équation $(x + 2)(x + 1) = (x + 2)(2x + 5)$ est équivalente à :

☐ **a.** $x + 1 = 2x + 5$

☐ **b.** $(x + 2)(x + 4) = 0$

☐ **c.** $7x - 3 = 0$

13 Degré 4

Soit l'équation $x^4 = x^2$.

☐ **a.** Pour la résoudre, on peut simplifier par x^2.

☐ **b.** -1 et 1 sont les deux solutions de cette équation.

☐ **c.** Pour la résoudre, on doit factoriser $x^4 - x^2$.

14 Inéquation du second degré

Soit l'inéquation $(x + 1)(2x + 4) > 0$.

☐ **a.** Cela revient à dire que $x > -1$ ou $2x > -4$.

☐ **b.** $S = \left]-2\,;\,-1\right[$

☐ **c.** $S = \left]-\infty\,;\,-2\right[\cup \left]-1\,;\,+\infty\right[$

15 Quotients

L'expression $\frac{4}{x} + \frac{1}{x - 2}$ est égale à :

☐ **a.** $\frac{3}{x - 2}$

☐ **b.** $\frac{4x - 7}{x(x - 2)}$

☐ **c.** $\frac{5x - 8}{x^2 - 2x}$

16 Équation-quotient

Soit l'équation $\frac{3x + 1}{4 - 2x} = 0$.

☐ **a.** Les deux solutions sont 2 et $-\frac{1}{3}$.

☐ **b.** Résoudre cette équation revient à résoudre $3x + 1 = 0$.

☐ **c.** Elle a les mêmes solutions que l'équation $(3x + 1)(4 - 2x) = 0$.

GÉOMÉTRIE DANS LE PLAN

17 Vecteurs

Si $\overrightarrow{AB}$ et $\overrightarrow{CD}$ sont deux vecteurs colinéaires, alors :

☐ **a.** $\overrightarrow{AB} = \overrightarrow{CD}$ ☐ **b.** AB = CD

☐ **c.** leurs coordonnées sont proportionnelles.

18 Équations de droites

Les droites d'équation $4x + 2y = 0$ et $y = -2x + 4$:

☐ **a.** sont sécantes ☐ **b.** sont parallèles

☐ **c.** sont confondues

19 Équations de droites

Si ABCD est un trapèze de bases (AB) et (CD) :

☐ **a.** $\overrightarrow{AB} = \overrightarrow{DC}$

☐ **b.** $\overrightarrow{AB}$ et $\overrightarrow{CD}$ sont colinéaires

☐ **c.** $\overrightarrow{AB} = k \times \overrightarrow{DC}$ avec k un réel

20 Sinus et cosinus

Si on a à la fois $\sin \alpha = 0,6$ et $\cos \alpha = 0,4$, alors :

☐ **a.** $\alpha \approx 36,9°$ ☐ **b.** $\alpha \approx 66,4°$

☐ **c.** On ne peut pas avoir ces deux valeurs simultanément.

FONCTIONS

21 Point sur une courbe

Le point P(–1 ; 2) appartient à la courbe représentative de la fonction :

☐ **a.** $f : x \mapsto x^2$ ☐ **b.** $g : x \mapsto 3 - x$

☐ **c.** $h : x \mapsto 3 + x$

22 Images

Soit une fonction f telle que $f(x) = 3 + \dfrac{1}{x}$.

☐ **a.** $f(3) = 1$ ☐ **b.** $f(0) = 4$ ☐ **c.** $f(1) = 4$

23 Sens de variation

Soit une fonction f strictement décroissante sur [5 ; 7]. Alors :

☐ **a.** $f(5) < f(7)$ ☐ **b.** $f(6) > f(5)$

☐ **c.** $f(6) > f(7)$

24 Fonction affine

Soit une fonction f telle que $f(x) = -\dfrac{x}{2}$.

☐ **a.** f est linéaire.

☐ **b.** f est décroissante.

☐ **c.** La représentation graphique de f est une droite.

25 Carré et inverse

Si $a < b < 0$, alors :

☐ **a.** $a^2 < b^2$ ☐ **b.** $\dfrac{1}{a} < \dfrac{1}{b}$ ☐ **c.** $a^2 > b^2$

26 Racine carrée

$(1 - \sqrt{7})^2$ est égal à :

☐ **a.** $8 - 2\sqrt{7}$ ☐ **b.** $2\sqrt{7}$ ☐ **c.** 6

27 Avec des racines

L'expression $\dfrac{\sqrt{x}}{x}$ est égale à :

☐ **a.** $\dfrac{x}{x^2}$ ☐ **b.** $\dfrac{1}{\sqrt{x}}$ ☐ **c.** $\dfrac{\sqrt{x} - 1}{x - 1}$

STATISTIQUES ET PROBABILITÉS

28 Pourcentage

Sur 450 lapins d'un élevage, 9 sont blancs. La proportion de lapins blancs de l'élevage est de :

☐ **a.** 5 %

☐ **b.** 2 %

☐ **c.** 9 %

29 Évolution

Une valeur diminue de 5 %. Elle est alors multipliée par :

☐ **a.** 0,05 ☐ **b.** 1,05 ☐ **c.** 0,95

30 Moyenne

Soit une série statistique (1 ; x ; 3 ; 5) de moyenne 5. Alors :

☐ **a.** $x = 11$

☐ **b.** si on double chacune des valeurs de la série, la nouvelle moyenne sera de 10

☐ **c.** la fréquence de la valeur 1 est 0,2

31 Probabilité

Soit A et B deux événements tels que $P(A) = 0,4$; $P(A \cup B) = 0,6$ et $P(\overline{B}) = 0,7$. Alors :

☐ **a.** $P(A \cap B) = 0,5$

☐ **b.** l'événement $\overline{A \cup B}$ peut s'énoncer « aucun des événements A et B n'est réalisé »

☐ **c.** $P(\overline{A}) = 0,6$

32 Calculs avec un dé

On lance un dé cubique à six faces deux fois de suite. Quelle est la probabilité d'obtenir deux chiffres différents ?

☐ **a.** $\dfrac{5}{6}$ ☐ **b.** $\dfrac{1}{2}$ ☐ **c.** $\dfrac{6}{36}$

CORRIGÉS

1. a **2.** c **3.** a et b **4.** c **5.** c **6.** b **7.** b et c **8.** c **9.** c **10.** c **11.** a et b **12. b.** Ne pas simplifier par $(x+2)$, mais factoriser la différence. **13. c.** 1 et –1 ne sont pas les seules solutions de cette équation, 0 est aussi une solution. **14. c.** Il faut faire un tableau de signes. **15.** c **16.** b Attention, le dénominateur ne doit pas être nul. **17.** c **18.** b **19.** b et c **20. c.** La relation $\sin^2 x + \cos^2 x = 1$ doit toujours être vraie, ce qui n'est pas le cas ici. **21. c.** Il faut remplacer x par –1 dans chaque expression. **22. c.** L'image de 0 n'existe pas. **23.** c **24.** a, b et c **25. c.** La fonction carré est décroissante sur l'intervalle $]-\infty ; 0[$. **26.** a **27.** b **28.** b **29.** c **30.** a et b **31.** b et c **32. a.** On peut faire un tableau à double entrée, il y a 6 « doubles » sur les 36 résultats possibles.

35 Notions transversales de programmation

L'ESSENTIEL

Voir les chapitres 2 et 3 de mathématiques pour la programmation en langage Python. Pour utiliser des fonctions non présentes par défaut dans Python, on importe des bibliothèques de fonctions supplémentaires.

Traitement de l'image

La **bibliothèque de fonctions Pillow** (PIL) est spécialisée dans le traitement d'image (voir le chapitre 42). Elle supporte les formats d'image matriciels (png, jpeg...). Voici un exemple de programme permettant de transformer une image couleur en une **image en niveau de gris**.

```
from PIL import Image
→ chargement de la bibliothèque PIL
img = Image.open('image.png') → ouverture et stockage dans la variable img du fichier image.png
img = img.convert('RGB') → conversion de l'image pour utiliser le codage RGB (8 bits pour chaque couleur rouge, vert et bleu, soit une valeur comprise entre 0 et 255)
width, height = img.size
→ définition des variables width et height (largeur et hauteur) en reprenant celles de l'image
for x in range(width):
→ boucle sur l'ensemble de la largeur
    for y in range(height):
    → boucle sur l'ensemble de la hauteur
        px = img.getpixel((x, y)) → stockage dans px du pixel de l'itération des boucles
        gris_moy=(px[0] +px[1] +px[2])//3 → calcul du niveau de gris qu'aura le pixel : px[0] est la valeur de rouge, px[1] celle de vert et px[2] celle de bleu
img.putpixel((x,y),(gris_moy,gris_moy,gris_moy))
→ attribution de la couleur grise calculée au pixel
img.show() → affichage du résultat obtenu
img.save('greyscale.png') → sauvegarde du résultat
```

Décodage d'une trame NMEA

Voici un exemple de programme permettant de **lire une trame GPS de type NMEA** (voir chapitre 40) en convertissant les latitudes et longitudes en données lisibles.

```
trame = input('Entrez une trame NMEA, virgule incluse : ')
trame = trame.split(',')
→ décomposition de la trame en liste
nomdonnees = ["reseau trame","heure", "latitude", "hemisphere","longitude","cote","validite", "nb satellite","dilution horizontale","altitude",
                                        "correction hauteur"]
→ création d'une liste d'étiquettes de données
def degrees_to_decimal(donnee, hemisphere):
    try:
        decimalVirgulePosition = donnee.index('.')
        degrees = float(donnee[:decimalVirgulePosition-2])
        minutes = float(donnee[decimalVirgule
                                        Position-2:])/60
        output = degrees + minutes
        if hemisphere is 'N' or hemisphere is 'E':
            return output
        if hemisphere is 'S' or hemisphere is 'W':
            return -output
    except:
        return "" → création de la fonction
trame[2] = degrees_to_decimal(trame[2],trame[3])
trame[4] = degrees_to_decimal(trame[4],trame[5])
→ utilisation de la fonction
if trame[3] is 'N' :
    trame[3]='Nord'
else:
    trame[3]='Sud'
if trame[5] is 'E' :
    trame[5]='Est'
else:
    trame[5]='Ouest' → traduction de S, N, W et E
trame[9] = trame[9]+trame[10] → concaténation de l'altitude et du symbole M pour mètre
for x in range(10):
    print(nomdonnees[x],trame[x]) → affichage sous forme d'une liste de la trame entrée
```

S'ENTRAÎNER

1 Inverser les couleurs d'une image

La couleur négative d'une couleur codée en RGB (r ; g ; b) est la couleur ($255 - r$; $255 - g$; $255 - b$).
À l'aide du 1er programme donné dans « L'essentiel », écrire un programme qui inverse les couleurs d'une image afin qu'elle apparaisse en négatif.

36 Internet

L'ESSENTIEL

Les origines d'Internet et le protocole TCP/IP

● *Internet* est souvent appelé « le **réseau des réseaux** » car il résulte de l'*inter*connexion de différents réseaux (*net*works en anglais) dans le monde. On trouve ses origines aux États-Unis pendant la période de la guerre froide avec le réseau ArpaNet mis en fonction à la fin des années 1960. Ce réseau était censé permettre de continuer à communiquer même en cas de guerre nucléaire, en transmettant l'information par différents chemins : c'est la notion de **réseau décentralisé**.

● Le concept d'Internet (réseau des réseaux) date de 1973, mais la date de naissance souvent retenue est le 1er janvier 1983, jour où le réseau ArpaNet est passé du protocole NCP au **protocole TCP/IP** (*Transmission Control Protocol / Internet Protocol*). C'est un protocole de transport fiable en mode connecté, c'est-à-dire qui permet l'établissement d'une session de communication entre deux matériels informatiques qui veulent échanger des données. Si la fiabilité est garantie (aucun paquet perdu), ce n'est en revanche pas le cas de la durée des transmissions des données.

● Il ne faut pas confondre le *Web* (qui date de 1989, voir le chapitre 37) et Internet : le *Web* n'est qu'une **application d'Internet** qui l'a rendu populaire. Il existe d'autres applications très courantes d'Internet : le courrier électronique (ou e-mail), le protocole FTP qui permet d'échanger des fichiers…

Les adresses pour communiquer

● De manière simplifiée, pour que **deux ordinateurs distants**, par exemple un ordinateur client et un serveur du moteur de recherche Google, puissent communiquer, il faut connaître leur adresse.

● Il existe **trois types d'adresse** sur les réseaux s'appuyant sur le protocole TCP/IP :

– L'adresse physique ou **adresse MAC** (*Media Access Control*) est unique au monde pour chaque ordinateur, tablette, smartphone…
– L'**adresse IP** est une adresse numérique, par exemple : « 10.96.128.30 ».
– Une adresse IP est traduite en une **adresse symbolique** et vice versa grâce au système DNS (*Domain Name System*), de manière à être plus facilement compréhensible par un être humain, par exemple : https://www.google.fr.

Le routage ou l'acheminement des paquets TCP/IP sur le réseau

● Un fichier de données est **découpé en plusieurs « paquets »** grâce au protocole TCP. Chaque paquet comprend aussi les adresses de l'émetteur et du destinataire grâce au protocole IP.

● Pour faire transiter un paquet entre deux machines séparées par plusieurs **routeurs** (nœud du réseau Internet), chaque routeur doit connaître l'adresse du routeur suivant qui doit être emprunté par le paquet pour arriver à destination. Ainsi, le paquet arrive en « sautant » de routeur en routeur jusqu'à destination. Chaque paquet peut prendre un chemin différent. On retrouve l'idée de départ d'ArpaNet, à savoir que l'information peut passer par différents chemins.

Le réseau pair à pair

Le **réseau pair à pair** est un modèle de réseau informatique proche du modèle client-serveur mais où chaque client est aussi un serveur.

MOTS CLÉS

Internet : réseau des réseaux.
Protocole TCP/IP : il consiste à découper « par paquets » les données puis à les envoyer à une adresse IP donnée.
Routage : acheminement de paquets TCP/IP sur le réseau entre un émetteur et un destinataire.

S'ENTRAÎNER

1 QUIZ

Vrai ou faux ? Cocher la case qui convient.

a. Internet est un réseau de réseaux.	V ☐	F ☐
b. Le *Web* est né avant Internet.	V ☐	F ☐
c. Le protocole TCP/IP est le protocole de communication de l'Internet.	V ☐	F ☐
d. Un réseau pair à pair n'a pas besoin de serveur centralisé.	V ☐	F ☐

2 **Adresse IP d'un site et nœuds de routage d'Internet**

1. Aller sur le site : mon-adresse-ip.fr/trouver-une-adresse-ip. Trouver l'adresse IP de www.google.fr.

2. Lancer l'invite de commande (cmd) sous Windows. Taper :
C:\Users\vorelogin> tracert xx.xx.xx.xx (en remplaçant xx.xx.xx.xx par l'adresse IP du serveur Google. fr trouvé à la question 1). Observer le résultat.

37 Le *Web*

L'ESSENTIEL

Les origines du *Web*

- Le *Web* ou *World Wide Web* (toile d'araignée mondiale) est **une des applications d'Internet**. Il a été conçu à la fin des années 1980 au CERN (Genève).
- Le *Web* désigne l'ensemble des données (page, image, son, vidéo) auxquels on accède sur le réseau Internet à l'aide d'un logiciel navigateur (Firefox, Chrome…). Des **liens hypertextes** permettent d'un simple clic de naviguer de données en données (de page en page…).

Les langages du *Web*

- Toute page *Web* est « programmée » à l'aide du langage HTML (version 5 actuellement). Ce langage est associé au langage CSS (version 3) qui définit le style graphique d'une page (**fig. 1**).
- Il existe d'autres langages comme JavaScript, PHP, MySQL… qui ont permis de créer le *Web* 2.0 constitué de sites *Web* plus interactifs et collaboratifs.

De la recherche d'une page à son affichage

- Pour accéder à une page *Web*, il faut taper son **adresse URL** (*Uniform Resource Locator*) dans la barre d'adresse du navigateur, par exemple :
http://www.leplusbeausitedumonde.com/mapage.html.
- Quand on ne connaît pas une adresse URL, on utilise un site spécialisé dans la recherche de pages *Web*. Google est le plus connu de ces **moteurs de recherche**, qui parcourent le *Web* pour collecter les pages, analysent leur contenu et indexent les mots clés, puis réalisent une liste ordonnée des pages en fonction des mots clés de chaque requête des internautes.
- Le **protocole HTTP** (*Hypertext Transfert Protocol*) permet à un logiciel client (un navigateur sur un premier ordinateur) de contacter un serveur HTTP (un autre ordinateur distant) et de télécharger un fichier du type mapage.html et son fichier CSS associé. Suite à cette requête, le navigateur peut interpréter les deux fichiers pour afficher la page *Web* demandée.

MOTS CLÉS

CSS (*Cascading Style Sheets*) : langage qui décrit le style de présentation d'une page *Web*.
HTML (*HypertextMarkupLanguage*) : langage qui décrit le contenu d'une page *Web*.
Hypertexte : texte augmenté de renvois automatiques à des pages, des images, des sons.

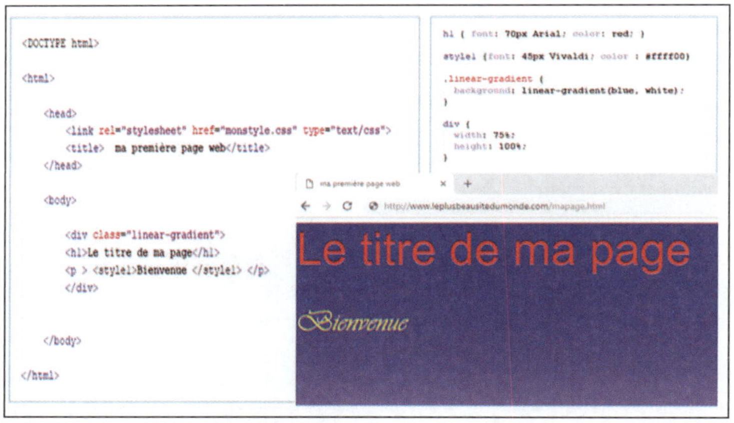

Fig. 1 HTML et CSS : les deux principaux langages pour réaliser une page Web. À gauche, le code HTML d'une page ; en haut à droite, le code CSS associé ; en bas, à droite le résultat dans un navigateur.

S'ENTRAÎNER

1 QUIZ **Vrai ou faux ? Cocher la case qui convient.**

a. Internet fait partie du *Web*. V ☐ F ☐
b. Le HTML est le principal langage permettant de coder des pages *Web*. V ☐ F ☐
c. Le navigateur est un ordinateur serveur. V ☐ F ☐

2 Comparer les résultats de moteurs de recherche

Faire une recherche sur Tim Berners Lee et l'invention du *Web* avec les moteurs de recherche Qwant et Google. Comparer les résultats obtenus.

3 Programmer une page web

Créer un fichier HTML et un fichier CSS dans l'éditeur Notepad++, puis recopier les deux codes de la figure 1. Observer le résultat dans un navigateur.

38 Les réseaux sociaux

L'ESSENTIEL

Les réseaux sociaux et Internet

- Les réseaux sociaux sont **l'ensemble des liens** directs et indirects entre individus. Dans le cas de liens **indirects**, des individus dans un réseau ne se connaissent pas mais ont des connaissances ou des relations communes.
- Ces liens peuvent être des échanges d'information, de service, d'idée ; ils peuvent être **orientés** dans les deux sens ou dans un seul sens.
- Dans l'expérience qui porte son nom, le psychologue américain **Milgram** remet 160 lettres à 160 personnes différentes du Nebraska afin de les transmettre à un agent de change de Boston. La transmission des lettres se fait de main à la main à des personnes connues. Au final, 44 lettres arrivent à destination en ayant transité en moyenne par 5 intermédiaires. Cette expérience montre que deux Américains choisis au hasard sont séparés par 6 degrés de séparation : on parle de « petit monde » de Milgram.
- Sur Internet, on distingue les réseaux sociaux **de contact** comme Facebook, Twitter ou LinkedIn et les réseaux sociaux **de contenu** comme YouTube, Instagram ou SoundCloud.
- La principale source de revenu des réseaux sociaux sur Internet est la **publicité**. Celle-ci est ciblée sur les centres d'intérêt de l'utilisateur.

Modélisation d'un réseau social

- Un réseau de personnes est modélisable par un **graphe**. Un graphe est composé de **nœuds**, représentant des personnes, et d'**arêtes**, reliant certains de ces nœuds et représentant les interactions sociales entre personnes (**fig. 1**).

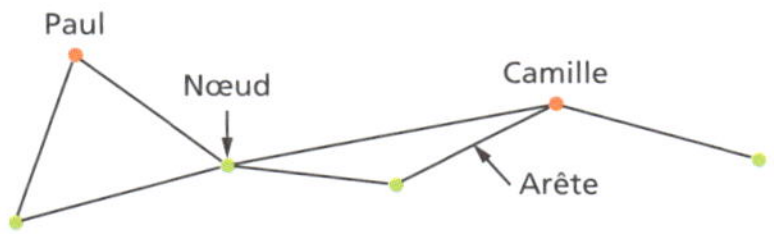

Fig. 1 Exemple de graphe

- Sur un graphe, une **chaîne** est une liste de nœuds liés par des arêtes (sur la figure 2, A-1-2-3-4-5-B est une chaîne pour aller de A à B). La **longueur** d'une chaîne correspond au nombre d'arêtes constituant une chaîne (sur la figure 2, la longueur de la chaîne A-1-2-3-4-5-B est de 6 : il y a 6 arêtes).
- La **distance** entre 2 nœuds correspond à la longueur de la plus courte chaîne entre ces 2 nœuds (sur la figure 2, la distance entre A et C est de 3).
- Le **diamètre** d'un graphe est la distance la plus grande entre 2 nœuds (sur la figure 2, le diamètre est de 6 car la distance maximale entre 2 nœuds est de 6 : entre A et B ou entre D et E). Le **centre** d'un graphe est le nœud ou le groupe de nœuds qui aura la plus petite distance pour contacter l'ensemble des nœuds (sur la figure 2, il s'agit du nœud 3).

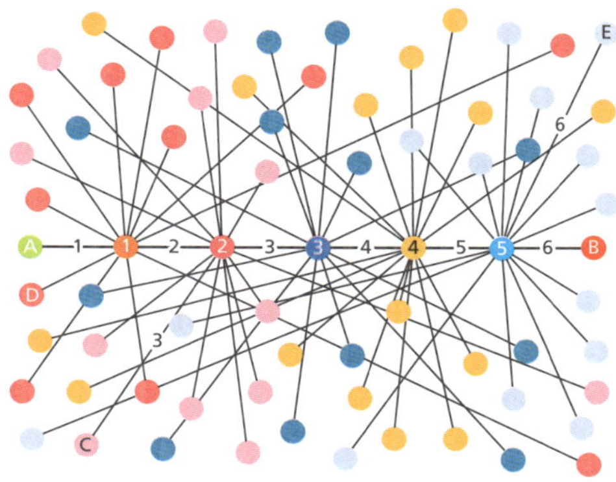

Fig. 2 Représentation simplifiée d'un réseau social

Harcèlement numérique

Le harcèlement est le fait de se moquer, de menacer, d'insulter, de bousculer un individu de façon répétée. Il peut se manifester verbalement, physiquement, psychologiquement mais aussi **via les moyens de communication numérique**. L'article 222-33-2-2 du Code pénal punit le harcèlement par un emprisonnement maximum de 3 ans et une amende maximum de 45 000 €.

MOTS CLÉS

Graphe : représentation graphique d'un réseau.
Réseau social : sur Internet, service qui rassemble des individus afin de créer des échanges.

S'ENTRAÎNER

1 Caractéristiques d'un graphe

1. Sur le graphe ci-contre, quelle est la distance entre les points 1 et 6 ?
2. Quel nœud ou groupe de nœuds forme le centre du graphe ?
3. Quel est le diamètre du graphe ?

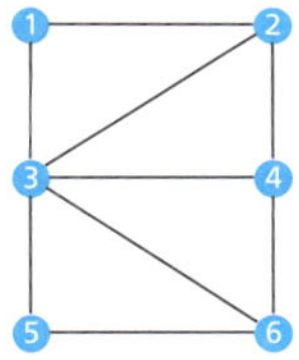

39 Les données structurées et leur traitement

L'ESSENTIEL

Données

En informatique, une donnée représente une **information** dans un programme : soit dans le texte du programme (code source), soit en mémoire durant l'exécution du programme. Les données peuvent prendre différentes formes : textuelles (chaîne de caractères), numériques, images… Elles sont traitées et stockées selon un format défini (de fichier, de variable...).

Organisation des données

Il existe deux types d'organisation :

● L'**organisation « fichier »** avec un format défini (par exemple, une photo dans un fichier jpg ou bmp). Au-delà des données utiles (par exemple, le codage couleur RGB des pixels pour une photo), un fichier contient aussi d'autres informations qui le décrivent (date de prise de la photo, coordonnées GPS...) : ce sont les **métadonnées.**

● L'**organisation** « **base de données** ». Les données sont structurées, classées en champs selon des tables pour faciliter leur stockage, leur recherche et leur traitement. Il peut y avoir plusieurs tables et ces tables peuvent être mises en relation (**base de données relationnelle**). Par exemple, la base de données de la figure 1 met en évidence les relations entre le client d'un assureur, son contrat, son véhicule et l'accident qu'il a pu avoir. Elle contient 4 tables (CLIENT…) avec chacune des champs (Num Client, Nom, Adresse…).

Sauvegarde des données

● Les données peuvent être sauvegardées sur des supports locaux (clé USB, disque dur.…) ou sur des serveurs locaux ou distants. Pour protéger les données, il est indispensable de les sauvegarder **en plusieurs exemplaires** et en plusieurs versions afin d'éviter leur perte en cas de suppression ou d'altération.

● Il n'est pas rare que cette sauvegarde soit réalisée de manière automatique. Par exemple, les **données dans le nuage** (*cloud* en anglais) sont copiées plusieurs fois et sauvegardées dans plusieurs serveurs.

Protection des données personnelles

● Les internautes mettent en ligne beaucoup de données personnelles. Elles sont souvent **exploitées à des fins commerciales** pour les reconnaître, voire pour les espionner ou les pirater.

● Il existe un **cadre juridique** pour tenter de protéger les données personnelles : en France, la Commission nationale informatique et libertés (CNIL) est chargée de cette protection ; au niveau européen, s'applique le règlement général sur la protection des données (RGPD).

MOT CLÉ

Métadonnée : information complémentaire à un fichier permettant de le décrire.

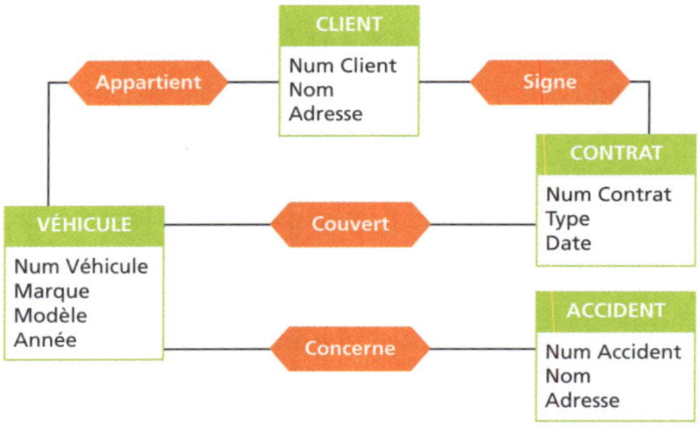

Fig. 1 Exemple de base de données relationnelle

S'ENTRAÎNER

1 Le format csv

NOM	Prénom	Date de naissance	Relation
HUGO	Victor	31/12/1959	famille
MBAPE	Kylian	15/02/2000	ami

Entrer les données ci-dessus dans un tableur, puis les enregistrer au format csv (choisir le séparateur ;). Sous Windows, ouvrir ce fichier avec l'application Bloc-notes. Comment sont organisées les données ?

2 Carnet d'adresses

vCard est un format standard ouvert d'échange de données de contact.
Télécharger un fichier au format vcf à partir d'un smartphone ou d'une messagerie email. Sous Windows, ouvrir ce fichier avec l'application Bloc-notes.
Que constate-t-on ? Comparer avec l'affichage dans un logiciel de messagerie (Thunderbird, Outlook…).

40 Localisation, cartographie et mobilité

L'ESSENTIEL

La géolocalisation par satellite

- Une position sur Terre est déterminée en utilisant ses **coordonnées géographiques** : sa latitude, sa longitude et son altitude.
- **Différents systèmes** permettent la géolocalisation par satellite : GPS (système américain), Galileo (européen), Glonass (russe) et Beidu (chinois).
- La détermination de la latitude et de la longitude se fait par **trilatération (fig. 1)** : on mesure la distance entre le terminal de géolocalisation et 3 satellites. L'utilisation d'un 4e satellite permet de déterminer l'altitude.
- La **précision** de la géolocalisation par satellite est de 10 à 100 m pour les applications civiles.

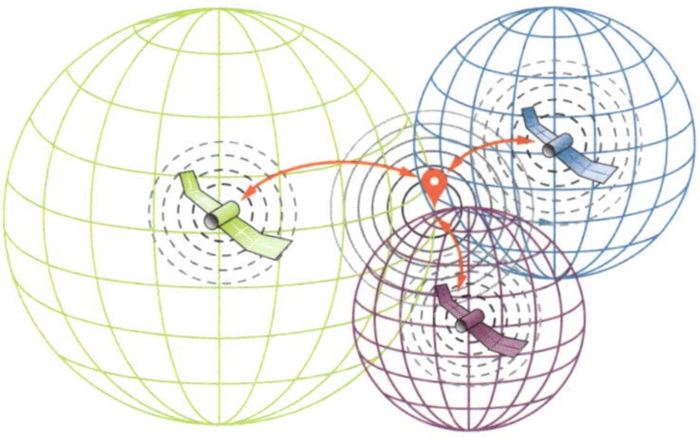

Fig. 1 Trilatération pour déterminer la position d'un point

La géolocalisation par GSM

- La géolocalisation par GSM consiste à déterminer l'ensemble des **antennes relais** auquel se connecte un téléphone mobile. Plus le réseau d'antenne est dense, plus la localisation est bonne.
- La **précision** de la géolocalisation par GSM est de 20 à 500 m en milieu urbain et de 5 à 20 km en milieu rural. Cette différence est due à la faible densité d'antennes relais en milieu rural.

Protocole NMEA

- La *National Marine and Electronics Association* (NMEA) a créé le protocole de transmissions des données GPS. Ces données sont transmises sous la forme de **caractères ASCII** à la vitesse de 4 800 bauds (soit 600 octets/s).
- La transmission se fait **par trames** (phrases) de maximum 82 caractères. Chaque trame commence par le symbole $, suivi par un groupe de 2 lettres pour identifier le réseau de localisation contacté (exemple : GP pour le GPS, GA pour Galileo…). Un groupe de 3 lettres indique ensuite le type de trame envoyée (exemple : GGA pour « GPS fix et date »). Viennent ensuite des champs séparés par des virgules. Certaines trames se terminent par des bits de contrôle, après le caractère *, afin de vérifier l'absence d'erreur dans la trame.
- Voici un exemple de trame NMEA :
$GPGGA,112319,4708.083,N,01030.324,E,1,08,0.9,625.4,M,46.9,M, , *42
On la décode ainsi :
GP : GPS ; GGA : GPS fix et date ; 112319 : 11 h 23 min 19 s UTC ; 4708.083,N : latitude 47° 08,083′ Nord ; 01030.324,E : longitude 10° 30,324′ Est ; 1 : valide ; 08 : nombre de satellites en poursuite ; 0.9 : dilution horizontale ; 625.4,M : 624,4 m au-dessus du niveau de la mer ; 46.9,M : correction de la hauteur du géoïde en mètres ; 2 champs vides ; *42 : vérification d'erreur.

MOTS CLÉS

ASCII : norme informatique de codage de caractères.
Trilatération : détermination de la position d'un point d'après 3 mesures de distances prises à partir de 3 points connus.

S'ENTRAÎNER

1 QUIZ

Vrai ou faux ? Cocher la case qui convient.

a. Le GPS est le seul système permettant la géolocalisation par satellite. V ☐ F ☐
b. L'utilisation de 2 satellites suffit à géolocaliser un point. V ☐ F ☐
c. Dans une trame NMEA, les différents champs sont délimités par des virgules. V ☐ F ☐

2 **Métadonnées associées à une photographie**

Prendre une photo à l'aide d'un smartphone, puis enlever l'option géolocalisation du smartphone et reprendre la même photo.
Comparer les métadonnées des fichiers images de ces 2 photos.

41 Informatique embarquée et objets connectés

L'ESSENTIEL

Des objets connectés de plus en plus omniprésents

● Le réfrigérateur connecté qui indique sur le smartphone de son propriétaire que le lait est périmé, la voiture autonome, la montre connectée qui mesure le rythme cardiaque de son porteur, un drone qui livre des colis, une enceinte intelligente comme Google Home sont des exemples d'objets connectés déjà disponibles ou en développement dans un futur proche (**fig. 1**).

Fig. 1 Des objets connectés de plus en plus omniprésents

● Avec 50 à 80 milliards d'objets connectés dans le monde, il est important de veiller à la **sécurisation des données**. Aujourd'hui, les objets connectés sont de plus en plus utilisés comme robots (*bots*) pour lancer des attaques informatiques sur Internet. Demain, la prise de contrôle d'une voiture autonome par un pirate informatique pourrait avoir de graves conséquences.

Fonctionnement d'un objet connecté

● Le fonctionnement d'un objet connecté repose sur 4 éléments :
– des **capteurs** permettent d'acquérir des données (température, pression du doigt sur un écran, mesure d'une distance…) ;
– une « **intelligence** » (une carte électronique ou un ordinateur programmé) qui peut disposer d'une interface homme-machine (IHM) ;
– des **actionneurs** (un radiateur électrique, un moteur, une lampe, un écran…) qui seront commandés par le programme informatique ;
– des **technologies de communication** (wifi, Bluetooth…) pour faire communiquer capteurs, intelligence et actionneurs.

● Par exemple, un capteur acquiert l'information « présence d'un intrus dans une maison », puis envoie les données à une application ou à une centrale qui dispose d'un programme pour agir (faire sonner une sirène, envoyer une alerte à l'occupant du logement ou à la police….). Pour les capteurs simples, on a ainsi souvent un algorithme du type : si quelque chose se passe ou est détectée, alors agir.

● L'objet connecté est à la croisée de plusieurs domaines technologiques (électronique, informatique, télécommunications, intelligence artificielle…) dans lesquels Internet joue un rôle de plus en plus important : on parle d'**Internet des objets**.

Créer un objet connecté

Il existe des **plateformes** peu onéreuses, comme les environnements libres Arduino ou Rasbery Pi permettant de développer facilement des objets connectés. Pour quelques dizaines d'euros, on peut créer un petit drone ou un système d'arrosage des plantes.

MOTS CLÉS

Actionneur : dispositif technologique qui fait l'action (le radiateur, le moteur, la lampe…).
Capteur : dispositif électronique permettant d'acquérir des données.
Objet connecté : tout objet permettant d'interagir grâce à de l'électronique, de l'informatique embarquée ; il dispose d'un programme permettant d'interagir.

S'ENTRAÎNER

1 QUIZ **Vrai ou faux ? Cocher la case qui convient.**

a. Un objet connecté ne contient pas forcément de programme informatique. V ☐ F ☐
b. Un capteur acquiert des données. V ☐ F ☐
c. L'actionneur est le dernier maillon de l'environnement d'un objet connecté. V ☐ F ☐
d. Une interface homme-machine facilite l'utilisation d'un objet connecté. V ☐ F ☐

2 **Construire un robot piloté**

À partir d'un kit robot à base d'Arduino (composé d'une carte Arduino, de capteurs et d'actionneurs, de pièces mécaniques pour assembler le robot), développer un programme qui permet au robot de contourner les obstacles, de suivre une personne…

42 La photographie numérique

L'ESSENTIEL

Acquisition et conversion d'une image

● Les capteurs d'images des appareils photographiques numériques sont constitués d'un très grand nombre de **photosites**. Ils réagissent à la lumière et créent un **signal électrique de type analogique**.

● L'information analogique acquise est par la suite codée sur un octet grâce à un **convertisseur** analogique/numérique intégré au photoscope (**fig. 1**).

● Le rayonnement lumineux reçu par chaque photosite est limité à l'aide de filtres infrarouge et ultraviolet, et d'une matrice de Bayer filtrant le rouge, le vert et le bleu. Ainsi, chaque photosite ne voit qu'**une seule couleur** (rouge, vert ou bleu).

● Il faut au moins **4 photosites** contigus pour constituer un **pixel** : un pour le rouge, un pour le bleu et deux pour le vert. Leur combinaison permet de déterminer la couleur du pixel.

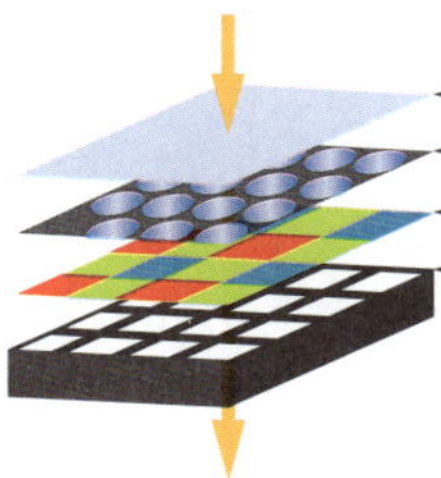

Fig. 1 Les différentes couches lors d'une capture d'image

Traitement de l'image

● À la sortie du convertisseur analogique/numérique, la photographie est une mosaïque de **pixels** bleus / rouges / verts. Cette image est enregistrable telle quelle au format RAW afin d'être traitée ultérieurement ou transformable par l'appareil photographique via un **algorithme de prise de vue**.

● Par exemple, le mode HDR (*High Dynamic Range*) est un traitement de plusieurs images (généralement 3 images). Chaque image a une tonalité de lumière, une ombre et un temps d'exposition différents. Le logiciel de l'appareil photo combine les images en une seule afin d'obtenir une image plus détaillée.

● Le traitement de la photographie peut également se faire sur ordinateur à partir d'un **logiciel de retouche photographique** (**fig. 2**). On peut jouer par exemple sur la teinte des différents pixels.

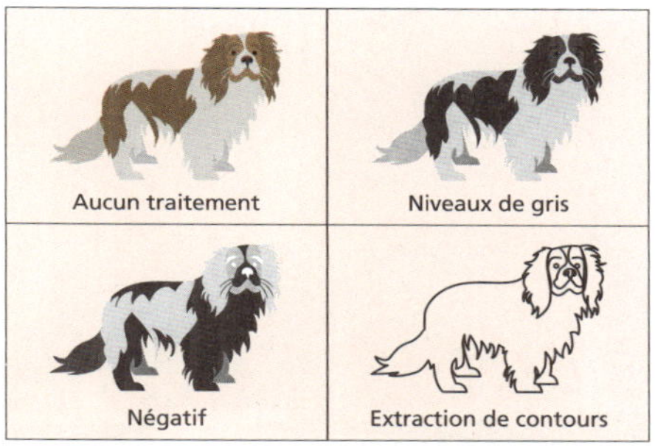

Fig. 2 Exemple de traitements d'image proposés par un logiciel de photographie

Métadonnées associées à une photographie

● Quand la photographie est enregistrée sous forme de fichier image, l'appareil ne stocke pas uniquement les informations liées aux pixels mais aussi des **métadonnées**.

● L'*exchangeable image file format*, ou **format EXIF**, permet de stocker des métadonnées : date, heure, réglages de l'appareil photographique (longueur focale, ouverture, sensibilité, vitesse d'obturation…), marque et modèle de l'appareil, informations géographiques si un système GPS est connecté à l'appareil, description, informations sur les droits d'auteur… Ces métadonnées se trouvent dans les propriétés du fichier.

MOTS CLÉS

Photosite : élément du capteur d'image qui permet d'acquérir la luminosité.

Pixel : plus petit élément constitutif d'une image ; il est défini par sa couleur et sa luminosité.

S'ENTRAÎNER

1 QUIZ

Vrai ou faux ? Cocher la case qui convient.

a. Les photosites sont des pixels. V ☐ F ☐
b. Les photosites voient tous les mêmes couleurs. V ☐ F ☐
c. Les photographies numériques sont obligatoirement traitées avant enregistrement. V ☐ F ☐

2 **Métadonnées associées à une photographie**

Prendre une photographie à l'aide d'un smartphone puis charger la photographie sur un ordinateur. Lire les propriétés du fichier image.

1. Dans les « détails », retrouve-t-on le type du smartphone qui a pris la photographie ?
2. Quelles sont les autres métadonnées ?

Histoire-Géo / EMC

E. Allegrain, huile sur toile, XVIIe siècle (musée du château de Versailles).

Date

Histoire

1. à 3. La Méditerranée antique : les empreintes grecques et romaines ... 150
4. à 6. La Méditerranée médiévale, espace d'échanges et de conflits ... 153
7. à 11. XVe- XVIe siècles : un nouveau rapport au monde, un temps de mutation intellectuelle ... 156
12. à 18. L'État à l'époque moderne : France et Angleterre ... 161
19. à 21. Les Lumières et le développement des sciences ... 168
22. et 23. Tensions, mutations et crispations de la société d'ordres .. 171

Géographie

24. à 28. Sociétés et environnement : des équilibres fragiles ? ... 173
29. à 32. Territoires, populations et développement : quels défis ? .. 178
33. à 35. La France : dynamiques démographiques, inégalités socio-économiques ... 182
36. à 39. Des mobilités généralisées ... 185
40. à 42. La France : mobilités, transports et enjeux d'aménagement ... 189
43. à 46. L'Afrique australe : un espace en profonde mutation ... 192

Test bilan en Histoire-Géographie ... 196

EMC

47. Les libertés individuelles et collectives ... 198
48. Les conditions de l'exercice des libertés ... 199
49. La défense de la liberté de conscience et la laïcité ... 200
50. L'évolution de l'encadrement de la liberté d'expression ... 201
51. La lutte contre les discriminations, le respect d'autrui ... 202
52. L'évolution du droit à la protection ... 203

1 Athènes une cité démocratique et conquérante

L'ESSENTIEL

La naissance de la démocratie

- La Grèce ancienne est un monde de **cités**, petits États indépendants composés d'une ville et d'un territoire agricole. Athènes est l'une d'entre elles.
- Jusqu'à l'aube du VIe siècle, Athènes est gouvernée par les plus fortunés de ses citoyens. C'est un **régime aristocratique ou oligarchique**.
- En 508 av. J.-C., Clisthène, un noble athénien, réforme la cité : les hommes libres qui déclarent un revenu supérieur à 200 médimnes (1 médimne correspond à 51 litres de blé) deviennent **citoyens**.

Le fonctionnement de la politique athénienne

- Ce système démocratique repose sur la toute-puissance de l'assemblée des citoyens, l'**Ecclésia**. Les électeurs se réunissent sur la colline de la Pnyx et écoutent l'orateur, situé en contrebas. Ce relief a influencé la forme actuelle de nos assemblées. Les décisions sont prises à la majorité des participants, à main levée.
- Certaines personnes sont **exclues de la citoyenneté**. Les femmes ne participent pas à la vie politique, ne peuvent intenter d'action en justice, ni être propriétaires. Elles vivent sous l'autorité d'un homme, père, frère ou mari. Les étrangers (ou métèques) n'ont pas de droit politique. Les esclaves, qui sont souvent des prisonniers de guerre, n'ont ni droits politiques ni droits civils.

Les guerres médiques

- De 499 à 494 av. J.-C., les cités grecques d'Asie Mineure se révoltent contre l'Empire perse (ou mède). Athènes soutient ce mouvement de libération. Lors de la première guerre médique, en 490 av. J.-C., l'armée perse est défaite par les fantassins athéniens (les hoplites) à la bataille de **Marathon** près d'Athènes.
- En 480 av. J.-C., les Perses partent à nouveau à l'assaut des cités grecques. Athènes intègre ses citoyens les plus pauvres dans l'armée en tant que rameurs, ce qui lui permet de remporter la bataille navale de **Salamine**.

La ligue de Délos

- En 477 av. J.-C., les cités grecques se placent librement sous la tutelle d'Athènes au sein de la ligue de Délos pour résister à l'ennemi perse. L'ensemble des cités fournit un **tribut** – une taxe imposée aux alliés – conservé au sanctuaire de Délos.
- Mais, en 468 av. J.-C., Athènes oblige la cité de Carystos à adhérer à la ligue de Délos tandis que l'île de Naxos se voit refuser son départ. Cette mise sous tutelle obligatoire déclenche la **guerre du Péloponnèse** (431-404 av. J.-C.) qui oppose les cités grecques alliées d'Athènes à la ligue du Péloponnèse dirigée par Sparte.
- En 454 av. J.-C, **Périclès**, principal dirigeant d'Athènes, fait déplacer le trésor de la Ligue de Délos à Athènes et l'utilise pour financer le ***misthos***, une indemnité versée aux citoyens les plus pauvres, et la construction de l'Acropole.

PERSONNAGE CLÉ

Riche citoyen athénien, Périclès (vers 494-429 av. J.-C.) représente le camp du peuple face à Cimon qui défend les intérêts des plus riches. Il est plusieurs fois élu stratège. Son influence est telle que le Ve siècle porte son nom.

S'ENTRAÎNER

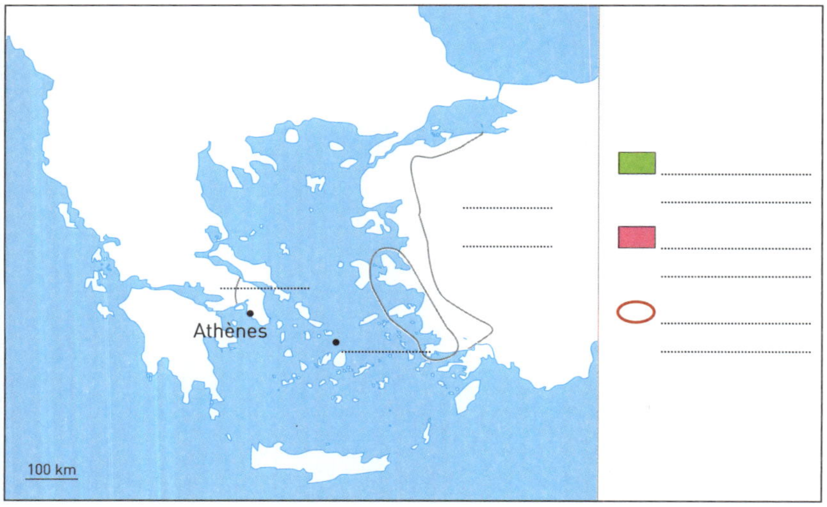

1 La mer Égée au Ve siècle

a. Sur la carte, coloriez l'Empire perse en vert.
b. Entourez en rouge la zone où se concentrent les cités grecques d'Asie Mineure.
c. Coloriez l'Attique en rose.
d. Localisez et nommez l'île de Délos.
e. Complétez la légende

2 Rome à la conquête d'un Empire (IIIe-Ier siècle av. J.-C.)

L'ESSENTIEL

Les conquêtes de la République romaine

- La République romaine (509-27 av. J.-C.) est un régime oligarchique où le pouvoir est détenu par les sénateurs, des hommes dont les ancêtres ont exercé des fonctions politiques.

- Au IVe siècle av. J.-C., les Romains cherchent à se prémunir contre les attaques des Samnites, peuple montagnard vivant au sud de Rome. À la suite de sa victoire finale, la République fonde des **colonies**, cités romaines peuplées de soldats, et annexe le territoire samnite.

- Au IIIe siècle av. J.-C., pour soutenir ses alliés siciliens, Rome déclare la **guerre à Carthage**, cité africaine à la tête d'un empire qui s'étend tout autour de la mer Méditerranée occidentale. Après trois conflits, Rome triomphe et s'empare des possessions carthaginoises (Sicile, Corse, Sardaigne et Espagne) en 146 av. J.-C.

La naissance de l'Empire

- Au Ier siècle av. J.-C., les conquêtes militaires sont devenues nécessaires pour **s'assurer le pouvoir politique** à Rome. Elles permettent aux généraux de gagner le soutien du peuple en lui reversant une partie du butin.

- Les royaumes hellénistiques d'Orient, nés du partage de l'empire d'Alexandre le Grand, attirent la convoitise des généraux romains. En 63 av. J.-C., **Pompée** s'empare de l'Asie mineure.

- Antoine puis son rival **Octave-Auguste**, qui devient le premier empereur en –27 av. J.-C., tentent de construire un ensemble cohérent sous la domination d'un seul homme, l'Empire.

PERSONNAGE CLÉ

Fils adoptif de Jules César, Octave (63 av. J.-C. -14 ap. J.-C.) devient le premier empereur romain, sous le nom d'**Auguste**. Il crée un consensus politique autour de lui entre le peuple, l'armée et le Sénat.

L'administration d'un empire territorial immense

- Les **provinces** sont administrées par un gouverneur qui a pour mission de maintenir l'ordre, de lever des impôts et de rendre la justice au nom de Rome. Le personnel administratif en province est peu nombreux.

- Pour mieux collecter l'impôt, Auguste fait procéder au **recensement** des populations. Des magistrats spécialisés, les propréteurs *ad census*, organisent les opérations en Syrie, Judée et Gaule dans les années 6/7 ap. J.-C.

- Cette volonté de comprendre le monde se manifeste également dans l'essor de la **littérature géographique**, dont Strabon (60 av. J.-C.-20 ap. J.-C.) est le plus célèbre exemple. Dans sa *Géographie*, il décrit les peuples et paysages qui composent le monde romain.

Les voies romaines

- Durant l'époque républicaine, les magistrats développent le réseau routier italien. En 312 av. J.-C., Appius Claudius ordonne la construction de la première route romaine, la **via Appia**, qui relie Rome à Capoue.

- Durant la période de l'Empire, les empereurs favorisent la création de routes. Agrippa, bras droit d'Auguste, dessine le tracé de trois axes à partir de Lyon, **intégrant** ainsi **la Gaule** à Rome.

LE DOCUMENT CLÉ

Rome et la domination du bassin méditerranéen (Ier-IVe siècle)

- Le premier empereur, Auguste, organise l'Empire en provinces sénatoriales et impériales. Les premières, pacifiées de longue date, sont gouvernées par d'**anciens sénateurs**.

- Les autres, caractérisées par une présence militaire importante, sont administrées par des **légats**, représentants de l'empereur.

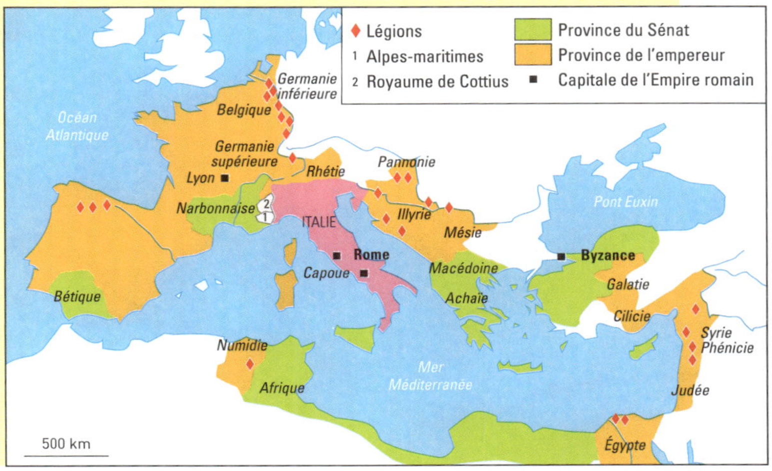

3 La romanisation des territoires conquis

L'ESSENTIEL

Une organisation politique calquée sur celle de Rome

● À **Rome**, les fonctions politiques sont exercées par des magistrats qui, une fois leur fonction annuelle terminée, se rassemblent dans le Sénat pour voter les décisions majeures.

● Dans les **cités de l'Empire romain**, des hommes sont élus pour un an pour gérer les affaires de la ville. Ils se nomment édiles et duumvirs. Ils deviennent ensuite décurions et siègent au Sénat de la ville qui décide des finances, de la vie religieuse et des condamnations.

● En 212, **Caracalla** accorde la citoyenneté à tous les hommes libres de l'Empire et achève ainsi la romanisation politique.

La transformation des paysages urbains et ruraux

● Le **centre des villes** comprend les mêmes bâtiments que ceux de Rome : le forum, place publique entourée d'un portique qui accueille des boutiques, d'une basilique où les décurions rendent la justice et d'un temple dédié au culte impérial. Les arcs de triomphe célèbrent les victoires militaires de l'empereur ou de ses généraux.

● Les édiles font construire d'autres édifices caractéristiques du **mode de vie romain**, tels des odéons pour les concerts, des cirques pour les courses de chars ou des thermes (ou bains publics) alimentés en eau par des aqueducs ou la rivière.

● À partir de deux axes qui se croisent dans un centre urbain (*cardo* et *decumanus*), les Romains découpent les terres agricoles environnantes en parcelles géométriques (**cadastration**), encore visibles aujourd'hui grâce aux photographies aériennes.

Un brassage culturel et religieux dans l'Empire

● Le **latin** s'impose comme langue de commandement et d'apprentissage. Il sert à diriger les troupes auxiliaires et à éduquer les jeunes enfants. Il devient la langue internationale. Le **grec** reste utilisé dans la moitié orientale de l'Empire. Les archéologues ont également découvert des inscriptions bilingues rédigées en latin et en punique, dialecte de l'Afrique occidentale romaine.

● Rome est tolérante et ouverte face à la diversité religieuse. Les **divinités étrangères** prennent un nom latin. Ainsi les dieux gaulois Taranis et Bélénos deviennent Jupiter et Apollon. Les Romains adoptent aussi les **cultes orientaux**. L'empereur Caligula fait construire sur le Champ de Mars un temple dédié à la déesse égyptienne Isis.

Les résistances face à la romanisation

● Certains peuples refusent de perdre leur indépendance politique. Ainsi, en 60 ap. J.-C., la reine Boudicca fédère l'opposition des **peuples celtes** et cherche à repousser les envahisseurs hors d'Angleterre.

● Les juifs puis les chrétiens refusent de pratiquer le culte impérial, incompatible avec la croyance en un Dieu unique. Ils sont donc persécutés au cours des premiers siècles. En 313, par l'édit de Milan, **Constantin** autorise la religion chrétienne dans l'Empire.

PERSONNAGE CLÉ

Constantin (306-337) déplace la capitale de l'Empire à Byzance – qu'il baptise Constantinople – pour mieux contrôler les provinces d'Orient et fait bâtir de nombreuses églises chrétiennes à Jérusalem.

S'ENTRAÎNER

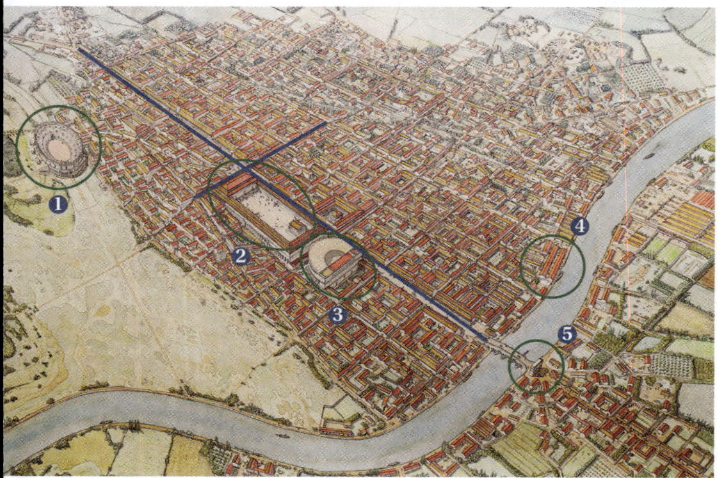

1 Le plan de la ville de Saintes à l'époque romaine

a. Nommez les bâtiments numérotés sur le plan.
b. À quoi sert le forum ?
c. Quel bâtiment essentiel pour la vie politique locale se trouve sur le forum ?
d. Quel monument est construit pour honorer les victoires militaires romaines ?
e. Nommez les deux axes tracés sur le plan de Saintes.
f. Pourquoi peut-on dire que les villes sont des vecteurs essentiels à la romanisation ?

4 Les trois grandes civilisations de la Méditerranée médiévale

L'ESSENTIEL

L'Empire byzantin

● À partir de 476, l'Empire byzantin est le **seul héritier du monde romain**. Il se caractérise par la puissance de l'empereur, le *basileus*, et l'utilisation du grec. Lors d'une audience, les sujets doivent se prosterner devant le souverain, toujours habillé de pourpre. Les querelles à la cour de Constantinople sont nombreuses, et les empereurs byzantins meurent souvent assassinés.

● L'**orthodoxie** est le ciment religieux de l'Empire. Cette croyance chrétienne se distingue du catholicisme par la vénération des icônes et la possibilité pour les prêtres, appelés popes, de se marier. Les moines jouissent d'une grande popularité dans la population qui se passionne pour les débats métaphysiques.

● Les **églises byzantines** sont somptueusement décorées. Les mosaïques et l'encens évoquent la splendeur de l'au-delà. Le plan en croix grecque (les deux bras de la croix sont de mêmes longueurs) représente la structure du monde : le carré au sol symbolise la Terre, tandis que la coupole figure le Ciel.

La naissance du monde arabo-musulman

● Au VIIe siècle, en Arabie, un jeune caravanier du nom de Mohamed fonde une nouvelle religion monothéiste, l'**islam**. Son message est transcrit en arabe dans un livre sacré, le Coran.

● Les conquérants arabes diffusent cette croyance en Asie, en Afrique du Nord et en Espagne. Ils créent un **empire unifié sous l'autorité d'un calife**, commandeur politique et religieux des musulmans.

La chrétienté latine

● En 476 ap. J.-C., l'**Empire romain d'Occident disparaît** et laisse place à de nombreux royaumes barbares.

● Aux IXe-Xe siècles, les incursions des Vikings accentuent encore cette fragmentation. Le pouvoir est exercé par des seigneurs sur de petits territoires appelés **fiefs**.

● L'**Église catholique** profite de cet affaiblissement du pouvoir politique pour affirmer son autorité. Le pape Grégoire VII contrôle les pratiques religieuses unifiées.

Des problèmes religieux et économiques dans l'Empire byzantin

● Entre 730 et 843, les empereurs byzantins **interdisent la vénération des images** qui constituent pourtant la base des croyances orthodoxes et provoquent ainsi la colère du peuple et du clergé.

● À partir du XIe siècle, les paysans s'endettent pour payer les nombreux impôts et sont contraints de céder leurs terres à des grands seigneurs. Ainsi, l'agriculture ne se modernise pas et **l'Empire byzantin s'appauvrit**.

L'impossible unité de la civilisation musulmane

● Les disputes autour de la succession de Mohamed divisent les musulmans en **deux branches**. Les chiites veulent attribuer le commandement des croyants à un descendant de la famille du prophète alors que les sunnites ne jugent pas cette filiation nécessaire.

● La **domination des Arabes** est également remise en cause. En Orient, des royaumes perses contestent l'autorité du califat de Bagdad. En occident, des Berbères s'emparent du califat d'Espagne.

MOTS CLÉS

Barbares : adjectif qui désigne ceux qui ne parlent ni latin ni grec.
Icônes : images sacrées de Jésus-Christ, de la Vierge ou des saints peintes sur du bois avec des couleurs chatoyantes.

S'ENTRAÎNER

1 Les différences entre les trois grandes civilisations

Complétez le tableau suivant.

Zone géographique	Europe occidentale	Europe orientale	Asie, Afrique du Nord, sud de l'Espagne
Religion pratiquée			
Langue commune			
Organisation politique			

POUR VOUS AIDER

Pour désigner les religions majoritaires en Europe occidentale et orientale, n'oubliez pas de préciser *chrétienne* après les adjectifs *catholique* et *orthodoxe* : il s'agit de deux branches d'une même croyance.

5 Les conflits entre les trois grandes civilisations

L'ESSENTIEL

La première croisade

● En 1095, le pape **Urbain II** appelle les chrétiens d'Occident à porter secours aux orthodoxes de l'Empire byzantin qui défendent seuls les lieux saints face aux musulmans.

● Depuis 1078, **Jérusalem** est occupée par les Turcs. L'église du Saint-Sépulcre abritant le tombeau du Christ, la ville est le principal lieu saint du christianisme. Des seigneurs catholiques, les croisés, nommés ainsi en référence aux croix peintes sur leurs vêtements, quittent l'Europe et s'emparent de Jérusalem le 15 juillet 1099.

● Dans les années qui suivent, les chevaliers fondent **quatre États latins d'Orient** : le comté d'Édesse, le comté de Tripoli, la principauté d'Antioche et le royaume de Jérusalem.

Bernard de Clairvaux et la deuxième croisade

● Ces nouveaux États sont fragiles car soumis à la **menace permanente des musulmans**. En effet, Turcs et Arabes reprennent l'esprit de guerre sainte – ou *djihad* – qui les avait aidés à mener leurs conquêtes aux VIIe et VIIIe siècles et, en 1144, s'emparent du comté d'Édesse.

● Le jour de Pâques 1146, dans la basilique de Vézelay, **Bernard de Clairvaux**, à la demande du pape Eugène III, appelle les rois et seigneurs à une deuxième croisade. L'expédition, conduite de 1146 à 1149 par l'empereur germanique Conrad III et le roi de France Charles VII, ne permet pas de reconquérir Édesse.

● Bernard de Clairvaux lutte contre le découragement des princes et réunit les évêques à Chartres en 1150 pour lancer une **nouvelle croisade**.

La Reconquista

● Au VIIIe siècle, les deux tiers de l'Espagne ont été conquis par les cavaliers musulmans. Depuis 756, un descendant du calife omeyyade de Damas gouverne le sud de la péninsule, nommé **Al-Andalous**.

● En 1063, l'octroi d'une indulgence par le pape Alexandre III à tous ceux qui combattent les musulmans en Espagne lance la Reconquista, c'est-à-dire la **reconquête des territoires ibériques**, assimilée à une guerre sainte.

● Les rois catholiques espagnols affrontent les musulmans pendant plus de trois siècles. Ce n'est qu'en **1492** que le dernier royaume musulman d'Espagne, le sultanat de Grenade, disparaît.

Le drame de la quatrième croisade

● Catholiques et orthodoxes ont des **relations distantes** depuis le schisme (rupture entre les membres d'une même religion) de 1054, les orthodoxes refusant de reconnaître l'autorité du pape. Pourtant, lors des premières croisades, ils luttent, ensemble, contre les musulmans.

● Mais en 1204, les Vénitiens détournent la quatrième croisade censée se rendre à Jérusalem et pillent Constantinople. La mise à sac de la capitale de l'Empire byzantin rend définitive la **scission** entre les deux communautés chrétiennes.

PERSONNAGE CLÉ

Fils d'un chevalier bourguignon, Bernard de Clairvaux (1090-1153) devient moine à l'abbaye de Cîteaux à 22 ans. Il suit la règle de Saint-Benoît de façon très stricte. Il ne mange ni viande ni poisson et dort habillé sur des planches de bois. Son intransigeance attire de nombreux postulants et, à 30 ans, il a déjà fondé plus de cinq monastères.

LE DOCUMENT CLÉ

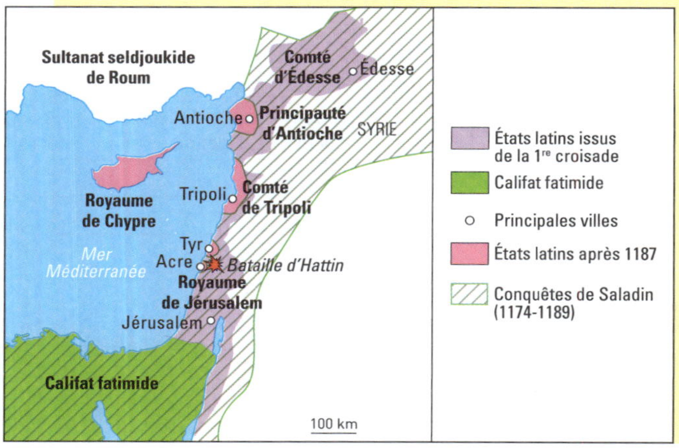

Les conquêtes de Saladin

● Saladin est fils d'un officier kurde. Il lutte d'abord **contre les croisés** installés dans le califat chiite fatimide d'Égypte. En 1171, il se rend maître du pays.

● En 1187, à la bataille de Hattin, il écrase les armées chrétiennes et s'empare de Jérusalem. Les possessions catholiques en Orient sont considérablement réduites. Nommé vizir puis sultan, il **gouverne** au nom du calife abbasside sunnite.

6 La permanence des échanges pacifiques en mer Méditerranée

L'ESSENTIEL

Des échanges culturels réduits

● Les Européens, conscients de leur **retard scientifique**, accentuent les échanges intellectuels avec les Arabes. Par exemple, alors qu'ils utilisent encore les chiffres romains qui rendent les opérations complexes et fastidieuses, le savant Gerbert d'Aurillac (938-1003), devenu pape en 999 sous le nom de Sylvestre II, s'inspire des chiffres arabes pour concevoir l'« abaque ».

● En **Espagne**, dans les territoires reconquis par les rois chrétiens, des érudits juifs traduisent des ouvrages d'auteurs grecs antiques, de l'arabe en latin. Pierre le Vénérable, abbé de Cluny, fait traduire le Coran en latin à Tolède en 1142.

● Depuis la seconde moitié du XIe siècle, des rois catholiques gouvernent la **Sicile** où cohabitent des populations musulmanes et byzantines.

Des échanges commerciaux intenses

● Des **progrès** agricoles et dans l'industrie textile, en Europe occidentale, conduisent à une accélération des échanges en mer Méditerranée.

● Les **Européens** vendent des céréales et des tissus ainsi que des produits venant d'Europe du Nord, comme le bois et le fer. D'Orient, ils importent des produits de luxe comme les épices (poivre, noix de muscade), des pierres précieuses et les produits nécessaires à la fabrication textile, comme l'alun qui permet de fixer les colorants sur les étoffes.

Les grands bénéficiaires de ce commerce

● Les marchands des cités d'Italie du Nord (Gênes, Pise et Venise) assurent les liaisons maritimes en mer Méditerranée. Les souverains musulmans prélèvent des taxes à l'arrivée de chaque bateau dans leurs ports et **encouragent le commerce** qui les enrichit.

● À partir du VIIe siècle, Venise est gouvernée par un duc ou « doge ». Depuis 1082, les **marchands vénitiens** disposent d'un quartier réservé à Constantinople et d'exemption de droits de douane dans l'Empire byzantin. Aux XIIe et XIIIe siècles, ils étendent leurs possessions avec la conquête de la Dalmatie et l'achat des îles de Crète et de Corfou. L'État entretient des galères qui protègent les convois – ou *mude* – des bateaux commerciaux en direction de Byzance, de la Syrie et de l'Égypte.

● Les Vénitiens mettent au point des outils et méthodes commerciales innovantes. Pour harmoniser les comptes des institutions commerciales, ils inventent la **comptabilité en deux parties** : une colonne avec les crédits et une autre avec les débits. Ce système se nomme « *alla veneziana* ». Les ducats, pièces d'or frappées d'une représentation du doge, servent de monnaie de référence de 1284 au XVIe siècle.

MOT CLÉ

Abaque : instrument mécanique facilitant le calcul.

S'ENTRAÎNER

1 La Méditerranée au XIIe siècle

a. Coloriez de trois couleurs différentes les trois grands ensembles religieux. Attention, n'oubliez pas de compléter la légende.

b. Placez les villes suivantes : Rome, Jérusalem, Tolède, Grenade, Venise, Gênes, Constantinople, Vézelay, Clermont, Damas et Le Caire.

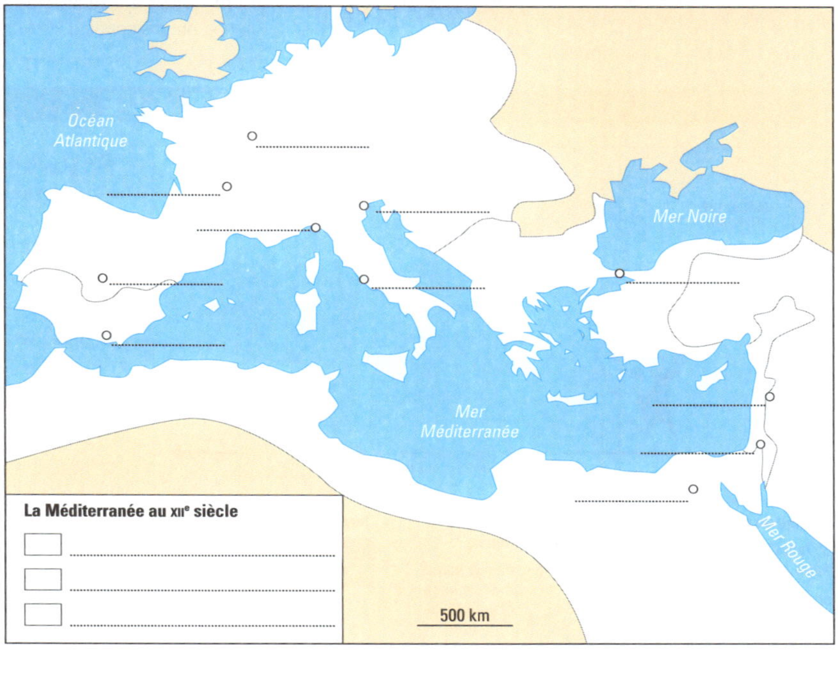

7 La constitution d'empires coloniaux

L'ESSENTIEL

L'Estado da India, l'empire marchand portugais

● À partir des années 1420, **Henri le Navigateur** (1394-1460), prince du Portugal, cherche à contrôler les routes commerciales détenues par les Vénitiens et les musulmans. En 1498, Vasco de Gama atteint le cap de Bonne-Espérance et poursuit son voyage dans l'océan Indien. Les explorateurs qui lui succèdent créent des escales comme à Sofala ou à Mozambique. En 1500, en tentant de contourner l'Afrique pour atteindre les Indes, Pedro Álvares Cabral découvre le Brésil.

● En Asie, les Portugais bâtissent des forteresses et des comptoirs qui leur assurent le contrôle de l'**approvisionnement de l'Europe en épices** jusqu'en 1570 : poivre en provenance d'Inde, santal du Timor…

● Les Portugais dominent l'approvisionnement en **or en provenance d'Afrique**. De 1500 à 1521, il provient des mines d'Afrique de l'Ouest puis, à partir de la seconde moitié du XVIe siècle, de l'Afrique australe. Une fois l'or chargé sur leurs bateaux, les marchands se rendent en Asie où ils l'échangent l'or contre des épices.

Les Espagnols à l'assaut de l'Amérique

● Le 31 août 1492, **Christophe Colomb** part à la recherche de nouvelles terres pour le compte des rois d'Espagne, Isabelle de Castille et Ferdinand d'Aragon. Le 11 octobre, il débarque aux Bahamas. Lors de ses trois voyages successifs (1493-1502), il découvre les Antilles.

● L'amenuisement des richesses aux Antilles pousse les Espagnols à se tourner vers le continent. En une vingtaine d'années – décennies 1520 et 1530 – un noble espagnol, Hernán Cortés, **conquiert l'empire aztèque** grâce à une alliance avec un peuple local. Les territoires conquis deviennent la **vice-royauté de Nouvelle-Espagne** en 1535.

● De 1530 à 1550, Francisco Pizarro conquiert le **royaume des Incas**, situé dans la cordillère des Andes, profitant d'une guerre de succession entre les parents du souverain Atahualpa. En 1543, le roi d'Espagne baptise ces nouvelles possessions la **vice-royauté de Nouvelle-Castille**.

L'or et l'argent de l'Amérique au service de l'Espagne

● Les explorateurs volent les bijoux en or des Indiens aux Antilles et obligent des centaines de milliers d'hommes à remuer sables et graviers des plages et fleuves du continent découvert. Cette méthode artisanale se nomme l'**orpaillage**.

● Au Mexique, de nombreuses **mines d'argent**, dont celle de Zacatecas, sont ouvertes. Puis, à partir de 1570, les mines d'argent de la région du Potosi (sud du Pérou, nord de la Bolivie actuelle) alimentent l'Espagne. Une partie de l'argent est envoyée en Asie par bateau (galion de Manille), pour **acheter aux Chinois** de la porcelaine, de la soie et de l'ivoire.

● Ainsi, l'Espagne devient la **première puissance économique mondiale**. Dans le pays, la période qui va de la « découverte » de l'Amérique au milieu du XVIIe siècle se nomme le « siècle d'or ».

MOT CLÉ

Comptoirs : établissements de commerce fondés par une nation ou un groupe d'individus dans un territoire éloigné.

LE DOCUMENT CLÉ

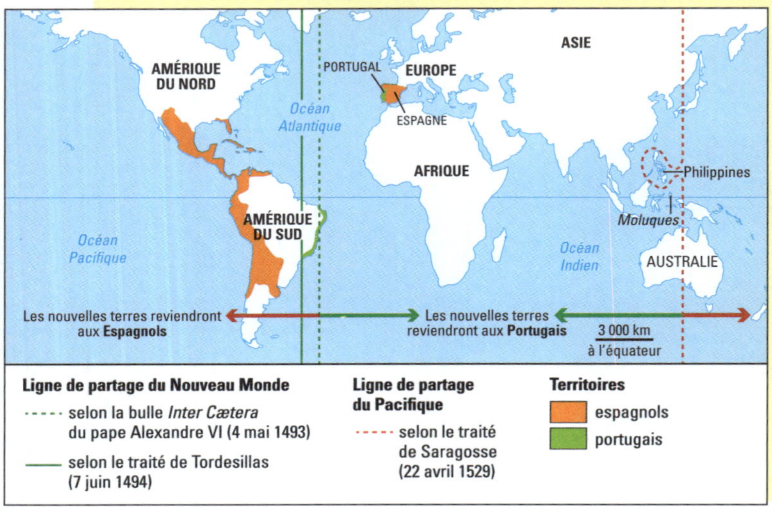

L'arbitrage des convoitises espagnoles et portugaises

● En mai 1493, le pape Alexandre VI répartit les terres de part et d'autre d'une ligne située à 100 lieues des Açores. Le roi du Portugal obtient un report de 300 lieues à l'ouest de la ligne initiale. C'est le **traité de Tordesillas** (7 juin 1494).

● Mais en Asie, les Philippines, les Moluques et Timor, pleinement situés dans la sphère portugaise sont conquis par la force par les Espagnols. En 1529, par le **traité de Saragosse**, l'Espagne renonce au Timor et aux Moluques.

8 La rencontre violente des populations

L'ESSENTIEL

La disparition des Amérindiens

● La population du Mexique avant l'arrivée de Cortés est chiffrée à 25 millions de personnes. En **1492**, les historiens estiment par extension la population américaine à **100 millions d'habitants**. Dès l'arrivée de Christophe Colomb aux Antilles, les autochtones sont réduits en esclavage.

● Lors de la conquête du continent (1520-1560), les ***conquistadores*** massacrent la plupart des Indiens. Mais la plus grande cause de mortalité semble avoir été les virus et les bactéries amenés par les Européens.

● Au sein de l'Église catholique, des voix s'élèvent contre ces mauvais traitements. En 1514, **Bartolomé de Las Casas**, prêtre arrivé en 1502 à Hispaniola (actuelle Saint-Domingue), renonce à l'*encomienda* et tente une évangélisation pacifique des Indiens dans son évêché du Chiapas.

● En 1550-1551, il participe à la controverse (débat) dans la ville de **Valladolid** sur ordre du roi d'Espagne Charles Quint. Opposé au théologien Juan Ginés de Sepúlveda, Las Casas affirme que les Indiens ont une âme et appartiennent à l'espèce humaine. Il met fin à leur esclavage.

Le développement de l'esclavage

● Au Moyen Âge, les Arabes traversent le Sahara pour chercher une main-d'œuvre servile. À partir de 1450, les Portugais **s'approvisionnent en esclaves sur le continent africain**, pour les transporter dans leurs archipels atlantiques (Açores, Sao-Tomé). Mais le besoin de main-d'œuvre se fait sentir en Amérique et, en 1503, le premier chargement d'esclaves arrive à Hispaniola.

● En vertu du **traité de Tordesillas** de 1494, les Portugais sont les seuls à pouvoir commercer en Afrique. Les Espagnols pratiquent parfois la traite négrière en payant un droit, l'*asento* (ou *asiento*). Au cours du xvie siècle, en moyenne 3 283 esclaves africains par an sont déportés en Amérique. Le taux de mortalité à bord des navires avoisine les 30 %.

● À partir de 1530, les colons portugais partent à la chasse aux esclaves à l'intérieur des terres brésiliennes (*bandeiras*). Pour s'opposer à cette réduction en esclavage, les **Jésuites** construisent des villages (*aldeias*) où les Indiens sont évangélisés et peuvent vivre à l'abri des colons.

L'économie sucrière

● Le sucre a une grande valeur car il est le seul, avec le sel, à prolonger la période de consommation des aliments. La culture de la canne à sucre nécessite une main-d'œuvre nombreuse. En 1570, les Portugais débutent la **traite en « droiture »**, de la côte africaine à la côte brésilienne. En 30 ans, 50 000 esclaves sont déportés vers le Brésil, dont l'humidité, les vastes espaces vierges et les sols argileux sont propices à la culture de la canne à sucre.

● Les esclaves cultivent et transportent la canne à sucre jusqu'au **moulin**, *l'engenho de assucar*, qui actionne des meules et transforme la canne à sucre en jus. Après avoir cuit dans des chaudières, le jus est purgé de ses impuretés dans des cônes de terre cuite troués et placés la pointe en bas. Ainsi se forme un cône de sucre.

MOT CLÉ

Encomienda : système de travail forcé qui s'apparente à l'esclavage.

S'ENTRAÎNER

1 Sucrerie et société esclavagiste

a. Donnez un titre à chacune des trois bulles numérotées sur le tableau.

b. Quelles sont les différentes catégories de population visibles sur le tableau ? Portez une attention particulière à la personne cerclée de rouge.

c. Comment ce tableau permet-il de décrire la mise en place d'une société esclavagiste ?

Frans Prost, *Engenho ou sucrerie*, xviie siècle (Musée du Louvre, Paris)

9 Les progrès de la connaissance du monde

L'ESSENTIEL

Les progrès de la cartographie

- Les premiers portulans apparaissent au XIIIe siècle pour décrire les trajets en mer Méditerranée. Ces textes sont accompagnés de cartes, **sans système de projection**. Seules des lignes délimitant des espaces de 11,25° (ou rhumbs) y sont dessinées. Ce sont des représentations partielles de la Terre.

- Au début du XVIe siècle, le roi du Portugal Manuel Ier interdit à l'*Armazem da Guiné Mina e India*, l'administration royale chargée de la production des cartes marines, de représenter la côte africaine au-delà de São Tomé-et-Principe (îles en face de l'actuel Gabon). Seul un chef cartographe assermenté met à jour le *padron real*, la carte-modèle, reproduite puis distribuée aux capitaines qui travaillent pour le roi. En Espagne, la *Casa de Contratacion*, organisme privé en charge des relations commerciales avec le « Nouveau Monde », pratique la même **politique de secret**.

Le travail des humanistes

- Au début du XVe siècle, la *Géographie* du savant grec **Ptolémée** (v. 100-v. 170) est traduite en latin. Son quadrillage du monde, selon un système de coordonnées et de lignes mathématiques (parallèles et méridiens), permet la création de mappemondes.

- De nombreux récits relatant l'existence d'un nouveau monde parviennent aux Européens, tel le *Mundus Novus* (1503-1504) écrit par **Amerigo Vespucci**, un marchand florentin de haute culture qui fréquente les savants entourant les Médicis et participe vers 1500 à deux voyages d'exploration.

- En 1507, Martin Waldseemüller et ses compagnons, de l'académie de savants de Saint-Dié, actualisent la *Géographie* de Ptolémée à partir du *Mundus Novus* de Vespucci. Pour la première fois, ils représentent le « nouveau » continent distinct de l'Asie et le nomment « **America** », en hommage à l'explorateur italien.

Une nouvelle perception du monde

- Du **travail conjugué des explorateurs et des humanistes** naissent de nouveaux types de cartes, les planisphères. Magellan entreprend en 1519 la première circumnavigation du monde. Gerard De Kremer, mathématicien et cartographe flamand plus connu en français sous le nom de Gérard Mercator, cherche à concilier savoirs théorique et pratique. En 1569, il réalise le premier planisphère avec des latitudes croissantes en fonction des pôles.

- Dans son ouvrage *Navigationi e viaggi* (1550-1559), le géographe italien G. B. Ramusio ne se contente pas de décrire les nouveaux peuples et leur environnement. Il les classe et conclut à l'existence d'aires homogènes d'occupation humaine définies par Dieu. Il essaie de **concilier religion et connaissance du monde**.

- Louis Le Roy, professeur de grec au Collège de France et traducteur de Platon et Aristote, affirme dans son ouvrage *De la vicissitude des choses de l'univers* (1575) que l'**écoumène** (ou œkoumène), c'est-à-dire le monde habité, correspond à l'espace terrestre.

MOTS CLÉS

Mappemonde : carte représentant toutes les parties du globe terrestre divisé en deux hémisphères.
Planisphère : carte représentant à plat la totalité de la Terre.
Portulans : livres d'instructions nautiques qui représentent l'espace maritime sous forme de cartes.

LE DOCUMENT CLÉ

Le planisphère de Nicolo de Caveiro (1506)

- Alberto Cantino, espion du duc de Ferrare, envoyé à Lisbonne en 1502, soudoie un des cartographes de l'Armazem pour réaliser un planisphère. Cette carte influence le travail du **génois Caveiro**.

- Il utilise les connaissances géographiques portugaises, comme la représentation du Brésil découvert 6 ans auparavant, les méthodes de calcul des portulans (rose des vents, rhumbs) ainsi qu'une **échelle de latitude**.

10 Humanisme et Renaissance

L'ESSENTIEL

Une nouvelle philosophie : l'humanisme

● La culture grecque inspire des penseurs comme Pic de la Mirandole (1463-1494) qui pose les bases de l'humanisme, une philosophie qui affirme sa confiance dans l'être humain : si l'Homme est une image imparfaite de Dieu, il **peut atteindre la perfection grâce aux savoirs**.

● Érasme, célèbre philosophe hollandais, rédige l'*Éloge de la Folie*, un sermon qui **réconcilie la culture antique et chrétienne**. Comme tous les humanistes, Érasme se passionne pour l'éducation et devient précepteur de jeunes princes italiens.

La diffusion des idées nouvelles grâce à l'imprimerie

● Vers 1450, dans la vallée du Rhin, à Mayence, Johannes **Gutenberg** met au point la presse à imprimer qui permet de reproduire les textes sans erreur et à volonté, grâce à l'utilisation du papier et de caractères mobiles encrés en métal.

● Les imprimeurs s'entourent d'humanistes afin de préparer **les traductions des œuvres de l'Antiquité**. L'imprimeur parisien Robert Estienne édite ainsi une nouvelle version du Nouveau Testament en 1527. Érasme, qui est également un grand latiniste, publie ses nombreuses traductions des auteurs grecs et latins. La noblesse et la bourgeoisie se passionnent pour la culture humaniste et constituent des bibliothèques privées à partir des ouvrages imprimés.

La Renaissance des arts

● Les artistes s'inspirent des statues et des monuments gréco-romains. Peintres et sculpteurs introduisent la nudité dans leur art. Michel-Ange (1475-1564), considéré comme le plus grand artiste de la Renaissance, peint à partir de 1508 la fresque du Jugement dernier sur le mur de l'autel de la **chapelle Sixtine**, au Vatican à Rome, à la demande du pape Jules II. Le successeur de ce dernier, Paul III, s'offusque que les âmes soient représentées sous la forme d'êtres humains nus.

● Reprenant les idées développées par les humanistes, les artistes mettent **l'Homme au centre** de leurs créations. La beauté physique représente la pureté de l'âme. Ainsi, sur le plafond de la chapelle Sixtine, Michel-Ange représente la Genèse : Dieu et Adam se font face, la forme du corps et la posture des deux personnages sont semblables, illustrant l'idée selon laquelle Dieu a créé l'Homme à son image.

Une nouvelle place donnée à l'artiste

● Au Moyen Âge, les artistes sont considérés comme des travailleurs manuels. À partir du XVe siècle, ils ne réalisent plus seulement les commandes, mais créent **selon leur propre sensibilité**. Ils signent leurs œuvres et réalisent des autoportraits. Ainsi, Michel-Ange se serait représenté sur la fresque du Jugement dernier comme une silhouette pendante, le visage triste et les mains molles.

● Les rois, les princes et les marchands cherchent à s'entourer d'artistes, capables de **mettre en scène leur gloire**. En finançant les projets des plus grands artistes, ils deviennent mécènes : Michel-Ange travaille d'abord pour la famille Médicis à Florence, puis pour le pape à Rome.

MOT CLÉ

Mécène : personne qui soutient l'activité d'un artiste ou d'un savant par une aide financière qui se traduit souvent par la commande d'œuvres.

S'ENTRAÎNER

1 Michel-Ange

Quand un jour le pape vint la voir [la fresque du jugement dernier], avec Messer Biagio da Cesena, maître des cérémonies et homme de plein de scrupules, comme on demandait à ce dernier ce qui lui en semblait, il dit que c'était une grande inconvenance d'avoir peint dans un lieu si vénérable tant de figures nues qui montraient leurs nudités d'une manière si déshonnête […]. Ce propos déplut à Michel-Ange, et voulant se venger, […] il le représenta sous la figure de Minos[1] dans les enfers, avec une grande queue enroulée autour des jambes, et entouré d'une foule de démons. Messer Biagio eut beau supplier le pape et Michel-Ange de la faire enlever de là, on le voit toujours, en souvenir de son propos malencontreux.

1. Minos : dans la mythologie grecque, un roi de Crète.

▷ Giorgio Vasari, *Les vies des meilleurs peintres, sculpteurs et architectes*, Florence, 1550.

a. Quel est le nom du pape qui accompagne Messer Biaggio da Cesena ?

b. Surlignez d'une couleur les phrases qui montrent l'autonomie de l'artiste et d'une autre, celles qui montrent l'influence de l'Antiquité gréco-latine.

c. Comment Michel-Ange manifeste-t-il son attachement à la culture humaniste ?

11 Les réformes protestante et catholique

L'ESSENTIEL

Les causes de la Réforme protestante

● La grande épidémie de peste (1347-1352) qui emporte 50 % de la population européenne et les ravages de la guerre de Cent Ans (1337-1453) ont accentué les angoisses des chrétiens au sujet de la vie après la mort. Les **danses macabres**, motifs artistiques qui représentent un défilé de squelettes, témoignent de leur désarroi.

● Dès le xve siècle, Jean Hus, en Bohème, et John Wycliff, en Angleterre, en appellent au **retour à la simplicité du message biblique** : une vie sans péchés dans l'attente du Jugement dernier.

● Les papes et les évêques font construire de véritables palais ornés de magnifiques œuvres d'art. Pour accroître leur richesse, les prêtres vendent des **indulgences** : il s'agit d'un pardon qui permet de raccourcir ou annuler le temps passé au purgatoire, lieu où l'âme séjourne avant d'aller au Paradis. Plus on paie, plus l'accès à l'éternité est rapide.

Les réformes protestantes

● Comme tous ses contemporains, le moine allemand **Martin Luther** est obsédé par la **question du salut**. En 1517, il publie un texte, appelé les *95 thèses*, où il fait des propositions pour réformer l'Église. Il y affirme notamment que l'Homme ne peut gagner le paradis que par la foi et que l'action des intermédiaires (clergé, saints…) avec Dieu est inutile.

● En 1520, il est **excommunié par le pape**. Il rompt alors définitivement avec le catholicisme et donne naissance à une nouvelle forme de christianisme, le protestantisme, ou Réforme. Le culte est pratiqué en langue locale et seuls deux sacrements – le baptême et l'eucharistie – sont conservés.

● Vers 1532, **Jean Calvin**, élève en droit à Paris, se convertit au protestantisme. Il adopte un point de vue encore plus radical sur le salut. Selon lui, Dieu choisit ceux qui iront au paradis (prédestination). En 1541, il s'installe à Genève, en Suisse, où il organise la cité selon une morale très stricte.

La Contre-Réforme, ou réforme catholique

● Pour contrer la réforme protestante, le pape Paul III convoque en 1545 un **concile à Trente** en Italie. Les évêques y réaffirment les dogmes du catholicisme : l'importance des bonnes actions pour obtenir son salut, le rôle fondamental du clergé pour comprendre la Bible et la reconnaissance des sept sacrements.

● Pour diffuser ces croyances, Paul III s'appuie sur la **compagnie de Jésus** (les Jésuites), fondée en 1540. Ces moines, particulièrement bien formés, sont capables de répondre aux polémiques soulevées par les luthériens et les calvinistes.

● L'**art baroque** est une réponse à l'austérité des temples protestants. La surcharge des décors tente de ramener les fidèles dans les églises.

● En Espagne et en Italie, les protestants sont persécutés par les **tribunaux ecclésiastiques de l'Inquisition**. Au contraire, dans les pays du nord de l'Europe, les réformés obtiennent le soutien des souverains.

MOT CLÉ

Sacrement : rite qui permet la rencontre entre Dieu et le fidèle. L'eucharistie, ou communion, est le partage du pain et du vin, rappel du dernier repas du Christ.

S'ENTRAÎNER

1 Se repérer dans le temps

Placez sur la frise les événements suivants dans l'ordre chronologique :

découverte de l'Amérique par Colomb • mise au point de la presse à imprimer par Gutenberg • excommunication de Luther • conquête de l'Empire aztèque par Cortés • apparition du nom Amérique *sur une carte • arrivée du premier convoi d'esclaves africains en Amérique • controverse de Valladolid*

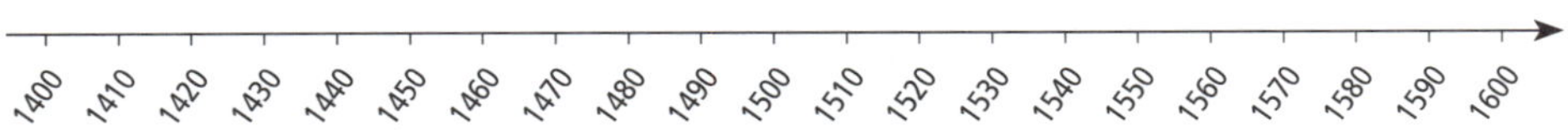

2 Questions de cours

a. Quelles sont les principales motivations des Espagnols lors de la découverte de l'Amérique ?
b. Comment évolue la population amérindienne en Amérique entre 1500 et 1600 ?
c. Comment se traduit l'amélioration de la connaissance du monde ?
d. Quelles sont les causes de la Réforme protestante ?

12 L'unification du royaume de France

L'ESSENTIEL

Des annexions successives

● De la fin du xve siècle à la veille de la Révolution, le territoire soumis à l'autorité du roi de France s'agrandit par l'annexion de provinces limitrophes. En 1532, à la suite des mariages de la duchesse Anne de Bretagne avec les rois Charles VIII puis Louis XII, le **duché de Bretagne** est rattaché au royaume de France.

● Au xviie siècle, les **guerres** menées par Louis XIII et Louis XIV permettent de fixer les frontières du royaume au nord (annexion de la Flandre en 1668), à l'est (annexion de l'Alsace en 1668) et au sud (annexion du Roussillon en 1659). Sous Louis XV, la Lorraine est intégrée à la France en 1766, la Corse en 1769.

Le rôle fondamental de la guerre

La guerre est d'abord un moyen pour les rois de France d'agrandir et de consolider leur territoire. Ainsi, Louis XIV charge Vauban de faire de la France un « pré carré » protégé par une ceinture de citadelles. La guerre est aussi un moyen d'affirmer la gloire du souverain en Europe. Ainsi, par les guerres d'Italie (1494-1559), les rois de France disputent aux Habsbourg l'hégémonie sur le continent. Au xviie siècle, Louis XIV, qui engage la France dans quatre conflits longs de 29 ans, ambitionne d'être au premier rang des souverains européens.

Le renforcement de l'autorité royale

Du xvie siècle au xviiie siècle, le roi renforce progressivement son autorité sur son royaume par le biais de son **administration**. En 1539, par l'ordonnance de Villers-Cotterêts, François Ier impose le français comme langue officielle du royaume. À partir du règne d'Henri II, l'intendant de justice, police et finances en devient le personnage clé. Nommé à la tête d'une généralité, il est chargé de contrôler les tribunaux, d'assurer l'ordre public et de lever les impôts au nom du roi. L'affirmation des intendants se fait au détriment de l'autorité des officiers royaux (baillis, sénéchaux) et des membres des diverses cours de justice.

Les limites de l'autorité royale

● La complexité de l'organisation administrative limite le pouvoir royal : contrairement aux pays d'élections, **les pays d'états**, qui correspondent aux régions récemment rattachées au royaume, conservent le droit de fixer et de répartir l'impôt (exemple : la Bretagne, l'Alsace).

● Les **parlements**, cours de justice chargées d'enregistrer les décisions royales, peuvent freiner leur application en exerçant leur droit de remontrance. Dans ce cas, le roi doit imposer sa décision en tenant un lit de justice.

MOTS CLÉS

Pays d'élection : circonscription financière soumise à l'autorité directe de l'intendant.
Pré carré : double ligne de villes fortifiées défendant les frontières du royaume de France, en particulier au nord-est.

LE DOCUMENT CLÉ

Louis XIV veut faire de son royaume un « pré carré »

● Commissaire général des fortifications à partir de 1678, Vauban est chargé par Louis XIV de **protéger le royaume** par une ceinture de fortifications : c'est le « pré carré ».

● À ce poste, il supervise la construction de **près de 300 places fortes** qui prouvent leur efficacité : « ville fortifiée par Vauban, ville imprenable. »

Perpignan, une ville fortifiée par Vauban
1. parallèles (tranchées pour les tireurs) ; **2.** glacis (terrain en pente) ; **3.** fossé rempli d'eau ; **4.** mur de contrescarpe avec tireurs et chemin couvert ; **5.** bastion avec canons ; **6.** demi-lune avec tireurs ; **7.** courtine (ici d'époque médiévale).

13 La monarchie absolue de droit divin en France

L'ESSENTIEL

Un modèle politique théorisé par des juristes

- Dès 1519, dans *La Grande monarchie de France*, Claude de Seyssel développe une théorie de la monarchie absolue qui reste une référence jusqu'au XVIIIe siècle. Le roi, **représentant de Dieu sur Terre**, doit exercer un pouvoir sans partage : il fait la loi et commande à tous ses sujets. La cérémonie du sacre et les **régalia** symbolisent l'absolutisme royal.
- À partir de 1661, Louis XIV met en pratique ce modèle en décidant de **gouverner seul** : écartant les « Grands », il s'entoure d'hommes compétents et de condition plus modeste qui composent ses différents conseils. À partir de 1682, le « Roi-Soleil » fait du château de Versailles le siège de sa cour et de son gouvernement.

Un modèle qui se heurte à divers obstacles

- À plusieurs reprises, les **Grands** se révoltent contre l'absolutisme royal, accusé de réduire leurs prérogatives, comme lors de la Fronde (1648-1653).
- Les **parlementaires**, issus de la noblesse de robe, prétendent constituer un rempart contre l'arbitraire royal. Durant le règne de Louis XV, ils font échouer les tentatives de réformes fiscales qui visent les privilégiés.
- Les **paysans** se révoltent régulièrement contre la levée de nouveaux impôts souvent destinés à financer la guerre, comme les Croquants dans le Sud-Ouest (1635-1637).

Le roi Très-Chrétien

La **cérémonie du sacre** dans la cathédrale de Reims rappelle à tous que le roi est le « lieutenant de Dieu sur Terre » (symbolisé par la couronne) et qu'il est le défenseur de l'Église (symbolisé par l'épée). En 1516, le **concordat** de Bologne, signé entre François Ier et le pape Léon X, renforce le contrôle du roi sur le clergé dont il nomme les responsables (évêques et abbés). Dès le début du XVIe siècle, le roi de France est ainsi un des rares souverains qui bénéficie d'un tel pouvoir sur l'Église.

La question protestante

- De 1562 à 1598, l'autorité royale est fragilisée par les **guerres de religion** qui opposent catholiques et protestants. À partir de 1576, la Ligue, qui rassemble des catholiques intransigeants, cherche à détrôner Henri III, jugé trop complaisant envers les protestants. Le roi est assassiné en 1589 par un moine ligueur.
- En 1598, **l'édit de Nantes** signé par Henri IV accorde aux protestants la liberté de conscience, des privilèges militaires et l'égalité civique avec les catholiques. Cependant, au début du XVIIe siècle, Louis XIII mène trois guerres de religion contre des places fortes protestantes (exemple : siège de La Rochelle en 1627-1628).
- Son successeur, Louis XIV, lutte contre les protestants pour assurer l'unité du royaume et s'affirmer comme défenseur de la foi catholique. Après des décennies de répression militaire, il révoque l'édit de Nantes en 1685. De nombreux protestants émigrent ; d'autres résistent, tels les Camisards dans les Cévennes (1702-1704). La **persécution** se poursuit jusqu'au milieu du XVIIIe siècle.

MOTS CLÉS

Concordat : Texte signé entre le pape et un État pour préciser la situation de l'Église catholique sur son territoire.
Régalia : objets symboliques de la royauté (couronne, main de justice, sceptre…).

S'ENTRAÎNER

1 La révocation de l'édit de Nantes

La révocation a causé beaucoup de maux à l'État. Ceux qu'il a causés sont la désertion de cent-mille personnes de toutes conditions, sorties du royaume, qui ont emporté avec elles plus de trente millions de livres d'argent ; la perte de nos arts et manufactures particulières qui attiraient en France un argent très considérable de toutes les contrées d'Europe ; la ruine la plus considérable du commerce ; il a aussi grossi les flottes ennemies de huit à neuf mille matelots et les armées ennemies de cinq à six cents officiers et de dix à douze mille soldats… Une quantité de bonnes plumes ont déserté le royaume et se sont cruellement déchaînées dans toute l'Europe contre la France et la personne même du Roi, par une infinité de libelles diffamatoires.
À l'égard des restés dans le royaume, on ne saurait dire qu'il y en a un seul de véritablement converti…

▷ Adapté de Vauban, *Mémoire pour le Rappel des Huguenots*, 1689, © La Cause, www.lacause.org

Rédigez un paragraphe d'une dizaine de lignes présentant le texte, le point de vue de l'auteur et ses principaux arguments (économiques, militaires et politiques).

POUR VOUS AIDER

La présentation du texte doit être précise (nature, genre, source, auteur, date, contexte, destinataire et thème abordé).

14 Le contrôle de la vie économique française

L'ESSENTIEL

La domination de l'agriculture

- Sous l'Ancien Régime, plus de 80 % de la population française vit de l'agriculture. Cette activité est considérée comme le pilier de l'économie nationale. Cependant, l'agriculture présente de **nombreux archaïsmes** : la domination de petites exploitations sur lesquelles travaillent des paysans non propriétaires ; le poids des **droits seigneuriaux**, de la dîme et des impôts ; de faibles rendements ; la domination de cultures de subsistance (blé, orge).

- De plus, l'agriculture est une **activité vulnérable** : les mauvaises récoltes dues aux intempéries entraînent des crises de subsistance (comme en 1693-1694).

Un territoire peu développé

- La richesse du royaume est concentrée dans **quelques grandes villes** où se développent les activités financières, commerciales et industrielles. Avant Paris, Lyon s'impose comme une métropole d'importance européenne avec ses foires et son industrie de la soie.

- Les **moyens de communication** sont limités : jusqu'au milieu du XVIIe siècle, les routes ne constituent pas de véritable réseau ; elles sont mal entretenues et peu sûres. Les canaux sont quasi inexistants.

- Les **conflits** des XVIe et XVIIe siècles constituent un obstacle au développement économique du royaume : de 1562 à 1598, les guerres de religion désorganisent la vie économique ; les guerres menées par Louis XIII et Louis XIV entraînent l'augmentation de la pression fiscale sur les forces vives du pays.

Le mercantilisme de Colbert

- Du XVIe siècle au milieu du XVIIIe siècle, le mercantilisme domine. Cette théorie économique considère que la richesse d'un État se fonde sur l'accumulation de métaux précieux qui s'y trouvent. À la fin du XVIIe siècle, Colbert, contrôleur général des Finances, favorise ainsi les exportations tout en protégeant le marché intérieur. C'est pourquoi il crée des **manufactures d'État** sévèrement réglementées et protégées par des tarifs douaniers élevés.

- Colbert fonde également des compagnies de commerce à monopole, comme la Compagnie des Indes occidentales ; il fait aménager des ports (Brest, Lorient) et creuser des canaux (canal du Midi). Enfin, dans le sillage de Richelieu, il favorise la **mise en valeur des colonies**. Ainsi, les Antilles, où se développe l'économie de plantation fondée sur la traite négrière, deviennent pour la métropole des « îles à sucre ».

Vers le libéralisme

À partir de la moitié du XVIIIe siècle, sous l'influence des **Lumières**, l'État remet en cause le mercantilisme. Dans le domaine agricole, il recherche l'augmentation des rendements par l'amélioration des semences et les **enclosures**. Dans le domaine commercial, il remet en cause le monopole des compagnies de commerce. Dans le domaine industriel, il favorise l'initiative privée.

MOTS CLÉS

Droits seigneuriaux : redevances en nature, en argent ou en travail dues par les paysans à leur seigneur en échange de l'utilisation de ses terres.
Enclosure : mouvement consistant à enclore des champs autrefois ouverts pour favoriser les grandes exploitations individuelles.

LE DOCUMENT CLÉ

Colbert développe les manufactures

- En 1667, la manufacture des Gobelins est transformée en « manufacture royale des meubles de la Couronne » par Colbert (situé sur la peinture à gauche du roi Louis XIV). Cet établissement est un outil pour mener une **politique mercantiliste** car il produit des œuvres destinées en partie à l'exportation.

- En outre, cette tapisserie, qui rappelle le **mécénat** de l'État dans le domaine artistique, est un moyen de communication politique au service de Louis XIV.

Visite de Louis XIV à la Manufacture des Gobelins, le 15 octobre 1667
▷ Charles le Brun, tapisserie, 580 × 375 cm, XVIIe siècle (musée national du château de Versailles).

15 L'instauration d'une monarchie parlementaire en Angleterre

L'ESSENTIEL

La fin de la monarchie absolue

● Entre 1642 et 1649, le royaume d'Angleterre est déchiré par une **guerre civile** qui oppose les partisans du roi et d'une monarchie absolue à ceux du Parlement (composé de la Chambre des Lords où siègent la noblesse et le clergé et de la Chambre des communes où siègent les députés élus). De plus, un conflit religieux oppose les rois catholiques à la majorité anglicane du pays. À l'issue de cette première révolution, le roi Charles Ier est exécuté en 1649.

● Après une courte expérience républicaine (1649-1658), instaurée par Oliver Cromwell, la monarchie est restaurée par le Parlement en 1660 avec Charles II. Pour éviter un retour à l'absolutisme, le Parlement vote l'**Habeas corpus** en 1679 : cette loi interdit toute arrestation et détention arbitraire de la part du pouvoir royal.

Le développement de la puissance britannique

● À la fin du XVIIe siècle, l'Angleterre connaît une période de forte croissance économique fondée sur ses **activités commerciales et financières**. En 1672, la *Royal African Company* est fondée pour pratiquer le commerce triangulaire (qui relie l'Europe, l'Afrique et les Amériques et repose sur la traite négrière).

● En 1688, est créée la *Lloyd's of London*, marché de l'assurance britannique. En 1694, naît la première banque nationale, la Banque d'Angleterre, qui permet à l'État de **moderniser le pays** en aménageant des canaux et en construisant une flotte de guerre, la *Royal Navy*.

● Cette **prospérité** profite à la bourgeoisie et à la noblesse qui investissent dans le négoce et la finance. Elle bénéficie aussi au peuple des villes (Londres…) composé de boutiquiers, d'artisans et de domestiques.

La Glorieuse Révolution (1688) : un contexte tendu

● En 1685, Jacques II monte sur le trône. Catholique intransigeant, il persécute les protestants pourtant majoritaires et refuse de respecter l'Habeas corpus. En 1688, les protestants font appel au *stathouder* (gouverneur) des Provinces-Unies, Guillaume d'Orange, pour renverser Jacques II qui doit s'exiler en France. Guillaume devient roi sous le nom de **Guillaume III**, après avoir accepté de respecter la Déclaration des droits.

La Déclaration des droits (1689)

● La Déclaration des droits (*Bill of Rights*) est un texte rédigé par le Parlement pour **limiter le pouvoir royal**. Il instaure une véritable monarchie parlementaire en restaurant les droits du Parlement : les deux chambres conservent le pouvoir législatif ; elles doivent donner leur consentement pour toute nouvelle levée d'impôts ou la constitution d'une armée ; ses débats doivent être libres ; elles doivent se réunir régulièrement.

● Le texte **garantit également les libertés** des sujets du royaume : les libertés collectives, comme le droit de présenter des pétitions au roi ; les libertés individuelles, comme l'interdiction de détention et de jugement arbitraires. L'Habeas corpus et la Déclaration des droits constituent ainsi les deux piliers de la **monarchie parlementaire** anglaise à la fin du XVIIe siècle.

MOT CLÉ

Monarchie parlementaire : régime politique dans lequel le pouvoir du roi est limité par une assemblée élue.

S'ENTRAÎNER

1 Analyser une question problématisée

Sujet : Le roi et le Parlement anglais du milieu à la fin du XVIIe siècle

a. Surlignez les mots clés du sujet. Donnez-en la définition.
b. Le mot *et* dans le sujet vous invite-t-il à isoler les mots clés ou les mettre en relation ? Justifiez votre réponse.
c. D'une autre couleur, surlignez les limites chronologiques du sujet. Précisez à quel événement correspond chacune d'elles.
d. Entourez le mot qui indique les limites spatiales du sujet. À quel territoire devez-vous donc vous limiter ?
e. Parmi ces problématiques, laquelle est la plus adaptée à ce sujet ? Justifiez.

Problématique 1. Quelle est l'évolution des relations entre le roi et le Parlement en Angleterre du milieu à la fin du XVIIe siècle ?
Problématique 2. Quelle est la situation du roi et du Parlement anglais au début du XVIIe siècle ?
Problématique 3. Quelle est l'évolution du royaume d'Angleterre du milieu à la fin du XVIIe siècle ?

16 L'influence du modèle politique britannique sur les Lumières

L'ESSENTIEL

Le rayonnement de Londres au XVIIIe siècle

● Au XVIIIe siècle, la ville de Londres connaît une **forte croissance démographique** : elle passe de 500 000 habitants en 1700 à 900 000 habitants en 1801. En même temps, Londres s'étale tant vers l'ouest aisé (*West End*) que vers l'est populaire (*East End*). Cette dernière partie de la ville a profité de l'immigration de protestants fuyant le royaume de France après la révocation de l'édit de Nantes en 1685.

● Depuis la fin du XVIIe siècle, Londres connaît une forte croissance économique : le quartier de la City concentre ainsi les activités commerciales et financières qui profitent du dynamisme du grand commerce maritime. Au XVIIIe siècle, Londres est une **métropole européenne** de par son influence économique, politique et culturelle : elle concurrence Paris, Berlin et Amsterdam.

L'influence d'un philosophe majeur : John Locke

● John Locke (1632-1704) est un **homme de conviction**. Il s'oppose à la politique absolutiste des rois Charles II et Jacques II, ce qui le contraint à s'exiler en France de 1670 à 1672. Il revient en Angleterre après la Glorieuse Révolution de 1688. Il rédige d'importants ouvrages philosophiques tels que les *Lettres sur la tolérance* (1689) ou le *Traité sur le gouvernement civil* (1690).

● Locke est l'un des fondateurs de la notion d'« **État de droit** » : il considère que l'homme ne doit être soumis « à la volonté d'aucun maître » ; au contraire seul est légitime le « pouvoir législatif établi par le consentement de la communauté » (*Traité sur le gouvernement civil*).

● Il est aussi l'un des précurseurs du **libéralisme politique** : selon lui, l'État doit être le garant des libertés individuelles et se limiter à ses fonctions régaliennes (police, justice, finances). Il pense que la politique doit être indépendante de la religion : la vie politique concerne le présent, ici-bas ; la vie religieuse le futur, au-delà.

L'influence du modèle britannique en France

● Les philosophes français des Lumières **critiquent la monarchie absolue de droit divin** en prenant pour modèle la monarchie parlementaire britannique. En effet, Louis XV (1715-1774), successeur du « Roi-Soleil », se montre aussi absolutiste et intolérant que son aïeul.

● **Voltaire** (1694-1778) découvre l'Angleterre lors de son exil de 1726 à 1728. Son séjour lui permet de découvrir la culture et les institutions du pays, ce qu'il relate dans ses *Lettres philosophiques* (ou *Lettres anglaises*) parues en 1734. Il s'y montre un grand admirateur du libéralisme politique et économique de ce pays.

● Montesquieu (1689-1755) est conseiller au parlement de Bordeaux. Il séjourne également en Angleterre où il observe le fonctionnement des institutions. Cette expérience influence la rédaction de son ouvrage majeur : *De l'Esprit des lois* (1748). Il y défend les régimes constitutionnels et le principe de **séparation des pouvoirs**, condition indispensable à l'exercice des libertés.

MOT CLÉ

Libéralisme politique : doctrine qui défend les libertés individuelles face à l'État. Le libéralisme économique préconise la libre entreprise et la non-intervention de l'État dans la vie économique.

LE DOCUMENT CLÉ

1727-1733 : Voltaire rédige les *Lettres philosophiques*

● La nation anglaise est la seule de la terre qui soit parvenue à régler le pouvoir des rois en leur résistant, et qui d'efforts ait enfin établi un gouvernement sage où le prince tout-puissant pour faire du bien, a les mains liées pour faire du mal ; où les seigneurs sont grands sans insolence et sans vassaux, et où le peuple partage le gouvernement sans confusion.

▷ Voltaire, *Lettres philosophiques*, 1734.

● À son départ en Angleterre, en 1726, Voltaire est considéré comme un poète mondain. Après la publication des *Lettres philosophiques* en 1734, il acquiert le **statut de philosophe**.

● Cet ouvrage défend les **bienfaits de la liberté**, tout en critiquant les préjugés de la société française de façon satirique.

17 La révolution américaine

L'ESSENTIEL

Les origines de la révolution américaine

● Dès 1607, l'Angleterre colonise la côte atlantique de l'Amérique du Nord. De 1624 à 1732, elle transforme les territoires conquis en treize colonies. À la suite de la guerre de Sept Ans (1756-1763), l'Angleterre s'empare du Canada et de la Louisiane, appartenant jusque-là à la France. Tout **l'est du continent nord-américain** est alors sous souveraineté britannique.

● Les colons anglais d'Amérique supportent de plus en plus mal l'autorité de la lointaine Angleterre. D'autant plus qu'à partir de 1763, la métropole leur interdit de s'installer dans les territoires de l'Ouest, augmente les taxes et les droits de douane, en particulier sur le thé, fait appliquer strictement **l'exclusif**. Ces nouvelles dispositions entraînent un **soulèvement général** contre la couronne britannique en 1775.

La guerre d'indépendance américaine

● En 1776, les délégués des treize colonies insurgées se réunissent en Congrès à Philadelphie et adoptent la **Déclaration d'indépendance des États-Unis**. Inspiré par les théories philosophiques de Locke et de Montesquieu, ce texte affirme l'égalité, la liberté et le droit à l'insurrection.

● De 1775 à 1783, la guerre d'indépendance oppose les colons révoltés (les Insurgents), dirigés par **George Washington**, aux troupes anglaises. Dès le début, les Insurgents sont soutenus par des volontaires français comme le marquis de La Fayette. En 1778, Louis XVI envoie une armée aux côtés des colons, dans l'espoir d'affaiblir l'Angleterre, puissance rivale de la France. Ce soutien leur permet de remporter une victoire décisive à Yorktown le 17 octobre 1781. La bataille fait de George Washington un véritable héros national. En 1783, l'Angleterre reconnaît l'indépendance de ses treize colonies.

Des répercussions mondiales

● Le soulèvement des Insurgents inspire les autres colonies d'Amérique. À la première vague de décolonisation en Amérique du Nord, succède ainsi une seconde vague dans l'espace latino-américain, soumis à la tutelle espagnole. S'opposant au régime de l'exclusif imposé par les souverains espagnols et inspirés par les principes de la Déclaration d'indépendance et ceux de la Révolution française, les **créoles** combattent pour leur indépendance. Sous la direction de **Simon Bolivar**, le Venezuela, la Colombie et l'Équateur l'obtiennent en 1830.

● Il a aussi une influence sur la France. Si elle creuse le déficit budgétaire de l'État, l'intervention militaire apparaît comme le soutien de la monarchie à un mouvement d'émancipation. Les principes énoncés dans la Déclaration d'indépendance des États-Unis inspirent vingt ans plus tard les rédacteurs de la **Déclaration des Droits de l'Homme et du Citoyen** adoptée par l'Assemblée nationale constituante en août 1789.

MOTS CLÉS

Créole : colon blanc né en Amérique mais d'origine européenne.
Régime de l'exclusif : règlement commercial interdisant aux colonies de commercer avec un autre pays que le Royaume-Uni.

S'ENTRAÎNER

1 QUIZ **Reliez chaque dirigeant à une décision qu'il a prise.**

François Ier ○	○ révoque l'édit de Nantes
George Washington ○	○ s'engage à respecter la Déclaration des droits
Louis XIV ○	○ signe la Déclaration d'indépendance
Jacques II ○	○ signe l'ordonnance de Villers-Cotterêts
Guillaume III ○	○ refuse de respecter l'Habeas corpus

2 Se repérer dans le temps

Placez sur la frise les événements suivants dans l'ordre chronologique :
Glorieuse Révolution • *début du règne personnel de Louis XIV* • *ordonnance de Villers-Cotterêts* • Lettres philosophiques *de Voltaire* • *début de la guerre d'indépendance des États-Unis* • Lettres sur la Tolérance *de John Locke* • *révocation de l'édit de Nantes*

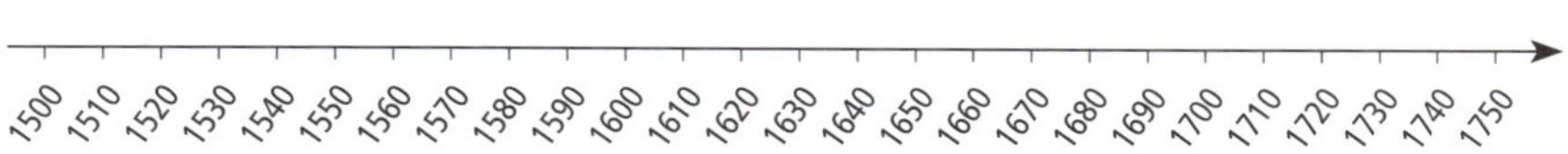

18 Un nouvel univers politique et social aux États-Unis

L'ESSENTIEL

Une Constitution pour les États-Unis d'Amérique

● En 1787, les anciennes colonies se dotent d'une **Constitution** : c'est la **première de l'histoire occidentale**. Ce texte est un compromis entre les fédéralistes, partisans d'un gouvernement central fort, et les républicains, défenseurs de l'autonomie des États.

● Le gouvernement de chaque État est souverain pour la police, la religion et l'éducation. Le **gouvernement fédéral** est chargé quant à lui des affaires communes à tous les États : les affaires étrangères, la défense, la monnaie.

● Les États-Unis sont une république : les **pouvoirs sont séparés** et le chef de l'État est désigné pour une durée limitée. Le pouvoir exécutif est confié au président, élu pour quatre ans : il commande l'armée et applique les lois. Le pouvoir législatif est confié au Congrès (le Sénat et la Chambre des représentants) qui vote les lois et le budget. La Cour Suprême, composée de six juges nommés à vie par le président, veille au respect de la Constitution et joue un rôle d'arbitre entre le président et le Congrès.

George Washington, premier président des États-Unis

● Ancien officier de l'armée britannique, George Washington s'engage dans la guerre d'indépendance comme commandant en **chef des Insurgents** dès 1775. Après plusieurs échecs face aux Anglais, il remporte la victoire décisive de Yorktown avec l'appui des Français en 1781. En 1783, il signe la paix avec les Anglais (traité de Paris) qui accorde l'indépendance aux treize colonies.

● En 1787, il préside la Convention de Philadelphie chargée de rédiger la Constitution des États-Unis. Il figure alors parmi les **Pères fondateurs** de la nation. En 1789, il est élu à l'unanimité **président des États-Unis**, puis réélu en 1792. À ce poste, il joue le rôle d'arbitre entre les fédéralistes, dirigés par Hamilton, et les républicains, représentés par Jefferson. En 1796, il refuse un troisième mandat. Le premier président donne son nom à la capitale fédérale fondée en 1791 et promue à ce rang en 1800.

Les limites de la démocratie américaine

● Malgré l'abolition de la traite en 1807, l'esclavage subsiste. Dans les États du Sud, il se développe car la culture du coton exige une main-d'œuvre nombreuse. Son existence **contredit les principes** de la Déclaration d'indépendance, en particulier l'égalité et la liberté. Les esclaves noirs ne disposent d'aucun droit politique : ils sont exclus de la démocratie.

● Avec l'expansion vers l'ouest du territoire des États-Unis au XIXᵉ siècle, les tribus indiennes sont déplacées pour permettre l'installation des colons. Peu nombreux et peu organisés, les Indiens ne peuvent résister à leur afflux. Bientôt, les tribus indiennes sont parquées dans des **réserves** administrées par l'administration fédérale. Privés de tous droits politiques, les Indiens sont, comme les esclaves noirs, les laissés-pour-compte de la démocratie américaine.

MOTS CLÉS

Constitution : texte qui précise l'organisation et le fonctionnement d'un État. Elle fixe également les droits et les devoirs des citoyens.
Pères fondateurs des États-Unis : hommes signataires de la Déclaration d'indépendance (1776) et de la Constitution des États-Unis (1787).

S'ENTRAÎNER

1 Le fonctionnement des institutions américaines

Complétez l'organigramme avec les termes suivants :
Président • Congrès • Cour suprême • fait respecter la Constitution • commande l'armée • vote le budget • fait appliquer les lois • arbitre entre l'exécutif et le législatif • vote les lois

Le fonctionnement des institutions américaines

....	....	....
• .... •	• .... •	• .... • ....

19 L'essor de l'esprit scientifique au XVIIe siècle

L'ESSENTIEL

Le poids de la tradition

- Au XVIe siècle, les connaissances scientifiques reposent encore sur les **savoirs hérités de l'Antiquité**. Ainsi, en astronomie, les théories **géocentriques** de Ptolémée, savant grec du IIe siècle, restent la référence.
- Les **dogmes de l'Église** font autorité : au nom du géocentrisme, elle condamne les thèses **héliocentriques** du mathématicien Nicolas Copernic. Les contrevenants s'exposent au jugement du tribunal de l'Inquisition.

L'émergence d'un esprit scientifique

- Depuis le XVe siècle, **l'humanisme** valorise l'expérimentation scientifique aux dépens de la tradition et des dogmes. De plus, l'essor de la presse à imprimer, mise au point en 1455, favorise la diffusion des connaissances.
- Ainsi la **médecine**, fondée sur les théories du savant grec Galien, est révolutionnée par les observations et les travaux de l'anatomiste flamand André Vésale et du chirurgien français Ambroise Paré.

Un langage commun : les mathématiques

Les mathématiques permettent aux savants de **démontrer** leurs hypothèses scientifiques. Elles constituent désormais le langage commun à tous les savants. Les travaux des savants français René Descartes (1596-1650), hollandais Christiaan Huygens (1629-1695) et allemand Gottried W. Leibniz (1646-1716) établissent les lois de la mécanique et de l'optique sur des bases mathématiques.

Une méthode commune : observation et expérimentation

Les savants privilégient une approche fondée sur l'observation et l'expérimentation, qui permettent d'émettre puis de **valider** des hypothèses scientifiques. Le physicien anglais Robert Hooke (1635-1703) utilise le microscope pour étudier les cellules végétales et animales.

La diffusion des sciences

- Les **académies**, qui bénéficient du soutien du pouvoir royal, accélèrent la diffusion des progrès scientifiques auprès des savants. La *Royal Society* de Londres est fondée en 1662 ; l'Académie des sciences de Paris en 1666.
- Des ouvrages de vulgarisation favorisent également la diffusion des avancées scientifiques auprès d'un public éclairé. Ainsi, dans son *Entretien sur la pluralité des mondes* (1686), Fontenelle présente de façon plaisante les théories astronomiques de Copernic et de Descartes.
- Des **obstacles à cette diffusion** subsistent. L'Église condamne les théories qui remettent en cause le dogme officiel. Ainsi, en 1633, Galilée comparaît devant le tribunal de l'Inquisition pour avoir défendu l'héliocentrisme qui remet en cause la vision biblique de l'univers : il doit abjurer. L'analphabétisme d'une majorité de la population européenne restreint l'accès aux progrès scientifiques à une infime minorité. Seules les élites participent au développement des sciences.

MOTS CLÉS

Académie : société de savants, de gens de lettres ou d'artistes chargée de promouvoir leurs disciplines.
Géocentrisme : théorie affirmant que la Terre est au centre de l'univers.
Héliocentrisme : théorie affirmant que le Soleil est au centre de l'univers.

LE DOCUMENT CLÉ

La lunette astronomique de Galilée

- Cet instrument grossissant trente fois la taille d'un objet permet à Galilée d'observer le **mouvement des planètes**. Il recueille ses observations dans son traité *Le Messager des étoiles* (1610).
- Confirmant ainsi la **thèse héliocentrique** de Nicolas Copernic, Galilée remet en cause le dogme de l'Église. C'est pourquoi il comparaît devant le tribunal de l'Inquisition en 1633, devant lequel il doit abjurer.

1630 (Musée des sciences, Florence)

20 Le développement des sciences au XVIIIe siècle

L'ESSENTIEL

Un contexte nouveau

- Le XVIIIe siècle se caractérise par la volonté des philosophes des **Lumières** de privilégier la raison face aux préjugés hérités de la tradition et de la religion. Les scientifiques croient au progrès comme source de bonheur pour l'homme. Chez les élites, l'influence idéologique de l'Église recule. Derrière une pratique religieuse de façade, la société se sécularise.
- De nombreux souverains européens, soucieux de leur gloire et ouverts aux idées nouvelles, soutiennent les philosophes et les savants. C'est le temps du « **despotisme éclairé** », forme d'absolutisme fondé sur la raison. Ainsi, Frédéric II de Prusse fonde l'Académie des sciences de Berlin où il fait venir le mathématicien allemand Leonhard Euler, appelé plus tard à Saint-Pétersbourg par l'impératrice Catherine II de Russie. En France, Louis XV charge le mathématicien et physicien Maupertuis de vérifier la théorie de Newton selon laquelle la Terre est aplatie aux pôles.

Des lois scientifiques

Les savants cherchent à poser des lois universelles fondées sur l'observation et l'expérimentation. Le physicien anglais Isaac Newton (1642-1727) pose les principes de la **gravitation universelle** et les lois de la mécanique, ce qui permet d'expliquer et de prévoir le mouvement des corps célestes. Le naturaliste français Georges Louis Buffon (1707-1788) instaure une **classification** des plantes et des animaux.

Des applications techniques

Jusqu'au XVIIe siècle, les savants se désintéressent souvent des applications potentielles de leurs découvertes. Au XVIIIe siècle, au contraire, celles-ci débouchent sur de nombreux progrès techniques, en particulier dans l'**industrie naissante**. Ainsi, les travaux du chimiste français Antoine Lavoisier permettent la mise au point de la montgolfière grâce à la maîtrise de l'hydrogène.

Une large diffusion

- La circulation des connaissances **entre savants** se fait par des rencontres directes, des échanges épistolaires, des discussions au sein d'académies ou par des journaux spécialisés comme Le Mercure de France.
- Les connaissances se diffusent aussi **auprès d'un public plus large** : l'*Encyclopédie*, publiée de 1751 à 1772 sous la direction de Diderot et d'Alembert, fait un état de toutes les connaissances de l'époque dans tous les domaines ; des expériences publiques comme celles consacrées à l'électricité vulgarisent les sciences.
- La diffusion des sciences s'effectue **à l'échelle européenne** : les ouvrages scientifiques sont traduits en plusieurs langues ; les savants européens participent à des controverses communes comme celles opposant les théories de Descartes à celles de Newton à propos du mouvement des planètes. Grâce aux académies et aux séjours des savants, les grandes villes européennes (Paris, Londres, Berlin, Vienne, Saint-Pétersbourg) deviennent les centres de cette Europe scientifique.

MOT CLÉ

Les Lumières : mouvement intellectuel qui se développe dans toute l'Europe au XVIIIe siècle. Les Lumières sont fondées sur la raison par opposition aux préjugés.

LE DOCUMENT CLÉ

Émilie du Châtelet, femme de science

- Émilie de Breteuil, marquise du Châtelet (1706-1749), est une passionnée de sciences : elle **traduit** du latin au français les *Principes mathématiques* d'Isaac Newton et publie un traité de physique.
- Elle accueille de nombreux savants dans son château de Cirey. Ses entretiens avec son hôte le conte Francesco Algarotti sont publiés en 1737 sous le titre *Le Newtonianisme pour les femmes* : le système newtonien y est exposé sous forme d'une **conversation galante**.

École française, 1748 (Château de Breteuil)

21 De l'essor des sciences à la révolution industrielle

L'ESSENTIEL

L'influence de l'esprit des Lumières

● Les philosophes des Lumières estiment que la science doit **contribuer au progrès et au bonheur** de l'humanité. C'est pourquoi ils s'intéressent aux inventions techniques qui découlent de progrès scientifiques. Ainsi, les 11 volumes de planches de l'*Encyclopédie* de Diderot et d'Alembert (1751-1772) font la part belle aux innovations techniques.

● Dans un contexte de plus en plus concurrentiel, les souverains français et anglais encouragent l'**innovation technique** : ils octroient des **brevets** aux inventeurs pour protéger leurs découvertes ; en France, l'État crée des écoles formant des ingénieurs (école des Ponts et chaussées en 1747).

L'essor de l'agronomie

● À partir du milieu du XVIIIe siècle, les **penseurs physiocrates** considèrent l'agriculture comme la source principale de richesse et préconisent la liberté du commerce. C'est la théorie que développe l'économiste français François Quesnay dans son *Tableau économique* (1758).

● De façon plus pratique, les **agronomes** prétendent faire de l'agriculture une véritable science expérimentale. Dans la première moitié du XVIIIe siècle, Jethro Tull met au point le semoir et une charrue plus performante ; dans son sillage le français Duhamel du Monceau, auteur des *Éléments d'agriculture* (1762), propose diverses améliorations techniques pour augmenter la productivité agricole (sélection des semences et des espèces animales).

● L'essor de l'agronomie contribue à la **révolution agricole** du XVIIIe siècle, qui elle-même est un des facteurs de la révolution industrielle : la disponibilité d'une partie de la main-d'œuvre agricole est mise à profit par l'industrie.

Des innovations aux origines de la révolution industrielle

● Dans l'industrie textile, de nombreuses innovations techniques permettent la **mécanisation du travail**. Dès 1733, la navette volante de l'anglais John Kay améliore l'efficacité du métier à tisser à la main ; en 1745, le français Jacques de Vaucanson met au point un métier automatique ; en 1784, l'anglais Edmund Cartwright invente un métier à tisser mécanique.

● Dans la seconde moitié du XVIIIe siècle, de **nouvelles sources d'énergie** (charbon, vapeur) remplacent l'énergie animale. En Angleterre, dès 1698, Thomas Savery invente une machine à vapeur pour pomper l'eau des mines ; en 1712, Thomas Newcomen perfectionne cette machine ; en 1764, James Watt met au point le condenseur qui améliore l'efficacité motrice de la vapeur. La vapeur est l'énergie motrice emblématique de la première révolution industrielle qui s'amorce dès le milieu du XVIIIe siècle en Angleterre : utilisable pour tout type de machine, elle permet une production de masse. Ainsi se développe le ***Factory System***.

● Cependant, dans l'industrie, le **travail en atelier** reste dominant. L'agriculture demeure quant à elle longtemps à l'écart des innovations industrielles.

MOTS CLÉS

Brevet : privilège accordé par le pouvoir royal garantissant à l'inventeur l'exclusivité d'un procédé ou d'une production.
***Factory System* :** méthode de production réunissant dans le même atelier industriel les ouvriers, les machines et la matière première.

S'ENTRAÎNER

1 QUIZ

Associez chaque personnage à la théorie qu'il défend.

Ptolémée ○	○ physiocratie
Galilée ○	○ héliocentrisme
Newton ○	○ géocentrisme
Quesnay ○	○ gravitation universelle

2 **Se repérer dans le temps**

Placez sur la frise les événements suivants dans l'ordre chronologique :
fondation de la Royal Society *de Londres* • *machine à vapeur de Watt* • *lunette astronomique de Galilée* • *machine à vapeur de Newcomen* • *publication de l'*Encyclopédie

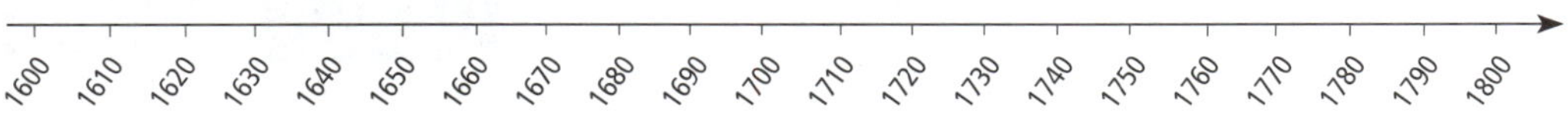

22 Les pesanteurs de la société d'ordres

L'ESSENTIEL

Une société tripartite

- Dans son *Traité des ordres et simples dignités* (1610), le juriste Charles Loyseau rappelle que tous les Français sont des sujets du roi. Parmi eux, il distingue **trois catégories juridiques** : le clergé (ceux qui prient), la noblesse (ceux qui combattent) et le tiers état (ceux qui travaillent).
- Le clergé (1 % de la population) et la noblesse (2 % de la population) bénéficient de **privilèges**, notamment fiscaux. Le tiers état, troisième ordre de la société (97 % de la population), est **soumis à l'autorité** des deux premiers.
- Le tiers état est constitué majoritairement de **paysans**, qui représentent 80 % de la population du royaume. Ils forment un groupe hétérogène dans lequel on trouve des ouvriers agricoles, des tenanciers (paysans moyens) et des laboureurs (paysans riches). Tous travaillent sur des terres qui ne leur appartiennent pas, dans le cadre d'une seigneurie.

Un monde paysan dominé

- Le clergé et la noblesse étant dispensés partiellement ou totalement de certains impôts, le **poids de la fiscalité royale** repose entièrement sur les paysans. C'est le cas en particulier de la taille, destinée à financer la levée d'une armée. Les paysans sont également redevables de la dîme, impôt en nature dû à l'Église, qui correspond en moyenne au dixième de leurs récoltes. Enfin, et surtout, ils sont soumis à **l'autorité de leur seigneur** et doivent s'acquitter de nombreux droits seigneuriaux : en nature (le champart), en argent (le cens) ou en travail (la corvée).
- Sous l'Ancien Régime, les **révoltes paysannes** sont souvent d'origine fiscale, lorsque la monarchie veut imposer un nouvel impôt. Parti d'une paroisse, le soulèvement s'étend parfois à toute une région. Ainsi, à partir de 1635, l'intervention militaire française dans la guerre de Trente Ans accroît la pression fiscale. Dans ce contexte, la Normandie est, en 1639, le théâtre de la révolte des Va-nu-pieds dirigée contre le rétablissement de la **gabelle**. Elle est réprimée férocement sur ordre de Richelieu, principal ministre de Louis XIII.

Une amélioration de la condition paysanne

- À partir de 1715, le climat devient plus clément. La disparition des hivers rigoureux entraîne celle des grandes famines (comme la grande famine de l'hiver 1709). La **paix intérieure** du royaume préserve les récoltes de la destruction.
- Au XVIIIe siècle, **l'État modernise l'agriculture** en s'appuyant sur les mémoires des intendants. Il favorise le recul de la jachère, la spécialisation agricole (maïs dans le Sud-Ouest, sarrasin en Bretagne) et le perfectionnement du matériel agricole.
- La **gestion de la seigneurie** devient plus rigoureuse : les seigneurs la confient à des fermiers qui exercent une pression régulière sur les paysans en anticipant parfois les rentrées d'argent. La condition paysanne varie selon les régions : dans l'est et le centre du royaume (Lorraine, Franche-Comté, Bourgogne, Auvergne), le pouvoir du seigneur est ainsi plus fort qu'ailleurs.

MOTS CLÉS

Gabelle : impôt perçu sur la vente du sel.
Privilège : droit réservé à une personne ou un groupe en raison de sa naissance, de sa fonction ou de son lieu de résidence.

LE DOCUMENT CLÉ

Le poids des droits seigneuriaux sur les paysans

- Le seigneur (« l'araignée ») fait figure de **prédateur** auprès du paysan (« la mouche »).
- Un siècle avant la Révolution française, le sentiment d'une **profonde injustice** est exprimé.

Gravure de J. Lagniet-Guérard, XVIIe siècle (BNF, Paris).

23 Les mutations de la société d'ordres

L'ESSENTIEL

Des villes dynamiques et influentes

● Les grandes villes du royaume sont **attractives** : elles offrent davantage de possibilités d'emplois et d'ascension sociale que les campagnes. Leur population s'accroît donc avec une immigration continue venue des espaces ruraux environnants.

● Les villes sont d'abord des carrefours commerciaux (halles, foires). Ce sont aussi des centres administratifs (sièges d'une **généralité**) et judiciaires (présence d'un parlement). Ce sont enfin de hauts lieux de la vie religieuse (centre d'un évêché) et culturelle (académie, théâtres, salons). Ainsi, Paris, Rouen, Bordeaux et Toulouse concentrent des **fonctions diversifiées**.

Des sociétés urbaines diversifiées

● Les hiérarchies sociales traditionnelles subsistent. Ainsi, la noblesse de robe, formée notamment des membres des parlements, domine la société urbaine. Cependant, de **nouvelles élites**, fondées sur la richesse, s'affirment comme la haute bourgeoisie : à Nantes et à Bordeaux, les armateurs, qui tirent leurs profits de la traite négrière, tiennent le haut du pavé.

● La **masse de la population urbaine** est constituée d'artisans, de boutiquiers et de domestiques. On compte aussi de nombreuses catégories intermédiaires (officiers, notaires, médecins). Riches et pauvres habitent souvent les mêmes quartiers et se côtoient dans les lieux publics.

L'affirmation des femmes dans la société : de sérieux obstacles

● De nombreux actes royaux réforment les droits coutumiers pour renforcer la **subordination de la femme à son mari**. De plus, l'État les écarte des responsabilités spirituelles : dès le début du XVIIe siècle, les religieuses sont interdites de prêche et doivent vivre en lieu clos.

● Une **mentalité misogyne** domine les esprits. Elle est particulièrement virulente lors des périodes de régence de Catherine de Médicis (1560-1563, puis 1574), veuve d'Henri II, marquées par le début des guerres de religion. La reine de France est présentée par ses détracteurs comme une manipulatrice. Au XVIIIe siècle, c'est la reine Marie-Antoinette qui est la cible des critiques pour son influence grandissante sur Louis XVI.

L'émergence de femmes influentes

● Dans le **monde politique**, le pouvoir reste une affaire d'hommes. Cependant, dans des circonstances particulières (régence, affaiblissement de l'autorité royale), des femmes d'exception jouent un rôle important : en 1525-1526, Louise de Savoie, mère du roi François Ier assure la régence et maintient l'unité du royaume ; sous le règne de Louis XV, la marquise de Pompadour, maîtresse du roi de 1745 à 1764, use de son influence pour soutenir la publication de l'*Encyclopédie*.

● Dans le domaine littéraire, les femmes sont tenues à l'écart de l'Académie française, mais jouent un rôle central dans la vie des **salons**. Ceux-ci connaissent une première vogue dans les grandes villes au début du XVIIe siècle avant d'être supplantés par la cour de Versailles. Ils connaissent leur apogée au siècle des Lumières autour de femmes cultivées comme Madame de Tencin ou Madame Geoffrin.

MOT CLÉ

Généralité : circonscription administrative dirigée par un intendant.

S'ENTRAÎNER

1 QUIZ

Associez chaque personnage à l'ordre auquel il appartient.

paysan ○	○ clergé
parlementaire ○	○ noblesse
notaire ○	○ tiers état
curé ○	
officier de l'armée ○	
évêque ○	

2 **Se repérer dans le temps**

Placez sur la frise les événements suivants dans l'ordre chronologique :
révolte des Va-nu-pieds • grande famine • régence de Louise de Savoie • salon de Mme Geoffrin

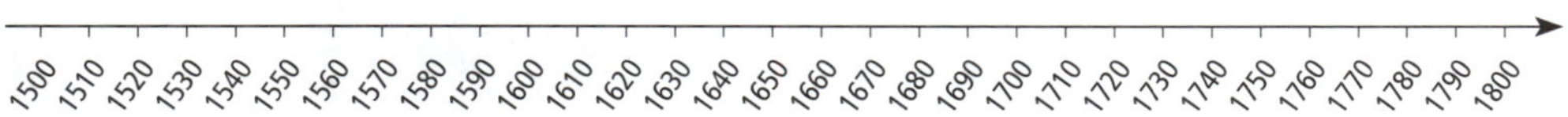

24 Peuplement et milieux de vie sur Terre

L'ESSENTIEL

Un monde inégalement peuplé

- Les **foyers de peuplement** majeurs ont les densités de population les plus élevées et sont les plus anciens : l'Asie du Sud, l'Asie de l'Est et l'Europe. Les foyers de peuplement secondaires ont des densités moins élevées : golfe de Guinée, Nord-Est américain et Sud-Est du Brésil.

- L'histoire explique souvent les fortes densités : le peuplement s'effectue par l'accumulation ancienne de la population (liée à la riziculture millénaire en Asie), ou plus récente suite à d'importantes vagues migratoires (depuis le XVIe siècle aux Amériques). Tous les foyers de peuplement se sont renforcés grâce à la **croissance démographique**.

Les milieux densément peuplés

- La **zone tropicale humide** abrite plus de la moitié de l'humanité. Les régions rizicoles d'Asie du Sud et du Sud-Est bénéficient de la mousson. En Afrique et en Amérique du Sud, les ressources agricoles sont insuffisantes pour nourrir toute la population, d'où un certain surpeuplement qui nécessite des défrichements de la forêt (Amazonie) ou le surpâturage menant à la désertification (Sahel).

- La **zone tempérée** est la plus propice aux activités humaines : les climats et les sols y sont favorables à l'agriculture. Néanmoins cette activité est devenue minoritaire. Dans ces milieux fortement aménagés, la principale préoccupation des sociétés humaines est aujourd'hui de concilier progrès économique et respect de l'environnement en réduisant leur **empreinte écologique**.

- Avec la mondialisation des échanges, les **littoraux** sont devenus des espaces attractifs. Plus de la moitié de l'humanité vit près des océans, dans les grandes **métropoles**, les deltas des grands fleuves ou sur les plaines littorales. Mais ces espaces sont fragiles et instables, attaqués par l'érosion et soumis aux risques naturels.

Les milieux faiblement anthropisés

- Les milieux hostiles représentent 50 % des terres émergées et abritent 2 % de la population mondiale. Ils concentrent les **contraintes naturelles**.

- Dans les **milieux désertiques**, le froid et l'aridité sont des contraintes fortes. Le froid intense, le blizzard et le permafrost limitent le peuplement dans les régions polaires (Arctique). Dans les déserts chauds, la vie se concentre autour des oasis, où l'agriculture dépend des ressources en eau. Le tourisme s'y développe cependant.

- Dans les **milieux montagnards**, l'altitude fait baisser les températures et la pression atmosphérique, la pente se raidit et les aménagements sont difficiles. Les versants à l'ombre (ubac) sont délaissés tandis que les versants ensoleillés (adret) concentrent les activités d'élevage et de loisirs.

- Les **îles** souffrent d'isolement et elles sont souvent montagneuses et volcaniques. Elles sont mises en valeur par le tourisme et/ou l'agriculture.

> **MOTS CLÉS**
> **Contraintes naturelles :** obstacles naturels à l'installation des êtres humains et à la mise en valeur des territoires.
> **Milieux :** caractéristiques naturelles ou non, déterminant les relations entre l'être humain et la nature.

LE DOCUMENT CLÉ

Les grands foyers de peuplement (2016)

- 60 % de l'humanité vit à proximité des espaces maritimes et près de 55 % dans un espace urbain. La **littoralisation** des populations est liée à l'augmentation des échanges maritimes dans le cadre de la mondialisation.

- L'**urbanisation**, processus très avancé dans les pays riches et développés, progresse dans les pays en développement.

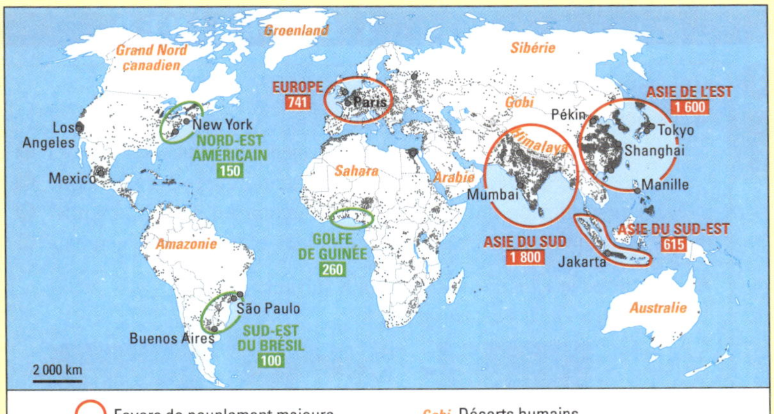

25 Les sociétés face aux risques

L'ESSENTIEL

Des sociétés exposées à de multiples risques

- Les **risques naturels** peuvent être climatiques (cyclones, vagues de froid, sécheresses...), d'origine lithosphérique (séismes, tsunamis...) ou hydrologiques (inondations, avalanches...).
- Les **risques engendrés par les activités humaines** sont nombreux. L'industrie est à l'origine de **risques technologiques** (nuages toxiques, marées noires). L'extraction minière, le chauffage domestique, le transport, l'agriculture créent d'importantes pollutions (air, sol, eaux). Les émissions de gaz à effet de serre contribuent au **réchauffement climatique**, qui entraîne la fonte des glaces et la hausse du niveau des océans. Les mobilités humaines croissantes engendrent des risques épidémiologiques (Covid-19).
- Certains risques naturels sont **amplifiés par les activités humaines** : les défrichements et le bétonnage des sols accroissent les risques d'inondation qui représentent 80 % des catastrophes dans le monde. Les feux de forêt sont le plus souvent causés par l'action humaine.

Des sociétés inégalement vulnérables face aux risques

- Les **pays développés** subissent environ 25 % des catastrophes naturelles mais ils ne déplorent que 5 % des victimes car ils ont un niveau de résilience élevé. Ils sont néanmoins particulièrement exposés aux dégâts matériels (nombreux aménagements) et à des risques technologiques majeurs (installations industrielles et nucléaires). Dans ces sociétés, la sécurité individuelle est considérée comme un droit, une simple perturbation de la circulation et des activités économiques est vécue comme un risque.
- Les **pays en développement** (PED) se trouvant dans des zones sismiques ou dans la zone intertropicale sont plus exposés aux risques naturels. Les risques technologiques augmentent car les pays riches y délocalisent leurs activités les plus polluantes (sidérurgie, gestion des déchets). Les risques sanitaires (épidémies), liés à la sous-alimentation et à des conditions d'hygiène insuffisantes, sont particulièrement élevés dans les **pays les moins avancés** (PMA). Le risque est largement considéré comme une fatalité. La solution envisagée est souvent la fuite, ce qui peut donner lieu à d'importants flux migratoires (réfugiés climatiques). La vulnérabilité des pays pauvres est donc élevée.

La gestion des risques

- Dans les pays riches, la gestion des risques relève de **quatre démarches**. La **prévision** consiste à mieux connaître les aléas en les observant : stations météo, sismographes... La **précaution** est l'anticipation de risques incertains : interdiction de produits dangereux, campagnes de vaccination. La **prévention** a pour but d'anticiper des risques identifiés : exercices d'évacuation, sensibilisation de la population. La **protection** doit limiter les risques : délimitation de zones à risques, digues, déclenchement d'avalanches...
- Dans les PED, il n'existe quasiment pas de plans de prévention des risques. Aujourd'hui, une gestion plus globale des risques et le développement de l'aide internationale pour la prévision sont nécessaires.

MOTS CLÉS

Résilience : capacité d'une société à se relever après une catastrophe.
Vulnérabilité : fragilité d'un milieu, d'une société, d'un aménagement face à un risque.

S'ENTRAÎNER

1 QUIZ

Aléa, enjeu, risque et catastrophe

a. Associez chaque notion à sa définition.

populations et aménagements exposés à un aléa ○	○ aléa
dégâts matériels importants causés par un risque ○	○ enjeu
événement plus ou moins probable présentant un danger potentiel ○	○ risque
aléa qui touche les sociétés humaines et leurs aménagements ○	○ catastrophe

b. Complétez le schéma avec les termes suivants :
risque • enjeu • aléa • catastrophe

....

26 Des ressources naturelles sous pression : l'eau

L'ESSENTIEL

L'eau, une ressource rare

- L'eau recouvre les trois quarts de la surface du globe mais le volume d'eau douce ne représente que 2,5 % du volume d'eau disponible sur Terre. L'eau douce est de plus **inégalement accessible** : 68,3 % est emprisonnée dans les inlandsis (calottes glaciaires de l'Antarctique et du Groenland) et les glaciers ; 31 % est localisée dans des nappes souterraines profondes et fossiles ; 0,7 % est stockée dans les lacs, rivières et les nappes phréatiques. Seule cette dernière réserve d'eau est directement utilisable par l'Homme.
- La quantité d'eau disponible sur Terre est toujours la même, grâce au cycle de l'eau, mais elle est très **inégalement répartie dans le temps** (saisons sèches ou humides) **et dans l'espace**. Les régions arides et semi-arides ne reçoivent que 2 % des précipitations alors qu'elles couvrent 40 % des continents. Ces régions, situées le long des tropiques, sont en situation de stress hydrique ou de pénurie.
- La disponibilité en eau est aussi une **question qualitative** : près de 800 millions de personnes sont encore privées d'eau potable non contaminée. En Afrique subsaharienne, les maladies hydriques restent le premier facteur de mortalité.

Une ressource essentielle, convoitée et menacée

- L'eau est utilisée dans **tous les secteurs**. L'agriculture irriguée représente 70 % de la consommation mondiale de l'eau. Elle a quintuplé au XXe siècle et elle est en augmentation dans les pays en développement. L'industrie consomme 20 % des ressources en eau. Sa part diminue dans les pays industrialisés, grâce au recyclage des eaux usées, mais est en constante augmentation dans les pays émergents. Les usages domestiques de l'eau représentent 10 % de la consommation mondiale d'eau et augmentent de manière constante en raison de l'urbanisation, de la hausse du niveau de vie et de la croissance démographique.
- L'augmentation de la consommation d'eau accroît les **concurrences** : entre villes et campagnes ; populations locales et touristes ; industriels et agriculteurs. Des tensions existent entre États riverains d'un même fleuve (Nil, Jourdain, Tigre, Euphrate) ou d'une même nappe souterraine.
- La **pénurie d'eau** menace de nombreux pays du fait de l'irrigation intensive et de l'exploitation des nappes d'eau fossiles (Arabie Saoudite, Jordanie). Celle-ci entraîne également la salinisation des sols. Les pollutions d'origines industrielle et agricole sont les principales atteintes à la qualité de l'eau.

Gérer durablement l'eau

Une **gestion raisonnée** de l'eau passe par la lutte contre le gaspillage. L'entretien des conduites d'eau dans les villes est une nécessité : près de la moitié de l'eau est perdue à cause des fuites au Caire ou à Mexico. L'irrigation goutte-à-goutte limite la baisse du niveau des nappes phréatiques. L'utilisation réduite des intrants (pesticides, engrais) diminue leur pollution. Le recyclage des eaux usées et la réduction de la consommation domestique sont également des solutions à privilégier.

MOT CLÉ

Stress hydrique : dans les régions en stress hydrique, on ne dispose que de 1 000 à 1 700 m^3 d'eau par an et par habitant. En dessous de 1 000 m^3/an/hab. on parle de pénurie.

LE DOCUMENT CLÉ

La disponibilité en eau dans le monde

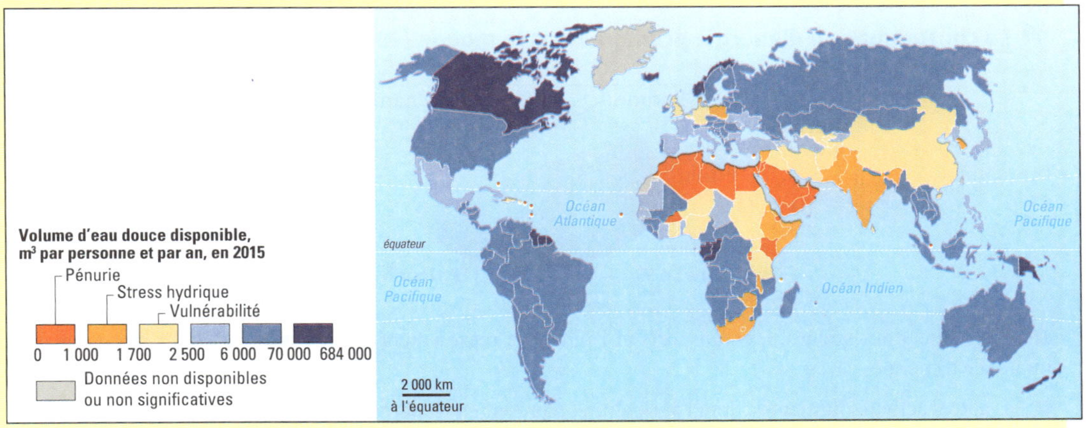

27 Des ressources naturelles sous pression : l'énergie

L'ESSENTIEL

Besoins et ressources énergétiques dans le monde

● Selon l'Agence internationale de l'énergie, la consommation énergétique mondiale est équivalente à la production. Elle est issue d'énergies dites primaires, qu'elles soient épuisables (énergies fossiles : charbon, pétrole, gaz naturel, uranium) ou renouvelables (hydraulique, éolien, géothermie, biomasse). Elle a **doublé depuis 1973** à cause de la croissance démographique, de la hausse des niveaux de vie et de l'urbanisation, surtout dans les pays émergents.

● Les ressources sont **inégalement réparties**. Les gisements d'hydrocarbures se concentrent au Moyen-Orient, dans le golfe du Mexique, en Russie. Les hydrocarbures non conventionnels peuvent être situés en mer (*offshore*), dans des schistes… Les principaux producteurs et consommateurs de charbon sont la Chine et les États-Unis. Les gisements d'uranium (Australie, Canada, Niger…) sont nécessaires à la production d'énergie nucléaire.

Les impacts environnementaux de la consommation énergétique

● Selon le Groupe d'experts intergouvernemental sur l'évolution du climat (GIEC), l'augmentation de la température mondiale (de 1 °C depuis l'ère industrielle) s'explique par une concentration plus forte de **gaz à effet de serre** dans l'atmosphère liée aux activités humaines.

● La production, le transport et la combustion d'énergies sont également sources de **pollutions** maritimes et atmosphériques. Récente, l'exploitation des hydrocarbures de schiste pollue les eaux et les sols.

● L'extraction du charbon, la production d'hydroélectricité et d'électricité d'origine nucléaire représentent des **risques majeurs** : risques d'explosions, radioactivité des déchets nucléaires…

Assurer la transition énergétique

● Aucune **énergie renouvelable** ne peut répondre seule aux besoins énergétiques de l'humanité. Elles comportent toutes des inconvénients. Une seule éolienne peut assurer les besoins domestiques de 1 000 à 2 000 personnes mais elle dépend de l'intermittence du vent, ne stocke pas encore l'énergie produite et dégrade les paysages. Les panneaux solaires fournissent de l'électricité à des zones isolées mais leur coût est élevé, leur durée de vie limitée et ils ne sont pas toujours recyclables. La géothermie permet l'extraction de la chaleur de la Terre, mais les installations sont coûteuses et une partie de l'énergie extraite se perd en surface. Les agrocarburants réduisent la dépendance aux hydrocarbures, mais leur production détourne une partie des cultures destinées à l'alimentation.

● Il faut donc associer les énergies renouvelables les unes aux autres afin d'effectuer la **transition énergétique**. Celle-ci sous-entend la sobriété (supprimer le gaspillage) et l'efficacité énergétique (réduire les pertes d'énergie). Elle dépend également des progrès techniques. Depuis la conférence de Kyoto (1997), les États dialoguent pour réduire les émissions de gaz à effet de serre. Lors de la Conférence des parties (COP 21) à Paris en 2015, ils se sont engagés à limiter le réchauffement climatique à moins de 2 °C d'ici à 2100.

MOTS CLÉS

Énergies renouvelables : énergies issues d'une source dont le renouvellement est rapide (eau, soleil, vent, biomasse).

Tonne équivalent pétrole (TEP) : unité de mesure de l'énergie correspondant à l'énergie produite par une tonne de pétrole.

LE DOCUMENT CLÉ

La consommation d'énergie primaire dans le monde (2019)

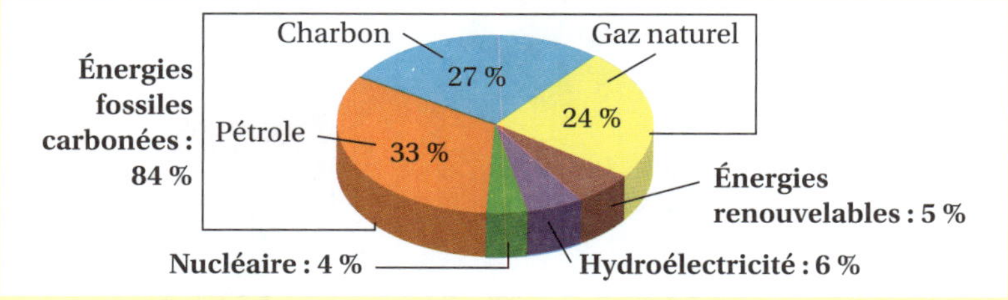

● Les besoins domestiques, les transports et l'industrie représentent **chacun un quart** de la consommation mondiale d'énergie.

● Les autres activités humaines, dont l'agriculture, représentent le **dernier quart**.

28 La France : des milieux métropolitains et ultramarins à valoriser et à protéger

L'ESSENTIEL

Milieux français et potentialités

● Le territoire français (551 000 km²) est en position de carrefour entre l'Europe du Sud et l'Europe du Nord, ouvert sur des espaces maritimes. Grâce à ses territoires ultramarins, la France possède la deuxième plus vaste zone économique exclusive (ZEE) du monde avec près de 11 millions de km². Les milieux métropolitains sont en zone tempérée. Les deux tiers de la superficie du pays présentent des reliefs plats. Les milieux français sont tous **plus ou moins artificialisés** : plus un milieu est densément peuplé, plus il est aménagé.

● La diversité des milieux et des paysages présente des **potentialités** qui deviennent les supports d'activités économiques. La richesse des terroirs permet certaines productions agricoles de qualité : céréales dans le Bassin parisien, vignobles du Bordelais… Les grands fleuves (Rhône) permettent la production hydroélectrique. En haute montagne, la pente et l'enneigement sont des atouts pour le tourisme de sports d'hiver. L'ensoleillement des régions méditerranéennes et des territoires ultramarins favorise le tourisme balnéaire et la production d'énergie solaire. Les forêts sont exploitées pour le bois de chauffage, l'ameublement, le papier et le carton.

Des risques et des dégradations environnementales

● La France est touchée par un certain nombre de risques naturels liés aux **aléas climatiques** (sécheresses, canicules, tempêtes et cyclones) et aux **aléas d'origine lithosphérique** (volcans aux Antilles et à la Réunion).

● Les activités humaines aggravent de nombreux risques : risques majeurs engendrés par l'industrie, feux de forêt, inondations catastrophiques dans des quartiers érigés en zones inondables, disparition des milieux humides du fait des activités agricoles et de l'urbanisation. Les milieux urbains et touristiques sont les plus affectés par les **dégradations environnementales** : pollution atmosphérique et dégradation des paysages. Les sols des milieux agricoles sont pollués par les intrants (engrais et pesticides).

Des milieux à protéger durablement

● La France possède un **système efficace de prévision** : les bulletins d'alerte de Météo France, la surveillance des activités volcaniques. Les milieux à risques bénéficient de moyens de protection, par exemple certaines infrastructures : barrages, constructions parasismiques. Les communes à risques doivent, depuis 1995, posséder un plan de prévention des risques (PPR) qui consiste à délimiter des zones constructibles, prévoir des plans d'évacuation. Certains sites industriels classés Seveso, c'est-à-dire à hauts risques, sont soumis à un plan particulier d'intervention (PPI).

● Des mesures de protection des milieux et des ressources sont mises en œuvre par des **acteurs publics** (Union européenne, État, collectivités territoriales) : la loi montagne (1985) et la loi littoral (1986) qui réglementent ou interdisent les constructions dans des zones délimitées ; la création de parcs naturels pour préserver des espaces fragiles et leur biodiversité. Les industries tentent de diminuer leurs émissions de CO_2, l'écotourisme et l'agriculture biologique se développent, des écoquartiers sont construits dans les métropoles. Les agendas 21 locaux favorisent une politique des transports, du recyclage des déchets et de l'habitat plus soucieuse de l'environnement.

MOT CLÉ

Zone économique exclusive (ZEE) : espace maritime de 200 milles marins, soit 370 kilomètres, à partir du littoral, dans lequel un État possède l'exclusivité de l'exploitation des ressources.

S'ENTRAÎNER

1 Les éléments d'un paysage alpin

Complétez ce schéma des différents étages d'une montagne dans les Alpes avec les mots suivants :
alpages • cultures • forêts • neiges éternelles • rochers • village.

1 ………………
2 ………………
3 ………………
4 ………………
5 ………………
6 ………………

HIST.-GÉO / EMC

29 Les défis du nombre et du vieillissement

L'ESSENTIEL

La croissance démographique dans le monde

● La population mondiale augmente régulièrement depuis le milieu du XVIIIe siècle. Après 1950, la Terre connaît une véritable **explosion démographique**. En 250 ans, elle est ainsi passée de 700 millions d'habitants à 7,7 milliards.

● La **croissance démographique** est **très inégale** dans le monde, car tous les pays n'en sont pas à la même étape de la transition démographique. Les pays développés connaissent une croissance démographique faible : les taux de natalité et de mortalité sont bas, l'espérance de vie est élevée, la population vieillit. Leur **transition démographique** est achevée. Les pays en développement abritent plus de 80 % de la population mondiale et connaissent des situations plus contrastées. Le taux de mortalité y a souvent baissé de façon brutale après 1945, grâce aux progrès médicaux, mais l'indice de fécondité peut y rester élevé, notamment en Afrique subsaharienne (4 à 7 enfants par femme).

● L'humanité est donc entrée dans la seconde phase de la transition démographique, ce qui contribue au **ralentissement de l'accroissement naturel** et au vieillissement de la population mondiale. Il reste cependant des exceptions, comme certains pays du Maghreb et l'Égypte, où la natalité augmente.

Les défis du vieillissement

● Les plus de 65 ans représentent actuellement 9 % de la population mondiale. Le **vieillissement de la population mondiale** est un phénomène qui s'accélère. La part des plus de 60 ans devrait tripler d'ici 2100 selon l'Organisation des Nations unies.

● Les causes en sont multiples : l'allongement de l'espérance de vie (72,4 ans en moyenne dans le monde) ; l'arrivée à l'âge de 65 ans et plus de la génération du baby boom ; la baisse du **taux de fécondité**.

● Le vieillissement de la population est **lié au niveau de développement** des pays : ceux où le nombre de personnes âgées est le plus élevé sont les pays riches et développés. Le vieillissement est beaucoup moins rapide dans les pays en développement où la fécondité est plus forte (4 enfants par femme en moyenne) et l'espérance de vie moins longue (70 ans contre plus de 80 ans dans les pays riches).

● La **baisse de la population active** liée au vieillissement menace la croissance. Elle rend difficile le financement des retraites et augmente les dépenses de santé. Plusieurs solutions sont possibles : augmenter le nombre d'actifs en reculant l'âge de la retraite et/ou en favorisant le travail féminin encore sous-représenté ; faire appel à l'immigration ; promouvoir des politiques natalistes (allocations, création de crèches).

● Au **Japon** par exemple, où une personne sur trois a plus de 65 ans, le gouvernement a décidé de la gratuité des crèches pour 2019 et l'augmentation des politiques sociales pour relancer la natalité. L'objectif est de revenir au nombre de 200 millions de Japonais d'ici 2064 (126,8 millions aujourd'hui).

MOTS CLÉS

Accroissement naturel : différence entre le nombre de naissances et le nombre de décès dans un pays en un an, sans prendre en compte les migrations (entrées et sorties).
Espérance de vie : durée de vie moyenne que l'on peut espérer atteindre à un moment donné dans un pays donné.

LE DOCUMENT CLÉ

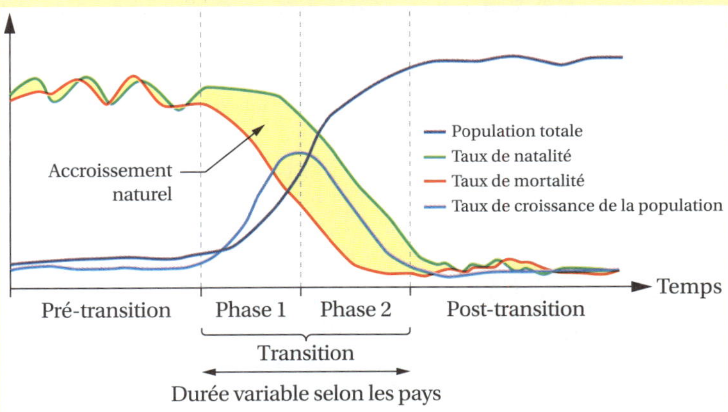

La transition démographique

● La transition démographique est une période de **forte croissance de la population**, où la mortalité diminue massivement mais la natalité reste élevée.

● Elle s'achève quand le taux de natalité baisse à son tour rejoignant le taux de mortalité : on passe alors d'un régime démographique **traditionnel** à un régime **moderne**, avec croissance démographique faible.

30 Des inégalités de développement à toutes les échelles

L'ESSENTIEL

Mesurer le développement

● Le **développement** est un processus par lequel un groupe social évolue vers de meilleures conditions de vie, plus de richesse et un système politique démocratique. C'est un processus qualitatif (amélioration des conditions de vie), contrairement à la croissance économique qui est un processus quantitatif (augmentation du produit intérieur brut, PIB, qui ne mesure que la richesse).

● Depuis 1990, le Programme des Nations unies pour le développement (PNUD) utilise l'**indice de développement humain** (IDH) pour mesurer le niveau du bien-être de la population. L'IDH fait la synthèse de trois séries de données : l'espérance de vie à la naissance, qui donne une idée de l'état sanitaire de la population du pays ; la durée moyenne et la durée attendue de scolarisation, qui permettent d'estimer le niveau d'instruction ; le revenu national brut par habitant, calculé en parité de pouvoir d'achat (PPA), qui donne une indication sur le niveau de vie d'une population.

Les inégalités de développement à l'échelle mondiale

● Les **pays développés** à économie de marché (PDEM), ou pays industrialisés développés (PID), avec un IDH très élevé (supérieur à 0,8), répondent aux besoins essentiels de leur population. Ces pays sont situés en Amérique du Nord, dans l'Union européenne ; ce sont aussi le Japon, la Corée du Sud, Singapour, Taïwan, l'Australie et la Nouvelle-Zélande.

● Les pays dits « **émergents** » ont un IDH généralement compris entre 0,7 et 0,8. Les BRICS (Brésil, Russie, Inde, Chine et Afrique du Sud) sont les pays les plus riches de ce groupe. Les pays producteurs de pétrole peuvent également être considérés comme émergents : Arabie saoudite, Qatar, Émirats arabes unis, Brunei, Bahreïn.

● Les **pays intermédiaires** sont les plus nombreux. Leur IDH est moyen (entre 0,5 et 0,7) et ils dépendent des pays les plus développés auxquels ils vendent leurs matières premières. Dans ces pays, le secteur informel domine souvent l'économie (vente dans la rue par exemple).

● Les **pays les moins avancés** (PMA) sont les 48 États les plus pauvres du monde, la plupart situés en Afrique subsaharienne (34) et en Asie centrale (9). Leur IDH est inférieur à 0,5. Ils possèdent une économie rurale et leur population est jeune.

Les inégalités de développement aux échelles régionales et locales

● À l'échelle des **continents**, les progrès du développement sont importants en Asie, plus divers en Amérique latine. La situation s'est dégradée en Afrique.

● À l'échelle étatique, les **métropoles** et les **régions littorales** sont les espaces les mieux intégrés à la mondialisation et sont souvent plus développées que les régions rurales et intérieures.

● À l'échelle urbaine, des poches de pauvreté et de mal-développement sont le signe d'une **ségrégation socio-spatiale**. Dans les pays développés, les ghettos ou les quartiers sensibles concentrent les difficultés sociales. Dans les autres pays, les quartiers informels se multiplient tandis que les populations les plus aisées s'isolent dans des résidences fermées (*gated communities*).

MOTS CLÉS

Pays émergents : pays dont la croissance économique (augmentation du PIB/an) est élevée mais dont le niveau de développement demeure moyen et très inégal d'une région à l'autre.
Quartier informel : synonyme de bidonville.

LE DOCUMENT CLÉ

L'IDH dans le monde (2017)

● Les inégalités de développement entre États sont fortes, et il est de plus en plus difficile d'employer un **vocabulaire adapté**.

● Dans les années 1990, on recourait à la **distinction Nord/Sud**, moins pertinente aujourd'hui mais toujours utilisée.

31 Les stratégies de développement dans les Nords

L'ESSENTIEL

Le choix du commerce et de l'industrie

● L'Europe s'ouvre aux échanges mondiaux avec la découverte des Amériques à la fin du XVe siècle et la mise en place du commerce triangulaire à partir du XVIe siècle. Puis, au XIXe siècle, la **colonisation** européenne à l'échelle mondiale et l'industrialisation assurent la domination économique occidentale.

● Au sein des **marchés coloniaux** protégés, les pays européens inondent leurs colonies de produits manufacturés tandis qu'ils en reçoivent des produits agricoles et miniers jusqu'à la fin de la domination coloniale dans les années 1960.

● L'**industrie**, dont la productivité augmente, permet aux populations américaine, européenne, russe et japonaise d'améliorer leurs revenus et leurs conditions de vie, même si les inégalités sociales perdurent.

Le choix de l'ouverture au monde

● Après 1945, les États-Unis font la promotion du capitalisme et diffusent leur **modèle libéral** d'économie de marché. L'URSS suit un modèle planifié et contrôlé par l'État et tourné vers les industries lourdes.

● La généralisation du travail à la chaîne, la révolution des transports et des communications, la diminution des tarifs douaniers accélèrent les **échanges mondiaux**, surtout entre pays du Nord.

● Dans les années 1950, l'**industrialisation** se propage du Japon vers les pays asiatiques voisins (Corée du Sud, Taïwan...). La fin de la guerre froide permet aux pays d'Europe de l'Est d'accélérer leur industrialisation et d'améliorer les conditions de vie de leurs populations. Certains intègrent l'Union européenne, la plupart des pays riches et développés se réunissant en organisations régionales pour favoriser leurs échanges.

Vers de nouveaux modèles de développement ?

● L'impact du développement des pays industrialisés sur l'environnement est fort. En 1987, le rapport Brundtland définit la notion de **développement durable** comme le développement qui répond aux besoins du présent sans compromettre la capacité des générations futures à répondre aux leurs.

● Il repose sur **trois piliers** : économique, social et environnemental. Ainsi, l'activité économique d'un pays doit permettre une redistribution équitable des richesses entre les individus, tout en gardant leur environnement vivable. Elle doit aussi respecter le principe de viabilité, c'est-à-dire qu'elle doit être rentable et s'inscrire dans le temps.

● L'Union européenne encourage l'essor des énergies renouvelables et défend la biodiversité. Elle a signé les accords de Kyoto en 1997 et de Paris en 2015 concernant la lutte contre le réchauffement climatique. Mais d'importants États pollueurs de la planète remettent en cause ces accords. Dans ce contexte, des économistes en appellent à une **transition écologique**.

MOTS CLÉS

Industrialisation : processus de transformation des sociétés qui se traduit par une part croissante de l'industrie dans l'activité et la diffusion de nouveaux produits.

Transition écologique : passage vers un développement basé sur des productions locales, moins énergivores et sur de nouveaux comportements des consommateurs comme des entreprises.

S'ENTRAÎNER

1 Les trois piliers du développement durable

Complétez le schéma suivant.

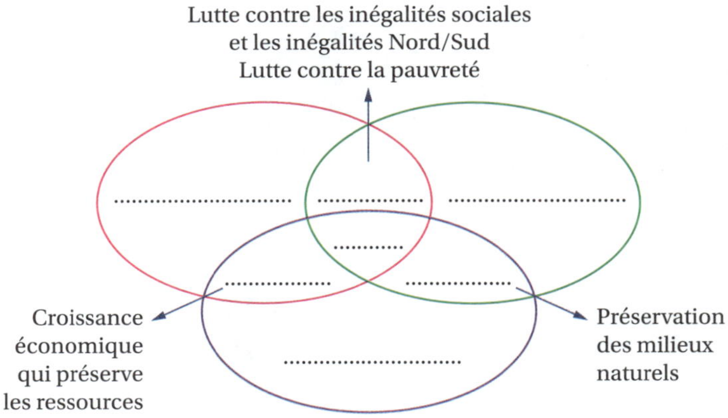

POUR VOUS AIDER

Commencez par compléter les parties qui renvoient aux indications fléchées en utilisant les adjectifs *viable*, *vivable* et *équitable*. Puis, complétez les trois grands cercles qui correspondent aux trois piliers du développement durable. N'oubliez pas de compléter la partie centrale.

32 Les voies du développement dans les Suds

L'ESSENTIEL

Le modèle interventionniste autocentré

● Jusqu'aux années 1980, les États du Sud interviennent de façon dirigiste dans leur économie pour assurer leur développement. Il s'agit pour eux de **protéger leur économie nationale** en limitant les importations, de produire eux-mêmes ce qu'ils importaient auparavant, de construire des infrastructures, de promouvoir l'industrie et plus rarement l'agriculture.

● Certains États, comme le Sénégal, s'appuient sur des secteurs stratégiques pour développer des **industries de consommation**, afin de répondre aux besoins de la population (textile), ou de transformation de produits locaux (arachide). Mais le marché local est vite saturé et la construction des usines nécessite des importations massives de machines. Beaucoup de ces industries disparaissent dans les années 1990-2000 à cause de la concurrence internationale.

● D'autres pays, comme l'Algérie ou la Chine (dans les années 1950), cherchent à se développer à partir des **industries de base** (raffinerie du pétrole, sidérurgie). Ce modèle de développement entraîne une baisse des rendements agricoles et nécessite d'importantes importations de denrées alimentaires, aggravant l'endettement.

Les modèles libéraux

● Dans les années 1980, s'impose l'idée que l'**ouverture des marchés** est le moteur du développement. De nombreux États d'Amérique latine et d'Afrique privatisent une partie de leurs services publics et ouvrent leur territoire aux investisseurs étrangers. Ces mesures conditionnent l'aide publique au développement et le soutien du Fonds monétaire international (FMI). Cette ouverture a pour conséquence principale le retour aux exportations de matières premières, minières et agricoles, dans le but de financer le décollage industriel. Ces États profitent d'une hausse des prix des hydrocarbures et des produits miniers entre 2000 et 2014.

● En Asie, le modèle fondé sur les industries légères d'exportation se diffuse à partir des années 1990 à de nombreux pays comme la Thaïlande ou la Malaisie et aux littoraux chinois. L'utilisation d'une main-d'œuvre peu chère et la création de zones franches y favorisent les délocalisations. On parle de « **pays ateliers** », même si beaucoup d'entre eux ont aujourd'hui dépassé ce stade de développement.

● Après 1991, la **Russie** abandonne le modèle communiste et entame une transition économique pour s'ouvrir au marché mondial. Mais aujourd'hui, le pays vit essentiellement des exportations de ses hydrocarbures, notamment du gaz dont il détient un quart des réserves mondiales. La société russe est très inégalitaire : 1 % de la population russe détient 74,5 % des richesses du pays qui compte plus de 20 millions de pauvres. Membre des BRICS, la Russie est davantage un pays résurgent (qui retrouve sa puissance passée) qu'émergent.

● Les inégalités sociales et régionales restent fortes dans les pays émergents comme dans les autres pays en développement. Un **développement plus durable et équitable** est nécessaire même s'il est difficile à mettre en œuvre.

MOT CLÉ

Aide publique au développement : aide financière accordée aux pays en développement par les pays riches.

S'ENTRAÎNER

1 QUIZ

Associez les chiffres clés du cours aux grandeurs qu'ils représentent.

nombre d'habitants sur Terre aujourd'hui ○	○ 10 milliards
part des plus de 65 ans sur Terre ○	○ 700 millions
nombre d'habitants sur Terre en 1750 ○	○ 7,7 milliards
nombre d'habitants sur Terre en 2050 ○	○ 9 %
nombre d'enfants par femme dans les pays du Sud ○	○ 0,5
indice de développement humain faible ○	○ 0,9
indice de développement humain fort ○	○ 4
taux de fécondité faible ○	○ 1,5

2 **Questions de cours**

a. Qu'est-ce que l'accroissement naturel ?
b. Quels éléments utilise-t-on pour définir l'IDH ?
c. Sur quel secteur de l'économie les pays du Nord ont-ils basé leur développement ?
d. Qu'est-ce qu'un modèle de développement autocentré ?

33 Une France en transitions

L'ESSENTIEL

Un pays très développé héritier des Trente Glorieuses

● La France demeure un pays à **très haut niveau de développement**, avec un IDH de 0,901 en 2019. Mais cela ne la classe cependant plus qu'au 26e rang mondial. Elle était 8e en 1995… Son développement se ralentit : l'IDH a progressé de 0,77 % par an de 1990 à 2000, de 0,35 % entre 2000 et 2010, de 0,28 % entre 2010 et 2019.

● La France a cependant connu, entre 1945 et 1974, une période de forte croissance économique : + 5,3 % par an en moyenne, en particulier pendant les années 1960. C'est le triomphe d'une économie fordiste. Le niveau de vie des classes moyennes s'améliore de façon décisive. La France finance un modèle d'**État-providence** (système de protection sociale) très généreux.

La France en crises

● En 1974 et 1979, toutefois, les **chocs pétroliers** révèlent un certain essoufflement de la croissance. De 1974 à 2010, le taux de croissance tombe autour de 2 %. Le chômage devient structurel. Confrontée à une mondialisation à laquelle elle est mal préparée, l'économie française connaît un déclin relatif.

● La **crise de 2008**, très violente, a touché la France moins brutalement que les autres pays de la zone euro : leur PIB recule de 4 % en 2009 contre – 2,9 % en France, en raison du rôle amortisseur du système de protection sociale. Mais, entre 2008 et 2019, le taux de croissance moyen tombe sous 1 %. Et en 2020, la **crise causée par la pandémie de Covid-19** a fait chuter le PIB de 8,3 %.

● Le **déficit**, constant depuis 1974, du budget de l'État et des collectivités territoriales ainsi que les dépenses sociales gonflent un **endettement** devenu aujourd'hui considérable : 2 800 milliards d'euros en 2020, se rapprochant des 120 % du PIB. La dette a ainsi doublé depuis 2007 ! Il apparaît que la France se trouve dans une phase de changements majeurs. Son modèle doit s'adapter aux contraintes d'une mondialisation qui force la recomposition des systèmes économiques et sociaux sur la planète entière. La crise sanitaire de Covid-19 n'a fait qu'en révéler l'acuité.

Un pays entré en hiver démographique

● La France a effectué sa transition démographique dès le milieu du XVIIIe siècle. Le **vieillissement** et la **stagnation démographique** furent très sensibles pendant l'entre-deux-guerres : en 1945, la France compte, avec 39,6 millions d'habitants, la même population qu'en 1886. Mais se déclenche alors le baby boom.

● Cette **période démographique exceptionnelle** (1942-1970) est marquée par une fécondité très élevée (entre 2,5 et 3 enfants par femme) et une hausse du nombre de jeunes et de l'espérance de vie. La mortalité continue de reculer. Les politiques familiales soutiennent la natalité. Le solde migratoire contribue largement à la croissance démographique.

● La fin du baby boom entraîne une réduction de la fécondité et de la natalité. La fécondité tombe alors **sous le seuil de remplacement** des générations (1,73 en 1994). Malgré une hausse dans les années 2000 (2,02 enfants par femme en 2010), la France va-t-elle vers un baby krach ?

MOT CLÉ

Économie fordiste : économie qui se caractérise par la production en grandes séries de biens et des salaires élevés, d'où l'essor des classes moyennes.

LE DOCUMENT CLÉ

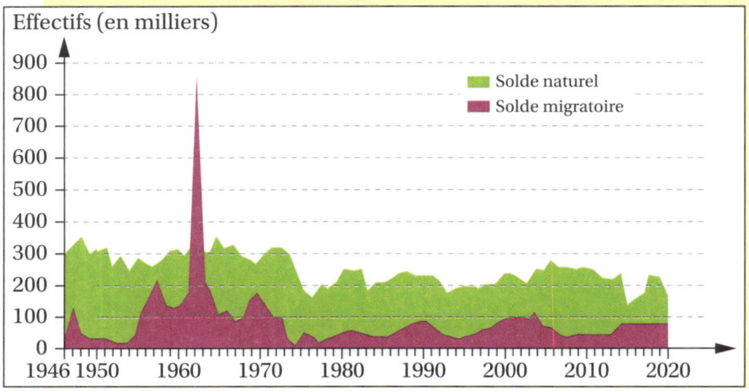

L'évolution des soldes migratoire et naturel en France (1946-2020)

● Le **solde migratoire** contribue fortement au solde total pendant les Trente Glorieuses (noter le pic de 1962 des rapatriés d'Algérie).

● Le **solde naturel** augmente après l'an 2000, égal aux trois quarts du solde total. Mais il s'est dégradé avec la Covid-19.

34 Les dynamiques démographiques en France

L'ESSENTIEL

Le moteur démographique de l'Europe en voie d'essoufflement

● En 2021, la France (outre-mer inclus) compte **67,4 millions de personnes**, soit 15 % de la population de l'Union européenne (UE). C'est le 2e pays derrière l'Allemagne (82 millions). Mais, à elle seule, elle représente 26 % de la croissance démographique de l'UE (+ 0,57 % par an sur les dix dernières années, mais + 0,25 % en 2021) !

● Cependant, **le taux de natalité diminue** depuis 2010 (de 12,8 à 10,9 ‰). La fécondité est en baisse (1,83) en raison de la diminution du nombre de femmes en âge de procréer et de l'âge de plus en plus tardif du premier enfant (30,8 ans).

● La **structure de la population** connaît une passe moins favorable : les baby boomers forment de forts contingents de personnes âgées. Le taux de mortalité est donc en augmentation : 8,4 ‰ en 2007, 9,9 ‰ en 2020, lié à la Covid-19. Le taux de natalité est de 10,9 ‰ en 2020. L'accroissement naturel est en baisse.

Dans l'hiver démographique

● La population française se caractérise par un **vieillissement** de plus en plus rapide. Les moins de 20 ans (24 % de la population en 2020) diminuent à la fois en valeurs absolue et relative, alors que les plus de 65 ans (20,7 %) progressent.

● Le vieillissement s'explique aussi par la baisse de la mortalité aux âges élevés : **l'espérance de vie continue de progresser**, à un rythme ralenti, avec parfois des reculs conjoncturels. Ainsi en 2020, du fait de la Covid-19, l'espérance de vie d'une femme a baissé à 84,6 ans et celle d'un homme à 79,2 ans. La France – à l'exception de l'outre-mer – tend à s'aligner sur le modèle européen d'un hiver démographique.

Les mutations des modèles marital et familial

● Le taux de nuptialité (mariages) poursuit lentement sa baisse. Mais cela ne semble pas vraiment affecter la natalité : les **naissances hors mariage** représentent aujourd'hui près de 62,2 % du nombre total de naissances. Les divorces diminuent également : un peu moins d'un mariage sur deux. La rupture des unions, autrefois surtout par veuvage, est désormais volontaire.

● La taille des ménages a sensiblement diminué : 3,1 personnes en 1968, 2,19 aujourd'hui. Le nombre de **familles monoparentales** augmente (2 millions) et concerne 24,7 % des enfants. Or, ces familles connaissent un taux de pauvreté trois fois supérieur à celui des couples avec enfants. Toutefois, 9 % des familles sont aujourd'hui recomposées.

Les mutations du modèle migratoire

En France vivent environ 6,8 millions d'immigrés (10,2 % de la population totale) et 5,1 millions d'étrangers (7,6 %). Le solde migratoire est de 50 000 à 100 000 par an. Les entrées viennent surtout du Maghreb et d'Afrique subsaharienne (48 %), pour motifs familiaux (50 %) ou études (25 %). La France apparaît toutefois **de moins en moins attractive**.

MOTS CLÉS

Étranger : individu qui a une autre nationalité que la nationalité française.
Immigré : individu né à l'étranger, de nationalité étrangère, qui a migré en France et a pu acquérir la nationalité française par la suite.

LE DOCUMENT CLÉ

La métropole et l'outre-mer à travers la pyramide des âges (2017)

● La pyramide métropolitaine montre les **baby boomers** en passe d'entrer dans le 3e âge. On y voit la reprise de natalité entre 2000 et 2015.

● En outre-mer, la natalité reste nettement plus élevée, avec une forte proportion de jeunes de moins de 20 ans, ce qui contribue sensiblement à **freiner le vieillissement** national.

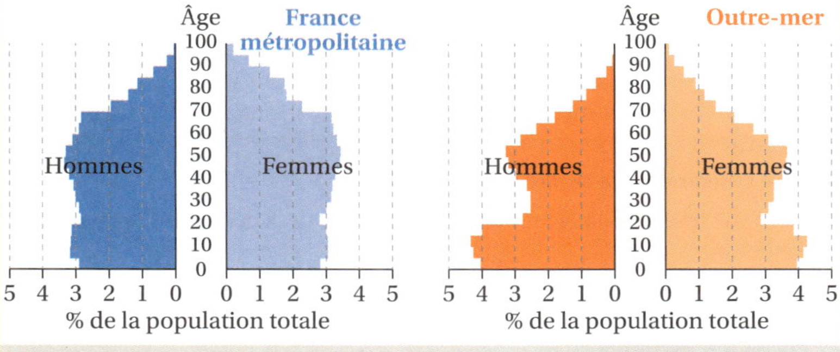

▷ Source : Ined.

35 Les inégalités socio-économiques en France

L'ESSENTIEL

Inégalités et pauvreté en France

● Entre 2006 et 2018, le nombre de pauvres au seuil de 60 % est passé de 7,9 à 9,3 millions et le **taux de pauvreté** de 13,1 % à 14,8 % de la population. La crise de 2008 a fait progresser le phénomène, mais les années récentes ont permis une amélioration sensible. L'impact de la Covid-19 reste encore incertain.

● Les pauvres sont souvent des jeunes, en situation de précarité familiale, peu diplômés et habitant dans les grandes villes et banlieues. Les actifs ne sont pas à l'abri, avec plus d'un million de **travailleurs pauvres** (moins de 800 €/mois).

● La pauvreté s'accompagne de phénomènes de **marginalisation sociospatiale** : vie dans de véritables bidonvilles, dans des squats, voire dans la rue (SDF).

Le traitement de la pauvreté

La pauvreté fait l'objet d'un **traitement social massif**. Impôts et cotisations sociales représentent 48 % du PIB en France et redistribuent 29 % du PIB. Sans cela, le taux de pauvreté doublerait presque. Au final, on constate surtout une augmentation du nombre de personnes qui décrochent du niveau de vie des classes moyennes.

Des inégalités sensibles à petite échelle

● À l'**échelle des régions et départements**, l'action de l'État et des collectivités locales permet de limiter des inégalités trop fortes.

● Les inégalités économiques à l'**échelle nationale** opposent des régions aux revenus médians élevés (Île-de-France, Alsace) à des régions aux revenus inférieurs et à forte composante de prestations sociales (Hauts-de-France, Occitanie). Les départements et régions d'outre-mer (DROM) sont relégués en bas de classement, en particulier Mayotte (dont le revenu par habitant est 3,5 fois inférieur à celui de l'Île-de-France), malgré les aides de l'UE aux « régions ultrapériphériques ».

Des inégalités violentes à grande échelle

● À l'échelle des aires urbaines en revanche, le creusement des inégalités est très fortement marqué : la **métropolisation** exclut des quartiers centraux les populations à faible revenu.

● L'Île-de-France est la région où les inégalités augmentent le plus vite. Dans les quartiers des **zones urbaines sensibles**, le taux de pauvreté est trois fois supérieur à la moyenne… Ainsi, ces inégalités sont d'autant plus visibles que l'on est près du terrain, alimentant rancœurs et frustrations, qui parfois dégénèrent en flambées de violence. L'accroissement des inégalités menace la cohésion du tissu social.

MOTS CLÉS

Revenu médian : revenu qui partage la population en deux parties égales.
Seuil de pauvreté : l'UE fixe ce seuil à 60 % du revenu médian, soit 1 026 €/mois. La France utilise souvent le seuil à 50 % du revenu médian.

S'ENTRAÎNER

1 QUIZ

Associez à chaque terme la définition qui convient.

baby boom ○	○ différence entre immigration et émigration
baby krach ○	○ nombre moyen d'enfants par femme
solde migratoire ○	○ période de baisse de la natalité
solde naturel ○	○ personne qui n'a pas la nationalité française
fécondité ○	○ période de forte natalité
immigré ○	○ différence entre naissances et décès
étranger ○	○ revenu qui partage la population en deux parties égales
revenu médian ○	○ personne née à l'étranger installée en France

2 **Se repérer dans le temps**

Placez sur la frise chronologique les grandes étapes de la démographie française.

a. baby boom **b.** baisse progressive de la natalité **c.** baby krach
d. reprise de la natalité **e.** fin du baby boom

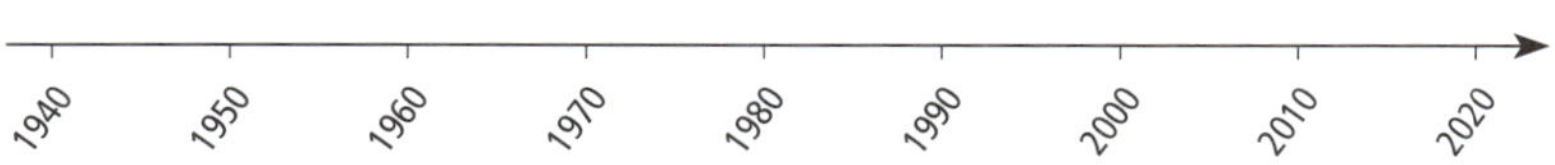

36 Un monde de migrations

L'ESSENTIEL

Mobilités et migrations

● La **migration** est le fait de changer de domicile de façon durable ou définitive. Une migration internationale suppose donc un franchissement de frontière. Une migration correspond souvent à de multiples allers-retours réels (installation, vacances, retraite) ou virtuels (téléphone, envois de fonds…).

● Un **immigré** est une personne née dans un autre pays que celui où elle réside. Un **étranger** n'a pas la nationalité du pays où il réside, mais peut l'acquérir.

● Les migrations sont un phénomène historique très ancien. Le peuplement actuel de l'Amérique, par exemple, est largement issu de migrations européennes. La seconde moitié du XIXe siècle a marqué le début d'une grande **intensification des migrations internationales**.

Les nouveaux visages de la migration

● En 2020, on compte **281 millions de migrants** internationaux, soit 3,6 % de la population mondiale (contre 5 % en 1900). Les flux augmentent de 2 % par an. En 2020, le nombre de migrants en Europe occidentale s'est accru de 5 %.

● Il existe des migrations de travail (169 millions), pour études (4,8 millions), pour retraite, volontaires ou forcées (75 millions de personnes déplacées), parfois composées de **réfugiés** (28 millions), légales ou clandestines (au moins 50 millions).

● Le profil des migrants a changé : aujourd'hui d'âge moyen (39 ans), 48 % sont des femmes. 14 % sont des enfants. Les migrants ne sont **pas les plus pauvres** : il faut de l'argent pour migrer. Leur niveau de qualification est plutôt élevé.

Les nouveaux équilibres des flux migratoires

● Les **flux principaux** sont devenus les flux Sud-Sud (97 millions), entre pays pauvres et émergents (du Bangladesh vers le Qatar). Suivent les flux Sud-Nord (89 millions), des pays pauvres vers les pays riches (du Mali vers la France).

● Les **flux secondaires** concernent des flux Nord-Nord (57 millions), entre pays développés de niveau inégal (de la Pologne vers le Royaume-Uni), et flux Nord-Sud (14 millions, des « expatriés »).

Les espaces de départ, de transit et d'accueil

● Les espaces de départ sont surtout des **pays des Suds**, plus pauvres. L'Inde compte 18 millions d'émigrés, le Mexique 11 millions. Mais les départs dépendent aussi de conditions politiques (8,5 millions de réfugiés syriens du fait de la guerre civile). Entre départ et arrivée existent des **espaces de transit ou de rebond**, où les migrants restent bloqués en raison des difficultés de passage (en Turquie, en Libye ou en Bélarus, sur le chemin vers l'Europe).

● Les espaces d'accueil, au Sud comme au Nord, sont des **pays riches** : États-Unis (51 millions de migrants), puis Arabie saoudite (13,5 millions) et Allemagne (15,8 millions). Au Koweït, les migrants forment 73 % de la population. Dans les pays d'accueil, ce sont les grandes métropoles qui réceptionnent les migrants, où fonctionnent souvent déjà des réseaux migratoires anciens.

MOTS CLÉS

Un **migrant** n'est pas nécessairement un **étranger**, ni un étranger nécessairement un migrant. Par exemple, un étranger né en France n'est pas un migrant ; un migrant qui a acquis la nationalité française n'est plus un étranger.

LE DOCUMENT CLÉ

Les grands types de flux migratoires dans le monde (2017)

● Les flux les plus importants ne sont plus ceux des pays pauvres des Suds vers les pays riches des Nords. En raison de la **disparité des niveaux de développement entre pays des Suds**, ce sont les flux Sud-Sud.

● De même, les **contrastes de richesse entre pays des Nords** rendent compte de flux Nord-Nord importants.

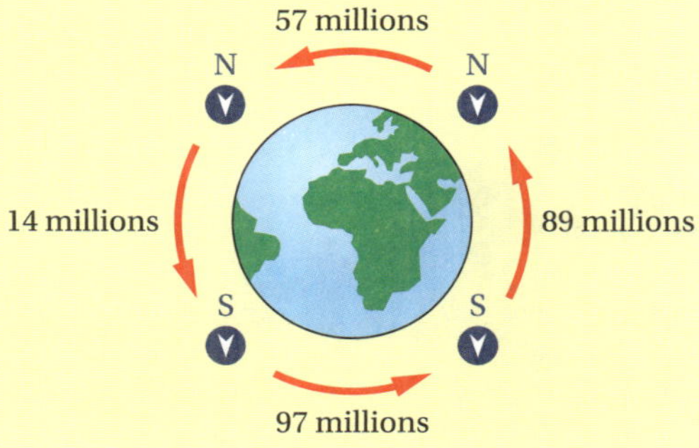

37 Facteurs et politiques migratoires

L'ESSENTIEL

Des facteurs migratoires de plus en plus complexes

● Les facteurs répulsifs incitent à l'émigration, les facteurs attractifs favorisent l'immigration. Certains **facteurs** sont **classiques**. Ainsi, au titre des facteurs répulsifs figurent une forte croissance démographique, le manque de terres et d'emplois, l'insécurité… Au titre des facteurs attractifs figurent les situations inverses : croissance démographique faible, richesse globale, sécurité économique et politique…

● De **nouvelles logiques migratoires** apparaissent également. L'histoire et l'imaginaire ont un rôle clé : pays riches et anciennes métropoles coloniales continuent d'attirer, pour des raisons linguistiques et familiales. Les réseaux migratoires bénéficient aujourd'hui du faible coût des transports et de l'accès facile à l'information. Les opportunités d'emploi offertes dans les pays visés, réelles ou supposées, sont parfois contrebalancées par des crises économiques ou des conflits. Il faut y ajouter les migrations pour formation et les migrations liées aux firmes transnationales.

L'immigration à la carte

● La crise des années 1970 a globalement conduit à la fermeture des frontières aux migrants et à la mise en place de **politiques sélectives**. Les États-Unis délivrent ainsi des visas d'immigration en fonction de leurs besoins économiques. Ce *brain drain* leur permet d'économiser les frais de formation (7 milliards de dollars estimés). Cette pratique inspire aujourd'hui la plupart des pays développés. La France a ainsi mis en place une politique d'« immigration choisie ».

● Pour les autres migrants, les frontières sont officiellement fermées, ce qui entraîne la **hausse de l'immigration clandestine**, surtout aux États-Unis et dans l'Union européenne (UE). Les États ont donc adopté des politiques de contrôle. L'agence Frontex est ainsi chargée de la surveillance des frontières extérieures de l'UE.

● Mais les crises géopolitiques (Syrie, Érythrée) peuvent provoquer des **afflux massifs** (1 million d'entrées en 2015), déclenchant en retour la création de centres de rétention, la fermeture militarisée des frontières, la construction de murs (États-Unis-Mexique, Hongrie-Serbie) et l'externalisation de la frontière (rétention en Turquie des migrants vers l'UE).

Migration et droit d'asile

● Une personne déplacée en raison de risques pour sa vie ou sa liberté, liées à son origine ethnique ou sociale, à son appartenance religieuse ou politique, est un **demandeur d'asile**, et cette personne a des droits reconnus internationalement à partir du moment où le Haut-Commissariat des Nations unies pour les réfugiés (UNHCR) lui a accordé le statut de réfugié (82,4 millions de personnes déracinées fin 2020), en vertu de la Convention de 1951 relative au statut des réfugiés (145 pays signataires).

● Or, les crises migratoires concernent des personnes qui demandent le statut de réfugié. Les pays d'accueil suspectent toutefois les migrants d'instrumentaliser ce statut pour des raisons simplement économiques, d'autant qu'apparaissent à présent des « **réfugiés climatiques** ».

MOT CLÉ

Brain drain : traduit approximativement par « fuite des cerveaux ». Il nourrit notamment l'émigration des plus brillants chercheurs européens attirés par les conditions de travail offertes outre-Atlantique.

LE DOCUMENT CLÉ

L'exode des Rohingyas

● Les Rohingyas sont un peuple minoritaire musulman, originaire du Bangladesh, qui vit dans le nord-ouest d'une Birmanie à 90 % bouddhiste. Depuis 1982, la dictature militaire, ne les reconnaissant pas comme une ethnie birmane, les a déclarés « **apatrides** ».

● Les **persécutions** contre les Rohingyas, récurrentes, ont repris en 2017. L'armée birmane, outre ses pratiques de viols systématiques, a tué au moins 10 000 personnes, déclenchant l'exode de 900 000 autres, réfugiées aujourd'hui au Bangladesh.

38 Les enjeux des migrations internationales

L'ESSENTIEL

Des diasporas anciennes

● De nombreuses communautés dans le monde peuvent être aujourd'hui qualifiées de **diasporas** : Juifs, Arméniens, Chinois, Indiens. Ces diasporas sont le résultat de migrations parfois millénaires, mais dont les membres ont conservé entre eux et avec leur pays d'origine des liens politiques, culturels et économiques importants.

● La **diaspora indienne**, par exemple, est présente dans tous les pays développés anglophones (migrations qualifiées) et dans les pays du Golfe (migrations peu qualifiées). Son intégration est parfois remarquable : Satya Nadella, PDG de Microsoft, et Sundar Pinchai, PDG de Google, sont tous deux nés en Inde.

Les enjeux politiques

● Cependant, les pays d'accueil – surtout en Europe – éprouvent aujourd'hui des **difficultés à intégrer** des migrants dont l'origine apparaît comme très différente. Les questions d'identité nationale, de religion, voire de langue, provoquent de violents débats. Les populations musulmanes, en particulier, sont rejetées par les partis populistes à travers l'Europe entière.

● L'**assimilation** complète, donc l'adoption des codes du pays d'accueil, est aujourd'hui très difficile à mettre en œuvre, tant les différences culturelles, religieuses, linguistiques semblent importantes. Faute souvent de moyens, c'est alors le **multiculturalisme** qui s'impose : des communautés différentes vivent de façon juxtaposée, sans se fondre, parfois sans se fréquenter.

Les enjeux économiques

● Les migrations qualifiées (***brain drain***) représentent un atout important pour les pays d'accueil, souvent les pays développés, qui accueillent 85 % des migrants à haute qualification. Mais le phénomène touche également les pays riches : les chercheurs européens sont ainsi fortement attirés par les conditions de travail aux États-Unis.

● Sur le plan démographique, les pays des Nords, dont le vieillissement est de plus en plus fort, ont beaucoup à gagner de l'arrivée de **populations jeunes** dont les dépenses de santé et de retraite sont faibles, mais qui paient impôts et cotisations sociales et qui conservent, pour une génération environ, la fécondité de leur pays de départ. En France, les immigrés contribuent ainsi à hauteur de 4 milliards d'euros. Le bilan social est donc quasi neutre, mais le bilan démographique est fortement positif.

● La « **fuite des cerveaux** » est en revanche un poids pour les pays de départ, qui ont investi dans la formation de leur jeunesse pour la voir partir ensuite créer de la richesse ailleurs. Cette situation concerne tous types de pays, au Nord (avec l'exemple des médecins roumains partant dans d'autres pays de l'UE) comme au Sud.

● En revanche, les pays de départ reçoivent des transferts financiers, les **remises**, que les migrants envoient à leurs familles restées au pays. En 2020, les remises ont atteint 717 milliards de dollars, dont 540 vers les pays à revenus faibles ou intermédiaires. C'est trois fois plus que l'aide publique au développement !

MOT CLÉ

Diaspora : membres d'un peuple dispersé dans le monde, généralement à la suite d'un phénomène historique brutal. La plus ancienne diaspora est celle du peuple juif.

LE DOCUMENT CLÉ

Les remises des migrants vers leur pays d'origine (2017)

● **Tous les pays** sont concernés par les remises, y compris les pays riches, dont les expatriés ont généralement de hauts revenus (France + 25 Mds $). Mais les pays pauvres et émergents en bénéficient au premier chef : Inde + 83 Mds $, Philippines + 35 Mds $, Mexique + 43 Mds $, Chine 60 Mds $.

● Pour certains pays pauvres, les remises représentent une **part importante de leur PIB** : 35 % en Somalie, 30 % à Haïti, 33 % au Liban…

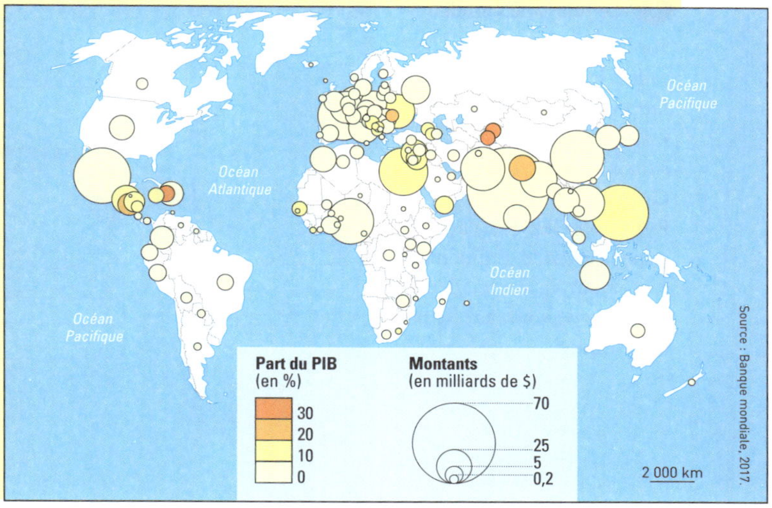

39 Les mobilités touristiques internationales

L'ESSENTIEL

Des types de tourisme variés

- Il existe de nombreux types de **tourisme** : de loisirs et de vacances (tourisme balnéaire, montagnard, vert), culturel (grandes villes, musées, monuments, expositions...), d'affaires (à but professionnel), de santé (intervention médicale dans une destination moins chère), affinitaire (visite de parents ou d'amis), religieux (pèlerinages).

- Le tourisme est **d'abord national** : environ 90 % du tourisme total s'effectue à l'intérieur des frontières de son propre pays. Les **touristes internationaux**, dont le déplacement implique un franchissement de frontière, ne représentent donc que 10 % du tourisme mondial. Mais leur nombre n'a cessé d'augmenter, sauf en de rares occasions (crise économique, politique ou sanitaire). Ils sont passés de 25 millions en 1950 à 1,3 milliard en 2017 (mais 402 millions en 2020 du fait de la Covid-19), bénéficiant des progrès en matière de transport (57 % par avion avec le *low cost*).

Émetteurs et récepteurs : la transition touristique

- Les **zones réceptrices** sont d'abord l'Europe (51 %), puis l'Asie (24 %) et les Amériques (16 %). Les cinq premiers pays d'arrivée (France, États-Unis, Chine, Espagne, Mexique) concentrent plus du quart du total. Les principales zones sont la Méditerranée, les Caraïbes et le littoral du Sud-Est asiatique. De nouvelles destinations émergent au gré des ouvertures politiques (Cuba, Vietnam) ou de l'imagination des voyagistes (pôles, Sahara).

- Mais la grande mutation concerne les **pays de départ**, justifiant l'expression « transition touristique ». Les pays développés constituent certes toujours les principaux émetteurs (Europe 48 %), mais les grands pays émergents (Chine, Inde, Brésil) voient leurs classes moyennes augmenter très rapidement. L'Asie est aujourd'hui le deuxième pôle émetteur (25 %) et la Chine est en tête des dépenses touristiques (254 milliards de dollars).

Des enjeux considérables

- En 2019, avant la Covid-19, le tourisme international représentait 1 466 milliards de dollars soit **10 % du PIB mondial** et 8 % de l'emploi. Les acteurs du secteur présentent une grande diversité, du petit commerçant aux grands groupes mondiaux. La plus grande firme transnationale touristique est l'Allemand TUI AG, qui transporte 30 millions de voyageurs par an.

- L'activité touristique est l'un des cinq premiers secteurs d'exportation pour 80 % des pays et la première source de devises pour 40 %. Le secteur touristique comporte de nombreuses **retombées positives** sur les économies locales (emploi, commerce, artisanat...).

- Toutefois, le tourisme présente des **risques de dépendance** face à une conjoncture parfois fluctuante. Les bénéfices sont captés par les acteurs transnationaux et les populations locales sont souvent sacrifiées dans le partage des ressources (eau, terre, logement...). Les territoires sont transformés par la mise en tourisme.

MOT CLÉ

Touriste : personne qui change de lieu et dort hors de chez elle pour au moins une nuit. Son déplacement relève du dépaysement et est de durée plus courte que les migrations.

S'ENTRAÎNER

1 Le tourisme mondial

Sur la carte, placez dans les cadres les noms suivants : *Europe • Amérique du Nord • Asie du Sud-Est • Méditerranée • Asie orientale • Caraïbes.*
Puis coloriez les cadres selon la légende. Enfin, inscrivez sur la carte, deux exemples de nouveaux lieux touristiques.

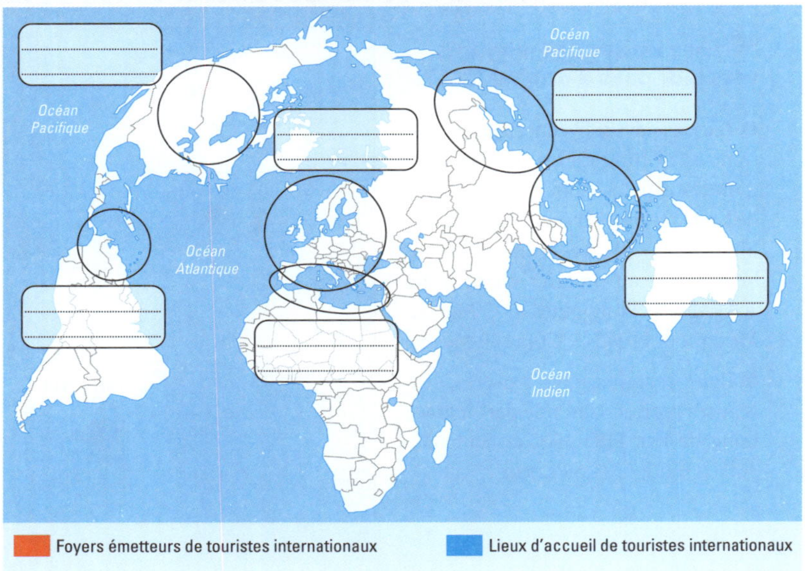

40 La France des mobilités multiples

L'ESSENTIEL

En fonction des âges de la vie

- Aux **premiers âges** de la vie, les mobilités sont quotidiennes et locales (aller à l'école). Mais, après le baccalauréat, la mobilité des étudiants se fait davantage à une échelle régionale et avec une temporalité hebdomadaire (retour chez les parents).
- À l'**âge adulte**, les jeunes actifs sans enfant privilégient des mobilités courtes, en centre-ville. Les couples avec enfants quant à eux s'éloignent vers les banlieues ou la couronne périurbaine : les mobilités pendulaires augmentent alors.
- À l'**âge de la retraite**, une mobilité s'opère souvent, à l'échelle régionale, au profit de lieux perçus comme plus agréables (littoraux, Midi). Les personnes âgées privilégient le centre-ville, avec un accès rapide aux services, notamment de santé.

Aux temporalités multiples

Quotidiennes, les mobilités concernent surtout le travail pour les actifs, l'école pour les enfants. **Hebdomadaires ou régulières**, ce sont des mobilités commerciales ou de loisirs. Les mobilités sont aussi **saisonnières** : elles concernent les vacances, d'hiver (à la montagne) mais surtout d'été (littoraux, campagne), et les migrations de travail saisonnier (tourisme). Enfin, les mobilités peuvent être de **fréquence encore plus espacée** : déménagement pour motif professionnel ou familial, retraite, voire expatriation.

Aux facteurs variés

Le développement de la **société des loisirs** et la hausse du niveau de vie ont favorisé les mobilités touristiques. Le développement des transports modernes a permis une contraction de l'espace-temps. La recherche d'un cadre de vie agréable (maison individuelle avec jardin) a par ailleurs favorisé l'**étalement urbain** et l'explosion des mobilités induites. Le cadre de vie au travail a aussi évolué : les entreprises privilégient un environnement agréable, souvent en périphérie des villes, générant de nouvelles mobilités.

Aux échelles urbaine et régionale

- Les mobilités urbaines sont liées à la périurbanisation depuis les années 1960 et le développement de l'automobile. La cherté de l'immobilier en centre-ville et l'image négative des banlieues ont favorisé les **couronnes périurbaines**, déconnectant les lieux de résidence des lieux de travail.
- Les **mobilités de travail** se sont amplifiées dans les trente dernières années. La moitié des travailleurs parcourent plus de 15 kilomètres pour se rendre au travail. Mais ces flux peuvent concerner des distances de plus en plus importantes entre régions de résidence et de travail, aboutissant parfois à la multirésidence.

Aux échelles nationale et transfrontalière

- Les **régions littorales** de l'Ouest et du Sud, en plein développement et aux aménités nombreuses, bénéficient des mobilités à faible fréquence mais grande distance (déménagements, retraite), mais aussi des mobilités touristiques saisonnières.
- Les **régions frontalières** profitent des bénéfices de la construction européenne. 350 000 Français vont travailler dans les pays voisins (Luxembourg, Allemagne, Belgique, Suisse).

MOTS CLÉS

Aménités : éléments qui contribuent à rendre un lieu agréable pour ceux qui y vivent (paysage, climat, ambiance…).

Mobilités pendulaires (ou mobilités alternantes ou navettage) : déplacements quotidiens qui ont lieu à des heures spécifiques de la journée, saturant ainsi les axes de transport.

LE DOCUMENT CLÉ

Mobilités pendulaires, mobilités triangulaires

- Les Français réalisent une moyenne de **3,15 déplacements chaque jour**. Les déplacements domicile-travail constituent la base de ces déplacements en semaine.
- Mais d'autres trajets vers des « **tiers-lieux** » s'intercalent souvent entre les deux : vers l'école des enfants, pour faire des courses. Sans même parler des déplacements de loisirs le week-end. On parle ainsi de mobilités triangulaires, et pas seulement pendulaires.

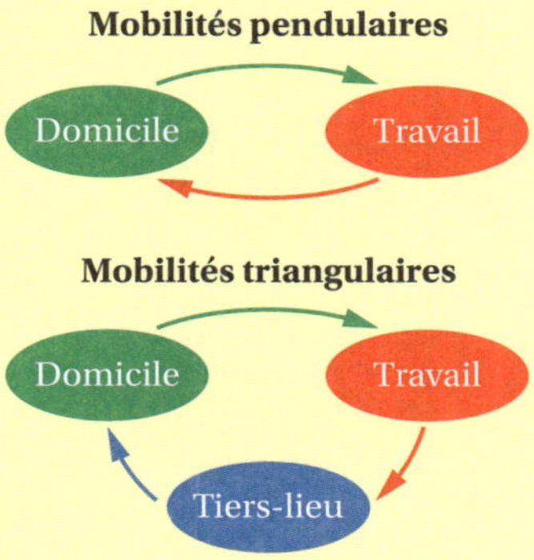

41 Une France de réseaux

L'ESSENTIEL

Des réseaux performants…

● Le **transport routier** est largement dominant pour les passagers comme pour les marchandises. Le réseau français représente 21 % du réseau routier de l'UE, dont près de 12 000 km d'autoroutes (4e réseau mondial).

● Le **réseau ferré** compte 30 000 km de voies, dont 2 800 km de lignes à grande vitesse (LGV). Lancé en 1981, le train à grande vitesse (TGV) roule jusqu'à 320 km/h, permettant une contraction de l'espace-temps aux effets géographiques redoutables : la distance est secondaire ; c'est le temps mis pour parcourir cette distance qui importe.

● Malgré quatre façades maritimes, le **réseau portuaire** ne compte que trois grands ports généralistes : Marseille, Le Havre, Dunkerque. Leur trafic est modeste par rapport à celui des principaux ports du Northern Range, la façade nord-européenne de rang mondial.

● Le **réseau aéroportuaire** est surtout centré sur Paris, avec les hubs de Roissy et Orly, véritables portes d'entrée du monde en France.

… en cours d'adaptation

● Le **réseau autoroutier** a profité des grands projets lancés après la crise de 2008 ; mais il est plus souvent contesté pour des raisons environnementales.

● Le **réseau ferré à grande vitesse** se densifie et s'interconnecte aux réseaux européens. Le réseau classique, en revanche, ferme des lignes et sa qualité se dégrade, conduisant récemment à des augmentations de temps de parcours.

● Les **réseaux de communication** se sont modernisés avec le développement rapide des réseaux en fibre optique et l'extension puis l'accélération des réseaux de téléphonie mobile (4G, 5G).

Une centralisation historique aujourd'hui amendée

● Les réseaux français présentent une **configuration en étoile** à partir de Paris : la concentration du pouvoir dans la capitale a ainsi privilégié les liaisons radiales. Cependant, de nombreux projets autoroutiers ou TGV permettent aujourd'hui des liaisons rapides province-province : l'autoroute des estuaires, la LGV interconnexion Est.

● Les réseaux français sont **interconnectés aux réseaux européens**, comme les LGV, avec l'Eurostar vers Londres *via* le tunnel sous la Manche, le Thalys vers Bruxelles et les Pays-Bas, la LGV Est européenne vers l'Allemagne.

Des réseaux de plus en plus hiérarchisés et intégrés

● Le développement de ces réseaux ultramodernes, à grande vitesse, haute fréquence et forte capacité, tend à privilégier les territoires les plus rentables en raison des coûts. La position nodale de certaines agglomérations (Paris, Lyon, Lille) renforce ainsi leur influence. La **métropolisation** est fille des transports.

● L'effondrement des distances-temps entre grands nœuds du réseau laisse à l'écart les lieux insuffisamment peuplés ou riches pour être connectés : c'est l'**effet-tunnel**.

● Les réseaux de transport modernes sont ainsi des facteurs de différenciation et de hiérarchisation dans une **mise en concurrence renforcée des territoires**. Avec ses billets au prix élevé et ses puissants effets géographiques, la politique du « tout-TGV » remet en cause une certaine équité sociale et territoriale.

MOT CLÉ

Hub (portuaire ou aéroportuaire) : centre pivot d'un système de transport. Les grands hubs bénéficient de capacités multimodales.

LE DOCUMENT CLÉ

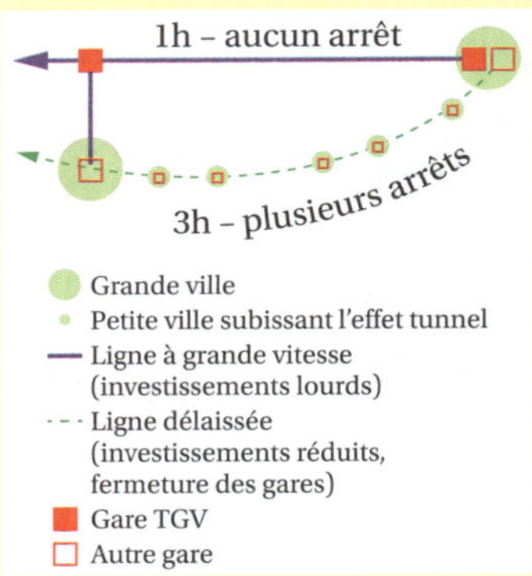

L'effet-tunnel

● L'effet-tunnel est ainsi appelé parce qu'un TGV ne s'arrête qu'entre deux gares éloignées d'au moins 250 à 400 km : il circule alors comme dans un tunnel. Les gares non desservies **perdent leur accessibilité**.

● C'est par exemple le cas de **Dijon**, dont l'accessibilité s'est effondrée lorsque le nouveau tracé de la LGV Sud-Est a mis Lyon à 2 h de Paris ; ou celui d'**Angoulême**, que le tracé de la LGV Sud Europe Atlantique a oublié, en mettant Bordeaux à 2 h 10 de Paris.

42 Les enjeux des mobilités en France

L'ESSENTIEL

La continuité territoriale

● La politique d'aménagement du territoire s'est le plus souvent traduite par le développement d'infrastructures de transport. Afin de garantir un développement comparable, il fallait que l'accessibilité fût équitable : c'est la **continuité territoriale**.

● Si 98 % de la population est à moins de 50 km d'une gare TGV ou d'une autoroute, l'**enclavement** ou l'isolement touche toujours les espaces naturels ou ruraux, les villes petites et moyennes, la Corse et l'outre-mer.

Compétitivité territoriale et insertion mondiale

● Les territoires les plus dynamiques ne peuvent le rester qu'à condition de renforcer leurs liaisons de haut niveau, aux échelles européenne et mondiale. Mais la **mise en concurrence des territoires** semble contradictoire avec le principe de continuité territoriale.

● Initialement conçus dans une logique purement nationale, les réseaux de transport français sont de plus en plus interconnectés aux réseaux européens et mondiaux, avec d'importants **flux de transit**. Les interfaces frontalières sont favorisées.

● L'interconnexion des réseaux français et européens se fait depuis 1994 à travers le programme européen RTE-T (**réseau transeuropéen de transport**), qui met en œuvre des corridors de transport multimodaux.

La prise en compte du développement durable

● Le développement durable est désormais systématiquement pris en compte, afin de promouvoir des **mobilités plus respectueuses de l'environnement**.

● Le **consensus** qui prévalait autour de l'équipement autoroutier ou aéroportuaire est désormais **rompu**, comme le montre l'abandon du projet de nouvel aéroport du Grand-Ouest à Notre-Dame-des-Landes.

Le problème de l'étalement urbain

L'étalement urbain se poursuit, entraînant des mobilités multiples entre lieux aux fonctionnalités différentes : résidence, travail, commerce, loisirs. La voiture en assure 85 % mais cette « **dépendance automobile** » semble avoir trouvé ses limites : congestion, perte de temps et pollutions multiples.

La transition vers des mobilités « douces »

● Le développement des **transports en commun** s'est dès lors imposé (bus, tram, métro), mais aussi celui des mobilités douces (vélo, marche). Les voitures sont pénalisées : stationnement coûteux, péages urbains.

● Ces mesures ne sont cependant efficaces que pour les habitants des centres-villes. Les couronnes périurbaines, trop peu denses et trop lointaines, semblent sacrifiées. La politique de transport est aussi une **question sociale**.

MOTS CLÉS

Mobilités douces (ou durables ou écomobilités) : déplacements sans énergie autre que musculaire et, par extension, mobilités non directement productrices de gaz à effet de serre.

Multimodal : les transports peuvent s'effectuer selon plusieurs modes différents : route, voie ferrée, maritime… Une plate-forme multimodale, port ou aéroport, est spécialisée dans l'interconnexion rapide de ces différents réseaux.

S'ENTRAÎNER

1 Le réseau ferré à grande vitesse français en 2018

a. Décrivez rapidement le réseau des lignes à grande vitesse (LGV) sur le territoire national.

b. Donnez deux exemples d'effet-tunnel affectant des villes françaises.

c. Quelles sont les particularités géographiques du réseau TGV en région parisienne ?

d. Existe-t-il une LGV Paris-Normandie ? Comment pouvez-vous l'expliquer ?

43 Des milieux sud-africains à valoriser et à ménager

L'ESSENTIEL

Une grande diversité de milieux

- L'Afrique australe est composée de **dix pays** : l'Afrique du Sud, l'Angola, le Botswana, l'Eswatini, le Lesotho, le Malawi, le Mozambique, la Namibie, la Zambie et le Zimbabwe. Mais ce découpage peut varier (cf. Info clé).
- La plupart des milieux d'Afrique australe sont **élevés et arides**. Les espaces sud-africains sont situés entre 600 et 1 000 mètres d'altitude. Les reliefs élevés, comme le Drakensberg (2 800 m), encadrent des plateaux au centre. Le climat tropical sec domine cet ensemble : c'est l'Afrique des savanes et des forêts sèches (le veld en Afrique du Sud). D'autres milieux sont moins étendus : méditerranéen (au sud), tropical humide (à l'est), montagnard. Ils offrent une palette variée de paysages.

D'importantes richesses naturelles

- Les sous-sols de l'Afrique australe regorgent de **richesses minières et énergétiques** : diamants, or, cuivre, cobalt, manganèse, titane, platine, charbon, uranium. Elles sont concentrées dans une « **dorsale métallurgique** ». Le pétrole est uniquement présent en Angola tandis que des gisements de gaz offshore ont été découverts sur la côte nord du Mozambique, déjà riche en charbon.
- La **diversité des paysages** est un atout pour le tourisme. Les chutes Victoria, entre le Zimbabwe et la Zambie, les dunes du désert du Namib, les parcs nationaux des savanes (Kruger en Afrique du Sud) accueillent de nombreux touristes. Les côtes du Mozambique ont aussi un fort potentiel touristique.

Des milieux vulnérables soumis à une forte pression

- L'Afrique australe est victime de l'**irrégularité des précipitations**. Le réchauffement climatique en cours (la température de l'océan Indien a augmenté d'un degré depuis 1950) multiplie les sécheresses menaçant des agricultures déjà fragiles dont dépendent plus de 173 millions d'habitants. En 2016, toute l'Afrique australe a connu une forte sécheresse liée à El Niño : un phénomène climatique qui survient tous les 3 à 7 ans et provoque un réchauffement anormal de l'océan Pacifique.
- L'**accès à l'eau** est parfois problématique : la moyenne des précipitations a baissé et la quantité d'eau disponible est particulièrement faible dans la moitié orientale de la région. Au Lesotho, le barrage de Katse permet au pays de vendre de l'eau à l'Afrique du Sud, privant ainsi la population locale d'eau potable.
- Plus de la moitié des revenus des pays d'Afrique australe repose sur l'extraction minière. Ces minerais, non renouvelables, placent l'Afrique australe en situation de dépendance : ils ont une **économie de rente**. Les réserves de minerais diminuent, notamment l'or en Afrique du Sud. Leur extraction a un impact environnemental lourd (pollution des sols et des eaux).

INFO CLÉ

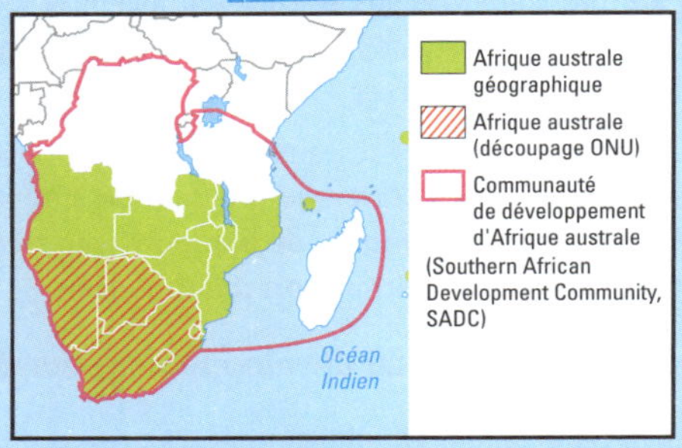

Attention à ne pas confondre l'**Afrique australe**, région située au sud de l'Afrique, et l'**Afrique du Sud**, qui n'en est qu'un État.

S'ENTRAÎNER

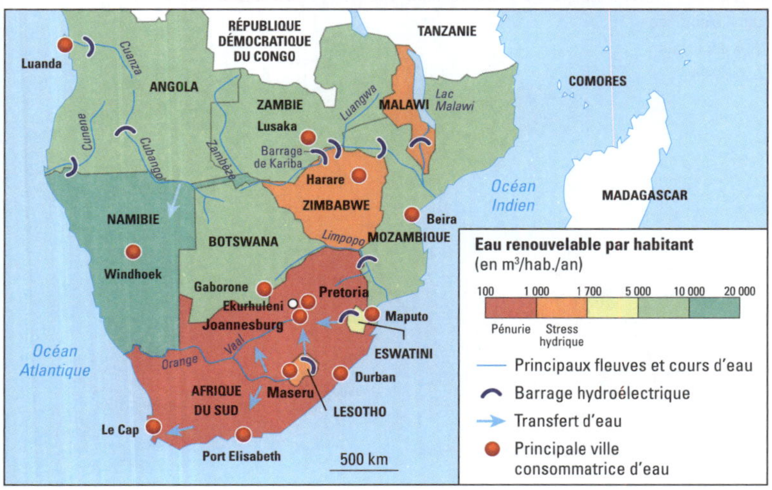

1 L'indice de pauvreté en eau en Afrique australe

a. Quel est le thème de la carte et l'espace représenté ?

b. Quels sont les pays les plus pauvres en eau ? les pays les plus riches ?

c. Dégagez une observation générale de cette carte en opposant deux types d'espaces.

44 Les défis du développement

L'ESSENTIEL

Les inégalités de développement à l'échelle régionale

● L'étude de l'**indice de développement humain (IDH)** révèle de fortes inégalités entre les pays d'Afrique australe. Le Botswana et l'Afrique du Sud (pays émergent) sont les plus développés. À l'opposé, le Malawi, le Mozambique, le Lesotho, la Zambie et l'Angola font partie des pays les moins avancés (PMA). La Namibie, l'Eswatini et le Zimbabwe sont des pays intermédiaires.

● L'**agriculture** (Malawi, Zimbabwe, Mozambique) et l'**extraction minière** (Eswatini, Lesotho) sont les principales activités économiques. L'Afrique du Sud est le seul pays où l'économie est majoritairement tertiaire, mais elle reste liée au complexe minier. Les autres pays d'Afrique australe sont donc dépendants des échanges, des investissements et des infrastructures sud-africains.

Des contrastes nationaux et locaux

● Les inégalités de développement sont aussi **très fortes à l'échelle nationale**, liées aux conditions naturelles et à l'histoire : en Afrique du Sud, il reste des poches de pauvreté dans l'Ouest (bantoustans), alors que le Gauteng, dans l'Est, est le centre économique du pays.

● La fragmentation urbaine est également très forte entre les quartiers très aisés (*gated communities*) et les *townships* (quartiers noirs hérités de l'Apartheid) ou les bidonvilles. En Afrique du Sud, l'héritage de la **ségrégation** continue de marquer la société. Les deux tiers de la population noire sont pauvres.

Des défis sanitaires à surmonter

Dans neuf pays d'Afrique australe, le **taux de prévalence du sida**, c'est-à-dire le nombre de personnes vivant avec le VIH, diagnostiquées ou non, varie de 10 à 30 % de la population. En Afrique du Sud, l'épidémie de sida explique la faible croissance démographique.

Une région inégalement intégrée à la mondialisation

● L'Afrique du Sud est l'**espace moteur** de l'Afrique australe : elle reçoit la plupart des investissements étrangers (Chine, Union européenne) et elle est le principal investisseur africain en Afrique. Elle a rejoint les BRIC en 2011 et fait partie du G20 (groupe des 20 pays les plus industrialisés). Les pays situés dans le périmètre direct de l'Afrique du Sud profitent de son insertion à la mondialisation (Lesotho, Eswatini, Botswana, Namibie), mais le Mozambique et l'Angola cherchent à s'affirmer de façon plus autonome.

● La mondialisation profite aux **métropoles** et aux **littoraux**. Durban, Le Cap, Luanda, Maputo et Johannesburg modernisent les infrastructures de transport qui les relient aux régions minières de l'intérieur afin de faciliter leurs exportations.

● La création de la **Southern African Development Community** (SADC) en 1992 a permis à toute l'Afrique australe d'être un espace attractif. Mais les inégalités entre les différents pays membres sont encore des freins à son insertion dans les échanges mondiaux.

MOT CLÉ

Bantoustans : sous l'Apartheid (1948-1991), régime ségrégationniste en Afrique du Sud, les bantoustans étaient des territoires délimités, éloignés des villes, imposés aux non-blancs sans contrat de travail.

LE DOCUMENT CLÉ

L'Afrique australe dans la mondialisation

● L'Afrique australe connaît une **croissance économique sans développement** : les territoires et les sociétés qui n'appartiennent pas au cœur minier et à son réseau urbain restent isolés et enclavés, en marge de la mondialisation.

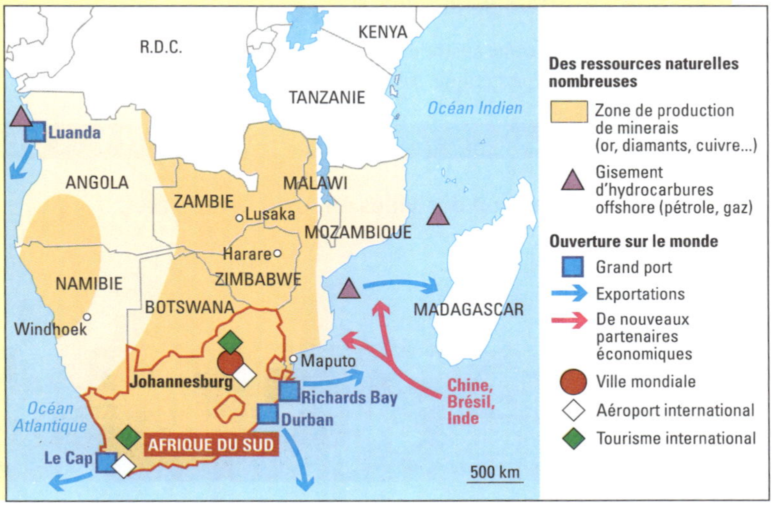

45 Les défis de la transition

L'ESSENTIEL

Une transition démographique achevée

● Il existe des **disparités démographiques** liées au niveau de développement. Le Lesotho, l'Eswatini et le Botswana ont une croissance démographique basse qui se rapproche de celle de l'Afrique du Sud. Au contraire, en Angola, au Mozambique, en Zambie et au Malawi, la croissance démographique est plus forte et l'espérance de vie moins élevée.

● Le nombre de personnes de plus de 65 ans augmente dans les pays où l'IDH est le plus élevé : 5,5 % de la population aujourd'hui contre 3,7 % en 1960 en Afrique du Sud. Ce **vieillissement** reste pourtant lent en comparaison des pays du Nord.

Une transition urbaine en cours

● Avec 48 % d'urbains, l'Afrique australe se distingue par son nombre important de métropoles. L'Afrique du Sud et le Botswana sont les seuls pays où le taux d'urbanisation est supérieur à 50 %. L'**exode rural** a entraîné l'étalement des grandes métropoles (Johannesburg), l'augmentation des bidonvilles et une densification des *townships* (Zimbabwe). Aujourd'hui, les villes moyennes sont les plus attractives.

● L'organisation urbaine en Afrique du Sud, en Zambie, en Namibie et au Zimbabwe reflète le **passé ségrégationniste** : le quartier européen, le quartier non blanc, le centre commerçant et la zone industrielle séparent les hommes et les activités. Dans chaque quartier, la discrimination dépend aussi des revenus. Les villes d'Afrique australe souffrent encore du manque de logements, d'emplois, de services urbains et d'infrastructures, même si de nouveaux quartiers, des centres commerciaux modernes (Maputo Shopping Center par exemple), des hôtels, financés notamment par la Chine, se développent dans les grandes métropoles.

Une lente transition économique

● L'économie de l'Afrique australe reste dominée par le complexe minéralo-énergétique. Néanmoins, le secteur des **services** se développe : tourisme, information, mais surtout exportation des richesses minières.

● Les États d'Afrique australe veulent attirer les investissements étrangers et promettent une **meilleure redistribution des richesses** à leurs populations. Ils mettent en avant une « Renaissance africaine » et l'augmentation de leurs classes moyennes (*Black Diamonds* en Afrique du Sud). Ils développent un réseau routier et ferroviaire à l'échelle du sous-continent (les corridors) pour faciliter son insertion à la mondialisation.

● Cependant, d'un point de vue économique, **l'Afrique australe reste divisée** entre une partie intégrée à la mondialisation, dont les exportations reposent sur plusieurs ressources minières (Afrique du Sud, Namibie et Zimbabwe) et une autre partie « fragile », dont la richesse repose sur une ou deux ressources : Angola (pétrole), Zambie (cuivre, cobalt), Mozambique (charbon, gaz), Botswana (diamant), Lesotho (eau). L'économie de ces pays reste primaire et l'endettement (Mozambique) fragilise la croissance.

Une transition environnementale à concilier avec le développement

● L'Afrique australe crée de nombreux **espaces protégés** afin de préserver la biodiversité : parcs naturels, réserves, aires marines protégées. Mais certains sont des « parcs de papier » se réduisant simplement à un statut et à des limites sur une carte.

● La protection de l'environnement se heurte souvent à la question du développement, particulièrement consommateur des ressources naturelles. Les territoires des espaces protégés entrent en **concurrence avec les activités** agricoles ou extractives.

MOT CLÉ

Transition urbaine : passage d'une société majoritairement rurale à une société majoritairement urbaine. Elle s'accompagne d'une transformation des territoires.

LE DOCUMENT CLÉ

La transformation des villes en Afrique australe

● L'**Hôtel Radison Blu de Maputo** (Mozambique) témoigne des transformations urbaines et de l'essor du tourisme de luxe en Afrique australe du fait des investissements étrangers, notamment chinois.

46 Des flux migratoires complexes

L'ESSENTIEL

Des migrations et des mobilités anciennes

- L'Afrique du Sud et le Botswana ont longtemps attiré les populations africaines pour leurs ressources minières, le temps d'un **contrat de travail**.

- Jusqu'en 1991, les **mobilités internes** en Afrique du Sud étaient particulièrement importantes : dans les années 1950, les autorités ont créé des lotissements proches des centres miniers et urbains, les *townships*, pour la main-d'œuvre noire. Puis, dans les années 1970, de nombreux habitants des *townships*, sans contrat de travail, ont été déportés dans les bantoustans, en zone rurale, donnant lieu à d'importants déplacements de population.

L'attractivité de l'Afrique du Sud et la persistance de la xénophobie

- Les mouvements migratoires se sont accentués ces dernières décennies : la fin de l'Apartheid, l'augmentation de la pauvreté et les conflits ont poussé les migrants des pays voisins vers l'Afrique du Sud. Ces migrants sont en général plus qualifiés que la moyenne des habitants du **pays d'accueil**.

- Avec **3,6 millions d'immigrés**, l'Afrique du Sud est aujourd'hui le pays d'Afrique qui en compte le plus. Les migrants entrent avec un visa touristique, ou illégalement, avant de demander le statut de réfugié. La xénophobie à leur égard est grande.

De nouvelles migrations temporaires

- L'augmentation du nombre de demandeurs d'asile en Afrique du Sud a entraîné l'apparition de « **zones d'attente** » à ses frontières : la Zambie, le Malawi, le Zimbabwe et le Mozambique sont devenus des pays d'accueil temporaires.

- L'Afrique du Sud et le Botswana sont des **destinations de transit**, des tremplins vers le Royaume-Uni, les États-Unis ou le Canada pour les Congolais et les Somalis. Ces migrants temporaires restent dans le pays d'accueil pour se constituer une épargne qui financera souvent l'achat de faux papiers, un réseau de passeurs ou la corruption des agents de sécurité.

L'Afrique australe dans les migrations internationales

- Les mouvements migratoires partant d'Afrique australe sont principalement dirigés vers les pays du Nord. L'Afrique du Sud, le Botswana et la Namibie subissent aujourd'hui une fuite de leurs ressources humaines qualifiées – ou « **fuite des cerveaux** » (*brain drain*) – du fait de leur bon niveau de formation scolaire.

- Jusqu'à 1991, le sud de l'Afrique australe n'était pas une terre d'accueil en dehors d'une immigration « blanche et protestante » encouragée par les gouvernements sud-africain et namibien. Aujourd'hui, ces pays accueillent à nouveau des **diasporas** indienne, pakistanaise, israélienne, russe et surtout chinoise dans le contexte de la mondialisation.

- L'Afrique australe est également devenue une **destination touristique** de choix : elle accueille environ 30 millions de touristes par an, venus surtout des pays du Nord, notamment dans les grands parcs et les réserves naturelles : parc Kruger en Afrique du Sud, circuits et safaris en Namibie, chutes Victoria entre la Zambie et le Zimbabwe…

MOT CLÉ

Déplacements de population : à l'inverse des migrations, ils s'effectuent à l'intérieur d'un pays, qu'ils soient volontaires ou forcés.

S'ENTRAÎNER

1 QUIZ

Associez chaque pays à la principale ressource naturelle qu'il exploite.

Botswana ○	○ eau
Lesotho ○	○ diamant
Angola ○	○ cuivre, cobalt
Mozambique ○	○ pétrole
Zambie ○	○ charbon, gaz

2 Questions de cours

a. Citez les cinq PMA d'Afrique australe.
b. Quels sont les deux pays d'Afrique australe où la transition urbaine est la plus avancée ?
c. Sur quel secteur de l'économie les pays d'Afrique australe ont-ils basé leur développement ?
d. En quoi l'Afrique du Sud est-elle un pays de transit ?

TEST BILAN

en Histoire-Géographie

Date : ....

HISTOIRE

1 Périclès
Périclès utilise l'argent mis en commun par les cités grecques pour :
- ☐ **a.** faire construire des trières et repousser les Perses
- ☐ **b.** distribuer une indemnité journalière (*misthos*) aux citoyens athéniens pauvres pour qu'ils puissent participer aux réunions de l'Ecclésia

2 L'administration de l'Empire romain
Quels moyens les Romains utilisent-ils pour gouverner leur immense empire ?
- ☐ **a.** une administration pléthorique
- ☐ **b.** des routes (ou voies)
- ☐ **c.** des recensements réguliers qui permettent de mieux collecter l'impôt

3 La religion orthodoxe
Quelles sont les caractéristiques de la religion orthodoxe ?
- ☐ **a.** la vénération des icônes
- ☐ **b.** la reconnaissance de l'autorité du pape
- ☐ **c.** le droit pour les prêtres de se marier

4 Les conflits entre civilisations
Qui lance la première croisade ?
- ☐ **a.** le pape Urbain II
- ☐ **b.** Bernard de Clairvaux
- ☐ **c.** Conrad III, empereur germanique

5 Les échanges dans la Méditerranée médiévale
Les convois de galères vénitiennes qui protègent les bateaux de commerce sont :
- ☐ **a.** les doges ☐ **b.** les mude ☐ **c.** les ducats

6 Un nouveau rapport au monde
Quel État européen ouvre la période d'exploration des océans à la fin du Moyen Âge ?
- ☐ **a.** le Portugal ☐ **b.** l'Espagne ☐ **c.** la France

7 L'invention de l'imprimerie
Où a été inventée l'imprimerie ?
- ☐ **a.** en Italie
- ☐ **b.** en Allemagne
- ☐ **c.** aux Pays-Bas

8 Le protestantisme
Qui est le père du protestantisme ?
- ☐ **a.** Martin Luther
- ☐ **b.** Jean Calvin
- ☐ **c.** le pape Paul III

9 L'État à l'époque moderne en France
À partir du XVIe siècle, l'homme clé de l'administration royale est :
- ☐ **a.** le bailli ☐ **b.** le sénéchal ☐ **c.** l'intendant

10 La monarchie parlementaire en Angleterre
Dans le Parlement britannique, la Chambre des communes représente :
- ☐ **a.** la bourgeoisie
- ☐ **b.** la noblesse
- ☐ **c.** le clergé

11 La révolution américaine
La Déclaration d'indépendance américaine est signée en :
- ☐ **a.** 1775
- ☐ **b.** 1776
- ☐ **c.** 1783

12 Le géocentrisme
Le géocentrisme est la théorie affirmant que :
- ☐ **a.** la Terre est au centre de l'univers
- ☐ **b.** la Terre est plate
- ☐ **c.** le Soleil est au centre de l'univers

13 Aux origines de la révolution industrielle
Le *Factory System* repose sur :
- ☐ **a.** la production de masse
- ☐ **b.** une main-d'œuvre abondante
- ☐ **c.** l'utilisation de la machine à vapeur

14 La société d'Ancien Régime
Quelle part de la population totale les paysans représentent-ils ?
- ☐ **a.** 70 %
- ☐ **b.** 80 %
- ☐ **c.** 97 %

15 La société urbaine au XVIIIe siècle
Dans la société urbaine du XVIIIe siècle, la noblesse est concurrencée par :
- ☐ **a.** la haute bourgeoisie
- ☐ **b.** le clergé
- ☐ **c.** les professions libérales

GÉOGRAPHIE

16 Le peuplement
Les contraintes naturelles les plus fortes pour le peuplement sont :
- ☐ **a.** les températures
- ☐ **b.** l'aridité
- ☐ **c.** la pente des reliefs

17 **Les sociétés face aux risques**
La vulnérabilité est :
- ☐ **a.** la capacité d'une société à surmonter une catastrophe
- ☐ **b.** la présomption de risques graves mais incertains
- ☐ **c.** liée à la capacité d'une société, d'un milieu, d'un aménagement à faire face à un risque

18 **La France : des milieux à valoriser et à protéger**
Parmi ces affirmations, lesquelles sont vraies ?
- ☐ **a.** En France, les milieux sont artificialisés.
- ☐ **b.** Les aléas d'origine lithosphérique sont plus nombreux dans les territoires français ultramarins.
- ☐ **c.** Les parcs nationaux ont pour principal but de protéger les territoires des risques naturels.

19 **Le vieillissement de la population mondiale**
Les causes du vieillissement de la population mondiale sont liées :
- ☐ **a.** à la diminution de l'espérance de vie
- ☐ **b.** aux progrès médicaux
- ☐ **c.** à la baisse du taux de fécondité

20 **Le développement des « Suds »**
Les « Suds » ont le plus souvent basé leur développement sur :
- ☐ **a.** l'industrie
- ☐ **b.** les matières premières (minerais, hydrocarbures)
- ☐ **c.** l'agriculture

21 **Les dynamiques démographiques en France**
Qu'est-ce qui montre que la France est le moteur démographique en Europe ?
- ☐ **a.** Son bilan migratoire est fortement positif.
- ☐ **b.** Elle est le 2e pays le plus peuplé derrière l'Allemagne.
- ☐ **c.** Elle représente 26 % de la croissance démographique totale de l'Union européenne.

22 **La France : inégalités socio-économiques**
Finalement, la France est-elle en train de s'appauvrir ?
- ☐ **a.** Oui, la paupérisation est évidente.
- ☐ **b.** Non, le PIB ne cesse de progresser.
- ☐ **c.** Non, mais une partie de la population décroche du niveau de vie des classes moyennes.

23 **Un monde de migrations**
Quels sont les flux migratoires les plus importants ?
- ☐ **a.** les flux Sud-Sud
- ☐ **b.** les flux Sud-Nord
- ☐ **c.** les flux Nord-Nord

24 **Les enjeux des migrations internationales**
Laquelle de ces trois stratégies d'accueil est aujourd'hui privilégiée ?
- ☐ **a.** l'assimilation
- ☐ **b.** l'intégration
- ☐ **c.** le multiculturalisme

25 **Les mobilités touristiques internationales**
Pourquoi peut-on parler de « transition touristique » ?
- ☐ **a.** Parce que le nombre de touristes des pays riches diminue régulièrement.
- ☐ **b.** Parce que le nombre de touristes des pays émergents est en forte augmentation.

26 **Les facteurs de mobilité en France**
Quels sont les principaux facteurs de mobilité en France ?
- ☐ **a.** la hausse du niveau de vie
- ☐ **b.** la recherche d'un cadre de vie agréable
- ☐ **c.** la volonté de trouver un emploi stable et mieux rémunéré

27 **Les enjeux territoriaux des mobilités en France**
Quels sont les enjeux territoriaux des mobilités en France ?
- ☐ **a.** la continuité territoriale
- ☐ **b.** l'insertion européenne et mondiale
- ☐ **c.** le développement durable

28 **Les ressources naturelles en Afrique australe**
Les ressources naturelles dominantes en Afrique australe sont :
- ☐ **a.** les ressources énergétiques
- ☐ **b.** les minerais
- ☐ **c.** le bois

29 **L'Afrique australe dans la mondialisation**
Quels sont les espaces de l'Afrique australe les mieux intégrés à la mondialisation ?
- ☐ **a.** les métropoles portuaires
- ☐ **b.** l'Afrique du Sud
- ☐ **c.** le Lesotho et le Mozambique

30 **Les flux migratoires en Afrique australe**
Certains pays limitrophes de l'Afrique du Sud sont devenus :
- ☐ **a.** des pays d'accueil pour de nombreux réfugiés
- ☐ **b.** des pays de transit pour les migrants souhaitant le statut de réfugiés en Afrique du Sud

CORRIGÉS

1. b. Il finance le *misthos*. **2. b** et **c** **3. a** et **c** **4. a.** Urbain II lance la première croisade à Clermont. **5. b.** Le doge est le gouverneur vénitien. Le ducat est la monnaie vénitienne. **6. a** **7. b** **8. a** **9. c** **10. a** La Chambre des communes est composée de députés élus issus des bourgs et des comtés. **11. b.** Lors du Congrès de Philadelphie. **12. a.** Le géocentrisme est défendu par l'Église. **13. a, b** et **c** **14. b** **15. a** **16. b** **17. c** **18. a** et **b** **19. b** et **c** **20. a, b** et **c** **21. b** et **c. 22. b** et **c** **23. a** **24. c** **25. b** **26. a** et **b.** Les Français changent rarement de région pour trouver ou retrouver un emploi. **27. a** et **b.** Le développement durable est un enjeu environnemental. **28. b.** L'Afrique australe dispose d'un tiers des ressources minérales mondiales. **29. a** et **b** **30. b.** Les pays frontaliers avec l'Afrique du Sud accueillent des migrants temporaires qui attendent d'obtenir le statut de réfugié en Afrique du Sud.

47 Les libertés individuelles et collectives

L'ESSENTIEL

Les libertés individuelles

● Les libertés sont le fruit d'une **conquête progressive**. Avant 1789, la société française est très inégalitaire. Au XVIIIe siècle, les philosophes des Lumières remettent en cause cette situation afin de créer une société plus juste.

● Le 26 août 1789, la Déclaration des droits de l'homme et du citoyen consacre les libertés individuelles, reconnues comme un **droit naturel**. Elles permettent d'agir indépendamment des autres et de faire tout ce qui ne nuit pas à autrui.

● Les libertés individuelles concernent la **liberté d'expression** (orale ou écrite), la **liberté de conscience** (croire ou ne pas croire en un dieu, liberté d'opinion politique) et la **liberté de circulation** (à l'intérieur et à l'extérieur de son pays). Le **droit de propriété** est également considéré comme une liberté individuelle.

Les libertés collectives

● Depuis la Révolution française, d'autres libertés ont été acquises dans une société de plus en plus démocratique. L'État doit ainsi garantir des libertés collectives. Elles s'exercent **à plusieurs, dans le cadre de la vie en société** : liberté de culte (1789), droit de grève (1864), liberté de réunion (1881), liberté syndicale (1884), liberté d'association (1901) et liberté de manifestation (1935).

● Certaines libertés s'exercent au sein de l'État : on parle de **droits politiques**. Ainsi le droit de vote est l'aboutissement de la liberté d'expression et de libertés collectives (liberté de réunion, liberté d'association au sein de partis politiques). Il est accordé, en France, aux hommes en 1848, puis aux femmes en 1944.

Les libertés et les droits

● Le préambule de la **Constitution** de 1958 rappelle l'attachement de la République aux droits de l'Homme. La liberté est donc un droit fondamental, inaliénable et universel.

● Les **droits fondamentaux**, individuels ou sociaux, complètent les libertés : égalité, droit à la dignité, à la vie privée, à l'emploi, au logement, à l'instruction et à la culture. C'est après 1945 que les droits sociaux se sont étendus pour lutter contre les inégalités de richesse et les inégalités hommes/femmes : droit à la Sécurité sociale (1945), droit à la contraception (1967), droit à l'avortement (1975), égalité professionnelle (1983)…

MOTS CLÉS

Constitution : ensemble de textes qui définit les institutions composant l'État et organise leurs relations.
Droit naturel : ensemble des droits que tout être humain possède de par sa nature humaine, indépendamment de toute institution. Tous les êtres humains disposent de ces droits à leur naissance, ils sont inaliénables, inviolables, universels et imprescriptibles.

S'ENTRAÎNER

1 QUIZ **Cochez la case qui convient.**

1. La liberté de culte est :
☐ **a.** une liberté individuelle.
☐ **b.** une liberté collective.

2. Les libertés collectives :
☐ **a.** s'exercent à plusieurs.
☐ **b.** datent surtout du XVIIIe siècle.

3. La Constitution de la Ve République date de :
☐ **a.** 1948. ☐ **b.** 1946. ☐ **c.** 1958.

2 **La Déclaration des droits de l'homme et du citoyen (26 août 1789)**

Article 1er : Les hommes naissent et demeurent libres et égaux en droits. […]
Article 4 : La liberté consiste à pouvoir faire tout ce qui ne nuit pas à autrui : ainsi, l'exercice des droits naturels de chaque homme n'a de bornes que celles qui assurent aux autres membres de la société la jouissance de ces mêmes droits. Ces bornes ne peuvent être déterminées que par la loi.
Article 10 : Nul ne doit être inquiété pour ses opinions, même religieuses, pourvu que leur manifestation ne trouble pas l'ordre public établi par la loi.
Article 11 : La libre communication des pensées et des opinions est un des droits les plus précieux de l'homme ; tout citoyen peut donc parler, écrire, imprimer librement, sauf à répondre de l'abus de cette liberté dans les cas déterminés par la loi.

a. Quel(s) article(s) concerne(nt) la liberté d'expression ?
b. Quel article défend la liberté de la presse ?
c. Quel est le rôle de la loi selon cet extrait ?
d. Recherchez la date de la loi qui reconnaît la liberté de la presse aujourd'hui.

48 Les conditions de l'exercice des libertés

L'ESSENTIEL

Les conditions politiques

● Afin de garantir les libertés et les droits du citoyen, l'État adopte des lois en veillant à la **séparation des pouvoirs** : le pouvoir législatif vote les lois, le pouvoir exécutif fait appliquer les lois et le pouvoir judiciaire juge ceux qui ne respectent pas la loi.

● Le peuple est à l'origine des lois puisqu'il exprime sa volonté par l'intermédiaire de **représentants élus**. Les élections permettent à la **souveraineté nationale** de s'exprimer.

● La consultation du peuple et l'existence de plusieurs partis politiques (**pluralisme**) garantissent le fonctionnement de la démocratie et la défense des libertés.

Les conditions juridiques

● Les lois sont la **source du droit**. Celui-ci rassemble les règles qui organisent les rapports entre les individus dans une société. Elles sont obligatoires.

● L'État lui-même est soumis à des lois dont la plus importante est la Constitution. La puissance publique est donc limitée : on parle d'**État de droit**. Le Conseil constitutionnel vérifie que la loi votée est conforme à la Constitution et le Conseil d'État juge les activités des administrations afin de garantir les libertés des citoyens.

● Les citoyens sont également protégés par la **Déclaration universelle des droits de l'homme** de 1948. La protection internationale des droits de l'homme s'exprime par exemple à la Cour européenne des droits de l'homme qui peut être saisie par quiconque considère que ses droits ont été ignorés dans son pays.

L'espace d'exercice des libertés

● La République française est « **une et indivisible** » : cela veut dire que la France est un État unitaire et centralisé, les libertés individuelles et collectives s'exercent à l'intérieur de ses frontières. Un préfet, représentant direct de l'État, peut par exemple interdire une manifestation dans le département dont il a la charge.

● L'État a transféré une partie de ses pouvoirs aux collectivités territoriales (communes, départements, régions) par les lois de **décentralisation** (1982-1983 et 2003) : ainsi des arrêtés municipaux peuvent limiter la liberté de circulation.

● Les libertés individuelles s'exercent enfin sur le territoire de l'Union européenne. Dans l'espace **Schengen**, tout citoyen d'un pays membre de cet accord peut circuler et résider librement dans un autre pays membre.

MOTS CLÉS

État de droit : ensemble institutionnel dans lequel l'État est soumis au droit. L'État doit respecter la Constitution, puis les traités internationaux et enfin les lois.

Souveraineté nationale : la souveraineté appartient à la Nation qui s'exprime par l'intermédiaire de représentants.

S'ENTRAÎNER

1 QUIZ **Cochez la case qui convient.**

1. Le Conseil constitutionnel vérifie :
- ☐ **a.** qu'une loi est conforme à la Constitution.
- ☐ **b.** que l'État ne commet pas d'infraction à la loi.

2. Les lois de décentralisation permettent à l'État de déléguer des pouvoirs :
- ☐ **a.** aux préfets.
- ☐ **b.** aux collectivités territoriales.

3. La Déclaration universelle des droits de l'homme date de :
- ☐ **a.** 1945.
- ☐ **b.** 1948.
- ☐ **c.** 1958.

2 **L'exercice des libertés**

a. Quelle liberté individuelle les manifestants exercent-ils ici ?

b. Quelles libertés collectives sont également exercées ?

c. Quel élément montre l'attachement des manifestants à la souveraineté nationale ?

d. Recherchez si cette manifestation était autorisée. Quelles actions de certains manifestants ont pu choquer l'opinion publique lors d'une mobilisation précédente, le 8 décembre 2018 ?

Manifestation de « gilets jaunes », Paris, 16 février 2019

49 La défense de la liberté de conscience et la laïcité

L'ESSENTIEL

Histoire de la liberté de conscience et de la laïcité

● La Déclaration des droits de l'homme et du citoyen stipule que « nul ne doit être inquiété pour ses opinions, même religieuses » : c'est la **liberté de conscience**.

● La **séparation entre la société civile et la religion** s'enracine sous la IIIe République, en réaction à l'influence de l'Église catholique. Elle s'exprime d'abord à l'école : la loi de Jules Ferry de 1882 remplace l'instruction morale et religieuse par l'instruction morale et civique.

● La loi du 9 décembre 1905 proclame la neutralité de l'État à l'égard de toutes les religions, il ne financera alors plus aucun culte. Cette **loi de séparation de l'Église et de l'État** réaffirme aussi la liberté de conscience et de culte.

Un principe républicain

● La laïcité, qui devient un **principe républicain en 1946**, repose sur :
– la liberté de conscience et celle de manifester ses convictions dans le respect de l'**ordre public** ;
– la séparation de l'Église et de l'État ;
– l'égalité de tous devant la loi.

● La laïcité garantit aussi la liberté vis-à-vis de la religion : personne ne peut être contraint au respect des dogmes (croyances) ou des prescriptions religieuses (règles alimentaires par exemple). La laïcité a donc pour but de favoriser la **tolérance**.

Une difficile application du principe de laïcité

● La loi de 1905 accepte des **exceptions** : en Alsace et en Moselle, départements allemands au moment du vote de la loi, il n'y a pas de séparation entre l'Église et l'État. De plus, quand un croyant est retenu dans un établissement public (hôpital, internat, prison), il doit pouvoir exercer librement sa religion au sein d'une aumônerie.

● Le 15 mars 2004, une loi encadre le port de **signes ou de tenues manifestant une appartenance religieuse** dans les établissements scolaires. Elle y interdit les signes religieux ostensibles (très visibles) quelle que soit la religion. Depuis 2010, le port du voile islamique intégral est interdit dans l'espace public.

● Des **chartes de la laïcité** sont adoptées, en 2007 dans les services publics et en 2013 à l'école. Cela n'empêche pas les programmes scolaires d'aborder l'étude des **faits religieux**, notamment, pour comprendre le monde actuel et favoriser le « vivre ensemble ».

MOTS CLÉS

Charte de la laïcité : texte qui reprend les règles à appliquer dans les services publics concernant la laïcité.
Ordre public : il concerne la garantie des personnes et des biens, c'est-à-dire « le bon ordre, la sécurité, la tranquillité publique ».

S'ENTRAÎNER

1 QUIZ

Cochez la case qui convient.

1. La laïcité s'impose en France en : ☐ **a.** 1882. ☐ **b.** 1905. ☐ **c.** 1946.

2. La laïcité interdit :
☐ **a.** le port de tout signe religieux visible à l'école.
☐ **b.** le port du voile dans l'espace public (laissant voir le visage).

2 **La laïcité en débat**

Mairie de Béziers, le 14 décembre 2018.

Le tribunal administratif de Montpellier a demandé au maire de Béziers de retirer la crèche installée dans la cour de l'hôtel de ville. Le Conseil d'État n'autorise une telle installation que si elle présente un caractère culturel, artistique ou festif.

a. Où cette photo a-t-elle été prise ? Montrez qu'il s'agit d'un bâtiment public.
b. Pourquoi le tribunal administratif a-t-il demandé à la mairie de retirer cette crèche ?
c. Quels ont pu être les arguments des défenseurs d'une telle installation dans un lieu public ?
d. Recherchez si le même genre d'installation a pu être autorisé dans d'autres communes

50 L'évolution de l'encadrement de la liberté d'expression

L'ESSENTIEL

La liberté d'expression, un droit fondamental

● La liberté d'expression est un **droit naturel** (article 11 de la Déclaration des droits de l'homme et du citoyen), elle est indispensable à l'épanouissement de chaque individu.

● Des médias libres, indépendants et **pluralistes** sont indispensables à la démocratie : le débat permet aux citoyens de se forger une **opinion**. Depuis la loi sur la liberté de la presse, le 29 juillet 1881, la **censure** ne l'a limitée qu'en temps de guerre.

Les limites à la liberté d'expression

● La liberté d'expression est limitée par la loi :
– la **diffamation**, l'injure, les propos racistes ou antisémites, homophobes, négationnistes, l'incitation à la violence sont punis par la loi ;
– l'apologie de crimes, d'actes terroristes ou simplement le **non-respect de la vie privée** et du **droit à l'image** d'une personne sont également proscrits.

● En France, la presse a le droit de se moquer, de critiquer le pouvoir politique et les excès de la religion. Si la **presse satirique** peut blesser les convictions de certaines personnes, celles-ci peuvent l'attaquer en justice. Il n'existe cependant pas dans une société laïque de délit de **blasphème** (non-respect d'un dogme religieux).

● Certaines personnes, en raison de leurs fonctions, sont tenues à un « **devoir de réserve** ». C'est le cas des fonctionnaires qui doivent exprimer leurs opinions de façon prudente et mesurée.

La liberté d'expression à l'heure d'Internet

● La liberté d'expression s'exerce aussi sur Internet. La loi pour la **confiance dans l'économie numérique** de 2004 précise que la communication au public par voie électronique est libre, mais la loi de 1881 s'applique.

● Lorsqu'un internaute s'inscrit sur un **réseau social**, il doit respecter les conditions d'utilisation de celui-ci. Il peut y parler de sa vie privée mais il est ensuite très compliqué de retirer ces contenus : c'est le problème du **droit à l'oubli**.

● Le sentiment d'impunité et d'anonymat sur Internet est trompeur. Les auteurs de propos répréhensibles peuvent être identifiés par une **levée de l'anonymat**.

● L'encadrement de la liberté d'expression évolue. La Commission nationale de l'informatique et des libertés (CNIL) est chargée de veiller à ce que l'informatique ne porte atteinte ni à l'identité humaine, ni aux droits de l'homme, ni à la vie privée.

MOTS CLÉS

Diffamation : citation ou imputation d'un fait portant atteinte à l'honneur et à la considération d'une personne.
Droit à l'oubli : possibilité pour un internaute d'obtenir l'effacement de données ou images le concernant sur Internet.
Levée de l'anonymat : lorsque la loi est enfreinte, les services enquêteurs ont la possibilité d'identifier les auteurs de l'infraction (accès à l'adresse IP) et de les poursuivre.

S'ENTRAÎNER

1 QUIZ **Cochez la case qui convient.**

1. La presse satirique peut :
☐ **a.** se moquer des personnalités politiques. ☐ **b.** publier tout type de caricature.

2. Sur Internet, les limites à la liberté d'expression sont les mêmes qu'en public. ☐ **a.** vrai ☐ **b.** faux

3. La loi pour la confiance dans l'économie numérique date de : ☐ **a.** 1881. ☐ **b.** 2004. ☐ **c.** 2018.

2 **Liberté d'expression et numérique**

Les dérapages sur les réseaux sociaux deviennent monnaie courante. Début février, deux élèves de seconde du prestigieux lycée Lakanal de Sceaux (Hauts-de-Seine) avaient été renvoyés de l'établissement de manière définitive, pour avoir insulté leurs professeurs sur Facebook. [...] Entre discussion en privé et message public, les réseaux sociaux nourrissent l'ambivalence et parfois les jeunes s'y perdent. Se pensant à l'abri derrière leurs écrans, ils se croient tout permis. Or certains réseaux sociaux sont publics. C'est le cas de Twitter, des pages ouvertes à tous sur Facebook... Et des propos insultants, injurieux, haineux, comme xénophobes peuvent être juridiquement imputables et condamnables.

▷ AFP/25 mars 2013

a. Pour quelle raison deux élèves ont-ils été renvoyés de leur lycée ?
b. Quel danger d'Internet est ici dénoncé ?
c. Recherchez qui peut prendre ce genre de décision d'exclusion.

51 La lutte contre les discriminations, le respect d'autrui

L'ESSENTIEL

Définir les discriminations

- On parle de discrimination quand une personne est traitée défavorablement en fonction d'une caractéristique (sexe, âge, couleur de peau, handicap, appartenance religieuse, santé, orientations sexuelles, lieu de résidence…). La loi reconnaît **25 critères de discrimination**.
- Une personne est victime de discrimination lorsqu'on lui refuse l'accès à un droit ou à un service car cela est **contraire à l'égalité républicaine** : accès à un emploi, à un logement, à l'égalité salariale. Les femmes, les étrangers, les juifs, les musulmans et les homosexuels sont les personnes les plus discriminées (**sexisme, racisme, antisémitisme, islamophobie, homophobie**).
- Parfois, des discriminations peuvent être **justifiées** (exemple : quand des aptitudes particulières sont nécessaires pour exercer un métier). Elles sont **légales** quand elles sont organisées par la loi : on parle alors de discrimination positive ou d'égalité des chances.

Stéréotypes et préjugés à l'origine des discriminations

- Les **stéréotypes** sont des représentations caricaturales concernant les caractéristiques personnelles d'un groupe de personnes (exemple : les femmes s'occuperaient mieux des enfants que les hommes).
- Les **préjugés** sont des opinions *a priori* mais aussi des attitudes défavorables envers une ou des personnes en raison de leur appartenance à un groupe particulier.

Lutter contre les discriminations

- Depuis 2011, une personne discriminée peut saisir le **Défenseur des droits** dont le rôle est de défendre les droits des personnes et de favoriser l'accès de tous à la justice. Elle peut aussi se rapprocher d'une **association** qui lutte contre les discriminations.
- Toute personne reconnue **coupable de discrimination** risque jusqu'à 3 ans d'emprisonnement et 45 000 euros d'amende. La sanction est aggravée pour les discriminations commises dans des lieux publics, par une personne chargée d'une mission de service public.
- La lutte contre les discriminations implique également une réflexion sur soi, sur son **rapport à l'autre** ainsi qu'une **éducation à la différence et à la diversité**.

MOTS CLÉS

Antisémitisme : hostilité contre les juifs.
Racisme : théorie selon laquelle certains groupes humains, appelés faussement « races », seraient inférieurs à d'autres.
Sexisme : ensemble des préjugés et des discriminations basés sur le sexe.

S'ENTRAÎNER

1 QUIZ — Cochez la case qui convient.

1. Mon ami s'est fait injurier par son voisin raciste, est-il victime de discrimination ? ☐ **a.** oui ☐ **b.** non
2. Quel critère n'est pas discriminatoire ? ☐ **a.** la maternité ☐ **b.** l'adresse ☐ **c.** le poids ☐ **d.** les diplômes
3. Un acte discriminatoire est considéré comme : ☐ **a.** un crime ☐ **b.** une contravention ☐ **c.** un délit

2 L'égalité hommes-femmes dans l'entreprise

Les entreprises françaises de plus de 1 000 salariés avaient jusqu'au 1er mars à minuit pour publier leur index d'égalité hommes-femmes. Sur les 1 400 concernées, « un peu plus de 800 ont publié » leurs données […] a indiqué la ministre du Travail […] Muriel Pénicaud. L'index se compose d'une note globale sur 100, divisée en cinq critères : l'écart de rémunération femmes-hommes, l'écart dans les augmentations annuelles, l'écart dans les promotions, les augmentations au retour de congé maternité et enfin la présence de femmes parmi les plus gros salaires de l'entreprise. La moyenne a été fixée à 75 points. Sous cette barre, l'entreprise a trois ans pour améliorer la situation, sous peine de sanctions financières.

▷ AFP/5 mars 2019

a. Quelle forme de discrimination est évoquée indirectement par le texte ? Recherchez depuis quand cette forme de discrimination est condamnée par la loi.
b. Les entreprises concernées ont-elles respecté cet aspect de la loi Avenir professionnel votée à l'été 2018 ?
c. Que risquent les entreprises qui ne respectent pas la loi ? Précisez (faites une recherche).
d. Recherchez le barème précis de cet index d'égalité hommes-femmes au travail. Quelles autres entreprises sont aujourd'hui concernées ?

52 L'évolution du droit à la protection

L'ESSENTIEL

Le droit à la protection sociale

● En 1945 est créée la **Sécurité sociale** : l'assurance maladie, financée par les cotisations de tous, prend en charge les risques de santé (maladie, accident du travail, invalidité, grossesse) ; les allocations familiales aident les familles ; l'assurance vieillesse finance les retraites. La protection sociale s'est élargie depuis : assurance chômage (1958), revenu minimum d'insertion (1988), revenu de solidarité active (2017).

● En 1999, la couverture maladie universelle (CMU), devenue **protection universelle maladie** (PUMA) en 2016, permet à tous ceux qui ne bénéficient pas d'assurance maladie de pouvoir être soignés. L'État intervient aussi pour protéger les Français dans des domaines sanitaires variés (médicaments, alimentation, qualité de l'air…).

Le droit à l'éducation

● À partir du XIXe siècle, le droit à l'éducation progresse en France : chaque commune doit disposer d'une école primaire pour les garçons (1833) et pour les filles (1850). Les **lois de Jules Ferry** de 1881 et 1882 rendent l'école **gratuite, laïque et obligatoire** jusqu'à 13 ans.

● En 1936, l'enseignement secondaire devient gratuit, l'âge de la scolarité obligatoire est relevé à 14 ans (16 ans en 1959) et le sport est intégré aux enseignements. Il s'agit de **lutter contre le travail des enfants** et de les maintenir en bonne santé.

● Le **collège unique** (1975) permet à tous les enfants de suivre un enseignement commun après l'école primaire.

● Aujourd'hui, le droit à l'éducation continue de progresser en France, mais sa conquête n'est pas achevée. La loi du 11 février 2005 permet aux élèves handicapés d'avoir les mêmes droits que les autres : c'est l'**école inclusive**, mais elle n'est pas encore appliquée partout.

Le droit d'asile

● Le droit d'asile permet de protéger toute personne victime de persécution dans son pays d'origine. C'est un **droit fondamental**.

● Un migrant qui sollicite l'asile en France peut obtenir soit le **statut de réfugié**, soit une protection plus temporaire. Tout étranger qui sollicite l'asile bénéficie de droits (à l'hébergement, à l'accès aux soins, à la scolarisation des enfants) pendant la durée d'instruction de sa demande par l'Office français de protection des réfugiés et apatrides (Ofpra).

MOTS CLÉS

École inclusive : désigne le système scolaire dans son ensemble tenu à l'obligation d'accueillir et de se mettre au service des enfants aux besoins éducatifs particuliers.
Réfugié : personne ayant dû fuir son pays afin d'échapper à un danger et ayant obtenu le statut de réfugié reconnu par les Nations unies.

S'ENTRAÎNER

1 QUIZ

Cochez la case qui convient.

1. La Sécurité sociale est financée essentiellement par :
☐ **a.** les impôts. ☐ **b.** les cotisations de ceux qui travaillent et des entreprises.

2. Depuis quand l'école est-elle obligatoire jusqu'à 16 ans ? ☐ **a.** 1959 ☐ **b.** 1975 ☐ **c.** 2005

3. Un étranger demandeur d'asile en France est protégé par la loi française. ☐ **a.** vrai ☐ **b.** faux

2 **Le droit d'asile en France**

a. Quel organisme a produit les données de cette carte ? Quel est son rôle ?

b. Comment a évolué le nombre de demandes de droit d'asile entre 2010 et 2017 ?

c. D'où venait la majorité des migrants ayant obtenu le statut de réfugié (protection Ofpra) en 2017 ? Comment l'expliquer ?

d. Recherchez pour quelles raisons les migrants venus des autres pays ont été moins nombreux à obtenir le droit d'asile.

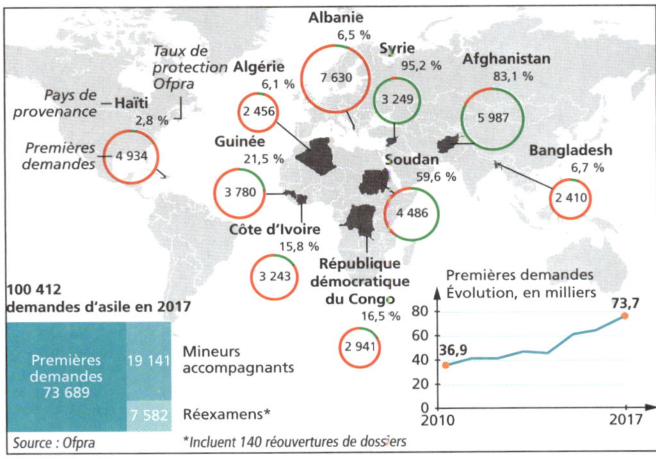

Physique-Chimie

Des parcours de révision sur
www.annabac.com

Date

Constitution et transformations de la matière

1. Espèces chimiques composant la matière 206
2. Identification des espèces chimiques 208
3. Les solutions aqueuses 210
4. Dosage par étalonnage 212
5. De l'entité chimique à l'espèce chimique 214
6. L'atome et son noyau 216
7. Répartition des électrons dans un atome 218
8. Stabilité des entités chimiques 220
9. Comptage des entités chimiques dans un échantillon de matière 222
10. Les transformations physiques 224
11. Les transformations chimiques 226
12. Synthèse d'une espèce chimique présente dans la nature 228
13. Les transformations nucléaires 230

Mouvement et interactions

14. Description d'un mouvement 232
15. Modélisation d'une action sur un système 234
16. Une première approche du principe d'inertie 236

Ondes et signaux

17. Émission et perception du son 238
18. Analyse de la lumière blanche 240
19. Réflexion, réfraction et dispersion de la lumière 242
20. La formation des images 244
21. Les lois dans un circuit électrique 246
22. Les capteurs 248

Test bilan en Physique-Chimie 250

1 Espèces chimiques composant la matière

L'ESSENTIEL

Corps pur et mélanges

● La nature qui nous environne est constituée d'**espèces chimiques** : les rivières et les océans contiennent l'espèce chimique eau, l'air que nous respirons est un mélange des espèces dioxygène et diazote, le jus de raisin fermenté contient l'espèce chimique éthanol qui constitue l'alcool de ce liquide. À toute espèce chimique correspond une **formule chimique** : H_2O pour l'eau, O_2 pour le dioxygène, N_2 pour le diazote, C_2H_6O pour l'éthanol.

● Un échantillon de matière constitué d'une seule espèce chimique est un **corps pur**.

● Un échantillon de matière constitué de plusieurs espèces chimiques est un **mélange**.

Exemples

L'eau déminéralisée est un corps pur car constituée uniquement d'eau H_2O.
Le graphite qui constitue la mine des crayons est un corps pur car constitué uniquement de carbone C.
L'eau minérale est un mélange car constituée d'eau H_2O et de minéraux tels que le carbonate de calcium $CaCO_3$ et le chlorure de sodium NaCl.

● On distingue deux types de mélanges : un **mélange homogène** est composé d'une seule phase tandis qu'un **mélange hétérogène** est composé de plusieurs phases.

Exemples

Le mélange eau-huile est hétérogène ; le mélange eau-éthanol, homogène (**fig. 1**).

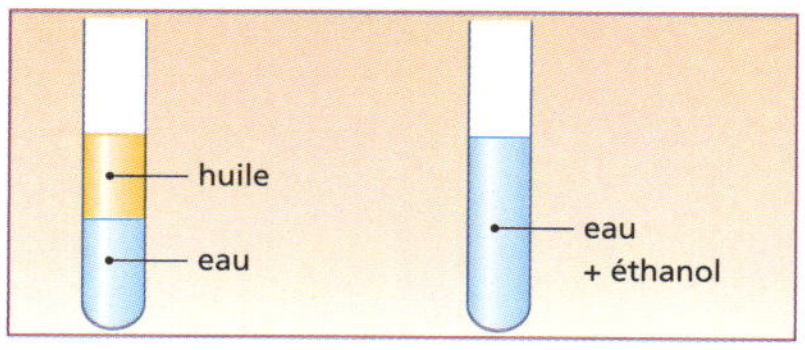

Fig. 1

MOT CLÉ

Deux liquides qui peuvent se mélanger sont dits **miscibles** ; dans le cas contraire, ils sont non miscibles.

Masse volumique

● La **masse volumique** d'une espèce chimique, notée ρ, est égale au rapport de la masse m de l'échantillon de corps pur sur son volume V :

$$\rho = \frac{m}{V}$$

avec ρ masse volumique en $kg \cdot m^{-3}$; m masse en kg ; V volume en m^3.

Exemple

La masse volumique de l'eau : $\rho = 1\ 000\ kg \cdot m^{-3}$.

INFO

• Pour calculer une masse, on applique la formule : $m = \rho \times V$.
• Concernant les liquides ou les gaz, l'unité de la masse volumique est souvent le gramme par litre ($g \cdot L^{-1}$) : $1\ kg \cdot m^{-3} = 1\ g \cdot L^{-1}$. Pour l'eau : $\rho = 1\ 000\ g \cdot L^{-1}$.

● Un liquide est dit **plus lourd** que l'eau si sa masse volumique est supérieure à celle de l'eau et **plus léger** si sa masse volumique est inférieure.

Exemples

Liquide	Type de liquide	Miscible à l'eau ?	ρ ($g \cdot L^{-1}$)
éthanol	corps pur	oui	789 (moins lourd que l'eau)
eau salée de la mer Morte	mélange	oui	1 240 (plus lourd que l'eau)
huile de tournesol	corps pur	non	940 (moins lourd que l'eau)

Composition de l'air

● L'air est un mélange composé essentiellement de **diazote N_2** et de **dioxygène O_2**. On y trouve d'autres gaz tels que la vapeur d'eau, le dioxyde de carbone, le méthane, l'argon…

● La **masse volumique de l'air** est égale à :
$\rho = 1{,}2\ kg \cdot m^{-3} = 1{,}2\ g \cdot L^{-1}$.

● La composition de l'air sec (sans vapeur d'eau) en **pourcentage volumique** est : diazote 78,1 % ; dioxygène 21,0 % ; argon et autres gaz 0,9 %.

● La composition de l'air en **pourcentage massique** est : diazote 75,5 % ; dioxygène 23,2 % ; argon 1,2 % ; autres gaz 0,1 %.

INFO

• Calcul du **pourcentage volumique** d'une des espèces chimiques d'un mélange :

$$\%(\text{espèce chimique}) = \frac{V(\text{espèce chimique})}{V(\text{total du mélange})} \times 100$$

• Calcul du **pourcentage massique** d'une des espèces chimiques d'un mélange :

$$\%(\text{espèce chimique}) = \frac{m(\text{espèce chimique})}{m(\text{total du mélange})} \times 100$$

LA MÉTHODE

Mesurer la masse volumique d'un corps

Déterminer la masse volumique d'un liquide

Étape 1. Choisir un récipient gradué et le poser sur une balance.

Étape 2. Appliquer la fonction « tare » de la balance. L'écran affiche « zéro ».

Étape 3. Remplir le récipient avec le liquide jusqu'à un volume V mesuré.

Étape 4. Poser le récipient sur la balance et mesurer directement la masse m du liquide.

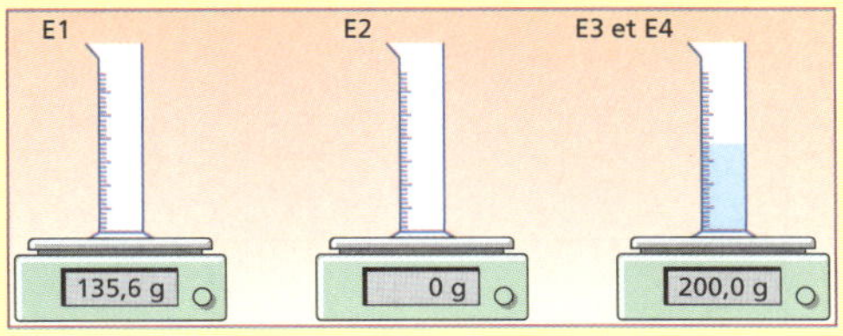

Étape 5. Appliquer la formule : $\rho = \dfrac{m}{V}$.

Déterminer la masse volumique d'un solide

Étape 1. Poser le solide sur la balance et mesurer directement la masse m du solide.

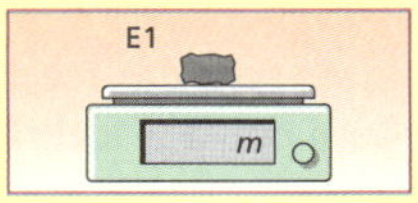

Étape 2. Choisir un récipient gradué et le remplir d'eau jusqu'à un volume V_{eau}.

Étape 3. Plonger le solide dans le récipient et mesurer le nouveau volume $V_{solide + eau}$.

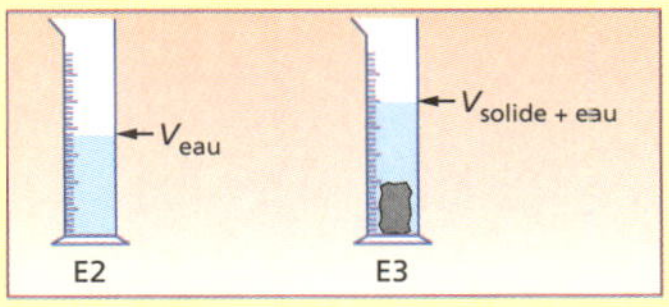

Étape 4. Calculer le volume V du solide : $V = V_{solide + eau} - V_{eau}$.

Étape 5. Appliquer la formule : $\rho = \dfrac{m}{V}$.

S'ENTRAÎNER

1 QUIZ

Vrai ou faux ? Cocher la case qui convient.

a. Une espèce chimique possède plusieurs formules chimiques.	V ☐	F ☐
b. Un mélange est constitué d'au moins deux espèces chimiques.	V ☐	F ☐
c. La masse volumique a pour formule $\rho = m \times V$.	V ☐	F ☐
d. Un liquide plus léger que l'eau est tel que $\rho > 1\ 000\ kg{\cdot}m^{-3}$.	V ☐	F ☐
e. Le diazote est le gaz le plus abondant dans l'air.	V ☐	F ☐

2 Traitement de l'eau

Le traitement d'une eau boueuse peut s'effectuer au laboratoire en plusieurs étapes :

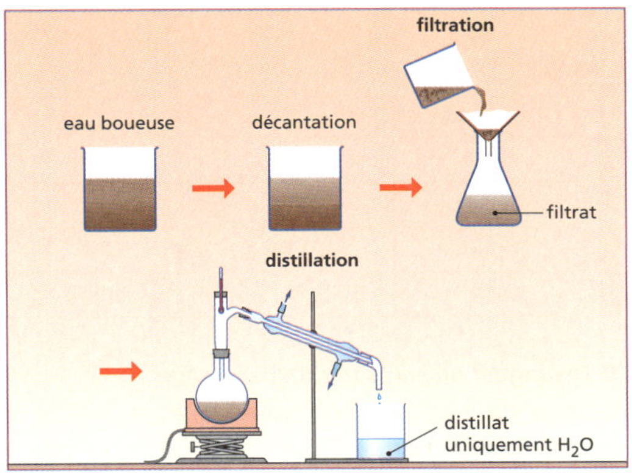

1. L'eau boueuse est-elle un corps pur ?

2. Lors de la décantation, quel est le type de mélange obtenu ?

3. Qu'obtient-on après filtration ?

4. Après la distillation, a-t-on un corps pur ou un mélange ?

3 Plus lourd ou plus léger ?

Un volume de 0,100 m^3 de cyclohexane liquide a une masse égale à 77,9 kg. Une masse de 2 960 g de chloroforme liquide occupe un volume égal à 2,00 L.

1. Calculer les masses volumiques de ces deux liquides.

2. Ces liquides sont-ils plus lourds ou plus légers que l'eau ?

4 Mélange de gaz et air

Un mélange gazeux contient 12 L de diazote, 6 L de dioxygène et 2 L de dioxyde de carbone.

1. Calculer le pourcentage volumique de chaque espèce chimique.

2. La masse de ce mélange étant égale à 25,7 g, calculer sa masse volumique.

3. Ce mélange est-il plus lourd ou plus léger que l'air ?

2 Identification des espèces chimiques

L'ESSENTIEL

Effectuer des tests chimiques

● Les **tests chimiques** sont des réactions chimiques particulières qui permettent d'identifier la présence d'une espèce chimique.

● **Identification de l'eau H_2O : le test au sulfate de cuivre anhydre**

Au contact de l'eau, le sulfate de cuivre anhydre (qui est une poudre blanche) s'hydrate et se transforme en cristaux de **couleur bleue** (**fig. 1**).

Fig. 1

● **Identification du dioxyde de carbone CO_2 : le test à l'eau de chaux**

En présence de dioxyde de carbone gazeux, l'eau de chaux (liquide incolore) **blanchit** du fait de la formation de particules solides de couleur blanche en suspension dans le liquide (**fig. 2**).

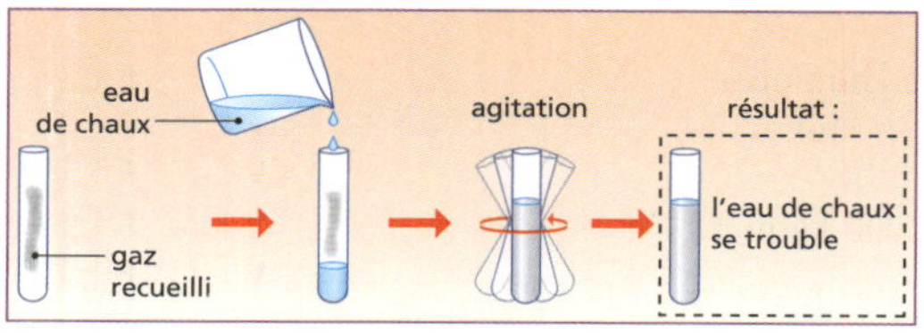

Fig. 2

INFO

Les particules blanches formées qui troublent l'eau de chaux sont formées de l'espèce chimique carbonate de calcium $CaCO_3$.

● **Identification du dihydrogène H_2 : le test de l'allumette enflammée**

Une allumette enflammée placée à l'orifice d'un tube contenant du dihydrogène provoque une **légère détonation** (**fig. 3**).

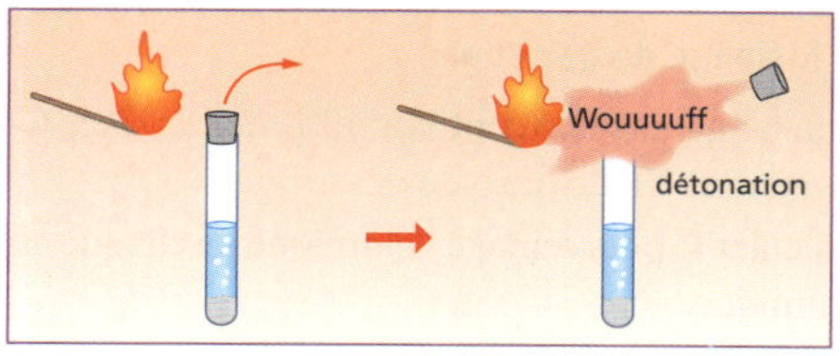

Fig. 3

INFO

La détonation correspond à la réaction chimique entre le dihydrogène et le dioxygène contenu dans l'air. Il se forme alors de l'eau.

● **Identification du dioxygène O_2 : le test de la baguette incandescente**

Plongée dans le dioxygène, une baguette en bois présentant un point d'incandescence va de nouveau **brûler vivement** (**fig. 4**).

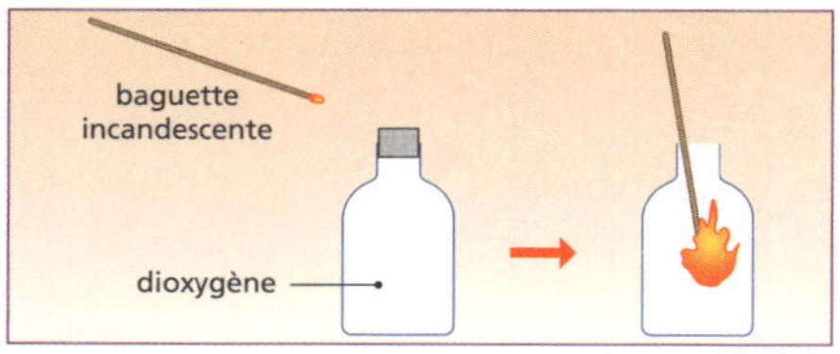

Fig. 4

INFO

Le dioxygène est un bon comburant car il ravive les combustions.

Réaliser des mesures physiques

● **Les températures de changement d'état d'un corps pur**

Chaque corps pur possède des températures de changement d'état qui lui sont **caractéristiques** (voir chapitre 10). On définit la température de fusion θ_{fusion} (passage de l'état solide à l'état liquide) et la température de vaporisation $\theta_{vaporisation}$ (passage de l'état liquide à l'état gazeux), exprimées en degrés Celsius.

INFO

- Un corps pur peut se trouver sous trois états différents : solide, liquide ou gaz.
- Les températures de changement d'état d'un corps pur sont égales deux à deux :

$\theta_{fusion} = \theta_{solidification}$

$\theta_{vaporisation} = \theta_{liquéfaction}$

Exemples

Corps pur	θ_{fusion} (°C)	$\theta_{vaporisation}$ (°C)
diazote	–210	–195
dioxygène	–219	–183
éthanol	–114	79
eau	0	100

● **Distinguer un corps pur d'un mélange**

Pour un mélange, la température **varie** au cours d'un changement d'état tandis que pour un corps pur, la température reste **constante** au cours du changement d'état.

Exemple

La température de l'eau salée varie au cours de la fusion alors celle de l'eau pure reste constante et égale à 0 °C.

LA MÉTHODE

Séparer et identifier les espèces chimiques constituant un mélange par chromatographie sur couche mince (CCM)

La CCM permet de séparer les espèces chimiques présentes dans un mélange homogène et de les identifier. Elle est basée sur la différence des vitesses auxquelles sont entraînées les espèces chimiques du mélange par le solvant – **phase mobile** – lors de sa migration sur la plaque à chromatographie – **phase fixe** (**fig. 5**). Pour une même plaque de chromatographie, la hauteur de migration de chaque espèce chimique est caractéristique de cette espèce.

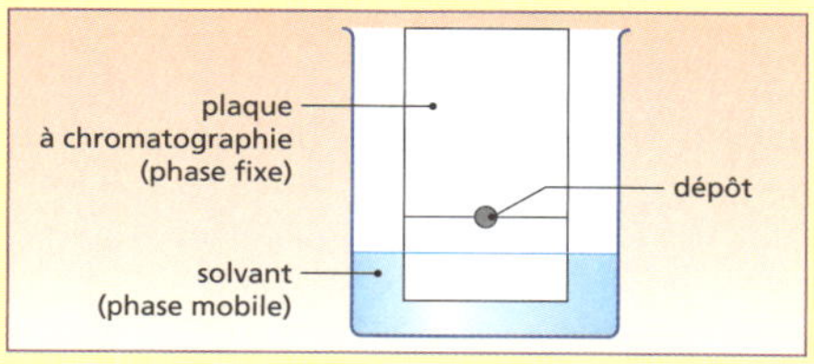

Fig. 5

››› Étape 1. Déposer sur une plaque à chromatographie (phase fixe) un colorant vert du commerce ainsi que deux espèces chimiques de référence : le bleu patenté, ou colorant E131, et la tartrazine, ou colorant E102 (**fig. 6**).

Fig. 6

››› Étape 2. Placer la plaque dans une cuve contenant le solvant (phase mobile). Lors de la migration du solvant, la tache verte est entraînée et on constate l'apparition de deux taches : une bleue et une jaune qui arrivent à la même hauteur que celles des deux espèces de référence (**fig. 7**).

Fig. 7

››› Étape 3. Conclure. Le colorant vert est donc un mélange de deux espèces chimiques, l'une bleue et l'autre jaune. On identifie ces deux espèces : le bleu patenté et la tartrazine.

PHYS.-CHIMIE

S'ENTRAÎNER

1 QUIZ

Vrai ou faux ? Cocher la case qui convient.

a. Le test de l'allumette enflammée identifie le dioxygène. V ☐ F ☐
b. Au cours d'une vaporisation, la température de l'eau pure va varier. V ☐ F ☐
c. La plaque à chromatographie est la phase mobile. V ☐ F ☐

2 Tests chimiques

1. Quelques gouttes d'une boisson au contact du sulfate de cuivre anhydre conduisent à la formation de cristaux de couleur bleue. Quelle espèce chimique a été mise en évidence ?

2. Quelle espèce chimique peut être identifiée avec l'eau de chaux ?

3 Les colorants dans un bonbon

On désire identifier les colorants présents dans un bonbon. On le dissout dans de l'eau après l'avoir mis en poudre. On réalise la chromatographie de la solution obtenue.

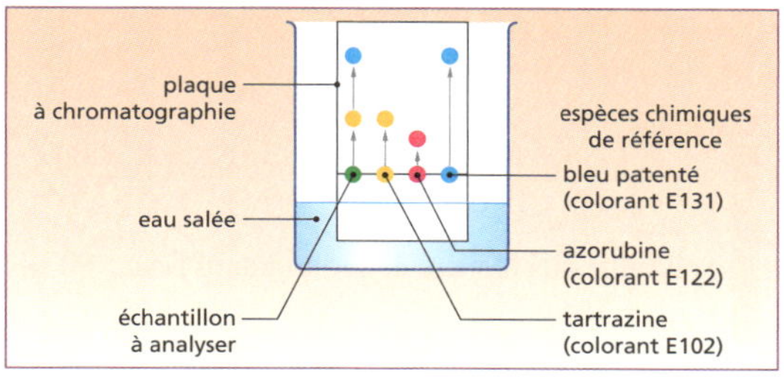

1. À quoi correspond la phase mobile ? la phase fixe ?

2. Quelles sont les espèces chimiques présentes dans le bonbon ?

POUR VOUS AIDER

La hauteur à laquelle migre une espèce chimique est la même qu'elle soit seule ou dans un mélange.

4 Évolution de la température au cours d'un changement d'état

On mesure l'évolution de la température de deux échantillons de matière au cours d'un changement d'état. Identifier pour chaque échantillon s'il s'agit d'un corps pur ou d'un mélange.

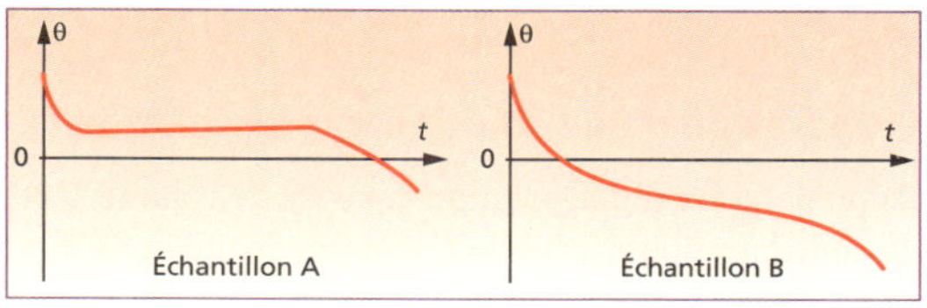

3 Les solutions aqueuses

L'ESSENTIEL

Description d'une solution

● On prépare une solution en dissolvant dans un liquide une espèce chimique. Le liquide est appelé le **solvant** et l'espèce chimique dissoute le **soluté**. Si l'eau est le solvant, la solution est une **solution aqueuse**.

● Une espèce chimique est dite **soluble** dans un solvant si elle peut y être dissoute. Dans le cas contraire, on dit qu'elle est **insoluble**.

Exemples

Le saccharose (sucre issu de la canne) est soluble dans l'eau tandis que le sable y est insoluble.

Concentration massique

● Une solution contenant un soluté est caractérisée par son volume V et la masse m de soluté dissous. On définit pour le soluté sa **concentration massique** C_m dans la solution comme le rapport de la masse de soluté dissous sur le volume de la solution : $\boxed{C_m = \frac{m}{V}}$

avec C_m concentration massique en $g{\cdot}L^{-1}$; m masse en g ; V volume en L.

Exemple

Une solution aqueuse de glucose a un volume égal à 2,0 L et contient une masse de glucose dissous égale à 500 g. Sa concentration massique a pour valeur :
$C_m = \frac{m}{V} = \frac{500}{2{,}0} = 250\ g{\cdot}L^{-1}$.

INFO

- Pour calculer une masse de soluté dissous, on applique la formule : $m = C_m \times V$.
- Penser à convertir en litres le volume avant d'effectuer le calcul de la concentration massique : 1 mL = 1×10^{-3} L ; 1 cL = 1×10^{-2} L ; 1 dL = 1×10^{-1} L.

● Il ne faut **pas confondre** la masse volumique de la solution aqueuse et la concentration massique du soluté qui y est dissous :

m = masse de soluté ; m = masse de la solution

$$C_m = \frac{m}{V} \rightarrow C_m \neq \rho \leftarrow \rho = \frac{m}{V}$$

Préparation d'une solution par dissolution

La préparation d'une solution aqueuse de volume V et de concentration massique C_m en un soluté s'effectue en plusieurs étapes.

››› **Étape 1.** Calculer la masse m de soluté à dissoudre : $m = C_m \times V$.

››› **Étape 2.** Récupérer la masse de soluté calculée dans une capsule à l'aide d'une spatule (**fig. 1**).

Fig. 1

››› **Étape 3.** Dissoudre le soluté dans un peu d'eau distillée (**fig. 2**).

Fig. 2

››› **Étape 4.** Transvaser la solution dans une fiole jaugée de volume V et ajouter de l'eau jusqu'au trait de jauge (**fig. 3**). Pour éviter les erreurs de parallaxe, il faut placer son œil au niveau du trait de jauge (**fig. 4**).

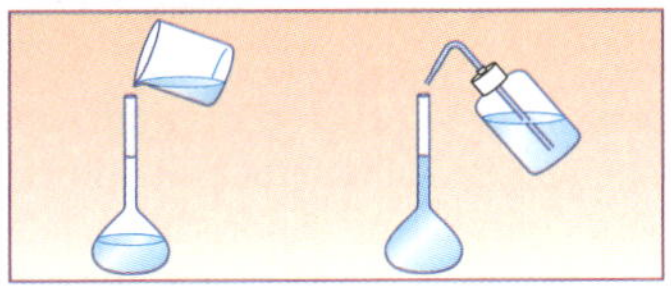

Fig. 3

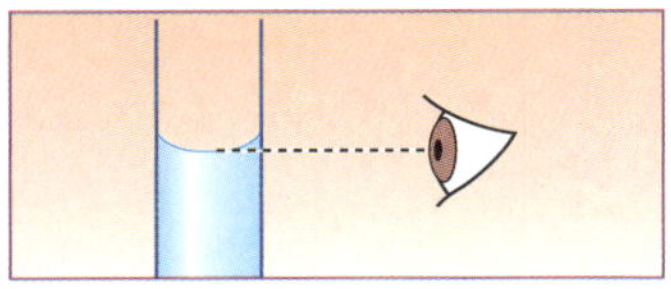

Fig. 4

Concentration maximale d'un soluté

La **concentration maximale** d'un soluté est atteinte lorsque l'on ne peut plus dissoudre une quantité supplémentaire de celui-ci dans la solution.

INFO

- Cette concentration maximale est aussi appelée **solubilité**.
- Lorsque la concentration est maximale, la solution est dite **saturée**.
- La solubilité dépend de la **température** de la solution.

Exemples

Solubilité du chlorure de sodium dans l'eau à 20 °C : $C_{max} = 360\ g{\cdot}L^{-1}$.
Solubilité du chlorure de sodium dans l'eau à 80 °C : $C_{max} = 384\ g{\cdot}L^{-1}$.

LA MÉTHODE

Préparer une solution par dilution

À partir d'une solution aqueuse (**solution mère**), de concentration $C_{m0} = 300$ g·L^{-1}, on prépare par dilution une nouvelle solution (**solution fille**) de concentration $C_{m1} = 30$ g·L^{-1} et de volume $V_1 = 100$ mL.

● On détermine le volume V_0 de la solution mère à utiliser pour préparer la solution fille. La masse m_0 de soluté prélevé dans la solution mère est celle que l'on retrouve dans la solution fille notée m_1 : il y a **conservation de la masse** au cours de la dilution.

$$m_0 = m_1 \Leftrightarrow C_{m0} \times V_0 = C_{m1} \times V_1 \Leftrightarrow V_0 = \frac{C_{m1} \times V_1}{C_{m0}}$$

Les concentrations sont en g·L^{-1} et les volumes en L.
Application numérique : $V_0 = 10 \times 10^{-3}$ L $= 10$ mL

● On prépare la solution fille en plusieurs étapes :

››› **Étape 1.** Prélever à l'aide d'une pipette jaugée le volume V_0 de solution mère nécessaire (**fig. 5**).

››› **Étape 2.** Introduire le liquide prélevé dans une fiole jaugée de volume V_1 (**fig. 6**).

››› **Étape 3.** Compléter jusqu'au trait de jauge avec de l'eau distillée (**fig. 7 et 8**).

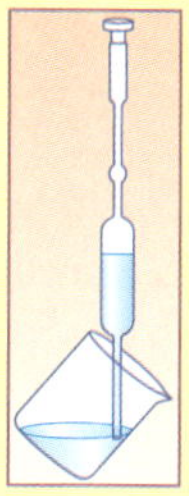
Fig. 5

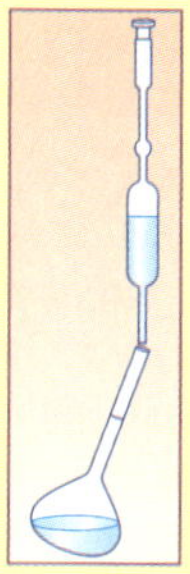
Fig. 6

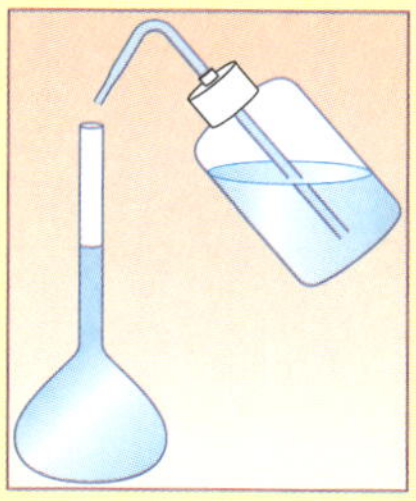
Fig. 7

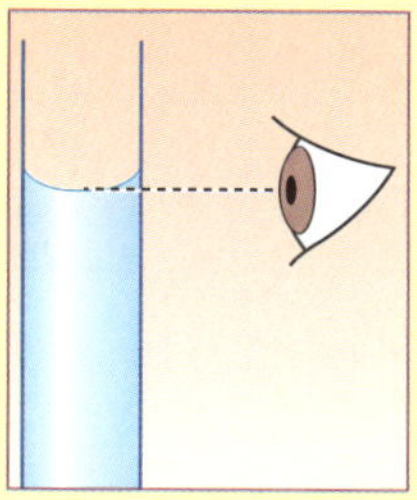
Fig. 8

S'ENTRAÎNER

1 QUIZ

Vrai ou faux ? Cocher la case qui convient.

a. La concentration massique C_m a pour expression $C_m = m \times V$. V ☐ F ☐

b. Dissoudre 30 g de soluté dans 2,0 L d'eau donne $C_m = 15$ g·L^{-1}. V ☐ F ☐

c. La masse volumique et la concentration massique sont égales. V ☐ F ☐

d. Pour $C_m = 200$ g·L^{-1} et $V = 1{,}50$ L, on obtient $m = 300$ g. V ☐ F ☐

e. La solubilité du saccharose dans l'eau est égale à 2 000 g·L^{-1}.
On peut dissoudre dans 1 L d'eau une masse de saccharose égale à 2 050 g. V ☐ F ☐

2 Concentration massique, masse et volume

1. Calculer la concentration massique d'une solution préparée en dissolvant 18,0 g de soluté dans 0,100 L d'eau.

2. Calculer la masse de soluté dissous dans une solution de concentration massique $C_m = 80{,}0$ g·L^{-1} et de volume $V = 2{,}50$ L.

3 Préparation d'une solution de glucose

On désire préparer par dissolution une solution aqueuse de glucose de volume $V = 3{,}00$ L et de concentration massique $C_m = 40{,}0$ g·L^{-1}.

1. Nommer le solvant et le soluté.

2. Calculer la masse de glucose à dissoudre.

3. Donner les étapes de la préparation.

4 Dissolution d'un soluté

On désire dissoudre une masse $m = 235$ g d'un soluté afin de préparer une solution aqueuse de volume $V = 0{,}500$ L. La concentration maximale de ce soluté est égale à 250 g·L^{-1}.

1. Est-ce que tout le soluté pourra être dissous ?

2. Calculer la masse de soluté dissous dans 2,0 L d'une solution saturée.

5 Préparation d'une solution de chlorure de sodium

On prépare par dilution une solution de chlorure de sodium de volume $V_1 = 0{,}100$ L et de concentration massique $C_{m1} = 20{,}0$ g·L^{-1} à partir d'une solution mère de concentration $C_{m0} = 40{,}0$ g·L^{-1}.

1. Calculer le volume V_0 de solution mère à prélever.

2. Donner le matériel à utiliser pour réaliser la dilution.

4 Dosage par étalonnage

L'ESSENTIEL

Pourquoi déterminer une concentration massique ?

Les analyses sanguines et d'urines permettent d'établir un diagnostic sur l'état de santé d'un patient, ou alors, dans le cadre de la lutte antidopage dans le sport de compétition, de détecter la présence de substances dopantes chez certains sportifs. Au cours de ces analyses, on détermine les concentrations massiques de certaines espèces chimiques et **on les compare à des valeurs de référence** (**fig. 1**).

Exemple

Extrait d'une analyse sanguine

espèces chimiques	concentrations trouvées	valeurs de référence (VR)
URÉE *urease CINE 37°*	0,32 g/l	(VR : 0,17 à 0,54)
ACIDE URIQUE *uricase point final 37°*	55 mg/l	(VR : 40 à 60)
CHOLESTÉROL TOTAL *détermination enzymatique point final 37 °C*	**2,83 g/l**	(VR : 1,40 à 2,00)

Fig. 1

Doser une espèce chimique

Doser une espèce chimique consiste à **déterminer par l'expérience la concentration inconnue de l'espèce**. Il existe différentes méthodes de dosages à la disposition du chimiste. On utilisera la méthode consistant à déterminer la concentration à l'aide d'une **gamme d'étalonnage**.

Dosage à l'aide d'une échelle de teintes

● Concentration et intensité de coloration

Cette méthode s'applique uniquement lorsque l'espèce chimique à doser donne une coloration à la solution. On compare la couleur de plusieurs solutions aqueuses d'une même espèce colorée et de concentrations différentes. La couleur de la solution est d'autant plus intense que la concentration de l'espèce chimique colorée est grande. L'ensemble des solutions colorées de concentrations connues s'appelle une **échelle de teintes** (**fig. 2**).

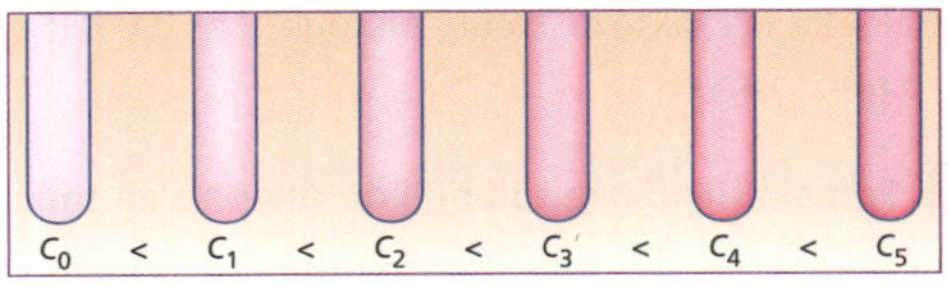

Fig. 2

INFO

Pour préparer une échelle de teintes, on dilue une solution colorée mère de concentration connue afin de préparer toute une série de solutions filles.

● Méthode de dosage

Étape 1. Mettre dans un tube à essai une solution colorée de concentration inconnue C et comparer sa couleur avec celles des solutions d'une échelle de teintes déjà préparée.

Étape 2. Rechercher les deux solutions de l'échelle de teintes dont les intensités de coloration encadrent celle de concentration inconnue (**fig. 3**).

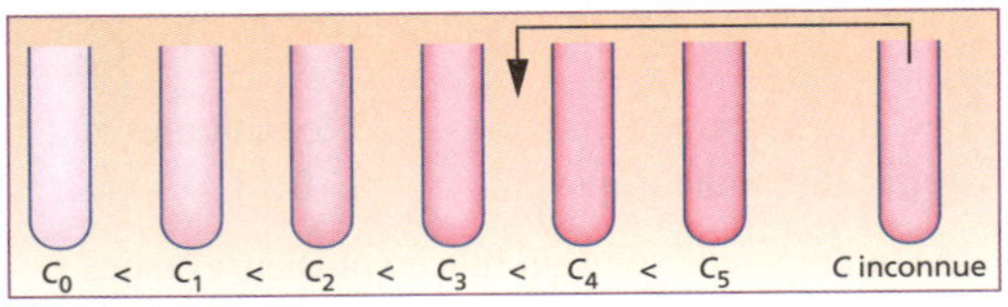

Fig. 3

Étape 3. En déduire un encadrement de la concentration C inconnue : $C_3 < C < C_4$.

Dosage à l'aide d'une courbe d'étalonnage

● Concentration et conductance

On mesure pour différentes solutions de concentrations connues une grandeur physique, la **conductance**, qui a la propriété d'être proportionnelle à la concentration massique.

INFO

- La **conductance** est une grandeur qui nous indique la capacité d'un corps à conduire le courant électrique. Elle a pour symbole G et se mesure en siemens (S). Plus un corps est conducteur d'électricité et plus la valeur de G est grande.
- Les liquides contenant des ions sont des **conducteurs** du courant électrique. La conductance G d'un liquide ionique est proportionnelle à la concentration massique du soluté ionique qui a été dissous : $G = k \times C_m$ avec G en S, C_m en $g \cdot L^{-1}$ et k en $S \cdot L \cdot g^{-1}$.

● Méthode de dosage

Étape 1. Tracer la courbe de la grandeur physique G mesurée en fonction de la concentration massique : c'est la **courbe d'étalonnage** (**fig. 4**). On constate que la courbe tracée est une **droite passant par l'origine** ce qui confirme la relation de proportionnalité entre la grandeur physique G et la concentration massique.

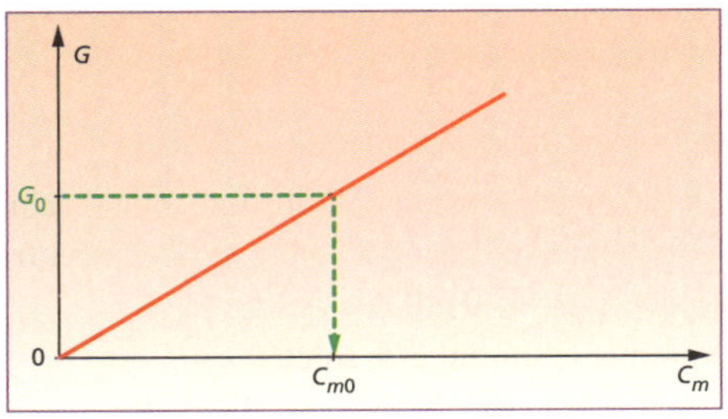

Fig. 4

Étape 2. Mesurer la grandeur physique G_0 associée à la solution de concentration massique inconnue.

Étape 3. Reporter la mesure sur l'axe des ordonnées et repérer le point de la courbe associé, puis lire l'abscisse correspondante : c'est la concentration massique C_{m0} recherchée.

LA MÉTHODE

Déterminer une concentration massique inconnue par des mesures de masses volumiques

Étape 1. Préparer 8 solutions aqueuses de glucose par dilution d'une solution mère de concentration C_{m0} égale à 100 g·L^{-1}. Pour chaque solution de concentration C_{m1} fixée et de même volume V_1 égal à 50 mL, on calcule le volume V_0 de la solution mère à utiliser pour préparer la solution fille :

$V_0 = \dfrac{C_{m1} \times V_1}{C_{m0}}$ (voir chapitre 3).

Solution	S_1	S_2	S_3	S_4	S_5	S_6	S_7	S_8
V_0 (mL)	5	10	15	20	25	30	35	40
C_{m1} (g·L^{-1})	10	20	30	40	50	60	70	80

Étape 2. Mesurer les masses respectives des 8 solutions.

Solution	S_1	S_2	S_3	S_4
m_1 (g)	50,5	51,0	51,5	52,0
Solution	S_5	S_6	S_7	S_8
m_1 (g)	52,5	53,0	53,5	54,0

Étape 3. Calculer les masses volumiques respectives des 8 solutions en divisant les masses mesurées par V_1 converti en L : $V_1 = 50$ mL $= 0{,}050$ L.

Solution	S_1	S_2	S_3	S_4
ρ_1 (g·L^{-1})	1 010	1 020	1 030	1 040
Solution	S_5	S_6	S_7	S_8
ρ_1 (g·L^{-1})	1 050	1 060	1 070	1 080

Étape 4. Tracer la courbe d'étalonnage $\rho = f(C_m)$ (en rouge sur la figure 5).

Étape 5. Mesurer la masse volumique ρ' de la solution aqueuse de glucose de concentration C_m' inconnue et déterminer graphiquement la valeur de C_m'. Pour $\rho' = 1\,045$ g·L^{-1}, on trouve graphiquement (en vert sur la figure 5) : $C_m' = 45$ g·L^{-1}.

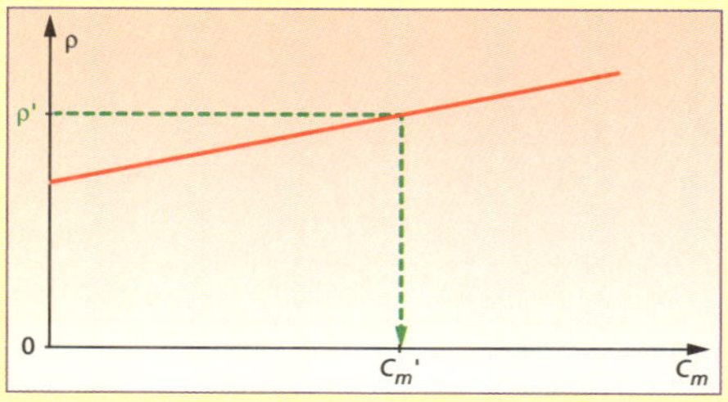

Fig. 5

S'ENTRAÎNER

1 QUIZ

Vrai ou faux ? Cocher la case qui convient.

- **a.** Doser, c'est trouver par le calcul une concentration inconnue. V ☐ F ☐
- **b.** On fabrique une échelle de teintes par dissolution. V ☐ F ☐
- **c.** La conductance est inversement proportionnelle à la concentration massique. V ☐ F ☐
- **d.** La courbe $G = f(C_m)$ est une droite qui passe par l'origine. V ☐ F ☐
- **e.** Une gamme d'étalonnage peut être représentée par $\rho = f(C_m)$. V ☐ F ☐

2 **Échelle de teintes**

On réalise l'échelle de teintes d'une solution de sulfate de cuivre.

Trouver un encadrement de la concentration de la solution S.

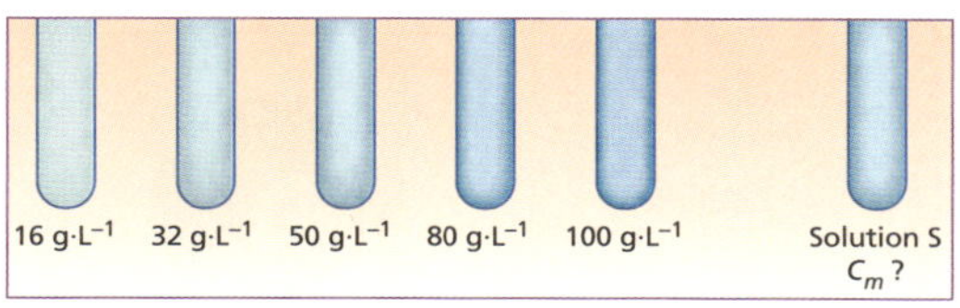

3 **Dosage d'une solution de chlorure de sodium**

Par des mesures de conductance, on réalise la courbe d'étalonnage d'une série de solutions de chlorure de sodium.

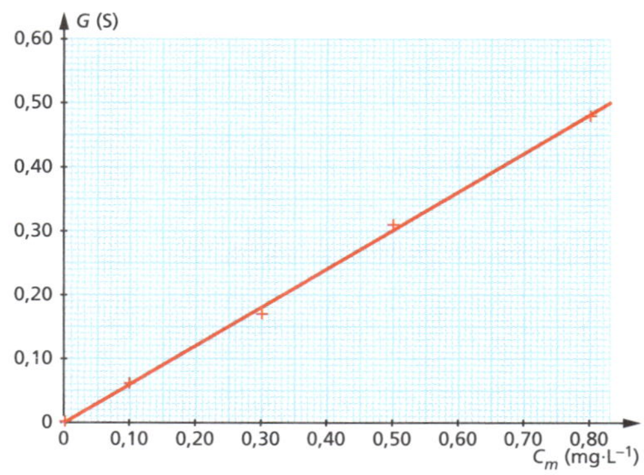

1. Quelle courbe a-t-on obtenue ?

2. Quelle relation mathématique relie G et C_m ?

3. La mesure de la conductance d'une solution de chlorure de sodium donne : $G' = 0{,}25$ S. Quelle est la concentration massique de cette solution ?

PHYS.-CHIMIE

5 De l'entité chimique à l'espèce chimique

L'ESSENTIEL

De l'ion à l'espèce chimique ionique

● Un ion **monoatomique** est obtenu lorsqu'un atome gagne ou perd un ou plusieurs électrons. Lors de la formation de l'ion, le noyau reste inchangé : il garde le même nombre de protons et de neutrons.

››› Un **anion** porte une charge électrique négative : l'atome gagne un ou plusieurs électrons.

››› Un **cation** porte une charge électrique positive : l'atome perd un ou plusieurs électrons.

INFO

Un électron porte une **charge électrique élémentaire** négative notée –e.

Exemples

Atome	Électrons gagnés ou perdus	Formule de l'ion	Charge portée par l'ion
Cl	1 gagné	Cl^-	–e (anion)
O	2 gagnés	O^{2-}	–2e (anion)
Na	1 perdu	Na^+	+e (cation)
Mg	2 perdus	Mg^{2+}	+2e (cation)

● Une **espèce chimique ionique** est composée d'un cation et d'un anion. Les proportions des deux ions doivent être telles que l'espèce soit électriquement neutre.

INFO

Les espèces chimiques doivent respecter l'**électroneutralité de la matière** : elles portent globalement une charge électrique nulle.

Exemples

Espèce chimique ionique	Cation	Anion	Formule de l'espèce
chlorure de sodium	Na^+	Cl^-	NaCl
chlorure de magnésium	Mg^{2+}	Cl^-	$MgCl_2$

Les espèces chimiques atomiques

Une **espèce chimique atomique** est composée uniquement d'un seul et même atome. Elle est électriquement neutre.

Exemples

Espèce chimique atomique	Atome	Formule de l'espèce
graphite	carbone	C
soufre natif	soufre	S

Les espèces chimiques moléculaires

● Une **espèce chimique moléculaire** est composée de molécules. Elle est électriquement neutre.

● Une **molécule** est formée d'un nombre limité d'atomes qui effectuent entre eux des liaisons.

● La **formule brute** d'une molécule renseigne sur la nature et le nombre de ses atomes.

Exemples

Espèce chimique moléculaire	Composition en atomes	Formule brute de la molécule
eau	2 atomes d'hydrogène H + 1 d'oxygène O	H_2O
dioxyde de carbone	2 atomes d'oxygène O + 1 de carbone C	CO_2
méthane	1 atome de carbone C + 4 d'hydrogène H	CH_4
ammoniac	1 atome d'azote N + 3 d'hydrogène H	NH_3

● Une **molécule** peut être modélisée par un modèle moléculaire : chaque atome est modélisé par une boule de couleur et de taille déterminées (rouge pour l'oxygène, blanc pour l'hydrogène, noir pour le carbone, bleu pour l'azote…). Ces boules sont liées entre elles pour réaliser des molécules.

Exemples

Espèce chimique moléculaire	Modèle moléculaire
eau	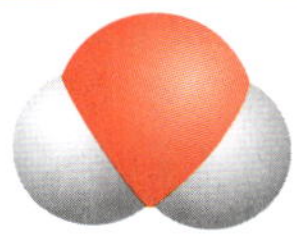
dioxyde de carbone	
méthane	
ammoniac	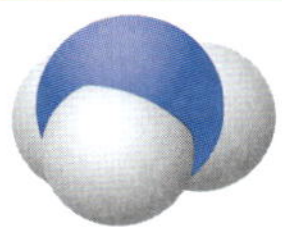

LA MÉTHODE

Identifier des ions monoatomiques et déterminer la formule d'un solide ionique à partir de ses ions constitutifs

● Certains ions monoatomiques peuvent être identifiés en solution aqueuse grâce à un test chimique.

Ion à tester	Cu^{2+}	Zn^{2+}	Fe^{2+}	Fe^{3+}	Cl^-
Ion réactif	OH^-	OH^-	OH^-	OH^-	Ag^+
Observation	formation d'un précipité bleu	formation d'un précipité blanc	formation d'un précipité vert	formation d'un précipité rouille	formation d'un précipité blanc noircissant à la lumière

››› Étape 1. Dissoudre l'espèce chimique ionique inconnue dans de l'eau, puis effectuer les tests ci-dessus. Les ions ainsi identifiés sont les ions fer (II) Fe^{2+} et chlorure Cl^-.

Ion réactif	OH^-	Ag^+
Observation		

››› Étape 2. Déterminer la formule du solide ionique en respectant l'électroneutralité de la matière. L'ion fer (II) Fe^{2+} porte deux charges positives et l'ion chlorure Cl^- en porte une négative. Il faut donc un ion fer (II) pour deux ions chlorure afin de respecter l'électroneutralité. La formule du solide ionique est donc : **$FeCl_2$**.

● De même, on peut déterminer la formule de différents solides ioniques.

Cation identifié	Cu^{2+}	Zn^{2+}	Fe^{3+}
Anion identifié	Cl^-	Cl^-	Cl^-
Formule du solide ionique	$CuCl_2$	$ZnCl_2$	$FeCl_3$

S'ENTRAÎNER

1 QUIZ

Vrai ou faux ? Cocher la case qui convient.

a. Un cation porte une ou plusieurs charges positives. V ☐ F ☐

b. Un atome perdant des électrons se transforme en anion. V ☐ F ☐

c. La formule SO_4^{2-} correspond à celle d'une molécule. V ☐ F ☐

d. Une molécule de formule C_2H_6O possède 6 atomes d'oxygène. V ☐ F ☐

e. Le dihydrogène H_2 est une espèce chimique atomique. V ☐ F ☐

2 **Formule d'un solide ionique**

On dissout un solide ionique dans de l'eau puis on réalise les tests chimiques suivants :

Ion réactif	OH^-	Ag^+
Observation		

Trouver la formule du solide ionique qui a été dissous.

3 **Formule et nature d'une espèce chimique**

Compléter le tableau suivant en déterminant la formule de l'espèce chimique à partir de ses composants puis en indiquant sa nature : moléculaire, atomique ou ionique.

Constituants	**Formule**	**Nature de l'espèce chimique**
Ag^+ et Cl^-		
1 atome de Fe		
Fe^{2+} et SO_4^{2-}		
2 atomes de C et 6 atomes de H		
Al^{3+} et OH^-		

4 **Formule et composition d'une molécule**

1. Une molécule est composée de 4 atomes de carbone C, 10 atomes d'hydrogène H et 2 atomes d'oxygène O. Donner sa formule.

2. Déterminer la composition en atomes de la molécule de formule $C_8H_{18}O_3$.

6 L'atome et son noyau

L'ESSENTIEL

Composition d'un atome

● L'**atome** est assimilable à une sphère dont le diamètre est de l'ordre de 10^{-10} m. L'atome est constitué d'un **noyau** chargé positivement (sphère de diamètre de l'ordre de 10^{-15} m), autour duquel sont localisés des **électrons** (**fig. 1**).

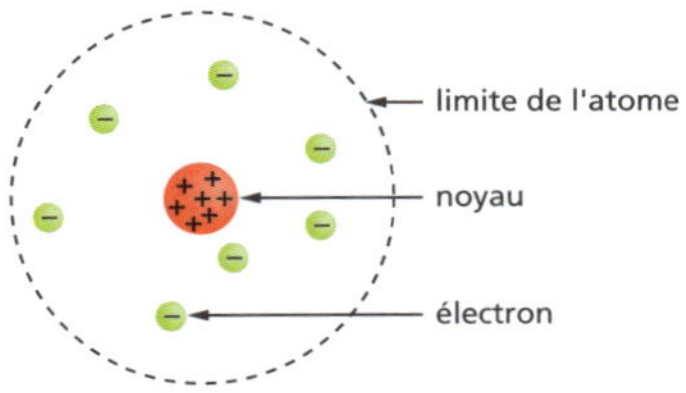

Fig. 1

● Les électrons sont des particules élémentaires de **charge électrique élémentaire** négative notée **– e**, qui vaut $-1,6 \times 10^{-19}$ C (l'unité de la charge électrique est le coulomb de symbole C). La masse d'un électron est égale à $9,1 \times 10^{-31}$ kg.

● Chaque type d'atomes possède un nombre d'électrons qui lui est **propre**.

Exemples

Atome d'hydrogène H	Atome de carbone C	Atome d'oxygène O
1 électron	6 électrons	8 électrons

Composition du noyau de l'atome

● Le noyau de l'atome est composé de deux sortes de particules : les **protons** et les **neutrons**. Ces deux particules sont appelées des **nucléons**. Elles ont la même masse. Le neutron est électriquement neutre tandis que le proton porte une charge électrique positive, égale à l'opposé de celle de l'électron.

	Masse (kg)	Charge électrique (C)
neutron	$1,67 \times 10^{-27}$	0
proton	$1,67 \times 10^{-27}$	$e = 1,6 \times 10^{-19}$ C

● Le nombre de protons est appelé **numéro atomique** ou nombre de charges. Il est noté Z.

● Le nombre de neutrons est noté N. Le nombre total de nucléons est noté A. On a la relation :

$$\boxed{A = Z + N}$$

● Le **symbole du noyau** d'un atome de symbole X, de nombre de nucléons A et de numéro atomique Z est le suivant :

$$\boxed{{}^{A}_{Z}\mathrm{X}}$$

Exemples

Atome d'hydrogène H	Atome de carbone C	Atome d'oxygène O
1 proton	6 protons	8 protons
0 neutron	6 neutrons	9 neutrons
${}^{1}_{1}\mathrm{H}$	${}^{12}_{6}\mathrm{C}$	${}^{17}_{8}\mathrm{O}$

Propriétés de l'atome

● L'atome est **électriquement neutre** : la charge électrique portée par le noyau est égale à l'opposé de la charge électrique portée par l'ensemble des électrons de l'atome.

● Par conséquent, le nombre de protons dans le noyau est **égal** au nombre d'électrons autour du noyau.

Exemples

Atome d'hydrogène H	Atome de carbone C	Atome d'oxygène O
${}^{1}_{1}\mathrm{H}$	${}^{12}_{6}\mathrm{C}$	${}^{17}_{8}\mathrm{O}$
1 électron	6 électrons	8 électrons

● L'essentiel de la masse de l'atome **se concentre dans son noyau**. En effet, si on calcule le rapport de la masse du proton à celle de l'électron :

$$\frac{m(\text{proton})}{m(\text{électron})} = 1\,836$$

on constate que la masse du proton est 1 836 fois plus grande que celle de l'électron.

INFO

La masse de l'atome est égale à celle de son noyau. On peut négliger la masse des électrons.

$m(\text{atome}) = A \times m(\text{nucléon})$

Exemples

Masse de l'atome d'hydrogène ${}^{1}_{1}\mathrm{H}$:

$m(\mathrm{H}) = 1 \times 1,67 \times 10^{-27} = 1,67 \times 10^{-27}$ kg

Masse de l'atome de carbone ${}^{12}_{6}\mathrm{C}$:

$m(\mathrm{C}) = 12 \times 1,67 \times 10^{-27} = 2,00 \times 10^{-26}$ kg

● L'atome a une **structure lacunaire** : il est essentiellement constitué de vide. En effet, si on calcule le rapport du diamètre de l'atome à celui de son noyau :

$$\frac{D(\text{atome})}{D(\text{noyau})} = 10^{5}$$

on constate que le diamètre de l'atome est 100 000 fois plus grand que celui de son noyau.

LA MÉTHODE

Écrire un nombre en notation scientifique et comparer des grandeurs

● La notation scientifique

Un nombre exprimé en notation scientifique s'écrit de la façon suivante : $N = A \times 10^n$ avec A un nombre décimal supérieur ou égal à 1 et strictement inférieur à 10 ; n un entier relatif (positif, négatif ou nul).

● Les chiffres significatifs

Il s'agit du nombre de chiffres utilisés pour écrire le coefficient A en notation scientifique.

Notation décimale	Notation scientifique	Nombre de chiffres significatifs
124,500	$1{,}24500 \times 10^2$	6
0,002	2×10^{-3}	1

Le chiffre zéro est significatif quand il est placé à droite du nombre : on doit le conserver dans l'écriture du nombre en notation scientifique. Une mesure est d'autant plus précise que la grandeur mesurée possède un plus grand nombre de chiffres significatifs.

● Comparer des grandeurs

On veut comparer $L_1 = 60$ cm et $L_2 = 60$ m.

Étape 1. Écrire les deux grandeurs dans la même unité et en notation scientifique.

$L_1 = 60 \text{ cm} = 0{,}60 \text{ m} = 6{,}0 \times 10^{-1} \text{ m}$

$L_2 = 60 \text{ m} = 6{,}0 \times 10^1 \text{ m}$

Étape 2. Calculer le rapport de la plus grande sur la plus petite des valeurs.

$$\frac{L_2}{L_1} = \frac{6{,}0 \times 10^1}{6{,}0 \times 10^{-1}} = \frac{10^1}{10^{-1}} = 10^{1+1} = 10^2 = 100$$

La longueur L_2 est donc 100 fois plus grande que la longueur L_1.

S'ENTRAÎNER

1 QUIZ

Vrai ou faux ? Cocher la case qui convient.

a. Il y a autant d'électrons que de neutrons dans un atome. V ☐ F ☐

b. Le noyau de l'atome est composé d'électrons et de protons. V ☐ F ☐

c. Un noyau de symbole ^3_1H possède 2 neutrons et un proton. V ☐ F ☐

d. Le symbole d'un noyau de carbone avec 6 protons et 8 neutrons est : $^{14}_6\text{C}$. V ☐ F ☐

e. Un noyau possédant 8 protons et 9 neutrons est tel que $A = 1$. V ☐ F ☐

2 Étude de l'atome d'azote

Un atome d'azote N a un numéro atomique Z égal à 7 et un nombre A égal à 14.

1. Donner la composition de son noyau ainsi que le symbole du noyau.

2. Calculer la masse totale des électrons en kg.

3. Calculer la masse du noyau en kg.

4. Comparer les deux masses calculées précédemment. Quelle approximation peut-on faire pour le calcul de la masse de l'atome ?

3 La composition des atomes

Déterminer la composition en protons, neutrons et électrons des atomes suivants.

Atome	béryllium	carbone	sodium
Symbole de l'atome	Be	C	Na
Symbole du noyau	^8_4Be	$^{12}_6\text{C}$	$^{23}_{11}\text{Na}$
Atome	**phosphore**	**chlore**	**cuivre**
Symbole de l'atome	P	Cl	Cu
Symbole du noyau	$^{31}_{15}\text{P}$	$^{35}_{17}\text{Cl}$	$^{65}_{29}\text{Cu}$

4 Étude de l'atome de chlore

Un atome de chlore Cl a un numéro atomique Z égal à 17 et un nombre A égal à 18.

1. Calculer la charge électrique de son noyau.

2. Calculer la charge électrique totale des électrons de l'atome.

3. Calculer la charge électrique de l'atome. Que peut-on constater ?

5 Composition de l'atome d'oxygène

Le noyau de l'atome d'oxygène a une masse égale à $2{,}672 \times 10^{-26}$ kg et une charge électrique égale à $1{,}28 \times 10^{-18}$ C.

1. Déterminer le nombre de protons dans le noyau de l'atome d'oxygène.

2. En déduire le nombre d'électrons autour de ce noyau.

3. Déterminer le nombre de neutrons dans ce noyau.

POUR VOUS AIDER

Seuls les protons portent une charge électrique dans le noyau.

7 Répartition des électrons dans un atome

L'ESSENTIEL

Le modèle des couches électroniques

● Pour les atomes dont le numéro atomique Z est inférieur à 18, les électrons se répartissent entre **3 couches électroniques** associées à un nombre entier noté n et appelé nombre quantique. Chaque couche peut contenir un nombre limité d'électrons.

Nombre quantique	$n = 1$	$n = 2$	$n = 3$
Nombre maximal d'électrons	2	8	18

● Les couches sont subdivisées en sous-couches qui sont caractérisées par une lettre : s ou p. Une **sous-couche s** peut accueillir **2 électrons** au maximum tandis qu'une **sous-couche p** peut accueillir **6 électrons** au maximum.

$n = 1$	sous-couche 1s	
$n = 2$	sous-couche 2s	sous-couche 2p
$n = 3$	sous-couche 3s	sous-couche 3p

INFO

• La couche $n = 3$ possède une autre sous-couche, notée 3d, mais qui n'intervient pas pour des atomes tels que Z soit inférieur à 18.
• Si une couche contient un nombre d'électrons égal au maximum, elle est dite **saturée**.
• La dernière couche sur laquelle se trouvent des électrons est appelée **couche de valence**.

● **Les règles de remplissage par les électrons**

››› La première sous-couche à se remplir est la sous-couche 1s ; une fois la sous-couche 1s remplie avec deux électrons, la sous-couche 2s commence à se remplir ;

››› Les sous-couches se remplissent dans l'ordre suivant :

1s 2s 2p 3s 3p

››› Une sous-couche commence à se remplir seulement si les précédentes sont remplies.

● La **configuration électronique d'un atome** est notée en mentionnant les sous-couches et le nombre d'électrons présents dans chaque sous-couche.

Exemples

Atome	Numéro atomique Z	Configuration électronique	Couche de valence
carbone	6	$1s^2\ 2s^2\ 2p^2$	$n = 2$
sodium	11	$1s^2\ 2s^2\ 2p^6\ 3s^1$	$n = 3$

Le tableau périodique des éléments

Un élément chimique est caractérisé par son numéro atomique Z. La classification périodique des éléments est composée de 18 colonnes et de 7 lignes appelées **périodes**. Au sein de la classification, les éléments chimiques sont classés par **numéro atomique croissant**. Une nouvelle période commence à chaque fois qu'une nouvelle couche électronique commence à se remplir (**fig. 1**).

INFO

En classe de seconde, on se **limitera** aux éléments chimiques de numéro atomique inférieur ou égal à 18, ce qui constitue les trois premières lignes de la classification.

Utilisation du tableau périodique

● **Déterminer le nombre d'électrons de valence**

La position de l'élément dans la classification périodique permet de trouver le nombre d'électrons de valence de l'atome.

N° colonne	1	2	13	14	15	16	17	18
Nombre d'électrons de valence	1	2	3	4	5	6	7	8

● **Identifier les familles d'éléments chimiques**

Tous les éléments appartenant à une même colonne constituent une **famille** d'éléments chimiques. Les éléments d'une même famille possèdent une couche de valence identique, c'est-à-dire que ces couches possèdent le même nombre d'électrons externes. Cette structure externe commune confère des propriétés chimiques analogues aux éléments d'une même famille.

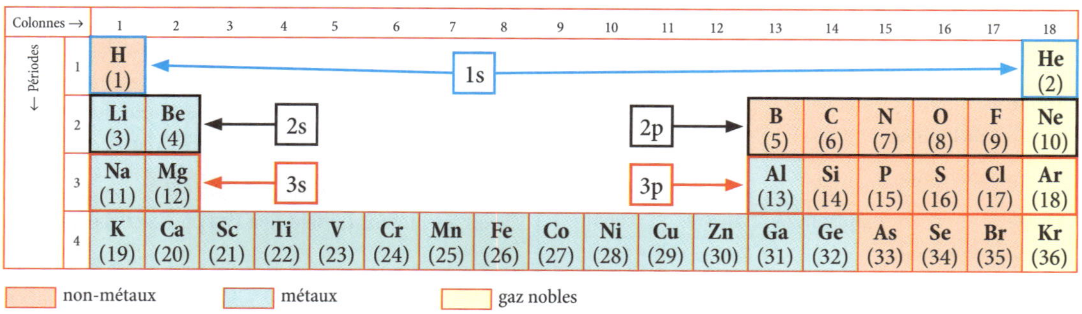

Fig. 1

PHYS.-CHIMIE

LA MÉTHODE

Étudier une famille d'éléments chimiques

- La famille des **halogènes** est constituée des éléments de la 17e colonne. Ses représentants sont le fluor (F), le chlore (Cl), le brome (Br) et l'iode (I).

Élément	Configuration électronique
fluor	$1s^2\ 2s^2\ 2p^5$
chlore	$1s^2\ 2s^2\ 2p^6\ 3s^2\ 3p^5$
brome	$1s^2\ 2s^2\ 2p^6\ 3s^2\ 3p^6\ 3d^{10}\ 4s^2\ 4p^5$
iode	$1s^2\ 2s^2\ 2p^6\ 3s^2\ 3p^6\ 3d^{10}\ 4s^2\ 4p^6\ 4d^{10}\ 5s^2\ 5p^5$

On constate que la couche électronique de valence de tous ces atomes possède **7 électrons**.

- **Expérience**

Dans un tube à essais (**fig. 2**), on mélange à un réactif contenant un ion halogénure (chlorure : Cl^-, bromure : Br^-, iodure : I^-), quelques gouttes de nitrate d'argent (solution contenant les ions argent Ag^+).

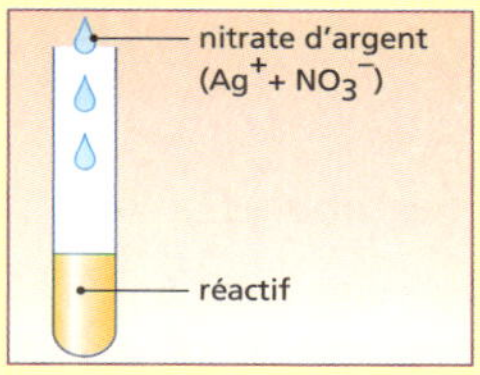

Fig. 2

Réactif	Observation (fig. 2)	Équation bilan
chlorure de potassium	formation d'un précipité blanc de chlorure d'argent	$Ag^+ + Cl^- \longrightarrow AgCl$
bromure de potassium	formation d'un précipité blanc de bromure d'argent	$Ag^+ + Br^- \longrightarrow AgBr$
iodure de potassium	formation d'un précipité jaune d'iodure d'argent	$Ag^+ + I^- \longrightarrow AgI$

Conclusion : les ions halogénures réagissent tous de la même façon avec les ions argent. Il s'agit donc d'une propriété chimique commune aux halogènes.

S'ENTRAÎNER

1 QUIZ

Vrai ou faux ? Cocher la case qui convient.

a. La configuration électronique d'un atome peut être : $1s^2\ 2s^2\ 2p^4\ 3s^1$. V ☐ F ☐

b. La configuration électronique du bore ($Z = 5$) est : $1s^2\ 2s^2\ 2p^1$. V ☐ F ☐

c. Le soufre ($Z = 16$) possède 4 électrons sur sa couche de valence. V ☐ F ☐

d. Le lithium ($1s^2\ 2s^1$) et le sodium ($1s^2\ 2s^2\ 2p^6\ 3s^1$) appartiennent à la même colonne. V ☐ F ☐

e. Les éléments d'une même ligne possèdent des propriétés chimiques analogues. V ☐ F ☐

2 Configuration électronique des atomes

Donner la configuration électronique des atomes suivants et préciser le nombre d'électrons sur leur couche de valence :
N ($Z = 7$) ; Na ($Z = 11$) ; Si ($Z = 14$) ; Ar ($Z = 18$).

3 La famille du phosphore

L'élément chimique de numéro atomique 15 est le phosphore. Le noyau d'un atome de phosphore possède 16 neutrons.

1. Trouver la période et la colonne de cet élément.

2. Quel est le nombre A du noyau de phosphore ?

3. Parmi les éléments suivants, trouver ceux qui appartiennent à la même famille que le phosphore :
hydrogène H ($Z = 1$) ; bore B ($Z = 5$) ;
azote N ($Z = 7$) ; silicium Si ($Z = 14$) ;
chlore Cl ($Z = 17$) ; arsenic As ($Z = 33$).

4. Combien d'électrons se trouvent sur la couche de valence des atomes de la famille du phosphore ?

4 À la recherche d'un élément chimique

On considère l'élément chimique de numéro atomique $Z = 16$.

1. Déterminer la configuration électronique de l'atome de cet élément.

2. Trouver le nom de cet élément et la position de sa famille dans la classification périodique.

3. Quel est l'élément chimique de cette famille dont le numéro atomique est le plus petit ?

POUR VOUS AIDER

Les éléments chimiques sont rangés par numéro atomique croissant dans la classification périodique.

8 Stabilité des entités chimiques

L'ESSENTIEL

Stabilité des gaz nobles

- Les gaz nobles constituent une **famille** d'éléments chimiques, celle occupant la 18e colonne de la classification. Ce sont des espèces chimiques à l'état gazeux dans les conditions normales de température et de pression ($\theta = 0$ °C ; $p = 1$ bar). Leurs particules constitutives sont des atomes : les gaz nobles ont une structure atomique.

- Les gaz nobles ont la particularité de ne pas réagir avec d'autres espèces chimiques ; ils ont une **grande stabilité chimique**. La configuration électronique de leurs atomes est donnée dans le tableau suivant.

Atome	Numéro atomique Z	Configuration électronique	Couche de valence
hélium	2	$1s^2$	$n = 1$
néon	10	$1s^2\ 2s^2\ 2p^6$	$n = 2$
argon	18	$1s^2\ 2s^2\ 2p^6\ 3s^2\ 3p^6$	$n = 3$

L'hélium a une **configuration électronique en duet** : 2 électrons sur la couche de valence. Le néon et l'argon ont une **configuration électronique en octet** : 8 électrons sur la couche de valence.

La règle du duet et de l'octet

Les atomes cèdent, captent ou mettent en commun des électrons de leur couche de valence avec d'autres atomes afin d'acquérir la **configuration électronique stable** en duet ou en octet des atomes de gaz nobles.

Formation des ions monoatomiques

Les atomes, en perdant ou en captant des électrons, se transforment en **ions monoatomiques** ayant une configuration électronique en duet ou en octet.

Exemples

Atome	Al ($Z = 13$)	F ($Z = 9$)
Configuration électronique	$1s^2\ 2s^2\ 2p^6\ 3s^2\ 3p^1$	$1s^2\ 2s^2\ 2p^5$
Électrons perdus ou gagnés	3 perdus	1 gagné
Ion	Al^{3+}	F^-
Configuration électronique	$1s^2\ 2s^2\ 2p^6$	$1s^2\ 2s^2\ 2p^6$
Atome de gaz noble similaire	Ne ($Z = 10$)	Ne ($Z = 10$)

Schéma de Lewis d'une molécule

Une **molécule** est un assemblage de plusieurs atomes. Ces atomes forment au sein de la molécule des liaisons chimiques qui assurent la stabilité de l'édifice moléculaire. Ces liaisons mettent en jeu les électrons des couches électroniques de valence des atomes (dernière couche électronique occupée).

- **La liaison chimique covalente**

Une liaison chimique covalente **simple** entre deux atomes correspond à la mise en commun par chacun des atomes d'**un** électron périphérique (c'est-à-dire appartenant à la couche de valence).

> **INFO**
> Deux atomes peuvent réaliser des liaisons multiples :
> – une liaison **double** : chaque atome met en commun **deux** électrons périphériques ;
> – une liaison **triple** : chaque atome met en commun **trois** électrons périphériques.

- **Les doublets électroniques**

Les électrons périphériques des atomes sont groupés par paires appelées doublets électroniques. Il existe deux types de doublets : les **doublets liants** qui constituent les liaisons chimiques covalentes et sont partagés entre les atomes liés ; les **doublets non liants** qui appartiennent à un seul atome.

- **Représentation de Lewis d'une molécule**

››› Les atomes d'une molécule réalisent des liaisons covalentes (simple, double ou triple) avec d'autres atomes afin d'acquérir une structure en duet ou en octet. La représentation de Lewis d'une molécule fait apparaître les atomes ainsi que les doublets liants et non liants. Par convention, un atome est représenté par son symbole ; un doublet liant, par un trait entre les symboles des deux atomes liés ; un doublet non liant, par un trait à côté du symbole de l'atome auquel il appartient.

››› **Règle de construction** : chaque atome, par les liaisons covalentes réalisées, doit acquérir une structure en duet ou en octet.

Exemple

Cas d'une molécule diatomique de formule AB

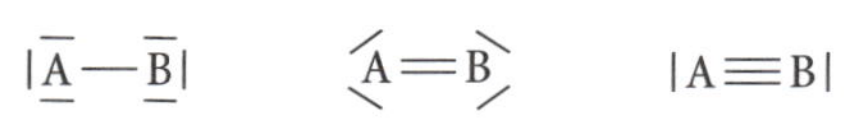

Liaison simple — Liaison double — Liaison triple

LA MÉTHODE

Déterminer la charge électrique d'ions monoatomiques à partir de la classification périodique

● Les atomes vont **perdre ou gagner des électrons** afin d'acquérir la structure électronique en duet ou en octet de l'atome de gaz noble le plus proche dans la classification périodique des éléments. La position de ces atomes dans la classification permet de prévoir la charge électrique qui sera portée par l'ion monoatomique formé.

››› Les atomes des colonnes 1, 2 et 13 vont perdre des électrons afin d'obtenir la structure électronique de l'atome de gaz noble placé sur la **ligne précédente**.

››› Les atomes des colonnes 15, 16 et 17 vont gagner des électrons afin d'obtenir la structure électronique de l'atome de gaz noble placé sur la **même ligne**.

››› Les atomes de la colonne 14 ne forment **pas d'ions monoatomiques**.

● **Application**

››› Le bore se trouve dans la 13e colonne : il va perdre 3 électrons afin d'avoir la configuration électronique en duet de l'hélium He. Sa formule est B^{3+} et sa charge électrique est égale à 3e.

››› L'oxygène se trouve dans la 16e colonne : il va gagner 2 électrons afin d'avoir la configuration électronique en octet du néon Ne. Sa formule est O^{2-} et sa charge électrique est égale à – 2e.

Décrire et exploiter le schéma de Lewis d'une molécule

● Les atomes dans une molécule réalisent des liaisons covalentes de manière à acquérir une **configuration électronique en duet ou octet**. Un atome ayant une configuration en duet possède un doublet liant tandis qu'un atome ayant une configuration en octet possède quatre doublets liants ou non liants suivant les cas.

● **Application**

On considère le schéma de Lewis de la molécule ci-contre. L'atome d'hydrogène possède un doublet liant (configuration en duet). L'atome d'oxygène possède deux doublets liants et deux doublets non liants (configuration en octet). L'atome de chlore possède un doublet liant et trois doublets non liants (configuration en octet).

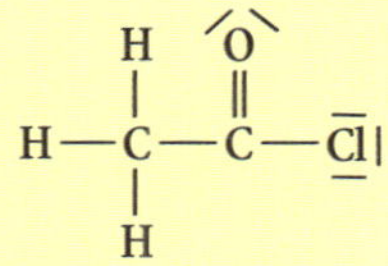

S'ENTRAÎNER

1 QUIZ

Vrai ou faux ? Cocher la case qui convient.

a. Les atomes de gaz nobles ont une très grande réactivité chimique. V ☐ F ☐
b. La configuration électronique $1s^2\ 2s^2$ correspond à une configuration en duet. V ☐ F ☐
c. Une configuration en octet signifie qu'il y a 8 électrons sur la couche de valence. V ☐ F ☐
d. L'ion Cl^+ peut exister. V ☐ F ☐
e. L'ion Na^+ possède une configuration électronique en octet. V ☐ F ☐

2 Configuration électronique des ions monoatomiques

Déterminer la configuration électronique et le nom des ions suivants : H^+ ($Z = 1$) ; Na^+ ($Z = 11$) ; K^+ ($Z = 19$) ; Ca^{2+} ($Z = 20$) ; Mg^{2+} ($Z = 12$) ; F^- ($Z = 9$) ; Cl^- ($Z = 17$).

3 À la recherche d'un ion

La configuration électronique d'un atome de soufre S est : $1s^2\ 2s^2\ 2p^6\ 3s^2\ 3p^4$.

1. Combien d'électrons possède cet atome sur sa couche de valence ?

2. Trouver la formule de l'ion monoatomique que peut donner cet atome en justifiant.

3. À quelle colonne de la classification doit appartenir le soufre ?

4 Stabilité des atomes dans une molécule

On considère les représentations de Lewis des deux molécules suivantes.

Justifier la stabilité de chacun des atomes présents dans ces molécules.

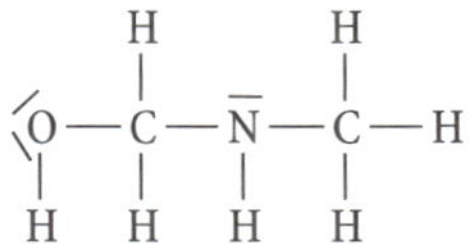

Molécule A

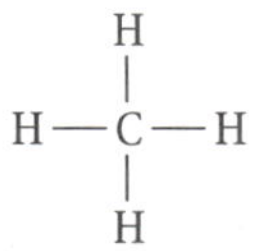

Molécule B

9 Comptage des entités chimiques dans un échantillon de matière

L'ESSENTIEL

Les échantillons de matière manipulés par le chimiste contiennent un très grand nombre d'entités : plusieurs milliards de milliards. On définit une grandeur permettant de rendre compte du nombre d'entités contenues dans un échantillon de matière, et adaptée à notre échelle : la quantité de matière.

Masse d'une entité chimique

On peut calculer la **masse d'une entité chimique** à partir de sa formule brute et de la connaissance des masses des atomes qui la composent.

Exemple Détermination de la masse de la molécule de dioxyde de carbone CO_2
- Masse d'un atome de carbone C : $m_C = 2,0 \times 10^{-26}$ kg
- Masse d'un atome d'oxygène O : $m_O = 2,7 \times 10^{-26}$ kg
- Masse de la molécule de dioxyde de carbone :

$$m_{CO_2} = m_C + 2 \times m_O = 2,0 \times 10^{-26} + 2 \times 2,7 \times 10^{-26} = 7,4 \times 10^{-26} \text{ kg}$$

Quantité de matière

● La quantité de matière n d'un échantillon est une grandeur directement proportionnelle au nombre N d'entités constituant l'échantillon. L'unité de quantité de matière est la **mole** de symbole mol.

● La relation entre le nombre N d'entités et le nombre n de moles est la suivante :

$N = n \times N_A$ avec n est en moles (mol) et N sans unité.

N_A est la **constante d'Avogadro** exprimée en mol^{-1}. Elle donne le nombre d'entités présentes par mole d'échantillon : $N_A = 6,02 \times 10^{23}$ mol^{-1}.

INFO
Une mole d'entités (atome, molécule, ion…) contient un nombre d'entités égal à $6,02 \times 10^{23}$.

Relation entre la masse et la quantité de matière (pour aller plus loin)

● La **masse molaire d'un atome** est égale à la masse d'une mole de ces atomes. Son unité est le gramme par mole ($g{\cdot}mol^{-1}$). Elle est fournie dans la classification périodique des éléments.

Atome	Masse molaire
hydrogène	$M_H = 1,0$ $g{\cdot}mol^{-1}$
carbone	$M_C = 12,0$ $g{\cdot}mol^{-1}$
sodium	$M_{Na} = 23,0$ $g{\cdot}mol^{-1}$
chlore	$M_{Cl} = 35,5$ $g{\cdot}mol^{-1}$

● La **masse molaire d'un ion monoatomique** est égale à la masse molaire de l'atome associé car on peut négliger la masse des électrons perdus ou gagnés.

Exemples
- Masse molaire de l'ion sodium Na^+ :
$M_{Na^+} = M_{Na} = 23,0$ $g{\cdot}mol^{-1}$
- Masse molaire de l'ion chlorure Cl^- :
$M_{Cl^-} = M_{Cl} = 35,5$ $g{\cdot}mol^{-1}$

● La **masse molaire d'une molécule** est égale à la somme des masses molaires des atomes constitutifs de la molécule.

Exemple Masse molaire du méthane CH_4 :
$M_{CH_4} = M_C + 4\,M_H = 12,0 + 4 \times 1,0 = 16,0$ $g{\cdot}mol^{-1}$

● La relation entre la masse m d'un échantillon de matière de masse molaire M et la quantité de matière n est la suivante :

$m = n \times M$ avec m masse en g ; n quantité de matière en mol ; M masse molaire en $g{\cdot}mol^{-1}$.

Exemple Calcul de la masse d'un échantillon contenant 2,5 moles de méthane CH_4 :
$m = n \times M_{CH_4} = 2,5 \times 16,0 = 40$ g.

INFO
Pour calculer la quantité de matière n à partir de la masse m de l'échantillon, on applique la formule : $n = \dfrac{m}{M}$

LA MÉTHODE

Prélever une quantité de matière n d'une espèce chimique solide de masse molaire M (pour aller plus loin)

Calculer la masse correspondante : $m = n \times M$ puis prélever la masse calculée à l'aide d'une balance (**fig. 1**).

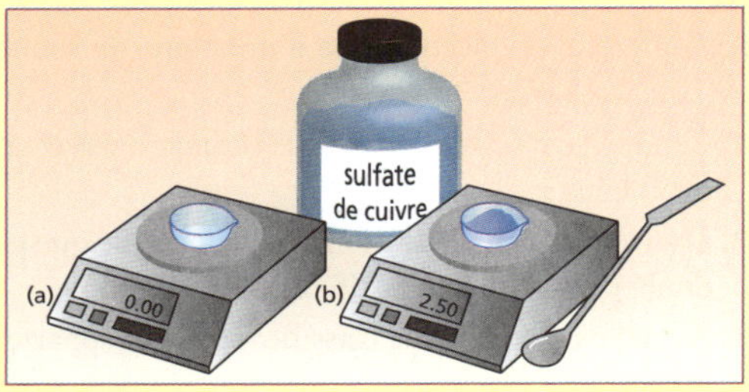

Fig. 1

Déterminer la quantité de matière contenue dans un échantillon (pour aller plus loin)

On désire déterminer la quantité d'eau $n(H_2O)$ (nombre de moles) correspondant à un échantillon d'eau pure de volume V égal à 10,0 mL.

Étape 1. Verser un volume suffisant de liquide dans un bécher.

Étape 2. Prélever à l'aide d'une pipette jaugée le volume V de 10,0 mL d'eau pure (**fig. 2 et 3**).

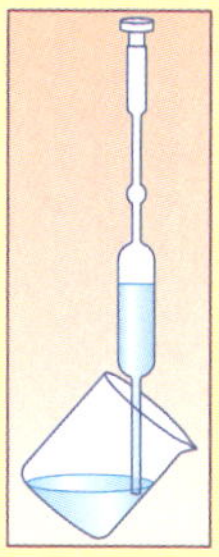

Fig. 2 Prélèvement du volume désiré

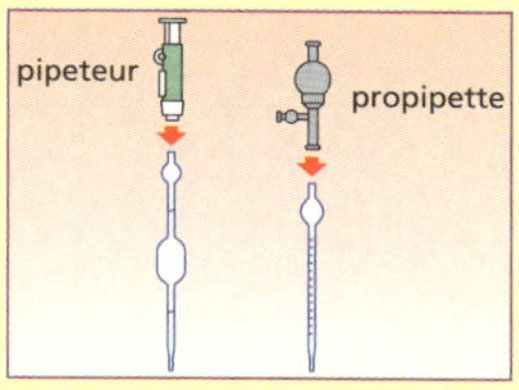

Fig. 3 Pipette jaugée ou graduée

Étape 3. Verser le volume prélevé dans un récipient sec (bécher par exemple) préalablement pesé, et mesurer la masse $m(H_2O)$ du liquide (**fig. 4**). La mesure donne : $m(H_2O) = 10{,}0$ g.

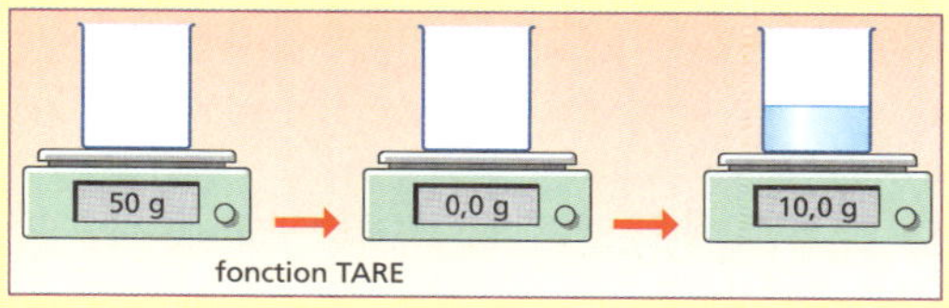

Fig. 4

Étape 4. Calculer la masse molaire de l'eau M_{H_2O} ($M_H = 1{,}0\ g \cdot mol^{-1}$; $M_O = 16{,}0\ g \cdot mol^{-1}$) :

$M_{H_2O} = 2 \times M_H + M_O = 2 \times 1{,}0 + 16{,}0 = 18{,}0\ g \cdot mol^{-1}$

Étape 5. Calculer la quantité de matière $n(H_2O)$ contenue dans l'échantillon.

$$n(H_2O) = \frac{m(H_2O)}{M_{H_2O}}$$

$$n(H_2O) = \frac{10{,}0}{18{,}0} = 0{,}555 \text{ mol}$$

PHYS.-CHIMIE

S'ENTRAÎNER

1 QUIZ

Vrai ou faux ? Cocher la case qui convient.

a. Dans 2 mol, on trouve $1{,}204 \times 10^{24}$ entités chimiques. V ☐ F ☐

b. La relation pour trouver un nombre d'entités s'écrit : $N = \frac{n}{N_A}$. V ☐ F ☐

c. La masse molaire a pour unité la mole par gramme. V ☐ F ☐

d. La relation entre la masse et la quantité de matière s'écrit $n = m \times M$. V ☐ F ☐

e. La masse molaire atomique est égale à la masse d'une mole d'atomes. V ☐ F ☐

2 Calcul de masses molaires

Calculer les masses molaires des entités chimiques suivantes.

Nom	butane	ion hydrogène	ion sulfate
Formule	C_4H_{10}	H^+	SO_4^{2-}

Données : $M_C = 12{,}0\ g \cdot mol^{-1}$; $M_H = 1{,}0\ g \cdot mol^{-1}$; $M_O = 16{,}0\ g \cdot mol^{-1}$; $M_S = 32{,}1\ g \cdot mol^{-1}$.

POUR VOUS AIDER

La masse molaire moléculaire est égale à la somme des masses molaires atomiques.

3 Étude d'un échantillon de carbone

Sachant que 120,0 g de carbone représentent 10,0 mol de carbone, calculer :

1. la masse molaire du carbone ;

2. le nombre d'atomes de carbone contenus dans l'échantillon ;

3. la masse d'un atome de carbone.

4 Dosage d'une solution de chlorure de sodium

On désire préparer une solution aqueuse de chlorure de sodium NaCl en dissolvant une masse de 30,0 g de ce solide dans un volume d'eau égal à 50,0 mL.

Données : $M_{NaCl} = 58{,}5\ g \cdot mol^{-1}$; $M_{H_2O} = 18{,}0\ g \cdot mol^{-1}$; $\rho(H_2O) = 1\ 000\ g \cdot L^{-1}$.

1. Quelle quantité de matière de chlorure de sodium a-t-on dissoute ?

2. Quelle quantité de matière d'eau a-t-on utilisée ?

POUR VOUS AIDER

La quantité de matière d'un échantillon est égale au rapport de sa masse sur la masse molaire de l'espèce chimique qui le constitue.

10 Les transformations physiques

L'ESSENTIEL

Transformation physique ou chimique ?

● Un système peut être le siège d'une transformation physique ou chimique.

››› Si la composition chimique du système reste inchangée, il s'agit d'une **transformation physique** (exemple : fusion de la glace).

››› Si la composition chimique du système change (apparition et disparition d'espèces chimiques), il s'agit d'une **transformation chimique** (exemple : combustion du bois).

● Les **changements d'état d'un corps** (**fig. 1**) sont des transformations physiques. Les températures de changement d'état sont caractéristiques des espèces chimiques (voir chapitre 2).

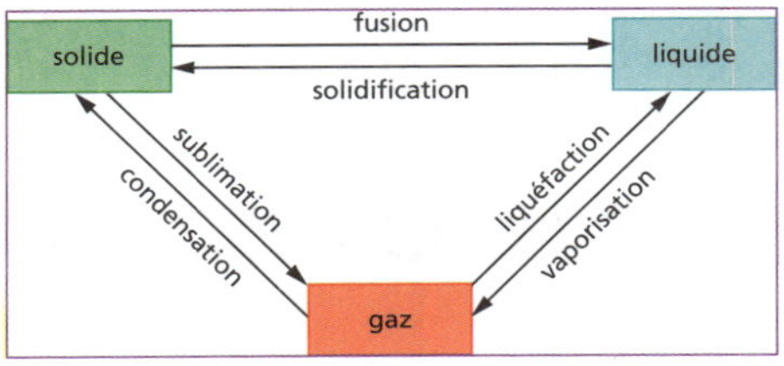

Fig. 1

INFO

Les températures de changement d'état d'un corps pur sont égales deux à deux :
$\theta_{fusion} = \theta_{solidification}$; $\theta_{vaporisation} = \theta_{liquéfaction}$;
$\theta_{sublimation} = \theta_{condensation}$.

Exemples

• Pour l'eau H_2O :
$\theta_{fusion} = 0$ °C ; $\theta_{vaporisation} = 100$ °C.
• Pour l'éthanol C_2H_6O :
$\theta_{fusion} = -114$ °C ; $\theta_{vaporisation} = 79$ °C.

● On peut établir une **équation** pour un changement d'état.

Exemples

Fusion de l'eau : $H_2O_{(s)} \rightarrow H_2O_{(l)}$
Condensation de l'eau : $H_2O_{(g)} \rightarrow H_2O_{(s)}$

● Les changements d'état d'un corps sont modélisés à l'**échelle microscopique** par une modification de l'organisation entre les particules (**fig. 2**).

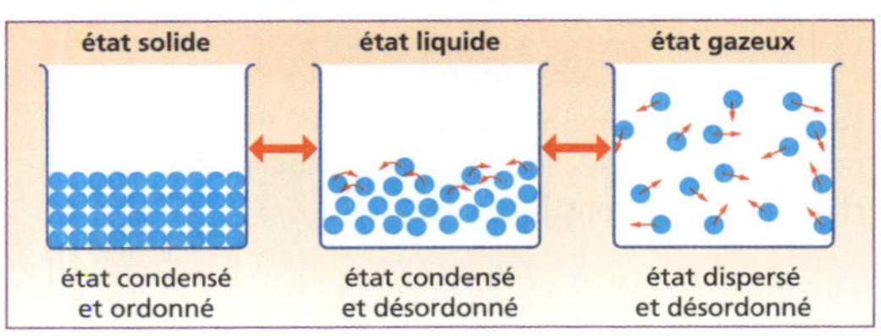

Fig. 2

● La **fusion** d'un corps et la **dissolution** d'un corps sont deux transformations physiques différentes car, à l'échelle microscopique, l'organisation entre les particules est différente (**fig. 3**).

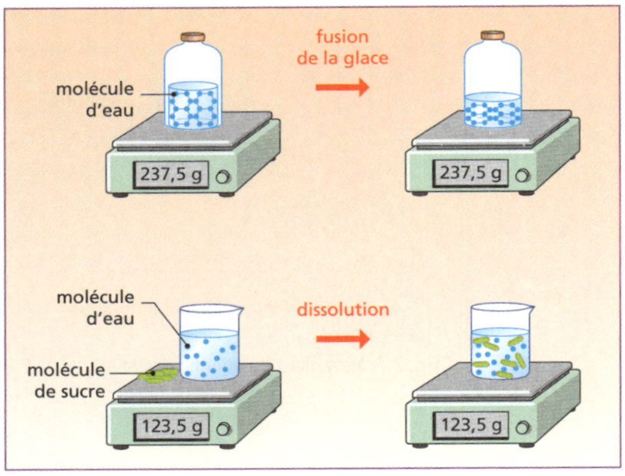

Fig. 3

Transformations endothermiques et exothermiques

● Un système est le lieu d'une transformation **exothermique** si au cours de la transformation le système fournit de l'énergie thermique à l'extérieur.

Exemples

La solidification et la liquéfaction sont des transformations exothermiques car elles fournissent de l'énergie thermique à l'extérieur.

● Un système est le lieu d'une transformation **endothermique** si au cours de la transformation le système reçoit de l'énergie thermique venant de l'extérieur.

Exemples

La fusion et la vaporisation sont des transformations endothermiques car elles ont besoin d'énergie thermique venant de l'extérieur pour pouvoir avoir lieu.

Énergie de changement d'état

● L'**énergie massique de changement d'état** d'un corps, notée L, est égale à l'énergie à fournir ou qui est dégagée au cours du changement d'état d'une masse égale à un kilogramme de ce corps. Elle a pour unité le **joule par kilogramme** (**J·kg^{-1}**).

● L'**énergie de changement d'état** notée Q d'un corps est égale à l'énergie à fournir ou qui est dégagée au cours du changement d'état d'une masse quelconque m de ce corps. Elle a pour unité le **joule** (**J**). On a la formule :

$$Q = m \times L.$$

INFO

L'énergie est comptée **positivement** si la transformation est endothermique et **négativement** si la transformation est exothermique.

LA MÉTHODE

Étudier un changement d'état

Étape 1. Préparer un échantillon de glace d'une masse m égale à 50 g et mesurer l'évolution de la température de l'échantillon au cours de la fusion.

t (min)	0	1,0	2,0	3,0	4,0	5,0	6,0	7,0
θ (°C)	–5,0	–4,0	–3,0	–2,1	–1,3	0	0	0
t (min)	8,0	9,0	10,0	11,0	12,0	13,0	14,0	15,0
θ (°C)	0	0	0	1,2	2,4	3,6	4,5	5,3

Étape 2. Tracer la courbe $\theta = f(t)$.

On constate (**fig. 4**) que la température reste constante et égale à 0 °C durant tout le changement d'état, tant que coexistent les phases solide et liquide.

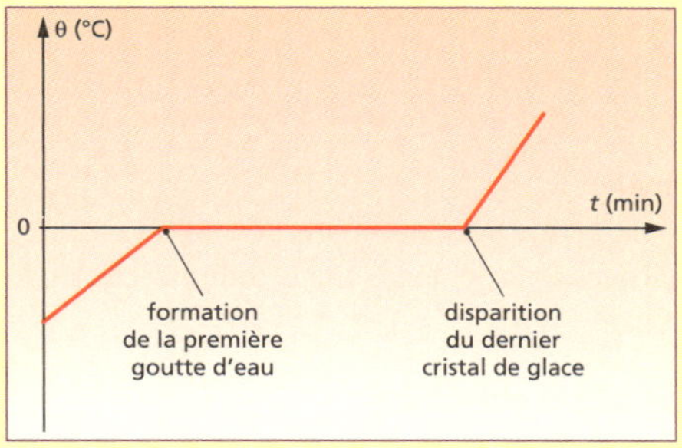

Fig. 4

Étape 3. Calculer l'énergie Q qui a été nécessaire pour faire fondre l'échantillon de glace sachant que $L_{fusion} = 3,34 \times 10^5 \text{ J}\cdot\text{kg}^{-1}$ pour l'eau.

(Penser à convertir la masse en kilogrammes : $50 \text{ g} = 50 \times 10^{-3} \text{ kg} = 0,050 \text{ kg}$.)

$Q = m \times L_{fusion} = 0,050 \times 3,34 \times 10^5 = 1,7 \times 10^4 \text{ J}$.

Cette énergie est **positive** car la transformation est **endothermique** : le système a reçu de l'énergie thermique de la part de l'extérieur.

Remarque : On peut aussi calculer l'énergie Q' qui aurait été nécessaire pour solidifier un échantillon d'eau de même masse sachant que :

$L_{solidification} = -L_{fusion} = -3,34 \times 10^5 \text{ J}\cdot\text{kg}^{-1}$.

$Q' = m \times L_{solidification} = 0,050 \times (-3,34) \times 10^5$

$= -1,7 \times 10^4 \text{ J}$.

Cette énergie est **négative** car la transformation est **exothermique** : le système a cédé de l'énergie thermique à l'extérieur.

S'ENTRAÎNER

1 QUIZ

Vrai ou faux ? Cocher la case qui convient.

a. Au cours d'une transformation physique, des espèces chimiques disparaissent. V ☐ F ☐

b. Au cours d'une vaporisation, on passe d'un état condensé et désordonné à un état dispersé et désordonné. V ☐ F ☐

c. La condensation est une transformation endothermique. V ☐ F ☐

d. Les températures de fusion et de solidification sont différentes. V ☐ F ☐

e. L'énergie de changement d'état a pour formule : $Q = \frac{L}{m}$. V ☐ F ☐

2 Transformation physique ou non ?

Pour chaque cas, dire s'il s'agit ou non d'une transformation physique.

1. Mettre en poudre du saccharose (sucre de canne).

2. Faire bouillir de l'eau liquide.

3. Allumer une bougie.

4. Réaliser la chromatographie d'un colorant.

5. Brûler un papier.

6. Déboucher une canalisation à l'aide d'un déboucheur liquide à la soude.

3 Étude d'un changement d'état

Dans une étuve, on réalise le changement d'état d'un échantillon d'éthanol suivant : passage de l'état liquide à l'état de gaz.

1. Quel est le nom de ce changement d'état ?

2. Est-ce que l'on est passé d'un état ordonné à un état désordonné ?

3. La transformation est-elle exothermique ou endothermique ?

4 Énergie et masse

On réalise la solidification d'un échantillon liquide dont la masse est égale à 600 g. L'énergie massique du corps est égale à $L_{solidification} = -1,5 \times 10^5 \text{ J}\cdot\text{kg}^{-1}$.

1. Quel est le nom du changement d'état inverse ?

2. Déterminer l'énergie de changement d'état Q.

3. Le système a-t-il perdu ou gagné de l'énergie au cours du changement d'état ?

11 Les transformations chimiques

L'ESSENTIEL

Une transformation chimique a lieu lorsque des espèces chimiques initialement présentes disparaissent (les **réactifs**) et de nouvelles espèces chimiques apparaissent (les **produits**).

Le système chimique

● Un **système chimique** est constitué par l'ensemble des espèces chimiques présentes dans le milieu réactionnel : les réactifs n'ayant pas encore réagi, les produits formés et les autres espèces chimiques présentes qui ne participent pas à la réaction.

● **Étude d'une transformation chimique**
Dans un tube à essais, on ajoute de la soude (qui contient des ions sodium Na^+ et des ions hydroxyde HO^-) à une solution aqueuse de sulfate de cuivre (qui contient des ions cuivre (II) Cu^{2+} et des ions sulfate SO_4^{2-}) (**fig. 1**).

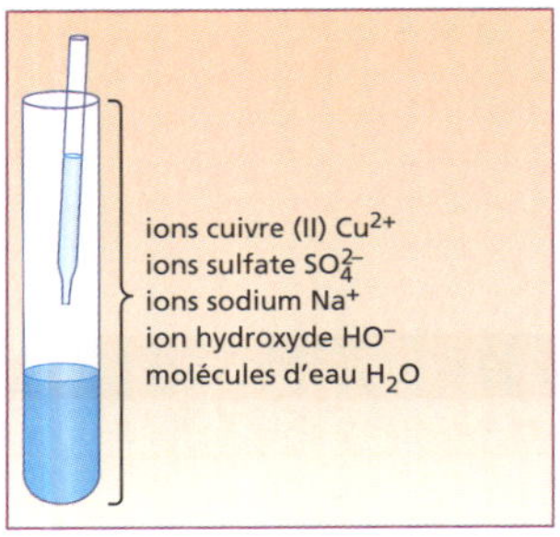

Fig. 1 Système chimique au début

Tous les ions hydroxyde introduits réagissent avec les ions cuivre (II) pour former un précipité bleu d'hydroxyde de cuivre $Cu(OH)_2$ (**fig. 2**).

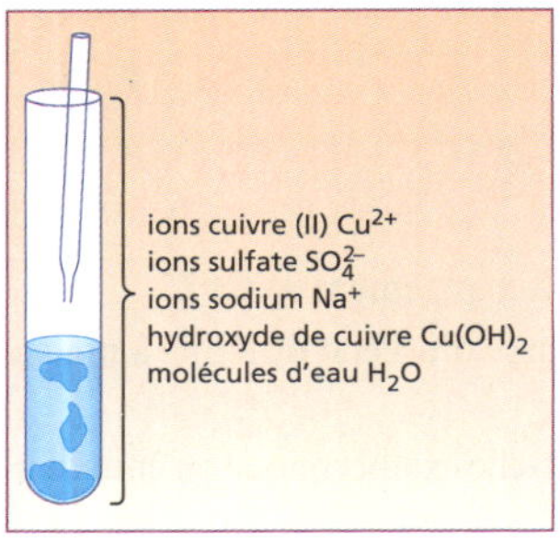

Fig. 2 Système chimique à la fin

● Pour **décrire l'état d'un système chimique**, il faut préciser :
– les différentes espèces présentes ;
– leur état physique : solide (s), liquide (l), gazeux (g) ou en solution aqueuse (aq) ;
– leur quantité de matière ;
– la température notée θ (exprimée en °C) et la pression p (exprimée en pascals).

● **Définition de la réaction chimique**
Lorsque le système chimique **se limite aux réactifs et aux produits**, la transformation chimique est appelée réaction chimique.

Exemple

Pour la transformation précédente, le système chimique se réduit à :

Système chimique au début	Système chimique à la fin
ions cuivre (II) Cu^{2+} ions hydroxydes HO^-	ions cuivre (II) Cu^{2+} hydroxyde de cuivre $Cu(OH)_2$

INFO

Les espèces chimiques qui n'interviennent pas dans la réaction et qui sont néanmoins présentes sont appelées **espèces spectatrices**.

Exemple

Pour la transformation précédente, les espèces spectatrices sont : les ions sulfate, sodium et les molécules d'eau.

L'équation chimique

● L'**équation chimique** indique dans quelles proportions les quantités de matière des réactifs disparaissent et les quantités de matière des produits sont formées.

● **Lois de conservation au cours d'une réaction chimique**
1. Les **éléments chimiques** sont conservés.
2. Les **quantités de matière** associées à chaque élément chimique sont conservées.
3. La **charge électrique** totale portée par les réactifs est égale à la charge électrique totale portée par les produits.

● Les **coefficients stœchiométriques** sont les coefficients numériques placés devant les formules des réactifs et des produits. Ils indiquent dans quelles proportions les réactifs disparaissent et les produits sont formés. **Ajuster une équation chimique** consiste à trouver les coefficients stœchiométriques qui permettent de respecter les lois de conservation.

Exemples

Combustion du carbone :
$C_{(s)} + O_{2(g)} \rightarrow CO_{2(g)}$
Combustion du méthane :
$CH_{4(g)} + 2\,O_{2(g)} \rightarrow CO_{2(g)} + 2\,H_2O_{(l)}$
Corrosion du fer par l'acide chlorhydrique :
$Fe_{(s)} + 2\,H^+_{(aq)} \rightarrow Fe^{2+}_{(aq)} + H_{2(g)}$
Action d'un acide sur le calcaire :
$CO^{2-}_{3(aq)} + 2\,H^+_{(aq)} \rightarrow CO_{2(g)} + H_2O_{(l)}$
Action de l'acide chlorhydrique sur l'hydroxyde de sodium :
$OH^-_{(aq)} + H^+_{(aq)} \rightarrow H_2O_{(l)}$

LA MÉTHODE

Étude expérimentale d'une transformation chimique

● Le carbone brûle dans l'air : il s'agit d'une **réaction de combustion** entre le carbone et le dioxygène de l'air. Pour rendre l'expérience plus spectaculaire, on réalise la réaction dans un récipient contenant du dioxygène pur. Après l'expérience, on réalise deux tests (voir chapitre 2).

››› **Test à l'eau de chaux** : l'eau de chaux se trouble dans le flacon. On en déduit qu'il y a du dioxyde de carbone après la réaction.

››› **Test de la baguette incandescante** : on plonge une baguette incandescente et elle s'éteint immédiatement, ce qui signifie que tout le dioxygène a disparu.

● On peut alors déterminer la composition du système chimique avant et après réaction (**fig. 3 et 4**). Le dioxygène est le **réactif limitant** car il a complètement disparu du système chimique à la fin.

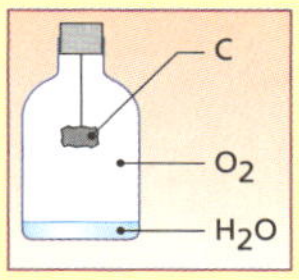

Fig. 3 Système chimique au début : atomes de carbone C ; molécules de dioxygène O_2

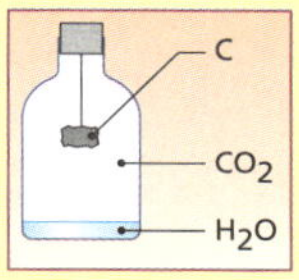

Fig. 4 Système chimique à la fin : atomes de carbone C ; molécules de dioxyde de carbone CO_2

● **Effet thermique de la transformation**

On enregistre l'évolution de la température au cours de la transformation à l'aide d'une sonde de température couplée à un système informatisé d'acquisition des données (**fig. 5**).

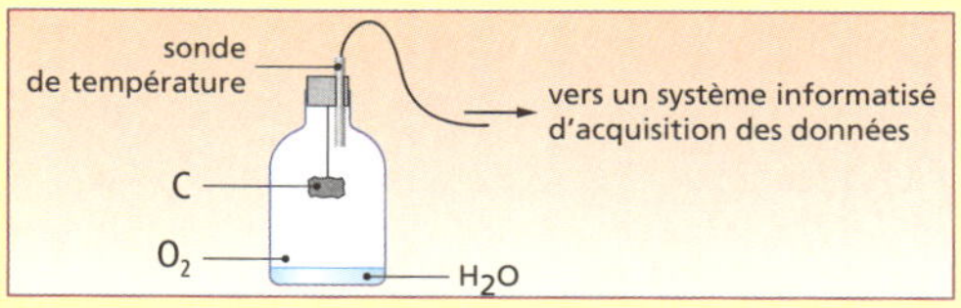

Fig. 5

L'évolution de la température (**fig. 6**) montre que le système chimique s'échauffe au cours de la transformation : il y a eu un dégagement d'énergie thermique (**transformation exothermique**).

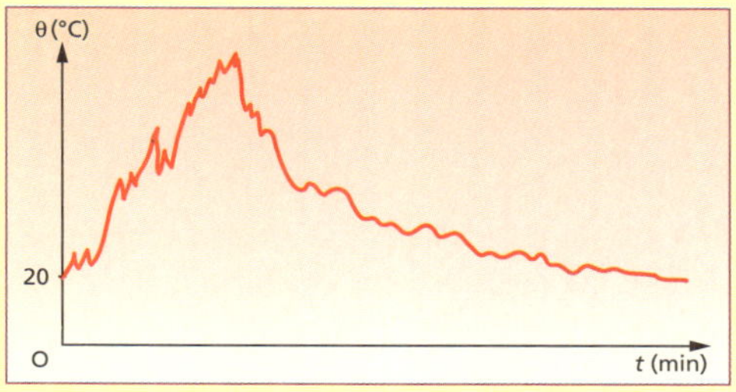

Fig. 6

S'ENTRAÎNER

1 QUIZ **Vrai ou faux ? Cocher la bonne réponse.**

a. Une transformation chimique est exothermique si la température augmente. V ☐ F ☐

b. L'équation chimique suivante est bien ajustée :
$Fe_{(s)} + O_{2(g)} \rightarrow FeO_{2(s)}$ V ☐ F ☐

c. Au cours d'une réaction chimique, les éléments chimiques ne sont pas conservés. V ☐ F ☐

d. L'équation chimique de la combustion du méthane s'écrit :
$CH_{4(g)} + O_{2(g)} \rightarrow CO_{2(g)} + H_2O_{(l)}$ V ☐ F ☐

e. Le réactif limitant est celui qui a été totalement consommé à la fin de la réaction. V ☐ F ☐

2 Ajuster des équations bilan

Ajuster les équations bilan suivantes :

1. $C_6H_{12}O_{6(s)} + O_{2(g)} \rightarrow CO_{2(g)} + H_2O_{(l)}$

2. $Zn_{(s)} + H^+_{(aq)} \rightarrow Zn^{2+}_{(aq)} + H_{2(g)}$

3. $Fe_{(s)} + O_{2(g)} \rightarrow Fe_2O_{3(s)}$

3 Identifier les réactifs et les produits

Dans son état initial, un système chimique est constitué de méthane, de dioxygène et de diazote. À l'état final, on constate que le système est constitué d'eau, de dioxyde de carbone, de dioxygène en plus petite quantité et de diazote en même quantité.

1. Identifier les produits de la transformation.

2. Quels sont les réactifs pour cette transformation ?

3. Quelle est l'espèce chimique spectatrice ?

4 Étude du test à l'eau de chaux

Le test à l'eau de chaux permet d'identifier la présence de dioxyde de carbone gazeux : il se forme dans l'eau de chaux un précipité blanc. L'eau de chaux est une solution aqueuse contenant des ions calcium $Ca^{2+}_{(aq)}$ et des ions hydroxyde $HO^-_{(aq)}$.

1. Le dioxyde de carbone gazeux réagit avec l'eau, et il se produit des ions hydrogénocarbonate $HCO_3{}^-{}_{(aq)}$ ainsi que des ions hydrogène $H^+{}_{(aq)}$. Écrire l'équation chimique de la réaction du dioxyde de carbone avec l'eau.

2. Les ions hydrogénocarbonate réagissent avec l'eau pour former des ions carbonate $CO^{2-}_{3(aq)}$ et des ions oxonium $H_3O^+_{(aq)}$. Écrire l'équation chimique de cette réaction.

3. Les ions carbonate réagissent avec les ions calcium pour former un solide blanc : le carbonate de calcium de formule $CaCO_{3(s)}$. Écrire l'équation chimique de la réaction.

12 Synthèse d'une espèce chimique présente dans la nature

L'ESSENTIEL

La synthèse d'une espèce chimique en laboratoire s'effectue en 4 étapes :

1. prélèvement des réactifs ;
2. transformation chimique ;
3. isolement du produit synthétisé ;
4. identification de l'espèce chimique synthétisée.

Le prélèvement des réactifs

● Le chimiste va réaliser un mélange réactionnel en prélevant des quantités de matière de réactifs qu'il s'est fixé. Il doit au préalable effectuer un calcul afin de **déterminer la masse ou le volume de réactif à prélever** (voir chapitre 9).

● Si le réactif est un **solide** de masse molaire M, la masse m à mesurer pour obtenir n mol de réactif est égale à : $m = n \times M$ avec m en g, n en mol et M en $g \cdot mol^{-1}$.

● Si le réactif est un **liquide** de masse volumique ρ, le volume V à mesurer pour obtenir n mol de réactif est égal à : $V = \dfrac{n \times M}{\rho}$ avec V en L, n en mol, M en $g \cdot mol^{-1}$ et ρ en $g \cdot L^{-1}$.

La transformation chimique

● La synthèse d'une espèce chimique se fait au cours d'une transformation chimique. Un montage souvent utilisé en laboratoire est le **montage à reflux** (**fig. 1**).

● Le chauffe-ballon augmente la température du milieu réactionnel, ce qui permet d'**accélérer la transformation** chimique (les synthèses sont souvent très lentes à température ambiante). Le condenseur à eau évite les pertes en réactifs et produits car les espèces vaporisées se condensent et retombent en goutte liquide dans le mélange réactionnel.

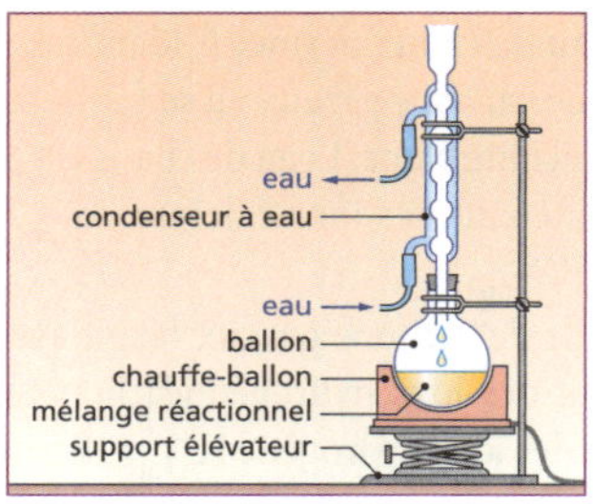

Fig. 1 Montage à reflux

INFO

On ne peut pas différencier une espèce chimique de synthèse de la même espèce chimique d'origine naturelle.

L'isolement du produit de la synthèse

Une fois la synthèse achevée, le produit désiré se trouve **mélangé avec d'autres espèces** chimiques qui peuvent être d'autres produits, des réactifs non consommés ou alors des espèces spectatrices. Il faut donc l'isoler afin de pouvoir le récupérer.

● **Isolement d'un produit de synthèse solide**

On peut réaliser une **filtration sous vide** (**fig. 2**) qui permet de séparer le produit solide du milieu réactionnel liquide.

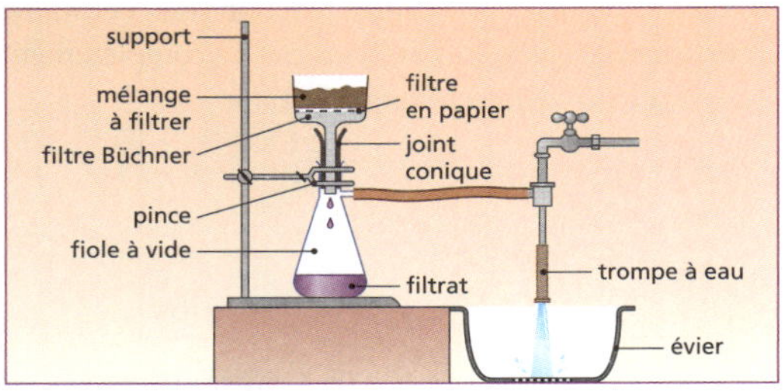

Fig. 2 Filtration sous vide

● **Isolement d'un produit de synthèse liquide**

››› On réalise une **extraction liquide-liquide**. Elle peut être utilisée si le produit synthétisé est plus soluble dans un solvant donné à la différence des autres espèces chimiques. Si la réaction a été réalisée en solution aqueuse, il faut choisir **un solvant extracteur non miscible avec l'eau et où l'espèce chimique synthétisée est plus soluble**.

››› L'extraction est réalisée à l'aide d'une **ampoule à décanter** (**fig. 3**). Le mélange des deux liquides est hétérogène et la phase supérieure est occupée par le liquide dont la densité est la plus faible.

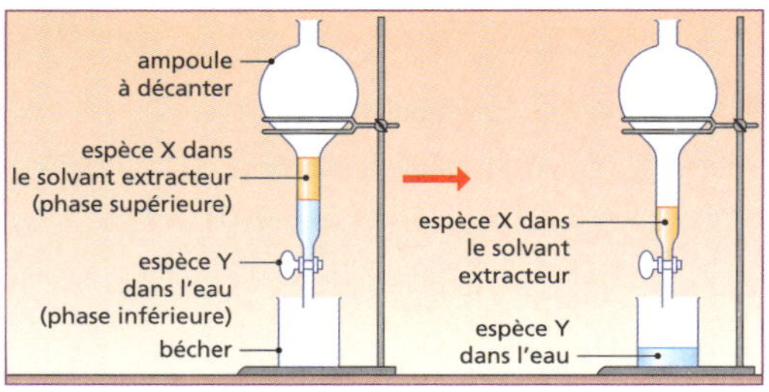

Fig. 3 Extraction liquide-liquide

L'identification du produit de la synthèse

Une fois le produit isolé, il faut l'identifier. **Plusieurs méthodes** sont envisageables : mesurer les températures de changement d'état ; réaliser une chromatographie afin de l'identifier à une espèce chimique de référence (voir chapitre 2).

LA MÉTHODE

Réaliser une extraction liquide-liquide d'un produit de synthèse

On peut extraire le diiode en solution dans l'eau, en utilisant comme solvant extracteur le cyclohexane. Ceci est possible car la solubilité du diiode dans le cyclohexane est supérieure à celle dans l'eau.

Solvant	eau	cyclohexane
Solubilité du diiode à 25 °C ($g{\cdot}L^{-1}$)	0,34	28

››› Étape 1. Introduire dans une ampoule à décanter une solution aqueuse de diiode, dont la couleur jaune est due à la présence du diiode, et du cyclohexane. Le cyclohexane étant de densité plus faible que l'eau, on le retrouve dans la phase supérieure (**fig. 4**).

››› Étape 2. Agiter l'ampoule à décanter en prenant bien soin de dégazer régulièrement afin d'éviter les phénomènes de surpression ou de dépression. Le diiode étant plus soluble dans le cyclohexane que dans l'eau, il passe dans la phase organique et colore celle-ci en violet (**fig. 4**).

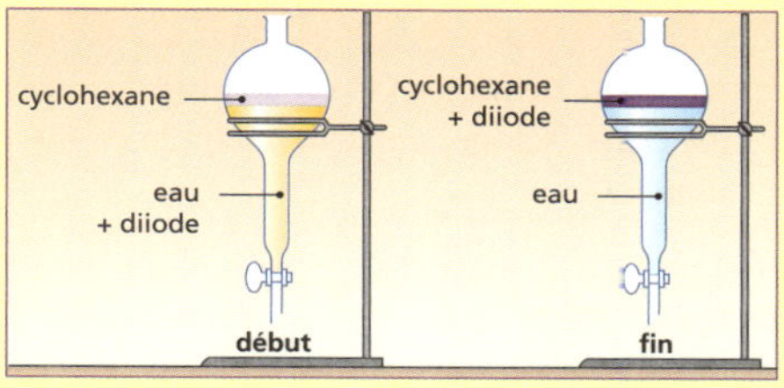

Fig. 4

››› Étape 3. Séparer les deux phases.

››› Étape 4. Évaporer le cyclohexane et récupérer les cristaux de diiode.

S'ENTRAÎNER

1 QUIZ

Vrai ou faux ? Cocher la case qui convient.

a. Une espèce chimique de synthèse est différente d'une espèce chimique naturelle. V ☐ F ☐

b. Pour isoler une espèce chimique en solution, on utilise une ampoule à décanter. V ☐ F ☐

c. La formule $V = \dfrac{n \times \rho}{M}$ permet de calculer le volume de réactif à prélever. V ☐ F ☐

d. Si le produit est isolé, le chromatogramme obtenu doit révéler une seule tache. V ☐ F ☐

e. Une chromatographie permet d'isoler une espèce chimique. V ☐ F ☐

2 Étude comparée de deux médicaments antipyrétiques

L'aspirine est une espèce chimique active qui a pour effet d'abaisser la température corporelle (propriété antipyrétique) et d'agir comme antidouleur. Cette espèce chimique existe dans le milieu naturel et peut être synthétisée en laboratoire.

1. On réalise au cours d'un TP de chimie cette synthèse. Légender le schéma suivant.

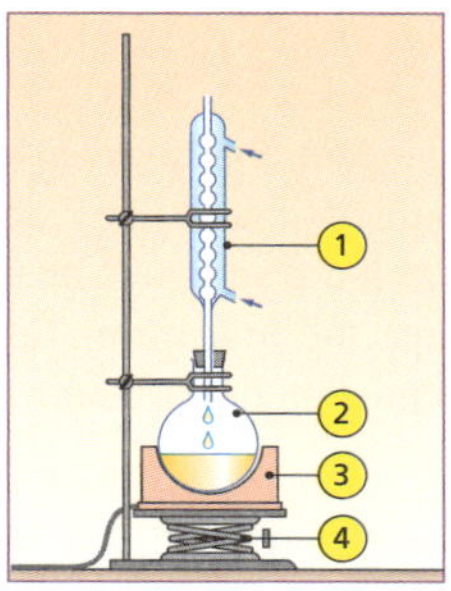

2. On désire identifier le principe actif contenu dans deux médicaments antipyrétiques. On dissout dans de l'eau ces deux médicaments et on réalise la chromatographie de ces deux médicaments avec comme espèce chimique de référence l'aspirine synthétisée auparavant.

Quel est le médicament qui contient de l'aspirine ?

Dépôt 1	Dépôt 2	Dépôt 3
médicament 1	médicament 2	aspirine

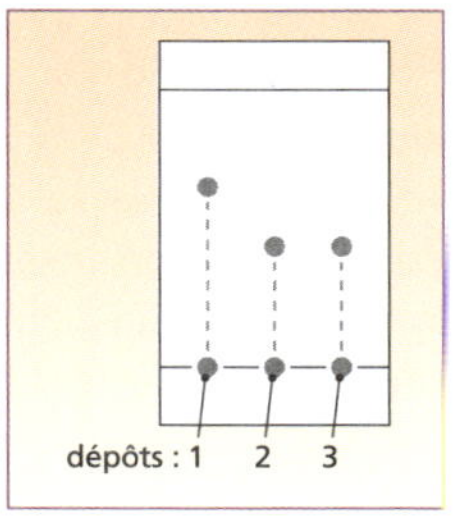

3 Isolement d'un produit

On réalise la chromatographie du liquide à la fin de la réaction (O) et du liquide après isolement (L). A-t-on réussi à isoler un seul des produits ?

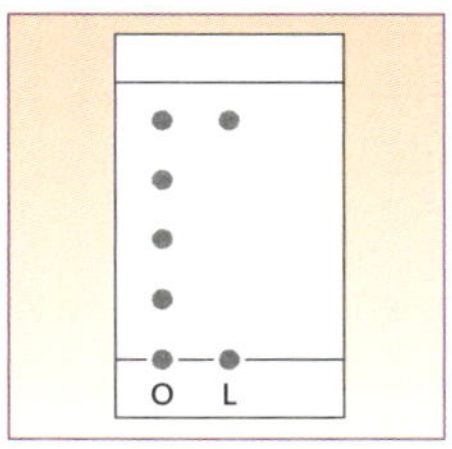

13 Les transformations nucléaires

L'ESSENTIEL

Isotopes

● Deux noyaux atomiques sont **isotopes** s'ils possèdent le même nombre de protons et un nombre de neutrons différents. Deux isotopes appartiennent au **même élément chimique**.

INFO

Deux noyaux isotopes possèdent un même numéro atomique *Z* et un nombre *A* différent.

● Pour **nommer** les différents isotopes d'un même élément chimique, on utilise le nom de l'élément chimique suivi du nombre *A* de l'isotope.

Exemple : Les isotopes de l'hydrogène

hydrogène 1	hydrogène 2	hydrogène 3
$^{1}_{1}H$	$^{2}_{1}H$	$^{3}_{1}H$
1 proton		
0 neutron	1 neutron	2 neutrons

● Les isotopes possèdent des propriétés chimiques quasi identiques et leur propriétés physiques présentent de faibles écarts. Ce sont leurs **propriétés nucléaires** qui sont notablement différentes.

Noyaux stables et instables

● Parmi les noyaux existants, certains conservent au cours du temps la même composition en protons et en neutrons : ils sont **stables**. D'autres au contraire se transforment spontanément en de nouveaux noyaux : ce sont des noyaux **instables**.

● La **désintégration radioactive** désigne le phénomène physique au cours duquel un noyau instable (appelé **noyau père**) se désintègre spontanément en un nouveau noyau (appelé **noyau fils**) avec émission d'une particule et d'un rayonnement qui appartient au domaine du rayonnement γ.

● Au cours de leurs désintégrations, les noyaux radioactifs émettent des particules qui, en fonction de leur nature, définissent trois types de radioactivité :
- **radioactivité α** (alpha) : la particule α est un noyau d'hélium 4 de formule $^{4}_{2}He$;
- **radioactivité β⁻** (béta moins) : la particule β^- est un électron de formule $^{0}_{-1}e$;
- **radioactivité β⁺** (béta plus) : la particule β^+ est un positon de formule $^{0}_{1}e$.

INFO

Le noyau du carbone 14 se désintègre selon la radioactivité β^-. Il est utilisé pour dater des objets archéologiques dont l'âge peut aller jusqu'à 50 000 ans.

Équation de la réaction nucléaire

● **Les deux lois de conservation**

Il existe deux lois de conservation (appelées aussi **lois de Soddy**) auxquelles obéit une réaction nucléaire :

1. **Conservation du nombre de nucléons** : au cours d'une transformation nucléaire, le nombre total de nucléons ne varie pas.
2. **Conservation du nombre de charges électriques** : au cours d'une transformation nucléaire, la charge électrique totale ne varie pas.

● **Écriture des équations de désintégration radioactive**

Ces équations s'écrivent en respectant les deux lois de conservation de Soddy :
- **radioactivité α** : $^{A}_{Z}X \rightarrow {}^{A-4}_{Z-2}Y + {}^{4}_{2}He$;
- **radioactivité β⁻** : $^{A}_{Z}X \rightarrow {}^{A}_{Z+1}Y + {}^{0}_{-1}e$;
- **radioactivité β⁺** : $^{A}_{Z}X \rightarrow {}^{A}_{Z-1}Y + {}^{0}_{1}e$.

X est l'élément chimique du noyau père et Y celui du noyau fils.

Conversions d'énergie au cours des transformations nucléaires

● **Réactions de fusion**

››› L'**énergie des étoiles** est puisée dans celle qui est libérée lors des réactions de fusion entre les noyaux légers (principalement hydrogène et hélium) composant la matière stellaire.

››› Une réaction de fusion est une réaction au cours de laquelle des noyaux légers **fusionnent pour donner un noyau plus lourd**. Cette réaction s'accompagne de l'émission de particules (proton, neutron, positon...).

Exemple

$$^{2}_{1}H + {}^{2}_{1}H \rightarrow {}^{3}_{2}He + {}^{1}_{0}n$$

● **Réactions de fission**

››› Aujourd'hui, une part notable de l'énergie électrique mondiale (de l'ordre de 15 %) est fabriquée à partir de l'énergie libérée lors des réactions de fission des noyaux lourds au sein des **centrales nucléaires**.

››› Une réaction de fission est une réaction au cours de laquelle un noyau lourd **se sépare en deux noyaux plus légers** sous l'impact d'un neutron. Cette réaction s'accompagne de l'émission de particules.

Exemple

$$^{235}_{92}U + {}^{1}_{0}n \rightarrow {}^{93}_{36}Kr + {}^{140}_{56}Ba + 3\,{}^{1}_{0}n$$

● **Conversions en d'autres formes d'énergie**

››› Dans le cœur des étoiles, une partie de l'énergie nucléaire est convertie en énergie **rayonnante**.

››› Dans un réacteur nucléaire, une partie de l'énergie nucléaire est convertie en énergie **thermique**, puis en énergie **mécanique**, et enfin en énergie **électrique**.

LA MÉTHODE

Écrire une équation de désintégration radioactive et identifier le type de radioactivité

- L'écriture doit se faire en respectant les lois de Soddy. Elle se réalise en plusieurs étapes :

Étape 1. Écrire de part et d'autre d'une flèche les formules des noyaux père et fils.

Étape 2. Déterminer le nombre A de la particule émise en appliquant la conservation des nucléons.

Étape 3. Déterminer le nombre de charges Z de la particule en appliquant la conservation de la charge électrique.

Étape 4. Déterminer le type de radioactivité en identifiant la particule émise.

- **Applications** : On veut compléter les équations des 3 désintégrations radioactives suivantes et identifier le type de radioactivité.

Désintégration 1. ${}^{26}_{11}\text{Na} \rightarrow {}^{26}_{12}\text{Mg} + {}^{A}_{Z}\text{X}$

$26 = 26 + A$ soit $A = 0$; $11 = 12 + Z$ soit $Z = -1$.

L'équation s'écrit : ${}^{26}_{11}\text{Na} \rightarrow {}^{26}_{12}\text{Mg} + {}^{0}_{-1}e$

La particule émise est un électron : c'est une radioactivité de type β^-.

Désintégration 2. ${}^{174}_{71}\text{Hf} \rightarrow {}^{170}_{69}\text{Yb} + {}^{A}_{Z}\text{X}$

$174 = 170 + A$ soit $A = 4$; $71 = 69 + Z$ soit $Z = 2$.

L'équation s'écrit : ${}^{174}_{71}\text{Hf} \rightarrow {}^{170}_{69}\text{Yb} + {}^{4}_{2}\text{He}$

La particule émise est un noyau d'hélium 4 : c'est une radioactivité de type α.

Désintégration 3. ${}^{12}_{7}\text{N} \rightarrow {}^{12}_{6}\text{C} + {}^{A}_{Z}\text{X}$

$12 = 12 + A$ soit $A = 0$; $7 = 6 + Z$ soit $Z = 1$.

L'équation s'écrit : ${}^{12}_{7}\text{N} \rightarrow {}^{12}_{6}\text{C} + {}^{0}_{1}\text{e}$

La particule émise est un positon : c'est une radioactivité de type β^+.

S'ENTRAÎNER

1 QUIZ

Vrai ou faux ? Cocher la case qui convient.

a. Au cours d'une réaction nucléaire, les éléments chimiques sont conservés. V ☐ F ☐

b. L'émission d'un positon correspond à une radioactivité de type β^+. V ☐ F ☐

c. Les noyaux isotopes possèdent un même nombre de neutrons et un nombre de protons différent. V ☐ F ☐

d. Le noyau père est celui qui se désintègre. V ☐ F ☐

e. Une fusion fait intervenir deux noyaux légers. V ☐ F ☐

2 Noyaux isotopes

1. Donner la définition de deux noyaux isotopes.

2. Trouver, parmi les noyaux définis par leur couple (Z ; A) dans la liste suivante, ceux qui sont isotopes d'un noyau de cuivre, ce noyau ayant pour numéro atomique $Z = 29$ et un nombre $A = 63$.

(14 ; 29) ; (3 ; 6) ; (15 ; 29) ; (26 ; 53) ; (29 ; 61) ; (6 ; 14) ; (28 ; 63) ; (29 ; 60) ; (30 ; 63).

3 Fabrication du plutonium 239

Le plutonium 239 n'existe pas à l'état naturel mais peut être fabriqué au cœur des réacteurs nucléaires selon la réaction suivante :

${}^{239}_{93}\text{Np} \rightarrow {}^{239}_{94}\text{Pu} + {}^{A}_{Z}\text{X}$

1. Donner la composition en protons et en neutrons des noyaux de neptunium 239 et de plutonium 239. Sont-ils isotopes ?

2. Déterminer la particule émise et identifier le type de réaction nucléaire.

POUR VOUS AIDER

Au cours d'une transformation nucléaire, il y a conservation du nombre A et du nombre de charges Z.

4 Quelle réaction nucléaire ?

Voici 3 équations de réaction nucléaire :

${}^{235}_{92}\text{U} + {}^{1}_{0}\text{n} \rightarrow {}^{94}_{38}\text{Sr} + {}^{140}_{54}\text{Xe} + 2\,{}^{1}_{0}\text{n}$

${}^{3}_{2}\text{He} + {}^{3}_{2}\text{He} \rightarrow {}^{4}_{2}\text{He} + 2\,{}^{1}_{1}\text{H}$

${}^{40}_{19}\text{K} \rightarrow {}^{40}_{18}\text{Ca} + {}^{0}_{-1}\text{e}$

1. Identifier les différents types de réaction qui leur sont associés.

2. Quelle réaction nucléaire permettrait d'obtenir de l'énergie électrique ?

3. Quelle réaction nucléaire peut avoir lieu au cœur du Soleil ?

POUR VOUS AIDER

Les transformations nucléaires possibles sont : la fusion, la fission et la désintégration radioactive.

14 Description d'un mouvement

L'ESSENTIEL

Système et référentiel d'étude

● Le **système** est le solide ou la partie du solide dont on étudie le mouvement. Pour simplifier leur étude, on assimilera les solides à des points matériels.

● L'étude d'un mouvement se fait toujours par rapport à un référentiel. Un **référentiel** est un solide de référence. On se munit d'une horloge pour marquer le temps et d'un système d'axes permettant de repérer les positions dans l'espace. Le **référentiel terrestre** correspond au cas où la Terre est le solide de référence.

● Pour deux référentiels fixes l'un par rapport à l'autre, le mouvement d'un solide est identique. Pour deux référentiels en mouvement l'un par rapport à l'autre, le mouvement d'un solide (trajectoire ou vitesse) est perçu différemment : c'est la **relativité du mouvement**.

Exemple

Un voyageur dans la voiture est fixe par rapport au référentiel voiture et en mouvement rectiligne par rapport au référentiel terrestre (**fig. 1**).

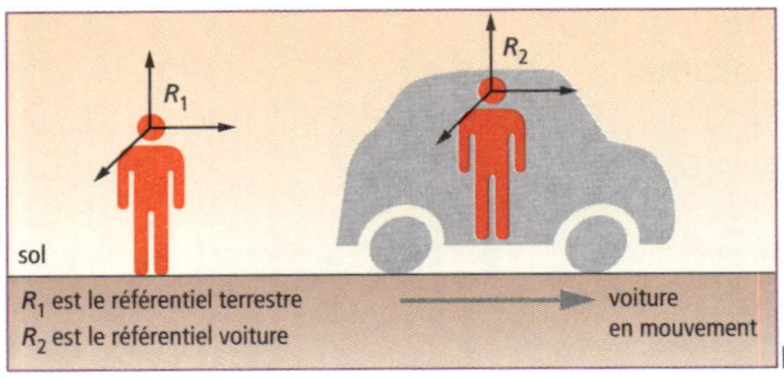

Fig. 1

Les différents mouvements

● La **trajectoire** d'un système est l'ensemble des positions occupées par ce système au cours du temps. Elle est matérialisée par une courbe dans un espace à trois dimensions. En fonction de l'allure de la trajectoire au cours du temps, on peut définir différents types de mouvements.

La trajectoire est...	Type de mouvement
une portion de droite	rectiligne
une portion de cercle	circulaire
une portion de courbe quelconque	curviligne

● La **vitesse moyenne** v d'un système est égale au quotient de la distance d parcourue par l'intervalle de temps Δt correspondant à la durée du mouvement : $v = \dfrac{d}{\Delta t}$

avec v en mètres par seconde ($m \cdot s^{-1}$), d en mètres (m) et Δt en secondes (s).

● La **vitesse instantanée** $v(t)$ d'un système est égale à la vitesse du système à un instant t. En fonction de son évolution au cours du temps, on peut définir différents types de mouvements.

La vitesse instantanée...	Type de mouvement
est constante	uniforme
diminue	ralenti ou décéléré
augmente	accéléré

Exemples

La voiture parcourt la même distance pendant des durées identiques (**fig. 2**), donc sa vitesse instantanée est constante : son mouvement est uniforme.

Fig. 2

Le lapin parcourt des distances de plus en plus courtes pendant des durées identiques (**fig. 3**), donc sa vitesse instantanée diminue : son mouvement est ralenti.

Fig. 3

Vecteur déplacement et vecteur vitesse

● Le déplacement d'un système peut être caractérisé par un **vecteur déplacement** noté $\overrightarrow{MM'}$ où M et M′ sont les positions respectives du système à des instants t et t' successifs.

INFO

- Un **vecteur** est défini par trois caractéristiques : sa direction (droite portant le vecteur), son sens et sa longueur.
- Des vecteurs qui ont toutes leurs caractéristiques identiques sont **égaux**.
- Des vecteurs qui ont même direction et mêmes sens sont **colinéaires**.

● Le **vecteur vitesse moyenne** entre M et M′ est égal au quotient du vecteur déplacement $\overrightarrow{MM'}$ sur la durée $\Delta t = t' - t$ mise pour aller de M à M′ : $\vec{v} = \dfrac{\overrightarrow{MM'}}{\Delta t}$

● En chaque point de la trajectoire, on définit le **vecteur vitesse** du point en mouvement comme le rapport d'un vecteur déplacement entre deux points voisins de la trajectoire encadrant le point M et séparés par une durée Δt très petite. À chaque instant, la direction du vecteur vitesse est tangente à la trajectoire, son sens est celui du mouvement et sa norme est proportionnelle à la valeur de la vitesse du point (**fig. 4**).

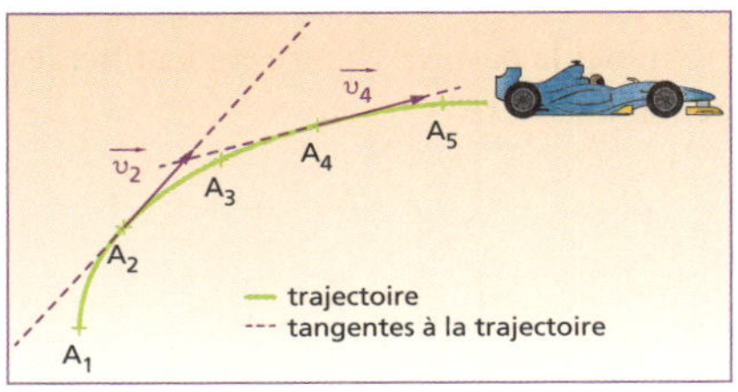

Fig. 4 Vecteurs vitesse aux points A_2 et A_4

LA MÉTHODE

Étudier un mouvement à l'aide d'une chronophotographie

Déterminer si un mouvement rectiligne est uniforme ou non

Un mouvement est uniforme si la vitesse du système est constante : le système parcourt donc toujours la même distance sur un même intervalle de temps. Sur une chronophotographie ou un relevé de positions, les **positions** d'un système sont notées à intervalles de temps régulier.

››› Si la distance entre deux positions successives **ne change pas** (**fig. 5**), le système parcourt une même distance pendant une même durée : le mouvement du système est **uniforme**.

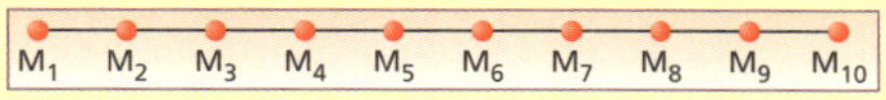

Fig. 5

››› Si la distance entre deux positions successives du système **change** (**fig. 6**), le système parcourt une distance différente pendant une même durée : le mouvement du système n'est **pas uniforme**. Dans le cas de la figure 6, les distances successives augmentent, donc la vitesse augmente.

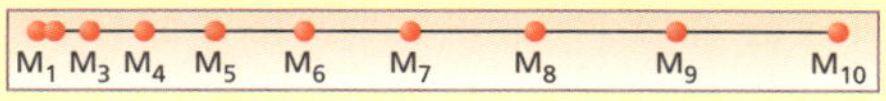

Fig. 6

Tracer le vecteur vitesse d'un système

Le vecteur vitesse en un point est colinéaire au vecteur déplacement. Il a donc la même direction, le même sens mais pas la même norme que le vecteur déplacement. Les positions d'un système ont été relevées toutes les 0,2 s : 1 cm sur le schéma des positions correspond à 1 m dans la réalité.

Pour tracer le vecteur vitesse au point M_7 (échelle : 1 cm pour 10 $m \cdot s^{-1}$) :

››› **Étape 1.** Tracer le vecteur déplacement lié au point M_7 : $\overrightarrow{M_7M_8}$ (**fig. 7**). D'après l'échelle donnée, le vecteur déplacement a une norme de 1 m.

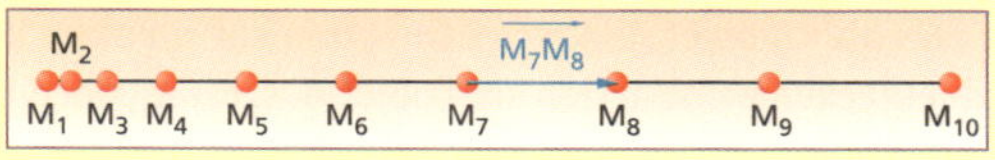

Fig. 7

››› **Étape 2.** Calculer la norme du vecteur vitesse : $\|\vec{v}\| = \dfrac{\|\overrightarrow{M_7M_8}\|}{\Delta t} = \dfrac{1}{0{,}2} = 5\ m \cdot s^{-1}$. D'après l'échelle donnée, le vecteur vitesse devra avoir une longueur de 0,5 cm.

››› **Étape 3.** Tracer le vecteur vitesse $\vec{v_7}$: il a la même direction et le même sens que le vecteur déplacement (**fig. 8**).

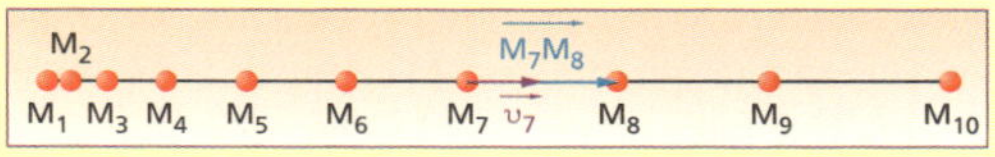

Fig. 8

S'ENTRAÎNER

1 QUIZ

Vrai ou faux ? Cocher la case qui convient.

a. Une voiture se déplaçant est assimilable à un référentiel terrestre. V ☐ F ☐
b. Un ascenseur qui descend est assimilable à un référentiel terrestre. V ☐ F ☐
c. Un arbre est assimilable à un référentiel terrestre. V ☐ F ☐
d. Quel que soit le référentiel, un système a toujours le même mouvement. V ☐ F ☐
e. La vitesse d'un système est égale au produit de la distance parcourue par la durée du parcours. V ☐ F ☐

2 **Description de mouvements**

Compléter le tableau suivant.

Type de mouvement	Trajectoire du solide	Évolution de la vitesse au cours du temps
rectiligne accéléré		
rectiligne uniforme		
curviligne uniforme		
circulaire décéléré		

3 **Vitesses d'un avion**

Un avion parcourt la distance Paris-New Delhi (6 586 km) en 8 h 25 min.

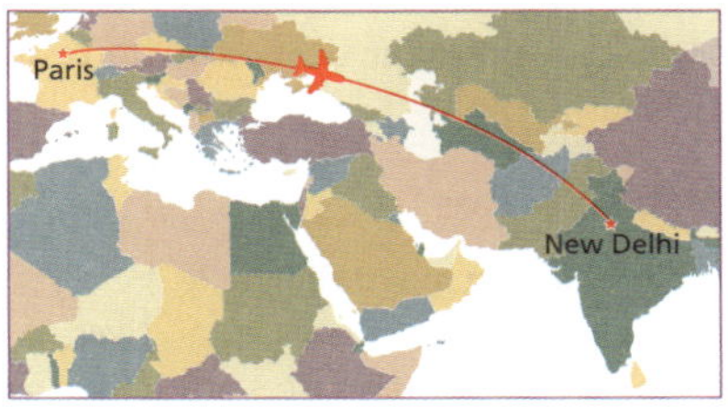

1. Calculer la vitesse moyenne de l'avion sur ce trajet.

2. Sur le schéma ci-dessus, tracer le vecteur vitesse de l'avion dessiné sachant que sa vitesse instantanée est de 920 $km \cdot h^{-1}$ en cette position (échelle pour le vecteur vitesse : 1 cm pour 100 $m \cdot s^{-1}$).

15 Modélisation d'une action sur un système

L'ESSENTIEL

Actions mécaniques et forces

● On appelle **action mécanique** toute cause capable de :
- déformer un système ;
- mettre en mouvement un système ;
- modifier le mouvement d'un système (sa vitesse et/ou sa trajectoire).

● Dès qu'un objet A exerce une action sur un objet B, l'objet B exerce une action sur l'objet A. C'est le concept d'**interaction**.

● Il existe deux sortes d'actions :
- les **actions de contact** : quand il y a contact entre les deux objets. Leur interaction peut être localisée (perchiste et sa perche) ou répartie (le vent et la voile).
- les **actions à distance** : quand il n'y a pas contact entre les deux objets. Leur interaction est répartie dans toute la matière de l'objet (interaction Terre-Lune).

● Une action mécanique n'est pas directement mesurable. Pour l'étudier, on la modélise par une grandeur appelée **force**. La force exercée par l'objet A sur l'objet B est la grandeur qui caractérise l'action de l'objet A sur l'objet B. Une force est représentée par un vecteur.

● Une force est définie par **3 caractéristiques** : sa droite d'action ; son sens et sa longueur (proportionnelle à sa valeur).

INFO

Pour une intensité de force fixée, l'effet de l'action mécanique est d'autant plus faible que la masse du système est grande.

Énoncé du principe des actions réciproques (3e loi de Newton)

Lorsqu'un objet A exerce une force sur un objet B, l'objet B exerce une force sur l'objet A de **même direction**, de **sens opposés** et de **même intensité**.

Exemple

Quand une personne est sur une chaise, elle appuie sur l'assise de la chaise (force verticale vers le bas). En même temps, la chaise exerce une action qui empêche cette personne de tomber (force verticale vers le haut).

Exemples de forces

● **Force d'interaction gravitationnelle**

››› Deux corps A et B de masses respectives m_1 et m_2 exercent l'un sur l'autre des forces attractives appelées **forces gravitationnelles**. Ces forces ont une intensité commune qui dépend de chacune des deux masses.

››› **Loi de Newton** : dans le cas de deux corps sphériques (**fig. 1**), avec une répartition sphérique des masses, les forces gravitationnelles ont pour expression :

$$\overrightarrow{F_{B/A}} = G \times \frac{m_1 m_2}{d^2}\vec{u} \quad \text{et} \quad \overrightarrow{F_{A/B}} = -G \times \frac{m_1 m_2}{d^2}\vec{u}$$

avec $\overrightarrow{F_{B/A}}$ force exercée par B sur A en newtons (N) ; $\overrightarrow{F_{A/B}}$ force exercée par A sur B en newtons (N) ; G la constante de la gravitation universelle : $G = 6{,}67 \times 10^{-11}$ SI ; m_1 et m_2 les masses des deux corps en kg ; d distance entre les centres des deux corps en m ; $\vec{u}$ vecteur unitaire orienté de A vers B.

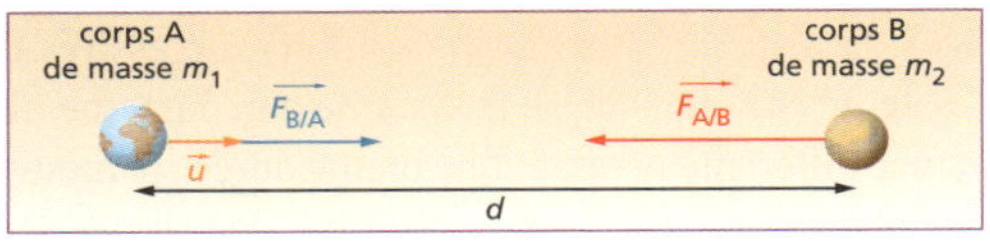

Fig.1

● **Poids**

››› Pour un objet à la surface de la Terre, la **force gravitationnelle exercée par la Terre** sur l'objet a pour expression : $\overrightarrow{F_{T/O}} = G \times \frac{m_O \times M_T}{{R_T}^2}\vec{u}$

avec m_O masse de l'objet en kg et M_T masse de la Terre : $M_T = 5{,}98 \times 10^{24}$ kg ; R_T rayon de la Terre : $R_T = 6{,}38 \times 10^6$ m ; $\vec{u}$ vecteur unitaire orienté de l'objet vers la Terre.

››› Expression de l'**intensité de la pesanteur** et valeur numérique à la surface de la Terre :

$$g_T = G \times \frac{M_T}{{R_T}^2} = 9{,}80\ \text{N}\cdot\text{kg}^{-1}.$$

››› Pour un objet à la surface de la Terre, on assimile la force gravitationnelle exercée par la Terre sur l'objet au poids de l'objet. Le **poids** sur la Terre d'un objet de masse m_O est alors égal à : $\vec{P} = m_O \times g_T\,\vec{u}$ avec $\vec{P}$ poids dont l'intensité est en newtons (N) et g_T intensité de pesanteur terrestre en newtons par kilogramme ($\text{N}\cdot\text{kg}^{-1}$).

● **Force exercée par un support**

Tout support exerce sur un objet posé à sa surface une force appelée **réaction normale au support** et notée $\overrightarrow{R_N}$. Cette force s'applique au point de contact entre l'objet et le support et est perpendiculaire au support (**fig. 2**).

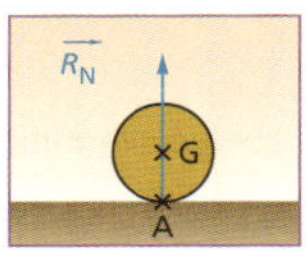

Fig. 2

● **Force exercée par un fil**

Un fil exerce sur tout objet qui lui est suspendu une force de **traction** notée $\vec{T}$. Cette force s'applique au point de contact entre l'objet et le support et est colinéaire au fil (**fig. 3**).

Fig. 3

LA MÉTHODE

Modéliser une action mécanique par une force

Tout système est soumis à un certain nombre d'actions mécaniques qui influencent son mouvement. Pour modéliser ces actions, on peut se demander ce qu'il se passerait si l'objet n'était pas dans la situation décrite.

● Action de la Terre sur le système (poids)

Tout système placé à proximité de la surface de la Terre est **attiré verticalement vers le bas**. Il subit donc une action à distance modélisée par une force dont le vecteur est vertical et orienté vers le bas (**fig. 4**).

Fig. 4

● Action du support sur le système

Si le système n'était pas posé sur le support, il « tomberait ». Le support exerce donc une action qui **s'oppose à cette chute** ; le système subit une action de contact modélisée par une force dont le vecteur est perpendiculaire au support et orienté vers le haut (**fig. 5**).

Fig. 5

● Action de traction par un fil sur le système

Si le système n'était pas accroché à ce fil, **il s'éloignerait** du point d'attache du fil : le fil exerce donc une action de contact modélisée par une force dont le vecteur est colinéaire au fil et orienté du système vers le point d'attache du fil (**fig. 6**).

Fig. 6

PHYS.-CHIMIE

S'ENTRAÎNER

1 QUIZ

Vrai ou faux ? Cocher la case qui convient.

a. L'action du pouce enfonçant une punaise est une action à distance. V ☐ F ☐

b. Une force peut modifier un mouvement. V ☐ F ☐

c. Le poids d'un objet est le même quelle que soit son altitude. V ☐ F ☐

2 Le système Terre-Lune

La trajectoire du centre de la Lune autour de la Terre est un cercle de rayon égal à R_0.

1. Calculer la force gravitationnelle exercée par la Terre sur la Lune.

2. Calculer la force gravitationnelle exercée par la Lune sur la Terre.

3. Représenter ces deux forces sur un schéma.

Données : $M_T = 5{,}98 \times 10^{24}$ kg ; $M_L = 7{,}34 \times 10^{22}$ kg ; $R_0 = 3{,}84 \times 10^5$ km ; $G = 6{,}67 \times 10^{-11}$ SI.

3 Poids et force de gravitation

1. Calculer le poids d'un système de masse m égale à 50 kg, à la surface de la Terre.

2. Calculer l'intensité de la force de gravitation exercée sur ce système. Que remarque-t-on ?

Données : $M_T = 5{,}98 \times 10^{24}$ kg ; $R_T = 6{,}38 \times 10^3$ km ; $g_T = 9{,}8$ N·kg^{-1} ; $G = 6{,}67 \times 10^{-11}$ SI.

4 Forces

Identifier et modéliser les forces s'exerçant sur les systèmes suivants.

1. camion

2. skieuse nautique + skis

3. luge + enfant

16 Une première approche du principe d'inertie

L'ESSENTIEL

Point matériel

Lorsqu'on étudie le mouvement d'un objet en translation (c'est-à-dire en l'absence de rotation), on assimile l'objet à un point appelé **point matériel**. Le point matériel est associé une masse m et ses dimensions sont petites devant les distances du mouvement étudié (distance parcourue, rayon d'une orbite…).

Énoncé du principe d'inertie

Dans un référentiel terrestre, tout objet qui n'est soumis à **aucune force** ou qui est soumis à des **forces qui se compensent** :
– **persiste dans son état de repos**, s'il est initialement immobile ;
– voit son centre d'inertie avoir un **mouvement rectiligne uniforme**, s'il est initialement en mouvement.

Exemple

Lors d'un match de hockey, le palet est mis en mouvement par la crosse. Il est alors soumis à deux forces qui se compensent : le poids $\vec{P}$ et la réaction du support $\vec{R}$. Comme les deux forces $\vec{P}$ et $\vec{R}$ se compensent, le centre d'inertie G du palet a un mouvement rectiligne et uniforme (**fig. 1**).

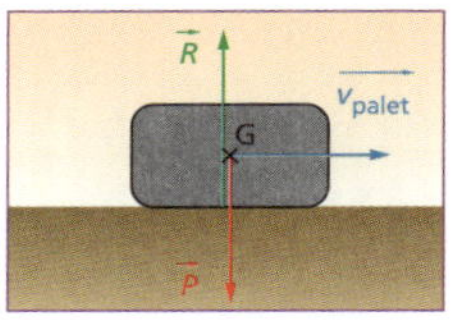

Fig. 1

INFO

• Il est quasi-impossible de réaliser le cas d'un solide soumis à aucune force, car en raison de la masse du solide, il y a toujours la force gravitationnelle qui intervient. Un tel solide s'il existait serait dit **isolé**.
• Un solide est dit **pseudo-isolé**, s'il est soumis à des forces qui se compensent.
• On dit que des forces se compensent si leur **somme vectorielle** est **nulle**.
• Ce principe est uniquement valable dans certains référentiels qualifiés de galiléens. La Terre, pour les mouvements de petites durées, est un **référentiel galiléen**.

Contraposée et conséquences du principe d'inertie

• Si dans un référentiel terrestre, un objet :
– **persiste dans son état de repos**, s'il est initialement immobile ;
– ou voit son centre d'inertie avoir un **mouvement rectiligne uniforme**, s'il est initialement en mouvement ;
alors cet objet n'est soumis à **aucune force** ou est soumis à des **forces qui se compensent**.

Exemple

Une pile de livres posée sur une table est soumise à deux forces : le poids $\vec{P}$ et la réaction du support $\vec{R}$. Comme la pile de livres est immobile, les deux forces $\vec{P}$ et $\vec{R}$ se compensent (**fig. 2**).

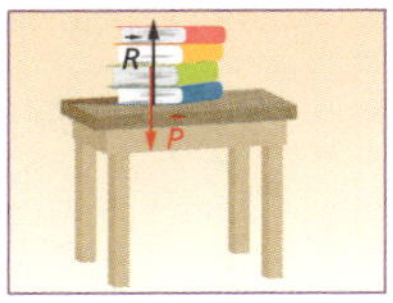

Fig. 2

• On peut également déduire du principe d'inertie les conséquences suivantes :
– si les forces appliquées à un système **ne se compensent pas**, alors ce système ne peut être ni immobile, ni en mouvement rectiligne uniforme ;
– si un système n'est **ni immobile, ni en mouvement rectiligne uniforme**, alors il est soumis à des forces qui ne se compensent pas.

INFO

Le principe d'inertie et sa contraposée permettent d'établir un lien entre les forces qui s'appliquent à un système et son mouvement.

Chute libre à une dimension

• Dans le cas d'une chute libre à une dimension (selon la verticale), le système est soumis **uniquement à son poids**. Son mouvement est varié (accéléré).

• Cela est cohérent avec le principe d'inertie : comme le système n'est pas soumis à des forces qui se compensent, il n'a pas un mouvement rectiligne et uniforme.

Exemple

On a réalisé la chronophotographie de la chute libre d'une balle sans vitesse initiale (**fig. 3**). La balle est uniquement soumise à son poids donc, d'après le principe d'inertie, la balle ne doit être ni immobile, ni en mouvement rectiligne uniforme.
D'après la chronophotographie, le mouvement est rectiligne car les positions successives sont alignées ; de plus, le mouvement n'est pas uniforme mais varié (accéléré) car les vecteurs vitesse successifs sont de plus en plus grands.

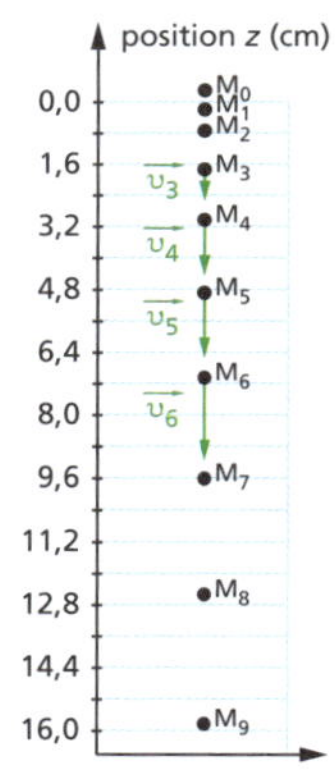

Fig. 3

LA MÉTHODE

Déterminer si les forces subies par un système se compensent

On étudie le mouvement d'une skieuse et de ses skis, tractés par une perche de remonte-pente. La piste fait un angle $\alpha = 10°$ avec l'horizontale et la perche tenue par la skieuse fait un angle $\beta = 30°$ avec l'horizontale. La piste étant verglacée, on néglige les forces de frottement. Le mouvement est étudié dans le référentiel terrestre. Le poids vaut 588 N, la traction de la perche 109 N, la réaction du sol 542 N.

Étape 1. Faire le bilan de toutes les forces subies par le système.

Les forces qui s'appliquent au système skieuse + skis (**fig. 4**) sont : le poids $\vec{P}$; la traction de la perche $\vec{T}$; la réaction du sol $\vec{R}$.

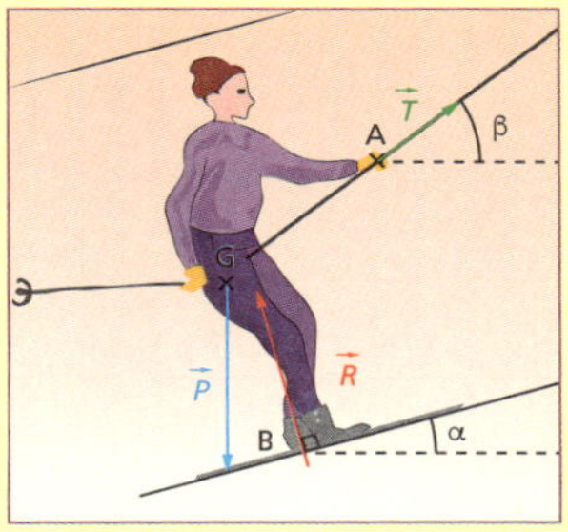

Fig. 4

Étape 2. Décomposer chaque vecteur en deux composantes :

– une composante horizontale, qui sera positive si elle est orientée vers la droite et négative si elle est orientée vers la gauche ;

– une composante verticale, qui sera positive si elle est orientée vers le haut et négative elle est orientée vers le bas.

$\vec{P} \begin{vmatrix} P_x = 0 \\ P_y = -P \end{vmatrix}$ $\quad \vec{T} \begin{vmatrix} T_x = T \times \cos\beta \\ T_y = T \times \sin\beta \end{vmatrix}$

$\vec{R} \begin{vmatrix} R_x = -R \times \sin\alpha \\ R_y = R \times \cos\alpha \end{vmatrix}$

Étape 3. Additionner les composantes horizontales de toutes les forces d'une part et les composantes verticales de toutes les forces d'autre part. Si les deux sommes sont nulles, alors la somme vectorielle est nulle et les forces se compensent.

- **Somme des composantes horizontales :**

$$P_x + T_x + R_x = 0 + T \times \cos\beta + (-R \times \sin\alpha)$$
$$= 109 \times \cos 30 + (-\ 542 \times \sin 10) = 0$$

- **Somme des composantes verticales :**

$$P_y + T_y + R_y = -P + T \times \sin\beta + R \times \cos\alpha$$
$$= -\ 588 + 109 \times \sin 30 + 542 \times \cos 10 = 0$$

Les sommes des composantes horizontales et verticales sont nulles, **les forces se compensent.**

S'ENTRAÎNER

1 QUIZ

Vrai ou faux ? Cocher la case qui convient.

a. Le principe d'inertie permet de relier force et mouvement. V ☐ F ☐

b. Un système qui ne subit aucune force est nécessairement au repos. V ☐ F ☐

c. Un système en mouvement rectiligne est toujours soumis à des forces qui se compensent. V ☐ F ☐

d. Un système en chute libre n'est soumis à aucune force. V ☐ F ☐

2 Porté en étoile

On appelle « porté en étoile » la figure de patinage artistique où l'homme soulève sa partenaire en la tenant par la hanche. Elle écarte alors les bras et les jambes, une de ses mains pouvant toucher l'épaule de l'homme. Lors de cette figure les deux patineurs suivent une trajectoire circulaire à vitesse constante.

Les forces appliquées sur les patineurs au cours de cette figure se compensent-elles ? Justifier.

3 Planche à voile

Le vent exerce sur la voile d'une planche à voile une force $\vec{V}$ horizontale de valeur $V = 200$ N et de même sens que le mouvement de la planche à voile. Le poids du système (planche + voile + véliplanchiste) est égal à $P = 1\ 000$ N. Les forces exercées par l'eau sont modélisées par une force horizontale $\vec{f}$ et une force verticale $\vec{R}$. Le système se déplace en ligne droite et à vitesse constante.

1. À quoi les forces $\vec{f}$ et $\vec{R}$ correspondent-elles ?

2. Peut-on dire que les forces appliquées sur la planche à voile se compensent ? Justifier.

3. Calculer les valeurs des forces $\vec{f}$ et $\vec{R}$.

4. Schématiser la situation. Chaque force sera représentée par un vecteur en respectant l'échelle 1 cm = 400 N.

4 Chute libre d'une balle de tennis

Lors de la chute libre d'une balle de tennis, la vitesse instantanée a pour expression : $v(t) = 10 \times t$ avec v en $m \cdot s^{-1}$ et t en s.

1. Calculer la vitesse au bout de 0,5 s puis de 1,5 s.

2. Comment évolue la vitesse au cours du temps ?

3. Les forces appliquées sur la balle se compensent-elles ?

17 Émission et perception du son

L'ESSENTIEL

Émission et propagation d'un signal sonore

- Un signal sonore est produit par la **vibration** d'un objet (corde, membrane…).
- Il est propagé si les vibrations de la source sonore se propagent. Il peut se propager dans l'air, l'eau, les métaux… mais **pas dans le vide** : il a besoin de matière pour se propager.
- Un signal sonore se propage grâce à une suite de **compressions** et de **dilatations** des molécules constituant le milieu de propagation (**fig. 1**).

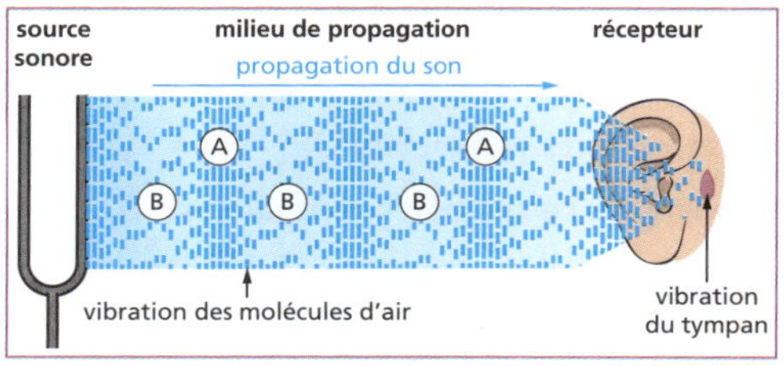

Fig. 1 : Ⓐ compression ; Ⓑ dilatation.

Vitesse de propagation d'un signal sonore

- La vitesse de propagation du son **dépend du milieu et de sa température**. Plus les molécules du milieu de propagation sont proches ou plus sa température est élevée, plus le son s'y propage rapidement.

Exemples

Milieu, θ (°C)	air à 15 °C	air à – 10 °C	eau à 20 °C	verre à 20 °C
Vitesse de propagation ($m \cdot s^{-1}$)	340,5	325,4	1 480	5 300

- On choisit communément pour vitesse de propagation du son dans l'air : $v_{air} = 340\ m \cdot s^{-1}$ à 20 °C.
- Connaître la vitesse de propagation du son dans un milieu permet de **calculer la distance parcourue** par le signal sonore entre l'émetteur et le récepteur : $d = v \times \Delta t$ avec v la vitesse de propagation en $m \cdot s^{-1}$, d la distance parcourue en m et Δt la durée du trajet en s.

Signal sonore périodique

- Un **signal périodique** est un signal qui se reproduit identique à lui-même à intervalles de temps réguliers (une vibration dans le cas d'un signal sonore).
- La représentation d'un signal périodique possède un **motif élémentaire** : c'est la portion du signal qui se reproduit identique à elle-même au cours du temps.
- La durée du motif élémentaire (entre deux vibrations) est appelée **période**. Elle est notée T et exprimée en secondes (s).
- La **fréquence** d'un son est le nombre de fois par seconde où la vibration des particules se reproduit. Elle est notée f et exprimée en hertz (Hz). C'est l'inverse de la période : $f = \frac{1}{T}$.

ATTENTION !
Pour calculer la fréquence, ne pas oublier d'exprimer la période en secondes.

- On distingue trois types de sons suivant leur fréquence : infrasons ; sons audibles et ultrasons (**fig. 2**).

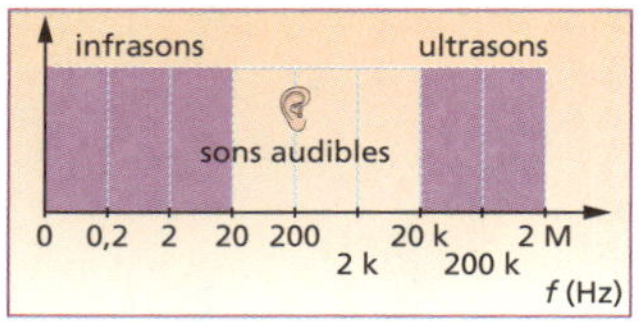

Fig. 2

Perception d'un son

- La **hauteur** d'un son est liée à sa fréquence. Elle permet de qualifier un son de grave ou d'aigu. Plus la fréquence d'un son est élevée, plus le son est perçu aigu (**fig. 3**).

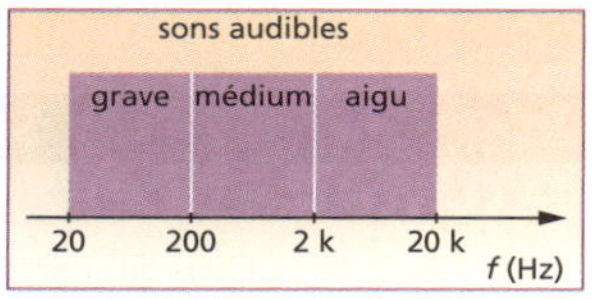

Fig. 3

Exemple
La fréquence d'une voix masculine est comprise entre 100 et 150 Hz ; celle d'une voix féminine, entre 200 et 300 Hz.

- Le **timbre** d'un instrument ou d'une voix correspond à son identité musicale. Il est lié à la forme du signal sonore. Des notes de même hauteur et de même intensité sonore jouées par deux instruments différents seront perçues différemment par l'oreille.
- L'**intensité sonore** (ou niveau d'intensité sonore) permet de qualifier un son de faible ou de fort. Elle s'exprime en décibels (dB). Un son est d'autant plus fort que son intensité est grande (**fig. 4**). En fonction de son intensité, un son est plus ou moins gênant ou désagréable pour l'oreille humaine (**fig. 5**).

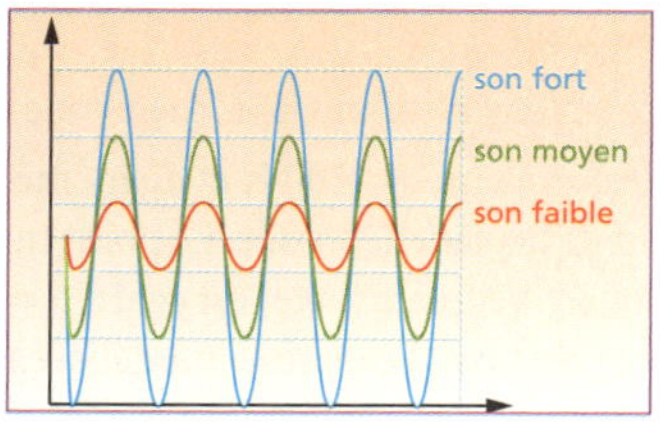

Fig. 4

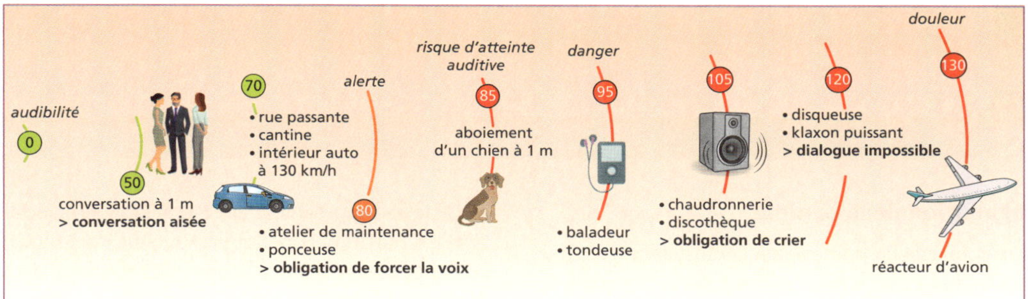

Le niveau sonore est exprimé en décibels (dB). (Remarque : une augmentation de 3 dB équivaut au doublement du niveau sonore.)

Fig. 5

LA MÉTHODE

Calculer la période et la fréquence d'un signal à partir de sa représentation temporelle

Un son émis par un haut-parleur est détecté par un microphone. Un système d'acquisition des données permet d'obtenir sur un ordinateur une visualisation du signal sonore (**fig. 6**).

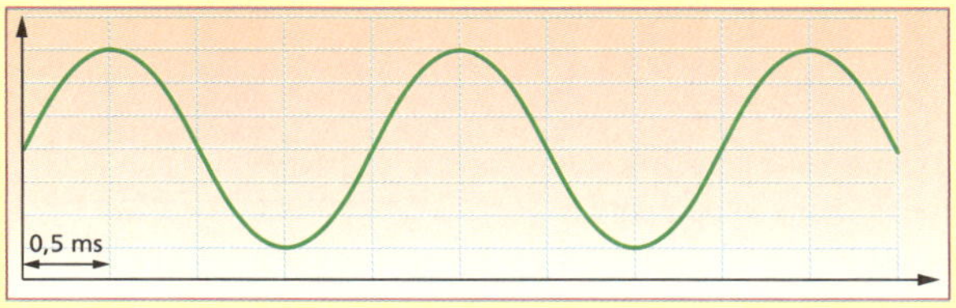

Fig. 6

››› Étape 1. Déterminer la longueur du motif élémentaire du signal (en orange sur la figure 7) : 4 carreaux.

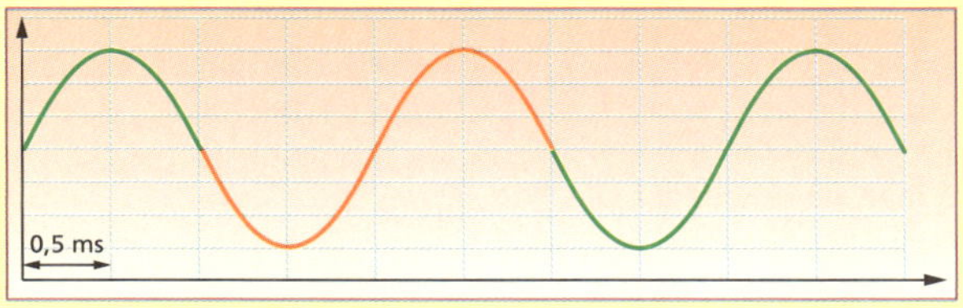

Fig. 7

››› Étape 2. À l'aide de l'échelle indiquée, calculer la période T du signal (produit de la longueur du motif élémentaire par la durée correspondant à un carreau).
Ici, 1 carreau correspond à 0,5 ms donc $T = 4 \times 0{,}5 = 2{,}0$ ms.

››› Étape 3. Exprimer la période en secondes pour calculer la fréquence f (inverse de T).

$$f = \frac{1}{T} = \frac{1}{2{,}0 \times 10^{-3}} = 500 \text{ Hz}$$

S'ENTRAÎNER

1 QUIZ

Vrai ou faux ? Cocher la case qui convient.

a. Un son peut se propager n'importe où. V ☐ F ☐
b. La vitesse du son dépend du milieu dans lequel il se propage. V ☐ F ☐
c. Un signal périodique s'arrête et reprend périodiquement. V ☐ F ☐
d. Le signal sonore qui a pour fréquence 10 000 Hz est un son médium. V ☐ F ☐
e. Des écouteurs réglés pour diffuser à 100 dB sont dangereux pour l'utilisateur. V ☐ F ☐

2 Batailles spatiales

Dans les films de science-fiction, on assiste régulièrement à des combats dans l'espace. Les effets spéciaux permettent de voir et d'entendre les rayons laser des combats.
En quoi, ces films sont-ils incorrects du point de vue physique ?

3 Analyse d'un signal sonore

Les variations d'un signal sonore sont représentées ci-après (échelle : 1 carreau correspond à 2,0 ms).

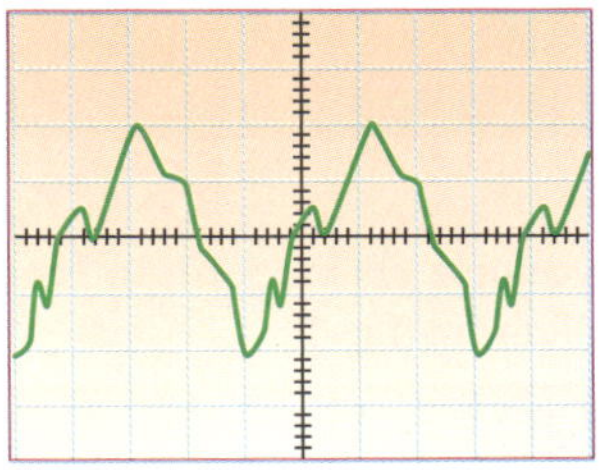

1. Calculer la période du signal.
2. Calculer la fréquence du signal.
3. Quelle est la hauteur de ce son ?

PHYS.-CHIMIE

18 Analyse de la lumière blanche

L'ESSENTIEL

Propagation de la lumière

● Dans un milieu homogène et transparent (comme l'air), la lumière se propage en **ligne droite**. On parle de la propagation **rectiligne de la lumière**.

● On représente la lumière se propageant par des **rayons lumineux (fig. 1)** : ce sont des demi-droites issues de la source de lumière et fléchées selon le sens de propagation de la lumière (depuis la source vers l'objet éclairé).

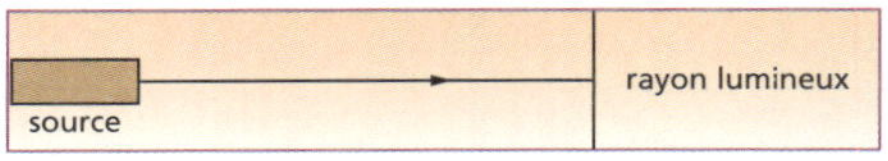

Fig. 1

● Un ensemble de rayons lumineux est appelé **faisceau lumineux**. On le représente en dessinant seulement les deux rayons qui le limitent (**fig. 2**).

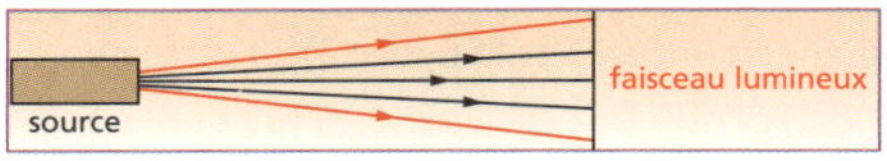

Fig. 2

● La lumière se propage dans les milieux transparents (eau, diamant) et translucides mais ne se **propage pas dans les milieux opaques** (béton).

● **Dans le vide et dans l'air**, la lumière se propage à une vitesse $v_{\text{lumière}} = 3{,}00 \times 10^8\ \text{m}\cdot\text{s}^{-1}$. Dans les autres milieux transparents, sa vitesse est plus faible (dans l'eau, $2{,}25 \times 10^8\ \text{m}\cdot\text{s}^{-1}$).

● La vitesse de la lumière est **la plus grande vitesse possible** : rien dans l'Univers ne peut se déplacer plus rapidement.

Décomposition de la lumière

● Un **prisme** permet de disperser la lumière blanche : celle-ci est décomposée en toutes ses composantes colorées (**fig. 3**).

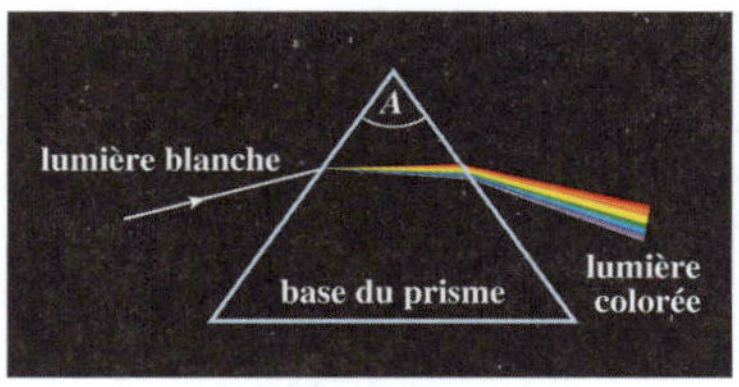

Fig. 3

● La figure colorée obtenue sur un écran s'appelle **spectre** de la lumière (**fig. 4**).

Fig. 4

● Chaque composante colorée de la lumière blanche est appelée radiation. Une lumière **monochromatique** est constituée d'une seule radiation ; une lumière **polychromatique**, de plusieurs radiations.

● Une radiation est caractérisée par sa **longueur d'onde**. Cette grandeur est notée λ et exprimée en mètres. La couleur d'une radiation dépend de sa longueur d'onde (**fig. 5**).

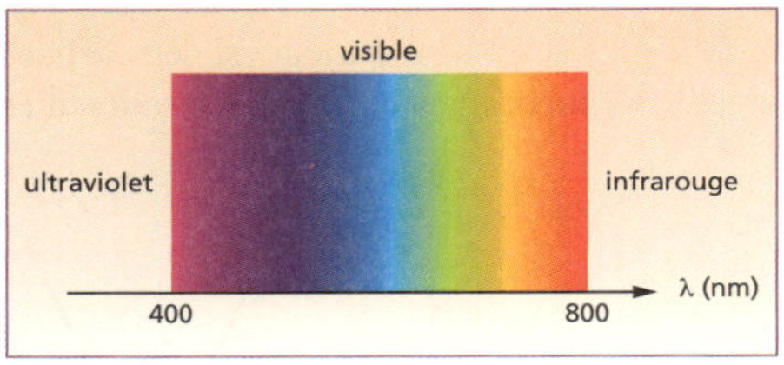

Fig. 5

Spectres d'émission

● Le spectre de la lumière émise par un corps solide ou liquide porté à haute température est un **spectre continu** (sans interruption) qui est d'autant plus riche en radiations bleues que la température de la source est grande (**fig. 6**).

Température de la source	Spectre	Couleur de la lumière émise
θ = 1 000 °C		rouge
θ = 2 000 °C		blanche

Fig. 6 Spectres continus

● Un gaz sous faible pression et porté à haute température possède un **spectre avec quelques raies lumineuses** correspondant aux radiations émises par la source. Ces radiations sont caractéristiques des atomes ou des ions présents dans le gaz (**fig. 7**).

Source	Spectre
lampe à vapeur de mercure	

Fig. 7 Spectre de raies

INFO

Les éléments chimiques produisent des radiations lumineuses aux longueurs d'onde précises. L'étude du spectre de raies d'un gaz permet donc de connaître sa composition.

LA MÉTHODE

Déterminer la longueur d'onde d'une raie sur un spectre

On a obtenu le spectre de la lumière émise par un tube fluorescent (**fig. 9**).

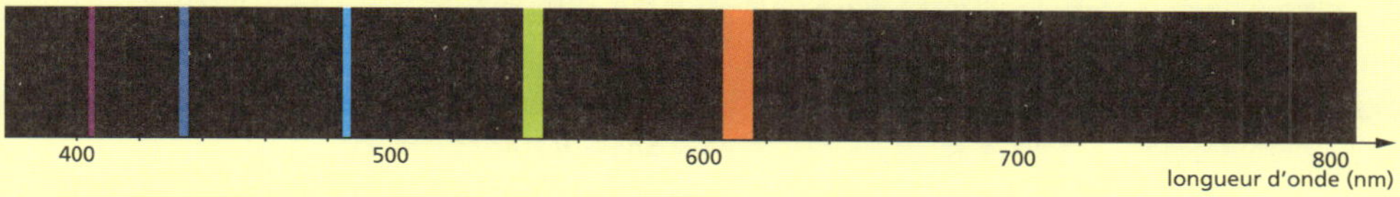

Fig. 9

On souhaite déterminer la longueur d'onde de la raie cyan (3e raie en partant de la gauche).

››› **Étape 1.** Prendre un point de repère qui sert d'origine des mesures. Ici, la graduation 400 nm.
››› **Étape 2.** Trouver l'échelle utilisée. Ici, sur le spectre : 100 nm sont séparés de 3,0 cm.
››› **Étape 3.** Déterminer la position de la raie cyan. Elle est à 2,6 cm de la graduation 400 nm.
››› **Étape 4.** Calculer la différence de longueur d'onde entre la graduation 400 nm et la raie cyan.

$\times 33$

Longueur d'onde (nm)	Distance sur le spectre (cm)
100	3,0
$\lambda = ?$	2,6

À l'aide d'un tableau de proportionnalité, on trouve : $\lambda = 2{,}6 \times 33 = 86$ nm.

››› **Étape 5.** Calculer la longueur d'onde de la raie cyan.
λ(raie cyan) $= 400 + 86 = 486$ nm.
La raie cyan a une longueur d'onde égale à 486 nm.

S'ENTRAÎNER

1 QUIZ

Vrai ou faux ? Cocher la case qui convient.

a. Comme le son, la lumière ne peut pas se propager dans le vide. V ☐ F ☐
b. La vitesse de la lumière dans l'air est égale à $3{,}00 \times 10^8$ km·s^{-1}. V ☐ F ☐
c. Sur le spectre d'une lumière, on voit toutes les radiations de la lumière étudiée. V ☐ F ☐
d. La couleur de la lumière émise par un corps ne dépend pas de sa température. V ☐ F ☐
e. Une lumière monochromatique provient d'une seule lampe. V ☐ F ☐

2 Domaines de longueurs d'onde

Indiquer si les longueurs d'onde suivantes sont celles de radiations appartenant au domaine du visible, de l'infrarouge ou de l'ultraviolet.

1. 978 nm
2. 350 nm
3. $5{,}0 \times 10^{-7}$ m
4. $2{,}0 \times 10^{-7}$ m

3 Lumière émise par un filament

On réalise le spectre du filament d'une lampe à incandescence.

1. Quel type de spectre observe-t-on ?
2. On étudie le spectre du filament à une température $\theta_1 = 800$ °C et à une température $\theta_2 = 1\,800$ °C.
a. Qu'observe-t-on de différent pour les deux spectres ?
b. Quelles sont les différences observées au niveau de la lumière émise ?

4 Ampoule de gaz

On dispose du spectre d'émission d'une ampoule contenant un gaz noble inconnu.

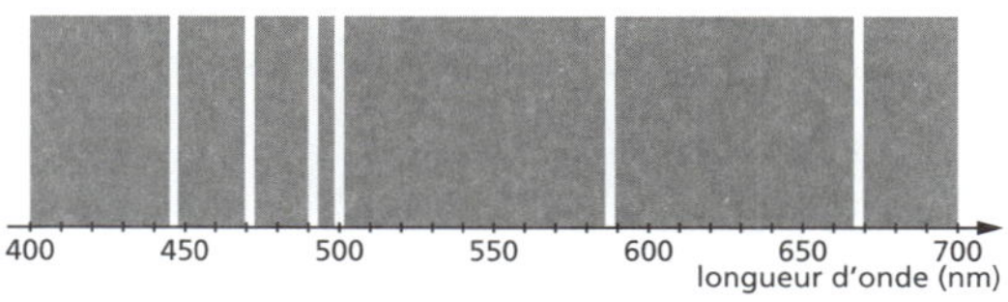

Quel est le gaz contenu dans l'ampoule ? Justifier.

Données : Longueurs d'onde des principales raies d'émission de trois gaz nobles :
• Xénon (Xe) : 418 ; 433 ; 446 ; 508 ; 529 ; 534 ; 542 ; 547 ; 598 ; 605 ; 610 ; 660.
• Hélium (He) : 447 ; 471 ; 492 ; 501 ; 587 ; 668.
• Néon (Ne) : 439 ; 443 ; 585 ; 597 ; 618 ; 640 ; 660.

19 Réflexion, réfraction et dispersion de la lumière

L'ESSENTIEL

Réflexion de la lumière

● Un miroir éclairé par une source lumineuse ponctuelle, **renvoie le rayon lumineux** dans une direction précise : c'est le phénomène de réflexion de la lumière.

● Le phénomène de réflexion obéit aux **deux lois de Descartes (fig. 1)**.

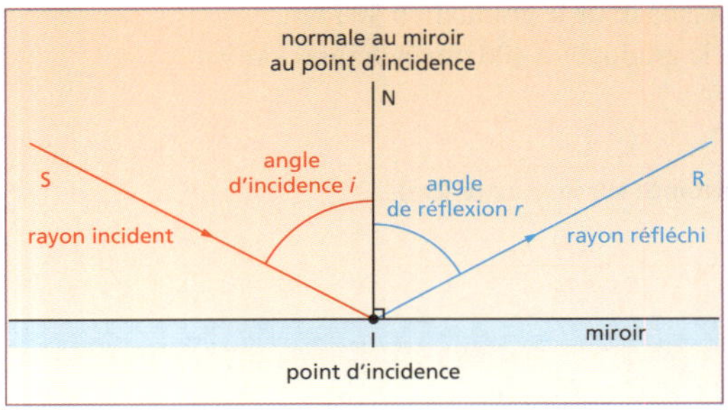

Fig. 1

››› **1re loi** : Le rayon incident S, le rayon réfléchi R et la normale au miroir au point d'incidence sont contenus dans un même plan.

››› **2de loi** : $\boxed{i = r}$ avec i angle d'incidence – angle entre le rayon incident S et la droite (IN) – et r angle de réflexion – angle entre le rayon réfléchi R et la droite (IN).

Réfraction de la lumière

● À la traversée de deux milieux transparents, la lumière **change de direction de propagation** : c'est le phénomène de réfraction de la lumière.

● À chaque milieu transparent est attaché une grandeur sans unité appelée **indice de réfraction** du milieu, notée n et définie par la relation : $\boxed{n = \frac{c}{v}}$ avec c la vitesse de la lumière dans le vide en $m \cdot s^{-1}$ et v la vitesse de la lumière dans le milieu transparent en $m \cdot s^{-1}$.

INFO

La vitesse de la lumière dans le vide étant toujours supérieure à celle dans le milieu transparent, l'indice du milieu est toujours supérieur à 1.

Exemples

Milieu	Indice	Vitesse de la lumière ($m \cdot s^{-1}$)
vide	1,000	$3{,}00 \times 10^8$
air	1,000	$3{,}00 \times 10^8$
eau	1,33	$2{,}26 \times 10^8$
diamant	2,43	$1{,}23 \times 10^8$

● Le phénomène de réfraction obéit aux **deux lois de Snell-Descartes (fig. 2)**.

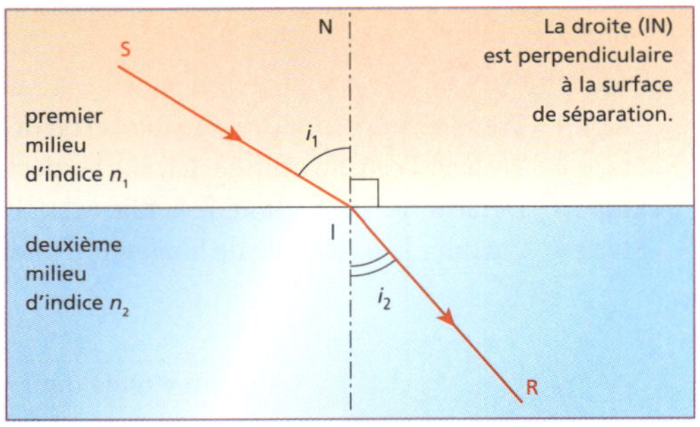

Fig. 2

››› **1re loi** : Le rayon réfracté R est contenu dans le plan d'incidence qui est le plan défini par la perpendiculaire à la surface de séparation entre les deux milieux et le rayon incident S.

››› **2de loi** : $\boxed{n_1 \times \sin(i_1) = n_2 \times \sin(i_2)}$ avec n_1 indice du milieu 1 ; n_2 indice du milieu 2 ; i_1 angle d'incidence – angle entre le rayon incident S dans le milieu 1 et la droite (IN) – et i_2 angle de réfraction – angle entre le rayon réfracté R dans le milieu 2 et la droite (IN).

INFO

Quand un rayon lumineux se propage d'un milieu 1 dans un milieu 2 d'indice plus petit, le rayon ne subit plus de réfraction pour un angle d'incidence supérieur à une certaine valeur (il est alors totalement réfléchi) : c'est le phénomène de réflexion totale.

Interprétation de la dispersion de la lumière par le prisme

● Lors de son passage dans le prisme, la lumière est réfractée (**fig. 3**). Elle change de direction lors de chaque changement de milieu transparent : air- verre puis verre-air. Des radiations de couleurs différentes sont déviées différemment par le prisme car l'indice de réfraction **dépend de la longueur d'onde** de la radiation.

● Le prisme est un **système dispersif** pour la lumière blanche.

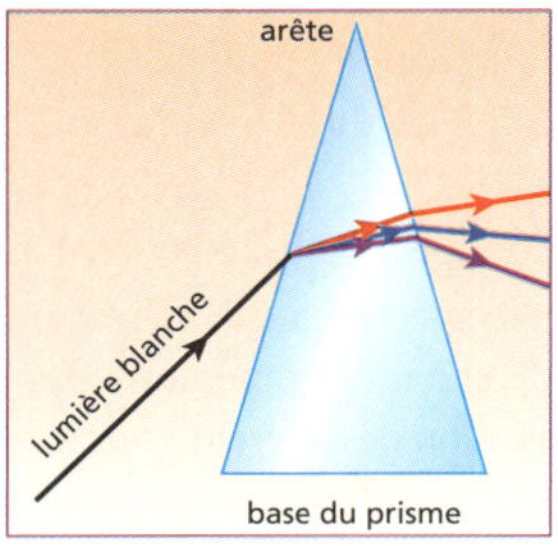

Fig. 3

LA MÉTHODE

Déterminer l'indice de réfraction d'un milieu

On dirige un étroit faisceau de lumière sur la face plane d'un bloc de verre. On relève la mesure de l'angle de réfraction pour différents angles d'incidence.

Angle d'incidence i_1 (degrés)	0	20	30	40	50
Angle de réfraction i_2 (degrés)	0	13	19	25	30

Donnée : indice de l'air : $n_1 = 1{,}00$.

››› Étape 1. Tracer sur une feuille de papier millimétré la courbe du sinus de l'angle de réfraction en fonction du sinus de l'angle d'incidence ($\sin(i_1)$ en abscisse ; $\sin(i_2)$ en ordonnée).

$\sin(i_1)$	0	0,3	0,5	0,6	0,8
$\sin(i_2)$	0	0,2	0,3	0,4	0,5

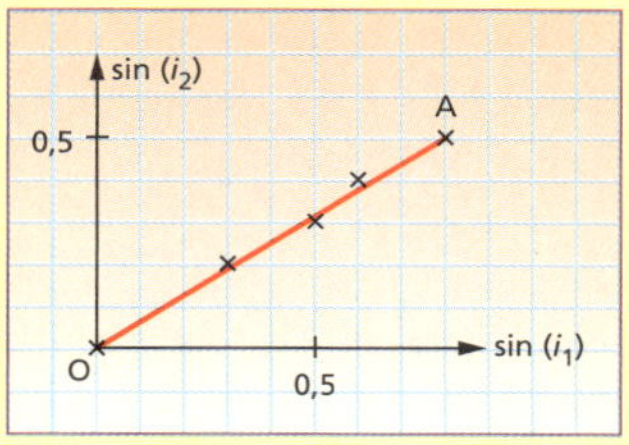

Fig. 4

››› Étape 2. Trouver le coefficient directeur de la droite.
On obtient une portion de droite passant par l'origine O, ce qui montre la proportionnalité entre les deux sinus. Le coefficient directeur A se calcule en relevant les coordonnées $(x_A ; y_A)$ d'un point de la droite tracée.

$$A = \frac{y_A - y_O}{x_A - x_O} = \frac{0{,}5 - 0}{0{,}8 - 0} = 0{,}63$$

››› Étape 3. À l'aide de la 2de loi de Snell-Descartes, calculer l'indice de réfraction du verre constituant le bloc.

D'après la 2de loi de Snell-Descartes et l'étape 2, on a :

$$\sin(i_2) = \frac{n_1}{n_2} \times \sin(i_1) = A \times \sin(i_1).$$

On en déduit :

$$\frac{n_1}{n_2} = A \text{ d'où } n_2 = \frac{n_1}{A} = \frac{1{,}00}{0{,}63} = 1{,}6.$$

Le verre a un indice de réfraction égal à 1,6.

S'ENTRAÎNER

1 QUIZ

Vrai ou faux ? Cocher la case qui convient.

a. Pour la réfraction, on a $n_1 \times \sin(i_1) = n_2 \times \sin(i_2)$. V ☐ F ☐

b. Pour la réflexion, on a $\sin(i_1) = \sin(i_2)$. V ☐ F ☐

c. L'angle de réfraction des radiations lumineuses ne dépend que du milieu. V ☐ F ☐

2 Rayon laser

On dispose d'un aquarium et d'un laser. Le rayon issu du laser arrive avec un angle d'incidence de 50° à la surface de l'eau.

Calculer l'angle réfléchi et l'angle réfracté.

Données : L'indice de réfraction de l'air vaut 1,00 et celui de l'eau 1,33.

POUR VOUS AIDER

Pour le phénomène de réflexion, il faut appliquer la 2de loi de Descartes ; pour celui de réfraction, la 2de loi de Snell-Descartes

3 Substance d'indice de réfraction inconnu

Un rayon lumineux passe de l'air ($n_1 = 1{,}00$) à une substance dont l'indice de réfraction est inconnu. Sachant que l'angle d'incidence est égal à 35° et que l'angle de réfraction est égal à 20°, calculer la valeur de l'indice de réfraction de cette substance.

4 Réfraction de la lumière au cours de la traversée d'un prisme

Un rayon de lumière arrive sur la surface de séparation entre l'air (d'indice $n_1 = 1{,}000$) dans lequel il se propage et le verre d'un prisme (d'indice n_2), avec un angle d'incidence $i_1 = 30°$.

1. L'angle de réfraction i_2 dans le verre étant égal à 18° pour une radiation monochromatique, calculer l'indice n_2 du verre.

2. L'indice de réfraction du verre du prisme dépend de la longueur d'onde de la radiation :

• $n_{2,\text{ bleue}} = 1{,}680$ pour une radiation bleue de longueur d'onde 470 nm ;

• $n_{2,\text{ rouge}} = 1{,}596$ pour une radiation rouge de longueur d'onde 740 nm.

a. Calculer les angles de réfraction $i_{2,\text{ rouge}}$ et $i_{2,\text{ bleue}}$ des deux radiations pour un angle d'incidence $i_1 = 30{,}0°$.

b. À l'aide du résultat précédent, expliquer pourquoi un prisme peut disperser la lumière blanche.

20 La formation des images

L'ESSENTIEL

Lentilles

● Une **lentille** est un objet transparent et incolore, en verre ou en matière plastique, dont les bords et le centre ont des épaisseurs différentes. On distingue des lentilles convergentes et divergentes.

● Une **lentille convergente** a des bords minces et un centre épais. Elle est symbolisée par une double flèche dirigée vers l'extérieur (**fig. 1**).

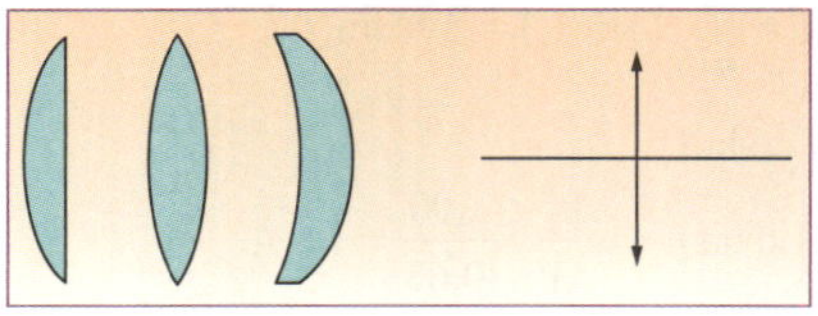

Fig. 1

● Une **lentille divergente** à des bords épais et un centre fin. Elle est symbolisée par une double flèche dirigée vers l'intérieur (**fig. 2**).

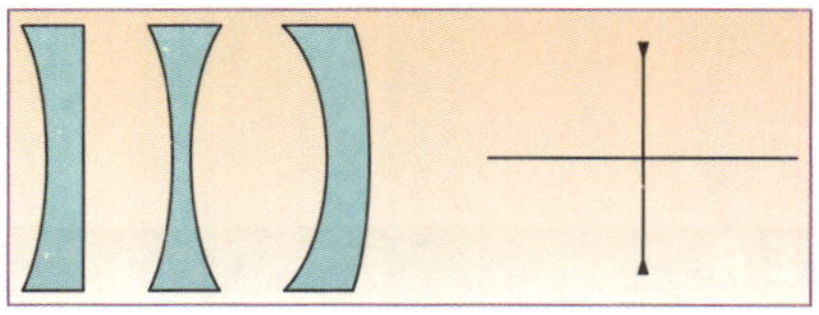

Fig. 2

● L'axe qui passe au centre d'une lentille et perpendiculaire à celle-ci est appelé **axe optique**.

● Le centre de la lentille est appelé **centre optique** et noté O. Tout rayon passant par le centre optique d'une lentille ne subit aucune déviation (**fig. 3**).

● Les rayons lumineux qui arrivent sur une lentille mince convergente parallèlement à l'axe optique convergent en un point de l'axe optique, appelé **foyer image** et noté F′ (**fig. 3**). Le foyer objet est symétrique du foyer image par rapport à la lentille. Il est noté F.

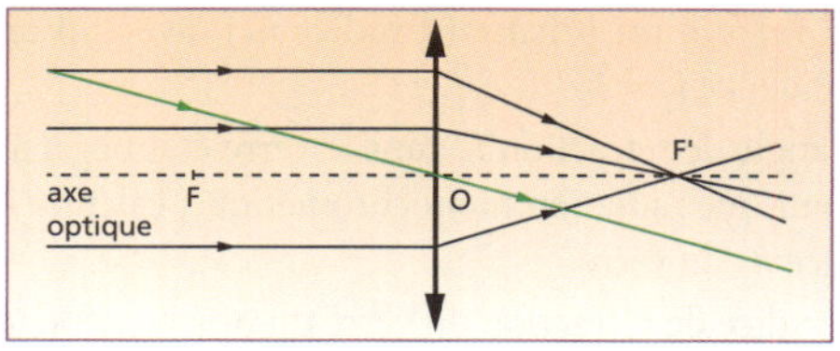

Fig. 3

Image par une lentille convergente

● La distance entre le centre optique O d'une lentille et son foyer F′ est appelée **distance focale** et notée f'.

● Un objet situé à une distance d de la lentille convergente telle que cette distance soit **supérieure à la distance focale** ($d > f'$) a son image nette formée sur l'écran placé après le foyer de la lentille. L'image obtenue est renversée par rapport à l'objet. Elle peut être agrandie ou réduite par rapport à celui-ci.

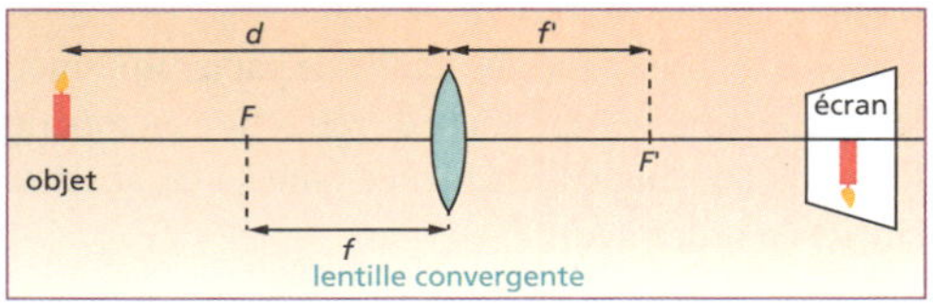

Fig. 4

● Le **grandissement** γ est une grandeur sans unité qui permet de déterminer si l'image obtenue par une lentille convergente est droite ou renversée et si elle est plus grande ou plus petite par rapport à l'objet :

$$\gamma = \frac{\overline{OA'}}{\overline{OA}} = \frac{\overline{A'B'}}{\overline{AB}}$$ avec :

$\overline{OA}$ **longueur algébrique** entre le centre optique O de la lentille et le point A en m ;
$\overline{OA'}$ longueur algébrique entre le centre optique O de la lentille et le point A′ (image de A par la lentille) en m ;
$\overline{AB}$ longueur algébrique entre A et B (hauteur de l'objet AB) en m ;
$\overline{A'B'}$ longueur algébrique entre A′ et B′ (hauteur de l'image par la lentille de l'objet AB) en m.

MOT CLÉ
Une **longueur algébrique** est une distance pouvant être positive, nulle ou négative en fonction de son sens par rapport à l'axe orienté. On a : $\overline{AB} = x_B - x_A$.

››› Si $\gamma > 0$ alors l'image est **droite** (même sens que l'objet) ; si $\gamma < 0$ alors l'image est **renversée** (sens inverse).
››› Si $|\gamma| > 1$ alors l'image est **plus grande** que l'objet ; si $|\gamma| < 1$ alors l'image est **plus petite** que l'objet.

Fonctionnement de l'œil et modélisation

L'œil peut être **modélisé par une lentille convergente** placée devant un écran (**fig. 5**). La lentille joue le rôle du cristallin et l'écran celui de la rétine. Le diaphragme joue le rôle de la pupille et de l'iris.

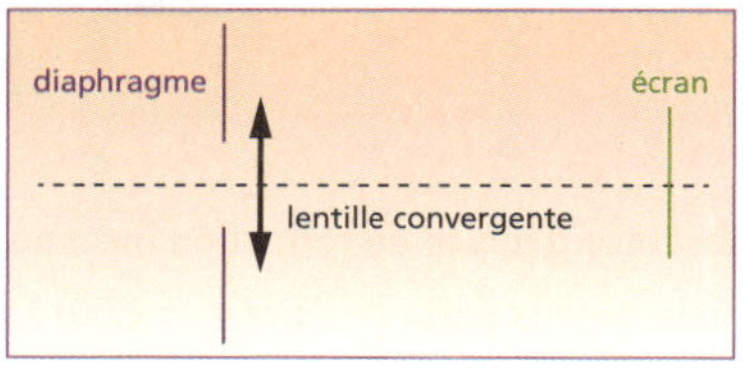

Fig. 5

LA MÉTHODE

Construire l'image d'un objet AB par une lentille convergente

Il faut tracer 3 rayons spécifiques qui passent par l'extrémité B de l'objet. Leur point d'intersection est B′ l'extrémité de l'image du point B.

Étape 1. Tracer le rayon émergent parallèle à l'axe optique. Un rayon émergent issu de B et parallèle à l'axe optique ressort de la lentille en passant par le foyer F′ de la lentille (**fig. 6**).

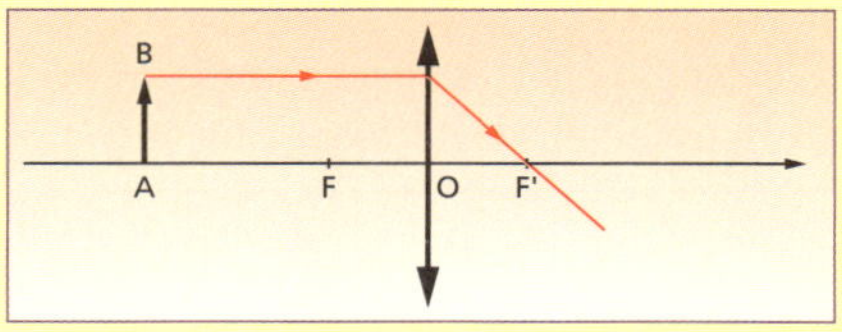

Fig. 6

Étape 2. Tracer le rayon émergent passant par le centre optique. Un rayon émergent issu de B et passant par le centre optique n'est pas dévié par la lentille (**fig. 7**).

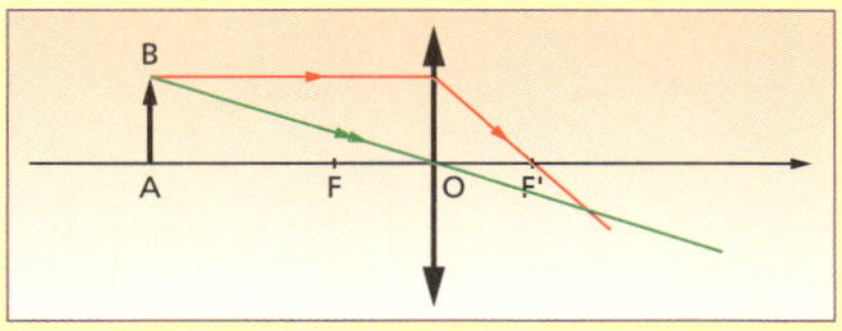

Fig. 7

Étape 3. Tracer le rayon émergent passant par le foyer objet. Un rayon émergent issu de B et passant par le centre optique ressort de la lentille parallèle à l'axe optique (**fig. 8**).

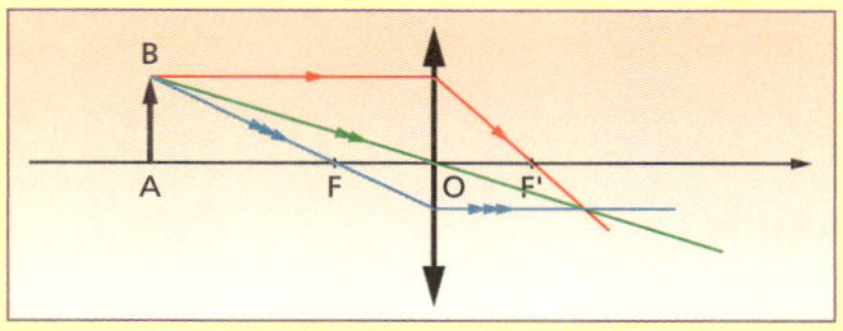

Fig. 8

Étape 4. Positionner le point B′ image de B par la lentille convergente. Le point d'intersection des rayons lumineux ayant traversé la lentille est la position du point B′ image du point B par la lentille convergente (**fig. 9**).

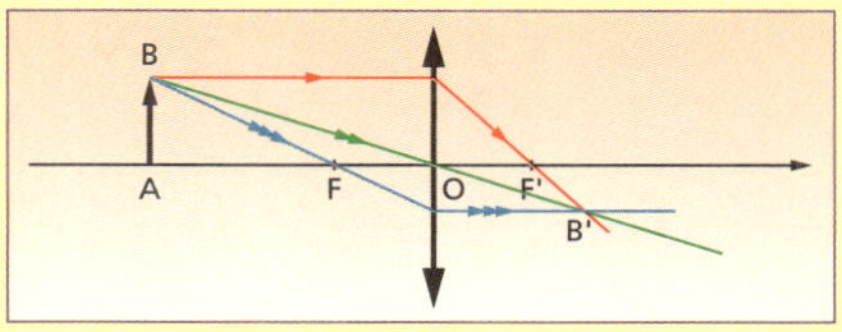

Fig. 9

Étape 5. Positionner le point A′ image de A par la lentille convergente. Le point de l'axe optique à la verticale du point B′ est A′ l'image du point A par la lentille convergente. Enfin, tracer le segment entre le point B′ et A′ (**fig. 10**).

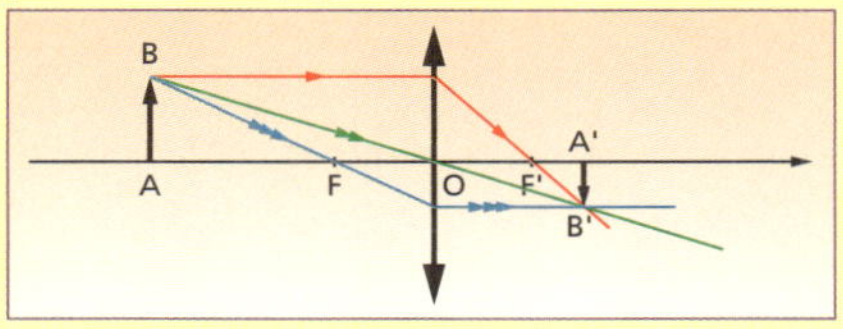

Fig. 10

S'ENTRAÎNER

1 QUIZ

Vrai ou faux ? Cocher la case qui convient.

a. La distance focale d'une lentille est la distance entre la lentille et l'écran. V ☐ F ☐

b. Le grandissement permet de déterminer si l'image est plus grande que l'objet. V ☐ F ☐

c. La formule du grandissement est $\gamma = \dfrac{\overline{OA}}{\overline{OA'}}$. V ☐ F ☐

d. Pour modéliser un œil, il faut plusieurs lentilles convergentes. V ☐ F ☐

2 Position d'une image obtenue par une lentille convergente

Construire l'image A′B′ de l'objet AB à travers la lentille sur le schéma ci-dessous.

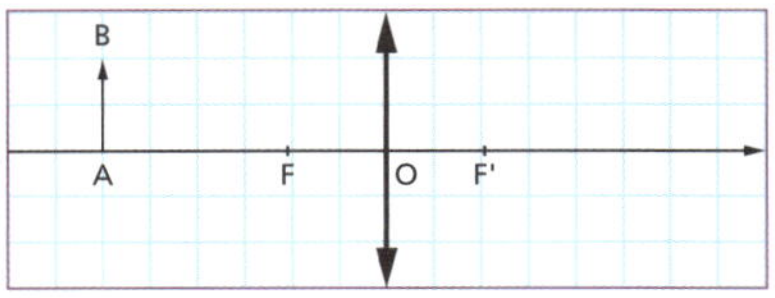

3 Taille d'une image obtenue par une lentille convergente

Un objet AB de hauteur 1,0 cm est placé à 25,0 cm avant le centre optique d'une lentille convergente de distance focale $f' = 10{,}0$ cm. Le grandissement est $\gamma = 0{,}5$.

1. Schématiser la situation sans souci d'échelle en plaçant le point A sur l'axe optique.

2. Parmi les grandeurs algébriques suivantes, quelles sont celles qui sont positives : $\overline{AB}$; $\overline{A'B'}$; $\overline{OA}$; $\overline{OA'}$.

3. En utilisant la relation de grandissement, calculer la taille de l'image.

4 Grandissement

Lors d'une manipulation, des élèves ont obtenu l'image A′B′ d'un objet AB à travers une lentille convergente. Ils ont déterminé les mesures suivantes :

$\overline{AB} = 1{,}7$ cm ; $\overline{A'B'} = -1{,}4$ cm ; $\overline{OA} = -4{,}0$ cm ; $\overline{OA'} = 3{,}3$ cm ; $\overline{OF'} = 1{,}8$ cm.

1. Calculer le grandissement γ.

2. Donner deux adjectifs pour décrire l'image A′B′ par rapport à l'objet AB.

21 Les lois dans un circuit électrique

L'ESSENTIEL

Loi des nœuds

Dans un circuit électrique, la **somme des intensités** des courants qui arrivent à un nœud est égale à la somme des intensités des courants qui partent de ce nœud (**fig. 1**).

Exemple

$i_1 + i_4 + i_6 = i_2 + i_3 + i_5$

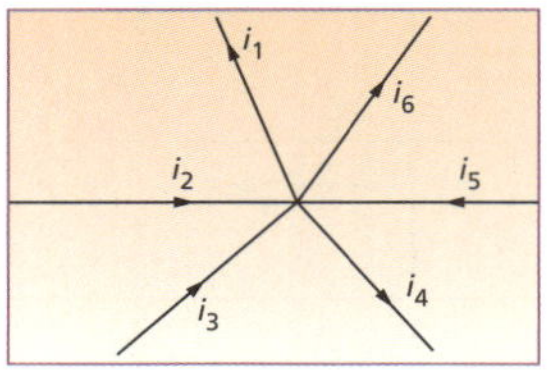

Fig. 1

Loi des mailles

Dans une maille d'un circuit électrique, la **somme algébrique des tensions** le long de cette maille est toujours nulle.

> **MOT CLÉ**
> Une **maille** est un ensemble de branches qui forme une boucle.

Exemple

Pour la maille ABEF (**fig. 2**) :

$U_0 - U_1 - U_2 - U_3 = 0$

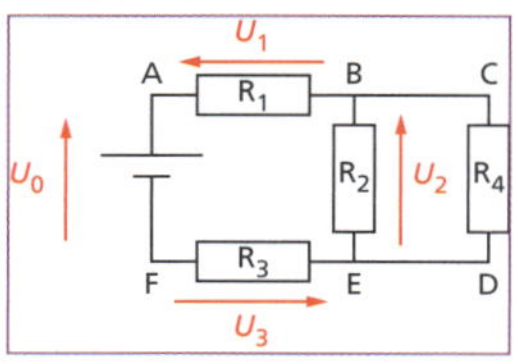

Fig. 2

Caractéristique courant-tension d'un dipôle

La caractéristique courant-tension d'un dipôle est la **représentation graphique** qui traduit l'évolution de la tension U aux bornes du dipôle en fonction de l'intensité I du courant qui le traverse.

Conducteur ohmique

- Beaucoup de dipôles **s'opposent au passage du courant** électrique : quand ils sont placés dans un circuit électrique, l'intensité du courant diminue.
- Un dipôle dont la caractéristique est une droite qui passe par l'origine est un **conducteur ohmique** (**fig. 3**).

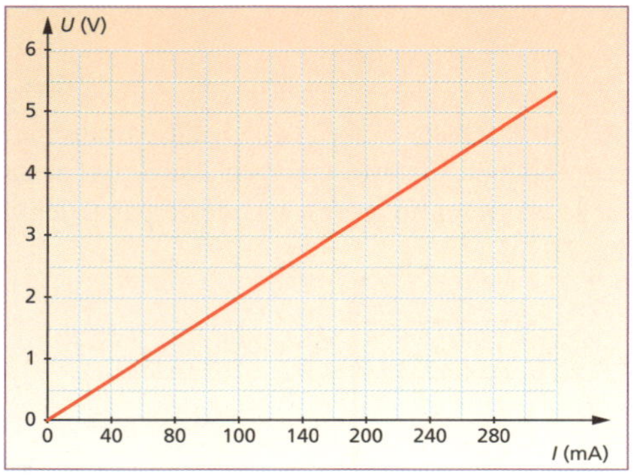

Fig. 3 Caractéristique d'un conducteur ohmique

- On en déduit que la tension et l'intensité aux bornes d'un conducteur ohmique sont proportionnelles. Le coefficient de proportionnalité est appelé **résistance**. On exprime la résistance en ohms. L'ohm est une unité dont le symbole est Ω (oméga).

Loi d'Ohm

La tension U aux bornes d'un conducteur ohmique est égale au produit de sa résistance R par l'intensité I du courant qui le traverse :

$$U = R \times I$$

avec U tension en volts (V) ; I intensité en ampères (A) et R résistance en ohms (Ω).

LA MÉTHODE

Déterminer la valeur d'une tension électrique

Dans le circuit (**fig. 4**), on cherche à déterminer la tension aux bornes de la lampe L, sachant que la pile a une tension $U_{pile} =$ 6,5 V et que le conducteur ohmique R a une tension $U_R = 3{,}0$ V.

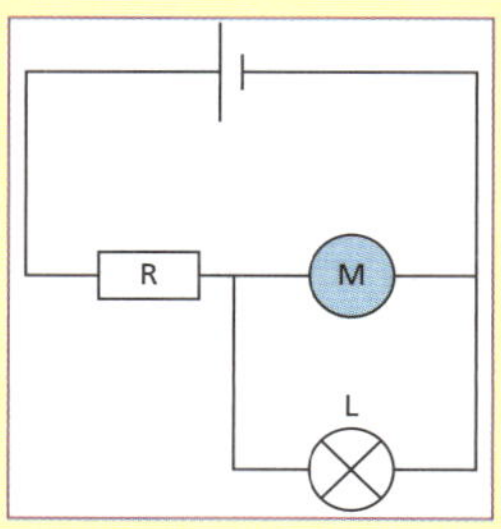

Fig. 4

Pour déterminer la valeur d'une tension électrique, il faut appliquer la **loi des mailles** dans le circuit en incluant la tension recherchée dans la maille étudiée.

Étape 1. Déterminer la maille qui convient pour appliquer la loi des mailles.

On se place dans la maille contenant la pile, la résistance et la lampe (tracé vert dans la figure 5).

Étape 2. Représenter les tensions aux bornes des différents dipôles de la maille (**fig. 5**).

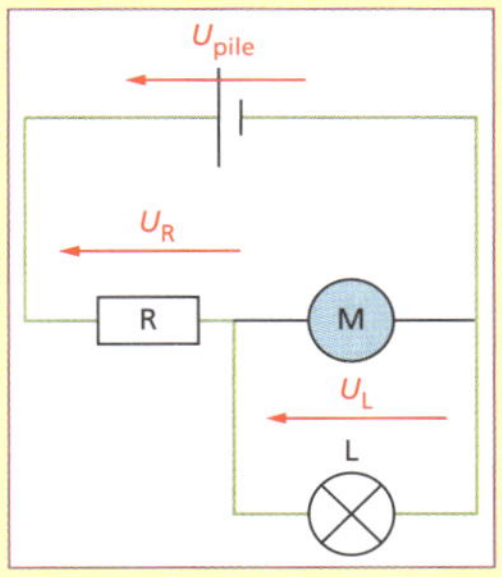

Fig. 5

Étape 3. Choisir un sens de parcours arbitraire pour la maille.

On va parcourir la maille dans le sens des aiguilles d'une montre.

Étape 4. Écrire que la somme algébrique des tensions est nulle en respectant la convention suivante :

– si la flèche-tension est dans le sens inverse que celui de parcours de la maille, la tension est affectée du signe + ;

– si la flèche-tension est dans le même sens que celui de parcours de la maille, la tension est affectée du signe –.

$U_R + U_L - U_{pile} = 0$

Étape 5. Exprimer la tension recherchée en fonction des autres tensions mises en jeu dans la maille, puis réaliser le calcul.

$U_L = U_{pile} - U_R = 6{,}5 - 3{,}0 = 2{,}5$ V

S'ENTRAÎNER

1 QUIZ

Vrai ou faux ? Cocher la case qui convient.

a. La loi des nœuds indique que la somme des intensités d'un circuit est nulle. V ☐ F ☐

b. La tension aux bornes d'un dipôle peut être calculée grâce à la loi des nœuds. V ☐ F ☐

c. Si la caractéristique d'un dipôle est une droite, alors c'est un conducteur ohmique. V ☐ F ☐

d. D'après la loi d'Ohm : $U = R \times I$ V ☐ F ☐

2 Calcul d'intensité

Calculer i_3 dans le montage schématisé ci-dessous.

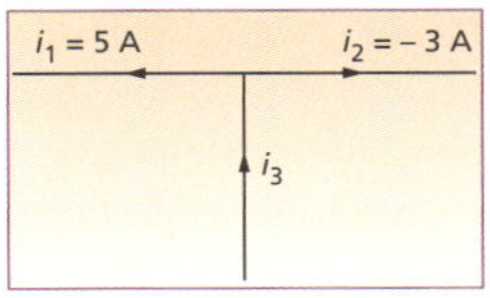

3 Calcul de tension

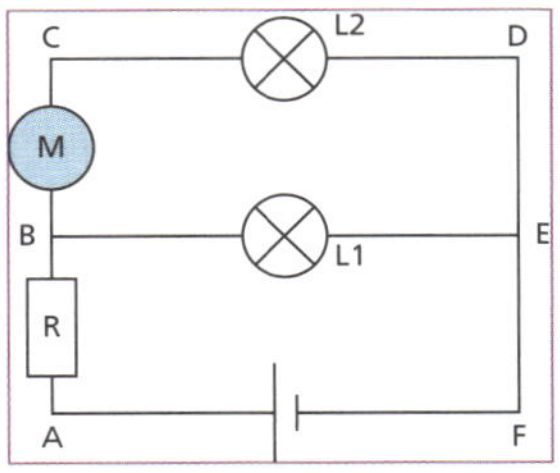

En séance de travaux pratiques, un élève a réalisé le circuit ci-dessus. Avant de ranger, il a pu mesurer les tensions aux bornes de tous les dipôles sauf la tension aux bornes du conducteur ohmique. Il a trouvé :

$U_{L1} = 3{,}7$ V ; $U_{L2} = 4{,}1$ V ; $U_M = 4{,}9$ V et $U_{pile} = 9{,}0$ V.

Calculer la tension aux bornes du conducteur ohmique.

POUR VOUS AIDER

Pour un générateur, la flèche-tension est dans le même sens que celui du courant électrique.

4 Calculer une résistance

Dans un circuit intégré, on a trouvé un conducteur ohmique. Pour une intensité de 240 mA, sa tension est égale à 1,2 V.

Calculer la résistance de ce conducteur ohmique.

22 Les capteurs

L'ESSENTIEL

Les capteurs

● Un **capteur** mesure la valeur d'une grandeur physique (température, intensité, éclairement) qu'il transforme en une grandeur électrique (tension, intensité, résistance). Celle-ci est ensuite convertie en nombre et exploitée ou affichée par un dispositif adapté.

● Il existe différentes catégories de capteurs :
– les **résistances**, pour lesquelles la tension dépend de l'intensité du courant qui les traverse ;
– les **capteurs résistifs**, pour lesquels la résistance varie avec une grandeur physique (l'éclairement pour les photorésistances ou la température pour les thermorésistances et les thermistances) ;
– les **photodiodes**, pour lesquelles l'intensité du courant qui les traverse dépend de l'éclairement qu'elles reçoivent.

Courbe d'étalonnage

On utilise un capteur quand on souhaite connaître la valeur d'une grandeur physique. Avant de faire la mesure voulue, il faut souvent commencer par réaliser une courbe d'étalonnage qui servira de **référence** : sur cette courbe, sont représentées les valeurs électriques mesurées en fonction des valeurs de référence de la grandeur physique.

Signaux analogiques et numériques

● Un **signal analogique** est un signal qui varie de façon continue au cours du temps : il peut prendre une infinité de valeurs et varier de façon périodique ou non (par exemple, un son ou une tension électrique).

● Un **signal numérique** est un signal qui varie de façon discontinue au cours du temps : il ne peut prendre que certaines valeurs bien définies et en nombre limité. Le signal garde une valeur pendant une durée appelée période d'échantillonnage.

● Les grandeurs physiques sont le plus souvent des signaux analogiques tandis que les ordinateurs exploitent des signaux numériques. La transformation d'un signal analogique en signal numérique est appelée **numérisation**. Elle se fait en trois étapes : l'échantillonnage, la quantification et le codage (**fig. 1**).

››› L'**échantillonnage** consiste à découper périodiquement la valeur du signal analogique.

››› La **quantification** consiste à affecter une valeur numérique à chaque échantillon prélevé.

››› Le **codage** consiste à convertir la valeur de chaque échantillon en un mot binaire sur 4, 8, 10, 16… bits suivant la qualité désirée.

● Un **convertisseur analogique numérique** (CAN) est un appareil permettant de transformer en valeurs numériques un signal analogique.

Les microcontrôleurs

● Les microcontrôleurs sont des **interfaces** facilement programmables et utilisables qui permettent de réaliser des montages électroniques commandés par un ordinateur. On peut y brancher des récepteurs (moteur, DEL, lampe, résistance) ou des capteurs. Pour réaliser des montages, il faut un microcontrôleur (type Arduino), une platine d'expérimentation sur laquelle seront insérés les fils et les dipôles électriques utilisés.

● Le microcontrôleur peut, selon les besoins de son utilisateur :
– **fournir une tension** électrique de 0 ; 3,3 ou 5 V ;
– **mesurer une tension** électrique (signal numérique de 0 ou 5 V, ou signal analogique converti en signal numérique codé sur 10 bits).

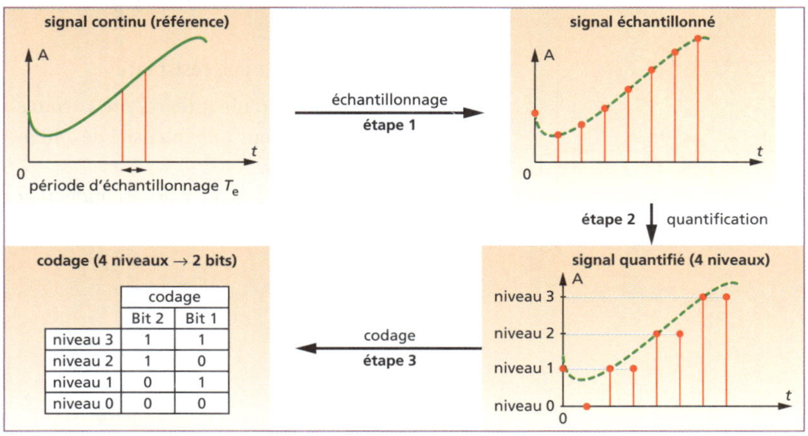

	codage	
	Bit 2	Bit 1
niveau 3	1	1
niveau 2	1	0
niveau 1	0	1
niveau 0	0	0

Fig. 1

LA MÉTHODE

Produire et utiliser une courbe d'étalonnage

On veut produire et utiliser une courbe d'étalonnage reliant la résistance d'un système avec la température pour déterminer la température au creux de la main.

Étape 1. Réaliser le circuit électrique permettant de mesurer la valeur de la résistance d'une thermistance (**fig. 2**).

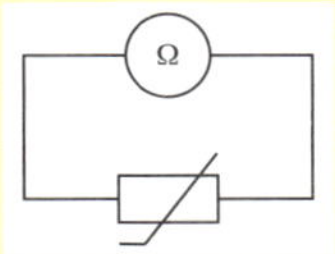

Fig. 2

Étape 2. Plonger la thermistance reliée à un ohmmètre dans un récipient d'eau chaude contenant également une sonde du thermomètre et un agitateur.

Étape 3. Relever la valeur R de la résistance de la thermistance et θ celle de la température.

Étape 4. Ajouter un peu d'eau froide, homogénéiser l'eau avec l'agitateur, puis mesurer R et θ. Répéter cette opération plusieurs fois.

Étape 5. Tracer la courbe d'étalonnage. On trace le graphique $R = f(\theta)$: pour chaque valeur de θ mesurée placée en abscisse, on reporte la valeur R en ordonnée.

Étape 6. Placer la thermistance au creux de la main et relever la valeur de sa résistance.

Étape 7. Sur la courbe d'étalonnage, déterminer la valeur de la température correspondant à la valeur de la résistance mesurée.

Par exemple, si la résistance de la thermistance est égale à 800 Ω, on peut déterminer graphiquement que la température au creux de la main est de 26,8 °C (**fig. 3**).

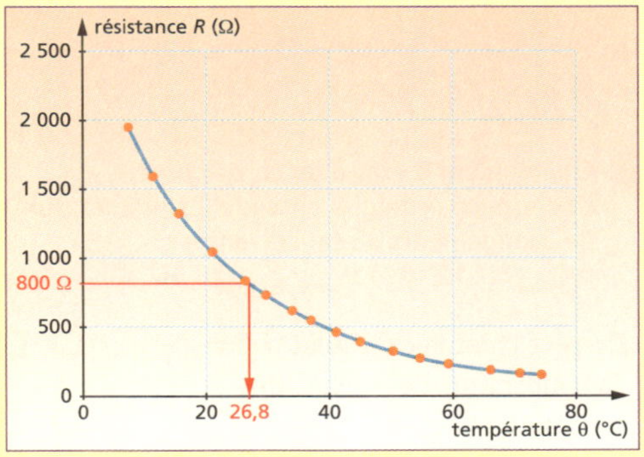

Fig. 3

S'ENTRAÎNER

1 QUIZ

Vrai ou faux ? Cocher la case qui convient.

a. Un capteur permet de mesurer une grandeur physique. V ☐ F ☐
b. C'est toujours la variation de la résistance du capteur qui est étudiée. V ☐ F ☐
c. Un signal analogique peut prendre toutes les valeurs d'un intervalle donné. V ☐ F ☐
d. Un signal numérique est un signal continu. V ☐ F ☐
e. La conversion analogique-numérique se fait en deux étapes. V ☐ F ☐

2 Déterminer un flux lumineux

On a mesuré la valeur de la résistance d'une photorésistance en fonction du flux lumineux reçu de la part d'une lampe.

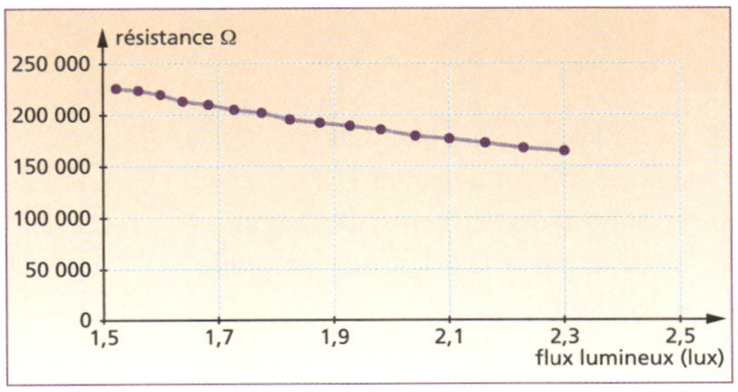

1. Le flux lumineux et la résistance sont-ils proportionnels ?

2. Déterminer la valeur du flux lumineux si la résistance de la photorésistance est égale à 180 000 Ω.

POUR VOUS AIDER

Deux grandeurs sont proportionnelles si la représentation graphique de l'une en fonction de l'autre est une droite passant par l'origine

3 Numérisation d'un signal

Les conversations téléphoniques sont très majoritairement numérisées : ce n'est plus la conversion de la voix en signal électrique qui est transmise mais 8 000 échantillons par seconde de ce signal électrique. Chaque échantillon est ensuite codé sur 8 bits.

1. Quelles sont les étapes de la numérisation d'un signal analogique ?

2. Déterminer la période d'échantillonnage utilisée pour numériser les conversations téléphoniques.

PHYS.-CHIMIE

TEST BILAN en physique-chimie

Date : ....

LA MATIÈRE

1 La masse volumique d'un liquide

Un liquide possède une masse égale à 60,0 g et occupe un volume égal à 200 mL.

☐ **a.** Sa masse volumique est égale à 0,30 $g \cdot L^{-1}$.
☐ **b.** Sa masse volumique est égale à 300 $g \cdot L^{-1}$.
☐ **c.** Sa masse volumique est égale à 12,0 $g \cdot L^{-1}$.

2 Changement d'état d'un corps pur

Une espèce chimique possède les températures de changements d'état suivantes : $\theta_{fusion} = -12$ °C et $\theta_{vaporisation} = 56$ °C.

	VRAI	FAUX
a. L'espèce chimique est solide à $\theta = -5$ °C.	☐	☐
b. Sa température de liquéfaction est égale à 56 °C.	☐	☐
c. L'espèce chimique est liquide à $\theta = 30$ °C.	☐	☐

3 Préparation d'une solution aqueuse

On prépare une solution aqueuse de glucose en dissolvant 18,0 g de glucose dans de l'eau pour préparer 0,500 L de solution.

☐ **a.** L'eau est le soluté et le glucose, le solvant.
☐ **b.** La concentration massique en glucose est égale à 36,0 $g \cdot L^{-1}$.
☐ **c.** La concentration massique en glucose est égale à 9,0 $g \cdot L^{-1}$.

4 Échelle de teintes

On prépare une échelle de teintes à partir d'une solution mère de sulfate de cuivre.

☐ **a.** On prépare les solutions filles par dissolution.
☐ **b.** On prépare les solutions filles par dilution.
☐ **c.** Une échelle de teintes permet de réaliser un dosage.

5 Nature d'une espèce chimique

Le chlorure de sodium contient les entités Na^+ et Cl^-. La formule de l'éthanol est C_2H_6O.

	VRAI	FAUX
a. Le chlorure de sodium est une espèce chimique ionique.	☐	☐
b. L'éthanol possède 1 atome de carbone, 2 atomes d'hydrogène et 6 atomes d'oxygène.	☐	☐
c. L'éthanol est une espèce chimique moléculaire.	☐	☐

6 La structure de l'atome de chlore

Un noyau d'un atome de chlore a un numéro atomique $Z = 17$ et un nombre $A = 35$.

☐ **a.** Il y a 17 électrons autour du noyau.
☐ **b.** On trouve 35 nucléons dans le noyau.
☐ **c.** Le noyau contient 35 neutrons.

7 La structure électronique de l'atome d'oxygène

L'atome d'oxygène a un numéro atomique $Z = 8$.

☐ **a.** Sa structure électronique est $1s^2\ 2s^4\ 2p^2$.
☐ **b.** Il possède 4 électrons de valence.
☐ **c.** Sa structure électronique est $1s^2\ 2s^2\ 2p^4$.

8 Stabilité de l'atome de magnésium

L'atome de magnésium Mg a un numéro atomique $Z = 12$.

☐ **a.** Sa structure électronique est $1s^2\ 2s^2\ 2p^6\ 3s^2$.
☐ **b.** Il peut donner l'ion Mg^{2+}, qui est stable.
☐ **c.** L'atome de magnésium est stable.

9 Comptage d'entités dans un échantillon

Un échantillon de matière possède une quantité de matière égale à $1,0 \times 10^{-3}$ mol. Il possède :

☐ **a.** $6,02 \times 10^{20}$ particules.
☐ **b.** $6,02 \times 10^{23}$ particules.
☐ **c.** $6,02 \times 10^{26}$ particules.

10 États physiques

Un corps peut se trouver dans :

☐ **a.** l'état solide, qui est un état dispersé et ordonné.
☐ **b** l'état liquide, qui est un état condensé et désordonné.
☐ **c.** l'état gazeux, qui est un état dispersé et ordonné.

11 Action du dioxygène sur le méthane

La combustion du méthane CH_4 dans l'air correspond à sa réaction avec le dioxygène O_2 de l'air. Il se forme du dioxyde de carbone CO_2 et de l'eau H_2O.

	VRAI	FAUX
a. Le méthane et le dioxygène sont des réactifs.	☐	☐
b. Au cours de la réaction chimique, les éléments chimiques sont conservés.	☐	☐
c. L'équation bilan s'écrit : $CH_4 + O_2 \rightarrow CO_2 + H_2O$.	☐	☐

12 Extraction liquide-liquide du diiode

On désire extraire du diiode dissout dans l'eau à l'aide d'un autre solvant.

	VRAI	FAUX
a. Le diiode doit être plus soluble dans le solvant que dans l'eau.	☐	☐
b. Le solvant doit être miscible à l'eau.	☐	☐
c. L'extraction se fait dans une ampoule à décanter.	☐	☐

13 Transformation nucléaire

On considère la transformation nucléaire suivante : ${}^{26}_{11}Na \rightarrow {}^{26}_{12}Mg + {}^{0}_{-1}e$. Il s'agit d'une réaction :

☐ **a.** de fission.
☐ **b.** de fusion.
☐ **c.** de désintégration radioactive.

MOUVEMENT ET INTERACTIONS

14 Un cycliste

Un cycliste se déplace avec un mouvement rectiligne uniforme par rapport à un observateur assis au bord de la route. Une lampe est accrochée au guidon du vélo.

☐ **a.** Le référentiel terrestre est celui par rapport auquel on étudie le mouvement.

☐ **b.** Le mouvement de la lampe est le même pour le cycliste et pour l'observateur.

☐ **c.** La valve de la roue du vélo a un mouvement rectiligne uniforme par rapport à l'observateur.

15 Exploration de la Lune

Un spationaute de masse 160 kg se trouve à la surface de la Lune de masse $7{,}35 \times 10^{22}$ kg et de rayon 1 737 km. L'interaction gravitationnelle entre le spationaute et la Lune se calcule par : (Donnée : $G = 6{,}67 \times 10^{-11}$ N · kg^2 · m^{-2}.)

☐ **a.** $F_{\text{Lune/spationaute}} = 6{,}67 \times 10^{-11} \times \dfrac{7{,}35 \times 10^{22} \times 160}{(1\,737)^2}$

☐ **b.** $F_{\text{Lune/spationaute}} = 6{,}67 \times 10^{-11} \times \dfrac{160 \times 7{,}35 \times 10^{22}}{(1{,}737 \times 10^6)^2}$

16 Saut à l'élastique

Un sportif vient de sauter à l'élastique. Il est dans la phase où l'élastique le fait remonter. Quelles sont les caractéristiques de la force exercée par l'élastique sur le sportif ?

☐ **a.** La force s'exerce selon la verticale.

☐ **b.** La force s'exerce vers le bas.

☐ **c.** D'après les données, on ne connaît pas l'intensité de la force.

17 Principe d'inertie

Pour lesquels de ces systèmes, les forces se compensent-elles ?

☐ **a.** un drone en vol stationnaire

☐ **b.** une pierre qui fait des ricochets

☐ **c.** une valise en mouvement rectiligne uniforme sur un tapis roulant d'aéroport

ONDES ET SIGNAUX

18 Propagation du son dans le fer

Le son met 2 ms pour parcourir une poutre de fer de 10 m de long. La vitesse de propagation du son dans le fer est égale à :

☐ **a.** 5×10^3 m·s^{-1} ☐ **b.** 5 m·s^{-1} ☐ **c.** 0,02 m·s^{-1}

19 Étude d'un audiogramme

Un audiogramme fournit une courbe sinusoïdale dont la période *T* est égale à $6{,}6 \times 10^{-2}$ ms.

☐ **a.** La fréquence associée au signal enregistré est égale à 15 Hz.

☐ **b.** Le signal enregistré appartient au domaine des sons audibles.

☐ **c.** Il y a environ $1{,}5 \times 10^4$ périodes du signal dans une seconde.

20 Effet de la température sur la lumière émise

Lorsque la température d'un corps augmente, le spectre de la lumière qu'il émet :

☐ **a.** s'enrichit en radiations vers le bleu.

☐ **b.** s'enrichit en radiations vers le rouge.

☐ **c.** garde les mêmes radiations mais elles sont plus intenses.

21 Réfraction de la lumière

Un rayon de lumière passe de l'air ($n_1 = 1{,}0$) à l'eau ($n_2 = 1{,}3$) avec un angle d'incidence $i_1 = 30{,}0°$.

	VRAI	FAUX
a. La 2de loi de Snell-Descartes s'écrit : $n_1 \sin(i_2) = n_2 \sin(i_1)$.	☐	☐
b. Le sinus de l'angle de réfraction a pour expression : $\sin(i_2) = \dfrac{n_1 \sin(i_1)}{n_2}$.	☐	☐
c. On obtient par le calcul : $i_2 = 22{,}6°$.	☐	☐

22 Trajet d'un rayon lumineux traversant une lentille convergente

Un rayon de lumière passant par le foyer objet d'une lentille mince convergente :

☐ **a.** n'est pas dévié par la lentille.

☐ **b.** ressort de la lentille parallèle à l'axe optique.

☐ **c.** ressort de la lentille en passant par le foyer F′ de la lentille.

23 Tensions et intensités dans un circuit électrique

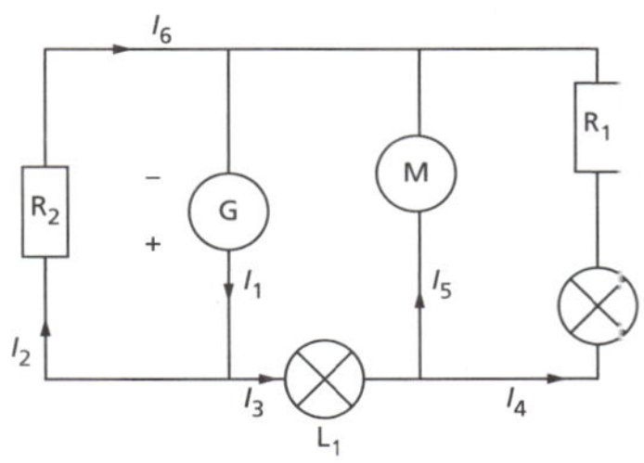

Pour le circuit ci-dessus, on a :

☐ **a.** $I_1 = I_2 + I_3 + I_4 + I_5$ ☐ **b.** $U_G = U_{R2} + U_{L1} + U_M$

☐ **c.** $U_M = U_{L2} + U_{R1}$

24 Signal de sortie

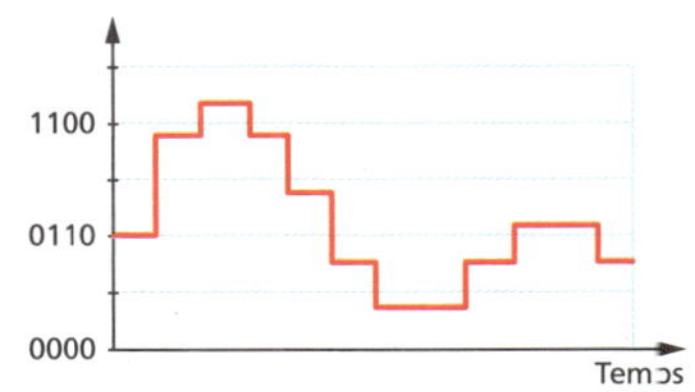

Le signal ci-dessus a été obtenu par un capteur :

☐ **a.** numérique ☐ **b.** analogique

CORRIGÉS

1. b **2.** b et c sont vraies. **3.** b **4.** b et c **5.** a et c sont vraies. **6.** a et b **7.** c **8.** a et b **9.** a **10.** b **11.** a et b sont vraies. **12.** a et c sont vraies. **13.** c **14.** a **15.** b **16.** a et c **17.** a et c **18.** a **19.** b et c La fréquence associée au signal enregistré est égale à 15 kHz. **20.** a **21.** b et c sont vraies. **22.** b **23.** c **24.** a

PHYS.-CHIMIE

Date

La Terre, la vie et l'organisation du vivant

1. L'organisation des êtres vivants pluricellulaires 254
2. ADN et gènes 256
3. Le métabolisme des cellules 258
4. La biodiversité, résultat de l'évolution 260
5. Les mécanismes de l'évolution 262
6. Les crises de la biodiversité 264

Enjeux planétaires contemporains

7. L'érosion, un phénomène géologique permanent 266
8. Érosion, roches sédimentaires et activité humaine 268
9. Le sol, milieu vivant 270
10. Le fonctionnement des agrosystèmes 272
11. Vers une agriculture durable 274

Corps humain et santé

12. Corps humain : de la fécondation à la puberté 276
13. Hormones et procréation humaine 278
14. Procréation : maîtrise et assistance 280
15. Cerveau et sexualité 282
16. L'homme et les micro-organismes 284
17. L'homme et les micro-organismes pathogènes 286
18. Le microbiote humain et la santé 288

Test bilan en SVT 290

1 L'organisation des êtres vivants pluricellulaires

L'ESSENTIEL

Organes, tissus, cellules

Organisation de la feuille : organe végétal

Une **plante** comprend plusieurs organes : racines, tiges, feuilles et organes reproducteurs.

Une **feuille** (voir le **document clé**) est formée par l'assemblage d'un grand nombre de cellules : c'est un organe pluricellulaire. Les cellules de la feuille sont regroupées en tissus : les épidermes, les parenchymes, les tissus conducteurs.

Un **tissu** est un ensemble de cellules semblables, disposées au voisinage les unes des autres et ayant des fonctions identiques ou voisines.

Un **organe** est un ensemble de tissus, formés chacun par un ensemble de cellules spécialisées, qui coopèrent assurant ainsi la fonction de l'organe (comme la production de matières organiques pour une feuille – voir le chapitre 3).

Organisation des animaux pluricellulaires

On retrouve chez un animal les **mêmes niveaux d'organisation** que chez un végétal : organes, tissus, cellules différenciées.

Ainsi, un **muscle** (organe) comprend notamment : un tissu musculaire, constitué de cellules capables de se contracter, un tissu nerveux, formé de fibres nerveuses capables de déclencher la contraction des cellules musculaires, et, en outre, un ensemble de vaisseaux sanguins apportant dioxygène et nutriments aux cellules musculaires.

De même, la **peau** est un organe constitué de deux tissus, l'épiderme et le derme ; dans ce dernier, on trouve des fibres nerveuses et des vaisseaux sanguins (**doc. 1**).

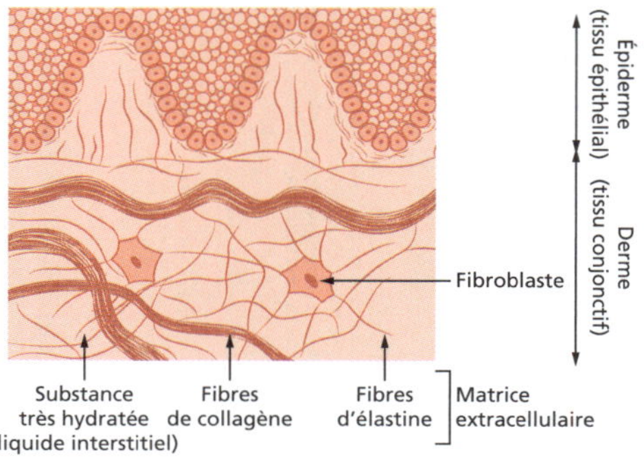

Doc. 1. Schéma d'une coupe de peau

> **IDÉE CLÉ**
> Dans un organisme unicellulaire, toutes les fonctions sont assurées par une seule cellule. Dans un organisme pluricellulaire, les organes sont des sociétés de cellules spécialisées formant des tissus et assurant des fonctions particulières.

La matrice extracellulaire

Les organes ne sont pas formés uniquement de cellules mais comprennent également **une composante extracellulaire appelée matrice** qui assure l'adhérence entre les cellules.

La paroi cellulaire : matrice extracellulaire des tissus végétaux

Chaque cellule végétale possède à l'extérieur de sa membrane cytoplasmique une paroi rigide qu'elle a synthétisée et secrétée : cette paroi constitue un milieu extracellulaire qui solidarise les cellules. Le constituant fondamental de cette paroi, la **cellulose**, forme des fibres qui assurent la rigidité.

Cette paroi, qui constitue l'environnement immédiat des cellules végétales, est très riche en eau : les cellules végétales vivent en **milieu aqueux**.

La matrice extracellulaire des tissus d'animaux

Bien que les cellules animales ne possèdent pas individuellement de paroi, il existe une matrice extracellulaire commune au sein des organes. Le **tissu conjonctif**, qui assure la cohésion de tous les tissus de l'organisme, est formé de cellules éloignées les unes des autres, noyées dans une matrice extracellulaire qu'elles ont sécrétée. Cette matrice contient des protéines fibreuses (fibres de collagène et d'élastine) qui assurent la cohésion, la résistance à l'écrasement et à l'étirement des tissus et organes.

Cette matrice est très fortement hydratée : le **liquide interstitiel** constitue l'environnement immédiat des cellules des organes avec lequel elles réalisent leurs échanges (gaz, nutriments, déchets).

> **IDÉE CLÉ**
> Les cellules animales comme les cellules végétales vivent en milieu aqueux. La matrice assure la cohésion entre les cellules d'un organisme, la résistance mécanique et un environnement physiologique favorable.

Les relations entre le liquide de la matrice et l'extérieur

L'eau de la matrice des **cellules végétales** est sans cesse renouvelée par la solution minérale puisée dans le sol et transportée par les vaisseaux jusqu'aux feuilles.

Les cavités du tube digestif et des voies respiratoires d'un animal pluricellulaire constituent un **environnement extérieur** à l'organisme tout en se trouvant à l'intérieur du corps. Leurs parois constituent des surfaces d'échanges de l'organisme avec le milieu extérieur par où pénètrent les nutriments et le dioxygène et par où sont évacués les déchets de l'activité cellulaire.

Le **sang** transporte nutriments et dioxygène vers tous les organes où nutriments et dioxygène passent dans la matrice extracellulaire et de là dans les cellules. Le liquide de la matrice est constamment renouvelé.

LE DOCUMENT CLÉ

Organisation d'une feuille

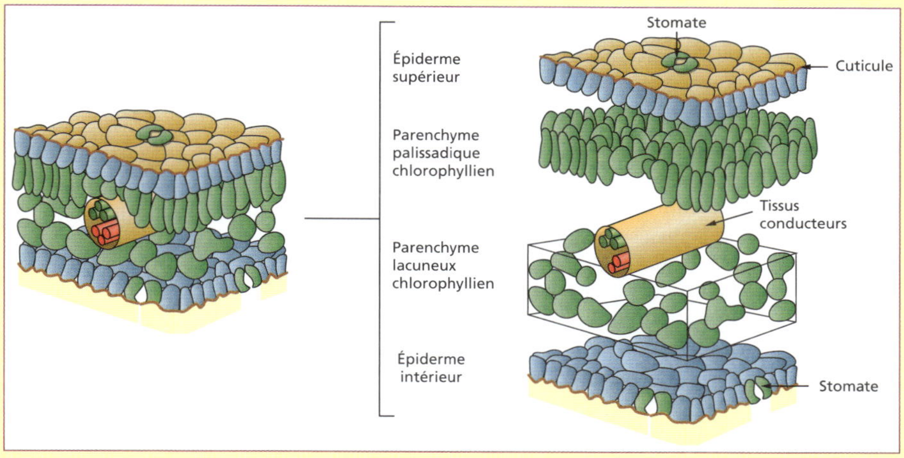

Doc. 2. Organisation d'une feuille

Parenchymes (cellules vertes) : tissus dont les cellules contiennent des chloroplastes et où a lieu la photosynthèse.
Épidermes (cellules bleues) : tissus externes de la feuille dont les cellules jointives possèdent sur leurs faces externes une cuticule (couleur jaune) imperméable. Ils protègent, en particulier, contre la perte d'eau.
Stomates : orifices de petite taille entre deux cellules épidermiques chlorophylliennes spécialisées permettant les échanges gazeux de la feuille avec l'atmosphère.
Tissu conducteur : ensemble de vaisseaux conduisant la sève brute (eau et ions minéraux) puisée dans le sol vers les cellules des parenchymes et tubes criblés transportant les matières organiques fabriquées par les cellules chlorophylliennes vers les cellules des autres organes.

S'ENTRAÎNER

1 QUIZ

Cocher la ou les affirmations exactes.

La matrice extracellulaire :

- ❑ **a.** n'est présente que dans les organes animaux.
- ❑ **b.** est uniquement constitué de cellules.
- ❑ **c.** est un milieu très pauvre en eau.
- ❑ **d.** est riche en fibres de cellulose et de collagène chez les animaux.

2 **Comparer des cellules**

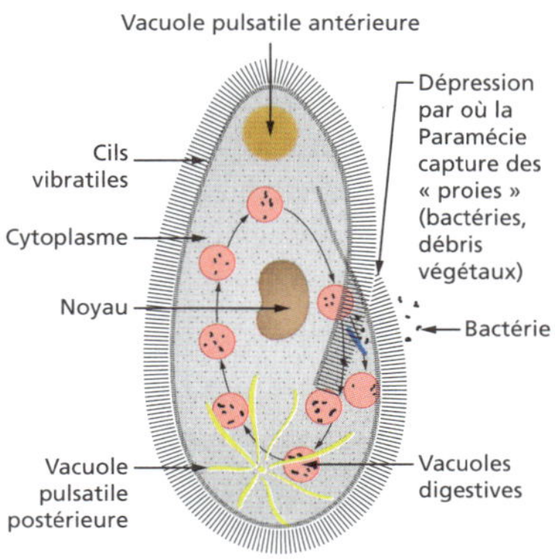

Doc. 3. Paramécie

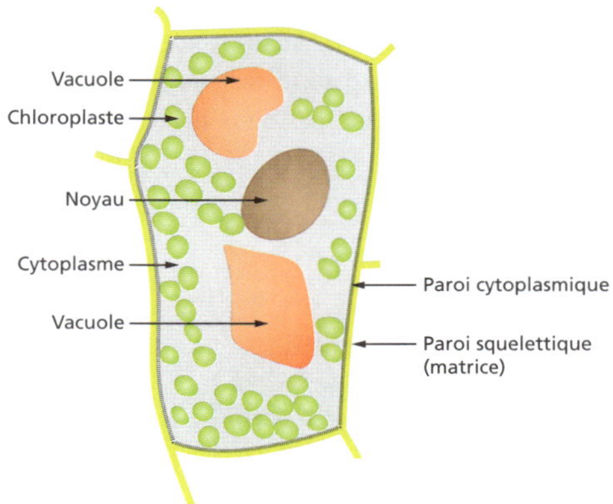

Doc. 4. Cellule de feuille d'Élodée du Canada

a. Comparer l'organisation d'une cellule de feuille (organe pluricellulaire) à celle de la paramécie (animal unicellulaire).

b. Comment un organisme unicellulaire peut-il mener une vie indépendante dans son milieu, contrairement à une cellule d'un organisme pluricellulaire qui bénéficie du fonctionnement des autres cellules ?

POUR VOUS AIDER

a. Dégagez les caractères communs puis les différences dans l'organisation de ces deux cellules.

SVT

2 ADN et gènes

L'ESSENTIEL

Toutes les cellules d'un organisme pluricellulaire proviennent d'une cellule unique, la cellule œuf, à la suite d'un nombre considérable de divisions cellulaires. Dans cette cellule œuf se trouve l'information nécessaire (**génome**) à la construction de l'organisme et à la vie des cellules qui le constituent. Cette information est répliquée lorsqu'une cellule se divise et se retrouve **à l'identique** dans toutes les cellules de l'organisme.

La nature de l'information génétique

- Le génome d'une cellule est contenu dans le noyau, organite cellulaire limité par une enveloppe nucléaire. Plus précisément, ce génome est situé dans les **chromosomes**, structures visibles au microscope optique au moment de la division cellulaire mais existant en permanence dans la cellule.
- Le chromosome est formé par une seule macromolécule d'ADN (acide désoxyribonucléique) associée à des protéines. **La molécule d'ADN est le support de l'information génétique**.

La structure de la molécule d'ADN

- La **molécule d'ADN** (**doc. 1**) est formée de deux brins constitués chacun d'une chaîne de nucléotides.
- Un **nucléotide** est constitué d'un groupement phosphate associé à un sucre (le désoxyribose), lui-même associé à une base azotée.
- Les deux chaînes de nucléotides sont réunies par des liaisons entre leurs bases azotées. L'ensemble ainsi constitué forme une **double hélice**.
- Pour chacun des nucléotides, la **base azotée** peut être : soit l'adénine (A), soit la thymine (T), soit la cytosine (C), soit la guanine (G). Adénine et thymine d'une part, cytosine et guanine d'autre part, ne peuvent s'associer que l'une avec l'autre. Les deux brins d'ADN sont dits **complémentaires**.

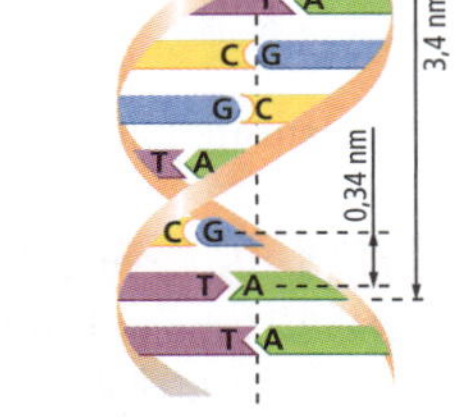

Doc. 1. La molécule d'ADN (fragment)

La notion de gène

- L'information génétique d'une molécule d'ADN ne forme pas un tout mais elle est distribuée en un grand nombre d'unités qu'on appelle des **gènes**. Un gène est un fragment d'ADN de quelques centaines à quelques milliers de nucléotides.
- Chaque gène occupe un emplacement précis (appelé **locus**) de la molécule d'ADN et donc du chromosome contenant cette molécule (voir le **document clé**).
- On estime que le **génome humain** contient de 20 000 à 25 000 gènes. Chaque chromosome est donc le support de plusieurs centaines de gènes.
- Chez les plantes à fleurs, tout comme chez les animaux pluricellulaires, les chromosomes peuvent être **rangés par paires**.

> **MOT CLÉ**
> **Caryotype** : arrangement des chromosomes après leur regroupement par paires en fonction de leur longueur et de leur structure. Le caryotype humain comprend 23 paires de chromosomes ; une de ces paires est différente chez la femme (XX) de chez l'homme (XY).

- On donne le nom d'**allèle** à l'exemplaire du gène porté par un chromosome. Les deux allèles du même gène, situés chacun sur un des chromosomes d'une paire (chromosomes homologues), peuvent être identiques ou différents (voir le chapitre 4).

L'expression des gènes

- C'est la **séquence des nucléotides** d'un gène qui constitue l'information génétique codée dans ce gène.

> **MOT CLÉ**
> **Séquence** : succession précise de nucléotides.

- L'information génétique codée dans un gène est utilisée pour fabriquer une **protéine** ayant une fonction bien déterminée. De nombreux gènes codent pour des **enzymes**, **protéines** indispensables à la réalisation de toutes les transformations chimiques qui se déroulent dans la cellule (voir le chapitre 3).

Un même génome et pourtant des cellules spécialisées différentes

- Toutes les cellules d'un organisme possèdent les **mêmes allèles des gènes**. Certains gènes, qui codent pour des enzymes indispensables au maintien de la vie de la cellule, s'expriment dans toutes les cellules.
- D'autres gènes ne s'expriment que dans certaines cellules et sont donc « **muets** » dans les autres cellules. Ces gènes qui ne s'expriment que dans certaines cellules confèrent à celles-ci des caractéristiques particulières à l'origine de leur spécialisation. Chaque type de cellule possède un pool de gènes qui s'expriment qui lui est propre.

LE DOCUMENT CLÉ

Fragment d'un caryotype réduit à une paire de chromosomes homologues

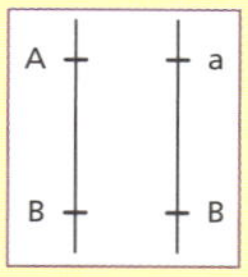

Doc. 2. Paire de chromosomes homologues

Doc. 3. Trois séquences alléliques

- A et a sont des allèles différents d'un même gène ; B et B sont deux allèles identiques d'un même gène. On note que les allèles d'un même gène occupent le **même locus** sur les chromosomes homologues, tandis que les allèles de deux gènes différents occupent des locus différents (**doc. 2**).
- Les **séquences de nucléotides** d'allèles de gènes différents (A et B par exemple) sont très différentes tandis que les séquences des allèles d'un même gène (A et a par exemple) sont très peu différentes (**doc. 3**).

S'ENTRAÎNER

1 QUIZ

Cocher la ou les affirmations exactes.

Des cellules du pancréas sécrètent dans le sang une hormone appelée insuline et seules ces cellules en sont capables. Le gène de l'insuline :

- ☐ **a.** est présent en deux exemplaires (allèles) dans les cellules du pancréas.
- ☐ **b.** ne se trouve pas dans le génome d'une cellule nerveuse.
- ☐ **c.** est absent dans d'autres cellules du pancréas qui ne sécrètent pas d'insuline mais des enzymes du suc pancréatique.
- ☐ **d.** n'est pas exprimé dans une cellule de l'appareil respiratoire.

2 La structure de l'ADN

La figure ci-dessous indique une séquence partielle d'un des deux brins d'un allèle d'un gène.
Compléter la séquence par le brin non représenté.

Doc. 4

3 Allèles de gènes différents ou d'un même gène ?

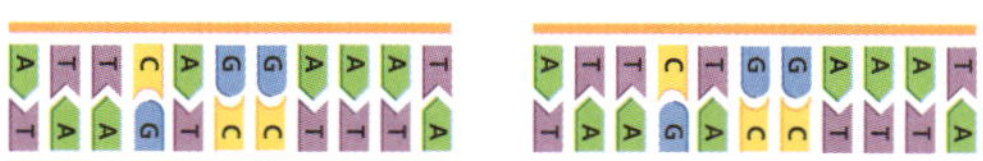

Doc. 5

Cocher la ou les affirmations exactes.

Si les deux séquences de nucléotides représentées ci-dessus proviennent de molécules d'ADN isolées à partir de la même cellule, le plus probable est qu'il s'agit :

- ☐ **a.** de deux allèles de gènes différents.
- ☐ **b.** de deux allèles différents d'un même gène.
- ☐ **c.** de deux allèles identiques d'un même gène.

POUR VOUS AIDER

Reportez-vous si besoin au document clé.

4 Environnement cellulaire et expression des gènes

Cocher la ou les affirmations exactes.

La courbe suivante (doc. 6) indique la variation de la concentration d'insuline (insulinémie) dans le sang suite à un apport de glucose (repas). On peut penser que :

- ☐ **a.** l'expression du gène qui code pour l'insuline est constante.
- ☐ **b.** le glucose diminue l'expression du gène.
- ☐ **c.** les cellules produisant et sécrétant l'hormone insuline captent l'information « augmentation de la glycémie ».
- ☐ **d.** l'expression d'un gène d'une cellule spécialisée peut dépendre de l'environnement de cette cellule.

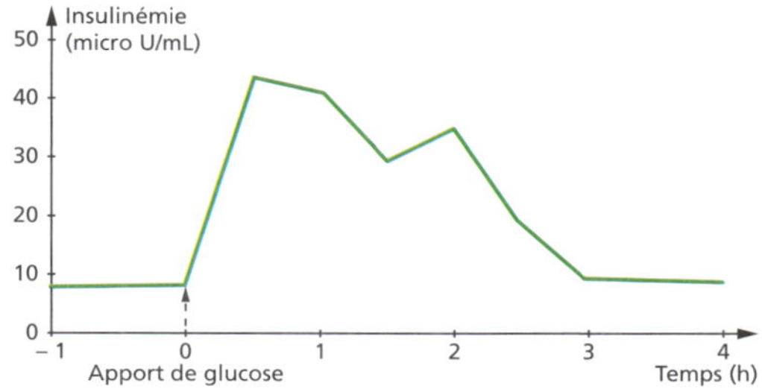

Doc. 6

SVT

3 Le métabolisme des cellules

L'ESSENTIEL

Généralités sur le métabolisme

- La cellule est un **système ouvert** qui doit en permanence prélever de la matière et de l'énergie dans son environnement et rejeter les déchets de son activité.
- Les **nutriments** minéraux et/ou organiques prélevés dans l'environnement sont utilisés par la cellule pour synthétiser les matières organiques qui lui sont propres, en particulier les protéines, les lipides membranaires et parfois des macromolécules glucidiques.
- L'**énergie prélevée** dans l'environnement est indispensable à la réalisation de toutes les activités cellulaires, notamment les synthèses des constituants cellulaires et les mouvements intracellulaires. Cette énergie n'est **pas directement utilisable**. Elle est convertie en énergie utilisable à la suite de réactions biochimiques.
- Le **métabolisme** est l'ensemble des transformations biochimiques qui ont lieu dans une cellule, qui assurent la production de sa propre matière et rendent utilisable l'énergie prélevée.

Autotrophe et hétérotrophe

- Les **cellules chlorophylliennes** du parenchyme des feuilles sont capables de synthétiser leurs matières organiques à partir uniquement de nutriments minéraux : dioxyde de carbone (CO_2), eau (H_2O) et ions minéraux, comme les nitrates (NO_3^-). On dit que ces cellules sont **autotrophes**.
- Les **cellules non chlorophylliennes** des végétaux (en particulier celles des racines) et toutes les cellules des animaux synthétisent leurs matières organiques à partir de nutriments organiques. On dit que ces cellules sont **hétérotrophes**.
- La **plante** comprend des cellules autotrophes et des cellules hétérotrophes, mais globalement la plante est **autotrophe**. Elle ne prélève pas de matières organiques dans son environnement, notamment dans le sol.
- L'**animal** pluricellulaire est **hétérotrophe**.

L'autotrophie réalisée par la photosynthèse

- C'est dans les **chloroplastes** que se réalise la synthèse de matières organiques à partir de matières minérales. La réaction suivante traduit le bilan global de la synthèse d'une molécule de **glucose**.

$$6\ CO_2 + 12\ H_2O \longrightarrow C_6H_{12}O_6 \text{ (molécule de glucose)} + 6\ O_2 + 6\ H_2O$$

- La réaction traduit que les atomes de **dioxygène** proviennent des molécules d'eau.
- Cette synthèse s'effectue uniquement à la lumière. L'énergie lumineuse, captée par les pigments chlorophylliens des chloroplastes, est utilisée pour la réaliser : c'est une **photosynthèse**, où l'énergie lumineuse est convertie en énergie chimique des molécules organiques synthétisées.

Les conversions énergétiques dans toutes les cellules

- Pour toutes les cellules, autotrophes ou hétérotrophes, les matières organiques représentent une source d'énergie qui n'est pas directement utilisable. Cette source est convertie en énergie utilisable au cours de réactions de dégradation des molécules organiques, réactions qui nécessitent du dioxygène : c'est la **respiration cellulaire**. Elle a lieu dans des organites spécialisés : les **mitochondries**. La réaction de dégradation de la molécule de glucose par voie respiratoire s'écrit :

$$C_6H_{12}O_6 + 6\ O_2 \longrightarrow 6\ CO_2 + 6\ H_2O + \textbf{énergie utilisable}$$

- L'énergie utilisable est de l'énergie chimique renfermée dans les **molécules d'ATP** (adénosine triphosphate). La molécule d'ATP est un nucléotide formé par l'union d'une base azotée (l'adénine), d'un sucre (le ribose) et de trois groupements phosphate (désigné par Pi) : A – S –Pi ~ Pi ~ Pi. La rupture de la liaison entre les deux derniers phosphates libère beaucoup d'énergie :

$$ATP + H_2O \longrightarrow ADP \text{ (adénosine diphosphate)} + Pi + \textbf{énergie utilisée pour toutes les activités cellulaires} \text{ (synthèse des protéines, mouvements...)}$$

- Au cours de la respiration, l'énergie contenue initialement dans les molécules de glucose sert à la synthèse des molécules d'ATP :

$$ADP + Pi \longrightarrow ATP$$

- Ainsi, les réactions de dégradation (catabolisme) des molécules organiques fournissent un **intermédiaire énergétique** utilisé pour les réactions de synthèse (anabolisme) et toutes les autres activités cellulaires.

IDÉE CLÉ

L'ATP est un intermédiaire énergétique constamment produit par les voies du catabolisme et utilisé par les voies de l'anabolisme et pour toutes les activités cellulaires.

Génome et métabolisme

- Toutes les réactions du métabolisme, de dégradation comme de synthèse, s'effectuent en réalité en plusieurs étapes qui constituent des voies métaboliques. Chacune de ces étapes est réalisée grâce à une **enzyme**, protéine spécifique codée par un gène.
- Le métabolisme d'une cellule est donc **dirigé par son programme génétique**.

SVT

LE DOCUMENT CLÉ

Vue d'ensemble du métabolisme d'une cellule hétérotrophe

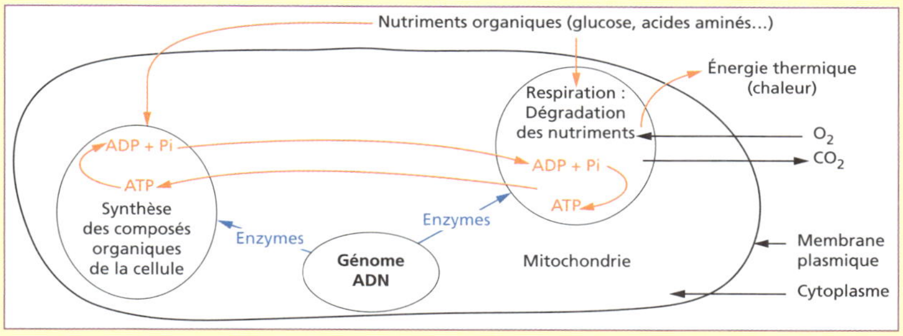

Doc. 1

La flèche qui va des nutriments organiques à mitochondrie indique la **source d'énergie** de la cellule, énergie non directement utilisable. Elle devient utilisable (formation d'ATP) grâce aux réactions de la respiration cellulaire qui a lieu dans les mitochondries.

L'ATP et les nutriments organiques sont utilisés pour la **synthèse des constituants** de la cellule, notamment les protéines. Les utilisations de l'ATP pour les autres activités cellulaires ne sont pas indiquées dans ce schéma.

S'ENTRAÎNER

1 Cocher la ou les affirmations exactes.

QUIZ

Les molécules organiques :

- ☐ **a.** sont une source d'énergie directement utilisable par les cellules.
- ☐ **b.** peuvent être synthétisées par toutes les cellules à partir de nutriments minéraux.
- ☐ **c.** sont dégradées par des réactions chimiques dirigées par les gènes de la cellule.
- ☐ **d.** sont dégradées au cours de la respiration cellulaire dans les mitochondries.

2 Échanges gazeux des levures

Les levures sont des champignons unicellulaires dont la structure est schématisée dans le document 2.

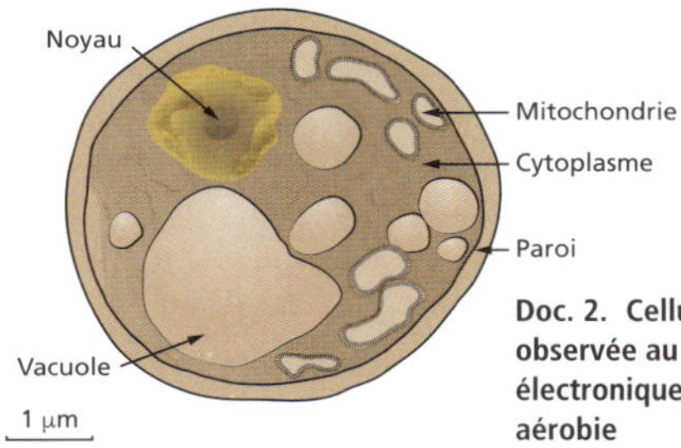

Doc. 2. Cellule de levure observée au microscope électronique en milieu aérobie

On place une suspension de levures (levures dans de l'eau sans matières organiques) dans un bioréacteur avec une sonde à dioxygène qui permet de suivre les variations de la teneur en dioxygène de l'eau. Au bout d'une minute, on ajoute une solution de glucose. La courbe suivante (doc. 3) indique les résultats obtenus.

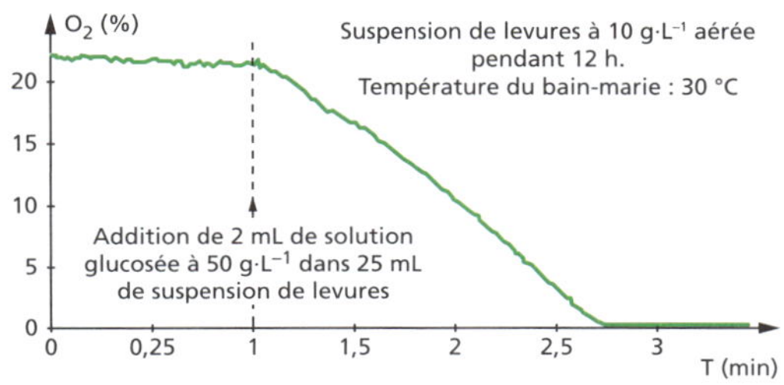

Doc. 3. Échanges gazeux des levures

Nommer le phénomène illustré par ces données expérimentales et indiquer où il a eu lieu au sein de la levure.

3 Échanges gazeux et métabolisme d'organes chlorophylliens

On a placé des fragments de feuilles chlorophylliennes d'élodée, plante aquatique, dans une solution assurant leur survie. Une sonde à dioxygène permet de suivre les variations de la teneur en dioxygène dans le milieu. Le document 4 rend compte des résultats obtenus.

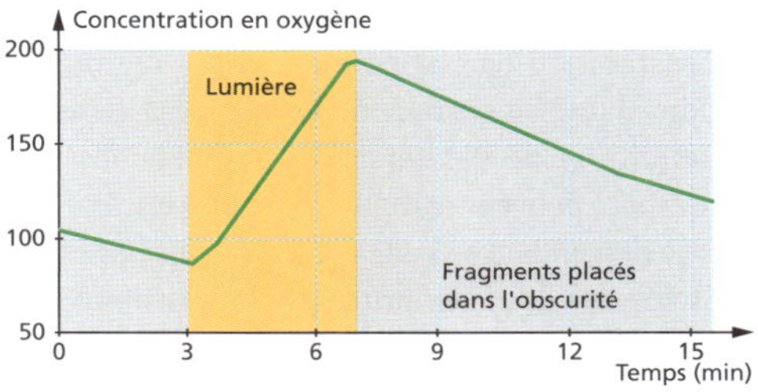

Doc. 4

a. Indiquer les caractéristiques des variations de la concentration en dioxygène du milieu au cours de cette expérience.

b. Interpréter ces variations en les mettant en relation avec le document 5.

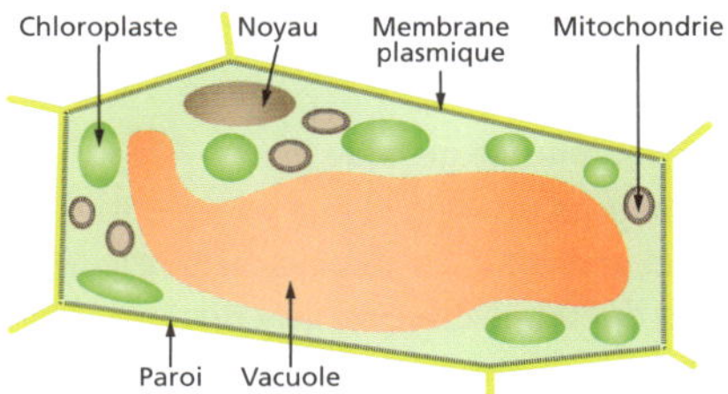

Doc. 5. Organites d'une cellule chlorophyllienne

4 La biodiversité, résultat de l'évolution

L'ESSENTIEL

La biodiversité, terme qui désigne la diversité du vivant, est envisagée à **différentes échelles**.

La biodiversité à l'échelle des écosystèmes

● Un écosystème est un ensemble formé par une communauté d'êtres vivants (la **biocénose**) et l'environnement (le **biotope**) où elle vit. Il s'agit d'une unité fonctionnelle caractérisée par de multiples interactions entre les organismes de la biocénose (en particulier des relations alimentaires, de parasitisme, etc.) et avec le biotope.

● Les écosystèmes sont **multiples**, différant à la fois par la biocénose et les caractéristiques du biotope (lumière, température, etc.) : une forêt, un lac, un pré, une mare sont des écosystèmes différents.

● Les écosystèmes sont de **dimensions très variables**. L'intestin humain est un écosystème où vivent des milliards de bactéries (voir le chapitre 16) ; les communautés de micro-organismes qui y vivent sont différentes d'une personne à l'autre. Le sol est à lui seul un écosystème avec sa biocénose propre (voir le chapitre 9) ; il s'intègre dans un écosystème plus vaste, celui de la forêt par exemple.

La biodiversité à l'échelle des espèces

● Pour traduire la diversité d'une biocénose, le naturaliste fait un inventaire des espèces qui la constituent. Cependant, dans un écosystème, il n'y a que des individus qui ont des degrés de ressemblances et de différences variables. L'espèce n'est pas une réalité en soi mais une construction de l'esprit humain qui regroupe les individus d'une biocénose en fonction de **critères d'interfécondité et de descendance** : les individus d'une même espèce peuvent se reproduire entre eux et engendrer une descendance viable et fertile. Ainsi les espèces sont isolées les unes des autres par des **barrières d'isolement reproductif**.

● Pour nommer l'espèce à laquelle appartient un individu, le critère d'interfécondité n'est pas facilement applicable en pratique. On s'appuie alors sur des **critères morphologiques** qu'on estime en accord avec le critère d'interfécondité.

La biodiversité au sein des populations d'une espèce

● **Le polymorphisme génique**

››› Dans une population d'une espèce, il existe une importante **variabilité phénotypique** entre les individus, variabilité due à une diversité génétique.

MOTS CLÉS

Population : ensemble d'individus dont tous ont la même probabilité de se croiser entre eux et qui se reproduisent moins (ou pas du tout) avec les individus d'autres populations de la même espèce, cela à cause d'un isolement dans l'espace, par exemple, et non en raison de barrières génétiques.

Phénotype : caractéristique morphologique anatomique ou biochimique.

››› Tous les individus d'une espèce possèdent les mêmes gènes mais, au sein des populations, de très nombreux gènes existent sous des formes différentes, appelées allèles : c'est le polymorphisme génétique. Chaque individu de l'espèce possède **une combinaison des allèles des gènes de l'espèce qui lui est propre**. Son génotype global est unique : par conséquent, son phénotype global est différent de celui de tous les autres individus de la même espèce.

IDÉE CLÉ

Le génome d'un individu d'une population est différent de celui de tous les autres individus de la même population (sauf pour les vrais jumeaux), mais les différences entre individus sont plus ou moins accusées.

● **L'origine de la diversité génétique de l'espèce**

››› Toutes les cellules d'un organisme possèdent la même information génétique. Cela est vrai mais pas totalement. D'innombrables divisions cellulaires ont lieu durant la vie d'un organisme. Avant de se diviser, la cellule duplique chacune des molécules d'ADN. Pour chaque molécule, une copie se retrouve en fin de division dans une cellule fille et l'autre dans la seconde cellule fille. Normalement les deux copies de la molécule initiale de la cellule mère sont identiques. Mais il peut y avoir **des erreurs au cours de la réplication de l'ADN**, de sorte que les copies soient légèrement différentes de l'ADN initial dans leur séquence de nucléotides. Si cette erreur a lieu au niveau d'un allèle, elle conduit à la formation d'un nouvel allèle. Ce phénomène est appelé **mutation**.

››› Des mutations peuvent avoir lieu au cours des divisions cellulaires qui aboutissent à la formation des cellules reproductrices. Si une cellule « mutée » intervient dans la formation d'une cellule œuf, le nouvel allèle est **transmis à un individu de la nouvelle génération** et se retrouve dans toutes ses cellules.

››› La diversité des allèles des gènes dans une espèce résulte des mutations survenues dans les populations de l'espèce après sa formation, à partir d'une espèce préexistante, mais pas seulement (voir le **document clé**).

LE DOCUMENT CLÉ

Les allèles du gène des groupes sanguins chez l'Homme et le Chimpanzé

Doc. 1a

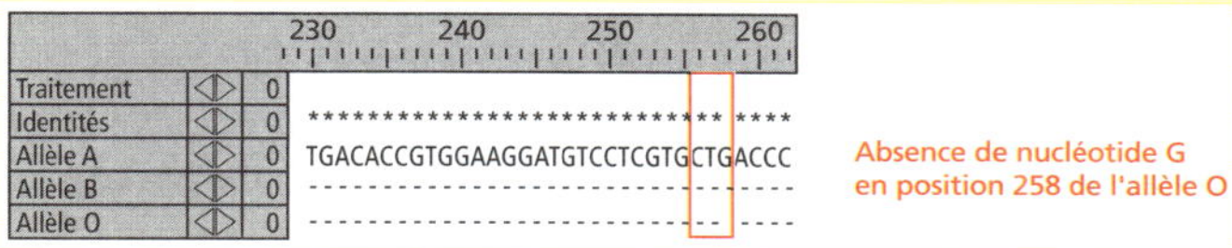

Doc. 1b

● Dans les populations humaines, comme dans celles de chimpanzés, le gène déterminant le groupe sanguin existe sous la forme de **trois allèles** : A, B et O qui sont exactement les mêmes dans les deux espèces. Le document 1 présente les séquences comparées des allèles A et B (**doc. 1a**), A et O ainsi que B et O (**doc. 1b**). Toutes les différences entre les trois allèles sont repérées. L'allèle A sert de référence ; les tirets indiquent la similitude des nucléotides au site indiqué.

● L'Homme et le Chimpanzé ont hérité des mêmes allèles A, B et O d'un **ancêtre commun** (**doc. 2**). Les mutations à l'origine de ces allèles ont eu lieu au cours de la lignée évolutive menant à cet ancêtre commun. Ces allèles ont été ensuite conservés, de génération en génération, au cours de l'évolution dans les deux lignées, l'une menant au Chimpanzé, l'autre à l'Homme.

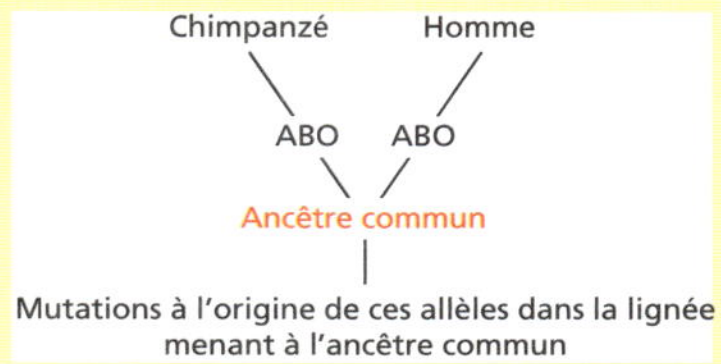

Doc. 2 Histoire évolutive à l'origine des allèles A, B, O

S'ENTRAÎNER

1 QUIZ

Cocher la ou les affirmations exactes.

Les mutations sont des évènements qui :

- ☐ **a.** affectent un organisme dans sa totalité.
- ☐ **b.** conduisent à la formation de nouveaux allèles des gènes.
- ☐ **c.** n'interviennent que dans les cellules reproductrices.
- ☐ **d.** sont toujours transmises au descendant d'un organisme chez lequel elles ont eu lieu.

2 **Une maladie génétique : la drépanocytose**

La drépanocytose est une maladie héréditaire, ne touchant que les humains, due à une anomalie des globules rouges (doc. 3a et 3c). La maladie est due à une anomalie, chez les drépanocytaires, de l'hémoglobine (Hb), protéine présente au sein des globules rouges. La différence de l'hémoglobine entre malades et non malades est due à un seul gène existant sous deux formes HbA et HbS dont des fragments des séquences de nucléotides sont donnés (doc. 3b et 3d). Les individus non atteints possèdent deux fois la séquence HbA tandis que les drépanocytaires possèdent deux fois la séquence HbS ; certains individus possèdent les deux séquences (mais ne présentent pas de troubles graves).

a. Qualifier ces deux séquences par rapport au gène.

b. Indiquer leur différence.

c. Sur cet exemple, préciser ce que l'on appelle génotype et phénotype.

d. Nommer l'événement à l'origine de cette maladie et préciser les autres évènements qui ont permis son apparition.

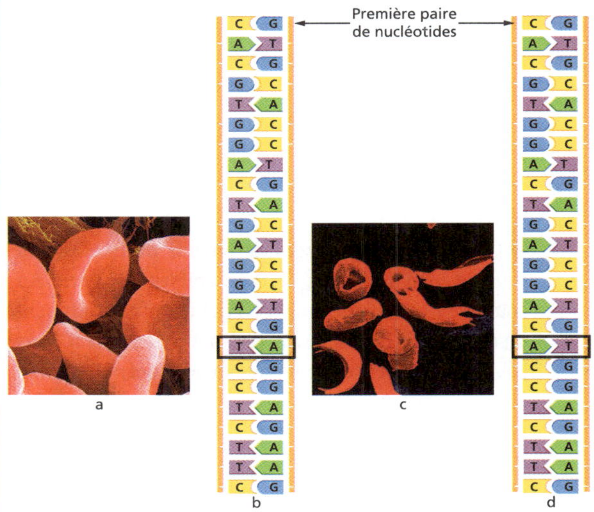

Individus non atteints : a et b.
Individus malades : c et d
Les deux séquences sont identiques à l'exception de la paire de nucléotides entourée.

Doc. 3. Globules rouges et séquences nucléotidiques des deux formes du gène Hb

SVT

5 Les mécanismes de l'évolution

L'ESSENTIEL

Des mutations génétiques aléatoires diverses interviennent constamment dans une population au cours des générations. C'est la source de la variabilité génétique constatée dans les populations et de l'évolution de celles-ci au cours du temps. Le devenir des innovations génétiques dans les populations dépend ensuite de **forces évolutives** : la sélection naturelle, la sélection sexuelle et la dérive génétique sont ces forces qui s'exercent au niveau des populations.

La sélection naturelle

● Elle s'exerce lorsque des allèles conduisent à des phénotypes différents et que ceux-ci, dans un milieu donné, ont une **probabilité différente d'arriver à l'état adulte et de se reproduire**. Celui qui a le plus de descendants transmet davantage ses allèles à la génération suivante. Ainsi la variabilité génétique de la population évolue-t-elle au cours du temps.

● Par « milieu » on entend l'environnement physique (température, lumière, substances nécessaires, etc.) et biologique (prédateurs, parasites, proies, etc.) de la population. Si les caractéristiques du milieu changent et deviennent favorables au phénotype préalablement désavantagé, la **sélection naturelle** va, au cours du temps, entraîner une évolution en sens inverse du précédent.

IDÉE CLÉ

La sélection naturelle permet l'adaptation d'une population au monde physique et biologique qui l'entoure.

Communication et sélection sexuelle

● La sélection sexuelle est un **type de sélection naturelle** effectuée non par le milieu en général mais directement par un partenaire sexuel.

● Chez beaucoup d'espèces animales il existe un **dimorphisme sexuel** entre mâles et femelles, marqué généralement par la présence de couleurs vives et l'émission de chants ou de cris par les mâles. L'exemple type est la queue du paon mâle.

● Ces attributs et les comportements des mâles sont souvent coûteux en énergie, défavorables à la survie. Au cours de l'histoire de l'espèce, ces phénotypes auraient dû être éliminés par la sélection naturelle. Cela n'a pas été le cas car ces attributs des mâles contribuent à la communication entre mâles et femelles au moment des **parades nuptiales**. Le mâle transmet un message visuel (couleur, ornements), sonore (chants, cris) aux femelles. Les mâles sont les organismes émetteurs et les femelles les organismes récepteurs qui modifient leur comportement en réponse à ce message.

● Au cours de l'évolution de l'espèce, les femelles s'accouplent de préférence avec les mâles aux couleurs les plus vives ou aux chants les plus riches. En conséquence ces mâles ont un **succès reproducteur** plus fort que les autres mâles aux caractères sexuels secondaires moins accusés ; ils ont donc plus de descendants auxquels ils transmettent les gènes responsables de leurs caractères sexuels secondaires.

La dérive génétique

● Les gamètes des individus d'une génération qui contribuent à la genèse de la génération suivante ne constituent qu'un échantillon aléatoire de la population totale de gamètes produits par ces individus. En conséquence, la fréquence de deux allèles A1 et A2 d'un gène dans la génération suivante est légèrement différente de celle de la génération parentale. La dérive génétique entraîne donc des **modifications aléatoires des fréquences alléliques** dans une population au cours des générations successives, cela étant lié à l'effet d'échantillonnage. Elle affecte en particulier les allèles de gènes neutres qui ne confèrent ni avantage, ni désavantage et n'ont donc aucun effet de sélection naturelle.

● La dérive génétique agit surtout dans les populations de **faible effectif** où elle peut conduire à fixer un allèle et à faire disparaître l'autre (ou les autres). À terme, elle diminue la diversité génétique. Dans ces populations à faible effectif, elle agit même sur des allèles qui donnent prise à la sélection naturelle. Dans ce cas, dérive génétique et sélection agissent sur l'évolution génétique de la population, mais l'effet de la dérive génétique est prépondérant.

IDÉE CLÉ

La dérive génétique est une modification aléatoire de la fréquence des allèles au sein des populations.

La spéciation

Sous l'action des mutations, de la dérive génétique et de la sélection naturelle, les populations d'une espèce **évoluent au cours du temps**. Cela peut conduire à la **spéciation**, c'est-à-dire à la formation d'une ou de plusieurs espèces à partir d'une espèce préexistante. Ces espèces sont alors séparées par des barrières d'isolement reproductif (voir le **document clé**).

MOT CLÉ

Barrière d'isolement reproductif : mécanismes qui empêchent les individus d'une espèce de se reproduire avec des individus d'une autre espèce. Par exemple, chez les oiseaux, les chants des mâles d'une espèce n'attirent pas les femelles appartenant à une autre espèce.

LE DOCUMENT CLÉ

Évolution et spéciation

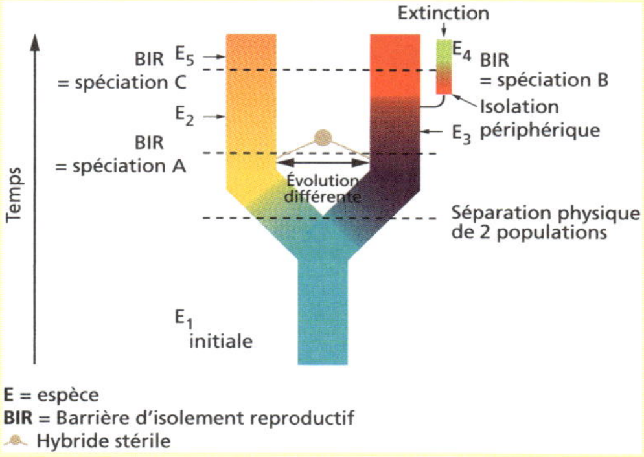

Doc. 1

● La spéciation peut intervenir lorsque deux populations d'une espèce se trouvent isolées, à la suite d'une fragmentation de leur habitat. L'obstacle qui les isole l'une de l'autre empêche tout échange génétique entre les membres des deux populations. C'est le cas des deux populations de l'espèce E1. Elles sont alors placées dans des milieux différents et peuvent être soumises à des pressions sélectives différentes. Des innovations différentes peuvent être sélectionnées dans les deux populations, ce qui conduit à une divergence de plus en plus marquée. Cette divergence génétique et phénotypique peut déboucher sur un isolement reproductif : les membres des deux populations, mêmes s'ils se rencontrent, ne peuvent plus se reproduire entre eux. Ils forment deux espèces différentes : les espèces E2 et E3.

● Une modalité voisine de la spéciation est en jeu lorsqu'une **population de faible effectif** s'isole à la périphérie de l'aire de répartition d'une espèce. Cette population soumise à une forte dérive génétique peut devenir rapidement une nouvelle espèce : c'est le cas de la population E4 formée à partir de E3. En outre, le schéma évoque un devenir commun à toutes les espèces : l'extinction.

● La spéciation C traduit le fait que l'évolution de l'espèce 2 au cours du temps a conduit à l'apparition de l'espèce 5. C'est donc une espèce (2) qui devient **entièrement une nouvelle espèce** (5).

S'ENTRAÎNER

1 QUIZ

Cocher la ou les affirmations exactes.

La sélection naturelle :

☐ **a.** est à elle seule un mécanisme créateur de diversité.

☐ **b.** a toujours les mêmes effets quelles que soient les caractéristiques du milieu.

☐ **c.** est le seul mécanisme agissant sur la fréquence des allèles d'un gène au sein d'une population.

☐ **d.** peut contribuer à une spéciation.

2 Vrai ou faux ?

La dérive génétique est un mécanisme qui permet l'adaptation d'une population à son environnement si l'effectif de cette population est grand.

3 Les moustiques languedociens

Pour limiter les populations de moustiques de l'espèce *Culex pipiens* dans la région de Montpellier, on a répandu, à partir de la fin des années 1960, des insecticides organophosphorés dans un rayon de 20 km à partir du bord de mer. En 1970, toutes les larves de moustiques mouraient sous l'action de l'insecticide à une concentration de 1 mg/L.

Le document 2 montre les résultats d'une étude menée en 2002. Il indique le pourcentage de larves de moustiques, prélevées en des lieux plus ou moins éloignés du bord de la mer, ayant survécu à une concentration d'insecticide de 1 mg/L.

Toutes les larves de moustiques fabriquent une enzyme, l'estérase, capable d'empêcher l'action de l'insecticide, mais les larves capables de survivre à l'action de l'insecticide en fabriquent beaucoup plus que les autres larves.

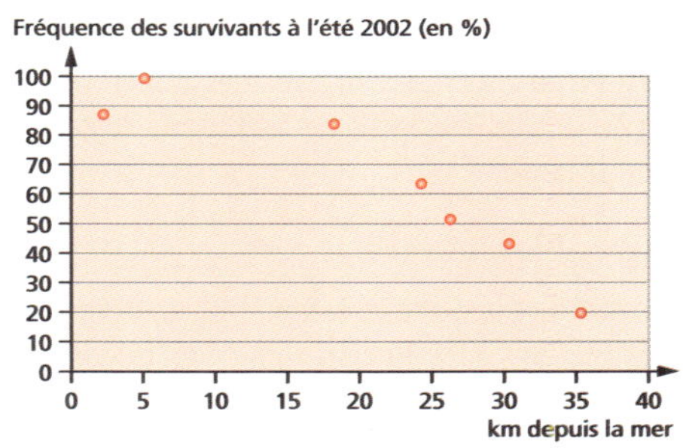

Doc. 2.

a. À partir des informations tirées du graphique, indiquer la zone où il y a eu un net changement dans les caractéristiques de la population de moustiques.

b. À partir des informations fournies et de vos connaissances sur les mécanismes de l'évolution des espèces, expliquer ce changement.

POUR VOUS AIDER

Caractérisez les deux phénotypes des moustiques en jeu et recherchez une explication à l'évolution de la fréquence de ces deux phénotypes au cours du temps à partir de vos connaissances sur les mécanismes de l'évolution.

SVT

6 Les crises de la biodiversité

L'ESSENTIEL

Spéciations, extinctions et biodiversité

● Les **mécanismes aboutissant à la spéciation** sont à l'œuvre depuis l'apparition des premières formes de vie sur Terre, il y a environ 3,5 milliards d'années. Ils ont engendré un nombre énorme d'espèces et une diversification considérable du vivant.

● Tous les êtres vivants sont apparentés, car résultant d'une évolution à partir d'un ancêtre commun appelé LUCA (*Last Universal Common Ancestral*). La structure cellulaire commune à tous les êtres vivants et leur génome en ADN sont des témoignages de cette **origine commune**. Cependant, ils sont plus ou moins étroitement apparentés. Par exemple, l'espèce la plus étroitement apparentée au Chimpanzé est l'Homme. Ces deux espèces possèdent en effet un dernier ancêtre commun qui n'est celui d'aucune autre espèce vivant actuellement (voir le document clé du chapitre 4).

● Il y a eu **évolution dans toutes les lignées** mais cette évolution a été différente. Ainsi, les bactéries actuelles ne sont pas les bactéries qui vivaient il y a 3 milliards d'années, même si elles ont conservé la même structure cellulaire globale. Elles se sont considérablement diversifiées dans leur métabolisme et sont aujourd'hui la forme dominante de la vie.

● Les archives paléontologiques indiquent que de très nombreuses espèces ayant vécu dans le passé n'existent plus aujourd'hui. Le phénomène d'**extinction** des espèces, aussi général que la spéciation, a constamment agi sur la biodiversité.

● L'état actuel de la biodiversité représente **une étape de l'histoire du vivant**. Les organismes actuels ne représentent qu'une infime partie de ceux ayant existé depuis le début de la vie.

Les crises biologiques

● Au cours de l'histoire de la vie, il y a eu des périodes où les extinctions ont été particulièrement intenses. Cela se traduit par une **chute importante de la biodiversité** en un temps bref à l'échelle géologique, de l'ordre du million d'années ou moins. Comme le montre le document clé, on reconnaît **cinq grandes crises biologiques**.

● La plus célèbre est la **crise Crétacé-Tertiaire** (K-T) il y a 65 Ma. Cette crise est marquée en milieu terrestre par la disparition totale des dinosaures, groupe de vertébrés apparus il y a 230 Ma et très diversifiés. Beaucoup de plantes à fleurs disparaissent également. En milieu marin, on observe la disparition des ammonites, mollusques très diversifiés pendant toute l'ère secondaire. En outre, 90 % des espèces de foraminifères planctoniques, organismes unicellulaires, disparaissent.

● Les **agents ayant entraîné ces extinctions** de masse sont un important impact météoritique dans la région du golfe du Mexique et une activité volcanique intense pendant plusieurs centaines de milliers d'années (Trapps du Deccan en Inde). Ces phénomènes ont profondément modifié le climat et donc affecté le fonctionnement des écosystèmes terrestres.

● Un des caractères d'une crise est qu'elle **affecte très inégalement les groupes** d'êtres vivants. Les mammifères, restés discrets durant l'ère secondaire, se diversifient considérablement durant les 10 millions d'années qui suivent la crise K-T. La concurrence avec les dinosaures ayant disparu, les mammifères évoluent très rapidement. L'évolution de la biodiversité dépend donc de phénomènes biologiques aléatoires que sont les mutations et la dérive génétique, ainsi que des changements d'environnement, eux aussi aléatoires. En conséquence, l'évolution n'est pas prévisible.

IDÉES CLÉS

- L'extinction des espèces est un phénomène inhérent à l'histoire de la vie sur notre planète.
- Les grandes crises biologiques du passé ont été provoquées par des événements extérieurs au monde vivant.

La 6e crise biologique

● Depuis 30 ans, les scientifiques alertent les gouvernements et l'opinion sur l'érosion de la biodiversité. Plusieurs, par référence aux crises biologiques du passé, n'hésitent pas à parler de **6e extinction de masse**. Ils s'appuient sur des indices tous concordants.

● Le premier indice est la **vitesse d'extinction moyenne des espèces**. Des biologistes estiment que, durant le dernier siècle, elle a été de 8 à 100 fois plus élevée que la vitesse d'extinction normale des espèces au cours de l'histoire de la vie.

● Le deuxième indice est l'**indice « Planète vivante »** (voir le **document clé**).

● Certaines espèces entrent dans la **liste rouge mondiale** des espèces menacées d'extinction. En 2018, sur 96 951 espèces étudiées, 26 840 sont menacées dont 40 % des amphibiens et 25 % des mammifères.

● Nous sommes entrés dans une période de crise dont l'Homme est responsable : surexploitation, destruction et fragmentation des habitats naturels, pollution, introduction d'espèces invasives, réchauffement climatique. Des biologistes estiment que la situation n'est pas encore catastrophique, à condition de prendre rapidement des mesures susceptibles de stabiliser la biodiversité.

IDÉE CLÉ

L'apparition d'Homo Sapiens et son expansion dans toutes les régions du monde sont les causes de la 6e extinction.

LE DOCUMENT CLÉ

Les grandes crises biologiques (extinctions de masse) au cours de l'histoire de la vie sur Terre

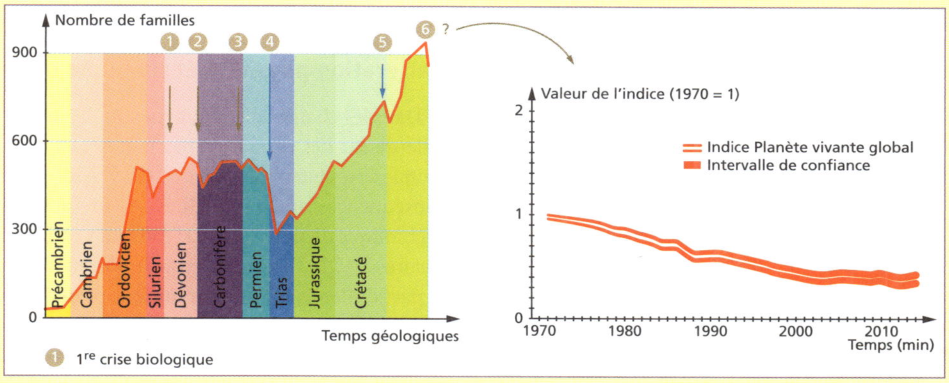

Doc. 1

● Une **crise biologique** est caractérisée par des extinctions concernant des groupes nombreux et divers, aussi bien en milieu continental qu'océanique ; se produisant de manière soudaine et synchrone ; et affectant l'ensemble de la planète.

● L'**indice « Planète vivante »** (IPV) est un indicateur de l'évolution des effectifs des populations. Il rend compte de l'évolution de 16 704 populations de vertébrés sauvages représentant 4 005 espèces suivies dans le monde entier, entre les années 1970 et 2014. L'indice 1 indique la situation des populations étudiées en 1970. Un indice inférieur à 1 par la suite indique une diminution des effectifs par rapport à 1970. Ainsi, en 2014, l'indice est d'environ 0,4, montrant un déclin global de 60 % de l'effectif des populations de vertébrés suivies durant ces 44 années.

S'ENTRAÎNER

1 Activités humaines et extinction des espèces

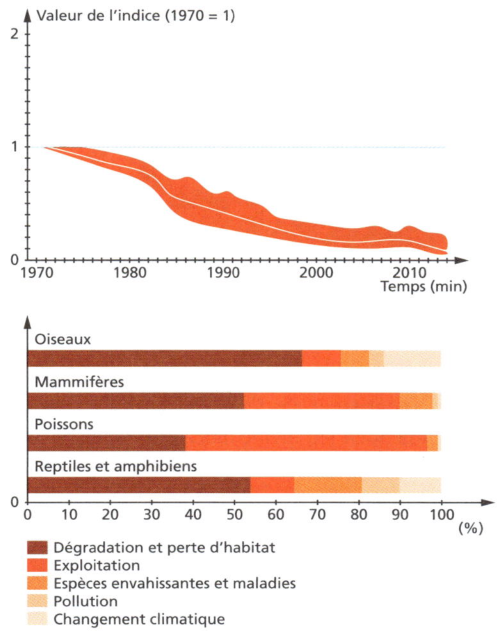

Doc. 2. Étude de la diminution des effectifs de populations en zone tropicale

Cocher la ou les affirmations exactes.

Le document 2 montre que, depuis 1970, la diminution des effectifs de population en zone tropicale a été :

- ☐ **a.** plus importante dans cette région que dans le reste du monde (voir le document clé).
- ☐ **b.** essentiellement causée par le réchauffement climatique pour tous les groupes.
- ☐ **c.** causée essentiellement par la pollution.
- ☐ **d.** indépendante des activités humaines.

2 Vitesse d'extinction des espèces et démographie humaine

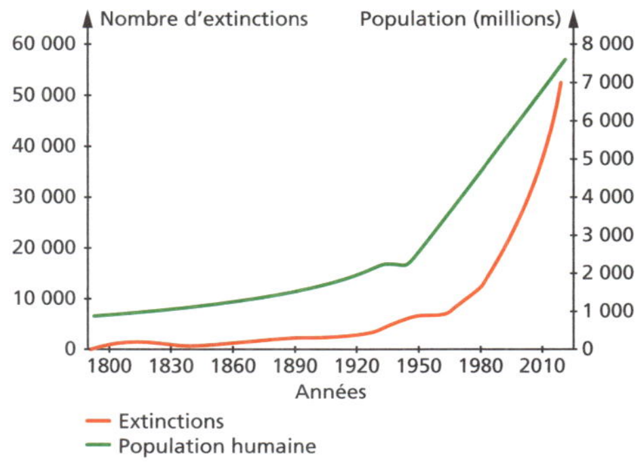

Doc. 3

a. Quel argument tiré du graphique ci-dessus (doc. 3) laisse à penser que l'Homme a joué un rôle dans l'accélération des extinctions d'espèces vivantes ?

b. Indiquer comment à l'aide des informations tirées du document 2 (exercice 1).

SVT

7 L'érosion, un phénomène géologique permanent

L'ESSENTIEL

Érosion et disparition des reliefs

● Le relief de la France présente des **montagnes anciennes**, comme le Massif armoricain dont l'altitude moyenne est de 100 m environ et dont le point culminant se situe à 416 m. Ce sont des altitudes très faibles, bien inférieures à celles de **montagnes récentes**, comme les Alpes et l'Himalaya. Cependant, le Massif armoricain, formé au cours de l'orogenèse hercynienne (de – 350 à – 300 millions d'années) par des mécanismes comparables à ceux qui sont à l'origine de ces montagnes récentes, devait avoir des altitudes beaucoup plus élevées qu'actuellement il y a 300 millions d'années. Cela signifie qu'il y a eu disparition de masses rocheuses considérables.

● On désigne par **érosion**, au sens large, le mécanisme en cause, dont **l'eau est le principal agent**.

Érosion et sédimentation : le cas de l'Himalaya

● La chaîne himalayenne permet de dégager une idée générale des processus en jeu dans la disparition des reliefs. Le Gange et le Brahmapoutre prennent leur source dans les hautes altitudes de l'Himalaya. Ils se réunissent avant de déverser leurs eaux dans le golfe du Bengale (océan indien). Ces eaux sont beaucoup plus riches que les eaux de pluie en **substances solubles** (ions K^+, Na^+, CO_3H^-...) et en **particules solides** (argile, sable, graviers, galets...). Ces matériaux solubles ou en suspension proviennent des roches de l'Himalaya. Les fleuves de l'Himalaya transportent annuellement jusqu'à l'Océan plus d'un milliard de tonnes de sédiments et de matières dissoutes arrachées aux reliefs. On estime que cela correspond à une érosion moyenne de 0,5 à 1 mm par an, soit 500 m à 1 km par million d'années.

● Dans des conditions comparables, le Massif armoricain est devenu une **pénéplaine** en 50 millions d'années environ après l'arrêt de la surrection de la chaîne hercynienne. En ce qui concerne l'Himalaya, qui a débuté sa formation il y a 50 millions d'années, sa transformation en une pénéplaine n'est pas en cours car la tectonique interne, créatrice de la chaîne, entraîne une **surrection permanente** qui compense l'érosion.

● Les matériaux transportés par les fleuves himalayens se déversent finalement dans le golfe du Bengale. Les particules solides se déposent au fond et deviennent des **sédiments**. Les ions solubles peuvent entrer dans la constitution de tests, de coquilles et contribuer à la constitution de sédiments d'origine biologique. Les bassins, comme le golfe du Bengale, où s'accumulent les sédiments, sont appelés « bassins sédimentaires ».

L'altération physique et chimique des roches

● Dans les chaînes de montagnes anciennes, le granite affleure sur des surfaces importantes. Les **massifs granitiques** présentent des fissures, des fractures. Cela a des conséquences sur les modalités de l'altération physique et chimique du granite due à l'eau, qui s'infiltre dans ces fissures, et à la végétation (voir le **document clé**). Dans sa partie altérée, le massif granitique présente des zones arénisées (anciennes fissures) entourant des blocs où le granite est encore intact. Le massif, au moins dans sa partie superficielle, est hétérogène. En cas de précipitations, les eaux de ruissellement entraînent l'arène granitique (érosion au sens strict), isolant ainsi les blocs intacts.

● L'altération dépend de la nature des roches et du climat. Par exemple, l'altération des **calcaires** consiste en une dissolution de la roche par les eaux riches en dioxyde de carbone (formation de gouffres, de grottes, de galeries souterraines..., voir **doc. 1**). En climat froid, l'altération physique (gel-dégel) prédomine. En climat chaud et humide, c'est l'altération chimique qui joue le plus grand rôle.

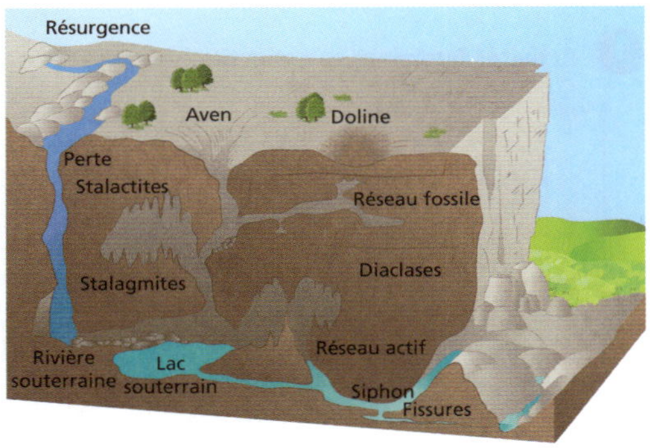

Doc. 1. Aspects de l'érosion en pays calcaire

● Altération, érosion et sédimentation sont les processus qui aboutissent au dépôt de sédiments. Ils sont constamment en jeu même dans les **régions de faible altitude** mais, dans ce cas, l'altération joue souvent un rôle prépondérant.

MOTS CLÉS

Altération : phénomènes physiques et chimiques qui aboutissent à la désagrégation des roches, à la production de particules solides et à la libération d'éléments solubles.
Érosion : au sens strict, ablation et transport des produits de l'altération.
Sédimentation : phénomène par lequel des particules se déposent sous l'action de la gravité sur le fond d'un bassin sédimentaire en couches successives.

La formation de sédiments détritiques à partir d'une roche cohérente : le granite

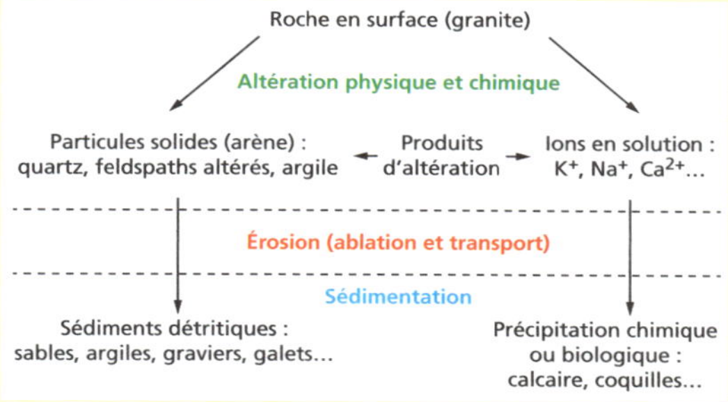

Doc. 2

● Le gel de l'eau contenue dans les fissures du granite provoque une augmentation de son volume et l'éclatement de la roche : cette désagrégation est une **altération physique** (ou mécanique).

● L'eau présente dans les fissures est également à l'origine d'une **altération chimique**. Le granite est formé par une association de cristaux jointifs appartenant à trois espèces minérales : le quartz, le feldspath et le mica. Les cristaux de quartz résistent très bien à l'action de l'eau, ce qui n'est pas le cas des cristaux de feldspath et de mica. Des éléments chimiques entrant dans la constitution de ces derniers passent en solution (ions K^+, Na^+, Ca^{2+}...). D'autres éléments contribuent à la formation de nouveaux minéraux : les **argiles**. La cohésion entre les cristaux du granite est perdue et la roche dite « granite pourri » s'effrite sous la pression des doigts.

● À un stade d'altération plus avancé, le granite devient un sable grossier appelé **arène granitique**. Celle-ci est constituée de grains de quartz intacts, de particules argileuses très fines, de cristaux de feldspath et de mica résiduels et altérés, voire de fragments de granite pourri.

S'ENTRAÎNER

1 QUIZ

Cocher la ou les affirmations exactes.

1. L'altération des roches :

- ☐ **a.** est uniquement un processus physique.
- ☐ **b.** prépare le phénomène d'érosion.
- ☐ **c.** conduit uniquement à des particules solides.
- ☐ **d.** n'a lieu que dans les chaînes de montagnes.
- ☐ **e.** est indépendante du climat.
- ☐ **f.** dépend de la nature des roches.

2. Un grain de sable :

- ☐ **a.** est très fréquemment un cristal de feldspath.
- ☐ **b.** peut être un élément de sédiments détritiques.
- ☐ **c.** peut être du quartz.
- ☐ **d.** peut provenir de l'altération et de l'érosion d'une roche préexistante.

2 Évolution d'un massif granitique

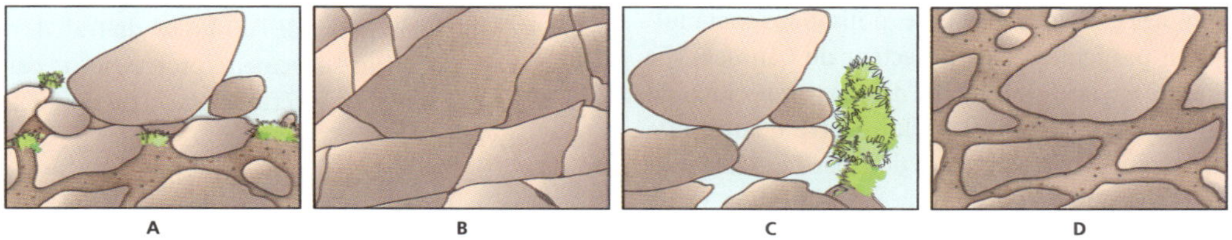

Doc. 3

Ces schémas (doc. 3) traduisent les stades de l'évolution d'un massif granitique.

a. En vous aidant si besoin du document clé, indiquer la succession chronologique normale de ces quatre stades.

b. Montrer en quoi ces schémas illustrent l'altération et l'érosion des roches.

c. Indiquer les stades où on pourrait observer des cristaux de quartz.

8 Érosion, roches sédimentaires et activité humaine

L'ESSENTIEL

Des sédiments meubles aux roches sédimentaires consolidées

● Les **bassins sédimentaires** sont des zones d'accumulation car leur socle (leur fond) s'enfonce au fur et à mesure du dépôt de sédiments (phénomène de subsidence). Ainsi le socle du Bassin parisien, prolongement du Massif armoricain, supporte jusqu'à 3 000 m de sédiments déposés durant les ères secondaire et tertiaire. Pendant cette longue période de 250 millions d'années, la mer a recouvert la région à de nombreuses reprises mais sans que sa profondeur dépasse quelques centaines de mètres au maximum.

● Au cours de leur enfouissement, les **sédiments meubles** subissent souvent des transformations physiques et chimiques qui les conduisent à devenir des **roches sédimentaires consolidées**, cohérentes.

● Cette transformation est liée à deux phénomènes : la **compaction** et la **cimentation**, notamment des sédiments détritiques (voir le **document clé**).

L'exploitation des sédiments meubles et des roches détritiques

● Les **argiles**, après cuisson, sont utilisées sous forme de briques, de tuiles, de carrelages, de céramiques…

● Les **grès** sont utilisés pour la construction (cathédrales) et le pavage des rues.

MOTS CLÉS

Argile : le terme *argile* est ambigu : il désigne un minéral, un sédiment (ensemble de particules argileuses) et, souvent, une roche cohérente qui doit être appelée argilite.
Grès : roches sédimentaires détritiques cohérentes formées de grains de quartz soudés entre eux par un ciment de nature variable : grès siliceux, calcaire, argileux.

● Après l'eau, les **sables** sont la ressource la plus consommée dans le monde et ses utilisations sont multiples, en particulier dans le secteur du bâtiment. Le sable entre environ pour moitié dans la composition du béton : la construction d'un kilomètre d'autoroute nécessite plus de 30 000 tonnes de sable. Les sables ont de multiples autres utilisations : fabrication du verre, utilisation dans l'industrie des silicones (colles, cosmétiques, matériel médical…). Extrait de la silice (quartz), le silicium entre dans la fabrication des « puces électroniques » que l'on trouve dans les smartphones.

● Depuis 30 ans la consommation mondiale de sable a augmenté de 360 %. Le sable des déserts, du fait de sa granulométrie, n'étant pas utilisable pour fabriquer du béton, il reste le sable des carrières terrestres, des fleuves, des rivières et le sable marin. Le volume de sable exploité est très supérieur à sa production par l'altération et l'érosion naturelles : le sable n'est **pas une ressource renouvelable à l'échelle humaine**. Dans beaucoup de pays, suite à l'épuisement des carrières terrestres, les sables marins sont de plus en plus exploités. Cela entraîne des problèmes d'environnement en particulier l'aggravation de l'érosion des côtes ; ainsi, 9 plages sur 10 de la Floride sont en voie de disparition. L'habitat de nombreuses espèces marines est détruit.

Érosion et risque : exemple de l'érosion côtière

● L'**aléa** « érosion côtière » est un phénomène naturel qui se traduit par une perte de matériel vers la mer. Tous les types de littoraux sont concernés. Cet aléa résulte de l'action combinée des marées, de la houle, des courants littoraux, des processus d'érosion continentaux ainsi que du déficit des sédiments côtiers. L'érosion côtière, marine, est responsable du recul du trait de côte (limite entre le domaine marin et le domaine continental) sur une bonne partie du littoral français. Or le littoral français est de plus en plus urbanisé et le lieu d'**enjeux** économiques importants, ce qui fait que l'aléa « érosion côtière » devient un **risque**.

MOTS CLÉS

L'érosion côtière est un exemple d'**aléa**, c'est-à-dire la manifestation de phénomènes naturels susceptibles de produire des dommages. Les **enjeux** sont l'ensemble des personnes et des biens susceptibles d'être affectés par l'aléa. Un aléa ne devient un **risque** que si les enjeux sont présents.

● Compte tenu des données sur l'élévation du niveau de la mer liée au réchauffement climatique, l'observatoire de la **côte aquitaine** prévoit un recul moyen de la côte sableuse de 50 m d'ici 2050 (davantage en cas de tempêtes multiples), ce qui correspond à une surface de 1 873 terrains de football : plus de 2 600 logements seraient menacés (voir le **doc. 1**). Cela montre l'importance d'une surveillance de l'évolution du trait de côte, de la réalisation d'aménagements protecteurs et parfois de la relocalisation à l'intérieur des terres des biens et des activités.

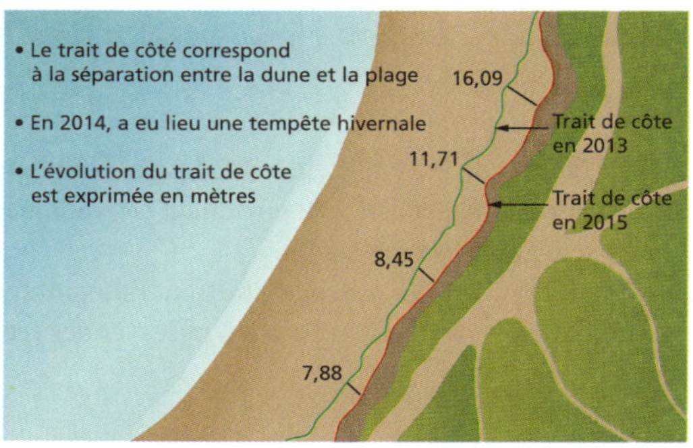

Doc. 1. Recul du trait de côte sur la plage sableuse de Bidart en Aquitaine, entre 2013 et 2015

LE DOCUMENT CLÉ

Les roches sédimentaires détritiques cohérentes

● La compaction et la cimentation permettent la transformation des sédiments détritiques en une roche sédimentaire cohérente. La **compaction** de sédiments détritiques se traduit par une réduction de leur épaisseur due au poids des sédiments plus récents qu'ils supportent. Il en résulte un assemblage plus compact des particules détritiques et donc une diminution de la porosité du sédiment initial, avec expulsion de l'eau interstitielle. L'importance de la compaction est fonction de la granulométrie du sédiment détritique. Elle est d'autant plus forte que les particules du sédiment sont fines. Ainsi un sédiment argileux (boue argileuse) se transforme par compaction en une roche cohérente : l'argile, ou argilite, dont la porosité n'est plus que le cinquième de la porosité de la boue d'origine. En revanche, la compaction seule est insuffisante pour transformer un sable en une roche cohérente.

● La **cimentation** crée un liant entre les particules détritiques, par exemple des grains de sable. Ce liant peut résulter de la précipitation d'ions présents sous forme dissoute dans l'eau interstitielle : dépôt de calcaire, de silice par exemple.

● Les roches sédimentaires détritiques cohérentes, qui représentent environ 85 % des roches sédimentaires, sont classées en fonction du **diamètre des particules** sédimentaires qu'elles contiennent (voir le tableau ci-dessous). Ainsi, les conglomérats contiennent des fragments de roches (blocs, galets, cailloux, graviers) soudés entre eux par un ciment de nature variable.

Remarque : Certaines formations sableuses (sable de Fontainebleau par exemple), bien que non cohérentes, peuvent être malgré tout qualifiées de **roches**.

Diamètre des particules	Sédiments meubles		Sédiments consolidés = roches	
> 2 mm	blocs, galets, cailloux, graviers		conglomérats	
de 2 mm à 63 µm	grains de sable		grès	
< 63 µm	de 63 µm à 4 µm	silt	de 63 µm à 4 µm	siltite
	< 4 µm	argile	< 4 µm	argilite

S'ENTRAÎNER

1 QUIZ

Cocher la ou les affirmations exactes.

Le document 2 est le schéma tiré d'une microphotographie d'une lame mince.

- ☐ **a.** Il s'agit d'un sédiment détritique.
- ☐ **b.** Il s'agit d'une argilite.
- ☐ **c.** Il montre des éléments pouvant provenir de la désagrégation du granite.
- ☐ **d.** Il pourrait s'agir d'une lame mince d'un conglomérat.
- ☐ **e.** Une cimentation a contribué à la formation de cet échantillon.

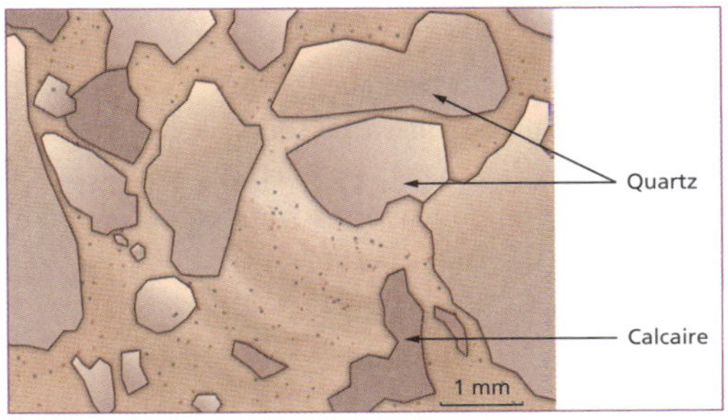

Doc. 2

2 **Aléa, enjeux et risque**

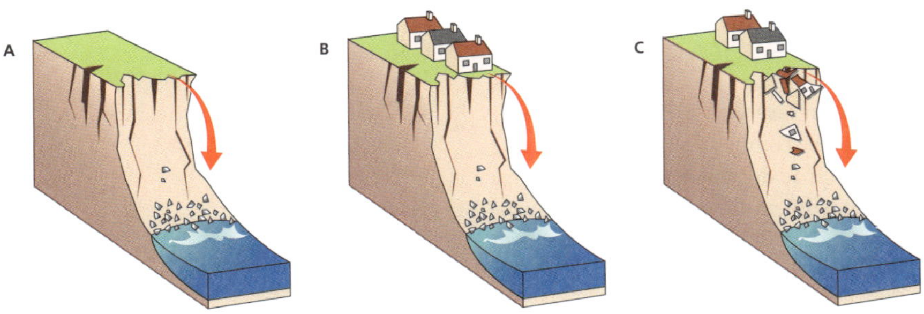

Doc. 3

a. Quel type d'érosion est mis en évidence par ces trois schémas (doc. 3) ?

b. À quel(s) schéma(s) peut-on rattacher les notions d'aléa, d'enjeux et de risque ?

9 Le sol, milieu vivant

L'ESSENTIEL

Les propriétés du sol

● Généralités

Le sol est une pellicule d'un mètre d'épaisseur en moyenne, à l'interface entre l'atmosphère et la lithosphère. Son originalité est sa formation par l'association de matières organiques et de matières minérales. Le sol est une **exclusivité terrestre** car la vie y est nécessaire.

● Les matières minérales du sol

Elles proviennent de l'altération des roches sous l'action de l'eau et des êtres vivants (voir le chapitre 7). C'est par ce processus que débute la formation d'un sol. Les particules argileuses très fines (voir le chapitre 8) jouent un **rôle central** dans les propriétés d'un sol.

● Les matières organiques du sol

››› On distingue les matières organiques des êtres vivants du sol de celles qui proviennent des organismes ou de fragments d'organismes morts. Parmi les matières organiques mortes, on distingue les « matières organiques fraîches » (litière) et les « matières organiques stables » constituant l'**humus** des sols.

››› Les matières organiques de l'humus (acides humiques) sont de grosses molécules formées à partir de constituants des matières organiques fraîches, comme la cellulose et la lignine. Cette transformation, appelée **humification**, est l'œuvre de bactéries et de champignons du sol.

● Le complexe argilo-humique (CAH)

La propriété la plus exclusive du sol est de lier très intimement les argiles, matières minérales, aux matières organiques de l'humus en formant un complexe argilo-humique ou CAH (voir le **document clé**).

● Le CAH et la structure physique du sol

Le CAH donne au sol une **structure grumeleuse** qui ménage des vides appelés **pores**, occupés pour les plus gros par l'air ou l'eau, pour les plus fins par l'eau.

> **IDÉE CLÉ**
> En facilitant une structure grumeleuse stable, le CAH favorise l'aération du sol (macroporosité) et la rétention d'eau (microporosité). Le sol est ainsi formé de trois phases : solide, liquide et gazeuse.

● Le CAH et la mise en réserve d'éléments minéraux

Le CAH est aussi appelé complexe absorbant car il fixe les cations du sol (voir le **document clé**) et évite ainsi leur perte. Or ils constituent des nutriments indispensables aux végétaux. Les ions fixés au CAH peuvent passer dans la solution du sol et être ainsi prélevés par les végétaux.

Les êtres vivants du sol et leurs rôles

● La biodiversité du sol

On estime que la plus grande biodiversité terrestre se trouve dans le sol. Outre le système racinaire des plantes, on y trouve **une faune très diversifiée** (de la macrofaune à la microfaune de taille inférieure à 0,2 mm) parmi laquelle les espèces de vers de terre ont **un rôle écologique crucial**. Surtout, le sol recèle une très grande diversité de bactéries et de filaments de champignons.

> **IDÉE CLÉ**
> Bactéries et champignons traduisent la biodiversité du sol.

● Des relations trophiques au sein du sol

››› Les êtres vivants du sol sont **hétérotrophes** (voir le chapitre 3). Les matières organiques de la litière sont la source de matières et d'énergie pour la communauté d'êtres vivants du sol. Les divers animaux du sol agissant de manière complémentaire réduisent en petits morceaux les constituants de la litière.

››› Les relations trophiques entre les êtres vivants de la biocénose du sol sont multiples, complexes, interconnectées, même s'il existe des **chaînes alimentaires** simples (par exemple, litière ⟶ vers de terre ⟶ taupes).

● La minéralisation des matières organiques

Les cellules des racines, des animaux, les filaments mycéliens et les bactéries obtiennent l'énergie nécessaire à leurs activités en dégradant, par les réactions de la respiration cellulaire, les molécules organiques qu'ils consomment (catabolisme, voir le chapitre 3). Tous ces êtres vivants produisent du dioxyde de carbone assurant ainsi le passage du carbone organique (des molécules organiques) au carbone minéral (CO_2). On dit qu'ils réalisent une minéralisation de la matière organique. Ce sont des **décomposeurs**.

> **IDÉES CLÉS**
> Le **monde vivant du sol** assure le **recyclage** des matières organiques mortes en matières minérales (CO_2, ions minéraux). Celles-ci peuvent être utilisées par les **plantes** pour la synthèse de leurs molécules organiques et donc de leur biomasse grâce à leur capacité de **photosynthèse**. Il existe ainsi un **cycle de la matière**.
> Le monde vivant du sol, par son action sur **la structure** et la chimie des sols, est un acteur clé de sa **fertilité**, de son aptitude à nourrir les plantes.

SVT

LE DOCUMENT CLÉ

Le complexe argilo-humique

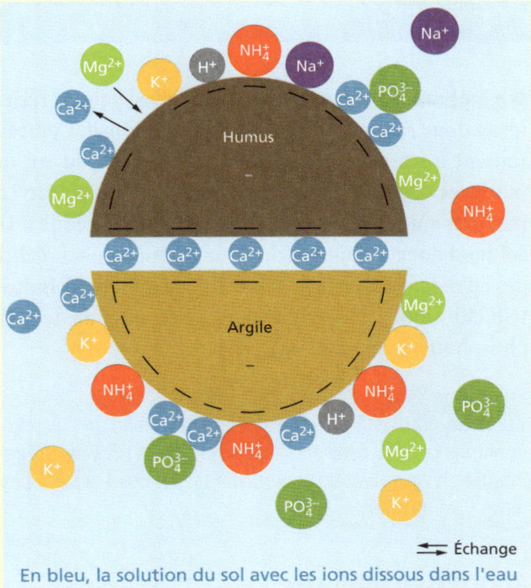

Doc. 1. Le complexe argilo-humique (CAH)

● Les surfaces des argiles et des molécules organiques de l'humus sont chargées négativement. En conséquence, elles peuvent fixer des **cations** (K^+, Ca^{2+}, Mg^{2+}, NH_4^+, Na^+), certains d'entre eux (Ca^{2+}) assurant la cohésion entre les argiles et l'humus pour donner naissance au complexe argilo-humique. Ce complexe absorbant constitue donc un véritable réservoir d'éléments nutritifs indispensables (cations) pour les plantes.

● Les **anions** phosphate (PO_4^{3-}) et nitrate (NO_3^-) étant chargés négativement ne peuvent pas se fixer directement sur le complexe argilo-humique. Cependant, ces anions (en particulier les ions phosphate) peuvent être retenus indirectement par le CAH par l'intermédiaire d'ions Ca^{2+}, constituant ainsi une réserve de phosphore indispensable aux plantes.

● Les **ions fixés par le CAH** peuvent être libérés dans la solution du sol et être ainsi utilisables par les végétaux.

S'ENTRAÎNER

1 QUIZ

Cocher la ou les affirmations exactes.

Les sols de la planète Terre :

☐ **a.** présentent de fortes similitudes avec ceux de la planète Mars ou de la Lune.
☐ **b.** présentent une biodiversité due uniquement au monde animal.
☐ **c.** sont tels qu'il faut nourrir les animaux et les microbes du sol pour faire pousser les plantes.

2 **Lombrics et propriétés des sols**

Les lombrics sont des vers de terre qui creusent des galeries verticales dans le sol, qui avalent de la terre et des fragments végétaux et rejettent leurs excréments sous forme de tortillons, les turricules.

Les graphiques A et B (doc. 2) montrent l'action des lombrics sur certaines propriétés du sol.

a. Indiquer les variations de l'infiltration de l'eau dans le sol en fonction du nombre de lombrics.

b. En déduire l'influence des lombrics sur la porosité du sol.

c. En quoi les lombrics limitent-ils l'érosion du sol en région accidentée ?

d. Indiquer, à partir des informations extraites du graphique B, comment les lombrics peuvent favoriser la nutrition des plantes.

POUR VOUS AIDER

Pensez aux rôles des bactéries et des champignons.

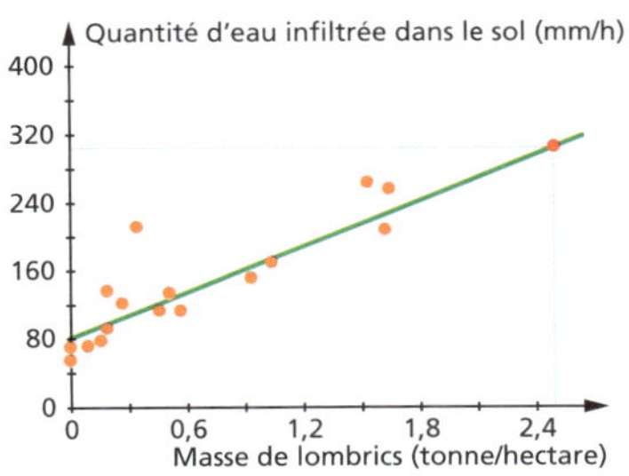

Graphique A

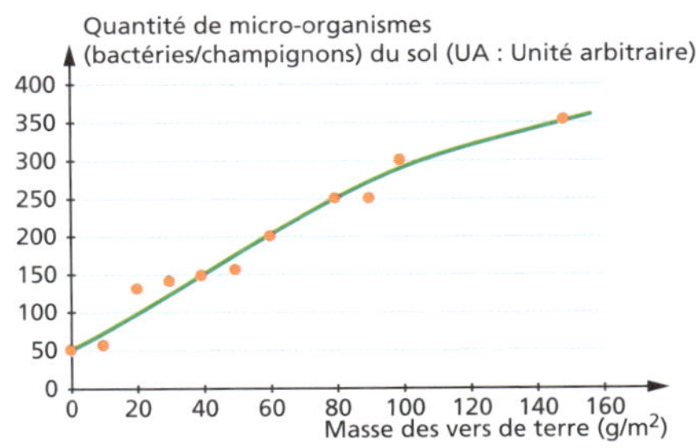

Graphique B

Doc. 2.

10 Le fonctionnement des agrosystèmes

L'ESSENTIEL

On distingue plusieurs modèles d'agrosystèmes et donc plusieurs types d'agriculture.

MOTS CLÉS

Agrosystème : écosystème artificiel créé et entretenu par l'Homme afin d'obtenir une production de biomasse permettant de satisfaire ses besoins, en particulier alimentaires.
Biomasse : matière organique d'origine végétale, animale, bactérienne ou fongique, utilisable comme source d'énergie.

Une évolution des modèles agricoles

Longtemps, le modèle agricole a été l'agriculture vivrière où la production est consommée par les paysans et la population locale. Dans les années 1950-1960, plusieurs transformations majeures visent à accroître considérablement la production agricole afin de satisfaire les besoins de l'humanité. Ce **modèle de l'agrosystème intensif**, productiviste, est actuellement dominant dans le monde.

Des rendements accrus grâce à la sélection de variétés performantes

Des instituts de recherche (Inra...) puis des entreprises privées ont obtenu, par hybridation et sélection, des variétés de plantes à **fort rendement**. Chaque variété présente une combinaison de caractères qui lui est propre. Jusque-là, l'agriculteur utilisait les semences de sa récolte pour obtenir une nouvelle récolte. Désormais, il doit acheter chaque année des semences auprès d'un semencier, ce qui lui assure en contrepartie une population homogène de plants à fort rendement présentant les qualités attendues.

IDÉE CLÉ

Tandis que l'écosystème est caractérisé par sa biodiversité inter et intraspécifique, l'agrosystème, axé sur la monoculture de plantes ayant le même génome, possède une biodiversité très réduite, d'où sa fragilité.

Agriculture intensive et alimentation des plantes

- L'eau est le facteur crucial pour la production de biomasse par la plante cultivée. C'est un constituant fondamental des végétaux et un nutriment utilisé lors de la photosynthèse. La majeure partie de l'eau puisée par les racines dans le sol est rejetée dans l'atmosphère sous forme de vapeur. En cas de sécheresse, la plante limite cette transpiration foliaire mais aussi les échanges de CO_2 avec l'atmosphère, indispensables à la photosynthèse (voir le chapitre 3). La production de matières organiques et donc la croissance de la plante sont réduites. Pour y remédier, l'agriculture intensive recourt à l'irrigation et **consomme beaucoup d'eau** : pour produire 1 kg de grains de blé, il faut 1 300 L d'eau.

- Une grande partie de la production végétale est récoltée et donc exportée de l'agrosystème intensif. Contrairement à un écosystème naturel, l'apport au sol de matières organiques mortes, puis leur recyclage en matières minérales (voir le chapitre 9) sont réduits. **Le sol tend donc à s'appauvrir**. Pour y remédier, on réalise des épandages d'**engrais minéraux**, fournis par l'industrie chimique : ils apportent les éléments azote (N), phosphore (P) et potassium (K).

IDÉE CLÉ

Dans un agrosystème intensif, l'agriculteur nourrit directement les plantes cultivées, tandis que, dans un écosystème naturel, les plantes sont nourries à la suite de l'activité des êtres vivants du sol.

Agriculture intensive et protection des cultures

- Dans un agrosystème, les relations trophiques (alimentaires) entre les êtres vivants réduisent, parfois fortement, la production de biomasse par la culture. Les feuilles, les fruits et les graines des plantes cultivées sont mangés par des consommateurs primaires (insectes et leurs larves...). Des champignons peuvent parasiter les feuilles. Pour lutter contre ces ravageurs des cultures, l'agriculture intensive utilise des **produits phytosanitaires** : insecticides, fongicides.

- Les « mauvaises herbes », ou **adventices**, entrent en compétition avec les plantes cultivées notamment en prélevant des ions minéraux du sol. Pour y remédier, on utilise des herbicides qui font mourir sélectivement les adventices. Le plus utilisé est le Roundup® dont le produit actif est le glyphosate.

- Insecticides, fongicides, herbicides sont des **pesticides**, tous fournis par l'industrie chimique.

MOT CLÉ

Intrants : apports nécessaires au fonctionnement de l'agrosystème (engrais, pesticides...).

L'agrosystème intensif, un système gourmand en énergie

Comme l'écosystème naturel, l'agrosystème transforme par photosynthèse l'énergie solaire en énergie chimique des matières organiques de la biomasse produite. Pour augmenter les performances de l'agrosystème dans ce domaine, on importe de l'**énergie externe directe** (fuel nécessaire pour les machines agricoles...) et **indirecte** (consommée lors de la fabrication des intrants).

IDÉE CLÉ

Dans un agrosystème intensif, la consommation d'énergie fossile, celle du pétrole et de ses dérivés, est importante.

LE DOCUMENT CLÉ

Fonctionnement d'un agrosystème intensif

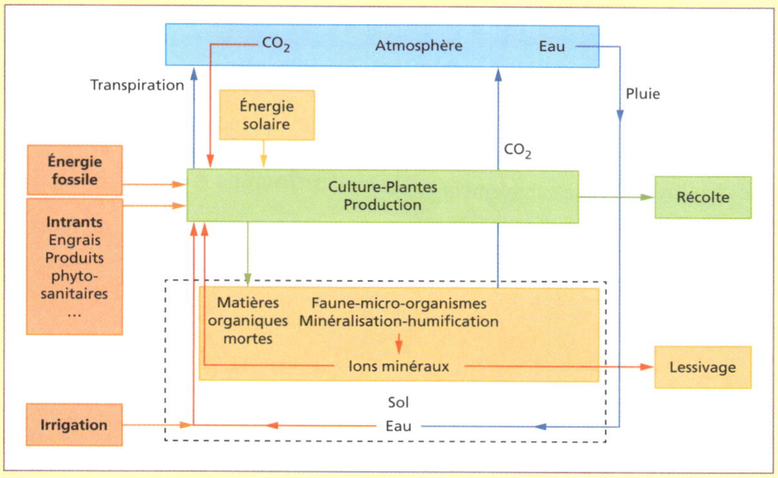

Doc. 1.

On retrouve les caractéristiques du fonctionnement d'un écosystème mais **perturbées par l'exportation de la récolte**. On observe donc une nette diminution du recyclage de la matière. Pour obtenir malgré tout une forte production des plantes cultivées, l'agriculture intensive importe des intrants : eau, engrais minéraux, pesticides…

S'ENTRAÎNER

1 QUIZ

Cocher la ou les affirmations exactes.

Un agrosystème est un écosystème :

- ☐ **a.** pour lequel la seule source d'énergie est l'énergie solaire.
- ☐ **b.** dans lequel le recyclage de la matière est partiel.
- ☐ **c.** dont la production de biomasse dépend uniquement des intrants minéraux et des intrants phytosanitaires épandus dans le champ cultivé.
- ☐ **d.** où l'eau contenue dans la récolte correspond à l'eau consommée par les plantes durant leur croissance.

2 Eau et production des variétés traditionnelles et sélectionnées

Comparer le comportement vis-à-vis de l'eau des variétés traditionnelles et des variétés sélectionnées.

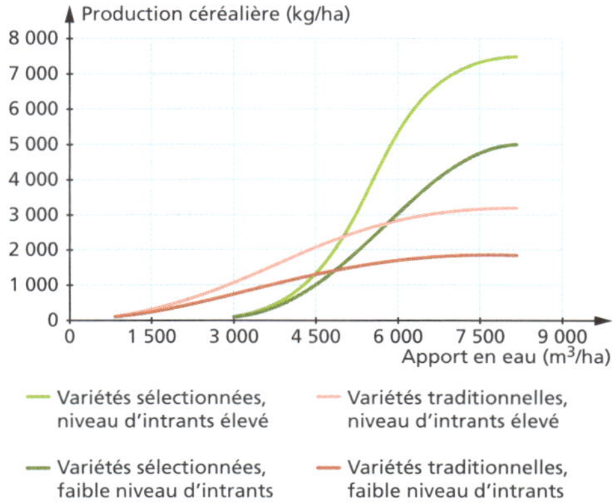

Doc. 2.

POUR VOUS AIDER

Commencez par comparer le comportement des variétés sélectionnées et traditionnelles vis-à-vis de l'eau.

3 L'élevage intensif

Le symbole de cette forme d'élevage est la « ferme des 1 000 vaches », dans la Somme, conçue suivant le modèle répandu dans les pays nordiques et en Allemagne.

Les vaches ne vont jamais au pré. Elles sont parquées dans un vaste bâtiment de 230 m de long et nourries directement sur place d'aliments végétaux, notamment de tourteaux de soja (60 kg de nourriture par jour). La traite a lieu trois fois par jour dans un carrousel de traite qui peut accueillir 50 vaches à la fois. Chaque animal dispose d'un espace de 10 m^2. La température du bâtiment est régulée.

Pour produire 1 litre de lait, 1 000 litres d'eau sont consommés.

a. Qu'est-ce qui justifie le qualificatif d'intensif donné à ce type d'élevage ?

b. En considérant le devenir des aliments chez un animal (voir le chapitre 3), que peut-on déduire de l'énergie du lait produit par rapport à l'énergie des aliments consommés ? Le fait de parquer les animaux a-t-il un intérêt d'un point de vue énergétique ?

c. Expliquer la valeur élevée de l'eau nécessaire pour produire un litre de lait.

11 Vers une agriculture durable

L'ESSENTIEL

L'agriculture intensive, qui utilise des semences standardisées performantes, repose sur un usage important d'intrants : engrais chimiques, herbicides, fongicides, insecticides (voir le chapitre 10). Indiscutablement ce modèle d'agrosystème a été efficace (voir le **document clé**), mais on a aussi pris conscience qu'il était la source de nombreux dégâts environnementaux.

Les dommages environnementaux de l'agriculture intensive

● Fortement mécanisé, ce type d'agriculture a poussé les exploitants agricoles à créer des parcelles de plus en plus grandes par suppression des haies, des buissons, des arbres le long des champs. Or ces lieux étaient le milieu de vie de nombreuses espèces de mammifères et d'oiseaux. L'utilisation des pesticides a également affecté ces populations. Il en a résulté une **diminution de la biodiversité** de ces espèces. La biodiversité des sols est également touchée par les méthodes de l'agriculture intensive. Les effectifs des populations de la faune (voir le **document clé**) et des micro-organismes des sols cultivés sont nettement plus faibles que ceux d'une forêt ou d'une prairie. La chute de la biodiversité est particulièrement importante pour toutes les espèces de vers de terre dont le rôle est central dans la dynamique du sol (voir le chapitre 9).

● Les engrais, les pesticides répandus dans les champs cultivés ne restent pas uniquement dans les sols, surtout si leur utilisation est trop importante. Ils gagnent les nappes souterraines, les rivières et sont ainsi à l'origine d'une **pollution des milieux aquatiques**. Ainsi l'enrichissement en engrais azotés (nitrates) de certaines rivières de Bretagne est la cause de « marées vertes » en certains endroits du littoral. Les pesticides ont une durée de vie longue et leur **concentration dans les chaînes alimentaires** peut avoir des conséquences néfastes sur la vie et la reproduction des animaux aquatiques (perturbateurs endocriniens) et ils peuvent donc avoir des impacts sur la santé humaine (effet cancérigène probable du glyphosate par exemple).

● Les sols des agrosystèmes possèdent un stock réduit de matières organiques, notamment d'humus, par rapport au sol des écosystèmes naturels. La structure du sol est assez peu stable, ce qui facilite son **érosion** par les eaux de ruissellement. À cela s'ajoute l'impact des labours, surtout s'ils sont profonds. Sous le poids des machines lourdes, il peut se former une semelle de labour, couche de terre dense et compacte qui empêche la pénétration des eaux pluviales. Si, de plus, le sol est laissé à nu après le labour, le ruissellement est accru, emportant une partie des sols. S'il est facile de détruire un sol, sa création et même sa restauration demandent beaucoup de temps. Le sol est une ressource **très faiblement renouvelable**.

Les principes d'une agriculture durable

● La prise de conscience des impacts environnementaux du fonctionnement des agrosystèmes intensifs, et du fait qu'ils ne peuvent persister tels quels, s'accroît, y compris chez les agriculteurs. Cependant, la population mondiale continue à croître pour atteindre 9 à 10 milliards d'individus en 2050. Les besoins alimentaires de l'humanité vont continuer à augmenter. Le problème est donc d'arriver à concevoir une agriculture capable de satisfaire ces besoins de façon durable tout en préservant l'environnement. En 2019, dans la revue *The Lancet*, des experts affirment que résoudre ce problème est possible à condition de changer radicalement nos **modes de production et de consommation**. Ils préconisent une révolution agricole mondiale associant une production alimentaire importante, source de produits de qualité, à un modèle d'agriculture durable.

● Les agrosystèmes productivistes actuels sont très artificiels, industriels. Pratiquer une agriculture durable, c'est concevoir une agriculture **conforme au fonctionnement naturel du sol**. Il faut cesser de considérer le sol comme un simple support pour les plantes et le voir comme un milieu vivant dont l'activité est capable de fournir aux plantes les éléments nutritifs dont elles ont besoin pour avoir une forte productivité.

● Pour cela, il faut nourrir le sol, plus exactement les êtres vivants du sol, avec des **engrais organiques**, notamment des résidus végétaux. Il faut créer les conditions favorables à ces êtres vivants, notamment aux vers de terre. Un sol riche en vers de terre est un sol productif qui permet de limiter considérablement l'apport d'engrais chimiques.

● La technique du **semis direct sous couvert** est recommandée. Elle consiste juste après la récolte (blé par exemple) à semer une ou plusieurs plantes intercalaires, qui ont pour but d'empêcher le développement des mauvaises herbes, supprimant ainsi l'emploi des herbicides. Ces plantes laissées sur place à leur mort (naturelle ou provoquée mécaniquement) enrichissent le sol en matières organiques. Elles favorisent ainsi la vie du sol en limitant, ou évitant, l'utilisation d'engrais. Le semis de la plante exploitée se fait alors sur le sol couvert des plantes intercalaires. Le sol enrichi n'est jamais à nu, ce qui limite les risques d'érosion.

● Pour éviter l'utilisation de pesticides, il est possible d'appliquer, en les développant, des méthodes de la **lutte biologique**.

LE DOCUMENT CLÉ

Les deux facettes de l'agriculture intensive

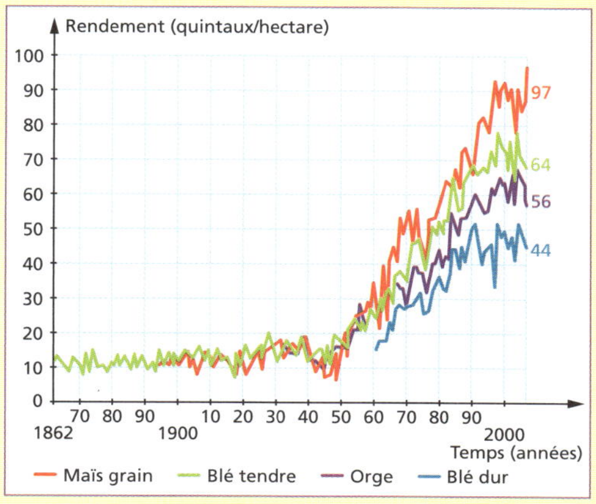

Doc. 1. Évolution des rendements des principales céréales en France

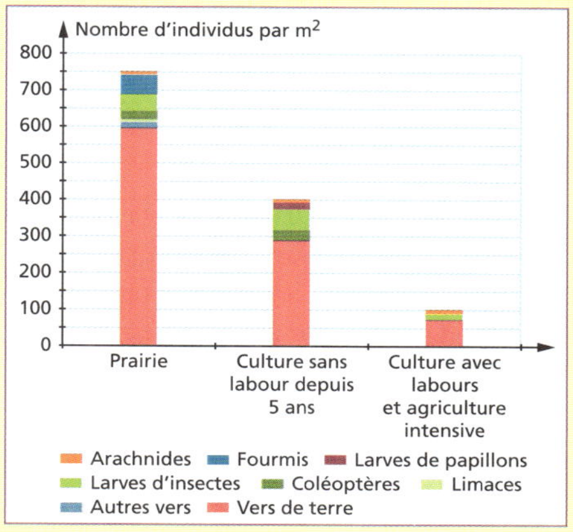

Doc. 2. Biodiversité du sol en fonction des pratiques agricoles

● C'est après la Seconde Guerre mondiale que les méthodes de la culture intensive ont été utilisées : c'est le début de la « **révolution verte** ».

● On note les conséquences **positives** de l'agriculture intensive sur les rendements (**doc. 1**). On constate toutefois une stagnation des rendements depuis la fin du XXe siècle semblant indiquer qu'on a atteint le maximum de productivité de l'agrosystème intensif.

● Cet agrosystème a des **effets négatifs sur la biodiversité** des sols cultivés (**doc. 2**). En outre, les populations des vertébrés des milieux agricoles sont aussi en baisse. Ainsi des études indiquent une diminution moyenne d'un tiers des effectifs des populations d'oiseaux depuis 1990. Cette baisse semble due directement à l'utilisation d'insecticides puissants (les néonicotinoïdes) et indirectement à l'effondrement des populations d'insectes dont se nourrissent de nombreuses espèces d'oiseaux.

S'ENTRAÎNER

1 QUIZ

Cocher la ou les affirmations exactes.

Pour qu'une agriculture soit durable tout en étant productive, il faut :

- ☐ **a.** que le sol soit considéré comme simple support des plantes.
- ☐ **b.** nourrir les animaux du sol par l'apport d'engrais minéraux.
- ☐ **c.** laisser le sol à nu durant plusieurs mois entre deux cultures.
- ☐ **d.** enrichir le sol cultivé en matières organiques.

2 **Comparaison de modèles agricoles**

L'agriculture biologique (dans le domaine de la production végétale)

Elle a recours à des pratiques qui préservent ou accroissent la matière organique du sol, améliorent sa stabilité et sa biodiversité, empêchent son tassement et son érosion : rotation pluriannuelle, épandage d'effluents d'élevage ou de matières organiques…

L'épandage d'engrais minéraux de synthèse ainsi que celui de pesticides obtenus par synthèse chimique ainsi que les OGM (organismes génétiquement modifiés) sont interdits. Cependant, des produits chimiques, pesticides dits d'origine naturelle, sont autorisés. La prévention des dégâts causés par les ravageurs repose principalement sur une lutte par des agents biologiques.

Les rendements sont en général inférieurs à ceux de l'agriculture productiviste.

L'agriculture raisonnée (dans le domaine de la production végétale)

Il s'agit d'assurer une forte productivité (hauts rendements) en utilisant le maximum de connaissances scientifiques pour ne pas gaspiller les intrants, éviter les pollutions.

L'utilisation d'engrais minéraux est autorisée mais ces engrais doivent être apportés au bon moment, quand la demande de la plante est forte, en tenant compte de ses besoins pour éviter les pertes polluantes.

L'agriculture raisonnée utilise des pesticides de synthèse ainsi que des prédateurs de ravageurs dès que possible. Elle privilégie la culture des variétés résistantes obtenues par les chercheurs. Elle n'interdit pas la culture d'OGM.

Comparer les modes de nutrition des plantes dans ces deux modèles agricoles à ceux de l'agriculture intensive. Indiquer les avantages et inconvénients de l'agriculture biologique et de l'agriculture intensive.

12 Corps humain : de la fécondation à la puberté

L'ESSENTIEL

Le sexe chromosomique et l'organisation de l'appareil reproducteur

● L'**identité sexuelle biologique** du bébé à la naissance est établie à partir d'observations de ses organes génitaux externes : testicules dans les bourses et pénis pour un garçon, vulve et clitoris pour une fille. Cela traduit le fait que la construction différentielle de l'appareil reproducteur a eu lieu durant la vie embryonnaire et fœtale.

● La différence initiale réside dans le **caryotype** de la cellule œuf (ou zygote). Tous les œufs possèdent 23 paires de chromosomes. 22 sont identiques dans tous les zygotes mais la 23e paire, celle des chromosomes sexuels, est différente suivant le sexe. Chez le zygote destiné à devenir une fille, elle est formée de 2 chromosomes identiques XX ; chez celui qui va se développer en un garçon, de 2 chromosomes différents X et Y (X semblable au chromosome X féminin). Le chromosome Y porte le **gène SRY** qui ne se trouve pas sur le chromosome X (**doc. 3**).

IDÉE CLÉ

Toutes les cellules d'un organisme humain possèdent le même caryotype que celui du zygote qui est à leur origine.

Le rôle du gène SRY

● L'ébauche de l'appareil génital (reproducteur) est présente dès la 7e semaine du développement embryonnaire. À ce stade, l'appareil reproducteur, en particulier les gonades (glandes sexuelles ou génitales), est **indifférencié**, c'est-à-dire le même chez tous les embryons masculins ou féminins.

● À partir de la 7e semaine, dans les gonades dont les cellules ont le caryotype XY, le gène SRY devient actif et s'exprime en dirigeant la synthèse d'une protéine Sry. Celle-ci entraîne la différenciation des gonades en **testicules**.

● En l'absence de gène SRY, chez les embryons XX, les gonades indifférenciées évoluent spontanément en **ovaires** vers la 10e semaine.

IDÉE CLÉ

Le seul rôle du gène SRY est d'entraîner la différenciation des gonades en testicules.

Différenciation des voies génitales et des organes génitaux externes

Les testicules du fœtus masculin sécrètent des hormones, dont la **testostérone**. Cette hormone provoque la différenciation des voies génitales en voies génitales masculines. En l'absence de testostérone, chez le fœtus de caryotype XX, les voies génitales évoluent spontanément en voies génitales féminines.

MOT CLÉ

Hormone : messager chimique. C'est une molécule élaborée par des cellules spécialisées, sécrétée dans le sang et agissant sur d'autres cellules, les cellules cibles, qui, en réponse, modifient leurs activités. Pour agir, ces molécules hormonales doivent se fixer à des **récepteurs spécifiques** que seules les cellules cibles possèdent.

L'évolution des gonades de la naissance à la puberté

● À la naissance, testicules et ovaires sont **non fonctionnels** : ils ne produisent ni ne libèrent de gamètes, spermatozoïdes ou ovules (ovocytes). Au cours de l'enfance, la structure des testicules et des ovaires ne change pas.

● Pendant la puberté, période qui s'étale sur quelques années, les testicules et les ovaires commencent à fonctionner. Ils ont une **double activité** : d'une part ils produisent des **gamètes**, d'autre part ils sécrètent des **hormones** (testostérone pour les testicules, œstrogènes et progestérone pour les ovaires).

● La concentration de ces hormones sexuelles dans le sang augmente beaucoup et cela cause le développement des **caractères sexuels primaires** (voies génitales et glandes annexes) et **secondaires** (poils pubiens, barbe, mue de la voix, pic de croissance chez le garçon ; seins, poils pubiens, pic de croissance chez la fille).

IDÉE CLÉ

L'hormone est un **messager**. La concentration plasmatique (dans le sang) de l'hormone est un **message**. Un changement de concentration signifie qu'il y a un changement dans le message émis par les cellules sécrétant l'hormone.

● À la puberté, les cordons séminifères se creusent d'une cavité (lumière) et deviennent des **tubes séminifères** qui produisent des spermatozoïdes (voir le **document clé**). Les cellules sécrétrices de testostérone, appelées **cellules interstitielles**, se trouvent dans le tissu conjonctif, situé entre les tubes séminifères, tissu très riche en vaisseaux sanguins.

● Contrairement à l'activité des testicules qui est continue à partir de la puberté, celle des ovaires est **cyclique** (voir le **document clé**). La durée d'un cycle est de 28 jours environ. Le cycle ovarien s'accompagne d'un cycle des concentrations des hormones sexuelles, œstrogènes et progestérone, qui entraîne l'apparition des règles (voir le chapitre 13).

LE DOCUMENT CLÉ

L'activité des gonades à partir de la puberté

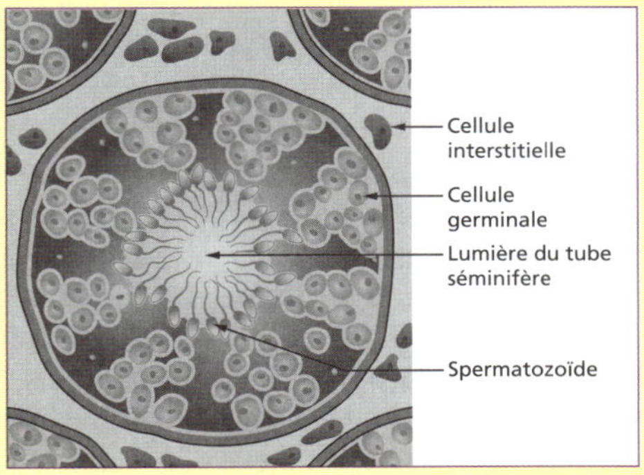

Doc. 1. Représentation schématique d'une coupe transversale d'un tube séminifère

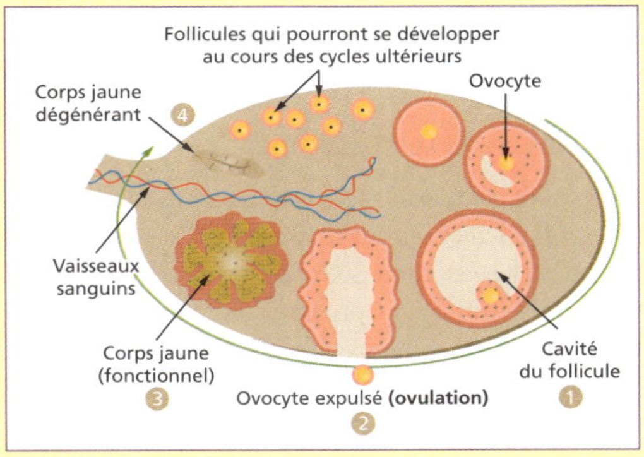

Doc. 2. Les différentes étapes d'un cycle ovarien

● Les **tubes séminifères** (**doc. 1**), au nombre de 500 environ par testicule, mesurent entre 40 et 70 cm de long (ils sont pelotonnés dans le testicule) pour 150 à 300 µm de diamètre. Les cellules germinales, situées à la périphérie du tube, se multiplient et les cellules issues de cette multiplication se différencient en spermatozoïdes libérés dans la lumière des tubes séminifères.

● La première phase du cycle (**doc. 2**) est marquée par la croissance d'un **follicule**, structure formée par un ovocyte (futur ovule) entouré de cellules non sexuelles, les cellules folliculaires. Son diamètre passe de 0,3 mm à 25-30 mm ①. Cette phase folliculaire est marquée par une multiplication des cellules folliculaires qui sécrètent une hormone œstrogène. Cette phase se termine par l'ovulation ② au cours de laquelle un ovocyte, expulsé de l'ovaire, est recueilli par une trompe (oviducte). Après l'ovulation, le follicule privé d'ovocyte devient un **corps jaune** ③. C'est la phase post-ovulatoire au cours de laquelle le corps jaune sécrète deux hormones : les œstrogènes et la progestérone. La fin du cycle est marquée par la dégénérescence du corps jaune ④ et la chute des concentrations des œstrogènes et de la progestérone.

S'ENTRAÎNER

1 QUIZ

Cocher la ou les affirmations exactes.

La testostérone est une hormone :

- ☐ **a.** qui est sécrétée par les tubes séminifères.
- ☐ **b.** qui n'est produite qu'après la naissance.
- ☐ **c.** dont la concentration est très forte chez un garçon de 5 ans.
- ☐ **d.** dont un changement de concentration a lieu au cours de la puberté.

2 Un phénotype apparemment contraire au caryotype

Céline et Erwan peinent à avoir leur premier enfant. Les résultats des examens prescrits pour comprendre la cause de cette difficulté ont révélé qu'Erwan a un caryotype présentant deux chromosomes X et ne possédant pas de chromosome Y. En outre, il possède sur l'un des deux chromosomes X le gène SRY. Le caryotype masculin normal est schématisé dans le document 3.

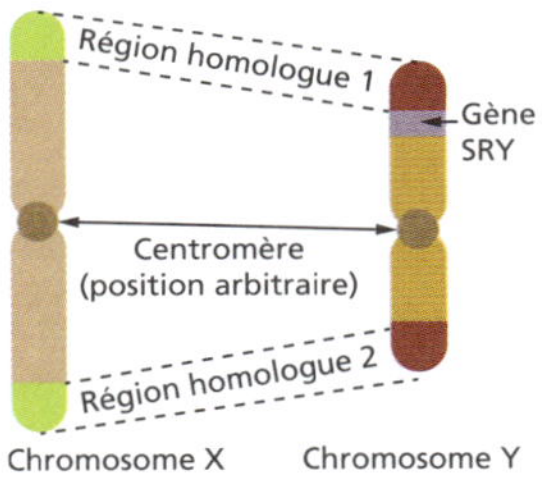

Doc. 3. Caryotype masculin normal

a. Indiquer en quoi le caryotype d'Erwan présente une anomalie.

b. Proposer une explication à son phénotype masculin.

3 Variations des concentrations des hormones sexuelles chez une jeune fille

Le graphique (doc. 4) indique les variations de la concentration d'œstrogènes et de progestérone durant un mois chez une jeune fille de 14 ans. Indiquer pourquoi on peut dire que cette jeune fille est pubère et pourrait être enceinte en cas de rapports sexuels.

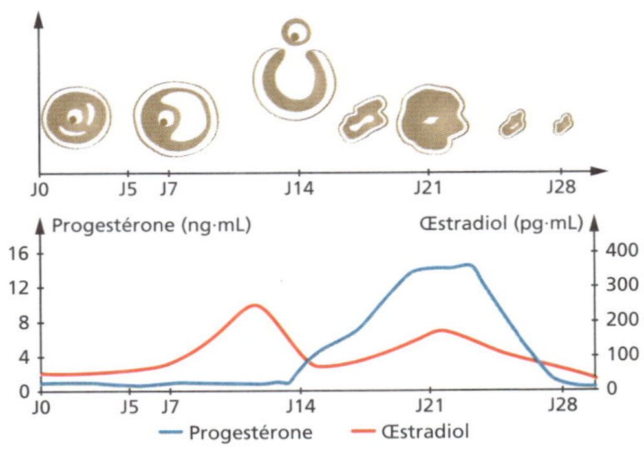

Doc. 4. Concentrations des hormones sexuelles chez une jeune fille

13 Hormones et procréation humaine

L'ESSENTIEL

Les rôles de la testostérone

● Les voies génitales (spermiducte, pénis), les glandes annexes (vésicules séminales, prostate) sont des **organes cibles** de la testostérone. Sous l'action de cette hormone, vésicules séminales et prostate sécrètent un liquide nourricier des spermatozoïdes, le liquide séminal. Le sperme est constitué pour 10 % de son volume de spermatozoïdes et pour 90 % de liquide séminal.

● Tout au long de la vie, les cellules interstitielles continuent à sécréter de la testostérone : sa concentration moyenne reste constante. Ce **message hormonal permanent** est absolument indispensable pour maintenir à l'état fonctionnel tout l'appareil génital, y compris la production de spermatozoïdes par les tubes séminifères.

Les rôles des hormones ovariennes : œstrogènes et progestérone

Ces hormones ont pour **organes cibles** les voies génitales : oviductes (trompes), utérus, col de l'utérus. En cas d'ovariectomie (ablation des ovaires) chez la femme adulte, ces organes génitaux s'atrophient. Il en est de même chez la femme ménopausée (arrêt des cycles ovariens).

● **L'évolution des voies génitales durant la phase folliculaire**

››› L'activité cyclique de l'ovaire (voir le chapitre 12) s'accompagne d'un cycle des hormones ovariennes. Ce **cycle hormonal** entraîne le **cycle des voies génitales**.

››› Par convention, le cycle débute par les **règles**, écoulement par le vagin de sang d'origine utérine. Les règles correspondent à une destruction et une élimination d'une partie de la muqueuse utérine associées à celles des vaisseaux sanguins qui l'irriguent. Durant cette période, on est au **début du cycle ovarien** et la concentration d'œstrogènes est basse.

››› Durant la phase folliculaire, la concentration sanguine des hormones œstrogènes augmente pour atteindre un **maximum peu avant l'ovulation**. Ce message hormonal agit sur la muqueuse utérine en provoquant sa cicatrisation et son épaississement (de 0,5 à 3-4 mm).

››› Le **pic d'œstrogènes** exerce une double action : il augmente la contractilité du myomètre (muscle utérin) et fait que le **mucus cervical** produit par le col de l'utérus devient fluide, favorable au passage des spermatozoïdes. Ces deux actions favorisent l'arrivée des spermatozoïdes dans les trompes au moment où l'ovulation va se produire. Le message des œstrogènes facilite la rencontre des gamètes et donc la fécondation.

IDÉE CLÉ

En dehors de la période d'ovulation, le mucus cervical est imperméable aux spermatozoïdes.

● **L'évolution de la paroi utérine durant la phase post-ovulatoire**

››› Le message hormonal est double : lié aux concentrations en œstrogènes et en progestérone. La phase post-ovulatoire est surtout marquée par la concentration croissante de progestérone, sécrétée par le corps jaune (voir le chapitre 12) jusqu'à atteindre un maximum 7 à 8 jours après l'ovulation. Sous l'action de la progestérone, la muqueuse utérine se développe et « accepte » la nidation d'un éventuel embryon. La **progestérone** est indispensable à la **mise en route d'une grossesse**.

››› S'il n'y a pas eu de fécondation, le corps jaune commence à dégénérer 12 à 13 jours après l'ovulation, ce qui entraîne la **chute des concentrations** en hormones ovariennes et par conséquent la destruction d'une grande partie de la muqueuse utérine, et donc les règles.

Les gonadostimulines hypophysaires

● **Le contrôle des fonctions ovariennes et testiculaires**

Ovaires et testicules n'ont pas de fonctionnement autonome. Ils dépendent des **messages hormonaux émis par l'hypophyse**, glande endocrine située sous le cerveau. Les deux hormones (gonadostimulines) sécrétées par l'hypophyse, **FSH et LH**, stimulent les deux fonctions des gonades. Elles sont identiques chez l'homme et la femme.

● **Le rôle des gonadostimulines chez l'homme**

La concentration sanguine de FSH et LH reste **constante durant toute la vie**. La FSH agit sur les tubes séminifères en stimulant la spermatogenèse. La LH agit sur les cellules interstitielles en stimulant la sécrétion de testostérone par ces cellules.

● **Le rôle des gonadostimulines chez la femme**

Il existe des **variations cycliques** de la concentration des hormones FSH et LH. Ce cycle des hormones hypophysaires détermine le cycle ovarien et le cycle des hormones sexuelles (voir le **document clé**).

La commande de la sécrétion des gonadostimulines par l'hypothalamus

L'hypophyse est reliée à une région ventrale du cerveau, l'**hypothalamus** (voir le **document clé**). Des neurones hypothalamiques sécrètent une neurohormone, appelée **GnRH**, qui agit sur l'hypophyse en déclenchant la sécrétion de FSH et LH.

IDÉE CLÉ

C'est la mise en route de la sécrétion de GnRH par l'hypothalamus qui déclenche la puberté.

SVT

LE DOCUMENT CLÉ

Le cycle des gonadostimulines hypophysaires

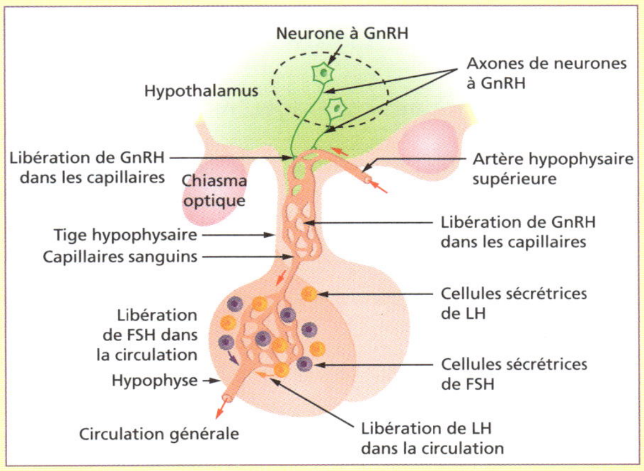

Doc. 1. Relations fonctionnelles entre l'hypothalamus et l'hypophyse

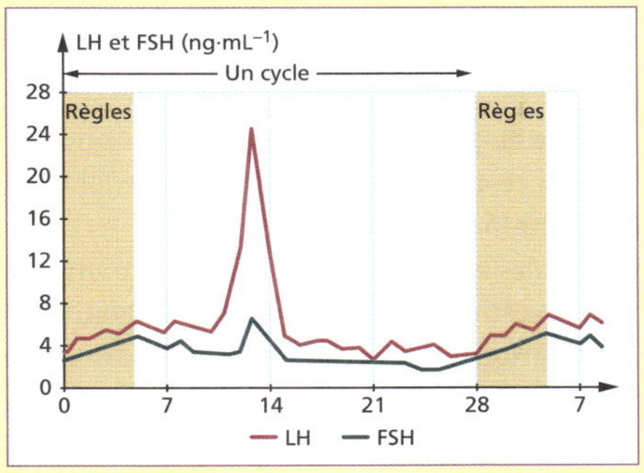

Doc. 2. Variations au cours d'un cycle des concentrations sanguines de FSH et LH chez la femme

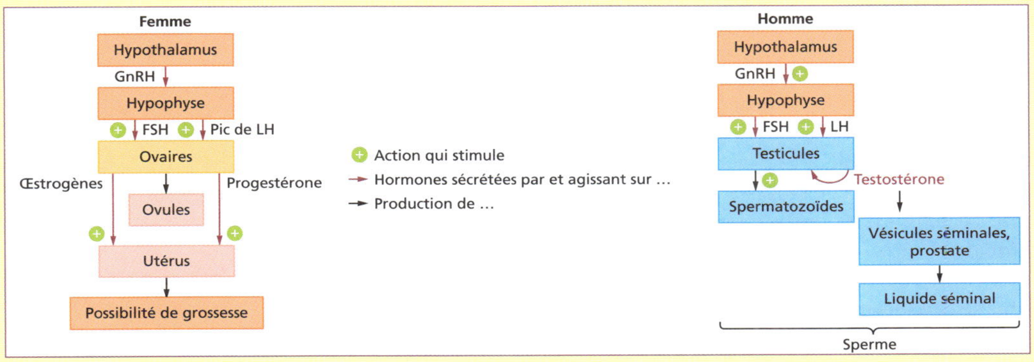

Doc. 3. Contrôle hormonal du fonctionnement des organes reproducteurs chez la femme et chez l'homme

● Le **début du cycle** des concentrations sanguines de FSH et LH chez la femme (**doc. 2**) est marqué par une augmentation modérée de FSH. Elle déclenche la croissance de follicules ovariens et assure ensuite le développement d'un follicule jusqu'au stade follicule mûr (voir le chapitre 12). Sous l'action de FSH et LH, les cellules folliculaires sécrètent de plus en plus d'œstrogènes.

● L'événement le plus remarquable du cycle est le pic de FSH et surtout le **pic de LH**. C'est ce message qui déclenche l'ovulation et la transformation du follicule en corps jaune. La sécrétion basale de LH, durant la phase post-ovulatoire, stimule la sécrétion des hormones ovariennes, en particulier celle de la progestérone par le corps jaune.

S'ENTRAÎNER

1 QUIZ

Cocher la ou les affirmations exactes.

La progestérone est une hormone :

- ☐ **a.** sécrétée par l'ovocyte.
- ☐ **b.** sécrétée durant la totalité du cycle ovarien.
- ☐ **c.** qui prépare la muqueuse utérine (endomètre) à la nidation.
- ☐ **d.** dont la concentration sanguine augmente au moment des règles.

2 **Analyse d'un cas clinique**

On considère le cas d'une personne de 20 ans et de phénotype masculin mais dont les testicules sont de petite taille, le pénis infantile, et qui n'a pas de barbe. Son caryotype présente des chromosomes sexuels XY. Un traitement basé sur des injections de testostérone a eu pour effet le développement des poils pubiens, de la barbe, la mue de la voix, la croissance du pénis et le développement des testicules.

La concentration des hormones hypophysaires indique une concentration en FSH dans la norme et une concentration de LH très basse.

À partir des informations fournies et de ses connaissances, expliquer le phénotype de cette personne avant son traitement.

14 Procréation : maîtrise et assistance

L'ESSENTIEL

La contraception hormonale féminine

● **La mise au point d'une pilule contraceptive**

››› En France, ce n'est qu'en **1967** qu'une loi autorise la contraception hormonale.

››› Les pilules les plus utilisées, dites œstroprogestatives, associent œstrogènes et progestatifs de synthèse (substances fabriquées par les industries pharmaceutiques agissant de la même façon que les hormones naturelles mais plus stables, pouvant être prises par voie buccale). Elles doivent être prises à partir du premier jour des règles, pendant 21 jours suivis d'un arrêt de 7 jours.

● **La preuve de l'efficacité contraceptive de la pilule**

››› La prise de la pilule modifie considérablement le cycle des hormones naturelles : les œstrogènes présentent une concentration constamment basse et la progestérone constamment nulle (voir le **document clé**). **La pilule abolit le cycle ovarien** et donc l'ovulation. La fécondation est ainsi impossible.

››› En outre, sous l'effet du progestatif, le **mucus cervical** (voir le chapitre 13) est impropre au passage des spermatozoïdes.

››› Sous l'action des hormones de synthèse, la muqueuse utérine se développe faiblement et, à l'arrêt de la prise de la pilule, l'effondrement des concentrations de ces hormones conduit à des **règles artificielles**.

> **IDÉE CLÉ**
> Les hormones sexuelles de synthèse mettent les ovaires au repos en agissant sur le complexe hypothalamo-hypophysaire.

La contraception féminine d'urgence

● Afin d'éviter une grossesse non désirée à la suite d'un rapport sexuel mal ou non protégé, il est possible d'avoir recours à la **contraception d'urgence**. Deux types de pilules sont disponibles en pharmacie, agissant efficacement avec la prise d'un seul comprimé. Cette contraception est parfois dite « du lendemain ». Cela signifie que la pilule doit être prise le plus tôt possible après le rapport sexuel, idéalement dans les 12 heures qui suivent et au plus tard de 72 à 120 heures après le rapport sexuel. Cette pilule est délivrée gratuitement, même aux mineures, sur ordonnance, en pharmacie ou à l'infirmerie du lycée.

● Une de ces pilules contient une très forte concentration de progestatifs de synthèse. Si le rapport sexuel a lieu avant l'ovulation, le progestatif concentré **bloque l'apparition du pic de LH** (voir le chapitre 13) empêchant ainsi l'ovulation et donc la fécondation. Si l'ovulation a eu lieu peu de temps avant le rapport sexuel, le progestatif rend la **muqueuse utérine** impropre à la nidation. En revanche, il est sans effet sur un embryon déjà niché dans la muqueuse utérine.

Les hormones contragestives

● L'**interruption volontaire de grossesse** (IVG) peut être réalisée chirurgicalement ou par voie médicamenteuse. L'intervention médicamenteuse peut avoir lieu jusqu'à la fin de la 5e semaine (7e semaine à l'hôpital), donc au maximum 7 semaines après le début des dernières règles.

● L'**IVG médicamenteuse** consiste à prendre deux comprimés à 36-48 heures d'intervalle. Le premier contient du RU 486 dont la structure moléculaire est voisine de celle de la progestérone. Il empêche la progestérone, fabriquée par le corps jaune de grossesse, de se fixer sur les récepteurs de la muqueuse utérine et donc d'avoir une action sur cette muqueuse. Or, la progestérone est indispensable à la poursuite de la grossesse. L'anti-progestatif de ce comprimé favorise le décollement de l'embryon de la muqueuse utérine, les contractions du muscle utérin et l'ouverture du col de l'utérus. Le second comprimé augmente les contractions du muscle utérin et provoque l'interruption de grossesse.

La contraception hormonale masculine

● L'objectif est d'obtenir un **sperme dépourvu de spermatozoïdes**, sans affecter les caractères sexuels secondaires et le comportement sexuel.

● En 2018, la mise au point d'une pilule masculine, appelée DMAU, a été réalisée (prise d'un comprimé chaque jour). Elle paraît **efficace et sans effets secondaires**. La contraception hormonale masculine se rapproche méthodologiquement de la contraception féminine.

Aperçu des moyens de remédier à la stérilité

L'infertilité peut avoir des causes diverses, aussi bien féminines que masculines :

››› **fonctionnement incorrect du complexe hypothalamo-hypophysaire (CHH)**, par déficience de GnRH ou de gonadostimulines. On peut y remédier par des **injections** de ces hormones, suivant des protocoles précis ;

››› **incompatibilité du mucus cervical** vis-à-vis des spermatozoïdes du partenaire, troubles de l'éjaculation. On peut y remédier par l'**insémination artificielle** : introduction de sperme dans la cavité utérine, au plus près du moment de l'ovulation ;

››› **obturation des trompes** empêchant l'arrivée des spermatozoïdes au lieu de fécondation. On y remédie par la **Fivete** (fécondation *in vitro* et transfert d'embryon). Cela implique de maîtriser le fonctionnement ovarien, grâce à la GnRH et aux gonadostimulines, afin de prélever des ovocytes au moment voulu.

LE DOCUMENT CLÉ

Effets de la pilule sur la concentration des gonadostimulines et des hormones ovariennes

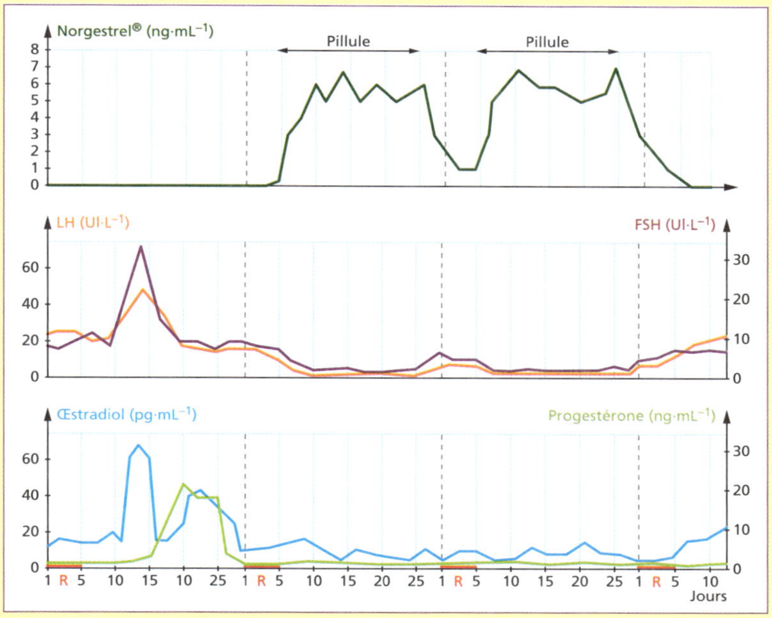

Doc. 1. Évolution des concentrations plasmatiques des gonadostimulines LH et FSH et des hormones ovariennes naturelles chez une femme au cours d'un cycle normal, puis de deux cycles sous pilule (Norgestrel®)

- Le cycle des gonadostimulines hypophysaires commande naturellement le cycle ovarien (voir le chapitre 13). Sous l'action des hormones de synthèse, la concentration des gonadostimulines reste **constamment basse** (**doc. 1**). Cela a pour effet d'interdire une croissance folliculaire et l'absence de pic de LH fait qu'il ne peut pas y avoir ovulation.
- Au cours d'un cycle normal, durant la phase post-ovulatoire du cycle ovarien, il n'y a **pas de croissance folliculaire** car les concentrations de FSH et LH sont basses. Le complexe hypothalamo-hypophysaire capte l'information que le corps jaune secrète de la progestérone et des œstrogènes.
- En présence d'hormones de synthèse, on se trouve constamment dans une situation similaire à celle d'une phase post-ovulatoire normale, et la sécrétion des gonadostimulines est faible. D'une façon imagée, on peut dire que les hormones de synthèse de la pilule **leurrent le complexe hypothalamo-hypophysaire**.

S'ENTRAÎNER

1 QUIZ

Cocher la ou les affirmations exactes.

La pilule féminine a pour effet :

- ☐ **a.** de stimuler la sécrétion de gonadostimulines par l'hypophyse.
- ☐ **b.** de supprimer la production de progestérone.
- ☐ **c.** d'agir sur le mucus cervical en le rendant perméable aux spermatozoïdes.
- ☐ **d.** d'augmenter la production d'œstrogènes.

2 **Étude d'un cas de stérilité**

Madame X consulte un gynécologue pour cause de stérilité de son couple. Son mari a un spermogramme normal. À la suite de dosages sanguins hormonaux chez Madame X (doc. 2), un traitement par la neurohormone GnRH, suivant un protocole recommandé, n'a pas modifié les concentrations des hormones.

a. Extraire du document proposé les informations permettant d'expliquer pourquoi Madame X ne peut pas être enceinte.

b. Indiquer où se trouve l'anomalie de fonctionnement de la reproduction de Madame X. Proposer un traitement envisageable.

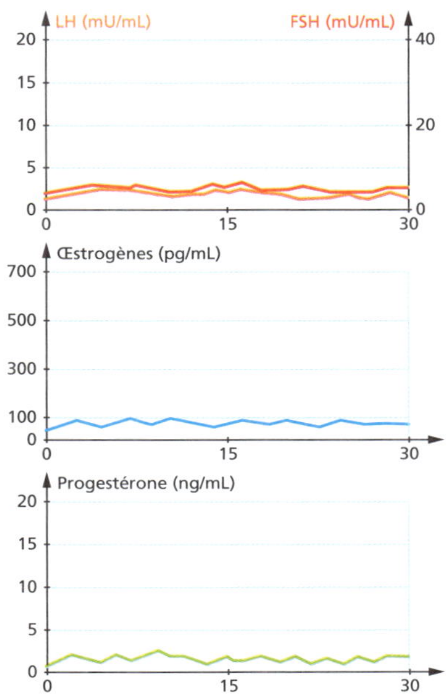

Doc. 2. Résultats obtenus chez Madame X

15 Cerveau et sexualité

L'ESSENTIEL

Hormones gonadiques et comportement sexuel

● Chez les mammifères, le cerveau commande l'activité des gonades par la sécrétion de GnRH par l'hypothalamus. Cette commande entraîne la sécrétion continue de **testostérone** chez le mâle, et la sécrétion cyclique des hormones hypophysaires, et par suite des **hormones ovariennes**, chez la femelle (voir le chapitre 13).

● Un animal mâle castré ne manifeste plus de comportement sexuel : la testostérone est **indispensable** aux manifestations de la sexualité chez le mâle. Cela est aussi vrai, à un moindre degré, chez l'espèce humaine, même si des facteurs psycho-affectifs interviennent également.

● Chez la plupart des mammifères, la femelle n'a de comportement sexuel (recherche du mâle et acceptation de l'accouplement) que **durant la période proche de l'ovulation**, c'est-à-dire lorsque le taux d'œstrogènes est élevé. Une femelle castrée n'a plus de comportement sexuel : les œstrogènes sont donc nécessaires pour les manifestations de la sexualité.

● Chez la femme, contrairement aux autres mammifères, le comportement sexuel n'est **pas lié au cycle des hormones ovariennes**. En effet, la femme peut avoir des rapports sexuels pendant tout le cycle, ce qui indique que les ovaires jouent un rôle secondaire dans la détermination du comportement sexuel.

Le système de récompense

● **Généralités**

››› Chez tous les **vertébrés**, il existe un circuit, ou système, de récompense, impliquant plusieurs zones cérébrales, système qui motive de nombreux comportements : recherche de nourriture, de boissons, de contacts sociaux, de partenaires sexuels…

››› Dans l'**espèce humaine**, ce système de récompense est particulièrement impliqué dans les divers aspects du comportement sexuel.

● **Éléments constitutifs du circuit de récompense**

››› Le circuit de récompense implique **plusieurs aires cérébrales** qui sont interconnectées (voir le **document clé**) : l'aire tegmentale ventrale (ATV), située au centre du cerveau, joue un rôle fondamental en captant les informations sensorielles issues des différentes régions du cortex sensoriel ; le noyau accumbens ; l'amygdale ; le septum ; le cortex préfrontal.

››› Toutes ces aires sont **connectées entre elles** et en rapport avec l'hypothalamus, bien que ce dernier n'appartienne pas vraiment au circuit de récompense.

● **Fonctionnement du circuit de récompense au cours d'un comportement sexuel**

››› Toutes les informations sensorielles en rapport avec la sexualité (visuelles, olfactives, auditives, etc., et celles présentes dans la mémoire) sont reçues, grâce aux messages nerveux issus des organes des sens, par les différentes aires du cortex sensoriel et, après traitement, parviennent à la **porte d'entrée** du système de récompense : l'ATV. Il en résulte une activation de ce système chez les deux partenaires qui entraîne un désir partagé d'avoir une relation sexuelle.

››› L'ATV envoie alors des messages nerveux à toutes les autres régions cérébrales du circuit. La communication entre les neurones de ces aires se fait par l'intermédiaire d'un messager chimique, la **dopamine** (voir le **document clé**). L'activation de l'ensemble du système de récompense fait naître une situation de mobilisation du comportement sexuel. Cela va faire augmenter le désir, conduisant aux préliminaires : rapprochement physique, baisers, caresses. Cela entraîne une **activation croissante** du système de récompense et une perception plus intense du plaisir. Cette activation croissante va conduire à l'accomplissement du rapport sexuel lorsqu'il se produit une libération massive de dopamine, touchant toutes les aires du circuit.

››› Cette activité maximale de toutes les aires du système de récompense, qui communiquent avec l'hypothalamus, entraîne la sécrétion par ce dernier d'une neurohormone, l'**ocytocine**. Cette neurohormone, libérée en quantité importante, génère l'**orgasme**, satisfaction totale du plaisir. Il en résulte une sensation de calme, de plénitude : c'est la récompense.

> **MOT CLÉ**
> **Orgasme** : chez l'homme, il se caractérise par des contractions rythmiques et rapides de l'urètre, de la prostate et des muscles situés à la base du pénis, ce qui entraîne l'éjaculation (libération du sperme). Chez la femme, il se traduit par des contractions du vagin, de l'utérus et du périnée.

››› La satisfaction et la sensation de plaisir motivent les partenaires à **renouveler le comportement sexuel** ultérieurement.

● **Une activité modulée par de nombreux facteurs**

La description précédente résume les composantes biologiques de la relation sexuelle. **Bien d'autres facteurs**, cognitifs, affectifs, culturels, interfèrent avec ces composantes biologiques. Toutes les étapes ne sont pas obligatoirement réalisées. La perception du plaisir varie d'une personne à une autre et, chez une même personne, elle est également variable.

LE DOCUMENT CLÉ

✸ Activation du système de récompense au cours d'une relation sexuelle

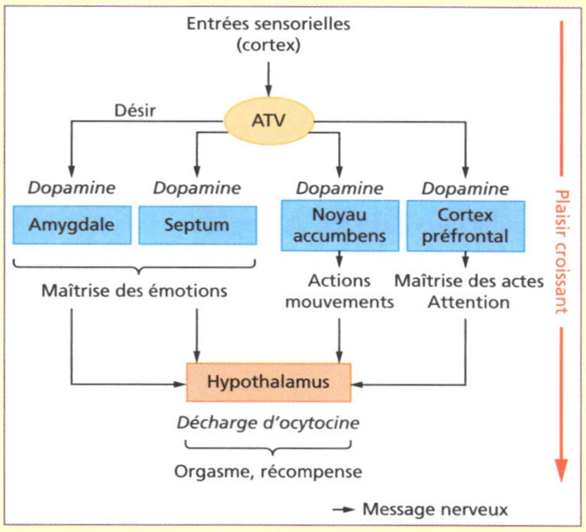

Doc. 1.

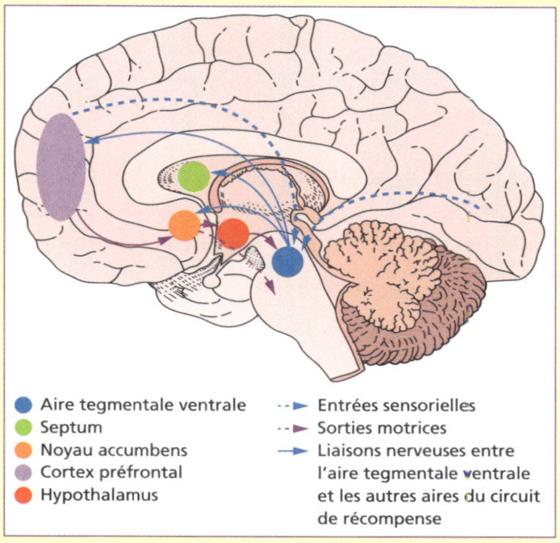

Doc. 2. Rôles spécifiques des différentes aires du cerveau

● On peut repérer les différents éléments qui constituent le circuit de récompense, en particulier l'aire tegmentale ventrale (**ATV**), plaque tournante de l'activation du circuit, qui se répand ensuite à tout le système.

● Le **noyau accumbens** contrôle les actes moteurs qui caractérisent l'acte sexuel.

S'ENTRAÎNER

1 QUIZ

Cocher la ou les affirmations exactes.

1. La testostérone :

- ☐ **a.** n'agit que sur les gonades et les caractères sexuels secondaires.
- ☐ **b.** a un rôle très important dans la sexualité des mammifères autres que l'Homme.
- ☐ **c.** est un messager très important dans le fonctionnement du circuit de récompense.
- ☐ **d.** est aussi produite par l'aire tegmentale ventrale.

2. Le circuit de récompense :

- ☐ **a.** fait intervenir le cortex.
- ☐ **b.** ne comprend qu'une seule aire cérébrale.
- ☐ **c.** provoque une sensation de plaisir lorsqu'il est activé.
- ☐ **d.** pourra être activé même après destruction de l'aire tegmentale ventrale.
- ☐ **e.** est activé chez la femme uniquement au moment du pic de LH.

2 **Effets de stimulations électriques cérébrales**

Expériences de Olds et Milner (1954)

Milner est un chercheur réputé pour ses études d'exploration des fonctions cérébrales. Sa méthode consistait à insérer des électrodes dans le cerveau des rats, d'y envoyer des décharges électriques permettant de stimuler la zone où était insérée l'électrode et d'en voir les effets.

Le travail de Olds, au cours de sa thèse, consistait à voir si un centre cérébral, situé en arrière de l'hypothalamus, était bien impliqué dans les états de vigilance. Pour cela, Olds, appliquant la méthode de Milner, a inséré dans le cerveau de rats une électrode dans la zone supposée en jeu dans la vigilance. Les rats ont alors été mis dans une cage ; lorsqu'ils arrivaient dans une zone bien précise de la cage, ils recevaient une décharge électrique par l'intermédiaire de l'électrode. Tous les rats stimulés avaient tendance à éviter l'endroit électrifié sauf un, prénommé Jack. Contrairement aux autres, il revenait systématiquement vers l'endroit où les chocs électriques étaient distribués. Olds a augmenté l'intensité des chocs électriques et constaté que Jack revenait encore plus vite à l'endroit où les chocs étaient administrés.

Olds a alors sacrifié ce rat au comportement bizarre, autopsié son cerveau et constaté que l'électrode n'avait pas été insérée à l'endroit prévu mais dans une zone voisine.

a. Proposer une explication au comportement de Jack. Imaginer un protocole permettant de tester l'hypothèse explicative émise (on dispose d'une boîte de Skinner où l'animal peut appuyer sur une pédale reliée à un dispositif électrique de stimulation).

b. À partir de cet exemple, montrer comment un résultat expérimental non prévu peut déboucher sur une découverte importante.

16 L'homme et les micro-organismes

L'ESSENTIEL

Définitions

● Les **micro-organismes** (anciennement appelés microbes) sont des êtres vivants visibles au microscope optique ou, pour les virus, au microscope électronique.

● C'est un **monde hétérogène**, comprenant des eucaryotes (levures, algues, protozoaires…) et des procaryotes (bactéries). Les virus sont généralement considérés comme des microbes.

● Les micro-organismes sont **abondants** dans l'air, l'eau, le sol. Ils représentent environ 60 % de la masse de la matière organique existante.

● Pendant longtemps, les micro-organismes ont été vus comme des éléments étrangers déclenchant des maladies lorsqu'ils colonisaient le corps humain. Ils étaient des **pathogènes** et la fonction de notre système immunitaire était de nous protéger contre eux.

● Cette représentation des micro-organismes a beaucoup évolué. On a pris conscience que notre organisme héberge un nombre considérable de micro-organismes, au moins égal au nombre de cellules du corps, et loin d'être pathogènes, ils jouent un **rôle bénéfique pour l'organisme**.

● Ces micro-organismes vivent sur et dans le corps d'êtres vivants (dont l'espèce humaine), appelés hôtes. Le **microbiote humain** est constitué par l'ensemble des micro-organismes qui vivent sur et dans le corps humain.

Un micro-organisme pathogène : le VIH

● Le VIH (virus de l'immunodéficience humaine) est un **virus** qui ne se trouve que dans l'organisme humain. Il n'appartient pas au microbiote. Seuls certains individus le possèdent. Comme tout virus, il est totalement inerte lorsqu'il ne se trouve pas dans les cellules de l'organisme mais dans le plasma sanguin et le sperme.

● Le VIH **parasite des cellules du système immunitaire** : les lymphocytes T CD 4, qui jouent un rôle central dans l'immunité. Une fois à l'intérieur d'un lymphocyte, le virus intègre son programme génétique dans un chromosome de ce lymphocyte. Le lymphocyte devient alors porteur du génome viral. L'expression de ce génome conduit à la production de nouveaux virus qui bourgeonnent à la surface du lymphocyte entraînant la mort de ce dernier. Les virus libérés vont s'introduire dans de nouveaux lymphocytes T CD 4 et provoquer leur mort.

● Le nombre de lymphocytes T CD 4 diminue et, sans traitement, au bout d'un temps plus ou moins long, il s'effondre. Cela entraîne une **défaillance du système immunitaire** et, en conséquence, l'installation de maladies infectieuses (maladies opportunistes), de cancers caractéristiques de la **phase sida** (syndrome d'immunodéficience acquise), qui peuvent entraîner la mort.

IDÉE CLÉ

Le VIH établit une relation de longue durée avec l'organisme humain, son hôte, relation dont il tire bénéfice pour se reproduire mais qui est néfaste pour son hôte : cela caractérise un **micro-organisme pathogène**.

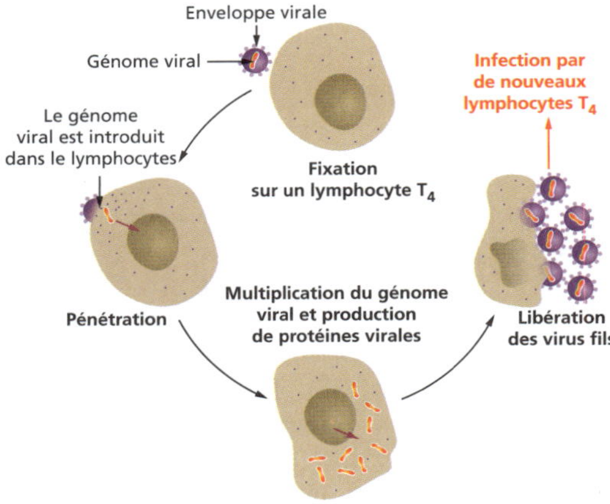

Doc. 1. Le cycle du VIH

Les caractéristiques du microbiote humain

● Le **document clé** illustre les différentes localisations du microbiote au sein de l'organisme. Le plus important est le microbiote intestinal qui constitue une masse de 2 kg. On estime que ce microbiote intestinal comprend plus de 1 000 espèces différentes de micro-organismes dont une large majorité est d'origine bactérienne, et ceci pour l'ensemble des humains. Un individu porte en moyenne 160 espèces différentes de micro-organismes, dont 50 % sont communes aux différents individus.

● Avant la naissance, l'organisme est dépourvu de microbiote. Les enfants nés **par voie naturelle** l'acquièrent grâce à des micro-organismes d'origine vaginale ou fécale, en raison du contact avec des régions maternelles au cours de l'accouchement ; les enfants nés **par césarienne** en acquièrent un plus proche de celui de la peau maternelle.

● Le microbiote évolue : vers 3 ans, il présente les caractéristiques du microbiote adulte. Par la suite, il **évolue sans cesse** au cours de la vie en fonction des modes de vie, de l'alimentation et de la prise d'antibiotiques.

● Le microbiote est **utile à l'organisme humain**. Des animaux qui en sont dépourvus exigent un apport énergétique 20 % supérieur à ceux d'animaux en possédant. Cela signifie qu'ils exploitent moins bien leurs apports alimentaires.

IDÉE CLÉ

L'association entre le microbiote et l'organisme est une association de longue durée, à bénéfices réciproques. On la qualifie de **symbiose**.

LE DOCUMENT CLÉ

Le microbiote dans l'organisme humain

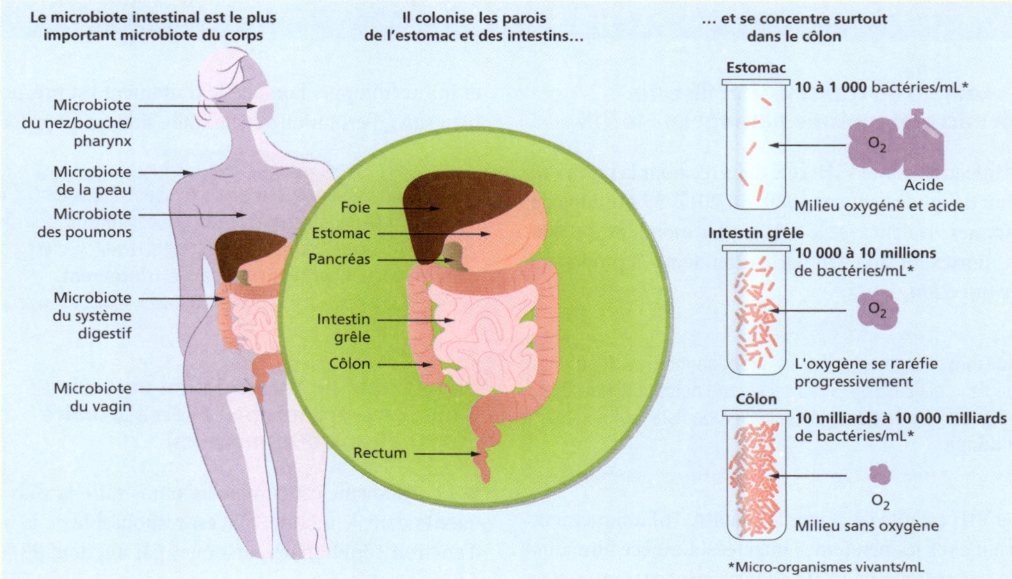

Doc. 2.

● Le microbiote est dispersé en différents points de l'organisme, mais le plus important est le microbiote intestinal. Il colonise les parois de l'estomac et des intestins ; il est **très concentré dans le côlon** (**doc. 2**).

● Une recherche récente, portant sur l'étude des selles de 124 personnes, a permis d'identifier plus de **1 000 espèces de micro-organismes différents**. Individuellement chaque personne posséderait environ 160 de ces 1 000 espèces. Chaque individu possède un microbiote original, qui lui est propre. Néanmoins, il existerait de 15 à 20 espèces de micro-organismes en charge des fonctions essentielles du microbiote qui se retrouveraient chez tous les individus.

S'ENTRAÎNER

1 QUIZ

Cocher la ou les affirmations exactes.

Le microbiote :

- ☐ **a.** n'existe que chez l'adulte.
- ☐ **b.** n'est présent que dans l'intestin.
- ☐ **c.** est constitué de micro-organismes pathogènes pour l'organisme.
- ☐ **d.** réalise une association symbiotique avec l'organisme humain.

2 **Infection par le VIH et sida**

a. Expliquer l'augmentation de la charge virale dans les premières semaines après l'infection qui peut être observée sur le document 3.

b. En exploitant le document, préciser la différence entre infection par le VIH et sida.

c. Qu'est-ce qui laisse supposer que, pendant des années, le système immunitaire limite l'infection ?

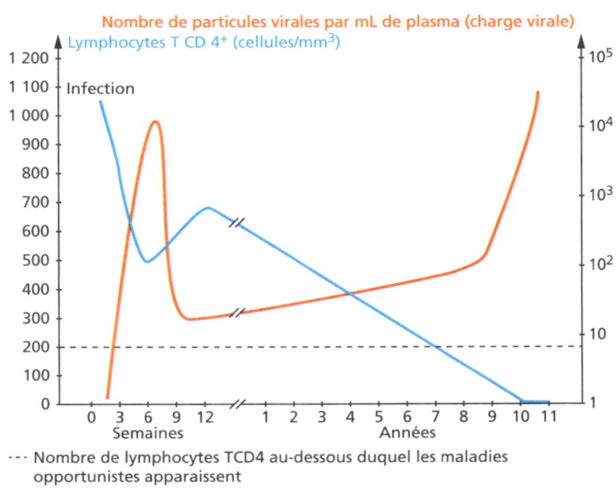

Doc. 3.

17 L'homme et les micro-organismes pathogènes

L'ESSENTIEL

Un exemple de transmission directe d'un micro-organisme pathogène : le VIH

● L'infection par le VIH a été détectée pour la première fois au début des années 1980. En 2017, 37 millions de personnes vivaient avec le VIH dans le monde et 940 000 sont mortes du sida. On parle d'**épidémie** à propos de cette infection.

MOT CLÉ

Épidémie : augmentation et propagation rapide d'une maladie infectieuse qui atteint un grand nombre d'individus. Le sida est une épidémie à l'échelle mondiale : on parle de **pandémie**.

● Le VIH est un virus (voir le chapitre 16) uniquement présent chez les personnes infectées. L'espèce humaine est le **seul réservoir** du VIH. Le virus peut se transmettre par contact étroit et non protégé avec certains liquides biologiques d'une personne infectée : sang, sperme et sécrétions vaginales. C'est lors des rapports sexuels non protégés que la transmission du VIH est la plus fréquente : l'infection par le VIH est une IST (infection sexuellement transmissible). Le risque de **transmission à un tiers** existe dès le stade précoce de l'infection et persiste toute la vie.

● Les **moyens de prévention** les plus efficaces contre l'infection par le VIH sont :
– l'utilisation du préservatif masculin et/ou féminin lors des rapports sexuels ;
– la désinfection du matériel contaminé (seringues) et l'emploi de matériel à usage unique pour les toxicomanes.

● La **prophylaxie** (prévenir et minimiser l'apparition de maladies) consiste à prendre des médicaments antiviraux immédiatement après un rapport sexuel non protégé ou après un contact avec du sang contaminé. Cette prophylaxie doit intervenir dans les 48 heures suivant le comportement à risque et pour une durée d'un mois.

● Pour **diagnostiquer l'infection** par le VIH, le test sanguin réalisé en laboratoire consiste à rechercher la présence d'anticorps anti-VIH et de protéines virales antigéniques.

MOT CLÉ

Une personne est dite **séropositive** lorsqu'on détecte les anticorps anti-VIH dans son sang. Elle est dite séropositive vis-à-vis du VIH. Elle n'est pas malade, elle est seulement infectée.

● Le **traitement** doit être démarré au moment du diagnostic quel que soit le stade de l'infection. Il permet de rendre la charge virale indétectable dans le sang et les sécrétions génitales. La baisse de la charge virale s'accompagne d'une augmentation du taux de lymphocytes T CD 4. La prise de médicaments doit être journalière et ininterrompue. Lorsque le traitement est précoce et bien suivi, l'évolution vers le stade sida est stoppée.

IDÉE CLÉ

Lorsqu'une personne séropositive, sous traitement, a une charge virale indétectable, le risque de transmission à un partenaire sexuel séronégatif est négligeable : c'est pourquoi on parle de **prévention par le traitement**.

Un exemple de transmission vectorielle d'un micro-organisme : l'hématozoaire du paludisme (Plasmodium)

● Le paludisme est la **maladie parasitaire la plus fréquente** dans le monde. Elle est responsable de la mort d'environ 1 million de personnes par an, dont 90 % en Afrique tropicale.

● L'**agent responsable du paludisme** appartient au genre Plasmodium (organisme unicellulaire eucaryote ou protozoaire). Le Plasmodium se multiplie de manière asexuée dans l'organisme humain : c'est la phase clinique (crise de paludisme) qui se traduit par des accès de fièvre lors de l'éclatement de globules rouges libérant de nouveaux Plasmodium (voir le **document clé**).

● Le Plasmodium est transmis à l'Homme par la piqûre et l'injection de la salive d'un **moustique femelle**, du genre Anophèle (voir le **document clé**). La transmission du pathogène d'un individu infecté à un individu non infecté exige donc l'intermédiaire de l'Anophèle femelle, qui pique un individu infecté ingérant ainsi des Plasmodium. Ce moustique infecté, en piquant une personne non contaminée, lui injecte des Plasmodium qui vont alors se multiplier dans ce nouvel hôte. La propagation du pathogène d'une personne à une autre exige donc un vecteur, l'Anophèle. Le paludisme est une **maladie vectorielle endémique**.

MOT CLÉ

Endémie : persistance habituelle d'une maladie infectieuse et contagieuse dans une **région déterminée**. Il s'agit pour le paludisme des régions intertropicales et tropicales où vit l'Anophèle.

● La **prévention contre le paludisme** passe par les mesures suivantes : assainissement des zones humides, épandage d'insecticides, protection des habitations, et particulièrement des lieux de repos, par des moustiquaires imprégnées d'insecticide (le moustique pique surtout la nuit), et, à titre individuel, utilisation de répulsifs anti-moustiques et de vêtements couvrants.

● La **prophylaxie** consiste à prendre des médicaments antipaludiques qui empêchent la multiplication du Plasmodium dans l'organisme. Le plus anciennement connu et utilisé est la quinine.

LE DOCUMENT CLÉ

Le cycle évolutif du Plasmodium

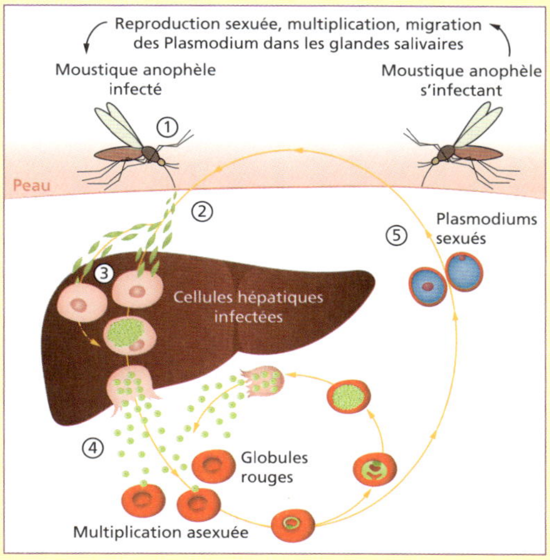

Doc. 1.

● Le cycle se déroule nécessairement chez l'Homme (phase de multiplication asexuée) et chez l'Anophèle (phase sexuée). Chez l'Homme, le cycle est divisé en deux parties :

– la **phase hépatique** ③ : multiplication du Plasmodium au sein des cellules du foie qui se termine par la libération d'un grand nombre de Plasmodium dans le sang ;

– la **phase sanguine** (stade érythrocytaire), phase clinique de la maladie : des Plasmodium pénètrent dans des globules rouges et s'y multiplient. Quarante-huit heures après, les globules rouges éclatent en libérant des Plasmodium qui peuvent envahir de nouveaux globules rouges ④.

● Le cycle se poursuit chez l'Anophèle femelle qui, au cours d'un repas sanguin, ingère des formes sexuées ⑤ de Plasmodium. Chez le moustique, se déroule alors la **phase de reproduction sexuée** qui aboutit à la production de nouveaux Plasmodium qui se multiplient puis migrent dans les glandes salivaires de l'Anophèle ① et pourront être injectés ainsi avec la salive dans l'organisme d'un humain lors d'une piqûre ②.

S'ENTRAÎNER

1 QUIZ

Cocher la ou les affirmations exactes.

1. Un traitement par médicaments anti-VIH :

- ☐ **a.** doit débuter au stade sida.
- ☐ **b.** permet de supprimer complètement l'infection par le VIH.
- ☐ **c.** permet d'aboutir à une charge virale indétectable.
- ☐ **d.** peut permettre de rétablir un taux normal de lymphocytes T CD 4.

2. L'Anophèle femelle est :

- ☐ **a.** l'agent pathogène responsable du paludisme.
- ☐ **b.** le siège de la reproduction sexuée du Plasmodium.
- ☐ **c.** infectée par le Plasmodium par l'intermédiaire d'autres moustiques infectés.
- ☐ **d.** la cible de médicaments antipaludéens tel que la quinine.

2 **L'infection par le virus de la grippe**

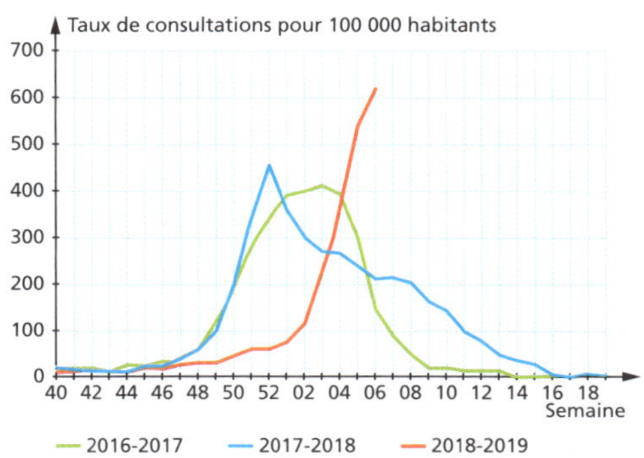

Doc. 2.

On parle chaque année de l'épidémie de grippe, maladie virale parasitant l'appareil respiratoire. On recommande un certain nombre de comportements en cas d'épidémie : se laver les mains régulièrement, éviter la projection de gouttelettes lors d'une toux, porter un masque (personnes malades ou fragiles), utiliser des mouchoirs à usage unique et s'en débarrasser.

a. D'après le document 2, qu'est-ce qui justifie que l'on ait parlé d'épidémie de grippe en 2019 ?

b. Comparer le mode de propagation du virus de la grippe avec celui du VIH et du Plasmodium.

c. Quel est le mode de prévention existant dans le cas du virus de la grippe et non dans ceux du VIH ou du Plasmodium ?

SVT

18 Le microbiote humain et la santé

L'ESSENTIEL

Le microbiote cutané

● Notre peau est recouverte d'un **film de bactéries et de levures** (biofilm). Ces micro-organismes se nourrissent des sécrétions de la peau et de morceaux de peau morte.

● Ils participent à la **protection de la peau** en utilisant les ressources alimentaires présentes à sa surface, dont ils privent de possibles pathogènes.

● Certains d'entre eux ont un **rôle antibiotique** et détruisent des pathogènes divers, comme les staphylocoques dorés dont 10 à 30 % des Hommes sont des porteurs sains et qui, hors contrôle, pourraient engendrer des maladies de la peau (furoncles, panaris...). Dans un microbiote sain, les pathogènes restent bridés et donc peu nocifs. L'abus de savon bactéricide provoque paradoxalement des maladies de peau (mycoses) en supprimant la partie du microbiote qui s'opposait aux pathogènes.

Le microbiote intestinal

● **Microbiote et métabolisme**

››› Des souris axéniques présentent une paroi intestinale amincie, moins musclée, moins irriguée, pauvre en cellules glandulaires et donc en enzymes digestives. Ces souris ont des besoins énergétiques de 20 à 30 % plus élevés que ceux d'un animal normal, d'où la nécessité d'un **apport supplémentaire de nutriments**.

> MOT CLÉ
>
> **Axénique** : une souris axénique est une souris privée de micro-organismes, donc sans microbiote, née et élevée en milieu stérile.

››› Des micro-organismes du microbiote sont capables de **fabriquer des vitamines** (K, B12), substances organiques que l'organisme humain ne peut fabriquer et qui lui sont absolument indispensables.

● **Microbiote et immunité**

››› Il existe au sein de la paroi intestinale des structures du système immunitaire qui s'opposent à la pénétration des pathogènes dans l'organisme. Les souris axéniques hors de leur milieu stérile présentent des infections intestinales : leur système immunitaire est atrophié. Ces faiblesses sont corrigées, au moins chez de jeunes souris, par l'apport d'un microbiote. Dans un organisme normal, l'installation du microbiote à la naissance déclenche la finition, la **maturation du système immunitaire**.

››› Le microbiote protège notre intestin contre les agressions des microbes pathogènes en renforçant le **rôle de barrière** de l'épithélium intestinal (même rôle que le microbiote cutané).

> IDÉE CLÉ
>
> Le système immunitaire intestinal de l'hôte tolère les micro-organismes du microbiote.

● **Microbiote et système nerveux intestinal**

››› Le système nerveux intestinal contient environ 200 millions de neurones. Sa fonction première est d'assurer la **motricité intestinale**.

››› Cependant, 80 % de ces neurones sont afférents et véhiculent donc l'information dans le sens intestin-cerveau. Une modification du microbiote pourrait modifier l'information transmise au cerveau. Le microbiote pourrait ainsi **influencer le fonctionnement cérébral**.

››› Il existerait une forme d'anomalie du microbiote chez les **enfants autistes**. Une amélioration pourrait être obtenue en agissant sur le microbiote intestinal.

● **Microbiote et obésité**

››› L'obésité est considérée comme une maladie multifactorielle : facteurs génétiques, environnementaux (alimentation, exercice physique, etc.) et, récemment, l'accent a été mis sur l'implication possible du microbiote dans l'obésité. Le microbiote d'un individu obèse est différent de celui d'un individu non obèse, **moins diversifié**, appauvri.

››› Cette différence des microbiotes pourrait être soit une conséquence de l'obésité, soit un facteur responsable de cette obésité. Les expériences de transfert de microbiote à des souris axéniques (voir **exercice 2**) montrent que les caractéristiques du microbiote peuvent **contribuer à l'obésité**.

››› Le microbiote d'une personne obèse est beaucoup plus efficace que celui d'une personne non obèse dans l'utilisation des fibres alimentaires. Il digère et dégrade les glucides complexes des fibres parvenant au côlon ; il est ainsi responsable d'un **apport plus important de nutriments** à l'organisme, apport supplémentaire pouvant favoriser l'obésité.

● **Microbiote et maladies intestinales**

››› Il existe un certain nombre de **maladies inflammatoires de l'intestin**, comme la maladie de Crohn, maladie inflammatoire chronique. L'inflammation observée est due à une réaction exagérée du système immunitaire intestinal.

››› Les individus atteints ont un **microbiote intestinal différent** de celui des personnes non atteintes. Les caractéristiques du microbiote des malades seraient un des facteurs responsables. Dans le cas de la maladie de Crohn, une bactérie qui posséderait des propriétés anti-inflammatoires serait en trop faible quantité dans le microbiote des malades.

LE DOCUMENT CLÉ

Microbiote intestinal et santé

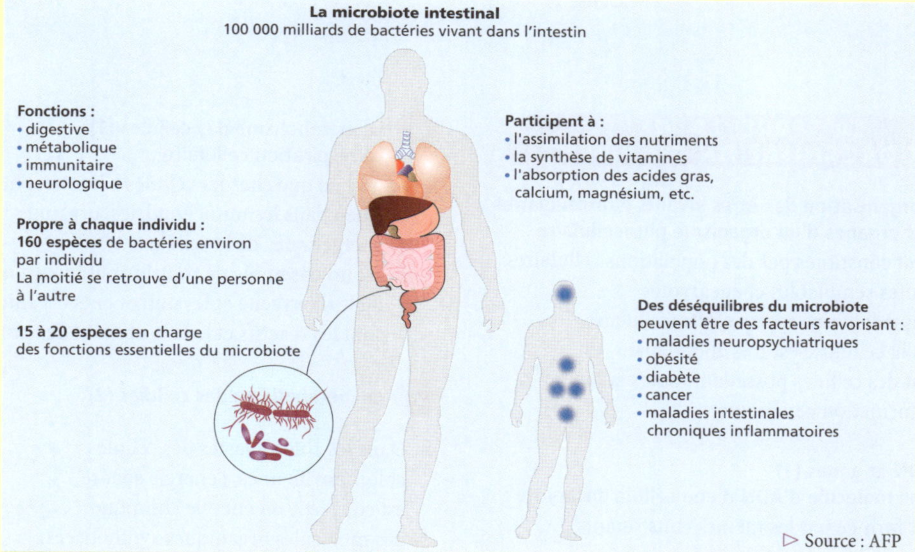

▷ Source : AFP

Doc. 1.

S'ENTRAÎNER

1 QUIZ **Cocher la ou les affirmations exactes.**

Une souris axénique :

- ☐ **a.** est très fréquemment obèse.
- ☐ **b.** devient obèse si on lui implante le microbiote d'une souris normale.
- ☐ **c.** devient obèse si on lui implante le microbiote d'une souris obèse.
- ☐ **d.** présente un déficit de l'immunité intestinale.
- ☐ **e.** a peu de matières organiques dans ses excréments.
- ☐ **f.** malgré un régime alimentaire riche en fibres, a très peu de résidus de ces fibres dans ses excréments.

2 L'impact du microbiote sur l'obésité

A et B sont des sœurs jumelles. A est atteinte d'obésité, alors que B est restée mince. Le microbiote intestinal de A est transplanté chez deux souris, 1 et 2, axéniques, donc sans microbiote à l'origine, et le microbiote de B est implanté chez une souris axénique 3. La souris 1 est isolée dans une cage, alors que 2 et 3 sont élevées dans la même cage.

Le régime alimentaire des trois souris est le même en quantité et en nature : pauvre en graisses et riche en fibres.

Les souris sont des animaux coprophages, c'est-à-dire consommant leurs excréments et ceux de leurs congénères.

Résultats : après quelques semaines, la souris 1 est devenue obèse alors que les souris 2 et 3 sont restées minces.

a. Qu'indique la schématisation des microbiotes de A et de B ?

b. Quels sont les résultats qui montrent que le microbiote peut être un facteur d'obésité ?

c. Comment expliquer l'évolution différente des souris 1 et 2 ?

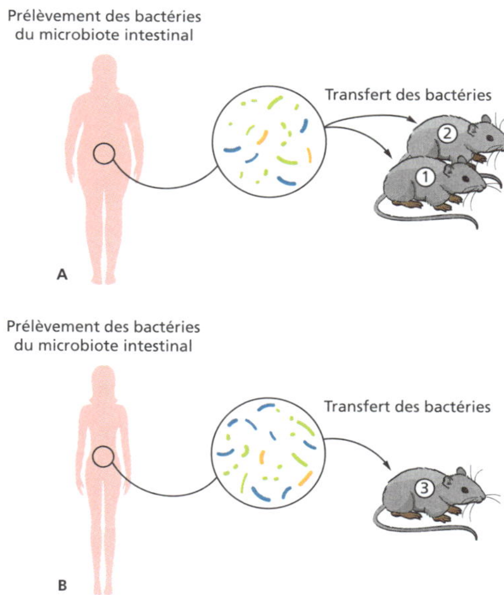

Doc. 2.

TEST BILAN

en Sciences de la vie et de la Terre

Date : ....

LA TERRE, LA VIE ET L'ORGANISATION DU VIVANT

1 L'organisation des êtres vivants pluricellulaires

Les organes d'un organisme pluricellulaire :

- ☐ **a.** sont constitués par des populations cellulaires toutes semblables et eucaryotes.
- ☐ **b.** possèdent une matrice extracellulaire où la cellulose est très abondante.
- ☐ **c.** ont des cellules possédant toutes la même information génétique.

2 ADN et gènes (1)

Une molécule d'ADN d'une cellule eucaryote :

- ☐ **a.** est formée par les mêmes constituants chez la Mouche et chez l'Homme.
- ☐ **b.** est présente en plusieurs exemplaires dans un chromosome.
- ☐ **c.** est formée par deux brins, constitués chacun d'une chaîne de nucléotides.

3 ADN et gènes (2)

Un gène :

- ☐ **a.** est un fragment de la molécule d'ADN qui occupe un emplacement précis appelé locus sur un chromosome.
- ☐ **b.** possède une information génétique qui est codée dans sa séquence de nucléotides.
- ☐ **c.** possède une information génétique qui s'exprime en dirigeant la synthèse d'une protéine ayant une fonction précise dans la cellule.

4 ADN et gènes (3)

Une enzyme :

- ☐ **a.** est une protéine qui résulte de l'expression d'un gène dans une cellule.
- ☐ **b.** permet à une réaction chimique précise d'avoir lieu dans une cellule.
- ☐ **c.** est une molécule constituée par l'union d'un grand nombre d'acides aminés.

5 ADN et gènes (4)

Les cellules différenciées des organismes pluricellulaires :

- ☐ **a.** possèdent des gènes différents à l'origine de leur spécialisation.
- ☐ **b.** possèdent des gènes qui s'expriment dans certains types cellulaires et pas dans d'autres.
- ☐ **c.** possèdent un caryotype semblable avec des chromosomes supports des mêmes allèles des gènes.

6 Le métabolisme des cellules (1)

La respiration cellulaire :

- ☐ **a.** n'a lieu que chez les cellules hétérotrophes.
- ☐ **b.** a lieu dans les mitochondries, organites énergétiques de la cellule.
- ☐ **c.** est un ensemble de transformations chimiques où le dioxygène et les nutriments organiques sont les réactifs et le CO_2 et l'eau, des produits.

7 Le métabolisme des cellules (2)

	VRAI	FAUX
a. Dans les chloroplastes des cellules chlorophylliennes, l'énergie solaire est convertie en énergie chimique des molécules organiques synthétisées.	☐	☐
b. Dans les mitochondries, l'énergie des nutriments organiques est convertie en énergie chimique (ATP) utilisable pour toutes les activités cellulaires.	☐	☐

8 La biodiversité, résultat de l'évolution

La mutation :

- ☐ **a.** est un phénomène cellulaire qui entraîne un changement dans la séquence de nucléotides d'un allèle d'un gène et donc la formation d'un nouvel allèle.
- ☐ **b.** peut avoir lieu dans une cellule somatique mais aussi dans une cellule germinale d'un organisme pluricellulaire.
- ☐ **c.** aboutit à une innovation génétique qui se retrouve toujours par la suite dans tous les génomes de la population.

9 Les mécanismes de l'évolution (1)

La sélection naturelle :

- ☐ **a.** fait évoluer la fréquence des allèles d'un gène dans les populations d'une espèce.
- ☐ **b.** adapte les populations aux caractéristiques de leur milieu de vie.
- ☐ **c.** est causée par une reproduction différentielle des individus de la population en fonction des allèles d'un gène qu'ils possèdent.

10 Les mécanismes de l'évolution (2)

La dérive génétique :

- ☐ **a.** est particulièrement efficace dans les populations à faible effectif.
- ☐ **b.** adapte les populations d'une espèce à leur environnement.
- ☐ **c.** est due au caractère aléatoire de la rencontre des gamètes au cours de la reproduction sexuée.

ENJEUX PLANÉTAIRES CONTEMPORAINS

11 L'érosion, un phénomène géologique permanent

Le granite est une roche :

- ☐ **a.** sédimentaire formée par l'association de trois espèces minérales : le quartz, le feldspath et le mica.
- ☐ **b.** qui sous l'action de l'eau est transformée en une roche friable possédant des minéraux argileux.
- ☐ **c.** peut être à l'origine de roches sédimentaires détritiques.

12 Érosion, roches sédimentaires et activité humaine

Un grès calcaire est une roche :

- ☐ **a.** sédimentaire détritique résultant de la cimentation d'un sédiment sableux.
- ☐ **b.** sédimentaire riche en silice car elle possède de très nombreux grains de quartz.
- ☐ **c.** dont le ciment calcaire s'est formé à partir d'ions, notamment l'ion calcium dissous dans l'eau.

13 Le sol, milieu vivant

Les êtres vivants du sol :

- ☐ **a.** comprennent des bactéries qui transforment les matières organiques fraîches en humus indispensable à la fertilité du sol.
- ☐ **b.** sont tous autotrophes.
- ☐ **c.** contribuent à la production primaire d'un agrosystème.

14 Le fonctionnement des agrosystèmes

Un agrosystème végétal :

- ☐ **a.** possède une très grande diversité de producteurs primaires.
- ☐ **b.** convertit l'énergie solaire en énergie chimique grâce au métabolisme des producteurs secondaires.
- ☐ **c.** en culture intensive nécessite l'apport d'intrants multiples comme des engrais minéraux.

CORPS HUMAIN ET SANTÉ

15 Corps humain : de la fécondation à la puberté

Le gène SRY :

- ☐ **a.** est localisé sur les chromosomes de la paire de chromosomes sexuels X et Y.
- ☐ **b.** assure la différenciation des gonades en ovaires.
- ☐ **c.** s'exprime dans les cellules des gonades au moment de la puberté.

16 Hormones et procréation humaine

L'hormone progestérone :

- ☐ **a.** a une concentration maximale dans le sang d'une femme pubère au moment des règles.
- ☐ **b.** est indispensable à la mise en route d'une grossesse.
- ☐ **c.** a une très faible concentration dans le sang au cours d'une contraception hormonale (pilule).

17 Cerveau et sexualité

La testostérone :

- ☐ **a.** est une hormone sexuelle sécrétée par les cellules des tubes séminifères.
- ☐ **b.** est produite sous l'action de l'hormone hypophysaire LH.
- ☐ **c.** agit au niveau cérébral car elle est indispensable aux manifestations de la sexualité chez le mâle.

18 L'homme et les micro-organismes pathogènes (1)

Le coronavirus Sars-Cov-2 responsable de la Covid :

- ☐ **a.** est un virus responsable d'une maladie infectieuse vectorielle.
- ☐ **b.** est un parasite des cellules de l'appareil respiratoire dans lesquelles il se reproduit.
- ☐ **c.** se transmet d'humain à humain de la même façon que le VIH.

19 L'homme et les micro-organismes pathogènes (2)

	VRAI	FAUX
a. Comme le génome des cellules eucaryotes et procaryotes, celui du Sars-Cov-2 subit des mutations lorsqu'il se reproduit dans les cellules parasitées.	☐	☐
b. La sélection naturelle est efficace pour faire évoluer le phénotype du Sars-Cov-2 d'une population lorsque le nouveau variant pénètre plus facilement dans ses cellules cibles que le variant préexistant et se reproduit davantage.	☐	☐

20 Le microbiote humain et la santé

Le microbiote intestinal :

- ☐ **a.** est constitué par les 100 000 milliards de bactéries peuplant l'intestin.
- ☐ **b.** vit généralement en symbiose avec l'organisme humain.
- ☐ **c.** influence le fonctionnement du système immunitaire.

CORRIGÉS

1. c **2.** a et c **3.** a, b et c **4.** a, b et c **5.** b et c **6.** b et c **7.** a et b sont vraies. **8.** a et b **9.** a, b et c **10.** a et c **11.** b et c **12.** a, b et c **13.** a et c **14.** c **15.** Aucune proposition correcte. **16.** b et c **17.** b et c **18.** b **19.** a et b sont vraies. **20.** a, b et c

Anglais

Des parcours de révision sur
www.annabac.com

Date

Points clés de grammaire

1. Le groupe nominal ... 294
2. L'expression de la quantité – La comparaison ... 296
3. Le choix des temps ... 298
4. Le passif ... 300
5. La modalité ... 302
6. Le style indirect ... 304
7. L'interrogation ... 306
8. Les propositions relatives ... 308
9. Les subordonnées circonstancielles ... 310

Vers le bac

10. Compréhension écrite (1re lecture) ... 312
11. Compréhension écrite (2e lecture) ... 314
12. Expression écrite ... 316
13. Compréhension orale ... 318
14. Expression orale ... 320

Quelques repères de civilisation

15. The United Kingdom: historical landmarks ... 322
16. The United States: historical landmarks ... 324

1 Le groupe nominal

L'ESSENTIEL

Articles définis et indéfinis

● Règles générales

››› Pour savoir si un groupe nominal doit être précédé d'un article, il faut se poser deux questions :

– Le nom représente-t-il quelque chose de **dénombrable** (que l'on peut compter : *1 hand, 2 legs*) ou d'**indénombrable** (que l'on ne peut pas compter : *beauty, intelligence*) ?

– Est-il **indéterminé** (on parle de quelque chose en général : *hands, courage*) ou **déterminé** (on précise ce dont on parle : *the courage of these people*) ?

››› La réponse à ces questions se résume dans le tableau ci-dessous.

Dénombrable				Indénombrable	
Indéterminé		**Déterminé**		**Indéterminé**	**Déterminé**
sing.	plur.	sing.	plur.		
a/an	Ø	*the*	*the*	Ø	*the*

● Cas particuliers

››› On emploie **obligatoirement *the*** devant :

– quelque chose d'unique

The Sun rises in the East.

– une espèce (sauf l'espèce humaine)

The dog is Ø man's best friend.

– une institution ;

The Press is often called the fourth estate.

– une invention (exception : *Ø television*)

The car was invented in the 19th century.

– un instrument de musique

He plays the guitar.

– les adjectifs substantivés (toujours au pluriel)

He gives his money to the poor (aux pauvres).

> **ATTENTION !**
> L'adjectif substantivé reste au singulier en anglais mais est traduit en français par un pluriel.

››› On n'emploie **pas d'article** (sauf quand il y a détermination, bien sûr) devant :

– les noms propres, même accompagnés d'un terme générique :

Queen Elizabeth, Lake Ontario, Victoria Station

– les sports et jeux :

He plays rugby and chess.

● La phonétique

››› La phonétique a des **conséquences sur l'emploi ou la prononciation de certains articles**. Devant une **consonne** phonétique (y compris le [ju] de *university* et le [w] de *one*), employer *a* ou prononcer *the* [ðə] :

a university ; the [ðə] *university.*

››› Devant une **voyelle** phonétique (y compris les rares *h* muets comme *hour*), employer *an* ou prononcer *the* [ðiː] :

an animal ; the [ðiː] *animal.*

La place de l'adjectif

● Adjectifs épithètes

Contrairement au français, l'épithète **précède le nom**.

I have a very nice aunt.

● Adjectifs attributs

››› L'attribut **se place après le verbe**.

He is tired. I feel good.

››› Il en est de même quand l'adjectif est attribut d'un pronom relatif (exprimé ou non).

Get me the man (who is) responsible for this stupid decision. Appelez-moi la personne (qui est) responsable de cette décision idiote.

● Adjectifs apposés

L'adjectif apposé **se place après le groupe nominal**.

Poor Jack, tired and dirty, fell asleep on the chair.

NB : L'adjectif se place toujours après *someone, somebody* ou *something.*

I've got something new for you.

L'ordre des adjectifs

● On va **du plus subjectif au moins subjectif**.

my nice old Granny
(*nice* relève du subjectif, *old* de l'objectif)
my wonderful, interesting, intelligent girlfriend
(*wonderful* résume tout de cette personne, qui est intéressante parce qu'elle est intelligente).

● Dans une description détaillée, respecter l'ordre suivant : **taille**, **âge**, **couleur**, **origine**, **composition**.

a large old dark English wooden box
fascinating good old English grammar…

Les adjectifs composés

● Pour décrire **un aspect ou un état**.

››› Adjectif + nom + *-ed*

a kind-hearted boy (un garçon qui a bon cœur)

››› Nom + participe passé

home-made jam (de la confiture faite maison)

››› Adverbe + participe passé

a well-bred boy (un garçon bien élevé)

● Pour décrire **une action**, le dernier élément de l'adjectif composé sera en *-ing*.

››› Nom + forme en V-*ing*

English-speaking people (les anglophones)

››› Adjectif + forme en V-*ing*

a sad-looking child (un enfant à l'air triste)

››› Adverbe + forme en V-*ing*

this ever-laughing young child (ce jeune enfant qui rit tout le temps)

● Pour préciser le sens d'un adjectif simple.

››› Nom + adjectif

I'm sea-sick. J'ai le mal de mer.

ANGLAIS

LES EXPRESSIONS CLÉS

Pour exprimer une impression, une opinion

- *I feel that…* : Je sens que…
- *I have a feeling that…* : J'ai l'impression que…
- *I believe that…* : Je crois que…
- *I trust that…* : J'espère / je suppose que…
- *As far as I'm concerned…* : En ce qui me concerne…
- *To my mind / In my view,…* : À mon avis,…
- *According to him/her,…* : Selon lui/elle,…
- *I can't help thinking that…* : Je ne peux pas m'empêcher de penser que…
- *I'm convinced that…* : Je suis convaincu(e) que…

S'ENTRAÎNER

1 QUIZ

Cocher le déterminant qui convient.

1. I love … way he talks.	☐ **a.** the	☐ **b.** a
2. She loves … orange juice.	☐ **a.** the	☐ **b.** Ø
3. She left … hour ago.	☐ **a.** a	☐ **b.** an
4. There are … rats in the kitchen.	☐ **a.** a	☐ **b.** Ø

2 **Dans le texte suivant, retrouver les déterminants qui ont été effacés (*a/an*, *the*, ou *Ø*).**

One night–it was on ….. twentieth of March, 1888–I was returning from ….. journey to ….. patient, when my way led me through ….. Baker Street. As I passed ….. well-remembered door, I was seized with ….. desire to see Holmes again. He was going up and down ….. room. He was at ….. work again. I rang ….. bell and was shown up to ….. chamber which before had been in part my own. With ….. inviting eye, he waved me to ….. arm-chair. He gave me ….. piece of thick, pink-tinted note-paper which had been lying open on ….. table. "It came by ….. last post," said he.
(Adapted from *A Scandal in Bohemia*, Sir Arthur Conan Doyle.)

POUR VOUS AIDER

to be seized with : être saisi par – *the bell* : la sonnette – *my own* : la mienne – *to wave* : faire signe

3 **Remettre les adjectifs dans le bon ordre.**

1. When Evelyn appeared, she was wearing a/an (silk; red; knee-length; original) …… dress.

2. Her aunt, a/an (old; bad-tempered; bossy; English) …… lady, made a (nasty; biased) …… remark about this dress, which made (long-legged; blonde; slim) …… Evelyn look really gorgeous.

4 **Reformuler en utilisant des adjectifs composés.**

1. She had a dress as red as brick. → ……
2. It's my daughter, she is three months old. → ……
3. It is a story which breaks the heart. → ……
4. This factory is controlled by computers. → ……

5 **Compléter cette grille.**

Across:
2. Humans should not be judged by its colour
3. Very unpleasant
5. To change the colour of one's hair
6. Measured in pounds or kilos
7. Who thinks only of himself

Down:
1. Not objective
2. Easily frightened of other people
4. Generally quite expensive

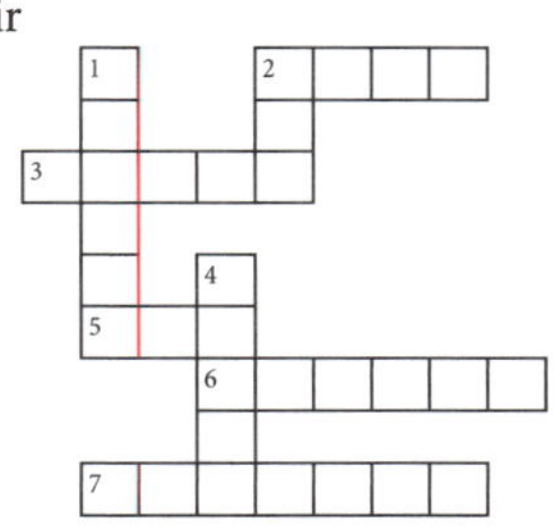

6 **Associer chaque phrase à la bonne traduction.**

1. J'ai le sentiment qu'il ne viendra pas.
2. Je suis convaincu qu'elle va oublier.
3. Je ne peux m'empêcher de penser qu'il est là.
4. Je suppose qu'il dit la vérité.

a. I can't help thinking… **b.** I feel…
c. I trust… **d.** I'm convinced…

VOCABULAIRE

Décrire une personne

- the features : *les traits*
- the skin : *la peau*
- the complexion : *le teint*
- tanned : *bronzé*
- the weight /weɪt/ : *le poids*
- the height /haɪt/ : *la taille*
- the size /saɪz/ : *la taille (vêtement)*
- average /'ævərɪdʒ/ : *moyen*
- gorgeous : *magnifique*
- eager : *enthousiaste*
- efficient : *efficace*
- reliable /rɪ'laɪəbəl/ : *fiable*
- sensible : *sensé*
- sensitive : *sensible*
- shy : *timide*
- anxious : *inquiet*
- awkward : *maladroit*
- absent-minded : *distrait*
- narrow-minded/open-minded : *à l'esprit étroit/large*
- prejudiced : *qui a des préjugés*
- biased /baɪəst/ : *partial*
- stubborn : *têtu*
- bossy : *autoritaire*
- nasty : *désagréable, méchant*
- selfish : *égoïste*

2 L'expression de la quantité La comparaison

L'ESSENTIEL

Quantifieurs

Ils servent à exprimer la quantité.

● ***Much / many, (a) little / (a) few***

Bien distinguer indénombrables et dénombrables :

	Indénombrable	Dénombrable
beaucoup	*much water*	*many cars*
(un) peu	*(a) little money*	*(a) few dollars*

● ***Some / any / no***

Leur emploi varie selon le type de phrase.

››› **Phrases affirmatives**

Some s'emploie dans la plupart des cas.

I have some money. J'ai de l'argent.

Any s'emploie dans le sens de « n'importe quel ».

If you have any idea...
Si tu as une quelconque idée…

››› **Phrases interrogatives**

Some implique plutôt l'attente d'une réponse positive.

Will you have some more tea? Tu reprendras du thé ?

Any indique qu'on n'a pas d'idée préconçue sur la réponse, ou que l'on s'attend à une réponse négative.

Any more questions? D'autres questions ?

››› **Phrases négatives**

On emploie *no* ou *not any*.

*I have **no** idea / I **don't** have **any** idea.*

● ***Each / every***

Ils se traduisent tous deux par « chaque » ou « chacun »,

››› ***Each*** individualise les éléments, comme « chacun ».

I'll speak to each (of you) individually.
Je m'entretiendrai avec chacun d'entre vous.

››› ***Every*** (et ses composés *everybody, everyone, everything*) globalise les éléments, comme « tous les… ».

Every student in this class (= All the students) has passed their exam.
Tous les élèves de la classe ont réussi leur examen.

NB : Après *every student*, le verbe *has* est au singulier mais l'adjectif possessif *their* est au pluriel car on ne précise pas le sexe des personnes concernées.

Les degrés de comparaison

● **Rappel**

Il existe deux types d'adjectifs : **courts** (une syllabe ou deux syllabes finissant en *-y*) et **longs** (les autres).

		Long	Court
Comparatif	supériorité	*more* + adj. + *than*	adj.*-er* + *than*
	infériorité	*less* + adj. + *than*	
	égalité	*as* + adj. + *as*	
Superlatif	supériorité	*the most* + adj.	*the* + adj.*-est*
	infériorité	*the least* + adj.	

››› Pour comparer plusieurs éléments, on met l'adjectif au **comparatif**.

Her marks are better than Tom's.
Ses notes sont meilleures que celles de Tom.

››› Pour comparer un élément à un ensemble (le plus…, le moins…), on utilise le **superlatif**.

He's the best singer in the world.
C'est le meilleur chanteur au monde.

ATTENTION !

Pas de superlatif s'il n'y a que deux éléments :
I'll buy the longer of these two dresses.
J'achèterai la plus longue de ces deux robes.

● **Adjectifs irréguliers**

good ⟶ *better* ⟶ *the best*
bad ⟶ *worse* ⟶ *the worst*
far ⟶ *farther/further* ⟶ *the farthest/the furthest*

● **L'accroissement progressif**

On utilise : comparatif + *and* + comparatif.

*She is getting **more and more** intelligent.*
Elle devient de plus en plus intelligente.
*She is happi**er and** happi**er**.*
Elle est de plus en plus heureuse.

● **L'accroissement parallèle**

The + comparatif, *the* + comparatif.

***The** rich**er** he is, **the less generous** he is.*
Plus il est riche, moins il est généreux.

LES EXPRESSIONS CLÉS

Pour suggérer, faire une proposition

››› ***Shall we** go to the movies?*
››› ***Let's** go to the opera, **shall we?***
››› ***We could** go to a concert.*
››› ***I suggest** we book seats now.*
››› ***What about** going to the cinema?*
Et si on allait au cinéma ?
››› ***How about** watching a film?*
››› ***Why not** buy tickets for next week's show?*
››› ***What if** we went to the theatre?*
››› ***If I were you I would** book in advance.*
››› ***It's** (about / high) **time** we book**ed** the seats for next week's performance.* Il est (grand) temps de réserver des places… (Attention à bien employer le prétérit dit « modal » après *it's time*.)

ANGLAIS

S'ENTRAÎNER

1 QUIZ

Cocher la bonne option.

1. I have too … work to do. ☐ **a.** much ☐ **b.** many
2. … more sugar in your tea? ☐ **a.** Some ☐ **b.** Any
3. He is the … man in the world. ☐ **a.** happyest ☐ **b.** happiest ☐ **c.** most happy
4. At 10 you are … mature than at 20. ☐ **a.** more ☐ **b.** less
5. My results are getting … ☐ **a.** the better ☐ **b.** the worse the better ☐ **c.** better and better

2 **Mettre les adjectifs au comparatif ou au superlatif.**

1. This boy is …… (brilliant) student in the school. Everybody is jealous of him.
2. Lucy is always crying. She is …… (sensitive) than her sister Olivia, but Olivia is …… (selfish): she is always thinking about herself.
3. My uncle is open-minded, he is …… (prejudiced) man I know!
4. Tom and Ann look alike: Tom is …… (stubborn) Ann, really.
5. There are three brothers in this family. John is …… (old) and Peter …… (young). But Sam is definitely …… (smart) of them all!
6. The climate is …… (warm) in London than in Glasgow.
7. I have two sisters. Jane is the …… (mature).

POUR VOUS AIDER

3. *to be prejudiced* : avoir des préjugés – **4.** *stubborn* : têtu – **7.** Attention, 2 éléments !

3 **Dans les phrases suivantes, souligner les quantifieurs puis les associer à leur valeur. Traduire ensuite les phrases.**

1. The book contained some of her favourite stories.
2. That moment was more pleasant than any she had ever experienced.
3. Do you know any boss that might find me a job?
4. She never had any objection to his projects.

a. « n'importe lequel » ; **b.** quantité positive ;
c. phrase négative, quantité négative ;
d. quantité inconnue.

4 **Faire des suggestions en utilisant les amorces proposées.**

1. John is 18 and hasn't registered to vote yet. → *"John, it's ……"*
2. You don't know what to do this week-end, but you haven't seen your uncle for ages. → *"What ……"*
3. You want to watch a programme about American political parties tonight on TV. → *"Let ……"*
4. You're planning your next summer holidays. → *"Why not ……"*
5. You think that your friend should buy more modern clothes. → *"If ……"*

5 **Compléter la grille à l'aide du vocabulaire en bas de page.**

Across:

1. Action of acquiring and using goods
3. To try to get something at a lower price
4. This book is ____ £10
6. It is too expensive, I can't ____ to buy it
8. Another word for commerce

Down:

1. The person who buys something
2. To buy
5. This qualifies our society based on 1. across
7. A place where you find lots of shops

VOCABULAIRE

Le commerce, l'argent

- trade : *commerce*
- con**sump**tion /kən'sʌmpʃn/ : *la consommation*
- a con**su**mer /kən'sju:mə/ : *un consommateur*
- a **cus**tomer /'kʌstəmə/ : *un client*
- to **pur**chase /'pɜ:tʃɪs/ : *acheter*
- a **pur**chase : *un achat*
- to af**ford** : *avoir les moyens de*
- a **bar**gain /'bɑ:gɪn/ : *une affaire*
- to **bar**gain : *marchander*
- a sale /'seɪl/ : *une vente, des soldes*
- on sale : *en vente*
- to be worth /'wɜ:θ/ : *valoir*
- a **shop**keeper : *un petit commerçant*
- a de**part**ment store : *un grand magasin*
- a **re**tail store : *un magasin de détail*
- a mall /'mɔ:l/ : *un centre commercial*
- the cash desk : *la caisse*
- a **cash**ier : *un caissier*
- a **slot**-**machine** : *un distributeur automatique*
- a **dis**count : *une remise*
- the **re**fund /'ri:fʌnd/ : *le remboursement*
- a corpo**ra**tion / a firm : *une société*

ANGLAIS

3 Le choix des temps

L'ESSENTIEL

Le passé

Il n'y a **pas d'équivalence** entre les temps du passé français et anglais.

● ***Present perfect***

››› **Forme simple (*have* + participe passé)**

Il s'agit d'un **passé indéterminé** : ce qui compte, c'est que l'événement a eu lieu, et non les circonstances de cet événement.

> *Someone **has taken** my watch!* Quelqu'un a pris ma montre ! (Peu importe qui, quand, comment, ou pourquoi. Ce qui compte, c'est que je n'ai plus de montre.)
> ***Have** you **finished** your work?*

Le *present perfect* décrit, entre autres, une action **commencée** dans le passé et **qui continue** dans le présent.

> *I haven't seen him **since** 12.* Je ne l'ai pas vu depuis midi.
> *I have **just** seen him.* Je viens de le voir.
> *I have known him **for** 3 years.* Cela fait 3 ans que je le connais.

››› **Forme continue (*be* + *V-ing*)**

On s'intéresse à la **durée** ou au **déroulement** de l'action qui continue au moment où on parle.

> *We **have been** walk**ing** for 3 hours.*
> Cela fait 3 heures qu'on marche (on est fatigués !).

● **Prétérit**

››› **Forme simple (*-ed*, sauf irréguliers)**

Les **circonstances** de l'action (heure, date, lieu) sont importantes. C'est le plus souvent le **temps du récit**.

> *Where **did** you **buy** this coat?*
> Où as-tu acheté ce manteau ?
> *I **saw** him at 2 o'clock / 4 hours ago.*
> Je l'ai vu à 14 h / il y a 4 heures.
> *We walk**ed** for 3 hours, from 1 to 4.*
> Nous avons marché pendant 3 heures, de 13 h à 16 h.

››› **Forme continue (*be* + *V-ing*)**

On insiste sur le **déroulement** de l'action à un moment donné du passé.

> *He **was** leav**ing** the house when the fire started.*
> Il était en train de sortir de la maison quand l'incendie a éclaté.

● ***Pluperfect***

››› **Forme simple (*had* + participe passé)**

On situe une action **avant un moment passé de référence**.

> *He **had** just **left** when the fire started.*
> Il venait de partir quand l'incendie éclata.

››› **Forme continue (*be* + *V-ing*)**

On s'intéresse à la **durée** ou au **déroulement** de l'action qui se produisait au moment dont on parle.

> *We **had been** walk**ing** for 3 hours when the fire started.*
> Il marchait depuis 3 heures quand l'incendie démarra.

Le présent

● **Règle générale**

››› **Forme simple**

L'action est **répétitive**.

> *I **visit** a museum every weekend.*
> Je visite un musée tous les week-ends.

››› **Forme continue (*be* + *V-ing*)**

L'action est **en cours**.

> *Listen! He**'s** talk**ing** about his family.*
> Écoute ! Il parle / est en train de parler de sa famille.

● **Cas particuliers**

››› Le présent en *be* + *V-ing* permet d'ajouter une nuance d'**irritation** ou de **reproche** à une action habituelle.

> *He **is** always cutt**ing** in!*
> Il n'arrête pas de m'interrompre !

››› Le présent simple peut décrire une action en cours pour insister sur sa **brièveté**.

> *I **switch** off the TV: someone is ringing at the door.*
> Je coupe la télé : quelqu'un sonne à la porte.

L'avenir

Il n'y a **pas de forme grammaticale propre** au futur. Il faut donc choisir parmi différentes formes, selon la manière dont on envisage l'événement.

››› ***To be about to***

Événement **imminent**.

> *The train **is about to** start.*
> Le train est sur le point de partir.

››› **Présent en *be* + *V-ing***

Événement **décidé**, si sûr que c'est comme si c'était fait.

> *Tonight, I **am** tak**ing** Jim to the theatre.*
> Ce soir, j'emmène Jim au théâtre.

››› **Présent simple**

Événement **très sûr**, mais décision moins personnelle.

> *On Monday I **meet** my new manager.*
> Lundi, je vois / dois voir mon nouveau directeur.

››› ***To be going to***

Événement **planifié** ou **très prévisible**.

> *He **is** not **going to** like my new dress.*
> Il ne va sûrement pas aimer ma nouvelle robe.

››› ***To be to***

Événement **incontournable** et **organisé par autrui**.

> *My exam **is to** take place next June.*
> Mon examen est en / programmé pour juin prochain.

››› ***Will / shall***

Événement **certain** ou **décidé**.

> *You **will** meet Jim at my birthday party.*
> Tu rencontreras Jim lors de ma soirée d'anniversaire.
> *Ann is in town? I **will** / **shall** invite her, then.*
> Anne est en ville ? Alors je vais l'inviter.

LES EXPRESSIONS CLÉS

Pour situer des événements

- *formerly, in the past* : jadis
- *A.D. / B.C.* : avant/après Jésus-Christ
- *in the 1950s* : dans les années 1950
- *previously* : auparavant
- *the previous week* : la semaine précédente
- *nowadays* : de nos jours
- *currently* : actuellement
- *the next week* : la semaine suivante
- *sooner or later* : tôt ou tard
- *from now on* : à partir de maintenant
- *in 10 years' time* : dans 10 ans
- *not yet* : pas encore (+ *present perfect* ou *pluperfect*)

S'ENTRAÎNER

1 QUIZ

Cocher le temps qui convient.

1. I can see Jack. He … across the street.	☐ **a.** is walking	☐ **b.** walked	☐ **c.** walks
2. I … Jane for ten years now.	☐ **a.** have been knowing	☐ **b.** have known	☐ **c.** know
3. I … Britain two years ago.	☐ **a.** had visited	☐ **b.** have visited	☐ **c.** visited

2 **Dans ces phrases adaptées des premières lignes de *The Razor's Edge* de Somerset Maugham, justifier le choix du temps grâce aux propositions.**

1. *I have never begun a novel with more hesitation.*

2. *Death ends all things (…), but marriage finishes it very properly too.*

3. *Many years ago I wrote a novel called "The Moon and Sixpence".*

4. *In the present book I have attempted to do nothing of the kind. I have invented nothing.*

5. *The man I am writing about is not famous.*

a. L'auteur fait référence à ce qu'il a écrit dans le passé.

b. L'auteur fait le bilan de son expérience en tant qu'écrivain.

c. L'auteur exprime une vérité générale.

d. L'auteur se décrit comme en train d'écrire le livre.

e. L'auteur parle de son livre comme s'il était déjà écrit.

3 **Parmi les marqueurs de temps proposés pour chacune des phrases suivantes, barrer ceux qui ne conviennent pas.**

1. They will start performing the play *next week / last week / in two days' time.*

2. The Saxons invaded Great Britain *from now on / afterwards / in the 6th century A.D. / after the Romans.*

3. *In the 1920s / Formerly / In ten years' time / In the next century*, people didn't use to have a lot of comfort.

4. She refused. *Later / Last week / Previously*, she thought it over and regretted that decision.

4 **Mettre le verbe entre parenthèses à la forme qui convient.**

1. Look! This statue …… (remind) me of a museum I …… (visit) when I …… (be) in Canada a few years ago.

2. In 2002, she …… (think) of moving to Washington D.C. the following year, but she still …… (live) in New Orleans.

3. I …… (not / know) why John …… (not / make) up his mind yet.

4. Tom always …… (feel) nostalgic when he …… (remember) his youth in Ohio. He …… (not / have) much comfort, but it …… (not / matter).

5. In the fifties, I …… (travel) to India. I …… (never / be) abroad before.

POUR VOUS AIDER

1. *Remind* n'est pas une action proprement dite. – **3.** *Cf.* « Les expressions clés ». – **5.** Situez bien les deux actions l'une par rapport à l'autre.

5 **Compléter avec les expressions clés ou le vocabulaire proposés sur cette page.**

Last week I went to Hastings, the site of a battle that …… 1066 …… when William the Conqueror invaded Britain. In the …… shop I bought a small history book to keep a …… of this visit. The …… week I had visited the Tower of London, built by William, whose …… is still present …… …… I will always …… how important this king was.

VOCABULAIRE

Mémoire et histoire

- a de**cade** /dɪˈkeɪd/ : *une décennie*
- a **ten**-day **per**iod : *une décade*
- to **occ**ur / to **hap**pen / to take place : *se produire*
- to date back to : *remonter à, dater de*
- a **mem**ory / a re**mem**brance : *un souvenir*
- a souve**nir** : *un souvenir (objet)*
- to re**mem**ber / to re**call** : *se souvenir*
- to re**mind** /rɪˈmaɪnd/ someone of something : *rappeler quelque chose à quelqu'un*
- to pay **tri**bute to : *rendre hommage à*
- a war me**mor**ial : *un monument aux morts*
- a **le**gacy : *un héritage*
- to in**her**it : *hériter*
- a **stat**esman : *un homme d'état*
- a **so**vereign : *un souverain*

4 Le passif

L'ESSENTIEL

Le passif

● Il se construit avec **l'auxiliaire *be* suivi du participe passé** et, éventuellement, **du complément d'agent introduit par *by***.

The house was bought by a friend of mine.
La maison a été achetée par un de mes amis.

NB : Si le verbe est régulier, son participe passé se forme en ajoutant *-ed* à la fin. Sinon, il peut être trouvé dans la 3e colonne d'un tableau de verbes irréguliers.

● Plus fréquent qu'en français, son rôle principal est de **mettre l'accent sur celui qui subit l'action**.

She was immediately taken care of.
On s'est immédiatement occupé d'elle.

Nuance entre *Jane **was invited** by Jim* et *Jim invited Jane* : dans le premier cas, c'est Jane qui compte le plus aux yeux de la personne qui parle.

● Le complément d'agent (introduit par *by*) n'est mentionné que s'il est important.

*A suspect **is being** questioned.*
On est en train d'interroger un suspect.

L'auteur de l'action n'est pas mentionné s'il apparaît évident (ici, c'est évident que c'est la police qui l'interroge) ou inconnu. C'est pourquoi on utilise fréquemment en français « on… » dans ces cas-là.

ATTENTION !

La construction passive ne doit pas séparer le verbe de la préposition qui peut l'accompagner à la voix active.
He was laughed at by all the crowd.
La foule s'est moquée de lui.

Constructions particulières

● Impossible à traduire mot à mot, le **double passif** s'emploie avec des verbes indiquant une relation d'une personne à une autre (*give, offer, tell, teach*…), verbes qui admettent tous deux compléments.

*Someone **told** me a strange story.*
(1 : *me* ; 2 : *a strange story*)

Les deux compléments peuvent devenir sujet de la phrase passive :

***1: I** was told a strange story.* (plus courant en anglais)
***2: A strange story** was told to me.*

La première forme met en lumière la personne concernée. Cette nuance n'est pas facile à rendre en français.

● Pour rapporter des faits, le **passif impersonnel** suit les mêmes verbes et mêmes règles que le style indirect et se construit de deux manières :

***It was said that** he was very rich.*
***He was said to** be very rich.* (plus courant)
On disait qu'il était très riche.
***He was supposed to** have seen her the day before;*
On supposait qu'il l'avait rencontrée la veille.
***He was mentioned to** have left the country.*
On racontait qu'il avait quitté le pays.

En français, le conditionnel peut traduire cette structure :

The suspect is believed to have left the country.
Le suspect aurait quitté le pays.

Traduction de « on… »

On a vu que le passif sert souvent à traduire « on » notamment quand on ignore qui a fait l'action. Mais ce n'est pas la seule façon.

● Si « on » est une façon familière de dire **« nous »**, on utilisera : ***we***.

We are having a test tomorrow.
On a un contrôle demain.

● Si « on » désigne **autrui**, on utilisera : ***you***.

In the US, if you work hard, you can make a lot of money.
Aux États-Unis, si on travaille dur, on peut gagner beaucoup d'argent.

● Si « on » est **général**, comme pour les proverbes ou dans un dictionnaire, on utilisera : ***one***.

One should never laugh at someone else.
On ne devrait jamais se moquer des autres.

LES EXPRESSIONS CLÉS

Pour situer dans l'espace

- *between* : entre
- *next to / near* : près de
- *in front of* : devant
- *behind* /bɪˈhaɪnd/ : derrière
- *in the foreground* /ˈfɔːgraʊnd/ : au premier plan
- *in the background* : à l'arrière-plan
- *on the left/right* : à gauche/droite
- *at the top/bottom* : en haut/bas
- *in the top left-hand corner* : en haut à gauche
- *in the bottom right-hand corner* : en bas à droite
- *in the middle* : au milieu
- *in the distance* : au loin
- *nearby* /ˈnɪəbaɪ/: aux alentours
- *a caption* : une légende (d'image)

1 QUIZ

Compléter les formes au passif en cochant la bonne fin de phrase.

1. She has finished the book.
→ The book… ☐ **a.** …has finished. ☐ **b.** …has been finished. ☐ **c.** …has been finishing.

2. They are eating cupcakes.
→ The cupcakes… ☐ **a.** …is eating. ☐ **b.** …are eaten. ☐ **c.** …are being eaten.

3. My sister will take care of this.
→ This… ☐ **a.** …is taken care of. ☐ **b.** …will be taken care of. ☐ **c.** …will taken care.

4. She didn't send the letter.
→ The letter… ☐ **a.** …wasn't sent. ☐ **b.** …didn't be sent. ☐ **c.** …didn't sent.

2 Identifier les phrases au passif parmi les phrases suivantes.

1. She created a wonderful perfume with varied fragrances.
2. She hasn't been very well lately.
3. She wasn't supposed to answer.
4. They haven't been asked about their intentions.
5. Will they be accused of murder?
6. She passed by without a word.
7. They must have been designed for younger women.
8. I haven't decided yet.
9. She is said to be very clever.

3 Dans l'exercice 2 transformer au passif, quand c'est possible, les phrases identifiées comme étant à l'actif.

4 Transformer les phrases suivantes au passif.

1. The police has arrested the suspect.
2. The baby-sitter is looking after John's daughters.
3. Why did they perform such an outrageous play?
4. People think the 'Mona Lisa' is the greatest masterpiece of all times.
5. Can you rehearse the play next week?
6. They haven't given the lecture.
7. People suspect them of stealing money.

POUR VOUS AIDER

Il est inutile d'ajouter *by* + complément d'agent lorsque cela n'apporte pas d'information importante.

5 Traduire les phrases suivantes.

1. I was told not to say anything concerning this new advert.
2. The secretary was given a bonus.
3. Hogarth is said to be the most famous engraver of the 18th century.
4. She was offered a trip to Jamaica.
5. They were considered to be the most interesting.
6. You will be given a reward.
7. They were asked to give their names and addresses.

6 Exprimer autrement, en utilisant l'amorce.

1. People say she is very clever. → She…
2. They were lent books about Merlin the Wizard.
→ Books about…
3. They suppose that Louise lives there. → Louise…
4. They denied him what he wanted. → He…
5. I gave them sweets for Halloween. → They…
6. People think he is still working in a restaurant.
→ He…

7 Trouver dans le vocabulaire en bas de page les mots qui correspondent à ces définitions.

1. A sport group
2. An organisation in charge of helping people
3. To give a part of what one has
4. Pleasant to be with
5. A party
6. Someone you know
7. To participate to

VOCABULAIRE

Relations sociales

- a link / a bond : *un lien*
- an ac**quain**tance /ə'kweɪntəns/ : *une relation*
- a **school**fellow : *un camarade de classe*
- a team : *une équipe*
- a com**mu**nity : *une communauté*
- a **cha**rity /'tʃærɪti/ : *une organisation caritative*
- to be**long** to : *appartenir à*
- to be on **speak**ing terms : *s'adresser la parole*
- to take part in : *prendre part à*
- to **car**ry something out : *accomplir quelque chose*
- to share : *partager*
- com**pa**nionable : *agréable en société*
- a bore : *un raseur*
- a **so**cial evening : *une soirée entre amis*
- to enter**tain** /ɛntə'teɪn/ : *divertir*
- to feel **lo**nely : *se sentir seul*

5 La modalité

L'ESSENTIEL

Auxiliaires modaux et équivalents

● La **modalité** consiste à exprimer l'état d'esprit de celui qui parle. Il utilise pour cela une série d'**auxiliaires dits « modaux »**, qui précèdent le verbe et ont un certain nombre de points communs :
– jamais suivis ni précédés de *to* ;
– jamais précédés d'un autre auxiliaire ;
– à la forme interrogative, il y a simplement inversion du sujet et de l'auxiliaire ;
– pas de *-s* à la troisième personne du singulier.

● L'auxiliaire est choisi en **fonction de ce que l'on veut exprimer**, par exemple :

Incapacité : *I can't swim.* Je ne sais pas nager.
Demande de permission : *May I go?* Puis-je partir ?

● **Un auxiliaire, plusieurs modalités** :

I must go (obligation). Il faut que je parte.
He isn't here today, he must be ill (certitude).
Il est absent aujourd'hui, il doit être malade.

● **Une modalité, plusieurs auxiliaires** :

You can't / mustn't / may not go (interdiction).
Tu n'as pas le droit de partir.

● Des **équivalents** les remplacent quand ils ne peuvent pas prendre telle ou telle forme.

You'll have to apologise. Il faudra que tu t'excuses (futur).
I'd like you to be able to come.
J'aimerais que tu puisses venir (infinitif).

Emplois

● **Capacité**

››› Modal : ***can*** (***could*** au passé)

I can't open the window.
Je n'arrive pas à ouvrir la fenêtre.

››› Équivalent : ***to be able to***

I'm sure you'll be able to do these exercises.
Je suis sûr que tu arriveras à faire ces exercices.

● **Obligation, nécessité**

››› Modal : ***must***

You must tell me the truth, now!
Maintenant tu dois me dire la vérité !

››› Équivalent : ***to have to***

I had to take the bus yesterday: my car had broken down...
J'ai dû prendre le bus, hier, ma voiture était en panne...
... and I'll have to take it tomorrow too.
... et il faudra que je le prenne demain aussi.
You don't have to come if you don't want to.
Tu n'es pas obligé de venir si tu ne veux pas.

ATTENTION !
Au présent, utiliser *not to have to* ou *needn't* pour dire que quelque chose n'est pas obligatoire. Surtout pas *mustn't*, qui exprime seulement l'interdiction !

● **Permission**

››› Modaux : ***can, could, may***

The bell has rung, can we go now?
La cloche a sonné, on peut sortir maintenant ?
When I was young I could stay up late every night.
Quand j'étais jeune, j'avais le droit de me coucher tard tous les soirs.
May I open the window, Sir?
Puis-je ouvrir la fenêtre, Monsieur ?

ATTENTION !
Dans une demande de permission, *could*, et *may* encore plus, sont d'un niveau plus soutenu que *can*.

››› Équivalent : ***to be allowed to***

You'll be allowed to stay up late tonight.
Tu auras le droit de te coucher tard ce soir.

● **Interdiction**

››› Modaux : ***can't*** (***couldn't*** au passé), ***mustn't***, ***may not*** (plutôt utilisé dans les règlements)

You can't say that! Tu ne peux pas dire ça !
You mustn't speak to him! Je t'interdis de lui parler !
Alcohol may not be consumed by persons under 21.
Consommation d'alcool interdite avant 21 ans.

››› Équivalent : ***not to be allowed to*** ou ***to be forbidden to***

My children won't be allowed to watch TV all day.
J'interdirai à mes enfants de regarder la télé toute la journée.

● **Conseil, reproche**

››› Modaux : ***can***, ***could***, ***should / shouldn't***

If you're in trouble, you can call this number.
En cas de problème, vous pouvez appeler ce numéro.
You should be working! Tu devrais être en train de travailler !
You could at least have apologised!
Tu aurais au moins pu t'excuser !

››› Utilisez ***could / should + have + participe passé*** pour reprocher une action passée.

● **Certitude**

››› Modaux classés **du plus au moins certain** : *must, should (≠ shouldn't), can (≠ can't), could (≠ couldn't), may (≠ may not), might (≠ might not)*

He's missing; he must be ill...
Il est absent ; il doit être malade...
... or he may have missed his train.
...ou peut-être a-t-il raté son train.

ATTENTION !
Mustn't n'exprime jamais une modalité de certitude.

››› La structure **modal + *have* + participe passé** exprime une certitude par rapport à un événement passé.

ANGLAIS

LES EXPRESSIONS CLÉS

Pour dire si l'on juge un événement probable ou pas

- *He's* ***bound to*** *succeed.* (il ne peut pas ne pas…)
- *He's* ***likely to*** *be working.* (il y a de fortes chances)
- *He* ***must have*** *finished.* (c'est assez certain)
- *He* ***should*** *be on his way.* (c'est ce qui devrait être en train de se produire)
- ***It looks as if*** *he's not finished yet.* (on dirait que…)
- ***Perhaps/maybe*** *the train is late.* (peut-être)
- *He* ***can have*** *missed his train.* (c'est possible)
- *He* ***could have*** *missed his train.* (ce n'est pas impossible)
- *The bus* ***may have been*** *delayed.* (on n'en est pas sûr)
- *He* ***might*** *come to see us.* (on n'en est pas sûr du tout)
- ***I doubt whether*** *he knows the place.* (on a des doutes)
- *He* ***can't be*** *working on this project!* (c'est impossible)

S'ENTRAÎNER

1 QUIZ

Cocher la bonne option.

1. We … spend the weekend in Scotland if the weather is fine.
☐ **a.** can ☐ **b.** might ☐ **c.** must

2. He … read the book, he had been told about it before.
☐ **a.** didn't have to ☐ **b.** had to ☐ **c.** should

3. Oh, Fred! You … come over! The party would be nothing without you!
☐ **a.** could ☐ **b.** may ☐ **c.** must

2 **Souligner les expressions de la modalité puis identifier la modalité exprimée.**

1. In the past, you didn't have to be skilled to find a job easily.
2. After the 1930s, people could go on strike when something was wrong.
3. She is likely to be fired soon.
4. Applicants must provide a résumé.
5. He can't have resigned without finding another job first!

3 **Reformuler à l'aide d'auxiliaires modaux.**

1. I advise you to apply for this job.
2. They don't have to dismiss him: he will resign.
3. I want them to stop this strike.
4. Don't get into the chairman's office.

4 **Reformuler les phrases en utilisant l'amorce proposée et un modal, un équivalent ou une expression clé.**

1. It is very likely that he is working. → He…
2. Maybe he has finished his dinner. → He…
3. He is not reading. This is impossible. → He…
4. At this time, I think they are back home. → They…

5 **Observer l'image et compléter les phrases avec des auxiliaires modaux ou des formes équivalentes.**

1. The photo …… (take) in the 21st century.
2. It …… (be) an early twentieth-century black-and-white picture.
3. It …… people …… (work) hard at the time.
4. This …… (be) a factory at the turn of the century.
5. This picture …… (represent) working conditions in assembly lines.
6. Unskilled workers …… (find) jobs quite easily.
7. You …… (think) twice before you resign; this was particularly true at the time!

VOCABULAIRE

Le monde du travail

- a **fac**tory : *une usine*
- an as**sem**bly line : *une chaîne d'assemblage*
- a **com**pany / a firm : *une entreprise*
- an em**ploy**ee /ɪm'plɔɪiː/ : *un employé*
- an em**ploy**er /ɪm'plɔɪə/ : *un employeur*
- the **chair**man : *le P.-D.G.*
- to run a business : *diriger une entreprise*
- the **sa**lary / wages : *le salaire*
- a rise : *une augmentation*
- skilled /i/ : *qualifié*
- to work part / full-time : *travailler à temps partiel / complet*
- a worka**ho**lic : *un bourreau de travail*
- a **ré**sumé /'rezjumeɪ/, a C.V. /'siː'viː/ : *un C.V.*
- to ap**ply** for /ə'plaɪ/ : *poser sa candidature*
- unem**ploy**ed / **job**less : *sans emploi*
- to re**sign** /rɪ'zaɪn/ : *démissionner*
- to go on strike /straɪk/ : *faire grève*

ANGLAIS

6 Le style indirect

L'ESSENTIEL

Le style indirect, ou discours rapporté, sert comme son nom l'indique à **rapporter les paroles** de quelqu'un.

*"**I agree.**" "What is he saying?" "He's saying (that) **he agrees.**"*
« Je suis d'accord. » « Qu'est-ce qu'il dit ? » « Il dit qu'il est d'accord. »

Si l'on rapporte des paroles qui viennent d'être dites, c'est simple, mais il faut faire attention à la **concordance des temps** quand on rapporte des **paroles prononcées dans le passé**.

La concordance des temps

- Le **présent** est remplacé par le prétérit.

*"She works hard." → I said that she work**ed** hard.*

- Le **prétérit** est remplacé par le *pluperfect*.

*"She worked hard." → I said that she **had** work**ed** hard.*

- Le ***pluperfect*** ne change pas de temps.

*"She had worked hard." → I said that she **had** work**ed** hard.*

- Les **auxiliaires** suivent la même règle.

will → would *may* (certitude) → *might*
can → could *must → had to* (obligation)

*"She will work hard." → He said that she **would** work hard.*
*"Can she work hard?" → He asked if she **could** work hard.*
*"She may come." → He believed she **might** come.*
*"I must work harder." → She admitted she **had to** work harder.*

ATTENTION !
N'oubliez pas de **transformer tous les verbes** de la phrase.
She may come when she has finished.
Elle pourra venir quand elle aura fini.
→ *He thought she might come when she had finished.*
Il pensa(it) qu'elle pourrait venir quand elle aurait fini.

- Mais il est des **cas où la règle de la concordance des temps n'a pas lieu d'être observée.**

››› Si la situation décrite par les paroles qu'on rapporte est encore vraie au moment où on parle.

*(I said) he **has been** working for hours.*
(J'ai dit que) ça fait des heures qu'il travaille. (Il travaille toujours au moment où on parle.)

››› Avec les formes invariables construites avec une base verbale, telles que *would, should, ought to, had better, might, used to, could, must* (probabilité).

*(I said) **he used to live** here when he was young.*
(J'ai dit qu') il vivait ici quand il était jeune.
*(I said) she **should** get down to work.*
(J'ai dit qu') elle devrait se mettre au travail.
*(I told him that) they **must** be late.*
(J'ai dit qu') ils devaient être en retard.

Les marqueurs de temps

Les marqueurs de temps doivent aussi être adaptés.
yesterday → the day before
the following day → the day after
last week → the week before
tomorrow → the next day
the next day → the day after

Les verbes introducteurs

Les verbes qui introduisent le discours rapporté peuvent être très variés.

He said (that)… Il dit que…
He told me (that)… Il m'a dit que…
He asked (me) if… Il m'a demandé si…
He answered (that)… Il a répondu que…
He asserted (that)… Il affirma que…

LES EXPRESSIONS CLÉS

Pour exprimer son accord, son désaccord ou son indifférence

- **Accord**

››› *I suppose so.*
››› *I approve **of** this decision.*
››› *I have no objection to this.*
››› *I should say so.* Je suis bien d'accord.
››› *You've got a point here.* Vous marquez un point.
››› *I couldn't agree more.*
››› *Quite so!* Tout à fait !
››› *How true!*
››› *Why not?*

- **Désaccord**

››› *I disapprove **of** inviting him.*
››› *I disagree with you on this.*
››› *I object to their coming.* (Observer au passage l'emploi de l'adjectif possessif devant le verbe en *-ing*.)
››› *Wouldn't it be better to find something else?*
››› *How dare you say that!* Comment oses-tu !
››› *Nonsense!*
››› *Rubbish!* Mon œil !

- **Indifférence**

››› *It doesn't matter.* Ça n'a pas d'importance.
››› *I don't mind.* Ça m'est égal.
››› *I couldn't care less!* Je m'en moque totalement !

1 QUIZ

Relier les débuts et les fins de phrases.

1. He says…
2. He wonders…
3. He asked…
4. I told him…
5. I promised…

- a. …how much she had paid for her new car.
- b. …that he is going to buy a new car.
- c. …that I was going to buy a new car.
- d. …that I would buy a new car.
- e. …why she has bought a new car.

2 Transformer ce texte au discours indirect.

1. "Have you seen Louisa recently?" Tom asked Peter.
2. "No, I haven't," Peter answered. "But I'm not surprised. I know that she had planned to spend her holidays in Greece."
3. "Do you know when she is supposed to come back?" Tom asked.
4. "I think she will be back in two or three days' time," Peter replied. "But you can call her on her cell phone if what you have to tell her is really important!"
5. He added: "She might get angry if you call her while she is sleeping on the beach."
6. And he remembered: "Last year, during her holiday in Africa, she wouldn't answer any calls."
7. "Quite her usual self", Tom replied.
8. "You have a point here", Peter admitted.
9. Tom asserted: "When she comes back, she will have to explain about her silence"
10. "She never will", Peter concluded.

POUR VOUS AIDER

N'oubliez pas de transformer **tous** les verbes.

3 Choisir la réponse la plus appropriée en fonction des indications données.

1. I believe the government must fight against unemployment. *(vous êtes d'accord)*
   - ☐ a. I couldn't agree more.
   - ☐ b. I disagree with you.
2. I maintain there should be more respect in our society. *(vous êtes d'accord)*
   - ☐ a. Quite true.
   - ☐ b. Rubbish!
3. I don't think going out tonight is such a good idea! *(vous n'y voyez pas d'inconvénient)*
   - ☐ a. I have no objection to it.
   - ☐ b. You've got a point here.
4. I would like us to see this exhibition tomorrow. *(vous n'y voyez pas d'inconvénient)*
   - ☐ a. I approve of this decision.
   - ☐ b. Why not!
5. You should listen to his advice. It's always good. *(vous n'êtes pas du tout d'accord)*
   - ☐ a. Nonsense!
   - ☐ b. I don't mind.

4 Trouver dans le vocabulaire ci-dessous des équivalents aux définitions suivantes.

1. Someone who has done something forbidden
2. The moment when people vote
3. The orientation decided by a government or political party
4. The place where people vote
5. When a tribunal decides someone's punishment
6. When people are asked what they think
7. When people sit in a tribunal
8. What we are as soon as we earn money
9. "God save the Queen"
10. How you feel when you have done something wrong

VOCABULAIRE

Politique et institutions

- the **nat**ional **an**them /ˈænθəm/ : *l'hymne national*
- an M.P. (Member of **Par**liament) : *un député*
- Mr **Speak**er : *le président de la Chambre des communes*
- the P.M. (Prime **Mi**nister) : *le Premier ministre*
- **Con**gress /ˈkɒŋgrɛs/ : *le Congrès américain* (= Senate + House of Representatives)
- a **Con**gressman : *un député (US)*
- the Inaugu**ra**tion : *l'investiture du Président (US)*
- a **gen**eral e**lec**tion : *une élection législative*
- an o**pin**ion poll /ˈpəʊl/ : *un sondage*
- a **poll**ing **sta**tion : *un bureau de vote*
- the **bal**lot /ˈbælət/ : *le scrutin*
- **pol**itics /ˈpɒlɪtɪks/ : *la politique*
- a **pol**icy /ˈpɒlɪsi/ : *une action politique, une ligne politique*
- a law : *une loi*
- the **wel**fare state /ˈwɛlfɛə/ : *l'État-providence*
- a **civ**il **ser**vant /ˈsɜːvnt/ : *un fonctionnaire*
- a **tax**payer : *un contribuable*
- the town **coun**cil : *le conseil municipal*
- a **tri**al /ˈtraɪəl/ : *un procès*
- to charge s.o. with sth : *inculper de*
- to plead **guil**ty : *plaider coupable*
- a **cul**prit /ˈkʌlprɪt/ : *un coupable*
- to **sen**tence : *condamner*

7 L'interrogation

L'ESSENTIEL

Les phrases interrogatives

Il y a deux types de phrases interrogatives, qui impliquent une intonation différente : **les questions fermées** (réponse attendue : « oui » ou « non ») et **les questions ouvertes**, qui attendent une réponse circonstanciée.

● *Yes/no questions*

››› On peut y répondre par **oui** ou **non** (en français, la question commence souvent par "est-ce que"). L'ordre est le suivant : **auxiliaire + sujet + verbe**

Did they say anything?
Ont-ils dit quelque chose ?

››› Les modaux sont des auxiliaires. On les mettra donc en tête de question.

Can they read?
Est-ce qu'ils savent lire ?

NB : Pour traduire en anglais une question qui commence par « Est-ce que… ? », pensez donc tout simplement à inverser l'auxiliaire et le sujet.

››› L'intonation de ces questions est toujours **montante**.

● *Wh- questions*

››› Ce sont des questions ouvertes, introduites par un pronom interrogatif. L'ordre est le suivant :
pronom interrogatif + auxiliaire + sujet + verbe

How long are they supposed to stay?
Combien de temps sont-ils supposés rester ?

››› L'intonation de ces questions est toujours **descendante**.

Les mots interrogatifs

● Les pronoms et adjectifs interrogatifs

››› ***What?*** Quoi ? Quel (choix large) ?

What is that crazy idea? Quelle est cette idée farfelue ?
What animal barks? Quel animal aboie ?

››› ***Which?*** Lequel ? Quel (choix restreint) ?

Which of these women is your wife?
Laquelle de ces femmes est ton épouse ?
Which shirt will you buy, the red one or the blue one?
Quelle chemise vas-tu acheter, la rouge ou la bleue ?

››› ***Who?*** Qui ?

Who do you think you are? Pour qui te prends-tu ?

Si *who* est sujet de la phrase, la structure est : ***who* + verbe**

Who has finished packing their luggage?
Qui a fini de boucler ses valises ?

ATTENTION !

Dans le langage soutenu, si « qui » est complément, et en particulier s'il est associé à une préposition, on peut employer *whom* /hu:m/ à la place de *who*.
Whom is he thinking of? À qui pense-t-il ?

››› ***Whose* + nom de l'objet possédé ?** À qui ?

Whose car is this? À qui est cette voiture ?
(Noter l'ordre des mots en français et en anglais.)

››› ***When?*** Quand ?

When will he leave me alone?
Quand me laissera-t-il tranquille ?

››› ***Where?*** Où ?

Where is she coming from? D'où vient-elle ?

››› ***Why?*** Pourquoi ?

Why are you late? Pourquoi es-tu en retard ?

››› ***How?*** Comment ?

How did he manage to pass his exam?
Comment s'est-il débrouillé pour réussir à son examen ?

● *How* + adjectif/adverbe

How peut être combiné à un adjectif, un adverbe ou même un quantifieur pour former certaines questions.

››› *How long?* Combien de temps ? / Quelle longueur ?

How long have you been waiting?
Tu attends depuis combien de temps ?
How long will it take to repair my car?
Ça prendra combien de temps pour réparer ma voiture ?
How long is the river Thames?
Quelle est la longueur de la Tamise ?

››› *How far?* À quelle distance ?

››› *How deep?* De quelle profondeur ?

››› *How wide?* De quelle largeur ?

››› *How often?* Avec quelle fréquence, tous les combien ?

››› *How much* (+ indénombrable)? *How many* (+ dénombrable)? Combien ?

How much cake does he have?
Il a pris quelle quantité de gâteau ?
How many friends has she invited?
Elle a invité combien d'amis ?

NB : *How much* (tout seul)? Combien (d'argent) ?

How much do I owe you? Je vous dois combien ?

Place des prépositions

Dans les **phrases interrogatives**, elles se placent **en fin de groupe verbal**.

Who is he talking to so rudely?
À qui parle-t-il si grossièrement ?

Les phrases interro-négatives

En général, la négation se met juste après l'auxiliaire :

Didn't *you notice anything?* N'as-tu rien remarqué ?
Shouldn't *you be working?*
Tu ne devrais pas être au travail ?
Aren't *you tired?* Tu n'es pas fatigué ? (attention à la prononciation de "aren't" : /a:nt/)
What job ***wouldn't*** *you like to do?*
Quel métier n'aimerais-tu pas faire ?

LES EXPRESSIONS CLÉS

Pour exprimer une condition ou une restriction

- *if* : si
- *unless* : à moins que
- *as long as* : tant que
- *provided (that)* : à condition que
- *given (that)* : étant donné que
- *even if* : même si
- *to some extent* : dans une certaine mesure
- *depending on* : selon
- *in a way* : d'une certaine manière
- *at any rate* : en tous cas
- *so to speak* : pour ainsi dire

S'ENTRAÎNER

1 QUIZ **Cocher le mot interrogatif qui convient.**

1. … is she writing? A poem.	☐ **a.** Who	☐ **b.** What	☐ **c.** Which
2. … was she born? In Boston.	☐ **a.** Where	☐ **b.** When	☐ **c.** Who
3. … did she come here? By train.	☐ **a.** Who	☐ **b.** Why	☐ **c.** How
4. … children left yesterday? 24.	☐ **a.** How much	☐ **b.** How many	☐ **c.** How
5. … did she live there? For about two years.	☐ **a.** When	☐ **b.** Where	☐ **c.** How long

2 Remettre dans l'ordre les mots suivants afin de faire des questions correctes.

1. up – singing – why – you – give – did – ?
2. she – choose – which – did – one – ?
3. far – London – Liverpool – how – is – from – ?
4. they – about – what – talking – are – ?
5. with – who – she – work – can – ?
6. she – is – angry – how – ?
7. who – come – you – with – will – ?
8. fast – run – can – how – you – ?

3 Poser des questions pour trouver le renseignement manquant.

1. She doesn't like …
2. She lived there for … years.
3. There were … students absent yesterday.
4. She is arguing with …
5. This bag is my …'s.
6. … wrote "Hamlet".
7. Shakespeare wrote ….
8. He visits his grand-mother … a week.

4 Compléter avec le vocabulaire proposé en bas de page.

We'll never forget our …… tour around Britain! We first arrived late at Heathrow airport: our …… was …… as we weren't on the organisers' list when we …… the plane. At Heathrow a …… took the group to a small hotel in Richmond where we were supposed to be …… but all our …… had been left at the airport! Later, on a …… to Windsor, we got lost in the town and had to come back on our own. We wanted to take a traditional black …… but the …… was too high and hitch-…… was the only way! Fortunately a nice British …… took us in his car!

5 Compléter les phrases avec le mot de liaison qui convient pour exprimer une condition ou une restriction :

even if – unless – provided – given

1. He will not obey …… you threaten (= *menacer*) him.
2. …… your results at the test, I suggest you change your career plans.
3. He will call you back …… you give him your phone number.
4. She refused to come, …… all her family was there.

VOCABULAIRE

Voyages et moyens de transport

- to **tra**vel : *voyager*
- a trip : *un (petit) voyage, une excursion*
- a **jour**ney /'dʒɜːni/ : *un voyage*
- a **pack**age tour : *un voyage organisé*
- **lug**gage (attention jamais de s) : *les bagages*
- to pack one's bags : *faire ses bagages*
- the de**par**ture : *le départ*
- the ar**ri**val /ə'raɪvl/ : *l'arrivée*
- a gap year : *une année sabbatique*
- to get on a car, bus, coach, plane… : *monter en voiture, en car, en avion…*
- to board, to go on board : *monter à bord*
- to be de**lay**ed : *avoir du retard*
- to be ac**co**modated : *être logé*
- the **rail**roads/**rail**ways : *les chemins de fer*
- to sail /seɪl/ : *naviguer*
- a flight /flaɪt/ : *un vol*
- the fare /fɛə/ : *le prix (du ticket)*
- a **mo**torist : *un automobiliste*
- a cab : *un taxi*
- a coach : *un car*
- to break down : *tomber en panne*
- **hitch**-hiking /'hɪtʃhaɪkɪŋ/ : *l'auto-stop*

8 Les propositions relatives

L'ESSENTIEL

Les relatives déterminatives

Elles déterminent le nom qu'elles qualifient (l'antécédent) et sont **indispensables** à la compréhension de la phrase.

- **Si l'antécédent est une personne**

››› **Pronom relatif sujet**

Les relatives sont introduites par ***who***, en position de sujet.

> *The girl **who** lives in this house is a student at Oxford.*
> La fille qui vit dans cette maison est étudiante à Oxford.

››› **Pronom relatif complément**

Les relatives sont introduites par ***whom*** ou ***that***, mais le relatif déterminatif complément peut être omis.

> *The man (**whom** / **that**) you just met is my father.*
> L'homme que tu viens de rencontrer est mon père.

- **Si l'antécédent n'est pas une personne**

››› On emploie ***which*** ou ***that***, en position de sujet ou de complément.

> *The house **which** stands in front of you is mine.*
> La maison qui se dresse devant vous m'appartient.
> *This is the horse (**which** / **that**) I've bought.*
> Voici le cheval que j'ai acheté.

››› ***What*** s'utilise aussi dans le sens de *the thing which*.

> *I agree with **what** you say.*
> Je suis d'accord avec ce que tu dis.

- **Autres formulations**

››› On peut omettre le pronom relatif et l'auxiliaire dans le cas d'une forme en *be* + V-*ing* ou d'un passif.

> *There was a man (who was) sitting under the tree.*
> Il y avait un homme assis sous l'arbre.
> *All the luggage (that will be) found unattended will be destroyed.*
> Tous les bagages non surveillés seront détruits.

››› Il faut employer *that* au lieu de *who* / *which* après *all*, *the first*, *the only* ou un superlatif :

> *He is the most interesting man (**that**) I have ever met:*
> *I agree with all (**that**) he says.*
> *You are the only person **that** can make me laugh.*

Les relatives non déterminatives

- Précédées d'une virgule, elles apportent un complément d'information et ne sont **pas indispensables** à la compréhension de la phrase.

> *That girl, **who** lives next door, is a student at Oxford.*
> Cette fille, qui habite à côté, est étudiante à Oxford.
> *This man, **whom** you met at my party, is my father.*
> Cet homme, que tu as rencontré à ma soirée, est mon père.

ATTENTION !

1. On ne peut pas employer *that* dans une non-déterminative.
2. Le relatif non déterminatif complément ne peut pas être omis.

- La relative non déterminative peut être introduite par *which*, qui reprend toute la proposition précédente.

> *She agreed, **which** was quite unusual.*
> Elle a été d'accord, ce qui était tout à fait inhabituel.

Le relatif *whose*

On emploie le relatif ***whose*** pour exprimer la **possession**, quel que soit l'antécédent, dans les déterminatives et non déterminatives.

> *Here is a man whose life is an example to us all.*
> Voici un homme dont la vie est un exemple pour nous tous.

ATTENTION !

« Dont » se traduit par *whose* seulement quand il réfère à la possession, ce qui n'est pas toujours le cas en français : *The man I told you about...* L'homme dont je t'ai parlé...

Les relatifs *where* et *when*

Where et *when* peuvent être employés comme relatifs quand leur antécédent est **un lieu** (*where*) **ou un moment donné** (*when*).

> *England is the country where I was born.*
> L'Angleterre est le pays où je suis né.
> *10 o'clock. It is the moment when I get to work.*
> 10 heures. C'est l'heure où j'arrive au travail.

LES EXPRESSIONS CLÉS

Pour exprimer un conseil ou un regret

- **Le conseil**

››› *You **should** mind what you say.*
Tu devrais faire attention à ce que tu dis.

››› *You **ought to** be more generous with people.* Tu devrais être plus généreux avec les gens (*ought to* : devoir moral).

››› *You **shouldn't** be so careless.*
Tu ne devrais pas être si négligent.

››› *You'**d better** do as I say.*
Tu ferais mieux de faire comme je dis.

- **Le regret, le souhait, le reproche**

››› *I **wish** you **liked** my cooking.* Je regrette que tu n'aimes pas ma cuisine (ici, *liked* n'a pas de sens passé).

››› *I wish you had called me before.*
Je regrette que tu ne m'aies pas appelé avant.

››› *You **should have** called me before.*
Tu aurais dû m'appeler avant.

››› *I'**d rather** you **hadn't** bought this car.*
J'aurais préféré que tu n'achètes pas cette voiture.

1 QUIZ

Relier les éléments afin de composer des phrases cohérentes.

1. All	**A.** who	**a.** house I was staying at.
2. Here is a book	**B.** whom	**b.** I have read so many times.
3. Mr Smith is a man	**C.** whose	**c.** I know, I learnt it in books.
4. This is the girl	**D.** which	**d.** I'm going to marry.
5. These are the people	**E.** that	**e.** knows lots of important people.

2 Compléter avec le pronom relatif qui convient. Souligner les relatives non déterminatives.

1. The man ...... you met yesterday is a Congressman.
2. The woman ...... you are talking about is a lawyer in a famous law firm.
3. This is the guy ...... office is located in the City.
4. She wasn't chosen as a Prime Minister, ... was a surprise.
5. This senator, ... had never seen any public execution, was shocked.
6. I don't understand ...... he is talking about.
7. This is the only law ...... I have ever disobeyed.
8. She told me about a film ...... she had seen recently, ... producer is not famous.
9. Here is the most moving speech ...... I have ever heard.
10. Here is the M.P. ...... husband might become Prime Minister one day.

3 Compléter à l'aide de *what*, *which* ou *that*.

1. Put on ...... you like, but be careful, it is cold.
2. Yes, this morning the temperature is below zero, ... surprised everyone.
3. ...... pleases me is that the sky is blue.
4. Bright sunshine and blue sky, here is all ...... I like.
5. But ...... I like best is staying in bed.
6. You are always a little lazy, ... is a shame!
7. I don't care ...... you think.

POUR VOUS AIDER

Souvenez-vous que *what* n'a pas d'antécédent et équivaut à *the thing which*.

4 Traduire.

1. Le jour où il a été élu, il a remercié ses amis.
2. C'est l'amie dont je te parlais hier.
3. Ce bâtiment, qui est au cœur de Londres, est en réalité une cathédrale.
4. J'ai oublié ce que je devais te dire, ce qui est inquiétant.
5. J'ai oublié le livre que je devais prendre.
6. C'est l'ami dont les enfants vont à l'école avec les miens.
7. C'était l'époque où la vie était facile.
8. L'homme dont je te parle et dont les parents sont très riches, vit de l'autre côté de la rue.

5 Formuler un conseil ou un regret correspondant aux situations suivantes.

1. Tom has had a bad mark at his maths test because he hasn't worked enough.
2. Your best friend is lighting a cigarette just in front of you.
3. You have just hurt someone you like because you were tired.
4. You haven't been invited to your best friend's wedding party.

6 Le texte ci-dessous est assez maladroit. L'améliorer à l'aide du vocabulaire en bas de page.

I live in a high building in the centre of the city. In the area where I live there is the office where I work, so unlike people who live around the city I don't use trains and buses. But I also have a nice and comfortable cottage in the country. One day I'll leave my flat and take all my things to my cottage: what you can see from my cottage is so nice, with beautiful small roads, fields for different sorts of farm animals.

VOCABULAIRE

L'environnement urbain et rural

- a de**tach**ed house /dɪˈtætʃt/ : *une maison individuelle*
- a **ter**raced house /ˈterəst/ : *une maison alignée (mitoyenne)*
- a flat/an a**part**ment : *un appartement*
- a block of flats : *un immeuble*
- a **tow**er : *une tour*
- a **sa**ttelite dish : *une parabole*
- a **neigh**bourhood /ˈneɪbəʳhʊd/ : *un quartier*
- a **town-dwe**ller /taʊnˈdwelə/ : *un citadin*
- **down**town : *le centre-ville*
- the **sub**urb(s) /ˈsʌbɜːb(z)/ : *la banlieue*
- a sub**ur**banite /səˈbɜːbənaɪt/ : *un banlieusard*
- a com**mu**ter /kəˈmjuːtə/ : *un banlieusard (usager des transports en commun)*
- a **cross**roads : *un carrefour*
- to move : *déménager*
- the **land**scape : *le paysage*
- the **coun**try(side) /ˈkʌntri/ : *la campagne*
- a lane : *un chemin*
- a **mea**dow /ˈmedəʊ/ : *un pré, une prairie*
- a bush : *un buisson*
- a hedge : *une haie*
- a **spe**cies /ˈspiːʃiz/ (invar.) : *une espèce*

9 Les subordonnées circonstancielles

L'ESSENTIEL

Une proposition subordonnée circonstancielle dépend d'une proposition principale et donne des indications sur les circonstances d'un événement.

Les subordonnées de temps

- **Actions simultanées**

She was phoning ***when*** *I opened the door.*
Elle était au téléphone quand j'ai ouvert la porte.
As *I was phoning, he decided to leave.*
Comme j'étais au téléphone, il décida de partir.
While *he was tidying his room, I hoovered.*
Pendant qu'il rangeait sa chambre, j'ai passé l'aspirateur.

ATTENTION !
Quand la proposition principale est au futur en anglais, la subordonnée reste au présent, contrairement au français.
I will do it when I am 18.
Je le ferai quand j'aurai 18 ans.

- **Actions consécutives**

He left ***as soon as*** *he could.*
Il partit dès qu'il put.
He couldn't do that ***before/after*** *she had changed her mind.*
Il ne put faire cela avant/après qu'elle eut changé d'avis.

Les subordonnées de cause

Comme leur nom l'indique, elles donnent la cause, la raison d'une action.

I did it ***because*** *I wanted to.*
Je l'ai fait parce que je voulais le faire.
I didn't go ***since*** *I was not supposed to.*
Je n'y suis pas allé, puisque je n'étais pas censé y aller.

NB : On peut aussi utiliser une forme *V-ing* pour exprimer la cause.

The weather being bad, we came back home.
Comme il faisait mauvais, nous sommes revenus à la maison.

Les subordonnées de conséquence

Elles donnent des indications sur les conséquences, le résultat d'une action.

››› ***such + GN + that***

He is ***such*** *a nice husband* ***that*** *she could never leave him.*
C'est un si bon mari qu'elle ne pourrait jamais le quitter.

››› ***so* + adjectif + *that***

This town is ***so*** *pleasant* ***that*** *I'd love to live here.*
Cette ville est si agréable que j'adorerais y vivre.

Les subordonnées de but

››› ***to* + verbe**

She changed her mind ***to*** *please him.*
Elle a changé d'avis pour lui faire plaisir.

ATTENTION !
Ne pas traduire « pour » par *for* quand il précède un verbe !

››› ***so that* + proposition** (généralement avec un modal)

She said nothing ***so that*** *he couldn't know what she was thinking.* Elle ne dit rien afin qu'il ne puisse pas savoir ce qu'elle pensait.

Les subordonnées de concession

On les utilise pour concéder ou accorder un point.

The global temperature has increased ***although*** *it's difficult to be aware of it in everyday life.*
La température de la planète a augmenté, bien qu'il soit difficile de s'en rendre compte dans la vie de tous les jours.
I knew they disagreed ***even if*** / ***even though*** *they said nothing.* Je savais qu'ils n'étaient pas d'accord même s'ils ne disaient rien.

Les subordonnées de condition

Elles servent à exprimer une condition, une hypothèse.

If *I could, I would do it* (conditionnel dans la principale).
Si je pouvais, je le ferais.
I won't do it ***unless*** *you ask me to.*
Je ne le ferai pas sauf si tu me demandes de le faire.

LES EXPRESSIONS CLÉS

Pour exprimer une cause, une conséquence, un but

››› *due to / because of* : à cause de
››› *thanks to* : grâce à
››› *since* : puisque
››› *all the more… as* : d'autant plus… que
››› *that's (the reason) why…* : c'est la raison pour laquelle…
››› *so / therefore* : donc
››› *consequently* : par conséquent
››› *hence* : d'où
››› *the main goal is…* : le but principal est…
››› *in order to / so as to* : afin de (+ V)
››› *I mean/intend to* : j'ai l'intention de

ANGLAIS

S'ENTRAÎNER

1 QUIZ

Cocher le mot de liaison le plus logique.

1. I will finish it … I have the time.	☐ **a.** because	☐ **b.** when
2. I would never go there … they paid me.	☐ **a.** even if	☐ **b.** since
3. Mr Jones left the house … he could.	☐ **a.** although	☐ **b.** as soon as
4. … she decided to stay, I decided to stay too.	☐ **a.** As	☐ **b.** Unless
5. … they were working, she had time to do read.	☐ **a.** Before	☐ **b.** While
6. … you ask her to stop that, I'm sure she will.	☐ **a.** If	☐ **b.** Because

2 **Faire correspondre le début de la phrase avec sa fin.**

1. Global warming is …
2. The situation won't change…
3. Nuclear plants create nuclear waste,…
4. Last summer's drought occurred…
5. Because of the drought …
6. Biodiversity is threatened …
7. You wouldn't find so much garbage in dumps …

a. … that's why we must find another source of energy.
b. … because of the heat wave we had.
c. … unless we do something.
d. … due to the hole in the ozone layer.
e. … because some species are slaughtered.
f. … if people recycled.
g. … the land is barren.

3 **Compléter avec le vocabulaire proposé en bas de page.**

Man's negative impact on the … does not date back to present times. In the 19th century, birds called dodos were … and the … went extinct. Since then … have polluted coasts, heat … have caused …, lands have become … and turned into deserts. We can help by using … petrol to limit the hole in the … . Putting … in … for recycling is another way for everybody to help in the preservation of nature.

4 **Compléter avec le subordonnant qui convient le mieux dans la liste.**

if – even if – unless – so that – while – as soon as – although

1. … I heard he had had an accident, I drove to the hospital.
2. I could not forgive her, … she apologized ten times.
3. … you were quarrelling, I made up my mind: I'm leaving.
4. I will not intervene … they cannot reproach me for interfering in their lives.
5. … he had been there several times, he recognized nothing.
6. They wouldn't have said anything … they had known!
7. He will not change his mind … she uses the right words.

POUR VOUS AIDER

2. *to apologize* : s'excuser – **3.** *to quarrel* : se bagarrer – **4.** *to interfere with* : se mêler de – **5.** *several* : plusieurs

5 **Compléter les phrases suivantes logiquement en utilisant les « expressions clés ».**

1. I am sure they haven't been listening. … I know I'll have to repeat all that I've just said.
2. She was unable to answer … her absence the day before.
3. You are pulling my leg! …, you will get a detention.
4. He is interested in all that concerns wildlife. … his remark about endangered exotic species.

POUR VOUS AIDER

3. *to pull someone's leg* : se moquer de quelqu'un – *to get a detention* : avoir une heure de colle.

VOCABULAIRE

Nature et environnement

- the Earth /ɜːθ/ : *la Terre*
- an **ear**thquake : *un tremblement de terre*
- defore**sta**tion : *la déforestation*
- **gar**bage /'gɑːbɪdʒ/ (attention, jamais de s) : *les ordures*
- a dump : *une déchetterie*
- an oil spill : *une marée noire*
- the **o**zone **lay**er /'leɪə/ : *la couche d'ozone*
- the **green**house ef**fect** : *l'effet de serre*
- **glo**bal **war**ming : *le réchauffement de la planète*
- a heat wave : *une vague de chaleur*
- drought /draʊt/ : *la sécheresse*
- **bar**ren /'bærən/ : *aride*
- lead-free /lɛd/ : *sans plomb*
- a **nu**clear plant : *une centrale nucléaire*
- **nu**clear waste : *les déchets nucléaires*
- GMOs : *les OGM*
- to **threa**ten /'θrɛtn/ : *menacer*
- a threat /θrɛt/ : *une menace*
- to **slaugh**ter /'slɔːtə/ : *massacrer*
- endangered /-deɪn-/ : *en danger*
- to go ex**tinct** : *être en voie d'extinction*
- **wild**life /'waɪldlaɪf/ : *la faune*
- a **spe**cies /'spiːʃiz/ (toujours un s) : *une espèce*

10 Compréhension écrite (1re lecture)

L'ESSENTIEL

Pour aborder un texte écrit inconnu, il ne faut pas se bloquer sur tel ou tel mot ou passage que l'on ne comprend pas. Une approche **méthodique et graduelle** permet de se l'approprier et d'en comprendre au moins les grandes lignes sans recours perpétuel et fastidieux au dictionnaire. La première étape de cette approche est la **compréhension globale** du texte.

Observer d'abord le contexte

Regarder le document avant de le lire, pour **chercher des indices** de ce qui peut aider à l'identifier.

- Généralement, les **références** indiquées à la fin du document permettent d'en déterminer le type et de déduire ou d'anticiper son contenu.
- Dans le cas d'un **article de presse**, le nom du journal ou du magazine peut en indiquer la nationalité *(The New York Times)* ou la spécialité *(The Scientist, The Economist)*. À noter : *Time* est un magazine américain, *The Times* un quotidien britannique.
- Dans le cas d'un **livre**, le **titre** ou le nom de **l'auteur** peuvent fournir des informations : on sait à quoi s'attendre devant une page d'Agatha Christie ou de Stephen King. Les **illustrations** éventuelles autour du texte dans votre manuel peuvent vous aider.

Lire le texte

Première lecture

Ne pas chercher à tout comprendre, mais vérifier si le texte correspond à ce qui a été anticipé.

MÉTHODE

Une démarche systématique et efficace consiste à chercher un élément de réponse à ces six questions :
Who? What? When? Where? How? Why?

Deuxième lecture

Chercher l'**idée principale de chaque paragraphe**, utiliser les mots de liaison (*cf.* chapitres 7, 9 et 12) pour déterminer l'**articulation logique** du texte.

Application

> It was a town of red brick, or of brick that would have been red if the smoke and ashes had allowed it; but as matters stood it was a town of unnatural red and black like the painted face of a savage. It was a town of machinery and tall chimneys, out of which interminable serpents of smoke trailed themselves for ever and ever. It had a black canal in it, and a river that ran purple with ill-smelling dye, and vast piles of buildings full of windows where the piston of a steam-engine worked monotonously up and down like the head of an elephant in a state of melancholy madness. It contained several large streets all very like one another, inhabited by people equally like one another, who all went in and out at the same hours, to do the same work and to whom every day was the same as yesterday and tomorrow.
>
> ▷ Charles Dickens, *Hard Times*.

Indices

- L'auteur : Charles Dickens est un écrivain britannique du XIXe siècle, qui dépeint et critique la révolution industrielle en Grande-Bretagne.
- **Where?** *A town of red brick, a black canal, a river.*
- **Who?** *People equally like one another.*
- **When?** *19th century (Dickens).*
- **What?** *Smoke, machinery, tall chimneys.*
- **How?** *Unnatural red and black, monotonously, the same hours, the same work, like the painted face of a savage, like the head of an elephant in a state of melancholy madness.*

On remarque que ce lexique est associé à la noirceur, la tristesse, l'obscurité, la monotonie.
- **Why?** Description d'une ville industrielle.

Articulation logique

Articulation entre les phrases ou paragraphes : *but, and* et phrases simplement juxtaposées.

Premières conclusions

Il s'agit d'un texte descriptif extrait d'un roman du XIXe siècle, qui décrit l'aspect sinistre d'une ville industrielle. (Si on connaît les thèmes d'écriture de Charles Dickens, on peut largement anticiper cette conclusion juste à partir du nom de l'auteur.)

LES EXPRESSIONS CLÉS

Pour présenter un document ou une image

- *This is an extract* **from**…
- *Here we have a passage* **from**…
- … *a newspaper article / a novel* (roman) */ a short story* (nouvelle) */ a play* (pièce) */ a film script / a tale* (conte) */ an advertisement* (publicité)…
- *It is a novel* **by** *Charles Dickens.*
- *The scene takes place / is set in…*
- *The passage is about … / deals with…*
- *The topic* (sujet, thème) *is …*
- *The author raises* (soulève) *the problem of…*
- *The novelist / artist wants to show that…*
- *His / her goal* (but) *is to criticize…*
- *The main idea is to point out that …* (faire remarquer que…)
- *The advert targets* (cible)…
- *It aims at* (a pour but de) *denouncing…*

S'ENTRAÎNER

1 QUIZ

Faire correspondre chaque début de phrase à la fin qui convient.

1. The scene is set…
2. The passage deals with…
3. *Time* is…
4. The advert targets…
5. This play was written…

a. …an American magazine.
b. …children.
c. …by Tennessee Williams.
d. …in Ohio, USA.
e. …the consequences of segregation in the United States.

2

Déterminer, éventuellement à l'aide de recherches sur Internet, la nationalité de chacun des organes de presse ci-dessous et les sujets traités.

1. *The Daily Telegraph*
2. *The Guardian*
3. *The Financial Times*
4. *The Washington Post*
5. *The Wall Street Journal*
6. *National Geographic*
7. *The Belfast Telegraph*
8. *The Mirror*
9. *The Sun*
10. *The Magazine*

3

Imaginer de quoi parlent les articles de journaux ayant les titres suivants.

1. "Forever young."
2. "Five years for headmistress who stole £500,000 from school."
3. "Parsonage is recreated for Brontë film."
4. "Runaway girl back with family after couple found in car."
5. "Over 65s promised Tory Tax cuts."
6. "TUC day of action over pensions."

4

Lire ce texte et repérer des éléments de réponse aux questions *Who?, What?, When? Where?, How?, Why?*

When Caroline Meeber boarded the afternoon train for Chicago, her total outfit consisted of a small trunk, a cheap imitation alligator-skin satchel, a small lunch in a paper box, and a yellow leather snap purse, containing her ticket, a scrap of paper with her sister's address in Van Buren Street, and four dollars in money. It was in August, 1889. She was eighteen years of age, bright, timid, and full of the illusions of ignorance and youth. Whatever touch of regret at parting characterised her thoughts, it was certainly not for advantages now being given up. A gush of tears at her mother's farewell kiss, a touch in her throat when the cars clacked by the flour mill where her father worked by the day, a pathetic sigh as the familiar green environs of the village passed in review, and the threads which bound her so lightly to girlhood and home were irretrievably broken.

▷ Theodore Dreiser, *Sister Carrie*, 1900.

POUR VOUS AIDER

the outfit : l'équipement – *a trunk* : une malle – *a purse* : un porte-monnaie – *tears* : des larmes – *a sigh* : un soupir – *a thread* : un fil

5

Répondre maintenant aux questions de compréhension globale sur le texte ci-dessus.

1. What sort of document is it?
- ☐ **a.** A newspaper article
- ☐ **b.** An extract from a novel
- ☐ **c.** A poem

2. In what country does the scene take place? (Justify quoting from the text.)

3. When does this passage take place?
a. Time of the day: …… **b.** Date: ……

4. How many characters are mentioned? ……

5. Give the main character's…
a. Surname: …… **b.** First name: …… **c.** Age: ……
d. Exact location at the beginning of the extract (and justify quoting from the text): ……

6. What is her relationship with the other characters? ……

7. Choose a possible title for this extract.
- ☐ **a.** "First job"
- ☐ **b.** "Leaving home"
- ☐ **c.** "A family quarrel"
- ☐ **d.** "Coming of age"
- ☐ **e.** "Meeting one's family"

VOCABULAIRE

Parler d'un texte

- an extr**act** / an excerpt /'ɛksɜ:pt/ : *un extrait*
- a **no**vel : *un roman*
- a short **sto**ry : *une nouvelle*
- a **fai**ry tale : *un conte de fées*
- a play : *une pièce de théâtre*
- a **play**wright /'pleɪraɪt/ : *un dramaturge*
- a **cha**racter : *un personnage*
- the plot : *l'intrigue*
- **po**etry /'pəʊɪtri/ : *la poésie*
- a **jour**nal /'dʒɜ:nl/ : *une revue*
- a **news**paper : *un journal*
- a **head**line : *un gros titre*
- a **ta**bloid : *un journal à sensation*
- the **gu**tter press /'gʌtə/ : *la presse de caniveau*
- a phrase /'freɪz/ : *une expression*
- a **key**word : *un mot-clé*
- to quote : *citer*
- a quo**ta**tion : *un citation*

11 Compréhension écrite (2e lecture)

L'ESSENTIEL

Une fois qu'on a une vision globale du texte, on peut aborder plus facilement sa **compréhension détaillée**. Tout en sachant qu'on ne peut pas comprendre tous les mots sans aide, il faut essayer d'approcher au plus près le sens des mots inconnus.

Déduire le sens des mots inconnus

● Mots transparents

La première étape consiste à rechercher les **mots « transparents »**, ceux qui ressemblent au français. Se méfier toutefois des **faux-amis** en vérifiant que le sens de chaque mot transparent est cohérent avec le sujet du texte ou du paragraphe.

● Inférence

Il faut essayer ensuite **d'approcher le sens des mots inconnus**, en analysant leur environnement ou leur formation.

››› Déterminer leur **nature** (nom, verbe, adjectif, adverbe…) en observant celle des autres mots connus de la phrase : quand on a repéré le verbe, par exemple, on peut déterminer son sujet, ses compléments.

››› Analyser leur **formation** : y a-t-il un préfixe ? un suffixe ? le mot mystérieux fait-il partie d'un mot composé ?…

MÉTHODE

Prêter attention aux suffixes rencontrés et mémoriser à quelle catégorie grammaticale ils sont associés : *-ness* permet de construire des noms (*happiness*), *-ful* des adjectifs (*beautiful*), *-ly* des adverbes (*slowly*), etc.

››› Chercher **dans le voisinage** des mots dont le sens est connu, et qui peuvent leur être associés.

Application

Reprenons le texte de Charles Dickens (page 294).

> It was a town of red brick, or of brick that would have been red if the smoke and ashes had allowed it; but as matters stood it was a town of unnatural red and black like the painted face of a savage. It was a town of machinery and tall chimneys, out of which interminable serpents of smoke trailed themselves for ever and ever. It had a black canal in it, and a river that ran purple with ill-smelling dye, and vast piles of buildings full of windows where the piston of a steam-engine worked monotonously up and down like the head of an elephant in a state of melancholy madness. It contained several large streets all very like one another, inhabited by people equally like one another, who all went in and out at the same hours, to do the same work and to whom every day was the same as yesterday and tomorrow.

● Repérage des mots transparents

››› **Mots transparents du texte :** *brick, unnatural, machinery, chimneys, interminable serpents, canal, vast piles, purple* (pourpre), *piston, monotonously, elephant, melancholy, contained, equally, inhabited.*

On y repère des mots qui peuvent être regroupés par champs lexicaux : *machinery, chimneys* d'une part, *monotonously, melancholy* d'autre part.

››› Mais on y remarque aussi **un faux-ami :** *inhabited*, qui veut dire « habité » – d'ailleurs le sens de « inhabité » est absurde puisque le mot est suivi de *by people.*

● Exemples d'inférence

Dans le cas du texte de Dickens, on peut déduire, avec un peu d'astuce, le sens de quelques mots difficiles.

Ne pas oublier le **contexte culturel** : vous avez déduit (page 294) que le texte de Dickens décrivait une ville industrielle au XIXe siècle. Les champs lexicaux centrés sur l'usine, le paysage urbain industriel ont de fortes chances d'être présents.

››› ***Ashes*** est un nom (il est sujet de *had allowed*) au pluriel, associé à *smoke.* Ce qu'il désigne donne une couleur noire à la brique rouge. On peut en déduire qu'il s'agit très probablement de cendres.

››› ***Ill-smelling dye*** est groupe nominal (car introduit par une préposition, *with*). Le premier élément est un adjectif composé. *Smell* veut dire « sentir » et *ill* est associé au mal, à la maladie : *ill-smelling* a donc le sens de « qui sent mauvais ». *Dye* est un nom. Ce qu'il désigne colore la rivière en violet *(purple).* Quelque chose qui sent mauvais et colore la rivière ne peut être qu'un élément polluant : il s'agit sans doute de teinture.

››› ***Steam-engine*** est un nom composé, sujet de *worked.* Cet objet possède un piston, c'est donc un moteur, une machine. À vapeur (*steam*) puisqu'on est au XIXe siècle.

››› ***Madness*** est un nom, puisqu'il est précédé de *of.* Puisqu'il se termine par le suffixe *-ness*, il est construit à partir de l'adjectif *mad* (fou). Il s'agit donc de folie.

● Conclusion

Cette découverte plus affinée du texte permet une analyse plus approfondie : un certain nombre de **comparaisons** (la fumée comparée à des serpents, la machine comparée à un éléphant fou) ou d'**effets de style** (répétition de *the same*) confirment bien qu'il s'agit d'une critique de la société industrielle par l'intermédiaire de la description d'une ville polluée par des teintureries, et où les habitants mènent une vie monotone et sans personnalité.

MÉTHODE

L'utilisation du dictionnaire sera peut-être nécessaire, en dernier recours : dans ce cas, bien lire tous les sens proposés ainsi que les exemples, pour éviter les faux-sens.

LES EXPRESSIONS CLÉS

Pour donner son avis sur un texte

C'est en effet la phase finale de l'étude d'un texte : il sera souvent demandé une opinion personnelle à son sujet.

- *The idea is original ≠ commonplace.*
- *The passage falls* (se divise) *into three parts.*
- *A thrilling* (passionnant) *≠ boring story.*
- *The characters are hollow* (creux).
- *The writer's tone is derogatory* (péjoratif) *≠ appreciative.*
- *The writer gives accurate* (précis, exact), *relevant* (pertinent) / *irrelevant* (hors de propos) / *objective ≠ biased arguments.*
- *The plot* (intrigue) *is brilliant ≠ dull* (terne).

S'ENTRAÎNER

1 QUIZ

Cocher la catégorie grammaticale correspondant au mot souligné.

1. She came in <u>cautiously</u>.	☐ **a.** nom	☐ **b.** adjectif	☐ **c.** adverbe
2. Stop <u>shuffling</u> your feet when you walk!	☐ **a.** adverbe	☐ **b.** adjectif	☐ **c.** verbe
3. He felt <u>hopeful</u> at once.	☐ **a.** verbe	☐ **b.** adjectif	☐ **c.** adverbe
4. His <u>craziness</u> will drive me mad.	☐ **a.** nom	☐ **b.** adjectif	☐ **c.** adverbe
5. You could <u>ramble</u> there for ages.	☐ **a.** nom	☐ **b.** adjectif	☐ **c.** verbe

2 **Déduire le vocabulaire.**

When Caroline Meeber boarded the afternoon train for Chicago, her total outfit consisted of a small trunk, a cheap imitation alligator-skin satchel, a small lunch in a paper box, and a yellow leather snap purse, containing her ticket, a scrap of paper with her sister's address in Van Buren Street, and four dollars in money. It was in August, 1889. She was eighteen years of age, bright, timid, and full of the illusions of ignorance and youth. Whatever touch of regret at parting characterised her thoughts, it was certainly not for advantages now being given up. A gush of tears at her mother's farewell kiss, a touch in her throat when the cars clacked by the flour mill where her father worked by the day, a pathetic sigh as the familiar green environs of the village passed in review, and the threads which bound her so lightly to girlhood and home were irretrievably broken.

▷ Theodore Dreiser, *Sister Carrie*, 1900.

1. Souligner les quatre objets qu'emporte le personnage principal.

2. Qu'y a-t-il dans l'objet appelé *purse* (l. 4) ? Quel est donc le nom français de cet objet ?

3. Déduire ce que veut dire *outfit* (l. 2).

4. Observer la composition de *girlhood* (l. 15) pour lui trouver un sens. (Ne connaissez-vous pas un mot composé de la même manière ?)

5. Dans la dernière phrase, souligner quatre mots ou expressions exprimant les sentiments du personnage principal. Qu'en déduire de son état d'esprit ?

6. Quelle est la nature de *bound* (l. 14) ? Dans le dictionnaire, quelle rubrique associée à ce mot est ici concernée ?

7. Une fois le sens de *bound* trouvé, déduire le sens de *threads* (l. 14).

8. Déduire le sens de *parting* (l. 8).

POUR VOUS AIDER

On comprend que Caroline quitte la maison de ses parents : elle part à Chicago pour changer de vie.

3 **Répondre maintenant aux questions de compréhension détaillée.**

1. Is she rich or poor? Justify your answer quoting from the text.

2. Right or wrong? Justify.

- **a.** Caroline is going to Chicago.
- **b.** She did not cry when she said 'goodbye' to her mother.
- **c.** Caroline's father is unemployed.
- **d.** Caroline is very experienced.
- **e.** This crucial moment corresponds to the end of a period of her life.

4 **Compléter ce bref résumé avec des mots du texte.**

… a …-year-old girl, is going to leave her … and her … to go and live with her … in … (city).

VOCABULAIRE

Relations parents / enfants

- to trust (sb) : *faire confiance (à qn)*
- trust, **con**fidence : *la confiance*
- to o**bey** (sb) /ə'beɪ/ : *obéir (à qn)*
- o**be**dient /ə'bi:dɪənt/ : *obéissant*
- a **teen**ager : *un adolescent*
- to con**fide** to /kən'faɪd/ : *se confier à*
- to scold /'skəʊld/ : *gronder*
- to get a**long** : *bien s'entendre*
- to be at odds : *être en conflit*
- a single-**par**ent **fam**ily : *une famille monoparentale*
- to run a**way** from home : *faire une fugue*
- under**stan**ding : *la compréhension*
- a role **mod**el : *un modèle*
- to set an / the **exam**ple : *donner l'exemple*

ANGLAIS

12 Expression écrite

L'ESSENTIEL

Rédiger et organiser

Avant tout, quel que soit le sujet, noter au brouillon des idées et le vocabulaire utilisable.

- **Expression écrite d'invention**

››› **Journal intime** (*diary*) : mettre la date et écrire comme si l'on adressait au journal, comme à un ami.

››› **Lettre** : commencer par *dear…* (cher…), et finir avec les formules de politesse qui conviennent (*Best regards* si l'on ne connaît pas la personne, *Love* si c'est un ami…).

- **Expression écrite argumentative**

Organiser les idées sous forme de plan, pour faire ressortir la logique de l'argumentation.

››› **Structure** : réserver un paragraphe pour l'introduction et un pour la conclusion.

››› **Clarté** : exprimer une idée par paragraphe et faire apparaître les transitions à l'aide de mots de liaison.

››› **Cohérence** : veiller à la cohérence des temps.

››› **Relecture** : se relire en faisant attention aux mots oubliés, à l'orthographe, et aux fautes de grammaire.

Application

Voici l'exemple d'une expression écrite répondant à la question : *Why do people like detective stories?* L'idée directrice de chaque paragraphe est surlignée en rose, les éléments de liaison en bleu.

Since the 19th century, detective stories have evolved and become a major genre in fiction. Even popular detectives such as Sherlock Holmes have evolved in order to fit their time. From the traditional representation of Holmes, to his modern film adaptations – as performed by Robert Downey Jr for instance – a noticeable change has occurred, in order to match modern audiences' expectations.

First of all, we may say that detective stories have always been popular because they are thrilling: it is captivating to follow the investigation in order to find out who the culprit is, to try and find clues, to wonder about a suspect's motives or alibi… That's why a lot of people enjoy reading whodunits, or watching TV series. American series use this trend – for instance, Cold Case or NCIS.

Yet, some people do not like detective stories because they find them dull and monotonous. It is especially true in series, where the detective investigations always follows the same techniques pattern. As a consequence, the use of scientific techniques to solve mysteries, for example, has played an important part in the recent evolutions of the genre.

To conclude, this genre has evolved a great deal recently, so that some stories can hardly be classified as such. The limits of the genre are blurred, which may give a new lease of life to this type of fiction. As far as I'm concerned, I'm very fond of them, particularly of NCIS.

VOCABULAIRE

the culprit : le coupable – *clues* : les indices – *a whodunit* : un polar – *blurred* : flou.

››› L'**introduction** se réfère à l'histoire des *detective stories*, ce qui ajoute un élément culturel.

››› La **première partie** (thèse) montre ce qui peut attirer dans les histoires policières, en établissant un lien avec les séries américaines actuelles, très populaires, et en citant des exemples, tandis que la **deuxième partie** (antithèse) mentionne le côté démodé et répétitif de certaines histoires, qui peut déplaire.

››› La **conclusion** débouche sur un sujet plus vaste : l'évolution de ce genre littéraire.

LES EXPRESSIONS CLÉS

Pour articuler les idées de façon logique à l'aide de mots ou d'expressions de liaison

- **Pour faire une énumération**

››› *to begin with… / first of all…*
››› *next… / then…*
››› *finally… / eventually…* (attention, faux-ami !)

- **Pour exprimer une concession**

››› *however… / yet… / still…* (pourtant)
››› *nevertheless…* (néanmoins)
››› *despite / in spite of* (malgré)
››› *even if…* (même si) / *although…* (bien que)

- **Pour reformuler une idée**

››› *in other words,… / … or rather…* (ou plutôt)
››› *that is…* (c'est-à-dire)

- **Pour renchérir**

››› *what's more… / besides… / furthermore / moreover…*

- **Pour faire une digression**

››› *by the way… / incidentally…* (à propos)

- **Pour introduire une opposition**

››› *on the contrary… / instead of (+ V-ing)* (au lieu de)
››› *on the one hand… on the other hand…*
››› *whereas…* (alors que)

- **Pour résumer ou synthétiser**

››› *in a word,… / all in all,… / in short,… / in brief,…*

- **Pour conclure**

››› *to conclude,… / as a conclusion*

1 QUIZ

Relier chaque mot extrait du vocabulaire ci-dessous à la phrase qui lui correspond.

1. an architect ○	○ **a.** It's a painting that has become famous thanks to its perfection.
2. a play ○	○ **b.** It has to be rehearsed several times before being performed.
3. a concert hall ○	○ **c.** His job is to design buildings.
4. a masterpiece ○	○ **d.** This is where a band can perform pieces.

2 **Dans le début d'article suivant, souligner l'information clé de chaque paragraphe puis compléter le texte en utilisant un des mots de liaison proposés.**

then – first of all – eventually

Protesters throw royal security into disarray

A security review was launched last night after a campaigner dressed as Batman managed to climb the Buckingham Palace facade and held a five-hour protest beside the royal balcony. Ministers, senior police officers and royal security officials were under pressure to explain how Jason Hatch, a member of the group Fathers4Justice, was able to penetrate palace security measures with such apparent ease.

...... Mr Hatch, 32, who claims he is denied access to two of his children, and a fellow activist, Dave Pyke, who was dressed as Batman's friend, Robin, went up the 7.5 metre (25ft) walls of the palace using a ladder after climbing over a one-metre fence yesterday afternoon.

...... , while other members of the campaign group caused a diversion at the front of the palace, the pair climbed up the ladder at a corner of the building.

......, Mr Pyke came down when he was challenged by armed officers but Mr Hatch managed to get round to the front of the building.

▷ S. Morris and S. Laville, "Protesters throw royal security into disarray" *The Guardian*, Sept. 14th, 2004, © Guardian News and Media Ltd 2004.

3 **Remettre les trois derniers paragraphes de l'article dans l'ordre, en soulignant à chaque fois les indices qui vous ont aidé(e).**

1. Fathers4Justice last night decided to go ahead with more protests. Mr Hatch was spending the night at a police station in central London, while the Queen asked to be kept informed of developments.

2. The incident also has echoes of the security problem which allowed Michael Fagan to reach the Queen's bedroom in 1982.

3. The incident is a blow to the authorities, coming as it does after a series of breaches involving the royal family and at a time when the terrorist threat means security measures should be at their tightest.

4 **Compléter les phrases suivantes en utilisant le mot de liaison qui convient parmi les propositions suivantes (un mot par phrase).**

furthermore – besides – as to – on the other hand – nevertheless – instead – next

1. I won't go to India this year. ......, I will discover Japan.

2. Tom felt upset. He had never lived in a town. ......, he didn't know anyone here in New York.

3. She has a cottage in the country. ......, she owns a flat in Manchester.

4. I don't like him. ......, I will invite him to the party if you absolutely want me to.

5. Both Tom and Lucy work downtown. Tom works in a bank in Oxford Street. ...... Lucy, she runs a shop in Penny Lane.

6. First I will buy an apartment in the neighbourhood. ......, I will try to find a job.

7. I am a country person and I would love to live in the countryside. ......, I know that there are more jobs in a city.

VOCABULAIRE

La création artistique

- a work of art : *une œuvre d'art*
- a **mas**terpiece : *un chef d'œuvre*
- an oil **paint**ing : *une peinture à l'huile*
- a **land**scape : *un paysage*
- a **draw**ing /ˈdrɔːɪŋ/ : *un dessin*
- a sketch : *une esquisse*
- **fa**shion : *la mode*
- **fa**shionable /ˈfæʃnəbl/ : *à la mode*
- an ad**ver**tisement /ədˈvɜːtɪsmənt/ : *une publicité*
- a brand : *une marque*
- a **bill**board /ˈbɪlbɔːd/ : *un panneau publicitaire*
- a **mu**ral /ˈmjʊərəl/ : *une fresque murale*
- to per**form** a piece : *jouer un morceau*
- a band : *un groupe*
- a **con**cert hall : *une salle de concert*
- a choir /kwaɪə/ : *une chorale*
- the **ly**rics : *les paroles (d'une chanson)*
- the tune : *la mélodie*
- **dra**ma : *le théâtre*
- to re**hearse** /rɪˈhɜːs/ : *répéter (une pièce)*
- a play : *une pièce de théâtre*
- an **ar**chitect /ˈɑːkɪtɛkt/ : *un architecte*
- to de**sign** : *faire les plans de*
- a bridge : *un pont*
- a **pa**lace : *un château*
- a **sky**scraper : *un gratte-ciel*

ANGLAIS

13 Compréhension orale

L'ESSENTIEL

Comprendre son interlocuteur est essentiel lorsqu'on visite un pays anglophone. Lors de l'épreuve du bac, la compréhension orale est évaluée au moyen d'un document tiré d'une situation réelle.

Comprendre l'essentiel

● Le contexte

››› **Anticiper le contenu** du document grâce aux « indications périphériques » : titre du document, type (interview, conférence…), bruits de fond, thème étudié en classe, etc.

››› Ne pas se laisser décontenancer si la compréhension s'annonce difficile, si les bruits de fond sont gênants ou si les locuteurs ont un accent : chercher **qui** peuvent être les locuteurs (sexe, âge…), que traduit **leur ton** (en colère, enjoué…), etc.

● L'accentuation et l'intonation

››› Se concentrer sur la compréhension des **mots clés**, qui sont davantage **accentués**, et souvent porteurs de sens. Ce sont en général les **mots lexicaux**, et non les mots grammaticaux.

> *I'm looking for the <u>book</u> that I put on the <u>table</u> a few minutes ago.*

››› Le **schéma intonatif** est aussi une indication : il est généralement descendant en fin de phrase, mais une montée peut indiquer une liste non-exhaustive ou encore une question à laquelle on répond par oui ou non.

● L'inférence

››› Essayer de **déduire le sens** des phrases à partir des éléments que vous avez. Par exemple, si vous avez repéré certains marqueurs temporels qui se réfèrent au passé (*yesterday, ago*…), attendez-vous à trouver des verbes au prétérit (*spent* ou *passed*, plutôt que *spend* ou *pass*).

››› Ces indices sont précieux, car certains **mots grammaticaux** sont très peu perceptibles mais peuvent changer radicalement le sens d'une phrase. Ainsi *'ll* (contraction de *will*, auxiliaire du futur) et *'d* (contraction de *would*, marque du conditionnel), ou encore la négation contractée *n't*.

Affiner la compréhension

● Les mots transparents et les noms propres

››› De très nombreux mots en anglais sont transparents par rapport au français : ils s'écrivent de la même façon ou presque (*nature, calamity, stereotype*…). Mais en anglais, l'**accentuation** peut les rendre plus difficiles à identifier. Il est donc important de savoir quelle syllabe porte l'accent dans un mot.

››› De même la **prononciation des noms propres**, personnes ou lieux, peut être assez différente en français et en anglais. Par exemple, Greenwich, où passe le célèbre méridien, se prononce /'grɛnɪtʃ/.

● Les mots accentués dans une phrase

Selon que l'on fait porter l'accent sur tel ou tel mot, une même phrase peut prendre **un sens différent**.

> ***I'm** going to write to Jenny* (c'est moi qui vais écrire à Jenny).
> *I'm going to **write** to Jenny* (je vais écrire, et non pas parler, à Jenny).
> *I'm going to write to **Jenny*** (c'est à Jenny que je vais écrire).

Application

● Recherchez sur Internet « 6 Minute English BBC », et choisissez le programme *Star signs* du 17 juillet 2014. Dans le bloc « Downloads », cliquez sur « Audio » et interrompez votre écoute à « *…today's theme* » (00:46).

● Il s'agit d'une discussion entre deux hommes dans une émission de radio. Après avoir donné leur nom (Rob et Neil), ils donnent une indication sur eux-mêmes qu'il sera plus facile de comprendre grâce aux éléments suivants.

››› Le **titre** du document, *Star signs*, littéralement, « les signes des étoiles ».

››› Des **mots clés** comme *personality*, et une liste d'adjectifs dont certains sont transparents (*independent, observant, adaptable*) et qui décrivent ce qu'ils sont « supposés/censés être » (*supposed to be*, prononcé deux fois) ; et à la fin de l'écoute, le mot clé *astrologists/astrology*.

Ces éléments permettent de **déduire par inférence** que les indications données par les deux interlocuteurs sont leur signe astrologique, respectivement *Gemini* (Gémeaux) et *Virgo* (Vierge).

LES EXPRESSIONS CLÉS

Pour parler de ses projets, de ses intentions

››› ***I am going to** read all these books.*

››› ***I mean to / I have in mind to** finish this tomorrow* (j'ai l'intention de).

››› ***I'm planning to** visit Ireland next year* (j'envisage de).

››› ***I expect / want you to** come* (j'attends de vous que).

››› *I bought this book **for him to read** (it).*
J'ai acheté ce livre pour qu'il le lise.

››› *I bought this book **in order to / so as to*** (afin de / pour) *improve my English.*

››› *I'm doing all these exercises **so that*** (afin de) *I can practise my English.*

››› ***I am not** obeying these orders!*
Il n'est pas question que j'obéisse à ces ordres !

S'ENTRAÎNER

1 QUIZ

Cocher le mot à accentuer dans la phrases suivante pour donner le sens indiqué.

I don't want him to fly to Japan!

1. C'est hors de question !	☐ **a.** *don't*	☐ **b.** *fly*	☐ **c.** *Japan*
2. Pas en avion, plutôt en bateau !	☐ **a.** *don't*	☐ **b.** *him*	☐ **c.** *fly*
3. Pas lui, mais elle, pourquoi pas.	☐ **a.** *want*	☐ **b.** *him*	☐ **c.** *Japan*
4. Pas au Japon, mais au Pérou, d'accord.	☐ **a.** *don't*	☐ **b.** *him*	☐ **c.** *Japan*

2 **Écouter le document sur les signes astrologiques (voir « Application » page précédente) de 00:40 à 01:00. Compléter les phrases extraites du script avec des mots transparents et dire à quels mots français ils ressemblent.**

"Well, these … we've … are … on what … say, and … is today's ….
… are people who say that they can find out about your … and maybe your … by … the … of stars and … the day you were born.
It's …, many …, the scientists who study the stars and …, don't believe it's true."

3 **À partir de l'extrait précédent, indiquer si les phrases suivantes sont correctes (*right*) ou non (*wrong*).**

1. Astrologists think they can predict the future.
2. Astronomers agree with astrologists.
3. Some celebrities think astrology is serious.
4. People born under the sign of Virgo aren't said to be precise.
5. The person speaking agrees with that statement about Virgo's precision.

4 **Les mots en gras portent l'accentuation de phrase. Faire correspondre chacune à son sens implicite.**

1. **Mrs Hutchinson** was Tom's employer…
2. Mrs Hutchinson was **Tom's** employer…
3. Mrs Hutchinson was Tom's **employer**…
4. Mrs Hutchinson **was** Tom's employer…
5. **Mrs** Hutchinson was Tom's employer…

a. …not her colleague.
b. …not Mrs Parkins.
c. …not John's.
d. …not Mr.
e. …but she is no more.

5 **Compléter cette grille avec des mots extraits du vocabulaire en bas de page.**

Across:
1. This exercise
4. It is not work
6. A computer you can easily take away
7. The base of an integrated circuit
8. You use it to type in words on your computer
9. A control that does not use a wire

Down:
1. Defines a wireless phone
2. What you hear on the radio
3. Action of processing numeric data
5. Numeric computer document

6 **Cocher les phrases pouvant être dites dans le contexte donné.**

1. On a l'intention de s'excuser.
☐ **a.** *I mean to apologise.*
☐ **b.** *I expect to apologise.*

2. On s'attend à ce que quelqu'un vienne.
☐ **a.** *I expect him to come.*
☐ **b.** *I want him to come.*

3. On veut que quelqu'un obéisse.
☐ **a.** *I want that he obeys.*
☐ **b.** *I want him to obey.*

4. Il n'est pas question que l'on parte.
☐ **a.** *I'm not leaving!*
☐ **b.** *I'm not going to leave.*

VOCABULAIRE

Technologie et loisirs

- a chip /'tʃɪp/ : *une puce*
- a wire /'waɪə/ : *un fil métallique*
- **wire**less : *sans fil*
- a cell phone : *un téléphone mobile*
- a **di**gital **ca**mera : *un appareil photo numérique*
- a **cam**corder : *un caméscope*
- a **broad**cast /'brɔːdkɑːst/ : *une émission*
- a re**mote** con**trol** /rɪ'məʊt kən'trəʊl/ : *une télécommande*
- com**put**ing : *l'informatique*
- a **lap**top (computer) : *un (ordinateur) portable*
- a **key**board : *un clavier*
- a screen : *un écran*
- a file : *un fichier*
- a word pro**cess**or : *un traitement de texte*
- a com**put**er game : *un jeu informatique*
- **cross**words : *les mots croisés*
- to spend time + V-ing : *passer du temps à faire quelque chose*
- **lei**sure /'lɛʒə/ : *les loisirs*
- enter**tain**ment /ˌɛntə'teɪnmənt/ : *le(s) divertissement(s)*

14 Expression orale

L'ESSENTIEL

La prise de parole en continu

C'est le type de compétence évaluée lors d'une **présentation d'exposé**, d'un **récit**, ou d'une **description de documents** (particulièrement d'images). Vous disposez généralement d'un temps de préparation en amont.

● Pendant la préparation

››› **Prendre des notes et les organiser**, sous forme de développement pour une description ou une analyse de document, dans l'ordre chronologique avec des marqueurs temporels pour un récit.

››› **Vérifier la prononciation** des mots difficiles dans un dictionnaire (certains dictionnaires en ligne donnent la prononciation audio des mots)

››› Penser à la **correction grammaticale** (s'il s'agit d'un récit au passé, bien utiliser le prétérit ; ne pas oublier le *s* de la 3e personne du singulier, etc.).

● Lors du passage à l'oral

Faire apparaître la structure de la présentation en utilisant des expressions qui permettront aux auditeurs de se repérer (*in my first part, I will deal with…*). Lors d'un exposé, on peut noter au tableau les noms propres, les mots ou dates clés.

La prise de parole en interaction

La prise de parole en interaction a lieu lorsque **plusieurs locuteurs** interagissent (question, mise au point à la fin d'un exposé ou d'un examen, dialogue imaginaire dans un jeu de rôles, etc).

››› En phase d'entraînement, **ne pas rédiger le dialogue** mais se mettre d'accord avec son partenaire sur les rôles de chacun, et noter une sorte de plan du dialogue. **Réemployer ce qui vient d'être vu** en cours concernant les structures, le lexique…

››› Si un mot manque, on peut utiliser des ***gap-fillers*** (*well..., I mean...*, etc.) ou rechercher un équivalent.

››› **Réfléchir** avant de prendre son tour de parole, quitte à l'indiquer (*let me think…*). Il est important dans cette phase d'expression, non seulement de **s'exprimer**, mais aussi de **réagir** à ce qui vient d'être dit. En cela, les expressions d'accord ou de désaccord peuvent être particulièrement utiles (voir chapitre 6).

L'intonation

L'intonation est la manière dont on « chante » la phrase, elle permet d'être mieux compris et influe sur le sens.

ATTENTION !

Il ne faut pas se contenter de lire des phrases toutes rédigées ! Est évaluée la capacité à s'exprimer avec un support minimum. D'où la nécessité de mettre le ton…

● En fin de phrase

Dans la majorité des cas, on descend régulièrement jusqu'à la dernière syllabe accentuée de la phrase. Là, il faut décider s'il faut monter ou descendre.

››› L'intonation est **descendante** à la fin des phrases affirmatives et impératives, ainsi qu'à la fin des questions ouvertes (réponse autre que oui ou non).

He let me use his moped.
Il m'a laissé utiliser son cyclomoteur.
When did he let you ride his moped?

››› Elle est **montante** à la fin des *yes/no questions*, et elle donne aux exclamatives une nuance de surprise.

Did he let you ride his moped?
He didn't let me ride his moped!

● Dans les *tags*

››› Elle est **montante** si le tag est équivalent à « n'est-ce pas ? » et exprime une interrogation (= vraie question)

She looks happy, doesn't she?
Elle a l'air heureuse, tu ne crois pas ?

Elle est **descendante** si ce tag exprime simplement l'attente d'un accord (= fausse question).

Nice weather, isn't it? Il fait beau, hein ?

››› Il en est de même pour le tag de surprise : elle est **montante** si on est vraiment surpris (= vraie question):

"He's late!" "Oh, is he?"
« Il est en retard ! » « C'est pas vrai ! »

Elle est **descendante** si on fait semblant d'être surpris, ou pour montrer de l'indifférence (= fausse question).

"He's late!" "Oh, is he?" « Il est en retard ! » « Tiens donc ! »

››› Elle est **montante** pour exprimer un ordre ou un conseil à l'impératif.

Tidy your room, will you? Range ta chambre, veux-tu ?

LES EXPRESSIONS CLÉS

Pour garder et donner les tours de parole

››› *I mean…* Je veux dire
››› *You know / you see / well…* Ben…
››› *You see what I mean?* Suis-je clair ?
››› *Pardon? / What was that again?* Pardon ?
››› *Could you say that again, please?* Tu peux répéter ?
››› *I didn't get it / your point.* Je n'ai pas compris.
››› *Over to you.* À toi.
››› *Mind you…* Remarquez…
››› *Sorry to interrupt you, but…*
Désolé de vous interrompre, mais…
››› *My point is…* Ce que je veux dire, c'est que…
››› *Let me think…* Laisse-moi réfléchir

S'ENTRAÎNER

1 QUIZ

Trouver la phrase qui correspond le mieux à l'intention du locuteur.

1. Donner la parole à son interlocuteur.
2. Intervenir dans une conversation déjà engagée.
3. Vérifier que votre interlocuteur vous a compris.
4. Clarifier un point.
5. Indiquer que l'on n'a pas compris un argument.
6. Demander un peu de temps pour rassembler ses idées.

a. I mean, this is very important to me.
b. I didn't get your point.
c. Over to you now!
d. Do you see what I mean?
e. Let me think…
f. Sorry to interrupt you, but I have to disagree on this.

2 Cocher l'intonation de fin de phrase qui convient.

1. I am deeply concerned about this issue. ↗ ☐ ↘ ☐
2. Why did she say that? ↗ ☐ ↘ ☐
3. I think he's mad, don't you? ↗ ☐ ↘ ☐
4. Oh! This present is beautiful, isn't it? ↗ ☐ ↘ ☐
5. Would you like to go to Japan? ↗ ☐ ↘ ☐

3 Observer les phrases suivantes et l'intonation de fin de phrase indiquée par une flèche. Après avoir pratiqué l'intonation de ces phrases, compléter les phrases a. et b.

She has invited Tom, Liz, Mike… ↗
What a killjoy you are! ↘
Give me this book immediately! ↘
I don't think you should spend so much time playing on your computer. ↘
Don't touch it! ↘
She has bought a wireless telephone. ↘

a. Les ordres, les déclarations (positives et négatives) et les exclamations ont une intonation…
b. Les phrases inachevées, les énumérations ont une intonation…

4 Quelle intonation de fin de phrase (↘ ou ↗) note-t-on pour les questions suivantes ?

1. Why don't you buy a laptop computer?
2. Did she change the chip?
3. Have you got a camcorder?
4. Who has changed the screen configuration?
5. How did you do that?

5 Compléter le texte en choisissant l'une des deux options proposées, puis réorganiser le paragraphe de description dans un ordre logique.

1. It represents a family of *illegals* / *immigrants* seen from the back.
2. This document is *a photograph* / *a painting*.
3. To conclude, this family is yearning to get there, like all the immigrants who've crossed *the frontier* / *the border*.
4. We guess they must be dreaming of becoming *refugees* / *citizens* in the USA, and of *going from rags to riches* / *being uprooted*, in order to live the American Dream.
5. They must be standing on a ship's deck staring at *the Statue of Liberty* / *Ellis Island*, which symbolises *hope* / *the customs*.

VOCABULAIRE

Émigration et immigration

- the **na**tive **coun**try : *le pays d'origine*
- a **na**tive : *un indigène, quelqu'un né dans le pays*
- the roots : *les racines*
- **up**rooted : *déraciné*
- to yearn /'jɜːn/ : *aspirer à*
- to become **in**tegrated : *s'intégrer*
- to go from rags (*haillons*) to riches : *passer de la misère à la richesse*
- to be **home**sick : *avoir le mal du pays*
- a refu**gee** /ˌrɛfjuː'dʒiː/ : *un réfugié*
- **il**legals : *les clandestins*
- un**do**cumented : *sans papier*
- a **smug**gler /'smʌglə/ : *un passeur*
- the **bor**der : *la frontière*
- the **cus**toms /'kʌstəmz/ : *la douane*
- a **ci**tizen : *un citoyen*
- **ci**tizenship : *la citoyenneté*

ANGLAIS

15 The United Kingdom: historical landmarks

L'ESSENTIEL

The United Kingdom & Ireland

The invaders

● Sites such as **Stonehenge** show that Britain had always been inhabited, mostly by the Celts, until the island was invaded by Julius Caesar in 55 BC. The Romans left undeniable traces of their passage – **Hadrian's wall** separating England from Scotland, Bath…

● **The Anglo-Saxons** started invading the country in the 6th century and resisted the Viking raids that followed in the 9th century (**the Vikings** settled mostly in the North and founded, among others, the town of Dublin which is now the capital of Eire); however, they did not manage to oppose **the Normans** led by **William the Conqueror**, who invaded the country in 1066 after the battle of Hastings.

A troubled era

● Early British monarchy is embodied by **Henry VIII** (1509-1547), who founded the Church of England after the Roman Catholic Church refused his divorce, by **Mary Tudor** (1553-1558), known as "Bloody Mary", and by **Elizabeth I** (1558-1603) under whose reign William Shakespeare wrote some of the world's most famous plays.

● The middle of the 17th century was troubled by a **conflict** between King Charles I (1625-1649) and Parliament, which ended with the king's death, and the first and last dictatorship of the country, Oliver Cromwell's Republic (1649-1658). Monarchy was eventually restored in 1660.

ATTENTION !

Les noms des souverains se disent en utilisant les nombres ordinaux, et non cardinaux comme en français : Henry VIII se dit *Henry the eighth*, Elizabeth I, *Elizabeth the first*, etc.

The birth and fall of an empire

● The 19th century, marked by the long reign of **Queen Victoria** (1837-1901) and often referred to as "the Victorian era", is a time of invention, territorial expansion, as well as industrialisation and poverty. The map below shows how large the empire was at the beginning of the 20th century.

● But this century was that of decolonisation. However, most former colonies were integrated into the **Commonwealth** when they became independent. It now includes 53 countries, among which the United Kingdom, Canada, Australia, Belize, India and aims at promoting peace and educational, economic development.

VOCABULAIRE

to manage to : arriver à – *to embody* : incarner – *to restore* : restaurer, ramener – *former* : ancien(ne) – *to aim at* : viser à – *to promote* : promouvoir

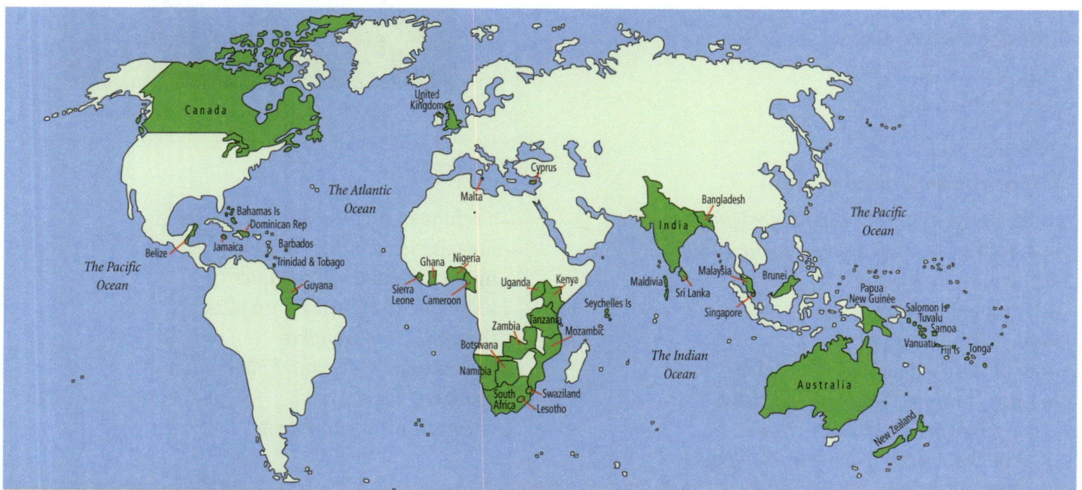

Commonwealth Countries

S'ENTRAÎNER

1 QUIZ

Right or wrong?

1. Dublin is the capital of Northern Ireland. R ☐ W ☐
2. Canada is part of the Commonwealth. R ☐ W ☐
3. Shakespeare lived under Queen Victoria's reign. R ☐ W ☐
4. The Victorian era took place in the 19th century. R ☐ W ☐
5. There are 63 countries in the Commonwealth. R ☐ W ☐
6. The Republic of Ireland is also called Eire. R ☐ W ☐
7. Eire is part of the United Kingdom. R ☐ W ☐
8. William the Conqueror was the chief of the Vikings. R ☐ W ☐

2 **Lire « L'essentiel » puis répondre aux questions.**

1. How many countries are there in the Commonwealth?
2. Who founded Dublin?
3. What was the name of Britain's dictator in 1655?
4. What invader arrived in 1066?
5. Who gave her name to the 19th century in Britain?

3 **Compléter ce texte avec les mots proposés.**

Britain – Braveheart – Eire – IRA – Ulster – Catholics – Ireland.

Wales signed the Act of Union with England in 1536. Scotland was claimed by the British King during the 13th century, which gave way to a rebellion led by William Wallace (known as "……"). Scottish sovereignty came back with King Robert the Bruce. In 1707, however, it officially became part of the kingdom of Great ……
Northern Ireland was invaded as early as in the 12th century. Several rebellions took place as the Irish, who were ……, were executed, transported or starved; gradually the population in …… (Northern Ireland) was replaced by protestants and in 1801, …… became officially part of what was then called "the United Kingdom" until 1921, when a strong rebellion made the British government partition Ireland and give its independence to Southern Ireland. Since then, in Northern Ireland, which is still under British control, the Irish Republican Army (……), made of Catholics, still rebels to get Ulster's independence but is opposed to by the Ulster Defence Army and the British government, who want the country to remain British. Will Ulster ever join ……?

4 **Assigner les dates suivantes aux événements qui leur correspondent.**

a. *July, 1st, 1690* – **b.** *1845* – **c.** *March, 17th* – **d.** *January, 1922* – **e.** *Sunday, 30th, January, 1972*

1. Saint Patrick's Day, Eire's National Day.
2. Great Potato Blight and Famine in Ireland: millions of Irishmen starved or emigrated to the USA.
3. 14 men were shot during a march for the independence of Ulster on what was called "Bloody Sunday".
4. Victory of William of Orange at the Battle of the Boyne commemorated by the (Protestant) Orange Order.
5. Eire became independent from the United Kingdom but 6 counties remained British (Ulster).

5 **Faire correspondre les lettres de la carte avec leur appellation.**

Great Britain – The British Isles – Wales – England – Eire – The United Kingdom – Scotland – Northern Ireland.

A: …… B: ……
C: …… D: ……
E: …… A+B+C: ……
A+B+C+D: …… A+B+C+D+E: ……

6 **Tester ses connaissances. Comment fonctionne le système politique britannique ?**

1. The head of the state is…
☐ **a.** the King/Queen
☐ **b.** the President
☐ **c.** the Prime Minister

2. The person in charge of the executive power is…
☐ **a.** the King/Queen
☐ **b.** the President
☐ **c.** the Prime Minister

3. The two major political parties are…
☐ **a.** the Conservatives (Tories) and the Labour Party
☐ **b.** the Republicans and the Democrats

4. The UK Parliament consists of…
☐ **a.** the House of Lords and the House of Commons
☐ **b.** Congress and the Senate

5. The Houses of Parliament are located next to…
☐ **a.** Big Ben
☐ **b.** Piccadilly Circus

6. The name of the Royal Residence in London is…
☐ **a.** Windsor
☐ **b.** Buckingham Palace

7. The TUC is the…
☐ **a.** Transunion Canada
☐ **b.** Trade Union Congress

POUR ALLER PLUS LOIN

www.bbc.co.uk/history/british
www.bbc.com/news/uk

16 The United States: historical landmarks

L'ESSENTIEL

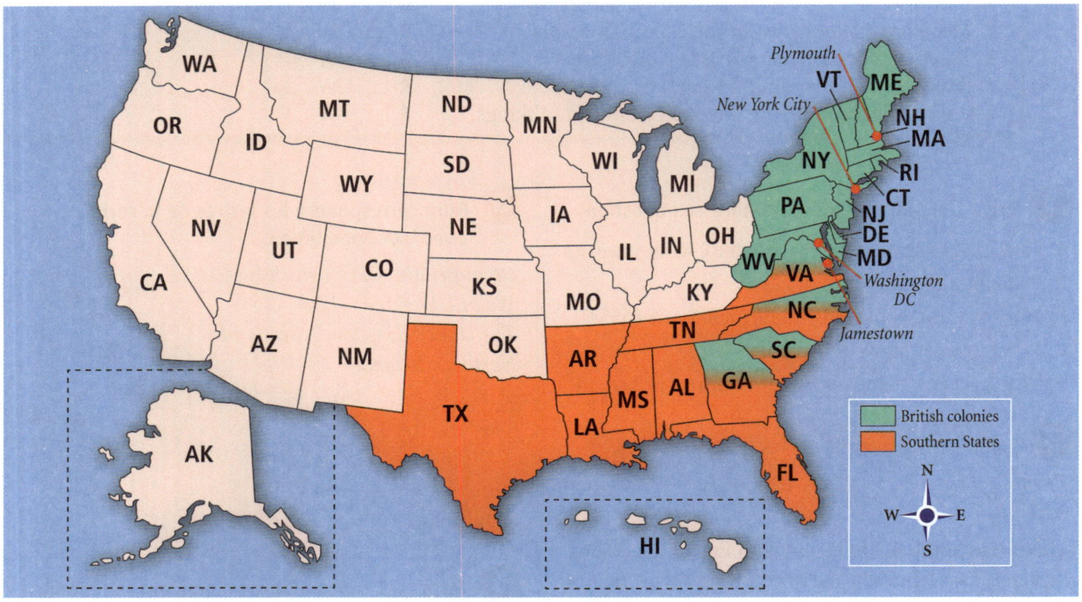

The origins

● Northern America was inhabited as early as in 10,000 BC by **Native Americans** (also called American Indians).

● The first Europeans who set foot on the continent were the **Vikings** around 1,000 AD, although **Christopher Columbus** is traditionnally thought to have discovered the continent in 1492.

● The first British town ever founded in North America is Jamestown, Virginia (1607). In 1620, the **Pilgrim Fathers**, fleeing Britain on board of the *Mayflower* to find religious freedom in this "Promised Land", founded the town of **Plymouth**, Virginia. One year later, in their first Thanksgiving, they thanked God for keeping them alive in that hard environment.

A new country

The 13 British colonies (in green on the map, East of the Proclamation line) declared their **independence** from Britain on July, 4th, 1776, after conflicts with Britain over taxation and parliamentary representation. After winning the Independence War led by George Washington, they gradually expanded westward by acquiring new territories, until 1959, when Hawaii was the 50th State to join the US.

The Civil War

● **The first African slaves** were brought to the US as early as in the 1660s, but slavery gradually became a major political and economic issue, as the South considered a free work force as necessary to sustain its economy.

● In 1860, after the election of abolitionist president Abraham Lincoln, 11 southern states (in orange on the map) decided to become independent and form a Confederation. This started the **Civil War** which ended in 1865 with the victory of the North and the abolition of slavery.

Native Americans

Except for the very early days of colonization, there had always been **warfare** against Native Americans, but the major territorial expansion of the Frontier in the second half of the 19th century made conflicts even harder. Massacres took place, such as in **Wounded Knee** in 1890, and the whole war ended with the creation of Indian reservations.

A nation of immigrants

● The USA has always attracted immigrants, looking for **political** and **religious freedom** as well as **economic opportunities** (the Gold Rush in the 1850s). The Famine in Ireland in the 1840s and industrialisation were major causes for emigration.

● To control the overflow of immigrants, the Americans set up **immigration centres** such as Ellis Island in New York, which was open from 1892 to 1954; but in the early 20th century, new laws established immigration quotas. Now a "Green Card" is necessary for foreigners to live and work in America.

VOCABULAIRE

Native Americans : les Amérindiens – *to set up* : installer – *a settlement* : une colonie – *a pilgrim* : un pèlerin – *Thanksgiving* : action de grâce fêtée le 4e jeudi de novembre aux USA – *westward* : en direction de l'ouest – *slavery* : l'esclavage – *the Civil War* : la guerre de Sécession – *a reservation* : une réserve – *the Gold Rush* : la ruée vers l'or

ANGLAIS

1 QUIZ

Right or wrong?

1. Christopher Columbus was the 1st European to set foot in America. R ☐ W ☐
2. "Native Americans" refers to the *Mayflower* people. R ☐ W ☐
3. The Proclamation Line set up the western limit of the original British colonies. R ☐ W ☐
4. The Confederation gathered eleven southern states. R ☐ W ☐
5. Christopher Columbus brought the first slaves to the USA. R ☐ W ☐
6. The end of slavery was the work of Abraham Lincoln. R ☐ W ☐
7. Settlers declared war to the Native Americans as soon as they set foot in America. R ☐ W ☐
8. Indian reservations were created as early as the first settlements. R ☐ W ☐
9. Everybody can now migrate to the USA to find a job there. R ☐ W ☐

2 Lire « L'essentiel » et compléter.

1. The document now required to live in the US is ......
2. The first Thanksgiving was celebrated in ......
3. During the Civil War, the ...... was in favour of slavery, whereas the ...... was against it.
4. Independence Day is celebrated on ......
5. The capital city of the US is ......

3 Faire correspondre les amendements à la Constitution américaine et leur contenu.

1. First Amendment (1791)
2. Second Amendment (1791)
3. Thirteenth Amendment (1865)
4. Eighteenth Amendment (1919)
5. Nineteenth Amendment (1920)

a. Drinking alcohol is forbidden (Prohibition).
b. Freedom of speech is guaranteed.
c. Women can vote.
d. People can carry guns.
e. Slavery is abolished.

4 Plus de la moitié des États américains tirent leur nom d'un mot indien. Retrouver certains de ces États dont voici les abréviations.

UT: ...... OH: ......
MI: ...... IA: ......
CO: ...... IL: ......

5 Associer les mots suivants à New York ou Washington.

5th Avenue – the Capitol – Manhattan – the Bronx – the White House – Ellis Island – Lincoln Memorial – the Potomac – the Statue of Liberty – Broadway

1. New York City: ......
2. Washington, DC: ......

6 Compléter le texte avec les propositions suivantes.

arrested – led – rights – speech – influenced – abolished – assassinated – movement – launched – black – South

Although slavery had been ...... in 1865, equality of ...... did not exist between blacks and whites, particularly in the ...... In 1955, the Civil Rights ...... was ...... after an elderly ...... lady called Rosa Parks was ...... for refusing to give her bus seat to a white man. The Movement was mostly ...... by Martin Luther King, a black clergyman, who delivered his famous "I Have a Dream" ...... in 1963, but was ...... in 1968. Other movements, such as the Black Panthers, strongly ...... by Malcolm X's ideas, also started in the 1960s.

7 Faire correspondre le début de chaque phrase à sa fin.

1. *A Nation of immigrants*…
2. John F. Kennedy…
3. Life at the time of the Frontier…
4. "The New Frontier" that Kennedy defined…
5. Klondike…

a. …was characterized by a spirit of conquest, and associated with guns, cow-boys and Indians.
b. …is a book by John F. Kennedy asserting that the Americans are all descendants of immigrants.
c. …is the conquest of space – and the Moon.
d. …was a Democrat president and was assassinated in 1963 in Dallas, Texas.
e. …is famous for the Gold Rush that took place there around 1850.

POUR ALLER PLUS LOIN

www.nationsonline.org/oneworld/united_states.htm
www.britannica.com
www.americanhistoryusa.com

Espagnol

Des parcours de révision sur

www.annabac.com

Date

Points clés de grammaire

1. La prononciation et l'accentuation 328
2. Le groupe nominal........ 330
3. Les pronoms personnels........ 332
4. La conjugaison : diphtongaison et affaiblissement 334
5. *Ser* / *Estar*........ 336
6. Traduction de « on » – L'apocope........ 338
7. Les tournures affectives – La négation 340
8. Les démonstratifs – Comparatif et superlatif........ 342
9. Traduction de « dont » – Les prépositions........ 344
10. Les formes de l'action – « Devenir » – Raconter au passé........ 346
11. Concordance des temps et style indirect 348

1 La prononciation et l'accentuation

L'ESSENTIEL

Prononciation

● **Les voyelles**

››› **e** est fermé et se prononce toujours « é » ; le **e** muet n'existe pas.

››› **u** se prononce toujours « ou » et jamais comme dans le français « rue ». On l'entend toujours dans les groupes **au**, **eu**, **iu** : *agua, Reus, miura*. En revanche, on ne l'entend pas dans les groupes **que** et **gue** (*albaricoque, azogue*), sauf dans quelques mots comportant un tréma, comme *cigüeña*.

● **Les consonnes**

››› **b** et **v** se prononcent, en pratique, presque de la même façon, c'est-à-dire comme le « b » français.

››› **c** se prononce « k » devant **a**, **o**, **u** et comme le « th » [θ] anglais, devant **e** et **i**.

››› **g** est dur devant **a**, **o**, **u** : *agachar, Gomera, agua* ; il se prononce dans la gorge (son guttural de la *jota*) devant **e** et **i** : *genial, Giralda* ; on l'entend dans **gn**, comme dans le français « agnostique » : *indignarse*.

››› **h** est muet et jamais aspiré : *hierro, higo, hincha*.

››› **j** (*jota*) est toujours guttural : *jarabe, caja*.

››› **r** est roulé en début de mot et lorsqu'il est double : *rama, derramar, carro*. Il est moins appuyé entre deux voyelles : *caro*, ou en fin de mot : *mar*.

››› **t** est toujours dur, même entre deux voyelles, c'est-à-dire jamais comme dans le mot « locomotion » mais toujours comme dans « Tatiana » : *patio, sitio*.

››› **z** a toujours la valeur du « th » anglais [θ], on met le bout de la langue entre les dents : *Zara, zona*.

● **Les trois lettres supplémentaires**

››› **ch** se prononce [tch] comme dans « tchèque » : *chicharra*.

››› **ñ** se prononce « gn », comme dans le français « grogner » : *mañana*.

››› **ll** peut avoir des variantes, mais se rapproche globalement du son « l » du français « lieu » ou « pallier » : *paella, llover, llenar*.

Accent tonique

En espagnol l'accentuation des mots répond à des règles très précises, ce qui la rend facile à déterminer.

● Les mots qui se terminent par **une voyelle**, **un *n* ou un *s*** sont accentués sur l'avant-dernière syllabe : *<u>ma</u>no* (main), *<u>pe</u>rra* (chienne), *<u>can</u>tan* (ils chantent).

● Les mots qui se terminent par **une consonne** (autre que *n* ou *s*) sont accentués sur la dernière : *aza<u>har</u>* (fleur d'oranger), *sa<u>ber</u>* (savoir), *bore<u>al</u>* (boréal).

● Toute accentuation irrégulière est signalée par un accent écrit : *a<u>zú</u>car* (sucre), *al<u>mí</u>bar* (sirop), *re<u>frán</u>* (dicton).

Accent écrit

● Il permet de distinguer :
– des mots semblables qui n'ont pas la même fonction : *si* (condition) ≠ *sí* (affirmation), *solo* (seul) ≠ *sólo* (seulement) ;
– les pronoms relatifs et les mots interrogatifs : *que* (quoi, que) ≠ *qué* (quoi ? que ?), *donde* (où) ≠ *dónde* (où ?) ;
– les adjectifs et les pronoms démonstratifs : *aquel* (ce) ≠ *aquél* (celui-ci).

● Lorsque deux voyelles se suivent, l'accent écrit les sépare :
– *ia* forme une syllabe : *terapia* ;
– *ía* en forme deux : *sequía*.

ATTENTION !
Un accent peut tout changer ! Parfois, seul un accent distingue des mots qui ont un sens très différent : *el Papa* (le Pape), *Papá* (Papa) ; *la sabana* (la savane), *la sábana* (le drap).

LES EXPRESSIONS CLÉS

Pour animer un dialogue

››› ***Ya, ya, vale**, nos vemos mañana.*
Oui, oui, d'accord, on se voit demain.

››› ***Ya lo tengo**, ahora me acuerdo muy bien.*
Ça y est, j'y suis, maintenant je m'en souviens bien.

››› ***¡Ya lo sé!** Me lo has dicho cien veces.*
Mais je le sais bien, tu me l'as dit cent fois !

››› ***Pues**, no sé qué decirte.*
Eh bien, je ne sais pas quoi te dire.

››› ***A ver** lo que podríamos hacer esta tarde.*
Euh, voyons ce que l'on pourrait faire cet après-midi.

››› ***¿Te apetece** ir al Prado? ¿Qué te parece?*
Tu as envie d'aller au Prado ? Qu'en penses-tu ?

››› ***¡Eso sí que** es una buena idea!*
Ça, c'est une bonne idée !

››› ***¿Verdad que sí?***
N'est-ce pas ?

››› ***¡No puede ser!***
Ce n'est pas vrai !

››› ***¡Hombre!** No lo tomes así.* (à un homme ou à une femme)
***¡Mujer!** No lo tomes así.* (à une femme)
Mais enfin, ne le prends pas comme ça !

S'ENTRAÎNER

1 QUIZ

Cocher la forme qui convient.

1. ¿Y … qué sabes?	☐ **a.** tú	☐ **b.** tu
2. No sé … vive.	☐ **a.** donde	☐ **b.** dónde
3. No quiero este vestido, quiero …	☐ **a.** ese	☐ **b.** ése
4. ¿Hay una carta para …?	☐ **a.** mí	☐ **b.** mi

2 **Dans les mots qui suivent, souligner la voyelle accentuée.**

gato – cuidadosamente – coche – marroquí – Antequera – está – rosal – élite – bodegón – gorriones – llaman – Amenábar – esta – añil – perdiz – Manzanares – cachorro – Guadalquivir – raja – rosaleda – Macarena – Retiro – callejuela – noviazgo – desgraciadamente – espiral

3 **Souligner toutes les voyelles accentuées dans les phrases suivantes.**

1. Ayer hacía un tiempo espléndido así que fuimos a la playa de Málaga con María, Javier, Eugenio, José, sus hijos y su hermana política y lo pasamos muy bien.

2. Sus padres eran famosos campeones de esquí pero él es aficionado al fútbol y sueña con jugar en el Real Madrid.

3. Estaba impaciente de visitar el Museo del Prado para admirar los cuadros de Velázquez y Zurbarán. Quedó muy impresionado por las obras de Goya, y no puede olvidar ese perro negro de la Quinta del Sordo. Pero reconoce que el *Guernica* de Picasso, en el Reina Sofía le dio escalofríos, aunque lo había estudiado en clase y pensaba conocerlo bien.

4 **Prononcer les mots suivants.**

naranja – berenjena – pájaro – Guadalajara – Jarama – ramaje – Jorge – Ramón – jamón – rojo – jarro – raro – rollo – llorar – muchachas – lluvia – vino – cueva – vivir – dedicado – bebido – corcovado – zozobrar – zarza – zorro – sosos – sinsabores

POUR VOUS AIDER

Rouler le ***r*** n'est pas toujours facile et immédiat. Le ***[l]*** est le son qui s'en rapproche le plus : il ne reste plus qu'à faire vibrer la langue.
À ne pas confondre avec la jota ***[j]***, qui est gutturale.

5 **Prononcer les phrases suivantes.**

1. El perro de San Roque no tiene rabo porque Ramón Ramírez se lo ha robado.

2. Tres tristes tigres tragan trigo en un trigal.

3. Al zapatero zurdo de Zaragoza le gusta la zarzuela de su socio Zacarías.

6 **Rétablir les accents dans le texte suivant raconté au passé.**

Anoche, cuando llegue a casa, note algo raro en el piso. Eche una mirada y me di cuenta de que la habitacion de Angela estaba ordenada. ¿Que le habra pasado? pense. Ojala no este enferma. Entonces, cuando volvio del colegio fue lo primero que le pregunte y le dije: "Hola, hija mia, ¿que tal? ¿Que ocurre? ¿Asi que has arreglado el cuarto?" Pues, si, me contesto, ha venido Jose a trabajar a casa esta tarde porque habia perdido un curso y yo no queria que tuviera un choque."

7 **Rétablir les accents.**

Por aqui, por aca,
A Cordoba se va.
Quiero ir por aqui
A cortar alheli (= *giroflée*).
Quiero ir por aca,
A tocar maraca.

8 **Rétablir les accents.**

1. Estaba impaciente de viajar por la sabana para ver un leon.

2. El Papa hizo un viaje a Santiago.

3. ¿Te apetece una raja de melon con jamon?

4. He puesto las sabanas en la lavadora.

5. Los Papas viven en Roma.

6. Sus papas vuelven de Roma.

7. Cuenta que un raja se enamoro de su abuela.

8. Su papa acaba de regalar un libro a Santiago.

VOCABULAIRE

La famille

- los padres : *les parents*
- el hijo : *le fils*
- los hijos : *les enfants*
- los abuelos : *les grands-parents*
- el nieto : *le petit-fils*
- un pariente : *un membre de la famille*
- el hermano : *le frère*
- el sobrino : *le neveu*
- los tíos : *les oncles*
- los primos : *les cousins*
- casarse : *se marier*
- la pareja : *le couple*
- los novios : *les fiancés, les mariés (le jour du mariage)*
- los recién casados : *les jeunes mariés*
- la boda : *le mariage (cérémonie)*
- el matrimonio : *le mariage, le ménage*
- divorciarse : *divorcer*
- el suegro (el padre político) : *le beau-père*
- el padrastro : *le beau-père (remariage)*
- el yerno : *le gendre*
- la nuera : *la bru, la belle-fille*
- la hermanastra : *la demi-sœur*
- el viudo : *le veuf*

2 Le groupe nominal

L'ESSENTIEL

Le genre des noms

● En général, les mots se terminant par **o** sont masculins et ceux se terminant par **a** sont féminins. Mais on dit : *la mano* (la main), *el problema* (le problème).

● Certains mots changent de sens selon le genre : *la frente* (le front, partie du visage) ≠ *el frente* (le front, en parlant d'une guerre).

● Tous les mots en **-or** sont masculins : *el calor* (la chaleur), *el dolor* (la douleur)... **sauf** *la flor* (la fleur), *la coliflor* (le chou-fleur), *la labor* (le travail), *la sor* (« la sœur », la religieuse).

● Les noms de fleuves, de montagnes, de mers, de voitures sont masculins : *el Garona, los Pirineos, el Mediterráneo, un Renault.*

● Sont féminins les noms qui se terminent en **-dad** et **-tad** : *libertad* (liberté), *verdad* (vérité) ; en **-ción**, **-sión**, **-zón** : *canción* (chanson), *pasión* (passion), *razón* (raison) mais *el corazón* (le cœur) ; en **-triz** : *actriz* (actrice) ; en **-ez** : *palidez* (pâleur) mais *el pez* (le poisson) ; en **-tud** : *actitud* (attitude).

● De nombreux mots n'ont pas le même genre dans les deux langues : *la nariz* (le nez), *la sangre* (le sang), *la leche* (le lait).

La formation du féminin

● **Le féminin des noms**

››› Les noms qui se terminent par **o** le changent en **a**.
››› Les noms qui se terminent par **e** le changent généralement en **a** (mais *el/la cantante*).
››› Les noms qui se terminent par une consonne ajoutent un **a** : *director, directora.*

● **Le féminin des adjectifs**

››› Les adjectifs en **-o** le changent en **a** : *un vestido rojo* (une robe rouge), *una camiseta roja* (un T-shirt rouge).
››› Les autres ne changent pas : *un problema difícil* (un problème difficile), *una tarea difícil* (un travail difficile) sauf :
– les adjectifs de nationalité (*portugués* ⟶ *portuguesa, catalán* ⟶ *catalana*) ;
– les adjectifs qui se terminent par **-dor**, **-sor**, **-tor**, **-ón**, **-án**, **-ín**, **-ote**, **-ete** : *encantadora* (charmante), *comilona* (gloutonne), *parlanchina* (bavarde).

La formation du pluriel

● **Pluriel en -*s***

››› Mots terminés par une voyelle non accentuée :
el gato negro ⟶ *los gatos negros.*
››› Mots terminés par **a**, **e**, **o**, **u** accentué : *marajás, chalés, menús.* Mais attention : *tabú* ⟶ *tabues...*

● **Pluriel en -*es***

››› Mots terminés par un **i** accentué, en général :
alhelí (giroflée) ⟶ *alhelíes, Iraní* (iranien) ⟶ *iraníes.*
››› Mots terminés par une consonne sauf **s** ou **y** :
el buey (le bœuf) ⟶ *los bueyes.*
Si la syllabe finale porte un accent, il disparaît au pluriel :
la canción (la chanson) ⟶ *las canciones.*

● **Autres cas**

››› Les mots terminés par un **s** sont invariables s'ils ne sont pas accentués sur la dernière syllabe :
el lunes (le lundi) ⟶ *los lunes.*
Si la dernière syllabe est accentuée, ils prennent **-es** :
el autobús ⟶ *los autobuses.*
››› Les mots terminés par un **z** ont le pluriel en **-ces** :
el lápiz (le crayon) ⟶ *los lápices,*
la imperatriz (l'impératrice) ⟶ *las imperatrices.*

ATTENTION !
Dans quelques mots l'accent se déplace au pluriel :
carácter ⟶ *caracteres, régimen* ⟶ *regímenes, espécimen* ⟶ *especímenes.*

LES EXPRESSIONS CLÉS

Pour téléphoner

››› *¿Puedo llamar por teléfono?*
Je peux passer un coup de fil ?

››› *¿Puedo utilizar tu móvil?*
Je peux me servir de ton portable ?

››› *Aquí centralita. Le pongo con la extensión.*
Ici le standard. Je vous passe le poste.

››› *Quisiera hablar con Pablo Ruiz.*
Je voudrais parler à Pablo Ruiz.

››› *No cuelgue, por favor.*
Ne raccrochez pas.

››› *Hola, soy Juan. No puedo venir esta tarde, llámame en cuanto tengas este mensaje.*
Salut, c'est Juan. Je ne peux pas venir ce soir, appelle-moi dès que tu auras ce message.

››› *¡Oiga!* (quand on appelle) Allo !
¡Diga! (quand on décroche) Allo !
››› *Presione / Pulse almohadilla.*
Appuyez sur dièse.

S'ENTRAÎNER

1 QUIZ

Cocher l'article qui convient.

	a.	b.
1. Fue a visitar los castillos … Loira.	☐ **a.** de la	☐ **b.** del
2. A Pablo le encanta … leche.	☐ **a.** el	☐ **b.** la
3. … dolor fue insoportable.	☐ **a.** La	☐ **b.** El
4. … Garona pasa por Burdeos.	☐ **a.** El	☐ **b.** La
5. Se compró … Ferrari de colección.	☐ **a.** una	☐ **b.** un

2 **Compléter avec l'article adéquat.**

1. Me gusta … coliflor al gratén.
2. … Seat 600 de los años 60 tuvo mucho éxito.
3. … flor preferida de Ana es el gardenia.
4. Le es difícil soportar … calor.
5. Recibió la pelota en … nariz.
6. Por … mar corren … liebres, por … monte … sardinas.
7. … Sena da mucho encanto a París.
8. Suele ir a esquiar en Baqueira, en … Pirineos.
9. Sus padres se van en barco por … Mediterráneo.
10. Su abuelo murió en … frente, durante la guerra.

3 **Mettre au féminin les groupes nominaux suivants.**

1. el actor inglés
2. el estudiante francés
3. un profesor interesante
4. el peluquero amable
5. un cliente desagradable
6. el emperador chino
7. el hijo menor
8. el cantante famoso
9. el rey español
10. el dependiente cansado
11. el niño ingenuo
12. el conductor imprudente
13. el Príncipe joven
14. sus amigos madrileños
15. el padre de Vicente
16. el director artístico
17. el escritor alemán
18. el médico simpático

4 **Mettre au pluriel.**

1. la Comunidad Autónoma
2. el gato montés
3. el carácter difícil
4. una joven feliz
5. el régimen dictatorial
6. una imagen atroz
7. un turista parlanchín
8. una mujer iraní
9. el campeón alemán
10. el olivar andaluz
11. un espécimen frágil
12. el lunes triste
13. una acción fantástica
14. el crimen impune
15. el rey inglés
16. un menú barato
17. una luz deslumbrante
18. el lápiz azul
19. una ciudad espectacular
20. el mar gris
21. la actriz ágil
22. el león feroz
23. una capital occidental
24. una imperatriz cruel

5 **Accorder en nombre et en genre les mots entre parenthèses.**

– Tengo una noticia … (interesante) que contarte. Elvira Camps es la … (nuevo novio) de Pedro Gutiérrez.
– No veo quién es…
– Es una … (chico) de Cuarto B, … (rubio), con ojos … (azul), gafas … (enorme). Suele llevar una mochila … (verde), vaqueros … (destrozado)
– ¡Ahora sí veo de quién estás hablando! ¡Pero es … (feo) y … (presumido)!
– Estoy totalmente de acuerdo contigo. El pobre Pedro es un … (idiota).

POUR VOUS AIDER

N'oubliez pas que le changement de genre ou de nombre peut entraîner un déplacement ou une suppression de l'accent écrit.

VOCABULAIRE

Les caractéristiques physiques

- guapo ≠ feo : *beau ≠ laid*
- alto ≠ bajo : *grand ≠ petit*
- gordo ≠ delgado : *gros ≠ mince*
- la estatura : *la taille*
- el tipo = la silueta : *la silhouette*
- engordar : *grossir*
- adelgazar : *maigrir*

- el pelo, los cabellos : *les cheveux*
- corto ≠ largo : *court ≠ long*
- rizado ≠ lacio : *frisé ≠ raide*
- el flequillo : *la frange*

- moreno : *brun*
- rubio : *blond*
- pelirrojo : *roux*
- negro : *noir*

- los ojos : *les yeux*
- las gafas : *les lunettes*
- la frente : *le front*
- la nariz : *le nez*
- la boca : *la bouche*
- los labios : *les lèvres*
- la barbilla : *le menton*

3 Les pronoms personnels

L'ESSENTIEL

Les pronoms

Sujet	Complément	
	après préposition	sans préposition
yo	*mí*	*me*
tú	*ti*	*te*
él, ella *Usted* (politesse) *ello* (neutre)	*él, ella* *Usted* (politesse) *ello* (neutre) *sí* (réfléchi)	*le, lo, la* *le* (indirect) *se* (réfléchi)
nosotros, nosotras	*nosotros, nosotras*	*nos*
vosotros, vosotras	*vosotros, vosotras*	*os*
ellos, ellas *Ustedes* (politesse)	*ellos, ellas* *Ustedes* (politesse) *sí* (réfléchi)	*les, los, las* *les* (indirect) *se* (réfléchi)

Le pronom sujet

Dans l'usage courant, la forme verbale suffit à déterminer le pronom sujet. Le fait de l'exprimer a donc un effet d'insistance : *come* (il mange), ***él** come* (**lui**, il mange).

La forme de politesse

- La forme de politesse *Usted* correspond à la troisième personne du singulier car elle est la contraction de *Vuestra Merced* (Votre Grâce), et *Ustedes* à la troisième personne du pluriel (*Vuestras Mercedes*).
- *Vosotros*, « tutoiement pluriel », correspond à la deuxième personne du pluriel.

Les erreurs à éviter

- *Mí* porte un accent pour le distinguer du possessif *mi* (mon).

ATTENTION !
Ti ne porte pas d'accent car il n'y a pas de confusion possible avec le possessif *tu* (ton).

- Les pronoms *mí, ti* et *sí* se combinent avec la préposition *con* sous cette forme : *conmigo, contigo, consigo* (lorsque le pronom est réfléchi).

No voy con él. Je ne vais pas avec lui.
Mais : *Él viene conmigo.* Il vient avec moi.
No estoy de acuerdo contigo.
Je ne suis pas d'accord avec toi.
No las tenía todas consigo. Il n'était pas très rassuré.

- Le complément d'objet indirect *me* se place toujours après *te* ou *se* : *se me ocurre* (cela me vient à l'esprit).
Si les deux pronoms correspondent à la troisième personne, *le* complément indirect se transforme en *se* et se place en premier : *se lo enseña* (il le lui montre), *se las describe* (il les lui décrit).

L'enclise

- On nomme ainsi le fait de placer les pronoms à la fin d'une forme verbale. L'enclise est **obligatoire** à l'infinitif, à l'impératif et au gérondif : *sentarse, escríbele, hablándole.*
- Il peut y avoir deux pronoms dits *enclitiques* qui se suivent mais un seul ordre possible, le réfléchi en premier : *ocurrírsele, tráemelo, describiéndoselo.*

LES EXPRESSIONS CLÉS

Pour organiser son argumentation

- ***Primero** (en primer lugar), tengo que explicar el título.*
D'abord, je dois expliquer le titre.
- ***Ahora bien**, el autor quiere convencernos de que…*
Or, l'auteur veut nous convaincre que…
- ***Sin embargo** (no obstante), no comparto esta opinión.*
Cependant, je ne partage pas cette opinion.
- ***Entonces**, nos damos cuenta de que el héroe…*
Alors, nous nous rendons compte que le héros…
- *Es conmovedor **pues** se trata de una historia verdadera.*
C'est émouvant car il s'agit d'une histoire vraie.
- *Pienso **luego** soy.* Je pense donc je suis.
- *Lo sabemos **puesto que** (ya que) está indicado en el capítulo precedente.* Nous le savons puisque c'est indiqué dans le chapitre précédent.
- ***A pesar de** todos los argumentos no estoy convencido/a.*
Malgré tous les arguments, je ne suis pas convaincu/e.
- ***Con todo**, me interesó mucho.*
Malgré tout, cela m'a beaucoup intéressé.
- ***Se puede notar** que el tono se vuelve lírico.*
On peut remarquer que le ton devient lyrique.
- ***No cabe duda** de que es un testimonio valioso.*
Il n'y a aucun doute que c'est un témoignage précieux.
- ***Al fin y al cabo**, el autor no propone solución.*
En fin de compte, l'auteur ne propose pas de solution.
- ***En resumidas cuentas**, ¿no te gustó la historia?*
En résumé, tu n'as pas aimé l'histoire ?
- ***A modo de conclusión**, diré que no es su mejor obra.*
En conclusion, je dirai que ce n'est pas sa meilleure œuvre.

1 QUIZ **Relier les pronoms et les formes verbales correspondantes.**

yo	leías
vosotros	escribieron
Usted	comerá
tú	recibís
Ustedes	quepo

2 Remettre les mots dans l'ordre.

1. ¿mí / por qué / dices / me / a / lo?
2. os / yo / contaré / lo
3. te / hemos / no / pedido / lo
4. a / se / digo / lo / yo / Usted
5. gana / lo / vosotros / la / os / hacéis / da / que
6. ¿enseñará / lo / me / Usted?
7. las / se / él / da
8. ¿conmigo / por qué / vienes / tú / no?
9. dio / lo / nos / Anselmo
10. ¿prestas / las / a / me / mí?

3 Compléter par le pronom qui convient.

1. Vosotros … divertís.
2. Ustedes … van.
3. Nosotros no … damos cuenta.
4. Yo … duermo.
5. Tú … aburres.

4 Donner une autre construction en pratiquant l'enclise.

1. ¿No te quieres sentar?
2. No se lo puedo preguntar.
3. ¿Me lo puedes prestar?
4. Te lo quiso explicar.
5. No te lo podemos dar.

5 Traduire.

1. Je le lui explique. – **2.** Tu viens avec moi au cinéma. – **3.** Monsieur, il vous le demande. – **4.** Mes enfants, je vous l'envoie. – **5.** Il ne veut pas te le dire. – **6.** Tu pars avec lui ? – **7.** Elle la lui prête. – **8.** Il le lui répète. – **9.** Il l'a emporté avec lui. – **10.** Vous venez à Madrid avec nous, Monsieur ?

6 Réviser la conjugaison des verbes réguliers puis mettre les verbes entre parenthèses au temps indiqué.

1. Présent
a. Vosotros … (escribir) a vuestra abuela.
b. Ustedes … (comer) en casa de Luis.
c. Yo … (tocar) violín.

2. Imparfait
a. Nosotros … (subir) hasta el castillo.
b. Usted … (bailar) bien.

3. Futur
a. Vosotros … (hablar) portugués.
b. Ustedes … (recorrer) la ciudad.

4. Conditionnel
a. ¿Ella … (creer) lo que dices?
b. Usted … (ayudar) a su nieto.
c. Vosotros … (vivir) en el campo.

5. Passé simple
a. Usted … (vender) su coche.
b. Ellos … (vivir) en el pueblo.

6. Subjonctif présent
a. Es necesario que Usted … (desayunar).
b. Es imposible que nosotros … (recibir) a tanta gente.

7. Subjonctif imparfait
a. No quería que tú … (beber) otra cerveza.
b. Era una buena idea que vosotros … (pasear).
c. ¿Sería posible que Usted … (recibir) a Juan?

8. Impératif (reformuler)
a. Usted se sienta en un sillón. → … en un sillón.
b. Me lo dices hoy. → … hoy.
c. Me lo escribís rápido. → … rápido.

POUR VOUS AIDER

Soyez vigilant, les formes verbales portant un accent écrit varient suivant les personnes et les temps.

VOCABULAIRE

L'éducation

- el instituto : *le lycée*
- el aula : *la salle de cours*
- el patio de recreo : *la cour (de récréation)*
- la pizarra : *le tableau*
- pasar la lista : *faire l'appel*
- pirarse una clase : *sécher un cours*
- la asignatura : *la matière*
- las mates : *les maths*
- el empollón : *l'élève bûcheur*
- sacar una buena nota : *obtenir une bonne note*
- estar pegado : *sécher sur un sujet*
- la chuleta : *l'antisèche*
- el bachillerato : *le bac*
- aprobar : *réussir*
- matricularse : *s'inscrire*
- la carrera de Derecho : *les études de droit*
- la licenciatura : *la licence*
- la salida : *le débouché*

4 La conjugaison : diphtongaison et affaiblissement

L'ESSENTIEL

La diphtongaison

● Certains verbes « diphtonguent », c'est-à-dire que sous le poids de l'accent tonique, la voyelle du radical, ***o*** ou ***e***, devient ***ue*** ou ***ie***.

● Les temps concernés se limitent donc au présent de l'indicatif et du subjonctif, et par conséquent à l'impératif, puisque, pour les autres temps, l'accent tonique ne tombe pas sur le radical. Très logiquement, les deux premières personnes du pluriel, qui ont une syllabe de plus, ne sont pas affectées par ce phénomène.

● **Exemples**

››› *volver* (o → ***ue***)

Indicatif présent	*vuelvo, vuelves, vuelve, volvemos, volvéis, vuelven*
Subjonctif présent	*vuelva, vuelvas, vuelva, volvamos, volváis, vuelvan*
Impératif	*vuelve, vuelva, volvamos, volved, vuelvan*

››› *cerrar* (e → ***ie***)

Indicatif présent	*cierro, cierras, cierra, cerramos, cerráis, cierran*
Subjonctif présent	*cierre, cierres, cierre, cerremos, cerréis, cierren*
Impératif	*cierra, cierre, cerremos, cerrad, cierren*

L'affaiblissement

● Une autre catégorie de verbes « s'affaiblissent », c'est-à-dire que le ***e*** du radical, lorsqu'il est voyelle tonique, se transforme en ***i***.

● Les temps concernés sont le présent de l'indicatif (sauf aux deux premières personnes du pluriel) et du subjonctif, l'impératif (sauf forme *vosotros*), le passé simple (à la 3e personne du singulier et du pluriel) et le subjonctif imparfait (à toutes les personnes puisqu'il dérive de la 3e personne du pluriel du passé simple), et le gérondif.

● Le « verbe type » est ***pedir***.

Indicatif présent	*pido, pides, pide, pedimos, pedís, piden*
Subjonctif présent	*pida, pidas, pida, pidamos, pidáis, pidan*
Impératif	*pide, pida, pidamos, pedid, pidan*
Passé simple	*pedí, pediste, pidió, pedimos, pedisteis, pidieron*
Subjonctif imparfait	*pidiera, pidieras, pidiera, pidiéramos, pidierais, pidieran*
Gérondif	*pidiendo*

Diphtongaison + affaiblissement

● D'autres verbes, ayant un ***e*** au radical, suivi de ***r*** ou ***nt***, cumulent les deux phénomènes. Les temps concernés sont le présent de l'indicatif et du subjonctif, l'impératif, le passé simple, le subjonctif imparfait, et le gérondif.

● Le « verbe type » est ***sentir***.

Indicatif présent	*siento, sientes, siente, sentimos, sentís, sienten*
Subjonctif présent	*sienta, sientas, sienta, sintamos, sintáis, sientan*
Impératif	*siente, sienta, sintamos, sentid, sientan*
Passé simple	*sentí, sentiste, sintió, sentimos, sentisteis, sintieron*
Subjonctif imparfait	*sintiera, sintieras, sintiera, sintiéramos, sintierais, sintieran*
Gérondif	*sintiendo*

REMARQUE

Seuls deux verbes ayant un ***o*** au radical ont cette particularité : *dormir* et *morir*.

LES EXPRESSIONS CLÉS

Pour exprimer la condition, la conséquence

››› *Si pudiéramos… lo haríamos.*
Si nous pouvions…, nous le ferions.

››› *Si por lo menos te gustara…* Si au moins tu aimais…

››› *con tal de que* : à condition que

››› *a no ser que* : à moins que

››› ***De no ser*** *tan caro el espectáculo, iría contigo.*
Si le spectacle n'était pas si cher, j'irais avec toi.

››› ***Tal y como está la cosa****, creo que…*
Étant donné la situation, je crois que…

››› *por consiguiente* : par conséquent

››› *de tal modo que* : si bien que

››› ***Aun cuando supiera*** *jugar al ajedrez, no te lo enseñaría.*
Quand bien même je saurais jouer aux échecs, je ne te l'apprendrais pas.

››› *Terminó el partido* ***como si tal cosa****.*
Il a terminé le match comme si de rien n'était.

1 QUIZ

Relier les formes verbales avec le pronom correspondant.

yo	volviste
Usted	siguieron
nosotros	saqué
Ustedes	asintió
tú	durmamos

2 Diphtongaison : conjuguer les verbes entre parenthèses à l'indicatif présent.

1. Mañana, … (empezar) la clase de castellano.
2. Paquito … (volver) del Colegio a las seis.
3. Nosotros … (almorzar) a las dos.
4. Usted … (jugar) al tenis.
5. Tú … (acordarse) de tus amigos de Sevilla.
6. Hoy … (llover) mucho.
7. Yo … (comenzar) a estudiar portugués.
8. Vosotros … (resolver) el problema.
9. Ustedes … (cerrar) la puerta.
10. El policía … (detener) al automovilista.

POUR VOUS AIDER

N'oubliez pas que les deux premières personnes du pluriel ne diphtonguent jamais.

3 Affaiblissement : conjuguer les verbes entre parenthèses à l'indicatif présent.

1. El campeón … (conseguir) otro triunfo.
2. El policía … (pedir) la documentación.
3. Yo … (elegir) el vestido rojo.
4. Vosotros … (vestirse) con vaqueros.
5. La tormenta … (impedir) el aterrizaje.
6. Yo … (corregir) una tarea.
7. El turista … (seguir) el camino indicado.
8. El perro … (perseguir) al gato.
9. Yo … (seguir) las indicaciones.
10. Tú … (medir) las cortinas.

4 Affaiblissement + diphtongaison : conjuguer les verbes entre parenthèses aux temps indiqués.

1. Ayer, Luis … (sentirse) mal. *(passé simple)*
2. Era necesario que los niños … (dormir). *(subj. imparfait)*
3. Los obreros … (adherir) al sindicato. *(passé simple)*
4. Este perro no … (morder). *(présent)*
5. Nuestros huéspedes quieren que nos … (sentir) bien. *(subj. présent)*
6. ¡No quieren que nos … (morir) de hambre! *(subj. présent)*
7. ¡Cuidado! no quiero que vosotros … (herir) a vuestros compañeros. *(subj. présent)*
8. Me extrañaría que tus padres … (asentir). *(subj. imparfait)*
9. Su deseo era que vosotros os … (divertir) durante las vacaciones. *(subj. imparfait)*
10. Ustedes … (preferir) irse. *(passé simple)*

5 Conjuguer les verbes entre parenthèses à l'indicatif présent et compléter les phrases avec les mots suivants :

partido – peli – discoteca – naipes – tenis – bailar

Hoy, yo no … (jugar) al … porque no me … (sentir) bien y además, … (llover). Así, … (poder) seguir en la televisión el … de Rafa Nadal en el Abierto de los EE.UU. Cada vez, … (jugar) mejor y espero que va a ganar. Después, si … (tú – querer), … (nosotros – poder) salir por ahí o ir a … en una … que acaba de abrir. Paco … (decir) que es estupenda y que la gente … (divertirse) mucho. También, nos … (sugerir) que vayamos a su casa a jugar a los …

VOCABULAIRE

Les loisirs

- descansar, darse un respiro : *se reposer, souffler*
- el ocio : *le loisir*
- ir de copas : *aller prendre un verre*
- ir de juerga : *aller faire la fête*
- ver una peli : *voir un film*
- bailar : *danser*
- la tertulia : *la réunion*
- divertirse : *s'amuser*
- ir a los toros : *aller voir une corrida*
- la plaza de toros : *les arènes*
- el Rastro : *le Marché aux Puces*
- tomar el sol : *prendre le soleil*
- darse un chapuzón : *piquer une tête*
- jugar al tenis : *jouer au tennis*
- la cancha : *le court*
- el estadio : *le stade*
- la pelota : *la balle*
- montar a caballo : *faire du cheval*
- el senderismo : *la randonnée*
- pescar con caña : *pêcher à la ligne*
- jugar a los naipes : *jouer aux cartes*
- la baraja : *jeu de cartes espagnol*
- jugar con dos barajas : *miser sur les deux tableaux*
- el ajedrez : *les échecs*
- el rompecabezas : *le puzzle*
- el crucigrama : *les mots-croisés*

5 Ser / Estar

L'ESSENTIEL

Ces deux auxiliaires ont des emplois différents et bien spécifiques. En particulier, devant un adjectif, l'emploi de l'un ou de l'autre change ou nuance le sens.

Ser

On emploie **toujours *ser*** dans les cas suivants.

- Devant un **nom** :
  Su madre es actriz, su padre es músico.
  Sa mère est actrice, son père musicien.
- Devant un **pronom** :
  – *¿Eres tú Jaime? – Sí, soy yo.*
  – C'est toi, Jaime ? – Oui, c'est moi.
  ¿Quiénes son estas personas? Qui sont ces personnes ?
- Devant un **nombre défini ou indéfini** :
  Son las cinco. Il est cinq heures.
  Son pocos los que lo admiten. Il y en a peu qui l'admettent.
- Pour indiquer la **matière** :
  Esta mesa es de caoba. Cette table est en acajou.
- Pour indiquer l'**appartenance** :
  La bici es de Pablo. Le vélo est à Pablo.
- Avec un participe passé, pour former la **voie passive** :
  El niño fue herido por un compañero.
  L'enfant a été blessé par un camarade.
  La puerta fue abierta por el cerrajero.
  La porte a été ouverte par le serrurier.
- Devant un adjectif, pour indiquer une **caractéristique essentielle** :
  Ella es rubia pero su hermano es moreno.
  Elle est blonde mais son frère est brun.
  Esta película es conmovedora. Ce film est émouvant.
  Su yerno es colombiano. Son gendre est colombien.

ATTENTION !

On emploie toujours *ser* pour traduire « c'est ». Lorsque vous avez un doute, vous pouvez reformuler la phrase :
Este futbolista ¿es? / ¿está? famoso. → Es un futbolista famoso.

Estar

On emploie **toujours *estar*** dans les cas suivants.

- Devant un **complément** de **lieu**, de **temps** :
  Alberto está de vacaciones. Alberto est en vacances.
  Está en Perú. Il est au Pérou.
- Devant un adjectif, pour désigner une **situation passagère**, accidentelle :
  El cielo está nublado. Le ciel est nuageux.
- Avec un participe passé, pour indiquer le **résultat d'une action** :
  El niño está herido. L'enfant est blessé.
- Avec le gérondif, pour préciser qu'une **action est en train de se produire** :
  El perro está ladrando. Le chien est en train d'aboyer.

Ser et/ou *estar*

- Certains adjectifs peuvent être employés avec *ser* ou *estar* mais avec un sens différent.

	ser	*estar*
alto	être grand	être en hauteur
bueno	être bon	être en bonne santé
malo	être méchant	être malade
grave	c'est grave (*es grave*)	être très malade
listo	être intelligent	être prêt

- Parfois, l'emploi de *ser* ou *estar* nuance la pensée.

	ser	*estar*
ciego	être aveugle (infirmité)	ne pas vouloir voir
moreno	être brun (teint, cheveux)	être bronzé
sordo	être sourd (infirmité)	ne pas vouloir entendre
loco	être fou (maladie)	être fou (sens figuré)

Es loco, está en un hospital. Il est fou, il est à l'hôpital.
Pero ¿estás loca? Mais tu es folle ?

LES EXPRESSIONS CLÉS

Pour exprimer son accord / son désaccord

- *Yo **estoy de acuerdo** contigo pero sé que Juan no comparte esta opinión.* Moi, je suis d'accord avec toi mais je sais que Juan ne partage pas cette opinion.
- *¡Claro, **cada uno su punto de vista**!* Bien sûr ! chacun son point de vue !
- ***Para mí**, esta mujer es estupenda.* De mon point de vue, cette femme est formidable.
- ***No cabe duda** de que es muy comprensiva.* Il n'y a aucun doute, elle est très compréhensive.
- *Confieso que…* Je reconnais que…
- *No me atreví a contradecirle.* Je n'ai pas osé le contredire.
- *Más vale…* Il vaut mieux…
- *Debe de ser un malentendido.* Ce doit être un malentendu.
- *¡En absoluto!* Pas du tout !
- *¿Verdad? No te parece que…* N'est-ce pas ? Tu ne trouves pas que… ?

ESPAGNOL

1 QUIZ

Choisir la situation qui convient.

1. Ana está lista:	☐ **a.** ha hecho su maleta.	☐ **b.** siempre tiene buenas notas.
2. Pedro es moreno:	☐ **a.** tiene el pelo negro.	☐ **b.** acaba de pasar un mes en la playa.
3. María está mala:	☐ **a.** me hizo daño.	☐ **b.** tiene fiebre.
4. Su marido está sordo:	☐ **a.** no quiere escucharla.	☐ **b.** no oye nada.

2 Dans le texte suivant choisir la forme qui convient.

Mila *es/está* de mal humor, hoy *es/está* un mal día. *Es/Está* la mejor amiga de Loli y, por primera vez, no *son/están* de acuerdo. Aún más, *es/está* enfadada con ella. *Es/Está* que Loli se portó bastante mal. La semana pasada, Loli *fue/estuvo* enferma y no pudo venir a clase. *Fue/Estuvo* en la cama tres días y como *son/están* vecinas, Mila *era/estaba* la persona mejor indicada para prestarle los apuntes. *Son/Están* acostumbradas a trabajar juntas, así que *era/estaba* lo normal. Pero Loli sacó una nota pésima, lo que no *es/está* su costumbre y como *era/estaba* humillada y furiosa, le dijo que *era/estaba* culpa suya, que sus apuntes no *eran/estaban* claros, que su letra *era/estaba* difícil de leer. Así que Mila *es/está* triste y decepcionada y se dice que *es/está* increíble lo ingrata que *es/está* Loli.

POUR VOUS AIDER

Devant un adjectif, *estar* correspond à un état passager et *ser* à une caractéristique.

3 Compléter les phrases suivantes avec *ser* ou *estar*.

1. Sus padres … artistas; … de Sevilla pero hoy … en Chile.
2. Yo … inquieta. ¿Has visto lo cansada que … Elena?
3. – ¿De dónde … Ustedes? – … de Francia pero … aquí de vacaciones.
4. Su coche … muy elegante pero … averiado.
5. El viaje ha … maravilloso, … un buen recuerdo.
6. Tienes frío porque las ventanas … abiertas, … increíble, si … en verano!
7. Ya no puedo más, … agotada, … demasiado lejos.

4 Compléter le texte suivant.

Diego y Vanesa … muy contentos: hoy … el primer día de vacaciones y por fin, van a poder … relajados. Además, el tiempo … maravilloso y sus amigos Juan y Teresa de la Vega les … pidiendo que se reúnan con ellos en su casa de campo. Ya … el año pasado y … la mar de bien. La casa … situada en un pueblo y no … muy lejos del mar así que … posible bañarse cada día. Luis … un buen tenista y … agradable jugar con él. Teresa … una mujer estupenda: … periodista y escritora. Actualmente, … escribiendo una novela policiaca y Vanesa … impaciente de saber quién … el asesino. Pero, quizás su amiga no … de acuerdo para revelárselo. ¡O … posible que todavía el fin no … decidido!

5 Décrire cette photo d'un marché indien en employant *ser* ou *estar*.

A primera vista, los niños … dos.
El niño del primer plano … vestido con vaqueros.
Las frutas a la venta … repartidas arriba de las cajas.
Las sombrillas … abiertas y … de varios colores.
Las personas que venden … mujeres.
Algunas … vestidas con ropa tradicional.

VOCABULAIRE

Le caractère

- el carácter : *le caractère*
- la bondad ≠ la maldad : *la bonté ≠ la méchanceté*
- la crueldad : *la cruauté*
- la amabilidad : *l'amabilité*
- el encanto : *le charme*
- cariñoso : *affectueux*
- displicente (antipático) : *désagréable*
- latoso : *pénible*
- gracioso : *drôle*
- extraño : *bizarre*
- torpe : *maladroit*
- alegre ≠ triste : *joyeux ≠ triste*
- fuerte ≠ débil : *fort ≠ faible*
- trabajador ≠ perezoso = holgazán : *travailleur ≠ paresseux*
- grosero ≠ bien educado : *grossier ≠ bien élevé*
- comprensivo ≠ intolerante : *compréhensif ≠ intolérant*
- ingenuo ≠ desconfiado : *naïf ≠ méfiant*
- astuto (inteligente, listo) ≠ tonto (estúpido) : *intelligent ≠ sot*
- humilde ≠ orgulloso : *modeste ≠ orgueilleux*
- presumido : *vaniteux*
- apático ≠ dinámico : *apathique ≠ dynamique*

ESPAGNOL

6 Traduction de « on » L'apocope

L'ESSENTIEL

La traduction de « on »

Le pronom « on » n'existant pas en espagnol, on a recours à plusieurs tournures différentes pour le rendre, suivant les cas.

- **on = nous** → première personne du pluriel.

  Estamos cansados, vamos a dormir.
  Nous sommes fatigués, nous allons dormir.
  On est fatigué, on va dormir.

- **on = je** (le locuteur est concerné) → **uno, una**.

  Una corre todo el día, una no para ni un minuto.
  On n'arrête pas de courir, on n'arrête pas une minute.
  Uno tiene demasiado trabajo, uno no gana bastante.
  On a trop de travail, on ne gagne pas assez.

- **on = sujet collectif indéterminé** (les gens, la légende) → troisième personne du pluriel.

  Dicen que la Reina era muy guapa.
  On dit que la reine était très belle.
  Cuentan que aquel año, el invierno fue terrible.
  On raconte que cette année-là, l'hiver a été terrible.

- **on = ordre général** → ***se*** + troisième personne du singulier ou du pluriel.

  Se vende casa.
  Maison à vendre.
  Aquí se compran sellos.
  Ici, on achète des timbres.

ATTENTION !

Lorsque le complément est une personne déterminée, on emploie la préposition ***a***.
*Se aprecia **al** portero.*
On apprécie le concierge.
Se busca un portero.
On cherche un concierge.

L'apocope

C'est le phénomène qui consiste en la perte de la voyelle ou de la syllabe finale.

- *Uno, veintiuno, alguno, ninguno, primero, tercero, bueno, malo* perdent le ***o*** final **devant** un nom masculin singulier.

  El tercer hombre (le troisième homme),
  mais *un hombre bueno* (un homme bon).

- *Cualquiera* perd le ***a*** devant un nom singulier, masculin ou féminin.

  Le llama a cualquier hora.
  Il l'appelle à n'importe quelle heure.

- *Grande* devient ***gran*** devant un nom singulier masculin ou féminin.

  Fue un gran hombre. Ce fut un grand homme.
  Es una gran aventura. C'est une grande aventure.

- *Ciento* devient ***cien*** lorsqu'il est multiplicateur.

  Tebas, la ciudad de las cien puertas.
  Thèbes, la ville aux cent portes.

- *Santo* devient ***san*** devant un nom de saint sauf devant : *Domingo, Tomás, Tomé, Toribio.*

  Vive en San Francisco y pasa las vacaciones en Santo Domingo.
  Il vit à San Francisco et il passe ses vacances à Saint Domingue.

- *Tanto* et *cuanto* deviennent ***tan*** et ***cuan*** devant un adjectif ou un adverbe.

  ¿Por qué estás tan alegre? Pourquoi es-tu aussi gai ?
  ¡Cuán rápido corre el tiempo! Comme le temps passe vite !

- *Recientemente* se réduit à ***recién*** devant un participe passé.

  ¡Qué conmovedor es un recién nacido!
  Comme un nouveau-né est émouvant!

LES EXPRESSIONS CLÉS

Pour exprimer la probabilité, faire une hypothèse

››› ***A lo mejor** nos vemos en Zaragoza.* (+ ind.)
Peut-être nous verrons-nous à Saragosse.

››› ***Es posible que** Paco nos espere en la estación.*
Il se peut que Paco nous attende à la gare.

››› ***Quizás** Elena le acompañe.* (+ subj.)
Peut-être qu'Elena l'accompagnera.

››› ***Tal vez** el avión no pueda aterrizar por el mal tiempo.*
Peut-être que l'avion ne pourra pas atterrir à cause du mauvais temps.

››› ***Pongamos que** hay niebla.*
Supposons qu'il y ait du brouillard.

››› ***Puede ser que** el avión llegue con retraso.*
Il se peut que l'avion ait du retard.

››› ***Debe de ser** un viaje un poco largo.*
Ça doit être un voyage un peu long.

››› ***Me pregunto si** vale la pena visitar este pueblo.*
Je me demande si ça vaut la peine de visiter ce village.

››› ***No creo que** sea peligroso.*
Je ne crois pas que ce soit dangereux.

››› ***A qué no** sabes cómo se llama esta región.*
Je parie que tu ne sais pas comment s'appelle cette région.

››› ***Será** estupendo ver los Andes desde el avión.*
Ça doit être formidable de voir les Andes depuis l'avion.

S'ENTRAÎNER

QUIZ

1 **Cocher la forme qui convient.**

1. Hoy, hace … tiempo.	☐ **a.** mal	☐ **b.** malo
2. Tú eres como … Tomás.	☐ **a.** Santo	☐ **b.** San
3. Es la … vez que lo veo.	☐ **a.** primer	☐ **b.** primera
4. No le diste un … ejemplo.	☐ **a.** bueno	☐ **b.** buen
5. No quiere comer … cosa.	☐ **a.** cualquier	☐ **b.** cualquiera

2 **Donner une tournure équivalente adaptée à chaque cas pour traduire « on ».**

1. Tengo mucho trabajo.
2. La agencia vende una casa.
3. La leyenda dice que un rosal brotó de la tumba.
4. Estoy harta : tengo demasiadas cosas que preparar.
5. Este país tiene fama de ser muy hermoso.
6. La opinión pública pensaba que el Rey era culpable.
7. El paso está prohibido.
8. Los empleados de la agencia fijan carteles.

3 **Traduire.**

1. Qu'est-ce qu'on mange ce soir ?
2. On dit que c'est un climat très agréable.
3. On ne pense pas que ce soit la meilleure solution.
4. Après les vacances, on se sent mieux.
5. On raconte que c'est un accident.
6. On ira vous voir la semaine prochaine.
7. On a beaucoup aimé le Chili.
8. Après deux heures de piscine, on est fatiguée.
9. On ne sait pas exactement de quoi est mort Napoléon.
10. Quelquefois, on se demande comment on résiste.

POUR VOUS AIDER

Demandez-vous si **on** = je, nous ou un sujet indéterminé.

4 **Compléter les phrases avec la forme adéquate.**

1. No sé cómo la soporta. Es un … varón *(santo)*.
2. Hoy es el … *(primero)* día de vacaciones.
3. Cada tarde, miraban los escaparates de la … *(grande)* Vía.
4. Te lo repito por … *(tercero)* vez.
5. Fueron a Pamplona por la … *(santo)* Fermín.
6. ¡Cuidado! El perro muerde, es … *(malo)*.
7. Lo compré por … *(ciento)* euros.
8. Ya sabes que puedes venir … *(cualquiera)* día.
9. Luis es un … *(bueno)* chico.
10. El cuadro representa a … *(santo)* Sebastián.

5 **Compléter le texte en mettant les mots entre parenthèses à la forme adéquate.**

¡Qué suerte! Tenemos un … *(bueno)* asiento en el … *(primero)* vagón del tren y hay poca gente así que estamos tranquilos. Es la … *(primero)* vez que Luisito viaja en tren conmigo y para él es un … *(grande)* día. Se siente un chico … *(grande)*. Le ofrecí el billete por su … *(santo)* ya que hoy es la … *(santo)* Luis. Creo que fue una … *(bueno)* idea, porque el niño parece muy contento. Su hermano mayor lo estaba también pues quería organizar una … *(grande)* fiesta en casa con los amigos del Colegio y de … *(ninguno)* manera necesitaba a Luisito.

6 **Traduire.**

C'est notre premier voyage en Amérique latine. On est fous de joie. Tu te rends compte ! C'est un grand événement ! On prend un avion qui a un bon horaire. On voyage toute la nuit et on arrive en pleine forme à Buenos Aires. Dès le premier jour, on pourra visiter la ville. Le troisième jour, on nous emmène à Colonia, en Uruguay. Pour y aller, on peut prendre un bateau, plus ou moins rapide. Je préfère un lent, on profite mieux du paysage.

VOCABULAIRE

Les voyages

- la estación : *la gare*
- el andén : *le quai*
- la taquilla/ventanilla : *le guichet*
- el billete : *le billet*
- el revisor : *le contrôleur*
- la litera : *la couchette*
- los trenes de cercanías : *les trains de banlieue*
- el autobús : *le bus*
- el barco : *le bateau*
- el coche : *la voiture*
- el lleno : *le plein*
- la autovía : *la route à quatre voies*
- la autopista : *l'autoroute*
- la velocidad : *la vitesse*
- el peaje : *le péage*
- el aeropuerto : *l'aéroport*
- la tarjeta de embarque : *la carte d'embarquement*
- la tripulación : *l'équipage*
- la azafata : *l'hôtesse*
- abrocharse el cinturón : *boucler sa ceinture*
- despegar : *décoller*
- aterrizar : *atterrir*

7 Les tournures affectives La négation

L'ESSENTIEL

Les tournures affectives

En espagnol, on distingue « aimer d'amour et d'affection » (*amar*, *querer*) et « apprécier » (*gustar*).

● Le verbe ***gustar*** correspond à ce qui plaît, à ce qu'on apprécie. Attention à la construction.

››› Ce que l'on aime est le sujet inversé, singulier ou pluriel, du verbe qui ne s'emploie **qu'à la 3e personne**.

Te gusta bailar.
Tu aimes danser.
Le gustan los mariscos.
Il aime les fruits de mer.
Nos gusta el mar.
Nous aimons la mer.
¿Te gustaron los dulces?
As-tu aimé les gâteaux ?

››› La personne concernée est indiquée par les pronoms *me*, *te*, *le*, *nos*, *os*, *les*. Pour insister, on précisera *a mí*, *a ti*, *a él*, *a ella*, *a Usted*, *a nosotros*, *a vosotros*, *a ellos*, *a ellas*, *a Ustedes*.

¿A Ustedes les gusta esta obra de Dalí?
Vous, vous aimez cette œuvre de Dalí ?

● D'autres verbes se construisent comme *gustar* : *doler* (faire mal), *sentar* (aller), *saber* (avoir goût), *constar* (être sûr), *apetecer* (faire envie).

Me duele la espalda.
J'ai mal au dos.
Estos vaqueros te sientan bien.
Ces jeans te vont bien.
Esta carne me sabe mal.
Je n'apprécie pas le goût de cette viande.
Le consta que tiene razón.
Il est sûr d'avoir raison.
No me apetece nada.
Je n'en ai pas du tout envie.

> **ATTENTION !**
> Les verbes transitifs ***amar*** et ***querer*** sont réservés aux sentiments.
> *Ama a su mujer, quiere mucho a sus sobrinos.*
> Il aime sa femme, il aime beaucoup ses neveux.

La négation

● ***No*** = « ne… pas » : se place devant le verbe.

–¿No vienes con nosotros? –No, no voy.
– Tu ne viens pas avec nous ? – Non, je n'y vais pas.

● Avec ***nunca*** ≠ ***siempre*** (jamais ≠ toujours), ***nada*** ≠ ***algo*** (rien ≠ quelque chose), ***nadie*** ≠ ***alguien*** (personne ≠ quelqu'un) et ***tampoco*** ≠ ***también*** (non plus ≠ aussi), deux constructions sont possibles :

››› sans *no* s'ils sont placés avant le verbe ;

››› avec *no* s'ils sont placés après le verbe.

Nunca lo encontré. / No lo encontré nunca.
Je ne l'ai jamais rencontré.
Nadie ha venido. / No ha venido nadie.
Personne n'est venu.
Tampoco la conocían. / No la conocían tampoco.
Ils ne la connaissaient pas non plus.

La restriction

Ni siquiera (même pas) se place généralement en début de phrase.

Ni siquiera vino a verla.
Il n'est même pas venu la voir.
Ni siquiera le llamó antes de marcharse.
Elle ne l'a même pas appelé avant de partir.

On peut également trouver ces deux autres constructions :

Ni vino a verla siquiera. Ni le llamó siquiera.
Ni vino a verla. Ni le llamó.

LES EXPRESSIONS CLÉS

Pour faire des courses

››› *¿A cuánto está el kilo de fresas?*
Combien vaut le kilo de fraises ?

››› *Póngame medio kilo de higos, por favor.*
Mettez-moi 500 grammes de figues, s'il vous plaît.

››› *¿Cuánto vale este vestido?, no veo el precio.*
Combien vaut cette robe ? Je ne vois pas le prix.

››› *¿Dónde se encuentran los probadores?*
Où se trouvent les cabines d'essayage ?

››› *Estos vaqueros no me sientan.*
Ce jean ne me va pas.

››› *¿Se queda Usted con el vestido?*
Vous prenez la robe ?

››› *¿En qué planta se encuentra la librería?*
À quel étage se trouve la librairie ?

››› *¿Dónde están las cajas?*
Où sont les caisses ?

››› *¿Cuánto le debo?*
Combien vous dois-je ?

››› *¿Usted paga con tarjeta o en efectivo?*
Vous payez par carte ou en liquide ?

››› *Lo siento, no tengo suelto.*
Je regrette, je n'ai pas de monnaie.

››› *¿Le atienden?*
On s'occupe de vous ?

S'ENTRAÎNER

1 QUIZ

Cocher la forme qui convient.

1. ¿Compras ...?	☐ **a.** alguien	☐ **b.** algo
2. No necesito ...	☐ **a.** nada	☐ **b.** ninguno
3. Usted habla inglés, él ...	☐ **a.** también	☐ **b.** tampoco
4. No estuve ... allí.	☐ **a.** nunca	☐ **b.** nada
5. Yo no conozco a Luis, tú ...	☐ **a.** también	☐ **b.** tampoco

2 Reconstituer les phrases à partir des mots suivants.

1. peli / a / gusta / no / le / la / ella
2. huesos / perros / los / les / a / gustan / los
3. el / interesó / a / alumnos / los / les / poema
4. a / nietos / con / estar / encanta / Usted / sus / le
5. campeón / dedos / le / tenis / dolían / los / al / de
6. ellos / toca / convidarnos / a / les
7. sus / Ustedes / con / viajar / a / les / encanta / hijos
8. sienta / no / este / te / vestido
9. en / nos / que / no / estaba / consta / casa
10. vosotros / apetecen / a / helados / os
11. ti / sientan / no / colores / te / a / estos
12. los / ¿ / Usted / a / duelen / pies / ? / le / no

3 Modifier les phrases en employant la forme d'insistance.

1. No nos gusta este chiste.
2. ¿Te gusta esta novela?
3. Os encantaba esa playa.
4. ¿Le duele la cabeza, Señora?
5. ¿Les gusta este cuadro, Señores?
6. Me encanta Barcelona.
7. ¿Te duelen las manos?
8. ¿Os apetece una paella?
9. ¿Te consta que es su primo?
10. Le toca intervenir, Señora.
11. ¿No les gustó la película?
12. Nos encantó la visita al museo.
13. Me duele dejarlo solo.
14. Nos toca hoy.

4 Traduire.

1. Elles adorent ce peintre.
2. Tu as mal au dos ?
3. Vous, Monsieur, vous n'avez pas aimé le film ?
4. Moi, j'avais trop mal aux pieds.
5. C'est à ton tour de payer.
6. Nous, nous adorons nous promener dans ce quartier.
7. Mes enfants, vous aimez monter à cheval ?
8. C'est à moi de le lui dire.

POUR VOUS AIDER

Le pronom français n'est plus le sujet dans la phrase espagnole !

5 Compléter logiquement la phrase pour exprimer la négation.

1. ¿Quieres algo? No, no quiero ...
2. ¿Ha venido alguien? No, no ha venido ...
3. Usted no bebe vino. Yo ...
4. ¿Habéis visto a Pablo? No, no hemos visto a ...
5. A ti no te gusta la corrida. A mí ...
6. ¿Te sigue doliendo la cabeza? No, ... me duele.
7. ¿Habéis comido algo? No, no hemos comido ...
8. ¿Quién te lo dijo? No me lo dijo ...

6 Traduire en donnant deux constructions.

1. Ils ne nous appellent même pas.
2. Nous ne les connaissons même pas.
3. Elle ne me dit même pas bonjour.
4. Paco n'a même pas essayé d'apprendre le poème.
5. Je ne l'ai même pas vu.

VOCABULAIRE

Dans les magasins

- la tienda : *la boutique*
- el almacén : *le grand magasin*
- el supermercado : *le supermarché*
- el cesto : *le panier*
- el carrito de la compra : *le caddie*
- la bolsa : *le sac*
- el cliente : *le client*
- el dependiente : *le vendeur*

- la sección : *le rayon*
- el número : *la pointure*
- la talla : *la taille*
- la ropa : *les vêtements*

- la perfumería : *la parfumerie*
- las joyas : *les bijoux*
- los complementos : *les accessoires*
- los electrodomésticos : *les appareils électroménagers*
- los artículos de viaje : *les articles de voyage*

- caro ≠ barato : *cher ≠ bon marché*
- el descuento : *le rabais*
- de oferta : *en promotion*
- las rebajas : *les soldes*
- gratis : *gratuit*
- de segunda mano : *d'occasion*
- la devolución : *le remboursement*

8 Les démonstratifs Comparatif et superlatif

L'ESSENTIEL

Les adjectifs démonstratifs

● *Este, estos, esta, estas.*
Ce démonstratif correspond à une **proximité** de personne, de lieu, de temps : « je », « nous », « ici », « maintenant ».

*En **esta** casa pasan cosas raras.*
Dans cette maison [la maison où nous sommes], il se passe des choses bizarres.
*Nos vemos **esta** semana.*
Nous nous voyons cette semaine [la semaine en cours].

● *Ese, esos, esa, esas*
››› Ce démonstratif correspond à une **moindre proximité** : « toi », « là ».

*Dame **ese** libro que está **allí**, en el estante.*
Donne-moi ce livre qui est là-bas, sur l'étagère.
Mais : *Toma **este** libro que está **aquí**.* [ici, près de moi]

››› Il peut également revêtir une **nuance péjorative**.

***Ese** individuo me robó cien euros.*
Ce type m'a volé cent euros.

● *Aquel, aquellos, aquella, aquellas.*
››› Ce démontratif marque l'**éloignement** dans le temps et l'espace : « eux », « en ce temps-là ».

*En **aquella** época eran muy felices.*
À cette époque-là, ils étaient très heureux.

››› Il peut avoir une valeur **laudative**.

***Aquel** hombre fue un héroe.*
Cet homme [ce grand homme] fut un héros.

Les pronoms démonstratifs

On les distingue par un **accent** : *éste, éstos, ésta, éstas, ése, ésos, ésa, ésas, aquél, aquéllos, aquélla, aquéllas.*

Esta camiseta me gusta más que ésta (ésa).
Je préfère ce tee-shirt à celui-ci (celui-là).

● Chaque démonstratif a une forme neutre qui ne porte pas d'accent : *esto, eso, aquello.*

Esto me parece bueno. Cela me semble bien.
Aquello le fastidiaba. Cela l'ennuyait.

● Traduction de « **celui, celle de** » et « **celui, celle qui** » : le démonstratif français est remplacé par un article défini : *el/la de* et *el/la que.*

el de su amigo (celui de son ami)
los que ha pedido (ceux qu'il a commandés).

Le comparatif

● Le comparatif de supériorité : ***más…que*** (plus que).

Juan es más alto que Pablo.
Juan est plus grand que Pablo.

● Le comparatif d'infériorité : ***menos que*** (moins que).

Paco es menos trabajador que Luis.
Paco est moins travailleur que Luis.

> **ATTENTION !**
> Il existe également les comparatifs issus du latin : *mayor* (plus grand), *menor* (plus petit), *peor* (pire), *mejor* (meilleur).

● Le comparatif d'égalité : ***tan…como*** (aussi que).

*Elena es **tan** elegante **como** Luisa.*
Elena est aussi élégante que Luisa.

Le superlatif

Le **suffixe -*ísimo*** est ajouté à l'adjectif s'il se termine par une consonne (*dificilísimo*) ou se substitue à la voyelle finale si l'adjectif se termine par une voyelle (*severísimo*). Cela peut entraîner des modifications orthographiques : *rico* ⟶ *riquísimo, infeliz* ⟶ *infelicísimo.*

Les compléments de comparaison

● Après un superlatif absolu : *el/la… más… que…* on emploie l'**indicatif**, et **on ne répète pas l'article**.

*Es el hombre más simpático que **conozco**.*
C'est l'homme le plus sympathique que je connaisse.

● Après une comparaison suivie d'un verbe : *más…* ***de lo que***… le « ne » français ne se traduit pas :

*Es mucho más fácil **de lo que** piensas.*
C'est beaucoup plus facile que tu ne le penses.

LES EXPRESSIONS CLÉS

Pour demander une information

››› *Por favor, ¿me podría indicar…?*
S'il vous plaît, pourriez-vous m'indiquer… ?

››› *Qué significa este rótulo?*
Que signifie ce panneau ?

››› *¿Dónde puedo encontrar… ?*
Où puis-je trouver… ?

››› *Quisiera saber…* Je voudrais savoir…

››› *¿Dónde está la parada de autobús?*
Où se trouve l'arrêt de bus ?

››› *¿Dónde puedo comprar sellos?*
Où puis-je acheter des timbres ?

››› *¿Cómo se va a la estación?*
Comment va-t-on à la gare ?

››› *Muchas gracias, es Usted muy amable.*
Merci beaucoup, vous êtes très aimable.

››› *¿Podría repetir más despacio?*
Pourriez-vous répéter plus lentement ?

1 QUIZ

Choisir le démonstratif qui convient.

1. … hombre fue un gran novelista.	☐ **a.** Aquel	☐ **b.** Ese
2. A … mujer, no la soporto.	☐ **a.** esa	☐ **b.** aquella
3. Estamos la mar de bien en … hotel.	☐ **a.** aquel	☐ **b.** este
4. … idiota me las pagará.	☐ **a.** Aquel	☐ **b.** Ese
5. La he visto … mañana.	☐ **a.** esta	☐ **b.** esa

2 Compléter les phrases avec le bon démonstratif.

1. En … tiempo, todo le parecía fácil.
2. ¿Adónde vais …verano?
3. No quiero que … niño mal educado venga a casa.
4. … paella está riquísima.
5. ¿A qué hora nos vemos … noche?
6. ¿No te parecía estúpida … mujer?
7. … poeta dejó una obra inmensa.
8. No quiero pensar en … mal recuerdo.
9. … espectáculo fue inolvidable.
10. … es la primera vez que la encuentro.

3 Mettre les adjectifs au superlatif.

1. Susana estaba muy elegante.
2. Francisco parece muy triste.
3. Dicen que su madre es muy rica.
4. El viaje nos pareció muy largo.
5. El examen fue muy fácil.
6. Su perro es muy voraz.
7. María es muy guapa.
8. Es una pareja muy feliz.
9. Era un actor muy famoso.
10. Esta película es muy mala.

4 Établir un lien de supériorité.

1. Su jardín / grande / el nuestro
2. Su acento / malo / el tuyo
3. Este castillo / hermoso / el otro
4. Toma eso: es / bueno / para la salud
5. Su madre / severa / su padre

POUR VOUS AIDER

Souvenez-vous : « que » se traduit par *como* !

5 Établir un lien d'égalité.

1. Me gustó / Chile / Argentina
2. Son unos comilones: come / Alberto / Eugenio
3. Me interesó / su teatro / su poesía
4. Paco / moreno / su madre
5. Su hija / alta / él

6 Établir un lien d'infériorité.

1. Este coche / rápido / el otro
2. Esta casa / grande / la de antes
3. Su hermano / simpático / ella
4. Hoy, el tiempo / agradable / ayer
5. La vida allá / cara / en Francia

7 Compléter le texte avec les mots suivants :

naranjos – almacenes – oriental – baños – puente – casco – plaza – peatonal – azahares (fleurs d'oranger) *– torre – barrio – patios*

Lorca cantaba: "Sevilla es una torre llena de arqueros finos" y un refrán dice: "Quien no ha visto Sevilla, no ha visto maravilla". Pasearse por el … antiguo, tomar una copa cerca de la … de Santa Cruz y admirar los preciosos azulejos de los …, visitar la Casa de Pilatos, subir a la torre de la Giralda o dar una vuelta por el Parque María Luisa es un puro encanto. ¡Qué agradable resulta andar a lo largo del Guadalquivir con la … del Oro que nos recuerda el esplandor del pasado! ¡O cruzarlo por el elegante … de la Barqueta! ¡Qué agradable respirar los … e ir descubriendo esta magnífica arquitectura … en medio de los …! Y ¡qué pintoresco es el … de Triana! Si uno está cansado puede pasar un momento divino en unos … árabes dignos de las Mil y una noches. Y, claro, si uno es adicto a las compras, en la zona …, encontrará todos los … o tiendas que necesite. ¿Qué más se puede desear?

VOCABULAIRE

L'environnement urbain

- el casco antiguo : *le centre historique*
- la Plaza Mayor : *la place principale*
- la iglesia : *l'église*
- el campanario : *le clocher*
- el Ayuntamiento : *la mairie*
- la plaza de toros : *les arènes*
- el barrio : *le quartier*
- la manzana : *le pâté de maisons*
- el rascacielos : *le gratte-ciel*
- el suburbio, las afueras : *la banlieue*
- la avenida : *l'avenue*
- la callejuela : *la ruelle*
- el callejón sin salida : *l'impasse*
- la encrucijada : *le carrefour*
- el semáforo : *le feu tricolore*
- el peatón : *le piéton*
- la acera : *le trottoir*
- la zona peatonal : *la rue piétonne*
- el paso de cebra : *le passage piéton*
- la parada de autobús : *l'arrêt de bus*

9 Traduction de « dont » Les prépositions

L'ESSENTIEL

La traduction de « dont »

- Avec la préposition **de** = complément d'un verbe : **del cual / de la cual / de los cuales / de las cuales**

Los estudiantes ***de los cuales*** *os hablo son rusos.*
Les étudiants dont je vous parle sont russes.

- Après un chiffre = **de los cuales**

Tienen tres hijos, ***dos de los cuales*** *viven en Chile.*
Ils ont trois enfants, dont deux vivent au Chili.

- Avec un complément de nom : **cuyo, cuya, cuyos, cuya.** Il s'accorde en genre et en nombre avec le nom qui suit. On ne met **jamais d'article** entre *cuyo* et le nom qu'il détermine.

El chico ***cuyos*** *padres son actores es mi amigo.*
Le garçon dont les parents sont acteurs est mon ami.

Préposition *a*

- On l'emploie toujours **après un verbe de mouvement.**

Vamos ***a*** *España.* Nous allons en Espagne.
Va ***al*** *colegio.* Il va au collège.

On la répète donc deux fois s'il y a futur proche.

Van ***a*** *ir* ***a*** *la estación.* Ils vont aller à la gare.

- Elle précède toujours un **complément direct de personne** déterminée.

¿Conoce Usted ***a*** *mi secretaria?*
Vous connaissez ma secrétaire ?

Mais on dira :

Se busca secretaria. (indéterminé)
On cherche une secrétaire.

Cet usage peut s'étendre à un animal familier, à un pays non précédé de l'article, à une chose personnifiée.

¿Quién saca ***al*** *perro?* Qui sort le chien ?

Préposition *de*

- **Appartenance**

El móvil es ***de*** *Juan.* Le portable est à Juan.

- **Aspect caractéristique** d'une personne ou d'une chose

Es una chica ***de*** *pelo rubio.*
C'est une fille aux cheveux blonds.

- **Origine**

Pablo es ***de*** *Bogotá.* Pablo est de Bogota.

- **Usage**

Su madre tiene una máquina ***de*** *coser.*
Sa mère possède une machine à coudre.

- **Matière**

¿Es ***de*** *oro tu anillo?* Ta bague est en or ?

- **Activité** ou **état** dans des expressions comme : *ir* ***de*** *compras* (aller faire les courses), *estar* ***de*** *vacaciones* (être en vacances), *estar* ***de*** *viaje* (être en voyage).

> **ATTENTION !**
> La préposition « de » ne se traduit pas :
> – dans les tournures impersonnelles ;
> *Es fácil criticar.* C'est facile **de** critiquer.
> *Me es imposible decírtelo.*
> Ça m'est impossible **de** te le dire.
> – après des verbes à construction directe comme *decidir, prohibir…*
> *Decidió marcharse.* Il a décidé **de** partir.

Préposition *por*

- **Cause**

Aceptaste ***por*** *cobardía.* Tu as accepté par lâcheté.

- **Prix**

¿Lo comprasteis ***por*** *diez mil euros?*
Vous l'avez acheté pour dix mille euros?

- **Lieu de passage**

La Vuelta pasó ***por*** *Segovia.*
Le Tour d'Espagne est passé par Ségovie.

- **Lieu avec déplacement**

Nos encanta pasear ***por*** *Córdoba.*
Nous adorons nous promener dans Cordoue.

- **Durée**

Vinieron ***por*** *una semana.* Ils sont venus une semaine.

- **Date, époque**

¿Vendréis a casa ***por*** *Navidad?*
Vous viendrez à la maison pour Noël ?

- **Complément d'agent**

El alumno fue ayudado ***por*** *el profesor.*
L'élève a été aidé par le professeur.

- **But et cause réunis, sentiment**

Lo hice ***por*** *ti /* ***por*** *amor.* Je l'ai fait pour toi / par amour.

Préposition *para*

- **But**

Trabajó mucho ***para*** *aprobar.*
Il a beaucoup travaillé pour réussir.

- **Direction**

Íbamos ***para*** *Santiago de Compostela.*
Nous allions vers Saint-Jacques-de-Compostelle.

- **Attribution**

Toma, esto es ***para*** *ti.* Tiens, ceci est pour toi.

- **Délai**

El comentario es ***para*** *la semana que viene.*
Le commentaire est pour la semaine prochaine.

- **Point de vue**

Para *Usted ¿es su mejor película?*
Pour vous, c'est son meilleur film ?

LES EXPRESSIONS CLÉS

Pour construire les verbes à préposition

Voici quelques exemples.
- *pensar **en***: penser à
- *soñar **con***: rêver de
- *inspirarse **en***: s'inspirer de
- *comparar **con***: comparer à
- *bastar **con***: suffire de
- *amenazar **con***: menacer de
- *disfrazarse **de***: se déguiser en
- *saber **a***: avoir goût de
- *oler **a***: sentir
- *entender nada **de***: ne rien comprendre à
- *acabar **con***: finir par
- *vacilar **en***: hésiter à
- *tener miedo **a***: avoir peur de

S'ENTRAÎNER

1 QUIZ

Choisir la réponse qui convient.

1. Iván quiere a …	☐ **a.** una bici	☐ **b.** su hermano
2. Visitamos a …	☐ **a.** Leopoldo	☐ **b.** una iglesia
3. La madre mira a …	☐ **a.** su jardín	☐ **b.** su hijo
4. Vosotros buscáis a …	☐ **a.** la respuesta	☐ **b.** vuestro nieto
5. Ustedes encuentran a …	☐ **a.** un amigo	☐ **b.** la respuesta

2 **Compléter les phrases avec les prépositions *con, en, de* ou *a*.**

1. ¿Por qué comparar … Pedro … su hermano?
2. El autor se inspiró … un hecho real.
3. Es una pena pero él nunca entendió nada … música.
4. El ladrón los amenazó … una pistola … plástico.
5. La paella sabía … quemado.
6. Ustedes fueron los últimos … contestar.
7. Él no vaciló … denunciar … su mujer.
8. Creo que la bici es … Paula.
9. Cristóbal Colón soñó … una nueva ruta para ir … Indias.
10. Siempre supo contentarse … lo que tenía.

3 **Choisir entre *por* et *para*.**

1. Toma, es un disco … vosotros.
2. … mí, es su mejor novela.
3. Iremos … Semana Santa.
4. Dimos un paseo … la playa.
5. El mes que viene, me marcho … Colombia.
6. Tienen que redactarlo … la semana que viene.
7. Hicieron muchos esfuerzos … sus hijos.
8. Lo dejaron … cien mil euros.

POUR VOUS AIDER

On emploie *por* quand l'objet d'une action est également le but et le moteur.
Se sacrificó por su familia.
Il s'est sacrifié pour sa famille.

4 **Traduire.**

1. Qui attends-tu ? J'attends mon frère.
2. Ils sont fous de leurs petits-enfants.
3. Elle n'a pas hésité à le défendre.
4. En quoi te déguises-tu ?
5. Sa voiture sentait le tabac.
6. Cette bague n'est pas en or.
7. À qui est ce portable ?
8. Il a été le premier à répondre.

5 **Placer les prépositions *en, de, a* ou *para*.**

Atapuerca

El Museo de la Evolución Humana acaba … abrir en Burgos. En efecto, … Atapuerca, cerca … Burgos (Castilla y León), existen yacimientos declarados Patrimonio … la Humanidad donde se llevaron … cabo estudios arqueológicos muy importantes … el conocimiento de nuestros antepasados. Entre los restos más notables es … señalar un cráneo y una cadera.

6 **Traduire.**

1. Voici Diego, le garçon dont je t'ai parlé.
2. Il est monté dans une voiture dont les vitres étaient noires.
3. Nous sommes vingt-cinq élèves en classe, dont deux viennent du Chili.
4. C'est drôle, elle a eu quatre enfants dont deux sont roux.

VOCABULAIRE

La télévision

- la pantalla : *l'écran*
- el televisor : *le poste de télévision*
- el telemando : *la télécommande*
- el canal : *la chaîne*
- el documental : *le documentaire*
- el reportaje : *le reportage*
- el serial : *le feuilleton, la série*
- el Telediario : *le journal télévisé*
- el locutor : *le présentateur*
- el anuncio : *la publicité*

10 Les formes de l'action – « Devenir » – Raconter au passé

L'ESSENTIEL

Les formes de l'action

● **L'action récente** : *acabar de*

El avión acaba de aterrizar. L'avion vient d'atterrir.

● **L'action tentée** : *tratar de, intentar, procurar*

El turista trató de explicar que se lo habían robado todo.
Le touriste essaya d'expliquer qu'on lui avait tout volé.

● **L'action manquée** (faillir) : *por poco*

Por poco el anciano se cayó en medio de la calzada.
Le vieillard faillit tomber au milieu de la chaussée.

● **L'action réussie** : *conseguir, lograr*

No sé cómo conseguiste callarte.
Je ne sais pas comment tu as réussi à te taire.

● **L'action reitérée** : *volver a*

El perro vuelve a ladrar. Le chien aboie à nouveau.

Dans quelques cas, on utilise le préfixe *re-* (*reeducar, reproducir, reeditar)* ou les adverbes *de nuevo* ou *otra vez*.

Creo que voy a leer otra vez esta novela.
Je crois que je vais relire ce roman.

● **L'action habituelle** : *soler*

Solemos veranear en Sitges.
Nous avons l'habitude de passer l'été à Sitges.

La traduction de « devenir »

● **Transformation passagère et rapide** : *volverse, ponerse*

ponerse pálido : pâlir
volverse loco de dolor : devenir fou de douleur

● **Transformation profonde ou voulue** : *hacerse, convertirse*

hacerse monje : se faire moine
convertirse en hielo : geler

● **Transformation** qui suppose **un effort et un aboutissement** : *llegar a ser, venir a ser, acabar por ser*

Al cabo de diez años llegó a ser el director.
Au bout de dix ans, il est devenu directeur.

Raconter au passé

Pour raconter au passé, l'espagnol emploie :

››› **L'imparfait** : comme en français (histoire, action passée, habitude dans le passé).

Solíamos ir a Vigo.
Nous avions l'habitude d'aller à Vigo.
El abuelo nos cantaba canciones antiguas.
Notre grand-père nous chantait de vieilles chansons.

››› **Le passé composé** : lorsque l'action se situe à une période récente et que les effets se font encore sentir.

Esta mañana, he encontrado a Nacho.
Ce matin, j'ai rencontré Nacho.
Este siglo se ha hundido en la crisis.
Ce siècle s'est enfoncé dans la crise.

(Notez que cet emploi a tendance à s'étendre.)

››› **Le passé simple** (*pretérito*) : dès que l'on se réfère à un passé révolu (action terminée dans le passé).

Anoche, vino Jaime.
Hier soir, Jaime est venu.
Cuba obtuvo su independencia en 1898.
Cuba a obtenu son indépendance en 1898.

ATTENTION !

Le passé simple est beaucoup plus fréquent en espagnol. En français, on le traduira donc souvent par un passé composé, comme dans les exemples ci-dessus.

LES EXPRESSIONS CLÉS

Pour se présenter et faire la fête

››› *Hola, ¿qué tal estás?*
Salut, comment vas-tu ?

››› *¿Qué tal está Usted?*
Comment allez-vous ?

››› *¡Cuánto tiempo sin verte!*
Il y a longtemps que je ne t'ai pas vu !

››› *¿Qué es de tu vida?*
Que deviens-tu ?

››› *Te presento a Teresa.*
Je te présente Teresa.

››› *Me alegro de conocerle.*
Je suis heureux de vous connaître.

››› *Encantado/Encantada, tanto gusto. – El gusto es mío.*
Enchanté !/Enchantée ! – Moi de même.

››› *Hemos organizado una fiesta de despedida.*
Nous avons organisé une fête d'adieu.

››› *Gracias por tu parte de boda, ¡enhorabuena!*
Merci pour ton faire-part de mariage, félicitations !

››› *Celebramos el cumpleaños de Pablito.*
Nous fêtons l'anniversaire de Pablito.

››› *¡Felicidades!*
Joyeux anniversaire !

››› *¡Qué lo paséis bien!*
Amusez-vous bien !

››› *Da recuerdos a tus padres de mi parte.*
Salue tes parents de ma part.

1 QUIZ

Choisir la forme qui convient.

1. Gracias a sus esfuerzos, … un cantante famoso. ☐ a. llegó a ser ☐ b. se puso
2. Con el calor, el helado … líquido. ☐ a. se volvió ☐ b. llegó a ser
3. Después de una semana en la playa, … morena. ☐ a. se hizo ☐ b. se puso

2 **Transformer les phrases suivantes de manière à exprimer l'habitude.**

1. Va a la escuela en autobús.
2. Comen a las diez de la noche.
3. Te acuestas muy tarde.
4. Escucháis con mucha atención.
5. Usted vuelve a casa a las seis.

3 **Transformer les phrases de manière à exprimer la répétition.**

1. Ustedes llaman al médico.
2. Juegas al tenis.
3. Se siente en buena forma.
4. Me mudo de casa.

4 **Compléter par le verbe adéquat pour exprimer la transformation.**

1. Cuando Elena le contó lo que había pasado, Eduardo … colorado de cólera.
2. De joven, era obrero y sin embargo … Primer Ministro.
3. Cuando su amo salía sin él, el perro … triste.
4. Con este invento, el ingeniero … rico.
5. ¡Había llovido tanto que la cancha de tenis … en un lodazal (= *bourbier*)!
6. Al ver que sus compañeros se burlaban de él, Jaime … mudo.
7. Nunca hubiéramos creído que ella … una escritora famosa.
8. Cuando tuvo veinte años … budista.

5 **Remplacer *hoy* par *la semana pasada*.**

Hoy viene Joaquín. ¡Cuánto me alegro! Ya lleva un año en Argentina y tendremos un montón de cosas que contarnos. Espero que no habrá atascos (= *embouteillages*), a esas horas, nunca se sabe. Tengo que llamar a Susana, a ver si le apetece venir conmigo. Joaquín estará contento de verla. No me acuerdo dónde he puesto el móvil. ¡Qué cabeza la mía! Está debajo de la almohada (= *oreiller*), lo de siempre… Pero no funciona, se ha quedado sin batería.

6 **Mettre au passé ce résumé de la vie de Federico García Lorca.**

Federico García Lorca nace en 1898. Lorca es el apellido de su madre. Es un buen pianista y es también dotado para el dibujo. En 1919, viene a Madrid a vivir en la Residencia de Estudiantes donde entabla amistad con el cineasta Luis Buñuel y el pintor Salvador Dalí. En 1929 hace un viaje a Nueva York. En Julio de 1936, estalla la Guerra Civil. Lorca, a pesar de los consejos de unos amigos, quiere volver a Granada. Le detienen y muere fusilado, en Agosto, a los 38 años, dejando una obra magnífica.

7 **Traduire.**

1. Après l'hiver, le jardin est devenu un bourbier.
2. Enfin, il est devenu président de la République !
3. Quand il comprit ce qui se passait, il devint très pâle.
4. Malgré l'avis de sa famille, il devint curé.
5. Petit à petit, elle devint célèbre dans la ville.
6. Malgré la crise, ils sont devenus riches.
7. As-tu remarqué comme elle est devenue maigre ?
8. Il s'est tellement entraîné qu'il est devenu champion.

VOCABULAIRE

L'environnement rural

- la casa de campo : *la maison de campagne*
- la finca : *la propriété, la ferme*
- el amo : *le propriétaire*
- la ganadería de toros de lidia : *l'élevage de taureaux de combat*
- el ganado : *le bétail*
- las aves de corral : *la basse-cour*
- el conejo : *le lapin*
- el zorro : *le renard*
- la cigüeña : *la cigogne*
- el gallo, la gallina : *le coq, la poule*
- las ovejas : *les brebis*
- el cordero : *l'agneau*
- el ternero : *le veau*
- el cerdo : *le cochon*
- el prado : *le pré*
- el pasto : *le pâturage*
- el monte : *la montagne*
- la pendiente : *la côte, la pente*
- el puerto : *le col*
- la carretera : *la route*
- el sendero : *le sentier*
- el matorral : *le buisson*
- el bosque : *le bois*
- el olivar : *l'oliveraie*
- la vid : *la vigne*
- el eucalipto : *l'eucalyptus*
- el arroz : *le riz*
- el centeno : *le seigle*
- el trigo : *le blé*

11 Concordance des temps et style indirect

L'ESSENTIEL

La concordance des temps

● On appelle concordance des temps le fait de faire **correspondre logiquement le temps de la proposition principale avec celui de la subordonnée** : un présent, un passé composé, un futur ou un impératif appellent un subjonctif présent ; un temps passé, un subjonctif imparfait.

> *Me* **pide** *que me* **detenga**.
> Il me demande de m'arrêter.
> *Me* **pidió** *que me* **detuviera**.
> Il m'a demandé de m'arrêter.

ATTENTION !
Au contraire du français qui n'utilise plus beaucoup le subjonctif imparfait, l'espagnol applique strictement la concordance des temps.

● **Tableaux de la concordance**

››› Subordonnée au subjonctif présent

Proposition principale	Exemple
Présent	*Quiero que* **vengas**. Je veux que tu viennes.
Passé composé	*Me ha dicho que le* **espere**. Il m'a dit de l'attendre.
Futur	*Te llamaré cuando lo* **sepa**. Je t'appellerai quand je le saurai.
Impératif	*Ven cuando* **puedas**. Viens quand tu pourras.

››› Subordonnée au subjonctif imparfait

Proposition principale	Exemple
Imparfait	*Quería que la* **acompañara**. Il voulait qu'elle l'accompagne.
Passé simple	*Le dije que* **saliera**. Je lui ai dit de sortir.
Conditionnel	*Quisiera que lo* **comprase**. Je voudrais qu'il l'achète.
Plus-que-parfait	*Le había pedido que le* **escribiera**. Il lui avait demandé de lui écrire.
Conditionnel passé	*Me habría gustado que* **volviera**. J'aurais aimé qu'elle revienne.

Le discours indirect

● On appelle discours indirect le fait de **rapporter dans une subordonnée des propos exprimés au style direct**, ce qui implique un certain nombre de changements dans la phrase : verbe, pronoms compléments, possessifs.

> *Me voy y te llamo en cuanto haya hablado con mi hijo.*
> Je pars et je t'appellerai dès que j'aurai parlé à mon fils.
> → *Dice que* **se va** *y que* **le llamará** *en cuanto haya hablado con* **su** *hijo.*
> Il dit qu'il part et qu'il l'appellera dès qu'il aura parlé à son fils.

● En français, **les verbes d'ordre, de volonté, de conseil** entraînent souvent la construction « de » + infinitif, alors qu'en espagnol ils sont **suivis de *que* + subjonctif** :

> Je lui dis de venir. Il lui conseille de réfléchir.
> *Le digo que venga. Le aconseja que reflexione.*

On applique donc la concordance des temps dans les subordonnées qui dépendent de ce type de verbes.

››› Verbe déclaratif au présent

> **Dame tu** *número de teléfono,* **te llamaré**.
> Donne-moi ton numéro de téléphone, je t'appellerai.
> → **Le** *dice que* **le dé su** *número de teléfono y* **le llamará**.
> Il lui dit de lui donner son numéro de téléphone et il l'appellera.

››› Verbe déclaratif au passé

> *Le* **dijo** *que le* **diera** *su número y le* **llamaría**.
> Il lui dit de lui donner son numéro et il l'appellerait.

ATTENTION !
Il convient de bien préciser le sens de « dire » : ordre ou simple déclaration.
Te digo que hables. Je te dis de parler.
Te digo que son las cinco. Je te dis qu'il est cinq heures.

Le subjonctif dans la subordonnée de temps

Lorsque le verbe de la principale est au futur ou à l'impératif, le verbe de la subordonnée introduite par ***cuando*** est au subjonctif présent.

> *Me lo dirás* **cuando** *lo* **sepas**.
> Tu me le diras quand tu le sauras.
> *Venga Usted* **cuando quiera**.
> Venez quand vous voudrez.

LES EXPRESSIONS CLÉS

Pour suggérer, conseiller

››› *Quisiera visitar la fábrica.* Je voudrais visiter l'usine.

››› *Te propongo ir de compras.*
Je te propose d'aller faire des courses.

››› *A ver si te apetece ir a la piscina.*
Voyons si ça te dit d'aller à la piscine.

››› *¿Qué te parece si cenamos?* Et si on dînait ?

››› *Te aconsejo/sugiero que lo pienses bien.*
Je te conseille/suggère de bien y réfléchir.

››› *Me ha pedido que le vuelva a llamar.*
Il m'a demandé de le rappeler.

››› *Yo que tú.* Si j'étais toi…

1 QUIZ

Choisir la forme qui convient.

1. No quiero que te …	☐ **a.** quedes	☐ **b.** quedas	☐ **c.** quedaras
2. Nos pidió que nos …	☐ **a.** vamos	☐ **b.** fuéramos	☐ **c.** vayamos
3. Exigimos que lo …	☐ **a.** decís	☐ **b.** decíais	☐ **c.** digáis
4. Me dijo que lo …	☐ **a.** olvide	☐ **b.** olvidara	☐ **c.** olvido

2 Compléter les phrases avec les verbes suivants :

vinieras – ganara – invitaran – durmieran – abriéramos – se fuera – supierais.

1. No era una buena solución que Usted … solo.
2. Me extrañaría que no lo …
3. Le parecía imposible que no le …
4. Nosotros preferíamos que no …
5. Era preferible que Ustedes … en el hotel.
6. No pensaba posible que … su equipo.
7. El aduanero exigió que … las maletas.

3 Transposer ces phrases à l'imparfait.

1. No me parece que valga la pena.
2. Es preciso que lo sepa el maestro.
3. Deseo que tengas un trabajo interesante.
4. Más vale que olvides eso.
5. Prefieren que él no vaya allí.
6. Está muy orgulloso de que su hijo sea un empollón.
7. Es extraño que no te llamen.
8. No es menester que lo compres.
9. ¿No es increíble que lo hayáis olvidado?
10. Es preferible que lo traigan mañana.

4 Mettre au passé simple ces ordres indirects.

1. El director pide al empleado que venga a verle.
2. Quiere que su hija sea abogada.
3. Desean que los niños se acuesten temprano.
4. Exigimos que nos conteste.
5. El profesor aconseja a los alumnos que estudien más.
6. Usted no quiere que él le ayude.
7. El médico le aconseja que descanse.
8. No quieren que los periodistas investiguen.
9. No te aconsejo que insistas.
10. Usted les pide que le atiendan.

5 Donner la forme directe de ces ordres indirects.

1. No te aconsejo que lo repitas.
2. Quiere que te vayas.
3. Os piden que volváis.
4. Nos aconsejan que durmamos.
5. Quieren que Ustedes se detengan.
6. Exijo que me lo devuelvas.
7. No desea que le llames.
8. No quiero que Usted se preocupe.

POUR VOUS AIDER

L'enclise entraîne souvent l'ajout d'un accent écrit sur la voyelle accentuée.

6 Traduire.

1. Je voudrais que tu lises ce roman.
2. Il fallait que je te le dise.
3. Nous aimerions qu'il vienne dîner.
4. Elles lui dirent qu'il était trop tard.
5. Je lui ai conseillé de s'amuser.

7 Transformer les phrases en utilisant le style indirect.

1. Su padre le pide: "Ven acá y tráeme tu tarea".
2. El profesor aconsejó a los alumnos: "Callaos y concentraos".
3. El médico pidió al enfermo: "Tosa y diga treinta y tres".
4. Pablo dice a su hermano: "Cállate y déjame en paz".
5. La madre ordenó a sus hijos: "No volváis tarde y no despertéis a vuestro hermanito".
6. El portero sugirió a los inquilinos: "Apaguen la luz del pasillo y cierren la puerta".
7. El director dijo a la secretaria: "Descuelgue y diga que no estoy".
8. La azafata exigió: "Quédense sentados y abróchense los cinturones".

VOCABULAIRE

Le monde du travail

- trabajar : *travailler*
- el curro : *le boulot*
- un trabajillo : *un petit boulot*
- el maestro : *l'instituteur*
- la enfermera : *l'infirmière*
- el cirujano : *le chirurgien*
- el abogado : *l'avocat*
- el empresario : *le chef d'entreprise*
- el ejecutivo : *le cadre supérieur*
- la azafata : *l'hôtesse de l'air*
- el obrero : *l'ouvrier*
- el sector : *le secteur, le domaine*
- reclutar : *embaucher*
- despedir : *licencier*
- el sindicato : *le syndicat*
- la huelga : *la grève*
- el salario, el sueldo : *le salaire*
- el paro : *le chômage*
- la jubilación : *la retraite* (cessation d'activité)
- la pensión : *la retraite* (l'argent que l'on reçoit)

Des parcours de révision sur

www.annabac.com

Date

Comment crée-t-on des richesses et comment les mesure-t-on ?

1. Qui sont les producteurs de richesses et que produisent-ils ? 352
2. Qu'est-ce que la combinaison productive ? 353
3. Comment mesurer la production ? 354
4. Comment mesurer la croissance économique ? 355
5. Quelles sont les limites écologiques de la croissance ? 356

Comment se forment les prix sur un marché ?

6. Qu'est-ce qu'un marché ? 357
7. Comment évoluent la demande et l'offre par rapport au prix ? 358
8. Comment se forme l'équilibre sur un marché ? 359
9. Quels sont les effets d'une taxe sur un marché ? 360
10. Quels sont les effets d'une subvention sur un marché ? 361

Comment devenons-nous des acteurs sociaux ?

11. Qu'est-ce que la socialisation ? 362
12. Quelles sont les instances de socialisation ? 363
13. En quoi la socialisation diffère-t-elle selon le milieu social et le genre ? 364
14. La socialisation se poursuit-elle tout au long de la vie ? 365

Comment s'organise la vie politique ?

15. Comment s'organise le pouvoir politique ? 366
16. Quelles sont les principales institutions de la Ve République ? 367
17. Quelle est l'influence des modes de scrutin ? 368
18. Quel est le rôle des partis politiques, de la société civile organisée et des médias ? 369

Quelles relations entre le diplôme, l'emploi et le salaire ?

19. En quoi les études sont-elles un investissement en capital humain ? 370
20. En quoi l'accès aux diplômes est-il différencié socialement ? 371

1 Qui sont les producteurs de richesses et que produisent-ils ?

L'ESSENTIEL

Les entreprises

● Une entreprise qui appartient majoritairement ou en totalité à l'État est une **entreprise publique** (ex. : EDF). Une entreprise qui n'appartient pas à l'État, ou minoritairement, est une **entreprise privée** (ex. : Renault, dans lequel l'État est minoritaire, ou Danone).

● On distingue les entreprises selon leur **taille** : les microentreprises (moins de 10 salariés), les PME (moins de 250 salariés), les entreprises de taille intermédiaire (moins de 5 000 salariés) et les grandes entreprises (plus de 5 000 salariés). En France, en 2019, il y a environ 4 millions d'entreprises, dont 3,7 millions de microentreprises qui emploient environ 20 % des salariés. Les plus grandes entreprises appartiennent à des **actionnaires**, dont l'État peut faire partie.

● Les entreprises peuvent appartenir au **secteur primaire** (ex. : agriculture), au secteur **secondaire** (ex. : automobile) ou au secteur **tertiaire** (ex. : enseignement).

Les autres organisations productives

● Les **administrations publiques** offrent des services non marchands pour servir l'intérêt général. Elles sont détenues par les pouvoirs publics (État, communes, etc.).

● L'**économie sociale et solidaire** comprend les associations, qui fournissent essentiellement des services non marchands (culturels, sportifs, etc.), ainsi que les mutuelles et les coopératives, qui sont des organisations marchandes à but non lucratif.

La production de biens et de services

● Un bien est un **produit matériel** : il est concret et stockable. Il peut être destiné à une consommation finale, c'est-à-dire être acheté pour satisfaire directement un besoin ou un désir. Il peut aussi être consommé ou incorporé à un autre produit : il sera alors considéré comme une consommation intermédiaire (ex. : le bois pour fabriquer une chaise). S'il est utilisé de façon durable, il est désigné comme du capital fixe (ex. : un marteau pour fabriquer une chaise – voir le chapitre 2).

● Un service désigne une **prestation technique ou intellectuelle** : c'est un produit immatériel, donc non stockable. Il peut être destiné à une consommation finale (ex. : un film au cinéma) ou à une consommation intermédiaire (ex. : un lavage de carreaux dans une entreprise).

Production marchande et production non marchande

● On appelle **production marchande** la production de biens et services avec un **objectif de profit**. Ceux-ci sont destinés à être vendus sur un marché. Pour réaliser un profit, les biens et services marchands doivent être vendus à un prix supérieur à leur coût de production. Le prix est fixé sur un **marché**, c'est-à-dire qu'il varie selon la quantité disponible et la quantité demandée par les acheteurs.

● La **production non marchande** représente la production de biens et services qui sont fournis à un **prix inférieur à leur coût de production** (Éducation nationale, etc.). Lorsqu'elle est fournie par les pouvoirs publics, la production non marchande est financée par des **prélèvements obligatoires**.

● Il existe également une **autoproduction** réalisée afin de satisfaire les besoins du producteur lui-même (ex. : cultiver des tomates dans son jardin).

MOTS CLÉS

Actionnaire : propriétaires d'une entreprise qui perçoivent des dividendes.
Prélèvements obligatoires : recettes des pouvoirs publics constituées des cotisations sociales et des impôts.
Production : richesses sous la forme de biens et services destinés à satisfaire des besoins individuels ou collectifs.

S'ENTRAÎNER

1 QUIZ

Cochez la ou les cases qui conviennent.

1. Quelle est la situation actuelle des microentreprises en France ?
☐ **a.** Elles ont moins de 10 salariés.
☐ **b.** Elles représentent environ 80 % des entreprises.
☐ **c.** Elles emploient 20 % des salariés.

2. L'objectif poursuivi par les entreprises privées est de :
☐ **a.** satisfaire leurs clients.
☐ **b.** faire du profit.
☐ **c.** maximiser leur profit.

2 **Questions flash**

a. Les entreprises privées sont-elles les seules à produire des biens et services ?
b. Quels sont les trois critères permettant de distinguer différents types d'entreprises ?
c. Quelles sont les différences entre productions marchande et non marchande ?

2 Qu'est-ce que la combinaison productive ?

L'ESSENTIEL

Les facteurs de production

● Le **facteur travail** correspond à l'activité humaine permettant de produire. La quantité de travail utilisée pour produire se mesure généralement en heures de travail, mais peut aussi s'évaluer par le montant des salaires versés.

● Le **facteur capital**, ou **capital fixe**, est l'ensemble des biens utilisés durablement (pendant plus d'un an) pour produire, comme les machines. La quantité de capital utilisée se mesure en euros (valeur des biens).

● Les **ressources naturelles** sont des biens non produits par l'Homme, mais qu'il peut utiliser pour produire. C'est le cas du bois fourni par les arbres pour fabriquer des tables. Certaines ressources naturelles, comme le pétrole, sont dites **non renouvelables** parce qu'il faut des millions d'années pour les produire. D'autres, comme les arbres, sont qualifiées de **renouvelables** parce qu'elles se peuvent se reproduire en (relativement) peu de temps.

La productivité

● On mesure aussi la productivité du travail, c'est-à-dire son efficacité, à la **valeur produite par le travail en un temps donné**. Par exemple, si un cordonnier répare une paire de chaussures en une heure, tandis qu'un second en répare trois dans le même temps, alors ce dernier a une productivité trois fois supérieure au premier.

● Il est également possible d'évaluer la **productivité du capital fixe** : la valeur qu'il produit en un temps donné. Par exemple, dans le cas de deux photocopieurs dans une imprimerie, il est possible de comparer le nombre de copies effectuées par heure et donc les recettes de chaque machine.

Contraintes techniques et coûts de production

● Si les facteurs de production travail et capital sont **complémentaires**, alors ils devront nécessairement être utilisés dans les mêmes proportions. Par exemple, pour un camion, il faut un chauffeur ; pour deux camions, il faudra alors deux chauffeurs, etc. En revanche, s'ils sont **substituables**, l'un peut remplacer l'autre. Ainsi, un supermarché peut décider de réduire le nombre de ses caissiers (facteur travail) et d'augmenter le nombre de caisses automatiques (facteur capital).

● Lorsque ses facteurs de production sont substituables, une entreprise a le choix entre un grand nombre de combinaisons possibles. Si elle est **rationnelle**, elle choisira celle qui lui coûte **le moins cher**.

La recherche du profit

Le producteur n'a pas toujours intérêt à privilégier le facteur le moins coûteux. En effet, pour **maximiser son profit**, il ne s'intéresse pas seulement au coût, mais également à la **productivité du facteur de production**. Par exemple, une entreprise peut préférer une main-d'œuvre locale plus coûteuse, mais également plus productive, à une main-d'œuvre située à l'étranger, moins coûteuse, mais moins efficace. Ce choix lui rapportera un profit plus élevé.

MOTS CLÉS

Capital fixe : biens utilisés pendant au moins un an pour produire (machines, etc.).
Productivité : efficacité avec laquelle est réalisée la production.
Profit : part de la richesse créée en produisant qui revient à l'entreprise.

S'ENTRAÎNER

1 Mettre en évidence un lien de causalité entre deux variables

	1950	1973	2011
Nombre de salariés (en millions)	19	22	27
Durée annuelle moyenne du temps de travail par salarié (en heures)	2 240	2 027	1 441
Quantité totale d'heures de travail (en milliards)	43	45	39

▷ D'après l'OCDE, 2012.

a. Lisez les données pour l'année 1973.
b. Entre 1950 et 1973, montrez qu'il existe une corrélation entre le nombre de salariés et la quantité d'heures de travail.
c. Sur la même période, montrez qu'il existe une corrélation entre le nombre de salariés et la durée annuelle du temps de travail.
d. Quel lien de causalité peut-on établir entre les trois variables ?

POUR VOUS AIDER

Question d. Commencez par mettre en évidence une corrélation, c'est-à-dire une concomitance entre l'évolution de deux variables. Il y a un lien de causalité quand l'évolution d'une variable provoque l'évolution de l'autre (elle en est alors la cause).

SES

3 Comment mesurer la production ?

L'ESSENTIEL

Évaluer la production d'une entreprise

- La production peut se mesurer en **quantités physiques**, c'est-à-dire en nombre d'unités produites (ex. : le nombre de baguettes de pain pour un boulanger).
- La production peut se mesurer en valeur monétaire, par exemple en euros. Le **chiffre d'affaires (CA)** en donne une mesure :

CA = nombre d'unités de produit vendues × prix unitaire du produit

- Mais, généralement, c'est la **valeur ajoutée (VA)** qui est utilisée pour mesurer la production en valeur monétaire. La VA est un indicateur de production plus pertinent que le CA car elle ne tient compte que de la production réalisée par l'entreprise et écarte les **consommations intermédiaires (CI)**, produites par ses fournisseurs :

VA = CA – CI

Évaluer l'efficacité d'une entreprise

- La **productivité du travail** mesure la quantité de biens ou de services que produit chaque travailleur en moyenne. Elle se calcule ainsi :

$$\text{productivité du travail} = \frac{\text{quantité produite par l'entreprise}}{\text{nombre de travailleurs}}$$

- Le revenu de l'entreprise est le bénéfice, mesuré par l'**excédent brut d'exploitation (EBE)**. Il permet de savoir si l'activité de l'entreprise est profitable. L'EBE s'obtient en retranchant les coûts de production (salaires, CI, impôts sur la production) du CA :

EBE = CA – coûts de production

Le PIB, indicateur de la production d'un pays

- Le **produit intérieur brut (PIB)** mesure la valeur des biens et services produits dans un pays en une année. Il doit, pour cela, faire la somme des productions marchandes (VA = CA – CI) et non marchandes (mesurées à leur coût de production : salaires et consommations intermédiaires essentiellement) :

PIB ≈ VA marchandes + VA non marchandes

- Les biens et services produits en une année dans un pays sont une richesse, car ils satisfont des besoins et désirs. En outre, la production de biens et services donne naissance à un **flux de revenus** versés aux producteurs. En effet, la valeur ajoutée produite est distribuée sous forme de salaires aux salariés, d'EBE aux entreprises et d'impôts aux administrations publiques.

Le PIB, un indicateur imparfait

- Le PIB ne donne **pas une mesure satisfaisante** de la production de biens et services. D'une part, il la sous-estime : il ne prend pas en compte les activités bénévoles, les travaux domestiques non rémunérés ou les activités non déclarées. D'autre part, il la surestime : il comptabilise comme production des activités qui ne font que réparer des dégâts causés par l'activité humaine (ex. : la dépollution, le soin aux personnes blessées, etc.).
- Le PIB ne donne **aucune information sur les inégalités** de revenus. Son augmentation peut s'accompagner d'une hausse des inégalités, comme aux États-Unis, par exemple.
- Le PIB ne dit **rien sur la qualité** des biens et services produits : qualité nutritionnelle de produits alimentaires, fiabilité d'appareils ménagers, etc. Une augmentation de PIB ne signifie donc pas nécessairement que nous tirions davantage de satisfaction des biens et services à notre disposition.

MOTS CLÉS

Consommations intermédiaires : biens et services entièrement consommés ou incorporés au produit au cours du processus de production.

Production non marchande : produits fournis (notamment par les administrations publiques) sans objectif de profit.

S'ENTRAÎNER

1 QUIZ **Cochez la ou les cases qui conviennent.**

1. Quelle formule permet de calculer la valeur ajoutée ?
- ☐ **a.** quantité vendue × prix de vente unitaire
- ☐ **b.** chiffre d'affaires – consommations intermédiaires
- ☐ **c.** somme des coûts de production

2. Pourquoi le PIB est-il un indicateur imparfait de la création de richesses ?
- ☐ **a.** Il surestime la production.
- ☐ **b.** Il sous-estime la production.
- ☐ **c.** Il informe sur les inégalités dans un pays.

2 **Questions flash**

a. Pourquoi la VA est-elle plus pertinente que le CA pour mesurer la production d'une entreprise ?

b. Qu'est-ce qui distingue les valeurs ajoutées marchande et non marchande ?

4 Comment mesurer la croissance économique ?

L'ESSENTIEL

Définir la croissance économique

- Selon l'économiste François Perroux, la croissance économique est « l'augmentation soutenue durant une ou plusieurs périodes longues d'un indicateur de dimension : pour une nation, le produit global brut ou net, en termes réels » (*Dictionnaire économique et social*, 1990, Hatier). La dimension en question est celle de la production, et le produit global désigne ici le PIB. La croissance économique désigne donc l'**augmentation durable et soutenue du PIB en volume**.
- Pourquoi préciser le caractère soutenu et durable de la croissance ? Car cela permet de la **distinguer de l'expansion**, qui correspond à une augmentation du PIB sur une période courte.
- Pourquoi préciser « en termes réels » ? Parce que l'évolution du PIB peut être due à une augmentation des quantités produites, ou bien de leur prix ; or, la croissance économique ne s'intéresse qu'à **l'évolution des quantités produites**, c'est-à-dire du PIB exprimé en termes réels ou « en volume ». Elle ne tiendra donc pas compte de l'évolution des prix.

Calculer la croissance économique

- La croissance économique est mesurée par le **taux de variation du PIB** en volume :

taux de variation du PIB ≈ (PIB en volume de l'année N – PIB en volume de l'année $N-1$)/ PIB en volume de l'année $N-1 \times 100$

- Il peut être intéressant de comparer le dynamisme économique d'un pays à différentes époques. Pour cela, on utilise le **taux de croissance annuel moyen** (TCAM), qui indique l'augmentation du PIB en moyenne chaque année sur une période donnée.

Un phénomène récent

- La croissance économique mondiale ne décolle qu'à partir de la **première révolution industrielle**. Le PIB en volume augmente en moyenne chaque année de 0,94 % entre 1820 et 1873, puis de 2,12 % entre 1870 et 1913.
- La croissance ralentit entre 1913 et 1950 en raison des deux guerres mondiales et de la crise de 1929. Puis elle accélère durant les **Trente Glorieuses** grâce à l'instauration du fordisme permettant de produire en grande quantité des biens identiques à un coût de production faible et qui se caractérise par l'accès à la consommation pour le plus grand nombre. Entre 1973 et 1998, la croissance économique ralentit à cause de l'essoufflement du fordisme et des crises pétrolières. Entre 1954 et 1974 (Trente Glorieuses), le PIB en volume de la France augmente de près de 5,4 % par an en moyenne, soit près de deux fois et demie plus vite qu'entre 1975 et 2008 (2,2 % par an en moyenne).

Un phénomène différencié

- Les économies dites « avancées » ont connu la croissance dès la première **révolution industrielle** (Europe occidentale, États-Unis) tandis que l'Afrique et l'Asie n'ont rejoint leur rythme de croissance qu'après la Seconde guerre mondiale.
- Depuis les années 2000, plusieurs **pays qualifiés d'émergents** connaissent une croissance très élevée. Parmi eux, cinq sont désignés par l'acronyme BRICS : le Brésil, la Russie, l'Inde, la Chine et l'Afrique du Sud.

MOT CLÉ

Trente Glorieuses : période après la Seconde guerre mondiale où les pays industrialisés ont connu une forte croissance (de 4 à 5 % l'an).

S'ENTRAÎNER

1 Calculer un taux de variation cumulé

Un glacier veut calculer la progression annuelle de son chiffre d'affaires (CA).
Il dispose du document ci-contre.
Calculez le taux de variation cumulé (TCAM) du chiffre d'affaires de ce glacier entre 2010 et 2017.

POUR VOUS AIDER

- Coefficient multiplicateur global : $\text{CMG} = \dfrac{\text{valeur d'arrivée}}{\text{valeur de départ}}$
- Coefficient multiplicateur moyen :
  $\text{CMM} = \text{CMG}^{\frac{1}{n}}$ où n = nombre d'années – 1
- Taux de croissance annuel moyen : TCAM = (CMM – 1) × 100

Doc. 1 CA réalisé chaque année par le glacier (2010-2017)

5 Quelles sont les limites écologiques de la croissance ?

L'ESSENTIEL

L'épuisement des ressources

● La production de biens et services implique des prélèvements dans les stocks de ressources naturelles : forêts, minerais, pétrole, etc. Parce qu'elle favorise l'accélération de ce mouvement, la croissance augmente l'**empreinte écologique** des activités humaines.

● Il en résulte une **destruction des écosystèmes**, de la faune et de la flore, pourtant essentiels à notre survie : disparition des abeilles, désertification, etc.

La croissance, une source de pollution

● Les activités productrices de biens et services sont à l'origine de nombreuses pollutions : contamination des nappes phréatiques, pollution de l'air, du sol et de l'eau par des combustibles fossiles, déchets chimiques et nucléaires. Ainsi, les 8 millions de tonnes de détritus plastiques charriés chaque année par les égouts du monde ont donné naissance à un nouveau continent, une « île poubelle » de la taille de la France au milieu du Pacifique ; elle risque de **bouleverser les équilibres environnementaux**.

● Selon l'Organisation mondiale de la santé (OMS), la pollution serait responsable de 7 millions de morts par an, soit **une mort sur huit**.

Une accélération du changement climatique

● Selon le Groupe d'experts intergouvernemental sur l'évolution du climat (GIEC), le changement climatique est dû à l'activité humaine, notamment à ses **rejets de gaz à effet de serre** (dioxyde de carbone, méthane, etc.). Il peut être tenu responsable de la fonte des glaces et de nombreux événements climatiques extrêmes (cyclones, inondations, etc.). À plus ou moins brève échéance, ce sont les conditions de vie de l'espèce humaine qui sont menacées.

Le développement durable, une solution ?

● Le rapport Brundtland (1987) définit le développement durable à travers **trois objectifs** à poursuivre : le bien-être des générations futures doit être au moins égal à celui des générations présentes, la prudence environnementale doit être de mise et l'efficacité économique doit être recherchée.

● Ainsi, le développement durable vise à **concilier croissance et durabilité**. La croissance doit permettre le financement d'écoles et d'hôpitaux, par exemple, et des investissements « verts ». Elle doit également se fonder sur de nouvelles activités productives, comme les **éco-activités**.

● Pour l'économiste Serge Latouche, la notion de développement durable est **contradictoire** dans ses termes : le développement implique une hausse de la production qui ne peut se réaliser sans accroître les prélèvements et les nuisances environnementales. Le développement durable serait alors une formulation plus acceptable de l'incitation à croître, mais reste incompatible avec certaines dimensions du bien-être.

MOTS CLÉS

Éco-activités : activités de gestion des ressources naturelles (énergies renouvelables, eaux usées…).

Empreinte écologique : surface terrestre nécessaire pour produire les biens et services que l'humanité consomme et pour absorber ses déchets.

S'ENTRAÎNER

1 Calculer des variations absolues et relatives

a. Quelles sont l'empreinte écologique et la biocapacité en 2018 ?

b. Calculez la variation absolue pour ces deux indicateurs entre 1961 et 2018.

c. Calculez la variation relative pour ces deux indicateurs entre 1961 et 2018.

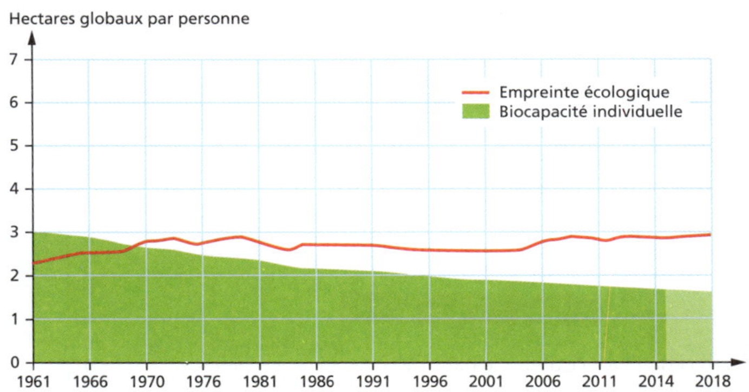

Doc. 1 L'empreinte écologique mesure le nombre d'hectares nécessaires à un être humain pour se nourrir, recycler ses déchets, etc. La biocapacité individuelle correspond à la surface par personne dont dispose la Terre pour chaque habitant.

6 Qu'est-ce qu'un marché ?

L'ESSENTIEL

Un marché, lieu physique ou immatériel

● Un **marché** est un lieu de rencontre entre des vendeurs qui offrent une marchandise et des demandeurs qui souhaitent l'acheter. Cette rencontre permet de déterminer le prix de la marchandise et la quantité échangée.

● Offreurs et demandeurs peuvent se **rencontrer physiquement**. C'est le cas sur le marché du village, où les clients se déplacent d'étal en étal pour choisir leurs produits et régler leurs achats de la « main à la main ».

● Certains échanges peuvent **se faire à distance**. Ces marchés immatériels peuvent, par exemple, prendre la forme de sites Internet, où les clients sélectionnent leurs produits avant de payer en ligne.

Une multitude de marchés

● Le marché de la pomme de terre ou le marché du livre sont des **marchés de biens**. Le marché des cours privés ou le marché bancaire sont des **marchés de services**.

● Sur les **marchés de capitaux**, les entreprises peuvent vendre des actions et obligations en échange de sommes d'argent dont elles ont besoin pour investir.

● Sur le **marché du travail**, s'échange la force de travail (facultés physiques et intellectuelles du travailleur) : les personnes en recherche d'emploi sont offreurs et les employeurs sont demandeurs.

La vision du marché selon les néoclassiques

● Pour les économistes néoclassiques, le marché permet de **repérer l'usage le plus efficace d'une ressource**. Comment savoir, par exemple, qui doit consommer les pommes disponibles ? Les néoclassiques répondent que ce sont ceux qui en tirent la plus grande satisfaction. Comment les identifier ? Ce sont ceux qui, sur le marché des pommes, sont prêts à payer le plus cher.

● De même, comment savoir **qui doit accéder aux facteurs de production ?** Les néoclassiques répondent que ce sont ceux qui créent le plus de profit. Comment les identifier ? Ce sont ceux qui, sur le marché des capitaux, sont prêts à rémunérer le plus les épargnants qui mettront de l'argent à leur disposition.

● Selon la vision néoclassique, toute **autre modalité de répartition** entraînerait moins de bien-être et de profits. Par exemple, la coutume ou l'État, en décidant à la place du marché qui doit avoir accès aux pommes ou à l'argent, risquent de les mettre à la disposition d'agents qui n'en feront pas le meilleur usage.

Les risques d'une marchandisation du monde

● Il est tentant de soumettre toute chose à la **logique de valorisation par le marché**. Par exemple, pour savoir qui doit utiliser l'eau potable de certaines régions arides, il suffirait de créer un marché où chacun enchérirait. Celui qui serait prêt à payer le plus aurait accès à la ressource.

● Le danger de cette **marchandisation** est double : non seulement ceux qui n'ont pas les moyens de renchérir peuvent se voir interdits d'accès à cette ressource vitale ; mais, en outre, il n'est pas garanti que ceux qui peuvent payer ne la gaspillent pas…

MOTS CLÉS

Action et obligation : en achetant une action ou une obligation émise par une entreprise, on devient respectivement son associé ou son créancier (prêteur).
Marchandisation : processus consistant à confier au marché l'allocation d'une ressource.
Néoclassiques : économistes libéraux de la fin du XIXe siècle, qui ont contribué à la mathématisation de l'économie.

S'ENTRAÎNER

1 QUIZ

Cochez la ou les cases qui conviennent.

1. Parmi ces marchés, le(s)quel(s) peu(ven)t être immatériel(s) ?
- ☐ **a.** un marché de fruits et légumes
- ☐ **b.** un site de vente de chaussures en ligne
- ☐ **c.** un marché d'instruments de musique

2. Qui doit accéder aux ressources selon les néoclassiques ?
- ☐ **a.** ceux qui en ont le plus besoin
- ☐ **b.** ceux qui sont les plus forts physiquement
- ☐ **c.** ceux qui sont prêts à les payer le plus cher

2 **Questions flash**

a. Qu'est-ce qu'un marché ?
b. Comment les marchés contribuent-ils à l'allocation des ressources dans une économie ?
c. Quels sont les risques d'une valorisation marchande des ressources naturelles ?

7 Comment évoluent la demande et l'offre par rapport au prix ?

L'ESSENTIEL

Augmentation des prix et baisse de la demande

● La **demande** est la quantité d'une marchandise qu'un agent économique ou un ensemble d'agents souhaite acheter à un prix donné. En général, elle baisse avec la hausse du prix (**doc. 1**). Les néoclassiques proposent une explication à ce phénomène.

● Selon les néoclassiques, le prix qu'un consommateur est prêt à payer pour un bien, par exemple une pomme, correspond à la **satisfaction** qu'il lui procure. Ils font alors l'hypothèse que le consommateur qui a déjà mangé une pomme tirera moins de satisfaction d'une deuxième pomme : l'**utilité marginale** de la pomme est décroissante. Dès lors, le seul moyen de le convaincre d'acheter une pomme supplémentaire est d'en baisser le prix.

Augmentation des prix et hausse de la demande

● Les **biens « Veblen »** ont vocation à indiquer le rang social du consommateur. Un prix élevé peut attirer des consommateurs souhaitant se distinguer par leur richesse.

● Les **biens « Akerlof »** attirent par leur qualité supposée, suggérée par leur prix élevé (ex. : ordinateur, téléphone portable).

Augmentation simultanée des prix et de l'offre

● L'**offre** est la quantité d'une marchandise qu'un agent économique ou un ensemble d'agents souhaite vendre à un prix donné. Elle augmente en général lorsque le prix augmente (**doc. 2**). Les néoclassiques expliquent ce phénomène.

● Selon les néoclassiques, c'est la **perspective d'augmenter ses profits** qui incite une entreprise à augmenter sa production. D'après eux, une entreprise ne produit une unité supplémentaire de marchandise qu'à la condition que la recette de la vente soit supérieure à son **coût de production**. Dès lors, pour qu'une entreprise augmente sa production, c'est-à-dire son offre, il faut, toutes choses égales par ailleurs, que le prix augmente.

Les cas d'augmentation des prix mais pas de l'offre

● Dans certains cas, l'**offre est rigide**, elle n'évolue pas. Par exemple, il y a des biens qui ont une quantité disponible donnée (ex. : tableaux de maîtres). Ou bien, lorsque tous les facteurs de production d'un pays sont mobilisés, celui-ci ne peut plus augmenter sa production. On dit alors que l'offre est **inélastique** au prix.

● Malgré tout, on remarque parfois que l'offre peut être **infinie**. Par exemple, un forfait de téléphonie mobile peut permettre de passer un nombre illimité d'appels.

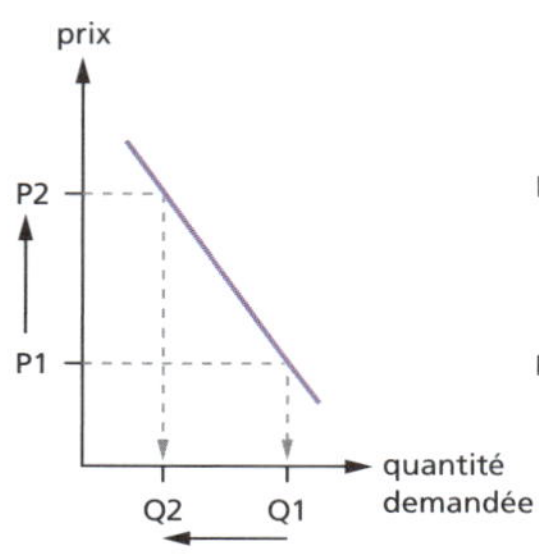

Doc. 1

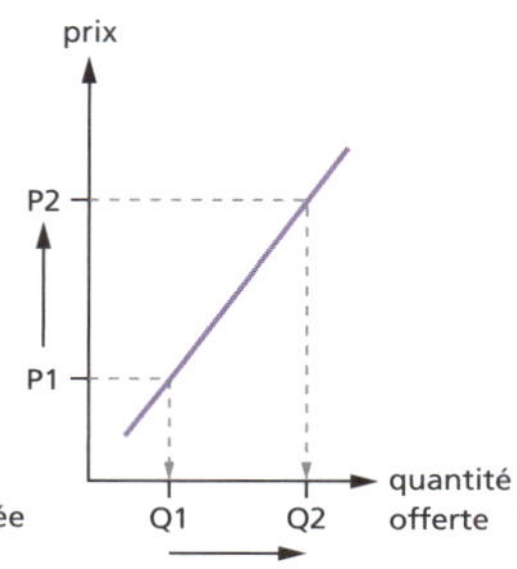

Doc. 2

MOT CLÉ

Utilité marginale : satisfaction que retire un consommateur de la consommation d'une unité d'un produit.

S'ENTRAÎNER

1 Analyser l'influence des prix sur la demande

Analysez les effets d'une hausse du prix du paquet de cigarettes sur la consommation de cigarettes.

POUR VOUS AIDER

« Analyser » consiste à « décrire » puis « expliquer » un phénomène. Votre réponse doit donc être structurée en deux parties : l'une descriptive, la suivante explicative. Dans cette seconde partie, tâchez de mobiliser les connaissances du cours.

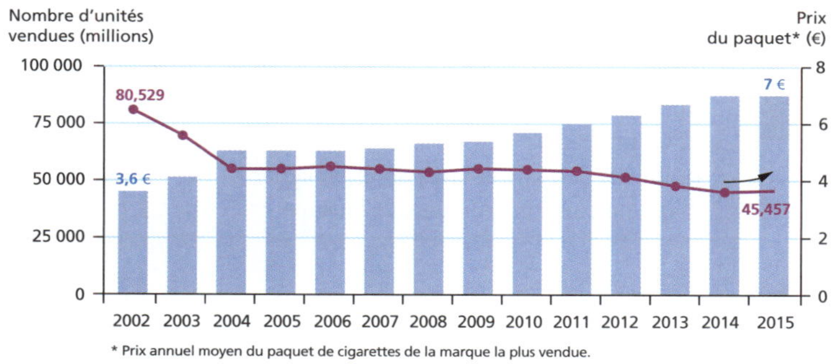

* Prix annuel moyen du paquet de cigarettes de la marque la plus vendue.

Doc. 1 Ventes de cigarettes en millions d'unités en France (2002-2015). Source : OFDT, DGDDI.

8 Comment se forme l'équilibre sur un marché ?

L'ESSENTIEL

L'équilibre du marché

● L'efficacité du marché repose sur sa capacité à fournir un prix d'équilibre qui égalise l'offre et la demande. À ce prix, l'échange est réputé être **optimal** : il alloue les ressources rares de la façon la plus efficace possible.

● En traçant les courbes d'offre et de demande sur un même repère, on obtient la représentation graphique du marché. On observe alors qu'elles se croisent en un point, le **point d'équilibre** ou Éq (**doc. 1**).

● Si l'on projette ce point sur l'axe des ordonnées, on obtient le **prix d'équilibre** ($P_{éq}$), prix auquel s'égalisent l'offre et la demande. Si l'on projette ce point sur l'axe des abscisses, on obtient la **quantité d'équilibre** ($Q_{éq}$), quantité devant être échangée pour une allocation optimale des ressources.

La convergence vers l'équilibre du marché

● Sur un marché, **si l'offre est supérieure à la demande, la concurrence s'aiguise entre les offreurs**. Ils réduisent donc leur prix pour attirer la clientèle. C'est le cas au prix P1 (**doc. 2**) : les vendeurs offrent plus que les demandeurs ne souhaitent acheter (D1 < O1). Le prix de marché baisse alors jusqu'à $P_{éq}$.

● Dans la situation inverse, **si la demande est supérieure à l'offre, la concurrence s'aiguise entre demandeurs**. Ils doivent donc enchérir pour accéder à la marchandise. Le prix de marché remonte alors jusqu'à $P_{éq}$.

● Ce phénomène de convergence s'appelle la « **loi de l'offre et de la demande** ».

Des hypothèses nécessaires

Pour que le marché converge vers l'équilibre, il faut :

››› que les agents économiques soient **rationnels** : un agent économique sera considéré comme rationnel s'il utilise ses ressources pour optimiser sa situation (le ménage, en se procurant les biens et services qui maximisent sa satisfaction ; l'entreprise, en produisant la quantité de biens et services dont la vente maximise son profit) ;

››› que le marché soit en situation de **concurrence parfaite**. Pour cela, il doit avoir plusieurs caractéristiques, dont : un nombre de concurrents élevé, la transparence de l'information (sinon les agents feraient des choix non optimaux qui éloigneraient de l'équilibre).

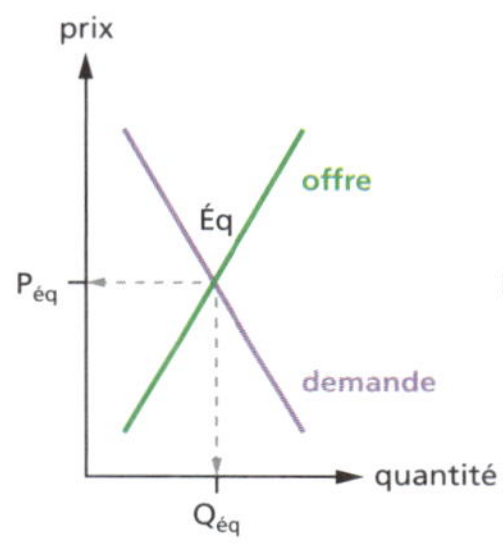

Doc. 1

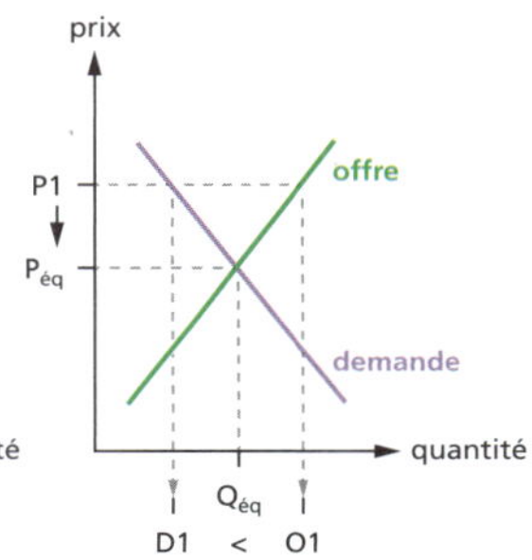

Doc. 2

MOTS CLÉS

Équilibre optimal : équilibre de marché qui permet la répartition la plus efficace des ressources dans l'économie.
Loi de l'offre et de la demande : loi selon laquelle les prix augmentent lorsque la demande est supérieure à l'offre, et vice-versa.

S'ENTRAÎNER

1 Représenter graphiquement un marché

On considère la situation décrite dans le tableau ci-dessous sur le marché des pains au chocolat.

a. Complétez les cases vides du tableau.
b. Dans un repère, représentez graphiquement la demande de Jeanne.
c. Dans un deuxième repère, représentez graphiquement l'offre de Jérémy.
d. Dans un troisième repère, représentez graphiquement l'offre et la demande globale sur ce marché.

Prix des pains au chocolat	Demande de Jeanne	Demande de Karim	Demande globale	Offre de Lydia	Offre de Jérémy	Offre globale
0,00 €	12	7		0	0	
0,50 €	10	6		0	0	
1,00 €	8	5		1	0	
1,50 €	6	4		2	2	
2,00 €	4	3		3	4	
2,50 €	2	2		4	6	
3,00 €	0	1		5	8	

9 Quels sont les effets d'une taxe sur un marché ?

L'ESSENTIEL

Qu'est-ce qu'une taxe ?

● Une taxe est un **prélèvement obligatoire**. Elle est prélevée en contrepartie de la fourniture d'un service public déterminé ou pour financer les dépenses publiques indistinctement.

● Les taxes peuvent aussi être utilisées pour **influencer les comportements**. Par exemple, pour décourager les productions et consommations de produits émettant des gaz à effet de serre, l'État peut mettre en place une **taxe carbone** qui en élève le prix.

L'effet d'une taxe payée par les entreprises

● La taxe est un coût pour l'entreprise. À prix donné, elle **réduit le profit des entreprises**, ce qui les incite à réduire leur production.

● **Doc. 1** : avant la taxe, pour un prix de vente P1, les entreprises produisent et offrent sur le marché la quantité Q1 ; après la taxe, elles n'offrent plus que Q1′. De même pour le prix P2. Les coordonnées (Q1′ ; P1) et (Q2′ ; P2) permettent de tracer une nouvelle courbe d'offre O2.

● **Doc. 2** : on observe le **déplacement de l'équilibre** d'Éq1 à Éq2 : la taxe a réduit les quantités échangées et donc les nuisances associées à la consommation du produit concerné.

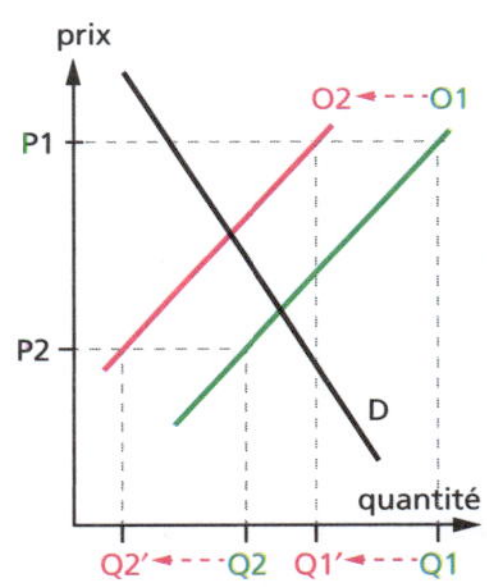

Doc. 1

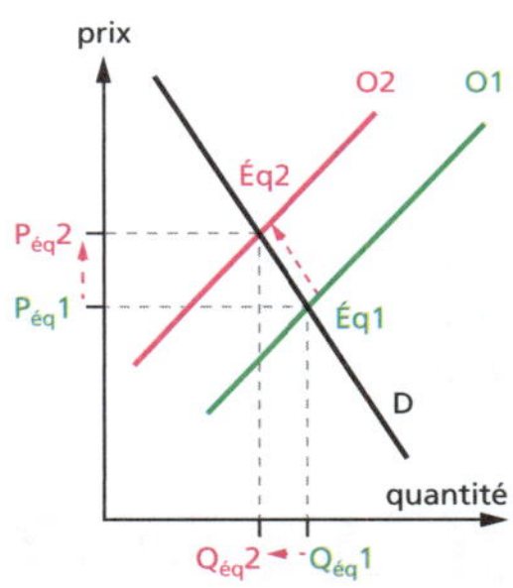

Doc. 2

L'effet d'une taxe payée par les consommateurs

● La taxe **réduit le pouvoir d'achat** des consommateurs. Pour un prix donné d'un produit, ils réduiront donc leur demande.

● **Doc. 3** : avant la taxe, pour un prix de vente P1, les ménages demandaient la quantité Q1 ; après la mise en place de la taxe, ils ne demandent plus que Q1′. On observe le même phénomène au prix P2. Les coordonnées (Q1′ ; P1) et (Q2′ ; P2) permettent alors de tracer une nouvelle courbe de demande D2.

● **Doc. 4** : on observe le **déplacement de l'équilibre** d'Éq1 à Éq2 : la taxe a donc bien entraîné une baisse des quantités échangées et donc des nuisances associées à la consommation du produit concerné.

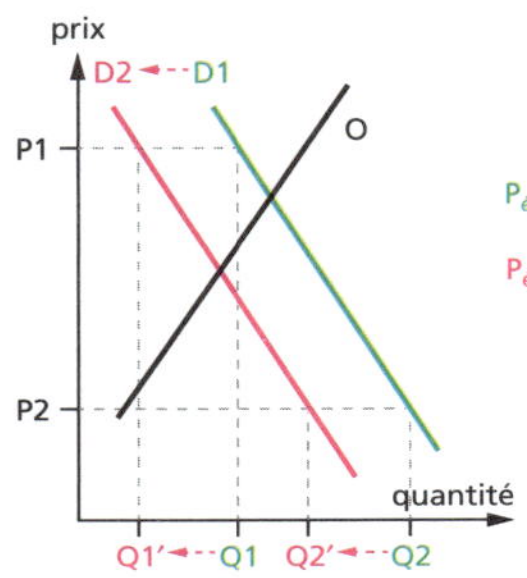

Doc. 3

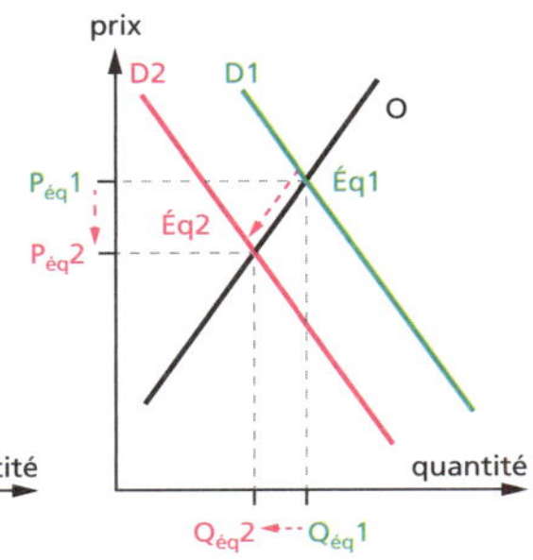

Doc. 4

MOTS CLÉS

Prélèvements obligatoires : impôts, taxes et cotisations sociales prélevés par les administrations publiques.
Taxe carbone : taxe ajoutée au prix de vente d'un produit selon la quantité de gaz à effet de serre qu'émet sa production ou son utilisation.

S'ENTRAÎNER

1 Calculer un indice

	2021	2025	
		Scénario 1	Scénario 2
Prix du litre de gazole (en euros)	1,53	2,06	2,06
Litres de gazole consommés dans l'année	600	600	500
Prix du litre de SP 95 (en euros)	1,60	1,98	1,98
Litres de SP 95 consommés dans l'année	400	400	500
Dépense en carburant			

Un ménage souhaite calculer l'évolution de sa dépense en carburant. Il dispose de deux voitures, l'une roulant au gazole, l'autre au SP 95, et des données prévisionnelles précisées dans le tableau ci-contre.

1. a. Calculez l'indice d'évolution du prix du gazole et du SP 95 entre 2021 et 2025 (base 100 = 2021) et faites une phrase pour les présenter.

b. Comparez les évolutions des deux indices calculés.

2. a. Complétez la dernière ligne du tableau.

b. Quel serait l'indice d'évolution de la dépense de carburant de ce ménage (base 100 = 2021) si sa consommation restait identique entre 2021 et 2025 ? Commentez.

SES

10 Quels sont les effets d'une subvention sur un marché ?

L'ESSENTIEL

Qu'est-ce qu'une subvention ?

● Une subvention est une **aide financière facultative** que l'État verse à un agent économique pour soutenir son activité lorsqu'il considère qu'elle œuvre à l'intérêt général : soutien à l'agriculture biologique, à l'artisanat, à l'innovation, etc.

● Les subventions peuvent prendre la forme d'une somme d'argent ou d'une aide en nature (ex. : prêts de locaux ou de matériels).

L'effet du subventionnement des entreprises

● En offrant une subvention aux entreprises, l'État leur permet, pour un prix de vente donné, de réaliser un **profit plus élevé**, ce qui doit les inciter à augmenter leur offre.

● **Doc. 1** : avant subvention, pour un prix de vente P1, les entreprises offrent la quantité Q1 ; après subvention, elles offrent Q1′. On observe le même phénomène au prix P2. Les coordonnées (Q1′ ; P1) et (Q2′ ; P2) permettent alors de tracer une nouvelle courbe d'offre O2.

● **Doc. 2** : on observe le **déplacement de l'équilibre** d'Éq1 à Éq2 : la subvention a donc bien entraîné une hausse des quantités échangées.

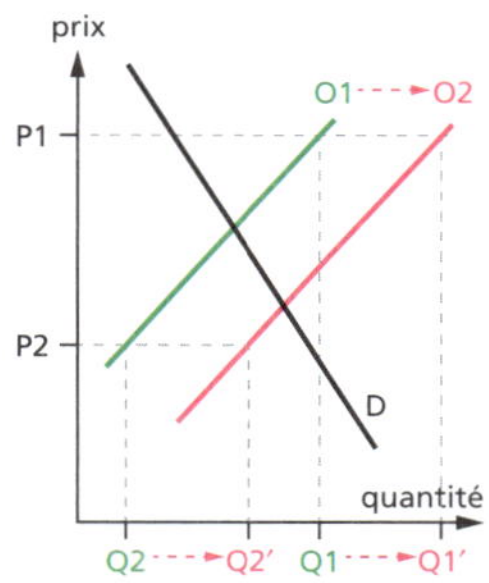

Doc. 1

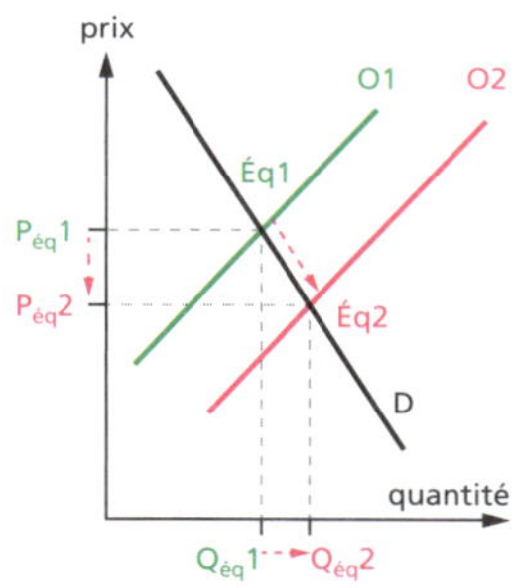

Doc. 2

L'effet du subventionnement des ménages

● En offrant une subvention aux ménages, l'État les incite à privilégier des achats de produits qu'il juge **plus conformes à l'intérêt général** (ex. : isolation thermique d'un logement ancien).

● **Doc. 3** : avant subvention, pour un prix de vente P1, les ménages étaient disposés à acheter la quantité Q1 ; après subvention, ils demandent Q1′. On observe le même phénomène au prix P2. Les coordonnées (Q1′ ; P1) et (Q2′ ; P2) permettent alors de tracer une nouvelle courbe de demande D2.

● **Doc. 4** : on observe le **déplacement de l'équilibre** d'Éq1 à Éq2 : la subvention a donc bien entraîné une hausse des quantités échangées.

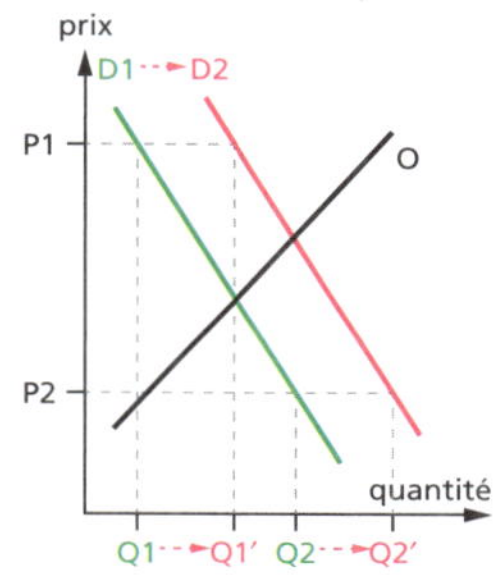

Doc. 3

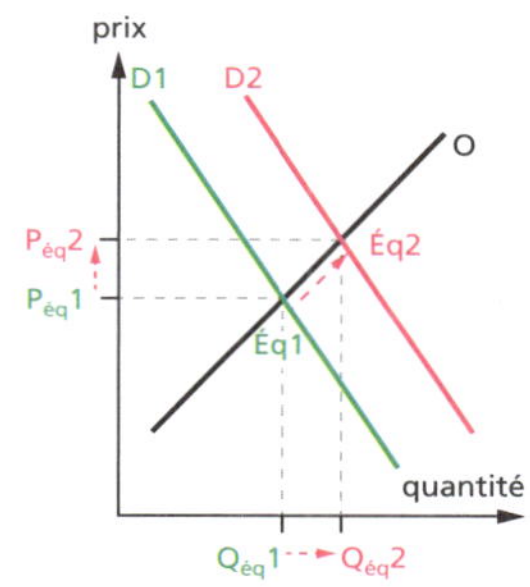

Doc. 4

MOTS CLÉS

Intérêt général : ce qui sert la population dans son ensemble : la poursuite de son intérêt personnel (conception anglaise) ou la décision prise collectivement (conception française).

Subvention : aide financière facultative versée par l'État.

S'ENTRAÎNER

1 QUIZ

Cochez la ou les cases qui conviennent.

1. Lorsqu'elle est versée aux entreprises, la subvention entraîne :
- ☐ **a.** un déplacement de la courbe d'offre vers la gauche.
- ☐ **b.** un déplacement de la courbe d'offre vers la droite.
- ☐ **c.** une baisse des quantités échangées à l'équilibre.

2. Lorsqu'elle est versée aux ménages, la subvention entraîne :
- ☐ **a.** un déplacement de la courbe de demande vers la gauche.
- ☐ **b.** un déplacement de la courbe de demande vers la droite.
- ☐ **c.** une hausse des quantités échangées à l'équilibre.

2 **Questions flash**

a. Comment l'équilibre du marché évolue-t-il lorsque l'État subventionne les entreprises ?
b. Comment l'équilibre du marché évolue-t-il lorsque l'État subventionne les ménages ?

11 Qu'est-ce que la socialisation ?

L'ESSENTIEL

Le processus de socialisation

- La socialisation correspond à l'intégration, par l'individu, des valeurs et normes propres à son **groupe social**. C'est un processus qui se déroule tout au long de la vie. On parle de **socialisation primaire** jusqu'à l'adolescence et **secondaire** à l'âge adulte.
- L'individu participe **lui-même** activement à sa socialisation, mais il est aussi socialisé **par les autres**.
- Les individus ne sont pas parfaitement libres de leurs comportements. Leurs choix découlent en majorité de l'**apprentissage social** qu'ils ont reçu.

L'acquisition des normes, valeurs, statuts et rôles

- Une **valeur** est un idéal abstrait propre à un groupe social auquel l'individu adhère (le respect par exemple), alors que les **normes** sont les applications concrètes des valeurs. Elles peuvent être formelles (loi interdisant de fumer) ou informelles (dire bonjour). Pour une même valeur, il y a plusieurs normes et une norme peut être liée à plusieurs valeurs.
- Pour l'individu, un **statut social** correspond à une place dans la hiérarchie sociale (ex. : ami, élève). L'ensemble des statuts sociaux constitue l'identité sociale dont découlent des rôles sociaux associés à chacun de ces statuts. Par exemple, le statut social d'ami implique de tenir un rôle social : être solidaire.
- C'est par la socialisation que les individus acquièrent les normes et les valeurs nécessaires à accomplir les **rôles sociaux** et donc justifier leurs statuts sociaux.

Les modes de socialisation

- La socialisation **par inculcation** est la transmission volontaire et méthodique de valeurs et de normes, selon le sociologue Émile Durkheim (1858-1917), fondateur du **holisme méthodologique**. Elle a surtout lieu pendant l'enfance et l'adolescence et nécessite une série de sanctions et de récompenses explicites (ex. : à l'école).
- La socialisation **par imprégnation** est la transmission par familiarisation et répétition des valeurs et normes (ex. : visites régulières des musées). Le mécanisme d'imprégnation crée un conditionnement, des réflexes sociaux qui rendent l'individu capable de vivre en société.
- La socialisation **par interaction** s'effectue par le contact avec autrui, qui permet à l'individu de s'identifier et donc de se construire des modèles de comportement. Par exemple, une petite fille de 6 ans s'identifie aisément à sa grande sœur de 15 ans.

Les socialisations inversée et horizontale

- La **socialisation inversée** apparaît lorsque ce sont les jeunes qui transmettent aux adultes des valeurs et des normes. Par exemple, les plus jeunes ayant une plus grande maîtrise des nouvelles technologies peuvent aider les adultes dans ce domaine. La socialisation inversée s'appuie sur le mécanisme d'interaction entre les générations. En effet, le rapport entre adultes et enfants n'est plus hiérarchique.
- La **socialisation horizontale** est un processus qui se tient non plus entre les générations, mais au sein d'une même génération. Par exemple, les adolescents entrent en contact sur les réseaux sociaux pour partager leurs expériences, conseils et ainsi se socialiser entre eux.

MOTS CLÉS

Groupe social : individus ayant des caractéristiques communes et qui considèrent appartenir à un même groupe.
Holisme méthodologique : idée selon laquelle le comportement de l'individu dépend du contexte social.
Rôles sociaux : comportements attendus par la société.

S'ENTRAÎNER

1 QUIZ

Cochez la ou les cases qui conviennent.

1. Qu'est-ce qu'une valeur ?
- ☐ **a.** une place dans la hiérarchie sociale
- ☐ **b.** un idéal abstrait auquel l'individu adhère
- ☐ **c.** un comportement attendu

2. La socialisation inversée désigne une transmission de valeurs et normes :
- ☐ **a.** des parents aux enfants.
- ☐ **b.** des enfants aux parents.
- ☐ **c.** entre amis.

2 **Questions flash**

a. Quels liens existent entre les valeurs, les normes, les statuts sociaux et les rôles sociaux ?
b. Quelles nouvelles formes de socialisation bousculent aujourd'hui les processus classiques ?
c. Quels sont les mécanismes de la socialisation ?

12 Quelles sont les instances de socialisation ?

L'ESSENTIEL

La famille

- La famille est une **instance de socialisation** centrale. La majorité des enfants reçoivent leurs **premiers apprentissages sociaux** au sein de leur famille, avec leurs parents, frères et sœurs. Le sociologue Pierre Bourdieu (1930-2002) a établi l'existence d'un lien fort entre la réussite scolaire et le milieu familial de l'élève.
- La famille transmet les **normes fondamentales** qui permettent à l'individu de trouver sa place dans la société et vont marquer le reste de sa trajectoire sociale. C'est dans cette instance que les normes de langage sont d'abord transmises, ainsi que les normes de politesse, d'hygiène.
- La famille est le lieu idéal pour la socialisation **par inculcation**. La socialisation **par imprégnation** fonctionne aussi, d'autant plus que le lien affectif incite les enfants à imiter leurs parents qu'ils aiment et admirent.

L'école

- Obligatoire jusqu'à l'âge de 16 ans en France, l'école contribue à former des citoyens aux **connaissances identiques** (les programmes scolaires sont les mêmes pour tous), en particulier en histoire (ex. : Révolution française), et aux **valeurs communes** (ex. : égalité, fraternité) ; elle facilite l'accès à l'emploi.
- L'école a recours, comme la famille, à l'**inculcation** fondée sur l'autorité des professeurs. Ces instances peuvent ainsi se compléter, mais aussi **être en concurrence** si elles ne valorisent pas les mêmes valeurs.

Les médias

- Dès le plus jeune âge, les **enfants** se socialisent à travers les **médias.** Ainsi, les petits s'identifient aux héros de dessins animés qui incarnent les valeurs de courage et de solidarité. Cette identification les incite à porter des vêtements à l'effigie de leur héros, conformément au mécanisme d'**imprégnation**.
- Les **adolescents** sont particulièrement réceptifs aux modes de vie proposés dans les médias. Certaines séries télévisées, qui ne sont regardées que par eux, leur apportent des connaissances communes qui les distinguent des autres groupes sociaux.
- **Internet**, en particulier, peut être un **lieu d'interaction**, donc d'échanges et de rencontres, par le biais des forums et des réseaux sociaux. Avec l'arrivée des nouvelles technologies, l'activité médiatique s'est aussi transformée : les jeunes utilisent en général aujourd'hui plusieurs écrans en même temps.

Le groupe de pairs

- Le groupe de pairs est constitué des **amis, connaissances, camarades** de classe et, plus largement, des contacts sur les réseaux sociaux. Cette instance est sans cesse présente pour les jeunes, chez eux grâce à Internet ou à l'extérieur lors d'activités.
- Le groupe de pairs est un lieu privilégié pour expérimenter : tout d'abord, parce que les contacts sur les réseaux sociaux peuvent être anonymes, ensuite parce que l'ensemble du groupe a tendance à **tester les normes** et représente souvent un lieu de **déviance**.
- Le groupe de pairs met à l'épreuve les normes des autres instances et produit de **nouvelles normes** par une socialisation horizontale.

MOTS CLÉS

Déviance : non-respect des normes. Lorsque les normes sont juridiques (lois), on parle de délinquance.
Instance de socialisation : lieu réel ou fictif de transmission des valeurs.
Médias : moyens de diffusion de l'information (Internet, presse, télévision, radio).

S'ENTRAÎNER

1 Analyser un texte : la socialisation et ses effets

En vous appuyant sur l'analyse du texte proposé, expliquez comment les instances de socialisation fonctionnent.

Il ne convient pas de supposer que les dégoûts sont naturels et nous sont donnés par notre constitution. Ils proviennent de notre éducation et du fait que nous avons intériorisé ce qui nous semble appréciable et ce qui nous semble dégoûtant. L'individu est donc un produit de la société, c'est-à-dire qu'il est largement façonné par la socialisation effectuée par le ou les groupes auxquels il appartient, mais aussi par les institutions telles que l'État et l'École. L'intériorisation des normes et des règles, ce que l'on appelle « socialisation », est donc la source de la cohésion sociale[1]. Mais les règles que l'on intègre ne sont pas seulement des règles générales, valables pour tous, des règles relatives au Code pénal qui interdisent le vol et l'homicide, par exemple, mais également des règles de politesse qui garantissent que l'homme peut entrer en contact avec les autres.

1. Cohésion sociale : capacité à vivre tous ensemble.

▷ T. Rogel, *Introduction impertinente à la sociologie*, 1999, © Liris.

13 En quoi la socialisation diffère-t-elle selon le milieu social et le genre ?

L'ESSENTIEL

L'effet de la famille et du lieu de vie

● Les familles, qui disposent de **ressources économiques et culturelles** différentes, socialisent de manière différenciée. Ainsi, on n'intègre pas les mêmes normes selon que l'on est élevé dans une famille d'ouvriers ou dans une famille de cadres supérieurs.

● Des différences s'opèrent dans le processus de socialisation **par interaction**. Ainsi, les enfants de familles aisées côtoient davantage de personnes diplômées du supérieur que les enfants de familles modestes. La socialisation **par imprégnation** est aussi différenciée : elle mène les enfants de milieux bourgeois à une **socialisation anticipatrice** tournée vers des statuts socialement valorisés (ex. : cadre, avocat, etc.).

● Le **lieu d'habitation** est crucial dans la socialisation, car il détermine les groupes de pairs que les enfants fréquentent, à l'école et dans leur quartier.

L'effet de l'école, des pratiques culturelles et sociales

● La réussite scolaire des enfants de milieux favorisés est beaucoup plus forte que celle des enfants de milieux populaires. Cela a pour conséquence une **socialisation des élites entre elles**, dans les filières sélectives.

● **Les activités culturelles et sportives** sont différenciées en fonction du milieu. Dans les milieux bourgeois, les pratiques culturelles sont plus encadrées (ex. : conservatoire) et tournées vers des activités reconnues (ex. : musique classique).

● Les **activités sociales** sont aussi différenciées. Par exemple, les « rallyes » (fêtes dansantes) de la grande bourgeoisie favorisent les rencontres amoureuses, amicales et professionnelles au sein de ce milieu.

L'effet de la famille et des médias sur le genre

● La socialisation dépend du **genre**, car on a tendance à considérer dans nos sociétés que filles et garçons n'ont pas les mêmes envies, besoins et capacités selon les domaines. Des normes et valeurs sont considérées comme féminines (la douceur) ou masculines (la compétition).

● Au sein de la famille, les **pratiques sociales** peuvent différer selon le sexe des enfants : les petites filles seront aisément habillées en rose ; plus grandes, on attendra d'elles une plus grande implication dans les tâches ménagères.

● Après l'enfance, ce phénomène perdure avec les **médias** (séries télévisées, magazines) qui renvoient l'image de femmes minces, jolies, douces, maternelles, etc.

L'effet de l'école et du travail sur le genre

● Bien que les résultats scolaires des filles soient généralement meilleurs que ceux des garçons, les filles choisissent des **filières moins valorisées**. Les enseignants peuvent participer à cette socialisation genrée en considérant que les normes des filières littéraires (sensibilité…) sont avant tout féminines et les normes des filières scientifiques plus masculines.

● Certains **métiers** sont largement féminisés (dans le domaine de la santé, de l'éducation), tandis que les métiers de l'ingénierie sont surtout occupés par les hommes.

MOTS CLÉS

Genre : différences construites socialement entre le masculin et le féminin lors du processus de socialisation.

Socialisation anticipatrice : intégration par les individus de normes et valeurs d'un groupe social auquel il aimerait appartenir.

S'ENTRAÎNER

1 Calculer une moyenne simple

a. Lisez la donnée « 7,1 heures ».

b. Grâce à une moyenne simple, calculez le temps par jour consacré aux tâches domestiques et aux soins des enfants par la mère en 2010.

c. Grâce à une moyenne simple, calculez le temps par jour consacré aux tâches domestiques et aux soins des enfants par le père en 2010.

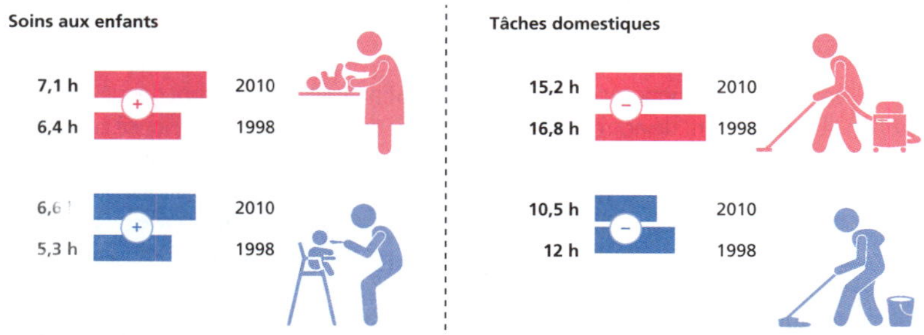

Doc. 1 Temps consacré en une semaine par les conjoints aux tâches domestiques et aux soins des enfants. Source : Gilles Pronovost, *Que faisons-nous de notre temps ? Vingt-quatre heures dans la vie des Québécois*, Presses de l'université du Québec, 2015.

14 La socialisation se poursuit-elle tout au long de la vie ?

L'ESSENTIEL

La socialisation primaire

● La socialisation primaire se déroule pendant l'enfance. Les instances de socialisation centrales sont alors la **famille** et l'**école**. L'enfant est particulièrement malléable et intègre les normes et les valeurs sur un mode affectif. L'école comme la famille ont recours à l'inculcation, mais aussi à l'imprégnation.

● Les valeurs et les normes intégrées à cette période apparaissent comme des **fondements de la vie sociale**. Sont appris, par exemple, le langage, la politesse, l'hygiène et la différence entre les genres.

● À l'adolescence, les instances de socialisation qui prennent le relais sont les **groupes de pairs** et les **médias**. Le mode de socialisation sera alors davantage fondé sur l'interaction.

● Les normes et valeurs intégrées permettent à l'adolescent de construire son **identité sexuelle** grâce au développement de pratiques amoureuses. Elles l'initient aussi à la **déviance**, en remettant en cause les normes transmises par sa famille.

● Cette étape achève la construction d'une grande partie de l'**identité sociale** de l'individu.

La socialisation secondaire

● La socialisation secondaire repose essentiellement sur le monde professionnel. Celui-ci construit l'**identité professionnelle** de l'individu : il devient par exemple avocat, professeur ou infirmier, ce qui modifie son comportement social conformément à ces métiers. C'est aussi un lieu de rencontres, aussi bien du conjoint que des collègues.

● L'adulte devient aussi un **citoyen** et, en tant que tel, il doit respecter et véhiculer les normes qui y sont associées, comme le vote, l'impôt, etc.

● S'il devient **parent**, l'adulte adopte une nouvelle position dans la famille qui implique de devenir à son tour responsable et solidaire, par exemple.

Rupture ou continuité ?

● D'après **Pierre Bourdieu**, la socialisation primaire marque durablement l'identité sociale, et cela même si la socialisation secondaire est complètement différente. Un enfant socialisé dans un milieu ouvrier qui, une fois adulte, est socialisé dans un milieu bourgeois, gardera en partie les valeurs et normes intégrées dans son enfance. Cela peut créer des conflits internes (culpabilité) et externes (avec les autres).

● Pour d'autres sociologues, comme **Bernard Lahire**, les individus sont capables de distinguer clairement l'identité liée à la socialisation primaire et celle liée à la socialisation secondaire lorsqu'elles sont en contradiction. Ainsi, le fils d'ouvrier devenu cadre pourra aisément adapter son comportement en fonction du milieu social dans lequel il se trouve.

MOTS CLÉS

Socialisation primaire : intégration des normes et valeurs pendant l'enfance et l'adolescence, essentiellement par la famille, l'école, etc.
Socialisation secondaire : intégration des normes et valeurs durant l'âge adulte, essentiellement par le milieu professionnel.

S'ENTRAÎNER

1 QUIZ

Cochez la ou les cases qui conviennent.

1. La socialisation primaire a lieu :
☐ **a.** lorsque que l'on exerce une profession.
☐ **b.** à l'âge adulte.
☐ **c.** pendant l'enfance et l'adolescence.

2. La socialisation qui s'opère durant l'adolescence :
☐ **a.** rend le groupe de pairs très important.
☐ **b.** permet de construire son identité sexuelle.
☐ **c.** permet d'intégrer le langage.

2 **Questions flash**

a. En quoi la socialisation primaire se distingue-t-elle de la socialisation secondaire ?
b. Pourquoi la socialisation secondaire peut-elle entrer en conflit avec la socialisation primaire ?

15 Comment s'organise le pouvoir politique ?

L'ESSENTIEL

Les différentes formes du pouvoir politique

- Dans une **démocratie**, le **pouvoir politique** est détenu ou contrôlé par le **peuple**.
- On parle de **démocratie directe** lorsque le peuple exerce son pouvoir directement ou de **démocratie représentative** lorsqu'il délègue son pouvoir à des représentants.
- Les **régimes autoritaires** confisquent le pouvoir politique au peuple au profit d'une personne ou d'un groupe.

Le pouvoir politique dans une démocratie

- En démocratie, le pouvoir politique appartient au peuple. Il doit être exercé en faveur de l'**intérêt général**.
- La **séparation des pouvoirs** assure le fonctionnement démocratique de la société. On distingue le pouvoir législatif (qui vote les lois), exécutif (qui les applique) et judiciaire (qui contrôle leur bonne application).
- Les **libertés fondamentales** (ex. : s'exprimer, manifester) doivent être protégées.

Le régime parlementaire

- Dans un **régime parlementaire**, la séparation des pouvoirs est souple : le **gouvernement** et le **Parlement** sont dépendants l'un de l'autre et **coopèrent** sous l'arbitrage du chef de l'État.
- L'**exécutif** est désigné par le législatif. Le Premier ministre est nommé par le parti majoritaire au Parlement devant lequel il est responsable. Il propose ensuite les membres de son gouvernement qui seront validés par un vote du Parlement. L'exécutif est constitué du Premier ministre, qui dirige l'action politique, et du chef de l'État. Le Parlement peut renverser le gouvernement, et le Premier ministre ou le chef de l'État peuvent dissoudre le Parlement.
- Le Parlement dispose du pouvoir **législatif**. Il propose, amende et vote les lois. Il est constitué de deux chambres. Le pouvoir **judiciaire** est indépendant.

Le régime présidentiel

- En régime présidentiel, la séparation des pouvoirs est stricte et équilibrée. L'exécutif et le législatif sont élus au **suffrage universel** et ont la même légitimité.
- L'**exécutif** est entièrement confié au président qui est chef de l'État, du gouvernement, des armées et de la diplomatie. Il a aussi un droit de veto sur les lois votées par le Parlement.
- Le Parlement a tout le pouvoir **législatif**, mais ne peut pas renverser l'exécutif. Le pouvoir **judiciaire**, indépendant, arbitre les conflits entre exécutif et législatif.

Le régime semi-présidentiel

- Dans un régime semi-présidentiel, l'exécutif est constitué du **président de la République** et du **gouvernement**. Le président, élu au suffrage universel, dispose d'un pouvoir important. Il nomme son Premier ministre qui lui propose un gouvernement. Il préside le Conseil des ministres, impulse les grandes lignes de la politique et peut dissoudre le législatif.
- Le gouvernement, responsable devant le **Parlement**, peut être renversé. Il propose des lois aux assemblées législatives et a également les moyens de les faire adopter directement. Le Parlement peut proposer des lois, les amender, et doit les voter. Il peut renverser le gouvernement, mais peut être dissous par le président.
- Le pouvoir **judiciaire** est indépendant des deux autres.

MOTS CLÉS

Démocratie : régime politique qui assure que le pouvoir politique est exercé par et pour le peuple.
Pouvoir politique : capacité à gouverner dans une société et donc à produire une autorité légitime.
Régime politique : mode d'organisation et de gouvernement d'un État.

S'ENTRAÎNER

1 Se repérer sur un graphique

1. a. Calculez le taux de variation du nombre de femmes à l'Assemblée nationale entre 1958 et 1967.
   b. Faites le même calcul entre 1958 et 2017.
2. Pour ces deux périodes, calculez un coefficient multiplicateur.

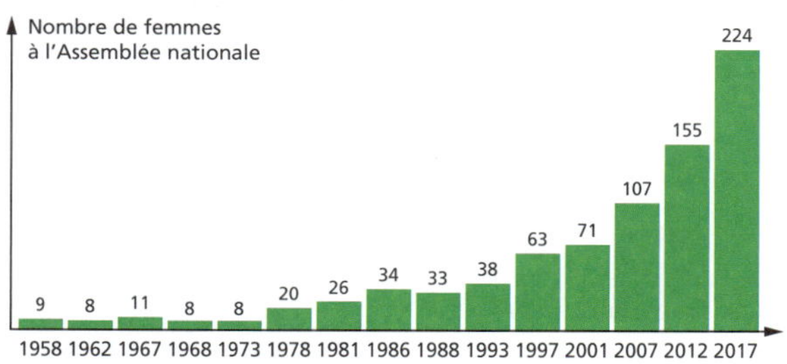

Doc. 1 Nombre de femmes à l'Assemblée nationale depuis 1958

SES

Quelles sont les principales institutions de la Ve République ?

L'ESSENTIEL

Les institutions du pouvoir exécutif

● En France, les **institutions** du pouvoir exécutif forment une dyarchie, donc un **pouvoir politique partagé** entre le président de la République et son Premier ministre.

● Le **président de la République** est élu au suffrage universel direct par l'ensemble des citoyens de plus de 18 ans ayant la nationalité française, pour une durée de cinq ans. Il peut dissoudre l'Assemblée nationale sur simple décision, ce qui provoque la tenue de nouvelles élections. Il nomme le Premier ministre et les ministres sur proposition de ce dernier. Il préside le Conseil des ministres qui mène la politique du pays.

● Le **Premier ministre** est nommé par le président de la République et doit lui proposer un gouvernement qui conduira la politique de la nation. Il dispose de l'armée et de l'administration publique pour la faire appliquer. Il engage sa responsabilité devant l'Assemblée nationale sur son programme et devant le président de la République qui ont, tous deux, le pouvoir de le faire démissionner avec l'ensemble du gouvernement.

Les institutions du pouvoir législatif

● L'**Assemblée nationale** est constituée de 577 députés élus au suffrage universel direct, la même année que le président de la République, pour une durée de cinq ans. Elle contrôle le gouvernement et peut accepter ou refuser de voter les lois ou le budget du gouvernement. Elle peut faire démissionner le gouvernement.

● Le **Sénat** est constitué de 348 sénateurs élus au suffrage universel indirect par 160 000 grands électeurs (ex. : maires) pour six ans renouvelables par moitié tous les trois ans. Il propose et vote les lois et le budget proposés par le gouvernement et participe aux modifications de la Constitution. Mais le Sénat ne peut ni être dissous, ni renverser le gouvernement.

Les institutions du pouvoir judiciaire

● Le pouvoir judiciaire est le **gardien des libertés individuelles**. Il contrôle les autres pouvoirs pour vérifier s'ils appliquent réellement les règles de droit.

● Le **Conseil constitutionnel** vérifie que les lois sont conformes à la Constitution.

● Le **Conseil d'État** est la plus haute juridiction administrative.

MOT CLÉ

Institution : ensemble des règles (ex. : lois) et des fonctions associées (ex. : députés) qui participent à l'organisation de la société.

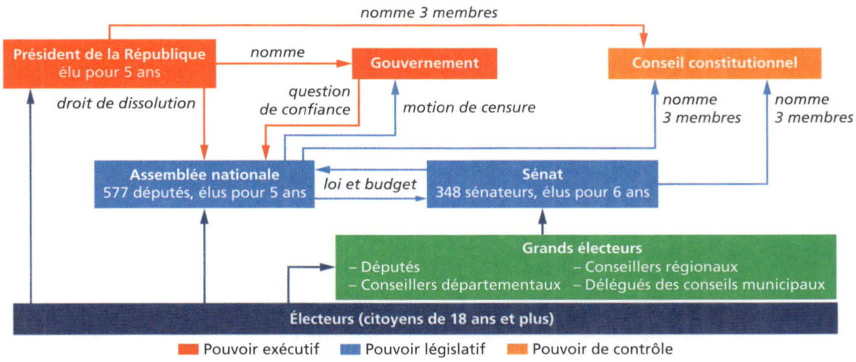

Doc. 1 Institutions de la Ve République

S'ENTRAÎNER

1 QUIZ **Cochez la ou les cases qui conviennent.**

Parmi les pouvoirs conférés au président de la République, il y a celui de :

- ☐ **a.** choisir son Premier ministre.
- ☐ **b.** dissoudre l'Assemblée nationale.
- ☐ **c.** dissoudre le Sénat.

2 **Questions flash**

a. Sous la Ve République, comment le président contrôle-t-il le gouvernement ?

b. Comment l'Assemblée nationale peut-elle s'opposer au gouvernement sous la Ve République ?

17 Quelle est l'influence des modes de scrutin ?

L'ESSENTIEL

Les différents modes de scrutin

● Le **mode de scrutin** est **majoritaire** si le gagnant emporte la totalité du pouvoir. Il est **proportionnel** lorsque le pouvoir est partagé selon les votes obtenus.

● Un scrutin universel (ouvert à tous) peut être **direct**, lorsque tous les électeurs votent directement pour leur candidat, ou **indirect**, lorsque de « grands électeurs », élus dans un premier temps, votent ensuite pour un candidat, comme aux États-Unis lors de l'élection présidentielle ou en France pour le Sénat.

● Le scrutin est soit **uninominal**, si un seul candidat est élu comme lors de l'élection présidentielle française, soit **plurinominal** (ou « de liste »), si plusieurs candidats sont élus en même temps, par exemple lors des élections municipales.

● Le scrutin peut se dérouler en **un tour** ou en **deux tours**. Dans ce dernier cas, seuls les candidats arrivés en tête (soit les deux premiers, soit ceux ayant atteint un certain seuil de voix) au premier tour participent au nouveau vote (second tour). Tous ces paramètres peuvent être mêlés à des degrés divers.

Le mode de scrutin majoritaire

● La simplicité du scrutin majoritaire à un tour incite les électeurs à y participer. Il permet d'offrir une **majorité à un parti politique** qui aura donc un véritable pouvoir de décision. Lorsqu'il se déroule en deux tours, il permet la présence d'une grande diversité de candidats. Au second tour, il encourage les accords entre candidats pour une meilleure **stabilité politique**.

● Le scrutin majoritaire **déforme la réalité sociale** : un parti peut remporter l'élection alors qu'il n'a pas été choisi par une majorité d'électeurs. Par exemple, Emmanuel Macron a obtenu 24 % des suffrages exprimés au premier tour en 2017.

● Le scrutin majoritaire provoque une **polarisation** de la vie politique avec en général deux partis politiques qui se partagent le pouvoir à tour de rôle. Aux États-Unis, ce sont les démocrates et les républicains qui gouvernent systématiquement. Il ne permet pas aux petits partis d'être représentés et incite au **vote « utile »** au premier tour : les électeurs votent non pas pour le candidat qu'ils préfèrent mais pour celui qui a une chance de l'emporter.

Le mode de scrutin proportionnel

● Le scrutin proportionnel favorise le **partage du pouvoir** entre les partis politiques. Il **reflète mieux la réalité sociale** que le scrutin majoritaire. Les partis politiques, donc le choix des électeurs, sont mieux représentés, puisque le nombre d'élus de chaque parti est proportionnel au nombre de suffrages obtenus. La présence de plusieurs partis impose davantage d'alliances et de **coopérations** entre les différents élus.

● Le scrutin proportionnel présente le risque d'une **multiplication des petits partis** et d'une dispersion des suffrages. Pour éviter cela, des seuils minimaux de votes sont parfois imposés pour qu'un candidat puisse être élu. L'absence de majorité peut entraîner une **instabilité du pouvoir** ou une **paralysie** de l'action politique.

● Enfin, le nombre élevé de partis politiques peut rendre le **choix trop complexe** pour l'électeur.

MOT CLÉ

Mode de scrutin : processus par lequel des électeurs désignent leurs représentants dans le cadre d'une élection.

S'ENTRAÎNER

1 QUIZ

Cochez la ou les cases qui conviennent.

1. Le scrutin majoritaire a pour avantage(s) :
- ☐ **a.** de représenter les petits partis politiques.
- ☐ **b.** de donner le pouvoir à une majorité.
- ☐ **c.** de rendre le pouvoir instable.

2. Le scrutin proportionnel a pour inconvénient(s) :
- ☐ **a.** de multiplier les petits partis politiques.
- ☐ **b.** de rendre le pouvoir instable.
- ☐ **c.** de polariser la vie politique.

2 **Questions flash**

a. Quels sont les différents modes de scrutins ?
b. Qu'est-ce qui différencie le mode de scrutin majoritaire du mode de scrutin proportionnel ?

18 Quel est le rôle des partis politiques, de la société civile organisée et des médias ?

L'ESSENTIEL

Le rôle des partis politiques

- Les **partis politiques** ont pour fonction de **proposer des représentants**, par exemple en organisant des élections internes durant des « primaires ». Les candidats qui ont l'**investiture** du parti seront davantage identifiables, ce qui permet aux électeurs de mieux les choisir. Le **financement** par le parti politique des candidats et de leur campagne politique leur donne ainsi les moyens de devenir des politiciens professionnels connus de tous.

- Chaque parti politique organise la **mobilisation électorale** grâce à une hiérarchie constituée d'un porte-parole, de plusieurs responsables dans différents domaines, etc. Il établit aussi un **programme** constitué de valeurs à défendre et de prises de position. Le parti doit **persuader les électeurs** de lui donner leur suffrage. Il cherche à travers son programme à **satisfaire les électeurs** et ses propres militants. Chaque parti cherche à mobiliser les électeurs en diffusant son programme dans les médias, sur les réseaux sociaux, etc.

- Les partis politiques ont aussi pour fonction de **socialiser les électeurs** en leur transmettant des valeurs (ex. : la solidarité) et des normes politiques (ex. : payer ses impôts). Les partis fournissent aux électeurs un moyen légitime d'**exprimer leur mécontentement**, ce qui évite des réactions violentes ou des révolutions. Un parti politique peut transformer un fait divers (ex. : une affaire de fraude fiscale) en fait social (ex. : la fraude des grandes entreprises), puis en fait politique (débat, lois). Enfin, en s'opposant aux autres partis, et surtout au parti au pouvoir, les partis alimentent le **débat politique**.

Le rôle de la société civile organisée

- Les **syndicats** coopèrent avec les partis politiques pour trouver des solutions politiques (ex. : réforme de l'assurance chômage).

- Les **groupes d'intérêt** sont aussi consultés et participent plus ou moins directement à la rédaction des lois et font pression pour orienter les décisions.

- Les **associations** peuvent siéger dans des instances officielles (ex. : pour l'attribution de logements sociaux).

- Les **mouvements sociaux** portent des revendications qu'ils souhaitent imposer aux partis politiques. Pour cela, ils organisent, parfois avec l'appui des syndicats, des conflits (grèves, manifestations).

Le rôle des médias

- L'existence de médias libres et pluriels est fondamentale dans une démocratie (on parle de « quatrième pouvoir ») : ils informent les citoyens sur les faits politiques, sociaux, et contribuent ainsi à **structurer l'opinion publique**.

- Ils peuvent **construire des problèmes publics** : par exemple, l'insécurité en multipliant les informations sur des faits d'agressions. On parle alors d'**effet d'amorçage** : les médias incitent les partis à apporter une réponse politique.

- Les médias ne sont pas « neutres » : selon la façon dont ils traitent l'information, ils en **modifient la perception**. En outre, ils doivent faire face à des contraintes économiques, cherchant alors à faire de l'audience *via* l'émotion ou le scandale au détriment de la réflexion.

MOTS CLÉS

Groupe d'intérêt : personnes qui s'organisent pour influencer les autorités au profit de leur intérêt.
Mobilisation électorale : actions mises en œuvre pour structurer et diffuser une offre politique.
Parti politique : personnes ayant les mêmes intérêts qui s'associent pour se faire élire.

S'ENTRAÎNER

1 Comprendre un tableau statistique

	Macron	Le Pen	Fillon	Mélenchon
Temps d'antenne en heures	79 h 33	44 h 25	38 h 01	14 h 48
Temps d'antenne en part	37,1 %	20,8 %	17,8 %	6,9 %
Résultat au 1er tour	24,0 %	21,3 %	15,16 %	14,84 %

Doc. 1 Temps d'antenne des candidats en heures et en part (%) et résultats aux présidentielles de 2017. D'après CSA, février 2017.

a. Faites une phrase avec les valeurs « 37,1 % » et « 79 h 33 ».
b. Additionnez les différentes parts de temps d'antenne et commentez ce résultat.
c. Comment les parts de temps d'antenne ont-elles été calculées ?

POUR VOUS AIDER

- Pour calculer une proportion (ou part), divisez l'effectif de la partie étudiée par l'effectif total (pour un pourcentage, il suffit de multiplier par 100).
- Attention ! La proportion a pour inconvénient de faire disparaître l'effectif (le nombre sur lequel porte la proportion).

19 En quoi les études sont-elles un investissement en capital humain ?

L'ESSENTIEL

Les études, un investissement en capital humain

● Développer le **capital humain** a un **coût pour l'individu** : les dépenses réalisées pour se former ou améliorer sa santé, mais également les revenus dont il se prive en poursuivant ses études (« coûts d'opportunité »).

● L'**État investit également** dans le capital humain. Les politiques éducatives élèvent les qualifications. La politique familiale, en augmentant le nombre de places en crèche et les allocations familiales, aide les parents et stimule la natalité. La politique sociale met en œuvre des prestations visant à réduire les inégalités, afin de maintenir la cohésion sociale. La politique de santé contribue à la santé des travailleurs.

Un investissement rentable pour l'individu

● En augmentant son capital humain, un individu **augmente ses capabilités**, c'est-à-dire la possibilité de choisir ses objectifs et de les atteindre ; cela lui permet également de mieux anticiper les besoins, envies et attentes de son entourage et facilite ainsi son intégration à des activités professionnelles, associatives, amicales, etc.

● Le **taux de chômage** baisse lorsque le niveau de diplôme augmente : selon Michael Spence, économiste, le diplôme agit comme un « signal » qui prouve à l'employeur la compétence du salarié. De plus, cela élève le **niveau de rémunération** : la loi permet aux employeurs de faire varier les salaires en fonction des diplômes.

Un investissement rentable pour la société

● L'augmentation du capital humain d'une économie favorise sa **croissance économique** : une population plus instruite peut exercer des emplois plus complexes, innover et ainsi stimuler la productivité de l'économie.

● La hausse du capital humain entraîne également des **externalités positives** : un niveau élevé de capital humain dans une économie tend à favoriser l'engagement civique et social et à réduire la criminalité.

Des différences possibles

La rentabilité d'un même capital humain peut cependant différer :

››› selon l'**expérience**, ou ancienneté : celle-ci peut permettre à un salarié d'accéder à des salaires associés à des niveaux de diplômes plus élevés que ceux qu'il possède ;

››› selon le **genre** : à diplôme égal, les femmes sont payées en moyenne 35 % de moins que les hommes. Cette inégalité est le résultat de nombreuses causes : les femmes travaillent moins souvent à temps complet, possèdent des diplômes et exercent des emplois moins valorisés et sont victimes de discriminations dans l'accès aux postes d'encadrement ;

››› selon la **taille des entreprises** : en effet, les grandes entreprises offrent davantage de postes qualifiés, ainsi que divers avantages (primes, formation, etc.) ;

››› selon les **besoins de l'économie** : si la demande de biens et services est insuffisante, ou si les diplômes des candidats ne correspondent pas aux qualifications recherchées par les employeurs, certains diplômés connaîtront le chômage.

MOTS CLÉS

Capital humain : ressources productives des individus (savoirs, santé et connaissance du système économique).

Taux de chômage : il se calcule en divisant le nombre de chômeurs par la population active (en emploi ou au chômage).

S'ENTRAÎNER

1 Se repérer sur un graphique

a. Comment se calcule un taux de chômage ?

b. Montrez que, d'après ce graphique, le taux de chômage est corrélé au niveau de diplôme.

c. Comment expliquer que des diplômés du supérieur soient au chômage ?

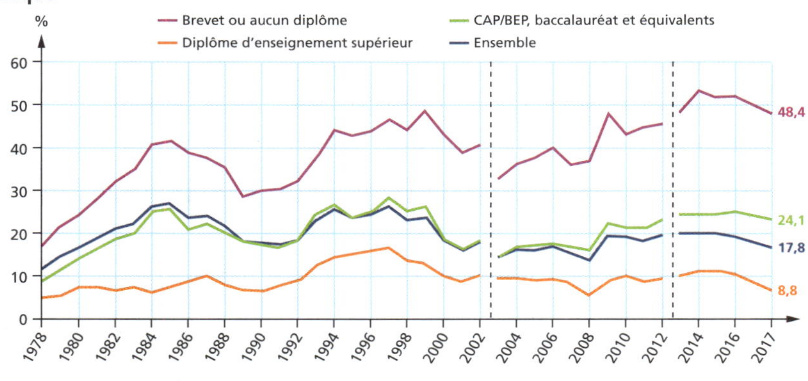

Doc. 1 Taux de chômage des jeunes sortis de formation initiale depuis un à quatre ans. Source : Insee.

20 En quoi l'accès aux diplômes est-il différencié socialement ?

L'ESSENTIEL

Des choix différents

● Le sociologue **Raymond Boudon** considère que les décisions des individus résultent d'un **calcul rationnel** : ils ne s'investissent dans leurs études que si les gains attendus (emploi, rémunération) excèdent leur coût (dépenses, temps consacré) et le risque d'échouer. On parle alors d'individualisme méthodologique.

● Pour Boudon, les inégalités de diplômes s'expliquent ainsi par des **choix différents** : certains font le choix de poursuivre leurs études, d'autres non. Chacun est donc responsable du niveau d'étude qu'il atteint.

Un capital culturel différent

● Selon les sociologues **Pierre Bourdieu** et **Jean-Claude Passeron**, les méthodes et le contenu des enseignements auraient tendance à favoriser les élèves issus des catégories supérieures.

● Ces élèves reçoivent de leurs parents un **capital culturel** qu'ils font fructifier à l'école. Ce capital crée une complicité, entre eux et les enseignants, qui favorise l'obtention d'évaluations facilitant l'accès aux formations les plus prestigieuses.

Des contextes scolaires variables

● Certains établissements seraient plus efficaces que d'autres dans l'amélioration des performances des élèves, notamment grâce à leur souci d'analyser les résultats de leurs élèves afin d'améliorer et de mieux articuler les enseignements. On parle alors d'**effet établissement**.

● Certaines pratiques enseignantes favoriseraient la réussite des élèves : le fait que l'enseignant ait des attentes élevées, ait les mêmes attentes envers filles et garçons, encourage ses élèves, etc. On parle alors d'**effet maître**.

● Certaines classes sont plus favorables que d'autres à la réussite scolaire. Le nombre de « bons élèves » et le sentiment que les élèves ont d'être dans une « bonne classe » peuvent stimuler l'apprentissage. On parle alors d'**effet classe**.

L'évolution des inégalités scolaires

● Le bilan français est ambigu. D'une part, le taux de bacheliers dans une génération est passé de 20 à 94 % environ entre 1970 et 2020 ; cette **démocratisation scolaire** s'explique notamment grâce aux politiques éducatives et à la demande d'éducation des populations qui y voyaient une chance d'élévation sociale pour leurs enfants. Mais, d'autre part, les **écarts** de prestige et de niveaux des diplômes obtenus se maintiennent **selon l'origine sociale**, notamment en ce qui concerne le type de bac obtenu (général, professionnel ou technique) et la poursuite d'études supérieures (cycles longs ou courts, grandes écoles ou universités).

● Les **inégalités scolaires entre garçons et filles** se maintiennent. En France, les filles réussissent mieux à l'école que les garçons : 92 % d'entre elles deviennent bachelières, contre 89 % des garçons. Cependant, elles s'orientent moins vers les sciences fondamentales : 26 % des ingénieurs seulement sont des femmes. Et, à niveau de diplôme égal, elles occupent des emplois moins stables, moins qualifiés et moins rémunérés.

MOTS CLÉS

Capital culturel : ressources d'un individu, sous la forme de biens culturels (livres, œuvres d'art, etc.), de diplômes ou de dispositions (langage, goûts, etc.).

Démocratisation scolaire : égalisation des chances de réussite scolaire.

S'ENTRAÎNER

1 QUIZ

Cochez la ou les cases qui conviennent.

1. Le capital culturel d'un individu est constitué :
- ☐ **a.** de ses diplômes.
- ☐ **b.** de ses diplômes et de ses biens culturels.
- ☐ **c.** de ses diplômes, de ses biens culturels et de ses dispositions culturelles.

2. Les inégalités de réussite scolaire s'expliquent par :
- ☐ **a.** les choix des individus.
- ☐ **b.** le capital culturel.
- ☐ **c.** le contexte scolaire.

2 **Questions flash**

a. Comment expliquer les inégalités de réussite scolaire ?
b. Comment évoluent les inégalités devant l'école en France ?
c. Comment une économie peut-elle développer son capital humain ?

→ Chapitre 1, page 9

1 Réponse **b.**

2 L'auteur joue sur le champ sémantique de nombreux termes. Chaque mot est à comprendre d'abord dans son sens culinaire, puis dans un autre sens, sur lequel se base l'enchaînement des propositions.

On doit procéder avec l'*andouillon* (un petit boyau rempli des tripes de l'animal) comme avec un être vivant (personne niaise), dont on devrait, malgré ses cris, enlever la peau *(écorcherez)*.

Suit un jeu sémantique sur le verbe *larder*, qui signifie à la fois introduire de petits morceaux de lards dans une viande et entrecouper, ici de pinces de homards, lesquelles sont *revenues* (au sens culinaire, mises dans du beurre assez chaud) *à toute bride* (au sens propre, revenues à toute vitesse au lieu où elles étaient). *Pousser le feu* (au sens culinaire, augmenter la température) est ce qui permettra de gagner un peu de place (sens premier de « déplacer »).

La suite de la recette dépasse les jeux sur le champ sémantique puisque l'andouillon, tel un instrument de musique s'exprime *(émet un son grave)*, et que la mention invraisemblable de la *spatule de platine* (métal précieux) s'explique par proximité phonique. Enfin, le passage se clôt par un jeu sur le champ sémantique du verbe *graisser*, confirmant l'absurde puisque le moule ne prend aucune part à la recette.

3 Le champ lexical de la maladie *(ulcères, corps, sang, consultation, chevet, malade, maladie)* est utilisé pour parler des souffrances du peuple. Il sert à dénoncer l'indifférence des dirigeants devant les malheurs de la population.

4 **a.** Les mots en gras appartiennent au champ lexical de la lumière, utilisé pour dire le pouvoir du livre.

b. Il s'agit ici d'une métaphore filée (métaphore qui se poursuit sur plusieurs phrases) qui assimile le texte à la lumière, tandis que le narrateur, tel un « moustique », est attiré par elle.

5 Le champ lexical de l'argent est particulièrement développé : *avarice, pauvreté, fortune, intérêt, matérielle, avide, prix*. Il est utilisé pour commenter la pingrerie particulière de l'imprimeur. L'originalité de ce champ lexical réside dans l'utilisation que le narrateur en fait pour qualifier des choses abstraites : l'intelligence est ainsi matérielle et avide.

6 **a.** Le poème développe le champ lexical de la vieillesse : *très vieux, vieilles gens, vin vieux, vieilles vieilleries, flétries* et *grand-mère*.

b. La répétition du radical *vieux* sous différentes formes inverse la valeur habituelle du terme. Traditionnellement connoté de manière négative (décrépi, délabré, usé), le vieux est ici valorisé.

7 La première saison évoquée est l'automne, associé à la mélancolie et la fin, par l'utilisation des champs lexicaux du dépérissement *(atone, monotone, jaunissant)* et des regrets *(souvenir, rêvant)*. L'autre saison est le printemps, évoqué de manière implicite à la fin du poème. La connotation de cette saison est ici l'idée de naissance et de bonheur (champ lexical développé par *premières, premier* et *fleurs, parfumées, charmant*). On découvre ici une correspondance entre le cycle des saisons et le cycle de l'amour. La magie des commencements et la nostalgie du passé sont deux thèmes déjà présents dans le titre du poème, qui signifie en anglais « jamais plus ».

→ Chapitre 2, page 11

1 **1.** Réponse **b** – **2.** Réponse **b.**

2 **1.** Un homme *aux vêtements démodés* nous intriguait. **2.** C'est à ce moment que l'arbitre siffla la fin du match, *qui avait été décidément bien riche en surprises.* **3.** Non, répondit-il, *apeuré par la menace sous-entendue*, il n'en est pas question. **4.** Marine attendait là, *bien tranquillement.*

3 **1.** Je ne suis pas certaine de vouloir que l'on *se revoie.* **2.** Les policiers souhaitaient que quelqu'un *se confiât.* **3.** Je ne pense pas qu'elle *réussira/réussisse.* **4.** Le plaignant avait espéré que les magistrats *seraient convaincus* par ses arguments. **5.** La morale voulait que l'homme *reconnût* ses torts. **6.** Il affirme que nous *partirons.*

Dans la phrase 3, on a le choix du mode (car il s'agit d'un verbe déclaratif ou d'opinion employé à la forme négative) : l'indicatif indique une plus grande certitude que le subjonctif.

D'une manière générale, on trouve le subjonctif dans les conjonctives en *que* après les verbes exprimant un ordre, une volonté, un doute, un sentiment, un souhait, un regret.

4 La deuxième version du premier vers de « Sensation » répond à une intention claire : briser l'expression lexicalisée (passée dans le langage courant) des *beaux soirs d'été*. Il s'agit d'enfreindre l'usage courant en plaçant l'épithète brève après le nom, de sorte que les deux expansions se suivent. Cela crée alors des effets de rythme (*soirs, bleus* et la deuxième syllabe d'*été* sont accentués) que ne permettait pas la première version.

5 **a.** Cette phrase comporte treize propositions, indépendantes, principales, conjonctives et relatives. Quand elles sont de même nature, elles sont reliées par juxtaposition (virgule ou point-virgule).

b. Les parallélismes de construction sont nombreux et créent un rythme binaire : *toi seule nous.../toi seule nous... ; si l'homme... tu sais.../si l'homme... tu sais... ; qu'il est... en tant que.../(qu'il est)... en tant que.* Ce rythme binaire n'est pas ornemental : il repose sur la conception du monde du prédicateur, qui oppose *ces deux vérités*, l'existence mortelle et l'éternité spirituelle de l'homme.

Si les groupes de mots construits de la même manière comptent à peu près le même nombre de syllabes (donnant régularité et majesté au discours), les deux derniers prennent plus d'ampleur (8 et 11 syllabes) que ceux qui les précèdent (5 et 4), montrant ainsi à quel pôle il faut accorder le plus d'attention.

→ Chapitre 3, page 13

1 Réponse **c**.

2 Verbes au subjonctif présent : *rende*, *voie*, *fasse*, *puissiez*.

3 Lorsqu'elle est **entrée**, elle a **fermé** la porte à clef. Ainsi **protégée** par le solide battant de chêne, elle s'est **dirigée** vers le miroir, s'est **souri** à elle-même, avant de commencer sa toilette. Elle s'est **lavé** les cheveux. Mais cette belle activité a **pris** fin très vite : elle s'est **perdue** dans ses pensées, et petit à petit, s'est **blottie** dans le coin encombré de linge. Peu après, se reprenant, elle s'est **avancée** vers la baignoire, qu'elle a **vidée** en pensant à autre chose. C'est alors qu'elle s'est **évanouie**, sans faire un bruit.

4 *J'ai vu* : passé composé, valeur d'accompli.

Il était, la prison était, on entendait, les forçats étaient, Bicêtre semblait, j'écoutais : imparfait, valeur descriptive et arrière-plan du récit.

Un geôlier passa, je me hasardai : passé simple, actions de premier plan.

C'était : imparfait, concordance des temps au discours indirect avec un verbe introducteur au passé.

Me répondit-il : passé simple, action unique et de premier plan.

On veut, c'est, on ferre : présent de l'énonciation.

Qui doivent partir : périphrase verbale au présent à valeur de futur proche.

Voulez-vous : présent de l'énonciation.

Cela vous amusera : futur, postériorité par rapport au moment de l'énonciation.

C'était : imparfait, arrière-plan du récit.

Qu'il fût : subjonctif imparfait, jugement de l'énonciateur.

J'acceptai : passé simple, action unique et de premier plan.

Remarque : il n'est pas rare qu'un verbe recouvre plusieurs valeurs à la fois du temps auquel il est employé.

→ Chapitre 4, page 15

1 Réponse **d**.

2 **a.** Texte narratif avec des passages descriptifs.

b. La fable a une visée argumentative : la morale, implicite, peut se lire dans les paroles finales de l'âne épargné.

3 Le connecteur *avant que* au début de l'extrait introduit le récit d'actions que le héros a été dans l'impossibilité de faire. Le second connecteur *alors* explicite la situation dans laquelle il se trouve : solitude, obscurité et silence l'environnent et l'empêchent d'agir. Le connecteur *quand* met en évidence une ellipse narrative : on ne dit rien de ce qui s'est passé entre l'incarcération du soir et le lever du soleil, car rien n'a changé, confirmant l'impuissance du héros.

4 **a.** La description est organisée par de nombreux connecteurs : *au-dessus de sa tête* introduit la description du ciel, *devant lui* celle de la mer, *derrière lui* celle de la forteresse dont le prisonnier vient de s'échapper.

b. Tous les espaces qui environnent le personnage sont mentionnés, et dans les mêmes termes : le ciel est noir, la mer est sombre, la prison encore plus noire et plus sombre. L'impression créée est celle d'un environnement effrayant et dangereux, comme le confirment les termes *tempétueux, mugissante, bouillonner, tempête, fantôme menaçant, proie,* ainsi que la personnification de la prison, *ce géant de granit.* Cette absence d'ouverture, d'échappatoire, est confirmée par la faible lueur du falot, *sur la roche la plus haute,* qui éclaire les deux ombres des gardiens de la prison. Cette dernière indication spatiale, bien loin d'introduire l'espoir d'un sauvetage pour le personnage, le maintient de force au sein de cet univers particulièrement hostile.

5 **a.** Le jeune homme est désigné par les mots suivants : *jeune paysan, il, petit paysan, pauvre créature.*

b. Les mots utilisés pour désigner le jeune homme apportent des informations nouvelles sur la perception progressive qu'a de lui Mme de Rênal.

→ Chapitre 5, page 17

1 Réponse **a**.

2 La situation d'énonciation n'est pas précisée. L'énonciateur n'apparaît pas clairement dans son discours ; le récepteur non plus. Le message a été écrit dans le but de renseigner, de donner des informations : c'est un texte explicatif.

3 **Document 1.** Texte descriptif : imparfait, adjectifs qualificatifs *(brouillées, mouillés, plombé, déprimante, vénéneuse, douteux…)*, expansions du nom *(poussée par le vent qu'on entendait hululer, de la fenêtre sans rideaux)*, comparaison *(comme l'emblème d'une lamentable reddition)*.

La subjectivité est marquée par le vocabulaire évaluatif et l'emploi du *je*.

Document 2. Discours argumentatif : défense d'une thèse (le roman policier est un genre qui a ses propres caractéristiques), présence du connecteur *mais*. La subjectivité est marquée par le vocabulaire évaluatif *(exemplaires, usées…)*.

4 **a.** Premier paragraphe : énoncé qui ne fait pas référence à la situation d'énonciation (aucune marque de l'émetteur ou du récepteur). Deuxième paragraphe : énoncé qui fait référence à la situation d'énonciation *(Vous voyez […] que je suis)*.

Diderot ne se contente pas d'interrompre la narration pour prendre le lecteur à témoin ; il souligne la toute-puissance de l'auteur *(il ne tiendrait qu'à moi)* et l'usage rocambolesque et artificiel qu'en font certains *(qu'il est facile de faire des contes)*.

b. L'histoire doit être prise comme telle, et non comme reflet de la réalité ; l'interruption de la narration introduit une distance ironique envers la crédulité du lecteur. Le premier paragraphe raconte une suite d'actions (dominante narrative avec notations descriptives : *C'était l'après-dînée : il faisait un temps lourd*) ; le deuxième explique les ficelles de l'écrivain (dominante explicative). Le refus de croire à l'illusion romanesque serait donc la thèse implicite.

→ Chapitre 6, page 19

1 **a.** Métonymie (l'écrivain pour le livre). **b.** Métonymie (la route pour la voiture). **c.** Métaphore filée de la chevelure en océan. **d.** Périphrase pour le soleil. **e.** Comparaison. **f.** Personnification (le verbe *dormir* appliqué aux étoiles).

2 **a.** Antithèse qui oppose le devoir *(père, honneur, noble et dure contrainte, gloire)* à l'amour *(maîtresse, amour, aimable tyrannie, plaisirs)*.

b. Oxymore qui relie l'adjectif *obscure* au nom *clarté*, et qui développe le champ lexical de la lumière (continué par *étoiles*).

c. Oxymore qui relie le participe présent *assourdissant* au nom *silence* ; les deux termes appartiennent au champ lexical du bruit.

d. Antithèse entre la vie et la mort, développée par une autre antithèse entre le feu *(brûle)* et l'eau *(noie)*.

3 Anaphore : *Ces doux êtres/Ces filles* ;

ou *Ils s'en vont/Ils vont.*

Personnification : La fièvre *maigrit* les enfants.

Parallélisme : *Jamais on ne s'arrête/jamais on ne joue.*

Périphrase : *Ces doux êtres pensifs* pour désigner les enfants.

Métaphore filée : l'usine qui devient *prison* et *bagne* ; la machine qui devient un *monstre*, qui *mâche.*

Antithèse : *Innocents/dans un bagne* ; et *anges/dans un enfer.*

Toutes les figures contribuent à dénoncer l'insupportable exploitation dont sont victimes les enfants.

4 On retrouve plusieurs figures de construction :
- un parallélisme au troisième vers,
- une répétition avec une légère variation dans les première et troisième strophes,
- deux chiasmes dans l'avant-dernière strophe.

Qu'il était **bleu**, **le ciel**, et **grand**, **l'espoir** !

L'espoir a fui, **vaincu**, vers **le ciel noir**.

Un premier chiasme : *bleu, le ciel*, repris par *le ciel noir*. Un deuxième chiasme encadré par le premier : *grand, l'espoir*, repris par *l'espoir, vaincu.*

Les deux chiasmes présentent une évolution : du positif (*bleu, grand*) au négatif (*vaincu, noir*). Toutes ces figures soulignent la disparition d'un passé heureux au profit d'un présent funeste et lugubre.

→ Chapitre 7, page 21

1 Réponse **c**.

2 **Document 1.** Tonalité lyrique pour ce poème : l'énonciateur évoque ses états d'âme, ses sentiments.

Document 2. Tonalité tragique pour cet extrait de théâtre : le destin des hommes est soumis à la fatalité (ici la volonté des dieux).

Document 3. Tonalité didactique pour cet écrit argumentatif : le locuteur veut expliquer quelque chose.

3 **a.** La scène se situe peu avant minuit *(onze heures, Les bougies)*. Le narrateur est retenu par la crainte de ne pas être cru *(l'on me prendrait pour un fou)*.

b. Aucune tentative d'explication n'est donnée à ces événements. Le passage relève donc de la tonalité fantastique.

4 Pour émouvoir le lecteur, il faut insister sur le chagrin du narrateur et ne pas hésiter à employer des tournures exclamatives pour témoigner de la force des sentiments. L'idée présente dans la dernière phrase est alors absolument impossible à garder.

→ Chapitre 8, page 23

1 Réponse **a**.

2 **a.** La première phrase montre le désir d'entrer directement dans le vif de l'intrigue : le texte semble s'ouvrir sur l'élément perturbateur et non sur la situation initiale attendue pour présenter le cadre et les personnages.

b. Le texte donne néanmoins des informations sur ces derniers : le narrateur est le personnage principal.

c. On apprend indirectement qu'il est *lui aussi* carabin (étudiant en médecine) ; le langage utilisé (formules populaires et syntaxe orale) nous renseigne sur son milieu social.

3 **a.** Le récit-cadre est le fait d'un narrateur-témoin qui raconte à la première personne : c'est donc un double du lecteur, qui apporte une caution de véracité au récit qui va suivre.

b. Ce récit enchâssé sera vraisemblablement lui aussi à la première personne, puisque le premier narrateur dit l'avoir écrit tel qu'il a été raconté, sans rien qui ne soit de lui.

4 **a.** Le narrateur s'adresse explicitement au lecteur, pour souligner sa toute-puissance : c'est lui qui choisit de raconter ou de ne pas raconter, de donner des informations ou de les refuser. Il traite le lecteur avec une certaine désinvolture, en répondant par des insolences aux questions que celui-ci peut raisonnablement se poser.

b. L'histoire des deux personnages, Jacques et son maître, fonctionne déjà comme un récit enchâssé à l'intérieur du dialogue entre le narrateur et son lecteur ; Jacques à son tour raconte quelque chose au sujet de son capitaine (2e récit enchâssé), lequel racontait aussi quelque chose (3e récit enchâssé). Même si ces récits ne sont pas développés, la multiplication des instances narratives souligne l'artifice du procédé.

5 **a.** Le temps de référence est le présent de l'énonciation *(je rêve)* : le narrateur, condamné à mort, écrit en effet son journal intime. L'emploi du passé composé *(j'ai fermé, j'ai mis, j'ai tâché)* s'explique par la valeur d'accompli que ce temps remplit au regard du présent.

b. Le deuxième paragraphe présente un retour en arrière (analepse) : le narrateur évoque ses *souvenirs d'enfance.*

c. Mais ce bouleversement de l'ordre chronologique n'est pas marqué par des changements de temps : le présent *(je me revois)* et le passé composé *(ont coulé)* sont toujours utilisés, intégrant parfaitement le retour en arrière à la narration.

6 **a.** Le portrait du personnage est fait selon un point de vue interne : le lecteur ne sait pas que le reflet aperçu est celui de Duroy avant que lui-même ne s'en aperçoive. Notations physiques et morales sont mêlées dans le premier paragraphe. Le deuxième est centré sur des considérations psychologiques.

b. Ce passage dresse le portrait d'un personnage pauvre, qui en a honte, qui aspire à mieux et qui a certainement les moyens d'y arriver. On insiste sur sa vanité. Le personnage, en quête de réussite, de richesse et de reconnaissance sociale, arrivera à concrétiser ses aspirations.

7 **a.** L'incipit présente le portrait d'un nouvel élève, par la bouche d'un narrateur-témoin qui n'interviendra plus aussi directement dans la suite du roman. Parce qu'il est présenté dès le début, on suppose qu'il s'agit d'un personnage clé (le futur époux de Madame Bovary, personnage qui donne son titre au roman).

b. Le portrait est construit selon l'ordre suivant : apparence générale, physionomie, habillement des épaules aux pieds.

c. La narration à la première personne suppose un point de vue interne ; quelques notations semblent pourtant proches de l'omniscience, comme *un gars de la campagne* ou *poignets rouges habitués à être nus*.

→ Chapitre 9, page 25

1 Réponse **b.**

2 **a.** Point de vue externe : le narrateur observe la scène, telle une caméra posée dans un coin.

b. Point de vue interne : la scène est perçue à travers les yeux du personnage.

c. Point de vue omniscient : le narrateur connaît le passé du personnage, ses pensées ; il en sait plus que le personnage (propos sur le chat).

3 **Document 1.** Le narrateur s'intéresse aux pensées d'Anna ; l'arrivée même de l'homme est décrite par ses yeux. Il s'agit d'une narration au point de vue interne : les pensées rapportées et le style indirect libre permettent de pénétrer l'intériorité du personnage.

Document 2. Le narrateur n'indique les pensées d'aucun personnage. Le texte repose sur l'utilisation d'un point de vue externe : tel un observateur extérieur, le narrateur ignore beaucoup de choses et fait des hypothèses *(Rien n'a dû être tenté, probablement)*.

4 Cette scène est racontée à travers l'expérience qu'en fait Fabrice, le personnage principal. Le narrateur utilise un point de vue interne, dans le but de rendre le lecteur sensible à la lecture partielle qu'a Fabrice de l'événement : il ne s'agit pas de décrire l'ensemble de la bataille mais de donner une image de la perception confuse qu'en a le personnage. La complicité entre le narrateur et le lecteur se manifeste par les marques de première personne employées : *Nous avouerons*, et surtout *notre héros*, dont l'emploi ironique est souligné par le narrateur *(fort humain)*.

5 **a.** Le texte adopte le point de vue de Sarah (point de vue interne) : toute la scène est racontée selon ses sentiments à elle.

b. Exemple de point de vue interne de l'homme. *Elle se précipita sur lui. Quelle audace ! voilà maintenant qu'elle se cramponnait à sa veste. Il n'avait pas l'habitude d'être ainsi harponné par des femmes en mal d'aventure…*

c. Exemple de point de vue externe. *La jeune fille tourne l'angle de la rue et regarde un individu qui s'approche. Il ne semble pas la reconnaître. Elle, en revanche, s'accroche à ses vêtements et ne veut visiblement pas qu'il s'en aille. Après un temps d'hésitation, elle se met à lui parler…*

→ Chapitre 10, page 27

1 Réponse **c.**

2 **Extrait a.** *Pendant quinze jours* : sommaire.

Extrait b. *Le lendemain* : ellipse, on passe sous silence ce qui s'est passé pendant la nuit (et il s'agit de la nuit de noces).

Extrait c. *Tout l'été* : sommaire.

3 **Extrait a.** Il s'agit d'un sommaire qui présente une énumération et un verbe au passé simple ; on résume en quelques lignes des événements qui ont mis du temps à se dérouler.

Extrait b. L'expression *Deux mois s'étaient écoulés* indique qu'il y a une ellipse : on ne dit rien sur ces deux mois. Le plus-que-parfait *avait espérée* renvoie à l'époque antérieure à ces deux mois.

Extrait c. L'indication *un soir* marque la particularité de l'épisode : il s'agit d'une scène. Les verbes sont au passé simple et à l'imparfait (narration), puis au présent (dialogue).

Extrait d. L'indication *Une heure et demie plus tard* et le passage au passé simple mettent en évidence une ellipse. D'après le contexte, l'événement passé sous silence est facile à deviner : il ne s'agit pas de taire quelque chose sans importance mais au contraire d'attirer l'attention sur ce qui est survenu. Pendant ce laps de temps, le personnage principal a fait de la femme qu'il reçoit sa maîtresse.

4 L'ellipse se manifeste par la présence de l'indicateur temporel *trois semaines après*. Le sommaire se placera juste avant et résumera ce qui s'est passé pendant ces trois semaines, en utilisant, au choix, l'imparfait ou le passé simple.

5 **a.** Le temps principalement employé est le passé simple. On trouve également un imparfait *(il fallait)*, un conditionnel présent *(elle payerait)* et un plus-que-parfait *(ils avaient restitué)*. On sait, grâce à l'indication temporelle de la fin du texte, que la vie décrite dans les deux premiers paragraphes a duré dix ans.

b. Il s'agit d'un sommaire, qui présente une série de verbes au passé simple pour accélérer le rythme du récit.

c. À titre d'exemple, voici comment Maupassant introduit la fin de la nouvelle.

> Or, un dimanche, comme elle était allée faire un tour aux Champs-Élysées pour se délasser des besognes de la semaine, elle aperçut tout à coup une femme qui promenait un enfant. C'était Mme Forestier, toujours jeune, toujours belle, toujours séduisante.
> Mme Loisel se sentit émue. Allait-elle lui parler ? Oui, certes. Et maintenant qu'elle avait payé, elle lui dirait tout. Pourquoi pas ?
> Elle s'approcha. […]
> – Tu te rappelles bien cette rivière de diamants que tu m'as prêtée pour aller à la fête du Ministère.
> – Oui. Eh bien ?
> – Eh bien, je l'ai perdue.
> – Comment ! Puisque tu me l'as rapportée.
> – Je t'en ai rapporté une autre toute pareille. Et voilà dix ans que nous la payons. Tu comprends que ça n'était pas aisé pour nous, qui n'avions rien… Enfin c'est fini, et je suis rudement contente.
> Mme Forestier s'était arrêtée.
> – Tu dis que tu as acheté une rivière de diamants pour remplacer la mienne ?
> – Oui. Tu ne t'en étais pas aperçue, hein ! Elles étaient bien pareilles.
> Et elle souriait d'une joie orgueilleuse et naïve.
> Mme Forestier, fort émue, lui prit les deux mains.
> – Oh ! Ma pauvre Mathilde ! Mais la mienne était fausse. Elle valait au plus cinq cents francs !…

▷ Guy de Maupassant, *La Parure*, 1884.

→ Chapitre 11, page 29

1 Réponse **b**.

2 **a.** La scène s'inscrit dans un milieu rural, où paysans et notables *(messieurs en habit noir)* sont réunis. La description de cet épisode renvoie une image fidèle de la société du XIXe siècle. L'extrait relève donc du mouvement réaliste.

b. Cependant le narrateur n'est pas totalement objectif. La dernière phrase exprime un parti pris évident : le narrateur formule un jugement sévère sur la société qui permet une telle exploitation des êtres humains.

3 **a.** La description est organisée selon le point de vue des deux femmes à la fenêtre. La vision des parties de plaisir qu'elles imaginent leur fait envie.

b. Le début du passage se caractérise par des notations objectives ; la subjectivité qui suit et dévalorise la scène *(satisfaction imbécile, hurlées stupides)* peut traduire la pensée des personnages (style indirect libre) ou être le fait d'un narrateur qui prend parti, qui ne s'efface pas derrière ses personnages.

4 **a.** Cette conception du réalisme repose sur une opposition entre la vie et l'art : faire vrai ne veut pas dire retranscrire le vrai, la réalité.

b. Le romancier, selon Maupassant, doit choisir certains éléments, travailler la composition, hiérarchiser les événements, pour donner l'illusion du vrai.

c. La première et la dernière phrase sont des paradoxes (idées qui vont à l'encontre de l'opinion commune), au service de la conception de Maupassant, pour qui « réaliste » ne veut pas dire « qui recopie le réel ».

5 Quelle que soit la thèse défendue, on veillera à rattacher précisément arguments et exemples à l'idée directrice. Pour appuyer le point de vue choisi, on pourra avancer les idées suivantes :

– **la vocation sociale de la littérature** : événements historiques et productions littéraires sont liés (exemple : Zola) ; l'écrivain a un rôle de guide ou de révélateur à jouer (exemples : les écrivains romantiques, la littérature engagée) ; beaucoup d'écrits veulent réformer l'homme (exemples : Hugo, Bossuet).

– **la littérature sans utilité sociale** : l'art est au-dessus des contingences historiques (exemple : les parnassiens) ; l'écriture transfigure le monde, le recrée et ne se situe pas dans le domaine de la réalité (exemple : les limites du réalisme).

→ Chapitre 12, page 31

1 Réponse **c**.

2 **a.** Les deux paragraphes présentent le même personnage, Boris, face à deux policiers qui montent l'escalier de son immeuble. Mais les suites sont différentes : dans le premier paragraphe, Boris est arrêté ; dans le second, les policiers ne s'arrêtent pas devant sa porte.

b. Le roman ne peut pas se définir ici comme chronologique, puisque le récit se dédouble. Il s'agit plutôt d'envisager différentes possibilités narratives simultanément.

c. La syntaxe et le lexique sont assez peu marqués et correspondent à un registre de langue courant, clair et précis mais sans recherche particulière. La première version, plus détaillée, présente toutefois des phrases plus longues, avec subordinations. Dans la seconde, les phrases sont plus courtes et les propositions indépendantes plus nombreuses. La différence la plus essentielle réside dans la focalisation adoptée : la première version adopte un point de vue interne, celui de Boris, alors que la seconde semble plus proche d'un point de vue externe.

3 **a.** Le récit qui s'annonce ne sera pas linéaire : la chronologie ne sera pas forcément respectée et les blancs seront nombreux.

b. L'écriture se veut reflet de la mémoire : elle sera donc à la fois lacunaire, imprécise et désordonnée.

c. L'écriture romanesque n'est donc pas une reconstruction cohérente de la réalité. Une analogie est faite entre les *mots d'un livre* et les *jours d'une vie* : l'incertitude, les blancs, les traits à peine esquissés sont inévitables.

4 **a.** Selon la narratrice, l'autobiographie et la fiction ne sont jamais réellement *pures* : l'une emprunte sans cesse à l'autre. La fiction se nourrit de faits autobiographiques, quand l'autobiographie peut relever de la fiction par la reconstruction qu'elle suppose.

b. Ce passage intervient dans les dernières pages d'un ouvrage qui semble reprendre tous les codes de l'autobiographie : auteure et narratrice se confondent dans ce livre qui reprend des éléments réellement vécus par l'auteure. Le titre du livre, *D'après une histoire vraie*, pourrait laisser entendre qu'il y a eu une légère transposition romanesque, mais que l'intrigue se base sur des faits réels. Or ce dialogue final introduit un doute, puisque la narratrice affirme que n'importe qui peut se laisser duper par un récit totalement inventé mais qui se donnerait à lire comme vrai.

→ Chapitre 13, page 33

1 Lucile : comédie – Gros-René : farce – Jules César : tragédie

2 *Le Jeu de l'amour et du hasard* : comédie • *Alexandre le Grand* : tragédie • *Ubu cocu* : farce • *Cléopâtre captive* : tragédie • *Le Dindon* : comédie • *La Farce du cuvier* : farce • *Le Malade imaginaire* : comédie • *On ne badine pas avec l'amour* : comédie • *César* : tragédie • *Le Mariage de Figaro* : comédie.

3 **Document 1.** Tragédie (forme d'expression noble, personnage historique : César).

Document 2. Comédie (thématique de l'amour et du mariage).

Document 3. Farce (déclaration inepte et action grotesque).

4 **a.** Il s'agit de l'exposition, qui a pour but de présenter, par la bouche de Sganarelle, le personnage principal : Dom Juan.

b. Sganarelle, son valet, est le mieux placé pour en parler, puisqu'il connaît son maître dans l'intimité.

c. On apprend que Dom Juan est un séducteur éhonté qui n'hésite pas à contracter le mariage pour parvenir à ses fins, et qu'il se rend sans doute coupable d'autres agissements répréhensibles *(ce n'est là qu'une ébauche du personnage)*. Ses conquêtes et sa moralité seront sans doute le sujet de l'intrigue.

5 **a.** Cette dernière scène de la pièce présente l'ultime étape du dénouement : Dom Juan meurt, frappé par la foudre divine et englouti par la terre. Il est ainsi puni pour ses méfaits, c'est une fin conforme à la morale.

b. Il s'agit d'un dénouement surnaturel et artificiel, annoncé par la statue qui parle.

c. Sganarelle prend la parole en dernier, pour énoncer la morale de la pièce *(tout le monde est content)* et se lamenter sur son sort ; son intervention fait écho au début de la pièce et contrebalance la mort tragique de Dom Juan par des propos comiques (le désespoir devant ses gages envolés).

→ Chapitre 14, page 35

1 **1.** Réponse **b** – **2.** Réponse **c**.

2 **a.** Il s'agit d'apartés (réflexions que les personnages s'adressent à eux-mêmes). Le parallèle établi entre les deux personnages crée un effet comique.

b. Les répliques de George Dandin révèlent au public sa surprise et une certaine inquiétude.

3 **a.** Il s'agit d'un monologue très fameux car Harpagon, après avoir interpellé des individus imaginaires, s'adresse à lui-même, jusqu'à se considérer comme un autre *(Arrête)*. Il s'adresse ensuite à son argent *(on m'a privé de toi)*.

b. Il viole ensuite l'illusion théâtrale en s'adressant très explicitement au public, dont il commente les réactions *(Ils me regardent tous et se mettent à rire)*.

c. Le but de cette scène comique est de faire rire le spectateur devant la paranoïa du personnage et la transgression de la frontière entre l'intrigue fictive et la réalité de la représentation. Elle ridiculise le type de l'avare.

4 **a.** Arlequin est le valet de Dorante.

b. La domination sociale du maître se manifeste par le tutoiement, le recours à l'injure, la menace de coups et l'impatience devant les discours tenus par son valet.

c. Non, car Arlequin emploie un registre soutenu et fait preuve de calme et d'ingéniosité face aux exclamations de Dorante : usage de phrases injonctives (impératif), utilisation de connecteurs logiques structurant son discours.

d. C'est Arlequin qui conduit le dialogue : même si Dorante affirme qu'il ne veut pas l'écouter, il n'interrompt pourtant pas l'échange.

e. Arlequin a un temps de parole plus important ; socialement inférieur, il s'assure cependant la maîtrise de l'échange, et obtient de son maître la permission de révéler son identité à sa maîtresse avant que Dorante n'apprenne la supercherie à son père.

→ Chapitre 15, page 37

1 Réponse **c**.

2 **Extrait a** : tragédie (*Bérénice* de Racine)
Extrait b : Comédie (*Les Femmes savantes* de Molière)
Extrait c : tragédie (*Cinna* de Corneille).

3 La mort d'Hippolyte, très violente, est racontée par Théramène : elle ne peut avoir lieu sur scène, cela irait à l'encontre de la règle des bienséances.

4 **a.** Arnolphe explique sa conception de l'épouse idéale.

b. Il emploie le passé simple pour expliquer comment il a fait élever une enfant selon ses principes jusqu'à ce qu'elle soit en âge de se marier. Pour Arnolphe, la femme idéale est soumise et ignorante.

c. Il s'apparente à la figure du vieillard amoureux et despotique. Le désir d'imposer sa volonté se traduit par des formules comme *ma mode, qui tienne tout de moi, ma politique*.

5 **a.** Orgon ne réagit pas aux informations données par Dorine et la relance sans cesse sur Tartuffe. La communication n'est pas réelle et les répétitions des interventions d'Orgon, en traduisant son obsession, prêtent à rire.

b. Tartuffe apparaît comme un individu attaché aux plaisirs terrestres, peu délicat vis-à-vis des malaises de son hôtesse : ce portrait n'est guère en accord avec la dévotion qui est censée le caractériser. Orgon apparaît aveuglé et totalement sous la dépendance de Tartuffe, vers qui va toute sa compassion, alors même que sa femme, fort légitimement, la réclame.

c. L'ironie de Dorine se traduit par le soin qu'elle met à recentrer le dialogue sur la maîtresse de maison (contre le désir évident d'Orgon), par son insistance à mentionner l'appétit et la bonne santé de Tartuffe, et par l'emploi par antiphrase de l'adverbe *dévote-*

ment. Tout à son idée fixe, Orgon n'y est pas sensible, contrairement au public.

→ Chapitre 16, page 39

1 Réponse **b.**

2 L'âge et les vêtements du comédien soulignent les caractéristiques du personnage : jeune, beau, farouche. Toutes ses pensées sont tournées vers le meurtre à venir, ce qui se lit dans sa main droite crispée sur le pommeau de son épée. Son regard fixe traduit sa détermination. Lorenzaccio se détourne du personnage présent à ses côtés : son acte l'isole à jamais des autres.

3 **a.** vaudeville
b. drame romantique (*Ruy Blas* de Victor Hugo)
c. drame romantique (*Chatterton* d'Alfred de Vigny)

4 **a.** Les phrases amples de Victor Hugo présentent souvent un rythme ternaire : *une mission nationale, une mission sociale, une mission humaine* ; ou plus loin *il sent…/il sent…/il s'interroge*. Les constructions binaires sont aussi présentes : balancement (*il sent que …/il faut que…*) et constructions parallèles (*grande et sérieuse chose* ; *si intelligent et si avancé* ; *tant d'attente et de curiosité* ; *sévérité et recueillement*).

b. L'auteur crée ainsi un style oratoire propre à emporter l'adhésion des lecteurs : les périodes au rythme bien cadencé rappellent le souffle prophétique du dramaturge inspiré, guide du peuple, au service de la vérité et de la liberté.

5 **a.** Ce passage concerne le traitement de la règle des trois unités dans le drame romantique. Selon Victor Hugo, seule la règle de l'unité d'action est nécessaire ; l'unité de lieu et l'unité de temps imposées dans le théâtre classique sont pour lui aussi absurdes qu'inutiles. L'analogie avec les mêmes souliers qu'un cordonnier voudrait imposer à tous accentue le caractère grotesque que l'auteur prête à ces règles. On ne peut appliquer les mêmes règles à toutes les pièces.

b. Les limites des vingt-quatre heures semblent parfois bien étroites aux intrigues représentées : c'est le cas d'*Andromaque* de Racine par exemple, où les revirements successifs et les actions radicales qu'ils engendrent semblent trop difficiles à mettre en œuvre pour se dérouler dans un laps de temps aussi court. Certains auteurs du XVIIe siècle ont eux-mêmes délaissé ces règles, les trouvant trop contraignantes, comme Corneille dans *L'Illusion comique*.

→ Chapitre 17, page 41

1 Réponse **c.**

2 **a.** L'action est déjà engagée lorsque la pièce commence. Les derniers pourparlers sont en cours pour essayer d'éviter l'affrontement entre Grecs et Troyens suite à l'enlèvement d'Hélène. Cette pièce de Giraudoux reprend l'*Iliade* d'Homère, juste avant le début du conflit : la guerre de Troie aura-t-elle lieu ?

b. À l'optimisme d'Andromaque s'oppose le prophétisme désespéré de Cassandre, condamnée par Apollon à annoncer les malheurs à venir sans jamais être crue. Les premières répliques des personnages sont construites en miroir : elles sont identiques mais leur contenu est inversé. 1re réplique : affirmation, nom de l'interlocutrice ; 2e réplique : affirmation, nom de l'interlocutrice ; 3e réplique : affirmations successives et phrases commençant par *on* ; 4e réplique : phrases commençant par *on* et reprise des termes employés par Andromaque (*recevoir, rendre, Hélène*). Dans les répliques suivantes, Cassandre reprend systématiquement au moins un des termes d'Andromaque, mais dans une phrase de sens opposé ou de tournure négative.

c. À côté des parallélismes de construction évoqués à la question précédente, on peut relever différents procédés d'écriture : parataxe (absence de subordination), lexique prosaïque et moderne (*pari, envelopper sa petite Hélène*), quelques phrases exclamatives ou interrogatives pour Andromaque, mais le plus souvent des phrases déclaratives simples qui ont la force d'un constat inévitable.

3 **a.** Les didascalies donnent des informations sur les gestes, les prononciations, les objets à utiliser pour jouer la scène.

b. L'indication *montre en effet beaucoup d'élégance* repose sur une impression subjective, et toute la difficulté consistera à la traduire par le jeu du personnage pour que le public y soit sensible.

c. La scène donne de nombreuses précisions et la marge de manœuvre du metteur en scène semble réduite.

4 Les indications ici ne sont pas très précises : les termes employés indiquent l'incertitude (*si j'en crois ce que j'ai lu*) ou l'imprécision (*soit… soit…*). Dans ce commentaire, Jean Genet joue avec les paradoxes (la misère révélée par des costumes somptueux) et souligne la part de créativité dont doivent faire preuve tous ceux qui participent à la mise en scène. Selon l'auteur, la mise en scène ne doit pas se limiter à des gestes, des décors ou des déplacements : c'est une véritable création, qui participe à la réussite de la pièce, au même titre que le texte.

5 **a.** Le texte n'est pas figé, puisque Genet parle de *reprendre* : la série des verbes à l'infinitif renvoie au travail du jardinier (*élaguer*) ou de la couturière (*découdre, repriser*). La tâche de l'auteur n'est donc pas d'un seul tenant, mais se construit aussi au regard de la mise en scène.

b. En se réappropriant la pièce, le metteur en scène devient le partenaire privilégié de l'auteur.

→ Chapitre 18, page 43

1 Réponse **a.**

2 **Extrait a.** La fable présente deux types de vers : alexandrins et octosyllabes, qui alternent de manière irrégulière. La variété, plus que la régularité, caractérise donc cette fable.

Extrait b. 4/4 (diérèse sur vi/olons) /3/4/4/3.

Extrait c. Un quatrain composé d'alexandrins. Versification classique

3 Les allitérations sont nombreuses : en [k], en [d], en [m] ; on relève également une assonance majeure en

[eur]. Outre l'effet mélodique certain créé par la reprise incessante des mêmes sons dans un poème si court, la reprise des sons [k] et [eur] permet de prolonger, en écho, la présence du mot *cœur*.

4 **a.** Deux émotions contradictoires sont évoquées : la tristesse (*tristement, peine*) et l'espoir (*espoir, espérance*).

b. Les deux premières strophes sont des quatrains qui sont consacrés aux sentiments du locuteur : ils mettent en scène l'opposition entre le chagrin qu'il éprouve quand il songe à sa situation présente, et l'espoir qui en pensée lui permet d'échapper à son « sort inhumain ». Les deux dernières strophes sont des tercets, recentrés sur la situation concrète du locuteur, en train de fumer.

c. Dans ce sonnet qui s'intitule « Le fumeur », le tabac et l'espoir sont assimilés : vite consumés, ils ne représentent rien de tangible, de durable, et s'évanouissent rapidement, « fumée » et « vent ».

5 **a.** Cette ode est adressée et consacrée à une source du pays natal du poète. Par ce thème, le poète fait l'éloge de la nature.

b. Chaque strophe commence par deux rimes plates suivies de rimes croisées, avec une alternance entre rimes féminines et masculines. Les rimes sont généralement riches (« hautaine » / « fontaine » : trois sons communs [t], [ai] et [ne]).

c. L'assonance en [oi] dans la première strophe répercute en écho des mots essentiels pour définir la tâche du poète, « voix » et « ois » (entends).

→ Chapitre 19, page 45

1 Réponse **c.**

2 **a.** La situation d'énonciation est originale : c'est un pendu qui parle ; il s'adresse aux passants qui peuvent l'apercevoir.

b. Le poème évoque la pitié et la compassion que tous les hommes devraient éprouver devant le spectacle des pendus, « frères humains » qui à leur tour devront implorer le pardon et la miséricorde divine. La mort et la putréfaction sont aussi mentionnées.

c. Une épitaphe est une inscription sur la pierre tombale d'un mort. S'il n'y a pas de tombe ici, ce sont pourtant bien les dernières paroles qu'un mort adresse aux vivants.

3 **a.** Il s'agit d'un sonnet (deux quatrains suivis de deux tercets) en décasyllabes.

b. Ce sonnet est construit sur la figure de l'antithèse (vis/meurs ; brûle/noie ; chaud/froidure ; molle/dure ; ennuis/joie ; ris/larmoie ; plaisir/tourment ; s'en va/ dure ; sèche/verdoie ; douleur/hors de peine ; mon désiré heur/mon premier malheur). Le bonheur, du côté de la vie, s'oppose au champ lexical de la peine, du côté de la mort.

c. Le poème parle de l'Amour qui fait passer l'âme d'un extrême à l'autre. Le début du sonnet développe l'antithèse, tandis que les deux tercets en expliquent la signification.

4 **a.** Cette ode en octosyllabes présente des strophes de 6 vers (sizain). Chaque strophe débute par des rimes plates, suivies de rimes embrassées. L'alternance entre rimes féminines et masculines est respectée au sein de chaque strophe.

b. Le poème traite du passage du temps et de la nécessité de profiter chaque jour de ce que la vie nous offre (*carpe diem*) ; le poète compare la beauté de la rose à celle de la jeune fille, qui comme celle de la fleur ne dure que peu de temps.

c. Le verbe *fleuronne* est formé sur le nom *fleuron*, lui-même dérivé de *fleur*, et signifie « orné de fleurs », et par extension « de choses belles et précieuses ». Le terme n'a pas survécu.

5 **a.** Le sonnet explique qu'il ne faut pas repousser les plaisirs de la vie de peur de les voir disparaître sans avoir pu en jouir. Les deux tercets introduisent une rupture : on passe de l'évocation plaisante d'un souvenir à la mention de la mort. Le dernier alexandrin présente un rythme très régulier : 2 / 4 // 2 / 4/ et les sonorités reprises concernent les sons [ai], [z], [o], [i], de manière à mettre en valeur l'injonction finale, qui apparaît par une métaphore : les roses pour les plaisirs éphémères de la vie.

b. Les deux poèmes traitent du même thème et leur conclusion est identique. La forme resserrée et les évocations plus concrètes de la vieillesse et de la mort semblent donner au sonnet un pouvoir évocateur que l'ode n'avait pas.

→ Chapitre 20, page 47

1 Réponses **a.**, **c.** et **d.**

2 **a.** Le monarque est présenté comme un héros ; les expressions qui le soulignent sont nombreuses et souvent marquées par l'hyperbole : « une valeur à nulle autre seconde », « votre courage », « la couronne du monde », « de si beaux faits ». Le roi est aussi présenté comme celui qui a terrassé « l'hydre » (monstre mythologique à plusieurs têtes qui repoussent sans cesse), c'est-à-dire l'esprit de révolte.

b. Le rythme des vers et le rythme des phrases s'accordent parfaitement : chaque strophe correspond à une phrase et chaque vers possède une autonomie grammaticale (proposition ou groupe de mots complet).

c. Le dernier vers est à part : il ne s'agit plus de louer le roi, mais de louer le poète. Malherbe termine son sonnet sur une idée forte : les succès du roi sont éclatants, mais ne passeront à la postérité que parce qu'ils auront été racontés par une plume éternelle, celle du poète lui-même.

3 **a.** Le thème du temps qui passe et des plaisirs que l'on doit saisir sans tarder (*carpe diem*) est au centre du poème. La femme à qui s'adresse ce poème est jeune (« Marquise » était le nom que portait une comédienne célèbre de l'époque) et dédaigne les avances du poète, qui lui est plus âgé.

b. Deux arguments sont utilisés pour convaincre la belle. D'abord il lui rappelle que la vieillesse la touchera elle aussi. Ensuite il met en avant ses qualités de poète : c'est grâce à ses écrits que la beauté de la jeune femme pourra passer à la postérité. Le vieux poète insiste ainsi sur le grand pouvoir de l'écriture, qui pourrait donc aussi se retourner contre la jeune femme.

c. Le poème est constitué de quatrains d'heptasyllabes (vers de 7 syllabes) : chaque strophe possède une unité grammaticale parfaite et se termine par un point.

4 **a.** La fable commence par le récit (description de la situation malheureuse du bûcheron, l'appel à la mort, la chute) ; la moralité est présente dans la dernière strophe (leçon générale à tirer du récit).

b. La versification sert la progression du récit. Aux alexandrins réguliers qui correspondent à la description initiale, succèdent deux octosyllabes pour le dialogue entre la Mort et le Bûcheron ; l'enjambement du vers 16 peut mimer l'hésitation du personnage, qui cherche le moyen de se sortir de cette fâcheuse situation. La moralité enfin se démarque du récit par l'emploi d'un vers impair, l'heptasyllabe (sept syllabes).

c. L'évocation des malheurs du bûcheron peut éveiller la compassion du lecteur : on peut alors parler de tonalité pathétique. Mais le comportement du Bûcheron, et à travers lui de tous les hommes, est ensuite critiqué : la moralité dénonce ce comportement qui consiste à avoir peur de la mort et à s'attacher démesurément à la vie terrestre, quand bien même celle-ci n'est que souffrance et semble dénuée de sens. La tonalité satirique est donc également présente.

5 Cette fable d'Ésope est la source de celle de La Fontaine : l'anecdote est la même, la morale à tirer de la fable est identique. Toutefois le texte de La Fontaine est plus long et prend le temps d'approfondir le récit : la description est plus poussée et le dialogue avec la mort plus savamment mis en scène. La mise en vers donne une autonomie au récit, et la fable remplit alors ce double objectif de plaire et d'instruire.

→ Chapitre 21, page 49

1 Réponses **a.** et **b.**

2 **a. Thème** : la peine de mort.

b. Thèse du texte 1 : il faut maintenir et appliquer la peine de mort.
Thèse du texte 2 : une démocratie ne doit pas souffrir le maintien de la peine de mort.

c. Le discours de Badinter présente des procédés de rythme qui donnent de l'ampleur au propos. La première phrase débute par un rythme binaire (dans…/dans…) ; la seconde, introduite par « mais », reprend le procédé et l'exploite plus largement (dans…/dans…/quels que soient…/quelle que soit…/aucun…/aucun…).

3 **a.** Si tout homme naît avec les mêmes penchants, ces penchants font que, de fait, dans la société, l'inégalité est réelle, voire nécessaire. Elle naît des besoins de l'homme et conduit au partage des tâches.

b. Voltaire privilégie ici une **argumentation directe**. Le recours à la généralité *(tout homme, les hommes, le genre humain)* et les nombreux connecteurs logiques *(par conséquent, car certainement, et, donc)* révèlent clairement la volonté de **convaincre**.

c. La dernière phrase de l'extrait est un **paradoxe** (idée contraire à la logique ou à la norme) : l'égalité est à la fois un droit naturel (*chaque homme, dans le fond de son cœur, a droit de se croire entièrement égal aux autres hommes*, écrit-il dans la suite de l'article), et une utopie, un désir impossible à réaliser, car tout homme *doit faire son devoir*, qu'il soit cuisinier ou cardinal, ou bien *toute société humaine est pervertie.*

4 **a.** Ce texte, publié en préface, a une visée argumentative claire et fait véritablement fonction de manifeste : il explicite les principes que revendiquent un certain nombre d'écrivains proches de l'auteur.

b. La thèse défendue est la suivante : la beauté, c'est-à-dire l'art, a une très haute utilité qui ne doit rien aux besoins immédiats.
Le premier paragraphe précise que si la beauté n'est pas indispensable à la vie, elle est essentielle : on ne saurait s'en passer. Dans les deuxième et troisième paragraphes, l'auteur feint d'adopter le point de vue des « utilitaires », pour mieux insister sur l'absurdité de leur théorie. La dernière partie affirme que la beauté n'a de sens que par son inutilité, et s'oppose ainsi fortement à l'image des *latrines,* évidemment du côté du besoin et de la laideur.

c. Veillez à appuyer votre argumentation par des exemples précis.

5 **a.** Dans ce passage, où le narrateur évoque son expérience de soldat lors de la Première guerre mondiale, la thèse vise à dénoncer l'atrocité de la guerre.

b. L'essentiel du passage concerne les impressions individuelles du narrateur, mais quelques phrases au présent de vérité générale s'intercalent. Ces considérations, souvent marquées par l'emploi d'un « on » à valeur généralisante, veulent donner une résonance plus large aux propos du personnage : son expérience personnelle l'amène à découvrir des vérités qui dépassent son propre cas.

c. Certaines constructions de phrases et certains termes relèvent d'un niveau de langue familier *(dépucelé, la vache, crétin…).* Par l'usage de ces tournures, le narrateur apparaît donc comme un personnage populaire : c'est par sa bouche et avec ses tournures familières que la réalité de la guerre peut être dite, et non par les discours patriotiques ou pompeux sur l'héroïsme et le courage que l'on entend souvent, et qui ne sont que *des mots.*

→ Chapitre 22, page 51

1 Réponse **c.**

2 **a.** Essai ; tonalité polémique.

b. Manifeste littéraire ; tonalité didactique.

c. Dialogue ; tonalité didactique.

d. Fragment ; tonalité ironique.

3 **a.** Ce texte relève de l'argumentation directe : l'auteur justifie dans cette préface sa pratique de la poésie.

b. Le locuteur déclare que la poésie doit rompre avec les pratiques poétiques précédentes (les *émotions personnelles* et les *faits contemporains*, chers au romantisme, sont à bannir). Au contraire, le poète doit revenir aux contraintes formelles abandonnées (*formes négligées ou peu connues*) ; le « je » ne doit plus apparaître dans l'écriture (*l'impersonnalité et la neutralité*) ; le travail de l'expression (*multiple et diverse*) enfin est essentiel pour dire des vérités unanimes (*vérités morales* et *idées dont nul ne peut s'abstraire*).

c. Il s'agit bien d'un manifeste, c'est-à-dire d'une déclaration écrite et solennelle où un groupe expose sa position : toute une génération de poètes va s'engager pour défendre les mêmes idées.

4 **a.** L'émetteur cherche à convaincre son interlocuteur que la femme n'est pas identique à l'homme, en ce sens qu'elle n'a pas la même mission ni les mêmes qualités. Elle n'a accès ni à l'art ni à la politique. Sa fonction est de permettre à l'homme de créer, par le biais du désir qu'elle suscite en lui.

b. Le discours est structuré par des connecteurs (*Mais, C'est pourquoi*, etc.), et repose sur un parallèle entre l'homme et la femme, souligné par le recours à l'italique.

c. Le statut de la femme ne semble guère susceptible d'évoluer : si le discours peut sembler prudent *(généralement peu accessible, semblent impossibles)*, ces réserves sont aussitôt contredites par des affirmations sans nuance *(il y faut, toute œuvre)*.

5 Le passage a pour thème l'association de la féminité et de la passivité.
Le connecteur d'opposition *mais* souligne que cette passivité est imposée par l'environnement extérieur. Les exemples du garçon et de la fille sont séparés encore une fois par un connecteur d'opposition *(Au contraire)*. L'explication concernant l'éducation de la femme est marquée par l'emploi du *on* : ce pronom renvoie aux *éducateurs* et à la *société* précédemment cités. À la multitude indivisible du *on* s'oppose alors l'unicité de *la femme*. Cet exposé se veut objectif : nulle inscription de l'énonciateur dans le texte. En renonçant à l'emploi d'un « je » ou d'un « nous » qui réunirait les femmes, c'est évidemment à l'ensemble de la population que l'auteur s'adresse.

→ Chapitre 23, page 53

1 Réponse **c.** (accord du participe passé employé avec avoir avec le COD « des fautes » placé avant le verbe)

2 **a.** Martine va profiter de ce *confort moderne* qui consiste à utiliser une baignoire pour prendre un vrai bain. Elle est dépassée et éblouie par ce luxe qu'elle goûte pour la première fois (le roman est paru en 1959), qui lui paraît presque *sacré* ; les fois suivantes, le plaisir est intact et l'émotion reste *délicieuse*.

b. Elsa Triolet, compagne de Louis Aragon, était comme lui proche du parti communiste. Les préoccupations humaines et sociales sont au cœur de ce roman, qui interroge l'arrivée de la société de consommation : après la Deuxième guerre mondiale, tout devient accessible facilement. Le titre du roman souligne les dérives d'une société où le « crédit » donne l'illusion de pouvoir tout s'offrir : la ruine attend l'héroïne, victime de cet accès factice au luxe.

3 Victor Hugo s'adresse aux députés, de qui il veut obtenir des lois et des engagements concrets en faveur du peuple qui vit dans la misère.

Le texte repose sur des parallélismes de construction, qui donnent de l'ampleur à l'argumentation. Les phrases sont complexes et construites selon la même structure. Cinq propositions commencent par *vous n'avez rien fait* et se poursuivent par une, deux ou même quatre propositions commençant par *tant que…* ; ces dernières présentent parfois aussi des énumérations (*aux familles honnêtes, aux bons paysans, aux gens de cœur*).

Cette construction très travaillée laisse à penser que ce texte a été écrit à la fois pour être prononcé et publié, de manière à toucher le plus grand nombre.

4 **a.** Le locuteur s'adresse au président de la République pour lui déclarer qu'il ne partira pas faire la guerre, alors même qu'il a été appelé pour défendre la nation. La chanson s'inscrit dans le contexte des guerres d'indépendance des anciennes colonies françaises : les jeunes gens en âge de combattre partaient rejoindre l'armée de métier. La désertion est passible de prison.

b. La chanson s'apparente à une lettre ouverte : adresse directe à un destinataire public pour dénoncer une situation.

c. L'argumentation a semblé suffisamment efficace pour que le pouvoir politique ait décidé d'interdire la diffusion de cette chanson à la radio, jugée antipatriotique, pendant certaines périodes (guerre d'Algérie et guerre du Golfe notamment).

5 **a.** La thèse défendue est la suivante : l'indignation et l'engagement sont indispensables aujourd'hui. Les causes nécessitant cet engagement de chacun sont mentionnées à la fin de l'extrait.

b. Le locuteur présente dans cet essai un exposé qui se veut très didactique : concession (*c'est vrai…*), question-réponse, connecteur d'opposition pour introduire un constat sans appel (*Mais … il y a des choses insupportables*), énoncé de la thèse.

c. Pour emporter l'adhésion du lecteur, les procédés sont nombreux : simplicité du lexique, exposition progressive de la pensée, anticipation des objections, utilisation du discours direct qui reflète le dialogue de l'auteur avec son lecteur, position commune exprimée par un « on ».

→ Chapitre 24, page 55

1 Réponse **b.**

2 **a.** Les interjections, les exclamations, les phrases nominales et les répétitions traduisent la grande émotion qui trouble le personnage.

b. Après un instant de faiblesse où le personnage regrette de ne pas avoir rejoint ses « semblables » qui sont tous devenus rhinocéros, Béranger affirme avec force qu'il refuse de capituler et qu'il défendra son humanité jusqu'au bout ; mais il ne lui reste que ce parti à prendre, puisqu'il n'a pas saisi l'occasion de rejoindre les autres avant qu'il ne soit trop tard.

c. Ce dénouement, assez pessimiste, témoigne d'une conception de l'homme particulière : le conformisme tue ce qui fait l'humain (en devenant tous rhinocéros, les hommes cessent de l'être) ; la solitude de l'homme (de l'humaniste ?) est inévitable ; mais la lutte ne doit pas cesser, même quand elle est vaine (Béranger est seul).

3 **a.** Dans cet extrait, l'auteur dénonce les modèles d'éducation imposés aux filles et aux garçons. Bien que parfaitement opposés, ces modèles semblent aussi nocifs pour les filles que pour les garçons.

b. Si ces dernières années des voix se sont élevées contre ces modèles, ils semblent toutefois encore très présents.

4 **a.** Le roman veut témoigner de la « violence » qui a frappé une partie de la population, mais aussi des qualités que l'on trouve chez les hommes dans ces grandes périodes de crise (*il y a dans les hommes plus de choses à admirer que de choses à mépriser*).

b. La peste est un fléau qui frappe indifféremment et violemment. Elle peut être la métaphore de la guerre, ou plus généralement des idées nocives et meurtrières qui à certaines époques se propagent et peuvent conduire à l'horreur.

c. Il est difficile de parler de fin optimiste pour ce roman : la victoire sur la maladie n'est que provisoire (*le bacille de la peste ne meurt ni ne disparaît jamais*), et tôt ou tard le fléau réapparaîtra.

5 Deux positions différentes peuvent être adoptées pour répondre à cette question. On peut considérer que cette question est en effet au centre de toute pratique littéraire ; on convoquera alors des exemples tirés des trois chapitres précédents, en pensant à montrer la permanence historique de ce questionnement. Mais on peut également s'arrêter sur ces courants et mouvements littéraires qui ont voulu s'affranchir des préoccupations sociales et humaines de leurs contemporains, en mentionnant par exemple les écrivains adeptes du mouvement de « l'art pour l'art ».

→ Chapitre 25, page 57

1 Réponse **c.**

2 Maupassant, écrivain du XIXe siècle, est connu pour ses romans et ses nouvelles. *Le Horla* est une nouvelle qui s'inscrit dans une tonalité fantastique.

3 **Situer l'extrait.** En publiant en 1886 *Le Horla*, Maupassant donne la pleine mesure de son talent dans l'écriture fantastique.

Formuler la problématique. La lecture d'une page de ce récit permet d'explorer les enjeux de la nouvelle, et de comprendre comment la forme d'écriture choisie favorise l'exploitation du registre fantastique.

Annoncer le plan du texte. Après avoir évoqué l'affolement du narrateur, le texte revient progressivement au réel pour mieux affirmer, dans un dernier temps, l'existence du fantastique.

4 **a.** **[Contextualisation]** *Le Misanthrope* est une pièce de théâtre écrite par Molière. Dans cette pièce, la noblesse du XVIIe siècle est critiquée. Dans la première scène, Alceste, le misanthrope [qui hait les hommes], discute avec son ami Philinte, le parfait gentilhomme. **[Formulation de la problématique]** Comment s'exprime la misanthropie d'Alceste ? **[Annonce du plan]** Nous verrons que, dans un premier temps, il prétend refuser toute forme de discussion, puis, dans un second temps, qu'il s'étend longuement sur les griefs qu'il a contre son ami.

b. La première étape peut sembler maladroite : les informations données sont exactes, mais elles sont sans rapport avec la problématique. Tous les éléments de contextualisation doivent amener naturellement sur l'énoncé de la question.

c. Critiqué**e**, préten**d**.

5 L'**introduction** reprendra la présentation des *Misérables* et précisera qu'il s'agit du portrait de la Thénardier, femme terrible qui, avec son mari, a recueilli Cosette et la malmène.

Proposition de plan :

I. Un personnage terrible : elle est forte, puissante (elle fait tout) et de carrure impressionnante (énumération) : elle fait peur, c'est presque un homme. C'est la figure d'un ogre.

II. Un personnage ridicule (à partir de *elle avait de la barbe*) : elle est disproportionnée face à Cosette et caricaturée. L'alliance de *donzelle* et *poissarde* contribue à rendre ridicule ce personnage de *foire*.

La **conclusion** montrera que ce portrait est une rupture dans la narration. La généralisation du *on* a pour but d'unir narrateur et lecteurs. Il s'agit de réveiller en eux l'indignation devant le mal (l'ogre est l'opposant dans les contes), et peut-être d'indiquer que, comme souvent dans les contes, le bien sera victorieux.

→ Chapitre 26, page 59

1 Réponse **c.**

2 Ce poème est consacré à l'évocation d'un souvenir : il s'inscrit dans une tonalité lyrique (ou plus spécifiquement élégiaque : la plainte et le regret de quelque chose) ; le nom de l'auteur nous indique que ce poème, dont le thème majeur est la mélancolie, est à replacer dans le mouvement romantique.

3 **Problématique.** Montrer comment le bonheur présent est concurrencé par le souvenir.

Introduction. [Situation du texte] En publiant *Madame Bovary* en 1857, Flaubert fait scandale : on lui reproche d'avoir donné trop de réalité à des scènes montrant l'émoi et les désirs de son héroïne. Mais l'écriture de Flaubert ne se résume pas à des ambitions réalistes, comme le montre cet extrait où Emma assiste à un bal qui l'émerveille (elle aura l'honneur d'être la cavalière préférée d'un séduisant vicomte). **[Problématique]** L'âme romanesque d'Emma devrait se satisfaire pleinement de ce qu'elle est en train de vivre ; et pourtant le souvenir de son existence ordinaire ressurgit. **[Annonce du plan]** Après avoir étudié la manière dont s'exprime le plaisir ressenti par Emma, nous nous intéresserons à l'irruption d'une autre réalité : celle du souvenir.

4 **Introduction.** Dès 1870, Rimbaud a montré son esprit novateur dans l'exercice de la poésie : s'il maîtrise parfaitement tous les codes de la poésie classique, il sait aussi les détourner. C'est cette dernière entreprise qui semble à l'œuvre dans ce sonnet intitulé *Vénus Anadyomène*, lequel, sous couvert de reprendre une image antique et traditionnelle (Vénus sortant des flots), en propose une vision dégradée. Ce poème peut alors être lu comme une parodie, dans la mesure où il imite un modèle pour le tourner en dérision. C'est ce que nous montrerons en étudiant la description de la femme, puis les effets que Rimbaud tire de la forme même du sonnet.

I. La description de la femme

A/ La lourdeur des formes (tout ce qui évoque un aspect gras, large ou inélégant)

B/ Les essais de dissimulation (la femme cherche à maquiller certaines dégradations : *pommadés, déficits, ravaudés*)

C/ Un corps repoussant (l'odeur, l'oxymore *belle hideusement*, la singularité d'un tel corps qui en fait presque un phénomène, un monstre)

II. L'exploitation des contraintes formelles

A/ Le choix du sonnet (forme distinguée et représentative de la poésie française)

B/ La composition (les quatrains consacrés à l'émergence de la baignoire/les tercets qui évoquent les détails *qu'il faut voir à la loupe*)

C/ Les rejets et les contre-rejets (effets d'attente, de grossissement, de chute)

Conclusion. Le cadre traditionnel du sonnet est utilisé pour caricaturer le corps féminin ; on est très loin de la représentation classique de Vénus sortant des flots ou de la femme à sa toilette. La force de cet écrit réside autant dans la thématique choisie que dans la forme utilisée pour la traiter. Rimbaud continuera à détourner le sonnet pour traiter de thèmes scabreux, comme le montre un certain poème fort célèbre consacré au dernier terme de notre texte.

→ Chapitre 27, page 61

1 une affiche de film : explicative – une caricature politique : argumentative – un tableau impressionniste : expressive.

2 **La déformation des traits et des proportions.** Le tout petit corps sous la grosse tête souligne la particularité du personnage : c'est un intellectuel. Le front est démesuré par rapport au reste de la personne. La caricature dénonce en Victor Hugo la forte tête aux ambitions démesurées.

Le cadrage. L'absence du décor souligne la position centrale du personnage, juché sur ses livres. L'écriture a permis à Hugo de se hisser à une place prestigieuse au sein de la vie française.

L'angle de vue. Le regard du spectateur vers le personnage se fait du bas vers le haut : c'est une légère contre-plongée, qui souligne la position autoritaire de l'écrivain, qui veut par ses écrits et ses discours changer et réformer la société française.

Le type d'argumentation. Hugo a représenté en son temps une sommité littéraire ainsi qu'un engagement politique fort (lors de la Seconde République par exemple) au service d'idées importantes : la défense des faibles et des miséreux, l'abolition de la peine de mort. L'hommage (la reconnaissance de la grandeur du personnage) et la satire (le caractère démesuré de ses ambitions) peuvent se lire dans cette caricature, qui invite à désacraliser les grands auteurs, à les faire tomber de leur piédestal.

3 **a.** Le poème de Rimbaud et le tableau de Millais offrent une représentation du personnage d'Ophélie dans le calme de la mort. Rimbaud insiste sur le contraste entre la pâleur du personnage et l'obscurité du fleuve. Le motif de la chanson, présent chez Shakespeare, réapparaît. Millais choisit également de représenter Ophélie flottant sur l'eau.

b. Les couleurs assez sombres mettent en valeur le visage pâle du personnage et les fleurs blanches utilisées pour tresser des couronnes. La bouche et les yeux sont ouverts, les paumes offertes : la mort a figé le personnage dans une pose qui n'évoque pas la sérénité de la mort, mais la surprise, l'angoisse, l'interrogation ou la douleur.

c. Le tableau a une fonction expressive et esthétique. Il ne se contente pas d'illustrer un texte, il le réinterprète avec les moyens qui lui sont propres : le mouvement semble indiquer que le courant entraîne le personnage vers l'obscurité la plus profonde.

→ Chapitre 28, page 63

1 Réponse **b.**

2 **a.** Le texte traite du travail du comédien et de sa manière d'appréhender les rôles à jouer.

b. L'énumération de tous les personnages célèbres serait supprimée dans un résumé.

c. Pour être un bon comédien, il ne faut pas jouer uniquement avec le cœur, mais plutôt avec la tête : la réflexion est plus importante que la sensation. Ressentir vraiment les émotions du rôle ne peut pas se reproduire indéfiniment avec la même intensité ; analyser les émotions, au contraire, amène un jeu plus juste et qui va en s'améliorant.

3 Le lien entre les idées n'est pas toujours clair, et le résumé présente même un contresens.

Exemple de résumé modèle :

Nous voulons que nos différences individuelles soient acceptées par les autres, et que les conflits qui peuvent en résulter aient des effets positifs et non négatifs.

4 Voici un plan possible pour répondre à la question posée :

I. Une meilleure connaissance de soi

II. L'apprentissage du relativisme

5 Vous pourriez même ajouter que l'art de la comédie est plus difficile. En effet, je pense que la tragédie donne des hommes une image sublime tandis que la comédie insiste sur leurs défauts. L'imaginaire fabrique les héros facilement ; au contraire, les personnages comiques doivent ressembler aux êtres réels. Enfin, la tragédie se contente d'être bien écrite ; la comédie doit en plus faire rire.

→ Chapitre 29, page 65

1 Réponse **a.**

2 Nous avons vu que *L'École des femmes* est une comédie qui présente des procédés propres à susciter le rire du public. **Mais** l'amusement des spectateurs est d'autant plus vif qu'il repose sur une critique des caractères représentés. La comédie possède alors une autre fonction : instruire.

3 **1.** Les arguments **a**, **b** et **d** ont leur place dans cette première partie.

2. Il convient de les présenter dans un ordre particulier, du plus évident au plus compliqué, soit **a** (comique de mots), puis **d** (comique de situation) et enfin **b** (comique de caractère). Terminer par l'argument **b** permet d'amorcer une transition vers la deuxième partie.

3. Les exemples sont issus de la scène 5 de l'acte II.
Argument **a** ⟶ Exemple : le double sens de certaines expressions.
Argument **d** ⟶ Exemple : le quiproquo sur le mariage à venir.
Argument **b** ⟶ Exemple : l'ingénuité d'Agnès poussée à l'extrême.

4 L'ouverture **c.**

5 **a.** et **b.** **[Contextualisation]** Dans son roman *Bel-Ami*, Maupassant raconte l'ascension sociale du personnage de Georges Duroy, caractérisé par des préoccupations matérielles et égoïstes, et semble correspondre à ce que Stendhal entend par roman réaliste : un miroir que l'on promène le long d'un chemin, donnant à penser que ce type de récit est une peinture fidèle du réel. **Pourtant** Maupassant, dans la préface d'un de ses romans, décrit les écrivains réalistes comme de grands illusionnistes. **[Problématique]** Le roman réaliste se définit-il **alors** comme le reflet fidèle d'une humanité ordinaire ? **[Annonce du plan]** On peut en effet considérer **d'abord** que le roman réaliste se veut photographie fidèle du réel **(partie I)** ; **toutefois** on pourra également étudier **ensuite** comment le récit réaliste dépasse la simple retranscription du vrai **(partie II)**, pour nous donner une vision plus complète du réel **(partie III)**.

6 **Plan détaillé de la partie I.** Le roman réaliste : photographie d'une humanité ordinaire

A/ Une peinture de la vie quotidienne
Ex. 1 : la vie parisienne et les dessous de la vie politique
Ex. 2 : la vie provinciale et rurale des parents de George Duroy

B/ Un personnage sans qualité
Ex. 1 : des succès dus aux femmes
Ex. 2 : une grande bassesse morale (lâcheté, vol, tromperies)

C/ Des aventures qui n'ont rien d'héroïque
Ex. 1 : s'élever dans la hiérarchie sociale
Ex. 2 : gagner de l'argent

Partie I entièrement rédigée. Le roman réaliste se définit d'abord comme étant la réplique exacte, la photographie, d'une humanité ordinaire.

Le roman de Maupassant se présente en effet comme **une peinture de la vie quotidienne** des milieux évoqués. Lorsque le personnage se fait un nom comme journaliste puis qu'il épouse Mme Forestier, c'est tous les dessous de la vie politique parisienne de l'époque qui sont évoqués : les malversations du député Laroche-Mathieu et du père Walter sont minutieusement décortiquées. De même, lorsque le mariage avec Madeleine vient d'être célébré et qu'ils se rendent chez les parents, paysans, de Duroy, le patois local apparaît dans le roman comme plus à même de refléter la vérité.

La reproduction du réel passe également par le choix d'**un personnage principal sans qualité.** Il ne rédige pas ses articles sans aide, n'est jamais sincère dans ses rapports avec les femmes et se montre envieux envers les hommes qui ont mieux réussi que lui. Plus encore, l'ascension sociale du personnage s'appuie sur des actes d'une grande bassesse morale : il vole la moitié de l'héritage de sa femme, séduit une mère pour approcher sa fille, et se révèle lâche lorsqu'il devrait faire preuve de courage, comme lors du duel.

L'itinéraire de Georges Duroy dévoile enfin une personnalité parfaitement ordinaire. **Ses aventures n'ont rien d'héroïque** et ses ambitions se limitent à gagner de l'argent pour avoir une vie facile et accéder aux plus hautes sphères de la société, comme lorsqu'il épouse Suzanne Walter. En utilisant les femmes pour parvenir à ses fins, Duroy révèle sa vraie nature : celle d'un ambitieux sans scrupule comme il y en a tant.

Transition vers la partie II. Le roman réaliste se veut donc peinture de la réalité ; toutefois, pour donner une vision plus complète de cette réalité, le roman est autre chose qu'une simple copie du réel.

MATHÉMATIQUES / SNT

→ Chapitre 1, page 71

1 Réponses **b** et **d**.

2 **a.** Non.

b. On ne peut pas répondre.

c. On ne peut pas répondre.

3 **1. a.** Réciproque : Si $x^2 = 25$, alors $x = 5$.

b. La réciproque est fausse. On peut avoir $x^2 = 25$ avec $x = -5$.

c. Contraposée : Si $x^2 \neq 25$, alors $x \neq 5$.

2. a. Réciproque : Si $a = -12$, alors $a + 5 = -7$.

b. La réciproque est vraie.

c. Contraposée : Si $a \neq -12$, alors $a + 5 \neq -7$.

3. a. Réciproque : Si (AB) // (CD), alors ABCD est un parallélogramme.

b. La réciproque est fausse.

Exemple :

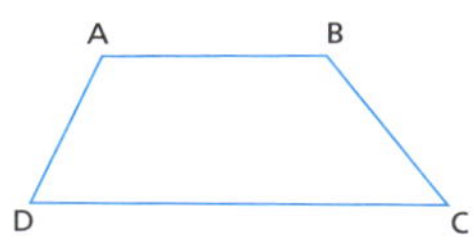

On a bien (AB) // (CD), mais ABCD n'est pas un parallélogramme.

c. Contraposée : Si (AB) et (CD) sont sécantes, alors ABCD n'est pas un parallélogramme.

4. a. Réciproque : Si (AB) et (CD) sont sécantes, alors [AB] et [CD] sont sécants.

b. La réciproque est fausse.

Exemple :

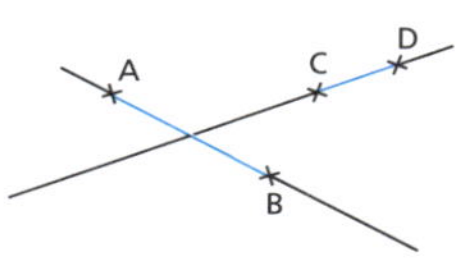

(AB) et (CD) sont sécantes, mais pas [AB] et [CD].

c. Contraposée : Si (AB) // (CD), alors [AB] // [CD].

4 **1. a.** Exemple : 48 est un multiple de 24, et il est aussi multiple de 6 et de 4.

$48 = 24 \times 2 = 6 \times 4 \times 2$, donc $48 = 12 \times 4$ et $48 = 8 \times 6$.

b. Contre-exemple de la réciproque : 12 est un multiple de 6 et de 4, mais il n'est pas un multiple de 24.

2. a. Exemple :

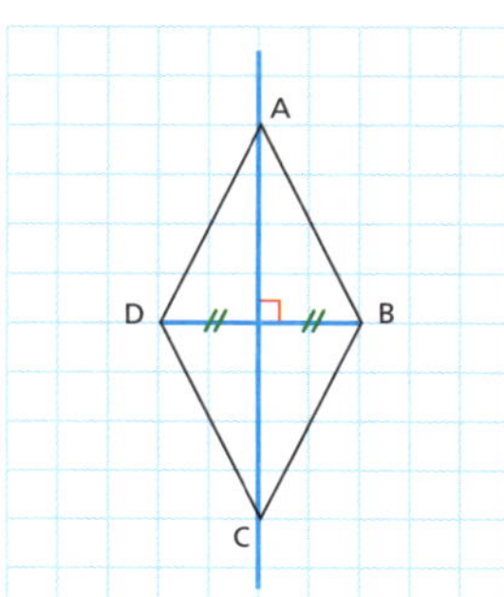

b. Contre-exemple de la réciproque :

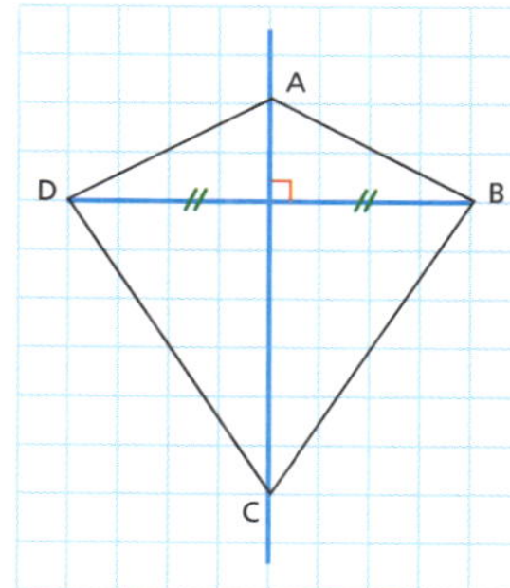

3. a. Exemple : 10 et 15 sont des multiples de 5.

$10 + 15 = 25$ est aussi un multiple de 5.

En effet, $10 = 5 \times 2$ et $15 = 5 \times 3$.

$10 + 15 = (5 \times 2) + (5 \times 3) = 5 \times (2 + 3)$.

b. Contre-exemple de la réciproque : 18 est un multiple de 9.

Or $18 = 17 + 1$, mais ni 17 ni 1 ne sont des multiples de 9.

5 **a.** $A + 5 = -2 \Leftrightarrow A = -7$.

b. $a = 0$ et $b = 0 \Rightarrow ab = 0$ (on peut avoir $ab = 0$ avec $a = 0$ et $b = 3$, par exemple).

c. $a = 0$ ou $b = 0 \Leftrightarrow ab = 0$.

d. a et b sont positifs. $\Rightarrow ab$ est positif (on peut avoir ab positif avec a et b tous deux négatifs).

6 **a.** Proposition fausse : il existe (au moins) un nombre pour lequel elle est fausse, par exemple 3.

b. Proposition vraie.

c. Proposition vraie. Par exemple, si $x = -5$ et $y = -4$.

d. Proposition fausse : si le parallélogramme a uniquement deux côtés opposés égaux, ce n'est pas un losange. Il faut qu'il ait deux côtés consécutifs égaux.

e. Proposition vraie. Par exemple, si $x = 15$, alors $x^2 < 350$.

7 **a.** $a = 2$ **et** $b = 3 \Rightarrow a^2 + b^2 = 13$.

b. $(a - 2)(a + 4) = 0 \Rightarrow a = 2$ **ou** $a = -4$.

c. $ab < 0 \Rightarrow (a < 0$ **et** $b > 0)$ **ou** $(a > 0$ **et** $b < 0)$.

d. $a > 0$ **et** $b > 0 \Rightarrow ab > 0$.

e. $a \in E \cup F \Rightarrow a \in E$ **ou** $a \in F$.

f. $a \in E \cap F \Rightarrow a \in E$ **et** $a \in F$.

8 **a.** $x < 2$ ou $x \geqslant 3$.

b. $x \geqslant 1$ et $x < 2$.

c. $x < -1$ ou $x > 1$.

9 La contraposée de cette proposition est : « Si x est pair, alors x^2 est pair. »

Démontrons cette affirmation.

Si x est pair, il est divisible par 2. Donc il peut s'écrire $x = 2n$.

Et son carré s'écrit alors $x^2 = (2n)^2 = 4n^2 = 2\,(2n^2)$.

Ce nombre est divisible par 2, il est donc pair.

La contraposée est vraie, donc la proposition est vraie.

→ Chapitre 2, page 73

1 **a. Faux** ; **b. Vrai** ; **c. Vrai** ; **d. Faux** ; **e. Faux**

2

```
a=int(input « entrer un entier a »)
b=int(input « entrer un entier b »)
c=int(input « entrer un entier c »)
a=a**2
b=b**2
c=c**2
print(a+b+c)
```

3 **a.**

```
from math import pi
rayon = 5
périmètre = pi*rayon*2
aire = pi*rayon**2
```

b. print (périmètre) affiche 31.41592653589793.
print(« l'aire est égale à : », aire) affiche l'aire est égale à : 78.53981633974483.

4 $x=\sqrt{2}$; $y=\sqrt{2}$; $z=\dfrac{\sqrt{2}}{2}$; $x \times z=\sqrt{2}\times\dfrac{\sqrt{2}}{2}$
Le résultat affiché est 1.

5

```
x=float(input(« entrer nombre »))
x=x*5
x=x-3
x=x**2
x=x/2
print(x)
```

6 **a.** et **b.**

```
nom=Élodie
age=15
print(« nom », age, « ans »)
annee=2020-15
print(annee)
```

7 **a.** oui ; **b.** ok ; **c.** oknon ; **d.** 95 ; **e.** 14.

→ Chapitre 3, page 75

1 **a. Vrai** ; **b. Faux** : c'est de 3 à 3+8*0.5 ; **c. Faux**, tous les couples sont affichés ; **d. Vrai**.

2 **a.**

```
s=1
for i in range(1,21) :
    s=s+2**i
print(s)
```

b.

```
def somme (x, n) :
    s=1
    for i in range (1, n+1) :
        s=s+x**i
    print(s)
```

3

```
a=int(input « nombre de photocopies »))
if a<=50 :
    b=a*0.15
else :
    b=50*0.15+(a-50)*0.10
print(b)
```

4

```
x=1
while x**4<=6250 :
    x=x+1
print(x)
```

5

```
phrase=« j'aime les algorithmes. »
nombre_de_voyelles =0
for lettre in phrase :
    if lettre= = « a » or lettre= = « e »or lettre= = « i »or
lettre= = « o »or lettre= = « u » or lettre= = « y » :
        nombre_de_voyelles= nombre_de_voyelles + 1
print(« le nombre de voyelles est : », nombre_de_voyelles)
```

→ Chapitre 4, page 77

1 **a. Vrai** ; **b. Vrai** ; **c. Faux** ; **d. Faux.**

2 **a.** $1{,}5 \notin A$; **b.** $1 \notin B$; **c.** $2 \in B$; **d.** $\sqrt{2} \notin C$; **e.** $2 \in C$; **f.** $3 \in B$.

3 **a.** $A=\{2\,;3\,;4\,;5\,;6\}$
b. $B=\{0\,;1\,;2\,;3\}$

4 **a.** $A \cap B=\varnothing$;
b. $A \cup B=\{-3;-2;-1;0;1;2;3;5;6\}$;
c. $B \cap C=\{5\}$; **d.** $B \cup C=\{2\,;3\,;5\,;6\,;8\}$;
e. $A \cap C=\varnothing$; **f.** $A \cap D=\{0;1\}$.

5 **1. a.** x est un entier négatif. $\Rightarrow x \in \mathbb{Z}$.
b. x et y sont des entiers naturels. $\Rightarrow x \times y$ est un entier naturel.
c. $x \in \mathbb{Z} \Leftrightarrow x+1 \in \mathbb{Z}$
d. $x \in \mathbb{N} \Rightarrow 2 \times x \in \mathbb{N}$

2. a. x est un nombre dont le carré est égal à 4. $\Leftrightarrow x=2$ ou $x=-2$.
b. $x \in \{1;2;3\} \Leftrightarrow 2 \times x \in \{2;4;6\}$
c. $x \in \{1;2;3\} \Leftrightarrow \dfrac{x}{2} \in \{0{,}5;1;1{,}5\}$
d. $x+2$ est un entier supérieur ou égal à 0. $\Leftrightarrow x$ est un entier supérieur ou égal à -2.

6 **a.** Par exemple : $\dfrac{1}{3}$ et $\dfrac{1}{4}$: $\dfrac{1}{3}\times\dfrac{1}{4}=\dfrac{1}{12}$.
b. Par exemple : $\dfrac{1}{3}$ et $\dfrac{2}{3}$: $\dfrac{1}{3}+\dfrac{2}{3}=\dfrac{3}{3}=1$.

7 **a.**

	$\mathbb{N}$	$\mathbb{Z}$	$\mathbb{D}$	$\mathbb{Q}$	$\mathbb{R}$
$-\sqrt{3}$	∉	∉	∉	∉	∈
3,14	∉	∉	∈	∈	∈
π	∉	∉	∉	∉	∈
$\frac{5}{3}$	∉	∉	∉	∈	∈
$\frac{3}{5}$	∉	∉	∈	∈	∈
3×10^2	∈	∈	∈	∈	∈
-3×10^{-2}	∉	∉	∈	∈	∈

b. Si un nombre appartient à $\mathbb{N}$ il appartient forcément à $\mathbb{Z}$, $\mathbb{D}$, $\mathbb{Q}$ et $\mathbb{R}$ car $\mathbb{N} \subset \mathbb{Z} \subset \mathbb{D} \subset \mathbb{Q} \subset \mathbb{R}$.

8 **a.** $\frac{5}{350} = \frac{1}{70}$; $\frac{5}{350}$ est un nombre rationnel mais n'est pas décimal, donc le plus petit ensemble auquel appartient $\frac{5}{350}$ est $\mathbb{Q}$.
$\frac{35}{350} = 0{,}1$; $\frac{35}{350}$ est décimal mais n'est pas un nombre entier, donc le plus petit ensemble auquel il appartient est $\mathbb{D}$.
$\frac{7}{350} = 0{,}02$; $\frac{7}{350}$ est décimal mais n'est pas un nombre entier, donc le plus petit ensemble auquel il appartient est $\mathbb{D}$.
$\frac{700}{350} = 2$; $2 \in \mathbb{N}$, donc le plus petit ensemble auquel appartient $\frac{700}{350}$ est $\mathbb{N}$.
$\frac{1}{350}$ est un nombre rationnel mais n'est pas décimal, donc le plus petit ensemble auquel appartient $\frac{1}{350}$ est $\mathbb{Q}$.
$\frac{3}{350}$ est un nombre rationnel mais n'est pas décimal, donc le plus petit ensemble auquel appartient $\frac{3}{350}$ est $\mathbb{Q}$.
b. $\frac{700}{350}$ est un nombre entier ; $\frac{700}{350}$, $\frac{7}{350}$ et $\frac{35}{350}$ sont des nombres décimaux.

9 Un nombre décimal est un nombre qui peut s'écrire sous la forme $\frac{a}{10^n}$ avec $a \in \mathbb{Z}$, $n \in \mathbb{N}$.
Soit x et y deux nombres décimaux. Montrons que $x \times y$ est un nombre décimal.
Il existe $a \in \mathbb{Z}$, $n \in \mathbb{N}$, $b \in \mathbb{Z}$, $p \in \mathbb{N}$ tels que $x = \frac{a}{10^n}$ et $y = \frac{b}{10^p}$.
$$x \times y = \frac{a}{10^n} \times \frac{b}{10^p} = \frac{a \times b}{10^n \times 10^p} = \frac{ab}{10^{n+p}}$$
$a \in \mathbb{Z}$ et $b \in \mathbb{Z}$ donc $ab \in \mathbb{Z}$.
$n \in \mathbb{N}$ et $p \in \mathbb{N}$ donc $n + p \in \mathbb{N}$.
$\frac{ab}{10^{n+p}}$ est donc bien un nombre décimal.
$x \times y$ est donc bien un nombre décimal.

→ Chapitre 5, page 79

1 **a.** Faux ; **b.** Vrai ; **c.** Vrai ; **d.** Faux.

2

Encadrement	Représentation sur l'axe des réels	Notation intervalle
$3 \leqslant x \leqslant 7$		$x \in [3 ; 7]$
$x \geqslant -2$		$x \in [-2 ; +\infty[$
$x < 3$		$x \in]-\infty ; 3[$
$x > 5$		$x \in]5 ; +\infty[$
$x < 0$		$x \in]-\infty ; 0[$
$-1 < x < 1$		$x \in]-1 ; 1[$

3 **a.** $0 \notin A$; **b.** $0 \in B$; **c.** $-2 \in A$; **d.** $2 \in C$; **e.** $2 \notin D$; **f.** $\sqrt{2} \notin A$; **g.** $\sqrt{2} \in B$; **h.** $\sqrt{2} \in C$.

4 $Q \cap R = [-2 ; -1]$; $Q \cup R = [-4 ; 3]$; $Q \cap S = \varnothing$; $R \cap S = \{3\}$.

5 **a.** $H = \{4 ; 5 ; 6 ; 7 ; 8 ; 9\}$; **b.** $I = [4 ; 10[$; **c.** $J =]-\infty ; 6] \cup [12 ; +\infty[$.

6 À l'unité : $1 < A < 2$; au dixième : $1{,}4 < A < 1{,}5$; au centième : $1{,}41 < A < 1{,}42$; au millième : $1{,}414 < A < 1{,}415$.

7

Valeur absolue	Distance	Égalités	Encadrement	Intervalle
$\lvert x-3 \rvert \leqslant 2$	$d(x ; 3) \leqslant 2$		$1 \leqslant x \leqslant 5$	$x \in [1 ; 5]$
$\lvert x-4 \rvert = 6$	$d(x ; 4) = 6$	$x = 10$ ou $x = -2$		
$\lvert x-1 \rvert < 4$	$d(x ; 1) < 4$		$-3 < x < 5$	$x \in]-3 ; 5[$

8 **a.** $\lvert x-3 \rvert = 4 \Leftrightarrow d(x ; 3) = 4 \Leftrightarrow x = 3 + 4$ ou $x = 3 - 4$; $S = \{7 ; -1\}$.
b. $\lvert x-4 \rvert = -2$ n'a pas de solution, une valeur absolue étant positive.
c. $\lvert x \rvert \leqslant 2 \Leftrightarrow d(x ; 0) \leqslant 2 \Leftrightarrow 0 - 2 \leqslant x \leqslant 0 + 2$; $S = [-2 ; 2]$.
d. $\lvert x+3 \rvert < 7 \Leftrightarrow d(x ; -3) < 7 \Leftrightarrow -3 - 7 \leqslant x \leqslant -3 + 7$; $S =]-10 ; 4[$.

9

```
x=float(input(« entrer un nombre »)
if x>=0 :
   print(« la valeur absolue de x est », x)
else :
   print(« la valeur absolue de x est », –x)
```

→ Chapitre 6, page 81

1 **a.** Faux ; **b.** Vrai ; **c.** Faux ; **d.** Faux ; **e.** Vrai.

2 17 est un nombre premier : il n'est divisible que par lui-même et par 1.

21 n'est pas premier (il est divisible par 3).

33 n'est pas premier (il est divisible par 3).

3 **a.** $270 = 2\times 135 = 2\times 3\times 45 = 2\times 3\times 3\times 15$
$= 2\times 3\times 3\times 3\times 5 = 2\times 3^3\times 5$

$189 = 3\times 63 = 3\times 3\times 21 = 3\times 3\times 3\times 7 = 3^3\times 7$

$196 = 2\times 98 = 2\times 2\times 49 = 2\times 2\times 7\times 7 = 2^2\times 7^2$

$1\,225 = 5\times 245 = 5\times 5\times 49 = 5\times 5\times 7\times 7 = 5^2\times 7^2$

b. $\dfrac{189}{270} = \dfrac{3^3\times 7}{2\times 3^3\times 5} = \dfrac{7}{10}$

$\dfrac{196}{189} = \dfrac{2^2\times 7^2}{3^3\times 7} = \dfrac{2^2\times 7}{3^3} = \dfrac{28}{27}$

4 **a.** Le nombre recherché est divisible par 3, donc la somme de ses chiffres est divisible par 3.

Il est divisible par 5 mais pas par 2, donc il se termine par 5.

Le nombre 45 répond par exemple à la question.

b. Le nombre recherché est divisible par 9 donc la somme de ses chiffres est divisible par 9.

Il est divisible par 5 mais pas par 2 donc il se termine par 5.

Le nombre 135 répond par exemple à la question.

5 **a.** Les diviseurs de 30 sont : 1 ; 2 ; 3 ; 5 ; 6 ; 10 ; 15 et 30.

b. Les diviseurs de 72 sont : 1 ; 2 ; 3 ; 4 ; 6 ; 8 ; 9 ; 12 ; 18 ; 24 ; 36 et 72.

c. Les nombres demandés sont : 6 ; 9 ; 12 ; 15 ; 18 ; 21 ; 24 et 27.

d. $A = \{1;3;5;9;15;45\}$

Les multiples de 3 de l'ensemble A sont : 3;9;15 et 45 donc $A\cap B = \{3;9;15;45\}$.

6 **a.** x est un nombre pair. $\Rightarrow 2\times x$ est un nombre pair.

b. x est un nombre entier se terminant par 0 . $\Rightarrow x$ est divisible par 5.

c. x est un multiple de 2. $\Leftrightarrow x$ est pair.

d. x est un multiple de 4. $\Rightarrow x$ est un multiple de 2.

7 **a.** Soit x et y deux nombres pairs. Montrons que $x\times y$ est un nombre pair.

x est pair donc il existe un entier naturel m tel que $x = 2\times m$.
y est pair donc il existe un entier naturel n tel que $y = 2\times n$.

$x\times y = 2\times m\times 2\times n$
m et n étant des entiers naturels, le nombre $m\times 2\times n$ est aussi un entier naturel.

Le nombre $x\times y$ est donc pair.

b. Soit x et y deux nombres impairs. Montrons que $x + y$ est pair.

Il existe deux entiers naturels m et n tels que $x = 2\times m+1$ et $y = 2\times n+1$.

$x+y = 2\times m+1+2\times n+1 = 2\times(m+n+1)$

$m+n+1$ est un entier naturel donc $x + y$ est pair.

c. Soit x un nombre pair et y un nombre impair. Montrons que $x + y$ est un nombre impair.

x est pair donc il existe un entier naturel m tel que $x = 2\times m$.
y est impair donc il existe un entier naturel n tel que $y = 2\times n+1$.
$x+y = 2\times m+2\times n+1 = 2\times(m+n)+1$

$m+n$ est un entier naturel donc $x + y$ est impair.

d. Soit x un entier, l'entier consécutif à x est $x+1$.

$x+(x+1) = x+x+1 = 2\times x+1$

$2\times x+1$ est impair, la somme de deux entiers consécutifs est donc bien un nombre impair.

e. Soit x et y deux nombres impairs. Montrons que $x\times y$ est impair.
Il existe deux entiers naturels m et n tels que $x = 2\times m+1$ et $y = 2\times n+1$.
$x\times y = (2\times m+1)(2\times n+1) = (2m+1)(2n+1)$
$= 4mn+2m+2n+1 = 2(2mn+m+n)+1$

$2mn+m+n$ est un entier naturel donc $x\times y$ est impair.

8 **a.** Soit x et y deux multiples de 3. Montrons que $x + y$ est un multiple de 3.

x est un multiple de 3 donc il existe un entier naturel m tel que $x = 3\times m$.
y est un multiple de 3 donc il existe un entier naturel n tel que $y = 3\times n$.

$x+y = 3\times m+3\times n = 3\times(m+n)$

$m+n$ est un entier naturel donc $x + y$ est un multiple de 3.

b. Soit x un multiple de 6.

Il existe un entier naturel n tel que $x = 6\times n$.

$x = 6\times n = 2\times 3\times n$

$3\times n$ est un entier naturel donc x est un multiple de 2.

c. Soit x un entier naturel. Montrons que $x+(x+1)+(x+2)$ est un multiple de 3.

$x+(x+1)+(x+2) = x+x+1+x+2 = 3x+3$
$= 3(x+1)$

$x+1$ est un entier naturel donc $x+(x+1)+(x+2)$ est un multiple de 3.

9 **a.** $1+0+0=1$; 1 n'est pas divisible par 3 donc 100 n'est pas divisible par 3.

b. $10^n = 10......0$, 0 étant écrit n fois.

La somme des chiffres de 10^n est égal à 1 (qui n'est pas divisible par 3) donc 10^n n'est pas divisible par 3.

c. Effectuons un « raisonnement par l'absurde ».

Supposons que $\dfrac{1}{3}$ est décimal.

Il existe alors deux entiers naturels m et n tels que $\dfrac{1}{3} = \dfrac{m}{10^n}$.

On a alors $1\times 10^n = 3\times m$ donc $10^n = 3\times m$.

10^n est alors un multiple de 3.

C'est impossible d'après la question **b.**

Notre supposition est donc fausse.

$\frac{1}{3}$ n'est donc pas décimal.

→ Chapitre 7, page 83

1 **1.** Réponse **a.** $\frac{6^2}{3^2} = \left(\frac{6}{3}\right)^2 = 2^2$

2. Réponse **c.** $4^{-2} = \frac{1}{4^2} = \frac{1}{16}$

3. Réponses **b.** et **c.** $(5^2)^{-1} = 25^{-1} = \frac{1}{25}$

4. Réponse **b.** $2^5 \times 4^2 = 2^5 \times (2^2)^2 = 2^5 \times 2^4 = 2^9$

2 $A = 9x^2 - 6x + 1$

Pour B, on utilise la formule **(5)** : $B = 25 - 4x^2$

$C = 9 + 24x + 16x^2$

$D = -6 + 12x$

$E = 4x^2 + x$

$F = 6x^2 - 10x$

3 $A = -15x^2 + 7x + 4$

$B = -16x^2 - 24x - 8$

$C = -2x^2 + 5x + 3$

$D = x^2 - 8x + 16 - (9x^2 + 12x + 4)$

$D = -8x^2 - 20x + 12$

$E = 2x^2\sqrt{2} + 2x - x(\sqrt{2})^2 - \sqrt{2} = 2x^2\sqrt{2} - \sqrt{2}$

$F = 2 + 3 + 2\sqrt{2 \times 3} = 5 + 2\sqrt{6}$

4 **a.** $5^2 \times 5^{-4} = 5^{-2}$

b. $3 \times 3^2 \times 3^{-2} = 3^1 = 3$

c. $\frac{3 \times 3^4 \times 3^9}{(3^2)^4} = \frac{3^{14}}{3^8} = 3^6$

d. $\frac{4^2}{4^{-2}} = 4^4$

e. $5^{-2} \times 7^5 \times 5^{10} \times 7^3 = 5^8 \times 7^8 = (5 \times 7)^8 = 35^8$

f. $\frac{2^3 \times 5^2}{5^{-1} \times 2^4} = \frac{5^3}{2}$

g. $\frac{x^2 \times x^5}{x^3} = x^4$

h. $\frac{x^{-1} \times y^2}{x^{-5} \times y^{-4} \times x^4} = y^6$

5 **1. a.** $2^n \times 2 = 2^{n+1}$; **b.** $\frac{2^{n+1}}{2^n} = 2$;

c. $3^{n+1} - 3^{n-1} \times 9 = 3^{n+1} - 3^{n-1} \times 3^2$
$= 3^{n+1} - 3^{n+1} = 0$

2. a. $2^{n+1} - 2^n = 2^n(2-1) = 2^n$;

b. $4^{n+2} - 4^{n+1} \times 3 = 4^{n+1}(4-3) = 4^{n+1}$;

c. $\frac{3^{n+1} - 3^{n-1}}{3^{n+11} - 3^{n+9}} = \frac{3^{n-1}(3^2-1)}{3^{n+9}(3^2-1)}$
$= \frac{3^{n-1}}{3^{n+9}} = 3^{(n-1)-(n+9)} = 3^{-10}.$

6 $\frac{(a+b)^2 - (a-b)^2}{ab} = \frac{a^2 + 2ab + b^2 - (a^2 - 2ab + b^2)}{ab}$
$= \frac{2ab + 2ab}{ab} = \frac{4ab}{ab} = 4$

7 Pour n entier strictement positif, le plus grand côté de ce triangle est celui de longueur C.

En effet, $2n(n+1) + 1 > 2n(n+1) > 2n + 1$

$C^2 = (2n(n+1) + 1)^2 = (2n^2 + 2n + 1)^2$

$C^2 = (2n^2 + 2n + 1)(2n^2 + 2n + 1)$

$C^2 = 4n^4 + 4n^3 + 2n^2 + 4n^3 + 4n^2 + 2n + 2n^2 + 2n + 1$

$C^2 = 4n^4 + 8n^3 + 8n^2 + 4n + 1$

La somme des carrés des deux autres côtés est :

$A^2 + B^2 = (2n+1)^2 + (2n(n+1))^2$

$A^2 + B^2 = 4n^2 + 4n + 1 + 4n^4 + 8n^3 + 4n^2$

$A^2 + B^2 = 4n^4 + 8n^3 + 8n^2 + 4n + 1$

On a $C^2 = A^2 + B^2$

Le carré du plus grand côté est donc égal à la somme des carrés des deux autres côtés. D'après la réciproque du théorème de Pythagore, le triangle est rectangle.

8 $A = x(6x - 7)$

$B = (2x - 7)(2x + 7)$

$C = x^2(3x^2 - 2x + 1)$

D ne se factorise pas : il s'agit d'une somme de deux carrés.

$E = (2x + 5 + 6)(2x + 5 - 6) = (2x + 11)(2x - 1)$

$F = (x + 2)(3x - 1 + 5 - x) = (x + 2)(2x + 4)$

9 **a.** $49 - (2x+5)^2 = (7 - (2x+5))(7 + (2x+5))$
$= (2 - 2x)(12 + 2x)$

b. $(5x-2)(4x+5) - 3(5x-2) - (5x-2)^2$
$= (5x-2)((4x+5) - 3 - (5x-2))$
$= (5x-2)(4-x)$

c. $(x-3)^2 - (2x+4)^2$
$= ((x-3) - (2x+4))((x-3) + (2x+4))$
$= (-x-7)(3x+1)$

d. $(3-4x)(x+2) + (4x-3)(3x+1)$
$= (3-4x)(x+2) - (3-4x)(3x+1)$
$= (3-4x)[(x+2) - (3x+1)]$
$= (3-4x)(1-2x)$

e. $(6-4x)(2x-3) + (3-2x)(5+x)$
$= 2(3-2x)(2x-3) + (3-2x)(5+x)$
$= (3-2x)[2(2x-3) + (5+x)]$
$= (3-2x)[4x - 6 + 5 + x] = (3-2x)(5x-1)$

f. $x^2 - 1 + (2x+5)(x-1) - 3x + 3 + x - 1$
$= (x-1)(x+1) + (2x+5)(x-1) - 3(x-1) + (x-1)$
$= (x-1)[(x+1) + (2x+5) - 3 + 1]$
$= (x-1)(3x+4)$

10 **a.** Pour factoriser A et B, on utilise la formule **(5)** :

$A = (a + b + c + a - b - c)(a + b + c - a + b + c)$

$A = (2a)(2b + 2c)$

Pour B, on obtient :

$B = (a + b - c - a + b - c)(a + b - c + a - b + c)$

$B = (2a)(2b - 2c)$

b. $C = A + B = 2a\,(2b + 2c) + 2a\,(2b - 2c)$

$C = 2a\,(2b + 2c + 2b - 2c)$

$C = 2a\,(4b) = 8ab$

→ Chapitre 8, page 85

1 **a.** Non ; **b.** Oui ; **c.** Non ; **d.** Non.

2 **a.** $3x + 1 = 5 \Leftrightarrow 3x = 5 - 1 = 4 \Leftrightarrow x = \dfrac{4}{3}$

$S = \left\{\dfrac{4}{3}\right\}.$

b. $2 - 5x = 6 \Leftrightarrow -5x = 4 \Leftrightarrow x = -\dfrac{4}{5}$

$S = \left\{-\dfrac{4}{5}\right\}.$

c. $7x + 1 = 2x + 5 \Leftrightarrow 7x - 2x = 5 - 1$

$\Leftrightarrow 5x = 4 \Leftrightarrow x = \dfrac{4}{5}$

$S = \left\{\dfrac{4}{5}\right\}.$

d. $12 + 9x = 5x + 1 \Leftrightarrow 9x - 5x = 1 - 12$

$\Leftrightarrow 4x = -11 \Leftrightarrow x = -\dfrac{11}{4}$

$S = \left\{-\dfrac{11}{4}\right\}.$

3 **a.** On développe le membre de gauche :

$2(-3x + 2) = -4x + 5 \Leftrightarrow -6x + 4 = -4x + 5$

$\Leftrightarrow -2x = 5 - 4$

$\Leftrightarrow x = -\dfrac{1}{2} \times 1 = -\dfrac{1}{2}$

$S = \left\{-\dfrac{1}{2}\right\}.$

b. $x - \dfrac{2}{5}x = -3 - 5 \Leftrightarrow \dfrac{5}{5}x - \dfrac{2}{5}x = -8$

$\Leftrightarrow \dfrac{3}{5}x = -8$

$\Leftrightarrow x = \dfrac{-8}{\frac{3}{5}} = -8 \times \dfrac{5}{3}$

$\Leftrightarrow x = -\dfrac{40}{3}$

$S = \left\{-\dfrac{40}{3}\right\}.$

c. Pour isoler x, on va le mettre en facteur :

$3x + \sqrt{2} = x\sqrt{2} + 3 \Leftrightarrow 3x - x\sqrt{2} = 3 - \sqrt{2}$

$\Leftrightarrow x(3 - \sqrt{2}) = 3 - \sqrt{2}$

$\Leftrightarrow x = \dfrac{3 - \sqrt{2}}{3 - \sqrt{2}} = 1$

$S = \{1\}.$

d. Les dénominateurs sont égaux. On les « élimine » en multipliant chaque membre de l'égalité par 2 :

$\dfrac{3x + 5}{2} = \dfrac{\frac{1}{3}x + 1}{2} \Leftrightarrow 3x + 5 = \dfrac{1}{3}x + 1$

$\Leftrightarrow 3x - \dfrac{1}{3}x = 1 - 5$

$\Leftrightarrow \dfrac{9}{3}x - \dfrac{1}{3}x = -4 \Leftrightarrow \dfrac{8}{3}x = -4$

$\Leftrightarrow x = -4 \times \dfrac{3}{8} = -\dfrac{3}{2}$

$S = \left\{-\dfrac{3}{2}\right\}.$

4 **a.** Aire de AMH $= \dfrac{AH \times HM}{2} = \dfrac{6x}{2} = 3x$

Aire de BMK $= \dfrac{BK \times KM}{2} = \dfrac{8(10 - x)}{2}$

$= 4(10 - x) = 40 - 4x$

On est donc amené à résoudre l'équation :

$3x = 40 - 4x \Leftrightarrow 7x = 40 \Leftrightarrow x = \dfrac{40}{7}$

b. $AM^2 = AH^2 + HM^2 = x^2 + 36$

$BM^2 = BK^2 + KM^2 = (10 - x)^2 + 64$

$AM = BM \Leftrightarrow AM^2 = BM^2$

$\Leftrightarrow x^2 + 36 = 100 - 20x + x^2 + 64$

$\Leftrightarrow 20x = 128 \Leftrightarrow x = \dfrac{32}{5} = 6{,}4$

Si $x = 6{,}4$ cm, alors AM = BM.

5 **a.**

x	$-\infty$		$\frac{3}{2}$		$+\infty$
Signe de $2x - 3$		$-$	0	$+$	

b.

x	$-\infty$		3		$+\infty$
Signe de $6 - 2x$		$+$	0	$-$	

c.

x	$-\infty$		$-\frac{4}{5}$		$+\infty$
Signe de $4 + 5x$		$-$	0	$+$	

d.

x	$-\infty$		0		$+\infty$
Signe de $-x$		$+$	0	$-$	

e.

x	$-\infty$		12		$+\infty$
Signe de $4 - \frac{x}{3}$		$+$	0	$-$	

f.

x	$-\infty$		0		$+\infty$
Signe de x		$-$	0	$+$	

6 **a.** $-3x + 1 > 7 \Leftrightarrow -3x > 6$

$\Leftrightarrow x < \dfrac{6}{-3}$

$\Leftrightarrow x < -2$

$S =]-\infty\,;-2[.$

b. $x-1 \leqslant 4x+2 \Leftrightarrow -3x \leqslant 3$

$\Leftrightarrow x \geqslant -1$

$S = [-1;+\infty[$.

c. $-2(4x-5) < 4x+6 \Leftrightarrow -8x+10 < 4x+6$

$\Leftrightarrow -8x-4x < 6-10$

$\Leftrightarrow -12x < -4$

$\Leftrightarrow x > \dfrac{-4}{-12}$

D'où : $x > \dfrac{1}{3}$.

$S = \left]\dfrac{1}{3};+\infty\right[$.

d. $\dfrac{2}{3}x+5 \geqslant -4x+\dfrac{5}{2} \Leftrightarrow \dfrac{2}{3}x+4x \geqslant -5+\dfrac{5}{2}$

$\Leftrightarrow \dfrac{2}{3}x+\dfrac{12}{3}x \geqslant \dfrac{-10}{2}+\dfrac{5}{2}$

$\Leftrightarrow \dfrac{14}{3}x \geqslant \dfrac{-5}{2}$

$\Leftrightarrow x \geqslant \dfrac{-5}{2}\times\dfrac{3}{14} \Leftrightarrow x \geqslant -\dfrac{15}{28}$

$S = \left[-\dfrac{15}{28};+\infty\right[$.

7 Soit AE = x. La longueur AB correspond donc à $3x$.

La longueur bleue est égale à $12x$ et la longueur rouge à $6x+12$.

Pour que les deux enfants parcourent la même longueur, on doit donc avoir :

$6x+12 = 12x$

$\Leftrightarrow 6x = 12$

$\Leftrightarrow x = 2$

AB doit donc mesurer 6 m pour que les distances parcourues soient les mêmes.

→ Chapitre 9, page 87

1 **1. c.** $y = 3x-5$ **2. a.** $-2y = 2$ **3. c.** $8y = 8$

2 **a.** $(0 ; 4)$ **b.** $(3 ; 6)$ **c.** $(6 ; 4)$

3 **a.** $\begin{cases} 5x+4y=2 \\ 3x-6y=60 \end{cases} \Leftrightarrow \begin{cases} 30x+24y=12 \\ 12x-24y=240 \end{cases}$

En additionnant les deux équations, on obtient :

$42x = 252 \Leftrightarrow x = 6$.

Puis : $4y = 2-5x = 2-30 = -28 \Leftrightarrow y = -7$.

Le couple solution est $(6 ; -7)$.

b. $\begin{cases} x+y=10 \\ 2x+4y=35 \end{cases} \Leftrightarrow \begin{cases} x=10-y \\ 2(10-y)+4y=35 \end{cases}$

$\Leftrightarrow \begin{cases} x=10-y \\ 2y+20=35 \end{cases} \Leftrightarrow \begin{cases} x=10-y \\ y=\dfrac{15}{2} \end{cases} \Leftrightarrow \begin{cases} x=\dfrac{5}{2} \\ y=\dfrac{15}{2} \end{cases}$

Le couple solution est $\left(\dfrac{5}{2};\dfrac{15}{2}\right)$.

4 On applique le théorème de Pythagore dans chacun des triangles rectangles ABC, BCD, ACD.

Dans ABC : $AC^2 = AB^2+BC^2$ d'où $AC^2 = 64+36 = 100$.

Dans BCD : $CD^2 = BC^2+BD^2$ d'où $y^2 = x^2+36$.

Dans ACD : $AD^2 = AC^2+CD^2$ d'où $(8+x)^2 = 100+y^2$.

On doit donc résoudre le système :

$\begin{cases} y^2=x^2+36 \\ (8+x)^2=100+y^2 \end{cases} \Leftrightarrow \begin{cases} y^2=x^2+36 \\ y^2=64+16x+x^2-100 \end{cases}$

On peut donc écrire :

$x^2+36 = x^2+16x-36 \Leftrightarrow 16x = 72 \Leftrightarrow x = 4{,}5$.

On en déduit : $y^2 = 4{,}5^2+36 = 56{,}25$ et $y = 7{,}5$.

Donc BD = 4,5 cm et CD = 7,5 cm.

5 Le problème peut se traduire par le système suivant, où L est la longueur et l la largeur.

$\begin{cases} L=3+l \\ 2L+2l=15 \end{cases} \Leftrightarrow \begin{cases} L=3+l \\ 2(3+l)+2l=15 \end{cases}$

$\Leftrightarrow \begin{cases} L=3+l \\ 4l+6=15 \end{cases} \Leftrightarrow \begin{cases} L=3+l \\ l=\dfrac{9}{4} \end{cases} \Leftrightarrow \begin{cases} L=\dfrac{21}{4} \\ l=\dfrac{9}{4} \end{cases}$

La longueur du rectangle est 5,25 cm et sa largeur est 2,25 cm.

6 **a.** On note x le prix d'un croissant et y le prix d'une brioche.

Le problème se traduit par le système : $\begin{cases} 6x+4y=10 \\ 4x+6y=10{,}5 \end{cases}$

En multipliant la première équation par 4 et la seconde par –6, on obtient $\begin{cases} 24x+16y=40 \\ -24x-36y=-63 \end{cases}$

La somme des deux équations membre à membre donne $-20y = -23$, d'où $y = 1{,}15$.

$6x+4\times1{,}15 = 10 \Leftrightarrow 6x = 5{,}4 \Leftrightarrow x = 0{,}9$

Le prix d'un croissant est 0,90 € et une brioche coûte 1,15 €.

b. Soit L la longueur initiale du potager et l sa largeur. Le périmètre initial est donc $2L+2l = 110$.

L'aire initiale est de $L\times l$. Après augmentation, l'aire devient $(L-1)(l+1)$.

Le problème se traduit par le système :

$\begin{cases} 2L+2l=110 \\ (L-1)(l+1)=L\times l+8 \end{cases}$

$\Leftrightarrow \begin{cases} L+l=55 \\ L\times l+L-l-1=L\times l+8 \end{cases} \Leftrightarrow \begin{cases} L+l=55 \\ L-l=9 \end{cases}$

En additionnant membre à membre les deux équations on obtient $2L = 64$, d'où $L = 32$, ainsi $l = 55 - 32 = 23$.

Les dimensions du potager initial sont donc 32 m et 23 m ; les dimensions du nouveau potager sont donc 31 m et 24 m.

→ Chapitre 10, page 89

1 Réponses **b**, **d** et **e**. Les équations $(x+1)(x+2)=0$, $x(2x-1)=0$ et $(x+1)^2=0$ sont des équations produits nuls. Les solutions sont respectivement $\{-1;-2\}$; $\left\{0;\frac{1}{2}\right\}$; $\{-1\}$.

2 **a.** $(4x-2)(2x+3)=0 \Leftrightarrow 4x-2=0$ ou $2x+3=0$

$$\Leftrightarrow x=\frac{2}{4} \text{ ou } x=-\frac{3}{2}$$

$S=\left\{\frac{1}{2};-\frac{3}{2}\right\}$.

b. $x(-2x-3)=0 \Leftrightarrow x=0$ ou $-2x-3=0$

$$\Leftrightarrow x=0 \text{ ou } x=-\frac{3}{2}$$

$S=\left\{0;-\frac{3}{2}\right\}$.

c. $x^2+5x=0 \Leftrightarrow x(x+5)=0$

$$\Leftrightarrow x=0 \text{ ou } x+5=0$$

$$\Leftrightarrow x=0 \text{ ou } x=-5$$

$S=\{0;-5\}$.

d. $x^2=25 \Leftrightarrow x^2-25=0 \Leftrightarrow x^2-5^2=0$

$$\Leftrightarrow (x-5)(x+5)=0$$

$$\Leftrightarrow x-5=0 \text{ ou } x+5=0$$

$$\Leftrightarrow x=5 \text{ ou } x=-5$$

$S=\{-5;5\}$.

e. Cette équation n'admet aucune solution. D'après les relations du chapitre 7, x^2+2 ne se factorise pas. D'autre part, l'équation $x^2+2=0$ est équivalente à $x^2=-2$. Or, un carré est toujours positif. Donc $S=\varnothing$.

f. $(x+2)^2=0 \Leftrightarrow (x+2)(x+2)=0 \Leftrightarrow x=-2$

$S=\{-2\}$.

g. $x^2=0 \Leftrightarrow x\times x=0 \Leftrightarrow x=0$

$S=\{0\}$.

3 **a.** $(2x+1)^2=(4x+3)^2$

$\Leftrightarrow (2x+1)^2-(4x+3)^2=0$

$\Leftrightarrow [(2x+1)+(4x+3)][(2x+1)-(4x+3)]=0$

$\Leftrightarrow (2x+1+4x+3)(2x+1-4x-3)=0$

$\Leftrightarrow (6x+4)(-2x-2)=0$

$\Leftrightarrow 6x+4=0$ ou $-2x-2=0$

$\Leftrightarrow x=-\frac{2}{3}$ ou $x=-1$

$S=\left\{-\frac{2}{3};-1\right\}$.

b. $x^2+6x=-9 \Leftrightarrow x^2+6x+9=0$

On reconnaît le développement de $(a+b)^2$ avec $a=x$ et $b=3$. On est donc amené à résoudre l'équation $(x+3)^2=0$.

$(x+3)^2=0 \Leftrightarrow (x+3)(x+3)=0$

$$\Leftrightarrow x+3=0 \Leftrightarrow x=-3$$

$S=\{-3\}$.

c. $16x^2=81 \Leftrightarrow 16x^2-81=0 \Leftrightarrow (4x)^2-9^2=0$

$$\Leftrightarrow (4x+9)(4x-9)=0$$

$$\Leftrightarrow 4x+9=0 \text{ ou } 4x-9=0$$

$$\Leftrightarrow x=-\frac{9}{4} \text{ ou } x=\frac{9}{4}.$$

$S=\left\{-\frac{9}{4};\frac{9}{4}\right\}$.

d. $(2x-1)^2=(3x-2)(2x-1)$

$\Leftrightarrow (2x-1)^2-(3x-2)(2x-1)=0$

$\Leftrightarrow (2x-1)(2x-1)-(3x-2)(2x-1)=0$

$\Leftrightarrow (2x-1)[(2x-1)-(3x-2)]=0$

$\Leftrightarrow (2x-1)(2x-1-3x+2)=0$

$\Leftrightarrow (2x-1)(-x+1)=0$

$\Leftrightarrow 2x-1=0$ ou $-x+1=0$

$\Leftrightarrow x=\frac{1}{2}$ ou $x=1$

$S=\left\{\frac{1}{2};1\right\}$.

4 **a.** (BD) et (EA) sont perpendiculaires à (AC), donc (EA) et (BD) sont parallèles.

D'après le théorème de Thalès, appliqué aux droites parallèles (EA) et (BD), on a :

$$\frac{BD}{EA}=\frac{DC}{EC}=\frac{BC}{AC} \Leftrightarrow \frac{BD}{8}=\frac{DC}{EC}=\frac{x}{10}$$

D'où $BD=\frac{8x}{10}=0{,}8x$.

b. Aire de BCD $=\frac{BD\times BC}{2}=\frac{0{,}8x\times x}{2}$

$$=\frac{0{,}8x^2}{2}=0{,}4x^2$$

Pour calculer l'aire de ABDE, on peut utiliser la formule de l'aire du trapèze, ou écrire :

aire de ABDE = aire de AEC – aire de BDC

- Première méthode, avec l'aire du trapèze :

Aire de ABDE $=\frac{(AE+BD)\times AB}{2}$

$$=\frac{(8+0{,}8x)(10-x)}{2}$$

$$=\frac{80-8x+8x-0{,}8x^2}{2}$$

$$=\frac{-0{,}8x^2+80}{2}$$

$$=\frac{2(-0{,}4x^2+40)}{2}$$

$$=-0{,}4x^2+40$$

- Deuxième méthode :

aire de ABDE = aire de AEC – aire de BDC

$$=\frac{AC\times AE}{2}-0{,}4x^2=\frac{10\times 8}{2}-0{,}4x^2$$

$$=40-0{,}4x^2=-0{,}4x^2+40$$

c. On est amené à résoudre l'équation
$0,4x^2 = 40 - 0,4x^2$.

$$0,4x^2 = 40 - 0,4x^2 \Leftrightarrow 0,4x^2 + 0,4x^2 = 40$$
$$\Leftrightarrow 0,8x^2 = 40$$
$$\Leftrightarrow x^2 = \frac{40}{0,8} = 50$$
$$\Leftrightarrow x^2 - 50 = 0$$
$$\Leftrightarrow x = -\sqrt{50} \text{ ou } x = \sqrt{50}$$

Comme x représente une longueur, il ne peut pas être négatif. Les aires de BCD et de BDEA sont donc égales si $x = \sqrt{50}$ cm.

5 Claire a divisé par x, ce qu'il ne faut pas faire (car x peut être nul). Il faut mettre x en facteur, ce qui donne $x(x-3)^2 = 0$.
$S = \{0 ; 3\}$.

6 L'élève a confondu x^3 et $3x$.
Mais comme son résultat est exact, on en déduit que $x^3 = 3x$. Or :

$$x^3 = 3x \Leftrightarrow x^3 - 3x = 0$$
$$\Leftrightarrow x(x^2 - 3) = 0$$
$$\Leftrightarrow x(x - \sqrt{3})(x + \sqrt{3}) = 0$$

Les solutions sont donc 0, $\sqrt{3}$ et $-\sqrt{3}$.
On peut le vérifier, par exemple, avec $\sqrt{3}$:
$(\sqrt{3})^3 = \sqrt{3} \times (\sqrt{3})^2 = 3\sqrt{3}$.

7 **1.** $(x-1)(x+3) = x^2 + 3x - x - 3$
$= x^2 + 2x - 3$
$= A(x)$

$(x+1)^2 - 4 = x^2 + 2x + 1 - 4$
$= x^2 + 2x - 3 = A(x)$

2. a. $A(x) = 0 \Leftrightarrow (x-1)(x+3) = 0$
$\Leftrightarrow x - 1 = 0 \text{ ou } x + 3 = 0$
$\Leftrightarrow x = 1 \text{ ou } x = -3$

$S = \{1 ; -3\}$.

b. $A(x) = -4 \Leftrightarrow (x+1)^2 - 4 = -4$
$\Leftrightarrow (x+1)^2 = 0$
$\Leftrightarrow x + 1 = 0$
$\Leftrightarrow x = -1$

$S = \{-1\}$.

c. $A(x) = -3 \Leftrightarrow x^2 + 2x - 3 = -3$
$\Leftrightarrow x^2 + 2x = 0$
$\Leftrightarrow x(x+2) = 0$
$\Leftrightarrow x = 0 \text{ ou } x + 2 = 0$
$\Leftrightarrow x = 0 \text{ ou } x = -2$

$S = \{0 ; -2\}$.

8 **a.** $x^2 - 2x - 8 = (x-1)^2 - 1 - 8 = (x-1)^2 - 9$
$= (x - 1 - 3)(x - 1 + 3) = (x-4)(x+2)$

D'où $x^2 - 2x - 8 = 0 \Leftrightarrow (x-4)(x+2) = 0$
$S = \{-2 ; 4\}$.

b. $x^2 + 6x - 7 = 0 \Leftrightarrow (x^2 + 6x + 9) - 9 - 7 = 0$
$\Leftrightarrow (x+3)^2 - 16 = 0$
$\Leftrightarrow (x + 3 - 4)(x + 3 + 4) = 0$
$\Leftrightarrow (x-1)(x+7) = 0$

$S = \{1 ; -7\}$.

9 $x^2 - 4x + 5 \geqslant 1 \Leftrightarrow x^2 - 4x + 5 - 1 \geqslant 0$
$\Leftrightarrow x^2 - 4x + 4 \geqslant 0$
$\Leftrightarrow (x-2)^2 \geqslant 0$;

ce qui est toujours vrai.
Donc quel que soit x réel, on a toujours $x^2 - 4x + 5 \geqslant 1$.

10 Le programme de calcul correspond à $(x+3)^2 - 4$.
Donc $(x+3)^2 - 4 = 0 \Leftrightarrow (x + 3 - 2)(x + 3 + 2) = 0$
$\Leftrightarrow (x+1)(x+5) = 0$

a doit donc prendre la valeur -1 ou -5 pour afficher 0 en sortie.

→ Chapitre 11, page 91

1 Réponses **a**, **b**, **c**, **d**, **e**, **g**, **h**. On peut conclure sur le signe d'un produit mais, pour une somme, cela dépend des cas.

Ainsi : $P_1 \times P_2$ est positif ; $P_1 + P_2$ est positif ; $N_1 \times N_2$ est positif ; $N_1 + N_2$ est négatif ; $P_1 \times N_1$ est négatif ; $P_1 \times P_2 \times N_1$ est négatif ; $P_1 \times N_1 \times N_2$ est positif.

En revanche, on ne peut pas connaître le signe de $P_1 + N_1$ ni de $P_1 + P_2 + N_1$.

2 **a.**

x	$-\infty$		-1		2		$+\infty$
Signe de $3+3x$		$-$	0	$+$	|	$+$	
Signe de $-2x+4$		$+$	|	$+$	0	$-$	
Signe de $(3+3x)(-2x+4)$		$-$	0	$+$	0	$-$	

b.

x	$-\infty$		-2		-1		$+\infty$
Signe de $3+3x$		$-$	|	$-$	0	$+$	
Signe de $2x+4$		$-$	0	$+$	|	$+$	
Signe de $(3+3x)(2x+4)$		$+$	0	$-$	0	$+$	

c.

x	$-\infty$		0		2		$+\infty$
Signe de $-x$		$+$	0	$-$	|	$-$	
Signe de $-2x+4$		$+$	|	$+$	0	$-$	
Signe de $-x(-2x+4)$		$+$	0	$-$	0	$+$	

d.

x	$-\infty$		-12		2		$+\infty$
Signe de $4+\frac{x}{3}$		$-$	0	$+$		$+$	
Signe de $-2x+4$		$+$		$+$	0	$-$	
Signe de $\left(4+\frac{x}{3}\right)(-2x+4)$		$-$	0	$+$	0	$-$	

3 **a.** $4x^2 \leqslant 12x \Leftrightarrow 4x^2-12x \leqslant 0 \Leftrightarrow x(4x-12) \leqslant 0$

On fait le tableau de signes de $x(4x-12)$.

x	$-\infty$		0		3		$+\infty$
Signe de x		$-$	0	$+$		$+$	
Signe de $4x-12$		$-$		$-$	0	$+$	
Signe de $x(4x-12)$		$+$	0	$-$	0	$+$	

$S=[0\,;3]$.

b. $(2x+1)^2>9 \Leftrightarrow (2x+1)^2-9>0$

$\Leftrightarrow (2x+1)^2-3^2>0$

$\Leftrightarrow (2x+1+3)(2x+1-3)>0$

$\Leftrightarrow (2x+4)(2x-2)>0$

On fait le tableau de signes de $(2x+4)(2x-2)$.

x	$-\infty$		-2		1		$+\infty$
Signe de $2x+4$		$-$	0	$+$		$+$	
Signe de $2x-2$		$-$		$-$	0	$+$	
Signe de $(2x+4)(2x-2)$		$+$	0	$-$	0	$+$	

$S=]-\infty\,;-2[\cup]1\,;+\infty[$.

c. $(x+1)(-x+5)<(2x+2)$

$\Leftrightarrow (x+1)(-x+5)<2(x+1)$

$\Leftrightarrow (x+1)(-x+5)-2(x+1)<0$

$\Leftrightarrow (x+1)\,(-x+5-2)<0$

$\Leftrightarrow (x+1)(-x+3)<0$

On fait le tableau de signes de $(x+1)(-x+3)$.

x	$-\infty$		-1		3		$+\infty$
Signe de $x+1$		$-$	0	$+$		$+$	
Signe de $-x+3$		$+$		$+$	0	$-$	
Signe de $(-x+3)(x+1)$		$-$	0	$+$	0	$-$	

$S=]-\infty\,;-1[\cup]3\,;+\infty[$.

4 On cherche les nombres x tels que $3x>x^2$.

$3x>x^2 \Leftrightarrow 3x-x^2>0$

$\Leftrightarrow x(3-x)>0$

On fait le tableau de signes de $x(3-x)$.

x	$-\infty$		0		3		$+\infty$
Signe de x		$-$	0	$+$		$+$	
Signe de $3-x$		$+$		$+$	0	$-$	
Signe de $x(3-x)$		$-$	0	$+$	0	$-$	

$S=]0\,;3[$.

Les nombres dont le triple est strictement supérieur au carré sont tous les nombres de l'intervalle $]0\,;3[$.

5 $A(x)=(4-x^2)(3x+2)$

$=(2^2-x^2)(3x+2)$

$=(2-x)(2+x)(3x+2)$

On fait le tableau de signes de $(2-x)(2+x)(3x+2)$.

x	$-\infty$		-2		$-\frac{2}{3}$		2		$+\infty$
Signe de $2-x$		$+$		$+$		$+$	0	$-$	
Signe de $2+x$		$-$	0	$+$		$+$		$+$	
Signe de $3x+2$		$-$		$-$	0	$+$		$+$	
Signe de $(2-x)(2+x)(3x+2)$		$+$	0	$-$	0	$+$	0	$-$	

Conclusion : $A(x)=0$ si $x=-2, x=-\frac{2}{3}$ ou $x=2$;

$A(x)>0$ si $x\in]-\infty\,;-2[\cup\left]-\frac{2}{3};2\right[$;

$A(x)<0$ si $x\in\left]-2\,;-\frac{2}{3}\right[\cup]2\,;+\infty[$.

6 **a.**, **b.** et **c.** On peut faire le tableau de signes des deux expressions $x^2-4\leqslant 0$ et $2x-1\geqslant 0$, en remarquant que $x^2-4=(x+2)(x-2)$.

x	$-\infty$		-2		$\frac{1}{2}$		2		$+\infty$
Signe de $x-2$		$-$		$-$		$-$	0	$+$	
Signe de $x+2$		$-$	0	$+$		$+$		$+$	
Signe de x^2-4		$+$	0	$-$		$-$	0	$+$	
Signe de $2x-1$		$-$		$-$	0	$+$		$+$	

Pour avoir $x^2-4\leqslant 0$ et $2x-1\geqslant 0$, il faut que $x\in\left[\frac{1}{2};2\right]$.

7 **a.** $\mathcal{A}=EC\times GC=(8-x)(6-x)$

$\mathcal{A}'=$ aire de ABCD $-\,\mathcal{A}$

$=48-(8-x)(6-x)$

b. $(x-12)(x-2)=x^2-2x-12x+24$

$=x^2-14x+24$

c. $x^2-14x+24\geqslant 0 \Leftrightarrow (x-12)(x-2)\geqslant 0$

x	$-\infty$		2		12		$+\infty$
Signe de $x-12$		$-$		$-$	0	$+$	
Signe de $x-2$		$-$	0	$+$		$+$	
Signe de $(x-12)(x-2)$		$+$	0	$-$	0	$+$	

$S =]-\infty\,;2] \cup [12\,;+\infty[$.

d. $\mathscr{A} \geqslant \mathscr{A}' \Leftrightarrow (8-x)(6-x) \geqslant 48-(8-x)(6-x)$

$\Leftrightarrow 48-14x+x^2 \geqslant 48-48+14x-x^2$

$\Leftrightarrow 2x^2-28x+48 \geqslant 0 \Leftrightarrow x^2-14x+24 \geqslant 0$

Or d'après l'énoncé, $x \in [0\,;6]$.

Donc, si $x \in [0\,;2]$, alors $\mathscr{A} \geqslant \mathscr{A}'$.

→ Chapitre 12, page 93

1 $\frac{1}{5}+\frac{1}{6}=\frac{11}{30}\,;\frac{2}{3}+2=\frac{8}{3}\,;\frac{5}{4}+\frac{1}{2}=\frac{7}{4}\,;\frac{1}{3}-1=-\frac{2}{3}\,;$

$5\times\frac{2}{6}=\frac{10}{6}\,;13\times\frac{4}{13}=4$

2 **a.** $\frac{5}{6}=\frac{35}{42}$ **b.** $\frac{12}{20}=\frac{3}{5}$

c. $\frac{6x}{4}=\frac{12x}{8}$ **d.** $\frac{3}{x}=\frac{3x}{x^2}$

e. $\frac{4}{x+1}=\frac{4(x-1)}{x^2-1}$ **f.** $\frac{x+3}{4}=\frac{2x^2+6x}{8x}$

g. $\frac{3}{x-5}=\frac{3(x+5)}{x^2-25}$ **h.** $\frac{x^2}{2x}=\frac{x}{2}$

i. $\frac{2(x+6)}{4}=\frac{x+6}{2}$ **j.** $\frac{x(2x+6)}{2x^2}=\frac{2x+6}{2x}=\frac{x+3}{x}$

3

Expressions	Dénominateur commun	La première fraction devient…	La deuxième fraction devient…
$\frac{2}{x}$ et $\frac{3}{2x-3}$	$x(2x-3)$	$\frac{2}{x}=\frac{2(2x-3)}{x(2x-3)}$	$\frac{3}{2x-3}=\frac{3x}{x(2x-3)}$
$\frac{2}{x}$ et $\frac{3}{4}$	$4x$	$\frac{2}{x}=\frac{8}{4x}$	$\frac{3}{4}=\frac{3x}{4x}$
$\frac{2x+1}{x^2}$ et $\frac{5}{3x^3}$	$3x^3$	$\frac{2x+1}{x^2}=\frac{3x(2x+1)}{3x^3}$	$\frac{5}{3x^3}$
$\frac{4}{x+1}$ et $\frac{5}{3x+3}$	$3x+3$	$\frac{4}{x+1}=\frac{12}{3x+3}$	$\frac{5}{3x+3}$

4 $A=\frac{5}{x}+\frac{2}{3x}=\frac{15}{3x}+\frac{2}{3x}=\frac{17}{3x}$

$B=\frac{5}{8x}-\frac{7}{6x}=\frac{15}{24x}-\frac{28}{24x}=-\frac{13}{24x}$

$C=\frac{5}{x^2-1}+\frac{6}{x+1}=\frac{5}{x^2-1}+\frac{6(x-1)}{x^2-1}=\frac{6x-1}{x^2-1}$

$D=\frac{4x+1}{2x-1}-\frac{2-3x}{5x+2}$

$=\frac{(4x+1)(5x+2)}{(2x-1)(5x+2)}-\frac{(2-3x)(2x-1)}{(5x+2)(2x-1)}$

$=\frac{20x^2+13x+2}{(2x-1)(5x+2)}-\frac{-6x^2+7x-2}{(2x-1)(5x+2)}$

$=\frac{20x^2+13x+2+6x^2-7x+2}{(2x-1)(5x+2)}=\frac{26x^2+6x+4}{(2x-1)(5x+2)}$

$E=\frac{5x+1}{x^2}+\frac{3}{2x}=\frac{2(5x+1)}{2x^2}+\frac{3x}{2x^2}=\frac{13x+2}{2x^2}$

5 **a.** $\frac{x}{6}=\frac{5}{2} \Leftrightarrow 2x=30 \Leftrightarrow x=\frac{30}{2}=15$

$S=\{15\}$.

b. Valeurs interdites : $2x+3=0 \Leftrightarrow x=-\frac{3}{2}$.

$-\frac{3}{2}$ est la valeur interdite.

$\frac{4x-1}{2x+3}=0 \Leftrightarrow 4x-1=0 \Leftrightarrow x=\frac{1}{4}$

$S=\left\{\frac{1}{4}\right\}$.

c. $x+3=0 \Leftrightarrow x=-3$. -3 est la valeur interdite.

$\frac{x^2-9}{x+3}=0 \Leftrightarrow x^2-9=0 \Leftrightarrow x^2-3^2=0$

$\Leftrightarrow (x-3)(x+3)=0 \Leftrightarrow x=3$ ou $x=-3$.

-3 étant la valeur interdite, on a $S=\{3\}$.

d. 0 est la valeur interdite.

$\frac{x}{2}=\frac{8}{x} \Leftrightarrow x^2=16 \Leftrightarrow x^2-16=0 \Leftrightarrow x^2-4^2=0$

$\Leftrightarrow (x-4)(x+4)=0 \Leftrightarrow x-4=0$ ou $x+4=0$

$\Leftrightarrow x=4$ ou $x=-4$

$S=\{-4\,;4\}$.

e. 0 est la valeur interdite.

$\frac{3x+1}{2x}=4 \Leftrightarrow \frac{3x+1}{2x}=\frac{4}{1} \Leftrightarrow 8x=3x+1$

$\Leftrightarrow 5x=1 \Leftrightarrow x=\frac{1}{5}$

$S=\left\{\frac{1}{5}\right\}$.

6 **a.** $\frac{2x+3}{5}=\frac{2}{3} \Leftrightarrow 3(2x+3)=2\times 5 \Leftrightarrow 6x+9=10$

$\Leftrightarrow 6x=10-9 \Leftrightarrow 6x=1 \Leftrightarrow x=\frac{1}{6}$

$S=\left\{\frac{1}{6}\right\}$.

b. $\frac{2x+5}{3}-\frac{x-1}{2}=3 \Leftrightarrow \frac{4x+10}{6}-\frac{3x-3}{6}=3$

$\Leftrightarrow \frac{4x+10-(3x-3)}{6}=3$

$\Leftrightarrow \frac{4x+10-3x+3}{6}=3$

$\Leftrightarrow \frac{x+13}{6}=3$

On peut utiliser la règle des produits en croix $\left(\text{avec } 3=\frac{3}{1}\right)$, ou on multiplie les deux membres de l'égalité par 6. Ce qui donne $x+13=18$.

$S=\{5\}$.

c. 0 est la valeur interdite. On multiplie les deux membres de l'égalité par x, ce qui donne :

$x^2+1=2x \Leftrightarrow x^2-2x+1=0$.

x^2-2x+1 est le développement de $(x-1)^2$. On est donc ramené à résoudre l'équation $(x-1)^2=0$.

$$(x-1)^2=0 \Leftrightarrow (x-1)(x-1)=0$$
$$\Leftrightarrow x-1=0$$
$$\Leftrightarrow x=1$$

$S=\{1\}$.

d. Les valeurs interdites sont telles que $x^2+2=0$, soit $x^2=-2$. Or un carré ne peut être négatif. On ne peut donc pas avoir $x^2=-2$. Aucune valeur n'est interdite.

On multiplie les deux membres de l'égalité par x^2+2 :

$$\frac{3x}{x^2+2}=\frac{4}{x^2+2} \Leftrightarrow 3x=4$$
$$\Leftrightarrow x=\frac{4}{3}$$

$S=\left\{\frac{4}{3}\right\}$.

e. 0 est la valeur interdite.

On peut multiplier les deux membres de l'égalité par x, on obtient alors $3x^2-6x=0$.

$$3x^2-6x=0 \Leftrightarrow x(3x-6)=0$$
$$\Leftrightarrow x=0 \quad \text{ou} \quad 3x-6=0$$
$$\Leftrightarrow x=0 \quad \text{ou} \quad x=2$$

0 est une valeur interdite, donc $S=\{2\}$.

f. On cherche les valeurs interdites :

$x-3=0 \Leftrightarrow x=3$.

Et $x^2-9=0 \Leftrightarrow x^2-3^2=0 \Leftrightarrow (x-3)(x+3)=0$

$$\Leftrightarrow x-3=0 \quad \text{ou} \quad x+3=0$$
$$\Leftrightarrow x=3 \quad \text{ou} \quad x=-3$$

3 et −3 sont donc les valeurs interdites.

On applique maintenant la règle des produits en croix :

$$\frac{1}{x-3}=\frac{1}{x^2-9} \Leftrightarrow x^2-9=x-3$$
$$\Leftrightarrow x^2-3^2=x-3$$
$$\Leftrightarrow (x-3)(x+3)=x-3$$
$$\Leftrightarrow (x-3)(x+3)-(x-3)=0$$
$$\Leftrightarrow (x-3)(x+3-1)=0$$
$$\Leftrightarrow (x-3)(x+2)=0$$
$$\Leftrightarrow x-3=0 \quad \text{ou} \quad x+2=0$$
$$\Leftrightarrow x=3 \quad \text{ou} \quad x=-2$$

3 étant une valeur interdite, on a $S=\{-2\}$.

→ Chapitre 13, page 95

1 **a.** $\frac{N_1P_1}{P_2}$ négatif.

b. $\frac{P_2N_1N_2P_1}{P_3N_3}$ négatif.

c. $\frac{(N_1)^{12}P_1}{(P_2)^{14}(N_2)^5}$ négatif.

d. $\frac{N_1}{P_1}\times\frac{P_2}{N_2}$ positif.

2 **a.**

x	$-\infty$		-2		$\frac{1}{2}$		$+\infty$
Signe de $4x-2$		$-$	|	$-$	0	$+$	
Signe de $-2-x$		$+$	0	$-$	|	$-$	
Signe de $\frac{4x-2}{-2-x}$		$-$	||	$+$	0	$-$	

b.

x	$-\infty$		-2		$\frac{1}{2}$		$+\infty$
Signe de $4x-2$		$-$	|	$-$	0	$+$	
Signe de $-2-x$		$+$	0	$-$	|	$-$	
Signe de $\frac{-2-x}{4x-2}$		$-$	0	$+$	||	$-$	

c.

x	$-\infty$		-3		8		$+\infty$
Signe de $x+3$		$-$	0	$+$	|	$+$	
Signe de $\frac{1}{2}x-4$		$-$	|	$-$	0	$+$	
Signe de $\frac{x+3}{\frac{1}{2}x-4}$		$+$	0	$-$	||	$+$	

d.

x	$-\infty$		0		$\frac{9}{2}$		$+\infty$
Signe de $3-\frac{2}{3}x$		$+$	|	$+$	0	$-$	
Signe de $5x$		$-$	0	$+$	|	$+$	
Signe de $\frac{5x}{3-\frac{2}{3}x}$		$-$	0	$+$	||	$-$	

3 **a.** $\frac{-2x-4}{3x+5}-1<0$

$$\Leftrightarrow \frac{-2x-4}{3x+5}-\frac{1}{1}<0 \Leftrightarrow \frac{-2x-4}{3x+5}-\frac{3x+5}{3x+5}<0$$
$$\Leftrightarrow \frac{-2x-4-(3x+5)}{3x+5}<0 \Leftrightarrow \frac{-5x-9}{3x+5}<0$$

Résoudre l'inéquation $\frac{-2x-4}{3x+5}<1$ est donc équivalent à résoudre l'inéquation $\frac{-5x-9}{3x+5}<0$.

On est donc amené à faire le tableau de signes de $\frac{-5x-9}{3x+5}$.

x	$-\infty$		$-\frac{9}{5}$		$-\frac{5}{3}$		$+\infty$
Signe de $-5x-9$		$+$	0	$-$	|	$-$	
Signe de $3x+5$		$-$	|	$-$	0	$+$	
Signe de $\frac{-5x-9}{3x+5}$		$-$	0	$+$	||	$-$	

$S = \left]-\infty ; -\frac{9}{5}\right[\cup \left]-\frac{5}{3} ; +\infty\right[$.

Remarques

- Le numérateur est égal à 0 si $x = -\frac{9}{5}$.
D'où le 0 de la dernière ligne.
- $-\frac{5}{3}$ est la valeur interdite, d'où la double barre de la dernière ligne.

b. $\frac{4x-x^2}{2x-8} - 2 \leqslant 0 \Leftrightarrow \frac{4x-x^2}{2x-8} - \frac{2}{1} \leqslant 0$

$\Leftrightarrow \frac{4x-x^2}{2x-8} - \frac{2(2x-8)}{2x-8} \leqslant 0$

$\Leftrightarrow \frac{4x-x^2-2(2x-8)}{2x-8} \leqslant 0$

$\Leftrightarrow \frac{4x-x^2-4x+16}{2x-8} \leqslant 0$

$\Leftrightarrow \frac{16-x^2}{2x-8} \leqslant 0.$

On cherche à factoriser le numérateur afin d'obtenir un produit d'expressions du premier degré :

$\frac{4^2-x^2}{2x-8} \leqslant 0 \Leftrightarrow \frac{(4-x)(4+x)}{2x-8} \leqslant 0.$

Résoudre l'inéquation $\frac{4x-x^2}{2x-8} \leqslant 2$ est équivalent à résoudre l'inéquation $\frac{(4-x)(4+x)}{2x-8} \leqslant 0$.

On est donc amené à faire le tableau de signes de $\frac{(4-x)(4+x)}{2x-8}$.

x	$-\infty$		-4		4		$+\infty$
Signe de $4-x$		$+$	|	$+$	0	$-$	
Signe de $4+x$		$-$	0	$+$	|	$+$	
Signe de $2x-8$		$-$	|	$-$	0	$+$	
Signe de $\frac{(4-x)(4+x)}{2x-8}$		$+$	0	$-$	||	$-$	

4 est donc la valeur interdite.

On regarde dans le tableau quand on a $\frac{(4-x)(4+x)}{2x-8} \leqslant 0$.

On conclut : $S = [-4 ; 4[\cup]4 ; +\infty[$.

4 On cherche les nombres x tels que $\frac{1}{x} \leqslant 2$.

$\frac{1}{x} - 2 \leqslant 0 \Leftrightarrow \frac{1}{x} - \frac{2}{1} \leqslant 0 \Leftrightarrow \frac{1}{x} - \frac{2x}{x} \leqslant 0$

$\Leftrightarrow \frac{1-2x}{x} \leqslant 0$

Résoudre l'inéquation $\frac{1}{x} \leqslant 2$ est équivalent à résoudre l'inéquation $\frac{1-2x}{x} \leqslant 0$.

On fait le tableau de signes de $\frac{1-2x}{x}$ et on regarde quand on a $\frac{1-2x}{x} \leqslant 0$.

x	$-\infty$		0		$\frac{1}{2}$		$+\infty$
Signe de $1-2x$		$+$	|	$+$	0	$-$	
Signe de x		$-$	0	$+$	|	$+$	
Signe de $\frac{1-2x}{x}$		$-$	||	$+$	0	$-$	

D'où $S =]-\infty ; 0[\cup \left[\frac{1}{2} ; +\infty\right[$.

Les nombres dont l'inverse est inférieur ou égal à 2 sont tous les nombres de l'intervalle $]-\infty ; 0[\cup \left[\frac{1}{2} ; +\infty\right[$.

5 On factorise le numérateur afin d'obtenir un produit d'expressions du premier degré :

$A(x) = \frac{x(1-x)}{2x+3}$.

On fait le tableau de signes de $\frac{x(1-x)}{2x+3}$.

x	$-\infty$		$-\frac{3}{2}$		0		1		$+\infty$
Signe de x		$-$	|	$-$	0	$+$	|	$+$	
Signe de $1-x$		$+$	|	$+$	|	$+$	0	$-$	
Signe de $2x+3$		$-$	0	$+$	|	$+$	|	$+$	
Signe de $\frac{x(1-x)}{2x+3}$		$+$	||	$-$	0	$+$	0	$-$	

On en conclut :

$A(x) = 0$ si $x = 0$ ou $x = 1$;

$A(x) < 0$ si $x \in \left]-\frac{3}{2} ; 0\right[\cup]1 ; +\infty[$;

$A(x) > 0$ si $x \in \left]-\infty ; -\frac{3}{2}\right[\cup]0 ; 1[$.

→ Chapitre 14, page 97

1 **a.** Le milieu de 3 et 6 est 4,5.

b. 0,5 est le milieu de –5 et 6.

c. 9 est le milieu de 3 et 15.

d. Le milieu de –3 et 8 est 2,5.

e. Le milieu de 2,5 et 7,5 est 5.

f. 7 est le milieu de 10,5 et 3,5.

2 **a.** Deux points ayant la même abscisse mais des ordonnées opposées sont symétriques par rapport à l'axe des abscisses.

b. Deux points ayant la même ordonnée mais des abscisses opposées sont symétriques par rapport à l'axe des ordonnées.

c. Deux points ayant leurs abscisses et leurs ordonnées opposées sont symétriques par rapport à l'origine du repère.

3 **a.**

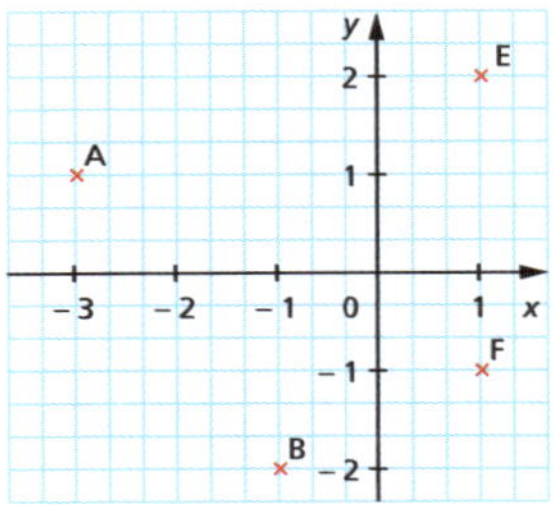

E (1 ; 2)
F (1 ; – 1)

b. $x_L = \dfrac{x_A + x_B}{2} = \dfrac{-3-1}{2} = -2$

et $y_L = \dfrac{y_A + y_B}{2} = \dfrac{1-2}{2} = -\dfrac{1}{2}$

Le milieu L de [AB] a donc pour coordonnées -2 et $-\dfrac{1}{2}$.

c. $AB^2 = (-3+1)^2 + (1+2)^2 = 4 + 9 = 13$.

Donc $AB = \sqrt{13}$.

4 R′ est le symétrique de R par rapport à P si P est le milieu de [RR′].

On a donc :

$$x_P = \frac{x_R + x_{R'}}{2} \Leftrightarrow 5 = \frac{-2 + x_{R'}}{2}$$

$$\Leftrightarrow 10 = -2 + x_{R'} \Leftrightarrow x_{R'} = 12$$

et $$y_P = \frac{y_R + y_{R'}}{2} \Leftrightarrow 1 = \frac{6 + y_{R'}}{2}$$

$$\Leftrightarrow 2 = 6 + y_{R'} \Leftrightarrow y_{R'} = -4.$$

D'où R′(12 ; –4).

5 **a.**

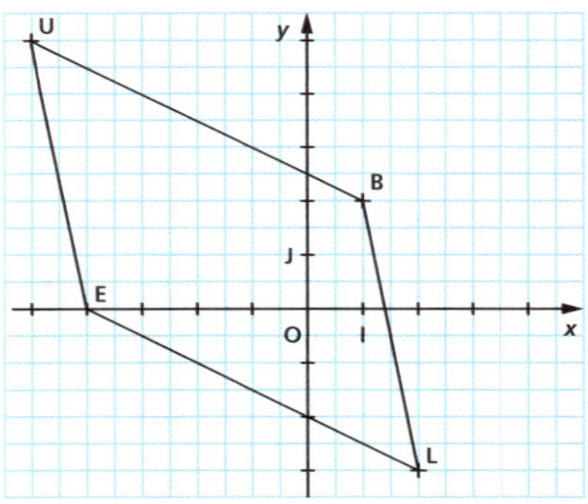

b. Soit M le milieu de [BE] :

$x_M = \dfrac{x_E + x_B}{2} = \dfrac{1-4}{2} = -\dfrac{3}{2}$

et $y_M = \dfrac{y_E + y_B}{2} = \dfrac{2+0}{2} = 1$.

M a pour coordonnées $\left(-\dfrac{3}{2};1\right)$.

Soit N le milieu de [LU] : $x_N = \dfrac{x_L + x_U}{2} = \dfrac{2-5}{2} = -\dfrac{3}{2}$

et $y_N = \dfrac{y_L + y_U}{2} = \dfrac{-3+5}{2} = 1$

N a pour coordonnées $\left(-\dfrac{3}{2};1\right)$.

M et N sont confondus. Les diagonales du quadrilatère BLEU ont donc le même milieu. On en conclut que BLEU est un parallélogramme.

c. $BL^2 = (2-1)^2 + (-3-2)^2 = 1 + 25 = 26$.

$LE^2 = (-4-2)^2 + (0+3)^2 = 36 + 9 = 45$.

Les longueurs BL et LE ne sont pas égales, donc BLEU n'est pas un losange.

6 EFGH est un parallélogramme si [EG] et [FH] ont le même milieu.

Soit M ce milieu. On a alors :

$x_M = \dfrac{x_E + x_G}{2} = \dfrac{2-5}{2} = -\dfrac{3}{2}$

et $y_M = \dfrac{y_E + y_G}{2} = \dfrac{-1-4}{2} = -\dfrac{5}{2}$.

M est aussi le milieu de [FH]. Donc :

$$x_M = \frac{x_F + x_H}{2} \Leftrightarrow -\frac{3}{2} = \frac{-2 + x_H}{2}$$

$$\Leftrightarrow -3 = -2 + x_H \Leftrightarrow x_H = -1$$

et $$y_M = \frac{y_F + y_H}{2} \Leftrightarrow -\frac{5}{2} = \frac{3 + y_H}{2}$$

$$\Leftrightarrow -5 = 3 + y_H \Leftrightarrow y_H = -8.$$

D'où H(–1 ; –8).

7 **a.**

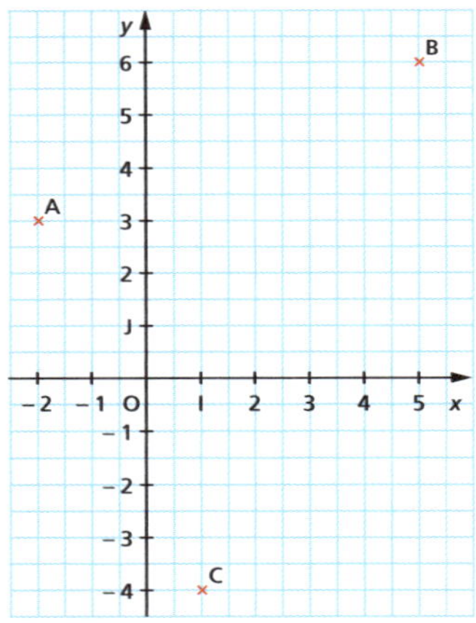

Pour déterminer la nature du triangle ABC, on calcule les carrés des distances :

$AB^2 = (5+2)^2 + (6-3)^2 = 49 + 9 = 58$

$BC^2 = (1-5)^2 + (-4-6)^2 = 16 + 100 = 116$

$AC^2 = (1+2)^2 + (-4-3)^2 = 9 + 49 = 58$

On a $AB^2 = AC^2$. Donc AB = AC. On en conclut que le triangle ABC est isocèle en A.

D'autre part, on a $AB^2 + AC^2 = BC^2$.

D'après la réciproque du théorème de Pythagore, le triangle ABC est aussi rectangle en A.

b. Aire de $ABC = \dfrac{AB \times AC}{2} = \dfrac{\sqrt{58} \times \sqrt{58}}{2} = \dfrac{58}{2} = 29$.

Remarque : L'énoncé ne précisant pas d'unité, les résultats sont donnés sans unité. On peut aussi préciser « 29 unités d'aire ».

c. Le triangle ABC est rectangle. Le centre de son cercle circonscrit est donc le milieu de l'hypoténuse [BC].

Son rayon est alors $\frac{1}{2}$ BC, soit $\frac{\sqrt{116}}{2} = \frac{2\sqrt{29}}{2} = \sqrt{29}$.

L'aire $\mathcal{S}$ d'un disque de rayon r est donnée par la formule : $\mathcal{S} = \pi r^2$. Ici, on a donc $\mathcal{S} = 29\pi$.

8 Pour montrer qu'un quadrilatère est un carré, on peut par exemple montrer que c'est un losange avec un angle droit. On calcule donc les mesures des côtés :

$AB^2 = (2-1)^2 + (-1-3)^2 = 1 + 16 = 17$

$BC^2 = (-2-2)^2 + (-2+1)^2 = 16 + 1 = 17$

$CD^2 = (-3+2)^2 + (2+2)^2 = 1 + 16 = 17$

$AD^2 = (-3-1)^2 + (2-3)^2 = 16 + 1 = 17$

$AB^2 = BC^2 = CD^2 = AD^2$.

Donc AB = BC = CD = AD. On en conclut que ABCD est un losange.

On montre alors que ce losange possède un angle droit. On calcule AC^2, puis $AB^2 + BC^2$:

$AC^2 = (-2-1)^2 + (-2-3)^2 = 9 + 25 = 34$

$AB^2 + BC^2 = 17 + 17 = 34$.

On a $AB^2 + BC^2 = AC^2$.

D'après la réciproque du théorème de Pythagore, on en conclut que ABC est rectangle en B.

Donc le quadrilatère ABCD est un carré.

9 **a.**

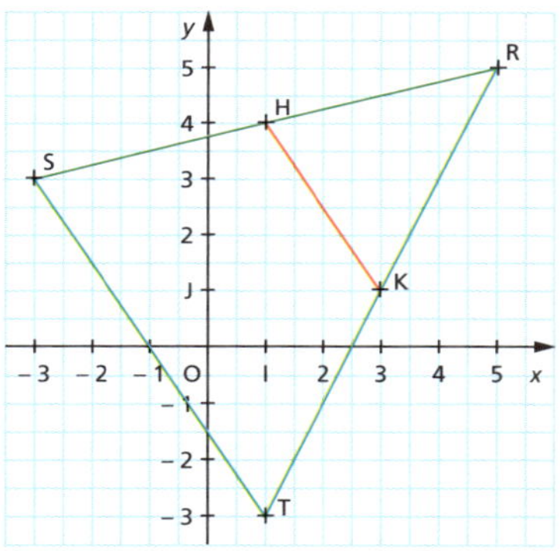

b. On lit H(1 ; 4) et K(3 ; 1).

On a $HK^2 = (3-1)^2 + (1-4)^2 = 4 + 9 = 13$.

D'où $HK = \sqrt{13}$.

D'autre part $TS^2 = (-3-1)^2 + (3+3)^2 = 16 + 36 = 52$.

D'où $TS = \sqrt{52} = \sqrt{4 \times 13} = 2\sqrt{13}$.

On a donc 2 HK = TS.

→ Chapitre 15, page 99

1 **1.** ABC est isocèle en A ⇔ **a.** AB = AC.

2. ABCD est un parallélogramme ⇔ **b.** $\overrightarrow{AB} = \overrightarrow{DC}$.

3. M est le milieu de [AB] ⇔ **b.** $\overrightarrow{AM} = \overrightarrow{MB}$.

4. M appartient à la médiatrice de [AB] ⇔ **a.** AM = MB.

2 **a.** et **b.**

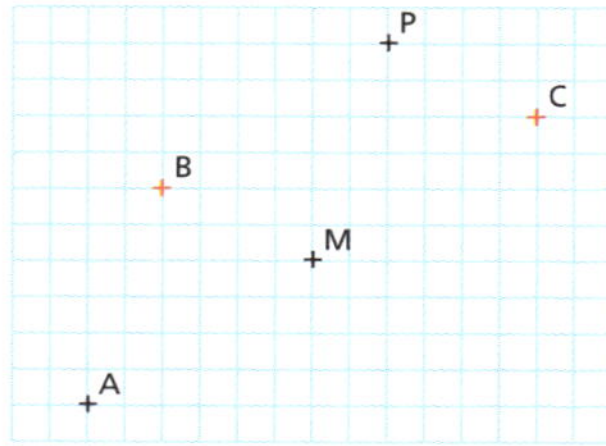

3 **a.** $\overrightarrow{DI} = \overrightarrow{IB}$ $\quad\overrightarrow{AI} = \overrightarrow{JE}$

$\overrightarrow{AD} = \overrightarrow{CE}$ $\quad\overrightarrow{JF} = \overrightarrow{BI}$

b. $\overrightarrow{AB} = \overrightarrow{DC} = \overrightarrow{FE}$

c. $\overrightarrow{EC} = \overrightarrow{CB} = \overrightarrow{DA} = \overrightarrow{FD} = \overrightarrow{JI}$

d. $\overrightarrow{DI} = \overrightarrow{IB} = \overrightarrow{FJ} = \overrightarrow{JC}$

4 **b.** et **d.** Les deux noms possibles du parallélogramme sont ABPR et ARPB.

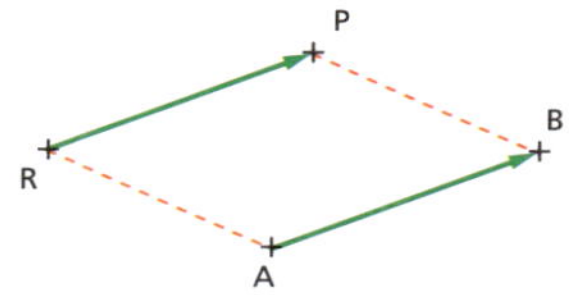

5

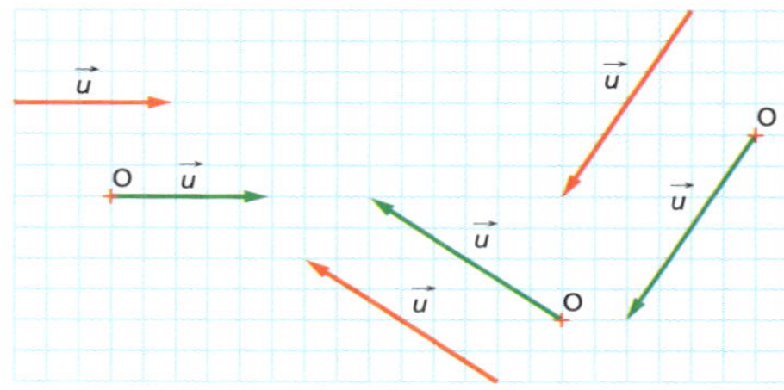

6 **1. a. Faux**, un parallélogramme n'est pas forcément un losange.

b. Vrai, un trapèze est un parallélogramme particulier.

c. Faux, I peut-être n'importe où sur la médiatrice de [AB].

d. Vrai.

e. Vrai, les diagonales d'un rectangle sont de même mesure.

2. a. Réciproque : ABCD est un losange ⇒ $\overrightarrow{AB} = \overrightarrow{DC}$.
Vrai, un losange est un parallélogramme particulier.

b. Réciproque : ABCD est un trapèze ⇒ $\overrightarrow{AB} = \overrightarrow{DC}$.
Faux, un trapèze n'est pas forcément un parallélogramme.

c. Réciproque : I est le milieu de [AB] ⇒ IA = IB.
Vrai.

d. Réciproque : AB = DC ⇒ $\overrightarrow{AB} = \overrightarrow{DC}$.
Faux, (AB) et (CD) ne sont pas forcément parallèles.

e. Réciproque : AC = BD ⇒ ABCD est un rectangle.
Faux, il faut que les diagonales se coupent en leur milieu.

7 $\overrightarrow{AI} = \overrightarrow{IB}$, donc I est le milieu de [AB].
E est le symétrique de C par rapport à I, donc I est le milieu de [EC].

Les segments [EC] et [AB] ont le même milieu I, donc le quadrilatère ACBE est un parallélogramme.

8 ABCD est un **parallélogramme**, donc $\overrightarrow{AD} = \overrightarrow{BC}$.

D'autre part, DBCE est un **parallélogramme**, donc $\overrightarrow{DE} = \overrightarrow{\mathbf{BC}}$.

On a $\overrightarrow{AD} = \overrightarrow{\mathbf{BC}}$ et $\overrightarrow{DE} = \overrightarrow{\mathbf{BC}}$, donc $\overrightarrow{AD} = \overrightarrow{\mathbf{DE}}$.

Conclusion : $\overrightarrow{AD} = \overrightarrow{\mathbf{DE}}$, donc D est le milieu de [AE].

9 $\overrightarrow{AC} = \overrightarrow{BE}$, donc ACEB est un parallélogramme et $\overrightarrow{AB} = \overrightarrow{CE}$.

ABCD est un parallélogramme, donc $\overrightarrow{AB} = \overrightarrow{DC}$.

Puisque $\overrightarrow{AB} = \overrightarrow{CE}$ et $\overrightarrow{AB} = \overrightarrow{DC}$, alors $\overrightarrow{CE} = \overrightarrow{DC}$.

Donc C est le milieu de [DE].

→ Chapitre 16, page 101

1 Réponses **a**, **b** et **d**. Les vecteurs $\frac{3}{2}\vec{u}$; $-5\vec{u}$ et $-\frac{15}{7}\vec{u}$ sont plus grands que $\vec{u}$.

2

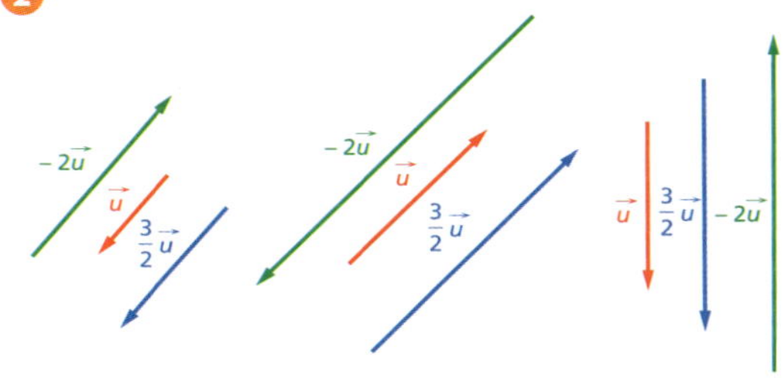

3

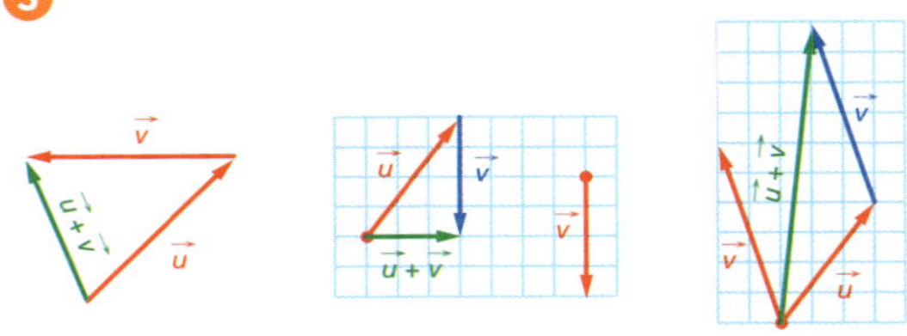

4

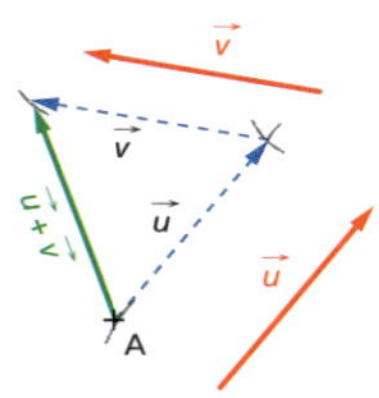

5

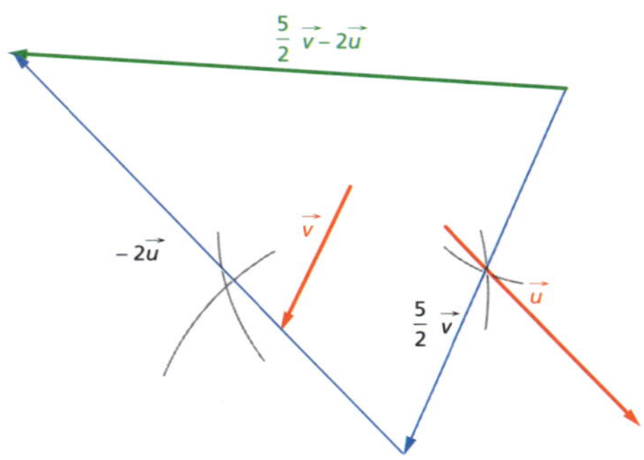

6 **1. a.** $\overrightarrow{AE} + \overrightarrow{OH} = \overrightarrow{\mathbf{FH}}$.

b. $\overrightarrow{FJ} + \overrightarrow{OL} = \overrightarrow{\mathbf{GC}}$.

c. $\overrightarrow{KO} + \overrightarrow{JO} = \overrightarrow{\mathbf{OG}}$.

d. $\overrightarrow{LH} + \overrightarrow{OJ} + \overrightarrow{BK} = \overrightarrow{\mathbf{IF}}$.

2. a. $2\overrightarrow{AE} + \overrightarrow{HC} = \overrightarrow{\mathbf{2FO}} + \overrightarrow{\mathbf{HC}} = \overrightarrow{\mathbf{FH}} + \overrightarrow{\mathbf{HC}} = \overrightarrow{\mathbf{FC}}$.

b. $3\overrightarrow{DI} + \overrightarrow{EK} = \overrightarrow{\mathbf{DK}} + \overrightarrow{\mathbf{KH}} = \overrightarrow{\mathbf{DH}}$.

c. $-2\overrightarrow{OF} + \overrightarrow{CH} = \overrightarrow{\mathbf{2FO}} + \overrightarrow{\mathbf{CH}} = \overrightarrow{\mathbf{FH}} + \overrightarrow{\mathbf{HB}} = \overrightarrow{\mathbf{FB}}$.

d. $\overrightarrow{DG} - 2\overrightarrow{KH} = \overrightarrow{\mathbf{DG}} + \overrightarrow{\mathbf{2HK}} = \overrightarrow{\mathbf{OH}} + \overrightarrow{\mathbf{HE}} = \overrightarrow{\mathbf{OE}}$.

Ces réponses peuvent être remplacées par un vecteur équivalent.

7 **a.** $\overrightarrow{NP} = \overrightarrow{NM} + \overrightarrow{MP} = 2\overrightarrow{IM} + 2\overrightarrow{MJ} = 2(\overrightarrow{IM} + \overrightarrow{MJ}) = 2\overrightarrow{IJ}$.

b. $\overrightarrow{NP} = \overrightarrow{NO} + \overrightarrow{OP} = 2\overrightarrow{LO} + 2\overrightarrow{OK} = 2(\overrightarrow{LO} + \overrightarrow{OK}) = 2\overrightarrow{LK}$.

c. On a obtenu : $\overrightarrow{NP} = 2\overrightarrow{IJ}$ et $\overrightarrow{NP} = 2\overrightarrow{LK}$.

Donc $\overrightarrow{IJ} = \overrightarrow{LK}$. On en déduit que IJKL est un parallélogramme.

→ Chapitre 17, page 103

1 **a.** $\overrightarrow{MA}(2\,;11)$ **b.** $\overrightarrow{AT}(-2\,;-9)$ **c.** $\overrightarrow{TM}(0\,;-2)$ **d.** $\overrightarrow{OT}(1\,;-2)$ **e.** $\overrightarrow{MO}(-1\,;4)$

2 **a.** $\vec{u}\begin{pmatrix}4\\2\end{pmatrix}$; $\vec{v}\begin{pmatrix}4\\-2\end{pmatrix}$; $\vec{w}\begin{pmatrix}-3\\-2\end{pmatrix}$; $\vec{t}\begin{pmatrix}0\\3\end{pmatrix}$.

b.

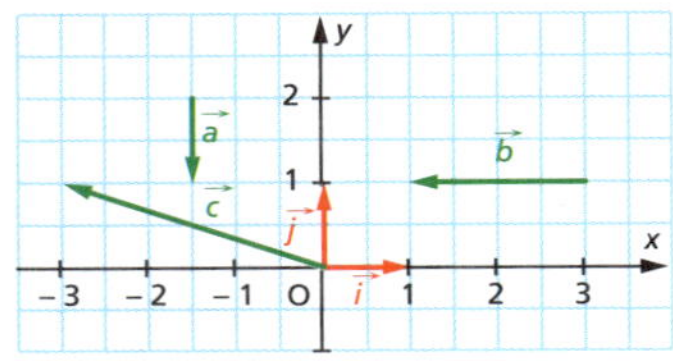

3 $\vec{u}+\vec{v}\begin{pmatrix}4-2\\5+3\end{pmatrix} \Leftrightarrow \vec{u}+\vec{v}\begin{pmatrix}2\\8\end{pmatrix}$

$\vec{u}-\vec{v}\begin{pmatrix}4+2\\5-3\end{pmatrix} \Leftrightarrow \vec{u}-\vec{v}\begin{pmatrix}6\\2\end{pmatrix}$

$-4\vec{u}\begin{pmatrix}-16\\-20\end{pmatrix}$

$2\vec{u}-3\vec{v}\begin{pmatrix}8+6\\10-9\end{pmatrix} \Leftrightarrow 2\vec{u}-3\vec{v}\begin{pmatrix}14\\1\end{pmatrix}$

4 **a.** $\overrightarrow{AB}\begin{pmatrix}4-2\\3+1\end{pmatrix} \Leftrightarrow \overrightarrow{AB}\begin{pmatrix}2\\4\end{pmatrix}$

$\overrightarrow{AC}\begin{pmatrix}-2-2\\4+1\end{pmatrix} \Leftrightarrow \overrightarrow{AC}\begin{pmatrix}-4\\5\end{pmatrix}$

$\overrightarrow{BC}\begin{pmatrix}-2-4\\4-3\end{pmatrix} \Leftrightarrow \overrightarrow{BC}\begin{pmatrix}-6\\1\end{pmatrix}$

b. $\vec{w} = \overrightarrow{AB} + \overrightarrow{AC} \Leftrightarrow \vec{w}\begin{pmatrix}2-4\\4+5\end{pmatrix} \Leftrightarrow \vec{w}\begin{pmatrix}-2\\9\end{pmatrix}$

c. Si D a pour coordonnées $(x\,;y)$, alors $\overrightarrow{AD}\begin{pmatrix}x-2\\y+1\end{pmatrix}$.

Or $\vec{w} = \overrightarrow{AD}$, donc $\begin{cases}x-2=-2\\y+1=9\end{cases}$.

On a donc $x = 0$ et $y = 8$. D a pour coordonnées (0 ; 8).

5 **a.** Calculons les coordonnées des vecteurs $\overrightarrow{AB}$ et $\overrightarrow{DC}$:

$\overrightarrow{AB}\begin{pmatrix}4+4\\-2{,}5+2{,}5\end{pmatrix} \Leftrightarrow \overrightarrow{AB}\begin{pmatrix}8\\0\end{pmatrix}$

et $\overrightarrow{DC}\begin{pmatrix}6{,}5+1{,}5\\2{,}5-2{,}5\end{pmatrix} \Leftrightarrow \overrightarrow{DC}\begin{pmatrix}8\\0\end{pmatrix}$.

$\overrightarrow{AB}$ et $\overrightarrow{DC}$ ont les mêmes coordonnées, ils sont donc égaux et ABCD est un parallélogramme.

b. • CBEF est un parallélogramme, donc $\overrightarrow{BC} = \overrightarrow{EF}$.

• Les vecteurs $\overrightarrow{BC}$ et $\overrightarrow{EF}$ sont égaux, ils ont donc les mêmes **coordonnées**.

• $\overrightarrow{BC}\begin{pmatrix}x_C - x_B\\y_C - y_B\end{pmatrix} \Leftrightarrow \overrightarrow{BC}\begin{pmatrix}6{,}5-4\\2{,}5+2{,}5\end{pmatrix} \Leftrightarrow \overrightarrow{BC}\begin{pmatrix}2{,}5\\5\end{pmatrix}$

• $\overrightarrow{EF}\begin{pmatrix}x - x_E\\y - y_E\end{pmatrix} \Leftrightarrow \overrightarrow{EF}\begin{pmatrix}x-8\\y+5\end{pmatrix}$

• Les coordonnées de $\overrightarrow{BC}$ et de $\overrightarrow{EF}$ sont égales.

Donc $x - 8 = 2{,}5$ et $y + 5 = 5$.

On en déduit : $x = 10{,}5$ et $y = 0$. Donc F(10,5 ; 0).

c. RADS est un parallélogramme. Donc $\overrightarrow{RA} = \overrightarrow{SD}$.

On suit le même raisonnement que dans la question **b**.

Soit x et y les coordonnées de S.

$\overrightarrow{RA}\begin{pmatrix}-4+8\\-2{,}5-4\end{pmatrix} \Leftrightarrow \overrightarrow{RA}\begin{pmatrix}4\\-6{,}5\end{pmatrix}$ et $\overrightarrow{SD}\begin{pmatrix}-1{,}5-x\\2{,}5-y\end{pmatrix}$.

$\begin{cases}-1{,}5 - x = 4\\2{,}5 - y = -6{,}5\end{cases}$ donc S(– 5,5 ; 9).

6 Soit x et y les coordonnées de G. On a :

$\overrightarrow{GA}\begin{pmatrix}5-x\\1-y\end{pmatrix}$, donc $3\overrightarrow{GA}\begin{pmatrix}15-3x\\3-3y\end{pmatrix}$.

$\overrightarrow{GB}\begin{pmatrix}-2-x\\3-y\end{pmatrix}$, donc $-2\overrightarrow{GB}\begin{pmatrix}4+2x\\-6+2y\end{pmatrix}$.

$\overrightarrow{GC}\begin{pmatrix}1-x\\-2-y\end{pmatrix}$.

En faisant la somme, on trouve que le vecteur $3\overrightarrow{GA} - 2\overrightarrow{GB} + \overrightarrow{GC}$ a pour coordonnées $\begin{pmatrix}20-2x\\-5-2y\end{pmatrix}$.

Comme ce vecteur est égal au vecteur nul, ses coordonnées sont nulles. On a donc $20 - 2x = 0$ et $-5 - 2y = 0$, soit $x = 10$ et $y = -2{,}5$.

Les coordonnées de G sont donc G(10 ; –2,5).

7 **a.** $x_I = \dfrac{2+4}{2} = 3$ et $y_I = \dfrac{-3+2}{2} = -\dfrac{1}{2}$.

Donc on a $I\left(3; -\dfrac{1}{2}\right)$.

$\overrightarrow{AI}\begin{pmatrix}3+3\\-\frac{1}{2}-1\end{pmatrix} \Leftrightarrow \overrightarrow{AI}\begin{pmatrix}6\\-\frac{3}{2}\end{pmatrix}$

b. $\dfrac{2}{3}\overrightarrow{AI}\begin{pmatrix}\frac{2}{3}\times 6\\\frac{2}{3}\times -\frac{3}{2}\end{pmatrix}$, donc $\dfrac{2}{3}\overrightarrow{AI}\begin{pmatrix}4\\-1\end{pmatrix}$ et $\overrightarrow{AG}\begin{pmatrix}x_G+3\\y_G-1\end{pmatrix}$

$\overrightarrow{AG} = \dfrac{2}{3}\overrightarrow{AI} \Leftrightarrow \begin{cases}x_G + 3 = 4\\y_G - 1 = -1\end{cases}$

On a donc $x_G = 1$ et $y_G = 0$.

c. $x_J = \dfrac{-3+4}{2} = \dfrac{1}{2}$ et $y_J = \dfrac{1+2}{2} = \dfrac{3}{2}$.

D'où $J\left(\dfrac{1}{2}; \dfrac{3}{2}\right)$.

$\overrightarrow{CJ}\begin{pmatrix}\frac{1}{2}-2\\\frac{3}{2}+3\end{pmatrix} \Leftrightarrow \overrightarrow{CJ}\begin{pmatrix}-\frac{3}{2}\\\frac{9}{2}\end{pmatrix}$

d. $\dfrac{2}{3}\overrightarrow{CJ}\begin{pmatrix}\frac{2}{3}\times -\frac{3}{2}\\\frac{2}{3}\times\frac{9}{2}\end{pmatrix}$, donc $\dfrac{2}{3}\overrightarrow{CJ}\begin{pmatrix}-1\\3\end{pmatrix}$ et $\overrightarrow{CG'}\begin{pmatrix}x_{G'}-2\\y_{G'}+3\end{pmatrix}$.

$\overrightarrow{CG'} = \dfrac{2}{3}\overrightarrow{CJ} \Leftrightarrow \begin{cases}x_{G'} - 2 = -1\\y_{G'} + 3 = 3\end{cases}$

On a donc $x_{G'} = 1$ et $y_{G'} = 0$.

Les points G et G′ sont donc confondus.

→ Chapitre 18, page 105

1 **a.** 16 ; **b.** 2,4 ; **c.** 4,8 ; **d.** 6 ; **e.** $-\dfrac{8}{3}$.

2 **a.** **Vrai.**

b. **Faux**, ces vecteurs ont la même direction, mais pas forcément la même norme.

c. **Vrai.**

d. **Faux.**

e. **Vrai.**

f. **Vrai.**

g. **Vrai.**

h. **Faux**, on sait seulement que les droites (EF) et (GH) sont parallèles.

3 **a.** $\overrightarrow{EI} = \overrightarrow{ML} = \overrightarrow{OR}$

b. $\overrightarrow{IL}$ est colinéaire à $\overrightarrow{RL}$, $\overrightarrow{OE}$, $\overrightarrow{OM}$, $\overrightarrow{EM}$, $\overrightarrow{RI}$, ainsi qu'aux opposés de ces vecteurs.

4 Les homothéties se traduisent par :

$\overrightarrow{AI} = \dfrac{1}{3}\overrightarrow{AB}$ et $\overrightarrow{AJ} = 3\overrightarrow{AC}$. On a : $\overrightarrow{BJ} = \overrightarrow{BA} + \overrightarrow{AJ}$.

Or $\overrightarrow{AI} = \dfrac{1}{3}\overrightarrow{AB}$, d'où $\overrightarrow{AB} = 3\overrightarrow{AI}$. Donc $\overrightarrow{BA} = 3\overrightarrow{IA}$.

On en déduit : $\overrightarrow{BJ} = 3\overrightarrow{IA} + 3\overrightarrow{AC} = 3(\overrightarrow{IA} + \overrightarrow{AC})$,

soit $\overrightarrow{BJ} = 3\overrightarrow{IC}$.

Les vecteurs $\overrightarrow{BJ}$ et $\overrightarrow{IC}$ sont donc colinéaires.

On en conclut que **les droites (BJ) et (IC) sont parallèles.**

5 **a.** On remarque que $-3\vec{u} = \vec{v}$. Donc $\vec{u}$ et $\vec{v}$ sont colinéaires.

b. $4 \times 4 = 16$ et $3 \times 4 = 12$. Les coordonnées ne sont pas proportionnelles. Les vecteurs $\vec{u}$ et $\vec{v}$ ne sont donc pas colinéaires.

c. On peut effectuer les produits en croix :
$6\times12=72$ et $4\times18=72$.

Les produits en croix sont égaux, donc $\vec{u}$ et $\vec{v}$ sont colinéaires.

d. On peut effectuer les produits en croix :
$(\sqrt{2}+1)(\sqrt{2}-1)=\sqrt{2^2}-1=2-1=1$ et $0{,}2\times5=1$.

Les produits en croix sont égaux, donc $\vec{u}$ et $\vec{v}$ sont colinéaires.

6 **a.** $3\times3=9$ et $-2\times3=-6$. Donc $x=-6$.

b. $4\times4=16$ et $3\times4=12$. Donc $x=3$.

c. $-3\times(-4)=12$ et $-1\times(-4)=4$. Donc $x=-1$.

d. Les produits en croix doivent être égaux :
$\sqrt{3}\times2\sqrt{3}=6$. Donc $2x=6$, soit $x=3$.

7 **a.** Il faut vérifier si (TR) et (VE) sont parallèles, c'est-à-dire si $\overrightarrow{TR}$ et $\overrightarrow{VE}$ sont colinéaires.

$\overrightarrow{TR}\begin{pmatrix}7-1\\8-4\end{pmatrix}\Leftrightarrow\overrightarrow{TR}\begin{pmatrix}6\\4\end{pmatrix}$ et $\overrightarrow{VE}\begin{pmatrix}9+1\\3+3\end{pmatrix}\Leftrightarrow\overrightarrow{VE}\begin{pmatrix}10\\6\end{pmatrix}$.

$\det=6\times6-4\times10$
$=36-40\neq0$

Donc les vecteurs $\overrightarrow{TR}$ et $\overrightarrow{VE}$ ne sont pas colinéaires. Le quadrilatère VERT n'est donc pas un trapèze.

b. Si VETU est un trapèze de bases [ET] et [UV] :

$\overrightarrow{TE}\begin{pmatrix}9-1\\3-4\end{pmatrix}\Leftrightarrow\overrightarrow{TE}\begin{pmatrix}8\\-1\end{pmatrix}$

et $\overrightarrow{UV}\begin{pmatrix}-1+5\\-3-y_U\end{pmatrix}\Leftrightarrow\overrightarrow{UV}\begin{pmatrix}4\\-3-y_U\end{pmatrix}$.

Ces deux vecteurs sont colinéaires si $8(-3-y_U)=-4$, ce qui donne $y_U=-\dfrac{5}{2}$. Donc U doit avoir pour coordonnées $\left(-5;-\dfrac{5}{2}\right)$.

Si VETU est un trapèze de bases [VE] et [UT] :

$\overrightarrow{VE}\begin{pmatrix}10\\6\end{pmatrix}$ et $\overrightarrow{UT}\begin{pmatrix}1+5\\4-y_U\end{pmatrix}\Leftrightarrow\overrightarrow{UT}\begin{pmatrix}6\\4-y_U\end{pmatrix}$.

Ces deux vecteurs sont colinéaires si $10(4-y_U)=36$, ce qui donne $4-y_U=\dfrac{36}{10}$, soit $y_U=\dfrac{2}{5}$. Donc U doit avoir pour coordonnées $\left(-5;\dfrac{2}{5}\right)$.

8 **a.** $\overrightarrow{AB}\begin{pmatrix}3+2\\3-1\end{pmatrix}\Leftrightarrow\overrightarrow{AB}\begin{pmatrix}5\\2\end{pmatrix}$

et $\overrightarrow{DE}\begin{pmatrix}3+1\\-1{,}4+3\end{pmatrix}\Leftrightarrow\overrightarrow{DE}\begin{pmatrix}4\\1{,}6\end{pmatrix}$.

On peut effectuer les produits en croix : $5\times1{,}6=8$ et $2\times4=8$.

Les produits en croix sont égaux, donc $\overrightarrow{AB}$ et $\overrightarrow{DE}$ sont colinéaires. Les droites (AB) et (DE) sont donc parallèles.

b. $\overrightarrow{AC}\begin{pmatrix}7+2\\4{,}6-1\end{pmatrix}\Leftrightarrow\overrightarrow{AC}\begin{pmatrix}9\\3{,}6\end{pmatrix}$ et $\overrightarrow{AB}\begin{pmatrix}5\\2\end{pmatrix}$.

$\det=9\times2-3{,}6\times5=0$.

Donc $\overrightarrow{AB}$ et $\overrightarrow{AC}$ sont colinéaires et les points A, B et C sont alignés.

c. M est le point d'intersection entre la droite (AB) et l'axe des abscisses.

D'une part, M est sur (AB), donc A, M et B sont alignés.

D'autre part, M est sur l'axe des abscisses, donc l'ordonnée de M est égale à 0.

Soit x l'abscisse du point M.

A, M et B sont alignés, donc $\overrightarrow{AM}$ et $\overrightarrow{AB}$ sont colinéaires. On a :

$\overrightarrow{AM}\begin{pmatrix}x+2\\0-1\end{pmatrix}\Leftrightarrow\overrightarrow{AM}\begin{pmatrix}x+2\\-1\end{pmatrix}$ et $\overrightarrow{AB}\begin{pmatrix}5\\2\end{pmatrix}$.

Le déterminant doit être nul :

$2(x+2)-(-1)\times5=0\Leftrightarrow2x+4=-5\Leftrightarrow x=-\dfrac{9}{2}$.

Le point M a donc pour abscisse $-\dfrac{9}{2}$.

d. N est le point d'intersection entre la droite (DE) et l'axe des ordonnées.

D'une part, N est sur (DE), donc N, D et E sont alignés.

D'autre part, N est sur l'axe des ordonnées, donc l'abscisse de N est égale à 0.

Soit y l'ordonnée du point N.

N, D et E sont alignés, donc $\overrightarrow{DN}$ et $\overrightarrow{DE}$ sont colinéaires. On a :

$\overrightarrow{DN}\begin{pmatrix}0+1\\y+3\end{pmatrix}\Leftrightarrow\overrightarrow{DN}\begin{pmatrix}1\\y+3\end{pmatrix}$ et $\overrightarrow{DE}\begin{pmatrix}4\\1{,}6\end{pmatrix}$.

Les produits en croix doivent être égaux :

$4(y+3)=1\times1{,}6\Leftrightarrow4y+12=1{,}6$

$\Leftrightarrow y=-\dfrac{10{,}4}{4}=-2{,}6$.

Le point N a donc pour ordonnée $-2{,}6$.

9 Un algorithme en langage naturel

```
Variables :
x_u, y_u, x_v, y_v
Saisir x_u
Saisir y_u
Saisir x_v
Saisir y_v
Début algorithme
  Si x_u × y_v − y_u × x_v = 0
    Afficher message : « Les vecteurs
    u et v sont colinéaires. »
  Fin si
  Si x_u × y_v − y_u × x_v ≠ 0.
    Afficher message : « Les vecteurs
    u et v ne sont pas colinéaires. »
  Fin si
Fin algorithme
```

CORRIGÉS

→ Chapitre 19, page 107

1 **a.** **Vrai** car OA = OB.

b. **Faux**.

c. **Faux**, les diagonales ne se coupent pas forcément au milieu.

d. **Vrai**.

2 **a.** A, B, C et D sont sur un même cercle : **vrai**, car les triangles ADC et ABC sont rectangles. Les points B et D sont donc sur le cercle de diamètre [AC].

b. ABCD est un rectangle : **faux**, ABCD n'est pas forcément un rectangle. D peut être n'importe où sur le cercle de diamètre [AB], il n'est pas diamétralement opposé à B.

c. B est le symétrique de C par rapport à I : **vrai**, car I est le milieu de [BC].

d. B est le symétrique de C par rapport à (OI) : **vrai**, car (OI) est parallèle à (AB) (d'après la réciproque du théorème de Thalès) et (AB) est perpendiculaire à (BC). Donc (OI) est perpendiculaire à (BC) en son milieu. C'est donc la médiatrice de [BC].

e. $\widehat{MOA} = \widehat{MBI}$: **faux**, ces angles sont alternes-internes, mais les droites (OA) et (IB) ne sont pas parallèles.

3 P est le projeté orthogonal de A sur *d*, donc par définition (AP) est perpendiculaire à *d*. De même, (BR) est perpendiculaire à *d*. Les deux droites (AP) et (BR) sont perpendiculaires à la même droite *d*, donc elles sont parallèles entre elles. Donc APBR (ou APRB selon la place du point B choisi) est un trapèze.

4 H est le projeté orthogonal de A sur (BC), donc (AH) est perpendiculaire à (BC) ; donc, par définition de la hauteur, [AH] est une hauteur du triangle ABC.
J est le projeté orthogonal de B sur (AC), donc (BJ) est perpendiculaire à (AC) ; donc, par définition de la hauteur, [BJ] est une hauteur du triangle ABC.
Or les hauteurs d'un triangle sont concourantes ; la droite (CK) passe par le point d'intersection K des deux premières hauteurs et par un sommet du triangle : (CK) est donc la troisième hauteur de ABC.
Donc (CK) est perpendiculaire à (AB).

5 **a.** R′ est le symétrique de R par rapport à O, donc, par définition de la symétrie centrale, O est le milieu de [RR′]. O est donc le milieu des deux diagonales du quadrilatère RSR′T, donc c'est un parallélogramme. De plus, RST est rectangle en R, donc le parallélogramme RSR′T est un rectangle.

b. Les diagonales d'un rectangle sont de même mesure, donc RR′ = ST, on a donc OT = OR = OS = OR′. Donc O est le centre du cercle circonscrit à RSR′T.

c. Si un triangle est rectangle, alors le centre du cercle circonscrit à ce triangle est le milieu de l'hypoténuse.

6 N est le symétrique de M par rapport à *d*, donc *d* est la médiatrice de [MN]. (MN) est donc perpendiculaire à *d*.
P est le symétrique de N par rapport à *d′*, donc *d′* est la médiatrice de [PN]. (PN) est donc perpendiculaire à *d′*.
d est perpendiculaire à (MN) et *d* est perpendiculaire à *d′*. *d′* est donc parallèle à (MN).
D'autre part, *d′* est perpendiculaire à (PN), donc (MN) est perpendiculaire à (PN).
On en déduit que le triangle PNM est rectangle en N.
O est l'intersection des deux médiatrices, donc OM = ON = OP.
Donc O est le centre du cercle circonscrit au triangle rectangle PMN.
On en déduit que O est le milieu de l'hypoténuse [PM].
Donc P est l'image de M dans la symétrie de centre O.

7 **a.** Si un parallélogramme a un angle droit, alors c'est un rectangle.

b. Si un parallélogramme a deux côtés consécutifs de même longueur, alors c'est un losange.

c. Si un quadrilatère a deux diagonales de même mesure, alors c'est un quadrilatère quelconque.

d. Si un parallélogramme a deux diagonales de même mesure, alors c'est un rectangle.

e. Si un parallélogramme a ses diagonales perpendiculaires, alors c'est un losange.

f. Si un rectangle a deux côtés consécutifs de même mesure, alors c'est un carré.

g. Si un losange a un angle droit, alors c'est un carré.

8 **a.**

```
Demander « le parallélogramme a-t-il un angle droit ? »
Si réponse = oui alors
    demander « A-t-il deux côtés consécutifs égaux ?»
        Si réponse = oui alors
            afficher « c'est un carré »
        Sinon
            afficher « c'est un rectangle »
        Fin si
Sinon
    demander « a-t-il deux côtés consécutifs égaux ? »
        Si réponse = oui alors
            afficher « c'est un losange »
        Sinon
            afficher « c'est un parallélogramme quelconque »
        Fin si
Fin si
```

b.

```
reponse = input (« le parallélogramme a-t-il un angle droit ? »)
if reponse = = « oui » :
    reponse = input («a-t-il deux côtés consécutifs égaux ?»)
    if reponse = = « oui » :
        print (« c'est un carré »)
    else :
        print (« c'est un rectangle »)
else :
    reponse = input (« a-t-il deux côtés consécutifs égaux ?»)
    if reponse = = « oui » :
        print (« c'est un losange »)
    else :
        print (« c'est un parallélogramme quelconque »)
```

→ Chapitre 20, page 109

1 **a.** $\widehat{C} = 180° - (50° + 70°) = 60°$

b. $\widehat{B} = \widehat{C} = \dfrac{180° - 80°}{2} = 50°$

c. Aire de ABCD $= 5 \times 4 = 20$ cm^2

Aire de ABC $= \dfrac{20}{2} = 10$ cm^2

d. $\cos \widehat{A} = \dfrac{AB}{AC} = \dfrac{4}{5} = 0{,}8$

e. Côté du carré $= \sqrt{25} = 5$ cm

Périmètre du carré $= 4 \times 5 = 20$ cm

2 ABC est rectangle en B donc :

$\cos \widehat{A} = \dfrac{AB}{AC} \qquad \sin \widehat{A} = \dfrac{BC}{AC}$

$$\cos^2 \widehat{A} + \sin^2 \widehat{A} = \left(\frac{AB}{AC}\right)^2 + \left(\frac{BC}{AC}\right)^2 = \frac{AB^2}{AC^2} + \frac{BC^2}{AC^2} = \frac{AB^2 + BC^2}{AC^2}$$

ABC est rectangle en B donc, d'après le théorème de Pythagore, on a $AC^2 = AB^2 + BC^2$.

On a donc :

$$\cos^2 \widehat{A} + \sin^2 \widehat{A} = \left(\frac{AB}{AC}\right)^2 + \left(\frac{BC}{AC}\right)^2 = \frac{AB^2 + BC^2}{AC^2} = \frac{AC^2}{AC^2} = 1.$$

3 **a.** On pose $a = BC$; $b = AC$ et $c = AB$.

On cherche a. On connaît b, c et $\widehat{A}$.

D'après la formule d'Al-Kashi, on a :

$a^2 = b^2 + c^2 - 2 \times b \times c \times \cos \widehat{A}$.

Donc $a^2 = 3^2 + 8^2 - 2 \times 3 \times 8 \times \cos 60°$

$= 9 + 64 - 48 \times 0{,}5 = 73 - 24 = 49$

$a = \sqrt{49} = 7$

b. On cherche $\widehat{B}$.

D'après la formule d'Al-Kashi, on a :

$b^2 = a^2 + c^2 - 2 \times a \times c \times \cos \widehat{B}$.

Donc $3^2 = 7^2 + 8^2 - 2 \times 7 \times 8 \times \cos \widehat{B}$

$9 = 49 + 64 - 112 \times \cos \widehat{B}$

$9 - 49 - 64 = -112 \times \cos \widehat{B}$

$-104 = -112 \times \cos \widehat{B}$

$\cos \widehat{B} = \dfrac{104}{112} = \dfrac{13}{14}$

Grâce à la calculatrice on obtient $\widehat{B} \approx 21{,}79°$.

La somme des angles d'un triangle est égale à 180°, donc $\widehat{A} + \widehat{B} + \widehat{C} = 180°$.

$\widehat{C} = 180° - (\widehat{A} + \widehat{B}) \approx 180° - (60° + 21{,}79°) \approx 98{,}21°$

4 **a.** On a $\cos^2 x + \sin^2 x = 1$ donc $0{,}8^2 + \sin^2 x = 1$

donc $\sin^2 x = 1 - 0{,}8^2 = 1 - 0{,}64 = 0{,}36$

$\sin x = \sqrt{0{,}36} = 0{,}6$ ou $\sin x = -0{,}6$

On a $\sin x > 0$ donc $\sin x = 0{,}6$.

b. On a $\cos^2 x + \sin^2 x = 1$ donc $\cos^2 x + \left(\dfrac{\sqrt{3}}{2}\right)^2 = 1$

donc $\cos^2 x = 1 - \dfrac{3}{4} = \dfrac{1}{4}$.

$\cos x = \sqrt{\dfrac{1}{4}} = \dfrac{\sqrt{1}}{\sqrt{4}} = \dfrac{1}{2} = 0{,}5$ ou $\cos x = -0{,}5$

On a $\cos x < 0$ donc $\cos x = -0{,}5$.

5 $A = (\cos x + \sin x)^2 + (\cos x - \sin x)^2$

$= \cos^2 x + 2 \times \cos x \times \sin x + \sin^2 x + \cos^2 x - 2 \times \cos x \times \sin x + \sin^2 x$

$= \cos^2 x + 2\cos x \sin x + \sin^2 x + \cos^2 x + 2\cos x \sin x + \sin^2 x$

$= \cos^2 x + \sin^2 x + \cos^2 x + \sin^2 x = 1 + 1 = 2$

6 **a.** $AB^2 = 10^2 = 100$

$AC^2 + BC^2 = 6^2 + 8^2 = 100$

$AB^2 = AC^2 + BC^2$ donc, d'après la réciproque du théorème de Pythagore, ABC est rectangle en C.

b. Aire de ABC $= \dfrac{AC \times BC}{2} = \dfrac{6 \times 8}{2} = 24$

En utilisant la hauteur (CH) de ABC, on obtient :

aire de ABC $= \dfrac{AB \times CH}{2} = \dfrac{10 \times CH}{2} = 5 \times CH$

Aire de ABC $= 24$, donc $5 \times CH = 24$

$CH = \dfrac{24}{5} = 4{,}8$

c. $(CH) \perp (AB)$ et $(FM) \perp (AB)$ donc $(CH) // (FM)$.

$(CH) // (FM)$ donc, d'après le théorème de Thalès, on a $\dfrac{AH}{AM} = \dfrac{CH}{FM}$ donc $\dfrac{AH}{7{,}5} = \dfrac{4{,}8}{FM}$.

ACH est rectangle en H donc, d'après le théorème de Pythagore, on a $AC^2 = AH^2 + CH^2$.

Donc $AH^2 = AC^2 - CH^2 = 6^2 - 4{,}8^2 = 12{,}96$

$AH = \sqrt{12{,}96} = 3{,}6$

On a donc $\dfrac{3{,}6}{7{,}5} = \dfrac{4{,}8}{FM}$ donc $FM = \dfrac{7{,}5 \times 4{,}8}{3{,}6} = 10$.

$(DM) // (CH)$ donc, d'après le théorème de Thalès, on a $\dfrac{BM}{BH} = \dfrac{DM}{CH}$ donc $\dfrac{BM}{BH} = \dfrac{DM}{4{,}8}$.

$BM = AB - AM = 10 - 7{,}5 = 2{,}5$

$BH = AB - AH = 10 - 3{,}6 = 6{,}4$

Donc $\dfrac{2{,}5}{6{,}4} = \dfrac{DM}{4{,}8}$, donc $DM = \dfrac{2{,}5 \times 4{,}8}{6{,}4} = 1{,}875$.

d. Aire de DMB $= \dfrac{BM \times DM}{2} = \dfrac{2{,}5 \times 1{,}875}{2} = 2{,}34375$

Aire de AMDC = aire de ABC − aire de DMB

$= 24 - 2{,}34375 = 21{,}65625$

Aire de CDF = aire de AMF − aire de AMDC

$= \dfrac{AM \times FM}{2} - 21{,}65625 = \dfrac{7{,}5 \times 10}{2} - 21{,}65625$

$= 15{,}84375$

7 **a.** Le volume est constitué de celui d'un cylindre et de celui d'un cône.

Dans le cylindre, on a la hauteur $H = 40$ m et le rayon $R = 15$ m. Le volume $\mathcal{V}$ du cylindre, en mètres cube, est :

$\mathcal{V}$ = aire de base × hauteur $= \pi \times 15^2 \times 40 = 9\,000\pi$.

Dans le cône, on a la hauteur $h = 6$ m et le rayon $R = 15$ m. Le volume $\mathcal{V}'$ du cône, en mètres cube, est :

$\mathcal{V}' = \dfrac{\text{aire de base} \times \text{hauteur}}{3} = \dfrac{\pi \times 15^2 \times 6}{3} = 450\pi$.

Le volume total, en mètres cube, est donc :

$\mathcal{V}'' = 9\,000\pi + 450\pi = 9\,450\pi$.

Le volume de ce solide est $9\,450\,\pi$ m^3.

b. $\mathcal{V}'' \approx 29\,688$ m^3, soit $\mathcal{V}'' \approx 29\,688\,000$ dm^3.

Or 1 L = 1 dm^3, donc $\mathcal{V}'' \approx 29\,688\,000$ L, c'est-à-dire $\mathcal{V}'' \approx 296\,880$ hL.

8 On a, en centimètres cube :

$$\mathcal{V} = \frac{\text{aire de base} \times \text{hauteur}}{3} = \frac{4^2 \times h}{3} = 150.$$

D'où $\dfrac{16h}{3} = 150 \Leftrightarrow 16h = 450 \Leftrightarrow h = \dfrac{450}{16} = 28{,}125$.

La hauteur de cette pyramide est 28,125 cm.

9 Le volume d'une balle correspond à :

$\mathcal{V} = \dfrac{4}{3}\pi r^3 = \dfrac{4}{3}\pi 3{,}3^3 = 47{,}916\pi$.

Le volume des quatre balles est donc $4\mathcal{V} = 191{,}664\pi$.

Le volume $\mathcal{V}'$ de la boîte cylindrique, de rayon 3,3 cm et de hauteur 26,4 cm (car $6{,}6 \times 4 = 26{,}4$), est :

$\mathcal{V}' = 3{,}3^2\,\pi \times 26{,}4 = 287{,}496\pi$.

Le volume restant vide dans la boîte pleine de balles est donc $\mathcal{V}' - \mathcal{V} = 287{,}496\pi - 191{,}664\pi$

$\mathcal{V}' - \mathcal{V} = 95{,}832\pi$, soit environ 301 cm^3.

→ Chapitre 21, page 111

1 **a.** 1 ; **b.** $\dfrac{3}{2}$; **c.** $\dfrac{1}{3}$; **d.** $-\dfrac{2}{3}$; **e.** $-\dfrac{3}{2}$; **f.** 0.

2 **1. a.** $2y = 5x \Leftrightarrow y = \dfrac{5}{2}x$

b. $2x + y = -3 \Leftrightarrow y = -2x - 3$

c. $3x - 5y = 2 \Leftrightarrow -5y = -3x + 2 \Leftrightarrow y = \dfrac{3}{5}x - \dfrac{2}{5}$

d. $-4x + 6y = 12 \Leftrightarrow 6y = 4x + 12 \Leftrightarrow y = \dfrac{2}{3}x + 2$

e. $-x - 4y = 4 \Leftrightarrow -4y = x + 4 \Leftrightarrow y = -\dfrac{1}{4}x - 1$

2. a. Le coefficient directeur est $\dfrac{5}{2}$.

b. Le coefficient directeur est -2.

c. Le coefficient directeur est $\dfrac{3}{5}$.

d. Le coefficient directeur est $\dfrac{2}{3}$.

e. Le coefficient directeur est $-\dfrac{1}{4}$.

3 **1. a.** C'est l'équation d'une droite.

b. $3xy = 4$ peut s'écrire $y = \dfrac{4}{3x}$, c'est l'équation d'une hyperbole.

c. $y = 3x^2 + 2x + 5$ est l'équation d'une parabole (voir le chapitre 28).

d. C'est l'équation d'une droite.

2. Les quatre équations sont équivalentes : elles représentent la même droite.

3. a. $y = -\dfrac{2}{3}x + 1$, **e.** $3y + 2x = 4$

et **d.** $5 - 6x - 9y = 0$ sont des équations de droite de coefficient directeur $-\dfrac{2}{3}$.

Ces trois équations sont donc des équations de droites parallèles entre elles.

f. $y = \dfrac{3}{2}x + 1$ **b.** $2y = 3x$ et **c.** $10y - 15x + 4 = 0$ sont des équations de droite de coefficient directeur $\dfrac{3}{2}$.

Ces trois équations sont donc des équations de droites parallèles entre elles.

4 $d_1 : x = 5$ $d_2 : y = 2x - 3$ $d_3 : y = -6$

$d_4 : y = -\dfrac{2}{3}x + 1$ $d_5 : y = x + 4$ $d_6 : y = -x + 4$.

5 **a., b., c.** et **d.**

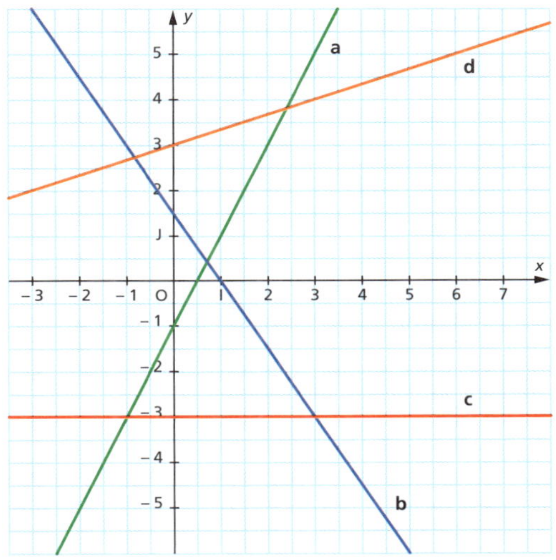

6

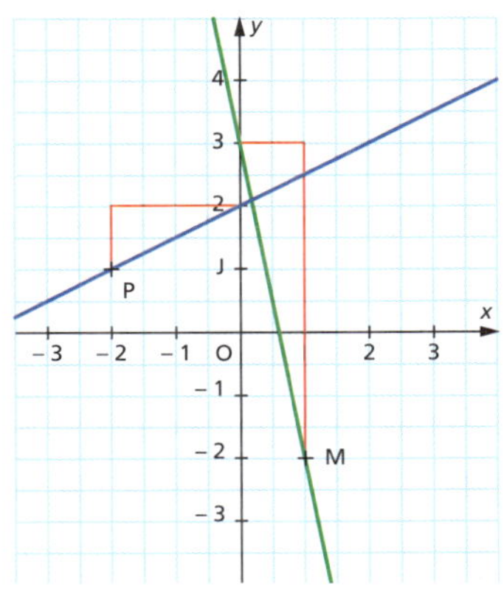

a. Le coefficient directeur de la droite est -5.

b. L'ordonnée à l'origine de la droite est 2.

7

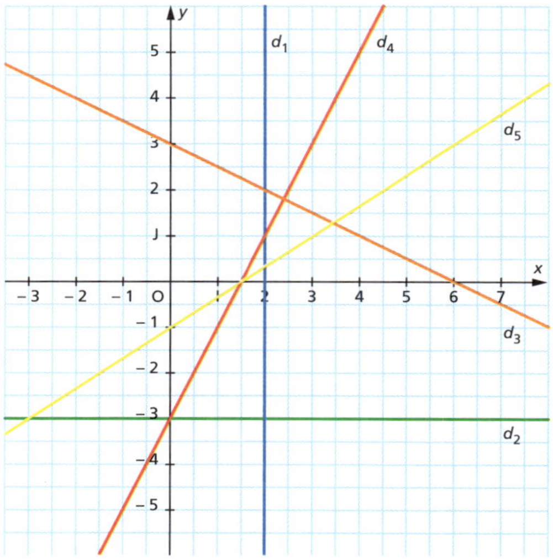

→ Chapitre 22, page 113

1 **a. Vrai**. $-2 \times 0 + 3 = 3$. Donc $A(0\,;3) \in d$.

b. Faux. $-2 \times (-2) + 3 = 7$. Donc $B(-2\,;-7) \notin d$.

c. Vrai. $-2 \times 0{,}5 + 3 = 2$. Donc $C(0{,}5\,;2) \in d$.

d. Faux. Une équation cartésienne de d est $-2x - y + 3 = 0$.

e. Vrai.

2 **a.** (LB) a pour coefficient directeur $\dfrac{3-0}{4+1} = \dfrac{3}{5}$.

(BF) a pour coefficient directeur $\dfrac{0-1}{-1-4} = \dfrac{1}{5}$.

b. Les deux points F et L ont la même abscisse. Donc la droite (FL) est parallèle à l'axe des ordonnées. On en conclut que la droite (FL) n'a pas de coefficient directeur et que son équation est $x = 4$.

3 **a.** d est la droite d'équation $6x - 2y = 5$.

Le vecteur $\vec{u}\begin{pmatrix}2\\6\end{pmatrix}$ est un vecteur directeur de d.

b. Si $x = 2$, alors $y = 3 \times 2 - \dfrac{5}{2} = \dfrac{7}{2}$.

Le point d'abscisse 2 est donc le point de coordonnées $\left(2\,;\dfrac{7}{2}\right)$.

Si $y = 3$, alors $3x - \dfrac{5}{2} = 3$. D'où $3x = \dfrac{11}{2}$, et donc $x = \dfrac{11}{6}$.

Le point d'ordonnée 3 est donc le point de coordonnées $\left(\dfrac{11}{6}\,;3\right)$.

4 La droite d a pour équation : $y = \dfrac{1}{3}x + 2$.

a. $3x + y = 2 \Leftrightarrow y = -3x + 2$. Cette équation n'est pas celle de d.

b. $x = 3y - 6 \Leftrightarrow y = \dfrac{1}{3}x + 2$. Cette équation est celle de d.

c. $\dfrac{1}{6}x - \dfrac{1}{2}y = -1 \Leftrightarrow \dfrac{1}{3}x - y = -2 \Leftrightarrow y = \dfrac{1}{3}x + 2$.

Cette équation est celle de d.

d. $6y - 2x = 12 \Leftrightarrow 6y = 2x + 12 \Leftrightarrow y = \dfrac{1}{3}x + 2$.

Cette équation est celle de d.

5 **a.** Aucun des points n'a la même abscisse ; donc on peut calculer le coefficient directeur m.

$m_{AB} = \dfrac{3-6}{3-0} = -1$ et $m_{AC} = \dfrac{3-0}{3-6} = -1$, donc les points A, B et C sont alignés.

b. $m_{AB} = \dfrac{3+5}{2+3} = \dfrac{8}{5} = 1{,}6$ et $m_{AC} = \dfrac{3+3}{2+2} = \dfrac{3}{2} = 1{,}5$, donc les points A, B et C ne sont pas alignés.

6 **a.** La droite d a pour coefficient directeur -2, son équation est donc de la forme :

$$y = -2x + p.$$

Pour calculer p, on remplace x et y respectivement par 3 et par -1 puisque la droite d passe par le point $P(3\,;-1)$. Alors $-1 = -2 \times 3 + p$, soit $p = 5$.

$d : y = -2x + 5$.

b. La droite d' a pour ordonnée à l'origine -3, son équation est donc de la forme :

$$y = mx - 3.$$

Pour calculer m, on remplace x et y respectivement par 4 et 1 puisque la droite d' passe par le point $R(4\,;1)$: $1 = 4m - 3$, soit $m = 1$.

$d' : y = x - 3$.

c. La droite d'' est parallèle à la droite d. Elle a donc le même coefficient directeur. Son équation est de la forme : $y = -2x + p$.

Pour calculer p, on remplace x et y respectivement par 2 et 3 puisque la droite d'' passe par le point $Q(2\,;3)$: $3 = -2 \times 2 + p$, soit $p = 7$.

$d'' : y = -2x + 7$.

7 **a.** $x_A \neq x_B$ donc l'équation de (AB) est de la forme $y = mx + p$.

$m = \dfrac{y_B - y_A}{x_B - x_A} = \dfrac{0-3}{-4{,}5-3} = \dfrac{-3}{-7{,}5} = 0{,}4$

$A \in (AB)$ donc $y_A = mx_A + p$

$3 = 0{,}4 \times 3 + p$

$3 = 1{,}2 + p$

$p = 3 - 1{,}2 = 1{,}8$

L'équation réduite de (AB) est $y = 0{,}4x + 1{,}8$.

b. Soit $M(x\,;y) \in (D)$. $\overrightarrow{CM}\begin{pmatrix}x+6\\y-4\end{pmatrix}$

$M \in (D) \Leftrightarrow \overrightarrow{CM}$ et $\vec{u}$ sont colinéaires.

$\Leftrightarrow \det(\overrightarrow{CM}\,;\vec{u}) = 0$

$\Leftrightarrow -6(x+6) - 5(y-4) = 0$

$\Leftrightarrow -6x - 36 - 5y + 20 = 0$

$\Leftrightarrow -6x - 5y - 16 = 0$

$-6x - 5y - 16 = 0$ est une équation cartésienne de (D).

c. Déterminons l'équation réduite de (D).

$-6x - 5y - 16 = 0$

$5y = -6x - 16$

$y = -1{,}2x - 3{,}2$

$y = -1{,}2x - 3{,}2$ est l'équation réduite de (D).

On résout l'équation $0{,}4x + 1{,}8 = -1{,}2x - 3{,}2$.

$$0{,}4x + 1{,}8 = -1{,}2x - 3{,}2 \Leftrightarrow 0{,}4x + 1{,}2x = -3{,}2 - 1{,}8$$
$$\Leftrightarrow 1{,}6x = -5$$
$$\Leftrightarrow x = \frac{-5}{1{,}6} = -3{,}125$$

$E \in (D)$ donc $y_E = -1{,}2x_E - 3{,}2$
$$= -1{,}2 \times (-3{,}125) - 3{,}2$$
$$= 0{,}55$$

E a pour coordonnées $(-3{,}125 ; 0{,}55)$.

8 Pour résoudre graphiquement le système d'équations, on transforme les équations :

$$\begin{cases} x + y = 2 \\ 6x - 3y = -12 \end{cases} \Leftrightarrow \begin{cases} y = -x + 2 \\ y = 2x + 4 \end{cases}$$

On trace les deux droites ainsi définies en calculant quelques ordonnées de points.

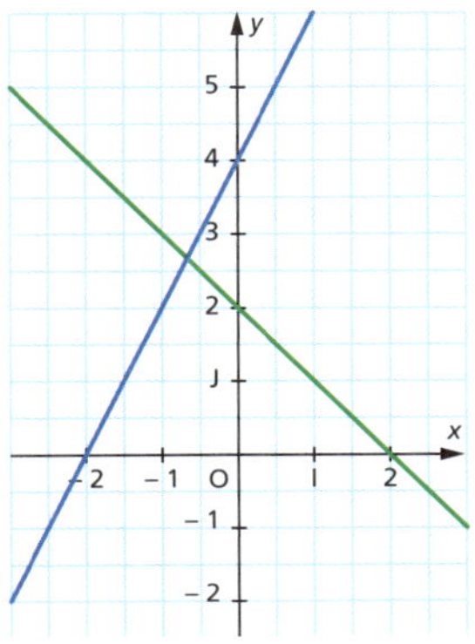

Le point d'intersection des deux droites a pour coordonnées environ $(-0{,}6 ; 2{,}6)$. Ces lectures n'étant pas précises, on va vérifier ces coordonnées par le calcul.

Résolution algébrique :

$$-x + 2 = 2x + 4 \Leftrightarrow 3x = -2 \Leftrightarrow x = -\frac{2}{3}.$$

On remplace x par $-\frac{2}{3}$ dans la première équation :

$$y = \frac{2}{3} + 2 = \frac{8}{3}.$$

La solution du système est le couple $\left(-\frac{2}{3} ; \frac{8}{3}\right)$.

9 **a.** Sur $]-\infty ; 3[$, la droite d est au-dessus de d'.

Sur $]3 ; +\infty[$, la droite d est en dessous de la droite d'.

Le point d'intersection des deux droites est le point de coordonnées $(3 ; 1)$.

b. L'équation de la droite d est $y = -\frac{1}{6}x + \frac{3}{2}$.

Celle de la droite d' est $y = \frac{2}{3}x - 1$.

La droite d est au-dessus de la droite d' quand $-\frac{1}{6}x + \frac{3}{2} > \frac{2}{3}x - 1$,

soit :

$$-\frac{1}{6}x - \frac{2}{3}x > -1 - \frac{3}{2} \Leftrightarrow -\frac{5}{6}x > -\frac{5}{2} \Leftrightarrow x < -\frac{5}{2} \times -\frac{6}{5}$$

c'est-à-dire $x < 3$.

On retrouve bien les résultats lus graphiquement.

10 **a.** $ax + b = a'x + b' \Leftrightarrow ax - a'x = b' - b$
$$\Leftrightarrow x(a - a') = b' - b$$
$$\Leftrightarrow x = \frac{b' - b}{a - a'} \quad (\text{si } a \neq a')$$

Si $a \neq a'$, la solution de l'équation d'inconnue x : $ax + b = a'x + b'$ est : $\frac{b' - b}{a - a'}$.

b.

```
Variables :
a, b, a', b', x, y.
Début algorithme
Saisir a
Saisir b
Saisir a'
Saisir b'
   Si a = a'
      Afficher message : « Les droites (D) et (D') sont parallèles »
   Fin si
   Si a ≠ a'
      x prend la valeur (b' – b)/(a – a')
      y prend la valeur a × x + b
      Afficher message : « L'abscisse du point d'intersection entre (D) et (D') est : »
      Afficher x
      Afficher message : « L'ordonnée du point d'intersection entre (D) et (D') est : »
      Afficher y
   Fin si
Fin algorithme
```

→ Chapitre 23, page 115

1 **1. b.** $f(0) = \frac{1}{2}$ **2. b.** $g(0) = 3$ **3. c.** $u(0) = 1$

4. a. $h(0) = 0$

2 À la 1re étape, on obtient $3x$.

2e étape : on obtient $3x + 1$.

3e étape : on obtient $(3x + 1)^2 - 5$.

D'où $R(x) = (3x + 1)^2 - 5$.

3 **a.** L'image de 7 par ***f*** est **6**.

b. Un antécédent de 6 par f est **7**.

c. 5 est **l'image** de **3** par ***f***.

d. 3 est un **antécédent** de **5** par ***f***.

4 **a.** On a $D = VT$ donc : $\frac{D}{T} = \frac{VT}{T}$.

D'où $\frac{D}{T} = V$ et $V = \frac{D}{T}$.

b. On a $D = VT$ donc : $\frac{D}{V} = \frac{VT}{V}$ donc $\frac{D}{V} = T$ et $T = \frac{D}{V}$.

5 **a.** $f(2) = 2 \times 2^3 - 4 \times 2^2 - 4 \times 2 + 1$
$$= 2 \times 8 - 4 \times 4 - 8 + 1 = -7$$

L'image de 2 par f est -7.

b. $f(2) = 2 \times (-2)^3 - 4 \times (-2)^2 - 4 \times (-2) + 1$
$$= 2 \times (-8) - 4 \times 4 + 8 + 1 = -16 - 16 + 9$$
$$= -32 + 9 = -23$$

L'image de -2 par f est -23.

c. $f(0) = 2 \times 0^3 - 4 \times 0^2 - 4 \times 0 + 1 = 1$

L'image de 0 par f est 1.

d.

x	2	–2	0
$f(x)$	–7	–23	1

6 **a.** On résout l'équation $f(x)=8$

$\frac{2x+7}{5}=8 \Leftrightarrow 2x+7=40$

$\Leftrightarrow x=\frac{40-7}{2}=\frac{33}{2}$

$\frac{33}{2}$ est l'antécédent de 8 par f.

b. On résout l'équation $g(x)=5$

$g(x)=5 \Leftrightarrow 2x^2+3=5$

$\Leftrightarrow 2x^2+3-5=0$

$\Leftrightarrow 2x^2-2=0$

$\Leftrightarrow 2(x^2-1)=0$

$\Leftrightarrow x^2-1=0$

$\Leftrightarrow x^2-1^2=0$

$\Leftrightarrow (x+1)(x-1)=0$

$\Leftrightarrow x=1 \quad \text{ou} \quad x=-1$

Donc les antécédents de 5 par g sont 1 et –1.

7

x	3	5	0	1
$f(x)$	4	3	–2	0

8 **a.** $E \in [BC]$ donc $x \in [0\,;10]$.

b. (EF) et (AB) sont perpendiculaires à (BC) donc (EF) et (AB) sont parallèles.

(EF)//(AB) donc d'après le théorème de Thalès on a :

$\frac{EC}{BC}=\frac{EF}{AB}=\frac{CF}{CA}$

Donc : $\frac{x}{10}=\frac{EF}{8}$ donc $EF=\frac{8x}{10}=0{,}8x$

c. $f(x)=\frac{EF\times EC}{2}=\frac{0{,}8x\times x}{2}=0{,}4x^2$

d. $g(x)=\text{Aire de ABC}-f(x)=\frac{AB\times BC}{2}-0{,}4x^2$

$=\frac{10\times 8}{2}-0{,}4x^2=40-0{,}4x^2$

e. $f(x)=g(x) \Leftrightarrow 0{,}4x^2=40-0{,}4x^2$

$\Leftrightarrow 0{,}8x^2=40$

$\Leftrightarrow x^2=\frac{40}{0{,}8}=50$

$\Leftrightarrow x=-\sqrt{50} \quad \text{ou} \quad x=\sqrt{50}$

Comme x doit être comprise entre 0 et 10, on a une seule solution : $x=\sqrt{50}$.

9 On entre l'expression de g dans la calculatrice en n'oubliant pas les parenthèses autour de $(x+2)$.

Pour les quatre premières valeurs (calculs d'images), on obtient directement les résultats. Pour les quatre dernières valeurs (calculs d'antécédents), il faut tâtonner en naviguant dans le tableur.

Pour la dernière colonne, –2 est la seule valeur interdite.

Le tableur nous donne les valeurs suivantes :

x	1	2	3	4	2,58	**10**	**13**	**–14**	**–2**
$g(x)$	**–20**	**–15**	**–12**	**–10**	**–13,1**	–5	–4	5	erreur

→ Chapitre 24, page 117

1 **a.** 3 est l'abscisse de A.

b. 3 est un antécédent de 5.

c. 5 est l'image de 3.

2 **a.** L'ensemble de définition $\mathcal{D}_f$ de f est $\mathcal{D}_f=[-5\,;8]$.

b. L'image de –5 par f est –4.

L'image de 3 par f est 3.

L'image de 0 par f est 1.

c. Les antécédents de 0 par f sont –1 et 7.

Les antécédents de 1 par f sont 0 ; 6 et 8.

4 n'a pas d'antécédent par f.

d.

x	–5		–1		7		8
Signe de $f(x)$		–	0	+	0	+	

3 **a.** D'après la courbe, les antécédents de 2 par f sont –2, 0 et 2.

b. Pour le vérifier, on résout l'équation $f(x)=2$:

$-x^3+4x+2=2 \Leftrightarrow -x^3+4x=0$

$\Leftrightarrow x(-x^2+4)=0$

$\Leftrightarrow x(4-x^2)=0$

$\Leftrightarrow x(2^2-x^2)=0$

$\Leftrightarrow x(2-x)(2+x)=0$

$\Leftrightarrow x=0 \text{ ou } 2-x=0 \text{ ou } 2+x=0$

$\Leftrightarrow x=0 \text{ ou } x=2 \text{ ou } x=-2$

Les antécédents de 2 par f sont donc bien 0 ; 2 et –2.

4 **1. a.** $S=\{-1\,;-0{,}5\,;2\}$

b. $S=[-2\,;-1[\,\cup\,]-0{,}5\,;2[$

c. $S=[-2\,;-1]\cup[-0{,}5\,;2]$

d. $S=]-1\,;-0{,}5[\,\cup\,]2\,;2{,}5]$

e. $S=[-1\,;-0{,}5]\cup[2\,;2{,}5]$

2. a. Faux : $x=-2$ est un contre-exemple.

b. Vrai.

c. Vrai.

d. Vrai, la courbe traverse trois fois l'axe des abscisses.

e. Faux, l'antécédent de 3 est compris entre –2 et –1.

f. Vrai.

g. Faux, –1 a trois antécédents (un positif et deux négatifs).

3. a. Si $x\in[-2\,;-1]$, alors $f(x)\in[-1{,}5\,;4{,}5]$.

b. Si $x\in\,]0\,;2]$, alors $f(x)\in[-1{,}5\,;1{,}5]$.

Attention, ici il faut chercher la valeur maximale et la valeur minimale de f sur tout l'intervalle $]0\,;2]$. Les seules images de 0 et de 2 ne suffisent pas.

5 **a.** $f(0) = 0^2 + 2 \times 0 + 1 = 1$; $f(0) \neq 3$ donc $\text{A}(0\,;3) \notin \mathscr{C}_f$.

b. On utilise la même méthode pour vérifier que $\text{B}(-1\,;0) \in \mathscr{C}_f$.

c. $\text{C}(-2\,;-7) \notin \mathscr{C}_f$.

d. $\text{D}(1\,;0) \notin \mathscr{C}_f$.

→ Chapitre 25, page 119

1 Réponses **b** et **c**. Les inégalités $f(-5) < f(3)$ et $f(4) < 0$ sont vraies.

2 **a.** L'intervalle de définition de f est $\mathscr{D}_f = [-2\,;2]$.

b. Le tableau de variations est :

x	-2		-1		1		2
Variations de f	3	↘	-1	↗	3	↘	-1

3 **a.** $f(1) > -6$. **b.** $f(1) < 4$. **c.** $f(4) > -6$. **d.** $f(4) < 7$. **e.** On ne peut pas savoir. **f.** $f(1) < f(6)$. **g.** On ne peut pas savoir. **h.** $f(5{,}5) > f(-1)$.

4 **a.** En intégrant la donnée supplémentaire, le tableau de variations peut aussi être représenté comme suit.

x	1		2		3		5
Variations de f	-4	↗	0	↗	5	↘	2

D'où : $f(1{,}5) < 0$; $f(2{,}5) > 0$; $f(4) > 0$.

b. $f(x) > 0$ si $x \in \,]2\,;5]$.

c. $f(x) < 0$ si $x \in [1\,;2[$.

d. On a donc :

$f(x) < 0$ si $x \in [1\,;2[$;

$f(x) = 0$ si $x = 2$;

$f(x) > 0$ si $x \in \,]2\,;5]$.

D'où le tableau de signes de f.

x	1		2		5
Signe de f		$-$	0	$+$	

5 Les renseignements **3.** et **5.** indiquent que 3 est le maximum de u sur $[0\,;2]$. Comme 3 est l'image de 1, on en déduit que u est décroissante après la valeur 1.

x	-2		-1		1		2
Variations de u		↘	0	↗	3	↘	

→ Chapitre 26, page 121

1 La fonction f est paire.

La fonction g est impaire.

Les fonctions h et k ne sont ni paires ni impaires.

2 **a.** $f(-1{,}5) > g(-1{,}5)$ $\quad f(-1) = g(-1)$

$f(-0{,}5) < g(-0{,}5)$ $\quad f(1) < g(1)$

$f(2) = g(2)$ $\quad f(3) > g(3)$

b. $\text{S} = \,]-1\,;2[$

3 $f(-x) = \dfrac{3}{(-x)^3 - 8(-x)} = \dfrac{3}{-x^3 + 8x} = \dfrac{3}{-(x^3 - 8x)}$

$= -f(x)$

f est donc impaire.

$g(-x) = \dfrac{3(-x)^2}{(-x)^2 - 8} = \dfrac{3x^2}{x^2 - 8} = g(x)$

g est donc paire.

$h(-x) = \dfrac{3(-x)}{(-x)^3 - 8} = \dfrac{-3x}{-x^3 - 8} = \dfrac{3x}{x^3 + 8}$

h n'est ni paire ni impaire.

$t(-x) = \sqrt{(-x)^2 + 8} = \sqrt{x^2 + 8} = t(x)$

t est donc paire.

4

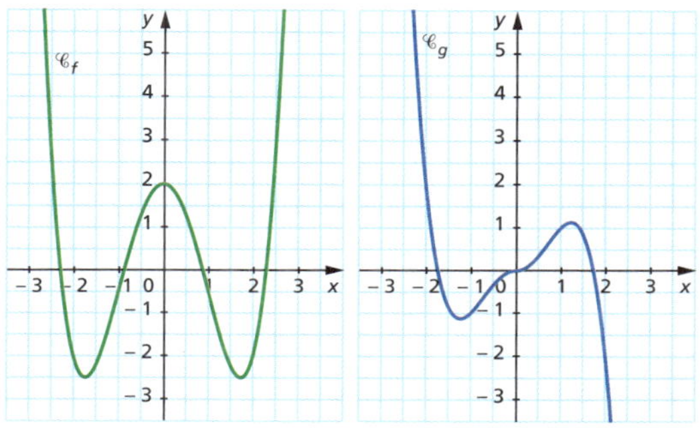

5 **a.** $\text{S} = \{-2\,;-1\,;1\}$

b. $\text{S} = \,]-2\,;-1[\, \cup \,]1\,;1{,}5]$

c. $\text{S} = [-2{,}5\,;-2] \cup [-1\,;1]$

d. $\mathscr{C}_f$ est au-dessus de $\mathscr{C}_g$ sur $[-2{,}5\,;-2[\, \cup \,]-1\,;1[$.

$\mathscr{C}_f$ est en dessous de $\mathscr{C}_g$ sur $]-2\,;-1[\, \cup \,]1\,;1{,}5]$.

6 **a.** On résout l'équation $f(x) = g(x)$.

$-x^2 + 2x + 1 = x^2 + 6x + 1$

$\Leftrightarrow -x^2 + 2x + 1 - (x^2 + 6x + 1) = 0$

$\Leftrightarrow -x^2 + 2x + 1 - x^2 - 6x - 1 = 0$

$\Leftrightarrow -2x^2 - 4x = 0$

$\Leftrightarrow x(-2x - 4) = 0$

$\Leftrightarrow x = 0$ ou $-2x - 4 = 0$

$\Leftrightarrow x = 0$ ou $x = \dfrac{4}{-2} = -2$

Les abscisses des points d'intersection de $\mathscr{C}_f$ et $\mathscr{C}_g$ sont 0 et -2.

Il reste à calculer les ordonnées de ces points.

On utilise $f(x)$ ou $g(x)$: $g(0) = 0^2 + 6 \times 0 + 1 = 1$

et $g(-2) = (-2)^2 + 6 \times (-2) + 1 = -7$.

Les coordonnées des points d'intersection de $\mathscr{C}_f$ et $\mathscr{C}_g$ sont $(0\,;1)$ et $(-2\,;-7)$.

b. $f(x) - g(x) = -x^2 + 2x + 1 - (x^2 + 6x + 1)$

$= -2x^2 - 4x = x(-2x - 4)$

On étudie le signe de $x(-2x - 4)$:

$-2x - 4 = 0 \Leftrightarrow x = -2$

x	$-\infty$	-2	0	$+\infty$
Signe de x	$-$	| $-$	0 $+$	
Signe de $-2x-4$	$+$	0 $-$	| $-$	
Signe de $f(x)-g(x)$	$-$	0 $+$	0 $-$	

$f(x)-g(x)>0$ sur $]-2\,;0[$, donc $f(x)>g(x)$ sur $]-2\,;0[$. La courbe $\mathscr{C}_f$ est donc au-dessus de la courbe $\mathscr{C}_g$ sur $]-2\,;0[$.
$\mathscr{C}_f$ est en dessous de $\mathscr{C}_g$ sur $]-\infty\,;-2[\,\cup\,]0\,;+\infty[$.

→ Chapitre 27, page 123

1 La fonction k est linéaire et affine.

Les fonctions f, g, w sont affines et non linéaires.

Les autres fonctions ne sont ni affines ni linéaires.

2 u est linéaire, $u(x)$ s'écrit donc sous la forme : $u(x)=ax$.

On a $u(5)=15$ donc $5a=15$ et $a=\frac{15}{5}=3$.

On a ainsi $u(x)=3x$.

On passe de la première ligne à la deuxième en multipliant par 3 et de la deuxième à la première ligne en divisant par 3. On obtient donc le tableau suivant.

x	0	5	**12**
u(x)	**0**	15	36

3 Si f est affine, alors elle peut s'écrire : $f(x)=ax+b$.

On a $f(0)=5$ donc $f(0)=a\times 0+b=5$, d'où $b=5$.

$f(2)=10$ donc $f(2)=a\times 2+b=2a+5=10$.

On résout l'équation $2a+5=10$ pour trouver a :

$2a+5=10 \Leftrightarrow 2a=10-5=5 \Leftrightarrow a=\frac{5}{2}=2{,}5$.

$f(x)$ serait ainsi égale à : $f(x)=2{,}5x+5$.

Vérifions si $f(4)=15$. On a : $f(4)=2{,}5\times 4+5=15$.

f peut être une fonction affine.

4
$$\begin{aligned} h(x) &= (2x-1)^2+2(x+5)(3-2x)\\ &= 4x^2-4x+1+2(3x-2x^2+15-10x)\\ &= 4x^2-4x+1+6x-4x^2+30-20x\\ &= -18x+31\end{aligned}$$

h est donc affine.

5 **a.** $f: x \mapsto f(x)=5x+2$

Cette fonction est affine. Son coefficient est 5, positif.

f est donc croissante.

b. $f: x\mapsto f(x)=6-4x$

Cette fonction peut s'écrire : $-4x+6$, elle est donc affine. Son coefficient est -4, négatif.

f est décroissante.

c. $f: x\mapsto f(x)=\frac{1}{x}$

Cette fonction n'est pas affine, car x est ici au dénominateur.

d. $f: x\mapsto f(x)=\frac{x-1}{3}$

Cette fonction peut s'écrire $\frac{1}{3}x-\frac{1}{3}$. Elle est donc affine, de coefficient $\frac{1}{3}$, positif.

f est croissante.

e. $f: x\mapsto f(x)=\frac{2-x}{-2}$

Cette fonction peut s'écrire $\frac{1}{2}x-1$. Elle est donc affine, de coefficient $\frac{1}{2}$, positif.

f est croissante.

f. $f: x\mapsto f(x)=\frac{x}{-\sqrt{2}}$

Cette fonction est affine, de coefficient $\frac{-1}{\sqrt{2}}$, négatif.

f est décroissante.

6 La fonction f s'écrit $f(x)=ax+b$,

avec $a=\frac{f(-2)-f(6)}{-2-6}=\frac{1-5}{-2-6}=\frac{1}{2}$.

En remplaçant a par $\frac{1}{2}$, on obtient $f(x)=\frac{1}{2}x+b$.

On a $f(6)=5 \Leftrightarrow \frac{1}{2}\times 6+b=5 \Leftrightarrow b=2$.

On a donc $f(x)=\frac{1}{2}x+2$.

7 **a.** « x est le côté d'un carré et y le périmètre de ce carré » se traduit par $y=4x$.

C'est donc une fonction affine (et linéaire).

b. « x est le côté d'un carré et y l'aire de ce carré » se traduit par $y=x^2$.

Ce n'est pas une fonction affine.

c. Le cours du dollar par rapport à l'euro n'est autre qu'un coefficient de proportionnalité entre l'euro et le dollar. Il varie, mais la fonction sera de toutes façons linéaire, donc affine.

d. Il n'existe aucun moyen de relier le poids et la taille d'un adulte par une relation mathématique.

8 Soit $p(x)$ le prix de la course et x la distance. Les deux grandeurs sont reliées par une fonction affine :

$p(x)=$ prix au kilomètre $\times$ nombre de kilomètres $+$ forfait.

Le prix au kilomètre est donné par le coefficient a :

$a=\frac{41-35}{18-15}=2$.

Le prix au kilomètre est donc de 2 €.

Le coefficient b correspond au forfait. On a :

$p(15)=2\times 15+b=35$, d'où $b=35-30=5$.

Le forfait est donc de 5 € par course.

Le prix d'une course en fonction de la distance est donc donné par $p(x)=2x+5$.

9 **Détermination d'une fonction affine**

Variables : a, b, x, y, x', y', n, d nombres
Entrée
  Saisir x, y, x', y'
Traitement
  n prend la valeur $y - y'$
  d prend la valeur $x - x'$
  a prend la valeur $\frac{n}{d}$
  b prend la valeur $y - a \times x$
Fin
  Afficher a
  Afficher b

→ Chapitre 28, page 125

1 **a.** 9 ; **b.** 4 ; **c.** 1 ; **d.** 0,25 ; **e.** 0,01 ; **f.** 10^{10} ; **g.** 10^4 ; **h.** 10^{-8}

2 **a.** $1 < x^2 < 4$.

b. $0 < x^2 < 4$.

c. $0 < x^2 < 4$: si x varie entre -1 et 2, la valeur minimale de x^2 est atteinte en 0, elle correspond à 0.

3 **a.** On a $-\frac{4}{7} < -\frac{2}{7}$ et ces nombres sont négatifs. La fonction carré étant décroissante sur $]-\infty ; 0]$, on conclut : $\left(-\frac{4}{7}\right)^2 > \left(-\frac{2}{7}\right)^2$.

b. On a $-\pi > -3\pi$ et ces nombres sont négatifs. La fonction carré étant décroissante sur $]-\infty ; 0]$, on conclut : $(-\pi)^2 < (-3\pi)^2$.

4 **a.** Comme $1 < x < 3$, on est sur $[0 ; +\infty[$. La fonction carré est croissante, donc $1^2 < x^2 < 3^2$, soit : $1 < x^2 < 9$.

b. Comme $-2 > x > -4$, on est sur $]-\infty ; 0]$. La fonction carré est décroissante, donc $(-2)^2 < x^2 < (-4)^2$, soit : $4 < x^2 < 16$.

c. $x \in [-1 ; 0] \Leftrightarrow -1 \leqslant x \leqslant 0$, on est sur $]-\infty ; 0]$.

La fonction carré est décroissante, donc : $(-1)^2 \geqslant x^2 \geqslant 0$, soit $x^2 \in [0 ; 1]$.

5 On a $x < y < z < t < 0$, on est donc sur l'intervalle $]-\infty ; 0]$.

La fonction carré est décroissante sur cet intervalle, les carrés de ces nombres sont donc rangés dans le sens inverse. On a donc $0 < t^2 < z^2 < y^2 < x^2$.

6 **a.** La fonction carré étant décroissante sur $]-\infty ; 0]$: $x < y < 0 \Leftrightarrow x^2 > y^2 > 0$.

En multipliant par 3, on obtient $3x^2 > 3y^2$.

Et en ajoutant -2, on a $3x^2 - 2 > 3y^2 - 2$.

b. $2 < x < y \Leftrightarrow -y < -x < -2$

$\Leftrightarrow 2 - y < 2 - x < 0$

La fonction inverse étant décroissante sur $]-\infty ; 0[$, on obtient :

$$\frac{1}{2-x} < \frac{1}{2-y}, \text{ puis } -\frac{5}{2-x} > -\frac{5}{2-y}$$

c. La fonction carré étant croissante sur $[0 ; +\infty[$:

$a > b > 0 \Leftrightarrow a^2 > b^2 > 0$

$\Leftrightarrow 7 + a^2 > 7 + b^2 > 7$

La fonction inverse étant décroissante sur $[7 ; +\infty[$, on obtient :

$$\frac{1}{7+a^2} < \frac{1}{7+b^2}, \text{ puis } \frac{5}{7+a^2} < \frac{5}{7+b^2}$$

7 **a.**

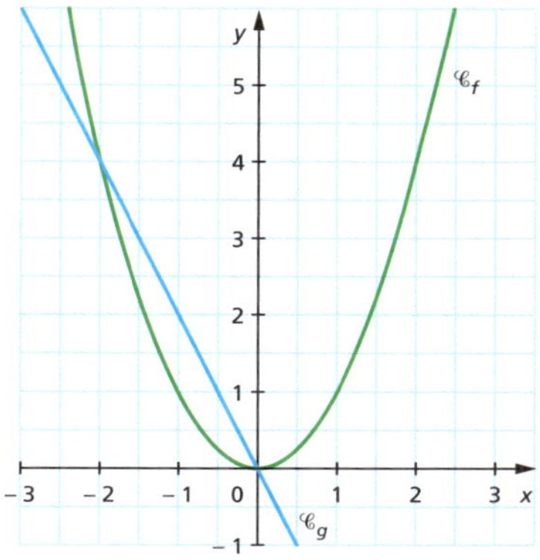

b. Graphiquement, les points d'intersection des deux courbes sont les points de coordonnées (0 ; 0) et (–2 ; 4).

Sur $[-2 ; 0]$, la courbe de g est au-dessus de celle de f.

Sur $]-\infty ; -2] \cup [0 ; +\infty[$, la courbe de g est en dessous de la courbe de f.

c. Pour trouver les points d'intersection, on résout $f(x) = g(x)$, soit :

$x^2 = -2x \Leftrightarrow x^2 + 2x = 0 \Leftrightarrow x(x+2) = 0$

$\Leftrightarrow x = 0$ ou $x = -2$.

Les abscisses des deux points d'intersection sont bien 0 et -2.

Pour trouver leurs ordonnées, on calcule les images par f ou par g de 0 et de -2. On obtient bien 0 et 4.

Pour étudier les positions relatives des courbes, il faut étudier le signe de $f(x) - g(x)$, c'est-à-dire de $x(x+2)$. D'où le tableau de signes :

x	$-\infty$		-2		0		$+\infty$
Signe de x		$-$		$-$	0	$+$	
Signe de $x+2$		$-$	0	$+$		$+$	
Signe de $x(x+2)$		$+$	0	$-$	0	$+$	

Sur $]-2 ; 0[$, $f(x) - g(x) < 0$.

La courbe de g est au-dessus de la courbe de f.

Sur $]-\infty ; -2[\cup]0 ; +\infty[$, $f(x) - g(x) > 0$. La courbe de g est en dessous de la courbe de f.

8

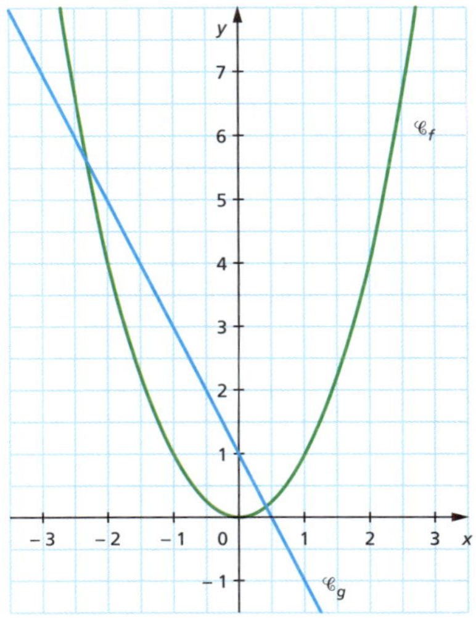

D'après le graphique, la courbe représentative de g est au-dessus de celle de f sur $]-2{,}3\,;0{,}4[$.

Donc $f(x) < g(x)$ sur ce même intervalle, soit $f(x) - g(x) < 0$ sur $]-2{,}3\,;0{,}4[$.

Donc $S =]-2{,}3\,;0{,}4[$.

La précision de cette résolution est bien sûr insuffisante. La résolution algébrique exacte sera étudiée en classe de Première.

9 **a.** On a $7 < 8$, d'où $\frac{1}{7} > \frac{1}{8}$. Donc $-\frac{1}{7} < -\frac{1}{8}$.

b. On a $\pi < 2\pi$, donc $\frac{1}{\pi} > \frac{1}{2\pi}$.

c. On a $\sqrt{3} > \sqrt{2}$, donc $\frac{1}{\sqrt{3}} < \frac{1}{\sqrt{2}}$.

10 **a.** $1 < x < 3 \Leftrightarrow \frac{1}{3} < \frac{1}{x} < 1$.

b. $-2 > x > -4 \Leftrightarrow -\frac{1}{2} < \frac{1}{x} < -\frac{1}{4}$.

c. $x \in [-3\,;-1] \Leftrightarrow -3 \leqslant x \leqslant -1 \Leftrightarrow -1 \leqslant \frac{1}{x} \leqslant -\frac{1}{3}$.

11 On range d'abord les nombres donnés dans l'ordre croissant : $0{,}125 < 0{,}2 < \frac{1}{4} < \frac{5}{3} < 13{,}5$.

Ces nombres sont positifs : comme la fonction inverse est décroissante sur $[0\,;+\infty[$, les inverses de ces nombres sont rangés dans l'ordre inverse. On a donc :

$\frac{1}{13{,}5} < \frac{3}{5} < 4 < \frac{1}{0{,}2} < \frac{1}{0{,}125}$.

12 **a.**

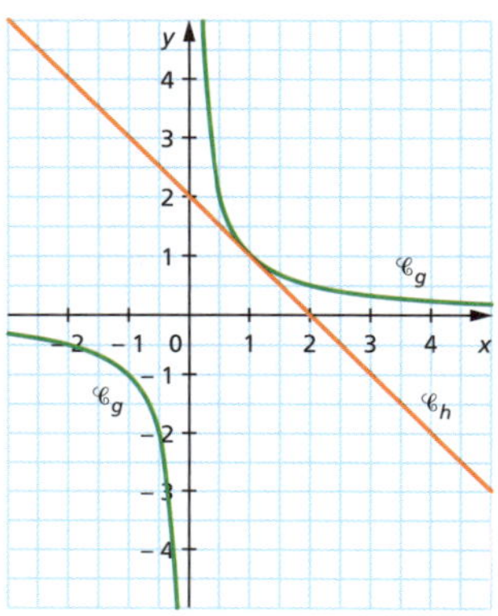

b. Graphiquement, la courbe représentative de g est en dessous de la droite sur $]-\infty\,;0[$ et au-dessus de la droite sur $]0\,;+\infty[$. Les deux courbes semblent se couper au point de coordonnées $(1\,;1)$.

c. Pour trouver les points d'intersection par le calcul, on résout l'équation $g(x) = h(x)$, soit :

$\frac{1}{x} = (2-x) \Leftrightarrow 1 = x(2-x)$ (avec $x \neq 0$)

$\Leftrightarrow x^2 - 2x + 1 = 0 \Leftrightarrow (x-1)^2 = 0$

Cette équation admet une seule solution : $x = 1$.

Il ne reste qu'à calculer l'image de 1 :

$h(1) = 2 - 1 = 1$. Les deux courbes se coupent bien au point de coordonnées $(1\,;1)$.

Pour étudier les positions relatives des deux courbes, il faut étudier le signe de $g(x) - h(x)$ (voir le chapitre 26) :

$g(x) - h(x) = \frac{1}{x} - (2-x) = \frac{1 - x(2-x)}{x}$

$= \frac{x^2 - 2x + 1}{x} = \frac{(x-1)^2}{x}$.

Le numérateur est un carré, il est donc toujours positif.

Le signe de $g(x) - h(x)$ est donc le même que x :
sur $]-\infty\,;0[$, $g(x) - h(x) < 0$
et sur $]0\,;+\infty[$, $g(x) - h(x) > 0$.

La courbe représentative de g est en dessous de la droite sur $]-\infty\,;0[$ et au-dessus de la droite sur $]0\,;+\infty[$.

13 **a.** N est sur la courbe de la fonction inverse. Donc, si son abscisse est 2, son ordonnée est $\frac{1}{2}$.

De même, M a pour coordonnées $\left(\frac{1}{2};2\right)$.

Soit f la fonction affine dont la représentation est la droite (MN).

$f(x) = mx + p$, avec $m = \dfrac{2 - \frac{1}{2}}{\frac{1}{2} - 2} = -1$.

D'où $f(x) = -x + p$.

$2 = -\frac{1}{2} + p$, d'où $p = 2 + \frac{1}{2} = \frac{5}{2}$.

On a donc $f(x) = -x + \frac{5}{2}$.

b. X a pour ordonnée 0, on cherche donc l'antécédent de 0 : $f(x) = -x + \frac{5}{2} = 0 \Leftrightarrow x = \frac{5}{2}$.

$X\left(\frac{5}{2};0\right)$

Y a pour abscisse 0, donc on cherche l'image de 0 :

$f(0) = -0 + \frac{5}{2} = \frac{5}{2}$

$Y\left(0;\frac{5}{2}\right)$

c. Le milieu de [MN] a pour coordonnées :

$\left(\dfrac{\frac{1}{2}+2}{2};\dfrac{2+\frac{1}{2}}{2}\right) = \left(\frac{5}{4};\frac{5}{4}\right)$.

Et le milieu de [XY] a pour coordonnées :

$\left(\dfrac{\frac{5}{2}+0}{2};\dfrac{0+\frac{5}{2}}{2}\right) = \left(\frac{5}{4};\frac{5}{4}\right)$.

[MN] et [XY] ont donc le même milieu.

→ Chapitre 29, page 127

1 $\sqrt{(-3)^2} = 3$

$\sqrt{12} = 2\sqrt{3}$

$(\sqrt{9})^2 = 9$

$\sqrt{6} = \sqrt{2} \times \sqrt{3}$

$-\sqrt{9} = -3$

$(-\sqrt{6})^2 = 6$

2 **a.** $4\sqrt{9} = 4 \times 3 = 12$

b. $(\sqrt{3})^2 \times (\sqrt{5})^2 = 3 \times 5 = 15$

c. $2^3 \times \sqrt{4} = 8 \times 2 = 16$

d. $(\sqrt{4})^3 = 2^3 = 8$

3 **a.** $A = 3\sqrt{50} = 3 \times \sqrt{25 \times 2} = 3 \times \sqrt{25} \times \sqrt{2}$

$= 3 \times 5 \times \sqrt{2} = 15\sqrt{2}$

$B = 3\sqrt{20} = 3 \times \sqrt{4 \times 5} = 3 \times \sqrt{4} \times \sqrt{5} = 3 \times 2 \times \sqrt{5}$

$= 6\sqrt{5}$

$C = 2\sqrt{3} + 5\sqrt{12} + 4\sqrt{27} = 2\sqrt{3} + 5 \times \sqrt{4 \times 3} + 4 \times \sqrt{9 \times 3}$

$= 2\sqrt{3} + 5\sqrt{4} \times \sqrt{3} + 4\sqrt{9} \times \sqrt{3}$

$= 2\sqrt{3} + 5 \times 2 \times \sqrt{3} + 4 \times 3 \times \sqrt{3}$

$= 2\sqrt{3} + 10\sqrt{3} + 12\sqrt{3}$

$= 24\sqrt{3}$

b. $D = (2\sqrt{3})^2 = 2\sqrt{3} \times 2\sqrt{3} = 2 \times 2 \times \sqrt{3} \times \sqrt{3}$

$= 4 \times 3 = 12$

$E = (3\sqrt{5})^2 = 3\sqrt{5} \times 3\sqrt{5} = 3 \times 3 \times \sqrt{5} \times \sqrt{5}$

$= 9 \times 5 = 45$

$F = (2\sqrt{5})^3 = 2\sqrt{5} \times 2\sqrt{5} \times 2\sqrt{5} = 2 \times 2 \times 2 \times \sqrt{5} \times \sqrt{5} \times \sqrt{5}$

$= 8 \times 5\sqrt{5} = 40\sqrt{5}$

c. $G = \dfrac{6}{\sqrt{3}} = \dfrac{6}{\sqrt{3}} \times \dfrac{\sqrt{3}}{\sqrt{3}} = \dfrac{6\sqrt{3}}{3} = 2\sqrt{3}$

$H = \dfrac{20}{3\sqrt{5}} = \dfrac{20}{3\sqrt{5}} \times \dfrac{\sqrt{5}}{\sqrt{5}} = \dfrac{20\sqrt{5}}{15} = \dfrac{4\sqrt{5}}{3}$

$I = \dfrac{a}{\sqrt{a}} = \dfrac{a}{\sqrt{a}} \times \dfrac{\sqrt{a}}{\sqrt{a}} = \dfrac{a\sqrt{a}}{a} = \sqrt{a}$

4 $A = (2 + \sqrt{3})^2 = 2^2 + 2 \times 2 \times \sqrt{3} + \sqrt{3}^2$

$= 4 + 4\sqrt{3} + 3 = 7 + 4\sqrt{3}$

$B = (\sqrt{2} + \sqrt{3})^2 = \sqrt{2}^2 + 2 \times \sqrt{2} \times \sqrt{3} + \sqrt{3}^2$

$= 2 + 2\sqrt{6} + 3 = 5 + 2\sqrt{6}$

$C = (3\sqrt{2} - 2\sqrt{3})^2 = (3\sqrt{2})^2 - 2 \times 3\sqrt{2} \times 2\sqrt{3} + (2\sqrt{3})^2$

$= 9 \times 2 - 12\sqrt{6} + 4 \times 3 = 30 - 12\sqrt{6}$

5 **a.** $x^2 = 0{,}25 \Leftrightarrow x = \sqrt{0{,}25} = 0{,}5$ ou

$x = -\sqrt{0{,}25} = -0{,}5$

$S = \{-0{,}5 ; 0{,}5\}$

b. $4x^2 = 36 \Leftrightarrow x^2 = \dfrac{36}{4} = 9$

$\Leftrightarrow x = \sqrt{9} = 3$ ou $x = -\sqrt{9} = -3$

$S = \{-3 ; 3\}$

c. $3x^2 - 15 = 0 \Leftrightarrow 3x^2 = 15$

$\Leftrightarrow x^2 = \dfrac{15}{3} = 5$

$\Leftrightarrow x = \sqrt{5}$ ou $x = -\sqrt{5}$

$S = \{-\sqrt{5} ; \sqrt{5}\}$

d. $\dfrac{x^2}{2} = 32 \Leftrightarrow x^2 = 2 \times 32 = 64$

$\Leftrightarrow x = \sqrt{64} = 8$ ou $x = -\sqrt{64} = -8$

$S = \{-8 ; 8\}$

6 **a.** $1 \leqslant x \leqslant y$

donc $3 \leqslant 3x \leqslant 3y$

donc $9 \leqslant 3x + 6 \leqslant 3y + 6$

donc $3 \leqslant \sqrt{3x+6} \leqslant \sqrt{3y+6}$ car la fonction racine carrée est croissante sur $[0 ; +\infty[$

donc $-12 \geqslant -4\sqrt{3x+6} \geqslant -4\sqrt{3y+6}$

b. $1 \leqslant x \leqslant y$ donc $1 \leqslant x^3 \leqslant y^3$ car la fonction cube est croissante sur $\mathbb{R}$

donc $-2 \geqslant -2x^3 \geqslant -2y^3$

donc $3 \geqslant -2x^3 + 5 \geqslant -2y^3 + 5$

7 **1.**

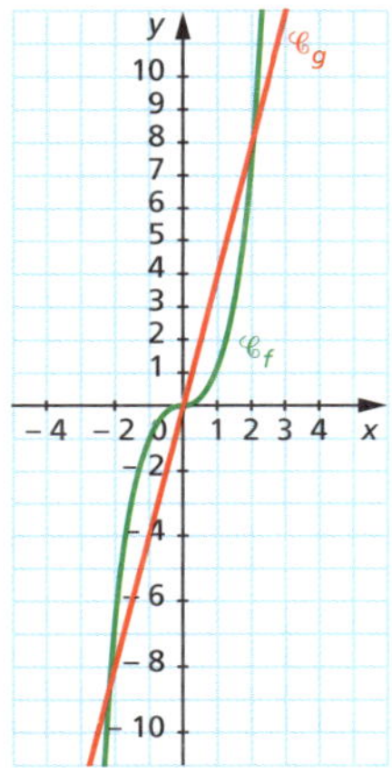

Il semble que :

C_f soit au-dessus de C_g sur $]-2 ; 0[\cup]2 ; +\infty[$.

C_f soit en dessous de C_g sur $]-\infty ; -2[\cup]0 ; 2[$.

2. a. $h(x) = f(x) - g(x) = x^3 - 4x$

$h(-x) = (-x)^3 - 4(-x) = (-1 \times x)^3 + 4x$

$= (-1)^3x^3 + 4x = -x^3 + 4x = -(x^3 - 4x) = -h(x)$

$h(-x) = -h(x)$, pour tout $x \in \mathbb{R}$, h est donc impaire.

b. Étudions le signe de $h(x)$:

$h(x) = x^3 - 4x = x(x^2 - 4) = x(x^2 - 2^2)$

$= x(x+2)(x-2)$

$x + 2 = 0 \Leftrightarrow x = -2$

$x - 2 = 0 \Leftrightarrow x = 2$

x	$-\infty$		-2		0		2		$+\infty$
Signe de x		$-$		$-$	0	$+$		$+$	
Signe de $x+2$		$-$	0	$+$		$+$		$+$	
Signe de $x-2$		$-$		$-$		$-$	0	$+$	
Signe de $h(x)$		$-$	0	$+$	0	$-$	0	$+$	

$h(x) < 0$ sur $]-\infty ; -2[\cup]0 ; 2[$ donc $f(x) < g(x)$ sur $]-\infty ; -2[\cup]0 ; 2[$ donc C_f est en dessous de C_g sur $]-\infty ; -2[\cup]0 ; 2[$.

C_f est au-dessus de C_g sur $]-2 ; 0[\cup]2 ; +\infty[$.

→ Chapitre 30, page 129

1 **1.** b. 50 ; **2.** a. 100 ; **3.** c. 50 ; **4.** b. 50 ; **5.** c. 0,1 ; **6.** a. 40.

2 **a.** La moitié d'un ensemble représente **50 %** de cet ensemble.

b. Un quart d'un ensemble représente **25 %** de cet ensemble.

c. Trois quarts d'un ensemble représentent **75 %** de cet ensemble.

d. 6 élèves dans une classe de 30 représentent **20 %** de l'ensemble des élèves.

3 **a.** On calcule d'abord la somme totale : ici, elle est égale à 50.

Exemple de calcul pour la première ligne :

$\frac{3}{50} = \frac{x}{100}$, d'où $x = 6$, donc la réponse est 6 %.

Valeur	Effectif	Fréquences (en %)
20	3	**6**
23	5	**10**
26	24	**48**
28	14	**28**
35	4	**8**
Total	**50**	100

b. Exemple de calcul pour l'avant-dernière ligne :

$\frac{20}{100} = \frac{x}{20}$, d'où $x = 4$.

Valeur	Effectif	Fréquences (en %)
2	2	**10**
6	1	**5**
1	5	**25**
0	**8**	40
5	**4**	20
Total	20	**100**

4 $1{,}02 - 1 = 0{,}02 = 2\ \%$; $1{,}2 - 1 = 0{,}2 = 20\ \%$;
$0{,}98 - 1 = -0{,}02 = -2\ \%$; $0{,}08 - 1 = -0{,}92 = -92\ \%$;
$1 - 1 = 0 = 0\ \%$; $2 - 1 = 1 = 100\ \%$

5 **a.** Calcul direct sur les pourcentages :

Il y a 100 garçons,

$\frac{100}{300} = \frac{1}{3}$

$\frac{1}{3} \times \frac{60}{100} \times \frac{15}{100} = \frac{3}{100} = 3\ \%$

Calcul sur les effectifs : il y a 100 garçons,

60 % de $100 = 0{,}6 \times 100 = 60$

Il y a 60 garçons étrangers.

15 % de $60 = 0{,}15 \times 60 = 9$

9 étudiants sont des garçons parisiens.

$\frac{9}{300} = 0{,}03 = 3\ \%$

3 % des étudiants sont des garçons parisiens.

b. On peut utiliser un tableau de proportionnalité :

Total	250	100
Partiel	52	x

$x = \frac{100 \times 52}{250} = 20{,}8$

Il y a 20,8 % de lipides dans ce camembert.

c. On peut utiliser un tableau de proportionnalité :

Total	x	100
Partiel	3 500	14

$x = \frac{100 \times 3\,500}{14} = 25\,000$

Il y a 25 000 ouvrages dans cette bibliothèque.

6 **a.**

$(1 + 15\,\%)(1 + 20\,\%)(1 - 10\,\%) = 1{,}15 \times 1{,}2 \times 0{,}9 = 1{,}242$

$1{,}242 - 1 = 0{,}242 = 24{,}2\ \%$

L'évolution globale est une augmentation de 24,2 %.

b. $V_F = V_I \times C_M$ d'où $V_I = \frac{V_F}{C_M}$ $\quad V_I = \frac{230}{1{,}242} \approx 185{,}185$

La production en 2016 était de 185,185 tonnes environ.

7 Il faut résoudre l'équation suivante :

$(1 + 0{,}08)^4 \times (1 + 0{,}02)^2 \times (1 + t) = 1 + 0{,}32$

$1{,}08^4 \times 1{,}02^2 \times (1 + t) = 1{,}32$

soit $1 + t = \frac{1{,}32}{1{,}08^4 \times 1{,}02^2} \approx 0{,}93256$

$0{,}93256 - 1 = -0{,}06744$

Le taux est donc d'environ $-6{,}74\ \%$.

8 **a.** C'est la même variation, puisque $C_M \times C'_M = C'_M \times C_M$.

b. $1{,}03 \times 0{,}97 = 0{,}9991$

$t = 0{,}9991 - 1 = -0{,}0009$, soit une diminution globale de 0,09 %.

9 $(1 + 0{,}5)(1 + t)(1 - t) = 1 + 0{,}2$

$1{,}5 \times (1 - t^2) = 1{,}2$

$1 - t^2 = \frac{1{,}2}{1{,}5} = 0{,}8$

$t^2 = 1 - 0{,}8 = 0{,}2$

D'après l'énoncé, le nombre d'abonnés augmente de t %, donc t est un nombre positif.

$t = +\sqrt{0{,}2} \approx 0{,}447$ soit 44,7 % environ.

10 **a.** $100\,000 \times 0{,}92 = 92\,000$

En 2019, le nombre de léopards est de 92 000.

$92\,000 \times 0{,}92 = 84\,640$

En 2020, le nombre de léopards sera de 84 640.

b. De 2018 à 2025, il y a 7 évolutions. On peut donc calculer $100\,000 \times 0{,}92^7 \approx 55\,785$ léopards.

c.

```
n = 0
annee = 2019 + n
L = 100 000
while L > 20 000 :
    n = n + 1
    L = L*(1 – 0.08)
print(annee)
```

→ Chapitre 31, page 131

1 La somme des nombres est 65. Donc $M = \dfrac{65}{5} = 13$.
La valeur de la médiane M_e est 11.

2 Entre le premier et le troisième quartile d'une série statistique se trouvent 50 % de la population. Ici, la première partie de la phrase peut donc se traduire par $Q_1 = 10$ h et $Q_3 = 19$ h.
La seconde partie de la phrase donne la médiane : $M_e = 16$ h.

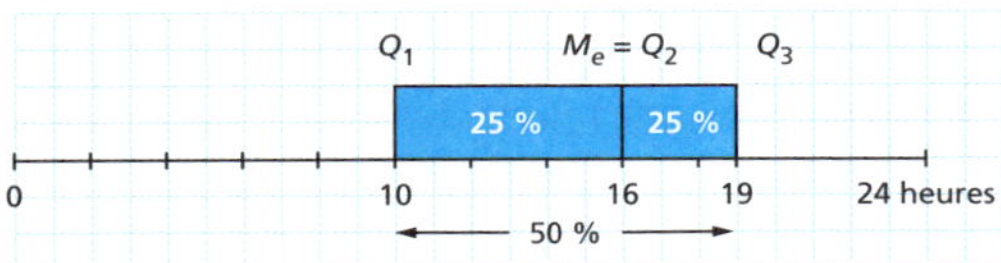

3 **a.** $M = \dfrac{20}{4} = 5$.

b. $M = \dfrac{2+10+12+9}{11} = \dfrac{33}{11} = 3$.

4 **a.** Calcul de la moyenne :

$$M \text{ ou } \overline{x} = \frac{6 \times 10{,}4 + 8 \times 10{,}3 + 7 \times 10{,}2 + 8 \times 10{,}1 + 8 \times 10 + 7 \times 9{,}9 + 4 \times 9{,}8 + 2 \times 9{,}7}{50} \approx 10{,}1$$

Le quart de 50 est 12,5 ; le 13e coureur a la valeur 10,3 ; donc $Q_1 = 10{,}3$.
Le 25e coureur a aussi la valeur 10,1 ;
donc $Me = Q_2 = 10{,}1$.
Les trois quarts de 50 sont 37,5 ; le 38e coureur a la valeur 9,9 ; donc $Q_3 = 9{,}9$.
Calcul de l'étendue : $10{,}4 - 9{,}7 = 0{,}7$.
Calcul de l'écart interquantile : $10{,}3 - 9{,}9 = 0{,}4$.
Calcul de l'écart-type :

$$\text{Variance } V = \frac{6(10{,}4-10{,}1)^2 + 8(10{,}3-10{,}1)^2 + 7(10{,}2-10{,}1)^2 + 8(10{,}1-10{,}1)^2 + \ldots + 2(9{,}7-10{,}1)^2}{50} \approx 0{,}0394$$

$\sigma = \sqrt{0{,}0394} \approx 0{,}198$

b. Les deux séries ont sensiblement la même moyenne : on pourrait donc penser que les deux clubs se valent. Mais les quartiles indiquent une différence notable : pour le club « Les goélands », 50 % des coureurs ont une performance située entre 10,0 s et 10,3 s, tandis que pour l'autre club, 50 % de l'effectif a une performance située entre 9,9 s et 10,3 s.
L'écart-type de la série des « mouettes » est plus important que celui de la série « les goélands » : cela signifie que la population y est plus dispersée, autrement dit plus hétérogène.

5 **a.** $\dfrac{5+8+6+12+14+x}{6} = 10 \Leftrightarrow 45 + x = 60$
$\Leftrightarrow x = 15$

b. $\dfrac{25+39+44+x}{4} = x \Leftrightarrow 108 + x = 4x$
$\Leftrightarrow 3x = 108$
$\Leftrightarrow x = 36$

6 **a.** On note N la somme de ses cinq premières notes.
On a alors $\dfrac{N}{5} = 10{,}5$, donc $N = 52{,}5$.
L'élève veut obtenir une nouvelle moyenne de 12,5 sur un total de six tests.
Dans ce cas : $\dfrac{52{,}5 + x}{6} = 12{,}5 \Leftrightarrow 52{,}5 + x = 75$
$\Leftrightarrow x = 22{,}5$
L'élève ne peut donc pas augmenter sa moyenne de deux points sur un seul test.

b. Si N est la somme des notes obtenues jusqu'à présent, et x le nombre de contrôles, on a $\dfrac{N}{x} = 12$. Donc $N = 12x$.
Au prochain contrôle, la somme des notes devient $N + 18$ et le nombre de contrôles devient $x + 1$. On a alors :
$\dfrac{N+18}{x+1} = 14 \Leftrightarrow \dfrac{12x+18}{x+1} = 14$
$\Leftrightarrow 12x + 18 = 14x + 14$
$\Leftrightarrow 2x = 4 \Leftrightarrow x = 2$
Jusqu'à présent, il y a eu deux contrôles.

7 Chaque valeur augmentant de 100, la moyenne augmentera de 100 €, elle atteindra donc 1 850 €.
La médiane augmentera, elle aussi, de 100. Elle passera à 1 400 €.

8

```
Lrangee = sorted (L)
N = len(L)
Q1 = Lrangee(int(N/4))
Q3 = Lrangee(int(3*N/4))
Print(Q3–Q1)
```

9 On remplace l'histogramme par un tableau.

Note	Effectif	Effectifs cumulés
4	1	1
7	2	3
8	3	6
9	2	8
10	3	11
11	5	16
12	7	23
13	1	24
15	1	25

a. Faux. La somme des effectifs est de 25.

b. Faux. 12 est la note qui a le plus grand effectif. La moyenne est $\dfrac{257}{25} = 10{,}28$.

c. Vrai. La médiane correspond à la note du 13e élève, c'est-à-dire 11. Ce qui signifie que 50 % des élèves ont une note supérieure ou égale à 11.

d. Faux. Le quartile Q_1 correspond à la note du 7e élève, c'est-à-dire 9. Donc 75 % des élèves ont plus de 9.

→ Chapitre 32, page 133

1 **1.** c. « On ne tire pas de cœur. »

2. b. « On tire un cœur ou une figure. »

3. a. « On tire un cœur et une figure. »

4. b. « On ne tire ni cœur ni figure. »

2 Le nombre total de familles de la série statistique est $64 + 161 + 70 + 48 + 22 + 32 + 3 = 400$.

Il y a donc 400 familles.

a. La fréquence des familles n'ayant pas d'enfant est $\frac{64}{400} = \frac{16}{100} = \frac{4}{25}$.

La fréquence des familles ayant un enfant est $\frac{161}{400}$.

La fréquence des familles ayant deux enfants est $\frac{70}{400} = \frac{7}{40}$.

La fréquence des familles ayant trois enfants est $\frac{48}{400} = \frac{12}{100} = \frac{3}{25}$.

La fréquence des familles ayant quatre enfants est $\frac{22}{400} = \frac{11}{200}$.

La fréquence des familles ayant cinq enfants est $\frac{32}{400} = \frac{16}{200} = \frac{2}{25}$.

La fréquence des familles ayant six enfants ou plus est $\frac{3}{400}$.

b. La somme des fréquences est :

$$\frac{64}{400} + \frac{161}{400} + \frac{70}{400} + \frac{48}{400} + \frac{22}{400} + \frac{32}{400} + \frac{3}{400} = \frac{400}{400} = 1.$$

Elle est donc égale à 1.

c. On calcule d'abord le nombre de familles qui ont moins de trois enfants :

$64 + 161 + 70 = 295$.

La fréquence des familles ayant moins de trois enfants est $\frac{295}{400} = \frac{59}{80}$.

d. On calcule le nombre de familles qui ont plus de deux enfants :

$48 + 22 + 32 + 3 = 105$.

La fréquence des familles ayant plus de deux enfants est $\frac{105}{400} = \frac{21}{80}$.

3 Il y a 6 possibilités : Adrien (A)-Basile (B)-Clara (C), ACB, BCA, BAC, CAB, CBA.

4 **a.** et **b.**

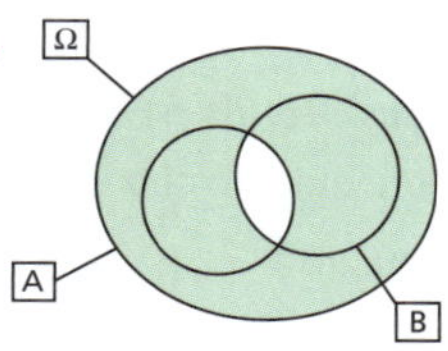

c. On remarque que les deux ensembles sont les mêmes.

5 **a.** $\overline{A}$: « la somme est impaire » ;

$\overline{B}$: « la somme est strictement inférieure à quatre » ;

$A \cup B$: « la somme est paire ou supérieure ou égale à quatre » ;

$A \cap B$: « la somme est paire et supérieure ou égale à quatre ».

b. $\overline{B} = \{(1\,;1)\,;(1\,;2)\,;(2\,;1)\}$

$A \cup B = \{(1\,;1)\,;(1\,;3)\,;(1\,;4)\,;(1\,;5)\,;(1\,;6)\,;(2\,;2)\,;(2\,;3)\,;(2\,;4)\,;(2\,;5)\,;(2\,;6)\,;(3\,;1)\,;(3\,;2)\,;(3\,;3)\,;(3\,;4)\,;(3\,;5)\,;(3\,;6)\,;(4\,;1)\,;(4\,;2)\,;(4\,;3)\,;(4\,;4)\,;(4\,;5)\,;(4\,;6)\,;(5\,;1)\,;(5\,;2)\,;(5\,;3)\,;(5\,;4)\,;(5\,;5)\,;(5\,;6)\,;(6\,;1)\,;(6\,;2)\,;(6\,;3)\,;(6\,;4)\,;(6\,;5)\,;(6\,;6)\}$

$A \cap B = \{(1\,;3)\,;(1\,;5)\,;(2\,;2)\,;(2\,;4)\,;(2\,;6)\,;(3\,;1)\,;(3\,;3)\,;(3\,;5)\,;(4\,;2)\,;(4\,;4)\,;(4\,;6)\,;(5\,;1)\,;(5\,;3)\,;(5\,;5)\,;(6\,;2)\,;(6\,;4)\,;(6\,;6)\}$

6 **a.** On représente tous les résultats possibles à l'aide d'un arbre.

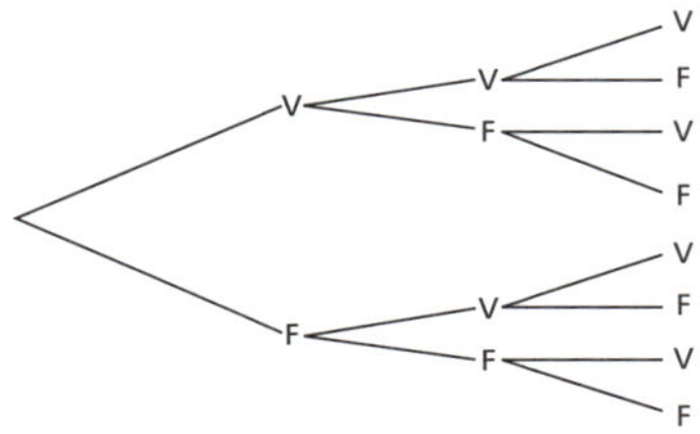

On compte donc huit réponses différentes à ce QCM.

b. S'il y a trois bonnes réponses, la note est de 9 points $(3 + 3 + 3)$.

S'il y a deux bonnes réponses et une réponse fausse, la note est de 4 points $(3 + 3 - 2)$.

S'il y a une bonne réponse et deux réponses fausses, la note est de -1 $(3 - 2 - 2)$.

S'il y a trois réponses fausses, la note est de -6 $(-2 - 2 - 2)$.

7 **a.**

Nombre d'objets	Avec le défaut B	Sans le défaut B	Total
Avec le défaut A	**8**	**8**	16
Sans le défaut A	**4**	180	**184**
Total	12	**188**	200

b. Avec le défaut A et le défaut B, la fréquence est $\frac{8}{200} = 0{,}04 = 4\,\%$.

Donc la fréquence de l'événement « l'objet a les deux défauts » est 4 %.

→ Chapitre 33, page 135

1 Réponses c et d. On a toujours $0 \leqslant p \leqslant 1$ donc les égalités $P(C) = -0{,}3$ et $P(D) = 2{,}3$ sont impossibles.

2 $P(\overline{A}) = 1 - P(A) = 1 - 0{,}4 = 0{,}6$

$$P(A \cup B) = P(A) + P(B) - P(A \cap B) = 0{,}4 + 0{,}7 - 0{,}3 = 1{,}1 - 0{,}3 = 0{,}8$$

3 **a.** **Faux**, généralement. **b.** **Vrai.**

c. **Vrai.**

d. **Faux** : si $P(A) = 0{,}5$, alors $P(\overline{A}) = 0{,}5$.

e. **Faux.** Deux événements différents peuvent avoir la même probabilité.

f. **Vrai.** **g.** **Vrai.** $P(\Omega) = 1$.

h. **Vrai.** **i.** **Vrai.**

4 $P(A \cup B) = \dfrac{\text{card}(A \cup B)}{\text{card}(\Omega)}$

$= \dfrac{\text{card}(A) + \text{card}(B) - \text{card}(A \cap B)}{\text{card}(\Omega)}$

$= \dfrac{\text{card}(A)}{\text{card}(\Omega)} + \dfrac{\text{card}(B)}{\text{card}(\Omega)} - \dfrac{\text{card}(A \cap B)}{\text{card}(\Omega)}$

$= P(A) + P(B) - P(A \cap B)$.

5 **1.** Nombre total d'élèves qui ont pris de la viande :
65 % de $900 = 0{,}65 \times 900 = 585$.

Nombre total d'élèves qui ont pris des pâtes :
40 % de $900 = 0{,}4 \times 900 = 360$.

Nombre total d'élèves qui ont pris du riz :
30 % de $900 = 0{,}3 \times 900 = 270$.

Nombre d'élèves qui ont pris des pâtes et de la viande :
$360 - 120 = 240$.

Nombre d'élèves qui ont pris du poisson et du riz :
$270 - 170 = 100$.

Nombre d'élèves qui ont pris de la purée :
$900 - (360 + 270) = 270$.

Nombre d'élèves qui ont pris du poisson :
$900 - 585 = 315$.

Nombre d'élèves qui ont pris du poisson et de la purée : $315 - (100 + 120) = 95$.

Nombre d'élèves qui ont pris de la viande et de la purée : $270 - 95 = 175$.

On obtient le tableau suivant.

	Viande	Poisson	Total
Purée	**175**	**95**	**270**
Pâtes	**240**	120	**360**
Riz	170	**100**	**270**
Total	**585**	**315**	900

2. a. On choisit un élève au hasard, il y a donc équiprobabilité.

$P(A) = \dfrac{270}{900} = \dfrac{27}{90} = \dfrac{3}{10}$.

$P(B) = \dfrac{585}{900} = \dfrac{117}{180} = \dfrac{13}{20}$.

b. $\overline{A}$: « cet élève n'a pas pris de purée ».

$A \cap B$: « cet élève a pris de la purée et de la viande ».

$P(\overline{A}) = 1 - P(A) = 1 - \dfrac{3}{10} = \dfrac{7}{10}$.

$P(A \cap B) = \dfrac{175}{900} = \dfrac{35}{180} = \dfrac{7}{36}$.

c. $P(A \cup B) = P(A) + P(B) - P(A \cap B)$

$= \dfrac{3}{10} + \dfrac{13}{20} - \dfrac{7}{36} = \dfrac{54}{180} + \dfrac{117}{180} - \dfrac{35}{180}$

$= \dfrac{136}{180} = \dfrac{68}{90} = \dfrac{34}{45}$.

d. On choisit un élève parmi les 315 qui ont pris du poisson ; parmi ces élèves, 100 ont pris du riz.

La probabilité qu'un élève qui a pris du poisson ait choisi du riz est de $\dfrac{100}{315} = \dfrac{20}{63}$.

6 **a.** Le passage est aléatoire, donc on est en situation d'équiprobabilité.

Les prénoms Anne, Bertrand, Céline et Didier sont représentés par leurs initiales A, B, C et D.

L'arbre qui suit donne toutes les possibilités de passage. On en compte 24.

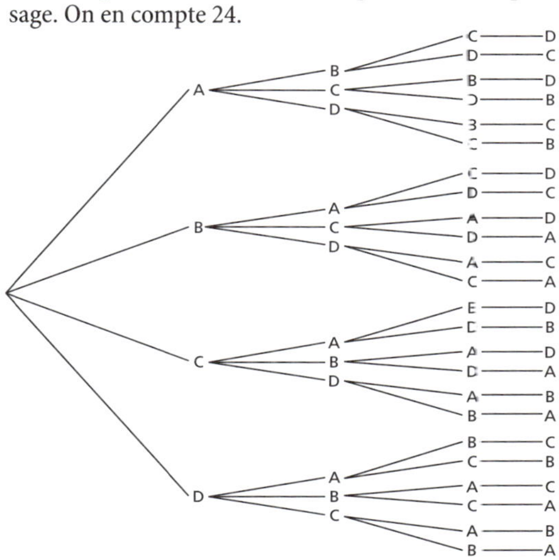

b. Il y a 18 passages possibles où Bertrand ne passe pas en premier.

La probabilité que Bertrand ne passe pas en premier est donc $\dfrac{18}{24}$, soit $\dfrac{3}{4}$.

c. Dans l'arbre, on compte 5 passages où Didier passe tout de suite après Anne. La probabilité que Didier passe tout de suite après Anne est donc $\dfrac{5}{24}$.

7 Le tirage se fait au hasard, on est donc en situation d'équiprobabilité.

Il y a quatre as, donc $P(A) = \dfrac{4}{32} = \dfrac{1}{8}$.

Il y a quatre rois, donc $P(B) = \dfrac{4}{32} = \dfrac{1}{8}$.

Il y a huit cœurs, donc $P(C) = \dfrac{8}{32} = \dfrac{1}{4}$.

Il y a seize cartes rouges, donc $P(D) = \dfrac{16}{32} = \dfrac{1}{2}$.

Il y a douze figures et quatre as, donc $P(E) = \dfrac{16}{32} = \dfrac{1}{2}$.

Il y a un as de cœur, donc $P(A \cap C) = \dfrac{1}{32}$.

Il y a deux as rouges, donc $P(A \cap D) = \dfrac{2}{32} = \dfrac{1}{16}$.

Il y a deux as rouges et six figures rouges, donc

$P(D \cap E) = \dfrac{8}{32} = \dfrac{1}{4}$.

$P(A \cup C) = P(A) + P(C) - P(A \cap C)$

$= \dfrac{1}{8} + \dfrac{1}{4} - \dfrac{1}{32} = \dfrac{4}{32} + \dfrac{8}{32} - \dfrac{1}{32} = \dfrac{11}{32}$.

Il y a deux as noirs et six figures noires, donc

$P(E \cap \overline{D}) = \dfrac{8}{32} = \dfrac{1}{4}$.

8 **a.** Onze élèves ne font ni sport ni musique.

Le nombre d'élèves qui font de la musique ou du sport est donc $\text{card}(M \cup S) = 35 - 11 = 24$.

On a : card(M ∪ S) = card(M) + card(S) – card(M ∩ S).
Soit 24 = 10 + 18 – card(M ∩ S),
donc 24 = 28 – card(M ∩ S).
D'où card(M ∩ S) = 28 – 24 = 4.
Quatre élèves font à la fois du sport et de la musique.

b. $P(M \cap S) = \dfrac{4}{35}$

Remarque : on aurait pu utiliser la formule $P(M \cap S) = P(M) + P(S) - P(M \cup S)$ pour calculer la probabilité.

→ Chapitre 34, page 137

1 **a.** La population concernée sont les boîtes de Promax dans le laboratoire étudié.

b. Le caractère étudié est « le poids de la boîte ».

c. $p = \dfrac{100}{5\,000} = 0{,}02$

d. $n = 300$

e. $f = \dfrac{5}{300} \approx 0{,}017$

2

```
def LancerDeDé (N, n, y) :
    echantillonnage = 0
    minIntFluc = (1/y) – pow (n, –0.5)
    maxIntFluc = (1/y) + pow (n, –0.5)

    for j in range (0, N) :
      nombreDapparitions = 0
      for i in range (0, n) :
        x = random.randint(1,y)
        if x = =1 :
              nombreDapparitions += 1
      frequence=nombreDapparitions/n
      print(frequence, end= ',')
      if minIntFluc <= frequence and frequence
                                   <= maxIntFluc :
        echantillonnage += 1
    print ("Res : ", echantillonnage*100 / N)
```

3 On a : $p = 0{,}39$; $f = \dfrac{100}{350} \approx 0{,}286$ et $n = 350$,

et $I = \left[0{,}39 - \dfrac{1}{\sqrt{350}} ; 0{,}39 + \dfrac{1}{\sqrt{350}}\right] \approx [0{,}337 ; 0{,}443]$.

$f \notin I$ donc on peut affirmer, avec un risque d'erreur de 5 %, que l'échantillon de ce lycée n'est pas représentatif de la population vis-à-vis du groupe sanguin.

4 La fréquence correspond à $f = \dfrac{350}{800} \approx 0{,}4375$.

$I = \left[f - \dfrac{1}{\sqrt{800}} ; f + \dfrac{1}{\sqrt{800}}\right] \approx [0{,}402 ; 0{,}473]$

Il y a entre 40,2 % et 47,3 % de grains d'orge dans l'ensemble des sacs, avec une confiance de 95 %, ce qui représente entre 201 kg et 236 kg d'orge. L'agriculteur ne respecte donc pas ses promesses…

5 L'intervalle de fluctuation au seuil de 95 % est

$\left[0{,}8 - \dfrac{1}{\sqrt{380}} ; 0{,}8 + \dfrac{1}{\sqrt{380}}\right] \approx [0{,}749 ; 0{,}851]$

La fréquence $f = \dfrac{291}{380} \approx 0{,}766$ est dans l'intervalle.

Le maire avait raison.

→ Chapitre 35, page 140

1

```
from PIL import Image
img = Image.open('image.png')
img = img.convert('RGB')
width, height = img.size
for x in range(width):
    for y in range(height):
        px = img.getpixel((x, y))
        rd = 255-px[0]
        gn = 255-px[1]
        be = 255-px[2]
        img.putpixel((x,y),(rd,gn,be))
img.show()
img.save('negative.png')
```

→ Chapitre 36, page 141

1 **a. Vrai.** Internet est le réseau qui relie tous les autres.

b. Faux. Le *Web* utilise comme support Internet : il n'est qu'une application qui a rendu populaire Internet. Il est né en 1989 tandis qu'Internet remonte à une dizaine d'années plus tôt, voire 20 ans plus tôt si on remonte à son ancêtre ArpaNet

c. Vrai. Le protocole TCP/IP découpe par exemple un fichier (image, son, vidéo, texte…) en plusieurs morceaux, puis envoie chaque morceau à une adresse IP.

d. Vrai. Un réseau pair à pair n'utilise pas de serveur centralisé. Chaque ordinateur est à la fois client/serveur et partage l'information avec tous les autres.

2 **1.** En janvier 2019, l'adresse IP du serveur Google.fr était 216.58.207.131.

2. On obtient la liste de tous les nœuds du réseau internet par lesquels passe la demande de communication entre l'ordinateur client et le serveur Google.

→ Chapitre 37, page 142

1 **a. Faux.** Internet regroupe notamment le *Web*, le courrier électronique…

b. Vrai.

c. Faux. Le navigateur est client et non serveur. Ce n'est pas un ordinateur non plus : c'est un logiciel sur un ordinateur client.

2 On observe que les résultats des deux recherches sont différents, ce qui signifie que les deux moteurs de recherche ont des algorithmes différents de recherche et de classement des sites.

3 Dans Notepad++, créer deux fichiers en les enregistrant dans un même dossier :

– l'un nommé « mapage » (lors de l'enregistrement, choisir comme type de fichier html) ;

– le second nommé « monstyle » (choisir comme type de fichier css).

Bien enregistrer les fichiers après avoir saisi les deux codes.

Ouvrir le fichier mapage.html : cela lance le navigateur et la page *Web* ainsi créée peut être visualisée.

→ Chapitre 38, page 143

1 **1.** La distance de 1 à 6 est de 2 : on peut aller de 1 à 6 en passant par 2 arêtes minimum.

2. Le nœud 3 est le centre du graphe : il est à une distance de 1 de tous les autres nœuds.

3. Le diamètre du graphe est 2 : c'est la distance maximale entre 2 nœuds.

→ Chapitre 39, page 144

1 Les données au format csv sont structurées ainsi :

NOM;Prénom;Date de naissance;Relation

HUGO;Victor;31/12/1959;famille

MBAPE;Kylian;15/02/2000;ami

On constate que les champs (NOM….) constituent la première ligne de cette petite base de données. Chaque contact est sur une ligne distincte, et chaque donnée d'un contact est séparée par un point-virgule.

2 Les données au format vCard sont structurées ainsi :

```
BEGIN:VCARD
VERSION:2.1
FN:Jean Dupont
N:Dupont;Jean
ADR;WORK;PREF;QUOTED-
PRINTABLE:;Bruxelles 1200=Belgique;6A Rue
                                Th. Decuyper
LABEL;QUOTED-PRINTABLE;WORK;PREF:Rue
   Th. Decuyper 6A=Bruxelles 1200=Belgique
TEL;CELL:+1234 56789
EMAIL;INTERNET:jean.dupont@example.com
UID:
END:VCARD
```

Si on importe ce fichier dans un logiciel de messagerie, le logiciel traite les données pour obtenir un affichage facilement lisible par l'utilisateur.

→ Chapitre 40, page 145

1 **a. Faux.** Il existe aussi les systèmes Galileo, Glonass et Beidu.

b. Faux. Il faut au moins 3 satellites pour géolocaliser un point, voire 4 si on veut obtenir l'altitude.

c. Vrai.

2 Seules les métadonnées du premier fichier image contiennent la localisation du lieu où la photo a été prise.

→ Chapitre 41, page 146

1 **a. Faux.** Un objet connecté a besoin dans 99 % des cas qu'on programme un algorithme pour pouvoir interagir avec son environnement.

b. Vrai.

c. Vrai. L'actionneur peut être un moteur, une résistance chauffante, une lumière, un vérin… C'est la manifestation physique de l'objet connecté.

d. Vrai. Par exemple, grâce à une application sur smartphone, l'utilisateur d'un objet connecté peut déclencher le chauffage de son logement à distance, activer/désactiver son alarme, ouvrir une porte à distance…

2 Consulter par exemple le site : fr.aliexpress.com.

Rechercher sur le site : LAFVIN Intelligent Robot Voiture Kit.

→ Chapitre 42, page 147

1 **a. Faux.** Un pixel est un assemblage de plusieurs photosites.

b. Faux. 1 photosite sur 4 voit du rouge, 1 du bleu et les 2 autres voient du vert.

c. Faux. Un appareil photographique numérique peut enregistrer un fichier RAW non traité.

2 **1.** Oui.

2. Parmi les métadonnées du fichier image, on trouve les dimensions de l'image, sa résolution verticale et horizontale, sa profondeur de couleur, le mode de représentation des couleurs, le temps d'exposition, la sensibilité ISO…

HISTOIRE-GÉO / EMC

→ Chapitre 1, page 150

1 Voir la carte en pied de page.

→ Chapitre 3, page 152

1 **a.** ❶ odéon ❷ forum ❸ amphithéâtre ❹ thermes ❺ arc de triomphe.

b. Le forum est la place centrale d'une ville romaine. Il est le lieu de rencontre par excellence. La vie politique, économique et religieuse s'y concentre.

c. Le bâtiment essentiel à la vie politique locale est la basilique où les décurions rendent la justice.

d. L'arc de triomphe situé à l'extérieur de la ville, sur la rive droite du fleuve, célèbre les victoires militaires de Germanicus, général romain, successeur potentiel d'Auguste.

e. Les deux axes sont le *cardo* (axe nord-sud) et *decumanus* (axe est-ouest).

f. Les villes sont un vecteur essentiel de la romanisation car elles permettent aux hommes libres de l'empire de se familiariser avec la politique (aspect visible sur le forum et à la basilique) et le mode de vie romains (fréquentation de la place publique, des thermes, célébration du culte impérial).

→ Chapitre 4, page 153

1 **Zone géographique** : Europe occidentale ; Europe orientale ; Asie, Afrique du Nord, sud de l'Espagne.

Religion pratiquée : catholique chrétienne ; orthodoxe chrétienne ; islamique.

Langue commune : latin ; grec ; arabe.

Organisation politique : émiettement politique, pouvoir partagé entre seigneurs et rois ; tous les pouvoirs détenus par le *basileus* (héritier des empereurs romains) ; le calife comme commandeur politique et religieux de tous les croyants (équivalent de l'empereur), pouvoir plus limité des sultans.

→ Chapitre 6, page 155

1 Voir la carte en pied de page suivante.

→ Chapitre 8, page 157

1 **a.** ❶ moulin à sucre ❷ chaudières ❸ esclaves qui travaillent des cônes de sucre.

b. Les deux catégories de population visibles sont les esclaves d'origine africaine et le contremaître d'origine européenne.

c. Ce tableau décrit une société esclavagiste car les esclaves sont beaucoup plus nombreux que le contremaître. Ils travaillent alors que le contremaître contrôle uniquement le bon déroulé des opérations de la fabrication du sucre.

→ Chapitre 10, page 159

1 **a.** Le pape s'appelle Paul III. C'est le successeur de Jules II, qui avait commandé la chapelle Sixtine à Michel-Ange.

b. L'autonomie de l'artiste : « Ce propos déplut à Michel-Ange, et voulant se venger », « Messer Biagio eut beau supplier le pape et Michel-Ange de la faire enlever de là, on le voit toujours, en souvenir de son propos malencontreux. »

L'influence de l'Antiquité gréco-latine : « tant de figures nues qui montraient leurs nudités d'une manière si déshonnête », « il le représente sous la figure de Minos dans les enfers».

c. Michel Ange manifeste son attachement à la culture humaniste en peignant des « figures nues » (la beauté du corps humain l'inspire) et en refusant de suivre Biagio de Cesena (il manifeste ainsi la puissance de la volonté humaine).

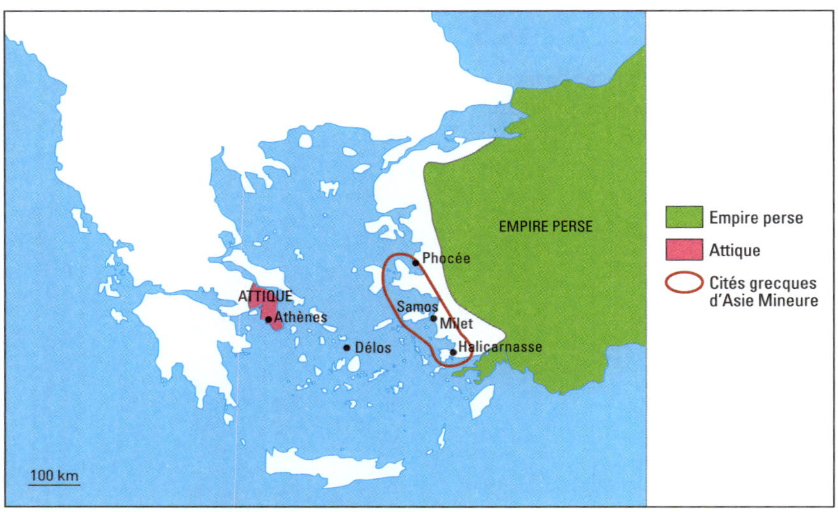

▷ Carte exercice 1, chapitre 1 : La mer Égée au ve siècle.

→ Chapitre 11, page 160

1 Voir la frise en pied de page.

2 **a.** Les souverains espagnols, Isabelle de Castille et Ferdinand d'Aragon (1474-1516), veulent découvrir de nouveaux territoires et étendre leur emprise sur le monde pour rivaliser avec les Portugais. Les conquistadores sont davantage intéressés par les richesses du nouveau continent (or, argent).

b. Vers 1492, les Amérindiens sont estimés à 100 millions de personnes. Cent ans plus tard, vers 1600, ils ne sont plus que 5 millions. 95 % de la population totale a été décimée par les mauvais traitements, les guerres et les maladies importées par les Européens.

c. Les explorateurs découvrent de nouveaux territoires et font les récits de leurs voyages. Les marins améliorent les cartes marines ou portulans. Ces nouvelles connaissances concrètes sont compilées et vérifiées par les humanistes dans leurs cabinets de travail.

d. Les causes de la Réforme protestante sont le développement de l'angoisse de la vie après la mort chez les Européens et l'attitude indigne du clergé aux XIVe et XVe siècles.

→ Chapitre 13, page 162

1 Ce document est un texte politique extrait du *Mémoire pour le Rappel des Huguenots*, rédigé par le marquis de Vauban, commissaire général des fortifications. Vauban rédige ce mémoire en 1689, quatre ans après la révocation de l'édit de Nantes et s'adresse au roi Louis XIV. L'auteur y expose les conséquences de cette décision royale pour défendre la cause des protestants (ou huguenots). Il critique la révocation de l'édit de Nantes. En effet, il juge ses conséquences désastreuses pour la France : elle entraîne l'émigration de nombreux entrepreneurs, privant le royaume de leur savoir-faire et de leurs capitaux ; elle grossit les armées ennemies des pays dans lesquelles les protestants se réfugient ; elle nourrit la critique de la monarchie absolue de la part d'écrivains protestants. Enfin, il considère cette décision inefficace, le souverain n'ayant pu convertir par la force les protestants restés dans le royaume.

→ Chapitre 15, page 164

1 **Sujet** : Le roi et le Parlement anglais du milieu à la fin du XVIIe siècle.

a. Les mots clés sont *roi* (roi d'Angleterre) et *Parlement* (assemblée composée de la Chambre des Lords et de la Chambre des communes, ayant un pouvoir législatif).

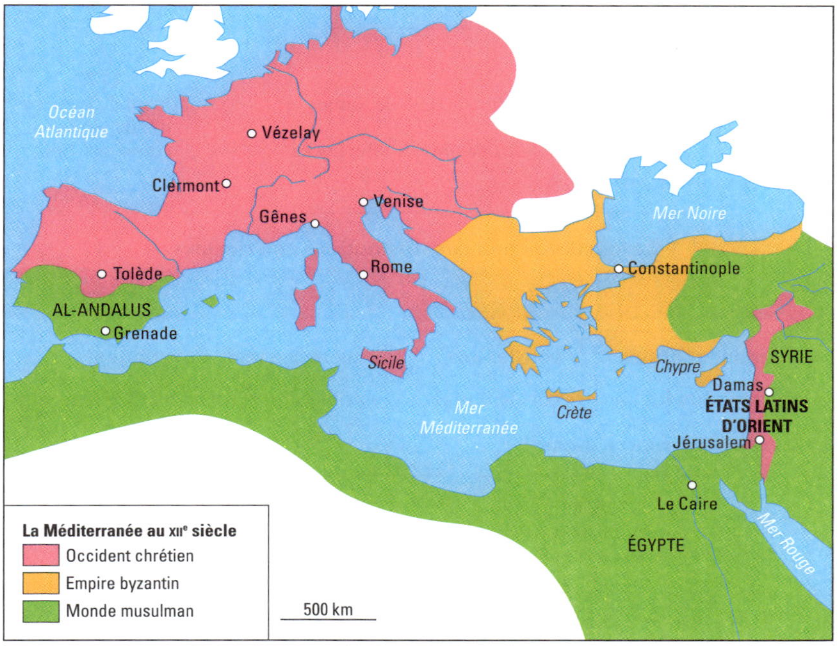

▷ Carte exercice 1, chapitre 6 : La Méditerranée au XIIe siècle.

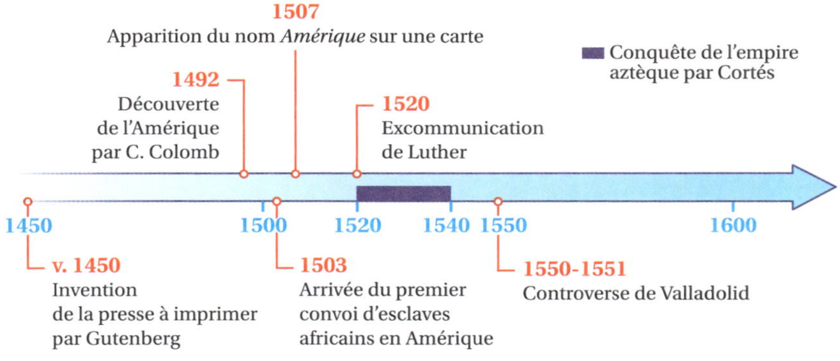

▷ Frise exercice 1, chapitre 11.

b. Le mot *et* vous invite à mettre en relation les deux termes car ils correspondent à deux pouvoirs concurrents.

c. Il faut surligner « milieu du XVIIe siècle » : cela correspond à la fin de la première révolution anglaise, marquée par l'exécution de Charles Ier (1649).

Il faut également surligner « fin du XVIIe siècle » : cela correspond à l'adoption de la Déclaration des droits (1689) après la Glorieuse Révolution.

d. Vous devez entourer le mot *anglais* : il faut donc se limiter au royaume d'Angleterre.

e. La **problématique 1** est la plus adaptée au sujet car elle intègre les relations entre les deux institutions et l'idée d'évolution sur un demi-siècle.

→ Chapitre 17, page 166

1 François Ier signe l'ordonnance de Villers-Cotterêts. George Washington signe la Déclaration d'indépendance. Louis XIV révoque l'édit de Nantes. Jacques II refuse de respecter l'Habeas corpus. Guillaume III s'engage à respecter la Déclaration des droits.

2 Voir la frise en pied de page.

→ Chapitre 18, page 167

1 Voir l'organigramme en pied de page.

→ Chapitre 21, page 170

1 Ptolémée : géocentrisme – Galilée : héliocentrisme – Newton : gravitation universelle – Quesnay : physiocratie.

2 Voir la frise en pied de page.

→ Chapitre 23, page 172

1 Curé, évêque : clergé. – Parlementaire, officier de l'armée : noblesse. – Paysan, notaire : tiers état.

2 Voir la frise en pied de page.

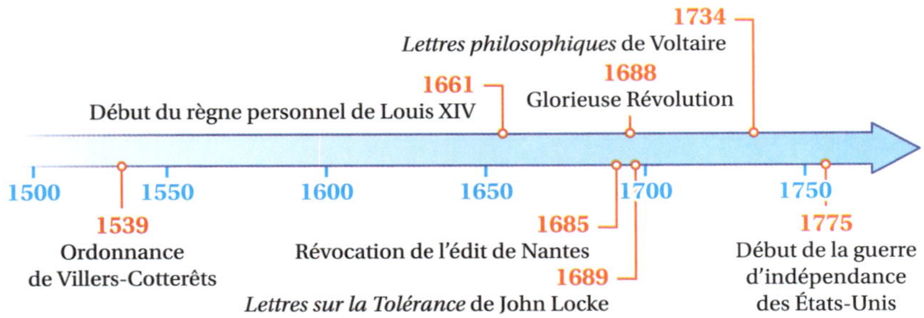

▷ Frise exercice 2, chapitre 17.

Le fonctionnement des institutions américaines

Président	Congrès	Cour suprême
• commande l'armée • fait appliquer les lois	• vote les lois • vote le budget	• fait respecter la Constitution • arbitre entre l'exécutif et le législatif

▷ Organigramme exercice 1, chapitre 18.

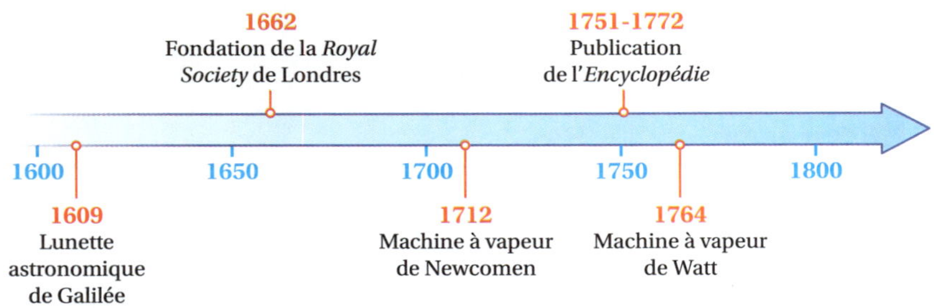

▷ Frise exercice 2, chapitre 21.

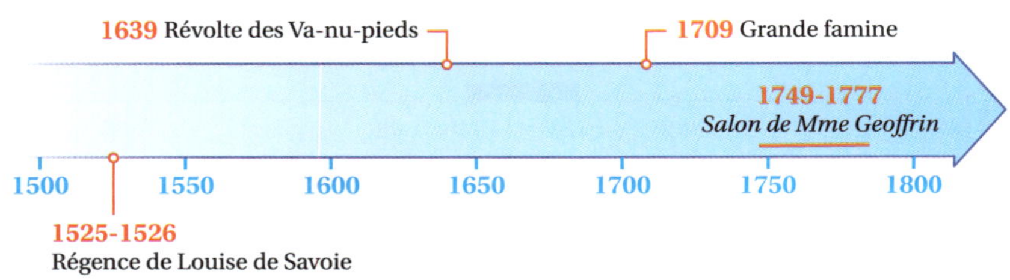

▷ Frise exercice 2, chapitre 23.

→ Chapitre 25, page 174

1 **a.** populations et aménagements exposés à un aléa : enjeu • dégâts matériels importants causés par un risque : catastrophe • événement plus ou moins probable présentant un danger potentiel : aléa • aléa qui touche les sociétés humaines et leurs aménagements : risque.

b. aléa – enjeu – risque – catastrophe.

→ Chapitre 28, page 177

1 ❶ village ❷ forêts ❸ cultures ❹ alpages ❺ rochers ❻ neiges éternelles.

→ Chapitre 31, page 180

1 Voir le schéma en pied de page.

→ Chapitre 32, page 181

1 nombre d'habitants sur Terre aujourd'hui : 7,7 milliards • part des plus de 65 ans sur Terre : 9 % • nombre d'habitants sur Terre en 1750 : 700 millions • nombre d'habitants sur Terre en 2050 : 10 milliards • nombre d'enfants par femme dans les pays du Sud : 4 • indice de développement humain faible : 0,5 • indice de développement humain fort : 0,9 • taux de fécondité faible : 1,5.

2 **a.** Le taux d'accroissement naturel (ou solde naturel) est la différence entre le taux de natalité et le taux de mortalité d'une population au cours d'une année. Le terme « accroissement » est justifié car en général le nombre de naissances est supérieur au nombre de décès mais l'inverse peut se produire (accroissement négatif).

b. L'indice de développement humain (IDH) comporte trois indicateurs : l'espérance de vie à la naissance, le revenu brut par habitant et la durée moyenne d'instruction.

c. Les pays du Nord ont basé leur développement sur l'industrie, notamment sur des activités dont la productivité augmente avec la production (comme l'automobile grâce au travail à la chaîne).

d. Un modèle de développement autocentré est une stratégie reposant sur l'accroissement du marché intérieur pour assurer des débouchés à l'industrie locale. Initiée par l'État, cette stratégie vise à limiter les importations.

→ Chapitre 35, page 184

1 baby boom : période de forte natalité • baby krach : période de baisse de la natalité • solde migratoire : différence entre immigration et émigration • solde naturel : différence entre naissances et décès • fécondité : nombre moyen d'enfants par femme • immigré : personne née à l'étranger installée en France • étranger : personne qui n'a pas la nationalité française • revenu médian : revenu qui partage la population en deux parties égales.

2 Voir la frise en pied de page.

→ Chapitre 39, page 188

1 En rouge : Europe, Amérique du Nord et Asie orientale.

En bleu : Méditerranée, Caraïbes, Asie du Sud-Est.

Nouveaux lieux touristiques : Sahara, Everest, pôle Nord…

Les trois piliers du développement durable

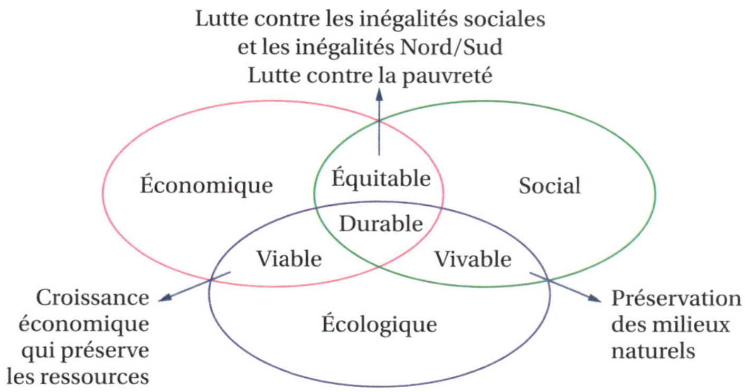

▷ Schéma exercice 1, chapitre 31.

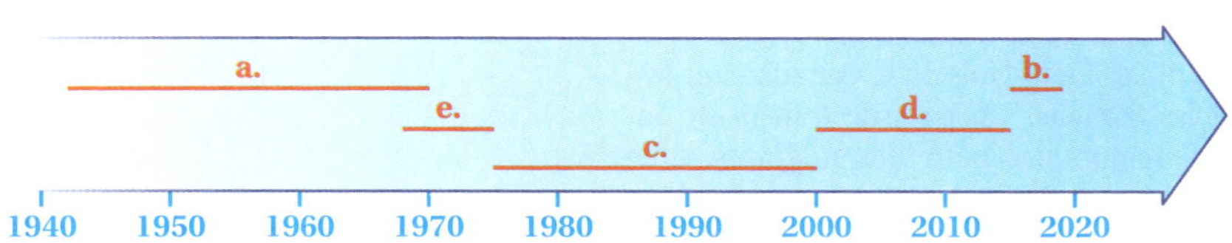

▷ Frise exercice 2, chapitre 35.

→ Chapitre 42, page 191

1 **a.** Le réseau TGV français est construit en étoile autour de Paris. Depuis la première ligne à grande vitesse inaugurée en 1981 (Paris-Lyon), les liaisons Paris-province sont très majoritaires : Paris-Tours, Lille, Bordeaux, Strasbourg, Rennes. Tout au plus peut-on noter des tronçons à grande vitesse entre Dijon et l'Alsace, ou la ligne Lille-Londres, qui correspond en fait au Paris-Londres *via* le tunnel sous la Manche.

b. Amiens, sur la LGV Paris-Lille, et Dijon, sur la ligne Paris-Lyon, sont deux exemples de villes à l'écart du TGV, victimes de l'effet-tunnel.

c. En région parisienne, le réseau TGV présente d'abord la terminaison de l'étoile centrée sur Paris (étoile Legrand), avec le terminus des gares du Nord, de l'Est, de Lyon et Montparnasse. Mais on note également une branche du contournement est de la capitale, qui dessert, outre l'aéroport Roissy-Charles de Gaulle, le parc d'attraction Disneyland Paris.

d. La LGV Paris-Normandie n'existe pas. La proximité de Paris rendrait en effet le TGV peu rentable, en raison du coût de l'investissement nécessaire.

→ Chapitre 43, page 192

1 **a.** La carte représente les disponibilités en eau en Afrique australe ainsi que les aménagements hydrauliques.

b. L'Afrique du Sud est le pays le plus pauvre en eau tandis que la Malawi et le Zimbabwe sont en situation de stress hydraulique.

c. Globalement, deux Afriques australes s'opposent quant aux ressources en eau : une moitié nord-ouest humide et un sud aride.

→ Chapitre 46, page 195

1 Botswana : diamant • Lesotho : eau • Angola : pétrole • Mozambique : charbon, gaz • Zambie : cuivre, cobalt.

2 **a.** Les PMA d'Afrique australe sont : le Malawi, le Mozambique, le Lesotho, la Zambie et l'Angola. Les pays les moins avancés de la planète sont au nombre de 47 : 33 sont africains, dont 5 en Afrique australe. Ces pays cumulent tous les indicateurs du mal développement : forte mortalité infantile, faible taux d'alphabétisation, pauvreté.

b. L'Afrique du Sud et le Botswana sont les seuls pays où le taux d'urbanisation est supérieur à 50 %. La transition urbaine est le passage d'une société majoritairement rurale à une société majoritairement urbaine.

c. Les pays d'Afrique australe ont basé leur développement sur l'exploitation de leurs ressources énergétiques (pétrole, gaz, uranium, charbon) et minières (or, diamants, cobalt, titane, etc.).

d. L'Afrique du Sud est une destination de transit vers le Royaume-Uni, les États-Unis ou le Canada pour les Congolais et les Somalis. Un pays de transit est un pays d'accueil temporaire pour des migrants, une étape vers une destination finale, souvent lointaine.

→ Chapitre 47, page 198

1 **1.** Réponse **b.** La liberté de culte est une liberté qui s'exerce au sein d'une communauté religieuse, c'est donc une liberté collective.

2. Réponse **a.** Les libertés collectives s'exercent à plusieurs et datent pour la plupart du XIXe siècle (en lien avec les revendications du mouvement ouvrier).

3. Réponse **c.** La Constitution de la Ve République date de 1958, même si son préambule rappelle les valeurs affirmées dans les constitutions précédentes, notamment les droits sociaux inscrits dans celle de la IVe République (1946).

2 **a.** Les articles 10 et 11 concernent la liberté d'expression, qu'elle soit celle d'une croyance religieuse ou d'un avis personnel, politique.

b. L'article 11 défend la liberté de la presse dans ce passage : « Tout citoyen peut donc parler, écrire, imprimer librement. »

c. L'usage de la liberté fait l'objet d'un cadre codifié par la loi. Le rôle de la loi est donc de protéger la liberté de chacun mais aussi de punir en cas d'abus de cette liberté.

d. La loi du 29 juillet 1881, votée sous la IIIe République, consacre la liberté de la presse.

→ Chapitre 48, page 199

1 **1.** Réponse **a.** Le Conseil constitutionnel vérifie le bon déroulement des élections et la conformité des lois avec la Constitution, loi suprême de la République.

2. Réponse **b.** Les lois de décentralisation de 1981-1982, dites lois Deferre, transfèrent des compétences de l'État aux communes, départements et régions. Ces compétences ont été élargies en 2003. Un préfet représente directement l'autorité de l'État, on parle alors de pouvoir déconcentré.

3. Réponse **b.** La Déclaration universelle des droits de l'homme a été adoptée par l'ONU le 10 décembre 1948.

2 **a.** Sur cette photo, chaque manifestant exerce sa liberté d'expression.

b. Les libertés collectives exercées ici sont la liberté de réunion et de manifestation.

c. Le drapeau tricolore symbolise la Nation et, par extension, la souveraineté du peuple.

d. Cette manifestation du 16 février 2019 sur les Champs-Élysées avait bien été déclarée préalablement à la préfecture de Police. Alors que cette manifestation était plutôt pacifique, celle du 8 décembre 2018 a été beaucoup plus violente : confrontations avec les forces de police, nombreux dégâts matériels. L'opinion publique a surtout été choquée par des actes de vandalisme commis sur l'Arc de triomphe.

→ Chapitre 49, page 200

1 **1.** Réponse **b.** C'est une loi assez ancienne, celle de 1905, qui impose la laïcité en France. Elle est devenue un principe fondamental de notre République. Cependant, cette loi est à nouveau en discussion : l'État souhaite contrôler un peu plus le financement des cultes.

2. Réponse **a.** La laïcité interdit le port de signes ostensibles d'appartenance religieuse à l'école, cela concerne les personnels et les élèves. Dans l'espace public, c'est le port du voile intégral (ne laissant pas voir le visage) qui est interdit (burqa, niqab).

2 **a.** Cette photo a été prise dans l'enceinte de l'hôtel de ville de Béziers, dans sa cour, comme le précise le texte. Les drapeaux tricolores et les drapeaux européens montrent qu'il s'agit d'un bâtiment officiel de la République.

b. Le tribunal administratif a jugé que l'installation d'une crèche dans l'enceinte d'une mairie était contraire à la loi de 1905 et à la neutralité de l'État qui ne doit favoriser aucune religion.

c. La crèche a été installée pendant les fêtes de Noël. Les défenseurs de cette installation ont pu dire que Noël correspondait à une fête, à une tradition en France, pays longtemps lié à la religion catholique.

d. Une crèche a été installée dans l'hôtel de la région Auvergne-Rhône Alpes en 2017. Le président de la région avait mis en avant les traditions régionales de fabrication de santons. Le tribunal administratif de Lyon lui a donné raison.

→ Chapitre 50, page 201

1 **1.** Réponse **a.** La presse satirique peut caricaturer des personnalités politiques à condition qu'elle respecte la loi. La caricature ne doit être ni injurieuse ni diffamante.

2. Réponse **a.** Sur Internet, la loi sur la liberté de la presse s'exerce. Les limites à la liberté d'expression numérique sont donc les mêmes que celles de l'expression publique.

3. Réponse **b.** La loi pour la confiance dans l'économie numérique date de 2004. L'année 2018 correspond à la dernière modification de la loi Informatique et Libertés.

2 **a.** Deux élèves ont été exclus de leur lycée pour avoir insulté un de leurs professeurs sur un réseau social.

b. Le danger dénoncé ici est le problème de l'anonymat sur Internet. La liberté d'expression est sans entrave en privé mais, si elle est publique, des règles viennent la limiter. Ici un professeur a été injurié en public. Il peut tout à fait porter plainte contre les élèves, exclus ou non.

c. Une exclusion d'un établissement scolaire ne peut être décidée que par un conseil de discipline qui réunit des représentants de l'administration du lycée, des parents d'élèves, des professeurs et des élèves délégués.

→ Chapitre 51, page 202

1 **1.** Réponse **b.** Insulter, injurier une personne, même pour des motifs racistes, n'est pas une discrimination puisque dans ce cas il ne s'agit pas d'empêcher l'accès à un droit ou à un service. C'est une autre infraction pour laquelle cette personne peut porter plainte.

2. Réponse **d.** La détention ou non de diplômes n'est pas discriminatoire puisqu'ils sont censés déterminer un niveau de compétence. Un employeur peut tout à fait choisir une personne plus ou moins diplômée en fonction du poste à pourvoir.

3. Réponse **c.** Un acte discriminatoire est un délit, c'est une infraction passible d'une peine de prison et/ou d'une amende. Un délit est moins grave qu'un crime mais plus grave qu'une contravention.

2 **a.** Ce sont les inégalités hommes-femmes dans le domaine de l'entreprise, et notamment concernant l'égalité de salaire, qui sont évoquées dans le document. Il s'agit donc ici de mesures pour lutter contre le sexisme dans les entreprises. Pourtant, une loi existe depuis 1972 afin de lutter contre les inégalités salariales liées au sexe.

b. La majorité des entreprises ont publié leur index d'égalité hommes-femmes, même si on peut déplorer que 600 ne l'aient pas fait.

c. Les entreprises qui ne respectent pas la loi risquent des sanctions financières au bout de trois ans (1 % de la masse salariale).

d. Les cinq critères composant l'index sont : l'écart de rémunération femmes-hommes (noté sur 40 points), l'écart dans les augmentations annuelles (20 points), l'écart dans les promotions (15 points), les augmentations au retour de congé maternité (15 points) et enfin la présence de femmes parmi les plus gros salaires de l'entreprise (10 points). L'obligation de publication de la note de l'index égalité femmes-hommes concerne les entreprises d'au moins 250 salariés à compter du 1er septembre 2019 ; celles d'au moins 50 salariés depuis le 1er mars 2020.

→ Chapitre 52, page 203

1 **1.** Réponse **b.** La Sécurité sociale est financée essentiellement par la solidarité nationale : les cotisations des entreprises et des salariés alimentent les caisses de l'assurance maladie. Cependant, quelques taxes complètent ce financement comme la contribution sociale généralisée (CSG).

2. Réponse **a.** L'école est obligatoire depuis les débuts de la Ve République, soit en 1959. Cet âge n'a pas été relevé depuis, même si la grande majorité des élèves poursuivent leurs études au-delà.

3. Réponse **a.** Un migrant demandeur d'asile est protégé par la loi et dispose de droits : aide au logement, droit à la protection universelle maladie, droit à l'éducation pour ses enfants. Il peut également accéder à des cours de français pour favoriser son intégration en France.

2 **a.** C'est l'Ofpra, l'Office français de protection des réfugiés et apatrides (personnes n'étant reconnues par aucun État) qui a produit les chiffres de la carte car son rôle est d'instruire toutes les demandes de droit d'asile après un parcours administratif très précis.

b. Le nombre de demandeurs d'asile a fortement augmenté entre 2010 et 2017 puisque le chiffre de premières demandes a pratiquement doublé. Elles représentent les deux tiers des demandes environ sur les 100 412 demandes d'asile en 2017.

c. La majorité des migrants ayant obtenu le statut de réfugié en 2017 venait de Syrie, d'Afghanistan et du Soudan. Ces migrants ont fui leur pays effectivement en guerre, où leurs vies étaient en danger : ce sont des réfugiés politiques.

d. Les migrants originaires des autres pays (Haïti, Guinée, République démocratique du Congo, etc.) ont sans doute migré pour des raisons économiques. Ils fuient la pauvreté et des conditions de vie très difficiles, mais leurs vies ne sont pas directement menacées pour des raisons politiques. C'est pourquoi très peu obtiennent le statut de réfugiés.

PHYSIQUE-CHIMIE

→ Chapitre 1, page 207

1 **a. Faux**, car une espèce chimique est caractérisée par une seule formule chimique.

b. Vrai, un mélange est composé de plusieurs espèces chimiques donc au moins deux.

c. Faux, car la formule de la masse volumique est $\rho = \frac{m}{V}$.

d. Faux, car sa masse volumique doit être plus petite que celle de l'eau : $\rho < 1\ 000\ kg{\cdot}m^{-3}$.

e. Vrai, il possède les plus grands pourcentages volumiques et massiques.

2 **1.** L'eau boueuse n'est pas un corps pur car elle contient plusieurs espèces chimiques dont l'eau et celles qui constituent la boue.

2. Lors de la décantation, on obtient un mélange hétérogène car on distingue deux phases.

3. Après filtration, on obtient un mélange homogène car il y a une seule phase.

4. Après la distillation, on a un corps pur car il y a uniquement l'espèce chimique eau H_2O.

3 **1.** On calcule la masse volumique de ces deux liquides :

$$\rho(\text{cyclohexane}) = \frac{m}{V} = \frac{77{,}9}{0{,}100} = 779\ kg{\cdot}m^{-3}$$

$$\rho(\text{chloroforme}) = \frac{m}{V} = \frac{2\ 960}{2{,}00} = 1\ 480\ g{\cdot}L^{-1}$$

2. La masse volumique de l'eau est égale à : $\rho = 1\ 000\ kg{\cdot}m^{-3} = 1\ 000\ g{\cdot}L^{-1}$.

ρ(cyclohexane) < ρ(eau) donc le cyclohexane est plus léger que l'eau.

ρ(chloroforme) > ρ(eau) donc le chloroforme est plus lourd que l'eau.

4 **1.** $V(\text{total du mélange}) = 12 + 6 + 2 = 20$ L.

Sachant que :

$$\%(\text{espèce chimique}) = \frac{V(\text{espèce chimique})}{V(\text{total du mélange})} \times 100$$

on calcule les pourcentages volumiques associés à chaque espèce chimique.

$$\%(N_2) = \frac{12}{20} \times 100 = 60\%$$

$$\%(O_2) = \frac{6}{20} \times 100 = 30\ \%$$

$$\%(CO_2) = \frac{2}{20} \times 100 = 10\ \%$$

2. La masse de ce mélange étant égale à 25,7 g, on calcule sa masse volumique.

$$\rho = \frac{m}{V} = \frac{25{,}7}{20} = 1{,}3\ g.L^{-1}$$

3. $\rho(\text{air}) = 1{,}2\ g{\cdot}L^{-1}$.

On constate que ρ > ρ(air), donc le mélange est plus lourd que l'air.

→ Chapitre 2, page 209

1 **a. Faux**, car ce test identifie le dihydrogène.

b. Faux, car l'eau pure est un corps pur : la température reste constante au cours d'un changement d'état.

c. Faux, la plaque à chromatographie est la phase fixe.

2 **1.** L'espèce chimique qui a été mise en évidence est l'eau.

2. L'espèce chimique pouvant être identifiée avec l'eau de chaux est le dioxyde de carbone.

3 **1.** La phase mobile est constituée par l'eau salée et la phase fixe est constituée par la plaque à chromatographie.

2. Le dépôt du bonbon donne par migration deux taches : une tache bleue qui arrive à la même hauteur que celle du bleu patenté et une jaune qui arrive à la même hauteur que celle de la tartrazine. Les espèces chimiques identifiées et présentes dans le bonbon sont donc le bleu patenté et la tartrazine.

4 Pour l'échantillon A, la température reste constante au cours du changement d'état : l'échantillon A est un corps pur.

Pour l'échantillon B, la température varie au cours du changement d'état : l'échantillon B est un mélange.

→ Chapitre 3, page 211

1 **a. Faux**, car la concentration massique C_m a pour expression $C_m = \frac{m}{V}$.

b. Vrai, car $C_m = \frac{30}{2{,}0} = 15\ g{\cdot}L^{-1}$.

c. Faux, car la masse volumique et la concentration massique sont différentes : les masses considérées ne sont pas les mêmes dans chacune des formules.

d. Vrai, car $m = 200 \times 1{,}50 = 300$ g.

e. Faux, car la masse maximale que l'on peut dissoudre est : $m = 2\ 000 \times 1 = 2\ 000$ g. Il restera donc une masse de saccharose non dissoute égale à 50 g.

2 **1.** Calcul de la concentration massique de la solution préparée :

$$C_m = \frac{m}{V} = \frac{18{,}0}{0{,}100} = 180\ g{\cdot}L^{-1}.$$

2. Calcul de la masse de soluté dissous :

$m = C_m \times V = 80{,}0 \times 2{,}50 = 200$ g.

3 **1.** Le solvant est l'eau et le soluté est le glucose.

2. $m = C_m \times V = 40{,}0 \times 3{,}00 = 120$ g

3. Récupérer la masse calculée dans une capsule à l'aide d'une spatule. Dissoudre le soluté dans un peu d'eau distillée. Transvaser la solution dans une fiole jaugée de volume 3,00 L et ajouter de l'eau jusqu'au trait de jauge.

4 **1.** Calcul de la concentration :

$$C_m = \frac{m}{V} = \frac{235}{0{,}500} = 470\ g{\cdot}L^{-1}.$$

Cette concentration est supérieure à la concentration maximale ($250\ g{\cdot}L^{-1}$) donc tout le soluté ne pourra pas être dissous.

2. La concentration d'une solution saturée est égale à $C_{max.}$ Pour 2,0 L de solution saturée :
$m = C_{max} \times V = 250 \times 2,0 = 500$ g.

5 **1.** $V_0 = \dfrac{20,0 \times 0,100}{40,0} = 0,050 \text{ L} = 50 \text{ mL}.$

2. Le matériel à utiliser : un bécher, une pipette jaugée de 50 mL et une fiole jaugée de 0,100 L (= 100 mL).

→ Chapitre 4, page 213

1 **a. Faux**, car doser, c'est trouver par l'expérience une concentration inconnue.

b. Faux, car on fabrique une échelle de teintes par dilution d'une solution colorée mère.

c. Faux, car la conductance est proportionnelle à la concentration massique.

d. Vrai, car la conductance étant proportionnelle à C_m, alors la courbe $G = f(C_m)$ est une droite qui passe par l'origine.

e. Vrai, car $\rho = f(C_m)$ fournit une droite qui donne toute une série de masses volumiques pour des solutions de concentration connue.

2 La teinte de la solution S est située entre la 3e solution colorée et la 4e dans l'échelle de teintes. On en déduit un encadrement de la concentration de la solution S :
$50 \text{ g·L}^{-1} < C_m < 80 \text{ g·L}^{-1}$.

3 **1.** La courbe obtenue est une portion de droite passant par l'origine.
2. G et C_m sont reliés par une relation de proportionnalité : $G = k \times C_m$
3. Par détermination graphique, pour $G' = 0,25$ S, la concentration massique est égale à $C_m' = 0,40$ mg·L^{-1}.

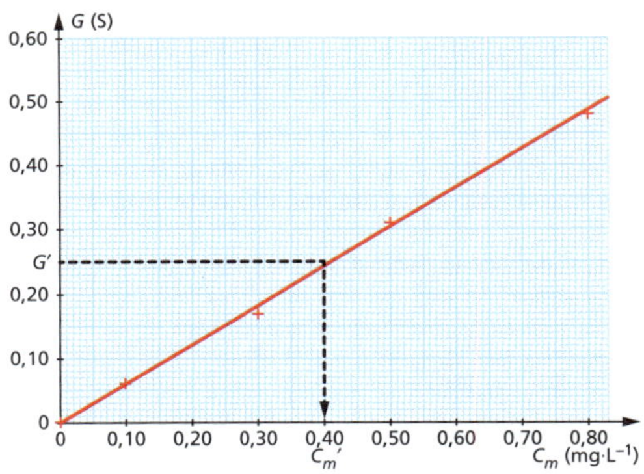

→ Chapitre 5, page 215

1 **a. Vrai**, car un cation est positif.

b. Faux, car un anion étant négatif, il est obtenu à partir d'un atome qui a gagné des électrons.

c. Faux, car une molécule est électriquement neutre. Il s'agit d'un anion.

d. Faux, car la molécule possède 2 atomes de carbone, 6 d'hydrogène et 1 d'oxygène.

e. Faux, car le dihydrogène est une molécule constituée de 2 atomes d'hydrogène.

2 La formation du précipité rouille par ajout de l'ion hydroxyde OH^- montre la présence des ions fer (III) Fe^{3+} dans la solution.

La formation du précipité blanc par ajout de l'ion argent Ag^+ montre la présence des ions chlorure Cl^- dans la solution.

L'ion fer (III) Fe^{3+} porte 3 charges positives et l'ion chlorure Cl^- en porte une négative. Il faut donc un ion fer (III) pour 3 ions chlorure afin de respecter l'électroneutralité. La formule du solide ionique est donc : $FeCl_3$.

3

Constituants	Formule	Nature de l'espèce chimique
Ag^+ et Cl^-	AgCl	ionique
1 atome de Fe	Fe	atomique
Fe^{2+} et SO_4^{2-}	$FeSO_4$	ionique
2 atomes de C et 6 atomes de H	C_2H_6	moléculaire
Al^{3+} et OH^-	$Al(OH)_3$	ionique

4 **1.** La molécule a pour formule : $C_4H_{10}O_2$.
2. La composition en atomes de la molécule de formule $C_8H_{18}O_3$ est : 8 atomes de carbone C, 18 d'hydrogène H et 3 d'oxygène O.

→ Chapitre 6, page 217

1 **a. Faux**, car l'atome étant électriquement neutre, il possède autant de protons que d'électrons.

b. Faux, car on trouve des neutrons et des protons dans le noyau.

c. Vrai, car son numéro atomique Z est égal à 1, donc il possède 1 proton et $A = 3$ ce qui donne : $N = A - Z = 3 - 1 = 2$ neutrons.

d. Vrai, car Z est égal au nombre de protons donc 6 et A est égal à la somme des nombres de protons et de neutrons soit : $A = 6 + 8 = 14$.

e. Faux, car A est égal à la somme des nombres de protons et de neutrons soit : $A = 8 + 9 = 17$.

2 **1.** Le noyau a 7 protons et 7 neutrons ($N = A - Z = 14 - 7 = 7$). Son symbole est : ${}^{14}_{7}N$.
2. Calcul de la masse totale des électrons sachant qu'il y a autant d'électrons que de protons :
$m(\text{électrons}) = 7 \times 9,1 \times 10^{-31} = 6,4 \times 10^{-30}$ kg
3. Calcul de la masse du noyau :
$m(\text{noyau}) = 14 \times 1,67 \times 10^{-27} = 2,34 \times 10^{-26}$ kg
4. Comparaison des deux masses calculées :
$\dfrac{m(\text{noyau})}{m(\text{électrons})} = \dfrac{2,34 \times 10^{-26}}{6,4 \times 10^{-30}} = 3\,656.$
La masse du noyau est 3 656 fois plus grande que celle des électrons. On peut donc négliger la masse des électrons devant celle du noyau.

3

Atome	béryllium	carbone	sodium
Nombre de protons	4	6	11
Nombre de neutrons	4	6	12
Nombre d'électrons	4	6	11
Atome	phosphore	chlore	cuivre
Nombre de protons	15	17	29
Nombre de neutrons	16	18	36
Nombre d'électrons	15	17	29

4 **1.** $q(\text{noyau}) = 17 \times 1{,}6 \times 10^{-19} = 2{,}7 \times 10^{-18}$ C

2. $q(\text{électrons}) = 17 \times -1{,}6 \times 10^{-19} = -2{,}7 \times 10^{-18}$ C

3. $q(\text{atome}) = q(\text{noyau}) + q(\text{électrons})$

$= 2{,}7 \times 10^{-18} - 2{,}7 \times 10^{-18} = 0$ C

L'atome est électriquement neutre car sa charge est nulle.

5 **1.** Calcul du nombre de charges élémentaires dans le noyau :

$$Z = \frac{\text{charge noyau}}{e} = \frac{1{,}28 \times 10^{-18}}{1{,}6 \times 10^{-19}} = 8$$

Seuls les protons portent cette charge, donc il y a 8 protons dans le noyau.

2. L'atome étant électriquement neutre, il ya autant de protons que d'électrons. Il y a donc 8 électrons autour du noyau.

3. Calcul du nombre de nucléons dans le noyau :

$$A = \frac{m(\text{noyau})}{m(\text{nucléon})} = \frac{2{,}672 \times 10^{-26}}{1{,}67 \times 10^{-27}} = 16$$

Calcul du nombre de neutrons dans le noyau :

$N = A - Z = 16 - 8 = 8.$

→ Chapitre 7, page 219

1 **a. Faux**, car la sous-couche 3s ne peut se remplir que si la sous-couche 2p est pleine, ce qui n'est pas le cas ici.

b. Vrai, car les règles de remplissage par les électrons ont été respectées.

c. Faux, car la configuration électronique du soufre est : $1s^2\ 2s^2\ 2p^6\ 3s^2\ 3p^4$. La dernière couche ($n = 3$) possède 6 électrons.

d. Vrai, car ils possèdent tous les deux le même nombre d'électrons sur leur couche de valence, c'est-à-dire un électron.

e. Faux, car ce sont les éléments d'une même colonne qui possèdent des propriétés chimiques analogues.

2 • N ($Z = 7$) : $1s^2\ 2s^2\ 2p^3$ et 3 électrons de valence.

• Na ($Z = 11$) : $1s^2\ 2s^2\ 2p^6\ 3s^1$ et 1 électron de valence.

• Si ($Z = 14$) : $1s^2\ 2s^2\ 2p^6\ 3s^2\ 3p^2$ et 4 électrons de valence.

• Ar ($Z = 18$) : $1s^2\ 2s^2\ 2p^6\ 3s^2\ 3p^6$ et 8 électrons de valence.

3 **1.** Le phosphore se trouve dans la 3ᵉ période et la 15ᵉ colonne.

2. Le nombre A du noyau de phosphore est égal à : $A = 15 + 16 = 31$

3. Les éléments qui appartiennent à la même famille que le phosphore se trouvent dans la même colonne soit : azote N ($Z = 7$) et arsenic As ($Z = 33$).

4. Les atomes des éléments de la 15ᵉ colonne possèdent 5 électrons sur leur couche de valence.

4 **1.** La configuration électronique de l'atome est : $1s^2\ 2s^2\ 2p^6\ 3s^2\ 3p^4$.

2. Cet élément est le soufre S ($Z = 16$) et sa famille dans la classification périodique occupe la 16ᵉ colonne.

3. L'élément chimique de cette famille dont le numéro atomique est le plus petit est l'oxygène ($Z = 8$).

→ Chapitre 8, page 221

1 **a. Faux**, car les atomes de gaz nobles ont une très grande stabilité chimique.

b. Faux, car seule la configuration électronique $1s^2$ correspond à une configuration en duet.

c. Vrai, car la configuration en octet signifie qu'il y a 8 électrons sur la couche de valence.

d. Faux, car l'ion Cl^+ correspondrait à une configuration électronique $1s^2\ 2s^2\ 2p^6\ 3s^2\ 3p^4$ qui n'est ni une configuration en duet, ni une configuration en octet.

e. Vrai, car l'ion Na^+ correspond à une configuration électronique $1s^2\ 2s^2\ 2p^6$ qui est une configuration en octet.

2 • H^+ : $1s^2$; ion hydrogène.

• Na^+ : $1s^2\ 2s^2\ 2p^6$; ion sodium.

• K^+ : $1s^2\ 2s^2\ 2p^6\ 3s^2\ 3p^6$; ion potassium.

• Ca^{2+} : $1s^2\ 2s^2\ 2p^6\ 3s^2\ 3p^6$; ion calcium.

• Mg^{2+} : $1s^2\ 2s^2\ 2p^6$; ion magnésium.

• F^- : $1s^2\ 2s^2\ 2p^6$; ion fluorure.

• Cl^- : $1s^2\ 2s^2\ 2p^6\ 3s^2\ 3p^6$; ion chlorure.

3 **1.** Il y a 6 électrons sur sa couche de valence car $n = 3$ et l'on a $3s^2\ 3p^4$.

2. La formule de l'ion monoatomique est S^{2-} car l'atome doit gagner 2 électrons afin d'acquérir une structure en octet : $1s^2\ 2s^2\ 2p^6\ 3s^2\ 3p^6$.

3. Le soufre appartient à la 16ᵉ colonne de la classification.

4 • Molécule A : L'atome d'hydrogène possède un doublet liant : c'est une configuration en duet.

L'atome d'oxygène possède 2 doublets liants et 2 doublets non liants : c'est une configuration en octet.

L'atome d'azote possède 3 doublets liants et 1 doublet non liant : c'est une configuration en octet.

L'atome de carbone possède 4 doublets liants et 0 doublet non liant : c'est une configuration en octet.

• Molécule B : même justification que pour les atomes d'hydrogène et de carbone de la molécule A.

→ Chapitre 9, page 223

1 **a. Vrai**, car on trouve dans 1 mol un nombre d'entités égal à $6{,}02 \times 10^{23}$ entités et donc :

$2 \times 6{,}02 \times 10^{23} = 1{,}204 \times 10^{24}$ entités dans 2 mol.

b. Faux, car la relation s'écrit : $N = n \times N_A$.

c. Faux, car l'unité est le gramme par mole ($g{\cdot}mol^{-1}$).

d. Faux, car la relation s'écrit : $m = n \times M$.

e. Vrai, car la masse molaire atomique est égale à la masse d'une mole d'atomes.

2 • Masse molaire de C_4H_{10} :

$4 \times M_C + 10 \times M_H = 4 \times 12{,}0 + 10 \times 1{,}0 = 58{,}0\ g{\cdot}mol^{-1}$.

• Masse molaire de H^+ :

$1 \times M_H = 1 \times 1{,}0 = 1{,}0\ g{\cdot}mol^{-1}$.

• Masse molaire de SO_4^{2-} :

$1 \times M_S + 4 \times M_O = 1 \times 32{,}1 + 4 \times 16{,}0 = 96{,}1\ g{\cdot}mol^{-1}$.

3 **1.** Calcul de la masse molaire du carbone :

$$M_C = \frac{m}{n} = \frac{120{,}0}{10{,}0} = 12{,}0\ g{\cdot}mol^{-1}$$

2. Calcul du nombre d'atomes de carbone contenus dans l'échantillon :

$N = n \times N_A = 10{,}0 \times 6{,}02 \times 10^{23} = 6{,}02 \times 10^{24}$.

3. Calcul de la masse d'un atome de carbone :

$$m_C = \frac{120{,}0}{6{,}02 \times 10^{24}} = 2{,}00 \times 10^{-23}\,g.$$

4 **1.** Calcul de la quantité de matière de chlorure de sodium :

$$n = \frac{m}{M_{NaCl}} = \frac{30{,}0}{58{,}5} = 0{,}51\ mol$$

2. Calcul de la quantité de matière d'eau :

$$n = \frac{m}{M_{H_2O}} = \frac{\rho(H_2O) \times V}{M_{H_2O}} = \frac{1\,000 \times 0{,}0500}{18{,}0} = 2{,}78\ mol.$$

→ Chapitre 10, page 225

1 **a. Faux**, car il n'y a ni disparition ni formation d'espèces chimiques au cours d'une transformation physique.

b. Vrai, car l'état liquide est un état condensé et désordonné tandis que le gaz est un état dispersé et désordonné.

c. Faux, car il s'agit d'une transformation exothermique : elle cède de l'énergie à l'extérieur.

d. Faux, car elles sont égales.

e. Faux, car la formule s'écrit : $Q = m \times L$.

2 Une transformation physique s'effectue sans formation ou disparition d'espèces chimiques. Les transformations physiques sont donc :

1. Mettre en poudre du saccharose (sucre de canne).

2. Faire bouillir de l'eau liquide.

4. Réaliser la chromatographie d'un colorant.

3 **1.** Ce changement d'état est la vaporisation.

2. Non, car les états liquide et gazeux sont tous les deux des états désordonnés.

3. La transformation est endothermique car le système doit recevoir de l'énergie pour que la transformation s'effectue.

4 **1.** Le changement d'état inverse est la fusion.

2. Pour déterminer l'énergie de changement d'état Q, on convertit d'abord la masse en kilogrammes : $m = 600\ g = 0{,}600\ kg$.

$$Q = m \times L_{solidification} = 0{,}600 \times (-1{,}5) \times 10^5 = -9{,}0 \times 10^4\ J.$$

3. Le système a perdu de l'énergie au cours du changement d'état car l'énergie Q est négative, ce qui signifie que la transformation est exothermique.

→ Chapitre 11, page 227

1 **a. Vrai**, car l'augmentation de température démontre le transfert d'énergie thermique du système chimique vers l'extérieur.

b. Vrai, car les règles de conservation ont toutes été respectées.

c. Faux, car les éléments chimiques doivent être conservés.

d. Faux, car l'équation chimique n'est pas correctement ajustée. L'équation chimique s'écrit :

$CH_{4(g)} + 2\ O_{2(g)} \rightarrow CO_{2(g)} + 2\ H_2O_{(l)}$

e. Vrai, car le réactif limitant est celui qui a été totalement consommé à la fin de la réaction.

2 **1.** $C_6H_{12}O_{6(s)} + \mathbf{6}\ O_{2(g)} \rightarrow \mathbf{6}\ CO_{2(g)} + \mathbf{6}\ H_2O_{(l)}$

2. $Zn_{(s)} + \mathbf{2}\ H^+_{(aq)} \rightarrow Zn^{2+}_{(aq)} + H_{2(g)}$

3. $\mathbf{4}\ Fe_{(s)} + \mathbf{3}\ O_{2(g)} \rightarrow \mathbf{2}\ Fe_2O_{3(s)}$

3 **1.** Les produits de la transformation sont l'eau et le dioxyde de carbone.

2. Les réactifs pour cette transformation sont le méthane et le dioxygène.

3. L'espèce chimique spectatrice est le diazote.

4 **1.** $CO_{2(g)} + H_2O_{(l)} \rightarrow HCO^-_{3(aq)} + H^+_{(aq)}$

2. $HCO^-_{3(aq)} + H_2O_{(l)} \rightarrow CO^{2-}_{3(aq)} + H_3O^+_{(aq)}$

3. $CO^{2-}_{3(aq)} + Ca^{2+}_{(aq)} \rightarrow CaCO_{3(s)}$

→ Chapitre 12, page 229

1 **a. Faux**, car une espèce chimique synthétisée est identique à celle issue du milieu naturel.

b. Vrai, car une ampoule à décanter permet de réaliser une extraction liquide-liquide.

c. Faux, car la formule correcte est $V = \dfrac{n \times M}{\rho}$.

d. Vrai, car une seule tache montre que l'espèce chimique est seule.

e. Faux, car une chromatographie permet de séparer et d'identifier une espèce chimique, pas de l'isoler.

2 **1.** 1 : condenseur à eau ; 2 : ballon ; 3 : chauffe-ballon ; 4 : support élévateur.

2. Le médicament qui contient de l'aspirine est celui dont la tache issue du dépôt arrive à la même hauteur que celle de l'aspirine. Il s'agit donc du médicament 2.

3 Oui, on est arrivé à isoler le produit de la synthèse car le dépôt L donne une seule tache sur le chromatogramme à la différence du dépôt O qui donne 4 taches et qui correspond donc à un mélange.

→ Chapitre 13, page 231

1 **a. Faux**, car au cours de la réaction nucléaire les éléments chimiques réactifs disparaissent et de nouveaux apparaissent.

b. Vrai, car l'émission d'un positon correspond à une radioactivité de type $\beta+$.

c. Faux, car ils possèdent un même nombre de protons et un nombre de neutrons différent.

d. Vrai, car le noyau père se désintègre pour former un noyau fils.

e. Vrai, car au cours d'une fusion, deux noyaux légers réagissent pour former un noyau plus lourd.

2 **1.** Deux noyaux sont isotopes s'ils possèdent le même nombre de protons et un nombre de neutrons différent.

2. Les noyaux isotopes doivent posséder la même valeur de Z et une valeur de A différente. On obtient la liste suivante : (29 ; 61) ; (29 ; 60).

3 **1.** Neptunium 239 : 93 protons ; 239 – 93 = 146 neutrons.

Plutonium 239 : 94 protons ; 239 – 94 = 145 neutrons.

Ces noyaux ne sont pas isotopes car ils ont un nombre de protons différent.

2. On applique les lois de Soddy pour trouver A et Z.

$239 = 239 + A$ soit $A = 0$.

$93 = 94 + Z$ soit $Z = -1$.

L'équation s'écrit : ${}^{239}_{93}\text{Np} \rightarrow {}^{239}_{94}\text{Pu} + {}^{0}_{-1}\text{e}$.

La particule émise est un électron : c'est une radioactivité de type β^-.

4 **1.** La réaction 1 est une réaction de fission. La réaction 2 est une réaction de fusion. La réaction 3 est une désintégration radioactive de type β^-.

2. L'équation de fission nucléaire permettrait d'obtenir de l'énergie électrique.

3. L'équation de fusion nucléaire peut avoir lieu au cœur du Soleil.

→ Chapitre 14, page 233

1 **a. Faux**, car une voiture est en déplacement par rapport au référentiel terrestre.

b. Faux, car un ascenseur est en déplacement par rapport au référentiel terrestre.

c. Vrai, car un arbre est immobile par rapport au référentiel terrestre.

d. Faux, le mouvement apparent d'un objet dépend du référentiel par rapport auquel on l'étudie : c'est la relativité du mouvement.

e. Faux, la vitesse d'un système est égale au quotient de la distance parcourue par la durée du parcours.

2

Type de mouvement	Trajectoire du solide	Évolution de la vitesse au cours du temps
rectiligne accéléré	droite	augmente
rectiligne uniforme	droite	constante
curviligne uniforme	quelconque	constante
circulaire décéléré	cercle	diminue

3 **1.** On convertit la durée totale du vol en secondes et la distance parcourue en mètres :

t_{total}= 8 h 25 min. Or 8 h = (8 × 60 × 60) = 28 800 s et 25 min = 25 × 60 = 1 500 s donc :

$t_{total} = 28\,800 + 1\,500 = 30\,300$ s

$d_{totale} = 6\,586$ km $= 6{,}586 \times 10^6$ m

On calcule la vitesse moyenne de l'avion sur ce trajet :

$$v_{moyenne} = \frac{d_{totale}}{t_{total}} = \frac{6{,}586 \times 10^6}{30\,300} = 217{,}4 \text{ m.s}^{-1}$$

2. On convertit la vitesse instantanée de l'avion en mètres par seconde :

$v = 920 \text{ km·h}^{-1} = 255{,}6 \text{ m·s}^{-1}$

D'après l'échelle donnée (1 cm pour 100 m·s^{-1}), le vecteur vitesse doit avoir une longueur de 2,6 cm. De plus, il doit être tangent à la trajectoire de l'avion.

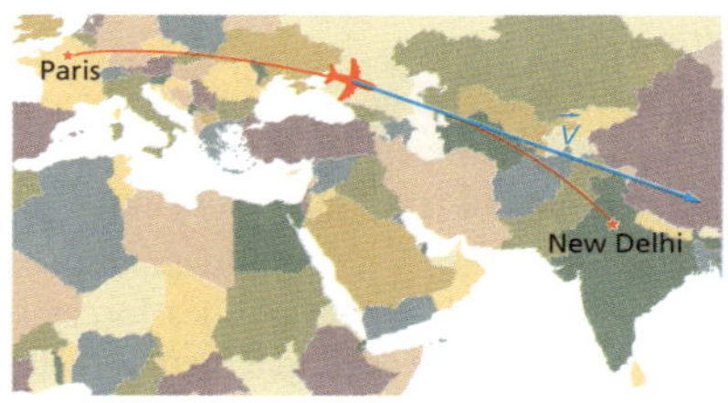

→ Chapitre 15, page 235

1 **a. Faux**, le pouce exerce une action de contact sur la punaise.

b. Vrai, une force peut déformer un système, le mettre en mouvement ou modifier son mouvement (vitesse et trajectoire).

c. Faux, car le poids qui s'assimile à la force gravitationnelle exercée par la Terre dépend de la distance entre l'objet et le centre de la Terre.

2 **1.**
$$F_{T/L} = G \times \frac{M_T \times M_L}{{R_0}^2}$$
$$= 6{,}67 \times 10^{-11} \times \frac{5{,}98 \times 10^{24} \times 7{,}34 \times 10^{22}}{(3{,}84 \times 10^8)^2}$$
$$= 1{,}99 \times 10^{20} \text{ N}$$

2. $F_{L/T} = F_{T/L} = 1{,}99 \times 10^{20}$ N

3. Ces deux forces sont représentées par des vecteurs opposés et de même longueur.

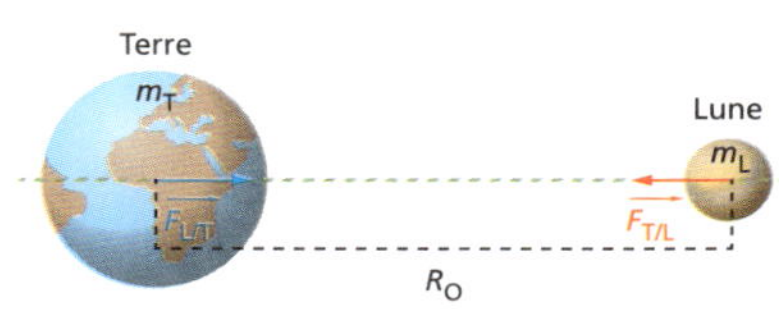

3 **1.** $P = m \times g_T = 50 \times 9{,}8 = 4{,}9 \times 10^2$ N

2. $F_{T/O} = G \times \dfrac{M_T \times m}{{R_T}^2}$

$= 6{,}67 \times 10^{-11} \times \dfrac{5{,}98 \times 10^{24} \times 50}{(6{,}38 \times 10^6)^2} = 4{,}9 \times 10^2$ N

On remarque que la force gravitationnelle exercée par la Terre sur l'objet est égale au poids terrestre de cet objet.

4 **1.** Les forces s'exerçant sur le camion sont le poids et la réaction du support.

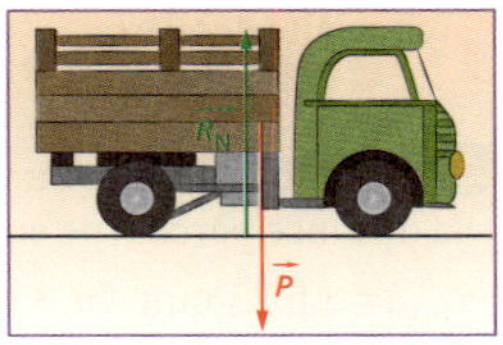

2. Les forces s'exerçant sur la skieuse nautique et ses skis sont le poids, la réaction de l'eau et la traction du fil.

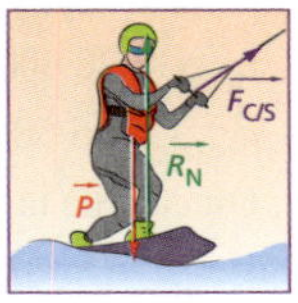

3. Les forces s'exerçant sur l'enfant et la luge sont le poids, la réaction du sol et les frottements de la neige.

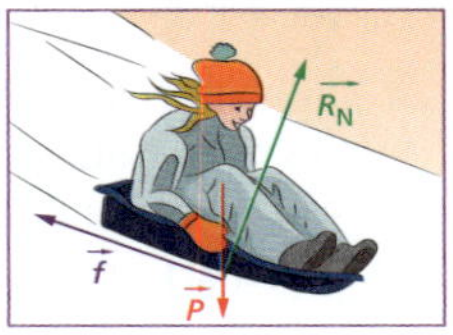

→ Chapitre 16, page 237

1 **a. Vrai.**

b. Faux, un système qui ne subit aucune force (ou bien des forces qui se compensent) peut être au repos ou avoir un mouvement rectiligne uniforme.

c. Faux, il ne suffit pas qu'un mouvement soit rectiligne pour qu'on puisse dire que les forces se compensent ; le mouvement doit également être uniforme.

d. Faux, un système en chute libre n'est soumis qu'à une seule force : son poids.

2 D'après l'énoncé, les patineurs ont un mouvement circulaire uniforme donc, d'après le principe d'inertie, les forces qui leur sont appliquées ne se compensent pas.

3 **1.** La force $\vec{f}$ est une force de frottement et la force $\vec{R}$ correspond à la réaction du support, soit la force exercée par l'eau sur la planche.

2. La vitesse est constante et la trajectoire est une droite, donc le système a un mouvement rectiligne uniforme. D'après le principe d'inertie, les forces s'exerçant sur la planche se compensent.

3. Comme les forces se compensent, on a :

$P_x + V_x + f_x + R_x = 0$ et $P_y + V_y + f_y + R_y = 0$.

Les forces ont pour composantes :

$\vec{P} \begin{vmatrix} P_x = 0 \\ P_y = -P \end{vmatrix}$ $\vec{V} \begin{vmatrix} V_x = V \\ V_y = 0 \end{vmatrix}$

$\vec{f} \begin{vmatrix} f_x = -f \\ f_y = 0 \end{vmatrix}$ $\vec{R} \begin{vmatrix} R_x = 0 \\ R_y = R \end{vmatrix}$

• Somme des composantes horizontales :

$P_x + V_x + f_x + R_x = 0 + V - f + 0 = V - f = 0$

Donc $f = V = 200$ N.

• Somme des composantes verticales :

$P_y + V_y + f_y + R_y = -P + 0 + 0 + R = R - P = 0$

Donc $R = P = 1\,000$ N.

4.

4 **1.** Calcul de la vitesse au bout de 0,5 s :

$v(0{,}5) = 10 \times 0{,}5 = 5{,}0$ m·s^{-1}

Calcul de la vitesse au bout de 1,5 s :

$v(1{,}5) = 10 \times 1{,}5 = 15$ m·s^{-1}

2. $v(1{,}5) > v(0{,}5)$ donc la vitesse augmente au cours du temps (mouvement accéléré).

3. Le mouvement de la balle est rectiligne varié (accéléré) donc, d'après le principe d'inertie, les forces appliquées sur la balle ne se compensent pas.

→ Chapitre 17, page 239

1 **a. Faux**, le son a besoin de matière pour se propager : il ne se propage pas dans le vide.

b. Vrai, la vitesse du son n'est par exemple pas la même dans l'eau ou dans l'air.

c. Faux, un signal périodique est un signal qui se reproduit identique à lui-même périodiquement.

d. Faux, les sons médiums ont une fréquence comprise entre 200 et 2 000 Hz.

e. Vrai, un son commence à être dangereux quand son intensité atteint les 95 dB.

2 Les films dans lesquels on entend des sons lors des batailles spatiales sont incorrects du point de vue physique car l'espace, étant essentiellement constitué de vide, ne permet pas au son de se propager. Les batailles devraient donc se faire en silence.

3 **1.** Le motif élémentaire s'étend sur 4 carreaux. D'après l'échelle donnée, 1 carreau correspond à 2,0 ms. On calcule la période du signal :

$T = 4 \times 2{,}0 = 8{,}0$ ms $= 8{,}0 \times 10^{-3}$ s.

2. On calcule la fréquence du signal :

$f = \dfrac{1}{T} = \dfrac{1}{8{,}0 \times 10^{-3}} = 125$ Hz

3. 20 Hz $< f <$ 200 Hz donc il s'agit d'un son audible grave.

→ Chapitre 18, page 241

1 **a. Faux**, contrairement au son, la lumière peut se propager dans le vide.

b. Faux, la vitesse de la lumière dans l'air est égale à $3{,}00 \times 10^5$ km·s^{-1} ou $3{,}00 \times 10^8$ m·s^{-1}.

c. Vrai, le spectre d'une lumière contient toutes les radiations de la lumière étudiée.

d. Faux, plus un corps est chauffé, plus la lumière émise sera riche en radiations bleues.

e. Faux, une lumière monochromatique est constituée d'une seule radiation lumineuse.

2 On sait que les radiations lumineuses appartiennent à des domaines différents en fonction de leurs longueurs d'onde : ultraviolet (< 400 nm) ; visible (400 nm à 800 nm) ou infrarouge (> 800 nm).

1. 978 nm : infrarouge

2. 350 nm : ultraviolet

3. $5{,}0 \times 10^{-7}$ m = 500 nm : visible

4. $2{,}0 \times 10^{-7}$ m = 200 nm : ultraviolet

3 **1.** On obtient un spectre lumineux continu.

2. a. Quand la température du filament augmente, le spectre de la lumière émise s'élargit car il s'enrichit en radiations bleues.

b. La lumière émise change de couleur avec la température. La lumière émise est initialement dans les rouges et se rapproche du blanc en même temps que la température augmente.

4 On détermine les longueurs d'onde de la première et de la dernière raie du spectre obtenu.

En prenant la graduation 400 nm comme repère, on voit que sur le spectre 50 nm sont séparés de 1,1 cm. La première raie se trouve à 1,0 cm de la graduation 400 nm et la dernière, à 5,9 cm.

On utilise un tableau de proportionnalité pour calculer la différence de longueur d'onde entre la graduation 400 nm et les deux raies considérées :

× 45

Longueur d'onde (nm)	Distance sur le spectre (cm)
50	1,1
$\lambda_{\text{première}} = ?$	1,0
$\lambda_{\text{dernière}} = ?$	5,9

$\lambda_{\text{première}} = 1{,}0 \times 45 = 45$ nm

$\lambda_{\text{dernière}} = 5{,}9 \times 45 = 266$ nm

On en déduit les longueurs d'onde de la première et de la dernière raie du spectre obtenu :

λ(première raie) = 400 + 45 = 445 nm

λ(dernière raie) = 400 + 266 = 666 nm

D'après les données, l'hélium est le seul élément dont le spectre contient des radiations avec des valeurs proches des deux longueurs d'onde obtenues : l'ampoule contient donc de l'hélium.

→ Chapitre 19, page 243

1 **a. Vrai**, pour la réfraction, on a :
$n_1 \times \sin(i_1) = n_2 \times \sin(i_2)$.

b. Faux, pour la réflexion, on a $i = r$.

c. Faux, l'angle de réfraction des radiations lumineuses dépend du milieu et de la longueur d'onde de la radiation.

2 • Calcul de l'angle réfléchi :

D'après la 2de loi de Descartes : $i = r = 50°$.

• Calcul de l'angle réfracté :

D'après la 2de loi de Snell-Descartes :

$n_1 \times \sin(i_1) = n_2 \times \sin(i_2)$.

On en déduit :

$$\sin(i_2) = \frac{n_1}{n_2} \times \sin(i_1) = \frac{1{,}00}{1{,}33} \times \sin(50) = 0{,}58$$

donc $i_2 = 35°$.

3 D'après la 2de loi de Snell-Descartes :

$n_1 \times \sin(i_1) = n_2 \times \sin(i_2)$.

On en déduit l'indice de réfraction de la substance :

$$n_2 = n_1 \times \frac{\sin(i_1)}{\sin(i_2)} = 1{,}00 \times \frac{\sin(35)}{\sin(20)} = 1{,}68.$$

4 **1.** D'après la 2de loi de Snell-Descartes :

$n_1 \times \sin(i_1) = n_2 \times \sin(i_2)$.

On en déduit l'indice de réfraction du verre :

$$n_2 = n_1 \times \frac{\sin(i_1)}{\sin(i_2)} = 1{,}00 \times \frac{\sin(30)}{\sin(18)} = 1{,}62.$$

2. a. D'après la 2de loi de Snell-Descartes :

$n_1 \times \sin(i_1) = n_2 \times \sin(i_2)$.

On en déduit : $\sin(i_2) = \dfrac{n_1}{n_2} \times \sin(i_1)$.

• $\sin(i_{2,\text{ rouge}}) = \dfrac{1{,}000}{1{,}596} \times \sin(30) = 0{,}313$ donc

$i_{2,\text{ rouge}} = 18{,}2°$.

• $\sin(i_{2,\text{ bleue}}) = \dfrac{1{,}000}{1{,}680} \times \sin(30) = 0{,}298$ donc

$i_{2,\text{ bleue}} = 17{,}3°$.

b. L'angle de réfraction dépend de la longueur d'onde de la radiation : les différentes radiations ne suivent pas le même chemin après réfraction. Le prisme permet de décomposer la lumière blanche, qui est constituée d'une infinité de radiations lumineuses aux longueurs d'onde distinctes.

→ Chapitre 20, page 245

1 **a. Faux**, la distance focale d'une lentille est la distance entre la lentille et son foyer.

b. Vrai, le grandissement permet de déterminer si l'image est plus grande ou plus petite que l'objet, mais aussi de savoir si elle est dans le même sens ou renversée par rapport à l'objet.

c. Faux car la formule du grandissement est
$\gamma = \dfrac{\overline{OA'}}{\overline{OA}} = \dfrac{\overline{A'B'}}{\overline{AB}}$.

d. Faux, pour modéliser un œil il faut une seule lentille convergente, mais également un diaphragme et un écran.

2

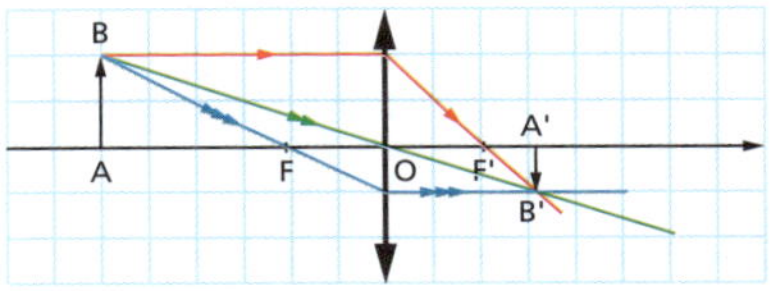

3 **1.**

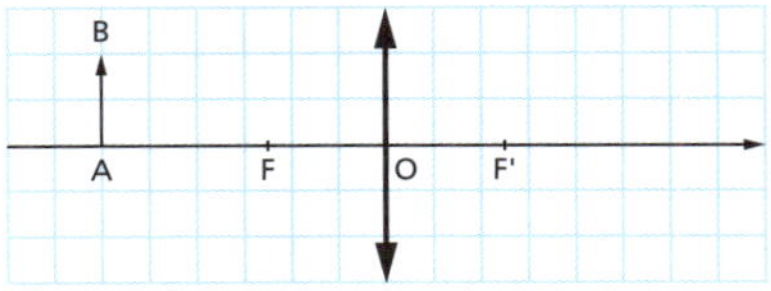

2. $\overline{AB}$ et $\overline{OA'}$ sont positives.

3. $\gamma = \dfrac{\overline{A'B'}}{\overline{AB}}$ donc

$\overline{A'B'} = \gamma \times \overline{AB} = 0{,}5 \times 1{,}0 = 0{,}5$ cm.

4 **1.** $\gamma = \dfrac{\overline{A'B'}}{\overline{AB}} = \dfrac{-1{,}4}{1{,}7} = -0{,}82$

2. $\gamma < 0$ donc l'image est renversée par rapport à l'objet et $|\gamma| < 1$ donc l'image est plus petite que l'objet.

→ Chapitre 21, page 247

1 **a. Faux**, d'après la loi des nœuds la somme des intensités du courant qui arrivent à un nœud est égale à celle de ceux qui en partent.

b. Faux, la loi des nœuds permet de calculer des intensités de courant. Pour calculer une tension, il faut utiliser la loi des mailles.

c. Faux, pour la caractéristique d'un conducteur ohmique est une droite qui passe par l'origine.

d. Vrai, d'après la loi d'Ohm : $U = R \times I$.

2 D'après la loi des nœuds, on a : $i_1 + i_2 = i_3$ soit : $i_3 = 5 + (-3) = 2$ A.

3 On se place dans la maille ABEF (on pourrait choisir une autre maille, mais la relation mathématique serait plus complexe). On représente les tensions aux bornes des dipôles de la maille choisie.

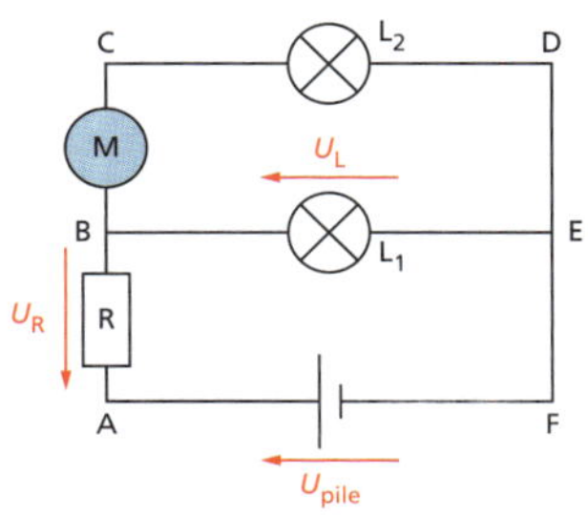

D'après la loi des mailles, on trouve :

$U_R + U_L - U_{pile} = 0.$

On en déduit : $U_R = U_{pile} - U_{L_1} = 9{,}0 - 3{,}7 = 5{,}3$ V.

4 D'après la loi d'Ohm :

$U = R \times I.$

On en déduit :

$R = \dfrac{U}{I} = \dfrac{1{,}2}{0{,}240} = 5\ \Omega.$

→ Chapitre 22, page 249

1 **a. Faux**, un capteur permet de relier une grandeur physique à une grandeur, en général, électrique.

b. Faux, pour certains capteurs, c'est la tension entre ses bornes qui varie en fonction de la grandeur physique analysée.

c. Vrai, un signal analogique peut prendre toutes les valeurs possibles : c'est un signal continu.

d. Faux, un signal numérique est un signal discontinu ou discret : il ne peut prendre que certaines valeurs.

e. Faux, la conversion analogique-numérique se fait en trois étapes : l'échantillonnage, la quantification et le codage.

2 **1.** Le flux lumineux et la résistance ne sont proportionnels, car la représentation graphique des variations de la résistance en fonction du flux lumineux n'est pas une droite qui passe par l'origine.

2. Détermination graphique de la valeur du flux lumineux :

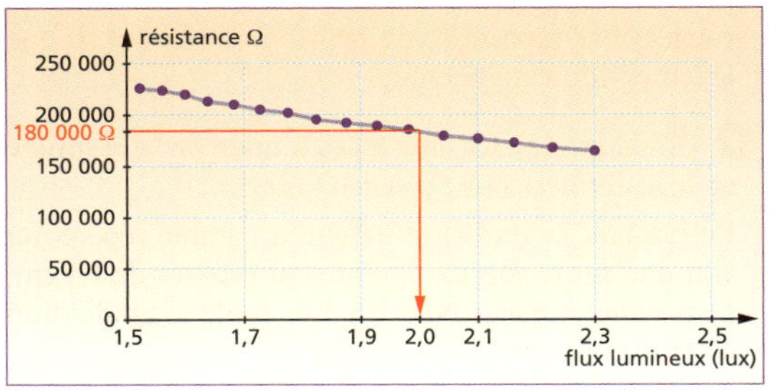

Pour une résistance égale à 180 000 Ω, le flux lumineux est égal à 2,0 lux.

3 **1.** Les étapes de la numérisation d'un signal analogique sont : l'échantillonnage, la quantification et le codage.

2. Une seconde de signal est découpée en 8 000 échantillons. La période d'échantillonnage est donc de : $T_e = \dfrac{1}{8\ 000} = 1{,}25 \times 10^{-4}$ s.

SVT

→ Chapitre 1, page 255

1 **a. Faux** : la paroi des cellules végétales constitue également une matrice extracellulaire.

b. Faux : c'est un milieu extracellulaire constitué par une substance hydratée (liquide interstitiel) dans lequel se trouvent des protéines fibreuses.

c. Faux : c'est au contraire un milieu très hydraté.

d. Faux : la cellulose est propre à la matrice extracellulaire des végétaux.

2 **a. Caractères communs** ⟶ Dans les deux cellules, le cytoplasme, limité par la membrane cytoplasmique (= plasmique), contient un organite, le noyau, où se trouve l'information génétique.

Différences ⟶ La cellule végétale possède des chloroplastes et sa membrane plasmique est entourée par une paroi, squelettique, la matrice extracellulaire. La paramécie possède de nombreux organites cellulaires : cils vibratiles, vacuoles digestives, vacuoles pulsatiles.

b. La vie d'une cellule d'un organisme pluricellulaire dépend des fonctions assurées par d'autres cellules. Elle ne peut mener une vie indépendante. Par exemple, les cellules de la feuille dépendent de l'activité des cellules des racines qui absorbent l'eau du sol.

Grâce à divers organites spécialisés de façon différente, l'animal unicellulaire peut mener une vie indépendante. En particulier, il peut se déplacer grâce à ses cils vibratiles, prélever des proies (bactéries) dans son environnement et les digérer dans des vacuoles digestives.

→ Chapitre 2, page 257

1 **a. Vrai** : un allèle sur un chromosome et le second sur le chromosome homologue.

b. Faux : la cellule nerveuse, comme la cellule sécrétrice d'insuline et les autres cellules de l'organisme, possède les deux allèles du gène de l'insuline. Mais les allèles de ce gène s'expriment (c'est-à-dire dirigent la synthèse d'une protéine, l'insuline) uniquement dans les cellules pancréatiques.

c. Faux : toutes les cellules de l'organisme possèdent les mêmes allèles des gènes.

d. Vrai : bien que les deux allèles du gène de l'insuline soient présents dans les cellules de l'appareil respiratoire, celles-ci ne produisent pas d'insuline, ce qui indique que les allèles du gène de l'insuline ne s'expriment pas.

2 Pour construire la séquence du brin complémentaire du brin fourni, on utilise la complémentarité des bases azotées : adénine-thymine et guanine-cytosine. La séquence de ce brin est indiquée ci-dessous.

3 **a. Faux** : les deux séquences présentent une forte similitude (1 seule paire de nucléotides différente sur 11) alors que les séquences de deux gènes différents ont très peu de similitudes.

b. Vrai : puisque les deux séquences fournies ne montrent qu'une seule différence, il s'agit d'allèles d'un même gène.

c. Faux : il s'agit de deux allèles différents et non de deux allèles identiques puisqu'il y a une différence dans leur séquence.

4 **a. Faux** : si on admet que la concentration d'insuline dans le sang dépend de l'expression plus ou moins intense du gène de l'insuline, donc de la quantité d'insuline synthétisée par la cellule pancréatique, on voit que l'expression des allèles du gène de l'insuline subit d'importantes variations.

b. Faux : l'apport de glucose dans le sang est suivi d'une forte augmentation de la concentration d'insuline, donc de l'expression des allèles du gène.

c. Vrai : les cellules pancréatiques réagissent à l'apport de glucose par une forte sécrétion d'insuline.

d. Vrai : c'est le cas de la cellule pancréatique sécrétrice d'insuline.

→ Chapitre 3, page 259

1 **a. Faux** : elles sont bien une source d'énergie mais celle-ci n'est pas directement utilisable.

b. Faux : seules les cellules végétales chlorophylliennes en sont capables (photosynthèse).

c. Vrai : les réactions de la respiration cellulaire dégradent les molécules organiques grâce à des enzymes qui sont codées par des gènes.

d. Vrai : les mitochondries sont les organites sièges de la respiration cellulaire qui convertissent l'énergie des molécules organiques en ATP, forme d'énergie utilisable pour toutes les activités cellulaires.

2 L'addition de glucose, molécule organique, entraîne une chute de la teneur en dioxygène du milieu. Cela signifie que les levures ont consommé de l'oxygène pour dégrader le glucose. C'est le phénomène de la respiration cellulaire qui a lieu au sein des mitochondries.

Avant l'ajout de glucose, les levures avaient une respiration très réduite car le milieu ne contenait pas de matières organiques et les réserves en matière organique des levures avaient été épuisées.

3 **a.** Durant les 3 premières minutes, dans l'obscurité, la concentration en dioxygène diminue lentement (de 100 à 85) : les fragments de feuilles consomment du dioxygène.

Durant les 3 minutes 30 suivantes, la concentration en dioxygène augmente rapidement (de 85 à 200) : les fragments de plantes rejettent du dioxygène.

Enfin, durant la fin de l'expérience à l'obscurité, la concentration en dioxygène diminue à la même vitesse que durant les 3 premières minutes.

b. Dans l'obscurité, la photosynthèse n'a pas lieu. Seule la respiration réalisée dans les mitochondries se déroule, d'où la baisse de la concentration en dioxygène du milieu.

À la lumière, les cellules des feuilles respirent grâce à leurs mitochondries mais, en même temps, la photosynthèse a lieu dans les chloroplastes. L'intensité de la photosynthèse est largement supérieure à celle de la respiration, d'où l'augmentation de la concentration en dioxygène du milieu.

→ Chapitre 4, page 261

1 **a. Faux** : une mutation a lieu dans une cellule, ce n'est pas l'organisme qui mute.

b. Vrai : un nouvel allèle résulte d'un changement dans la séquence d'un allèle préexistant.

c. Faux : une mutation peut aussi avoir lieu dans toute cellule somatique (= non reproductrice) de l'organisme.

d. Faux : seules les mutations touchant les cellules reproductrices peuvent être transmises aux descendants.

2 **a.** Les deux séquences considérées appartiennent à deux allèles du gène qui code la synthèse de l'hémoglobine.

b. La différence porte sur une paire de nucléotides seulement. Située en position 17 à partir du haut, la paire de nucléotides complémentaires T-A sur la figure b (hémoglobine HBA normale) est remplacée par la paire A-T dans la figure d (hémoglobine HBS responsable de la drépanocytose).

c. Le génotype pour le caractère considéré est constitué par les deux allèles du gène que possède une personne : HbS//HbS par exemple pour une personne atteinte de drépanocytose, HbA//HbA pour une personne non atteinte.

Le phénotype au sens large désigne l'ensemble des caractéristiques observables d'un individu ; dans un sens plus restreint il s'utilise en rapport avec un seul caractère. Ici, le phénotype d'un individu malade sera « phénotype drépanocytaire » et celui d'un individu non atteint « phénotype sain ou non drépanocytaire ».

Les individus de génotype HbA//HbS ne développent pas la maladie : ce sont des porteurs sains qui peuvent transmettre l'allèle HbS à leurs descendants.

d. Une mutation dans une cellule reproductrice d'un ou des ancêtres des populations actuelles est à l'origine de cette maladie. La rencontre d'un spermatozoïde portant l'allèle HbS avec un ovule porteur lui aussi de l'allèle muté HbS a été à l'origine de la formation d'un œuf, puis d'un individu de génotype HbS//HbS et de phénotype drépanocytaire.

→ Chapitre 5, page 263

1 **a. Faux** : ce sont les mutations qui, en créant de nouveaux allèles, sont initialement à l'origine de la biodiversité.

b. Faux : elle peut favoriser des phénotypes différents selon les caractéristiques du milieu de vie (voir l'exemple des moustiques, exercice 3).

c. Faux : la dérive génétique, en particulier dans les populations de faible effectif, est un mécanisme qui intervient dans l'évolution des populations.

d. Vrai : cela est possible lorsque la sélection naturelle aboutit par exemple à deux populations qui diffèrent par un phénotype et que ce dernier génère un isolement reproductif.

2 **Faux** : la dérive génétique a un impact dans les populations de faible effectif et, puisqu'elle est due à des mécanismes aléatoires, elle n'adapte pas les populations à leur environnement, contrairement à la sélection naturelle.

3 **a.** En 2002, dans la zone proche du bord de mer (0 à 20 km), plus de 80 % des larves de moustiques étaient résistantes aux insecticides. En 1970, la population de moustiques de cette zone était totalement sensible. Il y a donc eu dans cette zone un très net changement dans les caractéristiques de la population de moustiques. Plus on s'éloigne du bord de mer, plus la population de moustiques est sensible à l'insecticide. Le changement observé dans la population du bord de mer est donc lié à l'épandage de l'insecticide dans la zone proche de la mer.

b. Chez les moustiques, la résistance à l'insecticide est liée à la capacité, héréditaire, à produire beaucoup d'estérase. En 1970, les moustiques produisaient peu d'estérase, leur information génétique ne le permettait pas. Pour que les moustiques deviennent résistants, ils ont dû subir une mutation du gène qui code la synthèse de l'estérase. Ces moustiques porteurs de la mutation ont pu apparaître avant ou après 1970, mais ce n'est pas l'insecticide qui a provoqué cette mutation. Dans les années 1970, seuls quelques individus étaient porteurs de cette mutation. En présence d'insecticide, les moustiques résistants ont eu une plus grande probabilité de survie, et donc de reproduction, que les moustiques sensibles. Comme ils transmettent leurs caractéristiques génétiques à leurs descendants, la fréquence des moustiques résistants augmente de génération en génération (sélection naturelle).

→ Chapitre 6, page 265

1 **a. Vrai** : dans la région tropicale l'indice est descendu à 0,2-0,1, soit une diminution de 80 à 90 % des effectifs de populations depuis 1970, contre une diminution d'environ 60 % pour le reste du monde comme l'indique le document clé.

b. Faux : c'est la dégradation et la perte d'habitat qui sont systématiquement les grands responsables de la diminution des effectifs de tous les groupes.

c. Faux : voir la réponse à la question **b.**

d. Faux : la dégradation et la perte d'habitat sont le plus souvent liées aux activités humaines (déboisement, constructions…).

2 **a.** Les courbes de l'évolution démographique humaine et celle des extinctions animales sont comparables, elles ont des pentes semblables qui s'accentuent lorsque la population humaine atteint environ 2 500 millions d'individus dans les années 1970. À noter que la courbe des extinctions tend à devenir exponentielle.

b. C'est surtout par la dégradation et la perte des habitats naturels, ainsi que par la surexploitation de nombreuses espèces, que les activités humaines provoquent l'augmentation des extinctions d'espèces vivantes qui se traduit par une diminution inquiétante de la biodiversité.

→ Chapitre 7, page 267

1 **1. a. Faux** : c'est un processus à la fois physique et chimique.

b. Vrai : l'altération fragilise les roches qui peuvent alors perdre leur cohérence.

c. Faux : il donne également naissance à des ions solubles.

d. Faux : très active en altitude, elle existe en tout lieu.

e. Faux : un climat humide et chaud favorise l'altération chimique des roches.

f. Vrai : l'altération n'est pas la même en pays granitique et en pays calcaire.

2. a. Faux : le feldspath est un minéral qui s'altère facilement et est donc peu présent dans les sédiments détritiques.

b. Vrai : le grain de sable est l'élément constitutif du sable, sédiment détritique.

c. Vrai : le quartz minéral, très peu altérable, est abondant dans les sédiments détritiques.

d. Vrai : du granite en particulier, mais aussi du gneiss.

2 **a.** Succession chronologique des quatre stades :

- stade 1 ⟶ B : on reconnaît un massif granitique fissuré mais sans trace d'altération visible.
- stade 2 ⟶ D : massif granitique altéré au niveau des fissures où se forme une arène granitique. Les zones arénisées séparent des blocs de granite intacts.
- stade 3 ⟶ A : une partie de l'arène a été enlevée par l'érosion.
- stade 4 ⟶ C : toute l'arène a été enlevée, les blocs de granite intacts se trouvent en équilibre plus ou moins stable (chaos granitique).

b. Les schémas B et D illustrent l'altération des roches et les schémas A et C les effets de l'érosion.

c. On peut retrouver des cristaux de quartz à tous les stades, soit partie intégrante du granite intact, soit en cristaux plus ou moins isolés dans l'arène.

→ Chapitre 8, page 269

1 **a. Vrai** ou **faux** : vrai à cause de la présence de grains de quartz et faux car c'est une roche et non un sédiment.

b. Faux : une argilite est une roche à grain très fin, souvent argileuse. Ici les grains de quartz ont une dimension de l'ordre du millimètre, supérieure aux dimensions des éléments détritiques d'une argilite.

c. Vrai : les grains de quartz peuvent provenir de la désagrégation du granite.

d. Faux : les éléments détritiques d'un conglomérat sont des galets de dimensions bien supérieures à celles des grains de quartz.

e. Vrai : le calcaire est un ciment qui lie les grains de quartz.

2 **a.** Il s'agit d'une érosion maritime, côtière, la mer sapant la base d'une falaise calcaire et provoquant son recul progressif.

b. Le schéma A traduit l'aléa (recul de la falaise sous l'action de la mer) ; le schéma B illustre l'enjeu (construction d'habitations non loin du bord de la falaise) ; le schéma C traduit le risque, c'est-à-dire le recul de la falaise à proximité des constructions humaines.

→ Chapitre 9, page 271

1 **a. Faux** : il n'y a pas de vie sur Mars ou la Lune. En conséquence, les sols de Mars et de la Lune sont uniquement minéraux et non formés par l'association intime de matières organiques et minérales comme le sont les sols terrestres.

b. Faux : la biodiversité dans le sol terrestre, qui est un écosystème, est certes animale mais surtout microbienne et fongique (champignons).

c. Vrai : les animaux et les micro-organismes du sol assurent le recyclage des matières organiques en matières minérales (CO_2, ions minéraux) dont se nourrissent les plantes.

2 **a.** En l'absence de lombrics, l'infiltration d'eau dans le sol (graphique A) est de 80 mm par heure. Elle augmente régulièrement avec l'augmentation de la masse des lombrics à l'hectare pour atteindre 320 mm/h, soit 4 fois plus, pour une masse de lombrics de 2,4 t/ha.

b. Par leur activité, notamment la formation de galeries et le rejet de turricules de terre, les vers de terre ameublissent le sol et augmentent sa porosité.

c. En région accidentée, en favorisant la pénétration d'eau dans le sol, les lombrics limitent le ruissellement et donc l'érosion.

d. Les micro-organismes du sol sont indispensables à la nutrition des plantes, en particulier en effectuant la minéralisation des déchets organiques fournissant ainsi des ions minéraux aux plantes. Dans un sol privé de lombrics, la quantité de micro-organismes est de 50 UA. Elle augmente régulièrement avec la masse de lombrics présents pour atteindre 350 UA, soit 7 fois sa valeur de base, pour une masse de lombrics d'environ 150 g/m^2. Par leur activité, les vers de terre favorisent le développement de la flore microbienne du sol.

→ Chapitre 10, page 273

1 **a. Faux** : l'énergie solaire est effectivement utilisée par les plantes par photosynthèse, mais ce n'est pas la seule source d'énergie utilisée pour le fonctionnement d'un agrosystème. Les engins utilisés pour l'épandage des engrais, des insecticides, utilisent l'énergie fossile des hydrocarbures. De plus, la production d'engrais minéraux, notamment des nitrates, nécessite de l'énergie. Ce sont des intrants énergétiques.

b. Vrai : une partie de la matière produite par les plantes est exportée hors de l'agrosystème et consommée par les hommes ou les animaux. En conséquence, dans un agrosystème, le recyclage n'est pas total.

c. Faux : elle dépend des propriétés génétiques des plantes ainsi que de l'intensité de l'énergie solaire et des apports d'eau.

d. Faux : la plus grande partie de l'eau absorbée dans le sol par les plantes est rejetée dans l'atmosphère (transpiration : vapeur d'eau).

2 Dès que l'apport d'eau est supérieur à 1 500 m³/ha on observe une production par les variétés traditionnelles, alors qu'il faut un apport triple (3 000 m³/ha) pour un début de production par les variétés sélectionnées. Les variétés traditionnelles sont moins gourmandes en eau que les variétés sélectionnées.

Dès que l'apport d'eau dépasse 5 000 m³/ha, les végétaux sélectionnés sont plus producteurs que les végétaux traditionnels (plus du double), même avec un faible apport d'ions minéraux (intrants). La sélection génétique a donc eu pour effet d'augmenter le rendement à condition que l'apport d'eau soit suffisant.

Pour un même apport d'eau, l'apport d'intrants augmente la productivité, particulièrement chez les variétés sélectionnées, à condition que l'apport d'eau soit suffisant.

3 **a.** C'est un élevage qui vise à une production maximale de lait : grand nombre de vaches par rapport à un agrosystème laitier traditionnel, traite d'un grand nombre de vaches en même temps, trois fois par jour, apport abondant de nourriture.

b. Les aliments consommés par les vaches servent d'une part à fournir les nutriments nécessaires à la synthèse des molécules organiques du lait et, d'autre part, l'énergie nécessaire aux différentes activités, notamment aux synthèses (voir le chapitre 3). L'énergie des molécules organiques du lait est très inférieure à celle des aliments consommés. Les dépenses énergétiques des vaches, autres que celles nécessaires aux synthèses, sont réduites au maximum car les déplacements des vaches sont très limités (elles ne vont pas aux prés) et elles vivent dans un bâtiment où la température est régulée. Tout est orienté vers la production laitière sans tenir compte du bien-être des animaux.

c. L'eau est le constituant le plus abondant du lait. La production de tourteau de soja, comme toute production végétale, consomme beaucoup d'eau. La valeur élevée de l'eau nécessaire pour produire un litre de lait s'explique en tenant compte de l'eau nécessaire à la production d'aliments pour les vaches, à leur propre consommation d'eau et à l'entretien des bâtiments d'élevage.

→ Chapitre 11, page 275

1 **a. Faux** : le sol est un système vivant où les animaux et les micro-organismes assurent le recyclage des matières organiques en matières minérales, lesquelles sont les nutriments permettant la croissance et la productivité des plantes.

b. Faux : il faut certes nourrir les animaux du sol mais il faut leur fournir des matières organiques. Les animaux sont hétérotrophes (voir le chapitre 3).

c. Faux : car le sol nu risque d'être soumis à une érosion importante et à l'installation de mauvaises herbes qui entraînent le risque d'utilisation des herbicides.

d. Vrai : les animaux et micro-organismes du sol vont minéraliser les matières organiques, ce qui va enrichir le sol en ions minéraux, nutriments des plantes.

2 En agriculture intensive, on fournit des intrants minéraux (N, P, K) produits en grande partie par l'industrie chimique. En agriculture biologique, l'apport d'engrais minéraux est interdit. On fournit au sol des engrais organiques qui sont recyclés en engrais minéraux par les êtres vivants du sol. Par rapport à l'agriculture biologique, l'agriculture raisonnée utilise des engrais minéraux, comme l'agriculture intensive, mais l'apport d'engrais minéraux est contrôlé, régulé, en fonction des connaissances acquises sur les besoins des plantes à différents stades de leur croissance.

L'agriculture intensive a l'avantage d'obtenir des rendements importants mais l'inconvénient d'appauvrir la biodiversité des sols et d'utiliser des intrants (engrais minéraux, insecticides, herbicides, fongicides), sources de pollution.

L'agriculture biologique ne permet pas d'obtenir les rendements élevés mais la non-utilisation des herbicides, insecticides et fongicides conduit à des productions végétales saines et à la non-pollution de l'environnement.

→ Chapitre 12, page 277

1 **a. Faux** : elle est sécrétée par les cellules interstitielles des testicules.

b. Faux : elle est sécrétée par les testicules durant la vie fœtale, ce qui permet le développement des voies génitales mâles.

c. Faux : la concentration de testostérone dans le sang reste très basse pendant toute l'enfance.

d. Vrai : c'est l'augmentation importante de la concentration de testostérone à la puberté qui entraîne le développement des caractères sexuels primaires et secondaires.

2 **a.** Normalement un garçon possède le caryotype XY. Or Erwan a deux chromosomes X et donc un caryotype XX caractéristique du sexe féminin. Erwan a donc un phénotype masculin contraire à son caryotype.

b. Le chromosome Y porte le gène SRY qui entraîne la différenciation des gonades indifférenciées en testicules ; ensuite les testicules par leur sécrétion de testostérone permettent le développement des voies génitales mâles. Or, ici, l'un des chromosomes X d'Erwan possède le gène SRY. C'est cette anomalie qui a fait que, bien que possédant deux chromosomes X, Erwan a un phénotype masculin. Le gène SRY présent sur un des chromosomes X a permis la différenciation des gonades en testicules très tôt durant la vie embryonnaire. Durant la vie fœtale, les testicules d'Erwan ont permis, par leur sécrétion de testostérone, le développement des voies génitales mâles.

3 Les variations de concentration d'œstrogènes et de progestérone sont caractéristiques d'un cycle ovarien normal : la jeune fille est donc pubère. En particulier, la concentration de progestérone, qui débute au jour 14 et augmente par la suite, indique la présence d'un corps jaune fonctionnel. Ce corps jaune dérive du follicule ovarien après la ponte ovulaire. En conséquence, présentant des cycles ovariens fonctionnels, cette jeune fille peut être enceinte si elle a des rapports durant la période qui entoure l'ovulation.

→ Chapitre 13, page 279

1 **a. Faux** : la progestérone est une hormone sécrétée par le corps jaune.

b. Faux : elle est sécrétée durant la phase post-ovulatoire du cycle ovarien.

c. Vrai : la progestérone prépare la muqueuse utérine à l'hébergement d'un embryon, à la nidation qui a lieu sept jours après la fécondation.

d. Faux : c'est la chute de la concentration de la progestérone et des œstrogènes qui entraîne les règles.

2 Le phénotype de cette personne est conforme à son caryotype XY mais les caractéristiques de ce phénotype indiquent qu'elle n'est pas pubère. Le traitement par injection de testostérone l'a rendue pubère. On peut donc penser que son phénotype initial est lié à un déficit en testostérone.

La sécrétion de testostérone dépend d'une stimulation des cellules interstitielles des testicules par la gonadostimuline hypophysaire LH. C'est la déficience de la sécrétion de LH par l'hypophyse qui est à l'origine de son phénotype impubère.

→ Chapitre 14, page 281

1 **a. Faux** : c'est le contraire, les œstrogènes et la progestérone de synthèse ont pour effet d'inhiber la sécrétion de FSH et de LH par l'hypophyse.

b. Vrai : la concentration de progestérone est en effet constamment quasi-nulle durant un cycle sous pilule. Il ne s'agit pas d'une action directe sur les ovaires, c'est une action indirecte sur l'hypophyse qui a pour effet d'empêcher un cycle ovarien normal.

c. Faux : c'est le contraire, le progestatif de synthèse rend le mucus cervical imperméable aux spermatozoïdes.

d. Faux : l'absence de cycle ovarien fait que la sécrétion d'œstrogènes reste basale.

2 **a.** Le document montre l'absence de cycle des concentrations des gonadostimulines et des hormones ovariennes. Cela souligne l'absence de cycle ovarien et donc d'ovulation. En conséquence, Madame X ne peut pas être enceinte.

b. La neurohormone GnRH injectée devrait déclencher la sécrétion de FSH et LH par l'hypophyse. Ce n'est pas le cas. L'anomalie réside donc dans la non-réponse de l'hypophyse à l'injection de GnRH. Elle se situe au niveau hypophysaire. Pour déclencher un fonctionnement ovarien normal, on pourrait envisager un traitement par des gonadostimulines de synthèse.

→ Chapitre 15, page 283

1 **1. a. Faux** : la testostérone agit aussi sur les voies génitales et les glandes annexes (vésicules séminales, prostate). Elle agit également sur le cerveau car elle est indispensable à la réalisation du comportement sexuel.

b. Vrai : voir la réponse à la question a.

c. Faux : le messager assurant la communication entre les neurones du système de récompense est la dopamine et non la testostérone.

d. Faux : les neurones de l'aire tegmentale ventrale communiquent avec les autres neurones du circuit de récompense par l'intermédiaire de la dopamine.

2. a. Vrai : en particulier le cortex préfrontal.

b. Faux : l'aire tegmentale ventrale est l'aire d'entrée de l'activité du système de récompense qui active ensuite plusieurs aires cérébrales.

c. Vrai.

d. Faux : l'aire tegmentale ventrale est activée par les messages venus des aires sensorielles. Sans l'activation de cette aire, les autres aires du système de récompense ne peuvent pas être mises en jeu.

e. Faux : la femme peut ressentir du plaisir lors des rapports sexuels en dehors de la période ovulatoire.

2 **a.** La stimulation électrique d'une aire cérébrale entraîne l'activité des neurones de cette aire et des sensations propres à cette aire. Lorsque les rats arrivaient dans une zone précise de la cage, la zone cérébrale dans laquelle était implantée l'électrode était activée. Contrairement aux autres rats, le rat Jack revenait sans cesse vers la zone où il recevait des décharges électriques, zone que fuyaient les autres rats. Cela indique que l'activation de la région cérébrale activée devait procurer du plaisir à Jack, contrairement à ce qui se passait pour les autres rats. Or l'autopsie de Jack a révélé que l'électrode avait été implantée dans une région différente de celle des autres rats.

Comme c'est la seule différence dans l'expérimentation, cela a mis en évidence qu'il existe dans le cerveau une région dont la stimulation engendre du plaisir et incite à recommencer le comportement qui la stimule. Cette zone a été nommée par la suite aire tegmentale ventrale.

On peut tester cette interprétation par l'expérience suivante : on implante dans cette aire une électrode reliée à un dispositif électrique mis en jeu lorsque le rat appuie sur une pédale située dans sa cage. Si l'activation de cette aire cause du plaisir au rat, il doit appuyer de plus en plus souvent sur la pédale : c'est ce que les chercheurs ont constaté.

b. Une erreur d'expérimentation initiale a débouché sur le comportement inattendu d'un seul animal. Au lieu de laisser de côté ce résultat qui ne correspondait pas à l'objectif de recherche, les chercheurs ont cherché à l'expliquer et cela a débouché sur une notion nouvelle : l'existence d'une aire cérébrale dont l'activation procure du plaisir et incite à recommencer le comportement qui la déclenche.

→ Chapitre 16, page 285

1 **a. Faux** : seul le fœtus avant la naissance ne possède pas de microbiote ; il est acquis par le nouveau-né au moment de l'accouchement par contact avec des régions de l'organisme maternel.

b. Faux : le microbiote se retrouve sur toutes les surfaces du corps exposées à l'environnement : peau, bouche, tube digestif (intestin en particulier), nez et appareil respiratoire…

c. Faux : les micro-organismes pathogènes n'appartiennent pas au microbiote. Chez un individu en bonne santé, les micro-organismes du microbiote ne sont pas pathogènes mais utiles à l'organisme humain.

d. Vrai : l'association est en effet à bénéfices réciproques. Les micro-organismes profitent de l'hôte pour leur nutrition mais ce dernier bénéficie aussi des nutriments produits par les micro-organismes du microbiote intestinal, en particulier par ceux du côlon.

2 **a.** 10 ou 15 jours après l'infection, la charge virale augmente rapidement. Cette augmentation est liée à la multiplication du virus alors que la réponse immunitaire se met en place. À partir de la 5e semaine, le système immunitaire réagit par la fabrication d'anticorps anti-VIH qui s'opposent à la multiplication du virus. À noter que, durant cette phase (primo-infection), le nombre de lymphocytes T CD 4, cible du virus, a fortement baissé.

b. L'infection par le VIH débute dès que les virus (virions) ont pénétré dans les lymphocytes T CD 4. Les symptômes du sida, c'est-à-dire l'apparition de maladies opportunistes, n'apparaissent que bien plus tard, lorsque le nombre de lymphocytes T CD 4 est descendu sous un certain seul (200 par mm^3 de sang).

c. Après l'augmentation rapide de la charge virale dans les 15 jours qui suivent l'infection, elle diminue ensuite, ce qui démontre l'intervention du système immunitaire. Par la suite, la charge virale se stabilise, ce qui montre que durant des années le système immunitaire limite la multiplication du virus. Ce n'est que lorsque le nombre de lymphocytes T CD 4, pivot des réactions immunitaires, s'effondre que la charge virale augmente très rapidement.

→ Chapitre 17, page 287

1 **1. a. Faux** : il doit débuter le plus tôt possible, dès que le diagnostic de l'infection par le VIH est confirmé et quel que soit le stade de l'infection. Dès que les tests révèlent une séropositivité, signe d'infection par le VIH, le traitement doit débuter.

b. Faux : sous l'effet du traitement, la charge virale peut devenir indétectable, mais le virus reste présent. Actuellement, on ne guérit pas totalement d'une infection par le VIH. Il demeure toujours des génomes dormants de VIH dans le génome de quelques lymphocytes.

c. Vrai : voir la réponse à la question **b**.

d. Vrai : la baisse de la charge virale, grâce aux médicaments, s'accompagne d'une augmentation du taux de lymphocytes T CD 4, surtout si le traitement est commencé tôt, à un stade précoce de l'infection.

2. a. Faux : c'est le Plasmodium qui cause cette maladie.

b. Vrai.

c. Faux : un moustique femelle s'infecte en piquant un humain infecté.

d. Faux : c'est le Plasmodium qui est la cible de ce médicament.

2 **a.** Pendant plusieurs mois le nombre de personnes grippées est resté faible puis, à partir du mois de février, il a considérablement augmenté : c'est ce caractère qui en fait une épidémie et il résulte d'une forte transmission du virus des personnes grippées aux individus non atteints.

b. Le virus de la grippe, contrairement au Plasmodium, se transmet d'un humain à d'autres humains sans l'intervention d'un vecteur biologique, hôte intermédiaire du parasite. En cela, il se comporte comme le VIH. Mais, alors que la transmission du VIH s'effectue par contact direct, par exemple au cours des rapports sexuels, celle du virus de la grippe se réalise par l'air, les mains contaminées, les éternuements des malades.

c. Il n'existe pas de vaccin contre le Plasmodium ou le VIH. En revanche, il existe un vaccin contre la grippe qui augmente les capacités de l'organisme à lutter contre l'infection.

→ Chapitre 18, page 289

1 **a. Faux** : les souris axéniques digèrent moins bien les aliments que les souris pourvus d'un microbiote. En conséquence, une plus grande partie des aliments se retrouve dans leurs excréments et ne participe donc pas à leur nutrition.

b. Faux : le microbiote d'une souris normale lui permet seulement d'exploiter mieux les aliments sans être pour cela obèse.

c. Vrai : le microbiote du côlon d'une souris obèse a la capacité d'exploiter exagérément les aliments et d'en faire profiter l'hôte.

d. Vrai : l'installation du microbiote est nécessaire à la maturation du système immunitaire. Sans microbiote, les souris axéniques auront donc un déficit immunitaire.

e. Faux : les souris axéniques étant dépourvues de microbiote intestinal (en particulier du microbiote du côlon), les aliments non digérés parvenant au côlon sont rejetés dans les excréments.

f. Faux : ce sont les micro-organismes du microbiote intestinal qui digèrent les fibres au profit de l'hôte.

2 **a.** Les microbiotes des jumelles sont différents.

b. Après transfert du microbiote de la jumelle A, obèse, chez la souris 1 axénique, celle-ci, élevée seule, devient obèse. En revanche la souris 3, après transfert du microbiote de la jumelle mince B, n'est pas devenue obèse. La seule différence porte sur le microbiote transféré : un microbiote d'obèse est un facteur d'obésité.

c. Contrairement à la souris 1, la souris 2 qui a pourtant reçu le microbiote de la jumelle obèse reste mince. Contrairement à la souris 1, elle n'est pas isolée mais est élevée dans la même cage que la souris 3. Cette souris 2 consomme ses propres excréments mais également ceux de la souris 3 présente dans la cage. Ceux-ci lui apportent les micro-organismes caractérisant le microbiote mince. Il semble que la présence de ce dernier dans son tube digestif empêche l'apparition du caractère obèse. À noter que la souris 3, qui consomme les excréments de 2, ne devient pas obèse.

Il semble donc que le microbiote « mince », même confronté au microbiote « obèse », protège les souris de l'obésité.

→ Chapitre 1, page 295

1 **1.** Réponse **a** – **2.** Réponse **b** – **3.** Réponse **b** – **4.** Réponse **b**

2 One night –it was on **the** twentieth of March *(il s'agit d'une date, d'un jour déterminé)*, 1888– I was returning from **a** journey *(dénombrable singulier, non déterminé : Watson n'a pas encore parlé de cette visite)* to **a** patient *(on ne précise pas quel patient)*, when my way led me through **Ø** Baker Street *(comme tous les noms de rue, avenue, route. Mais on pourrait dire* the London road *s'il s'agissait de la route qui mène à Londres)*. As I passed **the** well-remembered door *(ce n'est pas n'importe quelle porte : c'est celle de S. Holmes, dont il se souvient bien)*, I was seized with **a** desire *(on aurait aussi pu mettre* the*)* to see Holmes again. He was going up and down **the** room *(pas n'importe quelle pièce : le salon de son appartement)*. He was at **Ø** work *(*work *est indénombrable. Il n'y a rien dans le contexte qui le détermine comme une activité particulière)* again. I rang **the** bell *(la détermination est sous-entendue : la cloche de l'appartement)* and was shown up to **the** chamber *(la détermination est indiquée par la relative qui suit, mais cette détermination aurait pu être atténuée en utilisant* a*)* which before had been in part my own. With **an** inviting eye, he waved me to **an** armchair *(*the *aurait fait supposer qu'il n'y avait qu'un fauteuil)*. He gave me **a** piece of thick, pink-tinted note-paper *(ce morceau de papier n'a pas été mentionné auparavant, il n'est pas déterminé)* which had been lying open on **the** table. "It came by **the** last post," said he.

3 **1.** When Evelyn appeared, she was wearing **an original knee-length red silk** dress.

Original *est le plus subjectif, on le met donc en premier. Doivent venir ensuite la taille, la couleur et la matière.*

2. Her aunt, **a bad-tempered bossy old English** *(ici, deux adjectifs subjectifs avant deux adjectifs objectifs.* Bad-tempered *passe avant : elle est de mauvaise humeur parce qu'elle est autoritaire)* lady, made **a nasty biased remark** *(deux adjectifs subjectifs. La remarque est méchante parce que partiale)* about this dress, which made **slim**, **long-legged**, **blonde** Evelyn look really gorgeous.

4 **1.** She had a **brick-red** dress.

2. She is my **three-month-old** daughter. (*On ne mettra pas de pluriel à* month *: ce mot fait partie d'un adjectif, et les adjectifs sont invariables…)*

3. It is a **heart-breaking** story.

4. This factory is **computer-controlled**.

5

Across:	Down:
2 skin	**1** biased
3 nasty	**2** shy
5 dye	**4** jewel
6 weight	
7 selfish	

6 **1.** J'ai le sentiment qu'il ne viendra pas. **b.** I feel…

2. Je suis convaincu qu'elle va oublier. **d.** I'm convinced…

3. Je ne peux m'empêcher de penser qu'il est là. **a.** I can't help thinking…

4. Je suppose qu'il dit la vérité. **c.** I trust…

→ Chapitre 2, page 297

1 **1.** Réponse **a** – **2.** Réponse **a** – **3.** Réponse **b** – **4.** Réponse **b** – **5.** Réponse **c**

2 **1.** This boy is **the most brilliant** student in the school.

2. Lucy is **more sensitive** than her sister Olivia, but Olivia is **more selfish**.

3. My uncle is open-minded, he is **the least prejudiced** man I know!

4. Tom and Ann look alike: Tom is **as stubborn as** Ann, really.

5. There are three brothers in this family. John is **the oldest** and Peter **the youngest**. But Sam is definitely **the smartest** of them all!

6. The climate is **warmer** in London than in Glasgow.

7. I have two sisters. Jane is the **more mature**.

3 **1. b.** *quantité positive.* The book contained some of her favourite stories. *Le livre contenait quelques-unes de ses histoires préférées.*

2. d. *quantité inconnue.* That moment was more pleasant than any she had ever experienced. *Ce moment était bien plus agréable que tous ceux qu'elle avait connus jusque-là.*

3. a. *« n'importe lequel ».* Do you know any boss that might find me a job? *Connais-tu un quelconque patron qui pourrait me trouver un emploi ?*

4. c. *phrase négative, quantité négative.* She never had any objection to his projects. *Elle n'avait jamais la moindre objection à ses projets.*

4 **1.** "John, it's time you registered to vote."

Remarquez l'emploi du prétérit après l'expression it's time. *Ce prétérit n'exprime pas un passé. Il s'appelle « prétérit modal ».*

Autre solution pour la même situation :

"If I were you I would register to vote."

2. "What about visiting Uncle Jerry?"

Autre solution possible : "Why not visit Uncle Jerry?"

3. "Let's watch that programme about American political parties."

Ou encore : "Shall we watch that programme about American political parties?"

4. "Why not drive across the USA?"

Why not *est toujours suivi de l'infinitif sans* to.

Autre option : "How about driving across the USA?"

5. "If I were you I would buy more modern clothes."

Ou pourquoi pas : "It's high time you bought more modern clothes."

5 **Across:**

1 consumption
3 bargain
4 worth
6 afford
8 trade

Down:

1 customer
2 purchase
5 consumer
7 mall

→ Chapitre 3, page 299

1 **1.** Réponse **a** – **2.** Réponse **b** – **3.** Réponse **c**

2 **1. b.** I have never begun a novel with more hesitation. *L'auteur fait le bilan de son expérience en tant qu'écrivain, ce qui implique un lien entre le présent et le passé, donc le* present perfect.

2. c. Death ends all things (…), but marriage finishes it very properly too. *L'auteur exprime une vérité générale et éternelle, ce qui implique le présent simple.*

3. a. Many years ago I wrote a novel called "The Moon and Sixpence". *L'auteur fait référence à ce qu'il a écrit dans le passé. Comme l'événement est daté, même approximativement* (many years ago), *le prétérit s'impose.*

4. e. In the present book I have attempted to do nothing of the kind. I have invented nothing. *L'auteur parle de son livre comme s'il était déjà écrit. C'est, là aussi, une sorte de bilan.*

5. d. The man I am writing about is not famous. *L'auteur se décrit en train d'écrire le livre. L'action se déroule au moment où il parle. On peut le visualiser en train d'écrire.*

3 **1.** They will start performing the play next week / ~~last week~~ / in two days' time. Last week *se réfère à un passé.*

2. The Saxons invaded Great Britain ~~from now on~~ *(à partir de maintenant)* / afterwards / in the 6th century A.D. / after the Romans.

3. In the 1920's / Formerly / ~~In ten years' time~~ / ~~In the next century~~ *(ces deux expressions se réfèrent à l'avenir)*, people didn't use to have a lot of comfort.

4. She refused. Later / Last week / ~~Previously~~, she thought it over and regretted that decision.

4 **1.** Look! This statue **reminds** *(on est dans le présent, puisqu'on demande de regarder, mais* remind *n'a pas de forme en -*ing *: ce n'est pas une action proprement dite)* me of a museum I **visited** when I **was** in Canada a few years ago. (Ago *implique une date, donc le prétérit.)*

2. In 2002, she **thought** *(l'action est datée)* of moving to Washington D.C. the following year, but **she still lives / is still living** in New Orleans.

3. I **don't know** why John **hasn't made** up his mind yet. *C'est ici une sorte de bilan, de constatation que l'action n'a pas eu lieu, d'où le* present perfect.

4. Tom always **feels** nostalgic when he **remembers** his youth in Ohio. He **did not have** much comfort, but it **did not matter.** *Les deux derniers verbes sont au prétérit : l'action est implicitement datée : quand il était jeune.*

5. In the fifties, I **travelled** to India. I **had never been** abroad before. *La deuxième action est située avant la première, qui est datée, d'où le* pluperfect.

5 Last week I went to Hastings, the site of a battle that **dates back to / took place in** 1066 **A.D.**, when William the Conqueror invaded Britain. In the **souvenir** shop I bought a small history book to keep a **memory** of this visit. The **previous** week I had visited the Tower of London, built by William, whose **legacy** is still present **nowadays. From now on** I will always **remember** how important this king was.

→ Chapitre 4, page 301

1 **1.** Réponse **b** – **2.** Réponse **c** – **3.** Réponse **b** – **4.** Réponse **a**

2 **3, 4, 5, 7, 9.**

3 **1.** A wonderful perfume was created…

Les autres phrases (**2**, **6**, **8**) ne peuvent être mises au passif.

4 **1.** The suspect **has been arrested**. *Inutile d'ajouter* by the police, *le sens est évident.*

2. John's daughters **are being looked after** by the baby-sitter. *Ici, le complément d'agent est nécessaire pour préciser qui s'occupe des enfants.*

3. Why **was** such an outrageous play **performed**?

4. The 'Mona Lisa' **is thought to be** the greatest masterpiece of all times. *Ou encore, bien que plus lourd,* **It is thought that** the 'Mona Lisa' is the greatest masterpiece of all times.

5. Can the play **be rehearsed** next week?

6. The lecture **hasn't been given**.

7. They **are suspected** of stealing money.

5 **1.** On m'a dit de ne rien dire de cette nouvelle publicité.

2. On a donné une prime à la secrétaire / La secrétaire a reçu une prime.

3. On dit qu'Hogarth est le graveur le plus célèbre du XVIIIe siècle.

4. On lui a offert un voyage en Jamaïque.

5. On considérait qu'ils étaient les plus intéressants.

6. On te donnera une récompense.

7. On leur a demandé de donner leur nom et leur adresse.

6 **1.** She is said to be very clever.

2. Books about Merlin the Wizard were lent to them.

3. Louise is supposed to live there.

4. He was denied what he wanted.

5. They were given sweets for Halloween.

6. He is still thought to be working in a restaurant.

7 **1.** a team **2.** a charity **3.** to share **4.** companionable **5.** a social evening **6.** an acquaintance **7.** to take part in.

CORRIGÉS

→ Chapitre 5, page 303

1 **1.** Réponse **b** – **2.** Réponse **a** – **3.** Réponse **c**

2 **1.** In the past, you didn't have to be skilled to find a job easily. *Absence de nécessité dans le passé.*

2. After the 1930's, people could go on strike when something was wrong. *Permission. Il s'agit ici de l'obtention du droit de grève.*

3. She is likely to be fired soon. *Très forte probabilité.*

4. Applicants must provide a résumé. *Obligation, puisqu'il s'agit d'un règlement.*

5. He can't have resigned without finding another job first! *Certitude : on est sûr qu'il n'a pas démissionné, parce qu'on considère que c'est impossible.*

3 **1. You should** apply for this job. *Conseil.*

2. They **needn't** dismiss him: he will resign. *Absence d'obligation, de nécessité.*

3. They **must** stop this strike. *Nécessité, obligation.*

4. You **mustn't** get into the chairman's office. *Interdiction.*

4 **1.** He must be working.

2. He may have finished his dinner.

3. He can't be reading.

4. They should be back home (at this time).

5 **1.** The photo **can't have been taken** in the 21st century. *On en est certain, parce qu'on considère que c'est impossible, quand on regarde, par exemple, comment sont habillés les ouvriers.*

2. It **must be** an early twentieth-century black and white picture. *Forte certitude.*

3. It **looks as if** people **worked** hard at the time.

4. This **must** / **can** / **could** / **may** / **might be** a factory at the turn of the century. *Ici, le choix de l'auxiliaire dépend de la certitude que l'on a de l'époque où a été prise la photo.*

5. This picture **is likely to represent** working conditions in assembly-lines. *Forte probabilité. Mais les autres auxiliaires (*must / can / could / may / might*) sont possibles aussi, selon le degré de certitude.*

6. Unskilled workers **could find** jobs quite easily. *Possibilité.*

7. You **should think** twice before you resign; this was particularly true at the time! *Conseil. On aurait pu dire aussi* have to *: nécessité, obligation.* Have to *plutôt que* must, *car cette obligation n'est pas imposée par celui qui parle, mais par la situation.*

→ Chapitre 6, page 305

1 **1.** b – **2.** e – **3.** a – **4.** c – **5.** d

2 **1.** Tom asked Peter **if he had seen** Louisa recently.

2. Peter answered that **he hadn't. He added that** he **wasn't surprised** and that he **knew** that she **had planned** to spend her holidays in Greece. *Autre possibilité, au style indirect libre, qui transforme simplement les formes verbales et permet ainsi une expression moins lourde :* Peter answered that **he hadn't**. He **wasn't surprised**: he **knew** that she **had planned** to spend her holidays in Greece.

3. Tom asked **if he knew** when she **was** supposed to come back.

4. Peter replied that he **thought** she **would** be back in two or three days' time, but Tom **could** call her on her cell phone if what he **had** to tell her **was** really important.

5. He added that she **might** get angry if Tom *(attention à ne pas se tromper en mentionnant le sujet du verbe)* call**ed** her while she **was** sleeping on the beach.

6. And he remembered that **the year before**, during her holiday in Africa, she **wouldn't** answer any calls.

7. Tom replied it **was** quite her usual self.

8. Peter admitted (that) Tom **had** a point **there**.

9. Tom asserted (that) when she **came** back, she **would have** to explain about her silence.

10. Peter concluded she never **would**.

3 **1.** I couldn't agree more. – **2.** Quite true. – **3.** I have no objection to it. – **4.** Why not! – **5.** Nonsense!

4

1. culprit	**6.** opinion poll
2. ballot	**7.** trial
3. policy	**8.** a taxpayer
4. polling station	**9.** a national anthem
5. to sentence	**10.** guilty

→ Chapitre 7, page 307

1 **1.** Réponse **b** – **2.** Réponse **a** – **3.** Réponse **c** – **4.** Réponse **b** – **5.** Réponse **c**

2 **1.** Why did you give up singing?

2. Which one did she choose?

3. How far is London/Liverpool from Liverpool/London?

4. What are they talking about?

5. Who can she work with?

6. How angry is she ?

7. Who will come with you? / Who will you come with?

8. How fast can you run?

3 **1.** What doesn't she like?

2. How long did she live there?

3. How many students were absent yesterday?

4. Who is she arguing with?

5. Whose bag is this?

6. Who wrote "Hamlet"?

7. What did Shakespeare write?

8. How often does he visit his grand-mother?

4 We'll never forget our **package** tour around Britain! We first arrived late at Heathrow airport: our **flight** was **delayed** as we weren't on the organisers' list when we **boarded** the plane. At Heathrow a **coach** took the group to a small hotel in Richmond where we were supposed to be **accommodated**, but all our **luggage** had been left at the airport! Later, on a **trip** to Windsor, we got lost in the town and had to come back on our own. We wanted to take a traditional black **cab** but the **fare** was too high and hitch-**hiking** was the only way! Fortunately a nice British **motorist** took us in his car!

5 **1.** He will not obey **unless** you threaten him.

2. **Given** your results at the test, I suggest you change your career plans.

3. He will call you back **provided** you give him your phone number.

4. She refused to come, **even if** all her family was there.

→ Chapitre 8, page 309

1 **1.** E c – **2.** D b – **3.** A e (ou B d) – **4.** B d (ou A e) – **5.** C a

2 **1.** The man **whom / Ø / that** you met yesterday is a Congressman. *Le relatif est complément du verbe* met, *il peut donc être omis.*

2. The woman **whom / Ø / that** you are talking about is a lawyer in a famous law firm.

3. This is the guy **whose** office is located in the City.

Dans les phrases 2 et 3 ci-dessus, le relatif est traduit par « dont », mais le sens est différent.

4. She wasn't chosen as a Prime Minister, **which** was a surprise.

5. This senator, **who** had never seen any public execution, was shocked.

6. I don't understand **what** he is talking about.

7. This is the only law **that / Ø** I have ever disobeyed. *On peut ne pas employer de relatif, puisque celui-ci est complément de* disobey, *mais* that *est le seul autorisé à cause de la présence de* only.

8. She told me about a film **which / that / Ø** she had seen recently, **whose** producer (the producer **of which**) is not famous.

9. Here is the most moving speech **that / Ø** I have ever heard.

10. Here is the M.P. **whose** husband might become Prime Minister one day.

3 **1.** Put on **what** you like, but be careful, it is cold.

2. Yes, this morning the temperature is below zero, **which** surprised everyone.

3. **What** pleases me is that the sky is blue.

4. Bright sunshine and blue sky, here is all **that** I like.

5. But **what** I like best is staying in bed.

6. You are always a little lazy, **which** is a shame!

7. I don't care **what** you think.

4 **1.** The day **when / Ø** he was elected, he thanked his friends. *Attention ! « où » ne se traduit pas forcément par* where *! Ici, l'antécédent réfère à un moment, pas à un lieu.*

2. This is the friend **whom / Ø** I told you about yesterday. *Ne pas oublier la préposition, qu'on ne sépare pas du verbe. « Dont » ne se traduit par* whose *que quand on exprime une possession, ce qui n'est pas le cas ici.*

3. Actually, this building, **which** is in the heart of London, is a cathedral. *Pourrait-on mettre* that *? Non bien sûr, il s'agit d'une relative non déterminative.*

4. I forgot **what** I had to tell you, **which** is worrying.

5. I have forgotten the book **that / which / Ø** I had to take.

6. This is the friend **whose** children go to school with mine.

7. It was the time (*ou mieux :* Those were the days) **when** life was easy.

8. The man **that / who / whom / Ø** I am talking about and **whose** parents are very rich, lives opposite the street.

5 **1.** You/he should have worked more.

2. I wish he/you did not smoke just in front of me.

3. I wish I had not hurt you him/her.

4. I wish he/she had invited me to his/her wedding party!

6 I live in a tower downtown. In my neighbourhood there is the office where I work, so unlike suburbanites I am not a commuter. But I also have a cozy cottage in the country. One day I'll leave my flat and move to my cottage: the landscape from my cottage is so nice, with beautiful paths, meadows for different species of farm animals.

→ Chapitre 9, page 311

1 **1.** Réponse **b** – **2.** Réponse **a** – **3.** Réponse **b** – **4.** Réponse **a** – **5.** Réponse **b** – **6.** Réponse **a**

2 **1. d** – **2. c** – **3. a** – **4. b** – **5. g** – **6. e** – **7. f**

3 Man's negative impact on the **Earth** does not date back to present times. In the 19th century, birds called dodos were **slaughtered** and the **species** went extinct. Since then **oil spills** have polluted coasts, heat **waves** have caused **droughts**, lands have become **barren** and turned into deserts. We can help by using **lead-free** petrol to limit the hole in the **ozone layer**. Putting **garbage** in **dumps** for recycling is another way for everybody to help in the preservation of nature.

4 **1.** As soon as – **2.** even if – **3.** While – **4.** so that – **5.** Although – **6.** if – **7.** unless.

5 **1.** that's why (/ so / therefore) – **2.** due to / because of – **3.** consequently (/ so / therefore) – **4.** hence.

→ Chapitre 10, page 313

1 **1. d** – **2. e** – **3. a** – **4. b** – **5. c**

2 **1.** The Daily Telegraph: *Quotidien* (daily) *généraliste conservateur britannique.*

2. The Guardian: *Quotidien généraliste britannique. Orientation politique : centre gauche.*

3. The Financial Times: *Quotidien britannique spécialisé dans l'actualité économique et financière.*

4. The Washington Post: *Quotidien généraliste, américain, orienté politiquement vers le parti démocratique.*

5. The Wall Street Journal: *Quotidien américain spécialisé dans l'actualité économique et financière (Wall Street est le quartier financier de Manhattan).*

6. National Geographic: *Mensuel américain consacré à l'homme et la nature.*

7. The Belfast Telegraph: *Quotidien irlandais unioniste (cf. chapitre 15) et modéré traitant de l'actualité irlandaise, britannique et internationale.*

8. The Mirror: *Quotidien britannique, orientation politique à gauche.*

9. The Sun: *Tabloïde quotidien, de style* gutter press *(presse de caniveau, presse à scandale).*

10. Time Magazine: *Hebdomadaire généraliste américain. Tendance politique : républicain.*

3 **1.** "Forever young." *Thème lié à la jeunesse éternelle. Peut-être un article sur la chirurgie esthétique, qui permet de rester jeune d'apparence ; ou sur une star qui malgré son âge donne toujours le sentiment d'être dans le vent. Ce titre d'article peut aussi faire référence à la fois à un film et à une chanson connus.*

2. "Five years for headmistress who stole £500,000 from school." *Ce titre est très précis puisqu'il évoque un chef d'établissement ayant volé ou détourné 500 000 £ sur son lieu d'exercice. Les 5 années font référence à sa peine de prison. Il s'agit donc d'un fait divers.*

3. "Parsonage is recreated for Brontë film." *Ici un petit bagage culturel est nécessaire afin d'identifier « Brontë » comme l'une des trois sœurs Brontë, femmes écrivains au* XIX*e* *siècle en Angleterre (Yorkshire). Leur père étant recteur, ou pasteur (en anglais «* parson *»), elles vivaient donc dans le «* parsonage *». Un film ou une série télévisée va visiblement leur être dédié, qui a nécessité la recréation de leur lieu de vie de l'époque.*

4. "Runaway girl back with family after couple found in car." *Il est question d'une fille qui s'était enfuie – visiblement lors d'une fugue –, qui a rejoint sa famille, après avoir été retrouvée par un couple dans une voiture. Le couple a peut-être reconnu la jeune fille suite aux avis de recherche lancés tandis qu'elle était en ville ; ou peut-être a-t-elle eu un accident et est-elle tombée en panne…*

5. "Over 65s promised Tory Tax cuts." *Pour comprendre le titre, il faut connaître le mot* Tory, *qui désigne le parti conservateur en Grande-Bretagne. Il s'agit d'une promesse des conservateurs de réduire les impôts des personnes âgées de plus de soixante-cinq ans.*

6. "TUC day of action over pensions." *Nous sommes ici dans la rubrique économique et sociale : le* Trade Union Congress *(union syndicale britannique) a lancé une journée de manifestation contre le projet gouvernemental de repousser l'âge de la retraite.*

4 When Caroline Meeber (*question* **who**) boarded the afternoon (**when**) train for Chicago (**where**), her total outfit consisted of (**what**) a small trunk, a cheap imitation alligator-skin satchel, a small lunch in a paper box, and a yellow leather snap purse, containing her ticket, a scrap of paper with her sister's address in Van Buren Street, and four dollars in money. It was in August, 1889 (**when**). She was eighteen years of age (**how old**), bright, timid, and full of the illusions of ignorance and youth. Whatever touch of regret at parting characterised her thoughts, it was certainly not for advantages now being given up. A gush of tears (**how/what**) at her mother's farewell kiss, a touch in her throat (**how/what**) when the cars clacked by the flour mill where her father worked by the day, a pathetic sigh (**how/what**) as the familiar green environs of the village passed in review, and the threads which bound her so lightly to girlhood and home were irretrievably broken.

Aucune indication concernant **why**, *hormis le fait qu'elle a 18 ans, ce qui peut impliquer un départ pour mener sa propre vie.*

5 **1.** An extract from a novel.

2. It takes place in the USA: she takes the "train for Chicago".

3. Time of the day: in the afternoon.
Date: August, 1889.

4. 4 characters are mentioned (Caroline, her mother, her father, and her sister who lives in Chicago).

5. Surname: Meeber First name: Caroline.
Age: 18 years old; exact location at the beginning of the extract: she is in a railway station ("boarded the afternoon train…").

6. They are close relatives: her parents and her sister.

7. Choose a possible title for this extract.

Leaving home *(par élimination : il n'est pas question d'un emploi ni d'une querelle de famille, puisqu'ils ont apparemment du chagrin à se quitter, ni d'une rencontre familiale puisqu'au contraire il y a séparation).* Coming of age *pourrait aussi être acceptable, puisqu'à 18 ans ce départ ressemble à un départ pour une vie indépendante.*

→ Chapitre 11, page 315

1 **1.** Réponse **c** – **2.** Réponse **c** – **3.** Réponse **b** – **4.** Réponse **a** – **5.** Réponse **c**

2 **1.** *Il fallait souligner :* a (small) trunk – a (cheap imitation alligator-skin) satchel – a (small) lunch (in a paper box) – a (yellow leather snap) purse.

2. *Le contenu du* purse *est :* a train ticket, a scrap of paper with an address, and $4. *En français, on dira : « porte-monnaie ».*

3. "Outfit" (l. 2): *c'est l'ensemble de ce qu'elle emporte avec elle : équipement, bagages.*

4. "Girlhood" (l. 15) : girl *(nom : fille)* + -hood *(suffixe transformant un nom en autre nom) : on peut penser à* childhood, *l'enfance, construit de la même manière. Il s'agit donc de son état d'être fille, son enfance de fille. Plus tard, on pourra parler de* adulthood, *de* womanhood.

5. *Il fallait souligner :* (A gush of) tears, a touch in her throat, a pathetic sigh, irretrievably broken.

Tous ces groupes de mots expriment un sentiment de grande tristesse (matérialisé dans les larmes, la gorge nouée…) associée à la rupture de la vie avec les parents. Ce départ n'est peut-être pas choisi…

6. "Bound" (l. 14) *est un verbe (puisque placé après le pronom relatif* which, *dont l'antécédent est* the threads, *et ayant* her *comme complément) au prétérit comme tous les autres verbes de cette narration. On en déduit que c'est un verbe irrégulier, puisqu'il ne prend pas -ed au prétérit ! (*bind, bound, bound *et c'est à la rubrique* bind *(relier) qu'il faudra chercher.*

7. *Les… qui la reliaient de manière si ténue à son statut de jeune fille et à son foyer étaient irrémédiablement brisés. Le mot* "threads" *désigne donc sans doute des fils (c'est une métaphore).*

8. "Parting" (l. 9) : *le départ, la séparation (cf.* departure *ou* apart*).*

3 **1.** She is poor: she leaves with few objects and only $4.

2. a. Right: "the train for Chicago".

b. Wrong: "a gush of tears".

c. Wrong: "the flour mill where her father worked by the day".

d. Wrong: "the illusions of ignorance and youth".

e. Right: "the threads … were irretrievably broken".

4. **Caroline (Meeber)**, an **18**-year-old girl, is going to leave her **father** and her **mother** to go and live with her **sister** in **Chicago**.

→ Chapitre 12, page 317

1 **1.** c – **2.** b – **3.** d – **4.** a

2 A security review was launched last night after a campaigner dressed as Batman managed to climb the Buckingham Palace facade and held a five-hour protest beside the royal balcony.

Ministers, senior police officers and royal security officials were under pressure to explain how Jason Hatch, a member of the group Fathers4Justice, was able to penetrate palace security measures with such apparent ease.

First of all Mr Hatch, 32, who claims he is denied access to two of his children, and a fellow activist, Dave Pyke, who was dressed as Batman's friend, Robin, went up the 7.5 metre (25ft) walls of the palace using a ladder after climbing over a one-metre fence yesterday afternoon.

Then, while other members of the campaign group caused a diversion at the front of the palace, the pair climbed up the ladder at a corner of the building.

Eventually Mr Pyke came down when he was challenged by armed officers but Mr Hatch managed to get round to the front of the building.

Ordre logique ici, la narration suivant l'ordre chronologique. Tout d'abord ils ont escaladé l'enceinte de Buckingham, puis la façade, et enfin l'un d'eux a contourné le bâtiment.

3 **3.** The incident *(qui fait directement suite à l'anecdote narrée précédemment)* is a blow […].

2. The incident also *(rappel de l'incident, avec* also, *« aussi », qui montre que l'on tire de l'événement une deuxième conclusion)* has echoes of the security problem […].

1. Fathers4Justice last night decided to go ahead with more protests *(perspectives d'avenir du mouvement Fathers4Justice qui milite en faveur des droits des pères lors des divorces, en guise de conclusion).* […], while the Queen asked to be kept informed of developments *(là encore, ouverture de l'article sur l'avenir).*

4 *Il faut bien analyser la situation pour trouver le lien logique.*

1. I won't go to India this year. **Instead**, I will discover Japan.

2. Tom felt upset. He had never lived in a town. **Furthermore / On the other hand**, he didn't know anyone here in New York.

3. She has a cottage in the country. **Besides**, she owns a flat in Manchester.

4. I don't like him. **Nevertheless**, I will invite him to the party if you absolutely want me to.

5. Both Tom and Lucy work downtown. Tom works in a bank in Oxford Street. **As to** Lucy, she runs a shop in Penny Lane.

6. First I will buy an apartment in the neighbourhood. **Next**, I will try to find a job.

7. I am a country person and I would love to live in the countryside. **On the other hand / Furthermore**, I know that there are more jobs in a city.

→ Chapitre 13, page 319

1 **1.** Réponse **a** – **2.** Réponse **c** – **3.** Réponse **b** – **4.** Réponse **c**

2 "Well, these **characteristics** (*caractéristiques*) we've **mentioned** (*mentionné*) are **based** (*basé*) on what **astrologists** (*astrologues*) say, and **astrology** (*astrologie*) is today's **theme** (*thème*).

Astrologists are people who say that they can find out about your **personality** (*personnalité*) and maybe your **future** (*futur*) by **analysing** (*analyser*) the **position** (*position*) of stars and **planets** (*planètes*) the day you were born.

It's **controversial** (*controversé*), many **astronomers** (*astronomes*), the scientists who study the stars and **planets**, don't believe it's true."

3 **1.** Right – **2.** Wrong – **3.** Right – **4.** Wrong – **5.** Wrong

4 **1.** b – **2.** c – **3.** a – **4.** e – **5.** d

5

Across:	**Down:**
1 crosswords	**1** cell
4 leisure	**2** broadcast
6 laptop	**3** computing
7 chip	**5** file
8 keyboard	
9 remote	

6 **1.** On a l'intention de s'excuser.
I mean to apologise.

2. On s'attend à ce que quelqu'un vienne.
I expect him to come.

3. On veut que quelqu'un obéisse.
I want him to obey.

4. Il n'est pas question que l'on parte.
I'm not leaving!

→ Chapitre 14, page 321

1 **1.** c – **2.** f – **3.** d – **4.** a – **5.** b – **6.** e

2 **1.** ↘ – **2.** ↘ – **3.** ↘ – **4.** ↗ – **5.** ↗

3 **a.** Les ordres, les déclarations (positives et négatives) et les exclamations ont une intonation **descendante**.

b. Les phrases inachevées, les énumérations ont une intonation **montante**.

4 **1.** ↘ – **2.** ↗ – **3.** ↗ – **4.** ↘ – **5.** ↘

5 **1.** immigrants – **2.** a painting – **3.** the border – **4.** citizens; going from rags to riches – **5.** the Statue of Liberty; hope.

Ordre logique : **2** – **1** – **5** – **4** – **3**.

→ Chapitre 15, page 323

1 **1.** Wrong (of Eire) – **2.** Right – **3.** Wrong (under Queen Elizabeth I's) – **4.** Right – **5.** Wrong (53) – **6.** Right – **7.** Wrong (it is independent) – **8.** Wrong (of the Normans).

2 **1.** 53 **2.** The Vikings **3.** Oliver Cromwell **4.** William the Conqueror (the Normans) **5.** Queen Victoria.

3 Braveheart – Britain – Catholics – Ulster – Ireland – IRA – Eire *(faites la différence entre* « Ireland », *qui sous-entend les deux Irlande, l'île ;* « Eire », *qui désigne la République d'Irlande, indépendante, au Sud ; et* « Ulster », *l'Irlande du Nord, qui fait partie du Royaume Uni).*

4 **1.** c – **2.** b – **3.** e – **4.** a – **5.** d

5 **A:** England ; **B:** Wales ; **C:** Scotland ; **D:** Northern Ireland ; **E:** Eire ; **A + B + C:** Great Britain ; **A + B + C + D:** the United Kingdom ; **A + B + C + D + E:** the British Isles.

6 **1.** The head of the state is the King/Queen.

2. The person in charge of the executive power is the Prime Minister *(en fait, le roi ou la reine n'a aucun pouvoir ! Lors de la session parlementaire, elle lit un discours de politique générale qui a été écrit… par le Premier ministre !).*

3. The two major political parties are the Conservatives (Tories) and the Labour Party (the Republicans and the Democrats are American!).

4. The UK Parliament consists of the House of Lords and the House of Commons (Congress and the Senate are American too!). *En fait, la Chambre des Lords ne peut s'opposer que deux fois à une même loi proposée par la Chambre des communes.*

5. The Houses of Parliament are located next to Big Ben.

6. The name of the British monarch's castle in London is Buckingham Palace.

7. The TUC is the Trade Union Congress *(qui réunit régulièrement les syndicats britanniques).*

→ Chapitre 16, page 325

1 **1.** Wrong – **2.** Wrong – **3.** Right – **4.** Right – **5.** Wrong – **6.** Right – **7.** Wrong (Native Americans first helped the Pilgrim Fathers and took part in the first Thanksgiving celebrations.) – **8.** Wrong (in the 19th century) – **9.** Wrong.

2 **1.** the green card – **2.** 1621 – **3.** South; North – **4.** July, 4th – **5.** Washington, DC.

3 **1.** b – **2.** d – **3.** e – **4.** a – **5.** c

4 **UT:** Utah (from the "Ute" tribe in Navajo)

OH: Ohio ("good river" in Iroquois)

MI: Minnesota ("cloudy river" in Sioux)

IA: Iowa ("beautiful land")

CO: Connecticut ("long river place" in Algonquin)

IL: Illinois ("men/warriors" in Algonquin).

5 **1.** New York City: 5th Avenue *(l'avenue la plus huppée de la ville)*, Manhattan, the Bronx, Ellis Island, the Statue of Liberty, Broadway *(le quartier des théâtres).*

2. Washington, DC: the Capitol, the White House, Lincoln Memorial *(où M.L. King a fait son discours* "I have a dream"*)*, the Potomac *(la rivière qui y coule).*

6 abolished ; rights ; South ; Movement ; launched ; black ; arrested ; led ; speech ; assassinated ; influenced.

7 **1.** b – **2.** d – **3.** a – **4.** c – **5.** e

→ Chapitre 1, page 329

1 **1.** Réponse **a** – **2.** Réponse **b** – **3.** Réponse **b** – **4.** Réponse **a**

2 gato – cuidadosamente – coche – marroquí – Antequera – está – rosal – élite – bodegón – gorriones – llaman – Amenábar – esta – añil – perdiz – Manzanares – cachorro – Guadalquivir– raja – rosaleda – Macarena – Retiro – callejuela – noviazgo – desgraciadamente – espiral

3 **1.** Ayer hacía un tiempo espléndido así que fuimos a la playa de Málaga con María, Javier, Eugenio, José, sus hijos y su hermana política y lo pasamos muy bien.

2. Sus padres eran famosos campeones de esquí pero él es aficionado al fútbol y sueña con jugar en el Real Madrid.

3. Estaba impaciente de visitar el Museo del Prado para admirar los cuadros de Velázquez y Zurbarán. Quedó muy impresionado por las obras de Goya, y no puede olvidar ese perro negro de la Quinta del Sordo. Pero reconoce que el Guernica de Picasso, en el Reina Sofía le dio escalofríos, aunque lo había estudiado en clase y pensaba conocerlo bien.

6 llegué, noté, Eché, habitación, Ángela, Qué, habrá, pensé, Ojalá, esté, volvió, pregunté, mía, qué, Qué, Así, sí, contestó, José, había, quería.

7 Por aquí, por acá,
A Córdoba se va.
Quiero ir por aquí,
A cortar alhelí,
Quiero ir por acá
A tocar maracá.

8 **1.** Estaba impaciente de viajar por la sabana para ver un león.

2. El Papa hizo un viaje a Santiago.

3. ¿Te apetece una raja de melón con jamón?

4. He puesto las sábanas en la lavadora.

5. Los Papas viven en Roma.

6. Sus papás vuelven de Roma.

7. Cuenta que un rajá se enamoró de su abuela.

8. Su papá acaba de regalar un libro a Santiago.

→ Chapitre 2, page 331

1 **1.** Réponse **b** – **2.** Réponse **b** – **3.** Réponse **b** – **4.** Réponse **a** – **5.** Réponse **b**

2 **1.** la – **2.** El – **3.** La – **4.** el – **5.** la – **6.** el, las, el, las – **7.** El – **8.** los – **9.** el – **10.** el.

3 **1.** la actriz inglesa – **2.** la estudiante francesa – **3.** una profesora interesante – **4.** la peluquera amable – **5.** una cliente desagradable – **6.** la emperatriz china – **7.** la hija menor – **8.** la cantante famosa – **9.** la reina española – **10.** la dependienta cansada – **11.** la niña ingenua – **12.** la conductora imprudente – **13.** la Princesa joven – **14.** sus amigas madrileñas – **15.** la madre de Vicenta – **16.** la directora artística – **17.** la escritora alemana – **18.** la médica simpática.

4 **1.** las Comunidades Autónomas – **2.** los gatos monteses – **3.** los caracteres difíciles – **4.** unas jóvenes felices – **5.** los regímenes dictatoriales – **6.** unas imágenes atroces – **7.** unos turistas parlanchines – **8.** unas mujeres iraníes – **9.** los campeones alemanes – **10.** los olivares andaluces – **11.** unos especímenes frágiles – **12.** los lunes tristes – **13.** unas acciones fantásticas – **14.** los crímenes impunes – **15.** los reyes ingleses – **16.** unos menús baratos – **17.** unas luces deslumbrantes – **18.** los lápices azules – **19.** unas ciudades espectaculares – **20.** los mares grises – **21.** las actrices ágiles – **22.** los leones feroces – **23.** unas capitales occidentales – **24.** unas imperatrices crueles.

5 interesante – nueva novia – chica – rubia – azules – enormes – verde – destrozados – fea – presumida – idiota.

→ Chapitre 3, page 333

1 yo quepo – vosotros recibís – Usted comerá – tú leías – Ustedes escribieron

2 **1.** ¿Por qué me lo dices a mí? **2.** Yo os lo contaré. – **3.** No te lo hemos pedido. – **4.** Yo se lo digo a Usted. – **5.** Vosotros hacéis lo que os da la gana – **6.** ¿Me lo enseñará Usted? – **7.** Él se las da. – **8.** ¿Por qué tú no vienes conmigo? – **9.** Anselmo nos lo dio. – **10.** ¿A mí, me las prestas? / ¿Me las prestas a mí?

3 **1.** os – **2.** se – **3.** nos – **4.** me – **5.** te.

4 **1.** ¿No quieres sentarte? – **2.** No puedo preguntárselo – **3.** ¿Puedes prestármelo? – **4.** Quiso explicártelo. – **5.** No podemos dártelo.

5 **1.** Se lo explico. – **2.** Vienes conmigo al cine. – **3.** Señor, se lo pide. – **4.** Hijos míos, os lo mando. – **5.** No quiere decírtelo. – **6.** ¿Te vas con él? – **7.** Se la presta. – **8.** Se lo repite. – **9.** Se lo llevó consigo. – **10.** ¿Viene Usted a Madrid con nosotros, Señor?

6 **1. a.** escribís – **b.** comen – **c.** toco – **2. a.** subíamos – **b.** bailaba – **3. a.** hablaréis – **b.** recorrerán – **4. a.** creería – **b.** ayudaría – **c.** viviríais – **5. a.** vendió – **b.** vivieron – **6. a.** desayune – **b.** recibamos – **7. a.** bebieras – **b.** pasearais – **c.** recibiera – **8. a.** Siéntese – **b.** Dímelo – **c.** Escribídmelo.

→ Chapitre 4, page 335

1 yo saqué – Usted asintió – nosotros durmamos – Ustedes siguieron – tú volviste

2 **1.** empieza – **2.** vuelve – **3.** almorzamos – **4.** juega – **5.** te acuerdas – **6.** llueve – **7.** comienzo – **8.** resolvéis – **9.** cierran – **10.** detiene.

3 **1.** consigue – **2.** pide – **3.** elijo – **4.** os vestís – **5.** impide – **6.** corrijo – **7.** sigue – **8.** persigue – **9.** sigo – **10.** mides.

4 **1.** se sintió – **2.** durmieran – **3.** adhirieron – **4.** muerde – **5.** nos sintamos – **6.** nos muramos – **7.** hiráis – **8.** asintieran – **9.** os divirtierais – **10.** prefirieron.

5 Hoy, yo no **juego** al **tenis** porque no me **siento** bien y además, **llueve.** Así, **puedo** seguir en la televisión el **partido** de Rafa Nadal en el Abierto de los EE.UU. Cada vez, **juega** mejor y espero que va a ganar. Después, si **quieres, podemos** salir por ahí o ir a **bailar** en una nueva **discoteca** que acaba de abrir. Paco **dice** que es estupenda y que la gente se **divierte** mucho. También, nos **sugiere** que vayamos a su casa a jugar a los **naipes**.

→ Chapitre 5, page 337

1 **1.** Réponse **a** – **2.** Réponse **a** – **3.** Réponse **b** – **4.** Réponse **a**

2 está – es – Es – están – está – Es – estuvo – Estuvo – son – era – Están – era – es – estaba – era – eran – era – está – es – es.

3 **1.** son, son, están – **2.** estoy, está – **3.** son, Somos, estamos – **4.** es, está – **5.** sido, es – **6.** están, es, estamos – **7.** estoy, es.

4 están – es – estar – es – están – estuvieron – estuvieron – está – está – es – es – es – es – es – está – está – es – esté – es – esté.

5 son – está – están – están – son – son – están.

→ Chapitre 6, page 339

1 **1.** Réponse **a** – **2.** Réponse **a** – **3.** Réponse **b** – **4.** Réponse **b** – **5.** Réponse **a**

2 **1.** Uno tiene mucho trabajo. – **2.** Se vende una casa. – **3.** Dicen que un rosal brotó de la tumba. – **4.** Una tiene demasiadas cosas que preparar. – **5.** Dicen que este país es muy hermoso. – **6.** Pensaban que el Rey era culpable. – **7.** Se prohíbe el paso. – **8.** Se fijan carteles.

3 **1.** ¿Qué comemos esta noche? – **2.** Dicen que es un clima muy agradable. – **3.** No pensamos que sea la mejor solución. – **4.** Después de las vacaciones, uno/a se siente mejor. – **5.** Cuentan que es un accidente. – **6.** Iremos a veros la semana que viene. – **7.** Nos gustó mucho Chile. – **8.** Después de dos horas de piscina, una está cansada. – **9.** No se sabe exactamente de qué murió Napoleón. – **10.** A veces uno/a se pregunta cómo resiste.

4 **1.** santo – **2.** primer – **3.** gran – **4.** tercera – **5.** San – **6.** malo – **7.** cien – **8.** cualquier – **9.** buen – **10.** San

5 buen – primer – primera – gran – grande – santo – San – buena – gran – ninguna

6 Es nuestro primer viaje a América Latina. Estamos locos de alegría. ¡Fíjate! Es un gran acontecimiento. Tomamos un avión que tiene un buen horario. Viajamos toda la noche y llegamos en buena forma a Buenos Aires. Podremos visitar la ciudad desde el primer día. El tercer día, nos llevan a Colonia, en Uruguay. Para ir allí, se puede tomar un barco más o menos rápido. Prefiero uno lento, se aprecia más el paisaje.

→ Chapitre 7, page 341

1 **1.** Réponse **b** – **2.** Réponse **a** – **3.** Réponse **a** – **4.** Réponse **a** – **5.** Réponse **b**

2 **1.** A ella no le gusta la peli. – **2.** A los perros les gustan los huesos. – **3.** A los alumnos les interesó el poema. – **4.** A Usted le encanta estar con sus nietos. – **5.** Al campeón de tenis le dolían los dedos. – **6.** A ellos les toca convidarnos. – **7.** A Ustedes les encanta viajar con sus hijos. – **8.** No te sienta este vestido. – **9.** Nos consta que no estaba en casa. – **10.** A vosotros os apetecen helados. – **11.** A ti no te sientan estos colores. – **12.** A Usted ¿no le duelen los pies?

3 **1.** A nosotros no nos gusta este chiste. – **2.** ¿A ti te gusta esta novela? – **3.** A vosotros os encantaba esa playa. – **4.** ¿A Usted, Señora, le duele la cabeza? – **5.** ¿A Ustedes, Señores, les gusta este cuadro? – **6.** A mí me encanta Barcelona. – **7.** ¿A ti te duelen las manos? – **8.** ¿A vosotros os apetece una paella? – **9.** ¿A ti te consta que es su primo? – **10.** Señora, a Usted le toca intervenir. – **11.** ¿A Ustedes, no les gustó la película? – **12.** A nosotros, nos encantó la visita al museo. – **13.** A mí, me duele dejarlo solo. – **14.** A nosotros, nos toca hoy.

4 **1.** Les encanta este pintor. – **2.** ¿Te duele la espalda? – **3.** A Usted, Señor, ¿no le gustó la película? – **4.** A mí, me dolían demasiado los pies. – **5.** A ti te toca pagar. – **6.** A nosotros, nos encanta pasearnos por este barrio. – **7.** Hijos míos, ¿os gusta montar a caballo ? – **8.** A mí me toca decírselo.

5 **1.** No, no quiero nada. – **2.** No, no ha venido nadie. – **3.** Yo tampoco. – **4.** No, no hemos visto a nadie. – **5.** A mí tampoco. – **6.** No, ya no me duele. – **7.** No, no hemos comido nada. – **8.** No me lo dijo nadie.

6 **1.** Ni siquiera nos llaman. / Ni nos llaman siquiera. / Ni nos llaman.

2. Ni siquiera los conocemos. / Ni los conocemos siquiera. / Ni los conocemos.

3. Ni siquiera me saluda. / Ni me saluda siquiera. / Ni me saluda.

4. Ni siquiera intentó Paco aprender el poema. / Ni intentó siquiera Paco aprender el poema. / Ni intentó Paco aprender el poema.

5. Ni siquiera lo vi. / Ni lo vi siquiera. / Ni lo vi.

→ Chapitre 8, page 343

1 **1.** Réponse **a** – **2.** Réponse **a** – **3.** Réponse **b** – **4.** Réponse **b** – **5.** Réponse **a**

2 **1.** aquel – **2.** este – **3.** ese – **4.** Esta – **5.** esta – **6.** esa – **7.** Aquel – **8.** ese – **9.** Aquel – **10.** Ésta.

3 **1.** elegantísima – **2.** tristísimo – **3.** riquísima – **4.** larguísimo – **5.** facilísimo – **6.** voracísimo – **7.** guapísima – **8.** felicísima – **9.** famosísimo – **10.** malísima.

4 **1.** Su jardin es más grande que el nuestro. – **2.** Su acento es peor que lo tuyo. – **3.** Este castillo es más hermoso que el otro. – **4.** Toma eso: es mejor para la salud. – **5.** Su madre es más severa que su padre.

5 **1.** Me gustó tanto Chile como Argentina. – **2.** Son unos comilones: Alberto come tanto como Eugenio. – **3.** Me interesó tanto su teatro como su poesía. – **4.** Paco es tan moreno como su madre. – **5.** Su hija es tan alta como él.

6 **1.** Este coche es menos rápido que el otro. – **2.** Esta casa es menos grande que la de antes. – **3.** Su hermano es menos simpático que ella. – **4.** Hoy, el tiempo es menos agradable que ayer. – **5.** La vida es menos cara allá que en Francia.

7 Lorca cantaba: "Sevilla es una torre llena de arqueros finos" y un refrán dice: "Quien no ha visto Sevilla, no ha visto maravilla". Pasearse por el **casco** antiguo, tomar una copa cerca de la **plaza** de Santa Cruz y admirar los preciosos azulejos de los **patios**, visitar la Casa de Pilatos, subir a la torre de la Giralda o dar una vuelta por el Parque María Luisa es un puro encanto. ¡Qué agradable resulta andar a lo largo del Guadalquivir con la **Torre** del Oro que nos recuerda el esplandor del pasado! ¡O cruzarlo por el elegante **puente** de la Barqueta! ¡Qué agradable respirar los **azahares** e ir descubriendo esta magnífica arquitectura **oriental** en medio de los **naranjos**! Y ¡qué pintoresco es el **barrio** de Triana! Si uno está cansado puede pasar un momento divino en unos **baños** árabes dignos de las Mil y una noches.Y, claro, si uno es adicto a las compras, en la zona **peatonal**, encontrará todos los **almacenes** o tiendas que necesite. ¿Qué más se puede desear?

→ Chapitre 9, page 345

1 **1.** Réponse **b** – **2.** Réponse **a** – **3.** Réponse **b** – **4.** Réponse **b** – **5.** Réponse **a**

2 **1.** a / con – **2.** en – **3.** de – **4.** con / de – **5.** a – **6.** en – **7.** en / a – **8.** de – **9.** con / a – **10.** con.

3 **1.** para – **2.** Para – **3.** para – **4.** por – **5.** para – **6.** para – **7.** por – **8.** por.

4 **1.** ¿A quién estas esperando? Estoy esperando a mi hermano. – **2.** Están locos por sus nietos. – **3.** No vaciló en defenderlo. – **4.** ¿De qué te disfrazas? – **5.** Su coche olía a tabaco. – **6.** Este anillo no es de oro. – **7.** ¿De quién es este móvil? – **8.** Fue el primero en contestar.

5 El Museo de la Evolución Humana acaba **de** abrir en Burgos. En efecto, **en** Atapuerca, cerca **de** Burgos (Castilla y León), existen yacimientos declarados Patrimonio **de** la Humanidad donde se llevaron **a** cabo estudios arqueológicos muy importantes **para** el conocimiento de nuestros antepasados. Entre los restos más notables es **de** señalar un cráneo y una cadera.

6 **1.** He aquí Diego, el chico de quien te hablé. – **2.** Subió a un coche cuyos cristales eran negros. – **3.** Somos veinticinco alumnos en clase, dos de los cuales vienen de Chile. – **4.** Es raro, tuvo cuatro hijos, dos de los cuales son pelirrojos.

→ Chapitre 10, page 347

1 **1.** Réponse **a** – **2.** Réponse **a** – **3.** Réponse **b**

2 **1.** Suele ir – **2.** Suelen comer – **3.** Sueles acostarte – **4.** Soléis escuchar – **5.** Usted suele volver.

3 **1.** Ustedes vuelven a llamar– **2.** Vuelves a jugar – **3.** Vuelve a sentirse – **4.** Vuelvo a mudarme.

4 **1.** se puso – **2.** llegó a ser – **3.** se ponía – **4.** se volvió – **5.** se convirtió – **6.** se puso – **7.** se volviera – **8.** se hizo.

5 *La semana pasada* **vino** Joaquín. ¡Cuánto me **alegré**! Ya **llevaba** un año en Argentina y **tendríamos** un montón de cosas que contarnos. **Esperaba** que no **hubiera** atascos, a esas horas, nunca se sabe. **Tenía** que llamar a Susana, a ver si le **apetecía** venir conmigo. Joaquín **estaría** contento de verla. No me **acordaba** dónde **había** puesto el móvil. ¡Qué cabeza la mía! **Estaba** debajo de la almohada, lo de siempre… Pero no **funcionaba**, se **había quedado** sin batería.

6 nació – era – Era – era – vino – entabló – hizo – estalló – quiso – detuvieron – murió.

7 **1.** Después del invierno, el jardín se convirtió en un lodazal.

2. Por fin, llegó a ser Presidente de la República.

3. Cuando comprendió lo que pasaba, se puso muy pálido.

4. A pesar de la opinión de su familia, se hizo cura.

5. Poco a poco, se volvió famosa en la ciudad.

6. A pesar de la crisis, se volvieron ricos.

7. ¿Has notado lo flaca que se ha puesto?

8. Se entrenó tanto que llegó a ser campeón.

→ Chapitre 11, page 349

1 **1.** Réponse **a** – **2.** Réponse **b** – **3.** Réponse **c** – **4.** Réponse **b**

2 **1.** se fuera – **2.** supierais – **3.** invitaran – **4.** vinieras – **5.** durmieran – **6.** ganara – **7.** abriéramos.

3 **1.** parecía / valiera– **2.** Era / supiera – **3.** Deseaba / tuvieras – **4.** valía / olvidaras – **5.** Preferían / fuera – **6.** Estaba / fuera – **7.** Era / llamaran– **8.** era / compraras– **9.** era / hubierais – **10.** Era / trajeran.

4 **1.** pidió / viniera – **2.** Quiso / fuera – **3.** Desearon / se acostaran – **4.** Exigimos / contestara – **5.** aconsejó / estudiaran – **6.** quiso / ayudara – **7.** aconsejó / descansara – **8.** quisieron / investigaran – **9.** aconsejé / insistieras – **10.** pidió / atendieran.

5 **1.** No lo repitas – **2.** Vete – **3.** Volved – **4.** Durmamos – **5.** Deténganse – **6.** Devuélvemelo – **7.** No le llames – **8.** No se preocupe.

6 **1.** Quisiera que leyeras esta novela. – **2.** Era necesario que te lo dijera. – **3.** Nos gustaría que viniera a cenar. – **4.** Le dijeron que era demasiado tarde. – **5.** Le aconsejé que se divirtiera.

7 **1.** Su padre le pide que venga y le traiga su tarea.

2. El profesor aconsejó a los alumnos que se callaran / callasen y se concentraran / concentrasen.

3. El médico pidió al enfermo que tosiera / tosiese y dijera / dijese treinta y tres.

4. Pablo dice a su hermano que se calle y le deje en paz.

5. La madre ordenó a sus hijos que no volvieran / volviesen tarde y no despertaran / despertasen a su hermanito.

6. El portero sugirió a los inquilinos que apagaran / apagasen la luz del pasillo y cerraran / cerrasen la puerta.

7. El director dijo a la secretaria que descolgara / descolgase y dijera / dijese que no estaba.

8. La azafata exigió que se quedaran / quedasen sentados y se abrocharan / abrochasen los cinturones.

SES

→ Chapitre 1, page 352

1 **1.** Réponses **a**, **b** et **c**. Les microentreprises ont moins de 10 salariés, elles représentent environ 80 % des entreprises françaises et emploient 20 % des salariés en France.

2. Réponse **c**. L'objectif poursuivi par les entreprises privées est de maximiser leur profit. Satisfaire le client est un moyen possible pour y parvenir.

2 **a.** Les entreprises privées ne sont pas les seules unités productives : les entreprises publiques, les administrations publiques et l'ensemble de l'économie solidaire participent aussi à la production.

b. On distingue les entreprises en fonction de leur statut (public ou privé), de leur taille (micro, petite et moyenne, intermédiaire, grande) et de leur secteur d'activité (primaire, secondaire, tertiaire).

c. La production marchande est vendue sur un marché à un prix permettant d'obtenir un profit, tandis que la production non marchande est fournie à titre gratuit ou quasi gratuit.

→ Chapitre 2, page 353

1 **a.** En France, en 1973, il y avait 22 millions de salariés, qui travaillaient en moyenne 2 027 heures par an chacun, soit un total de 45 milliards d'heures de travail.

b. Entre 1950 et 1973, le nombre de salariés et la quantité d'heures de travail augmentent, il y a donc une corrélation positive.

c. À l'inverse, la durée annuelle du temps de travail diminue sur la même période, passant de 2 240 à 2 027 milliards d'heures : il y a donc une corrélation négative entre cette donnée et le nombre de salariés.

d. Il y a un lien de causalité entre les trois variables : la quantité totale d'heures de travail s'obtient en multipliant le nombre de salariés par la durée annuelle moyenne du temps de travail par salarié.

→ Chapitre 3, page 354

1 **1.** Réponses **b** et **c**. La réponse **b** correspond au calcul de la valeur ajoutée marchande, la réponse **c** à celui de la valeur ajoutée non marchande. La réponse **a** ne donne pas la formule de la valeur ajoutée mais celle du chiffre d'affaires.

2. Réponses **a** et **b**. Le PIB surestime une part de la production (activités de réparations d'incidents causés par l'activité humaine) et en sous-estime une autre part (activités non rémunérées).

2 **a.** La valeur ajoutée (VA) reflète la valeur de la production correspondant à la seule contribution d'une entreprise donnée, alors que le chiffre d'affaires (CA) englobe également la contribution d'autres entreprises, *via* les consommations intermédiaires.

b. La valeur ajoutée marchande est produite par les entreprises : VA = CA – CI.

La VA non marchande est produite par les administrations publiques et est égale à la somme des coûts de production.

→ Chapitre 4, page 355

1 $\text{CMG} = \dfrac{\text{valeur d'arrivée}}{\text{valeur de départ}} = \dfrac{24\ 000}{12\ 000} = 2$

$\text{CMM} = \text{CMG}^{\frac{1}{n}} = 2^{\frac{1}{7}} \approx 1{,}104$,

car n = nombre d'années – 1 = 8 – 1 = 7

$\text{TCAM} = (\text{CMM} - 1) \times 100 = (1{,}104 - 1) \times 100 = 10{,}4\ \%$.

Le chiffre d'affaires de ce glacier a augmenté de 10,4 % en moyenne chaque année entre 2010 et 2017.

→ Chapitre 5, page 356

1 **1.** En 2018, l'empreinte écologique représentait environ 3 hectares par habitant tandis que la biocapacité ne représentait qu'environ 1,7 hectare par habitant.

2. Pour l'empreinte écologique :

valeur de 2018 – valeur de 1960 = 3 – 2,2
= + 0,8 hectare par personne

Pour la biocapacité :

valeur de 2018 – valeur de 1960 = 1,7 – 3,1
= – 1,4 hectare par personne

3. Pour l'empreinte écologique :

$\dfrac{\text{valeur de 2018} - \text{valeur de 1960}}{\text{valeur de 1960}} \times 100 = \dfrac{3 - 2{,}2}{2{,}2} \times 100$

= + 36 %

Pour la biocapacité :

$\dfrac{\text{valeur de 2018} - \text{valeur de 1960}}{\text{valeur de 1960}} \times 100 = \dfrac{1{,}7 - 3{,}1}{3{,}1} \times 100$

= – 45 %

→ Chapitre 6, page 357

1 **1.** Réponses **b** et **c**. Un site de vente de chaussures en ligne est un marché immatériel. Certains commerçants vendent des instruments de musique *via* Internet.

2. Réponse **c**. Selon les néoclassiques, ceux qui doivent accéder aux ressources sont ceux qui sont prêts à les payer le plus cher.

2 **a.** Un marché est un lieu physique ou virtuel où se rencontrent des offreurs (vendeurs) et des demandeurs (acheteurs). À l'issue de cettte rencontre sont déterminés un prix et une quantité d'échange.

b. Selon les néoclassiques, les marchés révèlent l'allocation la plus efficace des ressources. Ceux qui sont prêts à payer le plus une ressource sont ceux qui en tireront la plus grande satisfaction ou le plus grand profit.

c. La valorisation marchande des ressources naturelles présente deux risques : ceux qui ne peuvent pas payer n'auraient pas accès à des ressources vitales ; ceux qui peuvent les payer pourraient les gaspiller.

→ Chapitre 7, page 358

1 En France, le prix moyen du paquet de la marque la plus vendue et la demande de cigarettes ont connu des évolutions opposées entre 2002 et 2015 : alors que le premier était multiplié par près de 2 (il passe de 3,6 à 7 €), la seconde est divisée par près de 1,8 (elle passe de 80,5 à 45,5 milliards).

De nombreux phénomènes peuvent expliquer la variation de la demande de cigarettes : un plus grand souci de la santé, l'apparition de produits de substitution (cigarettes électroniques), etc. Mais la théorie économique néoclassique fournit une explication que ce document peut rendre plausible. Elle part de l'hypothèse que le prix qu'un consommateur est prêt à payer pour un bien correspond à la satisfaction que celui-ci lui procure. Or, la satisfaction procurée par la consommation d'une unité supplémentaire d'un produit baisse lorsque le nombre d'unités consommées de ce produit augmente. Dès lors, un consommateur n'acceptera de payer davantage pour se procurer une unité supplémentaire qu'à la condition que le prix, et donc le sacrifice à faire pour se la procurer, baisse.

Dans cette optique, on pourrait dire que l'augmentation du prix du paquet de cigarettes implique un sacrifice croissant pour les consommateurs et les incite donc à réduire leur consommation.

→ Chapitre 8, page 359

1 **a.** Sur un marché, la demande globale est la somme des demandes particulières des demandeurs ; l'offre globale est la somme des offres particulières des offreurs.

Par rapport au tableau de l'énoncé, ne sont reprises dans le tableau corrigé suivant que la première colonne et les deux colonnes à compléter.

Prix des pains au chocolat	Demande globale	Offre globale
0,00 €	19	0
0,50 €	16	0
1,00 €	13	1
1,50 €	10	4
2,00 €	7	7
2,50 €	4	10
3,00 €	1	13

b. Pour construire la demande particulière de Jeanne, il faut repérer les différents prix possibles d'un pain au chocolat et la quantité que Jeanne demande pour chaque prix.

C'est le prix qui détermine la quantité demandée.
On obtient le graphique suivant :

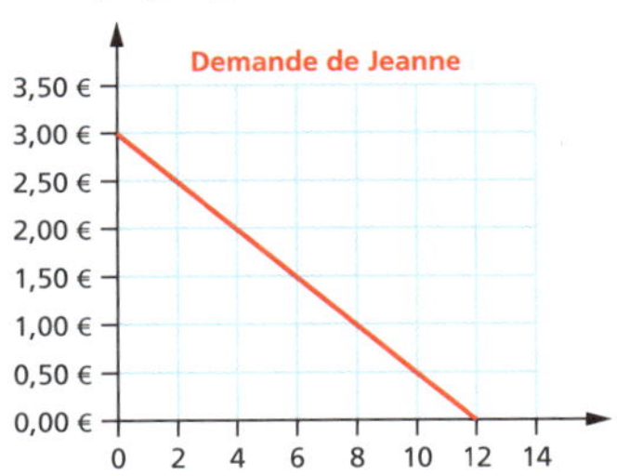

c. Pour construire l'offre particulière de Jérémy, il faut repérer les différents prix possibles d'un pain au chocolat et la quantité que Jérémy offre pour chaque prix.

C'est le prix qui détermine la quantité offerte.
On obtient le graphique suivant :

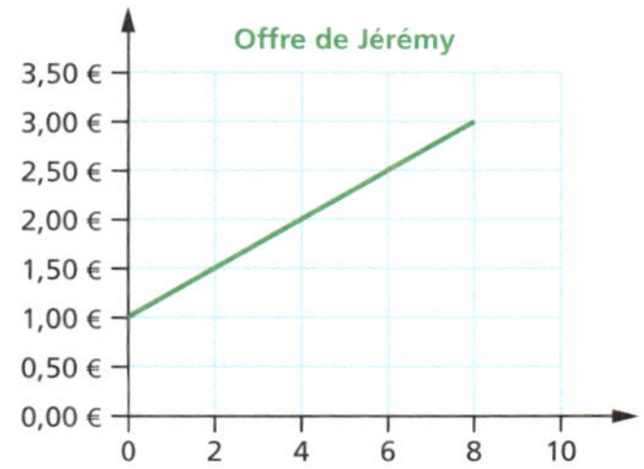

d. On observe que les courbes d'offre et de demande se croisent lorsque le prix est égal à 2 €. La quantité échangée est alors de 7 pains au chocolat.

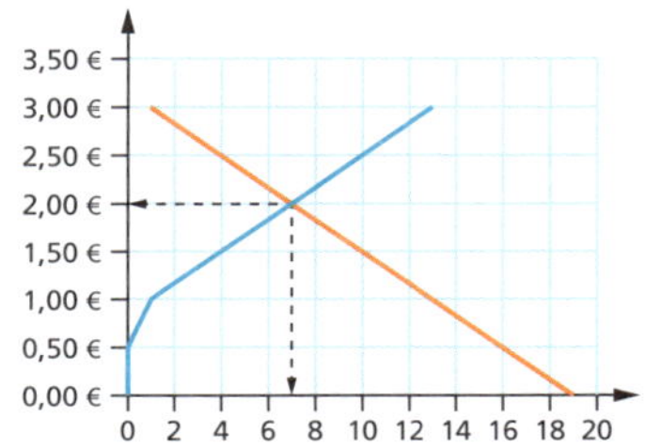

→ Chapitre 9, page 360

1 **1. a.** Indice d'évolution du prix du gazole en 2025 (base 100 = 2021) :

$$\frac{\text{prix du gazole 2025}}{\text{prix du gazole 2021}} \times 100 = \frac{2{,}06}{1{,}53} \times 100 = 134{,}6$$

Entre 2021 et 2025, le prix du gazole devrait augmenter de + 34,6 %.

Indice d'évolution du prix du SP 95 en 2025 (base 100 = 2021) :

$$\frac{\text{prix du SP 95 en 2025}}{\text{prix du SP 95 en 2021}} \times 100 = \frac{1{,}98}{1{,}60} \times 100 = 123{,}8$$

Entre 2021 et 2025, le prix du SP 95 devrait augmenter de + 23,8 %.

b. Le prix du gazole devrait augmenter de 10,8 points (34,6 – 23,8) de plus que le prix du SP 95.

2. a. Pour compléter le tableau, il faut effectuer les calculs suivants :

dépense en carburant en 2021 = dépense en gazole en 2021 + dépense en SP 95 en 2021
= (prix du gazole × litres consommés) en 2021
+ (prix du SP 95 × litres consommés) en 2021
= (1,53 × 600) + (1,6 × 400) = 1 558 euros

dépense en carburant en 2025 (scénario 1)
= 1 236 + 792 = 2 028 euros

dépense en carburant en 2025 (scénario 2)
= 1 030 + 990 = 2 020 euros

b. Indice d'évolution de la dépense en carburant de ce ménage (base 100 = 2021) si sa consommation restait identique entre 2021 et 2025 :

$$\frac{\text{dépense en carburant en 2025}}{\text{dépense en carburant en 2021}} \times 100 = \frac{2\,028}{1\,558} \times 100$$

= 130,2

Si ce ménage choisit le scénario 1, l'augmentation des prix du gazole et du SP 95 entraînera une hausse de 30,2 % de sa dépense en carburant.

→ Chapitre 10, page 361

1 **1.** Réponse **b**. Lorsqu'elle est versée aux entreprises, la subvention entraîne un déplacement de la courbe d'offre vers la droite et une hausse des quantités échangées.

2. Réponses **b** et **c**. Lorsqu'elle est versée aux ménages, la subvention entraîne un déplacement de la courbe de demande vers la droite et une hausse des quantités échangées à l'équilibre.

2 **a.** Lorsque l'État subventionne les entreprises, le prix d'équilibre baisse et les quantités échangées à l'équilibre augmentent.

b. Lorsque l'État subventionne les ménages, le prix et les quantités échangées à l'équilibre augmentent.

→ Chapitre 11, page 362

1 **1.** Réponse **b**. Une valeur est un idéal abstrait auquel l'individu adhère.

2. Réponse **b**. La socialisation inversée désigne une transmission de valeurs et normes des enfants aux parents.

2 **a.** Les valeurs sont des idéaux abstraits dont les normes sont les traductions concrètes. Les rôles sociaux désignent des comportements socialement attendus, fondés sur la maîtrise des normes et valeurs, et ils découlent des statuts sociaux.

b. La socialisation traditionnelle est bousculée par l'émergence d'une socialisation inversée (enfants qui socialisent les parents) et d'une socialisation horizontale (jeunes qui se socialisent entre eux).

c. Il y a trois mécanismes de socialisation : l'inculcation, l'imprégnation et l'interaction.

→ Chapitre 12, page 363

1 La socialisation permet à l'individu d'intégrer des normes et valeurs, transmises par des instances de socialisation (groupes de pairs, école, famille). Pour cela, elles ont recours à l'inculcation, l'imprégnation et l'interaction.

Les valeurs et les normes sont intégrées au point que nos choix sont largement déterminés par la socialisation.

L'effet de cette socialisation est de donner une place à chacun – un statut social –, et la capacité de tenir les rôles sociaux associés, pour permettre une « cohésion sociale ». En outre, la maîtrise des normes juridiques (« Code pénal ») ou sociales (« politesse ») permet aux individus d'interagir et de participer à l'activité sociale.

→ Chapitre 13, page 364

1 **a.** En 2010, une mère consacrait 7,1 heures par semaine au soin des enfants.

b. En 2010, la mère consacrait 15,2 heures aux tâches domestiques et 7,1 heures aux soins des enfants, soit 22,3 heures par semaine (7,1 + 15,2), donc environ 3,2 heures par jour en moyenne (22,3 heures divisées par 7 jours).

c. En 2010, le père consacrait aux tâches domestiques et aux soins des enfants : 17,1 heures (6,6 + 10,5) divisées par 7, soit 2,4 heures par jour en moyenne.

→ Chapitre 14, page 365

1 **1.** Réponse **c**. La socialisation primaire a lieu pendant l'enfance et l'adolescence.

2. Réponses **a** et **b**. La socialisation qui s'opère durant l'adolescence rend le groupe de pairs très important et permet de construire son identité sexuelle.

2 **a.** La socialisation primaire se déroule durant l'enfance et l'adolescence grâce à la famille, l'école et les médias, tandis que la socialisation secondaire a lieu à l'âge adulte, surtout grâce au monde du travail.

b. Socialisations primaire et secondaire peuvent entrer en conflit quand les valeurs et normes transmises par l'une et l'autre sont trop éloignées.

→ Chapitre 15, page 366

1 **1. a.** Taux de variation du nombre de femmes à l'Assemblée nationale entre 1958 et 1967 :

$$\frac{\text{nombre de femmes en 1967} - \text{nombre de femmes en 1958}}{\text{nombre de femmes en 1958}} \times 100 = \frac{(11-9)\times 100}{9} = 22{,}2\ \%$$

Il y a eu 22,2 % de femmes en plus à l'Assemblée nationale entre 1958 et 1967.

b. Taux de variation du nombre de femmes à l'Assemblée nationale entre 1958 et 2017 :

$$\frac{\text{nombre de femmes en 2017} - \text{nombre de femmes en 1958}}{\text{nombre de femmes en 1958}} \times 100 = \frac{(224-9)\times 100}{9} = 2\ 388{,}9\ \%$$

Il y a eu 2 388,9 % de femmes en plus à l'Assemblée nationale entre 1958 et 2017.

2. Coefficient multiplicateur du nombre de femmes à l'Assemblée nationale entre 1958 et 1967 :

$$\frac{\text{nombre de femmes en 1967}}{\text{nombre de femmes en 1958}} = \frac{11}{9} = 1{,}22$$

Il y a eu 1,22 fois plus de femmes à l'Assemblée nationale entre 1958 et 1967.

Coefficient multiplicateur du nombre de femmes à l'Assemblée nationale entre 1958 et 2017 :

$$\frac{\text{nombre de femmes en 2017}}{\text{nombre de femmes en 1958}} = \frac{224}{9} = 24{,}89$$

Il y a eu 24,89 fois plus de femmes entre 1958 et 2017.

→ Chapitre 16, page 367

1 Réponses **a** et **b**. Le président de la République choisit son Premier ministre et peut dissoudre l'Assemblée nationale.

2 **a.** Le Président contrôle l'activité de son gouvernement, car il nomme le Premier ministre puis accepte ou non les membres du gouvernement et peut les révoquer.

b. L'Assemblée nationale peut s'opposer au gouvernement, soit en ne votant pas les lois proposées, soit en posant une motion de censure qui, si elle est adoptée, force le gouvernement à la démission.

→ Chapitre 17, page 368

1 **1.** Réponse **b**. Le scrutin majoritaire a pour avantage de donner le pouvoir à une majorité.

2. Réponses **a** et **b**. Le scrutin proportionnel a pour inconvénients une multiplication des petits partis politiques et l'instabilité du pouvoir.

2 **a.** Le mode de scrutin peut être majoritaire, proportionnel ou les deux à la fois (mixte). Il peut aussi être uninominal (un seul gagnant) ou plurinominal, direct ou indirect, et, enfin, il peut se dérouler en un ou deux tours.

b. Le mode de scrutin majoritaire vise à nommer un seul parti gagnant qui gouvernera seul, alors que le mode proportionnel vise à attribuer le pouvoir à plusieurs partis proportionnellement aux suffrages qu'ils ont obtenus.

→ Chapitre 18, page 369

1 **a.** En février 2017, le temps d'antenne du candidat Macron a été de 79 h 33, soit 37,1 % du temps d'antenne de l'ensemble des candidats.

b. En additionnant les parts en pourcentage du temps d'antenne des candidats, on obtient 82,6 %. Ce total est inférieur à 100 %, car il manque des candidats.

c. La part de temps d'antenne en pourcentage a été calculée en divisant le temps d'antenne de chaque candidat (ligne 2) par le temps total d'antenne (inconnu ici) et en multipliant par 100 le résultat.

→ Chapitre 19, page 370

1 **a.** Le taux de chômage d'une population se calcule de la façon suivante :

$$\frac{\text{nombre de chômeurs dans une population}}{\text{nombre d'actifs de la population}} \times 100$$

b. On observe sur le graphique une corrélation négative entre le niveau de diplôme et le niveau de chômage : le second diminue lorsque le premier augmente. Selon les chiffres de l'Insee, en 2016, parmi les jeunes sortis de formation initiale depuis un à quatre ans, 8,8 % des actifs diplômés de l'enseignement supérieur étaient au chômage, contre 48,4 % des actifs sans diplôme ou possédant le diplôme du brevet. Notons également que ce taux a augmenté de 16 points entre 2002 et 2016 chez les seconds, alors qu'il est plus faible en fin de période pour les premiers.

c. Il s'agit ici de jeunes actifs sortis depuis moins de quatre ans de formation initiale et possédant donc peu d'expérience ; en outre, la demande de travailleurs diplômés peut être inférieure à l'offre : si la demande de biens et services est insuffisante ou si les diplômes des candidats ne correspondent pas aux qualifications recherchées par les employeurs.

→ Chapitre 20, page 371

1 **1.** Réponse **c**. Le capital culturel d'un individu est constitué de ses diplômes, de ses biens culturels et de ses dispositions culturelles.

2. Réponses **a**, **b** et **c**. Les inégalités de réussite scolaire s'expliquent par les choix des individus, leur capital culturel et le contexte scolaire.

2 **a.** Les inégalités de réussite scolaire s'expliquent de plusieurs façons : par les choix qu'opèrent les individus, par le milieu social d'origine, par le contexte scolaire.

b. L'évolution des inégalités scolaires en France est ambiguë. D'un côté, on assiste à une certaine démocratisation scolaire ; de l'autre, certaines inégalités persistent, selon l'origine sociale et le sexe.

c. Une économie peut développer son capital humain par des politiques éducatives, familiales, sociales ou de santé.

Table des illustrations

6	ph ©	DeAgostini / Leemage
26	Doc.	Wikimédia commons
30	ph ©	Mary Evans Picture Library / Photononstop
39	ph ©	Claude Angelini - © Collections de La Comédie française
46	Doc.	Archives Hatier
48	Doc.	Wikimedia Commons
52	Doc.	Archives Hatier / BnF, Paris
54	ph ©	Selva / Leemage
60	©	Plantu
61-g	ph ©	Akg-Images
61-d	ph ©	Erich Lessing / Akg-Images
68	ph ©	DeAgostini / Leemage
148	ph ©	Gérard Blot / RMN-GP
150	ph ©	Luisa Ricciarini / Leemage
151	ph ©	Youngtae / Leemage
152-h	ph ©	Luisa Ricciarini / Leemage
152-b	ph ©	Jean-Claude Golvin / Ville de Saintes
154	Doc.	Arnaud 25 - Wikipedia
157	ph ©	René-Gabriel Ojéda / RMN-GP
158	ph ©	BnF, Paris
161	ph ©	Philippe Caetano / Centre des Monuments Nationaux
163	ph ©	DeAgostini Picture Lib / Akg-Images
168	ph ©	Akg-Images
169	ph ©	DeAgostini / Leemage
171	ph ©	Josse / Leemage
186	ph ©	Dibyangshu Sarkar / AFP Photo
194	©	Radison Hotel Group. All right reserved
199	ph ©	Eric Feferberg / AFP Photo
200	ph ©	PhotoPQR / Le Midi Libre / PierreSaliba / Maxppp
204	ph ©	Lilyana Vynogradova / Shutterstock
252	ph ©	Age / Photononstop
261-g	ph ©	SPL - Science Photo Library / Susumu Nishinaga / Biosphoto
261-d	ph ©	Photo Researchers / Omikron / Biosphoto
292	ph ©	Serge Bertasius Photography / Shutterstock
303	Coll.	Kharbine-Tapabor
321	ph ©	The Granger Collection NYC / Rue des Archives
326	ph ©	Alena Stalmashonak / Shutterstock
337	ph ©	Sepp Puchinger / Imagebroker / Photolibrary
350	ph ©	Mathieu Génon / Hans Lucas

Iconographie : Hatier Illustration

Achevé d'imprimer en Espagne par Grafo - Dépôt légal: nº 08678-4/01 - Mars 2022

PAPIER À BASE DE FIBRES CERTIFIÉES

Hatier s'engage pour l'environnement en réduisant l'empreinte carbone de ses livres. Celle de cet exemplaire est de : 1.9 kg éq. CO_2 Rendez-vous sur www.hatier-durable.fr

BIEN CHOISIR ta 1re

Infos et conseils

Voie GÉNÉRALE

*Tu choisis **3 spécialités** (4 h/semaine chacune) :*

Maths	**Au programme :** algèbre, analyse, géométrie, probabilités… **Spécialité souvent associée :** physique-chimie	**Physique Chimie**	**Au programme :** chimie organique, mouvements et interactions, ondes et signaux… **Spécialité souvent associée :** maths
SVT	**Au programme :** génétique, écosystèmes, immunité… **Spécialité souvent associée :** physique-chimie	**NSI**	**Au programme :** algorithmes, langages et programmation, traitement de données… **Spécialité souvent associée :** maths
SES	**Au programme :** le marché, la monnaie, les liens sociaux, l'opinion publique… **Spécialité souvent associée :** HGGSP	**HGGSP**	**Au programme :** la démocratie, les puissances internationales, les frontières… **Spécialité souvent associée :** SES
HLP	**Au programme :** les pouvoirs de la parole, les représentations du monde **Spécialité souvent associée :** HGGSP	**Anglais AMC ou LLCE**	**Au programme :** « Imaginaire » et « Rencontres » (LLCE) « Savoir, création, innovation » et « Représentations » (AMC) **Spécialité souvent associée :** SES

Le top 4 des triplettes les plus choisies

1	**Maths, Physique-chimie, SVT** **Projet d'études :** études médicales, classe préparatoire aux écoles d'ingénieur, école d'ingénieur postbac, licence scientifique…
2	**SES, HGGSP, Anglais AMC ou LLCE** **Projet d'études :** institut de sciences politiques, école de commerce, licence d'économie, d'histoire, de géographie, d'anglais, de droit…
3	**SES, HGGSP, Maths** **Projet d'études :** classe préparatoire aux écoles de commerce, école de commerce postbac, institut, de sciences politiques, licence d'économie, d'histoire, de géographie…
4	**SES, HGGSP, HLP** **Projet d'études :** classe préparatoire littéraire, institut de sciences politiques, licence de lettres, de philosophie, d'histoire, de géographie, de droit…